W0094854

薛尧汉
世代

Originaltitel: Jan Kjærstad, Slekters gang
© 2015 H. Aschehoug & Co. (W. Nygaard) AS, Oslo, Norway

Die Veröffentlichung dieser Übersetzung wurde ermöglicht durch die
finanzielle Unterstützung von NORLA, Norwegian Literature Abroad

Lektorat der Übersetzung: Daniela Syczek
Endlektorat: Urban Diskum
Umschlag und Satz: Jürgen Schütz
Umschlagbild: Jürgen Schütz nach Gustav Vigeland
Druck und Bindung: FINIDR, s.r.o.
Printed in the EU

ISBN: 978-3-902711-92-2
www.septime-verlag.at
www.facebook.com/septimeverlag | www.twitter.com/septimeverlag

Jan Kjærstad

Femina erecta

oder **Der Pfad der Geschlechter**

Roman

Aus dem Norwegischen von Bernhard Strobel

Norwegen war ein Land am äußersten Rand jenes Kontinents, der Europa genannt wurde. Wer je die Halbinsel im Nordwesten Slawiens aus der Luft gesehen hat, wird sich gewiss schwer vorstellen können, dass diese Wildnis einst bevölkert war, dass es hier Städte gab sowie eine funktionierende Infrastruktur. Auf seinem Höhepunkt als Nation im 21. Jahrhundert soll das Land rund sieben Millionen Einwohner gezählt haben. Wir wissen nicht exakt, von wie vielen »Norwegerinnen und Norwegern« oder deren Nachfahren diese Landschaft heute bewohnt wird, jedoch können es kaum mehr als einige wenige Tausend sein. Sie werden als »der norwegische Stamm« bezeichnet, der sich zum Teil aus Krämerbarbaren zusammensetzt, die an der Randzone jener großen Einöde umherstreifen, die wir als Forum Europeum kennen, zum Teil aus Gruppen, deren Beschäftigung darin besteht, tagsüber die Erde zu durchwühlen und abends Kartoffelschnaps zu trinken.

Dass »Norwegen«, genauer gesagt das Norwegen des 20. Jahrhunderts, dennoch als ein kleines, aber spannendes und anregendes Forschungsfeld angesehen werden kann, ist auf das Geschlecht der Bohre und dessen Verbindung zur Entstehung der Long-Dynastie zurückzuführen, und da die Long-Dynastie Norwegen als ihre ursprüngliche Heimat, ihre *wōmen guójiā*, betrachtet, mag dieses Land auch für alle anderen Angehörigen der Chinesischen Föderation von Interesse sein.

Was die Kenntnisse über dieses geografische Gebiet in jener fernen Epoche anbelangt, tappte man lange im Dunkeln. Grund dafür war der Zusammenbruch der westlichen Zivilisation: Auf den Siebzigjährigen Krieg im 22. Jahrhundert folgte die Dunkelzeit, jene lange Phase des Verfalls, die im Punkt Y ihr Ende fand. Zu ein und derselben Zeit erreichte eine Reihe von Bedrohungen, von denen die Regierungskräfte geglaubt hatten, sie hätten sie unter Kontrolle, ihren kritischen Punkt – die Erde wurde von Überbevölkerung, Klimaverschlechterung, Nahrungsmittelmangel, Finanzchaos und Krieg heimgesucht (einem Krieg, in dem Bomben zum Einsatz kamen, welche die früheren Atomsprengköpfe wie konventionelle Waffen aussehen ließen), wobei schließlich auch Viren und Unfruchtbarkeit zu dieser Entwicklung beitrugen. Der drohende Untergang der Menschheit war nicht auf ein einzelnes Unglück zurückzuführen, sondern auf die Kombination aus diesen. Nach Eintritt dieser Katastrophe – die das Ende des Holozäns, ja, der ganzen Quartärzeit markiert – waren die meisten, um nicht zu sagen alle, Informationen vernichtet. Obwohl man an dem naiven Glauben festhielt, die vielen, tief in den Gewölben, Gebirgen und Gletschern angelegten Speicher und Archive seien auf ewig gesichert, war das kollektive Gedächtnis sozusagen gelöscht.

Auch unser eigener Kontinent – der asiatische – wurde stark in Mitleidenschaft gezogen. Nach den lang anhaltenden globalen Kriegen des 22. Jahrhunderts kam es zum Zerfall der als China bezeichneten Nation, und es folgte eine Phase, die an die Zeit der Streitenden Reiche aus alten Tagen erinnerte. Erst im Fahrwasser von Punkt Y und der Massenausrottung, nachdem die Chinesische Föderation sich etablieren hatte können und die Hauptstadt aus dem Perlflussdelta in die historischen Gefilde um Chang'an verlegt worden war, entwickelte sich erneut ein Bedürfnis nach Erzählungen aus der Vergangenheit, einschließlich jener über unsere Wurzeln im Westen.

Trotz des Informationsverlustes ist es Forschenden mit Hilfe aller erdenklichen Methoden gelungen, nach und nach einiges an verloren Geglaubtem aus der Zeit vor Punkt Y wiederzufinden, während von anderen wiederum der Versuch unternommen wurde, diese Informationen, oder Informationsbruchstücke, zu größeren Darstellungen zusammenzufügen. Aufgrund des gesteigerten Interesses an der Vorgeschichte der Long-Dynastie und ihren norwegischen Ahnen ist es kaum verwunderlich, dass dem Thema »Norwegen und das Geschlecht der Bohre« ein natürlicher Platz in diesen Bemühungen zufiel. Nach allem, was wir glauben, trat das Geschlecht der Long in der schweren Epoche nach dem Siebzigjährigen Krieg in Erscheinung, konsolidierte sich, wurde eine Gegenkraft. Wahrscheinlich geschah es auch zu jener Zeit, in den Ruinen des damaligen China, dass die Ansätze der Bohre-Geschichten Gestalt annahmen. Wie wir es uns vorstellen, wurden diese Geschichten von einer verhältnismäßig kleinen Gruppe von Menschen und vielleicht nur über eine begrenzte Anzahl an Generationen – die sich über 400–500 Jahre erstreckten – immer weitererzählt und zogen deshalb eine so breite Wirkung in der Zuhörerschaft nach sich, weil in dieser verwirrenden Übergangsphase ein großes Bedürfnis nach Berichten dieser Art herrschte. Wie die meisten vertreten wir die Theorie, dass diese Erzählungen bei der Entwicklung eine Rolle gespielt und auf irgendeine Art dazu beigetragen haben müssen, das Überleben der Longs zu sichern und ihre weitere Umgestaltung zu einer einflussreichen Dynastie zu ermöglichen, eine wichtige Voraussetzung dafür, dass im Anschluss an Punkt Y die Chinesische Föderation das Licht der Welt erblicken konnte.

Eine eingehende Betrachtung der Geschichte des Bohre-Geschlechts in dem entscheidenden Jahrhundert vor der Emigration ihrer ersten Mitglieder nach China ist auch deshalb von besonderer Relevanz, weil wir wissen, welche Rolle die Long-Dynastie über mehr als tausend Jahre für die Stabilität und die Überlebensfähigkeit der Föderation gespielt hat, und uns zudem bekannt ist, dass die Dynastie, nicht zuletzt durch ihre weiblichen Repräsentantinnen, auch heute noch in so vielen zentralen politischen, ökonomischen und kulturellen Positionen vertreten ist.

Unsere Methode ist die fiktionalisierte Geschichte, die in gewissem Maße als Weiterführung der klassischen *xiāoshuō*-Tradition betrachtet werden kann und Elemente beinhaltet, die der eher erkenntnisorientierten *gùshi wén* entnommen sind. Im Unterschied zur früheren Fachliteratur, die zur Ergebnisvermittlung der Geschichtsforschung herangezogen wurde, bedient die fiktionalisierte Geschichte sich des Einfühlungsvermögens. Zu einem großen Teil bauen wir auf den sogenannten Roman, ein Genre, das im 19., 20. und 21. Jahrhundert seine Hochblüte feierte. Nach dieser langen Blütezeit unterlagen diese Berichte jedoch immer mehr dem Zwang, sich nach kommerziellem Gewinn zu orientieren, was wiederum ein Hinüberkippen in emotionale Übertreibung und eine Zementierung unfruchtbarer Gebräuche bewirkte, wodurch sich der Roman, sowohl als Unterhaltungs- wie auch als Erkenntnisformat, am Ende selbst unterminierte. Als Folge dessen wurde ein knochentrockener Dokumentarismus betrieben, nebst verschiedenen kurzen, narzisstischen Hybriden, die durch die neuen Medien entstanden. Dann trat die Katastrophe ein und setzte dem allen ein Ende.

Die Erzählform, die nunmehr in der fiktionalisierten Geschichte einen Wiederbelebungsversuch erfährt, lag demnach über viele Jahrhunderte brach, und es ist wahrscheinlich, dass einzelne ihrer

Bausteine nicht länger anwendbar sein werden, wie etwa das sehr begrenzte Verständnis von Kausalität, das sich auf einer vergangenen Wissenschaft, nicht zuletzt einer Psychologie gründete, die sich zur damaligen Zeit noch immer in einer spekulativen, nahezu religiösen Phase befand. Heutzutage wäre es naheliegender, die Erkenntnisse der Metagenetik zu nutzen, beispielsweise »die Diagonalwirkung« oder »den narrativen Ballast«. Mehr als das alte Genre ist fiktionalisierte Geschichte auf das Mitdichten ausgerichtet, auf eine reale, von den Leserinnen und Lesern geleistete Denkarbeit, oder anders ausgedrückt: darauf, dass der Reflektion ebenso viel Raum zugemessen wird wie der Empfindung. Ziel ist es, größere zusammenhängende Bögen zu spannen bei etwas, das bis dahin lediglich aus Fragmenten bestand – sowohl aus solchen Fragmenten, die zeitlich weit voneinander entfernt liegen, als auch solchen, die den Anschein erwecken, inhaltlich wenig miteinander zu tun zu haben. Der Grund, weshalb die Fakultät sich dazu entschlossen hat, so viele Ressourcen darauf zu verwenden, die alte Tradition in modifizierter Form wiederzubeleben, besteht darin, neu aufleben zu lassen, was nach Punkt Y auf Antrieb von Repräsentanten der Long-Dynastie wiederentdeckt wurde und als die unschätzbare Funktion des Erzählens für das menschliche Leben bezeichnet werden kann: das *qi* des Erzählens. Fiktionalisierte Geschichte gründet sich auf der Überzeugung, dass den Erzählungen, in ihren besten Ausprägungen, etwas Unersetzbares innewohnt: Eine Kraft zu erklären, was anders nicht verstanden werden kann. So gesehen hat der Bericht über das Geschlecht der Bohre auch mit dem Bildungsgedanken zu tun, der stets ein Träger der chinesischen Kultur war.

Die N20-Archive enthalten eine Reihe mehr oder weniger zuverlässiger Quellen. Einige davon haben in der frühen Version der Ōuzhōu-Gruppe Verwendung gefunden und waren eine wertvolle Inspiration. Zusätzlich konnten wir auf einem neuen Fund aufbauen, der kurzen, aber bedeutenden Chronik von »Little Green«. Wie es üblicherweise bei der »organischen Methode« gehandhabt wird, haben wir von der Fakultät eine Einschätzung vornehmen lassen bezüglich der Frage, inwieweit der bereits vorliegende erste Teil als Kern für eine Fortsetzung unserer Erzählung dienen könne, sowohl über Ereignisse, die zeitlich davor liegen, als auch über solche, die danach stattfanden, und nach erfolgter Genehmigung durchlief der nächste Erzählteil denselben Prozess.

Unsere Hauptaufgabe bestand aus zwei Aspekten: Zum einen war es uns ein Anliegen, eine Korrektur des Berichts der Ōuzhōu-Gruppe vorzunehmen. Aus unserer Sicht sind die Personen aus dem Geschlecht der Bohre als weitaus interessanter einzustufen als früher angenommen. Zum anderen möchten wir einigen vorteilhaften Wesenszügen, Anlagen und Eigenschaften nachspüren, die wir bei vielen repräsentativen Gestalten der Long-Dynastie wiederfinden – Qualitäten, die von den Bohre nicht durch Gene weitergegeben wurden, sondern durch Erzählungen. Diese »emblematischen Geschichten« wurden in der ersten, kritischen Phase der Dynastie so oft erzählt, dass dadurch die Nachkommen geprägt wurden – vergleichbar dem Begriff des »narrativen Ballasts«.

Wir sind drei Frauen, die das neue Team leiten, das von der Fakultät die Nuówēi-Gruppe genannt wird, und wir gestehen ohne zu zögern, nie zuvor hat eine Forschungsarbeit uns ein solches Vergnügen bereitet wie die hier vorliegende. Das Material erwies sich als überraschend reichhaltig, und besonders die weiblichen Mitglieder der Bohre-Familie bargen Geschichten, die viele jener Eigenheiten beleuchten, die wir bei den ersten zentralen Gestalten der Long-Dynastie wiederfinden.

Außerdem möchten wir hinzufügen, dass wir noch ein untergeordnetes Ziel verfolgten: ein wenig von dem kleinen, merkwürdigen Land Norwegen – von vor über zweitausend Jahren – wiederzuerschaffen, von einem Volk, von dem wenige heute überhaupt etwas wissen, und von einer Zeit, die unserer eigenen sowohl ähnlich als auch sehr unähnlich ist. In diesem Zusammenhang werden wir auch andeuten, was die Ursachen dafür gewesen sein mochten, weshalb Norwegen als Nation dem Verfall erlag und am Ende völlig ausgelöscht wurde.

An Xue, Cui Xiaofen und Zong Meifeng

Weinan Y-1040

I

DER PERSISCHE BLICK

Selbstverständlich haben wir auch andere Anfänge in Erwägung gezogen, aber wir beginnen hier, bei der geselligen Zusammenkunft, die sich zu einen Punkt hin entwickelte, an dem Rita Bohre die Lust überkam, das Toledo-Schwert von seinem Platz über dem Kamin herunterzuholen – nicht weil sie jemanden damit erstechen wollte, sondern weil die männlichen Gäste sich wie kleine Jungen benahmen und die Breitseite der Klinge sich dazu verwenden ließe, ihnen gründlich den Hintern zu versohlen.

Eigentlich hatte alles ganz gut begonnen. Sie hatte die Blumen selbst gekauft. In früheren Jahren hatte sie zur Vorbereitung dieser vielgepriesenen Abende Hilfe angeheuert, doch dieses Jahr waren sie nur wenige – allerdings wurde ja auch kein runder Geburtstag gefeiert. Sie hatte Dagny dafür gewinnen können, ihr zur Hand zu gehen, und sie wollte dieselben Gerichte servieren wie immer, ein Ritual; alle wussten, was auf dem Speiseplan stand. Die Hälfte der Tulpen arrangierte sie in einer Kristallvase in der Tischmitte. Sie hatte die Blumen in Vika gekauft, sie hatte sowieso in die Stadt fahren müssen, da sie hier draußen bei weitem nicht alles bekam, was sie brauchte. Es war schon seltsam, wenn man sich vorstellte, dass Tulpenzwiebeln von ungeheurem Wert waren, als sie das erste Mal nach Nordeuropa kamen. Und jetzt, an einem Apriltag 1940, ging man einfach in einen Laden und suchte sich so viele aus, wie man haben wollte, ohne dass sie allzu viel kosteten.

Die Zeit.

Früher an diesem Tag, auf dem Nachhauseweg, war sie aus dem Zug gestiegen und langsam den Bahnsteig entlangspaziert, hätte bald dem Stationsgebäude zugenickt wie einem alten Freund, einem, mit dem man Erinnerungen teilt. Sie hatte viele prangende Bahnhofsgebäude in ganz Europa gesehen, war einmal sogar an der Endstation des Orient-Express am Bahnhof Sirkeci in Istanbul ausgestiegen – er sah aus wie eine prächtige Moschee –, doch kein Bahnhof war ihr so lieb wie dieser, an der Stadtgrenze beim Fluss, der in einen der vielen kleinen Fjordarme mündete.

Die Blumenschachtel in der einen Hand, die Einkaufstasche in der anderen, hatte sie den Jahr für Jahr stärker befahrenen Drammensveien überquert, die kleine Gruppe von Läden hinter sich gelassen und war in die ruhigen, schmalen Straßen gelangt, die sich den Höhenzug zwischen dem Fjord und Fornebulandet bergauf schlängelten. In der Stadt lag kaum noch Schnee, hier draußen dagegen schon, im Schatten größere Verwehungen. In einem Garten hatten zwei Jungen kleine Schneemänner in Reih und Glied aufgestellt, die sie jetzt umzuschießen versuchten. »Dein Oberst ist gefallen!«, hörte sie. Jungen und Krieg. Warum dachten sich Mädchen nie so ein Spiel aus? Sie lächelte und ging weiter die Anhöhe hinauf, erfreute sich an dem lauten Vogelgezwitscher ihres Einkaufsköfferchens, schnupperte in die Luft und gewahrte den Duft des Frühlings. Sie war in dieser Landschaft aufgewachsen, kannte jeden Fels, jeden Baum, jeden Torpfosten, wusste, wer in den dahinter liegenden Häusern wohnte oder gewohnt hatte, Geschäftsleute, Reeder, hohe Beamte, Künstler, Akademiker – und über ihnen allen ihr König, Fridtjof Nansen, am Hang auf der anderen Seite. Viele stattliche Häuser standen hier, nicht zuletzt die weiße Festung des Schiffsreeders Klaveness ganz oben auf dem Gipfel, sie sah das jetzt deutlicher als in ihrer Kindheit, denn damals hatte sie nie daran gezweifelt, dass sie selbst in der märchenhaftesten aller Villen in Lysaker wohnte, zumindest in Lagåsen, wie ihre Gegend mit der Zeit genannt wurde. Dass sie hier wohnen durfte, hatte sie ihren Großeltern zu verdanken, dem Großvater und seinem Vermögen, der Großmutter und ihrem ausgefallenen Geschmack.

Wie wir es uns vorstellen, oder zumindest vorzustellen versuchen, wäre es nicht undenkbar, wenn Rita Bohre einen Augenblick in der Auffahrt innegehalten hätte, um sich an dem Anblick der gemauerten Villa zu ergötzen, nur knapp unterhalb des Gipfels gelegen und geradezu hineingegraben in den Berg an einer Stelle, an der die Neigung etwas schwächer ausgeprägt war, der langgestreckte Garten jedoch in einen Steilhang, fast eine Schlucht auslief. Für Rita war dieses Haus schon immer ein Kunstwerk. »Palladio«, hatte die Großmutter gesagt, die sich mit Architektur auskannte zu einer Zeit, da wenige Frauen sich damit auskannten oder sich überhaupt auskennen wollten. »Villa Barbaro«, hatte die Großmutter gesagt. Rita dachte, dass Thea Bohre wohl erst im Nachhinein von diesen berühmten Villen erfahren hatte, und obschon die Villa Bohre klassizistische Züge aufwies, womöglich sogar von dem Renaissancearchitekten Palladio inspiriert war, konnte die erwachsene Rita auf den Bildern, die sie von der Villa nördlich von Venedig sah, keine allzu große Ähnlichkeit erkennen – sofern sich darin nicht ein Protest gegen den nationalromantischen, mit dem Amtsrichterstil vermischten Drachenstil ausdrückte, der damals um sich griff und nach und nach viele der in der Nachbarschaft errichteten Häuser prägte. Zudem besaß die Villa Bohre zwei niedrige Flügel, die symmetrisch beidseits der zweistöckigen Mitte herausragten. Wodurch sich das Anwesen aber am meisten von einer italienischen Prachtvilla unterschied, war der Charakter des

Gartens, ein geordnetes Gestrüpp, dazu die Obst- und die hohen Laubbäume mit der riesigen, pyramidenförmigen Eiche wie ein Hofbaum in der Mitte. Und vor allen Dingen: dass man nicht über weite, urbar gemachte Felder hinwegblickte, sondern über einen graublauen Fjord. »Das ist Norwegen«, soll die Großmutter, als sie bereits einige Jahre hier wohnten, eines sonnenflirrenden Maitags gesagt haben. »Einen Fjord sehen durch blühende Apfelbäume.«

Für Rita war es ein kurzer Weg gewesen zu dem Haus, in dem Erik Werenskiold in seinem Atelier gestanden und genau diese Aussicht gemalt hatte, ein kurzer Weg zum Hause Polhøgda, in dessen Turm ein melancholischer Fridtjof Nansen gesessen war.

Jetzt waren beide tot.

Die Zeit.

In diesem Jahr, 1940, fiel Ritas Geburtstag, der 6. April, auf einen Samstag. Rita hatte es immer zu schätzen gewusst, Anfang April geboren zu sein, weil die Jahreszeit einen erbaulichen Rahmen um die Feier herum bildete. Dieses Jahr aber, besonders in den letzten Tagen, war eine Unruhe in ihr eingezogen. Es war, als hätte sie eine leichte Erschütterung im Boden wahrgenommen. Denn die Geschichte regte sich. Irgendetwas, das spürte sie, würde geschehen. Etwas, was das kleine Norwegen noch nie erlebt hatte. Ein unüberschaubares, weltumspannendes Drama, in das die Menschen in Norwegen, auf ganz andere Weise als jemals zuvor, verwickelt werden könnten.

Trotz ihrer Besorgnis hatte sie beschlossen, positiv zu bleiben, und vielleicht war das der Grund, weshalb sie sich schon während der letzten Vorbereitungen ein Glas Sherry genehmigte; sie trank sonst selten, sie hatte nicht vor, zu enden wie ihre Mutter, die ihre letzten Jahre hinter einem Schleier aus

Portwein zugebracht hatte, Portwein, den sie zur Tarnung aus einer Teetasse trank. Aber der Sherry tat gut. Sie schenkte sich noch ein halbes Glas ein und erkannte gleichzeitig, dass sich hinter ihrer Unruhe noch eine andere Art Nervosität verbarg. Die Befürchtung, den Anforderungen nicht zu genügen. Warum? Sie war 44. Sie hatte Erstaunliches geleistet. Sie hatte, als eine von wenigen Frauen, eine feste Anstellung an der Universität. Sie hatte drei wundervolle Kinder. Ein Haus, um das die Leute sie beneideten. Keinen Mann, aber trotzdem. Woher diese Aufgewühltheit? Diese plötzliche Unsicherheit?

Die Gäste standen im Wohnzimmer und unterhielten sich vor den großen Fenstern, die auf den Fjord hinausgingen. Die Herren im Smoking, die Damen in langen Kleidern. Rita genoss den Anblick. Wie ein Zeichen von Zivilisation, passend zu den vier Säulen vor der Giebelwand draußen. Nachdem sich der Neon-Kreis aufgelöst hatte, war es ihr Traum gewesen, einen Salon ins Leben zu rufen, eine erlesene Auswahl an Menschen in ihr geräumiges Wohnzimmer zu laden, zu stimulierenden Gesprächen, Lesungen, Konzerten zu ermuntern. Daraus war nie etwas geworden, sofern denn nicht dies, ihr Geburtstag, einmal im Jahr ihren Salon darstellte.

Auch die Gäste bekamen Sherry. Auf diese Weise konnte sie gut einige der vielen Flaschen loswerden, die ihre Mutter ihr im Keller hinterlassen hatte. Zwei Gruppen hatten sich gebildet. Ihre beiden Jungs und Maud, die zwei Herren und Ragnhild. Rita betrachtete sie, während sie die beiden Wasserkaraffen auf den Tisch stellte und die Kerzen anzündete. Die Rotweinflaschen für den Hauptgang standen geöffnet auf der alten Anrichte aus Walnussholz. Ihre Söhne Sigurd und Harald sahen auf einmal so erwachsen aus, und das war nicht allein auf ihre Kleidung zurückzuführen. Sie *waren* erwachsen. Und genauso blond wie ihr Vater. Arisch, wie ein Deutscher gesagt hätte. Wie oft war sie in Verzweiflung geraten über all die Lausbübereien, die sie als Kinder angestellt hatten, die unerledigten Hausaufgaben, das gefährliche Klettern auf hohe Bäume, die brutalen Schneeballschlachten im Winter, die halsbrecherischen Schlittenfahrten auf der Korketrekkeren-Rodelbahn. Und jetzt sieh sie dir an! Eine Augenweide. So verändert. Sie hatte den letzten Roman des jungen Grieg nicht gelesen, aber der Titel, entlehnt von Henrik Wergeland, gefiel ihr: *Jung noch muss die Welt sein.* Sigrid Undset lag falsch mit ihrer Behauptung, dass der Menschen Herzen sich nicht veränderten. Alles, auch die Spezies Homo sapiens, der hart geprüfte Mensch, befand sich in einer Entwicklung.

Hinter alldem jedoch: der Stein, der ihr im Magen lag. Die Zeitungen schrieben von Meeren voller Kriegsschiffe. Manche meinten, Norwegen könnte von einer Invasion heimgesucht werden.

Bjørg, ihre Tochter, fand stets eine Ausrede, um sich vor solchen Anlässen aus dem Staub zu machen. Sicher war sie bei Esther, ihrer zurückhaltenden und rätselhaften Freundin. Rita hoffte, ihre Tochter würde noch auftauchen. Wenigstens ein bisschen Klavier könnte sie doch für sie spielen, irgendetwas Erbauliches, Bach vielleicht, eine der Englischen Suiten, eine von denen, die nicht in Moll geschrieben waren; keine Tischgesellschaft, keine Unterhaltung konnte einen besseren Auftakt erfahren als durch Johann Sebastian Bachs Klänge, ein Hinweis darauf, wie weit es der Mensch mit seinem Ideenreichtum, seiner Schöpferkraft zu bringen vermochte. Das durfte man nie aus den Augen verlieren, ganz gleich wie düster die Aussichten standen: die JSB-Korrektion.

Ja. Sie brauchte Trost. Wie sie so dastand und vom Esszimmer aus die Gäste beobachtete, traf es sie wie ein Schlag. Denn da war auch noch etwas anderes. Seit sie den Ablehnungsbescheid für die Stelle bekommen hatte, auf die sie sich beworben hatte, war sie betrübt, eine Stelle, von der sie immer geträumt hatte. Ein Schlag. Und sie hatte nicht mit Wut reagiert, sondern mit Trauer. Hatte sich eingesperrt. Es war gut, wieder Menschen um sich zu haben. Die Familie. Freunde.

Rita ließ den Blick auf der attraktiven Frau ruhen, die von ihren beiden Söhnen flankiert wurde, während Maud, die junge Dame, ständig einen Schritt zurücktrat, wie um sich Raum zum Luftholen zu verschaffen. Schwarzes Haar. Aber mit einem rötlichen Schimmer. Einer Glut. »Eine gemeinsame Freundin« nannten die beiden sie. Blasse Haut und hohe Wangenknochen. Grünes Kleid. Ein Blickfang, kein Zweifel. Eine Frau, wie sie Werenskiold gerne gemalt hätte. Konnten zwei Jungs und ein Mädchen Freunde sein? Nur Freunde? Aber hatte Rita nicht vor Jahren etwas Ähnliches erlebt, mit Konrad und Max? Trotzdem ein Anblick, der sie stutzig machte, Sigurd und Harald mit umeinandergeschlungenen Armen. Das taten sie sonst nie. Es war, als stünden sie auf einer Bühne und versuchten, zwei Brüder zu spielen, die beste Freunde waren.

Wie lief es mit der Suppe? Sie war in der Küche und erteilte Dagny Anweisungen, diesem gesegneten Menschen, einer Helferin in all den Jahren, seit Rita allein war. Hummer. Was für ein Duft. Sud aus Meeresfrüchten und Obers. Sie hatte überlegt, ein paar Flaschen Rheinwein zu öffnen, aber es sollte beim Sherry bleiben zur Suppe. Rheinwein konnte in diesen Zeiten falsche Signale aussenden. Sie wollte neutral bleiben. Wie Norwegen. Es sollte ein netter Abend werden. Ohne Minenauslegung, gleich welcher Art. Das hatte sie lange entbehrt.

Eine Dosis elementaren Umgangs mit Menschen. Gebildete Konversation. Geschliffene Worte.

Mehr erhoffte sie sich gar nicht.

Wieder im Wohnzimmer, nahm sie ihr Glas und näherte sich der Gruppe um die zwei Herren. Albert, ihr Bruder, der so viele Wale geschossen hatte, oder schießen hatte lassen, dass es ihm fürstlichen Reichtum eingebracht hatte und einen Wohnpalast in Sandefjord. Und Max, der kleine Maximilian. Sie hatte einen stechenden Groll verspürt, als Albert ihr mitgeteilt hatte, er werde seinen Freund mitbringen, sie hätte Max niemals eingeladen, dachte jetzt aber, dass es trotzdem schön war, ihn in ihrem Wohnzimmer zu sehen. Eine Ehefrau hatte er sich nicht gefunden, dafür allerdings hatte er bereits einen Professorentitel in der Tasche – schon als Junge hatte er sich auf die Kunst verstanden, die günstigsten Positionen für seine Schachfiguren zu finden. Wer hätte das vermutet, als er in kurzen Hosen herumgelaufen war und Steine nach ihr geworfen hatte? Und dort, ein wenig unpässlich, stand ihre Nichte Ragnhild, die Rita so gern mochte und die sie vor ein paar Jahren auf ihre Reise nach Østerdalen und Rondane mitgenommen hatte. Das Ebenbild ihres Bruders, jedoch mit einer Warmherzigkeit, die ihm abging. Es überraschte nicht, dass sie vorhatte, sich als Krankenschwester ausbilden zu lassen.

Vielleicht sollte Ragnhild am besten gleich bei ihrem Vater beginnen? Ihm einen Impfstoff gegen Hochmut verabreichen? Nein, keine solch perfiden Gedanken jetzt.

Rita klatscht in die Hände und bittet alle ins Speisezimmer, weist jedem und jeder Einzelnen einen Platz zu, und als sie den Anblick des hübsch gedeckten Tischs auf sich wirken lässt, des glänzenden Bestecks, der Tulpen, Kerzen, der Gäste im Kreis rundherum, erfüllt sie eine seltsame Wärme, eine Verzweiflung beinahe, und sie ertappt sich bei dem Wunsch, dass alles so bleiben könnte wie jetzt, dass die Zeit stehenbleiben könnte, so wie die campanileähnliche Standuhr an der Wand, die seit Vaters Tod nicht mehr aufgezogen wurde; eigentlich konnte sie diese kontinuierliche Veränderung nur schwer akzeptieren, über die sie noch vor einem Augenblick nachgedacht hatte: Entwicklung, Wachstum, Tod. Im Gegenteil. Die Jungs sollten immer so bleiben, wie sie jetzt waren. Genauso feurig, so voller Lebenshunger. Sie lachte innerlich, schüttelte den Gedanken dann aber von sich und nickte Dagny zu. Gemeinsam begannen sie, in tiefen Tellern die Hummersuppe aufzutragen, die einen besseren Duft verbreitete als jeder Weihrauch.

»Hast du dir noch immer keine feste Haushaltshilfe angeschafft?«, fragte Albert, der es am liebsten sähe, wenn sie ihr Leben ihrem Stande gemäß führte. Wie er selbst es tat. Gleichzeitig beließ er seine Hand ein wenig zu lange auf Dagnys Rücken, als diese den Teller vor ihn hinstellte. Er hatte Dagny immer gemocht.

»Harald könnte beim Servieren helfen!«, rief Sigurd. Rita hörte den leicht boshaften Seitenhieb in seinen Worten.

Albert nahm den Wink auf: »Arbeitest du noch immer in dieser Saufbude, Harald, dem Theatercaféen? Ich hätte geglaubt, du hättest größere Ambitionen, Junge. Wolltest du es nicht zu etwas mehr bringen, als vor Taugenichtsen zu katzbuckeln?«

Harald antwortete nicht, roch lieber an der Suppe, bedeutete der Mutter, dass er hungrig sei und sich auf das Essen freue.

»Sieh dir deinen Bruder an«, stichelte der Onkel weiter. »Rechtswissenschaft, das ist die Zukunft. Wir brauchen Juristen mehr denn je. Überdies bringt es ein guter Anwalt zu Reichtum. Wie geht's dir damit, Sigurd?«

»Gut, aber ich stehe ja noch immer am Anfang meiner Studien.«

Mit ehrlicher Neugier wandte Max sich an Harald: »Was wird denn so an den Kaffeehaustischen geredet? Werden wir in den Krieg hineingezogen oder nicht?«

»Keiner glaubt, dass der Krieg zu uns kommt«, sagte Harald, fügte jedoch hinzu: »Nur die Pessimisten. Die, die kein Trinkgeld geben.«

Max lachte und flüsterte Ragnhild, seiner jungen Tischgenossin, etwas zu. Jetzt, da alle einen appetitanregenden Teller vor sich stehen hatten, erhob Rita das Glas und deklamierte einen kurzen Vers: »Immer seufzen wir und klagen / hadernd mit des Himmels Schlüssen: Ach daß wir zu spät gekommen! / daß zu früh wir scheiden müssen!« Der Vers war als kleine Provokation oder als Ausgangspunkt für ein Gespräch gedacht. Jedenfalls passte er, in Anbetracht der politischen Umstände. »Aus den *Rubaiyat* von Omar Chayyām«, sagte sie zur Aufklärung, »nachgedichtet von Alexander Seippel. Ich bin Seippel – dieser seltsamen Figur – ja mehrmals in der Stadt begegnet, in Vaters Antiquariat. Er hat auch Hafis übersetzt. Willkommen. Bitte, lasst es euch schmecken.«

»Du und dein Persien«, sagte Sigurd in neckendem Tonfall. »Du hättest Datteln und Tee kredenzen sollen, Mutter.«

»Das ist auch schon das Einzige, was du an schöner Literatur gelesen hast«, scherzte Harald, »diese komischen persischen Poeten.« Er schielte zu der vis-á-vis sitzenden Maud hin, die diese Bemerkung jedoch nicht zu amüsieren schien. Rita wusste, dass Maud und die Jungs viel Zeit miteinander verbrachten, sie waren sogar mit den Skiern zu ihrer Hütte im Krokskogen gefahren. Angeblich war sie eine regelrechte Rakete auf den Skiern. Nach dem, was die Jungs ihr erzählt hatten, war sie im Winter mehrmals von Jevnaker, ihrem Heimatort, durch das große Waldgebiet der Nordmarka bis in die Stadt langgelaufen. Ein

Mädchen, an dem Nansen zweifellos seinen Gefallen gefunden hätte, er, der seine Eva auf Skiern im Wald am Frognerseteren kennengelernt hatte. Ja, und sie las auch viel und wollte für eine Zeitung schreiben. Beschäftigte sich außerdem mit Fotografie. Armes Ding, sie hatte offenbar keine Ahnung, was für eine Männerbastion eine Zeitungsredaktion war. Bei zwei Gelegenheiten hatte sie Rita gefragt, ob sie Bilder von ihr schießen dürfe. Sie hatten sich damals ein wenig unterhalten, und Maud hatte ihr viele überraschende Fragen gestellt. »Sie haben ein schönes Gesicht«, hatte sie hinterher gesagt. »Ich sammle schöne Gesichter.«

Rita mochte sie, ihre Glut. Ihre draufgängerische Art. Ihre Eigenschaft, nicht in alte Muster zu verfallen wie so bedrückend viele andere junge Frauen.

»Pfui, seine Mutter unterschätzen, das ist aber nicht nett«, lachte Rita und nutzte die Gelegenheit, um anzumerken, dass noch jemanden fehlte, aber wieso sich mit Warten aufhalten? Und dann bedankte sie sich für die Geschenke, das sei absolut nicht nötig gewesen, aber vielen Dank. Von ihren Söhnen hatte sie nur etwas Symbolisches aus der Freia-Schokoladen-Boutique auf der Karl Johans gate bekommen, aber Maud – aufs Neue war Rita verblüfft – hatte ihr eine Grammofonplatte geschenkt, zwei Cello-Suiten von Bach, eingespielt von Pablo Casals. Ein außergewöhnliches Geschenk. Was sie indessen am meisten begeisterte, war nicht das eigentliche Geschenk, sondern etwas, das Maud sagte und das Rita nicht wusste, nämlich dass sich Casals im Spanischen Bürgerkrieg auf die Seite der Republikaner gestellt habe, dass er jetzt in Frankreich wohne und die Rückkehr nach Spanien verweigere. Maud verfolgte das Weltgeschehen, Rita mochte sie schon jetzt lieber als irgendeine der anderen jungen Damen, die ihre Jungs früher angeschleppt hatten.

»Was für ein subtiler Geschmack«, sagte Max und führte den Löffel zärtlich in den Rest der Suppe. »Und was für ein wundervolles Aroma. Bravo, Rita!«

Von Albert und Ragnhild hatte sie prächtigen Silberschmuck bekommen, wobei sie nicht recht wusste, ob sich darin die Großmütigkeit ihres Bruders ausdrückte oder ob er damit etwas zur Schau zu stellen beabsichtigte. Max hatte sein letztes Buch über Albrecht Dürer mitgebracht. Sie war sich nicht sicher, ob sie Dürer mochte, bedankte sich aber höflich. Und vielleicht auch ein klein wenig beeindruckt. Max, der Bücherschreiber. Der kleine Max. Als er bei der Tür hereingekommen war und ihr das Buch überreicht hatte, hatte er geflüstert: »Ah, noch immer die dunkle Schönheit, Rita. Und das burgunderrote Kleid, der Stoff, dein Haar, lassen mich an ein Porträt von John Singer Sargent denken.« Sie musste ihn fast zur Seite schieben, auch wegen eines auffallend starken Dufts: »Du hast zu viel Kunstgeschichte gelesen, Max.« Was ihn eigentlich faszinierte, dachte sie bei sich, war ihr großzügiger Ausschnitt, und sonst nichts. Sogar wenn er ihr in die Augen sah, gelang es ihm nie ganz, die Lust zu verbergen, seinen Blick in die Kluft zwischen ihren Brüsten hinabzusenken, ein Abgrund, der ihn schon in seiner Jugend schwindlig gemacht hatte. Bevor sie zu Tisch gegangen waren, hatte er sich, wieder mit diesem zweigeteilten Blick, über ihre Karriere unterhalten wollen. Ob sie vorankomme? »Höher hinauf«, dachte sie, das war es, was er damit meinte. Aber sie war sich nicht mehr sicher. Wusste er von der Professur, von der Anstellung, die ihr durch die Lappen gegangen war?

An diesem Abend wollte Max sich eindeutig von seiner besten Seite zeigen, seiner witzigen, Oscar-Wilde-artigen Seite. Darüber war sie froh. Aber er war hinterlistig. Sie hatte schon immer gedacht, dass ihm irgendein wichtiges Organ fehlte. Und jetzt unterhielt er sich angeregt mit der gutherzigen Ragnhild. Sollte Rita sie warnen?

Nicht den Optimismus verlieren! Der Hauptgang wurde an den Tisch gebracht. Ente. Immer Ente. Als Gewürze dienten nicht nur Salz und Pfeffer, sondern auch ein wenig gemahlener Kardamom. Dazu eingemachte Äpfel und Kürbis. Honigsoße. Sie brachte einen neuen Toast aus, auf die Familie und Freunde. Es sollte ein denkwürdiger Abend werden. Ein salonartiger Abend, knisternd vor intelligenten Kommentaren. Zwangloses Geplauder, dessen Unterbau die Weltgeschichte bilden sollte und die Lehren, die es daraus zu ziehen galt, nicht zuletzt unter Berücksichtigung der angespannten Lage, die außerhalb der Wohnzimmerfenster herrschte. Doch als Albert sich im weiteren Verlauf des Mahls räusperte, entstand allmählich ein Missklang. Rita war aufgefallen, dass er bei seiner Ankunft leicht verärgert gewirkt hatte, vielleicht weil seine Frau und sein aufmüpfiger Sohn nicht mitgekommen waren. Darüber konnte Rita allerdings nur froh sein, sie pflegte ein angestrengtes Verhältnis zu Constance, oder dem »Dreißigjährigen Krieg«, wie Albert sie nannte. Nun aber räusperte er sich und sagte, die Ente sei zu trocken, warf die Bemerkung einfach so hin, wie nebenbei, aber trotzdem laut genug, dass alle sie hörten, die Ente sei ein bisschen trocken, zum Teufel auch, er hätte ein paar erstklassige Filetsteaks mitbringen können, wieso sie ihm nicht einfach Bescheid gesagt habe; Rita ließ sich nichts anmerken, nicht einmal, als Ragnhild ihrem Vater einen vorwurfsvollen Blick zuwarf und anmerkte, die Ente schmecke ganz vorzüglich; Rita tat, als ob nichts wäre, eigentlich war Essen für sie eine Nebensächlichkeit, sie hätte überhaupt nichts zu essen servieren müssen, eigentlich interessierte sie sich gar nicht dafür; obwohl sie eine Frau war, war ihr die Kocherei immer lästig gewesen, sie hatte nur getan, was zu tun war, damit die drei Kinder bekamen, was sie brauchten; die Essenszubereitung war eine notwendige, aber unbedeutende Tätigkeit, trotzdem ärgerte es sie, dass ihr Bruder so über die Ente hatte sprechen müssen, denn die Ente war trocken, nicht einmal die Soße konnte etwas dagegen ausrichten.

Es wäre verlockend gewesen, mit einer spitzen Bemerkung zu kontern, und sie war beinahe dankbar, als Sigurd erneut die Spannungen auf dem Kontinent zur Sprache brachte, woraufhin Max vorsichtig andeutete, die Ansprüche der Deutschen seien wohl nicht ganz ungerechtfertigt. »Kein Wunder, dass sie sauer sind«, bemerkte Sigurd, »so, wie sie 1918 von den Siegermächten beraubt wurden. Der sogenannte Frieden von Versailles hat sie ja finanziell komplett ruiniert. Was konnte der Rest von Europa da schon erwarten? Dass die Deutschen, völlig gedemütigt, nur herumsitzen würden und das einfach so hinnehmen?«

»Hier in Norwegen wird es keinen Krieg geben«, wiederholte Harald. »Seit 126 Jahren ist auf norwegischem Boden nicht gekämpft worden, wir kommen auch diesmal davon. Und die Ente war tadellos, Mutter.«

Natürlich werde es Krieg geben, stellte Sigurd fest und leerte sein Glas. Was Harald denn glaube, wie lange die Deutschen noch zuwarten würden, um sich den Hafen von Narvik zu sichern? Die Briten und Franzosen könnten die Gewässer jederzeit mit Minen auslegen.

Oder bei uns einfallen, warf Max ein. Harald verdrehte die Augen.

Sigurd hielt einen hitzigen Vortrag über die Abhängigkeit der deutschen Kriegsindustrie von schwedischem Eisenerz und den Bedarf der deutschen Marine an Basen in norwegischen Fjorden, mit denen sie einen möglichst großen Teil der Nordsee unter ihre Kontrolle bringen könnten.

Der Onkel klatschte leise. »Ein Historiker«, murmelte er. »Wie seine Mutter.«

Wenn der Krieg wirklich komme, sei es ihre moralische Pflicht, nicht zu den Waffen zu greifen, sagte Harald und beugte sich vor, um nach der Weinflasche zu greifen, die ihm am nächsten stand. Abgesehen davon sei man ohnehin machtlos. Die norwegische Verteidigung sei null wert. Das wisse Sigurd genauso gut wie er selbst. Beide hätten sie diese Farce mitgemacht, die unter dem Namen Wehrpflicht firmiere, sie könnten im besten Fall ihre Stiefel blank putzen.

»Noch Wein, Maud?«, fragte Rita. »Nein, danke.« Mauds Glas war allerdings auch noch halbvoll. »Ragnhild?« »Ich habe noch, danke«, lächelte sie. Bescheiden, die jungen Damen, oder vorsichtig, im Gegensatz zu den Herren und den Jungs; es sollte umgekehrt sein, dachte sie, die Frauen sollten Wein trinken und dabei Reden schwingen, laut und bombastisch, während die Herren zuhörten, nüchtern und zurückhaltend, warum lief es nie so ab?

Doch dann mischte Maud sich ins Gespräch ein: »Nur wir Frauen können den Krieg stoppen«, sagte sie und machte eine Pause, ehe sie fortfuhr: »Indem wir Männern den Zugang zu unseren Geschlechtsteilen verweigern. Wie Lysistrata.« Rita lächelte überrascht, während Sigurd und Harald peinlich berührt wirkten, ihre Freundin so unverblümt sprechen zu hören.

Auch Ragnhild ergriff unerwartet das Wort: »Habt ihr von Ghandi gehört, diesem seltsamen Inder?« Auf diese Frage seiner Tochter hin rümpfte Albert die Nase, so als wäre Ghandi ein genauso lächerliches Wort wie Lysistrata. »Er hat gegen die

Kolonialherren gekämpft, und das ohne Gewaltanwendung«, fuhr Ragnhild fort. »Im Zusammenhang mit dem, was man den Salzmarsch genannt hat, sahen sich die Briten gezwungen, 60.000 Inder zu verhaften.«

»Das wäre wirklich mal was«, sagte Harald mit einem zustimmenden Nicken.

Sigurd rückte auf seinem Stuhl herum, wie um seine Verständnislosigkeit darüber auszudrücken, wie auch nur irgendjemand diesen wirklichkeitsfernen Unsinn ernst nehmen könne.

»Ja, das wäre ein Anblick«, sagte der Onkel. »Harald, der vor den Panzern auf der Svinesundbrücke steht, eingewickelt in ein weißes Tuch aus dem Theatercaféen.«

»Und zum Zeichen des Friedens mit einer Serviette wedelt«, stimmte Sigurd ein.

»Du warst schon immer ein verdammter Kriegstreiber!«, rief Harald. Als spräche er gewissermaßen nur zu Ragnhild und Maud, begann er davon zu erzählen, wie Sigurd als kleiner Junge ein riesiges Modell der Skagerrakschlacht gebastelt hatte, der größten Seeschlacht des letzten Krieges, wie er kleine Boote auf einer gigantischen, gezeichneten Karte der Nordsee hin und her geschoben hatte. »Er war so vertieft in dieses Spiel, dass ihm der Sabber runterrann. Er hätte Admiral werden sollen!«

»Du bist ein Träumer, Harald. Lass den Krieg nur kommen, sage ich.« Sigurd war so erregt, dass er halb aufgestanden war. »Es wird Zeit, dass endlich einmal etwas passiert in diesem verflucht sicheren Land. Sehnst du dich denn nicht danach, etwas Heldenmutiges zu vollbringen?«

»Jedenfalls nicht in einem Krieg«, sagte Harald.

»Na, na, nicht so laut«, sagte Rita. »Sigurd, nimm noch von der Ente. Und du, Harald, reich mir die Schüssel mit den eingelegten Äpfeln.« Plötzlich wurde sie gewahr, dass zwischen den beiden Brüdern etwas war, dass da etwas verborgen lag und dieser Streit über Krieg oder nicht Krieg, ihre Versuche, sich gegenseitig lächerlich zu machen, lediglich als Tarnung dienten für etwas anderes, für einen tiefer sitzenden, ernsten Konflikt. Ging es um Maud? Wieso hatte sie ausgerechnet das über Lysistrata gesagt? Schon bei der Ankunft der Gäste in der Villa hatte Rita einen kurzen Einblick bekommen. Anstatt direkt ins Wohnzimmer zu gehen, hatte Harald versucht, Maud über die Treppe ins Obergeschoss hinaufzuziehen. »Wir müssen darüber reden«, glaubte Rita, ihn sagen gehört zu haben, mit einem Flüstern, aus dem sie Verzweiflung herausgehört hatte; er hatte Maud am Handgelenk gepackt, doch sie hatte jähzornig ihren Arm zurückgezogen. »Fass mich nicht an!« Ausgerechnet diese Worte hatte Rita deutlich vernommen.

In Gedanken suchte sie nach etwas, was die Gemüter zum Abkühlen bringen könnte, und ihr fiel ein, dass sie neulich Halvdan Koht im Fjellveien getroffen hatte, sie hatte es nie für etwas Besonderes gehalten, beim Spazierengehen dem Außenminister über den Weg zu laufen, ihre gesamte Kindheit hindurch war sie es gewohnt gewesen, Personen, die von vielen als Vorbilder und Helden angesehen wurden, oder die immerhin wichtig oder berühmt waren, zu grüßen und Gespräche mit ihnen zu führen, und jetzt erzählte sie ihren Gästen von ihrer Begegnung mit Außenminister Koht, der gesagt habe, er glaube nicht, dass Norwegen in den Krieg hineingezogen werde. »Das Beste, was wir tun können«, hatte er gesagt, »ist, darauf zu achten, dass unsere Neutralität nicht von anderen Nationen verletzt wird.«

Das brachte Sigurd nur noch mehr auf die Palme, er nannte Koht einen blauäugigen Antimilitaristen. Rita hörte kaum noch zu, saß da und starrte auf das glühende Walnussholz der Anrichte, auf dessen verborgenes Muster. Auch die anderen mischten sich jetzt ein, sprachen über Koht und England und die von Deutschland ausgehende Kriegsgefahr, die von allen unterschätzt werde, Rita spürte, wie ihr schwindlig wurde bei dem Gerede, das heißt, die Männer waren es, die redeten, sich gegenseitig das Wort redeten, über das deutsche Schiff Altmark, über den Jøssingfjord, irgendwas über Finnland, über Churchill, über Hambro, sollte nicht er das Land regieren anstatt Nygaardsvold und blablabla. Der Inhalt verschwand vor ihr. Am Ende fing sie nur noch einzelne Wörter auf, Phrasen … Norwegen … Ehre … unsere verdammte PFLICHT … Eidsvoll, verflucht noch eins … der König … die Deutschen sind unsere Freunde … Gewissen … bevor Sigurd schließlich sagte, es sei eine Schande, sie müssten etwas tun, es könne sich nur mehr um Tage handeln, bis die Deutschen vor der Tür stünden, sie sollten sich bereitmachen, sollten schon jetzt in den Wald aufbrechen, rauf zu Mauds Hütte, dieser Krieg, ob sie es wollten oder nicht, werde hierherkommen, Hitlers Appetit auf Land sei noch nicht gestillt, jetzt sei Norwegen an der Reihe.

Die Stimmung, der ganze Abend, stand im Begriff, sich anders zu entwickeln, als Rita gehofft hatte. Sie starrte auf das halbe Stück trockenen, ja, *zu trockenen* Entenfleischs, das noch auf ihrem Teller lag, und suchte nach etwas anderem, worüber man sich unterhalten konnte, während Max eine Vorlesung über deutsche Geschichte hielt, über England und Frankreich, über Russland, gepaart mit Kunstgeschichte. Seine Sympathie für das Deutsche schimmerte hindurch, und Rita fiel wieder ein, dass er kürzlich erst eine Chronik über »eine neue Renaissance für Deutschland« geschrieben hatte, irgendetwas in der Art. Albert sagte etwas über Krupp, über die deutsche Industrie, pflichtete seinem Freund bei, Harald brachte Einwände vor, auch Sigurd meldete sich wieder zu Wort, worauf sie erneut zu streiten anfingen. Rita hörte nicht mehr zu, gab Dagny ein Zeichen, die gerade die Teller hinauszutragen begann.

»Trotzdem verstehe ich nicht, wie die Deutschen, mit ihrer reichen Geistestradition, einem Scharlatan und Rüpel wie Hitler auf den Leim gehen können.« Wieder war es Maud, ihre klare, angenehme Stimme.

Rita ertappte sich bei einem anerkennenden Nicken, und während sie die glänzenden Dessertteller aufdeckte, sah sie die Gelegenheit gekommen, auf die schonungslosen Artikel über das dämonische Element im deutschen Nationalsozialismus zu sprechen zu kommen, die Konrad in den letzten Jahren für die Zeitung verfasst hatte. Worauf die Menschen hereinfielen, hatte er geschrieben, und was bei so vielen Menschen Sympathie für Hitler wecke, sei seine Fähigkeit, Politik in Ästhetik zu verwandeln. Er habe es geschafft, die ganze deutsche Gesellschaft in ein Theater umzugestalten. Man schaue sich bloß die erschreckenden Parteiversammlungen in Nürnberg an!

Max beäugte sie missbilligend, nicht so sehr in Hinblick auf ihre Argumentation, als vielmehr, weil sie den Namen Konrad Steen erwähnt hatte. Er faselte irgendetwas von wegen, wie sehr der deutsche Blitzkrieg ihn in seinen Bann gezogen habe. Polen! Was für eine Effektivität! Müsse man da nicht zumindest *ein bisschen* beeindruckt sein von den Deutschen?

Was ist das nur mit den Männern, dachte Rita, während sie das Silbertablett mit dem Karamellpudding so auf dem Tisch abstellte, dass Ragnhild sich als Erste bedienen konnte: Diese jungenhafte Begeisterung für Technologie und Strategie, die sie zu einem völligen Außerachtlassen der daraus resultierenden Folgen befähigte: die Tausenden und Abertausenden von

Leichen, junge Männer – Männer wie Sigurd und Harald –, die im Schlamm begraben lagen.

»Noch jemand Wein?«, fragte Rita. Sie hatte einen Sauternes servieren wollen, aber schlicht und einfach vergessen, einen zu besorgen.

Sie sollte zur Gegenrede ansetzen. Obwohl sie am liebsten über etwas anderes geredet hätte. Egal worüber, nur eben etwas anderes. Über die Krokusse, die an der Hauswand entlang auftauchten. Über Johann Sebastian Bach. Trotzdem. Niemand an diesem Tisch wusste mehr über Geschichte als sie. Sie musste etwas sagen. Die Perspektive umkehren. Doch sie blieb einfach nur sitzen und hörte zu, nippte von ihrem Getränk, als säße sie im Publikum bei einer Veranstaltung, und ließ sich blenden, *genau wie die Frauen zu allen Zeiten*, ließ sich blenden von diesen Männern, von ihren Argumentationsreihen, die sich gewiss auf lange Zeitungsartikel gründeten oder auf Bücher, die sie gelesen hatten. Zudem war sie keine geschickte Rednerin – hatte sie vielleicht deshalb die Stelle nicht bekommen? Doch dann, als sie den Geschmack von Dagnys Karamellpudding genoss, oder wenigstens zu genießen versuchte, kam ihr der Verdacht, dass diese vier redseligen Männer weniger wussten, als sie zu wissen vorgaben, viel weniger, oder dass das, was sie hier darlegten, eigentlich ein Ausdruck von Gefühlen war, verkleidet in vernünftige Rhetorik. Und sie erkannte hinter all dem, dass dieser ganze Wortwechsel lediglich Konversation war, etwas, das sie auf dieselbe Weise genossen wie die Zigaretten, die sie in den Händen hielten. Es waren nur Worte, etwas, womit man focht, womit man Status herstellte. Selbst Sigurd befürchtete eigentlich keine deutsche Invasion, er flirtete bloß mit der Angst.

Flirtete mit Maud.

Nachdem sie sich ins Wohnzimmer begeben hatten, wurde die Diskussion bei Kaffee und Cognac fortgeführt. Da sie nicht allzu viele waren, konnten sie in einem weiten Halbkreis um den großen Kamin sitzen, die Beine auf einem der Isfahan-Teppiche. Die Jungs hatten wieder links und rechts neben Maud Platz genommen. Rita saß in ihrem großen, mit safranfarbenem Stoff bezogenen Ohrensessel, dessen Muster aus Tigern und Elefanten bestand. Pfauenthron, so nannten ihn die Jungs. Für Rita war es einfach ein Nachdenksessel. Über dem Kamin hing eines der wenigen Dinge, die Ritas und Alberts Vater hinterlassen hatte: ein Schwert, iberischer Stahl, »ein Souvenir aus meiner Heimatstadt Toledo«, wie er erklärt hatte. An den Wänden um sie herum hingen Gemälde von Erik Werenskiold und Eilif Peterssen, einige Zeichnungen von Munthe, sogar eine von Nansens Skizzen. Geschenke an ihre Mutter. In demselben Sessel, in dem Rita jetzt saß, war auch ihre Mutter gegen Ende ihres Lebens gesessen und hatte mit den Männern Hof gehalten, die nie aufgehört hatten, für sie zu schwärmen. Auch jüngere Männer.

In dem Wissen, dass in unserer bisherigen Darstellung Namen erwähnt wurden, die den meisten Leserinnen und Lesern unbekannt sein dürften, möchten wir die besonders Neugierigen auf ein Werk aufmerksam machen, das als eine Pionierarbeit angesehen werden kann bei der Erforschung einer Nation, die praktisch aus dem Weltgedächtnis ausradiert wurde, die wir jedoch, unter Anwendung der fiktionalisierten Geschichte, fragmentarisch wiederherzustellen versuchen: *Archäologie der Namen. Tausend vermutlich zentrale Personen im Norwegen des 20. Jahrhunderts* von Yang Anyi (Xianxiang Y-1032).

Aus den Augenwinkeln sah Rita, wie Albert Dagny betatschte, als diese mit der Kaffeekanne und einem Tablett mit Konfekt die Runde machte. Als Max Ragnhild etwas anvertraute, befanden sich seine Lippen viel zu nah an ihrem Ohr. Diese Männer interessierten sich für eine andere Sorte Konfekt als die, die man in der Freia-Schokoladen-Boutique zu kaufen bekam. Rita trank, spürte die betäubende Wirkung des Alkohols, hatte jedoch nichts dagegen. Sie hörte dem Wortkrieg der Jungs zu, der in einem Ton gehalten war, der nicht mit der Bildung zusammenstimmte, die dieses Wohnzimmer, diese Villa, dieser Stadtteil, Lysaker, repräsentierten. Höchste Zeit, etwas beizusteuern, die Diskussion auf ein höheres Niveau zu heben, die richtungsweisenden Linien zu präsentieren. »Die Deutschen und Hitler hätten aus der Geschichte lernen sollen, dass man die Außengrenzen besser in Frieden lässt«, sagte sie ruhig und drehte den Fuß ihres Glases. Plötzlich waren alle Blicke auf sie gerichtet. »Denkt zurück an den Krieg zwischen den Griechen und dem Perserreich. Sowohl Dareios als auch Xerxes waren bedeutende Staatsmänner, aber beide erlitten Niederlagen, als sie den Krieg zu weit an die Peripherie verlagerten.«

»Die Deutschen geben sich nie mit ihrer nächsten Umgebung zufrieden«, warf Sigurd ein. »Jedenfalls haben sie im vorigen Krieg die Russen nicht in Frieden gelassen. Und sie müssten nicht gleich bis ins alte Persien zurückdenken, um gewarnt zu sein, sie bräuchten sich bloß Napoleon anzusehen.«

»Vielleicht haben sie ja doch etwas gelernt«, sagte Albert. »Vergessen wir nicht, dass Ribbentrop und Molotow letztes Jahr im August einen Nichtangriffspakt unterzeichnet haben.«

»Es ist völlig undenkbar, dass der Krieg hierherkommt«, wiederholte Harald.

Sigurd erhitzte sich von neuem, doch Rita unterbrach ihn und wandte sich an Harald, bemüht, nicht wie eine geduldige Mutter zu klingen: »Es lässt sich unmöglich voraussehen«, sagte sie, »wie die Geschichte sich entwickeln wird.« Die Aussage veranlasste Harald zu einem neugierigen Seitenblick in Mauds Richtung, aber Rita fuhr fort, jetzt mit noch größerem Eifer. Denn was habe das Studium der Geschichte, der Perser, sie gelehrt? Ja, dass niemand genug Fantasie besäße zu sehen, dass das Undenkbare und Unwahrscheinliche geschehen könne, und das, obwohl es über die Jahrhunderte wieder und immer wieder geschehen sei. »Denken wir nur an den Juni 1914«, sagte sie. »Eine Idylle. Voller Glauben an die Zukunft. Wer hätte damals geglaubt, dass Europa vor einem vier Jahre andauernden Inferno stand, bei dem Millionen von jungen Männern in rattenbefallenen Schützengräben den Tod finden sollten? Im Juli lag die kaiserliche Yacht Hohenzollern noch in Sonnenschein gebadet vor Balestrand!«

Die Zeit. Wo waren die Jahre geblieben? In jenem Sommer war sie selbst in einem sonnenglitzernden Fjord gepaddelt, in einem Kajak, das Nansen für sie besorgt hatte. Achtzehn Jahre alt und voller Optimismus, war sie mit jugendlicher Kraft in dem kleinen Gefährt durchs Wasser geschossen und hatte von all den Reisen geträumt, die sie unternehmen würde, in den Osten, nach China.

Maud und Ragnhild schauten sie an. In ihren Blicken lag Zustimmung. Maud lehnte nicht ab, als Dagny ihr noch Cognac einschenken wollte.

Max lächelte dümmlich. Max mit seinen glatten, bibelschwarzen Haaren und dem jungenhaften Gesicht. Und es wiederholte sich: Seine Augen waren nicht auf ihr Gesicht, sondern in ihren Ausschnitt gerichtet. Wie um sich wieder zu fangen, beugte er sich nach vorn und sagte leise, damit nur sie es hören konnte: »Schade, dass du die Professorenstelle nicht bekommen hast, Rita.«

Also wusste er es.

»Ja, ich hätte geglaubt, ich würde vor einen akademischen Senat treten, nicht vor einen Ableger der Freimaurerloge«, antwortete sie ebenso leise. »Wieso kriegt ihr immer so eine Angst, sobald eine Frau euer Revier betritt?«

Weder Max noch sonst jemand hatte auch nur eine Ahnung davon, wie enttäuscht sie gewesen war. Dass sie eine Zeit lang nur im Bett herumgelegen war. Eine solche Gelegenheit würde sich ihr wahrscheinlich kein zweites Mal bieten. Um sich wieder aufzurappeln, musste sie auf den alten Befehl ihrer Mutter zurückgreifen, den sie ihr jedes Mal zugerufen hatte, wenn Rita zu Boden gegangen war – sei es durch ein Missgeschick, einen Misserfolg, oder weil ihre Brüder sie herumgeschubst hatten: »Steh auf!« Ihre Mutter hatte ihr beigebracht, niemals zu jammern. »Steh aufrecht, Rita. Was auch immer dir widerfahren mag.« Dieses Diktum ihrer Mutter war für sie mit der Zeit zu einem Königinnengedanken geworden: die Idee der *Femina erecta*.

Max tat, als hätte er sie nicht gehört, wandte sich den jungen Damen zu und erklärte mit lauter Stimme, schon in der Grundschule habe Rita für die Perser Partei ergriffen. Lustig, nicht wahr?

Rita beschrieb mit dem Glas kleine Kreise in der Luft, als wolle sie ein Erinnerungsrad in Gang setzen, ehe sie zur Verteidigung ansetzte. Sie sagte, dies liege ausschließlich daran, dass alle so in die Griechen vernarrt seien, alles schwarz-weiß sähen. Und Max sei ja nicht im Klassenzimmer gewesen: Sie habe lediglich gefragt, ob der Lehrer *mehr* über die Perser, über ihre Kultur erzählen könne. Die Schüler hätten ja den Eindruck gewinnen müssen, diese Perser seien gemeine Banditen gewesen.

Es war, als ob der Cognacdunst ihr Gedächtnis stimulierte, denn auf einmal kehrte alles zurück. Die Schule. Der Ärger über den Unterricht. Musste Kyros der Große denn nicht auch ein fähiger Staatsmann gewesen sein, nicht nur ein außerordentlicher Krieger? In den Religionsstunden wurde er als Held besprochen, war es doch gewesen, der den im babylonischen Exil lebenden Juden die Heimkehr ermöglicht und ihnen sogar die Errichtung eines Tempels erlaubt hatte. In den Stunden hatte Rita Fragen gestellt, nachgebohrt, war neugierig geworden auf Kyros und Dareios. Wie hatten sie es fertiggebracht, dieses riesige Reich, das größte, das die Welt bis dahin gesehen hatte, zu vereinen? Mussten sie denn nicht auch Großmut und Toleranz gezeigt, großes Geschick in der Organisation, bei der Gesetzgebung, im Straßenbau bewiesen haben? Und was war mit Xerxes geschehen, nachdem er aus Griechenland heimgekehrt war, er regierte noch volle 14 Jahre? Wie hatte es in den Städten Susa und Ekbatana ausgesehen? Stimmte es, dass die Mauern von Ekbatana in sieben verschiedenen Farben gestrichen waren? Der Lehrer hatte verzweifelt die Hände gehoben, oder Rita vielmehr zum Schweigen angehalten, aber Rita hatte nicht aufgegeben, wollte etwas über ihre Religion erfahren, nicht nur über den Zeus und die Athene der Griechen, sie wollte von Ahura und Mazda hören, wollte so viel wie möglich über die »Schurken« der Geschichtsstunden wissen. Das einzige Ergebnis war, dass sie gründlich zum Narren gehalten wurde, insbesondere, nachdem die Jungenklasse Wind davon bekommen hatte. Später jedoch, vielleicht aus Protest, hatte sie alles gelesen, was sie über persische Geschichte in die Finger bekam, und am Ende war sie, wie nur wenige aus Norwegen zu jener Zeit, nach Persien gereist, hatte die Ruinen von Persepolis besichtigt, und immer wieder kam sie seither auf etwas zurück, was sie ihren *persischen Blick* nannte, eine Offenheit für die größeren Maßstäbe, für andere Blickwinkel.

Xerxes. Ein Lehrsatz. Geschichte als Gleichung mit zwei Unbekannten.

Als Rita aus ihrer eigenen Gedankenwelt zurückkehrte, wirkte die Atmosphäre weniger angespannt. Sie achtete darauf, dass Dagny allen nachschenkte, deren Gläser leer waren, dass Harald Holz im Kamin nachlegte, und einige Minuten lang standen die Zeichen gut für ein zerstreutes Geplauder, die Gäste unterhielten sich in Zweiergruppen über Alltägliches. Doch dann, vielleicht wegen des Cognacs oder weil es unmöglich war, das Thema außen vor zu lassen, kehrte die Diskussion wieder zurück zu Norwegen und der Kriegsgefahr. Alle redeten laut durcheinander, und auch die jungen Damen brachten ihre Anschauungen ein. Nur Albert schwieg. Rita hatte den Eindruck, als ob ihn das alles eigentlich langweilte. Seine Schiffe waren auf allen Weltmeeren unterwegs, auf Meeren voller U-Boote, und er saß da und langweilte sich. Hatte sie nicht kürzlich erst gelesen, es seien bereits fünfzig norwegische Schiffe verloren? Oder täuschte sie sich? Schmiedete er, hinter seiner Maske, gerade einen Plan, wie er Dagny ins Schlafzimmer locken konnte? Man sollte nie unterschätzen, wie verblüffend einfach die Männer gestrickt waren.

Erneut beobachtete sie ihre Söhne in ihrem Wetteifern um das, was für sie der heilige Gral des Abends war, Mauds Aufmerksamkeit. Ragnhild musste das ebenfalls bemerkt haben, denn die meiste Zeit saß sie nur da und lächelte, als ob dieses ganze Drama sie amüsierte oder sie es als lehrreich und spannend empfand.

Rita hatte zu viel getrunken, setzte aber trotzdem das Glas nicht ab. Das Ganze fing langsam an, ihr zu entgleiten, allerdings war es ihr inzwischen egal, welchen Ausgang der Abend nahm.

Abermals ergriff Maud die Initiative: »Aber ihr Kulturbegeisterten …«, fing sie mit einer Handbewegung Max, Harald und Sigurd ein, »steht die Kultur diesem Unfug wirklich machtlos gegenüber?«

Albert gab einen Seufzer von sich und murmelte etwas über das idealistische Geschwafel der Künstler, wurde aber von Max unterbrochen: »Die Musiker versuchen wenigstens, etwas zu tun!« Er wirkte froh über die Gelegenheit, von dem Konzert erzählen zu können, das er Anfang der Woche in der Universitätsaula besucht hatte. Apropos Kriegsgefahr: Wenn die Deutschen wirklich in Norwegen einfallen wollten, hätten sie wohl kaum zuerst ihren besten Dirigenten geschickt. Oder was sie denn glaubten, zuerst Furtwängler und dann Bombenflugzeuge?, sagte Max. Wieder Gelächter. Max pries dieses Konzert in den höchsten Tönen, schwärmte hemmungslos von Furtwängler, von der Art und Weise, wie er die nicht gerade erstklassigen Musiker des Oslo Filharmoniske Orkester inspiriert habe. Nie hätten Haydn, Richard Strauss und Beethoven in einem norwegischen Konzertsaal besser geklungen. Der Höhepunkt jedoch sei mit der Zugabe erreicht worden, bei der Ouvertüre zum *Tannhäuser* von Wagner. Max schloss die Augen, dirigierte mit der Zigarette in der Luft, als höre er Strofen dieses Werks in seinem Kopf. »Nein, wenn sie eine Invasion bei uns im Sinn hätten, bräuchten sie dafür nur ihre überlegene Kultur!«, sagte er.

»Ist Furtwängler nicht Hitlers Lieblingsdirigent? Und Wagner der Komponist, den er am meisten schätzt?« Wieder Maud. Eine Falkin. Ließ Max nicht davonkommen. Es war, als gewahrte sie eine Verbindung zwischen dem Konzert in der Aula und einer drohenden Gefahr, einen Zusammenhang, den keiner der anderen sah. Rita ertappte sich dabei, Maud zu bewundern und einen Scharfsinn wiederzuerkennen, den sie selbst einst besessen hatte.

Max weigerte sich, seine Begeisterung zu dämpfen. »Eine Dosis deutscher Kultur würde uns wahrhaftig nicht schaden«, sagte er. »Oder deutscher Führung«, fügte er hinzu. Sogar Albert zuckte auf seinem Stuhl zusammen. »Wieso es nicht als Befreiung von unserer eigenen Untauglichkeit betrachten? Wir Halbbarbaren sollten uns glücklich schätzen, von der deutschen Kultur unter die Fittiche genommen zu werden. Wäre das nicht so, als wäre man im im Altertum von den Griechen erobert worden und hätte an der reichen hellenistischen Kultur teilhaben dürfen?« Er schaute Rita an, und in seinem Blick lag etwas Träumerisches. »Wer weiß? Vielleicht stehen wir hier vor einer echten Möglichkeit. Ein großer Sprung vorwärts, aufwärts. Nicht nur für die Kultur, sondern für die ganze Menschheit. Eine Veredelung.«

»Du gütiger Himmel … Jetzt gehst du zu weit, Max, sogar für deine Begriffe.« Rita hatte sich erhoben, weigerte sich zu glauben, dass er das wirklich ernst meinte, er war bloß betrunken. Trotzdem fühlte sie sich provoziert. Lauter, als sie es wollte, sagte sie, die Geschichte habe gezeigt, dass die Menschheit sich nicht auf ein höheres Ziel zubewege. Man brauche sich bloß Persien anzusehen. Auf alle drei Glanzzeiten folgte der Niedergang.

Albert war verschwunden. Rita sah vor sich, wie er in der Küche mit Dagny flirtete, sie womöglich zu etwas drängte, sie einzuschüchtern, zu verführen versuchte. Sie wurde aus ihrem Bruder nicht schlau. Sollte er sich nicht vielmehr um den Krieg sorgen und um das Schicksal seiner kostbaren Schiffsflotte?

Und was war mit dem Menschen?, wollte Max wissen. Konnte der Mensch denn nicht veredelt werden? Lächelnd schielte er zu der jungen Ragnhild.

Rita witterte eine neue Gefahr, lehnte sich schwer in ihrem Sessel zurück, obwohl sie eigentlich aufstehen und Max einmal so richtig durchschütteln sollte. Was er mit Veredelung meine? Sie bereute die Frage, denn es schwante ihr, dass dem Thema etwas Heikles, oder frei heraus gesagt, etwas Diabolisches anhaftete. Sie versuchte, Max' Redeschwall am Rand ihres Bewusstseins abzukoppeln, denn zuallererst wollte sie sich auf die Tatsache besinnen, dass sie, die Familie, oder zumindest Teile der Familie, hier zusammengekommen waren, am Kamin saßen, den Zusammenhalt stärkten, tranken, Konversation führten, oder es zumindest versuchten.

Max' Stimme holt sie wieder zurück: »Ich denke, wir sollten uns das Tierreich ansehen«, sagt er leichthin, und auch wenn sie von alldem nichts mehr hören will, ist es unmöglich, nicht doch den einen oder anderen Gesprächsfetzen aufzuschnappen, über die Natur, in der sich alles von selbst regulierte … dass die am wenigsten Geeigneten untergingen … dass nur die mit dem besten Erbmaterial überlebten … Die Aufregung in seiner Stimme steigerte sich immer weiter: Heute, in unserer Gesellschaft, kümmerten wir uns um alle und jeden, ganz gleich, wie schwach sie seien. Sie wollte nichts hören, aber es gelang ihr nicht, den gesamten Redeschwall auszusperren: … *wenn die alle Kinder bekommen … es geht um die Zukunft … auch fähige Ärzte und Politiker … die Gefahr, dass uns, den Menschen, eine Degeneration bevorsteht.* Sagte er das wirklich? Auf jeden Fall saß er hier, in ihrem Wohnzimmer, und erklärte, wir sollten selbst steuern, wer sich fortpflanzen dürfe. Warum sollten wir nicht ein bisschen an uns selbst herumbessern, an unserer eigenen Rasse? Wieso den Zufall regieren lassen? Immerhin würden ja auch ständig neue Getreidesorten, Kühe und Schweine gezüchtet.

Rita spürte ihre Wangen erröten: »Du vergisst einen nicht ganz unwesentlichen Aspekt, Max. Der Mensch ist keine Kuh und kein Schwein.«

Und er: »Nein, aber was sollte falsch daran sein, die Geistesschwachen oder regelrecht Geistesgestören zu sterilisieren? Unvorteilhafte Erbeigenschaften zu beseitigen?«

Albert war ins Zimmer zurückkehrt, er wirkte mürrisch, wie er da breitbeinig hinter den Jungs stand: »Sag's doch einfach frei heraus, Max. Du spielst auf die Rassenhygiene an oder auf das, was wir mit einem schöneren Wort Eugenik nennen. Gibt es nicht drüben in Uppsala eine Einrichtung, die sich Institut für Rassenbiologie nennt! Vom Reichstag anerkannt. Die Schweden waren uns ja immer schon weit voraus.«

»Mir gefällt das Wort ›Erbhygiene‹ besser«, sagte Max. »Dabei geht es darum, zum Beispiel geistig Zurückgebliebene am Kinderkriegen zu hindern.«

Albert, wie aus einem Hinterhalt: »Das solltest du bedenken, wenn es um Bjørg geht, Rita.«

Das stach. Der Schmerz. »Schweig still! Wie kannst du es wagen …« Rita erhob einen warnenden Zeigefinger gegen den Bruder. Gewiss, sie hätte sich erheben, auf den Boden stampfen sollen, rechnete allerdings nicht damit, dass irgendwer seine grotesken Worte ernstnahm.

Ragnhild, die schläfrig wirkte, richtete sich in ihrem Stuhl auf und fragte vertrauensselig, vielleicht weil sie bald Krankenschwester sein würde: »Sind manche Menschen etwa weniger wert als andere?«

Maud reagierte ebenfalls: »Was Sie da sagen, Herr Qviller, ist gelinde gesagt ungeheuerlich. Meinen Sie, wir sollten anfangen, erwünschte Individuen von unerwünschten auszusortieren, Menschen zu beseitigen wie Unkraut aus dem Blumenbeet?«

Max: »Ich darf daran erinnern, dass eben erst ein neues Sterilisationsgesetz verabschiedet wurde … Es ist mit eindeutiger Mehrheit angenommen worden.«

Max redete wieder wie aufgezogen, Rita verschloss die Ohren, hörte nur einzelne Worte. *Wichtig*, sagte er. *Freiwillig*, sagte er. *Das Beste für das Gemeinwohl*, sagte er. Rita fühlte sich allmählich schwindlig. *Mit der Einwilligung der Angehörigen*, hörte sie. *Zur Verbesserung der Bevölkerung*, hörte sie. *Kommende Geschlechter*. Sie musste ihn stoppen: »Was kommt als nächstes, Max? Willst du dich als Zuchthengst melden?« Sie fühlte sich krank, krank von allem, was Max sagte. Und in dem Wissen, dass viele sich heute nicht eingestehen würden, dass solche Ideen einst unter den Menschen verbreitet waren, beeilen wir uns hinzuzufügen: Alles hier Erwähnte kann als repräsentativ gelten für diese Zeit. Auch für Norwegen. Die Ōuzhōu-Gruppe, die ihre Formulierungen gern auf die Spitze treibt, spricht von einer »skandalösen Anzahl an Sterilisationen in Norwegen im Zeitraum von 1930–1970«. Siehe auch *Norwegens dunkles Geheimnis* von Fira Hardjono (Yoguakarta Y-1013).

Max bedachte sie mit einem mildtätigen Blick: *Du verstehst nicht*, setzte er nach. *Ganz elementar*, setzte er nach. *Menschen, die nie Kinder bekommen dürfen*, setzte er nach. *Die Weitergabe schlechten Erbguts verhindern*. In einem seiner Mundwinkel hatte sich Speichel angesammelt.

Rita blickte verzweifelt um sich, gewahrte das Kristall des Kronleuchters, das Silber der Kandelaber, Gemälde in vergoldeten Rahmen, die außergewöhnliche Tapete mit ihrem diskreten Muster, und spürte, wie das alles von diesen Worten besudelt wurde und Missmut sich in ihr breitmachte. Wie unpassend, wie barbarisch war solche Rede in einer Villa, von der sie einmal gehofft hatte, sie würde sich zu einem Zentrum norwegischer Bildung, einer radikalen Variante der Ideen des Lysaker-Kreises entwickeln.

Albert saß nur noch da und lachte gedämpft, schenkte sich Cognac nach, für ihn war die Diskussion offenbar eine köstliche Unterhaltung, eine willkommene Abwechslung zu seinen Werftbestellungen. »Wie ich schon sagte, Rita. Du musst auf Bjørg aufpassen. Max hat recht. Wenn einer sie will, und sie bekommt Kinder, ist es äußerst schlecht bestellt um unsere Sippe.« Er ließ ein hässliches Lachen hören, fast wie ein Husten.

»Albert!« Wieder ein ohnmächtiger Zeigefinger gegen ihren Bruder. Damit war alles gesagt.

Etwas war mit der Atmosphäre im Zimmer geschehen. Rita wandte sich um und entdeckte Bjørg in der Türöffnung zum Wohnzimmer. Das schwarze Haar zerzaust, medusenhaft. Die beiden Söhne blond, die Tochter dunkel. Rita wusste nicht, wann Bjørg heimgekommen war, wie lange sie schon dort stand, völlig still, und dem Gespräch zuhörte.

Das Schlimmste war, dass Rita sich schon des Öfteren gefragt hatte, ob es sein konnte, dass mit ihrer Tochter etwas nicht stimmte. Bjørg war von der ruhigen Sorte, viele fanden sie seltsam. Ihr Gang war schwer und gebeugt, und oft stand ihr Mund offen, wie bei einer Zurückgebliebenen. In der Schule hatte sie sich schwergetan. Jetzt hatte sie immerhin einen Freund, aber ob sie Kinder bekommen sollte?

Bjørg kam mit wuchtigen Schritten ins Zimmer, griff sich einer der Holzscheite aus dem Kamin und hielt ihn am verkohlten Ende, während der oberste Teil immer noch brannte. Es sah aus, als hielte sie eine Fackel in der Hand. Rita wollte etwas tun, wollte sie um Entschuldigung bitten, Worte finden, mit denen sie ihre Tochter beruhigen konnte, doch es geriet alles durcheinander, sie saß da wie gelähmt, denn Bjørg stand mit dem brennenden Holzstück einfach nur da und hielt es in die Höhe, als wolle sie etwas sagen oder als sei die Tatsache, dass sie diese Fackel hochhielt und sich dabei absichtlich verletzte, selbst schon eine Aussage. Für Rita sah es aus, als ob es Bjørg sei, die brannte. Als wäre sie selbst die Fackel.

»Ihr liegt alle falsch!«, rief sie. »Der Weltkrieg hat schon begonnen. Er hat im November vor anderthalb Jahren begonnen. In der Nacht, als die Nazis in Deutschland die Synagogen niederbrannten.«

Max blieb unbeirrt sitzen, murmelte wie zu sich selbst: »O, diese Juden, diese Juden.«

»Bjørg, leg das weg!«, rief Ragnhild. »Kümmere dich nicht drum, was die sagen!«

»Sei vorsichtig, sonst verbrennst du dich noch!«, rief Maud.

Beide streckten die Arme aus wie in einem Versuch, sie zu erreichen.

Nur Albert handelte, er war vom Stuhl aufgesprungen und auf dem Weg zu Bjørg, wie um zu verhindern, dass sie die Fackel durchs Zimmer warf und die Gardinen in Brand steckte. Doch dann schleuderte sie das Holzscheit einfach zurück in den Kamin, dass die Funken stoben, ging rasch auf Max zu und verpasste ihm mit der flachen Hand eine Ohrfeige, so dass auf seiner Wange schwarze Rußstreifen zurückblieben.

»Jemand muss diese geistesgestörte Weibsperson einsperren!«, rief er.

Albert hatte seine Ruhe wiedergefunden. »Was kann erquickender sein als eine Ohrfeige von einer temperamentvollen Frau?«, scherzte er und erhob das Glas in Bjørgs Richtung, bevor diese wieder hinaus und nach oben in ihr Zimmer verschwand. Und als sei nichts vorgefallen, kehrte er zum Thema des Abends zurück: Die Herrschaften bräuchten keine Angst zu haben, Norwegen sei schlichtweg uneinnehmbar. Die Landschaft sei eine einzige große Festung. »Den Feind in die Berge locken, und unsere Skiläufertruppen machen ihnen den Garaus! Skål!«

»Jesses, wir haben Skiläufertruppen«, sagte Max und rieb sich mit einem Taschentuch Ruß von der Wange.

Rita wollte Bjørg hinterhergehen, sah aber, dass Dagny bereits auf dem Weg die Treppe hinauf war, um sich um sie zu kümmern. Keiner konnte besser mit Bjørg umgehen als Dagny. Rita blieb sitzen.

Bjørg. Immer war irgendetwas mit ihr. Ein Kummer, der kein Ende nahm.

Versuchen, sich keine Sorgen zu machen. Versuchen, an etwas anderes zu denken.

Aber was war das bloß mit diesen Männern, die einfach mir nichts, dir nichts drauflosbrüllten? Wie konnten sie so schrecklich verletzende Dinge sagen, nur um sie im nächsten Moment wieder zu vergessen? Oder über Krieg schwatzen, als handle es sich um einen vergnüglichen Zeitvertreib? Rita erkannte, dass dies, diese männlichen Kriegsfantasien, außerhalb ihrer Auffassungsgabe lagen. *Eine Krokodilmentalität.* Und schlimmer: außerhalb ihres Einflussbereichs. Oder war es schlicht so, dass den Frauen, allen Frauen Europas, jene Gemeinschaft, jene Allianz fehlte, die diese gewaltsamen, diese *maskulinen* Pläne zu beeinflussen vermochten? Rita merkte, wie sie kopfschüttelnd und still sitzen blieb. Sogar diese Feier wurde vollkommen von Männern dominiert, den erwachsenen mit ihrer Erhabenheit, den beiden jungen mit ihrer Kampfeslust und ihrer natürlichen Selbstsicherheit. Ragnhild, obwohl jünger als sie, stand ihnen an Klugheit in nichts nach, aber sie ließen ihr keine Chance. Trotzdem konnte Rita nicht anders, als zu glauben, dass die beiden jungen Damen es einmal leichter haben würden als sie, niedrigeren Schwellen begegnen würden. Kaum hatte sie den Gedanken zu Ende gedacht, war sie sich schon wieder nicht mehr so sicher.

Wo war Maud? Rita stand auf und ging in den Vorraum. Hatte sie das Haus verlassen? War das ein Protest? In der Halle, bei der Treppe, traf sie auf Albert. »Du kannst dich wieder entspannen, Dagny ist gerade nicht in der Küche«, sagte sie. »Gib's auf.« Er überhörte, was sie sagte, glotzte an die Decke und machte eine Bemerkung über das Haus, das seiner Meinung nach zu verfallen beginne, weil es an Instandhaltung mangle. Ja, erwiderte sie, genau an der Stelle blättere großflächig die Farbe ab, und das sei ärgerlich, weil dadurch die schönen Dekorationen zu verschwinden drohten, ansonsten aber sei es wohl nicht so schlimm? Was er damit sagen wolle? Ob er etwa damit ausdrücken wolle, dass sie ihr gemeinsames Erbe verkommen lasse, ein Haus, das übrigens jetzt ihr allein gehöre?

Als ob das eine Antwort wäre, fragte er wie nebenbei, ob ihr dabei behilflich sein solle, die Villa zu verkaufen. Ob das denn eine Bleibe für die Zukunft sei? Hätte die Gegend inzwischen nicht viel von ihrem Charme verloren?

Er hatte zu viel getrunken. Genau wie sie.

Warum aber redete er auf einmal so abschätzig über das Viertel? Hatte er vergessen, wie stolz er in seiner Jugend gewesen war? Er hatte behauptet, Lysaker sei eine Art Jotunheimen der Kultur. Ein Nationalheiligtum. Einmal hatte er eine Karte von Lagåsen gezeichnet und bei vielen der Häuser Zahlen hineingeschrieben. Zuunterst konnte man außerdem bei jeder Zahl sehen, wer in dem jeweiligen Haus wohnte. Er hatte versucht, die selbstgezeichneten Karten für zehn Øre am Bahnhof Lysaker zu verkaufen.

Mauds Jacke hing noch an ihrem Platz, und Rita beeilte sich hinein und ließ ihren Bruder an die Decke starrend zurück. Vor der Türöffnung zum Wohnzimmer hielt sie einen Augenblick inne und beobachtete Sigurd, Harald und Max, die nahe am Kamin standen und deren Gesichter im Widerschein der Flammen garstig verzerrt aussahen, lauschte einige Sekunden dem hitzigen Wortwechsel, immer wieder dieselben Wörter ... Nrrwgn ... unsere verdammte PFLICHT ... Der König, verflucht noch eins, der KÖnig ... Diedeutschensindunserefreunde ... Gwissen ... Vaaatrland ... Zur Tat ... TAT ... Eidsvoll, Scheiße nochmal ... DOvre, zum Henker ... Eeeehre ... Kng HAAkon!! Für Rita hörte »Tat« sich an wie »tot«, und das war nun also der Zeitpunkt, als sie zu dem Schwert aus Toledo hinaufschielte und ernsthaft darüber nachsann, ob die flache Klinge sich dazu verwenden ließe, gewissen Leuten eins auf den Allerwertesten zu verpassen. Stattdessen aber wandte sie sich dem Garten zu, und genau in dem Moment, als sie im Fensterglas ihrem eigenen Gesicht begegnete, spürte sie, wie aller Optimismus aus ihr entwich. Sogar in dem dunklen Glas konnte sie die Falten sehen. Die Zeit. Der Teufel soll sie holen, die galoppierende Zeit. Als sie noch jung war, wollte sie nach China reisen, hatte aber nur die Hälfte des Weges geschafft. Ihre Karriere war ins Stocken geraten. Die Kinder machten Probleme, alle drei hatten ihr eigenes Bündel zu tragen. Das große, prächtige Haus verfiel um sie herum. Noch nicht einmal eine Ente konnte sie braten. Obendrein war sie betrunken und hatte die Kontrolle verloren. Obwohl Albert es nicht laut aussprach, wusste sie, was er meinte: Sie war eine Verliererin.

Oh, wie sie sich auf diese Party gefreut hatte. Jetzt wollte sie nur noch allein sein und mit einer Tasse Darjeeling in dem tiefen Ohrensessel sitzen. Sie öffnete die Tür und trat hinaus auf die Terrasse. Mmm, was für eine Erleichterung. Eine Abendluft, die augenblicklich die Sinne schärfte. Sie entdeckte frische Spuren in dem nicht sonderlich tiefen Schnee, sah sie weiter den Garten hinab verschwinden. Sie machte sich nicht die Mühe, Schuhe für draußen anzuziehen, folgte den Fußabdrücken, von denen sie annahm, dass sie von Maud stammten und die bis zu dem kleinen Abgrund hinunterführten. Sie kam an der riesigen Eiche vorbei, im Winter noch schöner, ohne Blätter und mit Plattformen versehen, die von Kindern, auch von ihr, in verschiedenen Höhen in den Baum gebaut worden waren. Die Temperatur war gegen null gesunken. Der Himmel war wolken- und mondlos und voller Sterne.

Sie entdecke Maud auf der Mauereinfriedung, balancierend wie ein kleines Mädchen, nicht wie eine erwachsene Frau im Abendkleid. Bei dem Geräusch von Ritas Schritten wandte sie sich um. »Pass auf, da geht es steil runter«, sagte Rita, sie sagte es ruhig, wollte ihre Angst verbergen. Maud bog ihren schlanken Körper durch und beugte sich hintüber. Rita hatte den Eindruck, dass das für sie ein Spiel war, vielleicht mit dem Schicksal, dass sie vielleicht nichts dagegen hätte zu fallen und sich, mit ein bisschen Pech, das Genick zu brechen.

»Hast du geweint?«, fragte Rita. »Ist irgendwas?«

Maud schüttelte den Kopf. »Ich habe nur ein bisschen Luft gebraucht«, sagte sie. »Ich bin gern draußen. Was für ein reizendes Anwesen! Sie sollten sich glücklich schärzen.«

Es wirkte, als wolle sie etwas überspielen – das Heitere und Lebhafte, das Rita mit ihr verband, war verschwunden. »Hattest du eine anstrengende Tour zu der Hütte im Krokskogen letztes Wochenende?«, fragte Rita aus einer Ahnung heraus, irgendetwas könnte dort vorgefallen sein. »Sigurd hat erzählt, er hat dich besucht. Hat es nicht stark zu schneien begonnen?«

Maud hätte beinahe den Halt verloren. Rita ergriff ihre Hand. »Dir ist kalt«, sagte sie. »Lass uns zurückgehen.«

Maud war drauf und dran, etwas zu sagen, hüpfte aber stattdessen schweigend von der Mauer. Rita gefiel nicht, was sie ganz plötzlich an der jungen Frau erblickte. Sie hoffte inständig, Maud würde dieser Funke in ihrem Blick erhalten bleiben. Niemals verlöschen.

Auf dem Rückweg hörten sie das Gezanke bereits durch die offene Terrassentür. Als sie ins Wohnzimmer traten, standen die Jungs gefährlich nah beieinander. Harald, der sich weiterhin für Neutralität und Frieden starkmachte, drohte ironischerweise seinem Bruder mit der Faust.

»Du warst schon immer ein verdammter Feigling!«, rief Sigurd. Er hatte während der ganzen Feier nur Rotwein getrunken, und als ihm schließlich die Argumente ausgingen, schüttete er das, was sich noch in seinem Glas befand, Harald ins Gesicht, genauer gesagt, er traf nicht sein Gesicht, sondern seine weiße Hemdbrust, so dass es auf einmal aussah, als sei er verwundet.

»Ich lasse mich nicht provozieren«, sagte Harald. »Ich bin Pazifist. Nachdem ich am Truppenübungsplatz die Schießscheiben in Fetzen geballert hatte, habe ich mir geschworen, nie wieder eine Waffe in die Hand zu nehmen.«

»Und was würdest du tun, wenn genau in diesem Augenblick ein Deutscher hier hereinkäme und Mutter ins Visier nähme?« Sigurd ließ den Blick umherschweifen. »Oder Maud? Würdest du nicht wenigstens dieses Schwert da von der Wand nehmen?« Er deutete mit dem Daumen zum Kamin.

Wie zur Antwort rannte Harald hinüber, riss das Schwert von der Wand, mit einer Heftigkeit, dass Schrauben und Mauerverputz herabrieselten, und zog es aus der Scheide. »Jetzt lässt du also den Säbel rasseln«, lachte Sigurd. Rita bekam es mit der Angst zu tun, trat einen Schritt auf Harald zu und hob abwehrend die Hände, doch ohne sie zu beachten, schlug er die Klinge mit voller Kraft gegen eine der gusseisernen Stangen des Kamins, wie in einem gewaltsamen Versuch, eine Waffe unbrauchbar zu machen. Nichts passierte. Es handelte sich um Stahl aus Toledo, allgemein bekannt für seine Geschmeidigkeit und Härte. Er verzog das Gesicht, weil ihn die Hand schmerzte. Das machte ihn nur noch rasender, er setzte das Schwert mit der Spitze auf dem Fußboden auf, stellte sich mit der Schuhsohle auf die Klinge und versuchte mit seinem ganzen Gewicht, sie zu verbiegen. Vergebens.

Sigurd krümmte sich vor Lachen. »Wird echt schwer werden, den Frieden zu sichern, wenn nicht einmal ein uraltes Schwert einen Kratzer von dir abbekommt.«

»Schluss mit dem albernen Gerede, alle beide!«, rief Maud. Etwas Hartes lag in ihrem Blick. Etwas Neues, dachte Rita.

Harald sah jetzt noch verletzter aus. Nicht nur gab der Rotweinfleck ihm den Anschein, als sei er in einen Fechtkampf verwickelt gewesen, sondern jetzt blutete er auch noch wirklich, er musste sich bei dem Versuch, die Klinge zu verbiegen, in die Handfläche geschnitten haben.

Rita hatte die Tulpen in zwei Vasen gesteckt. Die eine stand auf dem Esstisch, die andere auf einem Tischchen neben dem Kamin, und jetzt fegte Harald die eine davon mit dem Schwert herunter, so dass sie auf dem Fußboden zerbrach und die Blumen überall verstreut zu liegen kamen. Ragnhild stürzte nach vorn und fing an, die Tulpen aufzulesen, als wolle sie wenigstens die Blumen vor der Zerstörung bewahren.

Ich muss etwas tun, dachte Rita. Ich muss etwas sagen. Ich muss dazwischen gehen. Ich muss sie zur Vernunft bringen.

Doch sie blieb einfach stehen. Kraftlos. Als wüsste sie, dass es nichts bringen würde. Oder als ob sie gar nicht da wäre. Alles von oben herab betrachtete.

In der Zwischenzeit hatte Harald sich auf Sigurd gestürzt, wurde jedoch von seinem Onkel weggezerrt. »Wenn ihr zwei Rotzbengel euch schon prügeln müsst, dann geht wenigstens nach draußen«, sagte er, als ob der ganze Zwischenfall ihn amüsierte oder er nur zu gern Zeuge eines realen Kampfes würde.

Rita glaubte schon, sie hätten sich dadurch beruhigt, aber sie taumelten aufgehetzt hinaus auf die Terrasse und weiter in den Garten hinunter, wo sie aufeinander losstürzten wie zwei kleine Jungs. Maud war ihnen gefolgt, und obwohl Rita nicht hörte, was sie sagte, hatte sie den Eindruck, dass sie sie ausschalt.

Rita wurde von Verzweiflung übermannt. Einer Verzweiflung, die zugleich eine Lähmung war. Sie stand im Wohnzimmer und beobachtete die Balgerei durch das Fenster, als wäre es eine Leinwand, auf der sie einen Film sah, der sie nichts anging. Aber es ging sie an. Hatten sie nicht vor wenigen Jahren erst in ähnlichen Pullovern fröhlich dort nebeneinander gelegen und Engel in den Schnee gezeichnet?

Die Zeit.

Sie sollte hinauslaufen und sie am Genick packen. Trotzdem stand sie nur da. Passiv. Verachtenswert passiv.

Endlich schaffte sie es nach draußen und stellte sich neben Maud, die nichts mehr sagte. Die aufgegeben hatte. So standen sie nebeneinander, zwei Frauen, und sahen zu, wie zwei junge Männer mit den Armen herumfuchtelten und Blutflecken im Schnee hinterließen. »Aufstehen!«, rief Rita, obwohl auch ihre Zunge betäubt wirkte, ihr nicht recht gehorchen wollte. »Aufhören!«, rief sie, aber sie hörten nicht auf, und obwohl sie sich dagegen sträubte, obwohl sie sich sagte, dass sie sich darüber erheben müsse, über den Anblick zweier Männer, die auf dem Boden herumkrabbelten, sich umeinanderschlängelten, fluchten und schimpften, spürte sie, wie ihr ganzer Körper von Scham erfüllt wurde. Nein, nicht von Scham. Von Verachtung. Für ihren Bruder. Für Max. Sogar für ihre eigenen Söhne.

Am Ende lagen beide auf dem Rücken, die Augen geöffnet. Wie in Nachdenklichkeit versunken beim Anblick der Sterne über ihnen. Als hätten sie sich spontan der Worte Omar Chayyāms erinnert, welche besagten, dass die Menschen ihr eigenes Schicksal bestimmten. Auch Sigurd blutete jetzt, an einer Augenbraue und aus der Nase.

Sie standen auf und bürsteten sich den Schnee von den Kleidern. Sigurds Jacke war zerrissen. Ragnhild – die arme Ragnhild, die diese Rohheit mit ansehen musste – half den beiden. »Komm mit rauf ins Bad, dann kann ich einen Verband um den Schnitt in deiner Handfläche wickeln«, sagte sie zu Harald. Von der Terrasse aus sah Rita, dass sie Dagny begegneten, die gerade auf dem Weg die Treppe herunter war. Wie sie Dagny kannte, hatte sie Bjørgs Brandwunde nach allen Regeln der Kunst versorgt.

Wo war Max?

Max musste geglaubt haben, in dem ganzen Trubel hätte ihn keiner bemerkt. Rita entdeckte ihn am Rand der Terrasse, im Halbdunkel. Da stand er, der Professor für Kunstgeschichte, Autor eines neuen Buchs über das Renaissancegenie Albrecht Dürer, und pinkelte an eine Säule. Wie ein Hund im Smoking, dachte sie. Mit dem Unterschied, dass er dabei grinste und fröhlich mit sich selbst redete. Und mit einem Mal begriff sie, dass Max etwas damit zu tun hatte, dass sie die Professur nicht bekommen hatte. Es vielleicht sogar eigenhändig verhindert hatte. Von anderen hatte sie gehört, er habe mehrmals die Ansicht geäußert, Frauen seien für höhere akademische Stellen ungeeignet. Das weibliche Nervensystem sei unvereinbar mit den universitären Ansprüchen nach harter, zielgerichteter Arbeit. Ja, natürlich. Max hatte die Fäden in der Hand gehabt, genauso, wie er sie schon früher in der Hand gehabt hatte. Diese Sphäre wurde von einem männlichen Netzwerk beherrscht, das sie nie zur Gänze zu Gesicht bekam.

Um ihre Wut zu verbergen, ging sie kurz hinein, um Dagny zu sagen, dass sie nach Hause gehen könne. Ob Albert ihr lästig geworden sei?

»Nur ein bisschen«, antwortete Dagny mit einem Lächeln. Dieser gesegnete Mensch.

Max huschte vorbei. »Ich habe nie verstanden, warum aus uns beiden nie etwas geworden ist, Rita. Ehrlich. Warum so widerspenstig? Es ist nicht zu spät.« Er nuschelte, und auch jetzt war sein Blick nicht auf ihre Augen, sondern schamlos weiter nach unten gerichtet.

Sie überlegte, ob sie ihm, wie Bjørg, eine Ohrfeige verpassen sollte, konnte sich aber zurückhalten.

»Ein Rat von einem Freund, Rita. Sieh zu, dass Bjørg nicht so viel mit Esther Becker zusammen ist. Jüdische Freunde zu haben ist kein kluger Schachzug in diesen Zeiten.«

Jetzt scheuerte sie ihm eine, bereute es aber sofort.

Max befühlte mit zwei Fingern seine Wange, während sein Blick sich verdunkelte. »Kein Wunder, dass du die Stelle nicht bekommen hast«, sagte er. »Du hast es nicht in dir. Ich sage das nicht, weil ich gemein sein will. Es ist einfach die Wahrheit.« Kurzes Lachen. Dann verschwand er.

Auf dem Weg ins Vorzimmer zur Verabschiedung der Gäste, entdeckte sie Albert. Er war wieder zurückgekommen und in den Garten hinausgegangen. Er stand im Frack direkt unterhalb der Terrasse, rauchte und starrte zum Horizont, wie nach einem Zeichen, nach einer Antwort suchend für etwas, worüber er nachdachte.

Rita ging zu ihm hinaus. »Fährst du heute Abend noch nach Sandefjord?«, fragte sie. »Hast du deinen Chauffeur mit?«

»Natürlich«, antwortete er. »Er ist aus Lysaker und hat die Gelegenheit genutzt, um seine Eltern zu besuchen, während wir es uns hier gemütlich gemacht haben. Ich habe ihn angerufen, er ist auf dem Weg. Wir übernachten in der Stadt.«

Er besaß zwei Wohnungen in Oslo, von denen er die kleinere Sigurd für die Dauer seines Studiums zur Verfügung gestellt hatte. Harald hatte nicht dasselbe großzügige Angebot bekommen.

Albert wandte sich zu ihr. »Verzeih mein ungehobeltes Benehmen«, sagte er. »Ich bin zurzeit nicht ganz ich selbst. Es tut mir leid. Und ich hätte Max nicht mitnehmen sollen, ich wusste ja, dass ihr beide nicht gut miteinander könnt. Danke für den schönen Abend, er war, wie soll ich sagen, aufmunternd. Das habe ich wirklich gebraucht, mal wieder ein bisschen rauszukommen. Und immer mit der Ruhe: Es wird hierzulande keinen Krieg geben. Auch nicht mit so kampfeslustigen Jungspunden wie Sigurd. Oder zweifelhaften Typen wie Max.«

»Du solltest nicht so von deinem Freund sprechen.«

»Dass er mein Freund ist, macht ihn nicht weniger zweifelhaft. Und vergiss nicht: Lange Zeit war er auch dein Freund.«

Sie blieb stehen und sann darüber nach. Ja, es stimmte.

»Max geht es nicht gut«, sagte Albert. »Es ist ihm nie wirklich gut gegangen. Wir hätten uns besser um ihn kümmern müssen.«

Sie verstand nicht, was er meinte. »Kannst du Maud mit in die Stadt nehmen?«, fragte sie.

»Ich habe ihr bereits eine Mitfahrgelegenheit angeboten«, sagte ihr Bruder.

Sie schlenderte ins Haus, fand ihre Söhne im Vorzimmer, zusammen mit Ragnhild und Maud. Die Jungs mussten die Angelegenheit geklärt haben, sie kamen auf sie zu, schuldbeladen. »Entschuldige, Mutter, ich weiß nicht, was in mich gefahren ist«, sagte Harald. »Ein unverzeihliches, törichtes Benehmen«, sagte Sigurd. Beide umarmten sie.

So standen sie eine Weile. Hielten sie umarmt. Wieder wurde Rita unsicher. War das echt? Oder taten sie das nur, weil Maud zusah?

Sigurd lief Max hinterher, der einen Wagen bestellt hatte. Harald würde bei einem Freund in Lilleaker übernachten und wollte laufen. »Ich brauche ein bisschen Abkühlung«, sagte er. »Entschuldige noch einmal, Mutter, das war peinlich.« Er versuchte zu lächeln, nickte Maud zu, bevor er sich verabschiedete.

Albert tauchte auf und fragte, ob die jungen Damen soweit seien. Ragnhild umarmte Rita. »Danke, Tante. Und der Karamellpudding war sogar besser als der von Großmutter«, sagte sie. »Ich hoffe, wir werden uns wiedersehen«, sagte Maud und fasste Rita feierlich an der Hand, was in Rita die Frage aufwarf, ob sie die junge Frau je wiedersehen würde.

Kurz darauf waren die letzten drei Gäste Schatten am Tor.

Die Sekunden tickten. Sie konnte sich nicht bewegen. Plötzlich war der Boden, auf dem sie stand, aus zerbrechlichem Glas, das jederzeit bersten konnte. Ohne recht zu wissen, warum, eilte sie fast fluchtartig ins Haus auf die kleine Toilette im Anschluss an die Treppenhalle, als handle es sich um einen Sicherheitsanker. Sie setzte sich auf den Klodeckel und blieb still darauf sitzen. Sie nahm den Duft des Seifenstücks auf dem Waschbecken wahr. Lavendel. Dann kamen die Tränen. Sie flossen so stark, und trotzdem beinahe lautlos, dass sie sich, um nicht herunterzufallen, am Klodeckel festhalten musste. Sie ließ es einfach kommen, nahm sich die Zeit, die sie brauchte. Sie wusste nicht, was in ihr vorging. Doch, sie wusste es. Nein, sie wusste es nicht. Die Tränen flossen, sie zitterte am ganzen Körper. Sie blickte zu Boden und sah, wie die Tränen kleine, nasse Flecken auf den Keramikfliesen bildeten, auf dem schönen Mosaikboden, den ihr Vater seinerzeit mit liebevollen Händen verlegt hatte, und beim Gedanken an ihren Vater weinte sie noch heftiger.

Wir geben zu, es mag merkwürdig erscheinen, dass diese Person, eine Frau, die an ihrem 44. Geburtstag weinend in einem kleinen Raum sitzt, als ein wichtiges Teilstück betrachtet werden kann in der Geschichte, die ein Licht werfen soll auf die Stärke und die Dynamik der Long-Dynastie, jedoch befindet Rita Bohre sich an dieser Stelle an einem Tiefpunkt, und aus diesem Tiefpunkt heraus wird sie wieder emporsteigen, ja, nur wenige Sekunden später schon gelingt es ihr, sich zusammenzureißen und den Blick zu heben, denn auf dem Regal über dem Waschbecken lag ein Stein. Sie platzierte diesen Stein immer an verschiedenen Stellen im Haus, damit er ihr gewissermaßen unverhofft begegnete, ihr seine Geschichte in Erinnerung rief. Sie beugte sich nach vorn, und im selben Augenblick, als sie ihn umfasste, wurde das Zittern weniger. Zärtlich strich sie mit ihrer Hand über den Stein. Doch es war gar kein Stein, sondern ein Fossil. Ein Trilobit aus dem Ordovizium. Sie nannte ihn Asaphasus. Unzählige Male hatte sie ihn in der Hand gehalten. Ein archimedischer Punkt. Ein persischer Blick, verzehnfacht. Zugleich eine schwindelerregende Frage: Wird auch der Mensch womöglich einst so betrachtet werden, wie wir heute das Fossil eines Trilobiten betrachten, dessen letzte Art vor 250 Millionen Jahren ausgestorben ist?

Bjørg musste heruntergekommen sein und sich trotz der Brandwunde ans Klavier gesetzt haben. Rita hörte sie etwas Einfaches spielen, unendlich klar und gleichsam von der Tiefe eines Sternenhimmels, es hörte sich nach Bach an, wiewohl Bjørg eigentlich alles auf ihre ganz eigene Weise spielte, irgendwie nach Gehör, doch es klang wie Bach, wie eine seiner Inventionen. Als ob alles von neuem begänne, aus etwas Grundlegendem und Selbstverständlichem heraus.

Eine wundersame Ruhe breitete sich in ihrem Körper aus. Eine Ruhe, wie sie nach großen Gemütsbewegungen entsteht. Sie lauschte dem Klavierspiel. Ein ABC der Töne. Die Ängstlichkeit, die sie seit mehreren Tagen verfolgte, verflog allmählich. Auch deshalb, weil sie tief in ihrem Innern wusste, dass nichts passieren würde. Eine britische oder deutsche Invasion in Norwegen war einfach *zu* undenkbar.

Steh auf!, dachte sie.

CAFÉ AGORA

Wir hätten unseren Bericht selbstverständlich auch hier beginnen können, da das Folgende, oder die Ereignisse, die als Ursache des nun Folgenden betrachtet werden können, in so vielen unseren Quellen zugrundeliegenden Erzählungen oder Erzählungsbruchstücken beschrieben, um nicht zu sagen, besungen wurden, dass sie den eigentlichen Kern der norwegischen Mentalität des 20. Jahrhunderts zu bilden scheinen. Den Spuren nach zu urteilen, muss die kleine Nation mehr als hundert Jahre gebraucht haben, um diese Erfahrungen zu verarbeiten.

Es war spät am Morgen, als Harald Keller, zumeist unter dem Namen Harald Bohre erwähnt, endlich erwachte und sich nach Sekunden der Verwirrung – die Tapete, das Bett, der Geruch – erinnerte, wo er war. Vorsichtig wand er sich unter dem Arm einer Frau heraus, die ihn auch noch im Schlaf umklammerte, und betrachtete die landkartenähnlichen Flecken auf dem Rollo. Er hatte Lust auf eine Zigarette, verzichtete aber. Er verspürte das Bedürfnis, sich zu waschen, hatte aber nicht die Kraft aufzustehen. Bis die Arbeit im Theatercaféen rief, sollte er lieber die Zeit nützen und an diesen weichen Körper angeschmiegt liegenbleiben, dachte er und kroch wieder zurück. Nicht dass er sich nicht darauf freute, Weste und Schürze anzulegen, Speisekarten auszuteilen, die Gesichter der Gäste zu studieren, wenn sie beim Lesen der Karte gleichsam vermittels der gefälligen Schrift in Gedanken von jedem Gericht kosteten; genauso wichtig aber war es ihm, so viel wie möglich über Betriebswirtschaft zu erfahren, denn am Ende jener Tage, die er wie an einer Schnur aufgereiht vor sich liegen sah, strahlte die Verwirklichung seines Traums, seines eigenen

Café Agora. Harald Keller unterschied sich nicht von anderen Menschen. Die Nase in einen Frauennacken gebohrt, die Augen geschlossen, verschloss er die Augen gleichzeitig auch vor der Tatsache, dass jetzt jeden Tag das große Chaos ausbrechen konnte. Es war der 9. April 1940, und Harald Keller wurde, noch buchstäblicher als andere Norweger, von einem historischen Wendepunkt im Bett überrascht. Im Laufe einiger frenetischer Stunden sollte er ein warmes Bett mit einer schlafenden Frau darin gegen eine verschneite Böschung und ein Maschinengewehr im Anschlag tauschen.

Ein kurzes Frühstück, ein kurzer, leicht angestrengter Austausch von Phrasen, ein kurzer pflichtschuldiger Kuss, dann eilte er hinaus. Vergangenen Abend noch war sie ein Gast gewesen, eine Frau, die ihn angestarrt, ihm Blicke zugeworfen hatte, die ihm nur zu gut bekannt waren, und nach der Sperrstunde war er mit zu ihr nach Hause gegangen. Sie war jung, gutaussehend, Witwe. Vielleicht hatte sie ihm auch ein wenig leidgetan. Sie war Künstlerin. Vielleicht eine mit Zukunft, vielleicht auch nicht. Es war nicht das erste Mal, dass sie sich an ihn rangemacht hatte, aber erst am vergangenen Abend hatte er nachgegeben. Er war nicht stolz darauf, und es war erst das zweite Mal, dass er sich auf so eine Geschichte eingelassen hatte. Fast wie zum Trost hatte er bei dieser gebieterischen, selbstsicheren Frau Zuflucht gesucht, womöglich konnte er durch sie dieses ganze Schlamassel mit Maud vergessen. Nach der missglückten Feier bei Mutter war er noch stärker in eine Art Gleichgültigkeit hineingeschlittert, hatte den Zufall regieren lassen. Das lange Schlafen war nicht nur auf Erschöpfung zurückzuführen, sondern ebenso sehr auf die Schwermut, die über ihn hereingebrochen war. Er wollte in Schlaf fallen, erst durch einen Wangenkuss von Maud wieder geweckt werden.

Es war später Vormittag, und als er auf die Kongens gate hinaustrat und sein kleines Zimmer in der Pilestredet ansteuerte, merkte er, dass etwas anders war. Niemand lief schreiend umher, aber irgendetwas hatte sich verändert. Dann: Fliegergeräusche. Er schaute nach oben, und da kamen sie, hoch oben, nicht im Gleitflug, sondern im Sturzflug auf die Festung Akershus hinab. Sechs Flieger. Englische? Nein, es mussten deutsche sein. In einem dieser unverständlichen Seitenäste des Denkens kam es ihm in den Sinn, dass Sigurd gewusst hätte, um welche Flugzeugtypen es sich handelte, Messerschmitt, Heinkel oder Stuka, wie sie genannt wurden. Zuerst drei, dann noch drei, begleitet von einem infernalischen Heulen. Harald sah, er *sah*, zwei der Bomben durch die Luft fliegen. Ein kreischender Ton, abgelöst von einem gewaltigen Dröhnen, und noch einem. Sogar dort, wo er stand, konnte er den Luftdruck wie einen kräftigen Ruck im Körper spüren, und von dem Gebäude direkt hinter ihm fielen Dachziegel herunter. Vom Festungsplatz aus stieg Rauch in den Himmel. Eine der Bomben musste dort eingeschlagen haben. Aufgeschreckte Pferde galoppierten aus dem Stall, eines davon rutschte auf dem Kopfsteinpflaster aus und ging hässlich zu Boden. Harald musste sich an die Wand stützen, den Mauerverputz mit den Fingern befühlen. Es war, als wäre er in einer anderen Welt aufgewacht, in eine andere Welt hinausgetreten. An einen Ort, an dem – unmöglich zu fassen – Krieg herrschte. Er hielt einen älteren Mann auf der Straße an, packte ihn regelrecht am Jackenaufschlag. Was passierte hier? Da erfuhr er, dass die Deutschen Norwegen angegriffen hatten, nicht nur Oslo, sondern mehrere Küstenstädte. Der Mann, der über Haralds aufgeregte Ungläubigkeit erschrocken wirkte, teilte ihm mit, dass er es im Radio gehört habe.

Die Zeit ist aus den Fugen geraten, dachte Harald. Was mache ich jetzt?

Am Abend zuvor, direkt bevor sie das Theatercafeén verlassen hatten, war der Fliegeralarm mit seinem heiseren Geheul losgegangen. Weil der Alarm ständig zu hören war, und stets grundlos, hatten sie davon keine Notiz genommen. Es war eine kalte Aprilnacht und sie waren umschlungen durch verdunkelte Straßen geschlendert – auch das war zur Gewohnheit geworden, um Mitternacht wurde der Strom abgedreht. In der Wohnung der Frau hatten sie Kerzen angezündet und sich unter die Bettdecken gelegt. Er war in einer seltsam willenlosen Stimmung gewesen, hatte sich einfach treiben lassen in einem Spiel, bei dem sie leidenschaftlich die Führung übernommen hatte. Sie waren spät eingeschlafen, vielleicht hatte er mitten in der Nacht noch einmal Sirenen gehört, vielleicht sogar Flugzeuge frühmorgens, es konnte ein Traum gewesen sein, er hatte eine vage Erinnerung daran, dass die Frau, wie hieß sie nochmal, Wenche, gefragt hatte, ob sie das Radio aufdrehen solle, und dass er ein Nein gemurmelt hatte, das sei bloß eine Übung, Scheiße, wieso konnten sie nicht aufhören, die Leute mit diesen falschen Alarmen zu quälen. Aber jetzt? Echte Flieger und echte Bomben. Er begann zu laufen. Diese verdammten Nazischweine versuchten, Akershus zu zerstören! Das Erste, woran er dachte, war, dass er vor knapp zwei Monaten zusammen mit Maud dort gestanden hatte, direkt neben dem Festungsplatz. An einem Februartag bei leichtem Schneetreiben waren sie neben dem Haupteingang stehen geblieben und hatten sich über Tolstois Roman *Anna Karenina* unterhalten. Harald war krank vor Verliebtheit gewesen, und mit Schneeflocken in den Wimpern hatte Maud ihn mit einem intensiven Blick bedacht und erzählt, wie schockiert sie gewesen sei über die Stelle, wo Wronskij, kurz nachdem er endlich mit Anna vereint war und sie nach Italien reisten, sagte, dass er doch nicht glücklich sei. Das war es, was Harald am allermeisten mit Zorn erfüllte: *Sie hatten die Stelle bombardiert, wo Maud Evensen mit Schneeflocken in den Wimpern gestanden und über die Liebe gesprochen hatte.*

Er rennt am Parlamentsgebäude vorbei, erreicht die Karl Johan. Niemand scheint von Panik ergriffen, alles sieht aus wie immer, Menschen und Autos auf den Straßen. Was soll das? Die Deutschen werfen Bomben über der Festung ab, über Mauds wunderschönen Fußabdrücken, und trotzdem haben alle Läden geöffnet und die Bürger der Stadt spazieren bedächtig umher. Hatte der Mann in der Kongens gate sich geirrt? Nein, Harald hatte die Flieger selbst gesehen, das Dröhnen der Bomben mit eigenen Ohren gehört. Die zertrümmern die Akershus-Festung, zum Henker! Er sieht mehrere junge Männer herumstehen. Warum eilen sie nicht zu ihren Treffpunkten? Er läuft zum Ausstellungsfenster des *Morgenbladet*, um den Aushang mit den neuesten Nachrichten zu lesen. Die Deutschen marschieren den Drammensveien entlang auf die Stadt zu, steht dort. Er muss den Satz noch einmal lesen, weigert sich zu glauben, dass das wahr sein kann.

In seinem Zimmer am unteren Ende der Pilestredet setzte er sich hin und dachte nach. Er hatte bei seiner Wirtin geklopft, die einen unbeirrten Eindruck machte, aber alles bestätigen konnte. Die Deutschen hatten Norwegen angegriffen. Auch sie hatte es im Radio gehört. Er hatte sie gebeten, das Telefon benutzen zu dürfen, um seine Mutter in Lysaker anzurufen. Mutter wusste immer Rat. Aber es war kein Freizeichen gekommen. Daraufhin hatte er die Wirtin gefragt, ob sie das Radio einschalten könne. Doch ausgerechnet da hatte es keine Sondersendung gegeben, nur Musik, langsame, sinnlose Musik.

Wie wir es vor uns sehen, oder vor uns zu sehen versuchen, könnte er wieder hinausgegangen sein und sich in den Straßen herumgetrieben haben, wobei er vor Aufregung vermutlich vergessen hatte, den Mantel überzuziehen. An einer Ecke der Akersgata standen drei Männer seines Alters, die in den Himmel hinaufzeigten, und Harald hörte sie darüber sprechen, dass ein deutscher Flieger die Flugabwehr auf dem Dach des Redaktionshauses der Tidens Tegn unter Beschuss genommen hatte. »Was tun wir?«, fragte Harald. »Viel können wir wohl nicht tun«, sagte ein kleiner Hagerer. Ob kein Befehl zur allgemeinen Mobilmachung ausgegeben worden sei, wollte Harald wissen. Ob die Regierung denn nicht den Krieg erklärt habe? Aus den Gesichtern der anderen war abzulesen, dass auch sie im Unklaren waren. Harald hopste beinahe vor Ungeduld. Wieso nutzte die Militärführung nicht alle zur Verfügung stehenden Mittel; warum ertönten keine Sirenen, warum erklangen keine Kirchenglocken, warum waren nicht überall Plakate angeschlagen? »Wisst ihr, wo ihr antreten sollt?«, fragte Harald stattdessen. Die anderen wussten nichts von einem Plan, irgendwo antreten zu müssen, es gab keine eindeutigen Befehle. »Bringt ja doch nix«, sagte einer. »Mein Mobilmachungsstützpunkt ist jedenfalls die Akershus-Festung«, sagte Harald. »Viel Spaß auch«, entgegnete der Hagere. »Hab gerade gehört, dort stehen schon die Deutschen. Beim Parlament auch. Ein einziges Chaos. Wir können einen Dreck tun.« Er bot Harald eine Zigarette an, die er annahm, die aber zu Boden fiel. Er blickte auf seine Hand hinunter und sah, dass er zitterte, vor Wut zitterte.

Sie hatten die Stelle bombardiert, wo Maud noch vor kurzem mit Schnee in den Wimpern gestanden hatte, und keiner dachte daran, auch nur einen Finger zu rühren.

Harald kehrte in sein Zimmer zurück. Er hatte sich – stolz und lautstark – als Kriegsgegner ausgegeben. Schön und gut. Aber jetzt, inmitten der Katastrophe, von der er nie geglaubt hatte, dass sie eintreten würde, von dem Moment an, als er die Bomben niedergehen sah, da ihm zu Bewusstsein kam, dass die Deutschen imstande waren, alles zu morden, was ihm lieb war, wurde er von einer Wut erfüllt, die irgendwie alles veränderte. Nein, nicht von Wut. Von einem blinden Zorn. Im Kopf sah er Bilder von deutschen Soldaten, die in sein schönes Vaterland gestampft kamen. Der Gedanke war unerträglich. Er fühlte sich losgelöst. Er empfand eine Art Glück in dieser umwälzenden Situation, erkannte darin auch eine goldene Gelegenheit, sich selbst zu überraschen. Sein kampfeslustiger Bruder lag bestimmt schon irgendwo draußen bei Lysaker und ballerte Deutsche nieder, die gerade in Fornebu aus ihren Flugzeugen herauswatschelten. Sofern Sigurd sich nicht längst am Gjelleråsen eingefunden hatte und dort in Stellung gegangen war.

Die Deutschen wollten in Norwegen einfallen? Darauf konnten sie warten, bis sie schwarz wurden.

Die ganze nächste Stunde lief Harald auf Hochtouren, er suchte Freizeitkleidung heraus, packte einen Rucksack und befüllte ihn mit Dingen, die man für mehrere Tage und Nächte im Freien benötigte, Essen, Besteck, Toilettenartikel, Handtücher, Schlafsack. Er wickelte einen neuen, dünnen Verband um seine linke Handfläche; der Schnitt war weniger tief, als er angenommen hatte, aber er lächelte, wie über die Vorstellung, dass er bereits verwundet sei. Von einem Schwert! Aus der Abstellkammer holte er noch schnell Skier und Stöcke und begab sich im Laufschritt in Richtung Storgata, fühlte sich stärker denn je, in Hochstimmung, unbesiegbar. Die Sonne schien jetzt, ein Wetter, das mit der Situation kollidierte. An mehreren

Stellen sah er Ansammlungen junger Männer an den Straßenecken. »Wir müssen kämpfen!«, rief er. »Das bringt nichts«, lautete die immer wiederkehrende Antwort. »Sie sind überall.« Er kam am Youngstorget vorbei und forderte ein paar Jugendliche auf, sich ihm anzuschließen. »Wir haben die Waffen niedergelegt!«, sagte einer. »Gerade haben wir gehört, dass Oslo sich den Deutschen ergeben hat.« Harald dachte: Ich nicht! Niemals! Ich werde in den Treppenhäusern kämpfen, in den Straßen, den Bergen, ich werde im Wald kämpfen, ich werde niemals aufgeben! Verdammt nochmal, nie! Auf einmal ergab solches Denken einen Sinn. Eigentlich gab es keine Alternative. Er schämte sich der Worte, die er bei Mutters idiotischer Feier heruntergeleiert hatte. Es war alles ganz einfach.

In der Storgata springt er auf einen Pritschenwagen, auf dessen Ladefläche zwei junge Männer mit Rucksack sitzen. Sie geben ihm ein Zeichen, dieselbe Entschlossenheit im Blick wie er selbst, voll zielgerichteter Wut. Er nimmt an, dass sie in nördliche Richtung fahren, den Trondheimsveien hinauf, doch der Wagen biegt in die Brugata ein, auf den Mosseveien zu. Er bittet sie anzuhalten, worauf die beiden erklären, in Askim seien Streitkräfte stationiert, und in einem neuerlichen Gefühl des Losgelöstseins und zugleich voller Elan, sich Leuten anzuschließen, die zu kämpfen bereit sind, denkt Harald: Genauso gut kann ich dort mithelfen, die verdammten Deutschen aufzuhalten. Langsam holpern sie die Stadt hinaus, auf den Straßen herrscht Gedränge. Die ganze Zeit über halten sie Ausschau nach deutschen Truppen, doch an der matschigen Straße entlang sehen sie nichts als verwirrte norwegische Bürger, von denen keiner diese drei Männer mit aufmunternden Zurufen bedenkt, Männer, die bereit sind, in den Kampf zu ziehen gegen die Nazigewalt, die so bösartig eine schlafende Nation überrumpelt hat.

*

Achtundvierzig Stunden später, am Donnerstag, lag Harald Keller an der Brücke bei Fossum in Stellung, dort, wo die aus der Hauptstadt führende Bundesstraße direkt vor Askim den Fluss Glomma kreuzte. Falls die Deutschen im Sinn hätten, die Flanken zu sichern und zugleich die Festungsanlagen auszuschalten – und jede Kriegskunst sprach dafür – würden sie diesen Weg entlangkommen. Zumindest ein paar Bataillone.

Viel war geschehen in den letzten Tagen. Oslo war erobert worden, ohne jeden Widerstand – eine Schande. Wie war das möglich? Harald und die anderen hatten von Quislings Radioansprache Wind bekommen, sie hatten gehört, der König und die Regierung seien auf der Flucht nach Norden, sie hatten von Oscarsborg gehört und dem Kreuzer Blücher. Wo zur Hölle war die britische Marine?, dachte Harald. Waren die nicht, vollbeladen mit Minen, vor der gesamten Küste stationiert? Wie war es den deutschen Schiffen gelungen, sich an der vermeintlich stärksten Kriegsflotte der Welt vorbeizuschummeln? Die Westmächte mussten doch von dem Angriff gewusst haben, ganz sicher war bereits Tage zuvor von Geheimagenten eine erhöhte Schiffs- und Truppenkonzentration gemeldet worden. Es war jedenfalls noch nicht zu spät, dachte Harald. Er sah vor sich, wie Zehntausende andere norwegische Männer rundum in Norwegens weiten Landen sich an ihren Mobilmachungsstürzpunkten eingefunden hatten und jetzt, so wie er, in Bereitschaft waren, den Finger am Abzug, darauf vorbereitet, strategisch wichtige Ziele auf Biegen und Brechen zu verteidigen.

Harald und die zwei anderen vom Pritschenwagen waren bis zum Lehrerzimmer der Askimbyen-Schule gelangt, wo sie eingetragen worden waren und ihnen Kleidung, Ausrüstung und ein Krag-Jørgensen-Gewehr samt Munition ausgehändigt wurde. Alle hatten eine kurze Einschulung oder Auffrischung im Waffengebrauch erhalten. Harald wurde der Maschinengewehr-Einheit zugeteilt. Bei der ganzen sinnlosen Exerziererei am Truppenübungsplatz hatte es ihm immer vor der Vorstellung gegraut, Teil einer Masse zu sein, die marschierend ihr Land verteidigte. Und hier war er nun, zwar nicht marschierend, aber doch volle Fahrt voraus in den Krieg, mit jeder Faser seines Körpers zum Kämpfen bereit.

In der Schule hatten sie Verpflegung bekommen und auch geschlafen, und schon bei Tagesanbruch am Mittwoch waren sie, die dritte Brückengruppe, dreißig Mann und vier Vorgesetzte, in zwei Bussen zur Brücke bei Fossum gefahren worden. Es war bewölkt, kein Niederschlag, kalt. Harald, einer der wenigen, der über Erfahrung am schweren Maschinengewehr Browning M/29 verfügte, wurde als Schütze in einer der drei Maschinengewehr-Einheiten eingesetzt; sie waren zu viert in jeder Gruppe, hätten mehr sein sollen, aber vier waren genug. Die meiste Zeit des Tages verging mit Verschanzen. Sie standen knietief im Schnee, in Schluchten und Gräben sanken sie bis zu den Hüften ein. Schussfelder wurden ausgehoben. Auf dem Hang bei Askim, fast auf gleicher Höhe mit der Brücke, fand Haralds Gruppe eine kleine Mulde, die gute Deckung bot. An diesem Tag fanden sie sogar ein bisschen Schlaf, ein paar Stunden auf einer Strohmatratze in dem Haus unten am Fluss, in dem der Kapitän seinen Kommandoplatz hatte, sogar zu essen bekamen sie, aus einer Feldküche, sein eigenes Lunchpaket war längst aufgebraucht, aufgeteilt auf die anderen, und Harald ertappte sich dabei, dass es ihm Bewunderung abrang, wie durchgeplant alles war, wie reibungslos alles zu funktionieren schien, er war von Optimismus erfüllt, von dem Glauben, der bloße Anblick dieses Willens zum Widerstand überall in Norwegen, dieser gutgeölten Maschinerie, würde die Deutschen so entmutigen, dass sie sich höflich verneigten, auf dem Absatz kehrtmachten und die ganze Invasion abbliesen.

Am Donnerstag stand wieder Drill am Programm, Gewehrreinigung, Grundlagentraining – die ohne militärische Ausbildung wussten noch nicht einmal, wie man Patronen in eine Krag-Jørgensen einlegte oder wie das Nachladen funktionierte. Haralds Team trainierte am Maschinengewehr, Schlagbolzenwechsel und Kühlwassertausch, um ein Überhitzen der Waffe zu verhindern. Sie befanden sich in fortwährender Anspannung. Kamen die Deutschen? Weil der Fähnrich nun doch der Meinung war, die Stellung von Haralds Team liege zu weit unten, mussten sie das Browning M/29 wieder auseinanderbauen, Waffe, Rohrwiege und Lafette, Munitionskästen und die gesamte Ausrüstung höher den Hang hinauf verlegen. Sie hatten schwer zu tragen, der Schnee war brüchig und sie sanken ständig bis zu den Knien ein, endlich aber hatten sie das Maschinengewehr an neuer Stelle montiert, ein neues Schussfeld freigeräumt und zur Tarnung Nadelbaumzweige herangeschafft.

Unter ihnen lag die Glomma, deren festes Eis von einem Ufer zum anderen reichte, sowohl ober- als auch unterhalb der Brücke. Bei Ankunft der Deutschen sollte die Brücke gesprengt werden. In der Sprengkammer wartete die Ladung bereits auf ihren Einsatz. Harald saß fröstelnd in Stellung. Diese Konstruktion eines Brückenpfeilers mit Sprengkammern brachte ihn ins Stutzen. Beim Bau einer Brücke gleichzeitig die Möglichkeit ihrer Zerstörung mit einbauen! Als ob die Zivilisation jederzeit die Barbarei miteinrechnen müsse.

Die Dämmerung brach herein. Er betrachtete die Farben im Schnee, der hier wesentlich höher lag als in der Stadt. Auf einmal musste er an seinen Grundschullehrer denken, der ihnen gezeigt hatte, wie man beim Malen einer Winterlandschaft den Schnee mit blauen Schatten versehen konnte, wie schön, wie naturgetreu es dann wirkte. In Askim hatte er die Skier ablegen müssen, konnte sie nicht gebrauchen. Idiotisch. Er bereute es, dass er nicht lieber rauf nach Maridalen gegangen und dort in den Wald hinein verduftet war. Er hätte die Nordmarka durchstreifen können, diese Gegend, die er so gut kannte. Kilometerweit dichter Wald, in dem man sich verstecken konnte. Die jungen Männer mussten sich jetzt zu Dutzenden dort eingefunden haben, in jeder Hütte, jeder Waldbaracke, unter jeder Hügelkuppe. Ein perfekter Ort als Basis für den Widerstand. Harald fantasierte davon, wie er im weißen Tarnanzug mit einem Gewehr am Oppkuven lag und fast eigenhändig die halbe Nordmarka von Deutschen freihielt.

Dann war sie wieder da. Maud. Mauds Wimpern. Mauds Hütte tief im Waldinneren. Bald drei Wochen war es her, dass er dort vor dem Kamin gesessen war und Shakespeare zitiert hatte, und dann … Der bloße Gedanke daran schmerzte. Er hatte es niemandem erzählt, auch Sigurd nicht, hatte nicht einmal erwähnt, dass er dort gewesen war, dass er Samstag dann doch noch zur Hütte aufgebrochen war. Du liebe Güte, wie er es bereute. Er hätte alles darum gegeben, diesen Tag noch einmal erleben zu dürfen. Auch bei Mutters alberner Geburtstagsfeier hatte er keine Gelegenheit gefunden, sich mit Maud unter vier Augen zu unterhalten. Eigentlich hatte es ihn überrascht, dass sie überhaupt dagewesen war. Oder war sie nur deshalb gekommen, weil sie seine Mutter bewunderte? Maud redete oft von »Rita Bohre«, als ob sie ein Symbol wäre; sie sprach, und das mit erstaunlichem Enthusiasmus, über alles, was seine Mutter erreicht hatte, was das für jüngere Frauen bedeutete. Im Stillen hatte er sich darüber geärgert, weil er befürchtete, im Schatten seiner Mutter zu stehen. Schon am Tag nach der Feier hatte er sich geschworen, Maud zu fragen, ob sie mit ihm ausgehen wolle, hatte sich ausgemalt, wie er sie in das im obersten Stock des neuen, tempelähnlichen Folketeater-Gebäudes gelegene Restaurant Skansen ausführte, wie er ein paar Worte über die Aussicht verlor und sie gleichzeitig um Vergebung bat. Vielleicht konnten sie hinterher tanzen. Und danach dann … Es hätte ein Abend werden sollen, an dem sich alles entschied, an dem alle Karten auf den Tisch gelegt wurden. Und wenn er schlicht und einfach um ihre Hand anhielte?

Stattdessen sitzt er nun hier, dem Mond näher als dem Tanzparkett des Stratos, näher an Sirius als an Mutters Villa voll mit Gemälden und Bachs Musik und Teppichen aus Isfahan und dem ganzen unverbindlichen Gefasel, das man nach einem erlesenem Mahl und jeder Menge guten Weins vor dem Kamin von sich gab. Hinter einer Waffe mit eingelegtem Gurt für 250 Schuss sitzt er im Schnee, bereit, jeden uniformierten Deutschen zu töten, der auch nur seine Nasenspitze auf der anderen Seite des Flusses herausstreckt. Er ertappt sich dabei, wie ihm der Mund offen steht vor dieser Spannbreite, dieser Fülle an Möglichkeiten, die in einem Menschen verborgen lagen.

Maud. War sie, neben all dem anderen, der Grund dafür, dass er jetzt hier war? Seine Schuldgefühle?

Er fror, sogar mit seiner eigenen Mütze unter der Feldhaube und einem Pulli unter der Lodenjacke. Auch einen Schal hätte er noch vertragen können. Er saß in der Stellung zusammen mit Geir, dem Gruppenkommandantstellvertreter, der für das richtige Einsetzen des Patronengurts zuständig war. Geir hatte noch nicht einmal die Rekrutenausbildung absolviert, hatte aber an der freiwilligen militärischen Schulung teilgenommen, die direkt nach Weihnachten abgehalten worden war. Er stammte aus Råde, und im Gegensatz zu den anderen ruchlosen Feiglingen, denen er in Oslo begegnet war, hatte er sich hierher begeben, als ob es das Selbstverständlichste auf der Welt wäre. Beide waren sie wieder hungrig. War der Nachschubweg aus Askim zusammengebrochen? Harald fantasierte von dem Essen seiner Mutter, dem Essen seiner Kindheit. Sie war vielleicht keine große Köchin, aber so lange er lebte, wäre ihm ihr Essen das liebste, Lammsteaks und Koteletts, Würstchen und Frikadellen, gekochter Dorsch, gebratene Makrelen. Erbsensuppe. Beim bloßen Gedanken an Mutters Erbsensuppe mit Fleisch grub sich ihm ein Loch in den Bauch.

Der Abend wurde lang. Noch länger die Nacht. Wo blieben denn nun die verhassten Deutschen, die sein zerfurchtes, wettergepeitschtes, geliebtes Land zu besudeln gedachten? Er fror, versuchte es mit Bewegung. Inzwischen musste es Minusgrade haben. Er nickte ein, bekam aber nichtsdestoweniger mit, dass um Mitternacht herum Verstärkung eintraf, mehrere Vorgesetzte, noch mehr Maschinengewehre, die Befehle wanderten von Mund zu Mund, sie mussten inzwischen über hundert Mann sein, aber noch immer fehlten ihnen wichtige Waffen – Maschinenpistolen, Handgranaten, Minenwerfer. Unten im Haus des Hauptmanns legte Harald sich für eine Stunde auf der Strohmatratze aufs Ohr, bevor er wieder in die Stellung hinaufkletterte. Endlich wurde ein wenig Verpflegung herbeitransportiert, Lapskaus diesmal. Himmlisch. Etwas, das auch seine Mutter gekocht hatte. Und das sie auch hin und wieder in der Kikutstua gegessen hatten. In Gedanken schickte Harald einen Dank an die Mädchen in Askim, die diese Mahlzeit zubereitet hatten. Die ganze restliche Nacht verbrachte er fast unablässig damit, auf die andere Seite hinüberzuspähen. Kurz sah er den Himmel aufblitzen, einen Halbmond, schob den Gedanken an eine Sichel, den Tod, aber beiseite. Mehrmals nickte er ein und fiel mit der Nase auf das Maschinengewehr, Waffengeruch stahl sich in einen undeutlichen Traum.

Frühmorgens erwachte er mit einem Schlag. Busse, vollbeladen mit Deutschen, waren auf dem Weg. Er stand auf, schlug die Arme übereinander, um sich warm zu halten. Der Fernsprecher unten beim Hauptmann bekam noch eine letzte Meldung, als die Deutschen die Beobachtungsposten in Spydeberg passierten. Wenn die Busse oben rechts auf der anderen Flussseite aus der Kurve herauskamen, mussten sie vor Erreichen der Brücke hundert Meter neben einer steil abfallenden Felswand entlangfahren, die ganze Strecke seitlich zu den Stellungen, die 150 bis 200 Meter entfernt versteckt auf der Askimer Seite lagen. Wie Zielschießen, dachte Harald.

Er ließ sich auf den Sitz hinter dem Maschinengewehr fallen und legte die Hände an den Griff. Unmöglich, das Herzklopfen loszuwerden. Doch der Anblick der schmalen Straße, die auf der anderen Seite an der Klippenwand entlang freigesprengt worden war, machte ihm Mut. Oslo, diese Scheißstadt mit ihren handlungsunfähigen Krämern, mochte verloren sein. Das Gold Norwegens war die Natur. Die wilde, unwegsame Natur. Die vielen Berge, Fjorde, Wälder. Es stimmte, was Onkel Albert auf Mutters Party gesagt hatte: Norwegen war eine riesige, uneinnehmbare Festung. Man schaffte es kaum, Eisenbahnen in diesem Land zu bauen. Sowohl der Vater als auch der Großvater hatten abends an Haralds und Sigurds Bettkante gesessen und ihnen von den Herausforderungen beim Bau der Bergensbane erzählt, von Tunneln durch Berge, Brücken über schwindelerregende Schluchten, von Schneestürmen, die über die Ebene fegten. Jede fremde Macht, die dieses Land zu okkupieren versuchte, würde sehr bald erfahren, wie unmöglich es war, sich über einen längeren Zeitraum hier festzukrallen.

Die Sinne aufs Äußerste angespannt, fühlte er sich plötzlich mit einer Hypersensibilität ausgestattet, wie ein Tier. Es erinnerte ihn an das Versteckspiel seiner Kindheit und an die Zeit seines sexuellen Erwachens, als er die Mädchen riechen, durch ihre Kleidung hindurchsehen, ihr Atmen hören konnte; als ein Kuss wie ein langes Gespräch schmeckte und eine Hautberührung ihm elektrische Stöße versetzte.

Maud.

Alles war still. Eine gespenstische Stille. Einige Singvögel saßen unterhalb im Gebüsch, aber ihr Gesang war nicht zu hören. Nicht einmal das Geräusch des ersten Busses hörte er, sah nur etwas Gelbes überdeutlich im Schneematsch auf der Straße zum Vorschein kommen und so um die Kurve biegen, dass dessen gesamte Längsseite sichtbar wurde. Ein Schøyen-Bus. Einer dieser Busse, die er früher täglich gesehen hatte, die jetzt aber voll waren mit Deutschen. Mit Feinden. Er zielte, hatte die gelbe Metallfläche vor dem Korn und das Korn stabil in der Kimme. Der Bus verlangsamte die Fahrt. Der Fahrer musste die Rundhölzer entdeckt haben, die direkt vor der Brücke den Weg versperrten. Mehrere Deutsche sprangen heraus. Harald und die anderen hatten Befehl, so lange mit dem Schießen zu warten, bis sich so viele Busse wie möglich auf der Strecke zwischen Kurve und Brücke befanden. Dann knatterte es. Die Stellung rechts von ihnen, die den Deutschen am nächsten lag, hatte nicht länger zuwarten können. Der zweite Bus kam in der Kurve in Sicht, hielt aber an. Und jetzt ging der Krach erst richtig los. Harald konnte leere Patronenhülsen unter der Waffe in den Schnee rattern hören. Er wartete, dass die deutschen Soldaten aus den Bussen herausströmten und das Feuer erwiderten, aber es kam niemand zum Vorschein. Ein strenger Befehl ließ sie schließlich das Feuer einstellen. Erst jetzt nahm er den strengen Geruch nach Pulvergas wahr. Oder nach Tod. Nach einer Wirklichkeit, die jenseits von dieser lag. Er spürte einen Druck in den Ohren und ein Zittern in den Gliedern, als wäre ihm ein Aufputschmittel in die Venen gepumpt worden. Von der anderen Seite her war Motorendröhnen zu hören, der zweite Bus setzte zurück und verschwand aus ihrem Sichtfeld. Jetzt wussten die Deutschen dahinter Bescheid, sie würden die Taktik ändern. Trotzdem jubilierte er innerlich. Was für ein Triumph. Hier lagen sie, einige wenige Männer, und konnten es mit einem ganzen Heer aufnehmen. Er blickte zu dem durchlöcherten Bus auf der anderen Seite, dessen Scheiben geborsten waren. Alle Soldaten, sowohl die draußen als auch die drinnen, mussten tot sein. Er fühlte nichts. Völlig ruhig dachte er: So müssen wir kämpfen. So müssen wir den hochnäsigen Eindringling niederringen.

Immerhin war er nicht so taub, als dass er den Befehl des Hauptmanns zur Sprengung der Brücke nicht mitbekommen hätte. Ein perfekter Plan. Harald wartete auf den gewaltigen, befreienden Knall, doch nichts geschah. Zwischen den beiden obersten Hölzern der Deckung guckte er zur Brücke hinunter. Ein Soldat machte verzweifelte Gesten in Richtung des Hauptmanns. Das elektrische Zündsystem musste versagt haben. Danach gingen rasch Befehle zwischen den Stellungen hin und her, und während sie das Gebiet bestrichen, in dem die Deutschen lagen oder noch auftauchen konnten, lief einer der Feldwebel – wie verdammt heldenhaft!, hatte Harald noch Zeit zu denken – zur Brückenmitte und sprang in den Schacht hinunter, wo es ihm gelang, die Reservelunte von Hand zu zünden, und nicht weniger wichtig: wieder herauszuklettern und zurückzukehren, bevor die Ladung detonierte. Der Boden zitterte von der Explosion, und Harald vernahm Geirs Jubelrufe, irgendwie mehr aus Stolz als vor Freude. Vor seinem geistigen Auge sah Harald die vielen Brücken, die dieser Tage in Norwegen zerstört würden. Die Deutschen würden nirgendwohin kommen. Sprengt die Tunnel und Brücken, und der Feind ist chancenlos! Er war kurz davor, einen Hurraruf auszustoßen, verbiss es sich aber, denn durch das Guckloch sah er, wie die Brücke angehoben wurde, die Betondecke die Form eines Propellers annahm und wieder auf den starken mittleren Brückenpfeiler zurückfiel. Die Fahrbahn war schief und wellenförmig, aber leider weiterhin passierbar – an dieser Stelle fügt es sich übrigens gut, unserer N20-Assistenengruppe ein Lob auszusprechen, denn obwohl einst viertausend Bücher über den Krieg in Norwegen erschienen sein sollen – offenbar war die norwegische Bevölkerung unersättlich nach neuen Versionen dieser Erzählung –, und uns heute lediglich Fragmente zur Verfügung stehen, ist es der Gruppe dennoch gelungen, in diesen Büchern sowie einer Reihe anderer obskurer Quellen Details aufzuspüren, die, so weit wir das beurteilen können, eine zuverlässige Rekonstruktion der hier geschilderten Kampfhandlungen ermöglicht.

Jetzt hieß es abwarten. Ohnehin konnte Harald nicht mehr tun, als Kühlwasser nachzufüllen und die Waffe zu kontrollieren, bevor das Chaos ausbrach; Deutsche tauchten in dem bewaldeten Kurvenabschnitt auf, einige nahmen die norwegischen Stellungen unter Beschuss, andere versuchten, den zugefrorenen Fluss zu überqueren. Während Geir den Munitionsgurt hielt, feuerte Harald kurze Salven ab, konzentrierte sich auf die Soldaten, die bis ans andere Ufer gelangt waren. Gleichzeitig musste die Aufforderung erfolgt sein, den Staudamm von Solberg zu öffnen, denn durch das herabflutende Wasser wurde das Eis aufgebrochen. Jene wagemutigen Deutschen, die über die Eisschollen zu springen versuchten, wurden von den am nächsten zum Ufer positionierten Norwegern niedergeschossen. Bald war der ganze Angriff abgewehrt.

Stille. Verdächtige Stille.

Nicht aber im Kopf.

Es musste der malträtierte Bus gewesen sein, der seine Gedanken auf etwas umleitete, das er am ersten Tag in Askim gesehen hatte. Eine Lokomotive war aus Mysen herangeschafft worden und stand jetzt am ersten Gleis in der Bahnstation Askim, damit sie, falls die Deutschen mit der Eisenbahn, mit dem Transportzug aus Oslo kämen, dagegengefahren werden konnte. Das brachte seine Gedanken auf Otto Keller, seinen Vater.

Harald war seinem Vater sehr nahegestanden, weshalb es ihn umso schwerer getroffen hatte, als seine Eltern die Unerhörtheit begingen, sich scheiden zu lassen, eine Seltenheit damals. Im Gegensatz zu Sigurd und Bjørg hatte er den Nachnamen seines Vaters behalten, und im Gegensatz zu seinem Bruder hatte er ihn sowohl in der Halvdan Svartes gate als auch in seinem Büro besucht – auch deshalb vielleicht, weil er ihn als ein Rätsel betrachtete. Mindestens einmal die Woche war Harald bei seinem Vater gewesen, doch wenn er nach Hause gegangen war, hatte er stets gedacht: Ich kenne ihn nicht.

Otto Keller war als Ingenieur in den Thune-Werkstätten in Skøyen angestellt, in den riesigen, zwischen Drammensveien und der Eisenbahnstrecke gelegenen Hallen. Besonders in seiner Kindheit hatte Harald es spannend gefunden, mit seinem Vater dort umherzustreifen und den Arbeitern zuzusehen, die gerade mit der Herstellung von Teilen beschäftigt waren, aus denen später Turbinen oder Lokomotiven entstehen sollten. Am allerliebsten jedoch saß Harald mit einem Blatt Papier im Büro und zeichnete, während sein Vater etwas weiter weg vor riesigen gezeichneten Plänen saß, die Harald nie in Zusammenhang zu bringen vermochte mit dem, was in den Hallen vor sich ging. Anfang der 30er-Jahre hatte sein Vater mit der Arbeit an der Konstruktion eines Lokomotiventyps begonnen, der größer und stärker sein sollte als alles bis dahin in Norwegen Gesehene. Harald durfte sich die puzzleähnlichen Zeichnungen ansehen, die er zwar schön fand, bei denen er sich aber nie vorstellen konnte, wie das, was auf ihnen dargestellt war, in Wirklichkeit aussehen würde.

Eines Abends, nachdem sie in der Halvdan Svartes gate gemeinsam gegessen hatten, nahm sein Vater ihn mit runter zum Ostbahnhof. Harald war 14 Jahre alt. »Ich möchte dir etwas zeigen«, sagte sein Vater. Das war typisch für ihn, er sagte nie viel. Als Harald noch kleiner war, hatten sie oft zusammen Dinge im Garten oder an Bächen gebaut, Wasserräder oder kleine Brücken aus Kleinholz und Bindfäden, und nur zwischendurch hatte sein Vater etwas gesagt oder erklärt. Die Scheidung seiner Eltern war für Harald ein Rätsel. Eines Tages war seine Mutter mit den Kindern einfach nach Lysaker gezogen, und sein Vater war allein in der Halvdan Svartes gate zurückgeblieben. Wenn Harald später eine Andeutung in diese Richtung gemacht hatte, war der Vater nur noch schweigsamer geworden. An diesem Abend allerdings war er ungewohnt aufgeregt, ging leichten Schritts durch den Haupteingang des stattlichen Bahnhofsgebäudes, bei dessen Ausbau Haralds Großvater ganz zu Anfang seiner Karriere, als Angestellter in Georg Andreas Bulls Architekturbüro, mitgewirkt hatte.

Vor einem der ganz hinten gelegenen Bahnsteige stellte der Vater sich auf. »Was machen wir hier?«, fragte Harald. »Wart nur ab«, sagte der Vater und deutete hinauf zu den schönen, gusseisernen Gewölben, als wolle er etwas über die Ingenieurskunst äußern. Eine Viertelstunde vielleicht standen sie dort, blickten zu den rußigen Glasdächern hinauf, beobachteten die Tauben und die wenigen Fahrgäste auf den anderen Bahnsteigen. Dann warf der Vater einen Blick auf die Uhr und lächelte Harald zu. »Jetzt«, sagte er und nickte in Richtung des Stadtteils Gamlebyen. Zuerst konnte Harald in dem Halbdunkel nichts als Rauch erkennen. Allmählich aber stieg aus dem Dampf die Front einer Lokomotive empor, ein riesiges Biest. Die Schienen begannen zu singen, oder zumindest klang es für Harald wie ein Singen, eine dunkle Melodie. In seiner Fantasie sah er ein tobendes Elefantenmännchen auf sich zulaufen, doch bald darauf bäumte sich die Lokomotive zu etwas noch Größerem, noch Gewaltigerem auf, einer schwarzen Wand prustender Rohkraft, und noch gewaltiger wurde es, als sie schließlich abbremste und Harald das Fuhrwerk auch von der Seite sah, begleitet von einem ohrenbetäubenden Quietschen und dem Geräusch der Stempel, während der Lokführer gleichzeitig noch an der Pfeife zog. Vater zu Ehren, dachte Harald.

»Die Dovregubben«, sagte der Vater, als spräche er wahrhaftig von einem Troll. »Die erste von vielen, die wir ausliefern werden«, sagte er. »150 Tonnen, sofern wir das Gewicht des Tenders dazurechnen.«

Natürlich hatte Harald davon gehört, jedoch war es unmöglich für ihn, einen Zusammenhang herzustellen zwischen dem, was er auf dem Schreibtisch seines Vaters gesehen hatte, diesem ganzen Gerede über »Treibraddurchmesser« und ein »zweiachsiges Drehgestell mit Helmholtz-Lenkgestell«, und dem schwarzen, mächtigen Monster, diesem, ja, diesem kriechenden Troll, der da vor ihm auf den Gleisen stand und förmlich in den Stahlmuskeln bebte. 22 Meter lang, mit Rauchschirmen wie zitternde Elefantenohren. Sein Vater und der Heizer beschauten sich das Triebwerk. Wieder: Vaters Euphorie. Danach durfte Harald mit in den Führerstand hochkommen, wo der Vater zu erklären, zu deuten und zu lachen anfing und währenddessen seinem Sohn liebevoll die Schulter drückte, ein Moment, an den Harald sich immer als einen Wendepunkt erinnern sollte, denn als er im Führerstand dieser gigantischen Maschine stand, war es ihm nicht nur, als ob diese großen, ungeheuer komplizierten Zeichnungen, die er in den Thune-Werkstätten gesehen hatte, zu etwas Dreidimensionalem, zu etwas Sinnlichem wurden, sondern als ob auch sein Vater, dieses unverständliche Wesen, immer greifbarer und handfester vor ihm zutage träte, zu einem Menschen wurde, der sein Leben etwas Schöpferischem widmen, der die Menschheit voranbringen wollte.

Verhielt es sich so vielleicht auch mit dem Krieg?, dachte Harald fröstelnd zwischen den Bäumen bei der Fossum-Brücke. Nur mit umgekehrten Vorzeichen? Der Unterschied, ob man bloß darüber las, Sigurds Erzählungen über verschiedene Schlachten hörte, oder ob man selbst die Sturzbomber sah, sie heulend auf Akershus herabfallen hörte, die Explosionen, den Erdboden zittern spürte oder hier auf dem Sitz hinter einem Maschinengewehr saß, das heiße Metall und das Öl roch, darauf wartend, dass noch einige mehr kämen, denen man das Licht ausknipsen konnte. Und besonders dann, wenn diese »Einigen« Teil von einem selbst waren. Sein Vater, Otto Keller, war zur Hälfte Deutscher. Sigurd hatte versucht, diese Tatsache, so gut es ging, unter den Tisch zu kehren, und Harald schon früh dazu angehalten, so wenig wie möglich darüber zu sprechen. Nur Onkel Albert streute hin und wieder ein paar giftige Andeutungen ein. Ottos Vater, Haralds Großvater, war einer von mehreren gut ausgebildeten Deutschen, die sich vor der Jahrhundertwende in Norwegen niedergelassen hatten. Vor zwei Jahren war ihr Vater dann für Ausbesserungsarbeiten an der Dovregubben-Lokomotive nach Essen gezogen. Stolz hatte er erzählt, dass auch die Hauptgeschütze, die in Oscarsborg zum Einsatz kamen, von der in Essen ansässigen Firma geliefert worden seien. Was für eine Ironie, dachte Harald jetzt. In seinem letzten Brief hatte der Vater geschrieben, er habe eine neue Arbeit gefunden und wohne jetzt in Hamburg, der Heimatstadt seines Vaters, wo er als Kind häufig zu Besuch gewesen sei. »Hier bin ich sicher«, hatte er geschrieben, als ob er gewusst hätte, befürchtet hätte, dass da etwas im Anzug war, oder als sei ihm bewusst gewesen, dass die Tatsache, Deutscher zu sein, und sei es auch nur zur Hälfte, sich in Norwegen bald als problematisch erweisen könnte.

Die Dovregubben. Ein Wunder an menschlichem Erfindergeist. Später allerdings konnte Harald sich nie ganz von dem Gefühl lossagen, dass sie eher unheimlich als beeindruckend wirkte, und nicht selten tauchte die schwarze, dampfende Konstruktion, mit dem einzelnen Scheinwerfer als Zyklopenauge, in seinen Alpträumen auf.

Es ist, als wäre seine Wut durch die Gedanken an seinen Vater abgeschwächt worden. Hatte er jemanden getötet? Waren durch seine Kugeln Soldaten im Bus getroffen worden? Verstört starrt Harald zum Fluss hinunter, während weitere Minuten dahinticken. Plötzlich sieht er seinen Geografielehrer vor sich, erinnert sich an alles, was er ihnen über den Fluss Glomma beigebracht hat, wo er entspringt, an welchen Orten er vorbeifließt. Vierte Klasse. Eine beachtliche Leistung: Einer Horde ignoranter Jungen Wissen eintrichtern. Doch was nützte ihm das jetzt? Er trank aus der Feldflasche, versuchte etwas Brot hinunterzubekommen, einen Kanten, den er in der Tasche stecken hatte, aber er war nicht hungrig. Dann knatterte es von der Spitze der Felswand auf der anderen Seite. Weitere Salven folgten, und um sie herum peitschten Projektile in den Schnee. Das Gewehrkrachen war von einer solchen Trockenheit, dass es völlig ungefährlich wirkte. Unmöglich die Vorstellung, dass das den Tod bedeuten konnte. Alle norwegischen Stellungen erwiderten das Feuer. Harald konnte nicht erkennen, ob er traf, er schoss einfach. »Es müssen Hunderte sein!«, hörte er einen Vorgesetzten rufen.

In einer Unterbrechung des Schusswechsels gelang es Harald, sich für einen Moment über die Situation zu erheben, über das Absurde daran nachzudenken, Menschen zweier Nationen, die die Luft zwischen sich mit todbringendem Blei füllten. Es war ein schöner Tag, Sonnenschein, Osterstimmung und schmelzender Schnee, und hier lagen sie und setzten alles daran, sich gegenseitig umzubringen. Ich hätte auf einer Skitour mit Maud sein sollen, dachte er. Wir hätten Kakao trinken können. Vielleicht hätten wir uns sogar geküsst.

Wie zur Verstärkung des Erlebten, tönte plötzlich leiser Gesang aus der Maschinengewehrstellung herüber. Es war Alf, der Gruppenkommandant, ein junger Unteroffizier. Harald erkannte das Lied. »Der Sonnenschein, der macht mich froh«, eine Melodie, die in den Wochen davor viele vor sich hin gesummt hatten. Harald hatte Lust einzustimmen, hielt sich aber zurück. Das hätte alles nur noch sinnloser gemacht.

Und trotzdem. Die Verteidigung einer Brücke. Einer schmalen Passage. Ein Kriegs-Urdrama. Sigurd war Experte in solchen Dingen, hatte in Kindertagen abends im Bett lebhaft von den Birkebeinern und der Schlacht bei der Hørte-Brücke erzählt, von den Schweden und Russen in der Schlacht bei der Virta-Brücke 1808 und von dem britischen Soldaten Sidney Godley, der ganz allein, mit einem Maschinengewehr, und das in nur zwei Stunden – Harald, stell dir das vor – *in zwei Stunden, allein*, nach der Schlacht bei Mons 1914 die Deutschen am Überqueren einer Eisenbahnbrücke gehindert hatte und dadurch den Briten und Franzosen Zeit zum Rückzug verschafft hatte. In diesem Moment aber, vor der halb zerstörten Brücke, dachte Harald eher an Leonidas und seine kleine Schar im Kampf gegen das Perserheer, er erinnerte sich, wie ihre Mutter, als sie noch klein waren, in dem großen Ohrensessel vor dem Kamin gesessen und sie mit dieser Geschichte unterhalten hatte; besonders Sigurd konnte nie genug davon bekommen, von Leonidas und den Spartanern zu hören. Allerdings verteidigten sie hier durchaus keine wichtige Straße zu einem Zentrum, das wusste Harald, als er da in der Vertiefung lag, hinter der Deckung, ergo traf das Bild von Leonidas nicht zu, und wenn, dann wohl eher auf die Festungsinsel Oscarsborg und den wachsamen Kommandanten, der vor einigen Tagen diese Rolle übernommen hatte.

Es war ruhiger geworden auf der Anhöhe am anderen Fluss-ufer. Geir hatte eine nicht angezündete Kippe im Mundwinkel und säuberte sich die Nägel mit dem Bajonett. Harald starrte zu den schönen Kiefern dort oben, solchen, die er einst als Sil-houetten zu zeichnen gelernt hatte, mit schwarzem Buntstift. Erneut verweilte er in Gedanken bei seiner Mutter und ihrer Leidenschaft für Geschichte. Ihr gefiel nicht, dass Harald Ro-mane las, sie war der Meinung, das, was in diesen Büchern dargestellt wurde, erwecke den Anschein von Tiefgründigkeit, lasse dabei aber alles Unverständliche und Komplizierte außen vor. Vor allem würden sie jener Heerschar an Zufällen keinen Platz einräumen, die nicht nur im Leben jedes Einzelnen eine bedeutende Rolle spielten, sondern ebenso sehr in der Weltgeschichte, die ja nichts anderes sei als die Summe von Menschenleben. »Nehmen wir etwa nur Xerxes' Feldzug gegen die Griechen«, sagte sie. »Wären die Perser nur mit einer kleinen Streitmacht über die Ägäis gesegelt und im Süden auf der Insel Kythira an Land gegangen, hätten sie die Spartaner in Schach halten können; dadurch hätte der Angriff von Norden einen ganz anderen Ausgang genommen. Dieser Gedanke musste ihnen gekommen sein, aber er wurde nicht in die Tat umgesetzt.«

Unlängst, zur Weihnachtszeit, war sie zusammengesunken in dem tiefen Lehnstuhl gesessen und hatte das Unheil verflucht, das über Europa hereingebrochen war. »Hitler soll sich als junger Mann an der Akademie der Bildenden Künste in Wien beworben haben«, sagte sie, »aber er wurde abgelehnt. Was wäre gewesen, wenn er aufgenommen worden wäre? Wäre die jetzige Lage dann eine andere?«

»Anstatt über die Bedeutung von Zufällen zu philosophieren, hätten wir vielleicht besser noch im selben Augenblick, als die Nationalsozialisten an die Macht kamen, einen Widerstand mobilisieren sollen«, sagte Harald.

»Ja, du hast recht«, sagte die Mutter. »Aber wir wissen nicht, ob Hitler nicht schon morgen bei einem Flugzeugabsturz ums Leben kommt, und wer weiß, was dann mit Deutschland passieren wird.«

»Ich glaube nicht, dass du damit rechnen kannst, dass der Zufall sich immer auf deine Seite schlägt«, sagte Harald.

Gegen vier Uhr starteten die Deutschen einen heftigen Angriff. Sie feuerten mit allen ihnen zur Verfügung stehenden Waffen, auch mit Granatwerfen. In den ersten Minuten hatte Harald mehr als genug damit zu tun, sich hinter der Deckung in das Fichtenreisig zu drücken. Über ihnen pfiffen die Kugeln dahin mit einem unablässigen Piff-Piff, das ihn an das Geräusch erinnerte, das sie als Kinder beim Spiel gemacht hatten, mit dem Unterschied, dass jetzt von den Baumstämmen um sie herum Splitter wegstoben und aus dem Boden kleine Schneesäulen emporragten. Nicht weniger lebensgefährlich waren die von den Felsen zurückprallenden Querschläger. Trotzdem dachte Harald nicht eine Sekunde daran, dass er getroffen werden könnte. Noch weniger, dass er getötet werden könnte. Es gab noch so viel, was er tun wollte. Vor allen Dingen musste er diese Sache mit Maud in Ordnung bringen. Ausgerechnet ihre Stimme war es, an die er jetzt dachte. Vielleicht war es ihre Stimme, in die er sich als Erstes verliebt hatte, als sie am Kikut vor ihm im Schnee lag, peinlich berührt, weil sie so ungeschickt hingeplumpst war.

Dann passiert es. In der Stellung neben ihm richtet Alf sich ein wenig auf, um nachzusehen, ob sich durch eine leichte Lageveränderung des Maschinengewehrs ein besseres Schussfeld einrichten ließe, und im selben Moment trifft eine Salve ihn mitten ins Gesicht. Harald begreift zunächst nicht, was vor sich geht, Alf, der vornüberkippt und über den Kühlmantel fällt, dann herabrutscht und seitlich liegen bleibt, so dass Harald sein malträtiertes Gesicht sehen kann. Alf mit der schönen Singstimme. Ohne weiter darüber nachzudenken, robbt Harald zu ihm hinüber, ruft nach einem Sanitäter, obwohl er weiß, dass sie keine dabeihaben. Doch Alf ist tot. Wie seltsam nass seine Haare sind, wundert sich Harald, ehe er begreift, dass das vom

Blut kommt. Er sieht die Bartstoppeln auf Alfs Wange, aber vor allem sieht er seine schönen Wimpern, wie von einem Kind.

Diese Zufälle. Wieso hatte die Kugel Alf getroffen und nicht ihn? Harald hatte ebenfalls überlegt, sein MG dort zu platzieren.

Alle eitlen Bedenken verbannt, kalt, ruhig, zugleich halb bewusstlos vor Raserei, hat er sich in Windeseile wieder auf den Sitz des Maschinengewehrs begeben; die Deutschen beginnen, übermütig zu werden, zeigen sich jetzt vermehrt in voller Größe oben auf dem Bergrücken; er feuert eine Salve ab, worauf einer wie ein geschlachtetes Tier zu Boden geht. Harald genießt den Anblick, ein Genuss, wie er ihn nie zuvor empfunden hat, und in den nächsten Sekunden erschießt er noch mehr Deutsche, von denen einer den Abhang hinunterpoltert, schlaff wie eine Stoffpuppe, Schnee löst sich, ein berauschender Anblick, noch ein Treffer, noch eine Gestalt sackt zusammen, als hätte man die Luft aus ihr entweichen lassen, fällt herunter, schnellt durch die Luft, als sie auf halbem Weg auf einem Felsen auftrifft, Haralds Hände zittern auf dem Doppelgriff, während das Maschinengewehr weiter Kugeln ausspuckt, das Triumphgefühl, das er dabei empfindet, ist einem Wahnsinn ähnlich, hier wird der Gerechtigkeit genüge getan, denkt er, Auge um Auge, Zahn um Zahn; in Dreiteufelsnamen, so kommt doch, ihr verdammten Deutschen! In einem parallelen Gedanken sieht er vor sich, wie er in wenigen Wochen bei der Rückkehr König Haakons als Ehrenwache am Ostbahnhof Aufstellung nimmt – der König in einer Eisenbahn, gezogen von der Dovregubben – und die Leute sich gegenseitig zuflüstern: »Das ist Harald Keller, der Kriegsheld!«

Um ein Überhitzen der Waffe zu verhindern und Munition zu sparen, die immer knapper wird, feuert er nur kurze Salven. Der deutsche Beschuss, das Pfeifen der Kugeln, wird weniger.

Keiner ist über den Fluss gekommen. Harald lässt den Kopf sinken, sieht sich um, und sein Blick trifft auf all das Rot im Schnee vor dem benachbarten Posten, Spuren von Alf, der von zwei Vorgesetzten auf einen Mantel gelegt und weggeschleift worden war.

Der Geruch von Schießpulver, heißem Metall, Blut, Tod.

Den Rest des Tages herrschte Stellungskrieg. Die Deutschen sorgten dafür, dass sie sich nicht rühren konnten, eröffneten bei der kleinsten Bewegung das Feuer. Du bohrst in der Nase, und in der nächsten Sekunde ertönt ein Pfff über deinem Kopf und an dem Baum hinter dir verschwindet ein Zweig. Wie viele waren es? Der Hauptmann schätzte sie auf tausend, unmöglich zu wissen.

Erst jetzt spürte Harald den Hunger. Ein saftiges Beefsteak! Er hatte seit dem Vorabend nichts gegessen. In der Tasche hatte er noch immer den harten Brotkanten stecken, er saugte mehr daran, als dass er kaute, während er die Gerichte aus der Speisekarte vor sich sah, die er tagtäglich im Theatercaféen serviert hatte. »Hummerpastete« … »Tournedos mit Champignons« … »Schneehuhn mit Kompott« … »Pfirsich Melba« …

Einige Sekunden lang – in seiner Vorstellung war dies unmittelbar ein schwarzer Moment – musste er daran denken, dass er hier lag und auf Menschen schoss, die er bis vor wenigen Wochen noch als seine Gäste betrachtet und mit einem Lächeln bedient hätte, wenn sie als Touristen nach Oslo gekommen wären. Deshalb liebte er das Theatercaféen. Es war ein Treffpunkt. Nicht nur ausländische Reisende kamen dorthin, sondern ebenso Diplomaten und Journalisten aus allen Ländern. Dazu Schriftsteller, Künstler, die norwegische Geisteselite. Es war, als befände man sich mitten in einem Dynamo, einem Energiezentrum.

Bücher. Eines Abends hatte er ein Gespräch mitgehört, bei dem ein Gast den anderen am Tisch Sitzenden etwas über den Wissenschaftler Albert Einstein erzählt hatte. Vor einigen Jahren habe Einstein dem Psychoanalytiker Sigmund Freud einen offenen Brief geschrieben, der später, zusammen mit Freuds Antwort, als kleines Büchlein erschienen sei. Während der Diskussion hatte der Gast mit dem Buch herumgewedelt wie mit einer weißen Flagge, und als sie gegangen waren, hatte er es Harald überreicht, wie als Geschenk für einen Gleichgesinnten – und Harald hatte es gelesen.

»Was hat Einstein geschrieben?«, fragte Maud später, ausgerechnet an jenem Tag, als sie bei der Festung Akershus spazieren gingen und leichte Schneeflocken die Luft erfüllten.

»Er fragt, ob es möglich ist, die Menschheit von dem Unglück zu befreien, das der Krieg mit sich bringt«, sagte Harald. »Er hat den Traum, dass die Macht der Ideen einst stärker sein wird als die Macht der Gewalt. Die Kultur stärker als die Natur, der Gerechtigkeitsgedanke stärker als die Wirtschaftsinteressen.«

»Das wird wohl ein Traum bleiben«, sagte sie. »Die irrationalen Seiten des Menschen werden immer stärker sein als die rationalen. Leider.« Schweigend spazierten sie weiter, doch dann blieb sie plötzlich mitten am Festungsplatz stehen und senkte die Augenlider: »Und jetzt lebt Einstein nicht mehr in Deutschland und Freud nicht mehr in Österreich«, sagte sie. »Beide mussten fliehen.«

Es wunderte Harald, woher sie das wusste. Er selbst war sich nicht darüber im Klaren gewesen, dass Freud im Exil lebte, trotz seiner Begeisterung für Wien, die Hauptstadt der Kaffeehäuser.

Aber seine Mutter hatte schon recht, er las viele belletristische Werke. Er kaufte oft Bücher im Alhambra, dem Antiquariat, das sein Großvater mütterlicherseits in der Kirkegata gegründet hatte. Einmal hatte er den Pfarrer Konrad Steen, einen Kindheitsfreund seiner Mutter, dort getroffen. Harald hatte sich immer gefragt, in welcher Beziehung die beiden zueinander standen, ob es etwas mehr war als nur Freundschaft. Jedenfalls schrieb Konrad Steen in den Zeitungen oft über Literatur, Harald hatte den Eindruck, dass er genauso viele Bücher gelesen haben musste wie Sigurd Hoel, der es im Übrigen vorzog, im Restaurant Annen Etage des Hotel Continental zu sitzen, auch wenn Harald ihn mitunter in der »Künstlerecke« des Theatercaféen hatte vorbeischauen sehen. Im Alhambra hatten Harald und Konrad ihre Ansichten über *Ein Flüchtling kreuzt seine Spur* von Aksel Sandemose ausgetauscht, ein Buch, das Harald mit Neugier gelesen hatte, nachdem ein älterer Kellner behauptet hatte, er sei dabei gewesen, als Sandemose im Theatercaféen das Romanmanuskript, einen ganzen Koffer voll, an jenen Verleger übergeben hatte, der das Buch schließlich herausbrachte, nachdem es von den beiden Großverlagen Gyldendal und Aschehoug abgelehnt worden war. »Das macht den Roman ja nur noch besser«, hatte Konrad lachend angemerkt, als Harald ihm die Anekdote erzählt hatte. Davor hatte Harald schon mit Maud über Sandemoses Buch diskutiert, in ihrer Hütte in der Nordmarka, aber ihr gefiel der Roman nicht. Sie waren darüber in Streit geraten, und es hatte sich herausgestellt, dass sie den Roman deshalb nicht mochte, weil sie dessen Verfasser nicht leiden konnte. »Ein unsympathischer Mensch. Ich lese keine Romane von amoralischen Schweinigeln, egal wie gut ihre Bücher sind«, hatte sie gesagt und dabei langsam geblinzelt, wie immer, wenn sie etwas sehr ernst nahm. Harald hatte an die vielen Male gedacht, als er Sandemoses ungehobeltes Benehmen im Theatercaféen mitangesehen hatte, seine unaufhörliche Jagd nach Frauen, es aber nicht erwähnt, weil er ihr nicht recht geben, sondern ihr lieber von Ronald Fangen erzählen wollte, einem Schriftsteller, den er oft bedient hatte und von dem er wusste, dass sie ihn mochte.

»Grüß deine Mutter«, hatte Konrad Steen beim Gehen gesagt, begleitet vom Läuten der kleinen Türglocke.

Harald fiel ein, dass er vergessen hatte, die Grüße auszurichten.

Im Café Agora, dem Lokal, das Harald eröffnen und zu einem natürlichen Versammlungsort für junge wissbegierige Menschen machen wollte, sollte es nicht nur Zeitungen geben, in- und ausländische, sondern auch eine Bücherwand. Es sollte ein Café werden, in dem es Bücher gab, die in so vielen verschiedenen Sprachen geschrieben waren, wie sie von den Besuchern gesprochen wurden. Alles, was man dazu dann noch brauchte, war ein Silbertablett mit einer Tasse Kaffee und einem Glas Wasser. Begeisterte Gespräche. Junge Männer, oder selbstbewusste Frauen wie Maud, mit Koffern voller brillanter Ideen. Nach seiner Ansicht, und darin stimmte ihm sogar seine Mutter zu, hatte die Aufklärungszeit in den Kaffeehäusern ihren Anfang genommen.

Warum also lag er hier und schoss auf Deutsche?

Was für ein Kontrast: In dem einen Augenblick servierst du Kaffee, im nächsten tödliches Metall.

An seinen Großvater, einen deutschen Architekten, der Eisenbahnstationen in Norwegen entworfen hatte, konnte er sich nur dunkel erinnern. An sein seltsames Norwegisch, sein Zäpfchen-R. An ein Haus, oder den Teil eines Hauses, in Homansbyen. Was ihm am deutlichsten im Gedächtnis geblieben war, waren die Figuren, die der Großvater aus einem weißen Taschentuch basteln konnte. Einen Hasen, der über den Schnee hoppelte. Und an seine Zeichenkünste. Ein strenger Mann, der zum Kind wurde, sobald er zu zeichnen anfing.

Harald fingerte am Maschinengewehr herum. Warum dachte er jetzt an das alles? Obwohl er hier saß und Ausschau hielt nach jemandem, den er töten konnte, rasten die Gedanken dahin. Vielleicht lag ja ein Architekturstudent auf der anderen Seite des Flusses. Einer, der einfach nur zeichnen wollte, Bahnhofsgebäude, Kaffeehäuser, der aber gezwungen war, ein Gewehr zu bedienen.

So durfte man unmöglich denken. Er musste den Zorn aufrechterhalten.

Die letzten vierundzwanzig Stunden hatte er sich nach Kaffee gesehnt. Mehr als nach etwas zu essen. Er hätte wer weiß was gegeben für eine Tasse Kaffee. Wieder schweiften seine Gedanken ab. Er sah seine Großmutter vor sich, eine alte Dame, die Østerdal-Dialekt sprach und in ihrer Küche in Homansbyen mit einer Mühle, einem Holzwürfel mit goldener Kuppel, Kaffee mahlte, und während die Kurbel sich gleichmäßig im Kreis drehte und die Bohnen knirschten, breitete sich der Kaffeegeruch im Zimmer aus. Sein Vater, Otto Keller, hatte immer begeistert davon gesprochen, dass seine Verwandtschaft mütterlicherseits aus Østerdalen stammte; über mehrere Generationen hatte der Wald für ihren Lebensunterhalt gesorgt, auch durch die Jagd. »Und hier sitze ich nun«, hatte Haralds Vater gesagt, »und zeichne Pläne für Lokomotiven! Was für ein Werdegang!« Und ich, ja, ich bin ins Jägerdasein zurückgekehrt, dachte Harald. Mit dem Unterschied, dass ich auf Menschen schieße. Er verspürte ein unbändiges Verlangen nach Kaffee. Wieso lagen sie hier und ballerten sich gegenseitig nieder? Es fehlte nicht viel, und er wäre aufgestanden und hätte gerufen: Ich gebe eine Tasse Kaffee aus! Lasst uns die Waffen niederlegen! Lasst uns Kaffee trinken, reden, lasst uns dieser Bestialität ein Ende setzen!

Unmöglich. Den Zorn aufrechterhalten.

Endlich. Er glaubte zuerst, es wäre eine Halluzination, aber es war wirklich: Zwei Männer kamen herangekrochen, einen großen grauen Eimer zwischen sich. Der Nachschubweg, oder zumindest Teile davon, mussten demnach unversehrt geblieben sein. Lang lebe das norwegische Heer! Wenn sie schon kein Essen bekämen, so bekämen sie wenigstens Kaffee. Er nahm ihn begierig entgegen. Dünner, schlechter Kaffee – er hatte nie besseren getrunken. Er schielte zu den anderen, die mit seligen Gesichtsausdrücken ihre Metallbecher zwischen den Händen hielten. Vorläufig blieb ihm nichts anderes, als mit dieser durchkämpften, patronenübersäten Schneelandschaft inmitten von Fichten als seinem Café Agora vorliebzunehmen.

Als ob das eine das andere bedingte, brachte der Geschmack des Kaffees das Bild eines Buches mit sich. In der Dunkelheit, im Schnee sitzend, sehnte er sich nach einer warmen Stube, einem Kamin, einem bequemen Sessel, einem Buch, vielleicht *Anna Karenina* – die Stelle, in der dem undankbaren Schwein Wronskij sein Glück, seine Verliebtheit, bereits wieder abhandengekommen ist. Was ihn betraf, hätte er genauso gut hier lesen können, sofern ihnen die Benützung einer Taschenlampe erlaubt gewesen wäre; er konnte überall lesen, viele Bücher hatte er sogar in der Krone der Eiche draußen vor der Villa Bohre gelesen. Maud war genauso. Ernsthaft in sie verliebt hatte er sich, als er sie letzten Sommer in ihrer Hütte beim Lesen beobachtet hatte. Sie hatte ein Buch aus dem kleinen Bücherregal gezogen, sich damit jedoch nicht aufs Sofa begeben, sondern es einfach in dem Regal darunter an eine freie Stelle gelegt und im Stehen gelesen, lange, als ob das, was sie las, ihr jede Regung unmöglich machte. Stunden später war er Zeuge einer weiteren Variante geworden. Nach dem Essen – Forellen, die sie selbst im Teich gefangen hatte, gefüllt mit Zitrone, Mandeln und Dill – hatte sie zunächst den Tisch saubergewischt. Dann ging sie hinaus, um ein paar Waldblumen zu pflücken, die sie in einer Vase auf den Tisch stellte. Sie schenkte sich eine Tasse Kaffee ein, dazu ein kleines Glas Krähenbeeren-Likör, setzte sich an den Tisch und drehte den Stuhl so, dass sie auf das Wasser hinaussehen konnte. Danach schlug sie das bereitliegende Buch auf und las darin, völlig versunken. Nach einigen Minuten drehte sie sich um und entdeckte, dass er sie beobachtete, sicher mit einem verrückt-verliebten Lächeln um den Mund. »Leser können genauso viele Rituale beim Lesen haben wie Schriftsteller beim Schreiben«, sagte sie.

Maud. Er sehnte sich nach ihr. So sehr, dass sich alles in ihm zusammenzog. Dann wieder dieser Erinnerungsblitz, eine Erinnerung, die er am liebsten vergessen wollte. Der Hüttenausflug, der verhängnisvolle Abend. Er hatte die Hütte verlassen. Hatte unter Fichten gesessen, so wie jetzt bei der Brücke bei Fossum. Mit dem Unterschied, dass er jetzt keine Scham empfand. Denn es war die Scham, die an ihm genagt hatte in dieser Nacht im Kroksogen. Er hatte Jacke und Rucksack geholt, die Skier angelegt und war nach Hause gelaufen, im Mondlicht. Mehrmals war er gestürzt, hätte sich fast verletzt, aber er musste weg, hätte ihren Blick am nächsten Morgen nicht ertragen können.

Gegen Mitternacht entdeckte er auf einmal mehrere unbekannte Gesichter. Er hörte die leise Stimme des Fähnrichs irgendwo hinter sich, der fragte, ob er abgelöst werden wolle. Harald verneinte. Geir? Auch er verneinte. Sie grinsten einander zu. Etwas Ekstatisches lag in Geirs Augen. Sie waren ein gutes Team. Jetzt mit noch mehr Munitionskästen. Zweieinhalb Tage und Nächte lagen sie jetzt hier, fast ohne Ruhe und Schlaf und in großer Anspannung, und trotzdem wollten sie hierbleiben, als wüssten sie, dass eine entscheidende Schlacht bevorstand. Noch immer dachte Harald keine Sekunde daran, dass er getötet werden könnte, auch daran nicht, wie er, in einer fernen Zukunft, seinen Kindeskindern, die ihm mit großen Augen Fragen stellten, von alldem erzählen würde. Wie die meisten sah er einen Tod in hohem Alter vor sich, und dass man, wenn die Stunde geschlagen hatte, von der Familie, von Freunden umgeben war und einem noch Zeit bliebe, etwas Kluges zu sagen, bevor man den Becher leerte. Wie Sokrates. Ja, wie ein norwegischer Sokrates, Besitzer des berühmten Café Agora.

Am meisten aber fantasierte er davon, wie er bald wieder seine Hände um Mauds Kopf legte, wie seine Finger sich beim Einschlafen in ihre dunklen Locken wickelten. Und dann musste er wirklich eingeschlafen sein, denn die Stimme des Hauptmanns holte ihn mit einem Schlag wieder zurück, sie ertönte hinter ihnen, aber so leise, dass nur die zwei nächstgelegenen MG-Stellungen sie hörten. Harald bekam nicht alles mit, konnte aber einige aufmunternde Sätze heraushören, zurückhaltende Worte, bei denen ihm, und offenkundig auch Geir, dennoch ein Schauer feierlicher Entschlossenheit über den Rücken lief.

Wieder die Wut. Der blinde Zorn. Auf der Anhöhe dort drüben lag der Feind, der das Land an sich reißen wollte!

Kommt nur, dachte er und spürte etwas in sich, das dem vergleichbar sein musste, worüber er in den Knabenbüchern gelesen hatte: Blutdurst. Wieder sah er Alf vor sich, sein malträtiertes Gesicht. Er wollte töten. Töten, töten, töten. Ein

Singen im Körper, ein Verlangen nach Blut. Kommt nur! Als die Deutschen kurz darauf Leuchtgranaten abschossen und von der Anhöhe herab ein heftiges Feuergefecht einleiteten, war er nichtsdestoweniger überrumpelt. Die norwegischen Stellungen lagen in Licht gebadet, die des Feindes hingegen konnten sie nicht sehen, sahen nur, dass die Deutschen nicht mehr in ihren Stellungen lagen, sondern in großer Zahl über und unter der Brücke auf sie zukamen. Sogar noch während er das MG langsam von links nach rechts schwenkte, fiel ihm auf, wie durch die in der Luft über ihnen hängenden Leuchtgranaten alles ins Künstliche getaucht wurde und die Landschaft den Anstrich einer Theaterkulisse bekam.

Wieso befand er sich hier? Auf dieser Bühne? Wieso war er nicht bei Maud?

Er ist taub, er sieht die Lichtblitze, einen nach dem anderen, aber er hört nichts. Denkt auch nicht nach. Kugeln schnellen an ihm vorbei, wie eine Ahnung nur oder wie ein leichter Geruch nach heißem Metall. Kommt nur! Ich bin unsterblich! Ich weiß, heute Nacht ist das Schicksal auf meiner Seite! Mit vielen Dingen gleichzeitig beschäftigt, bemerkt er, dass die Jungs aus seinem Team im Begriff sind, die Stellung zu verlassen, etwas weiter weg geht ein norwegischer Soldat zu Boden. Ok, hier hatten sie vielleicht verloren, sie mussten zum Rückzug blasen, doch dasselbe galt wohl kaum für alle anderen Einsatzorte, an denen Norweger mit aller Macht ihr Land verteidigten, und wenn die Deutschen dort genauso viele Männer und genauso viel Zeit benötigten wie für das Vordringen über die jämmerliche Brücke bei Fossum, dann waren sie chancenlos. Wieder eine Leuchtgranate. Wie eine gigantische Glühbirne, direkt über ihnen. Wie eine Enthüllung. Die Enthüllung einer Illusion. Und inmitten eines nur halb erhaschten Gedankens, dass er, Harald, Teil einer Erzählung ist, die ihren Platz in den Geschichtsbüchern finden wird, einer Erzählung über Norwegens heldenmutigen Kampf, den machtvollen Widerstand, den dieses Geburtsland der Recken den Deutschen entgegensetzte, wodurch das Nazipack sich gezwungen sah, zu den Schiffen zurückzukehren – irgendwo inmitten dieser Gedankensplitter erkennt Harald, dass ein Gefühl alle anderen in den Hintergrund drängt, und dass dieses Gefühl Angst ist. Eine Angst, die tief in seine Seele hinabführt. Die Angst ist so groß, dass er beinahe die Krag verliert, als er nach ihr greift und rückwärts durch den Schnee zu laufen beginnt, zu kriechen eigentlich, doch nach nur wenigen Schritten schlägt etwas in seinem Bein ein und lässt ihn einknicken. Er ist getroffen, kann aber nicht begreifen, dass sich das so anfühlt, es ist, als hätte jemand ihm ein Schwert ins Bein geschlagen. Eine Sense aus iberischem Stahl.

Er schrie vor Schmerz – oder war es Angst? – und sackte zusammen, doch in seinem Kopf tönte die Stimme seiner Mutter: Steh auf!, und er kam wieder auf die Beine, ist ja nur ein Kratzer, dachte er, so viel musste man schon zu opfern bereit sein für einen Sieg. Dann hatte er plötzlich doch Angst, aber gerade die Angst würde ihm dabei helfen, sich hinkend in Sicherheit zu bringen. Er würde verflucht nochmal die Kong-Haakon-Medaille entgegennehmen! Er und Sigurd. Die Bohre-Brüder, die Kriegshelden! Und er musste seiner Mutter noch die Grüße von Konrad Steen ausrichten. *Im Sommer würde er mit Maud Blaubeerkuchen in ihrer Hütte im Krokskogen essen.* Er feuerte alle fünf Schuss aus dem Magazin gegen Schatten, die vom Fluss kamen, einer davon fiel immerhin; mit steifen Fingern, zitternd vor Angst, pulte er fünf neue Patronen aus einer der Gürteltaschen, legte sie ins Magazin ein und lief, humpelte von der Anhöhe fort. Kugeln schlugen um ihn herum ein, die

Deutschen mussten herübergekommen sein, sie waren jetzt ganz in der Nähe, Maschinenpistolensalven ertönten, Harald drehte sich um und schoss mit dem Karabiner, schoss einfach ins Blaue hinein, sah nichts, hatte keine Zeit zum Nachladen, lief einfach, lief aus purer Angst, er hörte deutsche Rufe, er verstand ein bisschen Deutsch, konnte aber trotzdem nicht verstehen, was sie riefen, wusste nicht, ob es ihnen galt oder ob es Befehle an ihre deutschen Landsleute waren, ein heftiges Knallen erklang hinter ihm, die Teufel hatten Handgranaten, Licht flackerte zwischen den Stämmen auf, als wäre ihm ein feuerspeiendes Monster auf den Fersen.

Wusste er, dass er getötet werden würde? Dass er sterben würde? Dass die Dovregubben, das schwarze Ungeheuer, zu guter Letzt doch noch gekommen war, um ihn zu holen? Sich pausenlos umwendend, wie um zu sehen, wer den tödlichen Schuss abgeben würde, lief er fast rückwärts, rutschte im Schnee aus auf der Straße, die nach Askim führte. Er kam am Hauptmann vorbei, erschossen. Harald dachte, dass er sich selbst etwas vorgemacht hatte, seine Angst sagte es ihm. Der ganze Unsinn von wegen Mut. Von wegen Widerstand. Er hätte es machen sollen wie die anderen. Dafür sorgen, dass er am Leben blieb. Seiner Mutter zuliebe. *Maud zuliebe.* Nicht den Helden spielen, wie er es jetzt tat, ein Held, der sich vor Angst fast in die Hosen machte. Er kniete sich hin, konnte ein paar Patronen einlegen, legte das Gewehr an, sah mehrere Schatten auf sich zulaufen, konnte Helme sehen, erkannte sie als deutsche, er schoss in Panik, keine Schatten fielen, Schuss-salven ertönten, und da, da kam sie, er konnte sie auf ihrem Weg beobachten, sah die Kugel auf seine Stirn zufliegen, sah sie in der Luft vor sich anhalten, als wollte sie ihm Zeit geben für einen letzten Gedanken, aber es stimmt nicht, dass in einem

letzten dramatischen Augenblick das Leben an einem vorbei-
zieht, sondern stattdessen bleibt die Zeit stehen, gibt einem
Gelegenheit zum Nachdenken, so lange nachzudenken, wie
man will, sein ganzes Leben zu durchdenken, jede Sekunde,
wenn man das wollte, doch Harald ist müde, ihm fehlt die
Kraft dazu, er entdeckt einen Fichtenzweig am Wegesrand,
seltsam deutlich in dem Lichtschein der über ihnen hängenden
Leuchtgranaten, er sieht die feine Struktur, die mit einer dünnen Frostschicht überzogenen Nadeln; und bevor die Kugel
weiter auf seine Stirn zusteuert, klammert er sich, wie im Triumph, in Gedanken an Maud fest, an sie, die das Einzige ist,
was ihn jetzt noch kümmert, an seine Liebe zu ihr und daran,
wie traurig es ist, ohne Vergebung zu sterben, und dann, fast
mit einem Nicken, nimmt er das todbringende Blei entgegen
und entschwindet.

MAUD-LAND

Ihr Zentrum in der Welt ist die Hütte, und besonders dann, wenn sie eingeschneit, halb unsichtbar im Gelände liegt. Sie nennt es Maud-Land. Das ganze Waldgebiet der Nordmarka ist Maud-Land.

Es geht auf den Abend zu, und sie sitzt an dem kleinen Tisch vor dem Fenster. Im Kamin schlagen die Flammen hoch und das Feuer im Küchenofen brennt gut. Die eine Hand am Rand des aufgeschlagenen Buchs, mit der anderen die Teetasse umklammernd – seit sie Rita Bohre kennengelernt hat, trinkt sie wieder mehr Tee –, hält sie ihre Augen nicht auf die Buchseiten gerichtet, sondern auf den verschneiten See, auf die Loipe, die von Heggelia hierherführt. Sie wartet, und obwohl es sich bei dem Buch um den neuen Roman von Thomas Mann handelt, kann sie sich nicht darauf konzentrieren. Sie wartet. *Er* wird hierherkommen, zu ihr. Sie wartet auf ihn, hier, im Maud-Land.

Sogar in dem Sommer, als beide zu Besuch waren, als sie beide gegeneinander abwog, betrachtete sie sie als Gäste in ihrem Reich, einem Reich, über das sie herrschte, seit sie klein war. Wenn sie in der Hütte im Krokskogen war, kehrte immer auch ihre Kindheit zurück, und besonders deutlich in jenem Sommer, als ihre Sinne durch das Umgebensein von zwei Männern auf eine Weise geweckt wurden, die sie bereits vergessen gehabt hatte, Erinnerungen an die Jahre, in denen sie gemeinsam mit ihrem Vater zum Wandern hierhergekommen war. Alles, was sie über den Wald wusste, hatte ihr Vater ihr beigebracht. Im Frühling hatte er ihr gezeigt, wie man Weidenflöten schnitzte, so dass man die »Morgenstimmung« von Grieg darauf spielen konnte, er hatte sie die Namen von Tieren und

Vögeln, Pflanzen und Insekten gelehrt, ihr die Biberspuren gezeigt, sie dazu angeregt, stehenzubleiben und dem Hacken des Dreizehenspechts zu lauschen, hatte in den Wipfel einer Kiefer auf der anderen Seites des Sees gedeutet, wo ein Fischadler sein Nest hatte, oder gegen einen morschen Stamm getreten, damit sie die Pilze, die Larven, das wimmelnde Leben darin studieren konnte, während sie gleichzeitig eine Zweigestreifte Quelljungfer bei ihrem Flug tief über dem Wasser einer Bachmündung beobachteten, *Cordulegaster boltonii*, wie er zu erzählen wusste, ein Name, den sie bis heute im Gedächtnis behalten hat. »Benannt nach James Bolton, einem Insektensammler aus dem 18. Jahrhundert. Stell dir vor, keiner weiß mehr, wer du bist, aber dein Name wird von einer Libelle weitergetragen.«

An den Wochenenden, die sie in der Hütte verbrachte, streifte sie für gewöhnlich allein in der Gegend umher. Sie mochte es, sich auf einen Stein zu setzen in dem Glauben, alles sei still, nur um dann festzustellen, dass die Stille aus einer Unzahl von Geräuschen bestand, dass es vor Leben überall nur so brodelte, raschelte, kroch, schnurrte und summte; dort konnte sie sitzen, je nach Jahreszeit, und zusehen, wie alles in Veränderung war, junge Bäume schossen aus der Erde empor, Bruchholz lag morschend auf dem Boden. Am allerliebsten mochte sie den Wald, nachdem es geregnet hatte, den Wohlgeruch, der dann in der Luft lag, wenn Fichtenzweige ihr die Schultern mit Regenwasser benetzten oder die Regentropfen auf einem Spinnennetz den Eindruck in ihr erweckten, sie stünde vor einer kleinen Galaxie.

Der Wald *war* eine andere Welt, vor allem durch das Moos, die dicken, grünen Teppiche, die mitunter große Flächen bedeckten. Deshalb, glaubte sie, zog sie sich immer grün an, wenn sie eine Waldwanderung unternahm, wie um eins zu werden mit ihrer Umgebung. Nur weniges konnte sie so in seinen Bann ziehen wie das Sonnenlicht, das auf feuchtes, grellgrünes Moos fiel, für sie war es wie ein eigener Planet; dann konnte es geschehen, dass sie sich hinunterbeugen musste, um zu sehen, ob etwas dort unten lebte, winzige Lebewesen. Bryophyta, dachte sie. Ich werde diesen Moosplaneten Bryophyta nennen. Ihr Vater, ein Bewunderer von Linné, hatte ihr diesen Namen beigebracht, genau wie viele andere lateinische Namen. Allgemeinbildung nannte er das.

Maud Evensen war in Jevnaker aufgewachsen. Ihr Vater war Büroleiter bei der Glasfabrik Hadeland und behauptete, Mauds Haar sei bei ihrer Geburt dunkel gewesen, hätte aber, weil sie sich so oft vor glühender Glasmasse aufgehalten habe, einen rötlichen Schimmer angenommen. Und es stimmte, als Kind hatte sie häufig das Werk besucht, die Glashütte mit dem Schmelzofen, wo die Glasbläser ihr dabei halfen, kleine Gegenstände zu formen, nicht selten Tiere, die sie im Wald gesehen hatte. Sie war stolz auf seinen Arbeitsplatz, stolz, wenn sie den Zug in die Stadt hinein nahmen und sie zusammen mit ihrer Mutter oder dem Vater den Kaufhäusern einen Besuch abstattete, Steen & Strøm, und besonders das Christiania Glasmagasin, die Abteilungen mit den glitzernden Schalen und Karaffen, Schüsseln und Vasen. Ihr Vater hatte ihr vorgeschlagen, sie solle in der Glasfabrik zu arbeiten beginnen, aber sie wollte etwas anderes werden. »Was denn?«, fragte er. »Ich will eine Elfin sein«, sagte sie. »Eine Lichtelfin.« »Du bist eine Elfin«, entgegnete er daraufhin, »aber das kannst du nicht dein ganzes Leben lang bleiben.« »Dann will ich Waldhüterin werden.«

Sie hatte mehrere Waldhüter getroffen, hatte in ihren kleinen Kojen gesessen und sich gedacht, das müsse die schönste Arbeit der Welt sein.

Ende März. Es ist das Jahr 1940. Maud sitzt am Tisch, vor sich den neuen Roman von Thomas Mann, *Lotte in Weimar*. Sie liest ihn auf Deutsch, auch wenn sich ihre Einstellung zum Deutschen in den letzten Monaten geändert hat, doch jetzt hat sie das Buch ganz vergessen, denn in dem immer noch über dem Waldrand hängenden Licht sieht sie einen Skiläufer mit schönen Schwüngen über den Nibbitjern kommen, er wechselt zwischen Diagonalschritt und kraftvollem Doppelstockhub, wirkt dabei aber entspannt, als ob es ihn keinerlei Anstrengung kostete oder er damit verdeutlichen wollte, er könne noch länger in diesem Rhythmus weiterlaufen, das 50km-Rennen am Holmenkollen, wenn es sein müsse. Er weiß, dass ich ihn beobachte, denkt Maud, er sieht den Rauch aus dem Schornstein. Sie hat Herzklopfen, kommt dann aber ins Zweifeln, schaut mit angestrengten Augen, und als der Skiläufer die Spur verlässt und in die zur Hütte führende, teils verwehte Loipe hinüberwechselt, erkennt sie, dass es Sigurd ist, der auf sie zugleitet.

Nicht Harald.

Unfähig aufzustehen, bleibt sie unschlüssig sitzen, bis sie hört, wie Sigurd sich draußen den Schnee von den Skiern klopft. Noch immer verwirrt, zweifelnd – er kommt unangemeldet – antwortet sie auf sein Türklopfen: »Komm rein.«

War es so? Wurde hier – ein Leben entschieden?

Obwohl sie versucht, ihre Enttäuschung zu verbergen, scheint Sigurd etwas zu ahnen, und er verwendet die ersten Minuten darauf, ihr zu erklären, viel zu umständlich, wie sie denkt, weshalb er es ist, der auf der anderen Tischseite Platz genommen hat, und nicht sein Bruder. Er lässt Harald entschuldigen, er sei verhindert, im Theatercaféen seien zwei Kellner krank geworden und Harald habe einspringen müssen, es tue ihm schrecklich leid, Sigurd solle sie von ihm grüßen lassen, erklärt er, wobei er mit kleinen Worten und Gesten gleichzeitig sein Unverständnis darüber zum Ausdruck bringt, dass ein Mann nicht alles, sogar seine Arbeit, dafür opfere, um eine Verabredung mit einer so attraktiven Frau wie Maud einzuhalten.

Sie schüttelt ihre Verwirrung ab, sie hat ja nichts gegen Sigurd, der jetzt einen kalten Schinken aus dem Rucksack holt, eine Gabe von Onkel Albert – der Schiffsreeder schaute immer mit irgendwelchen Leckereien vorbei –, dazu eine Dose grüne Erbsen, ein Abendessen also, Kerzenlicht, und hinterher kümmert Sigurd sich um den Abwasch und sie verbringen den Abend auf dem Sofa, Maud holt eine Flasche aus dem kleinen Lager mit Kräuter- und Gewürzschnaps – »gebrannt nach altem Geheimrezept«, wie ihr Vater gesagt hatte – und nimmt zwei kleine, glitzernde Gläser von dem Regal über dem einen Fenster, auf dem eine Reihe unterschiedlicher Gläser aufgestellt ist, alles Gläser, die in der Glasfabrik hergestellt wurden und die sie einzeln, im Rucksack, über einen Zeitraum von mehreren Jahren von Jevnaker hierherverfrachtet hat, das war ihr Ritual, zerbrechliche Gläser auf unwegsamen Pfaden durch dichten Wald transportieren, und immer die kleinsten Gläser aus ihren Lieblingssets, Edvard, Rondane oder Marie, Letzteres mit facettiertem Fuß und Scherenschliff am Kelch. In dem von draußen hereinfallenden Licht sahen sie oft aus wie eine Sammlung Riesendiamanten, und wenn sie allein war und beim Lesen an einem davon nippte, hielt sie es zwischendurch gegen das Fenster oder, abends, gegen die Paraffinlampe, und malte sie sich in ihrer Fantasie aus wie Zauberscherben, wie etwas, das ihr die Fähigkeit verlieh, die Welt auf andere Weise zu betrachten.

Maud hört Sigurd einen Monolog halten, hört aber nicht wirklich zu, sie ist immer noch durcheinander, weiß nicht, warum sie mit ihm und nicht mit Harald hier sitzt, weiß auch nicht, worüber sie mit ihm reden soll, wenn sie allein sind, nur sie beide, er studiert Jura, und davon versteht sie nichts; sie unterhalten sich ein wenig über Filme, ausgerechnet Filme, das heißt, eigentlich redet nur Sigurd, er geht mindestens einmal die Woche ins Kino, weiß alles über die Filmstars Clark Gable und Joan Crawford; das Gespräch gerät bald ins Stocken, sie blickt zum See hinaus, zu der kaum sichtbaren Loipe, danach in sein Gesicht, das dem Rita Bohres ähnlich ist, und sinnt darüber nach, wie ein Sohn, trotz äußerer Ähnlichkeit, sich so sehr von seiner Mutter unterscheiden kann, denn anders als mit ihm, lief das Gespräch immer wie von selbst, wenn sie Rita Bohre gegenüber saß.

Nichtsdestotrotz ist da die Erinnerung, wie nervös sie war vor ihrer ersten Begegnung mit dieser Mutter, einer Frau, die von sich reden gemacht hatte, die bei Nansen persönlich Rat einholte und mit Persönlichkeiten wie dem Kunsthistoriker Max Qviller und dem Theologen Konrad Steen bekannt war – ja, nicht nur bekannt, sondern sie war mit ihnen aufgewachsen. Für Maud hatte Rita Gemeinsamkeiten mit der Hauptfigur in *Lotte in Weimar*, sie war eine Frau, die Männer beeinflusst hatte, einschließlich ihrer Söhne, und um sich vorzubereiten, oder aus Angst vor ihrer eigenen Unzulänglichkeit, war Maud vor ihrem ersten Treffen in eine Bibliothek gegangen und hatte sich aus einer Historikerzeitschrift einen Artikel herausgesucht, den Rita Bohre, damals noch sehr jung, nach ihrer Rückkehr von einer Persienreise verfasst hatte und der von Schah Abbas handelte, dem bekanntesten Herrscher der Safawiden in der dritten persischen Glanzzeit des 16. und 17. Jahrhunderts, Schah Abbas, der nach der Wiedereroberung verlorener Gebiete sein Reich durch Diplomatie, Handel und religiöse Toleranz stabilisiert hatte. Und – am wichtigsten, laut Rita Bohre – durch Kultur. Schah Abbas war es gewesen, der Isfahan zur Hauptstadt, zu einer der schönsten Städte der damaligen Zeit gemacht und in Isfahan den Bau der großen Moscheen mit ihren unvergleichlichen Mosaiken veranlasst hatte.

Zuerst war Maud eher ängstlich gewesen als beeindruckt bei dem Gedanken, einer Frau gegenüberzutreten, die in jungen Jahren in solcher Art und Weise über einen Menschen geschrieben hatte, über eine Kultur, von der Maud nicht das Geringste wusste.

Es war ein Tag im Mai vergangenen Jahres, als sie in der von Sherryduft erfüllten Villa in Lysaker zu Gast war, und während Harald und Sigurd im Wohnzimmer sitzen geblieben waren, hatte Rita sie mit hinaus in den Garten genommen, in dem mehrere Obstbäume blühten und Blumenbeete Duftwellen ausströmten, und als Rita plötzlich lachend auf die riesige Eiche kletterte, wusste Maud nicht, ob das von der älteren Frau als Test gemeint war, wo sie doch beide Röcke trugen, aber dann folgte sie ihr doch nach, überrascht, mit welcher Leichtigkeit Rita sich von einem Ast zum nächsthöheren emporhangelte, es war ihr anzusehen, dass ihr das Klettern im Blut lag und sie genau wusste, wohin sie steigen musste, bestimmt war sie schon ihr ganzes Leben immer wieder auf diesen Baum geklettert, Maud entdeckte Spuren kleiner Plattformen auf verschiedenen Höhen, und nachdem Rita keine Anstalten machte, wieder hinunterklettern zu wollen, blieben sie dort sitzen, zwischen Laubsängern und Ringeltauben, und später erst fiel Maud wieder ein, was Rita als Einleitung gesagt hatte, nämlich wie seltsam es doch sei, wenn man sich vorstelle, dass auch der Mensch – sofern man die zeitliche Perspektive weit genug anlegte – mit dieser Eiche verwandt sei.

Bei diesen Worten strich sie mit den Fingern über die wunderschönen Zeichnungen der Borke.

Maud, mit ihrer Verbindung zum Wald, fühlte sich wie zu Hause in dem Baum, und ohne dass es aufgesetzt wirkte, brachte sie das Gespräch auf das Thema Reisen. »Ich träume davon, einen anderen Kontinent zu sehen, aber es kommt immer etwas dazwischen«, sagte sie. »Du solltest den Mr. Carlton-Faktor nicht unterschätzen«, sagte Rita. »Was ist das?«, fragte Maud. »Dabei geht es darum, wie die Zufälle unser Leben steuern«, sagte Rita, und während das Rauschen in der Baumkrone ihnen die Illusion eingab, die ganze Eiche sei in Bewegung, verriet sie Maud, eigentlich sei das Ziel ihrer ersten langen Reise gar nicht Persien gewesen. Allerdings habe dieses Land schon immer eine Faszination auf sie ausgeübt, und zwar wegen eines alten Globus im Antiquariat ihres Vaters. Ein großer Holzglobus. Aufgrund der Lackierung oder der Farbabstufungen in den verschiedenen Holzschichten hätten einzelne Länder besonders einladend geleuchtet, und schon als sie noch ganz klein gewesen sei, hätten diese Länder, darunter auch Persien, eine eigenartige Sehnsucht in ihr hervorgerufen. Nach den Geschichtsstunden über die Antike sei ihr zudem aufgefallen, wie groß Persien verglichen mit dem alten Griechenland war, und es habe sie geärgert, dass ihre Kenntnisse an der griechischen Grenze zur Türkei endeten. Beim Drehen des Globus sei ein Drang in ihr erwacht, diese Grenze zu überqueren, Länder in weiter Ferne zu bereisen, besonders Indien und China: Wie wenig sie doch gewusst habe über diese großen goldenen Holzflächen im Osten im Vergleich zu den Ländern im Westen.

Maud genoss es, dort in der Eiche zu sitzen und die ältere Frau, vielleicht ihre zukünftige Schwiegermutter, erzählen zu hören. Umgeben von jungen Blättern, leuchtenden Blättern, grünen Blättern. Als befänden wir uns auf dem Planeten Bryophyta, dachte sie.

Als Erwachsene hatte Rita beschlossen, in den fernen Osten zu reisen, und das, obwohl sie eine Frau war und alle behaupteten, eine Frau könne allein keine langen Reisen unternehmen. Doch als der schreckliche Krieg endlich zu Ende war und die Grenzen wieder geöffnet wurden, entdeckte Rita, dass sie schwanger war. Anstatt jedoch ihre Reisepläne auf Eis zu legen, tat sie etwas beinahe Verbotenes. Sie erzählte ihrem Mann nichts von der Schwangerschaft, sagte nur, sie werde für einige Wochen oder Monate verreisen, entsprechend dem Plan, von dem sie ihm bei ihrem Kennenlernen erzählt hatte, und im April 1919 brach sie dann auf, zuerst nach Paris, wo sie ein Ticket für den neu eröffneten Simplon-Orient-Express erstand, der einer weiter südlich gelegenen Route folgte als der ursprüngliche Orient-Express, mit einem Seitenzweig nach Athen, denn falls sie es doch nicht bis nach Indien oder noch weiter ostwärts schaffen sollte, wollte sie, nach all den Geschichtsstunden, zumindest Athen sehen, die Wiege der europäischen Zivilisation. »Schau, dort«, flüsterte Rita plötzlich und zeigte auf einen dicken Zweig weiter oben, auf dem ein dunkler Vogel vor seinem Loch saß. »Ein Star«, konnte Maud anhand seines gelben Schnabels und der grün glänzenden Brust erkennen. *Sturnus vulgaris*, sagte sie.

Rita musterte sie mit neugierigen Augen.

»Und dann?«, fragte Maud. Tja, dann habe sie Mr. Carlton getroffen, sagte Rita, einen britischen Ingenieur, mit dem sie sich einen Tisch im Speisewagen geteilt habe, und als sie Belgrad erreicht hätten, sei das mit Athen schnell wieder vergessen gewesen, denn sie habe sich von ihm überreden lassen, ihn weiter nach Osten zu begleiten, auf seine Kosten, und auf ein Lachen von Maud hin fügte Rita hinzu, ja, es sei nicht ausgeschlossen, dass Mr. Carlton ein bisschen verliebt in sie gewesen sei, doch er habe sich im Zaum zu halten gewusst, ein echter Gentleman, der sich noch auf die viktorianischen Tugenden verstand. Sie erreichen Istanbul, doch das ist nicht alles, Mr. Carlton will weiter, und Rita geht mit ihm. Mit dem Zug und anderen Transportmitteln, durch Täler voller Pfirsichbäume, setzen sie ihre Reise fort und erreichen Teheran. Mr. Carlton hat einen Auftrag im Süden, kann aber auch Zeit für ein paar Abstecher erübrigen, etwa nach Persepolis. Rita hatte weder geplant, schwanger zu werden, noch diese Ruinen zu sehen oder in großen verbeulten Autos zu sitzen, bei denen das Gepäck auf dem Dach festgezurrt lag wie auf einem Kamel. Nun aber stand sie in Mr. Carltons Schafslederjacke auf einer großen Steinterrasse, mitten in der Einöde gewissermaßen, und versuchte, vor sich zu sehen, was zu Dareios' und Xerxes' Zeiten ein Zentrum der Welt war. »Dort habe ich meinen ›persischen Blick‹ herausgebildet, wie ich ihn nenne«, sagte sie.

Maud saß ganz still, den Rücken gegen den Stamm gelehnt. Die Vorstellung, so etwas erleben zu dürfen!

»Bevor wir wieder getrennte Wege gingen«, sagte Rita, »schenkte Mr. Carlton mir ein hübsch eingebundenes Buch mit persischer Poesie, in dem auch die *Rubaiyat* enthalten waren, in englischer Übersetzung. Ein Abschiedsgeschenk.«

Sehr bald schon hatte Maud gemerkt, dass die Begegnung mit Rita Bohre wichtig für sie war. Dass sie davon beeinflusst worden war, anders zu denken begonnen hatte. Aber was war mit den Jungs? Sah sie in Harald und Sigurd nur deshalb etwas Bewundernswertes, weil sie Rita Bohres Söhne waren, eine Qualität, die sie unter Umständen gar nicht besaßen?

»Darf ich dir noch ein Glas anbieten?«, fragt Maud.

Dankend hält Sigurd ihr sein Glas entgegen, als sei er sich im Klaren darüber, dass er auf Hilfe angewiesen ist, etwas sich in ihm lösen muss, wenn das hier gut ausgehen soll.

Sie stellt ihm Fragen über die Före, die generelle Schneelage, die Loipen. Wie lange er hierher gebraucht habe. Sigurd ist von Skisport begeistert, mehr noch als Harald. Und mehr noch als über die amerikanischen Filmstars weiß er über die norwegischen Skifahrer, von Thorleif Haug bis hin zu Lars Bergendahl. Sie selbst kann sich für Sport eher wenig begeistern. Für Maud sind die Skitouren an sich eine Freude. Nicht das schnelle Vorankommen, sondern die Art und Weise der Fortbewegung, ein Durch-den-Wald-Segeln, fast ohne Krafteinsatz. Schon mit dreizehn, vierzehn Jahren hatte sie die ansehnliche Strecke bis hierher zur Hütte allein auf Skiern zurückgelegt, folgte ohne Zögern den ganz oder halb ausgefahrenen Loipen von zu Hause aus bis zum Nibbitjern, das eine Mal eine westliche Route über den Ringkollen, dann wieder auf einer Loipe östlich des Øyangensees und weiter Richtung Süden. Auf diesen Skitouren durch den Wald wurde Maud sich schließlich auch der Tatsache bewusst, dass die Nordmarka, dieses riesige Naturgebiet, die größte Ressource der Stadt war, etwas für eine Hauptstadt ganz und gar Einzigartiges. Solange es die Nordmarka gab, brauchte es in Oslo keine Sanatorien.

Hier im Maud-Land war sie vergangenen Winter auch auf die beiden Brüder gestoßen. Über dieses Aufeinandertreffen, ein geradezu physisches, hätte sie ihre eigene Mr. Carlton-Geschichte erzählen können. Es war ein frostblauer Sonntag, so kalt, dass alles knisterte und der Schnee beim Hinaustreten vor die Hütte dieses herrliche Knirschen von sich gab, dann die Stockhübe wie ein Zweitaktmotor, der die Skier mit gleichmäßigen

Swisch-Lauten vorantrieb. Schon seit sie klein war, schon seit sie zum ersten Mal Skier angeschnallt hatte, wusste Maud, dass sie in ihrem Element war, denn für sie war der Schnee ein eigenes Element, eines, das nicht im Entferntesten mit Wasser verwandt war, sondern mit dem mystischen fünften Element, dem »Äther«; wirklich spürte Maud, wie sie im Dahingleiten auf den Skiern mit den höheren Luftschichten in Kontakt kam, von Gedanken erfüllt wurde, die nicht mit jenen zu vergleichen waren, die sie sonst hatte. Wenn sie mürrisch oder bedrückt war, legte sie die Skier an und lief, ruhig und lang, und immer gewann sie dabei ihre Ausgeglichenheit zurück. An jenem Sonntag nun war sie über den Oppkuven und Langlia gelaufen und stand jetzt an einer Loipenkreuzung auf der Anhöhe gleich östlich des Kikuttoppen. Leichte Schneeflocken, Silberspäne, flogen einige Sekunden lang durch die Luft. Zum Ausruhen auf die Stöcke gestützt, überlegt sie, ob sie weiter Richtung Norden zum Sandungensee laufen soll – sie sitzt gern dort in der Hütte auf ein Schwätzchen – oder einfach zur Hütte zurückkehren. Im selben Moment flitzt ein Mann an ihr vorbei die Loipe zur Kikut-Hütte hinunter, und weil sie plötzlich Lust auf eine Tasse Kakao bekommen hat und regelrecht in seinen Windschatten hineingesogen und dadurch weitergetrieben wird bis zu der Stelle, an der die Schussfahrt beginnt, folgt sie ihm, wobei sie beim Hinunterbrausen zu dem Platz vor dem Eingang der Gästehütte fast mit zwei jungen Männern kollidiert, die gerade ihre Skier abschnallen, sie muss so abrupt abbremsen, dass sie hinfällt. Sie stürzt sonst selten, doch jetzt wirft es sie sozusagen auf der Karl Johans gate der Nordmarka zu Boden. Nicht nur vor einem, sondern gleich vor zwei Männern.

Sie lachten, halfen ihr auf und fragten, ob »die Slalomfahrerin« sich drinnen mit ihnen an einen Tisch setzen wolle, und sie scherzten mit ihr und luden sie auf Lapskaus und Mineralwasser ein, und während des Essens lernten sie einander kennen.

Magisch, dachte sie.

Sigurd sitzt auf der anderen Tischseite und sieht sie an, schweigend, als könne er ihr beim Nachdenken zusehen, als wüsste er, dass sie Zeit zum Nachdenken braucht, dass er behutsam vorgehen muss. Mit einem Nicken deutet er zu dem Korb mit Brennholz. Sie nickt zurück. Er steht auf und legt ein Scheit im Kamin nach, bleibt stehen, bis die Birkenrinde zündet und die Glut sich in Feuer verwandelt.

Auch der Sommer nach dieser Begegnung hatte einen magischen Schimmer. Einen noch magischeren als ihre früheren Sommer in der Hütte. Bereits in den Jahren nach ihrer Konfirmation war Maud ständig allein in der Hütte gewesen, hatte sich eine Mitfahrgelegenheit zum Damtjern besorgt und war von dort aus weitergelaufen, zuerst bergauf durch schwieriges Gelände, ehe die Landschaft flacher wurde und sich mit Erreichen des Stubbdaltjern und der Ringmyrene öffnete, während sich im Westen der Gyrihaugen vor dem Horizont abzeichnete. Danach wieder abwärts auf den Gråbergtjern zu, wo sie dann nicht dem Weg zu den Almen rund um die Lauvlia-Hütte westwärts folgte, erst recht nicht, nachdem der Skiverband dort ein Lokal eröffnet hatte, sondern sie wählte ihren eigenen, kaum sichtbaren Pfad über den Bakåsen hinunter zum Nibbitjern, an dessen Westseite die Hütte lag und wo die eingeatmete Luft belebender wirkte als Menthol.

Der Wald war magisch. Oder verleitete sie dazu, sich auf die Suche nach dem Magischen zu begeben. Sie hatte nie Angst im Dunkeln gehabt, hatte sich schon als Kind nie abschrecken lassen von den vielen Volksmärchen, nur zu gern hätte sie das Übernatürliche gesehen, erlebt; schon als kleines Mädchen war sie, und das sogar allein, bis zu den dunkelsten Stellen des Urwalds vorgedrungen, hatte unter das Sturmholz geguckt, Kobolde und Trolle angerufen, aber nichts gesehen. Kreuz und quer war sie in der Gegend umhergestreift, und besonders eine Stelle auf dem Steilhang unter dem Oppkuven hatte sie oft aufgesucht, ein Plätzchen, das ihr allein gehörte, oder sie saß an einem überwucherten Teich und beobachtete eine im Wasser schwimmende Schlange, folgte den Tierfährten, entdeckte einen Baum, in dem ein Raufußkauz nistete, einen anderen, in dem ein Eichelhäher sein Nest hatte, es gefiel ihr, nie zu wissen, was sie hinter dem nächsten Hügel erwartete, im Dämmerlicht leuchtende Feldblumen oder ein Elch, der ganz still am Rand eines Sumpfs stand. Als Erwachsene dachte Maud manchmal, dass nicht ihre Eltern sie geformt, sie zu der gemacht hatten, die sie war, sondern der *Wald*. Sie verlief sich nie, konnte eine Landschaft wiedererkennen, auch wenn sie erst ein einziges Mal dort gewesen war, an einer kleinen Vertiefung etwa, einer Bachkrümmung, und wusste sofort: Hier bin ich schon einmal gegangen, jetzt weiß ich, wo ich bin – eine Fähigkeit, die tief in ihr drinstecken musste, die allen Menschen gegeben sein musste, von vor viertausend Jahren, als der Mensch noch nicht so gelebt hatte wie heute. Einmal, als Maud allein in einem Schutzverbau übernachtete, den ihr Vater am Sumpfufer aufgebaut hatte und in dem sie im Frühling gelegen und die Birkhahnbalz beobachtet hatten, sah sie auf dem Rückweg aus der Entfernung einen Wanderer, einen Mann, der später allen erzählte, er habe die Huldra gesehen, in grünem Gewand und anmutig wie eine Offenbarung, das sei wirklich wahr, sogar ihren Schweif habe er gesehen, als sie entschwunden sei. Maud hatte gekichert, als sie die Geschichte hörte, aber nichts gesagt.

Dann, nach einer enttäuschenden Jugend, stellt sie fest, das Magische war die ganze Zeit da, direkt vor ihrer Nase, und es hat nichts mit Kobolden und Trollen zu tun, sondern das Magische ist die Liebe. Das Problem ist nur, dass sie zwei Menschen liebt. Sie hat sich in beide verliebt, in Sigurd und Harald, ist ihnen gleichzeitig vor die Skier gefallen, beiden verfallen. Sie fühlt sich zu beiden hingezogen.

In jenem Sommer hatten die Brüder sie mehrmals in der Hütte besucht. Es war unschwer zu erkennen, dass auch sie diesen Ort für etwas Besonderes hielten, versteckt am Nibbitjern, wo sie beim Frühstücken zu den schönen, knorrigen Kiefern unten am Wasser sehen konnten. In Europa herrschte Unruhe, Hitler hatte an der Tschechoslowakei angebissen und gierte jetzt nach Polen, doch im Maud-Land, in Mauds Kopf, kreisten alle Gedanken um diese zwei jungen Männer und die Frage, für welchen der beiden sie sich entscheiden sollte. Eines Abends, als draußen Blitze den Horizont zwischen den Fichtenwipfeln durchschnitten und Donnerkrachen die Wände zum Zittern brachte, saßen sie zu dritt in der Hütte und lachten, und so war dieser Sommer, ein Sommer mit hohem Puls, voller Anspannung und Lachen, voller Harzduft, intensiver Blicke und zweideutiger Aussagen. Eines Morgens stand sie allein mit Sigurd am Türabsatz, und gemeinsam betrachteten sie den Elfennebel über dem See. »Magisch«, sagte Sigurd. Ja, dachte sie, magisch. Am Nachmittag ging sie mit Harald zum Schwimmen, und als sie eine kleine Insel erreichten, kamen Enten geflogen und landeten direkt neben ihnen auf dem Wasser. »Magisch«, lachte Harald. Ja, eine gefährliche Magie, dachte sie.

Aber für wen entscheidet sie sich? Auf dem stillen Wasser in einer Sommernacht sitzt Maud in dem kleinen Boot an den Rudern, legt eine Pause ein und betrachtet die beiden Männer, die achtern auf der Ducht sitzen und sich gegenseitig aufziehen. Wen sollte sie küssen? Wer von ihnen würde sie zuerst küssen?

Und jetzt sitzt Sigurd hier bei ihr mit roten Wangen, ob von der Kaminwärme oder dem Kräuterschnaps, weiß sie nicht. Sigurd, von dem die meisten sagen würden, er sei der Attraktivere. Ein Nansen. Und an gesellschaftspolitischen Fragen weit mehr interessiert als sein Bruder. Er hat wieder zu reden begonnen, ringt nach Worten, es ist ihr unbegreiflich, wie so jemand Jurist werden kann, noch dazu Rechtsanwalt, aber es gab wohl auch Kanzleien, in denen er nur herumzusitzen und die richtigen Paragrafen herauszusuchen brauchte. Als sein Blick auf den Thomas-Mann-Roman fällt, ist es, als ob ihm plötzlich etwas einfiele, etwas über Harald, eine Andeutung, und es gefällt ihr nicht, was er da andeutet, Harald als Frauenbetörer, der im Theatercaféen als Casanova bekannt sei, der alleinstehende Frauen anmacht und dann mit zu ihnen nach Hause geht, es scheint, als wolle Sigurd das eigentlich gar nicht sagen, aber vielleicht ist das alles ja doch ganz genau geplant, vielleicht ist das seine Art, ihr Skepsis gegen einen Konkurrenten einzupflanzen, seinen Bruder anzuschwärzen, sie kann nicht wissen, ob es wahr ist, doch die Worte versetzen ihr einen Stich, denn sie hat sich für Harald entschieden, oder glaubt es zumindest, immerhin ist er es, auf den sie voller Ungeduld gewartet hat.

An einem der letzten Sommerwochenenden kamen die Brüder wie gewohnt zu ihr in die Hütte. Für Sigurd war es nur ein Tagesausflug, aber Harald blieb, sie gingen wandern, und in der Luft hing ein wohliger Duft nach Fichte und Kiefer, und auch nach ihm, sie war wie im Taumel, und sie pflückten Blaubeeren, die sie auf dicken Grasbüscheln sitzend verspeisten, und sammelten Pfifferlinge, die er später in reichlich Butter röstete und mit Brot servierte, bon appétit, Mademoiselle, und damals, ja, damals musste sie sich wirklich in ihn verliebt haben, denn als sie ihn am nächsten Tag frühmorgens aus dem zweiten Schlafzimmer hinausgehen hörte, stand sie auf und beobachtete vom Fenster aus, wie er sich unten bei der Felskuppe auszog, wie er nackt in der Morgensonne stand und sich anschließend ins Wasser warf, als wolle er den ganzen See erkunden, zumindest aber in alle nähergelegenen Buchten hineinschwimmen, denn eine Besonderheit des Sees bestand darin, dass man ihn nie ganz sah, er hatte seine versteckten Winkel, und sie stand am Fenster und sah ihn schwimmen, lange, mit kräftigen Armzügen – die ihm sein Vater beigebracht hatte, wie er später erzählte –, bevor er, endlich, wieder an Land kroch, nackt auf dem Felsen stehen blieb und sich von der Sonne trocknen ließ, doch was sie beeindruckte, war nicht seine Nacktheit, der Anblick seines nassen, sehnigen Köpers, sondern die gierige Art seines Schwimmens, als wolle er das labende Nass umarmen, es in Besitz nehmen, und genauso stellte sie sich auch den Liebesakt mit ihm vor, dass er einfach in sie hinein-, über sie hinweg-, durch sie hindurchgleiten würde, als wäre sie ein Element der Natur.

Außerdem war Harald ein Leser. Wie sie. Sigurd dagegen las keine literarischen Werke. In der Hütte stand ein kleines Bücherregal. Buch für Buch hatte Maud über die Jahre mit hierhergenommen, alle sorgfältig ausgewälıt, Bücher, dic man mehrmals lesen konnte, die sich nie erschöpften, Victor Hugo und Leo Tolstoi und André Gide, Selma Lagerlöf und Cora Sandel, auch das war zu einem Ritual geworden, genau wie bei den kleinen funkelnden Gläsern: ein Buch finden, das es wert war, hierhertransportiert, in dieses Regal gestellt zu werden, und an jenem Sonntag sprachen sie über einen Roman von Dostojewski,

Aufzeichnungen aus dem Kellerloch, den sie beide gerade in dänischer Übersetzung gelesen hatten, und Harald sagte, er selbst sei ebenfalls ein Kellermensch, woraufhin Maud lachte und fragte, warum, ja, weil das Wort Kellner vom lateinischen Wort für Kellermeister komme, sagte Harald und stupste sie neckend an, war das denn die Möglichkeit, dass man so etwas nicht wusste, ob sie denn ihren Linné nicht kenne?

Sie glaubte, sie hätte sich entschieden. Doch als sie Sigurd das nächste Mal begegnete, seiner Nansen-Gestalt gegenüberstand, wurde sie wieder unsicher.

Und jetzt sitzt er hier. Sigurd. Umgeben von einer Art Dunst. Einer Entschlossenheit. Als unternehme er einen dreisten Putschversuch. Soll sie ihn fragen, ob er Karten spielen will? Vorbeugen. Ablenken. Sie tut es nicht. Ist er in sie verliebt? Wie um diese Möglichkeit genauer zu untersuchen, unterzieht sie ihn einer eingehenden Betrachtung, wobei irgendetwas in ihrem Blick gelegen haben muss, denn plötzlich beginnt er zu lachen und sagt, sie sehe ein bisschen aus wie Ingrid Bergman, er habe eine Fotografie des schwedischen Filmstars gesehen, auf dem sie einen Pullover anhabe, der dem von Maud ähnlich sehe, das Muster sei fast dasselbe. Er steht auf, um noch Brennholz aus dem Unterstand draußen zu holen, er will, dass es gut brennt. »Bald alle«, sagt er beim Zurückkommen in die Stube. Sie versteht nicht. »Das Holz«, sagt er. »Wir müssen im Sommer wieder welches hacken«, sagt sie. »Du bist optimistisch«, sagt er, »glaubst du, der Krieg wird uns verschonen?« »Krieg oder nicht. Ich brauche Wärme«, sagt sie.

Der Satz bleibt in der Luft hängen.

Nach diesem ruhelosen Sommer traf sie Rita Bohre erneut, diesmal unter einem Vorwand, denn Maud hatte sie gefragt, ob sie Fotos von ihr schießen dürfe. Ihre Begeisterung für die

Fotografie verdankte Maud übrigens ihrer Mutter. Ihre Mutter, Tochter eines Redakteurs beim Ringerikes Blad, war »Hausfrau«, versuchte aber, ihre Tochter dazu zu ermutigen, etwas mehr aus sich zu machen. Eines Tages hatte sie alte Zeitungsausschnitte aus der *Aftenposten* herausgesucht, Reisebriefe, verfasst von der Botanikerin Hanna Resvoll, Eindrücke aus Spitzbergen, aus Monaco, und obwohl diese Reisebriefe für Mauds spätere Karriere wichtig gewesen sein mochten, war es etwas anderes, das eine unmittelbare Folge nach sich zog, etwas, das ihre Mutter im Vorbeigehen erwähnt hatte: Hanna Resvoll hatte schon früh zu fotografieren begonnen, sogar in Farbe. Als Maud das gehört hatte, hatte sie sich ebenfalls einen Fotoapparat angeschafft. Und während sie Rita in der Svartebukta in Lysaker fotografierte, nahm Maud den Faden ihres letzten Gesprächs wieder auf und fragte, was Rita eigentlich mit einem »persischen Blick« meine, worauf Rita, verlegen über das Posierenmüssen, mit der Hand in Richtung des Fjords oder des Horizonts ausholte und erklärte, ein solcher Blick bedeute eine erweiterte Perspektive, ein Herausheben der Gedanken aus ihren gewohnten Bahnen. Nach ihrer Reise, nachdem sie in Persepolis ihre Hand an eine der Säulen gelegt und gespürt hatte, dass das wirklich war, habe sie sich oft dazu gezwungen, sich gewissermaßen über ihr eigenes Land hinaus zu erheben, es aus der Distanz zu betrachten. Was wäre Norwegen, wie würde Norwegen jetzt aussehen, wenn die Perser über die Welt herrschten? Das Wichtigste aber sei das Staunen über den unerbittlichen Gang der Geschichte, Zivilisationen, die hervorwüchsen und wieder zugrunde gingen. Als sie dort auf der Hochebene im Staub gestanden habe, um die Überreste von etwas zu betrachten, das in der Antike eine kulturelle Hochburg gewesen war, hätten sich ihr einige Fragen aufgedrängt:

Wie konnte eine blühende Stadt zu einer Wüste verkommen? Wie konnte man eine solche Kultur erschaffen, alle diese stolzen Säulenreihen, nur um dann wieder in die Mittelmäßigkeit, in die Armut zurückzufallen? »Ein persischer Blick ist auch das Wissen um den flüchtigen Charakter des Daseins, darüber, dass nichts Bestand hat, dass alles in Veränderung begriffen ist«, sagte sie und wand sich gequält, wie um nachzufragen, ob die Fotostunde bald zu Ende sei. »Außerdem habe ich gelernt, eine Sache von zwei Seiten zu betrachten«, sagte sie, als Maud das letzte Bild schoss, von dem sie im Nachhinein sah, dass es von allen Porträts das Beste war. »Ich habe gelernt, dass die Grausamkeiten in der Regel gleich verteilt sind. In den Geschichtsbüchern sind die Perser die Schurken. Aber Istachr mit seinen Riesenstatuen ebenso wie Persepolis wurden von Alexander dem Großen zerstört. Die Bibliothek von Persepolis ist in Flammen aufgegangen, leider auch die mit Goldschrift auf Pergament geschriebenen Bücher der Avesta. Alexander war genauso ein Barbar wie alle anderen.«

Nachdem sie mit Rita Bohre gesprochen hatte, beschloss Maud, selbst ebenfalls einmal eine Reise, eine weite Reise anzutreten, aber vorläufig das kleine Bücherregal in der Waldhütte als Ausgangspunkt für einen »persischen Blick« zu nehmen. Eine kleine Bibliothek mit den allerhöchsten Gütern, mit Büchern, die Zeit brauchten, Büchern, die sie mehr als einmal lesen konnte. Auch das war ein Überwinden von Grenzen.

Über dieses Gespräch dachte Maud nach, während sie in der Dunkelkammer ein ums andere Mal Ritas Gesicht auf den Papierbögen hervortreten sah. Eine inspirierende Frau, dachte sie. Ich muss den Kontakt mit ihr aufrechterhalten. Und dann: War Rita womöglich ein Teil ihrer Liebe für Harald und Sigurd?

Aber für wen entschied sie sich?

Im Leben der meisten Menschen gibt es Tage, Wochen, in denen man intensiver lebt als jemals davor oder danach, und bei Maud Evensen war das in jenem Winter der Fall, bevor der Krieg nach Norwegen kam, in jenem Winter, als sie in zwei Männer verliebt war. Erst Mitte März entschied sie sich für Harald, und in der Woche darauf wollte er sich einen Tag freinehmen und am Freitag allein zu ihr in die Hütte kommen. Maud brach von Jevnaker aus auf, genoss die Tour, trotz eines merkwürdigen Gefühls von Kraftlosigkeit. Alles Unerlöste sollte jetzt erlöst werden. Sie war eine Anna Karenina, die einem ihrer ersten Treffen mit Wronskij entgegenblickte. Mit dem Unterschied, dass sie frei war, unverheiratet. Im Rucksack hatte sie ein neues Glas aus dem Weinglas-Set Alexandra, ein Kristallglas mit besonders schönem Dekor. Daraus würde Harald trinken dürfen. Sie war wie immer allein auf den Loipen, kreuzte Hasen-, Fuchs-, Elchfährten. Alles war weiß. Und sie glitt hindurch durch dieses Weiß, auf dem Weg zu etwas Entscheidendem. Mit voller Kraft stieg sie einen Hügelkamm hinan, dass der Schweiß nur so perlte und das Trikot sich an ihren Rücken klebte, um dann auf der anderen Seite beim Hinuntergleiten im kühlenden Luftzug auszuruhen. Sie konnte nicht genug bekommen von dem Porzellanlicht, den Loipen und Stockabdrücken, die wie ein feiner Saum, der Nationalsaum, vor ihr lagen. Norwegen und das Skifahren. Wir geben zu, dass dieses Phänomen Verwunderung in uns hervorgerufen hat, diese Leidenschaft für einen Sport, der selbst in der gegenwärtigen Epoche nur bei einem geringen Prozentsatz der Erdbewohner Interesse weckt. Kaum jemand weiß heute, was Skifahren oder Langlaufen ist, und noch weniger haben es je ausprobiert. Für die meisten wird es schwer nachzuvollziehen sein, warum ein gebrochener Stab bei einer Langlaufstaffel über längere Zeit hinweg wie ein nationales Trauma besprochen wurde oder warum gegen Ende der Wohlstandsphase von der Bewohnerschaft dieses Landes jährlich eine halbe Million neuer Langlaufski gekauft wurde, man wird nicht verstehen, warum nach dem schrittweisen Verschwinden des Schnees diese Ski-Aktivität Ausmaße erreichte, die an religiöse Anbetung grenzte, und weshalb sich die Menschen in diesem Land am Ende noch an die letzten, im Hochgebirge noch vorhandenen Schneekleckse klammerten. Für eine ausführliche Analyse dieser Eigenart vgl. Ling Luwei: *Der Schnee als Blendwerk und Psychose* (Shaoguan Y-1019).

Im März 1940 jedoch, als Maud ihre Skier gegen die Hüttenwand lehnte, gab es genug Schnee in der Nordmarka. Beim Öffnen der Tür, als ihr der altbekannte, eingebrannte Rauchgeruch entgegenschlug, versuchte sie, die Nervosität von sich abzuschütteln. Sie zog die Gardinen zurück und heizte den Ofen an. Dann, noch vor allem anderen, packte sie vorsichtig das neue Glas aus und stellte es auf das Regal über dem Fenster, wischte den Staub von den anderen Gläsern und betrachtete das Ergebnis, das von den Facetten gebrochene Licht, das die Innenwände in allen Spektralfarben zierte.

Bald würde Harald zu Besuch kommen. Bald würde die Liebe zu Besuch kommen.

Jetzt aber sitzt Sigurd schweigend hier bei ihr. Ein gutaussehender Nansen. Aber Sigurd hat ein Problem: Er ist ein Stockfisch. Er hat etwas Ingenieurartiges, Bubenhaftes an sich. Diese Begeisterung für Krieg und Waffen und Schlachten. Dann aber, als wüsste er sich von ihr geprüft, bewertet, beginnt er plötzlich, von einer Deutschlandreise zu erzählen – vielleicht, weil Maud *Lotte in Weimar* vom Küchen- auf den Esstisch gelegt hat –, die er und Harald zusammen mit ihrem Vater einige

Jahre nach der Trennung ihrer Eltern unternommen hatten, er ist jetzt nicht mehr der trockene Jurist, sondern spricht enthusiastischer als sonst, mit einer Euphorie, die sie von ihm nicht kennt und die, wie sie glaubt, nicht allein auf den Schnaps zurückzuführen ist: Er habe wenig Kontakt zu seinem Vater gehabt, sei aber trotzdem mit ihnen mitgefahren, er habe Europa sehen wollen, erzählt er, und dass sie Hamburg besucht hätten, die Heimatstadt ihres Großvaters, ehe sie in die grünbewaldeten Gebiete Thüringens weitergereist seien, wo die Familie des Großvaters herstammte und wo er auch geboren war, in der Stadt Erfurt. Adolf Hitler war gerade in Deutschland an die Macht gekommen, sie hätten die Hakenkreuzfahnen gesehen, ihr Vater aber habe ihnen ganz andere Dinge zeigen wollen: kleinere Städte wie Arnstadt, wo sich Bach vier Jahre als Pianist betätigt hatte, Jena, wo unter anderem Hegel Professor gewesen war, und Weimar – ja, *Weimar*, Sigurd deutete auf das Buch, das zwischen ihnen lag –, die Goethe-Stadt, dann Eisenach mit der Wartburg, wo Luther seine deutsche Bibelübersetzung abgefasst hatte, und irgendwie hätte diese Reise, hätten diese Städte, die vor Kultur nur so strotzten, in ihm, Sigurd, den Wunsch, einen ernsthaften Wunsch ausgelöst, selbst eine Spur in der Gesellschaft zu hinterlassen, zu verstehen, welche Kräfte und Ideen es zu fördern galt.

Maud ist überrascht, versucht sich im Zaum zu halten, ist aber trotzdem überrascht, und nicht nur das, sie ist gefesselt, zum ersten Mal hingerissen von Sigurd, vielleicht weil sie von seinen Erzählungen über Deutschland hingerissen ist, sie, die bis jetzt immer der Meinung war, dass er zu gewöhnlich sei, zu technisch, zu eindimensional, sie findet das Wort nicht, doch jetzt fühlt sie sich angezogen von dieser neuen Seite an ihm, einem inbrünstigeren, einem visionäreren Sigurd, sie versucht, es zu unterdrücken, doch ihre Begeisterung lässt sich nicht unterdrücken, ein Feuer flammt auf in ihrer Magengegend, und nachdem sie erwähnt hat, wie spät es schon geworden sei, bald Schlafenszeit, hat sie nichts dagegen, dass Sigurd sie küsst, bestimmt vom Schnaps mutiger geworden, und sie lässt es geschehen, freiwillig und gleichzeitig unfreiwillig, vielleicht weil sie verwundert ist, oder eigentlich erleichtert, oder weil sie denkt, dadurch würde sich alles von selbst lösen, dies könne der Mr. Carlton-Faktor sein, der eine Zufall, der dich an einen neuen Ort führt; der eine Bruder erteilt ihr eine Absage, der andere erzählt von einer Reise und stellt dadurch alles auf den Kopf, und weil Maud keinen Widerstand leistet, wagt er noch mehr, ein bisschen benommen ist sie obendrein, das soll hier eingeräumt werden, nur ein paar Gläschen, aber gerade genug vielleicht, dass sie sich fügt, den Ingrid-Bergman-Pulli abstreift und zulässt, dass er ihr die Bluse aufknöpft, das Unterhemd hochhebt und mit seinen Lippen ihre Brustwarzen berührt, ein Stromstoß des Genusses durchfährt sie, und sie lässt es geschehen; eine Lust erwacht in ihr, mit der sie davor noch keine Bekanntschaft gemacht hat, eine Kraft ähnlich jener erschreckenden Stärke, die sie mitunter auf ihren Skitouren in sich spürt, wenn sie bereits sechs Kilometer hinter sich gebracht hat und glaubt, ohne Schwierigkeiten noch weitere sechs laufen zu können, sie wird von dieser Kraft mitgerissen, die stärker ist als ihr eigener Wille, nur dass sie nicht weiß, was sie will, und das weiß sie auch dann noch nicht, als Sigurd sie in das leicht kühle Schlafzimmer führt und ihr die restliche Kleidung abstreift, sich anschließend selbst auszieht und die Decke über sie breitet, mit ihr schläft, sie weiß nicht, ist es schön oder doch nicht so schön, und im Nachhinein bereut sie es und bereut es gleichzeitig nicht, bleibt noch lange liegen, nachdem er eingeschlafen ist, um noch einmal über das Geschehene nach-zudenken, und ihr letzter Gedanke vor dem Einschlafen ist, dass sie, ungeachtet dessen, was sie jetzt denkt und fühlt, noch vor wenigen Stunden am Fenster gesessen und nach Harald Ausschau gehalten hat.

Am nächsten Morgen, während sie noch im Bett liegt, fährt Sigurd nach Hause. Den ganzen Tag lang streift sie wie im Taumel umher, nimmt eine Kleinigkeit zu sich, versucht *Lotte in Weimar* weiterzulesen, aber immer wieder entgleiten ihr die Wörter. Sie hat das Buch zu Weihnachten von ihrem Vater be-kommen, er war auf Geschäftsreise gewesen und hatte es in Stockholm gekauft, wo sich Thomas Manns deutscher Verlag derzeit aufhielt. Auch Thomas Mann musste ins Exil, denkt Maud. Auch er war heute nicht mehr so kriegsbegeistert wie noch vor Beginn des letzten. Keine Rede mehr vom Krieg als *Reinigung,* als Befreiung, von der höheren geistigen Bedeutung des Krieges oder dem giftigen Komfort des Friedens. Auch Männer lernten im Alter dazu.

Apropos Exil, es war Sigurd, der ihr zum ersten Mal von dem Onkel erzählte, den sie nie kennengelernt hatten. Maud hatte sich bei der Mutter der beiden Brüder nach diesem Onkel er-kundigt, als sie an einem Herbsttag neue Porträts von ihr ma-chen durfte. Rita war ein wenig erstaunt über den Eifer, mit dem diese junge Frau das Fotografieren betrieb, aber Maud begrün-dete es damit, dass sie Übung brauchte. Rita lachte darüber und servierte zuerst noch Tee im Kaminzimmer, Darjeeling. »Hanna und Thekla haben mich mit Darjeeling bekannt gemacht«, sagte sie, weil sie wusste, dass Maud schon von den Resvoll-Schwe-stern gehört hatte. Sie saßen in den Ohrensesseln, Rita in dem safrangelben mit Tiger- und Elefantenmuster, Maud in dem an-deren, der mit blauem Samt mit einem Muster aus goldenen

Schwertlilien bezogen war. Rita hatte die Sessel so aufgestellt, dass sie und Maud einander dicht gegenübersaßen, und erklärte, sie nenne diese Sessel Ost und West, weil der Mensch ebenfalls aus zwei Kontinenten bestehe und weil sie einen Gegenbeweis erbringen wolle zu der Strofe von Kipling, wonach Ost und West einander nie träfen. Wenn zwei Menschen so säßen wie sie jetzt gerade, sagte sie, dann brauche es gar nicht viel, um einen Austausch fruchtbarer Gedanken in Gang zu setzen.

Maud fragte Rita, ob sie eine Aufnahme von ihr bei der Arbeit machen dürfe, woraufhin Rita sie in ihr Zimmer im Obergeschoss mitnahm, ein Blatt Papier auf den Schreibtisch legte und mit einem weichen Bleistift zu zeichnen begann. Maud schoss Fotos und sah zuerst nicht, was Rita zeichnete, es erinnerte am ehesten an ein Ornament oder eine Maske. »Das ist der Kopfschild eines Trilobiten«, lachte Rita. »Ich habe einen hier, ein entfernter Verwandter.« Sie holte ein Fossil vom Bücherregal. »Ein *Asaphus expansus*. Aus dem Ordovizium. Ich habe ihn von Fridtjof Nansen bekommen.«

Jetzt sah Maud die Gelegenheit gekommen zu fragen: »Sigurd hat erwähnt, Sie hätten einen Bruder, den Sie nie gesehen haben – Henry, so heißt er doch? – und der sich sehr für die Naturwissenschaften interessiert … Aber Sigurd sagte auch, dass er jetzt als Journalist in Amerika lebt …?«

Denn inzwischen wollte Maud nicht mehr Waldhüterin werden, sondern Journalistin, deshalb übte sie sich auch so fleißig im Fotografieren. Rita reagierte zunächst mit Abwesenheit, als ob ihr etwas Vergessenes wieder eingefallen wäre, lehnte sich dann aber im Bürostuhl zurück und erzählte ihr von ihrem älteren Bruder Henry, dem Käfersammler, wie sie ihn nannte, der, nachdem er zuerst eifrig in Alexander von Humboldts Werk über dessen Reise durch Südamerika geblättert hatte, schon früh eine Begeisterung für das Leben und die Theorien Charles Darwins entwickelt hatte. Henry hätte die Idee gehabt, seinen norwegischen Landsleuten Charles Darwin näherzubringen, ein Unterfangen, das bis dahin noch von keinem so richtig in Angriff genommen worden war, und als Teil dieser Arbeit wollte er nach Edinburgh reisen und sich dort auf die Spuren des jungen Darwin begeben. Etwas jedoch sei in Schottland vorgefallen, erzählte Rita. Das sei 1916 gewesen, zur Zeit des Krieges, und Henry habe der Versuchung nicht widerstehen können, für eine norwegische Zeitung zu schreiben, über die dramatischen Ereignisse zu berichten, und im Zuge dessen sei er in etwas verwickelt worden, das er den »Untergang der Dinosaurier« genannt habe, bei dem es sich jedoch in Wirklichkeit um eine Schlacht in der Nordsee handelte, genannt die Skagerrakschlacht, bei der Tausende junge Menschen ihr Leben lassen mussten. Henry, der bis dahin blind darauf vertraut hatte, dass die Entwicklung den Menschen auf immer höhere Ebenen befördern würde, sei durch dieses Erlebnis völlig desillusioniert worden. Direkt im Anschluss an dieses Ereignis sei er mit dem Schiff nach Amerika gereist und habe sich geschworen, nie wieder nach Europa zurückzukehren. Aber ja, es stimme, er arbeite bei einer kleinen Zeitung in Brooklyn, die sich *Nordisk Tidende* nenne.

Rita stand auf. »Erst neulich hat er übrigens etwas geschrieben, das dich vielleicht interessieren könnte, er hat mir den Ausschnitt in einem Brief mitgeschickt.« Sie ging zu einem seltsam aussehenden Möbelstück, vermutlich aus Mahagoni, einem hohen, schmalen Kabinettschrank mit vielen Schubladen und einer Art tempelähnlichem Giebel. »Das nennt sich Arche, wegen dem Prachtstück da oben«, lächelte Rita. »Genauso wichtig wie ein eigenes Zimmer ist eine eigene Arche. Das heißt, ein eigenes – und nicht zuletzt *würdiges* – Projekt.« Wieder ein Lachen, so als lache sie über sich selbst. Doch dann, wieder ernster: »Hier sammle ich alle meine Notizen, Notizen für das, was einmal mein Hauptwerk werden soll, *Femina erecta*. Über die Zukunft und die Möglichkeiten der aufgerichteten Frau. Eine Abrechnung mit der Krokodilmentalität.« Allerdings schnitt sie dabei eine ironische Grimasse, während sie aus einer der Schubladen einen Brief heraussuchte. »Hier, ein Interview, das Henry mit einer amerikanischen Dichterin namens Marianne Moore geführt hat. Sie wohnt gleich neben ihm in Brooklyn. Lies es, wenn du magst. Nur vergiss nicht, es mir wieder zurückzugeben. Da steht etwas drin, das möglicherweise in *Femina erecta* Verwendung finden könnte. Du willst also Journalistin werden? Wahrlich kein Honigschlecken. Für eine Frau.«

Maud wurde neugierig auf die Arche. Was versteckte sich noch in den Laden?

Sigurds Mutter. Haralds Mutter.

Sie dreht eine kurze Runde auf den Skiern, kann aber keine rechte Freude dabei entwickeln, nicht am Schnee, nicht an ihrem Dahingleiten, und kehrt wieder in die Hütte zurück. Sie sollte das letzte Scheit aufbrauchen, denkt sie und geht zum Fenster. Sie sollte heimfahren, denkt sie, lässt die Hand auf dem Buch ruhen, ohne zu lesen, und wie sie so dasitzt, wie in einem betäubten Zustand, sowohl sicher als auch verunsichert über die Sache mit Sigurd, kommt ein weiterer Skiläufer über den Nibbitjern, kraftvolle Stockeinsätze, als befände er sich in direkter Nähe eines ersehnten Ziels, bevor er auf die schmale, zur Hütte hinführende Loipe wechselt. Schon aus weiter Entfernung hat sie ihn erkannt: Harald.

»Hallo? Jemand zu Hause?« Ein fröhliches Rufen beim Aufschlagen der Tür. Er hat sich freigenommen, obwohl er wusste, dass sein Chef deshalb sauer sein würde. »Ich musste dich sehen«, sagt er. Er würde gern noch mehr sagen, hält aber inne. Augen, die vor Sehnsucht brennen, in denen jedoch eine Veränderung stattfindet, als ihm bewusst wird, dass irgendetwas vorgefallen sein muss. Er fragt nach Sigurd, ob sie es schön gehabt hätten. Sie nickt nur, und wie um Zeit zu gewinnen, um herauszufinden, wie sie mit der Situation umgehen soll, bereitet sie ein Essen zu, tischt die Frikadellen auf, die sie von zu Hause mitgenommen hat und die sie Harald gestern hatte servieren wollen; dazu kocht sie Kartoffeln, Blumenkohl, und sucht aus dem Rucksack die Preiselbeermarmelade heraus. Während sie mit dem Rücken zu ihm steht, sitzt Harald in der Stube und singt »Over the Rainbow«, ohne dabei Bedeutung in den Text zu legen, glaubt sie jedenfalls, er ist bloß aufgeregt, will einfach gern singen, wechselt dann auch, irgendwie unmotiviert, zu einem anderen Lied über, »Tea for Two«, eher gesummt diesmal, er kann gut singen und tut das auch oft, obwohl laut Sigurd und Harald eigentlich Bjørg die mit der Gesangstimme in der Familie ist. Sie essen, doch die Spannung zwischen ihnen ist eine andere als früher, und das Gespräch verläuft schleppender als sonst, Harald holt Wasser aus dem Schmelzkessel auf dem Ofen, kümmert sich um den Abwasch, und nach einem viel zu lang dauernden Austausch leerer Phrasen, fällt ihr ein, dass sie ihn nach ihrer Deutschlandreise fragen wollte, Sigurd habe das erwähnt, sie sei neugierig geworden, sie holt die Flasche mit Vaters Kräuterschnaps, schenkt zwei Gläser ein, von denen Harald das *neue* bekommt, das sie eben erst mitgebracht hat, eines aus dem Alexandra-Set, und hält dann ihr eigenes Glas gegen das Licht der Paraffinlampe, als suche sie Hilfe in dem Dekor oder in der Vorstellung, es könne sich um die Scherbe eines Zauberspiegels handeln, eine »Zauberscherbe«.

Harald erzählt eine andere Version dieser Reise als sein Bruder, nicht von ihrer Fahrt durch Deutschland, sondern vom Schlusspunkt ihrer Reise, als sie in Wien gelandet waren, jetzt Hauptstadt eines geschrumpften Landes, in seiner habsburgischen Blütezeit aber, vor dem großen Krieg, so rammelvoll von Kultur und Ideen, Malern, Schriftstellern, Komponisten, dass man an das antike Athen denken mochte, aber nicht darauf will Harald hinaus, sondern auf seine Begegnung mit der Wiener Kaffeehauskultur, die so bestimmend wurde für seine Berufswahl, denn während Sigurd und der Vater in die Museen gegangen waren, um sich Albrecht Dürers Gemälde anzusehen, hatte Harald sich die Kaffeehäuser angesehen, und obwohl er noch jung war, gerade erst konfirmiert, hatte er sich sofort angezogen gefühlt von diesen Orten, wo man sich an einen Marmortisch setzen, einen Kaffee und ein Glas Wasser bekommen und währenddessen die Zeitung lesen oder den Diskussionen lauschen konnte. »Stell dir das vor, Maud, in ein und demselben Lokal konnte man die Menschen in zwölf verschiedenen Sprachen sprechen hören!« Während der Vater und Sigurd echohallende Museen und karge Schlösser durchforstet hatten, war Harald im Café Central, im Café Museum, im Sperl oder im Landtmann gesessen und hatte deren Atmosphäre eingesogen, Kaffee getrunken und auf Holzhaltern befestigte Zeitungen aus ganz Europa durchgeblättert, und es in vollen Zügen genossen. Dort, sagt er zu Maud, habe er seine Vision gehabt, die Idee, selbst irgendwann ein Kaffeehaus zu besitzen, zu betreiben, ein Lokal, in dem Menschen aller Nationalitäten zusammenkamen, wo sie an einem Marmortisch mit einer Tasse Kaffee, einer Zeitung sitzen konnten, sich unterhalten, diskutieren konnten, er habe sogar schon einen Namen für sein zukünftiges Etablissement gefunden: Café Agora.

»Alles, was man braucht, ist ein Silbertablett mit einer Tasse Kaffee und einem Glas Wasser«, sagt er zu Maud, so euphorisch, dass er beinahe ins Stottern gerät.

Das Kaminfeuer ist ausgegangen. Maud überlegt. Zwei Brüder. Der eine spricht über Hegel, über die geschichtliche Entwicklung, die Gesellschaft; der andere träumt bloß davon, ein Café zu eröffnen.

Doch dann, Haralds Stimme in einem anderen Tonfall: »Wenn man darüber nachdenkt, ist es doch erstaunlich. Wien, sozusagen einmal die Hauptstadt Europas. Dann feuert einer eine Pistole ab, und alles bricht auseinander.«

Sie sagt, sie müsse ein bisschen Ordnung machen, die Asche aus dem Kamin schippen. Sie wolle die Hütte abschließen. »Wir müssen los«, sagt sie, »ich habe nicht vorgehabt, so spät noch hier zu sein, du hättest gestern kommen sollen.«

»Lass uns noch warten«, sagt er, »es dauert noch eine Weile, bis es dunkel wird, außerdem ist der Himmel klar, und es ist Vollmond, hab's gestern Abend gesehen.« Sie setzt sich wieder, und weil *Lotte in Weimar* immer noch auf dem Tisch liegt, befragt er sie zu dem Buch, sie haben, wenn sie allein waren, immer hauptsächlich über Literatur gesprochen, und so geht es in der Diskussion bald um die Frage: Thomas Mann oder Hermann Hesse, Maud ist begeistert von Thomas Mann, Harald dagegen, der ganze Nächte mit der Lektüre von *Der Steppenwolf* und *Narziss und Goldmund* verbracht hat, schwört auf Hesse. Ob man sich die beiden vielleicht wie Sigmund Freud und Carl Gustav Jung vorstellen könne?, fragt Harald jetzt und gießt sich noch einen Schnaps ein, lobt die Geheimrezeptur von Mauds Vater, bevor sich das Gespräch dann um *Lotte in Weimar* dreht, obwohl, eigentlich ist es nur Maud, die redet, die ganz ausgefüllt ist von dieser Erzählung, besonders vom letzten Kapitel, in dem Mann in einem langen – wie heißt es – inneren Monolog Goethe selbst zu Wort kommen lässt, und weil Harald das Buch noch nicht gelesen hat, berichtet sie von dem bald siebzigjährigen Goethe, der nach einem erregenden Traum, und hier muss sie ihren ganzen Mut zusammennehmen, mit einer *Erektion* aufwacht, sie schlägt das Buch auf und versucht, Goethes Gedanken zu übersetzen, der dieses Phänomen beinahe stolz zur Kenntnis nimmt: »Was in aller Welt, in dem mächtigsten Zustande! In all seiner Pracht! Das ist gut, alter Mann.« Maud lächelt verlegen, vielleicht war es doch zu gewagt, diese Stelle laut vorzulesen, denkt sie und blickt auf den Tisch hinunter, während Harald von seinem Kräuterschnaps trinkt, sie merkt, dass er ihn nicht verträgt, dass er anfängt, ihr seltsame Blicke zuzuwerfen, näher auf dem kleinen Sofa an sie heranzurücken. Konnte es an dem liegen, was sie ihm über Goethe und seinen Ständer vorgelesen hat? War es falsch von ihr, einer Frau, ein solches Wort in den Mund zu nehmen? Sie konfrontiert ihn mit dem, was Sigurd ihr erzählt hat, dass er sich nach der Sperrstunde im Theatercaféen nach leichter Beute umsehe, nach gelangweilten, alleinstehenden Frauen; es klingt vorwurfsvoller, als sie es gewollt hat. »Das ist nur einmal vorgekommen«, sagt er, »ein *einziges* Mal, und das wird es nie wieder, sie war Sekretärin bei einem Verlag, eine Jugendbekanntschaft, es war ein Fehler«, sagt er. »Es hat nichts bedeutet.« Verzweiflung liegt in seinem Blick, so als habe er keinen Schimmer, wie sie davon erfahren haben konnte. Dann stimmt es also, denkt Maud, und obwohl es sie eigentlich nicht ärgerlich stimmt, rückt sie ein Stück von ihm weg.

Wie um sie zurückzugewinnen, beginnt er, lang und breit davon zu erzählen, was er in der letzten Zeit im Café so alles gesehen und gehört habe. Von dem Schauspieler, der neulich Abend auf den Tisch geklettert sei und eine Passage aus Hamlets

Monologen zum Besten gegeben habe. Harald steht auf und ahmt ihn nach: »Welch ein Meisterwerk ist der Mensch! Wie edel durch Vernunft! Wie unbegrenzt an Fähigkeiten!« Er ist betrunken, er nuschelt.

»Du vergisst das Korrektiv gegen Ende«, sagt Maud, »dass wir nämlich auch ›diese Quintessenz aus Staub‹ sind.« Doch was Harald jetzt nicht mehr will, ist reden, schwer atmend rutscht er zu ihr hinüber und versucht, sie zu küssen. Sie weist ihn zurück. »Du musst gehen, Harald«, sagt sie. »Ich kann nicht«, sagt er, »hab zu viel getrunken.« »Du musst gehen«, sagt sie. »Ich kann nicht, meine Stöcke sind kaputtgegangen«, sagt er. »Ich hab dich herlaufen sehen, sie sind nicht kaputt«, sagt sie. Er fährt hoch, wackelig, steht schon draußen bei der Hüttenwand, wo seine Skier lehnen, kommt wieder herein und zeigt ihr die zerbrochenen Stöcke. Er muss sie selbst kaputtgemacht haben, denkt sie, er ist verrückt, was ist bloß los mit dem Idioten. »Ich muss auch fahren«, sagt sie, »es ist kein Holz mehr da.« »Wir können welches hacken«, sagt er. »Das ist leichter gesagt als getan«, sagt sie. »Wir könnten uns ja auf andere Weise warmhalten«, sagt er. »Wir müssen gehen, ich muss runter zum Damtjern, nach Stubbdal, bevor es zu dunkel wird. Wenn du nicht nach Hause willst, kannst du in der Lauvlia absteigen und dort übernachten.« Sie steht auf. Er steht zugleich mit ihr auf. Sie sieht seinen Blick. Jetzt wird es gefährlich, denkt sie.

Und dann passiert es, nicht im Schlafzimmer, wie sie es sich erträumt hat, es sich ausgemalt hat, zumindest bis Sigurd gekommen ist, sondern in der Stube, mitten auf dem Boden, auf einem Flickenteppich, und nicht zärtlich wie in ihrer Vorstellung, sondern mit roher Kraft, obwohl sie keinen Widerstand leistet. Sie hätte, dachte sie später, mit ihm schlafen können, doch auf abstruse Weise hatten die Umstände dazu geführt, dass sie stattdessen mit Sigurd, seinem Bruder, geschlafen hat, und darum auch verweigert sie sich ihm jetzt, obwohl sie, zumindest einige Sekunden lang, Lust verspürt, weil sie ihn liebt, zumindest lange geglaubt hat, dass er es ist, den sie liebt, doch weil sie denkt, dass sie ihn auf eine Weise betrogen hat, ihm untreu gewesen ist, gerade eben erst, kann sie sich nicht dazu überwinden, und dann wird er gewalttätig, sie sollte ihn schlagen, treten, denkt sie, bringt es aber nicht über sich, sie sträubt sich, wenn auch eher passiv, woraufhin er ihr die Hose herunterreißt und sie nimmt, brutal, obwohl sie keinen Widerstand leistet, und woran sie sich hinterher am besten erinnert, ist sein Brüllen beim Orgasmus. Wie ein Tier, denkt sie. Es schien irgendwie unmöglich, dass ein Mensch so einen Laut ausstoßen konnte. Was sie vor allem empfindet, ist Angst, und sie bleibt still und regungslos liegen. Später denkt sie: Vielleicht steckte in diesem Brüllen genauso sehr eine Verzweiflung, eine Reue, eine Art Wut über sein eigenes Verhalten.

Er weiß, was er getan hat, ist nicht wiedergutzumachen. »Ich gehe«, sagt er. »Du bleibst«, sagt sie. Sie weiß nicht, warum, aber er muss bleiben. Beide müssen sie jetzt in der Hütte bleiben. »Ich gehe«, sagt er.

Im Zimmer begann es kalt zu werden, auch im Ofen war das Feuer längst erloschen. Im Brennholzkorb lagen nur mehr einige wenige große Scheite. Er verschwand nach draußen, nahm die Axt mit, sie dachte, er würde Anmachholz hacken, trockene Fichtenzweige suchen, aber er kam nicht zurück.

Lange lag sie so da, die Hose bei den Knöcheln, auf dem immer kälter werdenden Fußboden. Es war ihr egal.

So weit weg. So weit weg von dem, was sie sich vorgestellt hatte, als sie ihn schwimmen gesehen hatte.

Sie rappelte sich hoch, suchte nach etwas, womit sie sich abwischen konnte, brachte ihre Kleidung in Ordnung, ging hinaus, um nach ihm zu sehen. Wieso hatte er die Axt mitgenommen? Hatte er irgendetwas Dummes vor? Seine Skier waren weg. Die Stöcke ebenfalls. Über dem Wasser hing ein Mond, der die Landschaft blau färbte. Der Himmel, der Luftzug, kündigte trotzdem Veränderung an. Sie ging wieder hinein, legte sich hin, unter zwei Decken.

Im Zimmer war es nicht dunkel. Es war blau.

Am Morgen fiel dichter Schnee. Wie weiße, leichte Gardinen, eine hinter der anderen, Gardinen, die fielen und immer weiter fielen. Es musste schon lange geschneit haben. Schwerfällig stapfte sie in die Stube, wo ihr von den kleinen Gläsern auf dem Regal über dem Fenster ein mystisches Licht entgegenschlug, sie schienen zu strahlen, ein unnatürliches Leuchten trotz des grauen Wetters draußen. Plötzlich überfiel sie eine Raserei, sie hatte Lust, die Gläser auf den Boden hinunterzufegen, diese Gläser, die sie so zielstrebig, so voller Optimismus den langen Weg bis hierherauf zur Hütte transportiert hatte. Sie machte einen Schritt nach vorn, hielt dann aber inne.

Sie musste nach Hause, fühlte sich aber aller Willenskraft beraubt. Sie brauchte Wärme in ihrem Körper, etwas zu essen, Kaffee. Vier oder fünf Scheite lagen noch im Brennholzkorb. Keine Kienspäne. Ohne Zögern nahm sie einen der Sprossenstühle und zerbrach ihn in kleine Stücke, mit einem Zorn, der sie verblüffte, sie brachte es sogar fertig, die Sitzfläche in mehrere Teile zu zertreten, zu zertrampeln. Mit derselben Entschlossenheit riss sie einige Seiten aus *Lotte in Weimar* und verwendete sie zum Anheizen des Küchenofens. Ein Sakrileg? Ein gutes Buch, aber wertlos. Nichts als Worte. Was sollte man mit all den schönen Worten? Was sollte man mit Goethe, mit Mann, mit Weimar, mit der ganzen Kultur. Ein Witz. Verflucht sei Goethes erigierter Penis, verflucht die ewigen Erektionen der Männer, ihre unersättliche Geilheit, ihr Hang zur Gewalt! Das Feuer im Ofen brannte. Sie warf die Stuhlreste hinein, riss wie besessen Seiten aus Manns Roman und überantwortete sie dem Feuer, endlich dann auch eines der Holzscheite, setzte Kaffeewasser auf. Sie schaute zu dem kleinen Regal mit Büchern, die sie in die Hütte befördert hatte, sorgfältig ausgewählte Titel. Diese Bücher, die für sie einst hohe Werte repräsentiert hatten, jetzt standen sie da wie zur Verhöhnung. Sie war nahe daran, den ganzen Krempel in den Ofen zu werfen. Scheiße. Erst jetzt begann sie darüber nachzudenken, was am vergangenen Abend geschehen war. Es überkam sie so heftig, dass sie sich setzen musste. Sie war in Harald verliebt gewesen, hatte sich gerade deshalb zu ihm hingezogen gefühlt, weil es ihm spontan einfallen mochte, mit strahlendem Gesicht Shakespeare zu zitieren: Welch ein Meisterwerk ist der Mensch! Doch was geschieht dann? Er schändet sie, demonstriert das Gegenteil. Er hat recht, denkt sie bitter: Er ist ein Kellermensch.

Sie aß, trank langsam von dem Kaffee, schlürfte, holte Zuckerstückchen aus dem Schrank, tauchte sie in Kaffee, zögerte den Aufbruch hinaus, trank noch eine Tasse, packte, brachte die Hütte auf Vordermann, zog sich an, ging nach draußen. Noch immer fiel dicht der Schnee. Sie hatte Schneefall immer als das schönste Wetter empfunden. Besonders wenn es gerade erst anfing zu schneien, ganz ruhig zuerst, kleine weiße Daunen, dann dichter und dichter. Mitunter war sie so eifrig am Lesen, dass sie das aufgeschlagene Buch mit aufs Plumpsklo nahm, und es bereitete ihr immer eine Freude, wenn sie sah, wie die Flocken sich auf die Buchseiten legten und gleichsam die Bedeutung veränderten. Jetzt war diese Freude verschwunden. Die Flocken waren etwas Zerrissenes, in Stücke Zerfetztes.

Sie lief ohne Stöcke, wie als Kind, glitt hinunter zur Lauvlia, dort konnte sie sich ein Paar Stöcke leihen. Der fallende Schnee erzeugte eine Art Vakuum. Sie befand sich in einem leeren Raum. Sogar die Gedanken kamen ihr abhanden. Und wenn sie sich einfach vom Schnee, von all dem Weiß absorbieren ließe? Keine Probleme mehr. Sie trat in die Loipe, stieg heftig bergan. Auf einem Hügel entdeckte sie etwas Unbewegliches, aber Lebendiges. Im Schneetreiben konnte sie zuerst nicht erkennen, was es war. Doch dann: Ein Elch. Sie hatte schon Elche gesehen, mehrmals. Aber das hier war ein riesiger Elchbulle. Und er war weiß, fast eins mit dem Schnee. Hatte sie richtig gesehen? Ja, der Elch war weiß. Wie die Begegnung mit einem heiligen Tier, dachte sie. Einem Waldgott, kam es ihr in den Sinn.

Ganz still blieb sie stehen. Lange. Auch der Elch stand ganz still.

Der Schnee sank lautlos herab.

Magisch, dachte sie.

Irgendetwas rastete an seinem Platz ein. Oder wurde korrigiert, in einen größeren Maßstab gesetzt. Der Schnee, die Stille, der weiße Elch.

Sie musste eine der Bindungen zurechtrücken. Als sie sich wieder aufrichtete, war das Tier verschwunden.

Langsam glitt sie weiter, es schien ihr, dass es jetzt leichter ging. Fast war es, als würde sie das Skilaufen neu erlernen. Sie fand zu einem vergessenen Gleichgewicht zurück, empfand eine Art kindliche Freude inmitten von Trauer und Wut. Als ob etwas, trotz allem, von neuem begann. Oder weiterging.

Trotzdem war etwas verloren gegangen, vielleicht für immer, und sie hatte nicht nur einen, sondern beide der Brüder verloren.

IHRE STOLZESTE STUNDE

I

Überall waren Menschen. Auf den Landungsbrücken, in den Straßen und auf dem Platz vor den Landungsbrücken, Menschen auf dem Hang und dem Festungswall dahinter, sogar auf dem Dach des noch nicht fertiggestellten Rathauses standen Menschen; es war ein Spektakel, das seinesgleichen suchte, ein Sturm der Begeisterung hing in der Luft, Lachen, Grüße, Hurrarufe, in erster Linie Hurrarufe, einzeln und unisono, die Stadt war von Stimmen erfüllt, denen kein leises Sprechen gelingen wollte, die viel zu lang leise gesprochen hatten und die nunmehr jubilierten, ihre Gefühle zum Ausdruck bringen wollten, es war wie auf einer gigantischen Sportveranstaltung, nur galten die Anfeuerungen nicht Sportlern oder Sportlerinnen, sondern dem Frieden. Es war wie ein Rausch, aber vor Glück; etwas in den Herzen der Menschen blühte auf wie die Blätter an den Laubbäumen, die jetzt aus ihren Knospen quollen. Es war Mai, es war der schönste Monat im Jahr, es war die schönste Zeit in der Geschichte der Nation, und Sigurd wusste, dass dies ein Tag für die Ewigkeit war, ein Tag, der viele Fotografien hervorbringen würde, Bilder, die in den Geschichtsbüchern Eingang finden würden, und er wusste, die Menschen würden vor Ergriffenheit einen Kloß im Hals bekommen, wenn sie Jahrzehnte später diese Bilder sähen, selbst jene, die an diesem Tag nicht dabei gewesen waren, es nicht selbst miterlebt hatten. Dieser Augenblick würde für das norwegische Volk immer einer der schönsten bleiben.

Zusammen mit sicherlich Hunderttausenden anderen sah er die Barkasse eines britischen Kreuzers der Apollo-Klasse an der Honnørbrygga einfahren. An Bord befand sich der Kronprinz, und als dieser auf dem roten Teppich an Land ging und endlich wieder norwegischen Boden betrat, erreichten der Applaus und die Hurrarufe eine fast übernatürliche Lautstärke, als wäre Olav Tryggvason höchstpersönlich von einer erfolgreichen Seefahrt zurückgekehrt oder plötzlich der Saga entstiegen und in die Wirklichkeit übergetreten. Im selben Moment setzte das Musikkorps zur Nationalhymne an, und während der uniformierte Kronprinz in Habt-Acht-Stellung die Flagge grüßte, sangen die Menschen mit einer solchen Kraft und unter so viel Tränenvergießen, dass Sigurd fürchtete, das Leben selbst würde darüber zerreißen und alles würde sich als eine Illusion herausstellen.

Ja, ungefähr so, glauben wir, muss es sich zugetragen haben, auch wenn es sich als schwierig erweist, sich Ereignisse dieser Art vorzustellen, diese schäumende Atmosphäre, die vielen Fahnen zu einer Zeit, da der Nationalismus in den Hintergrund gedrängt worden war. Diese Tage müssen geprägt gewesen sein von einer Vaterlandsliebe, die in der Geschichte des kleinen Landes beispiellos war. Der 17. Mai, der Nationalfeiertag, dauerte einen ganzen Monat. Vergessen waren alle Verdunkelungsvorschriften. Überall leuchtete es. Die Menschen ließen den Anblick der Fahnenstangen auf sich wirken, die nun nicht länger nackt standen, und fielen unter Tränen auf die Knie. Auch in Sigurd Bohre wohnten solche Gefühle, und obwohl seine Person in der Version der Ōuzhōu-Gruppe nur am Rande erwähnt wird, bekommt er darum von uns eine eigene Geschichte. Nach unserer Auffassung vermag Sigurd Bohre überdies zur Erklärung einzelner, bislang wenig beleuchteter Charakterzüge der Gründerinnen und Gründer der Long-Dynastie beizutragen, zumal er als ein früher Fürsprecher der sozialdemokratischen Ideale gilt, jener Werte, die, ohne dass man dies je begriffen hätte, Norwegens wichtigster Beitrag zur Staatsfrage waren, Ideen, deren Weiterentwicklung zu jener Regierungsform führten, aus der wir in der Chinesischen Föderation auch heute noch unseren Nutzen ziehen.

Sigurd stand inmitten der Menge und merkte, wie die Stimmung der Massen auf ihn abfärbte. Er war kein Anhänger des Königshauses, wusste aber, dass die Monarchie nie beliebter war als jetzt. Nach seiner Flucht 1940, als der König die mutigen Worte gesprochen hatte: »So lange es noch einen Flecken Erde gibt, der norwegisch ist, muss ich in meinem Land bleiben«, sollte es noch mindestens fünfzig Jahre dauern, ehe irgendetwas an der Monarchie zu rütteln vermochte. Trotzdem war Sigurd gerührt. Er hatte die kurze Ansprache des Kronprinzen gehört, den Gruß des Königs, hatte die stolze Wagenkolonne am Restaurant Skansen vorbei die Anhöhe hinauffahren sehen – ein strammer Max Manus zusammen mit dem Kronprinzen in einem Wagen, über dessen Motorhaube die Flagge gespannt war, so als müsse die norwegische Fahne an diesem Tag an allen erdenklichen Stellen befestigt werden –, und genau wie alle anderen verspürte Sigurd den Drang, zur Karl Johans gate zu laufen, um auch noch auf der letzten Etappe der Triumphfahrt zum Schloss hinauf einen Blick auf den Kronprinzen werfen zu können, wenn er, den Schoß voller Blumen, auf der Lehne der Rückbank saß. Aber Sigurd blieb stehen. Während nun immer mehr Menschen den Platz und die Straßen verließen, blieb Sigurd in Gedanken versunken stehen, und das Bild, das in seinem Kopf auftauchte, war ausgerechnet das seiner Mutter.

Ihm fiel ein, dass seine Mutter, Rita Bohre, ihm einmal von jenem Tag erzählt hatte – einem Septembertag 1926 –, als sie durch Zufall an der Stelle gestanden hatte, wo die Sjogata auf den Tordenskiolds plass ging, genau dort, wo er gerade stand, als das Osebergschiff von einem der Universitätsgebäude hinunter zur Pipervika transportiert wurde. Sigurd und Harald waren mit Dagny, dem Kindermädchen, zu Hause geblieben. Die Stimme der Mutter war von einer besonderen Glut erfüllt, als sie von diesem Ereignis erzählte, von ihrer Bewegtheit und dem Stolz, den sie empfand, als sie diesen prächtigen Schiffsrumpf, auf einem mit Eisenbahnrädern versehenen Wagen, gestützt von einem Rahmenträger, auf transportablen Schienen zur Anlegestelle hinuntergleiten sah, von wo aus er mit einem Schleppkahn weiter zur Insel Bygdøy verfrachtet werden sollte. Es war beinahe mit einem Krönungszug vergleichbar. Dass ihre Ergriffenheit größer ausgefallen war als bei anderen, hatte seine Gründe.

Wenn Sigurd und Harald, oft abends im Bett, ihre Mutter anflehten, etwas aus ihrer Kindheit zu erzählen, kehrte sie häufig zu ein und derselben Geschichte zurück. »Vielleicht das wichtigste Ereignis in meinem Leben«, wie sie zu sagen pflegte. Mit acht Jahren war sie mit ihrer Mutter nach Vestfold gefahren, wo ihre Großeltern zu Hause waren. Ihr Großvater stammte aus Sandefjord, während die Großmutter von einem Bauernhof zwischen Tønsberg und Horten kam. Die Großmutter, Thea, war gerade erst aus Lysaker weggezogen und hatte sich in Åsgårdstrand niedergelassen, und in jenem Sommer hatte sie Rita, ohne einen Mucks über den Anlass dafür zu verlieren, nach Slagendalen mitgenommen. Auf einem Feld vor einem großen Hügel bei Oseberg hatte Rita eine Menschenansammlung erblickt und war neugierig geworden. »Wollen wir mal einen Blick dorthin werfen?«, hatte die Großmutter mit unschuldiger Miene gefragt.

Nachdem die Großmutter einem der Aufseher ein paar Münzen zugesteckt hatte, entdeckte Rita ein großes Loch, das in den Hügel gegraben worden war. Sie blieben hinter einem provisorischen Zaun stehen und sahen hinunter zu einer Gruppe von Männern, die Archäologen genannt wurden und die, mit größter Vorsicht, gerade dabei waren, etwas aus der Erde auszugraben. Rita sah sofort, dass es ein Boot war, ein Schiff. Ein Wikingerschiff. Die Ausgrabungen waren so weit vorangeschritten, dass sie den Vorder- und den Achtersteven sowie die obersten Borde im Rumpf ausmachen konnte. Zwei Mann waren bereits damit beschäftigt, es mit nassem Moos zu bedecken, vermutlich damit das Holz nicht zerstört wurde. Für Rita war es, als wäre das Schiff direkt aus dem Erdboden aufgestiegen. Sie suchte sich einen Platz näher am Achtersteven, von dem aus sie einen besseren Blick hatte, denn sie konnte sich gar nicht sattsehen an den schönen Holzverzierungen. Was hier zutage gefördert wurde, mit seinen Schnörkeln und allem Drum und Dran, war nicht bloß ein Schiff, es war eine Geschichte, das war die Geschichte selbst. Es war, als wären durch den Anblick dieses Schiffes Erinnerungen in Rita geweckt worden, die nicht ihre eigenen waren, sondern Erinnerungen ihrer Familie, der Familie ihrer Großmutter mütterlicherseits; sie wusste nicht, wie sie es ausdrücken sollte. »Das war ein Anblick, der mein ganzes Leben geprägt hat«, sagte sie zu ihren Jungs. »Dieses Schiff hat mich *verändert*. Es hat mich *in Bewegung gesetzt*, wenn ihr wisst, was ich meine.«

Sigurd dachte immer, dies müsse der Grund dafür sein, weshalb sie ihnen so oft aus den Sagas vorlas und diese Geschichten so intensiv mitlebte: Sie wollte, dass dieser Stoff in sie einsickerte wie Muttermilch. Trotzdem wirkte es, als ob Sigurd diese Erzählungen stärker aufnahm als Harald, er hatte sich durch Snorres Königssagas sogar selbst das Lesen beigebracht – tatsächlich beherrschte er das Runenalphabet noch vor dem lateinischen –, und während Gleichaltrige sich mit einfachen Mama-Papa-Sätzen abquälten, las Sigurd über Håkon Jarl und Magnus Barfuß. Er träumte von einer neuen Wikingerzeit, von fernen Zielen wie Holmgard und Miklagard und Grönland. Von Tatkraft. Vom In-den-Kampf-Ziehen. Von Kampfgetöse. Eroberungen. Damit einher ging eine Begeisterung für die gesamte Kriegsgeschichte. Erst nachdem ihr Vater sie nach Deutschland mitgenommen hatte, begann Sigurd sich auch mehr für die verborgenen Ursachen hinter den Kriegshandlungen zu interessieren, und es schien für ihn auf der Hand zu liegen, dass die Wirtschaft in der Geschichte die größte Triebkraft sein musste. Er wollte die Macht des Geldes studieren, doch Onkel Albert konnte ihn dazu überreden, ein Jurastudium zu beginnen. »Auch im Finanzministerium werden Juristen gebraucht, Sigurd«, sagte er. »Zwei Fliegen mit einer Klappe.«

Sigurd verlässt die Pipervika und schlendert heimwärts. Im Geiste versucht er, all die Herausforderungen aufzulisten, die vor ihnen liegen – und die der Nation ihr Bestes abringen. *Die Besten*. An der Ecke des Rathauses begegnete er einem Mann der Hjemmefront-Widerstandsbewegung, der dort mit Sten Gun und dem ganzen Zeug postiert war, wie um aufzupassen, dass nicht bereits eine neue Invasion im Anmarsch war, dachte Sigurd. Jetzt krochen sie aus ihren Löchern mit ihren Schirmmützen und den grauen Anoraks, wie um zu demonstrieren, dass sie bei der Milorg gewesen waren. Plötzlich waren sie so verdächtig zahlreich, dachte Sigurd; in den letzten Tagen war er auffallend vielen begegnet, die der Meinung waren, nur dank ihnen und ihrem Widerstandskampf sei Norwegen jetzt wieder frei, obwohl sie im Großen und Ganzen nur im Wald herumgelegen und sich benommen hatten wie ausgewachsene Pfadfinder. Wo waren sie 1940 gewesen, als ein Widerstand wirklich Wunder hätte bewirken können?

So viele Mitläufer, die sich gerade noch rechtzeitig umgedreht hatten und zu Gegenläufern geworden waren.

Sigurd atmet tief ein und aus. Es ist Frieden. Es gibt ein Volksfest. Der König ist aus dem Exil zurückgekehrt, hat wieder norwegischen Boden betreten und vor kurzem in strammer Habt-Acht-Stellung vor einer Flagge gestanden, die nie zuvor so siegreich im Wind geflattert hatte. Langsamen Schritts ging Sigurd durchs Stadtzentrum, wobei er wegen des Gedränges auf der Hauptstraße unbewusst die Kristian IVs gate wählte. Das passte, ein dänischer König. Wie Haakon. Vom Schlossplatz stieg der Jubel hoch, der Kronprinz musste zu einer Rede auf den Altan getreten sein. Mehrere Männer in grauen Anoraks und Knickerbockerhosen eilten vorbei. Jeder zweite Norweger war jetzt bei der Hjemmefront. Einer von ihnen, ausgestattet mit Bandelier und Pistolenholster, warf Sigurd einen verstohlenen Blick zu, wie um zu prüfen, ob er ein Überläufer war, weil er nicht lächelte, nicht grölte wie alle anderen. Empfand Sigurd auch eine leichte Wehmut darüber, dass jetzt Frieden war? Dass der Krieg, und damit die Möglichkeit zu heldenhaften Taten, vorbei war?

II

Fünf Jahre davor, am 8. April, einem Montagabend, war er zusammen mit drei Freunden, ebenfalls Studenten, im Theatercaféen gesessen. Alles war perfekt gewesen. Die Rotweingläser, das weiße Tischtuch und die Künstlerportraits an den Wänden. Der einzige Wermutstropfen war sein Bruder Harald als Kellner. Sigurd fühlte sich jedes Mal unwohl, wenn Harald mit raschen Schritten durch das Lokal eilte, Tabletts voller Gläser trug oder, immerzu buckelnd, mit dem Schreibblock vor einem Tisch stand, um Bestellungen aufzunehmen. Er hasste diesen servilen Zug an seinem Bruder, und noch mehr hasste er es, dass die Gäste seine Höflichkeit schätzten, stets freundliche Worte mit ihm wechselten.

Es war spät und sie diskutierten gerade ein Thema, das alle beschäftigte, die Gefahr, dass Norwegen in den Krieg hineingezogen werden könnte. Birger, der als Einziger nicht Jura studierte, behauptete, dies sei bereits geschehen, als die Engländer norwegische Gewässer vermint hätten. Ja, es bestehe kein Zweifel, sagte Knut, oder genauer, er musste es rufen, um in dem Lärm des Lokals gehört zu werden. Es werde nicht mehr lange dauern, das könne jeder sehen. Auf der Titelseite der *Aftenposten* habe der Kopenhagen-Korrespondent geschrieben, deutsche Kriegsschiffe seien auf dem Weg nach Norden. »Nur die Ruhe, Leute«, sagte Karsten und stieß dabei eine leere Flasche um, »die hatten sicher Kurs auf die Shetlands oder auf die Färöer-Inseln – sofern es sich nicht um ein waghalsiges, direkt gegen England gerichtetes Manöver handelt«. Sigurd, der eher dem Glauben zuneigte, in der Nordsee braue sich gerade ein gewaltiger Konflikt zusammen, wollte die Gelegenheit nutzen, seine Kenntnisse über die Skagerrakschlacht von 1916 ins Gespräch einzubauen, eines seiner Bravourstücke, wurde aber unterbrochen, denn Knut ließ sich nicht beruhigen: »Wieso kann niemand sich vorstellen, die Schiffe könnten Kurs auf norwegische Städte genommen haben?«, fragte er und leerte sein Glas. »Wieso wartet die Regierung mit der Aussendung der Mobilmachungsbefehle – ich meine, bei allem, was man jetzt weiß?« Knut war ein einziges großes, rotweinerhitztes Fragezeichen. »Willst du denn so unbedingt schon ein Gewehr in der Hand halten?«, fragte Birger. »Hast du vergessen, dass du getötet werden könntest?« Alle lachten. Alle wussten, wie sicher sie hier waren in dem stilvollen Kaffeehaus Wiener Art, begleitet von eher holpriger Tafelmusik vom Balkon. Ihr Streit war lediglich ein Gesellschaftsspiel, eine Übung in Rhetorik. Ein Training für die Plädoyers im Gerichtssaal.

»Du bist ja bereits verwundet, Sigurd«, sagte einer und deutete auf das Pflaster über seiner Augenbraue, eine Wunde, die er sich bei der Prügelei mit Harald bei der Geburtstagsfeier ihrer Mutter zugezogen hatte.

Wieder schallendes Gelächter. Das war es, was sie in erster Linie taten. Lachen. Grölen.

»Abwarten ist eine kluge Entscheidung«, bemerkte Karsten und fluchte, weil die Zigaretten alle waren. Ein Fingerschnipsen, und Harald stand schon bereit mit einem Silbertablett, auf dem ein frisches Päckchen lag. Sigurd konnte sich eine Grimasse nicht verkneifen. »Halvdan Koht ist ein schlauer Fuchs«, fuhr Karsten fort, »er bringt die Regierung zum Beidrehen, damit sie eine Entscheidung zum Besten für das norwegische Volk treffen können. Das hier ist ja wie Schachspiel! Man muss versuchen, mehrere Züge vorauszudenken.«

Sigurd war kurz davor, Schachmatt zu rufen, ließ es aber sein. Zu billig. Oder etwas über die Tafelmusik zu sagen, über die Titanic, über die heitere Stimmung in den Minuten, bevor der Eisberg sich als Dosenöffner betätigte.

Kurz vor der Sperrstunde schaute Harald bei ihnen vorbei, jetzt um zu fragen – zumindest fasste Sigurd es als Frage auf –, ob er noch mit ihnen weiterziehen dürfe. Sigurd lehnte ab, das heißt, er tat, als ob er nicht wüsste, wohin sie gehen würden, weil er befürchtete, er würde über Maud reden wollen, über irgendetwas, was ihm wegen Maud auf der Seele lag. Sigurd wollte nicht über sie reden. Gott sei Dank ahnte Harald nichts von dem, was in der Hütte in der Nordmarka zwischen ihnen vorgefallen war. Und er darf es auch niemals erfahren, dachte Sigurd und beeilte sich zur Garderobe, bevor sein Bruder Gelegenheit fand, ihn noch weiter zu bedrängen.

Die Abendluft und der Spaziergang den Drammensveien entlang kühlten ihre Gedanken ab, doch sie waren noch immer eine Handvoll sehr erhitzter junger Männer, die in Birgers Bude in der Observatoriegata ankamen, einer etwas schäbigen Wohnung, die so gar nicht der schönen Jugendstilfassade an der Außenseite entsprach – Knut nannte das Wohnhaus »das getünchte Grab«. Für diese Adresse hatte der wohlhabende Birger sich seinerzeit entschieden, weil er Astronomie studieren wollte, doch dann war es stattdessen Philosophie geworden, was in Sigurds Augen derselben hohen, nicht immer ganz so leicht zugänglichen Sphäre angehörte. Birger bot Whisky an, er hatte immer einige Flaschen White Horse zu Hause stehen, und White Horse musste es sein, der einzige Drink, der etwas taugte, wenn man seinen Pegasus zu reiten und die diversen Chimären seiner Zeit zu bekämpfen vorhatte, und die Chimäre, die jetzt, nachdem alle ihre großzügigen Whiskysoda vor sich stehen hatten und der Zigarettenrauch sie in eine adäquate Vernebelung einhüllte, auf der Tagesordnung stand, war die Gesellschaft, und nichts Geringeres als die gerechte Gesellschaft, und natürlich dauerte es nicht lang, bis Birger sich auf seinen Platon gestürzt hatte, *Der Staat*, selbstverständlich, ein Buch, von dem er meinte, es sei das größte Meisterwerk der Menschheit, größer noch als Dantes *Göttliche Komödie*, größer als Shakespeares gesammelte Werke. »Man braucht in seinem Leben nur ein einziges Buch zu lesen«, sagte Birger, »alles Wissenswerte ist in *Der Staat* enthalten.« Sigurd hatte das Werk mehrmals in der deutschen Übersetzung, die Birger ihm empfohlen hatte, zu lesen begonnen, war aber nie weit gekommen. Was er allerdings begriffen hatte, war Platons Methode, die Sache mit dem Dialog, dem Gespräch, und das, zusammen mit Birgers Ausführungen, hatte sich in ihm festgesetzt, und in Zukunft sollte er sowohl aus dem einen wie auch aus dem anderen seinen Nutzen ziehen.

Sigurds Lieblingsbuch war *The General Theory of Employment, Interest and Money* des britischen Ökonomen John Maynard Keynes, ein Buch, das dem instabilen Wesen des Kapitalismus auf den Zahn fühlte und das er studiert hatte, nachdem er davor bereits Keynes Kritik am Friedensvertrag von Versailles, *The Economic Consequences oft the Peace,* gelesen hatte. Es war sein Interesse an Geschichte, auch an Zeitgeschichte, das ihn zu dieser Publikation geführt hatte, und er hatte sofort die Logik hinter Keynes' düsterer Prophezeiung erkannt, nämlich dass die Forderung nach finanzieller Entschädigung von Deutschland zu einem neuen Krieg führen würde, und auch wenn Sigurd in Keynes' neuestem, vielschichtigem Werk nicht alles verstand – seine Argumente gegen eine deregulierte Marktwirtschaft etwa – so war er doch äußerst gefesselt davon, wie sehr Keynes die Achillesferse der Wirtschaftstheorien herausstrich: unsere Unwissenheit, was die Zukunft bringt.

Nach dem zweiten Whiskysoda jedenfalls fing Sigurd an, seine Anschauungen über die gerechte Gesellschaft darzulegen, als hätte er sowohl Platon als auch Keynes von hinten nach vorn gelesen und sich über diese Problematik mehr Gedanken gemacht als jeder Professor oder Staatsmann; er ritt seinen White-Horse-Pegasus bis zur Überheblichkeit, sowohl was die Formulierungsfähigkeit als auch was den Überblick anging; so verliefen diese Abende und Nächte, und so sollten sie auch verlaufen, es ging darum, sich von so hohen Gipfeln wie nur irgend möglich herabzustürzen, um zu sehen, ob es einem gelang, die anderen glauben zu lassen, man könne fliegen, schweben zumindest, die paar Fliegeralarme wurden lediglich als ein Jux betrachtet, als eine Art Gongschlag, der eine neue Diskussionsrunde einläutete, wobei der Wortwechsel allmählich immer weniger hitzig wurde, sich eher schläfrig gestaltete und immer öfter unterbrochen wurde von gelallten Trinksprüchen, bevor er zu früher Morgenstunde schließlich von selbst verebbte.

»Der Staat bin ich«, sagte Sigurd in der Tür, überrascht, wie wackelig er auf den Beinen war. Er nickte den anderen zu, bevor er auf die Straße hinaustorkelte, oder eigentlich nickte sein Kopf wie von selbst.

Es war kurz nach halb acht Uhr morgens. Er musste nach Hause und ein wenig schlafen. Aber woher kam dieser schreckliche Lärm? Auf dem Solliplass hob er den Blick, und dort, beim Ausblick zur Nesodden-Halbinsel, im Luftraum über Oslo, wirbelten rasende Rieseninsekten, Flieger, hin und her und nahmen einander unter Beschuss. Er erkannte einen norwegischen Gloster Gladiator, und dank seines Interesses für Kriegsgeschichte sah Sigurd auch sofort, dass der andere Schwarm aus deutschen Flugzeugen bestand. Jetzt ist also endlich Krieg, sagte er zu sich. Mit Deutschland. Ohne sich dessen bewusst zu sein, hatte er sich hingekauert, hielt sich an einem Geländer fest. Ein Gedanke schoss ihm in den Sinn: Wo war Harald? Wo war sein Bruder? Er schob seine Sorgen beiseite. Harald, der Pazifist, lag wahrscheinlich irgendwo zitternd unter einem Bett.

Sigurd hatte Kopfschmerzen, Übelkeit plagte ihn. Den Fliegeralarm im Rücken, torkelte er zum Parkveien und schaffte es irgendwie zur Kreuzung am Hedgehaugsveien, wo er, in der Wohnung, die ihm sein Onkel vermietete, geradewegs die Toilette ansteuerte und sich übergab. Lange hing er so über der Kloschüssel und starrte in den kleinen, von weißem Porzellan umringten Wasserdeich, und je länger er so dalag, desto deutlicher ging ihm auf, dass nicht der Alkohol ihm den Magen umgedreht hatte, sondern die Angst.

Es war Krieg. Er könnte getötet werden.

Er übergab sich erneut, hatte die Hände über die Kloschüssel gelegt und hielt sich an ihr fest, von Angst gebeutelt.

Er wusch sich das Gesicht, schluckte ein paar Tabletten und schleppte sich ins Bett, blieb dort hinter zugezogenen Gardinen liegen, noch immer von Kopfschmerz und Übelkeit geplagt. Draußen war es längst still geworden. Nur die gewohnten Geräusche. Die Tabletten begannen zu wirken. Der Luftkampf war, Gott sei Dank, bloß ein Missverständnis, ein Vorfall, der von beiden Ländern bedauert werden würde. Endlich konnte er einschlafen.

Gegen halb drei am Nachmittag fühlte er sich einigermaßen wiederhergestellt und brachte ein halbes Marmeladebrot und etwas Kaffee runter. Er musste raus, er musste sehen, was vor sich ging, oder ob überhaupt etwas vorgefallen war. Draußen gingen die Menschen ruhig durch die Straßen. Keine ungewöhnlichen Gerüche, kein Unheil verkündender Lärm. Aber er hatte keinen Zweifel. Es waren deutsche Flugzeuge gewesen. Hatte es sich womöglich nur um eine Übung gehandelt?

Er beschloss, bei der Universität vorbeizuschauen und sich an seinen Platz im Lesesaal zu setzen. Es war sonnig, es war erfrischend, nach draußen ins Freie zu kommen, durch den Schlosspark zu spazieren, wo sich noch immer wacker ein paar Schneefelder hielten. Er würde aufhören, Whisky zu trinken, er würde mit den Diskussionen aufhören, vom heutigen Tag an würde er nur noch lesen, fleißig studieren, eine bedeutende Stellung im Finanzministerium anpeilen, zu einer gerechteren Einkommensverteilung beitragen.

Etwas an der Atmosphäre ließ ihn auf dem ersten Treppenabsatz am Eingang zur Universität innehalten. Die Menschen hatten entlang der Karl Johans gate Aufstellung genommen. Er hörte Hufschläge auf den Pflastersteinen. Zwei norwegische Polizisten ritten die Straße herunter. Einen Moment lang fühlte sich Sigurd beruhigt. Doch dann, das Geräusch zahlreicher Stiefelsohlen, die im Takt marschierten, und ein deutscher Trupp erschien, zu beiden Seiten begleitet von norwegischen Polizisten zu Pferde, als wollten sie die Deutschen in die Stadt hineinlotsen, die Hauptstraße hinab, wie um dafür zu sorgen, dass sie auch dorthin gelangten, wohin sie wollten. Sigurd stand auf der breiten Treppe vor dem Mittelgebäude der Universität, stand dort vor Säulen, die in einem armseligen Wicht Assoziationen zu Diskussionen über Platons *Staat* hervorrufen konnten, und sah die lange Kolonne deutscher Soldaten vorbeimarschieren. In Dreierreihen, mehrere Hundert Mann mit schwerem Gepäck. Eskortiert von der norwegischen Polizei! Von ein paar anderen, die neben ihm standen und die Radiosendungen gehört hatten, erfuhr er die jüngsten Neuigkeiten. Es war wie ein verkehrter Nationalfeiertagsumzug. Ein Umzug, der nicht aus Fahnen tragenden, sich in Richtung Schloss bewegenden Kindern bestand, sondern aus deutschen Soldaten mit Sturmgewehren, auf dem Weg in die andere Richtung, wo sie wichtige Gebäude besetzten.

Er stützte sich an eine der griechischen Säulen. Er musste etwas tun. Aber falls er etwas tat, könnte er getötet werden.

Vor Angst gelähmt stand Sigurd auf der Universitätstreppe. Und trotzdem: Irgendwann, das wusste er, irgendwann in der Zukunft, wie auch immer diese aussehen mochte, würde man gefragt werden, was man zu jener Stunde getan hatte, man würde für seine Taten zur Verantwortung gezogen werden. Ein

Schauer lief ihm über den Rücken bei dem Gedanken, was er auf die Frage, was er am 9. April getan habe, würde antworten müssen: »Ich hatte einen schrecklichen Kater.«

Oder: »Ich war halbtot vor Angst und habe nur rumgejammert.«

Er wusste, was er zu tun hatte. Er eilte zum Parkveien zurück, vergewisserte sich, von niemandem beobachtet zu werden, und schlich hinunter in die Kellerkammer, in der sich das Holz und der Hackstock befanden. Es gab nur eines, was jetzt zu tun war. Ohne Zaudern, ohne Nachdenken. Der feuchte, modrige Kellergeruch erfüllte ihn mit Angst. Unter Zögern, einem langem Zögern nichtsdestotrotz, nahm er die Axt, legte den Arm auf den Hackstock, überlegte eine Sekunde, ob er sich ein paar Finger abhacken sollte, aber das wäre zu drastisch, er räusperte sich vor Aufregung, er musste an die Zukunft denken, es würde eine Zukunft geben – würde es eine Zukunft geben? –, doch, davon musste er ausgehen, jetzt ging es darum, gründlich zu arbeiten, nicht zu fest zuzuschlagen, aber auch nicht zu leicht, er schwitzte, als wäre er gerade einen Kilometer weit gelaufen, ließ den Axtkopf, leicht geneigt, mit der Hinterseite auf seinen Unterarm fallen, hieb vielleicht dennoch etwas zu fest zu, er zuckte zusammen bei dem Knacken, ehe die Schmerzlawine durch ihn hindurchfuhr, von der Haarwurzel bis in die Zehennägel. Scheiße. Verfluchte Scheiße. Verfluchte beschissene Scheiße. Er war leicht benommen, konnte aber die Axt fein säuberlich an ihren Platz zurückhängen, keine Spuren, er taumelte nach oben, nach draußen, nass von Schweiß und dem Schmerz, schaffte es bis zur Haltestelle, schaffte es bis zur Unfallambulanz, zum Krankenhaus Krohgstøtten in der Storgata. »Ich bin heute Morgen am Eis ausgerutscht«, sagte er, stöhnte er, die Schmerzen waren jetzt höllisch, ein Krankenpfleger half ihm in einen Stuhl, wo er wartete, bis ein erfahrener Arzt alles wieder an seinen Platz rückte – wieder ein Schrei – und der Arm eingegipst wurde.

Ein geniales Alibi. Ein Arm in der Schlinge. Jeder würde verstehen, dass man sich in so einem Zustand nicht zum Mobilmachungsstützpunkt begeben konnte. Er spaziert nach Hause, wedelt im Gehen regelrecht mit dem weißen Gips in der Luft herum. Seht her! Ich bin entschuldigt! Ich würde kämpfen, aber wie ihr sehen könnt, bin ich ein halber Krüppel. Verdammtes Pech aber auch. Ein Glück für diese Scheißdeutschen!

Zu Hause warf er eine neue Dosis Tabletten ein und legte sich ins Bett, konnte aber wegen des verdammten Arms keine angenehme Position finden. Er lag in leichtem Schlummer, als seine Mutter ihn am Abend besuchen kam: »Schon gehört?«, fragte sie schon im Aufschließen, Quislings Rede im Radio hatte sie so aufgeregt, dass sie vergaß, ihren Sohn in Augenschein zu nehmen. Aber dann: »Was ist mit deinem Arm passiert?«

»Wäre da nicht dieses elende Glatteis gewesen, ein gebrochener Arm, würde ich jetzt im Wald liegen und diese unverschämten Eindringlinge niedermetzeln«, sagte Sigurd.

Diesen Satz sollte er in den nächsten Monaten noch viele Male wiederholen.

Seine Mutter bedachte ihn mit einem prüfenden Blick, ein Blick, an den er sich noch aus seinen Knabentagen erinnerte. Ein Blick, der die Lüge durchschaute. Sie verlor kein weiteres Wort über seinen Arm, sondern erzählte von den morgendlichen Unruhen in Fornebu, von dem Maschinengewehrlärm und von Flugzeugen, die brennend auf der Erde lagen, einen Augenblick lang hätte sie Angst gehabt, es könnten welche abstürzen und auf die Villa herunterkrachen. Und wo denn sein Bruder sei? Sie habe gerade zu ihm gehen wollen, aber er sei nicht dagewesen, die Wirtin habe ihn mit Rucksack, Skiern und Skistöcken in den Händen gesehen.

Was seine Mutter da erzählte, wunderte Sigurd. »Ich habe dich doch gebeten, ihn im Auge zu behalten!«, sagte sie. »Bin ich etwa sein Aufpasser?«, fragte Sigurd. »Er ist so impulsiv, wer weiß, was ihm einfällt«, sagte Rita. »Mach dir keine Sorgen«, sagte Sigurd, »der hat sich irgendwo versteckt und wartet mit der weißen Fahne in der Hand.«

Erneut richtete sie ihren Blick auf ihn. Oder auf den Gips. Auch eine Art weiße Fahne.

Zum Glück blieb sie nicht lang, auch stand es um ihre Laune nicht zum Besten, sie bat ihn, Bescheid zu geben, wenn Harald sich bei ihm meldete. In der Nacht schlief Sigurd schlecht.

Er musste sich etwas einfallen lassen. Zeigen, dass er gewillt war, mehr zu tun. Am nächsten Vormittag, einem Strom aus der Stadt flüchtender Menschen entgegen, denen das Gerücht zu Ohren gekommen war, die Engländer hätten vor, Oslo zu bombardieren, fand er sich bei der Fagerborg-Schule ein, seinem Mobilmachungsstützpunkt. Stand da in Anorak und Knickerbocker, mit Rucksack und gebrochenem Arm. In der Schule wurde ihm und einer Handvoll anderen dann mitgeteilt, dass die Mobilmachung abgeblasen sei.

Doch der Plan ging auf. Man hatte ihn gesehen, und das sprach sich herum. Ohne einen Finger krumm gemacht zu haben, wurde er von vielen als Held betrachtet. »Stell dir vor, er wollte in den Kampf ziehen, obwohl er verletzt war«, flüsterten die Leute. »Stand da mit dem Arm in der Schlinge, der Arme, und bettelte um ein Gewehr. Solche Kerle braucht das alte Norwegen!«

III

Wir haben uns gefragt, ob es möglich ist, aus der verschwundenen Geschichte Norwegens, aus diesen fünf erschütternden Jahren, die unter der Bezeichnung »Der Zweite Weltkrieg« geführt werden, ein Bild herauszugreifen und zu sagen: Dies war ihre stolzeste Stunde. Auf diesen Ausdruck sind wir in einer berühmten Rede gestoßen, die der britische Premierminister Winston Churchill bei der Bombardierung Englands durch die Deutschen gehalten haben soll, und nach Kriegsende wurde diese Ansicht durch die Fotografie des Milchmannes illustriert, der seinen Weg durch die Ruinen geht, um Flaschen auf die Treppen zu stellen. Wir haben diese Frage lange erörtert, auch unter Berücksichtigung von Beiträgen der N20-Assistentengruppe, wobei sich schließlich herausstellte, dass tatsächlich ein solches Bild existiert, oder eher eine Szene, die in ähnlicher Weise zur Veranschaulichung wesentlicher Aspekte in Hinblick auf das Land Norwegen während der Okkupationszeit beizutragen vermag, und erstaunlicherweise handelt es sich dabei nicht um Erinnerungen an heroische Sabotageaktionen unter der Regie von Widerständlern wie Max Manus oder Kjakan Sønsteby, nein, sondern um eine weitaus friedlichere Szene im Gefangenenlager Grini: Francis Bull, der in einem großen Schlafsaal einen Vortrag vor seinen Mitgefangenen hält, norwegische Lehrer, die um ihn herum auf ihren Betten sitzen oder liegen und denen bis zum nächsten Tag die Frist eingeräumt wurde, ihren Lagerkommandanten darüber in Kenntnis zu setzen, ob sie der nationalsozialistischen Lehrervereinigung beitreten oder nicht –, ein Vortrag, in welchem der Professor die Ibsen-Figuren Peer Gynt und Brand behandelte, und auch wenn Francis Bull sich davor hütete, Klartext zu reden, gab es unter den Zuhörern nur wenige, die darüber in Zweifel waren, wie ihre Antwort ausfallen wird.

Ein Literaturprofessor vor lauschenden Männern in einem Gefangenenlager.

Sigurd Bohre war einer der Männer, die diesen Vortrag hörten.

Zwei Jahre zuvor aber finden wir Sigurd an der Brücke bei Fossum. Es ist Mitte Juni, und eben erst wurden von norwegischen Offizieren in Trondheim und Narvik Kapitulationsabkommen unterzeichnet. Er steht auf der Askimer Seite und blickt zu der Brücke hin, zu dem Fluss Glomma, zu dem Steilhang auf der anderen Seite, auf dem die deutschen Soldaten gelegen und auf Norweger geschossen haben. Auf Harald, denkt er. Auf meinen Bruder, denkt er. Ein Tag der Schande. Hier, als einer von wenigen, von viel zu wenigen, die im April in den Kampf zogen, ist Harald gefallen. Sie waren chancenlos, konnten der Übermacht aber trotzdem fast einen Tag und eine Nacht lang Paroli bieten.

Sigurd betrachtet die sieben Schießscharten in der Felswand auf der anderen Seite, die in den Berg gesprengte Verteidigungsanlage. Errichtet gegen die Schweden! Was für eine historische Ironie. Eine Brückengalerie, plötzlich in die Gegenrichtung verkehrt. Eine Festung gegen einen Feind, der kein Feind mehr ist, und die dann von einem neuen Feind gegen einen selbst verwendet werden kann.

Zwanzig norwegische Soldaten gefallen. Eine unbekannte Anzahl Deutscher, viele, wahrscheinlich über hundert. Wie hatte Hegel noch gleich gesagt? Die Geschichte gleiche eher einer Schlachtbank als einem Blumenbeet? Gesenkten Hauptes stand Sigurd auf der Brücke. Er war allein und brauchte keinem etwas vorzuspielen. Vor Scham biss er sich auf die Lippen. Er hatte Bauchschmerzen vor Scham. Auf der Geburtstagsfeier ihrer Mutter hatte er seinen Bruder einen Feigling genannt, und doch war dieser »Feigling« in den Kampf gezogen. Der »Mutige« hatte versagt.

Und hätte Sigurd es nicht verhindern können, wenn er seinen Bruder an dem Abend, als sie einander im Theatercaféen getroffen hatten, zu Birgers Wohnung hätte mitkommen lassen?

Hier hatten sie ihn gefunden, direkt an der Straße, nachdem die Deutschen weitergerückt waren, an Askim vorbei. Eine Kugel ins Bein, eine in die Stirn. Er war identifiziert, nach Hause gebracht und am Friedhof bei der Haslum kirke beigesetzt worden. Mehrere Wochen lang hatte die Mutter kein Wort mit Sigurd gesprochen. Sie wirkte geknickt, fast leblos, als hätte diese schmächtige Gestalt selbst eine Kugel abbekommen. Ihr Gesicht eine nicht wiederzuerkennende, abgezehrte Maske. Maud war ebenfalls zur Beerdigung gekommen. Mitten in einem Lied hatte sie Sigurds Hand genommen, die, die nicht zu dem Arm in der Schlinge gehörte. Das war das erste Mal, dass sie seine Hand gehalten hatte. »Ich komme dich besuchen«, hatte sie danach gesagt. »Wir müssen reden.«

Sigurd streifte im Gelände umher, entdeckte Fichtenstämme, deren Rinde von Kugeln heruntergefetzt worden war. Er versuchte, sich vorzustellen, wie es sich zugetragen haben könnte. Der Nachthimmel von Leuchtraketen und einer Kakofonie aus Maschinengewehrknattern, Maschinenpistolen und Granaten erfüllt. Der Geschmack von Metall. Der Geruch des Todes. Unmöglich. Heute war ein schöner Frühsommertag, der Fluss glitzerte, aus den Bäumen erklang Vogelgezwitscher. Das Land war okkupiert.

Trotzdem war Sigurd sich sicher – es war ihm, als hätte er einen prophetischen Blick bekommen und könnte sehen, wie unwahrscheinlich es war, dass die Deutschen sich sonderlich lange in Norwegen aufhalten würden –, er war sich sicher, eines Tages würde hier, an der Brücke bei Fossum, so wie bei den Thermopylen im alten Griechenland, ein Gedenkstein errichtet werden, in dem Haralds Name eingraviert wäre. Eine bleibende Spur seines Bruders.

Und er, Sigurd?

Was war schiefgelaufen? Was war so schrecklich schiefgelaufen am 9. April? Sigurd stand in der Mitte der Brücke und schaute zu dem still fließenden Fluss unter sich. In den Wochen nach der Invasion hatte er sehr viel mehr Zeit auf Grübelei verwendet als auf die Juristerei, und auch wenn er sich benommen hatte wie ein erbärmlicher Angsthase, war seine Wut weiter angewachsen. Vielleicht weil sein Bruder tot war. Sigurd hatte Fragen gestellt, nachgebohrt, nachgeforscht. Und wie sich herausstellte, war die Kommunikation zwischen den verantwortlichen Personen, jenen Menschen, welche die Bevölkerung durch einen Kampf um Leben und Tod hätten führen sollen, vollkommen und schmählich zusammengebrochen in diesen Apriltagen. Und was war mit dem Militär? Zunächst hatte Sigurd noch geglaubt, es könne nicht wahr sein, dass der befehlshabende General zu sich nach Hause gefahren war, irgendwo weit außerhalb der Stadt, um sich seine Uniform anzuziehen und Toilettensachen zu holen! Mitten in der Hitze des Gefechts, früh am Morgen, war er einen weiten Umweg gefahren, um sich Toilettenartikel zu holen. Was dachte er sich dabei? Wollte er lieber mit sauberen Zähnen und frisch rasiert sterben? Und als er, endlich, in das als Kommandozentrale auserkorene Hotel Slemdal zurückkehrte, hatte sein Stab bereits Hals über Kopf die Flucht ergriffen und war nach Eidsvoll weitergezogen, weshalb der General jeden Kontakt zu ihnen verloren hatte. War das möglich? Mag sein, dass Sigurd eine Memme war, aber es hatte in diesen Stunden wahrlich größere Memmen gegeben als ihn! Für ihn als Juristen war es leicht nachvollziehbar, warum so manche der Meinung waren, die Regierung sollte vor das Verfassungsgericht gestellt werden – falls es je gelänge, die verhassten Deutschen aus dem Land zu werfen. Ja, denn es war wirklich skandalös, nicht nur ihre analytische Untauglichkeit in einem Land, das geschlafen hatte während eines Angriffs, bei dem sich im Nachhinein immer deutlicher herauskristallisierte, dass es ein angekündigter gewesen war, sondern auch, weil sie nicht sofort alles mobilisiert hatten, was gehen und kriechen konnte, Kirchenglocken und Radio, Gong und Pauken ertönen ließen.

Konnte man sich etwas Schändlicheres vorstellen, als von seinen Anführern im Stich gelassen zu werden?

Wir gestatten es uns an dieser Stelle, eine Parenthese einzufügen, denn es muss Sigurds verbitterter Anklage – mit der er keineswegs allein dastand – immerhin zugutegehalten werden, wie gelinde gesagt merkwürdig es erscheint, dass diese Lehren nicht wie festgenagelt saßen in dem kollektiven Gedächtnis dieses kleinen Volks. Wie unvorstellbar scheint es doch, dass ein Land, das so etwas erfahren hatte, denselben Fehler später noch einmal begehen sollte! Zwar erklang bei Festansprachen und Gedenkreden ein paar Generationen lang der Refrain »Wir dürfen niemals vergessen«, doch im Vorfeld des Siebzigjährigen Krieges schien alle erworbene Weisheit zerbröckelt, und abermals traf das Unglück unvorbereitete Norweger wie im Schlaf.

Aber zurück zu Sigurd auf der Brücke, der gerade an all diese Stützen der Gesellschaft denkt, an all diese Repräsentanten der Machtelite, die sich jetzt, Mitte Juni 1940, für eine

Zusammenarbeit mit den Deutschen ereifern. Er muss sich an die Brüstung stützen, fühlt sich wieder elend.

Wie von selbst wandern seine Gedanken zu Maud, und nur der Gedanke an sie vermag zu verhindern, dass er nicht vornüber hinunterstürzt. Auch im Zug auf dem Rückweg von Askim ist er in Gedanken bei Maud. In diesen Tagen der Schwermut und der Selbstvorwürfe, die er bei zugezogenen Gardinen und mit einem Tablettengläschen auf dem Nachttisch im Bett verbringt, ist es allein der Gedanke an Maud, der ihm das Leben erträglich macht. Er weiß, nur sie allein kann ihn retten. Das ist ihm schon bewusst geworden, als sie während des Lieds »Leben heißt lieben« seine Hand nahm, und noch deutlicher wurde es ihm bewusst, als sie eines Tages plötzlich vor seiner Tür stand. Das war ein paar Wochen nach Haralds Beerdigung, sie sei zufällig vorbeigekommen, sagte sie, und habe Lust bekommen, bei ihm anzuklopfen, und dann saßen sie in seinem kleinen Zimmer im Parkveien und tranken Kaffee, ohne viel zu sprechen. Sie erwähnte die schweren Kämpfe beim Hotel Klækken, direkt neben ihrem Heimatort, ansonsten aber verbrachte sie die Zeit hauptsächlich damit, ihn mit ihren außergewöhnlichen, auf- und zuklappenden Augenlidern zu betrachten und ihn reden zu lassen. Er hatte den Eindruck, dies sollte nur als Einleitung dienen, wusste aber nicht, für was. Er hatte viel über den Vorfall am Nibbitjern nachgedacht, über die Nacht, die sie zusammen verbracht hatten, über den Kuss, den sie zu seiner Überraschung erwidert hatte – wie das Rucken an der Angelschnur in einer Nacht, in der man nicht mit einem Fang rechnet. Aber er hatte gewusst, dass sie in seinen Bruder verliebt war. Es war Untreue. Deswegen, dachte er, war sie jetzt ihm gekommen. Wegen Harald.

Dann war sie verschwunden. Sie wohnte irgendwo im Stadtteil Grønland. Anfang Juni aber stand sie wieder da, und diesmal wusste er, dass es für immer war. Sie fingen an, echte Rendezvous zu haben. Einmal spazierten sie zum Frognerparken, um Vigelands Brücke zu bewundern, die kürzlich eröffnet worden war. Auf dem Tørtberg stand noch immer der hohe Bretterverschlag, der den Monolithen verdeckte. Langsam gingen sie an den frisch gegossenen Bronzeskulpturen vorbei. Sigurd wusste, dass seine Mutter für eine der Frauenfiguren Modell gestanden hatte, aber nicht, für welche, und sie wollte auch nicht darüber reden. Weil ihm der Gedanke daran peinlich war, erwähnte er es Maud gegenüber nicht. Mitten auf der Brücke blieb sie dann stehen und nahm seine Hände. »Ich bin schwanger«, sagte sie.

Die Nacht im Krokskogen.

Sie heirateten Ende August in der Randsfjord kirke, nur einen Steinwurf entfernt von der Glasfabrik, und zogen gemeinsam in Onkel Alberts Wohnung. Im Dezember kam Kaja zur Welt. Maud liebte ihn nicht, das wusste er, spürte er, aber sie gab sich ihm trotzdem hin, und er ließ es geschehen. Es war, als wären sie einen Pakt eingegangen. Er wurde nie wirklich schlau daraus, wie das mit ihnen beiden gekommen war, ob sie sich in einer Art Resignation einfach dem Nächstbesten in die Arme geworfen hatte, aber was ihn selbst betraf, war es aufrichtige Liebe. Auch ihre Eigenheiten lernte er zu schätzen, wie etwa ihre Angewohnheit, Kräuterschnaps aus kleinen, hübschen Gläsern zu trinken oder jede sich bietende Gelegenheit zum Lesen zu nutzen. Und obwohl er selbst kein Leser war, genoss er es, sie mit einem Buch in der Hand zu sehen, manchmal beobachtete er sie heimlich, wenn sie im Schneidersitz auf einem Sonnenflecken auf dem Teppich in der Stube saß und zwischendurch den Bleistiftstumpf über die Seite führte, als betriebe sie ein Handwerk, bei dem sie Maß nehmen musste. Dafür vergötterte er sie.

Er nahm sein Jurastudium wieder auf, fühlte sich aber ruhelos. Die ganze Zeit über war er auf der Suche nach einer Möglichkeit, die ihm aus der Schande heraushelfen konnte – er erinnerte sich an Mutters Bericht über das Osebergschiff und an seine Großmutter, die ihm ins Ohr geflüstert hatte: »Du bist von Wikingergeschlecht, vergiss das nie!« Er musste Widerstand leisten, auf die eine oder andere Art. Und als ihm dann Karsten, dessen Vater bei der Gewerkschaft war, eine verbotene Ausgabe der Zeitschrift *Fri Fagbevegelse* zeigte, machte er sich daran, zusammen mit Karsten und Birger eine illegale Zeitung herauszugeben. Das war im Herbst 1941, nachdem die Deutschen alle Radiogeräte eingezogen hatten und die Menschen immer gieriger wurden nach Nachrichten, die ihnen Aufschluss darüber geben konnten, was in der Welt, und besonders in diesem Krieg, eigentlich vor sich ging. Birger nahm Kontakt zu einem Mann auf, der in seinem Garten am Vettakollen einen Radioapparat in einem Vogelhaus versteckt hatte, und Karsten beschaffte, über seinen Vater, sowohl das nötige Papier als auch den Mimeografen, den sie auf dem Dachboden über Birgers Wohnung in der Observatoriegata aufstellten. »Endlich bin ich Astronom!«, sagte Birger.

Sie gaben der Zeitschrift den Namen *Die Thermopylen*, ein Zeichen für Widerstandsfähigkeit, und neben dem Kriegsüberblick, den Neuigkeiten aus London, nicht zuletzt über deutsche Verluste, verfassten sie eine Reihe der Artikel selbst. Das waren seine ersten Versuche, etwas zu schreiben, kleine Abrechnungen mit der Naziideologie, wiedergekäute Gedanken von Konrad Steen, in die er allerdings auch eigene Betrachtungen einstreute und dabei entdeckte, welch großen Gefallen er daran fand, auf der Schreibmaschine zu klappern, zuzusehen, wie die Buchstaben tief in die Matrize geschlagen wurden. Auch Maud schrieb für die *Thermopylen*, wobei Sigurd rasch merkte, dass das Schreiben bei ihr von einer ganz anderen Lust begleitet war als bei ihm, fast von einer Begierde, als fände sie endlich Verwendung für das, was sie immer in ihren Büchern einkringelte, als könne sie diese Einzelteile zu neuen, erbaulichen Erzählungen zusammenfügen. »Du weißt ja, ich werde Journalistin«, sagte sie. Sie schrieb über alles, angefangen von Ronald Fangens Roman *Der Mann, der die Gerechtigkeit liebte* bis hin zu Ratschlägen über den Mehranbau in Krisenzeiten, sogar hübsche, einfach gestaltete Zeichnungen konnte sie in die Folie ritzen. Mit hochgekrempelten Ärmeln saßen sie in Birgers Bude und arbeiteten, bisweilen belebt von einem Schluck White Horse aus einem nach wie vor gut gefüllten Lager. »Das hätte Platon gefallen!«, rief Birger. »Ja, endlich machen du und dein Platon sich mal ein bisschen die Finger schmutzig«, sagte Karsten.

Die Zeitungspakete erreichten die Verteiler am Boden eines Kinderwagens, mit dem sie von der Observatoriegata aus weitertransportiert wurden, mit einer schlafenden Kaja obenauf. Maud, mitunter auch Sigurd, legten die Pakete an Geheimplätzen ab. Die Leute, die sie nachts holen kamen, wussten nicht, wer sie dort abgelegt hatte.

Sie waren vorsichtig, äußerst vorsichtig. Trotzdem wurden sie erwischt. Das heißt, die Deutschen konnten weder die Redaktion noch ihre Räumlichkeiten ausfindig machen, aber Sigurd wurde geschnappt. Das war im März 1942. Er hatte alle Zeitungen ausgeliefert, hatte nur eine behalten, die er seiner Mutter, Rita, schenken wollte, damit sie stolz auf ihn sein konnte, damit sie sah, dass auch er etwas tat. Dass der Gips ab war. Drei stramme Gestapo-Männer hielten ihn an der Ecke des Schlossparks an, direkt vor seiner Wohnung. Er wurde für seine Waghalsigkeit bestraft, er hätte bedenken sollen, dass ein Mann mit

Kinderwagen – mitten am Tag – Aufmerksamkeit auf sich ziehen würde, und sehr schnell fanden sie das eine *Thermopylen*-Exemplar unter Kajas Matratze. Es half nichts, dass Kaja zu weinen anfing. Sie begleiteten ihn hinein. Zum Glück war Maud zu Hause und konnte sich um das Kind kümmern, während die Deutschen auf rücksichtsloseste Weise die Wohnung durchsuchten, allerdings ohne das Geringste zu finden. Ein Passant habe ihm die Zeitung zugesteckt, er habe sie wegwerfen wollen, sie sollten etwas Verständnis zeigen, sagte er in fast einwandfreiem Deutsch und erzählte sogar, sein Großvater, ein deutscher Architekt, habe gleich hier um die Ecke in Homansbyen gewohnt.

Nichtsdestotrotz nahmen sie ihn mit zur Victoria Terrasse. Nach Sigurds Einschätzung wussten die Deutschen mehr, als sie zu wissen vorgaben. Hatte sie jemand verpfiffen? Oder nur ihn? Das Verhör verlief zunächst gemäßigt. Dann streng. Die ganze Zeit, während die Schläge auf ihn niederhagelten, dachte er, dass er es verdient habe, und hielt durch. Er wagte nicht, das später laut zu sagen, aber er genoss es beinahe, gefoltert zu werden, es linderte die Scham, das Gefühl, ein Verräter zu sein. Er hielt an seiner Geschichte fest. Tags darauf wurde er nach Grini gebracht.

Für einige war Grini die Hölle. Monate in der Einzelzelle. Schraubstöcke. Nadeln unter die Fingernägel. Auch Sigurd war mitunter Peinigungen ausgesetzt und bekam Fäuste ins Gesicht, dennoch stellte seine Zeit hier einen positiven Wendepunkt dar: »Grini hat mich wieder zu einem Menschen gemacht«, sagte er gegen Kriegsende bei einem ihrer kurzen Besuche zu Maud. Er wusste, sie würde das nicht verstehen, denn wie konnte man etwas Positives verbinden mit einem Ort, der für die meisten der Inbegriff des Grauenerregenden und Diabolischen war?

Von vielen wurde die außergewöhnliche Solidarität hervorgehoben, die sich zwischen den Gefangenen des Konzentrationslagers herausbildete, doch wenn man Sigurd Bohre fragte, waren das Wichtigste die Gespräche. Ja, über längere Phasen hinweg litten sie Hunger, wurden von den launischen, affektierten deutschen Offizieren schikaniert, mussten höllische Razzien, sadistische Nachtappelle, Strafexerzieren im Schlamm über sich ergehen lassen; sie lebten in der ständigen Gefahr, nach Deutschland verfrachtet oder schlicht und einfach hingerichtet zu werden – für Sigurd tat dies alles seiner inneren Freude, der Zufriedenheit, die er im Dialog, in den Diskussionen erfuhr, keinen Abbruch. In den ersten Monaten nach der Invasion war er verärgert gewesen, weil er, obwohl der Unterricht weiterhin stattfand und er hin und wieder den Lesesaal aufgesucht hatte, sein Studium nicht so intensiv betreiben konnte, wie er es wollte. Ihm fehlte die Motivation. Hier in Grini aber trat er in eine Universität ein, die alles in den Schatten stellte, was er sich je von einer Universität erträumt hatte.

Für Sigurd waren diese drei Jahre wie ein Aufenthalt in Platons Akademie. Zwar war es nicht gerade so, als wären sie bei ihren Unterredungen in Säulengängen lustwandelt, aber sie redeten auf dem Weg zur Morgenwäsche, zum Appellplatz, während der verschiedenen Kommandos, drinnen wie draußen, und nicht zuletzt nach Ertönen des Abendsignals. Hier, dachte Sigurd, erfuhr er schließlich, was Birger, sein platonbegeisterter Freund, ihm über den Segen des Dialogs mitzuteilen versucht hatte, nämlich nicht nur jedes Gegenargument zu verfolgen, sondern auch alle Nebenstränge, wohin auch immer sie führen mochten. Grini war für Sigurd ein kontinuierlicher Dialog, in dem alles beleuchtet wurde und die Ideen durch ihr gemeinschaftliches Streben Funken erzeugten. Es war, dachte Sigurd, seine Lebensbildungsreise. »Jeder sollte seine eigene Arche haben«, lautete eines von Mutters Mantras in seiner Kindheit und Jugend, und er hatte nie verstanden, was sie damit gemeint hatte. Erst jetzt verstand er. Grini sollte seine Arche werden, ein Ort, an dem seine wichtigsten Gedanken beheimatet waren.

Seine Unterbringung im Lager fand gerade noch rechtzeitig zu Francis Bulls Vortrag vor den Lehrern statt, am Palmsonntag 1942; die Vorträge wurden in einem Raum des Hauptgebäudes abgehalten, der Die Kirche genannt wurde, und in der darauffolgenden Zeit sollte Sigurd noch viele weitere Vorlesungen unterschiedlichen Inhalts hören, von Kaj Munks Predigten bis hin zum Erlegen von Schlagbären. Sigurd kam zu der Zeit nach Grini, als gerade eine Lagererweiterung vorgenommen wurde, und war somit einer von vielen aus allen Landesteilen und den verschiedensten Bevölkerungsschichten stammenden Häftlingen, die in alten Gardeuniformen und mit diesen ulkigen Schiffchen als Kopfbedeckung jene Baracken errichteten, über welche die Leute später noch reden sollten. Doch obwohl sie ihr eigenes Gefängnis bauten – zuerst stellten sie den Stacheldrahtverhau her und bald darauf den elektrischen Zaun mit seinen Betonpfosten und Wachtürmen –, hatte Sigurd nie eine solche Freiheit, eine solche innere Öffnung erfahren, womit nicht nur seine Beteiligung bei der illegalen Lagerarbeit gemeint ist oder seine einfallsreichen Beiträge zur Umgehung der Verbote und Befehle seitens der Deutschen, ebenso wenig das Schmuggeln von ein wenig extra Gemüse oder Kartoffeln, oder dass sie ihre Zuckerration erhöhten, indem sie Tee aus Himbeerblättern brühten, sondern die Erfahrung, wie lebensnotwendig es war, seine Gedanken und Ansichten mit anderen Menschen zu teilen.

Nie wieder werde ich einen ähnlichen Wissensdurst erleben, dachte Sigurd, als allen klar war, dass der Krieg sich dem Ende zuneigte. Er lag hinter dem Stacheldraht und dem elektrischen Zaun und wusste, wie sehr er das alles vermissen würde.

Das Wertvollste an dieser Erfahrung war, dass sie ihn dazu inspirierte, selbst Vorträge zu halten, am liebsten über norwegische Geschichte von der Sagazeit an. Beim Kartoffelschälen in der Küche, bei der Arbeit in der Wäscherei oder beim Ausgraben von Steinen, die sie später an anderer Stelle wieder eingraben mussten, nahm er im Geist bereits eine Gliederung vor für das Thema, über das er am Abend sprechen wollte, und seine Zuhörer wussten diese Vorträge zu schätzen, die er immer heimlich an verschiedenen Stellen im Lager hielt, ganz gleich, wie sehr das Feldroden oder die albernen Außenkommandos im Steinbruch ihn erschöpft hatten. Eine seiner beliebtesten »Vorlesungen« handelte von der Kindheitsoffenbarung seiner Mutter, dem Anblick des aus der Erde aufsteigenden Osebergschiffs, denn es war, als sähen seine Hörer darin eine Hoffnung, so als dachten sie, eines Tages werde auch das freie Norwegen aus dem Nazibodensatz aufsteigen, unter dem es jetzt noch begraben lag. Sigurd Bohre war kein Dichter, aber es fehlte nicht viel, dass er hier in Grini, wo er diese Geschichte so oft erzählte, zumindest vor seinen Hörern etwas ebenso Bedeutungsvolles, symbolisch Aufgeladendenes und Schöpferisches vollbrachte wie Adam Oehlenschläger mit seinem großen Gedicht über den Fund der Goldhörner in Dänemark, dieser »Glanz aus alten Zeiten«, der »Da klingt in der Erde / das alte Gold«.

Sigurd war die meiste Zeit in Baracke 8, Zimmer 2, untergebracht, wo er auch die meisten seiner Vorträge hielt, auch zur Gänze improvisierte – zum Beispiel über amerikanische Filme –, während die anderen auf drei Seiten unten oder oben auf ihren Betten saßen und Sigurd sich fühlte wie auf einer Theaterbühne, mit Publikum im Parkett und auf den Balkonen. Besonders beliebt war seine Reihe von Kurzvorträgen über berühmte Schlachten, beginnend bei dem entscheidenden Sieg des Perserkönigs Kyros über die Lydier – durch Anwendung einer »Viereckformation«. Mit der Zeit bekam er von den in der Buchbinderei Arbeitenden große Papierbögen, so dass er Bildtafeln über den Verlauf der Schlachten zeichnen konnte, Illustrationen, die sie dann im Anschluss an die Vorträge im Ofen verbrannten.

Endlich hatte er auch ausreichend Zeit, von der Skagerrakschlacht zu erzählen, ja, er hatte alle Zeit der Welt, die anderen lagen mit weit geöffneten Augen in ihren Betten und hörten ihn in aller Ausführlichkeit von diesem gewaltigen Zusammenstoß zwischen den Seeungeheuern der zwei größten Kriegsflotten der Welt berichten. Er erzählte von seinem Onkel Henry, dem Vagabunden und angehenden Journalisten, der in Edinburgh gewesen war, um über Darwin zu schreiben, der dann aber bei einem Spaziergang außerhalb der Stadt die riesigen Kriegsschiffe in der Marinebasis bei Rosyth, direkt an der Forth Bridge, gesehen hatte und neugierig geworden war. Ihm war eine Idee für einen Artikel gekommen, und am Dienstag, den 30. Mai 1916, am späten Nachmittag, gerade als der Alarm losging, war es ihm gelungen, an Bord eines dieser Kolosse zu gelangen, so dass er, halb freiwillig, Zeuge der größten Seeschlacht des Ersten Weltkriegs geworden war, an der 250 kleine und große Schiffe beteiligt waren, deshalb nämlich, weil es sich bei dem Schiff, bei welchem er an Bord gegangen war, um die HMS Lion des Vizeadmirals David Beatty handelte, das Flaggschiff der 1. Schlachtkreuzerschwadron, und der Onkel bald Edinburgh hinter sich verschwinden sah. »Jetzt haben Sie endlich

was, worüber Sie schreiben können«, soll der Admiral um drei
Uhr am darauffolgenden Tag gesagt haben, kurz bevor die vor-
derste Streitmacht mit der Speerspitze der Deutschen aufeinan-
derprallte, unter der Leitung von Admiral Franz von Hipper an
Bord der SMS Lützow. Darüber, dass sein Onkel diese Schlacht
als einen Tag des Jüngsten Gerichts erlebt hatte, ließ Sigurd vor
der Versammlung nichts verlauten, obwohl Onkel Henry genau
das in seinem kritischen, praktisch direkt im Anschluss an die
Schlacht verfassten Artikel zu vermitteln versucht hatte, denn
von der Brücke aus hatte Henry gute Aussicht gehabt und gesehen, wie in der ersten Phase zwei britische Schlachtkreuzer
so schwer getroffen wurden, dass beide Giganten explodierten
und versanken, und wie danach, in einer späteren Phase, zwei
weitere britische Kreuzer in ein titanisches Feuerwerk verwandelt wurden und mit Tausenden von Männern an Bord untergingen. Und nicht nur das, auch die HMS Lion kassierte
eine Reihe von Treffern, wodurch kontinuierlich irgendwo an
Bord Feuer ausbrach und jener Norweger, der am Morgen des
2. Juni in Schottland an Land ging, dermaßen geschockt und
desillusioniert war, dass er bald in die USA flüchtete, weil er in
einem Land leben wollte, in dem Menschen vieler Nationalitäten zusammen existierten. Darüber verlor Sigurd kein Wort,
sondern verwendete aus dem Artikel des Onkels nur die harten
Fakten. Sigurd wusste alles, absolut alles über die Skagerrakschlacht, und jetzt, in der Baracke in Grini, bot sich ihm die
Gelegenheit, in aller Ruhe die Namen der größten Schiffe und
ihrer Kapitäne aufzuzählen, sowohl die der Grand Fleet als auch
die der deutschen Hochseeflotte, Papier um Papier füllte er mit
Zeichnungen über den Verlauf der Schlacht, die Positionen der
Schiffe, und legte seinen Mithäftlingen die Fehleinschätzungen
der Deutschen, insbesondere aber der Briten dar – wie etwa,

dass Admiral Beatty in der ersten Phase seine Schiffe nicht im Verband geführt hatte und der Oberkommandierende, Admiral John Jellicoe, die Deutschen im Laufe der Nacht entkommen ließ. Dieser Vortrag wurde beinahe mit stehenden Ovationen beantwortet – als ob diese Menschen Trost darin fanden, über den Wahnsinn des Krieges zu hören –, und Sigurd musste ihn auch in anderen Baracken mehrmals halten. Über mehrere Wochen hinweg wurde er nur der Admiral genannt.

Für Sigurd Bohre war dies eine höchst befriedigende Zeit. Für eine Geringfügigkeit wurde er ins Gesicht geschlagen, hatte oft vor Hunger ein Loch im Bauch, doch gleichzeitig jubelte er innerlich. Nie zuvor hatte er etwas auch nur annähernd so Bedeutungsvolles erfahren wie bei seinem Aufenthalt in diesem Lager.

In seinem ersten Herbst in Grini erhielt Sigurd eine gute und eine schlechte Nachricht.

Auf einem seiner Außenkommandos in der »Waldgruppe« traf er Maud auf dem Berghang oberhalb von Grini, wo sie ihm berichtete, dass sie wieder schwanger sei. Er schaute sie an, ihre Augenlider, die sich ein wenig langsamer bewegten als bei anderen, besonders dann, wenn sie über etwas Ernstes oder Wichtiges sprach. Immer war es der Gedanke an Mauds Augenlieder, an dem er sich aufrichtete, wenn er wieder einmal in die Einzelzelle gesteckt wurde.

Ende November arbeitete er an dem Zaun, der um den Acker »Øst-Preussen« herum angelegt wurde, und konnte sich zu einem Treffen mit seiner Mutter bei der großen Eiche beim Gamle Akervei hinausschleichen, und hier, als sie beide dort im Gebüsch kauerten, berichtete Rita ihm von Esther, Bjørgs jüdischer Freundin, die von der norwegischen Polizei verhaftet und mit dem Gefängnisschiff Donau deportiert worden war. Obwohl sie immer skeptisch gewesen war, weil ihre Tochter so viel mit der stillen, immerhin aber Geige spielenden Freundin zusammen war, konnte Sigurd sehen, wie wütend seine Mutter war. Bjørg hatte am Kai gestanden, die deutschen Wachen angeschrien und sie gefragt, wo sie ihre lebensgefährliche Reinheitslehre herhätten. Wieso nahmen sie nicht auch sie mit? Sie sei ein Bastard, in ihren Adern fließe norwegisches, deutsches und spanisches Blut! Rita schüttelte den Kopf. Sie machte sich Sorgen um ihre Tochter. Bjørg hatte schon im ersten Kriegssommer geheiratet, und ein Jahr später war Laila zur Welt gekommen. Auch ihretwegen war Rita in Sorge, weil Laila ihrer Meinung nach nicht ganz normal aussah. Und nun erwartete Bjørg auch noch ein zweites Kind. »Aber war Esther denn nicht in einem Versteck?«, fragte Sigurd. »Doch«, sagte Rita, »aber sie haben sie gefunden. Und das Schlimmste: Ich glaube, Max hatte seine Finger dabei mit ihm Spiel.« Auch früher hatte seine Mutter bereits angedeutet, Max Qviller sei ein Kollaborateur. Und es sollte noch einige Zeit vergehen, bis Sigurd seine Mutter wiedersah. Als die Universität im darauffolgenden Jahr gesperrt wurde, war Rita längst untergetaucht. Sigurd waren Gerüchte zu Ohren gekommen, sie hätte sich unerschrocken im Widerstand betätigt. Sicher wegen alldem, was mit Harald passiert ist, dachte er. Die Trauer. Maud stattete ihm kurze Besuche ab, selten einmal auch mit seiner Tochter und dem neugeborenen Sohn. Sigurd fragte sie nach seiner Mutter, aber Maud wusste genauso wenig wie er.

Er hörte von Birger und Karsten. Obwohl das Betreiben illegaler Zeitungen mit der Todesstrafe geahndet werden konnte, hatten Sie die Herausgabe der *Thermopylen* fortgesetzt. Sie waren von der Gestapo eingekreist und festgenommen worden. Vom Dachboden in den Keller. Karsten war nach Nordnorwegen gebracht worden, während Birger in Deutschland gelandet war. Jetzt würde er in Wirklichkeit erleben, wie es war, mit dem Rücken zum Ausgang der platonischen Höhle zu sitzen, dachte Sigurd.

Durch ein ausgeklügeltes System fanden alle Neuigkeiten ihren Weg durch die Zäune nach Grini. Noch nie war Sigurd so reich mit Informationen versorgt. Sie wussten, was sich in der Welt ereignete, wie es in Nordafrika zuging, sie hörten von Stalingrad, später von der Invasion in Sizilien, sie waren sich im Klaren darüber, dass das Kriegsglück der Achsenmächte sich gewendet hatte. Im Sommer 1943 wurde Hamburg, die Heimatstadt seines Großvaters, von den Alliierten bombardiert. Die Operation lief unter dem Codenamen Gomorrha, und die Brandbomben erzeugten ein Inferno, bei dem Gerüchten zufolge 50.000 Zivilisten zu Tode gekommen waren, unter ihnen auch Otto Keller, sein Vater, wie Sigurd später erfuhr. Die Moral der Deutschen sollte durch Terror gebrochen werden. Sigurd erinnerte sich an die Deutschlandreise, die er mit seinem Vater und seinem Bruder unternommen hatte, und die genau dort, in Hamburg, begonnen hatte. Vor dem Krieg hatte Harald ihm von dem Brief erzählt, in dem der Vater geschrieben hatte: »Hier bin ich sicher.« Und nun waren Mütter mit verkohlten Kinderleichen in den Koffern aus der Stadt geflüchtet. Ja, es stimmte, was seine Mutter sagte: In der Regel sind die Grausamkeiten gleich verteilt.

Direkt vor Kriegsausbruch war Sigurd der Arbeiterpartei beigetreten, und im Herbst 1944 ereignete sich etwas Entscheidendes. Er lernte Einar Gerhardsen kennen, der gerade aus dem KZ Sachsenhausen nach Grini zurückgebracht worden war. Die Anzahl der Häftlinge näherte sich den 5.000 und die Baracken waren überfüllt. Von dem Zeitpunkt an, als Sigurd eine ruhigere Arbeit als Assistent im Personalbüro zugeteilt wurde, nahm er an den geheimen Zusammenkünften teil, die in Verschlägen, Kellern und Werkstätten abgehalten wurden und bei denen die Frage erörtert wurde, auf welcher Grundlage, sobald der Frieden kam, der Wiederaufbau Norwegens stattfinden sollte. Bei diesen Diskussionen setzte sich Sigurd insbesondere für die Neuorganisation der Wirtschaft nach einem anderen Modell ein. Plötzlich fand er Verwendung für die Theorien über staatliche Maßnahmen, die er aus John Maynard Keynes Buch in Erinnerung hatte, ein Buch, das auch Gerhardsen gelesen hatte, und es ist keine Übertreibung: Sigurd – von politischen Gesinnungsgenossen auch der Admiral genannt – trug seinen Teil dazu bei, einige der ökonomischen Ideensamen zu pflanzen, die in den Jahren nach Kriegsende aufkeimen und in der Entwicklung jener Wohlstandsgesellschaft zur Blüte gelangen sollten, die selbst in unserer Zeit noch mit Interesse studiert wird. Ohne dass man sich recht im Klaren darüber war, lag sehr viel Macht zusammengeballt in dieser kleinen Gruppe, die im Gefangenenlager Geheimtreffen abhielt, und viele sind der Meinung, dass hier der Ursprung zu finden sei für die später bekannt gewordene Redensart: »Es wurde miteinander gesprochen.«

Unserer Ansicht nach, und insofern auch eine Erklärung dafür, weshalb wir uns zu einer so ausführlichen Erzählung über Sigurd Bohre veranlasst sahen, wurde hier in Grini das bislang erfolgreichste Gesellschaftsmodell bis zur Einigkeit hin ausdiskutiert, oder aus*konversiert*, ein Modell, das schon vor Kriegsbeginn im Ansatz bereitlag: jenes rätselhafte Phänomen, das unter dem Namen »Sozialdemokratie« firmierte – auch »das Einhorn der politischen Ideologien« genannt. Und Sigurd Bohre trug ebenfalls dazu bei, er war einer derjenigen, die am eifrigsten mit wichtigen Gesichtspunkten aufwarteten in diesem langen Dialog, zum Beispiel beschloss er seine Saga-Nacherzählungen immer mit der Äußerung, er sehne sich nicht nach einer neuen Wikingerzeit, sondern nach einer Gleichheitszeit. Sollte es nicht möglich sein, aus alledem eine neue Glanzzeit entstehen zu lassen – gegen den Rassen- und Ungleichheitsgedanken der Nazis? Er unterhielt sich mit Johs. Andenæs über die Jurisprudenz, er sprach über Ökonomie, zuerst mit Ragnar Frisch, gegen Ende hin auch mit Johan Vogt, und mit Anatol Heintz redete er über die Entwicklung des Menschen. Sigurd Bohre sammelte Kenntnisse, er bereitete sich vor, er sah den Tag kommen, an dem ihm all dieses Wissen von Nutzen sein würde.

Als der Krieg zu Ende ging, jubelte Sigurd genauso laut wie die anderen, doch in dem Bus, der sie von Grini zu dem fahnengeschmückten Universitetsplassen brachte, spürte er, fast gegen seinen Willen, wie sich diesem Jubel auch Kummer beimischte. Die Tage, obschon jetzt immer heller, würden grauer werden. Nie wieder würde er die eigentlichen Volksnationalhymnen »Oh, ich kenne ein Land« oder »Zwischen Hügeln und Bergen« mit derselben Inbrunst singen können wie vor der Nachtruhe in der Baracke.

IV

Sigurd Bohre ist in Gedanken versunken. Er ist auf dem Weg nach Hause zu seiner Familie, zu Maud, Kaja und Roar. In der Stadt gibt es ein Fest, britische Kriegsschiffe liegen im Hafen, und der Kronprinz hat am Schlossbalkon eine Ansprache gehalten. »Vielleicht mögen wir an diesem Tag ein wenig besser verstehen, was es mit der Vorstellung von der Wiederkunft Christi auf sich hat«, sollte der Pfarrer Konrad Steen, nicht ohne einen säuerlichen Unterton, in der Zeitung schreiben. Langsam schlendert Sigurd die Welhavens gate hinauf, Welhaven, der vielem »Norwegischen« eher skeptisch gegenüberstand. Unterwegs inmitten von Fahnen und Hurrarufen, Kusshänden und strahlenden Gesichtern, spürt Sigurd, wie ihm vor Eifer ein Kribbeln über den Rücken läuft. Es ist ein warmer Maitag, die Spitzen der Laubbäume scheinen zu leuchten, er wirft sich die Jacke über die Schulter und krempelt demonstrativ die Ärmel seines weißen Hemds hoch, er ist bereit, mit anzupacken, Gemeinschaftsarbeit steht an, der Wiederaufbau des Landes, er ist voller Einfälle, Ideen, er will mit anfassen, will nach Hause und etwas aufschreiben, bevor es ihm wieder entfällt, denn er trägt die Hoffnung in sich, dass es auch in Friedenszeiten, außerhalb des Gefangenenlagers, so weitergehen wird – dass die Leute klugen Erziehern genauso begierig zuhören werden wie in Grini.

Als er aus einem Hinterhof Gegröle vernimmt, wirft er einen Blick durch das Tor. Mehrere Leute haben sich um eine junge Frau herum versammelt, aus deren Gesicht die Angst spricht, und als er jemanden »Verdammtes Deutschenflittchen« rufen hört, wird ihm klar, was hier abläuft. Ja, sieh einer an, denkt er, jetzt seid ihr auf einmal mutig geworden. Um wieviel weniger gefährlich war es denn auch, sich vor einem armen, verheulten norwegischen Mädel aufzuplustern als vor einem deutschen Maschinengewehr, das dich von einem Hügel auf der gegenüberliegenden Seite einer zu verteidigenden Brücke mit Blei bespuckte.

Es ärgert ihn, in seinen Tagträumen unterbrochen zu werden, denn er hat das Parteibuch in der Tasche stecken und weiß, die Arbeiterpartei wird in den kommenden Monaten vor der historischen Chance stehen, eine entscheidende Rolle in der Geschichte zu spielen, und dieses Parteibuch wird wie ein Siegel des Kublai Khan sein, ein Pass, der einem freies Geleit verschafft. Schon sieht er vor sich, wie er quer durch das ganze Land reist und vielleicht, sofern sein Engagement sich als wichtig genug herausstellt, mit der Zeit einen Platz in der Parteiführung bekommen wird. Denn nichts wird wichtiger sein als der wirtschaftliche Aspekt in der Politik. »Tatsächlich wird die Welt von wenig anderem gesteuert«, wie Keynes am Ende seines Buches schrieb. Die große Herausforderung wird darin bestehen, zu versuchen, die Entwicklung mit politischen Mitteln zu beeinflussen, jene Zufälle, jene irrationalen Kräfte im Zaum zu halten, die die Wirtschaft beherrschen.

Verhindern, dass ihre Anführer sie abermals im Stich ließen.

Das Gegröle im Hinterhof wird lauter, die junge Frau in der Mitte des Kreises hat inzwischen zu weinen begonnen. Sie heult hysterisch und schreit, sie habe nichts Falsches getan, sie sollen sie in Ruhe lassen. Auch andere sind stehen geblieben.

In Sigurds Kopf brodelte es nur so vor Ideen, er wollte die Diskussionen fortsetzen, die sie auf der Böschung hinter den Baracken in Grini geführt hatten, an Gedanken weiterarbeiten, die er im Vieraugengespräch mit Gerhardsen ausgesponnen hatte. Denn welche Lehren musste man aus dem Krieg ziehen? Ja, dass Norwegen nicht in seiner eigenen Besenkammer verbleiben, sich nicht isolieren durfte in dem Glauben, man könne neutral bleiben. Das wäre, als baute man ein neues Grini, Mauern, die einen selbst einsperrten. Das funktioniert nicht in einer Zeit, in der jede Nation vom Geschehen in der restlichen Welt abhängig ist, hatte Gerhardsen gesagt. Ja, dachte Sigurd, lass uns niemals die wichtigste Lektion aus diesen fünf Jahren vergessen: Wir sind Teil einer größeren Geschichte.

Das Geschrei und die hitzigen Zurufe im Hinterhof wurden immer lauter. Sigurd, im weißen Hemd und mit hochgekrempelten Ärmeln, trat ein paar Schritte in den Torweg. Es war ein wunderschöner Maitag, ein Tag der Freiheit, und das Sonnenlicht verlieh sogar den verdreckten Fassaden in der Welhavens gate einen warmen, einladenden Charakter. Er hatte keine Lust, sich hier einzumischen, er wollte einfach nur nach Hause, heim zu Maud, heim zu den Kindern. Wollte die Wohnung mit Schmierseife putzen. Aber etwas an dem Schauspiel ärgerte ihn und veranlasste ihn, den Hinterhof zu betreten. Gut dreißig Menschen, sowohl Frauen als auch Männer, standen in einem Kreis um die junge Frau. Zwei Männer hielten sie auf einem Stuhl fest. Daneben saß eine Frau und schnitt ihr die Haare ab, schnitt sie einfach ab, als ob sie ein Schaf wäre oder etwas, das noch weniger wert war, denn das war es, was hier passierte, eine junge Frau wurde geschoren, es sah furchtbar aus, mit klaffenden Löchern an einigen Stellen, an denen die Kopfhaut hindurchschimmerte, während an anderen noch ganze Büschel dranhingen.

Der letzte Gedanke, den Sigurd in seinen Tagträumereien dort draußen in der Welhavens gate verfolgt hatte, war das Leitmotiv der zukünftigen norwegischen Gesellschaft. Und wie lautete das? Ja, die Steuereinnahmen, dieser Reichtum, sollte an alle verteilt werden. Und dasselbe, dachte er, während er dastand und zusah, wie ein hilfloses Mädel zuschanden geschoren wurde, dasselbe sollte für die Gerichtsbarkeit gelten: Die Gerechtigkeit sollte aufgeteilt werden, es sollte Gleichheit vor dem Gesetz herrschen. Besonders bei den Prozessen gegen die Kriegsverbrecher, die jetzt anstanden. In Grini hatten sie sich über die vielen Kriegsprofiteure unterhalten, die während der Besatzungszeit finanziellen Gewinn eingestrichen hatten.

Das waren die eigentlichen Kollaborateure. Das Werk musste am Laufen gehalten werden, so lautete der Refrain. Deutschland hatte Fisch gebraucht, und mit dem norwegischen Export war die Hälfte ihres Bedarfs gedeckt worden. Besonders das Bauwesen hatte außerordentlich gute Zeiten erlebt. Viele Kriegsgewinnler. Besser die drankriegen und die kleinen Verräter mit milderen Strafen davonkommen lassen. Besser denen die Haare scheren als irgendwelchen Frauen, die sich in die falsche Person verliebt hatten. Und Strafen verhängen für die ganzen Schleimscheißer, die sich vor der Verantwortung gedrückt hatten. Die Bürokraten, die, weil es ihre »Pflicht« war, ohne Aufmucken jeden deutschen Befehl auf Punkt und Komma ausgeführt hatten. In den Baracken hatte die Auffassung geherrscht, jene Polizisten sollten hingerichtet werden, die den Hitlergruß vollführt hatten, die andere hinter Gitter gebracht und ganze Viehherden mit Juden zu den Gasöfen verfrachtet hatten, die dann aber, sowie sie erkannten, dass der Wind aus einer anderen Richtung wehte, einfach ihr Mäntelchen umgedreht und der Milorg ein paar Informationen zugesteckt hatten und glaubten, dadurch wäre alles vergessen und keine Paragraphen aus dem Strafgesetzbuch könnten ihnen etwas anhaben.

»Stopp!« Es war Sigurd, der da rief.

Er hatte vorgehabt, sich aus dem Torweg zurückzuziehen, weiterzugehen, nach Hause zu gehen. Aber er hatte bereits einmal zu oft Feigheit bewiesen.

Einige drehten sich zu ihm um, aber die meisten machten einfach weiter und spotteten auf das Mädel, das zusammengekauert auf dem Stuhl saß und sich den Kopf hielt. Es roch nach Urin. Es roch nach Scham. Es roch nach Hass. Jemand schlug nach ihr, sie wollten sie nicht bloß mit dem Verlust ihrer Haare davonkommen lassen, sondern zerrten an ihren Kleidern,

178

wollten sie ausziehen. Wer waren diese Menschen? Was hatten sie selbst im Krieg geleistet? Im besten Fall war alles, was sie an Widerstand zustande gebracht hatten, zum 70. Geburtstag von König Haakon mit einer kleinen Blume im Knopfloch herumzulaufen. Ein ganzes Volk mit eingegipstem Arm. »Stopp, was macht ihr da!«, rief Sigurd noch einmal. Jetzt wurde es still, und alle wandten sich um. »Hey, der Kronprinz ist zurück«, sagte er. »Wir müssen ein Land wiederaufbauen. Wir können uns nicht mit so etwas aufhalten.« Er deutete mit der Hand auf die Szene, die sich ihm darbot, ein Kreis aus Henkern um eine junge, zierliche Frau mit vor Tränen und Rotz verschmiertem Gesicht.

»Was meinst du?« Einer von den Kerlen, die das Mädchen festhielten, trat einige Schritte auf ihn zu.

»Ich meine, wir sollten mit Würde auftreten«, sagte Sigurd. »Das hier«, er streckte abermals den Arm aus zu der jungen Frau, die auf dem Stuhl saß wie auf einem Schafott, »gehört nicht dazu. Wenn wir Rache wollen, müssen wir andere finden, an denen wir uns rächen können.«

Der Mann, ein großer Mann, trat nahe an ihn heran. »Sie ist mit einem Scheiß-Deutschen ins Bett gestiegen!« Es klang wie ein Fauchen.

Er befand sich in einer unangenehmen Lage. Die Menschen in diesem Hinterhof waren keine Individuen mehr, sie waren eine Masse. Ein Monster. Dasselbe, gegen das man fünf Jahre lang gekämpft hatte. Deutsche, die zu Hause gewiss nette Familienväter waren, die einem aber im Gefangenenlager ohne mit der Wimper zu zucken eine Reitgerte ins Gesicht schlugen. Sigurd stand da mit hochgekrempelten Ärmeln und wollte bloß nach Hause, er wollte nach Hause und Maud lesend auf einem Sonnenflecken auf dem Teppich sitzen und Absätze mit einem

Bleistift einkreisen sehen, er wollte seine beiden Kinder beim Spielen umherlaufen sehen, sie fest an sich drücken, er wollte die Wohnung putzen, damit sie nach Schmierseife duftete.

»Nicht sie ist der Schurke«, sagte Sigurd und versuchte, ruhig zu bleiben. Er sah die Wut in den Augen des Mannes, auch in denen der anderen in diesem Hinterhof. Fünf Jahre waren sie unterdrückt worden, und der Zorn war innerlich gewachsen. Jetzt musste er raus. Irgendwie. Egal, um wen es dabei ging.

»Lasst sie gehen und helft lieber mit, die großen Fische zu fangen!«, rief er. »Offiziere, Beamte, Richter, Direktoren, Industrielle. Habt ihr denn schon alles vergessen?«

Sigurd wollte einfach nur weg von dort. Er war bester Laune gewesen. Hatte sich darauf gefreut, wieder in Birgers Bude zu sitzen und White Horse zu trinken, zu reden, über Platon zu reden. Sofern Birger die Höhle dort unten in Deutschland überlebt hatte. Er freute sich auf ein Wiedersehen mit Einar Gerhardsen. Einar. Jetzt ging es nur noch um sie. Um Einar und ihn. Sigurd und Einar, sie würden die Sache vorantreiben, eine Gesellschaft auf die Beine stellen, wie sie die Welt noch nicht gesehen hatte. Basierend auf einer Gleichheit, in der auf die Ungleichheit Rücksicht genommen wurde. Mit Sozialfürsorge für alle.

Sigurd. Der Admiral.

Und jetzt? Er sollte zusehen, dass er von hier wegkam, weit weg von diesem Hinterhof, diesem Dunst von etwas Tierischem, Nicht-Menschlichem.

»Bitte. Zeigt Barmherzigkeit«, sagte er, wobei sein Blick einige Sekunden dem der jungen Frau begegnete.

Sigurds letzte Äußerung musste die Wut des Mannes noch zusätzlich verstärkt haben, denn er versetzte Sigurd einen Hieb. Einem Mann, der es wagte, eine erbärmliche symbolische Handlung zu unterbrechen, bei der eine junge Frau gebrandmarkt werden sollte, die es nicht geschafft hatte, ihr Geschlechtsteil von den verdammten Deutschenschweinen fernzuhalten.

Nicht der Schlag war es, der Sigurd Bohre das Leben kostete, der Schlag an sich war nicht fester als bei jeder anderen Prügelei. Im Gefangenlager hatte Sigurd viele vergleichbare Schläge eingesteckt, auch härtere. Es war der Sturz, der sich als fatal herausstellte. Sigurd fiel hintenüber, und sein Kopf traf auf die Kante eines Pflastersteins, der etwas weiter herausstand und außerdem schief war. Wahrscheinlich schlug er auch deshalb so hart auf, weil er das Gleichgewicht verlor und sich im Fallen nirgendwo abstützen konnte.

In einem Hinterhof in der Welhavens gate, während in der Stadt um ihn herum die Menschen den Frieden bejubelten, lag Sigurd auf den Pflastersteinen. Er lag da im weißen Hemd, mit hochgekrempelten Ärmeln, während das Blut und das Leben aus seinem Körper flossen.

II

Gemäß den Prinzipien der organischen Methode, auch konzentrische Methode genannt, wurden – wie bereits im Vorwort erwähnt – die vorangehenden Kapitel einer Beurteilung durch die Fakultät unterzogen, und nach einer zu unseren Gunsten ausfallenden Abstimmung wurde der Nuówēi-Gruppe die für die Fortsetzung des Projekts nötige Unterstützung bewilligt, eines Projekts zur Ausweitung einer Geschichte, die uns in die Zeit mitnehmen wird, als im 21. Jahrhundert die ersten Mitglieder einer Sippe aus einem fernen, vergessen Land namens Norwegen nach China auswanderten. Auch Mitglieder anderer norwegischer Familien emigrierten, besonders in der Zeit vor dem Siebzigjährigen Krieg, doch obwohl die Zahl ihrer Nachfahren in der Chinesischen Föderation groß ist, können diese sich nicht mit den ersten Bohre-Emigranten an Bedeutung messen. Der Grund unserer ausschließlichen Fokussierung auf diese spezielle Familie leuchtet ein: Wir tun dies, weil die Long-Dynastie, die seit tausend Jahren mehr oder weniger die Führung der Chinesischen Föderation innehat – und die diese Führung mit facettenreicher Weisheit und einer hochentwickelten Vorstellungskraft betreibt –, jene ersten Mitglieder aus dem Geschlecht der Bohre als ihre Stammmütter und -väter betrachten.

Gleichzeitig mit der hier folgenden Präsentation unserer Forschungsergebnisse möchten wir darauf hinweisen, worin nunmehr die Herausforderung besteht: Während wir uns im vorigen Teil unserer Erzählung auf eine kurze Periode und auf ein begrenztes Gebiet konzentrieren konnten, werden die folgenden Teile sowohl zeitlich als auch räumlich eine weit größere Ausdehnung aufweisen und somit denjenigen, die den

Wurzeln der Long-Dynastie, ihrer erstaunlichen *women guóijä,* auf die Spur zu kommen trachten, höhere Anforderungen abverlangen. Auf der anderen Seite jedoch mag darin auch ein Ansporn zu finden sein, da wir wissen, dass die heutigen Leserinnen und Leser über einen Vorteil verfügen, der in der sogenannten Glanzzeit des Romans weniger verbreitet war: die Fähigkeit zur Erkennung triangulärer Zusammenhänge, historischer Verschiebungen sowie der mehr oder weniger verborgenen Fernverbindungen.

In der Version der Ōuzhōu-Gruppe findet Laila Berger keine Erwähnung, doch nach Auftauchen der Chronik von Little Green, und nachdem wir auch bis dato unbeachtete Quellen untersuchen konnten, haben wir uns dafür entschieden, an dieser Stelle einen Teil ihrer fiktionalisierten Geschichte einzufügen, wobei es nicht unnatürlich scheint, mit dem Kaffeekränzchen zu beginnen, das Laila zusammen mit ein paar anderen Familienmitgliedern anlässlich eines der großen öffentlichen, in den 1960er-Jahren in Norwegen stattfindenden Ereignisse veranstaltete. Die Idee dazu war ihr am Wochenende davor gekommen, als sie am Sognsvannsee zufällig ihrer Cousine Kaja und ihre Tante Maud über den Weg gelaufen war. Sie sah die beiden viel zu selten, obwohl sie immer las, was Maud in der Zeitung schrieb, und deshalb lud sie beide für den kommenden Donnerstag zu sich nach Tåsen ein. »Kaffee und Kuchen und viel zu lachen«, sagte sie. Kaja wollte gern kommen, doch Maud lehnte entschieden ab. »Ich suche lieber Zuflucht in der Hütte im Krokskogen«, sagte sie. »Ich will mich am besten so weit wie möglich von diesem anachronistischen Unsinn fernhalten. Wer weiß, vielleicht bekommt das Leben endlich einen Sinn, wenn ich eine Libelle entdecke, die nach mir benannt wird.« Maud lachte, und obwohl sie nicht verstand, worüber ihre Tante lachte, lachte Laila mit.

Zu Hause angekommen, rief Laila ihre Großmutter an und lud sie ebenfalls ein. »Eigentlich hatte ich vorgehabt, an diesem Tag etwas mit deiner Mutter zu unternehmen«, sagte Rita. »Bjørg und ich treffen Ragnhild und Hilde in Halvorsens Conditori, das haben wir schon im Sommer ausgemacht, wir haben bloß vergessen, das Rote Kreuz, oder nein, ein rotes Kreuz im Kalender zu machen.« Ragnhild, Tochter des Reeders Albert Bohre, war die Cousine von Lailas Mutter und Hilde ihr einziges Kind. Sie wohnten in Vålerenga. »Na, dann verlegen wir das Halvorsens doch einfach hierher«, sagte Laila, »als Vorwand, dass wir uns hier treffen. Ich verspreche dir eine Torte, die mindestens genauso gut ist wie im Halsvorsens.«

»Ja, vielleicht wäre es das Beste, in dieser traurigen Stunde zusammenzuhalten«, sagte Rita.

Damit war für diesen Donnerstag Ende August der Kaffeetisch gedeckt, und besonders nett fand Laila, dass ihre Mutter bei ihr zu Besuch war – das kam inzwischen immer seltener vor. Sie versammelten sich im Wohnzimmer, alle das Gesicht einem Tandberg-Fernsehgerät zugewandt, einem Produkt, das Lorang Berger, Lailas Vater, seinerzeit stolz von seinem Arbeitsplatz nach Hause getragen hatte, ein Apparat mit einem Kasten aus Teakholz und einer praktischen Tür, die vor den Bildschirm geschoben werden konnte, doch hier und jetzt wollte keine von ihnen etwas zwischen sich und die Schwarz-Weiß-Bilder schieben, deren Ausstrahlung bewirkte, dass auch der Rest des Landes, zumindest aber der Großteil der Bevölkerung, völlig gefesselt vor den Fernsehgeräten saß. Vor einigen Monaten noch waren auf demselben Bildschirm Bilder von beunruhigenden Ereignissen wie den Morden an Martin

Luther King und Robert Kennedy, von den Studentenunruhen in Paris und der Invasion in der Tschechoslowakei gezeigt worden, und auch wenn viele Menschen davon aufgerüttelt worden waren, gab es doch nichts, was das norwegische Volk lieber mitansehen wollte als das langsame Ritual, bei welchem die Kaufmannstochter Sonja Haraldsen mit dem Kronprinzen Harald vermählt wurde. Der Thronerbe hatte sich eine Frau aus dem Volk zur Gattin gewählt. Das stellte alles in den Schatten. Eine willkommene Ablenkung. Ein Märchen, an dem die meisten teilhaben wollten.

Lailas Vater zeichnete für die Marzipantorte verantwortlich. »Ich hätte Konditor im Grand Hotel werden sollen«, sagte Lorang Berger, als er sich mit dem Wunderwerk in der Tür zeigte, fast ebenso stolz wie früher, wenn er mit neuen Sensationen aus der Radiofabrik Tandberg nach Hause gekommen war. Sogar die Marzipandecke hatte er mit Krone und Herz und den Namen der Brautleute dekoriert. Er stellte das Teakholztablett – alles musste jetzt aus Teak sein –, mit dem Meisterwerk auf dem Tisch ab und zog sich zurück, indem er irgendetwas über einen Kameraden, das Lanternen und ein kaltes Pils murmelte.

Bjørg, Lailas Mutter, saß mit regungslosem Gesichtsausdruck am Tisch. Ragnhild hatte eine Hand leicht auf ihren Arm gelegt, und Laila beobachtete, wie sie ihn ab und zu drückte. Ragnhild war Kinderkrankenschwester in Ullevål, und Laila wusste, dass sie Bjørg oft nach Arbeitsschluss in Gaustad besuchte. Kaja wischte sich Tränen aus dem Gesicht, versuchte aber gleichzeitig, sie zu verbergen. Rita, ihre Großmutter, war dagegen rasend vor Wut. »Es ist furchtbar«, sagte sie. »Jetzt wurde der Kampf, Norwegen zu einer Republik umzugestalten, wieder für Jahrzehnte unmöglich gemacht.«

Laila versuchte, sie zum Schweigen anzuhalten. »Vergiss nicht, Großmutter, du bist jetzt in Rente, du solltest es ein bisschen ruhiger angehen.«

»Nur weil ich eine *Emerita* bin, habe ich nicht zu arbeiten aufgehört«, sagte Rita, »einmal Paläontologin, immer Paläontologin.«

»Warst du nicht im Sommer auf Spitzbergen?«, fragte Ragnhild.

»Ja, meine siebte Spitzbergen-Tour«, sagte Rita sichtlich stolz. »Mehr werden es kaum werden. Aber du weißt ja, ich musste mir diese Dinosaurierfußspuren in den Kreidezeitschichten am Grønnfjord ansehen. Genauso alt wie das Patriarchat.« Sie lachte und zwinkerte Hilde zu. »So weit oben im Norden hat man solche Spuren noch nie gefunden. Ein Beweis für die Kontinentalverschiebung. Diese Landstücke müssen einst viel weiter südlich gelegen haben.«

Hilde, Ragnhilds Tochter, schien sich über Rita Bohre zu amüsieren. Oder ihr Anerkennung zu zollen, weil sie als ältere Frau immer noch aufbegehrte. Hilde war in einem dünnen Afghanenmantel und mit blauer John-Lennon-Brille erschienen. Rußschwarze Augen und Sommersprossen über der Nase. Laut Ragnhild saß sie die meiste Zeit in ihrem Zimmer und hörte sich *Sgt. Pepper's Lonely Hearts Club Band* und ähnlich unbegreifliche Musik an. Das heißt, während sie nebenbei ihr letztes Jahr an der Berufsschule absolvierte. Laila schielte neidisch zu ihr hinüber. Sah sich selbst vor zehn Jahren, als ihr noch alle Möglichkeiten sperrangelweit offenstanden.

Rita ließ sich nicht beruhigen, weder vom Kaffee noch von der Marzipantorte. »Ich verstehe überhaupt nicht, warum ich hier sitze«, sagte sie. »Die norwegische Monarchie ist doch irgendwie das Allernorwegischste überhaupt. Und was ist?« Wie zur Ablenkung schenkte Laila ihrer Großmutter ein kleines

Glas Likör ein, aber es nützte nichts. »Man holt sich einen dänischen Prinzen und gibt ihm den Künstlernamen Harald«, fuhr sie fort, »und dieser dänische Prinz heiratet seine englische Cousine. Sie bekommen einen Sohn, der sich mit seiner schwedischen Cousine verheiratet. Und diese Inzucht wird dann als etwas unverkennbar Norwegisches angebetet.« Rita schnaubte. Hilde lachte noch mehr.

»Ich dachte, du hättest dich von jeglicher Rassenhygiene distanziert«, sagte Ragnhild. »Erinnerst du dich nicht an dein Geburtstagsfest kurz vor Kriegsbeginn?«

Rita schnaubte erneut.

Laila war einfach nur neugierig. Jedes Mal, wenn der Kronprinz in Nahaufnahme gezeigt wurde, betrachtete sie eingehend sein Gesicht. Woran dachte er?

Bjørg, ihre Mutter, hatte mehrere Monate lang nicht gesprochen, weshalb alle überrascht waren, als sie mit einem Klirren den Teller abstellte und plötzlich den Mund aufmachte: »Das hättest du sein können«, sagte sie, an Laila gewandt. »Du hättest Königin von Norwegen sein können. Und sieh dich jetzt an. Sitzt hier herum ohne eine anständige Arbeit. Mit einem Bankert! Wer wird dich jetzt noch wollen?«

Alle schauten Bjørg an. Rita vergaß ihren eigenen Ärger und wollte ihre Tochter zurechtweisen, doch die fing zu lachen an, als wäre das alles als Scherz gemeint, und vielleicht war es das ja auch, das konnte man bei Bjørg nie wissen. Gleich darauf, als Sonja und Harald aus der Domkirche traten und den draußen versammelten Menschen zuwinkten, versank Bjørg wieder in sich selbst und schien das Geschehen auf dem Bildschirm vergessen zu haben, saß nur da und polkte an einem Zipfel der Krone herum, die noch auf dem halben Stück Marzipantorte zu erahnen war, das auf ihrem Teller lag.

»Mach dir nichts draus, Laila«, sagte Rita leise und hob ihr Likörglas.

Das tat Laila auch nicht, aber es war unmöglich, nicht zurückzudenken. An die Zufälle. Oder an Kaja. Oder an ihre Kindheit. An ihre traurige, aber nichtsdestotrotz schöne Kindheit. An das Poesiealbum. »In vielerlei Hinsicht«, sollte Laila als Erwachsene sagen, »gibt es nichts, woran ich mich besser erinnere als an diese sadistische Erfindung.«

Es ist Ende des Jahres 1940, und Laila ist neun Jahre alt. Die gleichaltrigen Mädchen befinden sich in einer Lebensphase, in der Poesiealben auf einmal im Mittelpunkt ihrer Welt stehen. Es ist schon seltsam mit solchen Erscheinungen. Im Jahr davor hatte kein Mensch über Poesiealben gesprochen, und ein halbes Jahr später waren sie wieder vergessen, der Staffelstab wurde an jüngere Mädchen übergeben. Aber jetzt, für einige Monate, sind Poesiealben das Um und Auf, sie werden überallhin mitgenommen, aufgeklappt, überall wird hineingeschrieben, überall daraus vorgelesen. Und natürlich geht es auch darum, wer die schönsten hat, obwohl sich die Auswahl auf einige wenige Ausführungen beschränkt und es noch keine herzförmigen gibt, die sollten erst zehn Jahre später aufkommen, oder solche mit einem kleinen Vorhängeschloss, die sich den Anschein gaben, als wären sie streng geheim, obwohl ein Fingerschnippen genügte, um sie zu öffnen.

Aber die Verse, die hineingeschrieben wurden, waren immer die gleichen. Variationen von »Rosen sind rot, Veilchen sind blau …« und »Ich flechte einen Kranz aus den schönsten Worten …« und »Lev vel« (»Ein schönes Leben«), im Kreuz geschrieben, wie im Gedenken daran, wie kurz das Leben ist. Unni, Britt und Kari haben in ihren Alben bald alle Seiten voll mit übertrieben herzlichen Grüßen und Glanzbildern in Gold und Glitzer.

In Lailas Buch aber ist nur die erste Seite mit Text beschrieben, und eine kleine Zeichnung von einer Elfe befindet sich noch darin, nicht von einer Freundin, sondern von Tante Maud.

Laila trotzt ihrer Verlegenheit, geht durch den Schulhof und bietet den anderen ihr Album an, wie eine ausgestreckte Hand, doch die Mädchen kehren ihr den Rücken zu, was Laila nicht verstehen kann, oder eigentlich kann sie es, denn sie hat es vom ersten Schultag an in allen Variationen erfahren. Niemand will mit ihr spielen, niemand mit zu ihr nach Hause kommen, niemand will ihre Freundin sein. Man mochte vielleicht glauben, es habe mit ihrem Aussehen zu tun, mit ihren hellen Haaren und ihren Augen, die vom Blauen ins Violette überwechseln konnten, oder mit ihrem scheuen Wesen, dem auch etwas Träges oder Melancholisches anhaftete.

»Deine Mutter ist geistesgestört«, flüstern sie hinter ihr. Kleine Messer, die sie aufritzen. »Deine Mutter ist irre«, sagen sie. »In Gaustad ist ein Loch im Zaun«, johlen sie.

Das Unverständnis von Kindern. Aber es war schon etwas dran an der Sache, denn in dem Jahr, bevor Laila in der Schule begann, wurde Lailas Mutter, Bjørg Bohre, verheiratete Berger, in die psychiatrische Anstalt Gaustad eingeliefert. Ab und zu wohnte sie zu Hause, genauso oft aber war sie in Gaustad, und die Aufenthalte in der Klinik wurden immer länger. »Wo ist Mama?«, fragte Laila manchmal, wenn sie von der Schule heimkam. »Noch in der Klinik«, sagte ihr Vater und strich ihr übers Haar. »Du weißt ja, ihre Nerven sind etwas aus dem Gleichgewicht, sie braucht Ruhe.« Erst als Laila älter wurde, erzählte er ihr von den Stimmen, die ihre Mutter hörte, überall, Stimmen, die ihr nichts Gutes wollten, sondern ihr von grausamen Dingen erzählten, die sie mit ihr anstellen würden. Lorang Berger hatte sehr bald begriffen, wie es um seine Frau bestellt war – »sie verschwindet vor mir, sie verschwindet in die Dunkelheit«, sagte er zu Rita, Bjørgs Mutter –, und die Familie übersiedelte von Skillebek nach Tåsen, damit er nicht mehr so einen weiten Weg zurücklegen musste, wenn er sie in der Klinik besuchte. Auch aus einem anderen Grund stellte sich dieser Umzug als eine kluge Entscheidung heraus, denn einige Jahre später bekam Lorang Berger, ein fähiger Elektroingenieur, Arbeit in den neuen, prächtigen Anlagen der Radiofabrik Tandberg in Kjelsås. Lailas kleiner Bruder, manchen auch als Blue Norwegian bekannt, war darauf ganz besonders stolz und versäumte keine Gelegenheit, seinen Vater zu der am Maridalsvann gelegenen Fabrik zu begleiten oder die vielen neuen Produkte zu bewundern, die Tandberg in seiner Glanzzeit in Umlauf brachte, nicht zuletzt die Tonbandgeräte. Erst als Erwachsene wurde Laila bewusst, was ihr Vater in dieser anstrengenden Zeit durchgemacht haben musste. Sie erinnerte sich noch, wie sie zum ersten Mal eine Ahnung davon bekommen hatte, welcher Art die Probleme ihrer Mutter waren. Das musste direkt vor einer Geburtstagsfeier gewesen sein. Ihr Vater hatte eine Melodie gepfiffen, während ihre Mutter am Küchentisch saß und die Schokoladentorte verzierte. Plötzlich war ihre Mutter zusammengesunken und hatte zu schluchzen begonnen, und ein Streifen Puderzucker war von dem »Alles Gu«-Schriftzug auf der Torte auf den Tisch hinunter gelaufen. Schnell war ihr Vater herbeigeilt und hatte die Mutter ins Schlafzimmer gelotst, dann hatte er einen Arm um Laila gelegt und gesagt, alles würde gut werden, woraufhin er einfach an der Stelle, wo ihre Mutter die Arbeit unterbrochen hatte, weiterarbeitete und alles fertig schrieb, den Namen, die Jahre. »Wer einen Schaltplan zeichnen kann, der kann auch eine Torte mit Puderzucker verzieren«, sagte er und gab seiner

Tochter einen Kuss auf die Wange. »Du kannst jetzt die kleinen Kerzen draufstecken.«

Einmal fiel Laila eine Fotografie ihres Vaters in die Hände,
eines jungen, fast nicht wiederzuerkennenden Mannes an
Bord eines Segelboots. »Das war einmal meins«, sagte er auf
ihre Frage hin. »Auf einer Segelfahrt mit diesem Boot habe ich
deine Mutter kennengelernt. Bei der Killingen-Insel. Sie war
Paddeln mit Ritas Kajak. Ich habe sie gefragt, ob sie mich auf
eine Weltumsegelung begleiten will.« Ihr Vater lachte, wirkte
dabei aber auch ein wenig verlegen. Vielleicht weil er dachte,
Bjørg sei nie irgendwo anders gesegelt außer durch sich selbst,
in einem weißen Zimmer in Gaustad. Als sie von Skillebekk
weggezogen waren, hatte er das Boot verkauft. Laila begriff,
dass ihr Vater einen Verzicht geleistet, einer Möglichkeit ent-
sagt hatte. Dass er vielleicht ein anderes Leben gelebt haben
könnte, ein anderes als das, in dem er Tonbandgeräte für Veb-
jørn Tandberg konstruierte.

Laila hatte nicht verstanden, was mit ihrer Mutter nicht
stimmte. Sowohl zu Hause als auch in dem Zimmer in Gaustad
verbrachte sie mitunter viel Zeit damit, ihre Mutter zu beobachten, die auf einem Stuhl saß und aus dem Fenster starrte,
auf eine Aussicht, die sie ganz offensichtlich nicht interessierte.
Oder sie hielt ihre Augen auf die kleine Märklin-Lokomotive
gerichtet, die sie auf die Fensterbank gestellt hatte und die ihr
anscheinend Trost spendete. Manchmal hatte sie einen kleinen Geigenkasten auf dem Schoß liegen, fast wie eine Puppe.
Nur selten war sie geringfügig anwesender, und dann sprach
sie auch ein paar Sätze, wenn sie im Gemeinschaftsraum saßen oder im Erker, wo sie ihre Blue-Master-Zigaretten rauchen
durfte, oder sie erzählte etwas bei einem Spaziergang in den
Laubengängen zwischen den Gebäuden. Mitunter las sie Laila

eines der Gedichte vor, die sie geschrieben hatte. Denn wenn sie überhaupt etwas tat, dann schreiben, Gedichte schreiben. Als Laila und Bård noch klein waren, hatte sie ihnen oft vorgelesen. Hauptsächlich Lyrik. Die Texte anderer. Von Rita hatte sie die Anthologie mit persischen Gedichten übernommen, ein wunderschönes, gebundenes Buch, das Rita von einem gewissen Mr. Carlton bekommen hatte. »Dieses Buch ist in Persien gewesen«, flüsterte sie Laila zu, »es ist mit der Eisenbahn gefahren.« Viele dieser für Laila unergründlichen Gedichte konnte ihre Mutter auswendig, auf Englisch. Als sie noch Kinder waren, hatte sie ihnen manchmal vorgesungen. Kirchenlieder. Oder Lieder in der mystischen neunorwegischen Sprache. Auch das eine oder andere deutsche, von Schubert oder Schumann, oder wie sie alle hießen.

Erst als sie älter wurde, bekam Laila mehr darüber zu hören. Nicht nur über die beiden Brüder ihrer Mutter, Harald und Sigurd, die im Krieg gestorben waren, sondern auch von ihrer Trauer über den Verlust ihrer Freundin. Nach allem, was Laila verstand, war ihre Mutter nach Esthers Verschwinden nicht mehr dieselbe wie früher. Bjørg hatte von den Verhaftungen jüdischer Frauen und Kinder im Morgengrauen des 26. November 1942 gehört. Sie hatte Lorang gebeten, nicht in die Arbeit zu gehen, damit er auf Laila aufpassen konnte, und war zu Esthers Versteck gelaufen. Aber es war zu spät. Jemand hatte Esther denunziert. Nur der Geigenkasten war noch da. Bjørg war auf der Brücke gestanden, als die Juden an Bord der »Donau« zusammengepfercht wurden, bevor das Schiff noch am selben Nachmittag nach Stettin ablegte, eine Zwischenstation vor der letzten Etappe nach Auschwitz.

Lailas Poesiealbum blieb leer, abgesehen von Tante Mauds Eintrag. Das heißt, sie konnte einen widerwilligen Bård dazu bewegen, einen Vers hineinzukritzeln, den sie ihm selbst diktierte. Ihr Vater schrieb einen Gruß hinein. Erst als sie als Erwachsene wieder in dem Album blätterte, sah sie, dass er »Lev Selv« (»Leb dein eigenes Leben«) geschrieben hatte. Als Kreuz. Eines Tages, als sie das Album mit in die Klinik nahm, schrieb ihre Mutter eines ihrer Gedichte hinein, mit Füllfeder und in einer so schönen Handschrift, dass Laila der Mund offenstand. Danach starrte ihre Mutter die Füllfeder an, als handle es sich um ein kleines Raumschiff, ein Gefährt, das sie auf Reisen zu fernen Planeten mitnehmen konnte. Manchmal dachte Laila, dass es ihrer Mutter gut gehe, alles in Ordnung mit ihr sei, solange sie nur in sich selbst verbleiben konnte. Dass Gaustad für sie dasselbe war wie das Schneckenhaus für den Einsiedlerkrebs.

In diesen Jahren wohnte Laila oft bei ihrer Großmutter. Damals bedurfte sie sehr stark jener Qualität Rita Bohres, die wir als ihre bedeutendste erachten: die Fähigkeit, den Menschen Lebensmut einzuflößen – eine Fähigkeit, die von den Gründern der Long-Dynastie *gūwū* genannt wurde und der sie ganz besondere Hochachtung entgegenbrachten. In regelmäßigen Abständen nahm Rita Lailas Kopf zwischen ihre Hände und sagte: »Nichts ist wie ein kleines Mädchen«, um sie dann auf die Stirn zu küssen, bevor sie hinzufügte: »das noch sein ganzes Leben vor sich hat.« Für sie war es ein Trost, draußen in Lysaker mit Rita Bohre zusammen zu sein, in dem großen Haus, mit der Eiche wie ein Filter zwischen Terrasse und Fjord, ein Baum, in dem sie auch kletterte, hoch oben auf allen Ästen, die ihr Gewicht trugen. Wer brauchte schon Freundinnen, wenn man hier sein konnte, wenn man im Garten auf den Grünflächen umherlaufen, alle Räume der Villa erforschen oder sich mit seiner Großmutter unterhalten konnte, während sie an ihren Fossilien herumwerkelte, oder mit Dagny, der Haushälterin, die Laila an ihren täglichen Verrichtungen teilhaben ließ, oder wenn man einigen der sonderbaren Menschen aus der Nachbarschaft begegnete. Doch dann, im Alter von zwölf Jahren, passierte etwas mit Laila. Es war, als sei die Schläfrigkeit von ihr abgefallen und sie habe sich aufgerichtet, verwandelt. Sie lächelte öfter. Ein vorsichtiges, schiefes Lächeln. Ihr fiel auf, wie die Leute sie heimlich ansahen. Nicht weil sie schön war, sondern weil ihr Gesicht aus irgendeinem Grund Neugier in ihnen weckte.

Zu der Zeit fragte einer von Ritas jüngeren Lysaker-Freunden, ein Künstler, ob er Laila malen dürfe. Rita hatte ihn bereits damals kennengelernt, als sie an der vieldiskutierten Zeitschrift *Neon* mitgewirkt hatte. Laila spielte manchmal mit einem seiner Söhne, und so kam es, dass Rita Laila eines Nachmittags im Frühherbst an nach reifem Obst und Beeren duftenden Gärten vorbei hinunter zum Strandveien begleitete, zu dem weißen Haus, wo der Maler, in kariertem Hemd, ihnen die Tür öffnete und sie in sein Wohnzimmer hereinbat.

Was Laila von diesem Nachmittag am besten in Erinnerung geblieben war – zusätzlich zu dem schönen Kachelofen –, war die Art und Weise, wie der Maler, der Kai Fjell hieß, an dem Tisch beim Fenster gesessen und sie gemustert hatte. Als versuchte er, ihre Persönlichkeit aus ihr herauszulocken. Nur ein einziges Mal sollte sie später einem Mann mit einem so prüfenden Blick begegnen. Still saß sie auf dem Stuhl, während sie den Bleistift über das Papier streichen hörte. Er war lange beschäftigt, fing immer wieder von vorn an, während er mit stechendem Blick abwechselnd sie und das Papier betrachtete. Als Rita, die in den Garten hinausgegangen war, wieder hereinkam, warf der Maler ihr einen Blick zu und vollführte eine wegwerfende Handbewegung. »Ich kriege es nicht hin«, sagte er und lachte. »Ich weiß nicht, woran es liegt. Sie hat ein Geheimnis, das ich nicht einfangen kann. Vielleicht weil es erst zur Hälfte entfaltet ist.«

Laila bekam seinen letzten Entwurf zu sehen. Die Zeichnung wies eine so frappante Ähnlichkeit mit ihr auf, dass sie einen kurzen Schrei ausstieß. Das heißt, die wenigen Striche förderten in ihrem Gesicht etwas zutage, das sie davor im Spiegel noch nie bemerkt hatte. Sie dachte: Sehe ich mich jetzt vielleicht zum ersten Mal? Doch Kai Fjell war nicht zufrieden. »Du hast eine Gabe«, sagte er. »Eine Form der Schönheit, die so selten ist, dass sie fast unsichtbar ist.« Während er das sagte, strich er ihr auf dieselbe, tröstende Weise durchs Haar wie ihr Vater.

Ereignisse wie diese verliehen ihr ein geheimes Selbstvertrauen, wurden ein Panzer, machten sie stark und ließen sie traurige Dinge wie das mit dem Poesiealbum vergessen. Die Wörter, die sich in sie eingeritzt hatten. Die Angst, eines Tages so zu enden wie ihre Mutter. Ihr war bewusst, dass auch ihre Großmutter, besonders als sie noch klein gewesen waren, befürchtet hatte, Bård und ihr könnte eine unvorteilhafte Last als Erbe mitgegeben worden sein. Laila, die verwandelte Laila, wies solche Gedanken alle von sich. Sie machte sich einen Spaß daraus, Bilder aus Wochenzeitschriften auszuschneiden und sie auf die frei gebliebenen Seiten ihres Poesiealbums zu kleben. Bilder der Königsfamilie, der Prinzessinnen Astrid und Ragnhild, besonders aber von Prinz Harald. Ihre Großmutter rümpfte darüber die Nase, aber Laila lachte bloß. »Wart's nur ab«, sagte sie. »Ich werde Königin von Norwegen.«

Das war natürlich nur so dahingesagt, etwas, das sie im Spaß geäußert hatte. Hätte sich der Zufall jedoch auf ihre Seite geschlagen, hätten sich ihre Worte bewahrheiten können, und das alles dank Kaja, ihrer Cousine, die erst mehrere Jahre später, auf dem Gymnasium Berg, Lailas erste richtige Freundin wurde. Tante Maud war aus dem Stadtzentrum nach Korsvoll gezogen, weil sie näher an dem großen Waldgebiet der Nordmarka wohnen wollte. Sehr früh schon hatte Kaja bemerkt, dass Laila gemobbt wurde, nicht durch solche offensichtliche Hänseleien wie in der Grundschule, sondern etwa in Form von Bemerkungen über ihre Haare oder ihre Röcke – manchmal fiel es ihr ein, einen der Röcke ihrer Großmutter anzuziehen –, und die beiden schlimmsten Quälgeister der Schule waren auch die beiden schlimmsten ihrer Kindheit. Eines Tages nach Schulschluss, als diese beiden Ränkeschmiedinnen mit ihren Eistüten in Tåsen am Kiosk standen, ging Kaja zu ihnen hin, schnappte sich ihre beiden Tüten und rieb ihnen, gleichzeitig, die Gesichter damit ein – Laila stand etwas weiter weg und war beeindruckt von der Schnelligkeit und Koordination dieser Bewegungen. »Von jetzt an sind alle Arten von Röcken erlaubt!«, rief Kaja. »Noch so ein spöttischer Kommentar von euch und ihr kriegt was Härteres ins Gesicht als nur Eiscreme!«

Kaja hatte etwas Steinhartes und Zielgerichtetes an sich. Nach dieser Episode – und die Gerüchte darüber verbreiteten sich rasch – hörte Laila für den Rest ihrer Schulzeit keine einzige vorlaute Bemerkung mehr.

Die beiden Cousinen hatten einander gefunden, obwohl Kaja als frech und extrovertiert galt, Laila dagegen als sanft und schweigsam, und das auch noch, nachdem das Träge und leicht Tranceartige von ihr abgefallen war. Kaja war verrückt nach Filmen – ihre Mutter behauptete, sie habe das von ihrem verstorbenen Vater, Sigurd Bohre. Kaja tapezierte die Wände ihres Zimmers mit Bildern von Marlon Brando, James Dean und Montgomery Clift; Laila legte diesbezüglich einen weit geringeren Eifer an den Tag, aber es machte ihr Spaß, mit Kaja ins Kino im Stadtzentrum zu gehen und sich alle neuen Filme anzusehen, die dort gezeigt wurden. Danach lagen sie oft noch schwatzend in ihrem Zimmer, und an einem dieser Abende zog Kaja sie ins Vertrauen über einen Verdacht, den sie schon seit längerem hegte: »Ich glaube, Sigurd ist nicht mein Vater. Es gibt da etwas, das meine Mama mir nicht erzählen will. Vielleicht ist er berühmt. Ein Schauspieler!« Sie schaute Laila mit ihrem dramatischsten Blick an. »Ich will ein Filmstar werden«, sagte sie, »ich glaube, das steckt in mir drin.« Kajas Ziel war es, bemerkt zu werden. Einmal erschien sie mit komplett weiß geschminktem Gesicht in der Schule. Sie sagte zu Laila: »Wir müssen uns von den anderen abheben!« Laila dachte, dass sie das auf einfachere Weise zustande bringen müsste.

Auch in einem anderen Punkt unterschieden sich die beiden Cousinen: Durch das Kontaktnetz ihrer Mutter, die Journalistin war, verkehrte Kaja lange Zeit in den nobleren Kreisen der Stadt, will heißen, in Gesellschaft der Prominenz, die es damals eben so gab. Zudem war Kaja wie besessen von Françoise Sagans Roman *Bonjour tristesse*, auch von der Schriftstellerin selbst, und in dem Sommer, nachdem sie ihr Abitur gemacht hatte, durfte sie sich von einem Freund ihrer Mutter einen offenen Sportwagen leihen. Sie sausten mit Kopftüchern durch die Gegend, und genau wie ihr französisches Vorbild fuhr Kaja barfuß, Laila war noch nie auf so vielen mondänen Festen gewesen, überall Jazz und massenhaft Katzen, geöffnete Weinflaschen und Männer, die einen Jargon sprachen, den nur sie selbst verstanden. Aufgrund dieses Bekanntenkreises konnte sie dann auch eines Spätsommers zwei Einladungen vor Laila auf den Tisch knallen: »Wir werden, liebe Freundin, auf den

Abschlussball der Militärakademie gehen. Und weißt du, wer auch auf diesem Ball sein wird?«

»Paul Newman mit seinen blauen Augen?«, scherzte Laila.

»Kronprinz Harald«, sagte Kaja. »Aber sieh dich vor. Er gehört mir.«

Diese unvorhersehbaren Zufälle, die alles auf den Kopf stellen können.

In der Chronik von Little Green finden wir folgenden Passus: »Was die Frage betrifft, wie Laila aus Tåsen zu Laila of Norway wurde, neige ich zu der Vermutung, dass Huldra 5 sich als der wichtigste Faktor erwiesen hat.«

Da steht sie nun also, Laila Berger, in einem neuen Kleid, eines Abends Ende August 1959. Und in dem Saal wimmelte es nur so von anderen Mädchen in neuen Kleidern, alle in heller Aufregung und umgeben von Kadetten in Ausgehuniform. Plötzlich stand der Kronprinz vor ihr und unterhielt sich mit ihr. Laila glaubte zuerst, er wechsle nur aus Höflichkeit auf einer seiner Runden einige Worte mit ihr, genau wie mit allen anderen. Doch er blieb stehen, unterhielt sich lange mit ihr. Und aus seinen Augen konnte sie herauslesen, dass sie ihm gefiel, er womöglich sogar hingerissen von ihr war. Er lachte und glaubte, es sei ein Scherz, als sie ihm erzählte, sie habe Bilder von ihm in ihrem Poesiealbum. Sie tanzten Swing, und er stellte sie einigen seiner Jahrgangskameraden vor. Gedanken kollidierten in Lailas Kopf, Gedanken, die indessen auch stark von Zweifel geprägt waren. Doch dann, in einer kurzen Pause, stieß Kaja zu ihnen, in deren Blick etwas Hitziges lag und die Laila unter irgendeinem gewichtigen Vorwand und mit einer galanten Entschuldigung regelrecht von dem Kronprinzen wegzerrte. Später entdeckte Laila den Kronprinzen beim Tortentisch, wo er gerade mit einem anderen Mädchen plauderte. Perlenkette und Perlenohrringe. Kurzgeschnittenes Haar. Dieses Mädchen, erklärte Kaja, sei vom Kronprinzen eingeladen worden. »Sie ist bloß eine alberne Kleidernäherin«, sagte sie, »mit der wird er bald fertig sein.« Laila fragte sich, wieso Kaja sie vom Kronprinzen weggezerrt hatte und wieso sie tags darauf keinen Kontakt mehr zu ihr wollte und auch nicht in den Tagen und Wochen danach. Wie dem auch sei: Es sollten mehrere Jahre vergehen, ehe sie und Kaja wieder miteinander sprachen.

Laila war darüber nicht enttäuscht, sie hatte nie davon geträumt, Königin zu werden. Dafür jedoch hatte sie einen anderen Traum, und Anfang September, nur wenige Tage nach dem Ball der Militärakademie, geht sie an Bord des neuesten Schiffs der Norwegischen Amerikalinie, der MS Bergensfjord, und obwohl sie nur zu einer kleinen Kabine auf einem der untersten Decks geleitet wird, wo sie sich auf die schmale Koje setzt und das Herz des Schiffs schlagen oder eher singen hört, weiß sie, dass sie erst jetzt wirklich vor der Möglichkeit einer Verwandlung steht – in etwas völlig Unerwartetes. Und sie sollte recht behalten.

Woher kam diese Reiselust? Man hätte alle fragen können, die sie kannte, und niemand hätte vermutet, dieses zurückhaltende Mädchen könnte plötzlich ihren Koffer packen und sich Arbeit auf einem Schiff suchen, das auf dem Atlantik kreuzte. Hätte man Laila selbst gefragt, ihre spontane Antwort hätte gelautet, dieser unergründliche Drang sei von einem Ton geboren worden, einem Ton, der aus einem Wald aus Tönen herausgewachsen und zu *ihrem* Ton, zu einer Berufung, geworden war.

Eine von Lailas Lieblingsbeschäftigungen war es, ganz nahe vor ihrem Huldra-Radiogerät zu sitzen, oder richtiger: vor dem Schrankmodell dieses vom Arbeitsplatz ihres Vaters in Kjelsås stammenden Wunders. Es hatte mehrere Versionen des

Modells Sølvsuper gegeben, doch jetzt war Huldra 5 angesagt. »Unser Flaggschiff«, wie Lorang es nannte. Laila hörte entweder Musiksendungen oder Platten, besonders die Jazzplatten, die Großonkel Henry aus Amerika schickte und die hierzulande nicht so leicht zu bekommen waren. An einem Tag, der wie alle anderen begann, aber nicht wie alle anderen enden sollte, hatten sie gerade ein neues Paket aus Brooklyn bekommen, und nachdem Laila aufs Geratewohl in die Schachtel hinein- und sich eine LP mit dem Titel *Miles Ahead* herausgegriffen hatte, der Musik zuerst nur mit halbem Ohr lauschend und währenddessen in einer Wochenzeitschrift lesend, durchschnitt bei einer der Nummern nach einer knappen Minute plötzlich ein Trompetenton die Harmonien und attackierte sie gnadenlos, was zur Folge hatte, dass sie die Zeitschrift fallen ließ und aufstand. Als hätte sie ein Signal vernommen und wäre jetzt bereit, zur Tat zu schreiten. Bereit zum Aufbruch. Verwundert lauschte Laila dem Trompetenton, der aus dem verworrenen Bläserarrangement herausdrang, griff nach dem Cover und sah, dass die melancholische Ballade »My Ship« hieß und die Lippen, die diesen unwiderstehlichen Laut formten, einem Musiker namens Miles Davis gehörten.

Sie unterzog das Paket von Großonkel Henry einer eingehenderen Untersuchung und entdeckte noch mehr Schallplatten von Miles Davis, und in den darauffolgenden Wochen spielte Laila sie so oft wie möglich, *Birth of the Cool, 'Round About Midnight* und *Milestones*, aber aus irgendeinem Grund, vielleicht weil dieser Songtitel ihr als Erstes ins Auge gesprungen war, wurde »My Ship« von *Miles Ahead* zu ihrer Lieblingsnummer, gegen die nicht einmal »Bye Bye Blackbird« ankam. Immer sah sie bei diesen Tönen das schnittige Luxus-Kreuzfahrtschiff Stella Polaris vor sich, den unvergleichlichen, weißen Schiffsrumpf mit Goldplanken am Bug, ein Schiff wie aus dem Märchen.

Darin besteht das Rätsel in Lailas Leben, das sie immer wieder zum Nachdenken bringt. Ein Ton, der sie getroffen hat, physisch. Lange Zeit war sie leicht schlafwandlerisch durchs Leben gegangen, fast wie zum Schutz, um weniger anfällig zu sein für Neckereien und Mobbing. Auch »My Ship« war am Anfang eine Spur nebelhaft, bis dann die Trompete alles durchschnitt, auch in ihr, und zu einer Einladung wurde: Bitte, fang an zu leben. Beginne damit, die Quelle dieses Tons ausfindig zu machen. »Ich weiß nicht, was mein Vater und meine Mutter mir als Erbgut mit auf den Weg gegeben haben, aber ich weiß, nichts hat mich mehr geformt als der Ton einer Trompete«, sagte sie als Erwachsene zu Little Green, die dieses Zitat in ihre kurze Chronik aufgenommen hat.

Laila wollte nach Amerika, und auch wenn sie womöglich den Traum im Hinterkopf hatte, im Rockefeller Center einem amerikanischen Prinzen, einem Magnaten, zu begegnen – es waren schon größere Wunder geschehen als das –, wollte sie in erster Linie Miles Davis spielen hören, ihn spielen *sehen*, herausfinden, ob er auch in Wirklichkeit diese reinen Töne hervorzubringen vermochte, die sie mit solch chirurgischer Präzision trafen. Sie wusste, dass er oft in Manhattan spielte, zum Beispiel im New York Plaza Hotel oder im Birdland, sie hatte sich bei Leuten umgehört, die sich in solchen Dingen auskannten, und deshalb also wollte sie nach New York und heuerte auf einem Schiff der Norwegischen Amerikalinie an, genauer gesagt auf der Bergensfjord, und weil sie bereits zweimal in den Sommerferien im Hotel Continental gearbeitet hatte, bekam sie einen Job als Kabinenmädchen in der Touristenklasse.

Es erscheint nicht unangemessen, uns an dieser Stelle ein wenig mit der Norwegischen Amerikalinie zu befassen, einem Phänomen, das gewissermaßen die Linienführung der norwegischen Seele einfängt. Denn obwohl Norwegen als Seefahrernation – man stelle sich vor: ein Land mit einigen wenigen Millionen Einwohnern, und für einige Jahre im Besitz der drittgrößten Handelsflotte der Welt – sich am absteigenden Ast befand, gelten die 1950er-Jahre als goldenes Zeitalter der NAL-Atlantiküberquerungen, und so ist es auch kein Zufall, dass das stolzeste aller Amerikaschiffe in jenem Dezennium vom Stapel gelassen wurde: die MS Bergensfjord, ein Schiff, das die Tradition der DS Bergensfjord weiterführen sollte, die, bevor sie schließlich verkauft wurde, 33 Jahre lang für die Reederei im Einsatz gewesen war.

Aus diesem Grund stand Laila so verliebt vor der neuen Bergensfjord. Kein anderes Schiff war mit solchen Kurven ausgestattet – wenn, dann höchstens die bereits erwähnte Stella Polaris, mit ihren Linien, die wie von den Sternen herabgeholt wirkten. Bis dahin hatte Laila kein Wasserfahrzeug bestiegen, das größer war als die Nesodd-Fähre zur Halbinsel nahe Oslos, doch nun befand sie sich plötzlich an Bord eines schwimmenden Palasts oder, warum nicht, einer ganzen kleinen Stadt: Sie hatte sich diese Welt nie vorstellen können, die gut hundert Kabinen für die Passagiere der ersten Klasse und die fast achthundert in der Touristenklasse. Obwohl die Reisenden dazu angehalten wurden, sich in ihrem Teil des Schiffs aufzuhalten, konnte Laila sich nicht zurückhalten, sondern packte die Gelegenheit beim Schopf, um sich frei auf dem Schiff zu bewegen, sich einen Eindruck zu verschaffen von dem Leben auf den Sonnendecks, auf dem Sportdeck und dem Promenadendeck, wo sie die verschiedenen Gerüche des Schiffs inhalierte, angefangen beim Bug bis hin zur Brücke, Treibstoff, Putzmittel, Parfüm, Salzwasser. Sie warf einen Blick in die Speisesäle, in denen die Mahlzeiten mit einem Glockenspiel oder durch einen Gong angekündigt wurden und wo es Fruchtcocktail, Schildkrötensuppe mit Sherry, gefülltes Mignon Rossini, Omelette Surprise und Champagne Sherbet zu essen gab; sie schlich sich für einige Sekunden in die Salons und Festsäle, in die Bars und ins Verandacafé, in den Wintergarten und in die Bibliothek, zum Swimmingpool und in den Gymnastiksaal auf Deck D, lief mit blinzelnden Augen umher, denn es fehlte wirklich an nichts, nicht einmal dann, wenn einem der Sinn danach stand, sich die Haare schneiden oder sich rasieren zu lassen, oder wenn man – Gott behüte – krank wurde.

Die größte Überraschung bot für sie jedoch die Dekoration. In den Speisesälen und Salons waren Arbeiten der besten norwegischen Maler und Holzschnitzer, Keramiker, Textil- und Glaskünstler ausgestellt, und als Laila im Speisesaal der Touristenklasse Per Krohgs riesiges, sich über eine ganze Wand erstreckendes Gemälde *Journey of Dreams* bewunderte, dachte sie sich dieses Schiff wie das Osloer Rathaus, ein Stück repräsentatives Norwegen, das wie ein verlockendes Werbeplakat übers Meer schwamm.

Selbstverständlich gab es auch ein Orchester an Bord, das an mehreren Orten auf dem Schiff spielte – auf dem Promenadendeck etwa, wenn das Wetter schön war –, jedoch fand Laila nur abends Gelegenheit, es sich anzuhören, im Festsaal draußen an der Hufeisenbar der Touristenklasse. Für gewöhnlich schlich sie sich nach oben, stellte sich nahe an die Tür und tat, als warte sie auf jemanden. Die Passagiere saßen an kleinen Tischen im Kreis um eine freie Fläche, auf der einige Paare tanzten, und für ein paar Sekunden war es ihr unmöglich, nicht daran zu denken, dass sie noch vor wenigen Tagen mit einem waschechten Kronprinzen Swing getanzt hatte.

Während sie von draußen zuhörte, summte sie die bekanntesten Melodien mit und studierte die fünf Musiker auf dem Podium, alle in schwarze Hosen und schwarze Smokingsakkos gekleidet, doch anstatt ihren Blick auf den Trompetenspieler zu heften, war ihre ganze Aufmerksamkeit auf den Bassisten gerichtet, den Mann, der zwischen dem Orchesterleiter am Flügel und dem Schlagzeuger stand und sein großes Instrument balancierte, denn er war der einzige Schwarze, und tatsächlich mochte sein Gesicht an jenes von Miles Davis auf dem Cover von *Milestones* erinnern, wo er auf einem Stuhl lungerte und einen mit prüfendem Blick ansah. Laila hatte dieses Bild sehr oft angestarrt, und es war, als ob sie in dem Blick des Mannes hinter dem Kontrabass auf dem Podium eine Erwiderung fände. Ihr war klar, dass er ein außerordentlich fähiger Musiker sein musste, ansonsten hätte er diesen Job nicht bekommen, sie hatte auf dem Schiff sonst keinen einzigen schwarzen Menschen gesehen – er war ihr sofort nach dem Rettungsbootmanöver am ersten Tag nach dem Ablegen aufgefallen, ein Gesicht, das unter all den weißen herausstach. Laila lauschte heimlich, hörte, wie gut er war, hörte es an dem *Ton*, denn in seinen Bassläufen steckte ein Singen, das sie sonst für gewöhnlich nicht hörte, ein eigentümlicher Drive oder wie sie es nennen sollte. Wie sehr er von den anderen Musikern geschätzt wurde, war auch an dem fortwährenden Nicken und den anerkennenden Blicken abzulesen, besonders zwischen ihm und den beiden Bläsern, dem Saxofonisten und dem Trompeter.

Er sticht wirklich heraus, dachte sie auf dem Weg in ihre Kabine. Ein stolzes, aristokratisches Antlitz. »Cooler« als irgendjemand sonst an Bord.

Es war einer der letzten Abende, und während die Orchester-
leute ihre Sachen zusammenpackten, blieb Laila noch stehen.
Der Bassist kam auf sie zu – sie war ihm natürlich aufgefallen,
nachdem sie mehrere Abende hintereinander dicht neben der
Tür gestanden hatte – und fragte sie, vorsichtig, höflich, ob
sie eine Runde an Deck mit ihm spazieren wolle, er könne ein
wenig frische Luft gebrauchen. Auch in seiner Stimme lag ein
besonderer Rhythmus, in der Art, wie er sprach. Ihr fiel der
hässliche Blick auf, mit dem der Kellner, der die Gläser von
den Tischen abräumte, sie bedachte – oder ihn, den schwarzen
Mann, der sich die Freiheit nahm, sich mit einer weißen Frau
zu unterhalten.

Sie gingen hinaus, nach oben, bis ganz auf das oberste Sonnen-
deck. Er hatte zwei Coca-Cola geholt. Niemand sonst war dort.
Es war ein stiller Abend, und die Luft wirkte eher angenehm
kühlend als kalt. Der Kielwasserstreifen, weiß in der Dunkelheit,
hing wie ein langer Schweif hinter dem Achterende. Das Meer
war ruhig und der Himmel zeigte alles, was er an Sternen zu bieten hatte, auch Stella Polaris, den Polarstern. »Wir sind an Bord
eines Raumschiffs«, sagte er. »Oder einer riesigen Füllfeder«,
sagte sie. Er hieß Richard Ellison und kam aus Washington. Er
legte seinen Arm um sie und fragte, ob ihr kalt sei. Ohne langes
Drumherum lehnte sie ihren Kopf an seinen Hals und musste
dabei an die Blume denken, die sie als Kind am liebsten gemocht
hatte, das Stiefmütterchen, zu dem sie auch »Tag und Nacht« gesagt hatten. Später erinnerte sie sich nicht mehr, worüber genau
sie gesprochen hatten, in ihrem Körper pochte ein Puls, den sie
nie zuvor gespürt hatte und der jedenfalls nicht dagewesen war,
als sie mit dem Kronprinzen getanzt hatte, und das Ganze endete damit, dass sie zusammen nach unten gingen und ohne ein
Wort eine Kabine fanden, in der sie für ein paar Stunden allein

sein konnten, und auch von diesen Stunden hatte Laila nicht viel in Erinnerung behalten, sie fühlte sich unwiderstehlichen Kräften ausgesetzt, angeschmiegt an einen Körper voller Musik, in einer kleinen Kabine auf einem riesigen Schiff auf einem der Weltmeere, und sie war klein und gleichzeitig unendlich groß.

Sie bereute es keine Sekunde. Sie glaubte erst auch nicht, dass jemand sie gesehen hatte.

Aber jemand hatte sie gesehen.

Das wurde ihr bereits klar, als sie in der Mannschaftsmesse ihr Frühstück aß. Viele seltsame Blicke, auch von einigen der Frauen, die achteraus in der Wäscherei arbeiteten. Vielleicht nicht unbedingt böse gesinnt, sondern eher, als könnten sie nicht glauben, was sie soeben gehört hatten.

Erst am Abend – am letzten Abend, an dem das Farewell Gala Dinner stattfand –, fiel ihr auf, dass Richard verschwunden war. Als das Orchester im Festsaal zu spielen begann, fehlte plötzlich der Bassist. Laila hörte sich um. Nein, es habe ihn niemand gesehen. Schließlich fragte sie den Purser. »Haben Sie den Orchesterbassisten gesehen?«

Er blickte sie scharf an. »Sie meinen den Neger?«

»Ich meine Mr. Ellison«, sagte Laila.

»Er ist verschwunden«, sagte der Purser. »Wir haben überall nach ihm gesucht, er ist spurlos verschwunden.«

»Aber ein Mann« – um ein Haar hätte sie gesagt: ein schwarzer Mann – »kann doch nicht einfach verschwinden.«

Sie wagte nicht, den Gedanken zu denken, aber der Purser dachte ihn für sie. »Wir fürchten, er könnte über Bord gegangen sein. Es wird erzählt, er soll heimlich getrunken haben. Sehr traurig. Aber Sie wissen ja, wie die sind, die Neger«, sagte er und schnitt eine Grimasse. »Vielleicht war er betrunken und wollte frische Luft schnappen« – es war, als hörte Laila

»trunken vor Liebe« in ihrem Kopf. »Vielleicht musste er sich übergeben und hat sich über die Reling gebeugt, da kann man leicht das Gleichgewicht verlieren.« Der Purser machte eine Pause, und Laila kam es vor, als ob er ihr einen vorwurfsvollen Bick zuwarf. »Es könnte natürlich auch Selbstmord gewesen sein«, fuhr er fort und zupfte leicht an seiner stattlichen Uniformjacke. »So was kommt vor. Und wenn es in der Nacht passiert, fällt es keinem auf. Wir müssen Bericht erstatten, wenn wir morgen New York anlaufen. Höchst bedauerlich. Warum interessiert Sie das so?«

Laila verstand sofort. Sie hatten ihn schlicht und einfach über Bord geworfen. Rasend vor Wut, weil ein schwarzer Mann sich an ein weißes Mädchen rangemacht hatte, hatten sie ihn einfach umgebracht. Gelyncht. Es war Laila nicht möglich, jemanden zu beschuldigen oder anzuzeigen, aber sie war sich sicher, dass es einer der Kellner gewesen war, zusammen mit einem gewissen zweiten Maschinisten. Die beiden hatten mehr drauf, als nur Omelette Surprise und Champagne Sherbet zu servieren oder Motoren zu warten. In der Mannschaftsmesse hatten sie Laila zuerst nur angestarrt, mit einem Ausdruck in den Augen, als ob sie befleckt wäre, dann mit einem kalten Grinsen.

Das Motto der NAL lautete »Hands Across the Sea«, aber hier schien kein Wille vorhanden zu sein, einander die Hände zu reichen, zumindest nicht einem schwarzen Musiker, der die seinen um ein unschuldiges norwegisches Mädchen gelegt hatte, ganz gleich wie sehr dieses unschuldige norwegische Mädchen das selbst gewollt hatte.

Der Gedanke, im Rockefeller Center auf einen reichen Amerikaner zu treffen, war bloß ein alberner Tagtraum gewesen, aber sie hatte ehrlich und aufrichtig gehofft, Miles Davis in einem New Yorker Club spielen zu sehen, etwas Grenzensprengendes zu erleben. Doch als sie am Pier 42 in Manhattan anlegten, brachte sie es nicht einmal über sich, an Land zu gehen, so groß war ihre Erschütterung, sie konnte weder das Birdland noch das Café Society besuchen. Obwohl sie Bård versprochen hatte, Jeans und Platten für ihn einzukaufen, lag sie die meiste Zeit weinend in ihrer Kabine. Diese Reise, die ein Triumph hätte werden sollen, endete mit einer Heimkehr in Scham.

Sechs Wochen später stellte sie fest, dass sie schwanger war.

Mehrere Jahre war sie zu Hause, mit ihrem Sohn. Bewahrte sich ihre Würde trotz hässlicher Kommentare. Es war wie ein Wiederaufleben der Piesackerei aus ihrer frühen Schulzeit, aber jetzt konnte nicht einmal Kaja mehr helfen. Besonders bei ihrer Großmutter spürte sie anfangs großen Kummer und merkte, wie Rita sie beobachtete, gleichsam alles mitverfolgte. Bisweilen dachte sie sogar selbst: Jetzt breche ich zusammen, genau wie Mutter. Fange an, Stimmen zu hören. Sie sah ein Leben in einem Sessel in Gaustad vor sich, nur unterbrochen von elektrischen Stromstößen durch den Kopf, sofern man ihr nicht einfach gleich den »weißen Schnitt« angedeihen ließ. Ein Schnitt, und für den Rest des Lebens lallendes Glück. Aber so kam es nicht. Stattdessen spürte sie eine merkwürdige Kraft. Sie war immer stark gewesen. Schüchtern *und* stark, gleichzeitig. Sie knickte nie ein, zerbrach nicht. Auch damals in der Schule war sie nicht daran zerbrochen. Sie wusste nicht, woher diese grundlegende Stärke kam, aber ihre Großmutter hatte jedenfalls keinen Grund, sich ihretwegen Sorgen zu machen. Erhobenen Hauptes schob Laila den Kinderwagen durch die Stadt. »Der Storch hat ihn gebracht«, sagte sie, wenn die Leute sie nach dem Kind fragten.

Wie als eine Art Unterstützung hatte sie ihn nach dem König benannt, Olav. Sie wusste, er würde es nicht leicht haben im

Leben. Die anderen Kinder würden ihn fragen, ob er bei der Weihnachtsaufführung den Lebkuchenmann spielte, und niemand würde etwas in sein Poesiealbum schreiben wollen – falls es die dann noch gab.

Sie bekam einen Halbtagsjob bei der Zeitung *Telegrafen*. Olav ging in den Kindergarten, und wenn sie abends etwas zu erledigen hatte, passte sein Großvater auf ihn auf. »Das Leben nimmt seinen Lauf«, sagte Lorang, während er die Arme um sie legte, was er oft tat. Trotzdem wusste sie sich von allen mit Blicken bedacht, die so etwas wie Mitleid darstellten. Sie war ein Mensch, dessen Leben durcheinandergeraten war. Als ihre Mutter nun also bei dem Kaffeekränzchen ihren Spott mit ihr trieb – im Scherz oder auch nicht –, sprach sie lediglich aus, was viele dachten. Wenn Laila schon nicht Königin von Norwegen geworden war, hätte sie sich zumindest eine interessantere Arbeit suchen können. Und sich kein Bankert anhängen lassen sollen. Oder noch schlimmer: einen Mulatten.

Doch einige Wochen vor der Hochzeit des Kronprinzen war etwas geschehen.

Eines Samstags war sie vor dem alten Radioschrank stehen geblieben, den Bård irgendwann in sein Kellerzimmer hinuntergetragen hatte, nachdem ihr Vater neuere, modernere Tandberg-Wunder im Wohnzimmer aufgestellt hatte, und hatte das alte, schöne Huldra-Gehäuse betrachtet wie ein Gefährt, das sie vergessen hatte, ein Rettungsboot, und plötzlich war es, als vernähme sie abermals diesen hohen, reinen Ton – einen Ruf, den sie völlig verdrängt hatte.

Eilig suchte sie die alten Miles-Davis-Platten heraus und spielte sie ab. Den ganzen Abend lang. Und nachdem sie mehrmals der gedämpften, suchenden Trompete in »My Ship« gelauscht hatte, formte sich in ihr ein Entschluss: Ich muss diese

212

Reise zu Ende bringen. Ich bin ja nie angekommen. Womöglich hatte der Gedanke sie bereits einige Monate zuvor gestreift, denn in diesem Frühling hatte sie hintereinander zwei Postkarten bekommen. Die eine stammte von Roar, ihrem Vetter, Kajas Bruder, und kam aus Paris. »Durchbrich die Ketten, Laila, es ist Revolution!«, stand mit Filzstift in großen roten Buchstaben auf der Rückseite. Die andere war von Bård, und der Poststempel stammte aus Los Angeles. »Wie steht's um dein Schiff?«, hatte der Bruder mit blauem Kugelschreiber geschrieben.

Am nächsten Tag begann sie mit der Reiseplanung. Olav war längst alt genug, um einige Wochen ohne sie auszukommen, und sie wusste, dass Lorang mindestens genauso gut auf ihn aufpasste wie sie selbst. Laila wollte die inzwischen hauptsächlich für Kreuzfahrten genutzte Bergensfjord auf einer ihrer wenigen Reisen über den Atlantik nach New York nehmen, und diesmal als Passagierin. Ich muss endlich einen Fuß auf Miles Davis' Land setzen, soviel bin ich Mr. Richard Ellison schuldig, dachte sie.

Es war also etwas geschehen in Lailas Leben, und während im Fernsehen die Bilder von Sonja und Harald im offenen Wagen auf dem Weg durch die Stadt gezeigt wurden, vom Volk bejubelt, sprach sie in die Luft, oder eigentlich eher halb ihrer Mutter zugewandt: »Das war dumm, diese Sache mit dem Kronprinzen, aber ich will wieder verreisen. Nach New York. Und zwar mit der Bergensfjord.«

Plötzlich wurde es still, abgesehen von der servilen Moderatorenstimme, die murmelnd berichtete, was ohnehin zu sehen war, als säßen vor dem Bildschirm lauter Blinde, denen alles vorgekaut werden musste.

Kaja war es, die das Schweigen brach: »Da sitzt du einfach so da, völlig ruhig, und erzählst uns, du fährst nach Amerika, als würdest du mal eben zum Einkaufen runter in den Laden gehen?« Sie lachte und lachte.

Halb hatte Laila erwartet, sie würden sich über sie lustig machen. Ihr mit Warnungen kommen: »Nicht noch mehr Kinder, Laila!« Solche Dinge. Aber in Kajas Lachen hörte sie Zustimmung, und nachdem sie lange genug gelacht hatte, klatschte sie am Ende doch in die Hände: »Gewiss doch! Bravo!«

»Super«, sagte Ragnhild, »das war aber auch an der Zeit.« Sie legte Bjørg eine Hand auf die Schulter und entlockte sogar Lailas Mutter ein Lächeln. Die beiden verband seit ihrer Kindheit ein besonderes Verhältnis. In Gaustad beobachtete Laila zuweilen, wie sie ohne ein Wort zu sprechen beieinander saßen, zwischen sich die Märklin-Lokomotive, und ihre gemeinsame Zeit genossen. Als ob sie auf Reisen wären, Erinnerungen teilten. Einmal hatte Bjørg gesagt: »Die haben mir so viel Elektrizität durch den Körper gejagt, dass ich die Lokomotive da von selbst zum Laufen bringen könnte.«

Rita kam zu Laila herüber und setzte sich neben sie, rüttelte sie mit einer Hand an der Schulter. »Fein, das wird schön«, sagte die Großmutter. »Wir brauchen alle eine Arche, und die Bergensfjord ist so gut wie jede andere. Eine neue Kreuzung. Das wird die Dinge wieder an ihren Platz rücken. Das spüre ich.«

Auch Hilde, Ragnhilds Tochter, schien neidisch auf Laila zu sein, die in ein Land reiste, in dem im Jahr davor der Ausdruck »summer of love« geboren worden war, ein Land, in dem »flower power« praktiziert wurde.

»Mal ehrlich, ist das Ganze nicht ziemlich vertrottelt?« Wieder war es Rita, die auf den Bildschirm deutete, auf den Wagen, der gerade die Karl Johans gate in Richtung Schloss hinauffuhr. »Was sitzen wir hier herum und schauen uns diesen unnötigen Zirkus an? Warum schreitet die Menschheit so langsam voran? Oder, mit etwas mehr Selbstkritik: wir Frauen?« Sie stand auf. »Braucht jemand eine Mitfahrgelegenheit? Erster Halt: Gaustad.« Hilde lachte, fischte ihre blaue John-Lennon-Brille heraus wie zum Zeichen, dass sie mit Rita und Bjørg mitfahren würde. Sie nahmen auch Ragnhild mit, die Hilde in die Seite stieß und ihr irgendetwas über die *Magical Mystery Tour* zuflüsterte.

Kaja wollte nur die kurze Strecke bis zu Mauds Haus mitfahren. »Eine gute Gelegenheit, ein paar Bücher zu mopsen, solange Mama sich im Krokskogen versteckt«, sagte sie und umarmte, oder eher umklammerte, ihre Jugendfreundin. »*God tur,* gute Reise«, sagte sie. »Und vergiss nicht, dass ›tur‹ auch Glücksfall bedeuten kann.«

Nur wenige Tage später befand Laila sich erneut an Bord der Bergensfjord. In ihrer Kabine legte sie sich aufs Bett, schwelgte in Erinnerungen und genoss sogar das Geräusch der im Schiffsrumpf pulsierenden Maschinen. Diesmal ereignete sich auf der Überfahrt nichts Dramatisches, und auch wenn sie keine Gelegenheit mehr hatte, das Birdland zu erleben, das in der Zwischenzeit bereits geschlossen hatte, konnte sie immerhin ein paar andere Jazzclubs besuchen, doch verglichen mit dem, was sie auf der Rückfahrt erlebte, waren das alles Nebensächlichkeiten, denn bei einem ihrer Schönwetterspaziergänge auf dem Promenadendeck fiel ihr plötzlich ein Mann auf, der sie anstarrte. Das heißt, er starrte nicht, sondern betrachtete ihr Gesicht auf eine Weise, die sie an ihren Besuch bei dem Maler Kai Fjell denken ließ. Der gleiche Blick. Als hätte ihr Gesicht etwas an sich, das er nicht einordnen konnte. Ein Geheimnis, das auf schamlose Weise seine Neugier weckte. Der Mann kam auf sie zu und stellte sich vor, bat sie um Verzeihung für seine

Aufdringlichkeit und erklärte, sie sei ihm schon am ersten Tag aufgefallen, ihre Haltung sei die einer Königin. »Und Ihr Gesicht«, sagte er, »besitzt eine ganz besondere Ausstrahlung, und das sage ich nicht bloß, weil ich mit Ihnen flirten will.« Sie sah, dass er es wirklich ernst meinte. Er hatte sie gesehen. Ihr Gesicht. Es war herausgestochen. Obwohl ich es nicht weiß geschminkt habe, dachte sie.

Diese Worte leiteten ein Gespräch ein, und es war dies ein Gespräch, das alles auf den Kopf stellte. Nur wenige Jahre später sollte Laila aus Tåsen zu Laila of Norway werden.

Doch als sie damals alle in Tåsen im Wohnzimmer gestanden waren und voneinander Abschied genommen hatten, am selben Tag, als Kronprinz Harald seine Sonja ehelichte, hätte keiner, und Laila am allerwenigsten, geglaubt, dass ihr Leben jene Wendung nehmen sollte, die es schließlich nahm. Die anderen sollten sie noch oft daran erinnern, was sie kurz vor dem Abschalten der Fernsehübertragung gesagt hatte, während Sonja Haraldsen, oder jetzt einfach Sonja, sich durch das Stadtzentrum von Oslo hindurchwinkte: »Es muss schrecklich sein, so plötzlich im Rampenlicht zu stehen. Mit so etwas würde ich nie klarkommen. Es ist bestimmt ein Fluch, berühmt zu sein.«

FRÜHLING IM OKTOBER

Sie hatte eine Stimme gehört, und ihr Herz schlug schneller. Daran erinnerte sich Rita am besten von jenem Herbsttag, als sie sich erneut verliebte, an einem Tag, an dem nichts ferner schien als die Möglichkeit, sich noch einmal zu verlieben. Sie saß auf einer Bank in einem parkähnlichen Garten und blickte hinunter in ihr Skizzenbuch, ohne sich richtig auf das zu konzentrieren, was sie schreiben oder zeichnen wollte, und dann hörte sie eine Stimme, die wie ein Funke in sie hineinfuhr. Eine Stimme, die alles wieder zum Aufflammen brachte.

Nun, da sich unsere fiktionalisierte Geschichte immer breiter auffächert, hätten wir mit jedem beliebigen anderen Mitglied der Familie Bohre fortsetzen können – eine Aussage, die wir auch deshalb glauben, tätigen zu dürfen, weil unsere Darstellung in der Erkenntnis des *jiāozhī de mìngyùn* verankert liegt, einem Phänomen, in dem sich, radikaler noch als in der alten europäischen Tradition, ein Verständnis dafür ausdrückt, wie Schicksale ineinander verwoben sind. Unserer Entscheidung, dem Bericht über Laila einen neuen Teil über die Paläontologin Rita Bohre folgen zu lassen, liegt auch die Tatsache zugrunde, dass Rita, mehr als viele andere, selbst erfahren hatte, wie unvorhersehbar des Lebens Wendungen sein können und die deshalb allen Grund hatte, Laila in ihrem Entschluss, erneut auf Reisen zu gehen, zu bestärken.

Dennoch weisen unsere Kenntnisse vom Leben Rita Bohres bedauerliche Lücken auf, wir wissen beispielsweise wenig darüber, wie sich die letzten Kriegsjahre für sie gestalteten. Wie bereits angedeutet, hatte sie ihren Sohn Sigurd zu Beginn seiner

Gefangenschaft in Grini besucht, doch was die Zeit danach betrifft, verfügen wir nur über wenige und widersprüchliche Informationen. In unserem Besitz befindet sich eine Notiz, in der behauptet wird, Rita habe sich sehr aktiv in der Geheimdienstorganisation XU betätigt, jedoch wissen wir nicht, welcher Art diese Betätigung war, abgesehen von dem einen oder anderen Hinweis, den die Journalistin Maud Evansen geliefert haben soll.

Doch nun haben wir Mitte Oktober 1955, und Rita Bohre sitzt auf einer Bank im Botanischen Garten im Stadtteil Tøyen, umgeben von Laubblättern, deren Farbspektrum von Gelb bis fast Violett reicht. Kann einen Menschen die Liebe im neunundfünfzigsten Lebensjahr überfallen? Ein Jahr erst ist vergangen seit der Aufregung rund um ihren Aula-Vortrag, dem größten Triumph und zugleich der größten Niederlage ihres Lebens. Langsam ist sie durch den Garten gewandert, die fixe Runde, die sie immer geht, wenn sie nachdenken will, beginnend beim Geologischen Museum und vorbei an der schönen Hainbuche am Platz vor dem Haupteingang, dann schräg hinunter zur Kirschbaumallee, wo sie Richtung Süden abbiegt und den Hügelkamm auf der Westseite entlangspaziert, und oft denkt sie dabei, während sie Esche und Spitzahorn ein Nicken zukommen lässt, dass dies ihre tägliche Läuterung sei, wobei sie immer, wie aus Respekt, rechts vor dem Urzeitbaum stehen bleibt und gleich darauf erneut innehält, zwischen der Türkischen Hasel und der turmhohen Amerikanischen Gleditschie, jetzt leuchtend gelb und von rotem wildem Wein ringsum beklettert, ein so außergewöhnlicher Anblick, dass sie ihre Füße regelrecht zum Weitergehen zwingen muss, weiter zur Eichenallee und hinab auf der Hinterseite des Victoriahuset, wo sie sich auf eine Bank setzt, um den Blick auf dem Ginko verweilen zu lassen. Kleine Blätter, deren Linien zu betrachten ihr nie langweilig wird.

Woran dachte sie in den Minuten, bevor es passierte? Das Letzte, woran sie gedacht hätte, war die Liebe. Sicher deshalb, weil sie fertig war mit der Liebe, weil sie nicht glaubte, dass es möglich war, mit einem Mann eine vertrauensvolle Beziehung zu führen, einen Mann zu finden, der kein Schwein war. Nach ihrer Ehe mit Otto Keller hatte sie sich für das Alleinsein entschieden. Später, nach ihren Jahren mit Trygve Falch, hatte sie sich *geschworen*, allein zu leben. Lieber stoische Einsamkeit als eine Lebensgemeinschaft mit Männern, die ausschließlich sich selbst liebten. Wirbellose Tiere.

Es war eher ihre Karriere, die ihre Gedanken dominierte. Oder der Traum, ihre Arche in ein Buch zu verwandeln. Aufs Geratewohl hatte sie ihr Skizzenbuch durchgeblättert, die Zeichnungen studiert, die sie auf die Schnelle angefertigt, Sätze, Wörter, die sie im Eiltempo hingekritzelt hatte: »Eine Veränderung des weiblichen Bewusstseins würde *wirklich* ein Versetzen von Grenzpfählen bedeuten. Das wäre die wichtigste Revolution des Jahrhunderts.« Das kleine Büchlein, zusammen mit anderen ähnlichen Büchern in den Schubladen ihrer Arche, stellte die Grundlage der *Femina erecta* dar, eines Werks, dessen Niederschrift sie über mehrere Jahrzehnte geplant hatte, bei dem sie aber immer unsicherer wurde, ob es je geschrieben werden würde.

Auffallend lang hatte schönes Wetter geherrscht. Als sie dem Pfad durch den Garten folgte, vorbei an Walnuss- und Korkbäumen, ließ das Knirschen der gelben Blätter unter ihren Füßen sie an Kartoffelchips denken. Heute war dann der Wetterumschwung gekommen. Grauer Himmel und eine Andeutung von Regen oder Nebel in der Luft. Plötzlich ein Geruch nach Herbst, nach Moder. Auch deshalb war sie so unvorbereitet. Denn konnte so ein Tag etwas mit sich bringen, das einem das Herz schneller schlagen ließ?

Schritte auf dem Kies. Eine Stimme, die sie viele, viele Jahre nicht gehört hatte.

Sie mochte Parks. In ihren Augen bestand darin die wichtigste Aufgabe der Stadtplaner: die Stadt mit Grünflächen zu füllen, Platz für Bäume zu schaffen. Ich muss eine verborgene druidische Seite an mir haben, dachte sie und wandte den Kopf in Richtung der Trauerweide gleich unter ihrem Rastplatz. Vergangenes Wochenende war sie bei schönem Wetter mit ihrer Tochter im Frognerparken spazieren gewesen und hatte wieder einmal erkannt, was für eine Ressource so ein Areal für die Hauptstadt bedeutete, mit welchem Weitblick die Stadtleitung agiert hatte, als sie in Vigelands Pläne einwilligte, und das, obwohl es viel Murren gegeben hatte, so wie jedes gewagte Vorhaben stets von Murren begleitet wird. Dieselbe Wirkung konnte sie auch an Bjørg beobachten, wie sie sich veränderte, irgendwie leichter wurde, sobald sie durch das schmiedeeiserne Tor traten, hinein zwischen die Bäume und Skulpturen. Sie selbst hatte etwas Ähnliches erfahren, als sie sich nach dem Krieg zum ersten Mal hierhergeschleppt hatte. Mehrere Jahre hatte sie den Park als einen Ort der Rehabilitation genutzt.

Wenn sie zurückdachte, kam es ihr vor, als habe sie in dem Jahr, nachdem das mit Harald geschehen war, kaum jemals das Bett verlassen. Dann hatte sie sich Rache geschworen und war in der zweiten Hälfte der Besatzungszeit aktiv geworden. Doch als der Frieden kam, kroch sie gewissermaßen wieder zurück in ihr Bett, schwer wie ein Haufen Steine, Sigurd diesmal, beide Söhne nicht mehr da. Ein Loch. Xerxes. Eine Gleichung mit zwei Unbekannten. Alles war schwarz,

schwarz, schwarz. An dem Tag, als der Kronprinz an Land ging, hätte sie Sigurd an der Honørbrygga treffen und mit ihm nach Hause gehen sollen, um zusammen mit Maud und den Kindern zu feiern. Aber ihr fehlte die Kraft dazu. Wäre sie in die Stadt gefahren, wäre er jetzt nicht tot, sie hätte ihn an diesem Torweg vorbeigeschleift, sofern sie denn überhaupt diese Strecke gewählt hätten. Das war unverzeihlich. Bei Harald hätte sie nichts mehr ausrichten können, das war ihr klar, aber Sigurd hätte sie retten können.

Warum wurde ihr so übel mitgespielt? Sie hatte Bach gespielt, aber es hatte nicht geholfen, das alles lag außerhalb der Möglichkeiten der JSB-Korrektion. Eine kolossale Gefühllosigkeit. Sie hatte ihren Asaphus in der Hand gedrückt, den Trilobiten, der ihr früher immer Trost gespendet hatte, indem er ihr die großen Maßstäbe eröffnete, den Eintagsfliegencharakter des Menschen, aber auch das konnte keine Abhilfe schaffen. Den Körper hin und her schaukelnd, war sie am Boden gekauert. Hatte geschrien. Gegen die Wände geschlagen, gebrüllt. Nichts hatte geholfen. Eines Tages im Dezember hatte sie durchs Fenster beobachtet, wie sich zuerst vom Regen, dann von der Kälte, um den Stamm herum und auf jedem einzelnen Ast und dünnen Zweig der Eiche eine dünne Eisschicht anlegte. So hatte sie sich gefühlt.

Sie war liegen geblieben. Noch nie hatte sie so viel gelegen. Sie hatte geglaubt, sie würde nie wieder aufstehen. Sie hatte Lust gehabt aufzugeben. Im Dunkel zu bleiben. Aber sie war aufgestanden. Trotz allem. Hatte die Gardinen aufgezogen. Sie erinnerte sich nicht, was sie in den ersten Wochen getan hatte, aber an eines erinnerte sie sich: Sie war Paddeln gewesen, und bei einer Tiefe von 75 Metern, in der Mitte des Fjords zwischen Rolfstangen und Hukodden, hatte sie das Toledo-Schwert über

Bord geworfen, den blanken Stahl in die Tiefe verschwinden sehen wie in den Bauch eines großen Fischs. Auch das hatte nicht geholfen, aber es fühlte sich richtig an. Sie nahm ihre Arbeit wieder auf, versuchte, ein normales Leben zu führen, auch wenn ihr die Schwermut immer noch mit Widerhaken im Körper steckte. Von jetzt an ist mein Leben dazu verdammt, ein halbes Leben zu sein, dachte sie.

Zwei junge Männer, zwei schlagende Herzen, voller Eifer, voller Elan, verwandelt zu zwei Grabsteinen auf dem Friedhof. Unerträglich. Nur Bjørg noch übrig. Die Schwächste. Nein. Falsch. So durfte sie nicht denken. Denn Bjørg war zu einer Ressource geworden. Einer Linderung. Sofern das überhaupt möglich war, liebte Rita sie jetzt noch mehr. Sie versuchte, das Wenige zu tun, das sie für ihre Tochter tun konnte. Sie nahm sie zu Ausflügen mit, letzte Woche also in den Frognerparken, und es stimmte Rita froh, dass ihre gequälte Tochter jetzt zufrieden wirkte, über Vigelands Skulpturen kicherte und ihre Blue Master rauchte. Womöglich hatte sie ja sogar eine Strofe für ein neues Gedicht im Kopf. Weil sie sich gerade in einer besseren Phase befand, wohnte sie mit Lorang und den Kindern zu Hause in Tåsen. So oft sie wollte, durfte sie bei Rita in der Villa übernachten, bisweilen war ihr kleines Zimmer in Lysaker wie eine Zwischenstation zwischen ihrem Zuhause und der Klinik in Gaustad.

Sie blieben auf der Brücke stehen, oder richtiger: Rita blieb stehen, vor der Skulptur der jungen tanzenden Frau, die ihr Haar mit den Händen ausgestreckt hält. Als wolle sie sich selbst ausweiten, dachte Rita. Oder ihre Haare als Antennen benutzen, Signale empfangen.

»Hier bleibst du jedes Mal stehen«, sagte Bjørg. Sie lächelte. Das war ein seltener Anblick, eine lächelnde Bjørg. »Was hat es mit dieser Skulptur auf sich?«

Rita hatte Lust, es ihr zu erzählen, die Geschichte mit Vigeland, entschied sich aber dagegen, das musste ein Geheimnis bleiben dürfen. Sie nahm Bjørg am Arm, zog sie mit sich und dachte gleichzeitig an die Neon-Szene, von der sie einst ein Teil gewesen war, an Edvard Falch, der keine Gelegenheit ausgelassen hatte, seinem Spott über Gustav Vigeland Ausdruck zu verleihen und mit wohlformulierten Giftigkeiten um sich zu werfen. Und jetzt war Edvard Falch tot, ohne die geringste Spur hinterlassen zu haben. Darin lag eine Art Trost: Leere Worte zeigen niemals Wirkung.

Schweigend schlenderten sie weiter, erreichten die Skulpturen auf den Treppenabsätzen, die um den Monolithen herumführten. Für die hatte Rita eine besondere Vorliebe, die aus Granit. Vor jeder »Mann-und-Frau«-Skulptur blieb sie stehen. Zwei, Rücken an Rücken im Traum versunken, zwei, die sich umarmt hielten. Sie ließ die Hände über die Steinflächen gleiten, sonnenwarm trotz der beißenden Herbstluft. Sie wusste nicht, warum, aber bei diesen Motiven musste sie stets an Konrad denken – in letzter Zeit hatte sie auffallend oft und intensiv an Konrad gedacht.

Und jetzt, nur wenige Tage später, hört sie seine Stimme.

Sie sitzt unter einem Ginko, auf einer Bank im Botanischen Garten, einen Bleistift in der Hand, der unbewegt auf dem Skizzenbuch ruht. Sie sieht, dass sie, ohne nachzudenken, die Hinterpartie eines Plesiosaurusskeletts gezeichnet hat, eines jener Fossilien, die 1931 am Deltaneset auf Spitzbergen gefunden wurden und jetzt im Museum ausgestellt sind. Die Striche steckten ihr in den Händen, fühlten sich an wie ein Ornament, das sie genauso unbewusst skizzieren konnte, wie andere beim Telefonieren etwas auf ein Blatt Papier kritzelten. Das Spazierengehen hatte sie wehmütig gestimmt. Ich habe noch viele Jahre vor mir, dachte sie. Ich weigere mich, es zu machen wie die Bäume, mich abzukapseln, mich auf den Herbst, auf den Winter vorzubereiten. Sie richtete den Blick auf den Ginko. Unter diesem Baum hatte sie immer die merkwürdigsten Eingebungen. Wohin gehe ich?, dachte sie. Bin ich, sogar mein missglücktes, einsames Ich, ein Spielstein in irgendeinem wichtigen Unterfangen, einer verborgenen Bewegung?

Und als ob das eine Antwort wäre, hört sie Stimmen. Sie kommen von dem Weg her, der vom Garten vor dem Haupthaus schräg herab verläuft, dort, wo die zwei riesigen Linden stehen – die Bäume mit den schönsten aller Blätter, herzförmig. Und beim Näherkommen der Schritte auf dem Kies zuckt sie zusammen. Eine der Stimmen erkennt sie wieder. Denn so ist das mit der menschlichen Stimme: Sie verändert sich nicht. Ihr ganzer Körper ein gespannt lauschendes Ohr. Konrad. Das letzte Mal hatte sie ihn lange vor dem Krieg gesehen. War das möglich? So fest an jemanden zu denken, dass die betreffende Person in dein Leben tritt?

Sie dreht sich um und sieht ihn kommen, aus dem Nebel heraus. Wie ein Gedanke, der sich materialisiert.

Konrad. Seine großgewachsene Gestalt. Älter, aber noch immer mit diesen Haaren, die in alle Himmelsrichtungen abstanden, noch immer etwas Jugendliches im Gesicht. Eine Glut, Eifer. Noch deutlicher gegen das Graue, Feuchte der Umgebung. Und noch immer diese elegante Art des Stehens, seine aufrechte Haltung. Er sprach mit einem Mann, der aussah, als wäre er einer der Gärtner, Konrad deutete auf einen Baum und erkundigte sich nach irgendetwas.

Der Hals schnürte sich ihr zusammen bei seinem Anblick. Sie sollte es also ein weiteres Mal erleben: den Mr. Carlton-Faktor.

Sie stand auf, gab sich zu erkennen. »Konrad.« Es klang fast wie ein Ruf. Die Herbstbäume waren mit einem Mal intensiv schwefelgelb und feuerrot. Sie spürte, wie angenehm sein Name ihr auf der Zunge lag, sie hatte ihn lang nicht mehr laut ausgesprochen. Ruhig ging sie auf ihn zu. Sie sah ihm in die Augen, dieselben Augen, und alles kehrte zurück.

Ausrufe der Überraschung. Dasselbe Lachen. Der Gärtner lächelte, nickte Konrad ein Lebwohl zu und eilte mit seiner Schubkarre davon. Konrad blinzelte, wirkte fast gerührt. In einer Hand hielt er eine Papiertüte. »Seltsam«, sagte sie, »dich nach so vielen Jahren wiederzutreffen. Du siehst noch immer gleich aus, bist noch immer derselbe.« Es stimmte. Sie sah das jetzt noch deutlicher. Er war jung. Auch wenn sein Gesicht älter geworden war.

»Du auch«, sagte er.

Sie wusste, dass das nicht stimmte. Sie war eine andere. Auch der Spiegel bestätigte ihr das, obwohl Spiegel oft logen.

Als hätte er ihre Gedanken gelesen, sagte er dasselbe wie sie, nur auf andere Weise: »Deine Haare sind grau geworden, und du hast mehr Falten. Du bist eine völlig andere. Aber ganz dieselbe. Du bist dieselbe Rita, die ich …« Er ließ den Satz unvollendet.

Sie streckt ihm ihre Hand entgegen, obwohl ihr viel eher danach wäre, ihm um den Hals zu fallen. Er bleibt mit ihrer Hand in seiner stehen, dreht sie herum und hebt sie leicht an, als wolle er ihre Finger küssen.

Erst jetzt spürte sie es, wie einen Schrecken, der sie durchzuckte: wie sehr sie ihn *vermisst* hatte. Sie suchte seine Augen, hielt ihn mit dem Blick fest, versuchte, ihn mit dem Blick festzuhalten. Sie war 59 Jahre alt, aber sie fiel. Es gab keinen Zweifel. Still stand sie da und fiel. Alles kehrte zurück. Sie spürte ein Ziehen in sich, ein Hingezogensein, von dem sie vergessen hatte, dass es existierte. Dazu genügte es schon, sein Gesicht zu sehen. Er hatte sich vor ihr versteckt, sie sich vor ihm, doch nun standen sie wieder hier, einander direkt gegenüber.

Vor langer Zeit schon hatten sie einmal die Gelegenheit gehabt, aber er hatte es vergeigt. Auf Bygdøy, am Huk-Strand, hatten sie ganz dicht nebeneinandergestanden und auf den Fjord hinausgeblickt. Beide bald fertig mit der Schule, beide auf dem Weg zu einer höheren Ausbildung. Er hatte gewusst, dass sie in ihn verliebt war, aber er hatte sich abgewandt.

Oder aber sie hatte zugelassen, dass er sich abwandte.

»Was tust du hier?«, sagt sie. »Bist du nicht in der Paulus kirke in Grünerløkka?«

Es war ein Schock gewesen, Konrad als Pfarrer. Er hatte mit Medizin begonnen, war dann zum Rebell geworden, um schließlich als Pfarrer zu enden. Für sie war das unbegreiflich.

»Ich bin lange vor dem Krieg nach Tøyen gezogen.« Wie ein kleiner Junge stand er da und scharrte im Kies. Sie deutete auf die Tragetasche in seiner Hand, fragte ihn, was darin sei, als ob der Inhalt dieser Tasche alles entschiede. Er öffnete sie, hielt sie ihr vors Gesicht, damit sie daran riechen konnte. »Gravensteiner«, sagte er. »Erinnerst du dich an den Baum mit den Gravensteiner-Äpfeln im Garten von Frau Madsen?« Sie lachten. Mehr brauchte es nicht. Sie hätten sich stundenlang über den Apfelbaum in Frau Madsens Garten unterhalten können. »Wie sieht's aus, hast du Zeit? Könntest du dir vorstellen, mit zu mir nach Hause zu kommen, dir anzuschauen, wie ich wohne?« Es wirkte, als müsste er für diese Frage seinen ganzen Mut zusammennehmen oder erst umständlich herumfummeln auf der Suche nach dem Faden, der ihnen vor vierzig Jahren entglitten war. Rita kam es so vor, als befänden sie sich wieder am Huk-Strand, als kehre ein alter, vergeudeter Augenblick wieder zurück und böte ihnen eine zweite Chance. »Du musst mir erzählen, was du gerade so treibst«, sagte er. »Träumst du noch immer von einer Grotte, in der du den ›missing link‹ aufdecken kannst? Warst du nicht so eine begeisterte Teetrinkerin? Darjeeling? Willst du mitkommen und eine Tasse mit mir trinken?«

Sie wollte, sie wollte gern mitkommen und eine Tasse Tee trinken. Bei Konrad. Es gab nichts, was sie in diesem Augenblick lieber hätte wollen, als bei Konrad eine Tasse Tee zu trinken. »Ich muss mir nur schnell ein Telefon leihen und jemandem Bescheid sagen.« Sie lief in das von wildem Wein verzierte Gebäude gleich beim Eingang, lief mit leichten Schritten, und als sie herauskam, übernahm Konrad die Führung zu der steilen Böschung auf der anderen Seite der Finnmarkgata. Sie lächelte. Sie lächelte, weil sie sich neben ihm elektrisiert fühlte, kannte das Phänomen aus ihrer Jugend, die Verliebtheit, das Knistern im Körper, wenn man in die Nähe der Person kam, in die man verliebt war. Sie hatte Lust, ihn an der Hand zu nehmen, Hand in Hand mit ihm zu gehen. Sie tat es nicht. Doch nicht. Es genügte, hier neben ihm zu gehen. Konrad und eine Tüte Gravensteiner. Stattdessen deutete sie auf das Grundstück rechterhand und begann, über Edvard Munch zu reden. »Ich hoffe, sie verschwenden jetzt keine Zeit mehr und bauen hier eine Galerie für seine Bilder«, sagte sie. »Seine ganze unfassbare Schenkung verstaubt jetzt in irgendeiner Kammer. Sie würde perfekt nach Tøyen passen. Wir brauchen die Kunst Wand an Wand mit den naturhistorischen Museen. Ein notwendiges Gegengewicht. Oder eher, eine Ergänzung.«

»Und gleich da drüben wohnt Gerhardsen«, sagte Konrad und lachte.

»Alles stimmt«, sagte sie.

»Du interessierst dich für Malerei«, sagte er auf dem Hügel, der sie hinauf zur Trafostation führte. »Wundert mich nicht, wo du doch in Lysaker aufgewachsen bist. Ich habe übrigens *Neon* gelesen. Die Zeitschrift. Was ist passiert? Du hast über ein paar spannende Malerinnen geschrieben, aber dann war auf einmal Schluss.«

»Ich hatte die Nase voll von ein paar uninteressanten Männern«, sagte sie.

»Trygve Falch?«, fragte er.

Das überhörte sie.

»Und deine Arbeit?«

»Ja, meine Arbeit«, sagte sie, fast mit einem Seufzen. »Was soll ich sagen? Das Wichtigste, was ich bis dato geschrieben habe, haben vielleicht gerade einmal fünfzehn Menschen gelesen: *Devonian vertebrates from Spitzbergen. Morphologic and systematic studies of the Red Bay Cephalaspidae.*« Sie hatte den Verdacht, dass er wusste, womit sie zurzeit beschäftigt war, aber womöglich wusste er es nicht genau. »Mein Forschungsgebiet sind die Agnatha«, sagte sie, »eine zu den Wirbeltieren gehörende Klasse. Die Kieferlosen. Urfische. Devon-Fische, wenn du so willst.«

Er nickte, wollte mehr hören. Obwohl sie langsam gingen, war sie außer Atem.

»Ich habe meine Doktorarbeit über eine Ordnung geschrieben, die sich Cephalispidae, Kopfschildschnecken nennt. Seltsame Wesen mit hufeisenförmigem Kopfpanzer. Ich habe mit der Art *Cephalaspis* gearbeitet. Oder, um genau zu sein: mit einer Art, die ich auf Spitzbergen gefunden habe und die jetzt nach mir benannt ist, *Cephalaspis bohrei.*«

»Ich bin beeindruckt, ich bin … wie vom Blitz getroffen.«

»Es hat nicht gerade für Schlagzeilen in den Zeitungen gesorgt.«

228

»Aber die sind bestimmt wichtig, diese Cepha … diese Urfische.«

»Das sind sie. Wirklich.« Plötzlich wurde sie ganz euphorisch. »Sie gehören zu den allerfrühesten Wirbeltieren. Sie liefern uns Kenntnis über einen wichtigen Scheideweg, weil wir hier zum ersten Mal einem neuen Aufbau begegnen, einer völlig anderen Konstruktion, wenn du so willst.« Sie blieb stehen, wie um die Bedeutung des Gesagten zu unterstreichen. »Das Fossil meines Fisches weist deutliche Brustflossen auf«, fuhr sie fort. »Mit anderen Worten, der Anfang von dem, was einmal Arme werden sollten. Und dank neuerer Schleifschnittmethoden sehen wir bei den Cephalaspidae die ersten Abdrücke von Nervensträngen und eines sehr primitiven Gehirns. Außerdem verfügten diese Urfische über eine Rückensaite.«

»Es sollten dann also bloß noch einige Hundert Millionen Jahre vergehen, und schwupps, da stand der Mensch?«

Sie wusste nicht, ob er verblüfft war oder sie zum Narren hielt. Sie gingen weiter. Er schwieg, so als müsse er erst einmal verdauen, was sie da erzählte.

»Schon komisch«, sagte sie. »In einem Beruf zu landen, der so weit weg ist von dem, wofür man sich als junger Mensch ereifert hat. Ich habe dir ja erzählt, ich wollte Historikerin werden, oder? Ich wollte eine neue Wahrheit aus alten Erzählungen herausholen. Meinen ›persischen Blick‹ gebrauchen.«

»Ehrlich gesagt hatte ich geglaubt, du wirst Künstlerin«, sagte Konrad. »Ich bin noch nie jemandem begegnet, der so gut zeichnen kann wie du.«

Ja, dachte Rita, als hätte sie das vergessen. Hätte ich vielleicht Künstlerin werden sollen? Sie errötete. Wann war sie das letzte Mal errötet?

Konrad lächelte, und wie um sie zu verschonen, wechselte er das Thema und erzählte, er sei im Alhambra, dem Antiquariat, das Ritas Vater seinerzeit betrieben habe, auf Maud Evensen gestoßen. »Bist du nie dort?«, fragte er.

»Sehr selten«, sagte sie. »Es gehört jetzt uns. Ich bringe es fast nicht über mich, dort hineinzugehen. Zu viele schöne Erinnerungen.«

»Maud hat mir erzählt, sie hätte dich Anfang 1943 einmal nach Fornebu begleitet, um das Gebiet der Halbinsel zu kartografieren. Du hättest dich als alte Dame verkleidet, und Maud, die gerade mit ihrem zweiten Kind schwanger war, sei Arm in Arm mit dir gegangen, als würde sie eine alte Verwandte Gassi führen.« Konrad lachte, als könnte er es vor sich sehen. »Du hättest ständig Notizen gemacht, hat sie erzählt, Skizzen der Anlagen angefertigt. Du hättest sie gebeten, Fotos zu schießen, und sie hätte dir später die Bilder gegeben, aber dann nichts mehr darüber gehört.« Konrad blickte sie an. Sie antwortete nicht. »Maud sagte, es ginge das Gerücht, du hättest Deutsche umgebracht. Nach dem Krieg soll auch von Verdienstorden die Rede gewesen sein, aber davon hättest du nichts wissen wollen.«

»Was hast du im Krieg getan?«, fragte sie, wie um nicht antworten zu müssen.

»Kirche, dann Widerstandsbewegung.«

»Hmm«, sagte sie.

»Du trägst zwei Uhren.« Er sagte das wie eine Frage.

»Das sind meine Trauerschleifen«, sagte sie.

Sie hatte die Armbanduhren ihrer Söhne aufgehoben, auf jedes Handgelenk eine gebunden. Schweizer Uhren, die sie von ihrem Vater bekommen hatten. Sie zog sie jeden Abend auf. Das war zu einem Ritual geworden. Warum sie das tat, wusste sie nicht. Vielleicht um ihren Söhnen mehr Zeit zu verschaffen, mehr Leben, die Erinnerung aufrechtzuerhalten, etwas zu berühren, das einst ihnen gehörte. Oder vielleicht, besonders in den ersten Jahren, um sich selbst am Laufen zu halten, dafür zu sorgen, selbst nicht stehenzubleiben.

Konrad nickte, als ob er verstünde. »Wie steht es mit Bjørg?«, fragte er. Sie kamen am Krankenhaus auf dem Hügel vorbei, kann sein, dass er deshalb fragte.

Sie erzählte ihm von Bjørgs Problemen, von den Aufenthalten in Gaustad. Sie hätte noch viel länger darüber reden können. Sie hätte den ganzen Tag über Bjørg reden können. Was ihre Tochter betraf, hatten sie die allerverbotensten Gedanken gestreift, sogar die Frage, ob man Bjørg sterilisieren sollte, weshalb sie sich auch nie über Alberts infame Bemerkungen über den Verfall ihrer Sippe empört hatte. Die Wahrheit ist, sie hatte sich von der ersten Stunde an gefragt, ob ihre Tochter zurückgeblieben sei, doch besonders ein Kindheitsereignis hatte ihr diesen Gedanken schnell wieder ausgetrieben. Onkel Albert hatte Bjørg ein Geschenk mitgebracht, das zugleich eine Art Intelligenztest war, eine Box mit roten, gelben und blauen Klötzen, dreieckigen, viereckigen, runden, sowie einem Deckel mit den dazu passenden Löchern. Über viele Generationen ein beliebtes Spiel für Kinder. Rita hatte gemerkt, dass es Bjørg nicht gelang, die verschiedenen Klötze in die entsprechenden Löcher zu stecken. Sie hatte ein wenig herumprobiert, hatte versucht, den Zylinder in die dreieckige Öffnung hineinzubekommen, ihre Mutter verwundert angeguckt und dann aufgegeben. Rita hatte befürchtet, mit ihrer Tochter könnte etwas nicht stimmen, dass ihr wichtige Fähigkeiten fehlten.

Eines Tages aber war sie ins Wohnzimmer gekommen und hatte gesehen, was Bjørg aus den Klötzen gebaut hatte – ein

Kunstwerk aus Vierecken, Säulen und Rechtecken, ein kleines Bauwerk oder eine Skulptur, blau, rot und gelb glänzend.

Als Bjørg älter wurde, war es eher das dunkle Gemüt ihrer Tochter, das Rita Sorgen bereitete. Dass sie so ruhig war und so wenig sprach. Gleichzeitig hegte sie eine Zuneigung für Jungs, die vielleicht nicht ganz so gesund war, und Rita wusste nicht, was Bjørg sie alles mit sich anstellen ließ. War sie womöglich ein wenig zügellos? Es hatte so weit geführt, dass Rita sich ein Informationsschreiben über Sterilisation besorgt und darin geblättert hatte.

Jetzt war es ohnehin zu spät, Bjørg hatte zwei Kinder, aber auch mit Laila und Bård war etwas, das Rita beunruhigte. Sie wirkten beide anders, irgendwie zerbrechlich. Als ob irgendetwas lose wäre in ihrem Inneren. Besonders bei Laila. Dasselbe stille Wesen, derselbe Hang zum Alleinsein.

Sobald sie solche Gedanken überkamen, schämte sie sich und ging mit sich selbst ins Gericht. *Sie*, wenn überhaupt jemand, musste es besser wissen: Wenn es um den Menschen ging, war unmöglich zu erkennen, wer am besten geeignet war. Überhaupt war es ein grobes Missverständnis, im Zusammenhang mit der Evolutionstheorie über Erbhygiene zu sprechen. In der Natur war Fortschritt nicht gleichbedeutend mit Veredelung. In der Natur schlug das Unkraut sich am besten durch. Wenn sie darüber nachdachte, hatte Rita auch immer das Schwächliche im Menschen zu würdigen gewusst und als unersetzbar erachtet. Sie erinnerte sich an ihre Kindheit, an Max, wie sie angefangen hatte, eine Verachtung gegen ihn zu entwickeln, gegen seinen Snobismus. Doch als sie einmal zum Baden gegangen waren und sie gesehen hatte, wie schlecht er schwamm, begann sie, Sympathie für ihn zu hegen. Oder wie er mit Tränen in den Augen dastand, weil er seinen Drachen nicht zum Steigen brachte, während der von Konrad wie ein Raubvogel über ihren Köpfen dahinzog.

Bjørg hatte augenscheinlich ihre Schwächen. Auf der anderen Seite aber war sie sehr musikalisch, sie sang noch besser als ihr Vater, Otto Keller. Einmal hatte diese Gabe sie sogar gerettet. Das war im Sommer im zweiten Kriegsjahr. Rita hatte in der Zweizimmerwohnung in Skillebekk die kleine Laila gehütet, während Bjørg mit ihrer Freundin Esther zur Insel Bygdøy hinausspazierte. Dort, am Wasser entlang auf der Westseite der Insel, stießen sie auf eine Gruppe deutscher Soldaten. Sie mussten auf Ausgang sein, waren zum Baden gegangen und vermutlich auch betrunken, wie Bjørg mutmaßte. Einige wirkten geradezu sturzbesoffen, zeigten auf sie und sagten etwas. Bjørg verstand nicht alles, doch Esther, die dazu noch Jüdin war, beherrschte das Deutsche und sagte zu ihr, sie sollten besser zusehen, von hier wegzukommen, das hier könne gefährlich werden. Als sie gerade in einem weiten Bogen um die Soldaten herumgehen wollten, liefen ein paar von ihnen herbei und hielten sie an den Armen fest. Gelächter von den anderen. Zurufe. »Das wird übel«, sagte Esther. »Sie wollen, dass wir uns ausziehen.« Sie fing zu weinen an. Buhrufe von den Deutschen. Bei einigen entdeckte Bjørg etwas Wildes und Gieriges im Blick.

Und da begann sie zu singen. Schubert, eines der Lieder, das ihr Vater ihr beigebracht hatte. Und je länger sie sang, desto eindeutiger fand in den Gesichtern der Soldaten eine Veränderung statt. Das Brutale, Lüsterne fiel von ihnen ab, und in ihren Augen zeigte sich so etwas wie Heimweh. Sofern sie nicht schlicht und einfach hingerissen waren von ihrem Gesang.

Was es auch war, die Deutschen ließen sie gehen. Pfiffen und grölten ihnen nach, aber ließen sie gehen. Als wollten sie sich nicht an einem Mädchen vergehen, das Schubert für sie gesungen hatte, das so meisterhaft Schubert singen konnte.

Sie hatte Esther gerettet. Beim nächsten Mal jedoch konnte sie sie nicht retten.

Erst als der Krieg vorbei war, nachdem auch Bård schon zur Welt gekommen war, erlitt Bjørg ihren Zusammenbruch, aber die tödliche Wunde war ihr bereits mit Esthers Festnahme zugefügt worden, als sie am Kai gestanden und das Schiff aus Oslo ablegen sehen hatte. Da halfen auch keine Schubert-Lieder mehr. »Das war Max«, sagte sie. »Wir wissen nicht, ob es Max war«, sagte Rita. »Doch, er war es«, sagte Bjørg.

Sie hoffte. Hoffte und hoffte. Der Frieden kam. Und der Bescheid. Esther, die vielversprechende Geigerin, war in der Gaskammer gestorben, und über der Trauer, dem Zorn, brach sie zusammen. Eine zusätzliche Aufregung war durch den Tod ihres Vaters entstanden, sein Tod als Folge eines Angriffs, bei dem die Alliierten Brandbomben auf Hamburg herabregnen ließen. »Wieso haben die meinen Vater bombardiert, der zu Hause schlafend in seinem Bett lag?«, weinte sie. »Warum diese ganzen Zivilsten bombardieren, aber die schrecklichen Konzentrationslager auslassen? Warum nicht wenigstens die Gaskammern und Öfen zerstören? Warum haben sie nicht versucht, die Gefangenen zu befreien, sie haben doch davon gewusst?« Sie hatte angefangen, Stimmen zu hören. Stimmen in sich drin. Oder aus dem Radio, obwohl es aus war. Lorang, ihr Mann, hatte sie dazu bewegen können, medizinische Hilfe in Anspruch zu nehmen. Sie war zur Beobachtung ins Krankenhaus Ullevål gebracht worden. Dann wurde sie nach Gaustad verlegt. Aus Ritas Sicht war das bedenklich. Es war vielleicht die einzige Lösung, aber sie sah, dass die Medikation ihre Tochter schwächte, sie noch antriebsloser machte. Mitunter war es, als ob sich eine Flamme in ihr entzündete, und dann griff sie zu Papier und Füllfeder, um ein Gedicht aufzuschreiben und es in Esthers leeren Geigenkasten zu legen.

Die meiste Zeit saß sie nur da und rauchte. In sich selbst versunken, grübelnd. In einem Erker im Gemeinschaftsraum hatte man einen eigenen Platz für sie eingerichtet. Sie hatte Bård gebeten, aus dem Modelleisenbahnset eine Lokomotive mitzubringen, und sie ins Fenster gestellt, als wolle sie sich selbst daran erinnern, dass Bewegung möglich war. Oder an ihren Vater, den sie heimlich in den Thune-Werkstätten besucht hatte.

»Hier wohne ich«, sagte Konrad, als sie die Kleingartensiedlung erreichten, von der Rita wusste, dass sie Lille Tøyen hageby gennant wurde. Als würde man in einem Dorf leben, behauptete Konrad. Jeder kannte hier jeden. Seine Wohnung lag in der ersten Häuserreihe, eine Zweizimmerwohnung im ersten Stock. Hell, mit weitem Ausblick nach Westen. Die Straße war nach Ansgar Sørli benannt. Rita spürte, wie es ihr einen Stich versetzte. Sie kannte den Namen. Dieser Mann war im Krieg ums Leben gekommen, Widerstandstätigkeit, illegale Zeitung. Sie dachte an Sigurd. An Sigurd und einen Kinderwagen. Sigurd. Ein schwarzes Loch. Ein Grabstein bei der Haslum kirke. Ihre Schuld.

Konrads Wohnung überraschte sie. Voller Bücher. Es gab quasi nur Bücher und ein bequemes Sofa, ein paar tiefe Lehnsessel, dazwischen einen Tisch. Wände aus Buchrücken. Ein leichter Duft nach Cognac. Das alles erinnerte sie an das Alhambra, an die Jahre, in denen ihr Vater das Antiquariat betrieben hatte. »Ich wusste nicht, dass ein Pfarrer so viel Zeit zum Lesen hat«, sagte sie.

»Das hier ist meine Kirche«, lächelte er, nahm die Äpfel aus der Tüte und legte sie in eine Schüssel auf dem Beistelltisch.

Sofort wurde der Raum von einem süßen, frischen Duft erfüllt. Meistens fänden seine Treffen mit den Menschen hier statt, sagte er. Viele kämen zu ihm nach Hause, um zu reden. Einfach nur, um zu reden. Säßen hier und erzählten ihm die merkwürdigsten Geschichten. Dann stünden sie wieder auf und gingen. Irgendwie leichter.

In einer Ecke beim Fenster stand ein Schreibtisch, auf dem ein aufgeschlagenes Buch lag, ein Roman, *Der Mensch und die Mächte*. Unterstrichene Sätze und handschriftliche Notizen am Rand.

Während er in der Küche herumwirtschaftete – und dabei fluchte, weil er nicht mehr Kekse zu Hause hatte, ja, tatsächlich fluchte er –, schaute sie sich in seiner Wohnung um. In ihrem Körper kribbelte es. Eine Art Nervosität. Oder Erwartung. Auf einem Haken im Flur sah sie ein Paar Boxhandschuhe hängen, machte eine Bemerkung dazu. Ah, die, sagte er aus der Küche. Es sei lange her, dass er die benutzt habe. Er habe stattdessen wieder mit der Holzschnitzerei angefangen.

An der Wand, in einer Lücke zwischen all den Büchern, entdeckte sie etwas. Ein gerahmtes Bild. Eine Fotografie der Behistun-Inschrift, ein in drei Sprachen verfasster Text, den Dareios der Große hoch oben in einer Felswand östlich von Bakhtaran hatte einmeißeln lassen. »Ich bin neugierig geworden, nachdem ich den Artikel gelesen habe, den du nach deiner Rückkehr aus Persien geschrieben hast«, tönte Konrads Stimme. »Ich habe das Bild immer gemocht, den Blickwinkel, den es einem verschafft. Eine andere Zeit. Eine andere Zivilisation. Andere Schriftzeichen. Während wir noch nicht einmal begonnen hatten, mit Runen zu schreiben.«

Komisch, dachte Rita. Als wäre sie die ganze Zeit anwesend gewesen, hier in seinem Zimmer, in seinem Leben.

Der Tee war gut, auch wenn es kein Darjeeling war. Sie selbst kam ebenfalls nicht so oft in den Genuss von Darjeeling. Konrad gab sich die größte Mühe, und sie musste lachen über sein leicht nervöses Hantieren und Servieren. Weil er nicht wusste, wie sie ihren Tee bevorzugte, stellte er zur Sicherheit Milch, Zitronenscheiben und Zucker auf den Tisch.

Vor ihr auf dem Tisch lag Max' jüngstes Buch. Rita klappte es auf. Auf der ersten Seite stand ein Gruß an Konrad. »Was für ein Dickschädel«, sagte Rita. »Hat bis zuletzt gegen Munch gekämpft. Er hat mir schon früh erzählt, dass es seine Ambition sei, auf dem Friedhof Vår Frelsers Gravlund beigesetzt zu werden, auf dem Æreslunden. Zwischen Ibsen und Bjørnson. Daraus ist ja nun nichts geworden.« In ihrer Stimme lag Ärger.

»Da täuscht dich deine Erinnerung, Rita. Ich war es, der das gesagt hat.«

»Hast du das wirklich gesagt?«

»Wir hatten alle unsere Ambitionen, als wir jung waren«, sagte Konrad. »Und sieh mich jetzt an.«

»Er war ein Mitläufer«, sagte sie. Das kam falsch heraus, wie eine Beschwichtigung.

Konrads Blick verfinsterte sich: »Waren wir nicht alle … Sind wir nicht alle Mitläufer? Trotten wir nicht alle den Großen, den Wichtigen, den Starken, den Beliebten hinterher?«

»Und jetzt ist Max tot«, sagte sie.

»Schrecklich«, sagte Konrad. »Wer hätte gedacht, dass er den Mut aufbringen würde, sich zu erschießen?«

»Ich hätte eher getippt, er würde sich eine Zyanid-Kapsel von den Deutschen stibitzen, das wäre eher sein Stil gewesen. Seid ihr euch noch einmal über den Weg gelaufen?«

»Hin und wieder, ja. Es ist eine kleine Stadt.«

»Komisch, dass wir beide uns nicht über den Weg gelaufen sind«, sagte sie.

Aber das ist nicht wahr, dachte sie. Bei zwei Gelegenheiten, in den 20er-Jahren, hatte sie mit ihm gesprochen, kurz zwar, und nach ihrer Trennung von Trygve Falch hatte sie eines Sonntags die Paulus kirke in Grünerløkka besucht, wo Konrad Pfarrer war, sich ganz nach hinten gesetzt und seiner Predigt zugehört. Die Kraft seiner Worte hatte sie getroffen, die Geschichten, die er erzählte, die lauschenden Gesichter der Zuhörenden. Es war eine schöne Predigt gewesen, ein Trost. Auch für Nichtgläubige. Auch für sie, die früh akzeptiert hatte, dass sie ihr Leben in ewiger Unruhe bestreiten würde, in einem Zweifel, der nie ein Ende fände. Sie hatte vorgehabt, auf ihn zu warten, ihn zu begrüßen. Aber sie war gegangen. Es war das letzte Mal, dass sie ihn gesehen hatte. Wieso hatte sie nicht gewartet? Wie hätten die Dinge sich entwickelt? Tatsächlich hätten sie sogar ein gemeinsames Kind bekommen können, dachte sie.

Sie deutete auf Max' Buch. »Ein düsteres Buch«, sagte sie. »Aber er hat vergessen, dass Oswald Spengler das Thema schon vor dreißig Jahren ausgeschöpft hat. Max war schon immer ein Nachplapperer.«

»Nicht in seiner Jugend«, sagte Konrad schnell. »Irgendwie hatte er doch eine ganz eigene Fantasie. Erinnerst du dich an das eine Mal, wie er uns dazu brachte, zu glauben, der Strand am Rolfstangen sei die Taklamakan-Wüste, und wie wir nach im Sand vergrabenen buddhistischen Städten suchten, genau wie Sven Hedin?«

Sie erinnerte sich, und auch daran, wie anders, wie spannend das damals gewesen war.

»Nach dem Krieg hat er seine Glut verloren«, sagte Konrad. »Ich glaube, tief in seinem Innern war er enttäuscht, weil aus dem Großgermanischen Reich nie etwas geworden ist. Vor dem Krieg sagte er zu mir, er bewundere Albert Speers Architektur.«

»Du hast immer originell geschrieben, mit spitzer Feder, aber jetzt schreibst du nicht mehr so oft für die Zeitung«, sagte sie, konnte indes nicht genug davon bekommen, ihn anzusehen, ihn anzustarren, sehnte sich danach, ihn zu berühren. Nimm dich zusammen, dachte sie. Damit bist du lange fertig.

»Ich führe ein stilles Leben. Die Menschen aus meiner Gemeinde sind mir genug. Aber was ist mit dir? Hast du Max noch mal gesehen?«

»Selten, an der Universität. Aus der Entfernung. Immer umgeben von seinem kleinen Harem. Junge Studentinnen. Ältere übrigens auch.«

»War er immer noch hinter dir her? Hat er dich blockiert? Bist du noch immer keine Professorin geworden?« Er lachte, beugte sich nach vorn und stupste sie an, als ob er sie auf den Arm nehmen wolle.

»Wie du weißt, wachsen solche Stellen nicht auf Bäumen«, sagte sie, weil sie sich trotzdem verteidigen, ihm Verständnis abringen wollte. »Vor dem Krieg hatte ich eine winzige Hoffnung, aber die wirklich große Chance hat sich mir 1947 geboten. Eine persönliche Professur, sozusagen auf mich zugeschnitten. Auch die ist mir durch die Lappen gegangen. Oder aber Max hat mir den Weg versperrt und alles verdorben. Trotz aller guten Kräfte, die mich gern auf diesem Posten im Paläontologischen Museum gesehen hätten. Eigentlich begreife ich nicht, wie es ihm gelungen sein kann, das Komitee zu beeinflussen. Das heißt, wenn es um das Spinnen von Intrigen ging, war er ein Dämon. Gut, gut. Genug davon.« Sie versuchte zu lächeln, aber das Lächeln blieb in ihr stecken.

Denn obwohl sie die benötigte Abhandlung vorweisen konnte, Artikel geschrieben hatte, war das alles doch zu wenig überzeugend, es fehlte das große Buch, das wusste sie.

Nachdem sie sich von Otto, dem Eisernen Kanzler, getrennt hatte und wieder zurück in die Villa in Lysaker übersiedelt war, richtete sie sich im oberen Stock ein Arbeitszimmer ein. Ein Schreibtisch, ein Stuhl, ein Diwan, die Arche, nicht viel mehr als das. Doch, den kleinen Trilobiten. Andere hatten ein Schädelskelett auf ihrem Pult stehen, sie einen *Asaphus expansus* aus dem Ordovizium. Durchs Fenster schaute sie direkt in die Krone der riesigen Eiche. Schon damals schlug sie sich mit dem Gedanken herum, ein Werk zu schreiben, das die Welt erschüttern würde. Oder das zumindest in dem Bewusstsein einiger Menschen kräftig einschlug. Ein Buch, das sich nicht notwendigerweise streng auf ihren eigenen Fachbereich beschränkte, sondern auch Aspekte der unterschiedlichsten Gebiete aus dem bunten Wissensschatz des Menschen mit einbezog. Fridtjof Nansen war es gewesen, der sie seinerzeit dazu ermutig hatte: »Mach etwas, das Grenzpfähle versetzt!«

Ihr Plan war es, einen großen Gedanken ins Feld zu führen. Über die Frau. Über eine Frau, die dem Mann gleichgestellt, *wirklich* gleichgestellt wäre. Eine Frau, die sich aufgerichtet und ihr gesamtes Potential ausgeschöpft hatte. Ein neues Wesen, *Femina erecta*. An dem Tag vor ihrem Wiedersehen mit Konrad hatte sie in ihrem Arbeitszimmer vor ihrer Arche gestanden, dem hohen, schmalen Kabinettschrank aus Mahagoni, und all die kleinen Zettel, halb ausgefüllten Karteikarten und eine Heerschar alter Notiz- und Skizzenbücher in den Laden wiederentdeckt. Ihr Traum war es, aus all diesen Laden, all diesen Notizen, Erfahrungen, Begegnungen, Reisen, der Philosophie, eine neue *Legierung* herzustellen. Alles neu zu schmieden. Nie hatte sie die eine Geschichtsstunde vergessen, in der sie die Bronzezeit durchgenommen und gelernt hatten, dass Bronze eine Legierung aus Kupfer und Zinn ist. Seither verfolgte sie dieser Gedanke, wie ein Ideal – mehrere Elemente miteinander verschmelzen, etwas Neues entstehen lassen.

Ein Gefühl hatte ihr gesagt, dass *Femina erecta* kurz davor stand, Gestalt anzunehmen, dass sie eine Art Überbau gefunden hatte, doch dann waren die Deutschen einmarschiert. Neben der unverzeihlichen Schuld am Tod ihrer Söhne hatten sie auch noch ein kleineres Verbrechen begangen: Sie hatten ihr *Opus magnum* zerstört. Nach dem Krieg war es ihr nicht gelungen, den Faden wieder aufzunehmen, auch deshalb nicht, weil es ihr an Konzentration fehlte. Oder an der Lust.

Sie war vor ihrer Arche gestanden, hatte eine Lade nach der anderen geschlossen. Sie war nicht vorangekommen, es war buchstäblich ein Durcheinander geblieben. Laden voller Plunder.

»Bist du sicher, dass Max es war, der dir ein Bein gestellt hat?« Konrads Stimme. Er schenkte Tee nach. Das Service war blauweiß, die Tassen beinahe durchsichtig.

»Max hat die meisten gekannt«, sagte sie. »Die Wissenschaft ist ein mächtiges Netzwerk. Außerdem gehört nicht viel dazu, einer Frau den Weg zu versperren. In den Jahrzehnten vor dem Krieg war es fast unmöglich, eine hohe Stellung zu ergattern. Allein, dass du verheiratet warst und Kinder hattest, wurde gegen dich verwendet.« Sie merkte, wie sie sich erhitzte, wollte das nicht, nicht jetzt, doch der Gedanke an diese Erfahrung weckte stets eine dunkle Verzweiflung in ihr. »Hinzu kamen Schikanen, die nicht so leicht dingfest zu machen waren«, sagte sie. »Du wurdest als weibliches Wesen ganz einfach schlecht behandelt. Kleine Stiche, die ganze Zeit. Heute haben Frauen bessere Chancen. Man braucht ja auch Alibis und Gallionsfiguren.«

»Du hattest eine Beziehung mit Max, hast du das vergessen?«

»Eine sehr kurze«, sagte sie, erstaunt darüber, warum er das aufs Tapet brachte. »Ein paar Wochen. Und das war in unserer Jugend.«

»Er hat mir einmal gesagt, du hättest ihn verletzt. Für immer.« Konrad spielte mit dem Teelöffel. »Er erzählte mir auch, er sei nie darüber hinweggekommen.«

Diese Information überraschte sie. Sie wusste nicht, was sie sagen sollte, ließ stattdessen den Blick durchs Zimmer schweifen. Die vielen Regale. Die Aura von Büchern. Ein Gefühl des Beschütztseins. Vielleicht fühlten sich die Mitglieder aus Konrads Gemeinde hier deshalb so wohl, öffneten sich ihm, redeten. Sie richtete ihren Blick wieder auf Konrad. Dasselbe Gesicht. Nur mit mehr Strichen, Falten. Wie ein Hackklotz. Sie spürte eine unbändige Lust, den Furchen mit ihren Fingern zu folgen, sich einen Weg in diesem Labyrinth zu suchen.

»Ich habe gehört, du seist mit ihm zum Paddeln gegangen, ein paar Jahre nach dem Krieg.« In seiner Stimme lag ein sarkastischer Unterton.

»Wer hat das erzählt?«

»Max.«

»Ja, er ist nass geworden.«

»Er sagte, du hättest es mit Absicht getan.«

Sie antwortete nicht. Aus gutem Grund. Eine dunkle Erinnerung. Sie hatte ihm wahrhaftig den Tod gewünscht. Der Vorfall ereignete sich einige Jahre nach Kriegsende, kurz nachdem ihre goldene Chance – die persönliche Professur –, torpediert worden war. Sie war rasend vor Wut. Und dann war Max so dreist gewesen, plötzlich in Lysaker aufzutauchen und irgendeine idiotische Ausrede herunterzuleiern, bevor er mit seinem eigentlichen Anliegen herausrückte: Er wollte ihr sein

Bedauern über die Entscheidung ausdrücken. Zugleich amüsierte es ihn sichtlich, sie so wütend zu sehen. »Kein Wunder, dass du so temperamentvoll bist, du mit deinem spanischen Vater«, besaß er die Frechheit zu sagen.

»Du mit deinen Rassentheorien«, entgegnete sie und spürte, wie sehr sie ihn hasste.

»Du verstehst schon, wie ich das meine«, sagte er beleidigt. »Du bist zu leidenschaftlich. Versuch, beim Schreiben deiner Artikel etwas rationaler zu sein, besonders bei denen, die an ein breiteres Publikum gerichtet sind.«

»Vernunft und Leidenschaft sind kein Widerspruch. Das glauben nur Männer.«

»Du brauchst Alliierte, Rita.«

»Soll das ein Heiratsantrag sein?« Sie war darüber beinahe verblüfft. Er – ein Fünfzigjähriger – stand da wie ein junges Fohlen und buhlte um sie.

Und wieder war es ihm irgendwie unmöglich, zu verhindern, dass sein Blick auf einen Punkt weit unter ihrem Hals fiel – auf einem feuchtfröhlichen Universitätsfest hatte er einmal eine Bemerkung eines Kollegen wiedergegeben: »Die zwei interessantesten Hügel der norwegischen Geografie sitzen auf Rita Bohre.«

Natürlich konnte es allein der anzügliche Blick gewesen sein, der das Ganze auslöste, wahrscheinlicher ist jedoch, dass sich dahinter eine lange und komplizierte Reihe von Ursachen verbarg. Jedenfalls schlug sie eine Kajaktour vor. Sagte es wie nebenbei, obwohl in ihrem Kopf bereits ein Plan Form angenommen hatte. Es war ein schöner Abend Ende August. Sie spazierten hinunter zur Svartebukta, wo sie sich das Zweierkajak aussuchten. »Wie in unserer Jugend«, sagte Max und schien sich zu freuen. Sie erinnerte sich an seinen schweren Atem in ihrem Rücken. Jetzt aber setzte sie ihn vor sich hin.

Rita war gut im Schwimmen. Schon als Mädchen war sie über den Lysakerfjord zum Sjøbadet auf der Insel Bygdøy geschwommen, ohne am Kaffeskjæret eine Pause einzulegen. Max dagegen war ein schlechter Schwimmer, zudem hatte er Angst vor »tiefem Wasser«. Es war kurz vor der Dämmerung, ein bisschen windig, aber nicht zu stark. Sie waren allein im Fjord, und in ihrer Vorstellung hatte sie wieder ein Schwert vor sich, ein Schwert, das sie versenken musste, sie paddelte mit kräftigen Stößen, genau so, wie viele Male zuvor schon, Max war lange nicht mehr Kajak gefahren, hatte die Technik vergessen und fing zu keuchen an, es gefiel ihr, ihn in seiner Erschöpfung zu beobachten, und in der Mitte des Fjords, in gleicher Entfernung von Bygdøy wie von Fornebulandet, legte sie das Kajak seitlich gegen den Wind und kenterte es bei der erstbesten Welle, allerdings so, dass er glauben musste, es sei ein Unfall, während sie dafür sorgte, dass es mit Wasser volllief. Max wurde sofort panisch, konnte nicht einmal um Hilfe rufen. Sie rief ihm zu, sie müssten zurück an Land schwimmen, keine Angst, nur die Ruhe, gar so weit sei es ja nicht. Sie konnte ihn beruhigen, ihn zum Schwimmen bewegen, genoss es zu sehen, wie sein Gesicht in der Angst sich verzerrte, wie er sich abstrampelte, es war ungewohnt, angezogen zu schwimmen, sie wusste, er würde Schwierigkeiten bekommen, und richtig, nicht weit vom Ufer entfernt gab er Zeichen, dass er mit seinen Kräften am Ende sei, er konnte nicht mehr und ging unter, tauchte wieder auf, japste nach Luft, wobei sein Gesicht Züge von Munchs *Schrei* annahm, und was für eine Ironie, hatte Rita noch Zeit zu denken, dass jemand, der so großes Missfallen an Munch zeigte, jetzt hier herumstrampelte und das bekannteste Motiv dieses Künstlers nachahmte; dann aber erschrak sie fast über sich selbst, als sie merkte, was für eine große Genugtuung es ihr verschaffte, ihn erneut untergehen zu sehen, ja, es stimmte, denn genau das stellte sie sich vor, wie sie in knapper Entfernung von ihm auf dem Wasser läge und zusähe, wie er sank, mit den Armen fuchtelte und unterging, sie hatte schon lange davon geträumt, ihn umzubringen, nicht nur, weil er ihre Chancen an der Universität sabotiert hatte, sondern in erster Linie wegen der Sache mit Esther, auch wenn sich das nicht beweisen ließ, und jetzt setzte sie ihre Fantasie in die Tat um, mit dem Unterschied, dass es wie ein Unfall aussehen sollte. Sie dachte: Werde ich damit leben können, Max Qviller umgebracht zu haben? Ja, das würde sie, er verdiente es zu sterben, sie sah, dass er bald endgültig untergehen würde und beschäftigte sich bereits mit dem Gedanken, wie sie ihre Aussage glattpolieren würde, als die Reue in ihr einschlug und sie zur Umkehr bewegte, und als er gerade dabei war, ein für alle Mal unterzutauchen, tat sie ein paar kräftige Schwimmzüge, erwischte den Mann am Kragen und drehte ihn fluchend auf den Rücken, denn sie musste dieses Arschloch retten, obwohl sie ihn hasste, Scheiße, sie forderte ihn auf, sich darauf zu konzentrieren, an der Oberfläche zu bleiben, nicht ins Wasser abzutauchen, Scheiße, Max, reiß dich zusammen, und dann packte sie ihn unterm Kinn und an beiden Seiten des Kopfes und schleppte ihn rückenschwimmend an Land, sah sich genötigt, fast gegen ihren Willen, diesen erbärmlichen Verräter am Leben zu halten.

Verstört ließ Max sich auf einem Wasserfelsen nieder, spuckte, räusperte sich, dankte ihr. »Rita, ich habe dir mein Leben zu verdanken«, sagte er. Was für ein Dussel, dachte sie. Er kapiert nicht mal, dass ich ihn umzubringen versucht habe. Neben alldem aber quälte sie eine andere Erkenntnis: Auch in ihr steckte das Böse, genau wie in ihm. Sie waren sich ähnlich.

»Ich habe von der Aula-Veranstaltung letztes Jahr gelesen.«
Konrad brach in ihre Gedanken ein. »Ich hatte vorgehabt hin-
zugehen, aber dann sind Leute aufgetaucht, die Hilfe brauchten. Immer ist irgendwas. Menschen mit Problemen.«

Sie wartete, ob er noch etwas hinzufügte. Er schwieg.

Sie wollte nicht mehr dazu sagen.

Doch dann: »Ich verstehe nicht, wieso du so viel auf solche
Dinge gibst«, sagte er.

»Auf was?« Sie hatte den Faden verloren.

»Auf Professorentitel. Das hat doch nichts zu bedeuten. Ich
wusste gar nicht, dass du so eitel bist.«

Es gefiel ihr nicht, ihn das sagen zu hören. Aber er hatte
recht! Es war nichts weiter als Eitelkeit. Er sprach wie ein Femi-
nist. Klug. Sie schämte sich, zeigte es jedoch nicht.

Er schenkte Tee nach. Sie betrachtete seine Ohren. Sie waren
speziell, groß, Henry-Moore-artig. Er wechselte das Thema,
erkundigte sich nach Albert, und dann redeten sie eine Weile
über Albert, Ritas älteren Bruder, über ihn konnte man sich
lange unterhalten, sie teilten ihre Verwunderung über ihn,
über seinen Reichtum, seinen Status in Sandefjord. »Ich habe
immer geglaubt, irgendwann würde er aufhören mit dieser blutigen Walfängerei«, sagte Rita, »aber dazu müsste wahrscheinlich eine wundersame Veränderung in ihm vorgehen.«

»Wunder geschehen«, sagte Konrad.

Rita kam auf die Kinder ihres Bruders zu sprechen, wie verschieden sie seien, Sindre, genauso arrogant und rücksichtslos
wie ihr Vater, Ragnhild, das genaue Gegenteil, selbstaufopfernd
und voller Mitgefühl. Und das hätte sie nicht von ihrer Mutter.

»Wunder geschehen«, wiederholte Konrad.

Sie redeten über andere Dinge, über ihre Kindheit und Jugend, wie sie in Frognerkilen Schlittschuh gelaufen waren oder

am Studenterlunden Musik gehört hatten. »Erinnerst du dich noch, was für einen Spaß wir hatten beim Badminton mit den Nansen-Kindern im Garten auf der Polhøgda?«, fragte Konrad, während er einen Apfel in die Hand nahm und an ihm schnupperte. Rita lachte, es war lange her, seit sie das letzte Mal so gelacht hatte, und gleichzeitig spürte sie die Spannung, die unleugbare Spannung zwischen ihnen. Sie war 59 Jahre alt und befand sich in einer Wohnung, von der sie vor einer Stunde noch nicht einmal etwas gewusst hatte, und bei jedem Blick zu dem Mann in dem Lehnsessel ihr gegenüber, fiel sie. Saß da und trankt Tee. Und fiel. Als sie zum Abschied seine Hand nahm, war sie so wacklig auf den Beinen, sie musste nachgerade beim Gehen aufpassen. An ihren Fußmarsch nach Hause hatte sie keine Erinnerung. Es war ein Schock: Sie hatte immer gedacht, sie hätte die Liebe hinter sich. Dass sie Teil der Ruinen der Vergangenheit war. Lag die Liebe womöglich noch vor ihr?

Sie dachte die ganze Zeit an ihn. Tag und Nacht. Jede Minute. Sie war 59, sie war 17.

Trotzdem sollten noch Wochen vergehen, bevor es zu etwas mehr zwischen ihnen kam, sie waren beide zu schüchtern. Aber sie trafen einander regelmäßig, verabredeten sich nach der Arbeit, spazierten im Botanischen Garten unter den verschiedenen Bäumen, während das Laub herabfiel. Konrad kannte von jedem den Namen, im Gegensatz zu ihr, doch beide mochten sie den Ginko am liebsten. »Einen Baum, der 1500 Jahre alt werden kann und den es seit 200 Millionen Jahren auf der Erde gibt, muss man doch einfach ansehen«, sagte er.

Dann passierte es. In seiner Wohnung. Sie hatten Tee getrunken, sie hatten geredet, und als sie sich zum Gehen aufmachte, umarmten sie sich. Gleichzeitig. Das heißt, zuerst war es nur ein Herumfummeln, sie waren beide verunsichert, als sollten sie längst vergessene Handgriffe ausführen, denn mit der Liebe ist es nicht wie mit dem Fahrradfahren, man kann tatsächlich vergessen, wie Lieben geht. Rita kam in Atemnot und fürchtete, die Beine könnten ihr den Dienst versagen. Am Ende aber fanden sie doch noch heraus, wie sie ihre Hände halten mussten, damit ihre Körper einander nahekamen, und so blieben sie stehen, lange, während eine aufregende Wärme sich in allen Gliedern auszubreiten begann.

Sie blieb über Nacht.

Tags darauf, beim Frühstück, als sie einen Teelöffel mit einem weichen Ei zum Mund führte, spürte sie es. Sie war *ausgehungert* gewesen nach Liebe. Auch sexuell ausgehungert. Sollte ich nicht zu alt sein für eine solche Leidenschaft?, erklang eine innere Stimme. Offenbar nicht, antwortete sie augenblicklich, verärgert, dass ein so konventioneller Gedanke überhaupt erst auftauchte. Die Küsse hatten sie am meisten überrascht, wie gut er küsste, wie weich seine Lippen waren, wie wunderbar die Küsse schmeckten. Und wie sie davon entfacht wurde, wie eine Flamme in ihr hochgedreht wurde, die lange auf ein absolutes Minimum reduziert gewesen war, so lange, dass sie sie vergessen hatte.

War es möglich – wie diese Fische, die sich auf dem Grund eines Sees eingraben und auch dann noch überleben können, lange überleben können, wenn alles Wasser verschwunden ist –, die Liebe im Alter von zwanzig Jahren einzugraben und sie erst wieder heraufzuholen, wenn man sich den sechzig näherte?

Abends lag sie dicht an ihn geschmiegt, und es war ihr unbegreiflich, wie sie es ohne diesen Duft hatte aushalten können. Denn jetzt erinnerte sie sich, wie gut er roch, sie hatte es bloß vergessen. Sie fand es beklagenswert, dass sie so viele Jahre weggeworfen hatten. Warum nicht lieber das Positive darin sehen, hielt Konrad dagegen, sich darüber freuen, dass sie zumindest noch die nächsten Jahre zusammen hätten. Anfangs war sie noch ängstlich gewesen. Hatte Zweifel gehegt an ihrer Fähigkeit zu lieben. Alle ihre bisherigen Beziehungen hatten ihr gezeigt, dass sie zu etwas Dauerhaftem nicht fähig war. Sie war nervös, weil sie befürchtete, auch das, was sie mit Konrad erlebte, könnte sich schnell wieder verflüchtigen, wie bei Otto, wie bei Trygve, aber das tat es nicht. Anstatt sich zu verflüchtigen, wurde es stärker. Sie musste erst sechzig Jahre alt werden, um die Liebe zu erfahren. Am allermeisten genoss sie die Sekunden, wenn sie nebeneinander lagen und er ihr über den Rücken strich, die Wirbelsäule entlang, gewissermaßen jeden Wirbel abzählte, sie konnte nicht genug davon kriegen, es war, als würde er Knöpfe drücken und sie verwandeln, Räume in ihr öffnen, von denen sie nichts mehr gewusst hatte.

Manchmal kam sie zu ihm in die Kirche, setzte sich ganz nach hinten und zeichnete, hörte aber zu zeichnen auf, sobald er zur Predigt ansetzte. Sie hörte ihm gern beim Predigen zu, beim Erzählen, sie sah, wie die Menschen um sie herum dann eine andere Körperhaltung einnahmen, den Rücken geraderichteten, mit ihrem ganzen Ich lauschten.

Lass das von Dauer sein, dachte sie jeden Abend, jedes Mal, wenn sie über Nacht bei ihm blieb und sich an ihn anschmiegte, jedes Mal, wenn sie sich küssten, sich wie Teenager küssten, so innig, dass ihnen die Luft ausging, so als käme man nach zu langem Schwimmen unter Wasser wieder an die Oberfläche und müsse nach Luft schnappen.

Und es hielt. Ein Jahr. Zwei Jahre. An Silvester, fünf Jahre nachdem sie sich wiedergetroffen hatten, standen sie ganz oben auf dem Hang der Tøyenjordene und sahen dem Feuerwerk zu. Er lehnte sich an sie. Nicht sie sich an ihn, sondern er sich an sie. Und sie schloss die Augen, als wäre der Anblick vor ihnen, der von Rot und Gelb, Blau und Grün durchblitzte Himmel, völlig ohne Bedeutung. Sie dachte: Ich darf mich nie wieder beklagen. Das reicht für ein Leben. Zehn Sekunden. Das Feuerwerk am Himmel und Konrad, der sich mit geschlossenen Augen weich an mich lehnt.

Doch dann war er an der Reihe mit Fallen.

Es passierte im Frühling, Rita kehrte aus der Stadt zurück von einer Veranstaltung, bei der es um das Wettrüsten und die immer weiter anwachsenden Atomwaffenarsenale gegangen war, die nur auf einen ungeduldigen Finger warteten. Sie hatte die einleitenden Worte zu einer Diskussion gesprochen, hatte viel zu lange geschwiegen, doch seit ihrem Aula-Vortrag hatte sie keine Angst mehr davor, an ein Rednerpult zu treten, besonders dann nicht, wenn es um ein so wichtiges Thema, eine so unfassbare Bedrohung ging. Als Beispiel hatte sie eine ausgestorbene Hirschart angeführt, eine Riesenhirschart, bei der sich bei den Männchen ein Geweih entwickelt hatte, das am Ende so groß geworden war und so viele Ressourcen beanspruchte, dass die Art darüber zugrunde gegangen war, ein Geweih, das aufgrund seines Gewichts nicht einmal mehr für den Kampf verwendet werden konnte. Sie hatte gefragt, ob es das sei, wonach wir strebten? Wollten wir uns selbst ausrotten?

Da sich die Leitung der Nuówēi-Gruppe aus drei Frauen zusammensetzt, wäre es verlockend, mehr über dieses nahezu unbegreifliche Wettrüsten zwischen den damaligen Großmächten USA und Sowjetunion zu schreiben, den Vorläufer eines späteren, noch destruktiveren Wettlaufs, des Siebzigjährigen Krieges, der Dunkelzeit, jedoch können wir das Thema hier nicht weiter vertiefen (vergleiche eventuell Rani Samarasan:

Technologie, Maskulinität, Faust-Mythos (Kuala Kubu Baharu Y-984)), sondern wir wollen lediglich anmerken, dass Rita Bohre ein Plakat präsentierte, auf dem sie mit all ihrer Fantasie und Kunstfertigkeit diesen Hirsch gezeichnet hatte, ein Männchen mit einem so überdimensionalen Geweih, dass es nur noch auf den Knien sitzen konnte.

Es hatte den ganzen Abend geregnet. Als Rita die Kleingartensiedlung erreichte, wurde sie von einem Nachbarn empfangen, der berichtete, Konrad sei von einer Leiter gefallen und schwer verletzt. Wie?, schrie sie den Nachbarn an, als wäre es sein Fehler gewesen. Tja, in einer der Dachrinnen sei das Wasser übergelaufen und vor Konrads Fenster im ersten Stock heruntergeströmt. Er sei hinausgegangen, habe lange zum Dach hinaufgesehen und festgestellt, Laub oder ein Zweig von einem hohen Baum gleich nebenan müsse den Ablauf verstopft haben. Der Hausmeister war an dem Tag nicht da, und Konrad wollte das unbedingt selbst in Ordnung bringen. Bleibt weg, ich schaffe das schon. Der Nachbar sagte, es habe gewirkt, als ob Konrad sich gefreut hätte, auf die Leiter zu klettern. Bis zur Dachrinne seien es vielleicht sechs Meter, und als Konrad oben gewesen sei, habe er gewinkt, eine Vase mit kleinen Zweigen und Blättern triumphierend in die Höhe gehalten und den Inhalt zu Boden geworfen. Im selben Moment sei die Leiter seitlich weggerutscht und Konrad hinuntergestürzt.

Er hatte das Bewusstsein verloren, und sie hatten die Rettung gerufen.

Ein Schrecken durchzuckte sie, als sie die Szene vor sich sah. Konrad, der fiel.

Was dachte sie? Obwohl sie wusste, wie unsinnig das war, dachte sie, dies sei die Strafe für das, was sie Max angetan hatte.

Konrad wurde ins Krankenhaus Ullevål gebracht. »Schädel-basisbruch«, wie Rita von einem Arzt mitgeteilt wurde, als sie Konrad endlich sehen durfte. Er lag im Bett, in einem Zustand, der Koma genannt wird. Er war nach einer Hirnblutung chirurgisch behandelt worden. Die Ärzte wussten nicht, ob er wieder zu Bewusstsein kommen würde, man müsse abwarten, Geduld haben.

Vielleicht war es einfach zu schön, um wahr zu sein. Seiner Jugendliebe wiederbegegnen und eine neue Chance bekommen.

Sie küsste seine trockenen Lippen. Weinte. Sie dachte daran, wie es ihr vor der Begegnung mit ihm gegangen war. Sie war wie im Halbschlaf umhergewandelt und von seinem Kuss geweckt worden. Was konnte sie als Gegenleistung erbringen?

Maud schlug Rita vor, sie solle ihm vorlesen. »Nichts hat ihm mehr bedeutet als Romane«, sagte sie. Maud hatte immer verfolgt, was Konrad in Zeitungen und Zeitschriften geschrieben hatte, auch über Literatur. Nach dem Prozess gegen Agnar Mykle hatte er diese Tätigkeit wieder aufgenommen, so als wäre er von diesem Gerichtsverfahren wieder entfacht worden. »Das erinnert mich an den Kirchenstreit über die Höllenvorstellung«, sagte er.

»Sollte ich ihm nicht aus der Bibel vorlesen?«, fragte Rita. »Konrad ist doch gläubig.«

»Nein, lies aus einem Roman«, sagte Maud, als wüsste sie etwas, das Rita nicht wusste.

Rita dachte daran, wie sie abends oft auf seinem Schoß gelegen hatte, während er laut aus einem Roman vorlas. Als hätte er geglaubt, sie könne nicht lesen. Und auf eine Weise stimmte es, denn sie hatte sich nie etwas aus Romanen gemacht. Das erste Buch, das sie zusammen gelesen hatten, war *Der Mensch und die Mächte* von Olav Duun. Sie hatte auf die Literatur nie Wert gelegt, war nie in diese Welt eingetaucht. Erst damals,

als sie diese Erzählungen mit seiner Stimme vorgelesen bekam, begann sie, die Literatur zu schätzen. So ist das, wenn man mit Konrad zusammen ist, dachte sie ein ums andere Mal: Er erweitert mich.

Sie beschloss, es zu versuchen. Sie holte *Der Mensch und die Mächte* aus dem Regal in Konrads Wohnung, setzte sich auf einen Stuhl am Kopfende des Krankenhausbetts und las ihm ins Ohr, fing mit dem ersten Kapitel an und las Olav Duuns Sätze, und das Merkwürdige war, dass diese Sätze, das klangvolle Neunorwegisch, auch auf sie wirkten, denn beim lauten Vorlesen war es, als hörte sie die Geschichte zum ersten Mal.

Trotzdem war sie verunsichert. Ihr ganzes Leben war sie von Kunst begeistert gewesen, von der Kraft, die der Kunst innewohnte, doch jetzt ertappte sie sich dabei, wie sie ins Zweifeln geriet. Wozu sollte das gut sein? Wozu Olav Duuns Sätze, wozu Kunst überhaupt?

Aber war es nicht das, weshalb sie sich als Kind zu Konrad hingezogen gefühlt hatte? Weil er zeichnen konnte? Oder wegen seinen Fertigkeiten als Holzschnitzer? Er selbst sagte, er habe das von seinem Vater. Nachdem sein Vater in dem Betrieb am Lysakerelven aufgehört und in Kristiania als Schmied zu arbeiten angefangen hatte, nahmen Rita und Konrad hin und wieder die Bahn, um und ihn in C.F. Andersens Schmiede im Munkedamsveien in Vika zu besuchen. »Als wäre man in der Hölle«, scherzte Konrad, doch die Atmosphäre in dieser Schmiede vermittelte Rita eher das Gefühl, als befände sie sich in einem Märchen, einem Mythos. Konrads Vater hatte sich ein Vergnügen daraus gemacht, ihnen von den Zwergen zu erzählen, die Tors Hammer und Odins Speer und den Ring Draupnir geschmiedet hatten. Rita gefiel es dort, sie sah gern zu, wie das Eisen gebogen wurde, wie selbst ein so hartes

Material sich den Gedanken und Plänen des Menschen fügen musste.

C.F. Andersen war Kunstschmied, und eines Nachmittags, als Rita und Konrad in der Schmiede standen – sie waren 14 Jahre alt – kam ein stattlicher Mann herein. Es war Gustav Vigeland. Er hatte bei C.F. Andersen Gitter aus Schmiedeeisen bestellt, aus denen ein Zaun um eine Statue von Rikard Nordraak entstehen sollte. Vigeland begrüßte Konrads Vater herzlich, sie waren Bekannte aus Mandal, und alberte mit den Kindern herum, indem er Grimassen für sie schnitt. »Was für ein Lebensfunke«, dachte Rita, der es schien, als sähe sie in dem Mann vor sich einen Widerschein der rotglühenden Schmiede. Das nächste Mal durften sie nach Hammersborg in Vigelands Atelier mitkommen, weil Konrads Vater ihn bezüglich einiger Details bei dem Schmiedeeisengitter befragen musste, irgendwas wegen der Drachen. Während die beiden Erwachsenen sich über die Zeichnungen unterhielten, gingen Rita und Konrad im Atelier umher und sahen sich die in Arbeit befindlichen Skulpturen aus Lehm, Gips und Stein an. Rita blieb vor einem Frauenkopf stehen, der sich aus einem Marmorblock geradezu herauspresste. »Gefällt er dir?«, erklang Vigelands Stimme hinter ihr. »Wer ist das?«, fragte Rita. »Jemand, den ich kenne«, sagte er nur. Rita blickte sich um. »Wieso benutzten Sie Marmor, wo sie doch auch norwegischen Stein verwenden könnten?«, fragte sie. Vigeland brach in Gelächter aus und wandte sich zu Konrads Vater, der peinlich berührt wirkte. »Das wäre mal was«, sagte Vigeland, »vielleicht sollte ich das ausprobieren.«

»Irgendetwas war zwischen Rita Bohre und Gustav Vigeland, über das von vielen gemunkelt wurde, dem allerdings niemand auf den Grund kommen konnte«, schrieb Little Green in ihrer Chronik.

Drei Jahre später begegnete Rita Vigeland in der Akersgata. Mit riesigem Hut und einem langen, fleckigen, im Wind flatternden Mantel kam der Künstler einhergeschritten und blieb vor ihr stehen. Sie war überrascht, dass er sie wiedererkannte. »Dein Gesicht hat etwas Besonderes«, sagte er, als sei ihm ihre Überraschung aufgefallen. »Und du hast die gleichen Zöpfe.« Breitbeinig stand er vor ihr und lächelte. »Weißt du noch, was du mir vorgeschlagen hast? Ich habe ein bisschen mit Sandstein und Kalkstein und rotem Granit herumexperimentiert. Willst du es dir vielleicht ansehen?«

Rita fühlte sich verwegen, als sie mit ihm zu seinem Atelier auf der Anhöhe hinter der Trefoldighetskirke hinaufging. Im größten Raum blieb sie vor einer der Skulpturen stehen, einer Steingruppe, ein sitzender Mann mit einer Frau auf dem Schoß. Kräftigere Formen, als sie sonst mit Vigeland verband. Ein neues Wesen. Weder Mann noch Frau, sondern die Summe von etwas. Ein Wesen, dessen wichtigstes Merkmal die Umarmung war. Ohne nachzudenken suchte sie ihr Skizzenbuch heraus, das sie immer mit sich herumtrug, und fing rasch und mit schnellen Strichen das Motiv ein. Vigeland fragte, ob er sich ihr Buch ansehen dürfe. Er blätterte es durch, hielt bei einigen der Zeichnungen inne und suchte dann eines seiner eigenen Skizzenbücher heraus, als wolle er auf diese Weise Erfahrungen austauschen. Rita sah die sonderbarsten Fantasien, energische Linien, eine Frau, die auf dem Geweih eines Rentiers saß, eine andere, die von einem Tiger umarmt wurde. »Verzeih mir, wenn ich das frage, aber darf ich dich zeichnen?«, fragte Vigeland, der jetzt enthusiastisch wirkte, als wäre ihm soeben ein Einfall gekommen. »Bleib einfach so stehen wie jetzt. Schön.« Sie hörte das Kratzen des Bleistifts auf dem Papier. Sie hielt die Positur, bis er sich räusperte und ihr die Zeichnung zeigte. Sie sah sich selbst. Das war ihr Gesicht. Ihre Zöpfe. Ansonsten aber war es ein Traumgebilde. Sie war nackt, hielt die Hände vor der Brust, und ein Drache – sofern es sich nicht um eine Echse handelte – bildete einen Ring um ihre Füße.

Sie errötete, als sie die Zeichnung sah. »Du hast eine besondere Kraft in dir«, sagte er. »Du erinnerst mich an Proteus.« Sie kannte den Namen nicht. »Fast ist es, als könnte ich sehen, wie du vor meinen Augen die verschiedensten Formen annimmst«, sagte er. »Was willst du werden?« »Historikerin«, sagte sie. »Wie Halvdan Koht.« Vigeland nickte. »Wieso nicht Künstlerin?«, fragte er. »Oder Geologin? Wo du doch so eine besondere Leidenschaft für Gestein hast. Darf ich dich bitten, die Zöpfe zu lösen?« Sie tat es. Sie wusste nicht, warum, aber sie gehorchte, hatte Lust zu gehorchen. »Tanz ein bisschen hier auf dem Fußboden herum und halte deine Haare mit den Händen ausgestreckt«, bat er sie. »Du strotzt vor Lebensfreude, das sehe ich.« Er lachte wieder. Sie tat, worum er sie gebeten hatte. Wusste nicht, warum, aber sie tat es. Konnte er sehen, dass sie in Konrad verliebt war? In dem Raum roch es nach Lehm, Gips und Stein. Sie tanzte, schmunzelte dabei, sie war wie hypnotisiert. »Ich werde mich nicht ausziehen«, sagte sie, außer Atem. »Das brauchst du auch nicht, das können andere für mich tun«, lachte er. »Möchtest du wiederkommen?«

Sie wollte nicht. Sie wollte keine Muse sein. Sie wollte auch kein Modell sein. Nicht einmal für Gustav Vigeland.

Sie war damals siebzehn Jahre alt. Auf dem Weg die Anhöhe vom Atelier hinunter spürte sie, dass das Tanzen noch immer in ihrem Körper steckte.

Sie saß an Konrads Krankenhausbett und las Olav Duuns Roman in sein Ohr. Klangvolle Sätze. Trotzdem wusste sie nicht, ob sie bei ihm ankamen, ob Kunst irgendetwas auszurichten vermochte.

Immerhin halfen Vigelands Skulpturen, oder der Gedanke dahinter – dieses riesige Mandala, dieses Lebensrad –, ihr dabei, ihr schwierigstes Jahr zu überstehen. Das war unmöglich wegzudiskutieren. Wenn sie die Wege seines Parks entlangspazierte, war das für sie wie eine Erlösung. Und das nicht nur, weil sie auf der Brücke die Skulptur einer tanzenden Frau sah, die ihre Haare mit den Händen ausgestreckt hält.

Aber auch wenn ihr jetzt Zweifel gekommen waren, las sie ihm trotzdem weiterhin vor. Nachdem sie mit *Der Mensch und die Mächte* fertig geworden war, holte sie ein neues Buch von seinem Schreibtisch in der Kleingartensiedlung Lille Tøyen. Sie begann, ihm daraus vorzulesen. »In eine Herberge für Pilger ins Heilige Land kam eines Abends ein Mann, der wie vom Blitz gejagt schien.« Das war aus *Der Tod Ahasvers* von Pär Lagerkvist, eben erschienen, und sie hatte viele, mit Bleistift geschriebene Kommentare darin entdeckt. Womöglich hatte Konrad vorgehabt, etwas daraus in einer seiner Predigten zu verwenden.

Mitglieder aus seiner Glaubensgemeinde kamen ins Krankenhaus, setzten sich zu Rita in das weiße Zimmer und berichteten ihr von den Gesprächen, die sie mit ihm geführt, von den Geschichten, die er ihnen erzählt hatte, und davon, wie sie sich durch ihn geheilt gefühlt hätten. Und von kleinen Holzschnitzarbeiten, die er allerorten verschenkt hatte und die ebenfalls ein großer Trost gewesen seien, nicht zuletzt für die Kinder.

Konrad lag weiterhin im Koma. Um seinen Kopf hatte er immer noch einen Verband, wiewohl das Rote um seine Augen – Brillenhämatome, wie es der Arzt genannt hatte –, im Verschwinden begriffen war. Über den Arm wurde ihm

Flüssigkeit zugeführt. Ab und zu kam eine Krankenpflegerin herein, um Puls und Blutdruck zu messen und seine Atemfunktion zu überprüfen. Oder den Harnkatheder zu wechseln.

Wenn sie allein waren, las Rita ihm vor, saß neben ihm auf einem Stuhl und las langsam aus *Der Tod Ahasvers*, ließ die Worte in sein Ohr hineinströmen, in dieses große, fein gemeißelte Ohr, das den Lebensgeschichten so vieler Menschen gelauscht, sich ihre Verzweiflung und ihre Klagelieder angehört hatte. Bisweilen sah sie ein Vibrieren in seinen Augenlidern oder glaubte, seine Atmung habe sich verändert oder sein ganzer Körper habe irgendwie einen lauschenden Ausdruck angenommen. Sie wusste nicht, ob sie sich das nur einbildete. Trotzdem las sie geduldig weiter, versuchte zu glauben, dass die Wörter Wirkung zeigten.

Mitunter lief ein kurzes Zucken oder Zittern durch seinen Körper. Für Rita wirkte es, als versuche er, sich hochzuziehen, zu Bewusstsein zu kommen, dann wieder hatte sie den Eindruck, dass er auf dem Weg nach oben sei, sich aber unten zu halten versuche, sich in die Bewusstlosigkeit zurückgleiten ließ, als habe er dort etwas entdeckt und wolle dort bleiben, oder als könne er sich nicht entscheiden, ob er weiterleben wollte oder nicht, dachte sie. War er womöglich Gott begegnet?

Oft saß sie einfach nur neben ihm und schaute ihn an. Sie dachte daran, wie sehr sie durch ihn geprägt war, auch in all den Jahren, in denen sie ihn nicht gesehen hatte. Als wäre Konrad, ihr Wissen um ihn, in ihrem Leben genauso wichtig gewesen wie alles, was sie tatsächlich erlebt hatte.

In der Mitte der dritten Woche, während sie ihm das Ende von *Der Tod Ahasvers* vorlas, wo Ahasver plötzlich von einem strahlendem Licht umgeben ist, öffnete er die Augen. Vor Verdutztheit ließ sie das Buch fallen, rief nach einer

Krankenpflegerin, schrie regelrecht, wie um Hilfe, doch als die Schwester kam, hatte Konrad die Augen wieder geschlossen. »Keine Angst, das ist ein gutes Zeichen«, sagte sie. »Er ist auf dem Weg zurück.«

In den darauffolgenden Tagen zeigte er mehrfach Anzeichen, dass er kurz davor war, aufzuwachen. Seine Augen blieben immer länger geöffnet. Eines Tages, als sie zu ihm sprach, lächelte er, bevor seine Augen wieder zufielen.

Er kam immer mehr zu Bewusstsein. Wenn er aufwachte, erkannte er sie wieder, sagte ihren Namen. Nie hatte sie jemanden ihren Namen auf solche Weise sagen hören. Rita. Wie eine Feststellung, dass die Welt noch immer existierte. Es war wie ein Erschaffenwerden, ein Zurweltkommen, als würde sie von neuem eine Rita werden. Er versuchte zu sprechen, auch wenn es undeutlich klang.

Konrad wurde ins Rehabilitationszentrum überstellt, und langsam verbesserte sich sein Zustand. Schließlich bewegte er sich ganz wie früher, sprach wie früher, küsste wie früher. Komischerweise aber hatte sich seine Handschrift verändert. Er amüsierte sich darüber. »Die Engel müssen mir etwas Neues beigebracht haben«, sagte er.

Im Jahr darauf arbeitete er wieder, ließ es allerdings ruhiger angehen als früher, reduzierte seine Anstellung auf drei Tage die Woche. Für die Pfarrgemeinde war er der alte Konrad, aber etwas, das konnte Rita sehen, hatte sich für immer verändert, und zwar nicht nur seine Handschrift.

Aber er liebte sie auf dieselbe Weise. Und sie ihn.

Er ist gebrechlicher geworden, dachte sie. Ich muss gut auf ihn aufpassen.

»Lies mir noch einmal *Der Mensch und die Mächte* vor«, sagte er eines Nachmittags zu ihr, als draußen vor dem Fenster das

Mailicht grün leuchtete und auf dem Beistelltisch rote Tulpen glühten. Die Rollen waren vertauscht worden. Jetzt war er es, der auf ihrem Schoß lag, und sie, die ihm vorlas. »Es war von den Alten vorhergesagt, dass Øyværet untergehen sollte«, begann sie, während sie ihm mit einer Hand durchs Haar strich und dachte, dass das, was sie erlebt hatte, nicht von Untergang handelte, sondern von Auferstehung.

DIE HARPUNE UND DER SPEER

In unseren Archiven befindet sich die transkribierte Fassung eines Radiointerviews, das Maud Evensen 1964 mit dem Schiffsreeder Albert Bohre geführt hat. Unerwähnt in dem Interview bleibt, dass es sich bei Albert um den Onkel ihres verstorbenen Mannes, Sigurd Bohre, handelt, wiewohl wir die Möglichkeit nicht außer Acht lassen dürfen, dass die Familienbande als der eigentliche Grund dafür anzusehen sind, weshalb sich der scheue Magnat zu diesem Interview bereit erklärte. Zu dieser Zeit, möchten wir der Ordnung halber hinzufügen, war das Radio ein sehr beliebtes Medium.

Maud: Liebe Hörerinnen und Hörer, willkommen bei *Maud-Land*. Wir senden direkt aus Marienlyst, und es ist Samstag, der 21. November. Hinter uns liegt ein Jahr, in dem Lyndon B. Johnson die Präsidentschaftswahl in den USA gewonnen hat und Nikita Chruschtschow als sowjetischer Regierungschef abgesetzt wurde – ein Jahr mit Unruhen im Kongo und in Vietnam, aber auch eines, das uns in Erinnerung bleiben wird als ein Jahr, in dem eine Popgruppe aus Liverpool auf den Plätzen 1, 2, 3, 4 und 5 der amerikanischen Billboard-Charts lag, ein Jahr, in dem Mary Quant den Minirock salonfähig machte und Jean-Paul Sartre den Nobelpreis für Literatur abgelehnt hat. Als Gipfel des Ganzen spazierte vor nur wenigen Tagen Charlie Chaplin mitten unter uns durch die Osloer Straßen. Was für ein Jahr! Und zu Besuch hier im Studio haben wir keinen geringeren als Albert Bohre. Willkommen, Herr Schiffsreeder.

Albert: *Ehemaliger* Schiffsreeder, wenn ich bitten darf.

Maud: Genau darüber werden wir sprechen. [Im Hintergrund ein Murmeln von Albert.] Lassen Sie mich zunächst sagen, Herr Bohre, dass wir stolz sind, uns wirklich geehrt fühlen, Sie als Gast bei *Maud-Land* begrüßen zu dürfen. Sie gehören zu den reichsten Menschen in Norwegen, und viele sind neugierig, wer sich hinter der Person Albert Bohre verbirgt. Allerdings sind Sie dafür bekannt, oder berühmt, keine Interviews zu geben – von einem Kolumnisten wurden sie sogar als die »Greta Garbo der Seefahrt« bezeichnet. Ist es denn nicht auch einmal vorgekommen, dass Sie einen Fotografen, der Ihnen zu nahe getreten ist, niedergeschlagen haben?

Albert: Das ist eine gewaltige Übertreibung. Die Wahrheit ist, meine rechte Hand kann sprechen, und sie hat diesen Fotografen auf sehr höfliche, zivilisierte Weise gebeten, das Restaurant zu verlassen …

Maud: Und wie steht es jetzt mit ihrer Rechten? Warum haben sie der Einladung in diese Sendung zugestimmt?

Albert [nach einer Pause]: Beim Abwägen des Für und Wider dieser Einladung habe ich erkannt, dass ich eine Geschichte zu erzählen habe, eine Geschichte, die hoffentlich einigermaßen interessant ist. *Anders* – jetzt habe ich das Wort. Das ist es ja auch, was Sie in dieser Sendung auf so geschickte Weise vollbringen, wenn ich mir dieses Kompliment erlauben darf: Sie lassen die Menschen über die entscheidenden Situationen ihres Lebens berichten.

Maud: Für dieses Vertrauen kann ich nicht anders, als Ihnen meinen Dank auszusprechen. Aber lassen Sie uns zunächst einen kurzen Abriss Ihres, wie soll ich sagen, Geschäftsimperiums vornehmen. Wann hat das Abenteuer begonnen?

Albert: Das erste Schiff habe ich 1928 gekauft, das heißt, ich habe mir Geld beschafft, um es zu kaufen. Das erste Walfangmutterschiff habe ich 1930 gekauft. Vor dem Krieg waren wir eine der weltgrößten Walfangreedereien.

Maud: Ihre Flotte wurde im Krieg schwer in Mitleidenschaft gezogen …

Albert: Nicht die Flotte – was bedeutet schon dieser ganze Eisenschrott, den wir Schiffe nennen und für den wir außerdem Schadenersatz erhielten. Aber es waren Menschen betroffen, Familien. Die vielen Ertrunkenen … [muss sich räuspern]. Noch immer hat keiner begriffen, mit welchem heldenmutigen Einsatz diese Seeleute handelten, und das ist eine Schande. In der wichtigen ersten Kriegsphase gab es zwei Dinge, denen Hitler nicht den Garaus machen konnte, England und die norwegische Handelsflotte. Das dürfen wir nie vergessen. Die Milorg muss schon entschuldigen, wenn ich das sage, aber ein norwegischer Seemann war mehr wert als zwanzig von ihren Widerstandskämpfern, diesen »Waldburschen«.

Maud: Diese Diskussion müssten wir ein anderes Mal weiterführen. Nach dem Krieg haben Sie Ihre Flotte also neu aufgebaut?

Albert: Ja, das hat nicht lange gedauert … Die Kriegsjahre waren ja, vorsichtig ausgedrückt, keine Katastrophe für die norwegische Wirtschaft. Nach – lassen Sie mich überlegen – drei Jahren waren wir noch größer als vor dem Krieg. Der Walfang erlebte damals auch gerade goldene Jahre. Enorme Gewinne. Wenn ich Ihnen erzählen würde … [unterbricht sich].

Maud: Doch dann, in der Mitte des Jahrzehnts, das jetzt hinter uns liegt, haben Sie Ihre gesamte Walfangtätigkeit eingestellt, die Reederei einer Verwandlung unterzogen und zur Tankfahrt gewechselt. Und das ist es auch, wo wir hinwollen. Was um alles in der Welt ist geschehen, Herr Bohre?

Albert [langes Lachen, bevor er antwortet]: Fast bereue ich es schon, dass ich hierhergekommen bin, denn ich weiß nicht, ob die Leute mir das glauben werden. Aber es hat etwas mit einem Speer zu tun …

Maud: Einem Speer?

Albert [noch immer lachend]: Wahrscheinlich muss ich mit meiner Liebe zum Sommersport beginnen. Ich bin kein typischer Norweger. Schon als ich klein war, habe ich Schnee gehasst. Ich fror den ganzen Winter, bis weit in den Mai hinein. Als Erwachsener habe ich mir dann einen dicken Wolfspelz zugelegt, den ich von November bis April trage, er ist zu meinem Markenzeichen geworden – es ist mir übrigens schnuppe, dass die Leute mich Wolf nennen. Oder mich als ein Raubtier betrachten. Es wird dabei immer vergessen, dass alle Menschen Raubtiere sind. Aber zur Sache: Während ich

Skifahren und Eislaufen und überhaupt jeden Wintersport immer verachtet habe, liebe ich den Sommersport. Besonders die Leichtathletik. Und am allermeisten den Speerwurf. Auf der ganzen Welt, durch alle Zeiten hindurch, haben Kinder speerähnliche Gegenstände zur Hand genommen und sie geworfen. Wie viele Menschen auf der Welt schnallen sich Skier auf die Füße? Nein, Speerwurf. [Pause.] Außerdem war der Speer auch eine Waffe, etwas, das beim Kampf ums Überleben verwendet wurde. Was soll man mit einer Skisprungschanze? Das ist nichts anderes als eine schlechte Zirkusnummer, zu nichts zu gebrauchen. [Lachen.]

Maud: Ich verstehe nicht, worauf Sie …

Albert [deutlich euphorisch, schnell sprechend]: Ich habe darüber nachgedacht: Vielleicht hat alles beim Spielen begonnen. Können wir vorhersehen, was aus einem Menschen wird, indem wir seine Lieblingsspiele studieren? Als Kinder haben wir viele bunte Geschichten über Amerika gehört und oft Cowboy und Indianer gespielt. Wenn ich heute darüber nachdenke, erkenne ich, dass die Wahl unserer Waffen im Grunde fast alles über unsere Persönlichkeit verrät. Rita, meine Schwester, wollte Indianerin sein, mit Pfeil und Bogen, ihr gefiel der Anblick von sich selbst als Mädchen mit geräuschlosem Kampfwerkzeug. Ich weiß nicht, ob Sie das überrascht, aber auch ich wollte Indianer sein, nur dass ich instinktiv den Speer als Waffe wählte, einen dünnen Stecken, den ich abgeschnitten und gefährlich spitz zurechtgeschliffen habe, und dann habe ich noch seine Rinde mit Schnitzereien versehen. Darf ich Sie fragen: Haben Sie je diese sinnliche Freude erfahren, sich mit einem Messer hinzusetzen, Streifen in eine Rinde zu schnitzen und dabei diesen typischen Duft in der Nase zu haben? [Man hört Maud zum Sprechen ansetzen, aber er lässt sie nicht zu Wort kommen.] Konrad Steen – ja, Sie wissen schon –, der Pfarrer, hat sich immer das Lasso ausgesucht; damals konnte man bereits ahnen, dass er einmal Menschen mit seiner Schlinge, verzeihen Sie, mit Gottes Schlinge einfangen würde. Und Max Qviller ist mit irrsinnigen teuren Spielzeugpistolen und einem kunstvoll gearbeiteten Gürtel herumgelaufen, Dinge, die sein Vater im Ausland gekauft haben musste. Was ist er geworden? Kunsthistoriker. Er ruhe in Frieden, übrigens.

Maud: Ich verstehe noch immer nicht … Geht es dabei irgendwie um eine Verwandtschaft zwischen einem Speer und einer Harpune?

Albert: Dazu komme ich noch, dazu komme ich noch. Das Leben ist ein einziger großer Wettbewerb, das habe ich schon als Kind begriffen, und in späteren Jahren habe ich erkannt, dass der Wettbewerbsinstinkt stärker ist als jeder andere, ich würde sogar behaupten: genauso stark wie der Sexualtrieb, sofern es gestattet ist, so ein Wort in dieser Sendung zu verwenden. Ein Spiel gewinnen, jemanden in eine Falle locken, seine Gruppe befreien, das allein verschaffte mir schon eine ungemeine Befriedigung. Sie haben doch sicher Räuber und Gendarm gespielt? Ich habe es ganz einfach geliebt, mich in Wettkämpfen zu messen, besonders in der Leichtathletik, aber eigentlich war es ganz egal, worum es ging. Beim Fischen etwa. Und jetzt passen Sie gut auf, Maud Evensen, denn das ist wichtig. [Setzt gleichsam zum Sprung an:] Einmal hat Max gewettet, dass er in einer Stunde mehr

Fische an Land ziehen würde als ich. Wenn ich gewinnen sollte, bekäme ich sein neues Taschenmesser mit Perlmuttgriff; wenn er gewann, würde er zehn Zinnsoldaten von mir bekommen – ich wusste, wie sehr er sich die Finger leckte nach den deutschen, denen von der Schlacht bei Lützen, aber verzeihen Sie, ich schweife ab. Gut, wir ruderten also los. Ich schwor mir, ich würde ihn schlagen. Gegen Konrad konnte ich nicht gewinnen, der zog stets mehr Fische an Land als der Apostel Petrus höchstpersönlich. Trotzdem fing der Dreikäsehoch zwei kleine Dorsche, und ich keinen. Er zog mich gehörig damit auf, defilierte mit den zwei Fischen hoch erhoben vor den anderen Kindern herum, als würden die zwei Dorsche ihn zum Häuptling der Svartebukta machen. Ich natürlich schäumte vor Wut, und am nächsten Tag wettete ich, dass ich ihn im Kajakpaddeln schlagen würde. Wir sollten bis zur Insel Killingen hin- und zurückpaddeln. Der Wetteinsatz war der gleiche, sprich, er würde noch einmal zehn von meinen Zinnsoldaten bekommen. Aber egal. Max war ganz gut im Paddeln, aber ich wusste, ich konnte ihn schlagen, und als ich auf dem Rückweg vier oder fünf Längen vor ihm lag, rief er, er würde aufgeben, ich hätte gewonnen. Ich legte das Ruder vor mir ab und genoss diesen Augenblick, mein pochendes Herz, die glänzende Meeresoberfläche. Das Kajak lag völlig ruhig. Ich kann getrost sagen, dass ich rundum glücklich war. Glücklicher vielleicht als jemals zuvor. Ich hatte in einem Zweikampf gesiegt. Max näherte sich langsam von hinten. Dann passiert es. [Mit erhobener Stimme:] Irgendwas bricht durch die Wasseroberfläche. Etwas Riesiges. Direkt neben meinem Kajak. Etwas Großes, Schwarzes steigt aus der Tiefe auf. Ich dachte: Ein Drache! Denn als das Wesen mit einer rollenden Bewegung verschwand und dabei Wellen erzeugte, die um ein Haar das Kajak zum Kentern gebracht hätten, habe ich seinen Rücken gesehen, und der sah genauso aus, wie ich mir den Rücken eines Drachen vorgestellt hatte. Ich erlitt einen Schock. Ich glaubte, mein Herz hätte aufgehört zu schlagen. Ich hörte Max hinter mir rufen: »Ein Wal! Unglaublich, ein riesiger Wal hier drin!« Wir schafften es an Land. Die anderen wollten wissen, was vorgefallen war, wollten eine Erklärung für mein leichenblasses Gesicht. Max erzählte es ihnen, stammelte, lachte aber dabei. Aus vollem Hals. »Albert ist von einem Wal angegriffen worden!« Ich war noch immer starr vor Schreck, zitterte und bemerkte, dass ich mich, verzeihen Sie den Ausdruck, vollgepisst hatte.

Maud: Haben Sie herausgefunden, was für ein Wesen das gewesen sein könnte?

Albert: Darüber habe ich mir später oft den Kopf zerbrochen. Es war vielleicht nicht so riesig, wie wir es gerne gehabt hätten. Es könnte ein Buckelwaljunges gewesen sein. Die werden fünf bis sechs Meter lang und wurden schon im Oslofjord gesichtet. Vielleicht ein verirrter Schwertwal? Oder einfach ein Schweinswal, die ja auch bis zu zwei Meter lang werden können, was ungemein groß wirkt, wenn man in einem zerbrechlichen Kajak sitzt. Einmal, als wir auf Besuch bei meinen Großeltern in Vestfold waren und meine Schwester sich die Ausgrabungen des Osebergschiffes ansah, wollte ich lieber mit einem Verwandten ins Museum in Tønsberg gehen, um mir die dort ausgestellten Walskelette anzusehen, und selbst die erschreckten mich fast zu Tode. Besonders in Erinnerung geblieben sind mir das Skelett des Finnwals, eine Schenkung von Svend Foyn, und das riesengroße Blauwalskelett von den Gebrüdern Bull – Sie wissen schon, den Reedern. Konnte ein Tier so gigantisch sein? Ich glaube, das hat sich in mir festgesetzt. Die Erinnerung. Diese kolossalen Geschöpfe. Nicht zuletzt ihre Kiefer. Riesige Portale. Es war der Besitzer dieses Skeletts, den ich aus der Tiefe neben dem Kajak emporsteigen sah. Der Leviathan in höchsteigener Gestalt. Eine Sekunde lang war ich mir sicher, diese schrecklichen Kiefer würden um mich herum zuklappen. Mich verschlingen.

Maud: Also hat es etwas mit Ihrem Interesse für Wale zu tun?

Albert: Interesse ist das falsche Wort. Worum es ging, war Hass. Blanker Hass. Ich fühlte, dass der Wal mich umbringen, mich zu Tode erschrecken wollte. Mich aus dem Hinterhalt angreifen, als ich am glücklichsten war. Noch in meinen Träumen wurde ich heimgesucht von diesem gurgelnden Atem aus dem Dunklen, Unbekannten. Ich weiß nicht, wie ich sagen soll, man könnte es vielleicht eine metaphysische Angst nennen. Ich war so wütend, dass ich am nächsten Tag, ausgerüstet mit meinen spitzesten, am besten ausgearbeiteten Speeren und dem alten Toledo-Schwert, das wir über dem Kamin hängen hatten, in einem soliden Kahn den Lysakerfjord hinausruderte. Aber keine Spur von der Bestie. Jedenfalls habe ich damals einen Eid abgelegt. Für Sie klingt das gewiss seltsam, aber ich beschloss, so viele Wale wie möglich zu töten. Natürlich vergingen zwischen diesem Vorfall und dem Tag, an dem ich meine ersten Schiffe bestellte, etliche Jahre, aber ich bin mir sicher, dass hier alles seinen Anfang nahm. [Zögernd:] Vielleicht hatte es auch mit

Max und seinen Hänseleien zu tun. Mit seinem Lachen. Mit allen, die über mich gelacht haben, als ich aus dem Kajak heraus an Land kroch.

Maud: Ich gebe zu, um Walfangreeder zu werden, ist das ein originelles Motiv. Aber was ist mit der Lust am Geldverdienen?

Albert [als hätte er nicht gehört, was Maud sagte]: Max hatte *Moby-Dick* gelesen, das heißt, er hatte sicher bloß davon gehört, und danach lief er noch wochenlang mit einem breiten Grinsen herum und erzählte allen, ich wäre von Moby-Dick angegriffen worden. Das machte mich wütend, und von dem Tag an, könnte man vielleicht sagen, war ich ein Kapitän Ahab. Mit dem Unterschied, dass ich *alle* Wale töten wollte, nicht nur einen von diesen verfluchten Teufeln, verzeihen Sie mir meine Sprache. Und mein Wettkampfinstinkt war ungebrochen. Ich schwor mir, alle anderen Reedereien sowohl in Hinblick auf die Anzahl der gefangenen Wale als auch auf den finanziellen Gewinn des Vorjahres zu übertreffen. Ich wage zu behaupten, wir hatten Erfolg. Ich bin mir nicht sicher, wie viele Tiere wir insgesamt geschlachtet haben, aber wie Sie sicherlich wissen, wurden im Südlichen Eismeer allein in einer Saison einmal 40.000 Wale geschossen. Also ja, ich kann nicht leugnen, dass auch Geld mit der Zeit in diesem Bild auftauchte.

Maud: Dann stimmt es also nicht, was einer Ihrer Gegner gesagt hat, dass Sie Wale fangen würden, um ihre Gattin mit ihren Sardinen zu übertrumpfen?

Albert: Ja, das wär' doch mal was, nicht? Wenn sich meine gesamte Tätigkeit auf die Eheschließung mit der Tochter eines Stavangerschen Konservengiganten zurückführen ließe. [Lachen.] Sie haben eindeutig zu viel Psychologie gelesen, Maud Evensen. Meine liebe Constance ist an alldem unschuldig.

Maud: Sie müssen aber doch zugeben, dass sie beide als Paar einen interessanten Bogen spannen, ein prägnantes Bild von Norwegens Aufstieg: von Sardinen in Blechdosen zu Blauwalen auf Fabrikschiffen. Verzeihen Sie – kehren wir zurück zu ihrer Geschichte. Sie haben einen Speer erwähnt … Übrigens, dieses Schwert aus Toledo: Ihr Vater war doch Spanier …

Albert: Das ist richtig. Ich bin halber Spanier, vielleicht ist das ja eine Erklärung. Dass in meinen Adern Konquistadoren-Blut fließt. [Schmunzelt.] Mein Vater starb übrigens viel zu früh, er konnte meine Eroberungen leider nicht mehr miterleben. Oder zum Glück. Er war ein wahrer Humanist, ein buchgelehrter Europäer, der, glaube ich, die temperamentlose norwegische Kultur schlecht ertrug. Genug davon.

Maud: Ja, erzählen Sie weiter von dem Speer …

Albert: Ja, doch zunächst muss ich Sie auf einen Umweg mitnehmen, damit die Zuhörer verstehen können, wie ich dort gelandet bin, auf dem rechten Platz sozusagen. Ich hatte schon früh eine Sehnsucht, zur Bouvetinsel zu reisen. [Ein Murmeln von Maud.] Ja, Sie haben richtig gehört: Bouvetinsel. Die abgelegenste Insel der Welt. Einmal habe ich von meiner Schwester zum Geburtstag eine Karte von dieser

Insel bekommen – so war sie, meine Schwester. Von den anderen bekam ich Spielzeug geschenkt – Baukästen, Brettspiele, Zauberzubehör, ein bayrisches Dorf – Rita schenkte mir eine Karte, die sie selbst gezeichnet hatte. Oder wer weiß, vielleicht hat Nansen ihr dabei geholfen. Aber sie war eine fantastische Zeichnerin, sie hätte Künstlerin werden können, ihre Wikingerschiffe sahen besser aus als die von Werenskiold. Wie dem auch sei: Ritas Karte zeigte nicht viel mehr als einen Kreis mit der Andeutung eines Gebirges, und nur ein einziger Name stand darauf geschrieben, dort, wo die Nordküste war, wobei der Namensgeber Bouvet war, der Franzose, der die Insel 1739 entdeckte: Cap de la Circoncision. Dazu hatte Rita noch die Position hingeschrieben, die Koordinaten, die von der Valdiva-Expedition erstellt worden waren, nachdem sie 1898 die Insel umsegelt hatten.

Maud: Ich muss schon sagen, Sie haben eine außergewöhnliche Schwester … die Paläontologin Rita Bohre.

Albert: Ja, sie ist schon ein ganz eigener Typ, so viel ist sicher. Ich habe oft über die Ungerechtigkeit nachgedacht, dass ihr, einem Menschen mit einer Begabung, einer herausragenden Fossilienforscherin, so viele Steine in den Weg gelegt wurden, während mir, mit meinen äußerst begrenzten Talenten – ja, das gestehe ich rundheraus ein –, alles in den Schoß gefallen ist und ich so viel erreicht habe … Besonders nach dieser vieldiskutierten Ausstellung, die sie vor zirka zehn Jahren arrangiert hat, habe ich mir das wieder gedacht. Nichts für ungut, ich bin nicht in allem, was sie geschrieben und gesagt hat, einer Meinung mit ihr, aber ich war trotzdem stolz auf sie damals. Wo war ich?

Maud: Die Karte.

Albert: Genau. Denn was unsere Fantasie angeregt hat, war sicher, wie wenig über diese Insel im Südlichen Eismeer bekannt war. Gemeinsam mit Rita konnte ich ihre genaue Lage herausfinden. Und ich war wie gebannt. Ein Punkt, ein Walkopf, in einem riesigen Meer. Mitten im Nichts. In unserer Fantasie malten wir uns aus, dass die Insel ein lebendes Wesen war, sich bewegte. Für mich wurde das zu einem Lebensziel: irgendwann einmal diesen fernen Ort zu erreichen, meine Fußspuren dort auf dem Strand zu setzen. Ich war wie besessen von der Bouvetinsel, vielleicht könnte man sagen, dass *sie*, die Insel, mein Moby-Dick wurde. Jeden Abend vor dem Einschlafen lag ich im Bett und sah mir die Karte an, als zeigte sie einen fernen Planeten, aber trotzdem ein Ziel, das zu erreichen war. Ich erinnere mich, dass ich fast platzte vor Stolz, als die Insel 1927 nach der Expedition mit der »Norvegia« von Norwegen annektiert und zum abhängigen Gebiet erklärt wurde. Ich konnte eine Kopie von der Karte ergattern, die sie gezeichnet hatten, und von dort übertrug ich die Namen auf meine eigene stumme Karte aus meiner Kindheit. Das fühlte sich unglaublich bedeutungsvoll an. Lykkes topp, Olavs topp, Sjøelefantstranda, Djevelporten – Glücksspitze, Olavsgipfel, Seeelefantenstrand, Teufelstor, solche Sachen. Ich hängte die Karte an der Wand im Büro auf. Um ehrlich zu sein, inspirierte mich das. Die Tatsache, dass wir, eine winzige Nation, uns plötzlich eine Insel auf der anderen Seite der Erdkugel unterwerfen konnten – einfach indem wir den Fuß daraufsetzten. Und kein Mensch hat dagegen protestiert. Das heißt, es wurde protestiert, aber am Ende setzten wir doch unser Recht durch. Fabelhaft, oder?

Eine Insel, über tausend Meilen entfernt! [Lachen.] Auch ich
habe es geschafft. Im Jahr darauf habe ich mein eigenes Schiff
in dieselben Fahrwässer geschickt. Auf eine Weise habe ich
mir, habe ich Norwegen, unfassbar große Meeresgebiete unterworfen, in denen wir Wale fingen, ihren Blubber und ihr
Öl gewannen, was nicht nur mir, nicht nur meiner Mann-
schaft zu unfassbarem Reichtum verholfen hat, sondern die
ganze Nation ist dadurch stinkreich geworden. Darauf war
ich unbeschreiblich stolz. [Sich ereifernd.] Vergessen wir
nicht – nicht nur die Araber und die Amerikaner haben ihre
Ölarbeiter. Auch wir Norweger haben unsere.

Maud: Hatten Sie jemals ethische Bedenken, was das, soll ich
es wagen zu sagen, Abschlachten von Walen betrifft? Ihnen
muss doch klar gewesen sein, dass allmählich der Bestand der
Tiere bedroht war.

Albert: Tun Sie sich keinen Zwang an, fragen Sie nur. [Trinkt
Wasser.] Ich habe jedenfalls keinen Gott, der es mir verboten
hätte. Gestatten Sie mir, wenn ich ein wenig von der Spur
abweiche: Ich muss meinen kindlichen Glauben schon früh
verloren haben, ich glaube sogar, zu wissen, wann genau es
passiert ist. Konrads Vater – ja, wie gesagt, Konrad Steen,
der Pfarrer, der vor einigen Jahren, wie ein Lazarus, von den
Toten auferstanden ist [kurzes Lachen] – Konrads Vater war
Schmied, und bevor er in einer Schmiede in Kristiania zu
arbeiten begann, war eine unserer Lieblingsbeschäftigungen,
ihn zu dem Betrieb am Lysakerelven zu begleiten. Er war in
jeder Hinsicht ein fingerfertiger Mann. Ein Künstler, wenn
man mich fragt. Einmal fertigte er für die Haslum kirke ein
prächtiges Modellschiff an – Votivschiff, so nennt man es

wohl. Er kam aus Sørlandet, war ein Kindheitsfreund Vigelands, und er fand, das Schiff würde gut in die alte Kirche passen, wo man es unter dem Dach im Mittelgang aufhängen könnte, wie einen Fliegenden Holländer, zur Freude und zum Trost für alle Kinder, die ja fast umkamen vor Langeweile. Aber glauben Sie, der prüde Gemeindepfarrer hätte es erlaubt? Was für ein Schweinehund! Und ich bitte nicht um Verzeihung …

Maud: Sie sind ja irgendwie Seemann, es soll Ihnen erlaubt sein zu fluchen, …

Albert: Dieser Gemeindepfarrer also mochte keine Schiffe, noch nicht mal geschenkt. Was für eine Verleugnung von Norwegen als Schifffahrtsnation! Wie dem auch sei: Konrads Vater war deswegen nicht sauer. Stattdessen schenkte er uns das Schiff. Weil es obendrein schwimmtauglich war, konnten wir in der Svartebukta damit spielen und uns an dem großartigen Anblick des Modellschiffs mit vollen Segeln neben der Veslemøy, Nansens Schoner, erfreuen. Für mich war das ein Luftschiff, das zu einem wirklichen Schiff geworden war. Transzendenz, die zur Immanenz wurde – falls Sie einem Ungelehrten solche Fremdwörter gestatten. Es hat meine eigenen Träume genährt. Doch danach habe ich jeden Respekt vor der Kirche verloren. Und mit der Zeit verschwand dann auch mein Glaube. Aber ich verzettle mich hier gerade, wo waren wir? Ja, moralische Bedenken? Selbstverständlich. Aber wir sind Menschen. Ich könnte es damit entschuldigen, dass wir lediglich taten, was die Bibel uns gebot, wir haben uns die Erde unterworfen und alles, was auf ihr ist. Eher aber würde ich sagen, ich bin für mein

Land in einen Wettbewerb getreten. Ich habe schlicht dafür gesorgt, dass Norwegen sein Stück vom Kuchen bekam. Auch wenn manche vielleicht der Meinung sein mögen, es sei ein bisschen größer ausgefallen, als wir es verdienen. [Lachen, mit Prusten durchmischt.]

Maud: Mir wurde erzählt, Sie hätten in den Räumlichkeiten der Reederei in Sandefjord nur ein einziges Schiffsmodell in einer Vitrine stehen: Das Segelschiff von Francis Drake. Sehen Sie sich selbst als Pirat?

Albert [räuspert sich]: Ja, da ist schon was dran. Und ich brauche mein eigenes »Votivschiff«, wenn Sie verstehen, was ich meine. Ich stamme ja von einem Wikingergeschlecht ab. Einem Räubergeschlecht. [Herzliches Lachen.] Meine Großeltern wuchsen direkt neben den Hügeln auf, unter denen stolze Schiffe begraben lagen. Meine Tätigkeit war für alle Norweger von Nutzen, und von der Nation wurde sie mit offenen Armen empfangen. Wir boten Tausenden Männern Beschäftigung, die dreimal so viel verdienten wie ein gewöhnlicher Arbeiter zu Hause. Wenn es mir an moralischem Rückgrat fehlt, dann gibt es viele, denen es ebenso daran fehlt. Übrigens fällt mir gerade ein, dass ich, bevor ich meine Frau kennengelernt habe, mit einer Freundin von Rita zusammen war, mit einer Wissenschaftlerin, einer Zoologin, die sich häufig in der biologischen Station in Drøbak aufhielt. Als ich ihr gegenüber einmal kurz erwähnte, ich hätte vor, auf Walfang zu gehen, beendete sie die Beziehung sofort. Das nenne ich moralisches Rückgrat. Aber sie ist eine Ausnahme.

Maud: So war das nicht gemeint …

Albert [hörbar gereizt]: Es ist nur, weil ich diese mehr oder weniger schlecht verpackten Anschuldigungen von wegen fehlender Moral schon so oft gehört habe, dass es mich einfach verflucht ärgerlich macht, entschuldigen Sie, wenn ich das sage. Lassen Sie uns aber doch der Wirklichkeit ins Auge sehen. Uns Menschen, uns hier in Norwegen eingeschlossen – ich möchte sogar hinzufügen: ganz besonders uns hier in Norwegen –, ist es schon immer am besten ergangen unter Bedingungen, die die Moral verbietet. Wir alle sind Meister des Verdrängens. Der Doppelmoral. Mein Gewissen also war kein schlechteres als das der restlichen Bevölkerung, als wir hemmungslos, völlig ohne Skrupel, einen Wal nach dem anderen in norwegische Kronen und Øre verwandelten. Wie gesagt: Ich war stolz. Ich lief herum und sang die Nationalhymne.

Maud: Sie sagen, Sie *waren* stolz.

Albert: Ich habe den Speer nicht vergessen, verehrte Moderatorin – wir Menschen sind mit der Fähigkeit gesegnet, mehrere Gedanken gleichzeitig im Kopf zu behalten, fast hätte ich gesagt, an mehreren Schnüren gleichzeitig zu ziehen –, und ich war gerade dabei zu erzählen, dass ich zur richtigen Zeit am richtigen Ort war, weshalb ich Ihnen zuallererst erzählen muss, dass ich tatsächlich auf der Bouvetinsel ankam. Ich bin einer von äußerst wenigen Norwegern, oder überhaupt allen Menschen, die ihren Fuß auf diesen unwirtlichen, vereisten Fliegenschiss von einer Insel gesetzt haben, nachdem ich davor eins meiner eigenen Schiffe kurzerhand kapern und meine Leute zwingen musste, einen riesigen Umweg zu fahren, nachdem wir von Cape Town abgelegt hatten. [Lachen.] Nie werde ich beschreiben können, was für ein Gefühl mich überkam an jenem Dezembertag, als ich meinen Fuß auf den Strand in Ny-Sandefjord setzte – und der Name passte ja ausgezeichnet für einen Sandefjordener –, dort in der Bollevika-Bucht, wo die Norvegia-Expedition seinerzeit ihre erste kleine Hütte aufgestellt hatte. Darüber vergaß ich sogar die elende Kälte. Was für ein Triumph! Da stand ich, auf der einsamsten Insel der Welt, gewissermaßen nur ich, Robben, Pinguine und Seevögel. Auch das ist Norwegen!, dachte ich. Das ist verflucht noch mal das wahre Norwegen! Einzigartig! Zwar war ich erst spät dort, lange nach dem Krieg, aber es führte dazu, dass ich mir dachte, ich sollte mehr von der Welt sehen. Besonders, wo ich doch eigene Schiffe hatte, die mich überall hinbringen konnten. Rita, meine Schwester, ermutigte mich: »Geh auf Reisen!«, befahl sie mir. »Verwende deine Schiffe für etwas Vernünftiges.« [Lachen.] Und so kam ich dann ein Jahr später nach Melbourne in Australien. Zu der Zeit hatte sich das Kontingent bereits verringert – ja, Sie haben recht: Auch ein Idiot musste begreifen, dass es in den Meeren fast keine Wale mehr gab – und die Saison hatte noch nicht begonnen. Außerdem hatte ich sowieso Geschäfte laufen, um die ich mich in Melbourne kümmern wollte, Angelegenheiten, in denen es um Werften, Häfen und Vorräte ging.

Maud: Und in diesem Jahr ereignete sich in Melbourne etwas Besonderes.

Albert: Genau. Ich weiß nicht, ob es bereits in meinem Bewusstsein schlummerte, ob ich es halb geplant hatte, aber ich glaube, es war wohl doch ein Zufall. Wie auch immer: Als ich im November dort ankam, fiel mir natürlich auf, dass die Olympischen Sommerspiele in der Stadt ausgetragen wurden. Durchaus nicht zufällig aber beschloss ich, mich am 26. November, einem Montag, auf die Tribüne zu setzen, denn es stand der Wettkampf im Speerwurf auf dem Programm.

Maud: Beschreiben Sie, wovon Sie damals Zeuge wurden.

Albert: Mit Freuden. Unser Mann, Egil Danielsen, hatte sich schon am Vormittag für das Finale qualifiziert, und kurz vor halb vier fingen sie mit dem Werfen an, direkt nachdem Audun Boysen beim 800-Meter-Lauf Bronze geholt hatte, wie ein Zeichen, dass sich in der norwegischen Leichtathletik ein Wunder anbahnte. Es war fast nicht auszuhalten. Hunderttausende Zuschauer saßen in dem schönen Melbourne Cricket Ground mit seinen übereinanderliegenden Tribünen, aber ich bin mir sicher, keiner von ihnen war so gespannt wie ich. Schon in dem Moment wusste ich, es würde sich etwas Ausschlaggebendes ereignen, etwas, das wie ein Kalfatern wirken könnte – sofern es mir erlaubt ist, einen Ausdruck maritimen Ursprungs zu verwenden. [Trinkt Wasser.] Zu meiner Enttäuschung lieferte Danielsen drei schlechte Würfe ab. Er war der Nervenanspannung eindeutig nicht gewachsen und wäre um ein Haar aus dem Wettbewerb ausgeschieden, nur mit knapper Not schaffte er es unter jene, die die drei letzten Würfe machen durften. Aber dann. Ich war außer Atem, ich war sicherlich noch nervöser als Egil Danielsen selbst, der dort unten in der Kurve herumlief. Und dann zog er sich die

Trainingshose aus. Man brachte ihm einen Speer, ich glaube, es war ein anderer als der, mit dem er bei den ersten drei Versuchen geworfen hatte. [Räuspern.] Jetzt hören Sie zu, Maud Evensen, still, hören Sie zu, Sie sind in Melbourne, es ist der 26. Dezember 1956, daheim in Norwegen ist Abenddämmerung, und Egil Danielsen aus Hamar, 23 Jahre alt, bereitet sich auf seinen Wurf vor. In weißem Oberteil und blauen Shorts steht er da. Hinter ihm, auf dem Dach, flackert das olympische Feuer. Kaum jemand nimmt Notiz von ihm, er ist nach den ersten miserablen Versuchen so gut wie abgeschrieben, obendrein Norweger, und wie sollte einer aus dem schneereichen Norwegen hier irgendetwas Aufsehenerregendes ausrichten, bei einer Sommersportveranstaltung, an der Sportler aus aller Welt teilnahmen, nicht bloß diese Handvoll Nationen wie beim Wintersport? Versuchen Sie, es vor sich zu sehen: Egil Danielsen wirft einen schnellen Blick zu den Fahnen, den Wimpeln, um nach dem Wind zu sehen, und endlich, da, ist er im Anlauf, er hat ein gutes Tempo drauf, doch dann bleibt er auf einmal stehen, so dass ich schon glaube, er hätte die Kunst des Speerwerfens verlernt – auch ich bin mir seiner Fähigkeiten nicht mehr so sicher nach seinen anfänglichen Versuchen –, ich erinnere mich, wie ich schrie, wie ich rief, obwohl mich bei dem ganzen Lärm niemand hörte: »Mach schon, Egil! Wirf diesen Speer bis ans Ende der Welt! Steck ihn dem Teufel persönlich in die Stirn!« [Lachen.] Ich glaube, ich sah in ihm einen Nansen oder Amundsen des Sports. Ich lachte und sabberte, ich war in Ekstase. Und dann war er wieder bereit, wog konzentriert den Speer in der Hand, guckte zu den Fahnen hinauf, und da ist er im Anlauf, wobei es nicht den Anschein hat, als wäre er sonderlich schnell unterwegs, aber dann ist es, als würde er ein kleines bisschen beschleunigen, und der Speer verlässt seine Hand. Tschschoww! Sogar aus der Entfernung konnte ich beobachten, was für eine phänomenale Wucht sein rechter Arm erzeugte. [Maud will etwas sagen, kommt jedoch nicht zu Wort.] Haben Sie je einen Speerwerfer in Aktion gesehen? Gibt es etwas Schöneres? Sapperment! Besonders faszinierend finde ich die seltsame Stille, direkt bevor der Speer die Hand verlässt, die Körperdrehung, während gleichzeitig der rechte Arm seine Vorwärtsbewegung beginnt. Ooooooh, wie wundervoll das ist, Maud Evensen! Wozu gibt es Poeten, wenn sie nie Gedichte darüber verfassen? Und jetzt war Egil Danielsen mit seinem Wurf an der Reihe, doch bei diesem Wurf war keinerlei Kraftanstrengung zu erkennen, als hätte er seine Muskeln überhaupt nicht eingesetzt, eher sah es so aus, als hätte er den Speer einfach nur losgelassen, denn bei einem guten Speerwurf ist Technik genauso wichtig wie Kraft: Tempo, Stoppschritt, Hüfte, Schulter, Arm, alles muss stimmen, in der richtigen Reihenfolge ablaufen, es geht darum, eins zu werden mit dem Speer [verschluckt einige Wörter], und es sah gut aus, obwohl ich ein paar Sekunden lang glaubte, dass der Versuch nicht zählte, dass er übertreten hätte, aber er musste gültig sein, denn da steht Egil Danielsen und trippelt auf einem Bein, folgt mit seinen Augen dem Speer, der durch die Luft segelt, hoch oben, er segelt und segelt, fliegt, als wolle er gar nie auf den grünen Rasen herabsinken, er schwebt, und als er landet, gibt es keinen Zweifel, es ist der bisher weiteste Wurf, 85 Meter und 71 Zentimeter werden gemessen, eine heilige Zahl, glänzender noch als die 16.32,6 und die 15.46,6 zusammen, Egil Danielsen hüpft vor Freude in die Luft. [Albert muss aufgestanden sein und das Mikrofon abgelegt haben, denn seine Stimme klingt leiser.] Verzeihen Sie mir meine Aufregung. Aber hören Sie zu: Es war, als hätte dieser Speer irgendwo ein Loch hineingebohrt, etwas zum Bersten gebracht. Ich weiß nicht, wie ich sagen soll. Etwas um mich herum ging in Scherben und offenbarte mir, dass ich in einer winzigen Welt gelebt hatte. Wie unter einer Käseglocke. Sofern ich nicht sozusagen in einem Walskelett gefangen war. Jetzt war ich frei. So dachte ich tatsächlich über den Speer. Denn wie ich ihn so durch die Luft fliegen sah, ihm mit den Augen folgte, verwandelte er sich in einen Vogel, in irgendein Symbol für Freiheit. Haben Sie schon einmal Brâncuşis Vogelskulptur gesehen? Ein Vogel, vereinfacht zu einem gebogenen Speer. Nein? Sind Sie nicht kunstinteressiert?

Maud: Wahrscheinlich gibt es unter unseren Zuhörerinnen und Zuhörern nur wenige, auch die nicht Sportinteressierten, die nicht wissen, wie es ausging …

Albert: Es wurde die Goldmedaille, ja. Und ein neuer Weltrekord. Tausend Meilen weit weg von Norwegen, unter einem Himmel, unter dem man das Kreuz des Südens sehen konnte, holte Egil Danilsen Gold. Der größte sportliche Moment, den wir je erlebt haben. Das kleine Norwegen. Ein Hellas unter dem Polarkreis. Man stelle sich vor. Wir konnten es auch im Sommersport, bei dem alle mitmachten, zu etwas bringen. Der verdammte Skistock ersetzt durch einen Speer. Und dieses Jahr, Mannomann, hat wieder ein Norweger einen neuen Weltrekord aufgestellt. Wir sind eine Speerwurf-Nation! Aber zurück nach Melbourne: Ich war völlig aus dem Häuschen. Oder besser gesagt: Ich wurde ein anderer Mensch.

Maud: Wegen eines Speers?

Albert: Eigentlich ist es unerklärlich. Aber meinetwegen, sagen wir, es war wegen eines Speers, der durch die Luft flog. Ein so wunderschöner Anblick, dass mir die Worte dafür fehlen. Eine Gottesoffenbarung. Ein Speer, verwandelt in eine friedliche Harpune. Ich dachte: Schluss mit dem Morden. Daraufhin habe ich meine Harpune in den Boden gerammt. Es war an der Zeit, etwas anderes zu tun. Das heißt, zuerst habe ich die gesamte Flotte auf die Tankschifffahrt umgestellt, nur um zu erkennen, dass auch hier das Morden im Preis inbegriffen ist, obwohl es nicht so deutlich zu sehen war.

Maud: Ich kann Ihnen nicht mehr ganz folgen …

Albert [ungeduldig]: Ich glaube, jetzt stellen Sie sich dümmer, als Sie sind, denn das sollte Sie nicht überraschen, ich hatte ja bloß eine Sorte Öl gegen eine andere getauscht. Natürlich blieben auch dabei die ethischen Bedenken nicht aus – ja, das, was Sie vorhin vorsichtig angedeutet haben. Alle Unruhen, jedes Elend auf der Welt treibt die Frachtsätze in die Höhe. Der Korea-Krieg etwa. Und im selben Jahr wie die Olympiade kam die Sueskrise, ein Segen. Ja, wie ein Geschenk des Himmels, wenn ich es mir gestatten darf, mich so auszudrücken. Überaus günstig, weil die Nachfrage nach Tanktonnage noch weiter anstieg. Ein sehr lukratives Geschäft, wenn auch überaus empfindlich, weil der Frachtbedarf so starken Schwankungen ausgesetzt war. Zusammenfassend also: Das war nichts für mich. Nicht für mein neues Ich. Anfang der 1960er habe ich mich aus der Reederei freigekauft und andere das Ruder übernehmen lassen.

Maud: Heißt das, Sie sind in Rente gegangen?

Albert: Im Gegenteil. Ich wollte etwas auf die Beine stellen, allerdings etwas völlig anderes. Egil Danielsens Leistung öffnete meiner Gedankentätigkeit Tür und Tor. Was ist Speerwerfen? Ja, etwas Klassisches, etwas, das wir mit der Antike, mit dem alten Griechenland verbinden, mit den Olympischen Spielen, einem Wettkampf aus der Glanzzeit der Zivilisation, einer Zeit, als große Ideen und Wohlstand Hand in Hand gingen. Das ließ mich an Norwegen, an mein eigenes Land denken. Wir waren selbst in vollem Tempo unterwegs in eine Glanzzeit, doch das war in erster Linie eine materielle Glanzzeit. Sehen Sie uns jetzt an. Bald haben wir die allgemeine Sozialversicherung, und das wird das Tüpfelchen auf dem i sein in einer Wohlstandsgesellschaft, wie sie die Welt noch nicht gesehen hat! Wir sind dabei, reich zu werden, satt, aber uns fehlt der kulturelle Unterbau. Wo sind die Ideen? Wo ist die Kultur? Wo sind unser Platon und unser Euripides? Unser Archimedes? Wo die großen wissenschaftlichen Forschungsergebnisse? Es hat den Anschein, als sei die Bevölkerung vollauf zufrieden, solange man ein paar jämmerliche Medaillen bei einer Ski-WM gewinnt. [Grunzen.]

Maud: Ist Ihnen womöglich entgangen, dass wir inzwischen herausragende Kunstschaffende in den Bereichen Malerei, Musik und Dichtkunst vorzuweisen haben?

Albert: Oh? Oh? Entschuldigen Sie. Jetzt bin ich aber baff. Wirklich baff. Sie haben mich echt neugierig gemacht, liebe Frau Evensen: Würden Sie so nett sein und mir ein paar Namen aufzählen? Nein, lassen Sie's, denn ich habe keine

Lust, darauf hinzuweisen, dass diese norwegischen »Kultur-giganten« südlich von Kristiansand völlig unbekannt sind. Nennen Sie mir einen norwegischen Gegenwartskünstler, der etwas geleistet hat, das 85.71 Metern im Speerwurf entspricht! Wir reden hier von einem Weltrekord und der ersten olympischen Leichtathletik-Goldmedaille in 36 Jahren, nicht von irgendeinem Alteisen, das irgendwer in einer Kreismeisterschaft eingeheimst hat. Aber zurück zur Sache: Ich habe erkannt, dass ich selbst mein Leben genauso dazu verwendet hatte, Geld und bewegliche Habe anzuhäufen, und deshalb habe ich beschlossen, alles zu verkaufen. Oder das meiste.

Maud: Ja, erzählen Sie von der Stiftung, die Sie gegründet haben.

Albert: Es ist nicht nur eine Stiftung, sondern mehrere, außerdem noch einige Fonds. Etwas habe ich auch für wohltätige Zwecke gespendet. Ich habe meinen Besitz in Sandefjord verkauft, die Luxusyacht und alles, und mir ein schlichteres Häuschen oben am Voksenkollen zugelegt.

Maud: Ich würde es vielleicht nicht unbedingt »schlicht« nennen, es ist wohl eher …

Albert [sie unterbrechend]: Ich wollte in der Nähe der Osloer Universität sein, und ich habe mir eine schöne Aussicht von meinem Schreibtisch aus gewünscht bei meinem Herumtüfteln mit diesen Stiftungen. Die medizinische Forschung liegt mir ganz besonders am Herzen.

Maud: Verzeihen Sie, falls ich Ihnen zu nahe treten sollte: Ist das alles vielleicht eine Art, Buße zu tun?

Albert [die längste Pause in der Sendung]: Dieser Speerwurf, ich habe viel darüber nachgedacht … Wissen Sie, was das war? Ich habe es vorhin schon einmal angeschnitten. Eine Nadel! Etwas, das meine Illusionen durchlöchert hat. Meine Verblendung. Mein ganzes Weltbild ging damals in die Brüche. Nein, wissen Sie, was es war, gnädige Moderatorin: Ein Gegengift! Es war, als wäre mir eine Spritze verabreicht worden. Eine Injektion! Gegen mein eigenes Denken, oder mein unbewusstes Denken. Gegen das, was ich vorhin erwähnt habe: unsere Unmoral. [Atemlos.] Ich ging aus diesem Stadion raus und erkannte in aller Deutlichkeit, dass ich ein Parasit war. Und nicht nur ich, sondern die ganze Nation. Wir haben immer nur ausgesaugt, nie etwas zurückgegeben. Falls wir wirklich einen wertvollen Beitrag geleistet haben sollten, der die Menschheit vorangebracht hat, dann ist der so verflucht gering, dass ich es mir auf den Nagel meines kleinen Fingers schreiben könnte! [Ein Schlag auf den Tisch, der etwas zum Klirren bringt.]

Maud: Vorsicht mit den Gläsern … [Etwas wird zur Seite gerückt.] Ich habe wieder Schwierigkeiten, Ihnen zu folgen …

Albert [ungeduldig]: Lassen Sie mich ausreden, das ist wichtig. Wir haben uns lange auf Kosten anderer bereichert, sind reich geworden durch Krieg und das Unglück anderer. Das ist Norwegen, auf den Punkt gebracht. Man müsste schon blind sein, um nicht zu sehen, dass unser Frieden und unser Wohlstand auf kolonialer Gewalt und blutigen Massakern aufbauen, mit denen wir uns zu unserem eigenen Glück nie befassen mussten. Und was tun wir eigentlich heute, um der Not in der Welt Abhilfe zu schaffen? Nichts natürlich, abgesehen von einem kleinen Obolus, den wir hin und wieder über dem Dschungel abwerfen, ein Scherflein als Ablass. So ist das, wir haben uns immer wohlgefühlt in der Rolle des Schmarotzers, und so wird es auch bleiben.

Maud: Aber …

Albert: Finden Sie, ich bin zu hart? Das war es aber doch, was mir an Ihnen gefallen hat, und das war auch der Grund, warum ich mich dazu überreden habe lassen, als Gast bei *Maud-Land* zu erscheinen – weil Sie nicht nur Unterhaltungsprogramm bieten, sondern auch ein Körnchen Ernst in das Ganze einstreuen.

Maud: Genau, aber …

Albert: Verstehen Sie mich nicht falsch. Fast mein ganzes Erwachsenenleben hindurch habe ich an unserer Neigung zum Parasitentum keine Qualen gelitten. Meine Selbstgerechtigkeit, der Glaube, dass der Reichtum unser eigener Verdienst ist, war bei mir lange unerschütterlich. [Kurze Pause.] Leider aber hat dieser Speer ein Loch in meine, wie soll ich sagen … norwegische Unschuld gestochen, in diesen Panzer der Gleichgültigkeit, der sich in Unvernunft und Ohnmacht tarnt. Also ja, ich will es nicht leugnen. Die Zurverfügungstellung meiner Mittel ist Buße. Ein Versuch, Buße zu tun. Auch wenn es nur ein paar Krümel sind, möchte ich etwas zurückzahlen an die Länder der sogenannten Dritten Welt,

Länder, die wir – unter sorgfältiger Tarnung – buchstäblich ausgesaugt haben. An denen wir schmarotzt haben. Das tue ich zum Beispiel, unter anderem, durch die Unterstützung von Impfprogrammen. Das ist freilich nur ein Tropfen auf den heißen Stein, sicher schrecklich naiv, aber trotzdem … Doch, nennen Sie es gern Buße tun. Ist es nicht im Grunde ein Fluch, dass man nur einmal lebt?

Maud [abermals nach langer Stille]: Was stellen Sie jetzt an mit ihrer Zeit? Ich meine, neben Ihrer Arbeit in der Leitung von Stiftungen und Ähnlichem?

Albert: Sie werden es vielleicht nicht glauben, aber ich führe eine Art einfaches Klosterleben. Führe meine Bulldogge spazieren, Moby-Dick. Zwei Brote mit Braunkäse zu Mittag. Zwischendurch bastle ich, ein Hobby, für das mir früher die Zeit gefehlt hat. Dort oben auf dem Hügel über Oslo, am Waldrand, fiel mir auf, wie sehr ich das Tischlern mag, wie oft wir als Kinder Dinge gebaut haben, kleine Waldhütten, oder wie wir Sachen zum Dekorieren zurechtsägten. Ich habe Konrads Vater immer bewundert. Mehr als diese hochgelobten Künstler in Lysaker. Abgesehen von den Möbeln, die sie herstellten, die gefielen mir schon auch, Munthe, Arneberg. Jetzt sitze ich also hoch über der Stadt, über dem Meer, und kümmere mich um meine Stiftungen und Fonds, und währenddessen zimmere ich ein bisschen auf meine Art, tausche im Anbau die Paneele aus oder versuche, einen Stuhl zu zimmern. Haben Sie mal versucht, einen Stuhl herzustellen, Frau Evensen? Das ist in der Tat nicht leicht. Einen Stuhl zu zimmern ist schwieriger, als einen Wal zu fangen.

ES BEGAB SICH ABER ZU DER ZEIT

Nachdem in dem Interview mit Albert Bohre der Name Konrad Steen gleich mehrmals aufgetaucht ist, mag dies ein passender Zeitpunkt sein, dem Lebensweg dieser Figur ein weiteres Teilstück hinzuzufügen, wobei unsere Entscheidung, einer Person, die nicht Träger des Namens Bohre ist, derart viel Platz einzuräumen, zum einen darauf beruht, dass wir aufzeigen möchten, welche Bedeutung für eine Familie auch einem Außenstehenden zukommen kann, zum anderen darauf, dass Konrad Steen besser als so manch anderer das Fundament der Methode der fiktionalisierten Geschichte verkörpert, insofern nämlich, als sich anhand seines Schicksals die zentrale Funktion des Erzählens für ein Menschleben so beispielhaft illustrieren lässt. Wir wagen sogar zu behaupten, Konrads Steens Erfahrung habe jener metagenetischen Erkenntnis vorausgegriffen, die sich in unserer Kultur nach der Dunkelzeit und dem Punkt Y herausgebildet hat – einem Verständnis für den Einfluss des Erzählens auf unsere grundlegendsten Denkmuster – und die dazu geführt hat, dass das Geschichtenerzählen langsam jenen Platz für sich beanspruchte, der in älteren Tagen auf so ungesunde Weise von der Religion in Beschlag genommen wurde.

In der Chronik von Little Green finden wir dazu nur einen kurzen Eintrag. »Über den Priester Konrad Steen weiß ich wenig«, schreibt sie, »was ich jedoch weiß, lässt sich wie folgt zusammenfassen: Er gewann und verlor die Liebe. Er gewann und verlor den Glauben. Er gewann und verlor das Leben.« Den ersten und den letzten Punkt haben wir bereits angeschnitten. An dieser Stelle möchten wir nun den mittleren aufrollen.

Konrad Steen verlor seinen Glauben ausgerechnet mitten bei der Predigt am Weihnachtsabend. Es war das Ende des Jahres 1938, und eine Dunkelheit zog über Europa, weshalb er auf die Worte »und Friede auf Erden« ganz besonderes Gewicht legen wollte. Mit der großen Bibel in den Händen stand Konrad auf der Kanzel, und als er den Blick hob, wie um die Freude der Versammelten über das Hören der bekannten Worte – für viele voller Kindheitserinnerungen – in sich aufzunehmen, merkte er, dass sein Glaube verschwunden war. Wie ein glitscher Fisch, dachte er später, war er ihm einfach entschlüpft, mitten in jenem Satz, den vorzulesen er sich am meisten gefreut hatte, der Satz, der von einer himmlischen Heerschar erzählte, welche Gott pries: »Ehre sei Gott in der Höhe und Friede auf Erden bei den Menschen seines Wohlgefallens!« Diesen Satz sprach er, und es gelang ihm sogar, auch das Ausrufezeichen mit seinem Tonfall zum Ausdruck zu bringen, als sei das Loblied auch sein eigenes, doch als er aufschaute, um den weihnachtsfrohen Blicken auf den Bänken unter sich zu begegnen, war der Glaube fort, als wären die existentiellen Trägerbalken vieler Jahre in einem schwarzen Loch zwischen den Wörtern »sei« und »Gott« verschwunden.

Dabei war er besonders gut gelaunt gewesen, als er an diesem Tag aus dem Bett gestiegen war und einen Blick aus dem Fenster geworfen hatte. Ein rosa Schimmer am Horizont und Kristalle in der Luft. Zum Frühstück hatte er zwei gekochte Eier gegessen, eines mehr als üblich, und wie um sich aufzuladen, wie zur Stimulation einer kindlichen Gemütsverfassung, hatte er die beiden ersten Kapitel eines seiner Lieblingsromane gelesen, *Der Weg ans Ende der Welt* von Sigurd Hoel, und erst danach einen Blick auf die Predigt geworfen, nur um sie gleich darauf wieder wegzulegen, weil er feststellte, dass er sie längst auswendig konnte.

Mit noch größerem Elan war er dann, weil er gut in der Zeit lag, von der Kleingartensiedlung Lille Tøyen hinunterspaziert, vorbei am Pflegeheim, an der Trafostation und den schneebedeckten Feldern, vorbei am Botanischen Garten, ein Eden, in dem die Bäume von Raureif bedeckt waren. In den Büschen hinter dem Zaun hielt er Ausschau nach Dompfaffen, konnte aber keine entdecken. Das dann doch nicht. Das wäre auch zu viel an Stimmung gewesen. Aber es hatte leicht zu schneien begonnen, scheinbar von unten nach oben. Und es schneite *wirklich* von unten nach oben. Alles war auf den Kopf gestellt. Es war Heilig Abend. Hoffnung. Schönster Herr Jesu. Meiner Seelen Freud und Wonn. In der Tøyengata lüftete er die Persianermütze vor einer älteren Dame, der Duft von Weihnachtsessen stieg ihm in die Nase – für Sekunden hörte er sogar die Domglocken, sofern es sich nicht um eine Einbildung handelte. Er lachte leise, lachte über sich selbst, über seine Euphorie, sein Glück, während er leichten Schritts nach rechts in die Herslebsgate einbog. Für die Tøyen kirke hatte er immer eine besondere Empfindung gehegt, für ihn war sie sogar noch schöner als der Nidarosdom, wie sie da zwischen den Häuserreihen eingeklemmt lag, man konnte sie fast für ein normales Wohnhaus halten, bis man den Kopf nach hinten beugte und die beiden Türme entdeckte. Konrad genoss den Anblick: Eine Kirche, die den Gråbeingård-Wohnblöcken zum Verwechseln ähnlich sah, errichtet in einer Straße aus Kopfsteinpflaster, in der vorzeiten ein Gestank nach Pferdedreck und Plumpsklos, Koks- und Kohleheizung vorgeherrscht hatte, ja, die noch viele dieser Gerüchen bewahrt hatte. So sollte es sein: Die Kirche inmitten des sprudelnden Lebens, mitten im geschäftigen Alltagsleben des Volkes.

Nicht viele hatten verstehen können, warum er, ein Bischofsanwärter, nach Tøyen wollte. Doch obwohl er sich mit einer Stelle als Hilfsgeistlicher begnügen musste, hatte er sich nach seiner Zeit in der Paulus kirke hier beworben, in einer kleinen Gemeinde, in der traditionell ein großes Zusammengehörigkeitsgefühl herrschte. Nach Fertigstellung der Kirche Anfang des Jahrhunderts war es deshalb nur natürlich, dass das Gebäude über eine Suppenküche verfügte und es einen Flügel gab, in dem die Kinder betreut wurden, während die Mütter in den Fabriken des Viertels arbeiten gingen, dazu ein Kirchenraum, der sich, was ungewöhnlich war, im Obergeschoss befand, zu dem eine Treppe hinaufführte, wie um zu zeigen, dass die Gemeindearbeit im ersten Stock trotz allem das Wichtigste war. Unter der Altartafel, einem Gemälde von Emmanuel Vigeland – Jesus umgeben von vier von Erschöpfung gezeichneten Menschen – standen in Goldbuchstaben folgende Worte: »Kommet her zu mir alle, die ihr mühselig und beladen seid, so will ich euch erquicken.« Genau, dachte Konrad. Genau. Amen.

An diesem Tag war die Kirche so voll, wie sie nur sein konnte, Hunderte Menschen hatten auf den Bänken vor ihm Platz genommen, als er bei der Hälfte des Gottesdienstes auf die Kanzel stieg, von deren Höhe er sogar den Spieltisch der noch recht neuen Jørgensen-Orgel auf der Galerie ausmachen konnte. Das war es, was er am liebsten tat, predigen, wobei er stets mit so normaler Stimme und in so einfachen Worten wie möglich sprach, und besonders an Heilig Abend, wenn auch viele Kinder in der Kirche waren, unruhige obendrein. Er versuchte, so viele Gesichter wie möglich mit dem Blick einzufangen, ihnen den Eindruck zu vermitteln, dass er sie sah, zu ihnen sprach – ja, ich sehe dich, Zimmerermeister Peder Arnestad, und auch dich sehe ich, Lehrerin Hilda Vik, gesegnet seid ihr alle – und genau da passierte es, er wurde abgelenkt, oder zweigeteilt, denn plötzlich ertappte er sich dabei, wie er darüber nachdachte, an wen Frau Salvesen dort in der fünften Reihe ihn erinnerte, und während er nun auf der Grundlage seines Predigtmanuskripts munter drauflosredete, rumorte die Frage in einem anderen Teil seines Bewusstseins weiter, wie auf einem Parallelgleis, und da kam die Antwort: Rita.

Rita Bohre. Die Frau seines Lebens. Und das, obwohl er sie als Erwachsener kaum gesehen hatte. Sie war die Frau seines Lebens.

Ritas Schuld – wiewohl »Schuld« kaum das richtige Wort ist –, war es auch, dass er Christ geworden war. Wäre er nicht im Frühherbst 1923 an einer gewöhnlichen Straßenkreuzung in jener Stadt, die ab dem darauffolgenden Jahr nicht mehr Kristiania heißen sollte, auf Rita gestoßen, wäre das niemals geschehen. *Vielleicht* niemals geschehen. Mitunter zweifelte er an seiner eigenen Erklärung.

»Rita!«, hatte er gerufen und gehört, wie schön der Name klang, wie allein das Aussprechen ihres Namens eine Tür aufsprengte. »Rita Bohre!« Sie war ihm entschwunden, trat dann aber von neuem in sein Leben, denn wie sie da an dieser Straßenkreuzung auf dem Gehweg stand – noch immer genauso unbeschreiblich schön –, wirkte alles andere grau, die anderen Gestalten waren grau, nur sie leuchtete. Weil er nicht wusste, was er sagen sollte, fragte er sie, wie es ihr gehe. Sie antwortete irgendetwas, suchte nach Worten. Erwähnte sie eine bevorstehende Reise nach Spitzbergen? Er bekam es nicht mit. Wollte sie womöglich zum Malen dort hinfahren? Warum fragte er sie nicht? Wie ein verzagter Hornochse stand er dort vor ihr. Doch dann: »Wie ist es, verheiratet zu sein?« Die Frage kam falsch heraus, Bitterkeit schwang darin mit. »Du hast ja ein Kind bekommen.« Er lachte. Oder versuchte zu lachen.

Sie nickte nur, lächelte, wollte nicht darüber reden. Gern hätte er ihr erzählt, wie er eines Abends ihren Mann, diesen Halbdeutschen, den sie aus nicht nachvollziehbaren Gründen geehelicht hatte, in einem Viertel weitab der Halvdan Svartes gate beobachtet hatte, der Straße, von der Konrad wusste, dass sie dort wohnte, den Arm um eine Frau geschlungen.

Kurz sprachen sie noch über andere Dinge. Unbedeutendes. Es ärgerte ihn, dass sie sich nicht sofort in ein Gespräch stürzten, auf Anhieb den Ton ihrer Kindheit wiederfanden. Doch dann erwähnte sie das mit Max – dass Max Qviller, ihr Freund aus Kindertagen, zu einer zentralen Figur im christlichen Studentenverband geworden sei und sich gerade nach jemandem umsehe, der die Eröffnungsrede zu einer Diskussion über das Thema »Ist Religion schädlich?« halten könne. Konrad verstand nicht, warum sie ausgerechnet darüber sprach. »Hast du noch Kontakt mit Max?«, kam er nicht umhin, in seiner Verwirrung zu fragen. »Ist er wirklich dort dabei? Ist er nicht Kunsthistoriker oder irgend so etwas?« Rita musste lachen, wobei sowohl das Lachen als auch ihr Lächeln Erinnerungen in ihm weckten, mit denen er sich nicht allzu viel zu beschäftigen versucht hatte. »Ja, wir haben noch sporadisch Kontakt. Und du hast recht, das ist er, Kunsthistoriker, ein christlicher Kunsthistoriker. Aber sag mal … Warst du nicht immer ziemlich kritisch eingestellt gegenüber jeder Form religiösen Glaubens?«

»Kritisch« war kaum das richtige Wort. Er war ein *unerbittlicher* Gegner aller Religion gewesen, nicht zuletzt des Christentums, dieser unglückseligen Landplage. Weil er eine kleine Hoffnung witterte, fragte er sie, ob sie ebenfalls zu dieser Veranstaltung gehen werde. Wenn sie Zeit habe, antwortete sie und kritzelte etwas auf einen Zettel. »Dort kannst du ihn erreichen«, sagte sie. Er überlegte, und während er noch überlegte, verabschiedete sie sich, sozusagen in einem unbeobachteten Moment, und vielleicht beschloss er deshalb, die Eröffnungsrede zu dieser Debatte zu halten, weil sie sich in einem unbeobachteten Moment einfach so davongemacht hatte und er nicht mehr dazu kam, mit ihr zu reden, wiewohl es auch verdammt viele andere gute Gründe gab, diese Herausforderung anzunehmen. Zum Beispiel seinen Hass auf Max.

Konrad steht auf der Kanzel der Tøyen kirke. Es ist Heilig Abend, er spricht sich warm und spürt, wie er von seinen eigenen Worten und den Reaktionen der Versammelten mitgerissen wird, wie sie ihn inspirieren, ihn noch mehr befeuern und seine Redegewandtheit noch größere Höhen erreicht als bei den gewöhnlichen Sonntagsgottesdiensten. In dem Bemühen, dass sie ihren Blick mehr auf ihn richten als auf den geschmückten Weihnachtsbaum, lächelt er den Kindern zu, richtet selbst den Blick auf eine Mutter mit einem weinenden Säugling auf dem Arm, gibt ihr mit den Augen zu verstehen, dass das nichts ausmache, achtet darauf, langsam und verständlich zu sprechen, ohne zu wissen, dass er mitten bei dieser Predigt seinen Glauben verlieren wird. Er sollte nicht an Hass denken, auch in einem anderen Raum seines Bewusstseins nicht, denn gerade der Hass ist es, von dem diese Predigt Abstand zu nehmen sucht, von dem in ganz Europa, aber natürlich in erster Linie in Deutschland auflodernden Kriegswillen, und Konrad war mehrmals in Deutschland gewesen, hatte die Universitäten besucht; er hatte gesehen, was sich dort abspielte, und lange Zeitungsartikel darüber verfasst, hatte zu warnen, zum Widerstand gegen den Faschismus aufzurufen versucht. Er konnte es nicht mit Sicherheit sagen, aber selbst Max Qviller, ein Mann mit einer so eingeschworenen Liebe zu Deutschland, musste den Krieg doch wohl ablehnen.

Konrad war in der dritten Klasse nach Lysaker gekommen und vom ersten Moment an Gegenstand von Max' Hohn und herablassendem Verhalten gewesen. Konrads Vater arbeitete als Schmied am Lysakerelven, in demselben Betrieb, in dem Max' Vater Direktor war. Obwohl sie noch klein waren, schien Max immerfort herausstreichen zu wollen, dass sie unterschiedlichen Schichten angehörten. »Der neue Junge kommt aus dem Armenhaus«, sagte Max laut im Schulhof. Und es stimmte, Konrad, oder seine Eltern, lebten in ärmlicheren Verhältnissen als alle anderen im Viertel, und weil seine Augen etwas weiter auseinanderstanden, begann Max, ihn Bettelkröte zu nennen. »Guckt mal, Leute, da kommt die Bettelkröte. Die haben so wenig Geld, dass er nur eine Fliege zum Frühstück bekommen hat!«

Er ist schlicht und einfach böse, dachte Konrad. Oder fühlte Max sich herausgefordert, weil Rita Konrad mochte? War er bloß eifersüchtig?

In der vierten Klasse bekamen sie im Werkunterricht eine Aufgabe. Alle sollten ein Modell eines Bauwerks basteln, das sie bewunderten. »Betrachtet es als einen Wettbewerb«, sagte der Lehrer, wie um die Jungen dazu anzuspornen, ihr Bestes zu geben. »Der erste Preis ist eine Tafel Schokolade!« In der Woche darauf brachten die Schüler ihre fertigen Modelle mit und stellten sie auf den hintersten Tisch im Klassenzimmer. Max hatte das Osloer Schloss gebaut, aus Pappe, und es mit Bleistift bemalt. Es war schön geworden, es sah fast aus wie ein dreidimensionaler Adventkalender. Auch Konrad gefiel es.

Er selbst hatte ein Modell des Nidarosdoms mitgebracht. Seine Großeltern mütterlicherseits wohnten in Trondheim, und jedes Mal, wenn Konrad dort war, stattete er der wuchtigen Mittelalterkirche einen Besuch ab, besonders die Westseite raubte ihm den Atem, obwohl diese noch gar nicht komplett restauriert war und man lediglich erahnen konnte, wie sie aussehen würde, wenn sie erst einmal fertiggestellt wäre, mit den Statuen, die in den Nischen über- und untereinander angeordnet waren. Es war das Handwerk, nicht das Religiöse, das Konrad begeisterte: Dass der Mensch in der Lage war, etwas so Grandioses und Schönes zu erschaffen. Auch Gustav Vigeland, das wusste er von seinem Vater, hatte an der Instandsetzung der Domkirche mitgewirkt.

An jenem Morgen stieß er am Schultor auf Rita. »Ui, wie hübsch!«, rief sie und zeigte auf das Modell, das er auf den Armen trug. »Ich kann dir einmal das echte Bauwerk zeigen«, sagte er schnell, »falls du die Erlaubnis kriegst, mit uns zu verreisen.«

Es gefiel ihm, von Rita ein Lob ausgesprochen zu bekommen. Er hatte ihre Zeichnungen gesehen. Er konnte nicht fassen, wie jemand so gut zeichnen konnte.

Max stand direkt daneben. Ihre Blicke trafen sich, und Konrad erkannte in seinen Augen, dass er das kurze Gespräch mitgehört haben musste.

Die Kirche selbst und die Türme hatte Konrad recht einfach aus dünnen Holzplatten zusammengesetzt, für die Westwand aber hatte er ein dickeres Holzstück verwendet und es so sauber ausgeschnitten, wie er konnte, eine Art Muster, in dem die Wanddekoration mit den Figuren angedeutet war. Sein Vater war nämlich nicht nur Schmied, sondern beherrschte auch die Kunst der Holzschnitzerei, und Konrad hatte sich viele Kniffe von ihm abgeschaut. Sein Vater stammte aus Mandal und war mit Gustav Vigeland aufgewachsen; gemeinsam hatten sie das Holzschnitzen gelernt.

Konrad gewann die Schokolade, und in der letzten Pause ging er hinüber in den Mädchenteil des Schulhofs und schenkte sie Rita.

Max beobachtete ihn dabei.

Am nächsten Tag war der Nidarosdom eine Ruine. Als sie ins Klassenzimmer hineinwirbelten, war Konrads Modell zerstört, zu Kleinholz verarbeitet. Der Lehrer tobte angesichts eines so herzlosen Vandalismus, der Schuldige aber konnte nie ermittelt werden.

Trotzdem wurden Max und Konrad schon im Jahr darauf Freunde. Max war nicht böse. Konrad erkannte ein gebranntes Kind hinter der diabolischen Fassade, aufgezogen von einem Vater, der ihn wegen der kleinsten Kleinigkeit halb zum Krüppel prügelte, oder bloß deshalb, weil er der Bürde seines Namens nicht gerecht wurde: Maximilian. Konrad machte sich Vorwürfe deswegen. Er hätte das schon früher sehen müssen, ihm helfen müssen. Doch da war noch etwas anderes mit Max, eine Art mildernde Dummheit bei all seiner Intelligenz; sie waren schon in der siebten Klasse, als er Konrad am Ärmel zupfte, um ihn in ein Geheimnis einzuweihen. »Ich weiß, wie Frauen schwanger werden«, flüsterte er, »das passiert, wenn sie eine spezielle Bohne schlucken.« Konrad widerstand der Versuchung, ihn damit aufzuziehen. »Klar«, sagte er und klopfte ihm auf die Schulter, »aber erzähl das sonst keinem.«

Mit ihrer Freundschaft machten sie auch aus der Not eine Tugend. Denn Rita hatte sie beide gern. Sie wollte mit beiden spielen. Für die Leute war es normal, sie nach der Schule zusammen zu sehen, eine Troika, ein Mädchen und zwei Jungen. Max und Konrad sprachen es nie aus, wussten aber, dass es dabei um mehr ging als um eine Tafel Schokolade.

Konrad steht auf der Kanzel der Tøyen kirke, er ahnt nicht, dass sein Glaube mitten im Satz abreißen wird, wie ein gespanntes Seil, mit einem kurzen Schnalzen, oder wie wenn eine Glühbirne kaputtgeht; die Predigt läuft gut, er will sie nicht zu lang ausfallen lassen, obwohl der Weihnachtsabend sich geradezu perfekt dafür anbieten würde, eine goldene Gelegenheit, die Kirche zum Brechen voll, gewöhnliche Leute aus dem Viertel, die sich viele Jahre lang abgerackert haben, die Arbeitslosigkeit und Nahrungsmittelmangel erlebt und die etwas anderes verdient haben als eine langweilige Predigt, einen Pfarrer, der sich in die Rolle des Propheten hineinsuggeriert und in einem fort redet, immer weiterredet, doch während er spricht, ruhig, in einfachen Worten, wuseln ihm die Gedanken im Kopf herum, eine Fähigkeit, die ihm beinahe Bewunderung abringt: Mit der Stimme sprechen, die Kontrolle behalten über die aus dem Mund herausströmenden Sätze, sich zugleich aber in Gedanken mit ganz anderen Dingen befassen. Und als er gerade zu einer Überleitung ansetzt, die auf eine große Überraschung für die Kinder hinauslaufen soll, denkt er im selben Atemzug an seine Liebe zu Rita, die zum ersten Mal erwachte, als er sie im Mädchenteil des Schulhofs in Lysaker sah. Er war erst zehn Jahre alt, kannte sie nicht, hatte sie noch kein Wort sagen hören, war aber sofort in sie verliebt. In ihr Gesicht, ihren Blick, in die Art, wie sie sich bewegte.

Die drei waren oft zusammen, insbesondere an den Wochenenden. Max, der sich für den schwedischen Entdeckungsreisenden Sven Hedin begeisterte, überredete sie oft, Expeditionen am Lysakerelven hinauf zu unternehmen. Oder sie trieben sich in der Villa Bohre herum, saßen in Ritas Zimmer und redeten über alles Mögliche, auch über die vielen Berühmtheiten, die in den Häusern am Lagåsen wohnten; sie spielten im Garten, bekamen Saft und Kuchen in der Küche, deren Wände mit exotischen Keramikfliesen verkleidet waren und wo auf der Arbeitsplatte eine Schüssel Orangen stand. Denn auch das war ein faszinierender Zug an Rita: Ihr Vater war Spanier.

Sogar nachdem sie alle an einem anderen Gymnasium begonnen hatten – denn auch Konrad hatte die Chance auf eine Ausbildung an einer höheren Schule bekommen –, hielten sie noch zusammen. Konrad verliebte sich immer mehr in Rita, hegte aber die Befürchtung, dass sie eigentlich in Max verliebt war. Zu der Zeit übrigens fiel ihm auch ein Knacks in ihrer Persönlichkeit auf, ein Trotz oder eine Arroganz – sofern es nicht Stolz war –, die dann und wann ihre Urteilskraft trübten. Trotz ihres Talents und ihres Scharfsinns befürchtete er, sie könnte auf einfältige Männer hereinfallen, auf Männer, die tief unter ihre Würde waren. Oder war die Liebe einfach immer irrational?

Im Sommer vor dem Abschlussjahr auf dem Gymnasium ergab sich dann aber doch eine Gelegenheit. Rita und Konrad verbrachten die ganzen Ferien über im Großen und Ganzen zu zweit, das heißt, an den Tagen, an denen Konrad nicht im Bahnhofsladen arbeitete – Max war mit seiner Familie nach Dänemark gereist. Sie waren zum St. Hanshaugen gefahren und zum Bogstadvannet gewandert, hatten geredet und geredet, und jetzt, an einem warmen Spätsommerabend, standen sie am Hukodden-Strand, und Konrad wusste, dass sie dabei war, sich in ihn zu verlieben, oder vielleicht bereits in ihn verliebt *war*, eine neue Glut lag in ihrem Blick, eine Lust beinahe. Er war wie gelähmt vor Freude. Endlich. Doch als sie nun ihre Arme um seine Taille und ihr Gesicht an seine Brust legt, kommen ihm dennoch Zweifel. Als müsse er noch warten, die Sache erst überdenken. Oder hatte ihn irgendwie der Wind abgelenkt, ein leichter Hauch? Ahnte er plötzlich – er war sich dessen nie sicher – dass hinter all dem, was er an ihr bewunderte und verehrte, auch etwas Berechnendes und Oberflächliches verborgen liegen könnte, etwas, dem er in seinem Leben nicht zu nahe kommen wollte, zumindest nicht als

Liebender? Anstatt sie zu küssen, ihren Kopf zwischen seine Hände zu nehmen und sie zu küssen, anstatt zu tun, wofür er Tage zuvor, Stunden zuvor noch alles gegeben hätte, schiebt er sie vorsichtig von sich weg und beginnt, über etwas anderes zu reden, andere Wörter zu verwenden als die, von denen er wusste, dass sie sie hören wollte. Anstatt ihr in die Augen zu sehen, den Geschmack ihrer Lippen zu erkunden, blickt er auf den Fjord hinaus. Ein paar Sekunden, und danach ist alles verändert. Die Landschaft nimmt eine andere Form an, das Meer, die Holme, die Nesodd-Halbinsel – ja, sogar die Möwen. Sie sagt nichts, doch als sie die Landspitze verlassen, hat ihre Körperhaltung sich verändert.

Diese Sekunden. Tausende Male hatte er sich in diesen Moment zurückversetzt.

In der darauffolgenden Woche war sie mit Max zusammen, der wieder zurückgekehrt war. Es soll auf einem Kajakausflug passiert sein. Konrad wusste, wie es war, hinter Rita in einem Kajak zu sitzen, ihren Nacken zu betrachten, den Duft ihrer Haare zu riechen, ihren Bewegungen zu folgen, er wusste, wie es sich anfühlte, sich im selben Takt mit ihr zu befinden, den Magnetismus zu spüren, ohne ihr nahe zu sein.

Bösartig, dachte er. Das war bösartig. Es musste Rache sein. Sie empfand nichts mehr für Max, das hatte sie Konrad mehrmals gesagt. Es ihm geschworen. Wie konnte sie nur einen Menschen wie Max Qviller küssen? Sie, Rita Bohre, eine Rebellin!

Das wird nicht halten, dachte er. Das darf es nicht. Und das tat es auch nicht. Er hoffte, eine zweite Chance zu bekommen, aber er bekam keine. Ihre Wege trennten sich. Es war ein Rätsel: Mehrmals die Woche, über viele Jahre, verbringst du deine Zeit mit einem Menschen, der nur wenige Zentimeter davon entfernt ist, deine feste Freundin zu werden, vielleicht sogar deine Ehefrau. Doch dann, unerwartet, trennen sich die Wege, und du siehst die betreffende Person nie wieder.

Der Kirche beizutreten, Pfarrer zu werden, war trotzdem das Letzte, woran Konrad gedacht hätte. Zuallererst wollte er seine kargen Lebensverhältnisse hinter sich lassen. Er strebte nach mehr, wollte Rache nehmen, sich an allen Mäxen des Landes rächen. An allen Vätern, die ihn an Max' Vater erinnerten. Männer mit Lorgnetten, Haushälterinnen und Wasserklosetts. Vielleicht begann er gerade deshalb so früh, sich für Literatur zu begeistern, weil er schon früh erkannte, dass Lesen eine Bildungsreise war, schon bei seinem ersten Besuch im Antiquariat Alhambra – dieser Schatzkammer in der Kirkegata – hatte er das erkannt, und dort hatte er auch Ritas Vater kennengelernt, einen außergewöhnlichen Mann, der leider, und das auf traurige Weise, gerade zu der Zeit verschwand, als Konrad sich gern öfter mit ihm unterhalten hätte, ein Spanier, den die Liebe in das unwirtliche Norwegen verschlagen hatte. Die Gespräche mit Ritas Vater hatten Konrad zur Lektüre von Charles Dickens angeregt, und er war der Überzeugung, Charles Dickens musste der Grund dafür gewesen sein, weshalb er sein Medizinstudium begonnen hatte, dass der Dr. Allan Woodcourt aus *Bleak House* die Lust in ihm geweckt hatte, Arzt zu werden, die Armen zu heilen, vielleicht am Ostrand der Stadt, er wollte keinen Verrat begehen an den Verhältnissen, aus denen er stammte. Doch dann, noch so ein plötzlicher Umschwung, brach er das Studium ab und wurde Maurer, auch weil seine aufopfernden Eltern es sich nicht leisten konnten, ihn noch weiter zu unterstützen, und es außerdem zu anstrengend wurde, bei der ganzen Paukerei nebenbei noch als Rezeptionist zu arbeiten. Der Krieg hatte dann dazu geführt, dass er sich in dieser Phase immer mehr für Politik interessierte.

Ohne es zu wissen, hatte auch Max zu diesem Erwachen beigetragen. Mit Kummer hatte Konrad davon gelesen, wie Hunderte norwegische Schiffe infolge des Heringabkommens mit England von den Deutschen torpediert worden waren. Tausende Seeleute waren ertrunken. Und gleichzeitig wusste er, dass Max und sein Vater, genau wie andere Gleichgesinnte, sich aufgrund der hohen Frachtsätze eine goldene Nase verdienten. Diese Kluft in der Gesellschaft, hart arbeitende Seeleute, die ihr Leben lassen mussten, während skrupellose Speichellecker Geld scheffelten, brachte Konrad dazu, sich als radikal zu betrachten und eine Veränderung herbeizusehnen, was auch der Grund dafür war, weshalb er von der Russischen Revolution gefesselt war und er bald der kommunistischen Jugendorganisation beitrat, nachdem es in der Arbeiterpartei – und über deren Gewerkschaft konnte er den ganzen Radau mitverfolgen, der just in jenem Jahr losbrach, als er erneut auf Rita stieß – letztlich so weit gekommen war, dass diejenigen, die Teil der Internationalen sein wollten, sich abgespaltet und die NKP, Norges Kommunistiske Parti, gegründet hatten. Konrad seinerseits blieb bei der Arbeiterpartei und las weiterhin Werke der Weltliteratur, reihte tagsüber Ziegel auf- und abends Wörter aneinander.

In seiner politisch aktiven Zeit befasste Konrad sich mit den Wohnverhältnissen, wodurch ihm die Stadtplanung auf ganz grundlegender Ebene zugänglich wurde, sozusagen vom Ziegelsteinstadium an. Licht und Luft für das gemeine Volk! Er arbeitete zunächst an der visionären Kleingartensiedlung Ullevål Hageby und später an der neuen Siedlung in Torshov. Einmal, mit zwei Ziegelsteinen in den Händen, hatte er sogar mit dem Meisterstadtplaner persönlich gesprochen, Harald Hals. Wie Konrad es deutete, war Harald Hals den kommunistischen Wohnideen durchaus nicht abgeneigt.

Wenn er darüber nachdachte, hatte er zu der Zeit nur ein einziges Mal mit Rita gesprochen. Kurz nachdem er das Medizinstudium geschmissen hatte, und vermutlich direkt vor ihrer Begegnung mit diesem zweifelhaften Halbdeutschen, den sie, ausgerechnet sie, sich zum Mann wählen sollte, hatte er sie zufällig in der Buchhandlung Cammermeyer getroffen; und als Konrad, weil er sofort wieder die alte Flamme auflodern spürte, einen vorsichtigen Annäherungsversuch unternahm, schien es ihm, als würde sie deshalb vor ihm zurückweichen, weil sie seine kommunistischen Ideen abschreckend fand.

Das hatte ihn geärgert. Sie war doch im tiefsten Inneren eine Rebellin! Und als er sie Jahre später zufällig wiedertrifft – ohne im Mindesten zu erahnen, dass diese kurze Begegnung an einer Straßenkreuzung so entscheidende Folgen nach sich ziehen sollte – bleibt er abermals verärgert stehen, weil das Einzige, was sie ihm anzubieten hat, die Herausforderung eines antireligiösen Vortrags ist. Um sich gleich darauf in einem unbeobachteten Moment aus dem Staub zu machen. Hatte sie denn alles vergessen? Alle diese Stunden im Kajak, die Wanderung zum Schloss Oscarshall, zum Ekeberg? All ihre Gespräche? Die Spannung zwischen ihnen, die ihre Herzen wie Glühbirnen zum Leuchten brachte?

Sofern sie denn nicht einen Plan verfolgte. Hatte sie vielleicht Angst, etwas zu überstürzen? Er konnte die Möglichkeit nicht ausschließen, dass sie bei diesem Vortrag im Saal sitzen würde.

Aber ja, er, die Bettelkröte, wollte nur zu gern mit dem Kriegsprofiteur Max und seinen abergläubischen Tiraden abrechnen. Für Konrad war das Christentum, war jede Religion, der reinste Irrsinn. Natürlich würde er das so nicht sagen können, sondern elegant seiner Einleitung die marxistische Religionskritik zugrunde legen. Religion als das Opium des Volkes.

Ein Schnuffeltuch. Verflucht noch eins. Er zog ein Büchlein heraus und fing an, sich Notizen zu machen. »Feuerbach«, schrieb er. »Inquisition, Ketzerverbrennung«, schrieb er. »Wer kann ein armes Kind an einer unschuldigen Krankheit sterben sehen und trotzdem weiter an Gott glauben?«, schrieb er, mit einem so aggressiven Fragezeichen, dass die Bleistiftspitze abbrach.

Er fummelte Ritas Zettel heraus und erreichte Max telefonisch in der Universität, und Max war begeistert, säuerlich begeistert, er freue sich darauf, Konrad wiederzutreffen. Säuerlich, wirklich? Fast wirkte es, als würde er die Debatte am liebsten sausenlassen, als wolle er einfach nur Konrad wiedersehen, mit ihm über andere Dinge reden. Nichtsdestotrotz fühlte Konrad in den zwei Wochen vor der Veranstaltung eine schäumende Wut und ihm fielen ständig neue Gründe ein, jede Religion abzukanzeln, er notierte Einfälle, Argumente in seinem kleinen Gedankenbuch, blieb auf der Straße stehen, weil er etwas aufschreiben musste, wobei er sich zwischendurch vorkam wie die Hauptfigur in *Hunger*, wohlgemerkt in den Momenten, in denen die Ideen nur so sprudelten. Schon begann er, sich auf diese Debatte zu freuen, sah vor sich, wie vor Zweifel völlig entmutigte christliche Studenten hinterher in die Dunkelheit hinausschlichen. Auch Max, der Heuchler. Er würde ein paar Worte verlieren über ihre lächerlichen Ansichten über das Alter der Erde, ihre Ablehnung der Verwandtschaft des Menschen mit den Tieren. Ja, das Christentum war ein Unglück, jede Religion eine Vergeudung, das Beste im Menschen in den Himmel projiziert. Wir müssen es uns zurückholen, dachte er. Das Beste in uns hier auf Erden zur Anwendung bringen. Prometheus hatte den Göttern das Feuer gestohlen. Jetzt galt es, den Göttern die *Macht* zu stehlen und den Menschen zum Herrn über sein Schicksal zu erklären. Reißt die Kirchen nieder! Baut öffentliche Bäder!

Auf dem Weg zu dieser Versammlung widerfuhr Konrad Steen etwas, das zu beschreiben uns deshalb Schwierigkeiten bereitet, weil die meisten Menschen unserer Zeit das Phänomen Religion lediglich aus den Lehrbüchern kennen – apropos, an dieser Stelle möchten wir diejenigen Leserinnen und Leser, die sich eingehender mit dem Christentum und der Bedeutung des Heiligen Abends zu befassen wünschen, auf die vortreffliche Forschungsarbeit von Mi Mi Myint hinweisen, *Die 50 wichtigsten Religionen der Vergangenheit, Ähnlichkeiten und Unterschiede* (Sagaing Y-982). Bekanntlich kam es nach dem Siebzigjährigen Krieg zuerst in Europa und anschließend in Slawien zu einer Ausbreitung des Islam und damit zu einem Wiederaufblühen des Gottglaubens, eine Entwicklung, die viele Publizistinnen und Publizisten aus der von uns behandelten Epoche vorausgesehen hatten. Ebenso wie die restliche Welt zeigte die Bevölkerung Slawiens eine Offenheit für Religionen aus dem Osten, und nachdem sich in der Folge eine Mischform aus Konfuzianismus und Buddhismus herausgebildet hatte, herrschte zu Beginn der Dunkelzeit bereits eine weitgehend säkulare Weltsicht, in der allerdings auch noch Raum blieb für das Unverständliche und Transzendente; was noch von der Religion übrig geblieben sein mochte, ging über in jene Mythologie, die Teil des natürlichen und gesunden Lebens aller Menschen ist – doch selbst diese positive Entwicklung vermochte die unerbittliche und düstere Wanderung hin zu Punkt Y nicht zu verhindern.

Die Voraussetzungen sind mit anderen Worten nicht die besten, doch da unsere Methode sich der Einbildungskraft verschrieben hat, werden wir uns an einer zuverlässigen Schilderung der Begebenheit versuchen: Die Diskussionsveranstaltung sollte im Stadtzentrum stattfinden, und Konrad war zu Fuß von seiner kleinen Wohnung in Grünerløkka dorthin aufgebrochen. Und da, beim Betreten der Brücke über den Akerselva, entdeckt er unten am Flussufer eine Frau. Ein solcher Anblick war nicht ungewöhnlich und hätte ihn normalerweise nicht zum Stehenbleiben veranlasst, doch diese Frau sah aus wie Rita. Das heißt, Konrad ist sich *sicher*, dass sie es ist. Und dass etwas vorgefallen sein muss, denn sie sieht völlig mitgenommen aus. Zwei Wochen erst sind vergangen, seit er sie das letzte Mal gesehen hat. Konnte in so kurzer Zeit in ihrem Leben etwas so schrecklich schiefgelaufen sein? Hatte dieser treulose Halbdeutsche sie zerstört? Er beeilt sich zurück, die Böschung hinab, die zum Fluss führt. »Rita!«, ruft er. »Rita, was ist passiert?« Er holt sie ein und fasst sie an der Schulter, und als sie sich umdreht, da macht es Bang, oder eigentlich sieht er nur Licht, starkes Licht, nicht blendend, sondern wie Energie, ein Licht so stark, dass er auf den neben dem Fluss entlanglaufenden Pfad hinsinkt, und als er aufzustehen versucht, ist es ihm unmöglich, denn etwas Schweres liegt auf seinem Rücken, das ihm jede Regung verhindert, er befindet sich in einem Lichtschein, und in diesem Licht vernimmt er eine Stimme, aber es ist eine Stimme, die keiner Wörter bedarf, sondern einzig aus Gedanken in seinem Kopf besteht, Gedanken, die nicht Wörter sind, sondern Gewissheit, eine Gewissheit, die sein ganzes Ich ausfüllt, jede Faser, und die ihm von der Existenz Gottes erzählt und davon, dass er, Konrad, ihm sein Leben widmen muss.

Etwas berührt ihn an der Schulter. Konrad sieht auf, kann wieder sehen, und sieht einen Mann, einen Herumtreiber, aber doch einen Menschen mit einem freundlichen, besorgten Gesichtsausdruck. »Brauchen Sie Hilfe?«, fragt der Mann. »Tut Ihnen irgendwas weh?«

Konrad streckt eine Hand aus, und der Mann hilft ihm hoch. »Danke«, stottert er. Der Mann ist bereits am Davongehen und murmelt im Gehen vor sich hin, lacht, plaudert mit den Enten.

Wie lange hatte er hier gelegen? Er blickte hinauf in den Himmel, der dunkler geworden war. Lag er hier schon seit Stunden? In diesem Licht? Diesem lebendigen Licht? Oder war es ein Feuer? Er betastete seine Augenbrauen, wie um zu untersuchen, ob sie abgesengt worden waren.

Wohin war die Frau gegangen? Rita. Er blickt sich um. Da ist niemand. Es könnte eine Doppelgängerin gewesen sein, sie glich ihr vollkommen, auch in ihren Bewegungen. Oder war es ein Engel?, denkt er. Nichts anderes kann es gewesen sein. Ein Engel. Als er genauer darüber nachdachte, fiel ihm ein, dass die Gestalt ausgesehen hatte wie eines der Engelsbilder, die sie in der Grundschule gesehen hatten. Einer dieser Engel, erinnerte er sich, sah aus wie Rita.

Er war auf dem Holzweg gewesen. Er fand einen Laden, in dem es ein Telefon gab, rief in dem Sitzungssaal an, in dem die Debatte stattfinden sollte, und erklärte, er sei verhindert.

Wochen später hatte er seine Arbeit als Maurer aufgegeben und Theologie zu studieren begonnen, er wollte Pfarrer werden.

Und das wurde er. Ein guter Pfarrer, wie von allen gesagt wurde. Und hier stand er nun, auf der Kanzel der Tøyen kirke, besser vorbereitet als je zuvor. In den letzten beiden Wochen hatte er jeden freien Abend, die Abende, die er sonst mit dem Lesen von Romanen verbrachte – André Gide, E.M. Forster, Johan Falkberget –, dazu genutzt, sich Notizen zu machen, nachzudenken, an Pointen, Sätzen zu feilen, die den Menschen in Erinnerung bleiben würden, Sätze, die sie immer aufs Neue für sich wiederholen könnten und die sie abends am Esstisch in Erstaunen versetzten. Das ganze Jahr über gab es dafür keine bessere Gelegenheit als den Heiligen Abend. Massenhaft kirchenfremde Menschen. Dazu die Kinder, noch mehr als sonst, und kein Publikum war fordernder als Kinder. Obwohl er selbst kinderlos war, hatte er lang genug in der Sonntagsschule unterrichtet, um zu wissen, wie schrecklich schnell Kinder die Geduld verloren.

Auf einer Seite der Kanzel hatte Konrad eine kleine Plattform montieren lassen. Dort lagen einige Materialien, Werkzeuge und andere Gegenstände. Konrad erinnerte die Versammelten an jenen Satz aus dem Weihnachtsevangelium, der davon berichtet, dass in der Herberge kein Platz für Maria und Josef gewesen sei, und dann fragte er die vor der Kommunionbank sitzenden Kinder, was sie brauchen könnten. »Einen Stall!«, riefen mehrere wie auf Bestellung. »So soll es sein!«, sagte Konrad und holte einen Hammer, Nägel und drei Holzstücke hervor, worauf ein regelrechtes Raunen durch die Reihen ging, denn das hatten die Leute noch nie gesehen, einen Pfarrer mit Hammer, und das auf der Kanzel, und dann sagte er, da Josef ja Zimmermann gewesen sei, spräche wohl nichts dagegen, an Heilig Abend ein bisschen zu zimmern, die Kinder lachten, und geschickt nagelte er sodann die drei Holzteile zusammen, dass es in den Wänden schallte, womit er auch ein verstecktes Motiv verfolgte, denn er wollte zeigen, dass diese Kirche, die Tøyen kirke, eine Kirche für Arbeiter, für Handwerker sei; geübt, wie er war, hämmerte er munter drauflos, er hatte als Maurer oft bei Verschalungsarbeiten geholfen und fand es nach wie vor herrlich, das Gewicht eines Hammers in der Hand zu spüren, den Nagel auf den Kopf zu treffen, keine Fehlschläge hier bei uns, keine schiefen Nägel, in seiner Freizeit zimmerte er oft etwas für die Kinder, kleine Puppenhäuser, Feuerwehrhäuser für die Jungen, zeichnete Räder und Fenster auf Holzklötze, die dann zu Autos wurden, und jetzt also einen Stall, er präsentierte das Ergebnis, einen Boden und zwei Wände, das Satteldach hatte er bereits vorgefertigt und setzte es jetzt obendrauf, bitte, ein Stall in Bethlehem, sogar feine Hobelspäne, die als Stroh dienen sollten, hatte er mitgebracht und streute sie jetzt hinein. »Was fehlt uns noch?«, fragte er, woraufhin die Kinder ihn mit Vorschlägen überhäuften, die er auch sogleich in die Tat umsetzen konnte, indem er aus einer auf der Plattform versteckten Schachtel eine Figur nach der anderen herausholte und sie in und vor dem Stall platzierte, eine Krippe, das Jesuskind, Maria und Josef, ein paar Hirten, die drei Weisen aus dem Morgenland, die zwar bei Lukas nicht vorkamen, aber pfeif drauf, und schließlich die verschiedenen Tiere – denn die mochten die Kinder natürlich am liebsten –, einen Ochsen, Kühe, er wusste, dass eine der Antworten Kühe lauten würde, und wollte die Kinder nicht enttäuschen, einen Esel, Schafe, sogar ein Schwein – wie um an die traditionellen Schweinerippchen zu erinnern, die die Aufmerksamen wie zur Belohnung erwarteten –, Frau Grue aus der Pfarrgemeinde hatte die Figuren modelliert und bemalt, eine hübsche Arbeit, Konrad hätte über dem Anblick bald alles andere vergessen, stand nur da und bewunderte einen der Engel, wurde selbst wieder zum Kind, erinnerte sich an Alberts bayrische Miniaturlandschaft oder daran, wie sie den Dachboden der prächtigen Villa in Lysaker, in der Rita wohnte, zu einer Theaterbühne umgestaltet hatten, wie sie sich verkleidet und kleine Stücke aufgeführt hatten. Er ertappte sich bei dem Gedanken: Wenn Rita mich jetzt so sähe! In der nächsten Sekunde aber: Wozu sollte sie mich sehen? Damit sie stolz auf mich sein kann? Damit sie sich in mich verliebt? Wieso stehe ich hier, nach so vielen Jahren, und denke an Rita Bohre? Leicht wehmütig blickte er zu der kleinen Familie in der Mitte des Stalls. Er selbst hatte nicht einmal eine Frau, er war nie über

Rita hinweggekommen, für ihn war es immer nur Rita gewesen, sie oder keine, das hatte er vom ersten Moment an gewusst, Rita oder das Zölibat. Empfand er eine Sehnsucht? Stand er hier, ausgerechnet am Heiligen Abend, mitten bei einer Predigt, und vermisste eine Frau, einen Menschen, den er nachts umarmen konnte?

Glücklicherweise war Rita später doch noch zur Vernunft gekommen. Sie hatte sich von ihrem unterbelichteten Mann scheiden lassen und war wieder zurück in ihr Elternhaus gezogen. Nachdem Konrad, eben zum geistlichen Amt gesegnet, Wind davon bekommen hatte, war er nach Lysaker gefahren, um sie zu besuchen. Vielleicht nur, um sie zu sehen. Vielleicht in der Hoffnung auf mehr. Doch so, wie sie sich einstmals von seinem Kommunismus hatte abschrecken lassen, schreckte sie nun sein Glaube ab, die Tatsache, dass er, Konrad Steen, einfach so Pfarrer geworden war. Sie sprach es nicht aus, aber genau so interpretierte er ihre frostige Art. »Du hast das Talent, für eine Sache zu brennen«, sagte sie zur Verabschiedung nach einem viel zu kurzen Spaziergang. Dadurch, dass er Christ geworden war, zumal auch noch Pfarrer, hatte er sie, sofern das überhaupt möglich war, noch weiter von sich gestoßen. Jedoch war späterhin erneut ihre Schwäche zutage getreten, das wankelmütige Herz, dem eine Kompassnadel fehlte. Oder war es Hochmut? Kurz darauf jedenfalls begann sie, für Konrad unbegreiflich, Umgang mit der aus weltfremden Scharlatanen bestehenden Clique rund um die quasiradikale Zeitschrift *Neon* zu pflegen.

Er seinerseits war allein geblieben, hatte keine Frau gefunden. Welche Frau konnte sich schon mit Rita Bohre messen? Der begabten, unzuverlässigen Rita Bohre. Er hatte ein paar kurze, sehr kurze Beziehungen mit Frauen von der Sorte Ohola und Oholiba. Fleischeslust. Doch das war lange her.

Er besinnt sich, konzentriert sich auf die Predigt, die darauf hinauslaufen soll, dass Gott auf die Erde hinabgestiegen sei und Platz gefunden habe unter den Heimatlosen. Den wenig Bemittelten. Den Arbeitern, würde er sagen. Denn diese Predigt sollte auf ihre listige Weise auch eine Abrechnung mit den Verhältnissen in der Kirchengemeinde sein, die, nach Konrads Ansicht, viel zu sehr von Erweckung, von Verkündigung geprägt war. Von Bekehrung. Es war eine Kluft zwischen den Bekehrten und den nicht Bekehrten entstanden, viele hatten aufgehört, in die Kirche zu gehen, weil sie sich für nicht christlich genug hielten. Konrad wollte die Türen wieder öffnen, alle hereinbitten, wie es die ersten Pfarrer des Viertels getan hatten; er wollte daran erinnern, dass die Kirche auch über eine Suppenküche verfügte und es einen Flügel gab, der »Krippe« genannt wurde, einen Ort, wo Kinder betreut wurden. Darauf wollte er hinaus, er wollte der Gemeinde von einem heimatlosen Gott erzählen, von einem Gott, der an alle Türen klopfte, er wollte die Versammelten fragen, ob sie Gott ihre Tür öffneten, ihm Obdach gewährten.

Erst nach der Bastelei und der kurzen Puppentheatervorstellung holte er die Bibel hervor, bat die Leute, sich zu erheben, und las das Weihnachtsevangelium nach Lukas. Er wusste, die Liturgie verlangte es anders, es sollte zuerst der Text gelesen und dann die Predigt gehalten werden, aber auch Liturgien waren da, um gebrochen zu werden, man war deswegen ja nicht gleich ein Pharisäer. Er las die kraftvollen Sätze, brauchte nicht ins Buch hinunterzublicken, er kannte die Geschichte auswendig, den abgedroschenen Lukastext, der von fast allen Menschen der westlichen Hemisphäre immer wieder gehört wurde. Er hatte die Botschaft des Weihnachtsevangeliums schon immer lieber gemocht als das österliche Blutvergießen, das ganze

Zeug mit dem Kreuz und dem Tod. Gottes Herabkunft und Menschwerdung war schlicht eine Erhöhung des Menschen. Beinahe ein sozialistischer Gedanke. Und Gott war heimatlos. Er war Gott für alle, für all die Schwachen und Arbeitslosen und Armen und Schlechtergestellten, Gott wandelte umher und bat um Hilfe, bat um Einlass.

Doch dann, mitten im schönsten Satz des gesamten Weihnachtsevangeliums, verliert er den Glauben. Es wird gemunkelt, er sei Anwärter auf das Bischofsamt, und dann geht alles den Bach runter. Genauso plötzlich, wie er zum Glauben gekommen war, verlor er ihn wieder. Erneut schlug das Leben, in einem unbeobachteten Moment, gleichsam einen Salto, und als er wieder auf dem Boden landete, war alles verändert.

Natürlich hatte er auch davor mit Gewissenszweifeln zu kämpfen gehabt, aber nie ernsthaft. In seiner Studienzeit hatte er über das Problem des Bösen und allerlei Anfechtbares nachgedacht. Ganz zu schweigen von der fast schon lächerlichen Jungfrauengeburt. Der Existenz einer Hölle. Bei der Bibelexegese, bei der Geschichte von Abraham und Isaak im Alten Testament, hatte er gegenüber dem Professor Zweifel angemeldet, denn wie sollte es möglich sein, Gott über die Moral zu stellen? Konrad jedenfalls wusste, dass sein eigener Vater, ein liebevoller, sanfter und gottesfürchtiger Schmied, niemals, nicht einmal unter Folter, etwas Vergleichbares getan hätte. Doch, ja, er war wahrhaftig ins Stutzen geraten über einen Gott, der, falls Er nicht gerade damit beschäftigt war, sich zu verbergen, im ersten Teil der Bibel tyrannisch und eifernd auftrat, im zweiten Teil jedoch plötzlich voller Liebe und Gnade herabsteigt. Bei einem Studienaufenthalt in Deutschland war er mit dem Gedankengut der neuen radikalen Theologen in Berührung gekommen, hatte sich sogar Vorlesungen des gefährlichen Rudolf

Bultmann angehört, aber nicht einmal darüber hatte er den Glauben verloren.

Doch jetzt, völlig unverhofft, zerplatzte alles, als wäre der Glaube ungefähr so robust wie die Eierschale, die er nach dem Frühstück wegwarf. Er setzte die Predigt fort, sein Mund bewegte sich wie von selbst, sprach über den heimatlosen Gott und forderte alle auf, Gott Einlass zu gewähren, er näherte sich dem Schluss und fragte sich währenddessen, was diese Falltür zwischen »sei« und »Gott« geöffnet haben mochte, eine jähe Erinnerung vielleicht, auf der Ebene des Unbewussten sozusagen, eine Erinnerung, die durch den Satz davor herbeigerufen worden war: »Und alsbald war da bei dem Engel die Menge der himmlischen Heerscharen.« Ja, dieser Vers musste es gewesen sein, der eine Vorstellung heraufbeschwor, die im Laufe weniger Sekunden – nur dass es im Unterbewusstsein mehrere Minuten waren – seinen Glauben torpediert hatte.

Die Erinnerung hatte eine Vorgeschichte, deren Ursprung eine lange Entdeckungsfahrt war. Denn nachdem Konrad seine Ausbildung beendet hatte, das heißt, in dem Jahr danach, bekam er ein Stipendium für eine Studienreise nach Indien, und einige Monate vor dem Börsencrash an der Wall Street war er losgezogen, um einen Kontinent kennenzulernen, auf dem die Menschen anderes zu tun hatten als Aktien zu kaufen und verkaufen.

Er hatte Zweifel, die Reise konnte sich als gefährlich herausstellen, doch er dachte an Rita, zu der er zwar lang keinen Kontakt mehr gehabt hatte, deren frühe Reise sie jedoch bis nach Persien – unfassbar, *Persien* – geführt hatte. Das wurde zu einem Ansporn für ihn, dieser Mut, diese trotzige Neugier, er bekam, als er davon gehört hatte, sofort Lust, selbst eine lange Reise anzutreten, und schließlich bot sich ihm die Gelegenheit, er durfte nicht zögern, und es sollte eine Erfahrung werden, die sowohl lehrreich war als auch erschütternd, mehrere Monate lang streifte er in Indien umher, hauptsächlich mit dem Zug, voller Bewunderung für die Fähigkeit des britischen Empire, ein Eisenbahnnetz zu errichten und funktionstüchtig am Laufen zu halten. An alles das denkt er in diesem Moment, auf den Schlussteil seines Predigtmanuskripts konzentriert, und auf dem Parallelgleis fällt ihm plötzlich ein Buch von Tagore ein, das er sich gekauft hatte. Wo das jetzt wohl war? Hatte er es womöglich – aus einem spontanen Einfall heraus – per Post an Rita geschickt, als Geschenk zu ihrem 35. Geburtstag? Doch es war nicht Tagore, es war noch nicht einmal Benares – das wimmelnde, stinkende, leichenäschernde, halluzinatorische Benares –, sondern Madurai, das, mitten bei der Predigt, in seinem Bewusstsein emporstieg und sich wie ein spitzer Eisberg vor seinen unsinkbaren Glauben schob, denn in Madurai hatte er viel Zeit vor dem berühmten Shiva-Tempel verbracht und sich die fünfzig Meter hohen, von Göttern und mythologischen Figuren übervölkerten Türme angesehen; zuallererst war ihm Balzac eingefallen, ausgerechnet Balzac, ein Schriftsteller, den er sehr schätzte und an den er sich jetzt wieder erinnerte, an die gewaltige Personengalerie, die er in seinen *Die menschliche Komödie* genannten Romanen aufgestellt hatte. Ja!, dachte er. So war es. Eine wimmelnde Galerie, geschaffen von der Fantasie. Er hatte fast laut aufgelacht bei dem Gedanken, wie absurd das war, der Hinduismus, eine Religion mit abertausenden von Göttern, ja, in der sogar Tiere Götter waren – konnte man so etwas ernst nehmen? –, er hatte gelächelt bei dem Anblick, aber gleichzeitig gedacht, dass ihn das Ganze ein klein wenig an die Westseite des Nidarosdoms erinnerte, denn er hatte Zeichnungen gesehen, wie der Dom nach seiner Fertigstellung aussehen sollte, eine Heerschar von Statuen in den übereinanderliegenden Nischen, Engel, Patriarchen, Propheten, Könige, Apostel, Bischöfe, Heilige, Wasserspeier und Tiergestalten. Vielleicht bestand ja doch eine Verwandtschaft zwischen Hinduismus und Christentum – das war einer seiner Lieblingsaspekte gewesen beim Studium der Religionsgeschichte, der Einblick in die anderen großen Glaubensrichtungen, all diese Götter, all diese Rituale, all diese seltsamen Einfälle, was man alles tun und was man nicht tun durfte, er hatte Madurai, diese aberwitzige Dachlawine an Göttern, bereits ganz vergessen gehabt, doch jetzt kehrte sie zurück, hervorgerufen durch die Wörter »himmlische Heerschar«, er sah es vor sich, ein Rudel aus zahlreichen Engeln, die da standen und sangen, er schielte zu dem selbstgebauten Stall hinüber, zu Maria und Josef, Jesus und den Hirten und den drei Weisen, zu den Ziegen und den Kamelen, und alles das erinnerte ihn an den Anblick in Madurai, plötzlich war das ganze Weihnachtsevangelium absurd, er konnte nicht verstehen, wie er an so etwas hatte glauben können, ein Himmel voller Engel, das Christentum war nicht anders als die anderen sonderbaren Religionen, die behaupteten, die volle und ganze Wahrheit zu kennen, den einzigen wahren Gott, oder auch Götter, anzubeten, das war die menschliche Komödie; nun sah er es ganz deutlich, die Religionen hoben sich gegenseitig auf, oder aber sie zeigten lediglich unser Bedürfnis nach Geschichten, die eine Art von Weisheit enthielten, die sich in anderer Form nicht vermitteln ließ, es war beinahe egal, wie die Geschichten sich anhörten, so lange sie nur gut konstruiert waren und die Fantasie tüchtig in Schwung brachten, einen Zusammenhang herstellten in dem Wirrwarr des Daseins, dich Teil einer Erzählung werden ließen, die größer war als deine eigene, dich in eine Masse, in eine Heerschar eingliederten, in der man Ekstase erfahren konnte, dasselbe übrigens, was er in Deutschland beobachtet und worüber er in den Zeitungen zu schreiben versucht hatte, über den Nationalsozialismus als weltliche Religion, das Im-Chor-Brüllen bei den Massenmusterungen, das Aufschäumen in der Brust, eine Religion wie jede andere, auch hier Heerscharen, Erweckungstreffen in Nürnberg, doch warum sollte er sich von diesen Geschichten, diesen Religionen, eine aussuchen und ausgerechnet an sie glauben? Eben. Und nun glaubte er ja auch nicht mehr, sondern es machte Puff, er hatte in einem zerbrechlichen Treibhaus gelebt, und jetzt knirschte und zersprang die ganze Chose, ein erdichteter Crystal Palace krachte zusammen, und während es um ihn herum unsichtbare Scherben regnete, tat er, als wäre nichts, sprach einfach weiter, folgte dem Manuskript, blickte in die Gesichter in den Bankreihen unter sich, und ihm fiel auf, dass viele der ihm begegnenden Blicke nicht nur froh waren, sondern auch dankbar, denn vielen dieser Menschen, das wagte Konrad von sich zu behaupten, hatte er über die Jahre geholfen, durch Gespräche, durch kleine Dienste – dort saß Herr Pedersen, der sich voriges Jahr bei der Arbeit in der Nyland-Werft eine schwere Handverletzung zugezogen hatte, und dort, fast ganz hinten, lächelte Fräulein Haug, obwohl sie im Alter von nur siebzehn Jahren Mutter geworden war, und von der Bank direkt unter der Kanzel bekam er ein Nicken vom alten Larsen, dem Seemann, der drei Schiffbrüche überlebt hatte und nachts schlecht schlief – und alles das brachte ihn auf andere Gedanken, beruhigte ihn, hielt die Panik von ihm fern, es musste möglich sein, bei der Kirche zu bleiben, in einer Geschichte, die mindestens genauso gut war wie die der anderen Religionen – die Bibel war ein wunderbares Buch, in dem zu lesen ihm nie langweilig wurde. Was das betraf, hätte er allerdings auch jede andere Religion für sich wählen können, denn bereits in seiner Studienzeit war er zu einer beunruhigenden Erkenntnis gelangt: Wenn man die Namen der Götter von dem Fundament, auf dem sie ruhten, abtrug, dann erkannte man, dass allen Weltreligionen fabelhafte Erzählungen zugrunde lagen. War die Religion womöglich in ihrem Kern ein Ausdruck für die Wichtigkeit von Geschichten für unser Bewusstsein? Für unsere Identität? Eigentlich brauchen wir keine Götter, hatte Konrad in einem ketzerischen Augenblick im Lesesaal gedacht, was wir brauchen, sind diese starken Geschichten. Und jetzt, auf der Kanzel der Tøyen kirke, dachte er es wieder: Es sind diese Berichte, die uns helfen. Wir suchen Zuflucht in ihnen, weil sie uns, mehr als irgendetwas sonst, in unseren tiefsten Gefühlen berühren. Natürlich konnte er bei der Kirche bleiben. Sogar ohne Glauben. Er wusste, wie gut er darin war. Nichts tat er lieber, als von der Kanzel herab Geschichten zu erzählen, sie in eine Predigt einzuflechten, genau wie Jesus seinen Jüngern Gleichnisse erzählt hatte. Er sah, wie die Menschen sich gleichsam aufrichteten und die Ohren zur Kanzel wandten, wann immer er sagte: »Ich kann das mit einer kurzen Geschichte erläutern.« Wie er nun so dastand, eine Hand auf die Bibel gelegt, auf Lukas' wunderbare Geschichte über Maria und Josef in Bethlehem, gelangte er zu der Erkenntnis, dass er ein Erzähler war. Dass er weitermachen konnte.

Er musste bleiben. Gerade jetzt, in einer Zeit, in der so viele Menschen von Unsicherheit erfüllt waren. In einem Europa, das sich am Rande von etwas Tiefschwarzem befand. Die Menschen brauchten ihn, wenn auch nur, um jemanden zu haben, mit dem sie reden, zu dem sie mit ihren Zweifeln kommen konnten. Hoffnung vermitteln, darin würde seine Aufgabe bestehen.

Ja. Er empfand Frieden. Selbstverständlich konnte er bei der Kirche bleiben. Draußen wirbelten leichte Schneeflocken durch die Luft. Es war Heilig Abend. Hoffnung. Schönster Herr Jesus. Wozu die Verzauberung aufheben? Warum sollte es den Menschen nicht erlaubt sein, gewisse Tage feierlicher zu begehen als andere und dabei auf Zeremonien zurückzugreifen? Er hatte immer viel Wert gelegt auf Taufe, Konfirmation, Hochzeiten und Begräbnisse. Bei solchen Ereignissen waren die Menschen in einer ganz eigenen Stimmung. Empfänglicher. Ihre Stimmen hörten sich anders an, sie befanden sich in einer offeneren Gemütsverfassung, es war ihnen irgendwie klar, dass Höhen und Tiefen in ihnen existierten, über die sie sonst nicht nachdachten. Und was war mit ihm, Konrad? Würde er die Gottesdienste nicht trotzdem genauso sehr lieben? Die brennenden Flammen auf den Dochtspitzen, die glitzernden Kronleuchter, die Geborgenheit der Liturgie, das sich ständig Wiederholende, Sonntag für Sonntag? Ungebrochen wäre seine Liebe zu den Liedern, den Alliterationen, die einem so wunderbar im Mund lagen, das wusste er ganz bestimmt. Auch wenn er nicht mehr glaubte, würde es ihm trotzdem immer noch Genuss bereiten, aus voller Kehle Herr, unser Herrscher, wie gewaltig ist dein Name zu singen, während im Hintergrund Töne aus der Orgel emporzitterten, die man noch in den Fußsohlen spürte.

Konrad stellte sich die vielen anderen Tätigkeiten vor, denen er sich widmen konnte, wenn er nicht mehr im Auftrag des Herrn unterwegs wäre. Er wohnte allein, er würde trotzdem weiterhin kleine Gegenstände für die Kinder basteln, Dovregubben-Lokomotiven aus Holzklötzen, und er hätte alle Zeit der Welt, um zu lesen, noch mehr zu lesen, als er es jetzt schon tat. Beschämend, wie viele Werke der Weltliteratur er noch nicht gelesen hatte, eine Heerschar an Büchern, dachte er fast mit einem Lächeln.

Er beendete die Predigt mit den Worten, die er eingeübt hatte, ließ währenddessen den Blick über die Gesichter in den Bankreihen schweifen, und für einige Sekunden war es ihm, als könne er durch Telepathie Kontakt aufnehmen zu Herrn Frantzen und zu Frau Alm und zu den Norsund-Zwillingen und vielen anderen, und da erst wurde Konrad richtig bewusst, wie viele Menschen hier in der Kirche er eigentlich kannte, und er spürte, wie sein Körper sich erwärmte bei dem Gedanken an die Loyalität, die er diesen Menschen gegenüber empfand, die ihn brauchten, oder richtiger ausgedrückt: die jemanden brauchten, der ihnen ein Ohr lieh. Er musste bleiben, musste schon allein aus *Solidarität* mit der Gemeinde in Tøyen bleiben. Einst wollte er Arzt werden, aber konnte er die Menschen denn nicht auch mit Geschichten heilen? Oder einfach dadurch, dass er ihnen zuhörte, den Geschichten, die sie selbst erzählten? Er wollte sein wie der erste Priester dieses Viertels, ein »Engel im Wolfspelz«. Er konnte den Menschen auch helfen, ohne sie zu erlösen. Er konnte ihnen Trost spenden.

Er war fertig, rundete das Ganze mit dem Lobpreis ab, sprach ihn mit leiser Stimme und stieg von der Kanzel, nickte den Kindern zu, die ihn anlächelten und deren größter Wunsch es gewiss war, mit den Figuren in der Krippe zu spielen. Er gelobte sich selbst, niemals irgendjemandem von diesem Erlebnis zu erzählen, niemanden in seinen Glaubensverlust einzuweihen. Nicht einmal einer Geliebten, einer Lebenspartnerin, falls er je wieder eine haben sollte.

BLUE NORWEGIAN

Als Frank Zappa auf dem Kalvøy-Festival 1973 – in den Quellen auch das »legendäre Festival« genannt – als Intro zu einem wild jammernden Gitarrensolo bei der Hälfte des Songs »Montana« dicht ans Mikrofon herantrat und rief: »Das ist für Blue Norwegian!«, hatte die große Mehrheit der zwanzigtausend sonnenanbetende Personen umfassenden Zuhörerschaft keine Ahnung, worauf der langhaarige Musikzauberkünstler in dem dunklen, kurzärmligen T-Shirt und der weißen Schlaghose anspielte. Nur einigen wenigen waren die Gerüchte über den norwegischen Musiker zu Ohren gekommen, der Ende der 60er-Jahre unter dem Beinamen Blue Norwegian in Kalifornien umhergestreift war. Mit der Zeit, wiewohl die meisten es für pure Erfindung hielten, wuchs das Gerücht in der eher progressiven Gitarristenszene dennoch zu einer Art erbaulichem Mythos heran, aber es ist dies kein Mythos, sondern eine wahre Geschichte, und der Held dieser Geschichte heißt Bård Berger.

Unserer Entscheidung, an dieser Stelle, Wand an Wand sozusagen mit Konrad Steens Erlebnissen, von Bård Berger zu erzählen, liegt nicht zuletzt der Wunsch zugrunde, auf diese Weise an die Verwandtschaft zwischen der Sphäre der Musik und jener der Religion zu erinnern. Wie viele Menschen erlebten nicht ihre erste transzendente Erfahrung dank der Musik? Laut der Chronik von Little Green sind Bård Berger und Konrad Steen einander nur ein einziges Mal begegnet, auf der Feier zu Rita Bohres 70. Geburtstag: »Den halben Abend saßen die beiden in der Küche und unterhielten sich über die wortlose Erzählung jenseits des Textes, sowohl bei einem guten Roman wie auch bei einer guten Rocknummer, und beide waren sich darin einig, dass das Lied »Herr, ich muss klagen« einem klassischen Blues in nichts nachstand. In Hinblick auf den metagenetischen Aspekt sowie auf die ersten Mitglieder der Long-Dynastie diente die Geschichte über Bård Berger in erster Linie zur Vermittlung des wichtigen Harmonietalents. Dass diese Kapazität mit der Zeit zu den am höchsten geschätzten gezählt wurde, war freilich darauf zurückzuführen, dass die Musik einen immer größeren Stellenwert in der Kultur einnahm, besonders in der Zeit nach dem Punkt Y, als die Konzerte mit den alten Bronzeglocken, die einst am Kaiserlichen Hof eine essentielle Rolle spielten, wieder zur vorherrschenden Kunstform wurden. Es kam zu einer Wiederentdeckung komplexer Harmonien und Rhythmen und der ihnen innewohnenden Fähigkeit zur Aufrechterhaltung des Gleichgewichts in einem Reich. Die »Quartalsfestivals« der Gegenwart, bei welchen, von Trommeln begleitet, auf Hunderten in Serie montierten Bronzeglocken gespielt wird, zeigen in aller Deutlichkeit, über welche Macht die Musik verfügt, eine Macht, die mit nichts anderem zu vergleichen ist. Nichts – weder Worte noch Bilder – vermögen unsere Sinne in solchen Tiefen zu erreichen. Schon Bård Berger muss dies zur Genüge demonstriert haben. Nicht so sicher allerdings sind wir uns hinsichtlich der Frage, in welchem Grad seine Harmoniefähigkeit, fast wie ein Zwilling, mit einer anderen Eigenschaft in Verbindung stand: der Fähigkeit, sich Hals über Kopf zu verlieben. Wenn das der Fall sein sollte, fehlen uns vorläufig Belege, die zeigen könnten, ob diese Eigenschaft auch bei späteren Generationen noch mitgeschwungen ist.

Die Geschichte selbst nimmt ihren Anfang eines späten Nachmittags im Mai 1968, als Bård Berger, auch bekannt als B.B., in Los Angeles vor einem »Fast-Food«-Restaurant steht, in jenem Abschnitt des Sunset Boulevards, der The Strip genannt wurde, ein Streifen, der in diesen Flower-Power-Jahren besonders belebt war und an dem abends die Jugend zusammenfand. Bård, 25 Jahre alt, lebte als Straßenmusiker von der Hand in den Mund, spielte auf seiner Akustikgitarre Bluesnummern, mit oder ohne Bottleneck, sowohl eigene Songs als auch die von anderen, und an diesem Nachmittag nun, als er etwa in der Mitte von T-Bone Walkers »Call It Stormy Monday« angelangt war, fiel ihm auf der anderen Straßenseite eine etwa gleichaltrige Frau auf, die, als die Ampel auf Grün sprang und er gerade seine ganze Seele in die Worte »Lord have mercy, my heart's in misery« legte, über den Fußgängerübergang auf ihn zukam – geradezu schwebend in einem langen, gemusterten, hippieartigen Kleid. Sie blieb stehen und hörte ihm zu, sah ihm zu, und das auch noch, als er bei der Überleitung zu »Thunderbird Blues«, einer Eigenkomposition, bei einem offenen Akkord die Gitarre stimmte, jedoch war die Art ihres Zuhörens, ihres Zusehens, eine ganz andere als bei den Menschen, die sonst manchmal vor ihm stehenblieben, sie spitzte gleichsam die Ohren und beobachtete akribisch seine Finger, seine Griffe, mit einer Gier, die ihn in Verlegenheit brachte, und nachdem sie einen Dollarschein in seinen Gitarrenkoffer auf dem Gehsteig geworfen hatte, deutete sie auf das zerschlissene Taschenbuch, das aus der Seitentasche seines Rucksacks herausragte. »Wie findest du das?«, fragte sie.

Es war *Henderson the Rain King* von Saul Bellow. Bård hatte immer viel gelesen, und es war sein Vetter gewesen, Roar Bohre, dessen Karriere gerade zu der Zeit Fahrt aufgenommen hatte, als Bård Norwegen verlassen hatte, der ihm Bellow, und besonders diesen Roman, empfohlen hatte. Bård wusste nicht, dass Roar sich zurzeit in Paris aufhielt, inmitten eines Geplänkels, von dem er eine sehr charakteristische Narbe zurückbehalten sollte, die ihn für sein ganzes restliches Leben zeichnen sollte. »Wir haben beide im Mai 1968 eine Revolution miterlebt«, sagte Roar viele Jahre später und stieß seinen Vetter in die Seite. »Aber keiner von unseren krakeelenden Landsmännern ist daran interessiert, etwas darüber zu erfahren, wir werden im Winkel eines dunklen Wirtshauses enden, genau wie der gezeichnete Mann in Welhavens Gedicht ›Die Republikaner‹.«

»Ein Meisterwerk«, sagte er zu der neugierigen jungen Frau. »Ich habe *Augie March* in Chicago gelesen, aber das hier ist noch besser.«

»Wie ich höre, bist du kein Amerikaner«, sagte sie, und nachdem er Oslo und Norwegen erwähnt hatte, forderte sie ihn lachend auf, mit ihr ins nächstgelegene Café zu gehen. Später dachte Bård, dass sie der Tatsache, dass er *Henderson* gelesen hatte, genauso sehr verfallen war wie seinem Gitarrenspiel und dem offenen Blues-Tuning. Sie stellte sich als Joan vor. »Aus Saskatoon in Saskatchewan, Kanada«, sagte sie. Es hörte sich an wie ein Kinderreim. »Bist du indianischer Abstammung?«, fragte er, weil etwas an ihren Wangenknochen ihn zu dieser Frage drängte, die schönsten Wangenknochen, die er je gesehen hatte. Eine weiße Indianerin. Sie lachte. »Vielleicht, denn ich habe norwegische Ahnen, mein Nachname ist Andersen«, sagte sie, ihn die ganze Zeit musternd, als ob sie völlig gefesselt wäre. »Du bist das Blaueste, das ich je gesehen habe«, lachte sie. Weil von seinem T-Shirt angefangen bis zu der indigofarbenen Levis-Jean und der Levis-Jacke alles an ihm blau war, glaubte er zuerst, sie meine seine Kleidung, doch dann zeigte sie auf seine Augen und schrieb plötzlich mit Kugelschreiber etwas auf seinen Handrücken und murmelte dabei: »Star sapphires«. »Ich werde dich Blue nennen«, sagte sie, wie als Schlussfolgerung. Aber nicht Joan war es, die Bård zu Blue machte, obwohl sie ihm diesen Namen gab. Er war schon lange davor Blue gewesen.

Genau wie seine ältere Schwester, die zukünftige Kabinenstewardess Laila Berger, war Bård schon seit Kindestagen gefangen im Universum der Musik; das wirklich Ausschlaggebende jedoch – man könnte fast sagen, es habe eine genetische Mutation bewirkt – ereignete sich Mitte der 50er-Jahre, als seine Mutter, die über einen längeren Zeitraum nicht in Gaustad, sondern zu Hause gewohnt hatte, ihm zum Geburtstag eine Gitarre schenkte und sein Vater, der in der Radiofabrik Tandberg arbeitete, in etwa zur selben Zeit mit dem neuen, bemerkenswert eleganten Huldra-5-Musikschrank nach Hause kam, der auch mit einem Plattenspieler und, noch wichtiger, einem Tonbandgerät ausgestattet war – eine ganze Wundertüte neuer technologischer Errungenschaften. Für Laila wurde dieser Schrank ein Amerikaschiff, für Bård eine Fram, und genau wie Nansens Schiff sollte es ihn zu großen Entdeckungen führen, oder vielleicht: ihn dazu veranlassen, die äußersten Grenzen der Musik auszuloten. Warum bringen es manche auf einem Gebiet weiter als andere? Bård Berger kann als beispielhafte Antwort auf diese Frage betrachtet werden: Weil sie üben. Weil sie unfassbar viel Zeit darauf verwenden, ihr Talent zu entwickeln. Von dem Tag an, als Bård zum ersten Mal seine linke Hand um das Griffbrett legte und nach zehn Minuten wunde Fingerspitzen bekam, verbrachte er Tausende von Stunden damit, zu üben, Musik zu hören und vor dem Tonbandgerät zu spielen und zu singen.

Direkt danach ereignete sich noch etwas anderes: Laila und Bård hatten einen Großonkel in Amerika – wir haben ihn bereits erwähnt –, der es als seine Mission ansah, immer neue

Platten nach Hause zu schicken. Während Laila dem gedämpften Trompetenton von Miles Davis verfallen war, vernahm Bård seinen musikalischen Ruf, als er nach Erhalt eines der begehrten Päckchen von Großonkel Henry B. B. Kings *Singin' the Blues* auf den Plattenteller legte; die ersten Gitarrentöne dieses Musikers fuhren ihm durch den Körper wie ein Funke – später sagte Bård, er habe dabei an das Fresko in der Sixtinischen Kapelle gedacht, auf dem Gottes Zeigefinger den Adams berührt –, und weil er zu der Zeit bereits eine Freundin hatte, Iris, seine Nachbarin in Tåsen, geriet er völlig außer Rand und Band, als die Nadel zu »Sweet Little Angel« kam. Für mehrere Jahre sollte diese Nummer zu seiner Nationalhymne werden. Was er dabei allerdings nicht mitbedachte, war die Warnung hinter den zweideutigen Worten dieses bekannten Bluesschemas: »I love the way she spreads her wings.«

Bård übte und übte, spielte und spielte, sang und sang, er bekam seine erste E-Gitarre und benutzte den vielseitigen Radioschrank als Verstärker, er lernte das Bending, das Ziehen der Gitarrensaiten, mit dem dieser zitternde Blueston erzeugt wurde, den der Lehrmeister bis zur Vollendung beherrschte und der wie ein Zickzackblitz die fernsten Winkel der Seele erleuchtete; allmählich fand er auch in seiner dunklen, leicht heiseren Stimmen jene Nuancen, nach denen er suchte, er war nicht länger Bård Berger, alle nannten ihn nur noch B. B., ausgesprochen Bi-Bi, und Anfang der 60er-Jahre gründete er mit seinem besten Freund Ottar eine Band, und natürlich gab es keinen Zweifel, wie der Name der Band lauten würde: Little Angel. Ein weiterer Entwicklungssprung ereignete sich im April, Bård, oder B. B., konnte eine der ersten nach Norwegen importierten Fender Stratocaster ergattern, stand draußen vor dem Musikladen Hagstrøm in der Schlange hinter dem damals schon bekannten Svein Finjarn, der sich zu ihm umdrehte und dem Jüngling ein prophetisches Nicken zukommen ließ, und später, beim Verlassen des Ladens: einen freundlichen Schlag auf die Schulter.

In Oslo und Umgebung waren Little Angel nur wenig bekannt. Dass ihnen kein größerer Erfolg beschieden war, erklärte sich wohl aus ihrem Repertoire, das so viele Bluesnummern umfasste und so wenige Rock'n'Roll- oder Shadows-inspirierte Songs, mit denen die anderen Bands aufwarteten. Es vergingen einige Jahre, und ihre Popularität stieg um einige Stufen, nachdem die Rolling Stones gezeigt hatten, dass der Blues sich auch in Rocksongs integrieren ließ. Little Angel spielten in verschiedenen Kulturstätten, bei Tanz- und Open-Air-Veranstaltungen, und es bestand kein Zweifel: Bård, B.B., war der Star der Band. Bisweilen sticht ein Musiker heraus, der aussieht wie alle anderen, die gleiche Gitarre spielt wie alle anderen, der jedoch, sobald er oder sie den Mund aufmacht und die Saiten erklingen lässt, sich anhört wie kein zweiter. So einer war Bård Berger. Mit nur einem Ton auf der Gitarre konnte er einen Raum blau färben, er brachte die Menschen dazu, einander vor Begeisterung in die Arme zu fallen, er war ein Orpheus, er war so viel besser als die anderen, dass sich die Band sozusagen von selbst auflöste, ganz ohne Streitigkeiten.

Einige Monate vergingen. Bård übte weiter, so als wüsste er – vielleicht von Svein Finjarns prophetischem Nicken und seinem aufmunternden Ritterschlag –, dass er bald wieder eine Chance bekommen würde, er spielte und spielte, auch auf der Akustikgitarre, und er benutzte weiterhin Tandbergs unverwüstliches Tonbandgerät, sowohl, um sich an seine eigenen Riffs, Einfälle und Songfragmente zu erinnern, als auch zur kritischen Einschätzung seines eigenen Spiels und Gesangs.

Noch immer waren er und Iris zusammen, und die Hälfte der Songs, die er komponierte, handelte von ihr. »The Iris in Your Eye«, »The Flower in My Dreams Looks Like You«.

Bård wohnte noch immer zu Hause in Tåsen in seiner Kellerbude, und eines Tages, kurz nach Frühlingsbeginn 1966, klingelte es an der Tür. Draußen standen Terje Måkestad und Marius Lillmoen, der beste Bassist und der beste Schlagzeuger der Stadt. Beide waren gerade erst bei ihren jeweiligen Bands ausgestiegen oder aber waren zu gut für sie geworden. Jetzt wollten sie eine neue Band gründen. »Du bist der beste Gitarrist im Land, Alter«, sagte Terje. »Und singen kannst du wie ein Schamane«, sagte Marius. »Wir wollen eine Supergroup gründen, und wir wollen dich dabeihaben.«

»Habt ihr einen Namen?«, fragte Bård.

»Blue Dream«, sagten die beiden im Chor.

»R&B?«, fragte Bård.

»Eher B. B.«, sagte Terje und grinste. »So was von blue«, sagte Marius. »Und heavy. Vielleicht auch ein bisschen psychedelisch.«

Bård nickte, bat aber um Bedenkzeit: »Ich muss zuerst noch ein paar Löcher in meiner Ausbildung stopfen.« Er hatte seit langem einen »Studienaufenthalt« in London geplant und wollte sich das nicht entgehen lassen, und so packte er tags darauf seine Gitarre und einen kleinen Koffer und bat Ottar, der noch immer sein bester Freund war, gut auf Iris aufzupassen, »Ich bleibe nicht lang weg«, sagte er und gab seiner Freundin einen Kuss; doch er blieb viel länger in London als gedacht, denn der Zweck seiner Reise bestand darin, sich Inspiration von einer Band namens John Mayall & The Bluesbreakers zu holen, zu der Zeit mit Eric Clapton als Gitarristen und Frontfigur, und während in den Osloer Zeitungen gerade erwartungsvolle

Meldungen und Spekulationen über eine norwegische Super-group aufzutauchen begannen, konnte Bård den Bluesbreakers nicht nur beim Spielen zuhören, sondern lernte auch die Band-mitglieder kennen und hatte mehrmals Gelegenheit, mit ihnen zu jammen, sich Kniffe abzuschauen, über Vorbilder zu quat-schen, nicht zuletzt amerikanische, und zusammen mit ihnen Instrumente zu testen, wie etwa Claptons neue, unwahrschein-lich wohlklingende Gibson Les Paul. »Nicht schlecht«, sagte Clapton. »Du klingst wie ein liebeskranker Kapitän auf einem im Eis festgefrorenen Schiff.«

Als Bård, strotzend vor Ideen und Spiellaune, nach Hause zurückkehrte, fand er schnell heraus, dass Iris, oder eigentlich Ottar, ihn betrogen hatte, er war der Sache nie ganz auf den Grund gekommen. Wie auch immer: Iris und Ottar waren jetzt zusammen. Es war dieselbe verfluchte alte Geschichte, der beste Freund, der mit deiner Freundin zusammenkommt.

»Hab dagegen gekämpft«, sagte Ottar.

»Hab dagegen gekämpft«, sagte Iris. »Du warst so lange weg.«

Bårds Reaktion überraschte nicht nur die beiden Treuebrü-chigen, sie überraschte auch ihn selbst. Denn er wurde nicht rot vor Zorn, er wurde blau. Dies war, mit anderen Worten, der Zeitpunkt, als Bård Berger seiner Affinität zum Blauen auf die Spur kam. In seiner Trauer ließ er das mit der Supergroup sausen und sperrte sich im Keller ein, und dort blieb er, einzig in Gesellschaft seiner Gitarre und seiner melancholischen Ge-danken. Als sein Vater einmal an die Tür klopfte und fragte, ob jemand weinte, antwortete Bård: »Das ist bloß die Gitarre.«

Während er ganz für sich allein spielte, die Gitarre wie einen Spaten benutzend, um möglichst tief nach unten zu gelangen, sich förmlich ein Grab zu graben, dachte er darüber nach, ob er das eisblaue Gefühl, das in ihm eingezogen war, von seiner

Mutter geerbt haben könnte, die inzwischen mehr oder weniger kontinuierlich in Gaustad mit ihren Blue Master im Sessel saß und mit leerem Blick aus dem Fenster starrte; sogar mit dem Gedichteschreiben hatte sie aufgehört. Der Verdacht machte ihm Angst.

Und wenn ich mich in der Garage ins Auto setze und die Abgase alles zu Ende bringen lasse?, dachte er.

Denn er konnte Iris nicht vergessen. Er war noch immer in sie verliebt. Mit jeder einzelnen Faser seines Körpers. Gleichzeitig aber entdeckte er etwas Merkwürdiges, er entdeckte, dass er inmitten des Schmerzes, halb ertrunken in den blauen Strudeln, bessere Lieder komponierte, tiefergehende, von einer größeren Verzweiflung, vielleicht auch einer größeren Wahrheit durchdrungene Texte schrieb als jemals zuvor. Es war, als hätte er erst jetzt, nachdem seine Freundin ihn betrogen hatte und nach dem Bruch mit seinem besten Freund – und es hatte ihn kalt erwischt – seine eigene Identität, seine eigene Stimme gefunden. Und hier nun sind wir zum Kern der Geschichte vorgedrungen: Bård erkannte, dass die blaue Gemütsverfassung ihm Zugang gewährte zu einer Schaffenskraft, wie er sie nie zuvor erlebt hatte. Nein, das war nicht mit der Schwermut seiner Mutter zu vergleichen, sondern im Gegenteil eine Verzweiflung oder Sehnsucht, die stimulierend wirkte. Wenn er spielte, führten die Gedanken an Iris ihn in einen Flow, in dem alles verschwand, in dem nichts anderes existierte oder Bedeutung hatte als die nächste Fingerbewegung, der nächste Ton. Es war ein Zustand voller Schmerz, aber auch voll jammernden Wohlbefindens, und irgendwann begann er, den Tag zu fürchten, an dem der Liebeskummer überwunden wäre, er fürchtete, diese innere blaue Flamme zu verlieren, die fast wie eine Droge auf ihn wirkte. »Troubles, troubles, troubles«, sang er und war glücklich. Er fühlte sich elend, niedergeschlagen, doch wenn er experimentierend das Plektron gegen die Saiten schlug und die Finger über das Griffbrett wandern ließ, wurde sein Körper von einem schwebenden blauen Licht erfüllt – wie ein Nordlicht, dachte er –, und er erlebte eine ähnlich große Freude wie früher, wenn sein Vater am 23. Dezember die Kerzen am Tannenbaum anzündete.

Rita, seine Großmutter, kam trotzdem, um ihm Beistand zu leisten. Bårds Vater, Lorang Berger, hatte ihr von seinem Zustand berichtet, und sie machte sie Sorgen um ihn. Als Anhängerin der JSB-Korrektion wusste sie natürlich von Bårds Begeisterung für die Musik, und sie war es auch, die ihm vorschlug, nach Amerika zu fahren und Henry zu besuchen, den Großonkel, der ihnen immer Platten schickte. »Wenn mein Bruder es geschafft hat, eine sinnlose Seeschlacht hinter sich zu lassen, kann er dir sicher auch dabei helfen, den Schuss zu vergessen, den man dir vor den Bug verpasst hat«, sagte sie. »Er ist ein umtriebiger Herr. Noch immer Journalist bei der Nordisk Tidende, obwohl er schon pensioniert ist. Außerdem liebt er Musik!« Ungefähr zur selben Zeit bekam Bård von einem Freund den Tipp, dass in dem Orchester auf der Bergensfjord der Gitarrist ausgefallen sei, und weil Bård nach Noten spielen und sich problemlos in jeden beliebigen Musikstil einfühlen konnte, spielte er im Sommer 1967 auf dem Promenadendeck und in den Salons und Festsälen auf der Bergensfjord, musizierte sich sozusagen über den Atlantik, in selbigem Schiff, auf welchem sich im Leben seiner Schwester Laila eine so schicksalsschwangere Begegnung ereignet hatte. Sowohl die Passagiere wie auch die Orchestermitglieder lobten den jungen Gitarristen, und der Leiter bot ihm eine Fixanstellung an: »Noch nie war das Tanzparkett so voll.« Doch Bård wollte den Rat seiner Tante befolgen, die ihn obendrein mit Taschengeld versorgt hatte; er wollte New York einen Besuch abstatten, und für einige Monate wohnte er auch wirklich bei dem gastfreundlichen und lebenslustigen Großonkel in Brooklyn, und es stimmte, der alte Journalist hatte eine Leidenschaft für Musik, nahm Bård ohne Zögern mit in ein paar Clubs in Harlem, und ein paar Wochen danach forderte er ihn auf, nach Chicago zu reisen – und nicht nur das, Bård durfte sich seinen kaum benutzten Ford Thunderbird 55 leihen, einen Wagen, der ihm eine solche Freude am Fahren bescherte, dass er sich mitten auf dem Highway gezwungen sah, über sich selbst zu lachen und über seinen einstigen Gedanken, in einer von Abgasen erfüllten Garage mit allem Schluss zu machen. Kein Zweifel, Iris war ein Stadium, das er hinter sich gelassen hatte, nichtsdestotrotz aber hatte er vor seiner Abreise ein Denkmal für sie und diese qualvolle Episode errichtet; er war ins Studio gegangen und hatte *Blues for Broken Bones* eingespielt, mit ein paar Musikerfreunden -- normalerweise hartgesottene Jungs –, von denen einige, wie später gesagt wurde, in Tränen ausgebrochen sein sollen, als sie die Begleitmusik für Bårds gefühlsgeladene Solos spielten; jedenfalls wurde Bård dort im Studio etwas in Erinnerung gerufen, das er als Kind immer gedacht hatte, wenn seine Mutter ihm vorsang: Nichts kann sich so tief in die Gefühle hineingraben wie Musik. Dass die LP wenig Gehör fand, kümmerte ihn nicht. Vermutlich hätte es ihn auch dann nicht gekümmert, wenn er gewusst hätte, dass die Platte vierzig Jahre später in Norwegen zum drittbesten inländischen Album aller Zeiten gekürt werden sollte.

Apropos qualvolle Erinnerungen: Eines Abends vor seiner Abreise nach Chicago, in dieses elektrisierende Mekka des Blues, hatte er seinen Großonkel nach der Skagerrakschlacht gefragt – ein wiederkehrendes Thema in der Familie –, und Henry bestätigte, dass diese Schlacht ein entscheidendes Ereignis in seinem Leben darstellte und er sich geweigert hatte, über die Nordsee, »dieses Meeresstück der Schande«, zurückzukehren und in einem Europa zu bleiben, das alles daran setzte, sich selbst zu zerstören; ebenso gewichtig aber musste ein anderer Grund gewesen sein, den Bård ebenfalls von seinem Großvater erfuhr: Henry war homosexuell, und er wollte seine sexuelle Orientierung an einem anderen Ort ausleben als zu Hause. »Manchmal geht es durchaus in Ordnung, die Menschen die Geschichten glauben zu lassen, die sie glauben wollen«, sagte er. »Ich bin nicht wie die frühen Auswanderer aus einer Not heraus nach Amerika gefahren, sondern aus reiner Abenteuerlust.«

Bård empfand es fast wie die Übernahme eines Staffelstabs, als er, nachdem er das Auto in Brooklyn abgeliefert hatte, seine Reise mit dem Zug oder im Greyhound kreuz und quer fortsetzte durch dieses kontrastreiche Land, das bald mit einem Bein auf dem Mond stehen sollte, während das andere fest im vietnamesischen Schlamm steckte. Am Ende landete er, wie er es schon lange geahnt hatte, in Los Angeles an der kalifornischen Westküste, bei Palmen, Swimmingpools, Boulevards, Hamburgern und Sandstränden; tonangebend war inzwischen nicht mehr London, jetzt lag das musikalische Epizentrum hier in Kalifornien – allem voran in L.A., und in diesem Zusammenhang können wir hinzufügen, dass Bård Bergers Geschichte somit auch den Beginn einer Epoche kennzeichnet, in der die Musik, insbesondere die Popmusik, eine immer größere Rolle spielen sollte – wo wir ja bereits über das Religiöse gesprochen haben – und von vielen Menschen auf der ganzen Welt als Kraftquelle und als ein Arsenal zur Identitätsschaffung genutzt wurde. Bård hatte sich also den richtigen Ort ausgesucht, L.A. war für einige Jahre tatsächlich ebenso voller kultureller Inspiration wie das Wien oder Paris der Jahrhundertwende, und nach seiner Ankunft steuerte er direkt auf die höher gelegenen, von Hügeln und Schluchten geprägten Viertel zu und machte, einem Impuls folgend, in Laurel Canyon Halt, wo er ein billiges Zimmer fand, direkt hinter dem Canyon Country Store in einem Haus neben einer Reinigung, in einer kleinen Zufahrtsstraße mit dem Namen Rothdell Trail.

Er mochte ungefähr eine Woche als Straßenmusiker gespielt haben, als an jenem Nachmittag Joan aus Saskatoon in Saskatchewan über den Fußgängerübergang geschwebt kam, um ihm zuzuhören, und nach ihrem Gespräch im Café konnte sie es organisieren, dass Bård an mehreren kleinen Plätzen spielen durfte, wo man nach beendeter Darbietung einen Korb herumgehen ließ und dann das Geld bekam, das die Leute hineingeworfen hatten. Eines Abends kam sie vorbei und hörte ihm zu, und er merkte, wie beeindruckt sie war, oder vielleicht nicht beeindruckt, sondern vielmehr hingerissen. Lag in ihrem Blick nicht auch ein Anflug von Leidenschaft? Mitten in einem Song fischte sie ein Skizzenbuch aus ihrer Schultertasche, und obwohl Bård das Ergebnis nicht sah, hatte er den Eindruck, dass sie ihn gezeichnet hatte. Beim Zusammenpacken fragte sie ihn, wo er wohne, und als er ihr die Adresse nannte, sagte sie: »Ich habe gerade ein Haus dort in der Nähe gekauft, ich habe ein leerstehendes Zimmer, das du benutzen kannst, wenn du willst.«

Das Haus lag in der Lookout Mountain Avenue, einer Seitenstraße zum Laurel Canyon Boulevard. Erst jetzt bekam Bård Gelegenheit, sich genauer umzusehen in diesem ländlichen Tal, dieser Schlucht voller Zypressen und duftender

Eukalyptusbäume. Keine fünf Minuten vom Sunset Boulevard entfernt fand man sich auf holprigen, sich zwischen Bergkuppen und nackten Granitfelsen dahinschlängelnden Straßen, in denen da und dort kleine Märchenhäuser mit Holzzäunen hingestellt worden waren. Ich muss in eine Art Shangri-La gekommen sein, dachte er, als Joan ihn auf eine Böschung zu einem kleinem, leuchtend grünem Haus führte, einer Hütte beinahe, durch deren Fenster man direkt in Zweige voller grünen Laubs blickte, als wäre das Haus in einen riesigen Baum hineingebaut worden. Bård hatte ein Déjà-vu. Für ein paar Sekunden war er wieder auf der Baumhausplattform in der Eiche vor der Villa Bohre in Lysaker.

Soweit wir wissen, war das der Zeitpunkt, an dem sie zusammenkamen. Er selbst machte sich darüber gar nicht so viele Gedanken, hielt es für etwas Natürliches, Unverbindliches, und dachte, dass auch sie dem Ganzen keine so große Bedeutung beimaß. Sie hatten etwas gemeinsam, sie beide mochten Musik. Das hier war Kalifornien, er hatte sein Zuhause gefunden.

Doch dann stand sie plötzlich mit einem Gitarrenkoffer in der Hand vor ihm und sagte, sie werde einen Ausflug nach Kanada machen. »Spielst du auch?«, fragte Bård. »Ja, ich spiele auch«, sagte sie. »Bis bald«, sagte sie.

Während sie weg war, hielt Bård sich in ihrem Haus auf, las *Big Sur* von Jack Kerouac oder lief in den Zimmern herum und befühlte, betrachtete die verschiedenen Gegenstände. Eine Standuhr. Einen ausgestopften Hirschkopf. Im Fenster, zwischen Spitzengardinen, hing mit Kupferdraht an Kleiderhaken befestigtes Buntglas, wodurch das von draußen hereinfallende Licht Regenbögen an die Wand warf. Auf dem Fensterbrett stand eine blühende Azalee, auf dem Tisch eine Vase mit wunderschönen Amaryllen. Abends heizte er den kleinen Kamin an, spielte Akkorde auf dem Piano oder saß einfach nur herum und streichelte eine der beiden Katzen.

Bård wurde neugierig auf Joan aus Saskatoon in Saskatchewan, und als sie wieder zurück war – sie saßen im Wohnzimmer und aßen Rhabarber-Kuchen, sahen einem Vogel zu, der draußen im Baum ein Nest baute –, fragte er sie, wie sie sich dieses Haus habe leisten können.

»Ich habe es von dem Geld gekauft, das ich mit meiner ersten Platte verdient habe«, sagte sie.

»Du hast eine Platte aufgenommen?«, fragte Bård.

»Sie ist im März rausgekommen«, sagte sie.

Sie musste die Ungläubigkeit aus seinem Gesicht herausgelesen haben, denn sie ging rasch in ein anderes Zimmer und holte eine LP. Das Cover zeigte eine fantasievolle Zeichnung. Bård erkannte, dass sie von ihr selbst gezeichnet worden war. »Joni Mitchell« stand darauf.

Wieder las sie seinen Gesichtsausdruck. »Ja, ich war verheiratet.«

»Joni?«

»Ja, aber alle meine Freunde nennen mich Joan.«

»Kann ich sie mir anhören?«, fragte er, nachdem er wieder aus seiner Verwirrung herausgefunden hatte. Er wog die LP in den Händen, als könne er es nicht glauben. *Song to a Seagull.*

»Hör mir lieber morgen live beim Spielen zu«, sagte sie und lachte. Lachte auf eine Art, die in ihm die Frage aufwarf, ob seine Verliebtheit sich als gefährlich herausstellen könnte.

Am nächsten Abend saß Bård in einem vollgepfropften Saal in einem Club namens The Troubadour am Santa Monica Boulevard. Es war die erste Juniwoche, der Tag der Vorwahlen in Kalifornien. Obwohl Bård geahnt hatte, dass er etwas

Besonders erleben würde, war er nicht vorbereitet, als Joan, vorgestellt als Joni Mitchell, mit ihrer Gitarre auf die Bühne trat und sich in einem weißen, kurzen Kleid aus einem wie gehäkelt wirkenden Stoff vor die Mikrofone stellte, er war nicht darauf vorbereitet zu hören, was er hörte, als sie die ersten Akkorde anschlug und zu singen begann, er war nicht vorbereitet auf diesen Knockout, der mit einem anderen Wort Charisma genannt wird, hatte absolut nicht erwartet, dass diese neue Bekannte von ihm, Joan, auf die Bühne treten und eine Musik darbieten würde, von der er – und das ist keine Übertreibung – eine Gänsehaut bekam.

Er hatte Mühe, alles zu erfassen, alles mitzubekommen, doch ihm wurde bald klar, dass viele im Publikum einige ihrer Songs schon gehört haben mussten, denn sie klatschten begeistert, als Joan die Lieder ankündigte, Songs mit Titeln wie »Chelsea Morning« oder »The Circle Game«, aber nicht das war es, was Bård so ergriffen machte, sondern es war die Art, wie sie spielte, wie sie sang, eine Art des Spielens und des Singens, von der er schwören konnte, dass die Welt sie noch nicht gehört hatte.

Er erinnerte sich, wie sie zwischen den Liedern vor sich hinplapperte, dass sie nervös wirkte, kicherte wie ein kleines Mädchen, lange, umständliche Anekdoten vortrug – wie schaffte sie es bloß, mit dem Kopf an zwei Orten gleichzeitig zu sein? –, die Saiten höher oder tiefer stimmte und das Intro zu einem neuen Lied, einem neuen kniffligen Tuning, einer neuen Atmosphäre anschlug und währenddessen ein anderer Mensch wurde, eine eingefleischte Vollblutmusikerin, die den Mund dicht ans Mikrofon legte und zwischen Falsett und tieferer Stimme wechselte, vom dünnen Sopran zum sinnlichen Tenor. Er dachte: Ooh, es gibt also doch Wesen auf der Venus, und jetzt haben sie eine Repräsentantin auf die Erde geschickt. Es war, dachte er, als ob er tätowiert würde, als ob alles, jede Sekunde, eine dauerhafte Erinnerung in ihn einritzte, wie blaue Tinte unter der Haut.

Ein leiser Verdacht war ihm ja bereits gekommen, als er ihr Elfengesicht auf dem Strip entdeckt hatte, denn ihm war sofort klar gewesen, dass sie besonders war, und dieser Verdacht war nicht geringer geworden durch die Art, wie sie über *Henderson the Rain King* gesprochen oder konzentriert auf einem seltsamen, liegenden Instrument geübt hatte, wenn sie sich von der Katze ums Bein streichen ließ oder nur still dasaß, sie war oft einfach nur still, aber dass sie *so* besonders war, damit hatte er nicht gerechnet.

Es war wie ein Schlag in die Magengrube, nach dem man am Boden ausgezählt wird, und wenn man wieder aufsteht, ist einem nicht schwindlig vor Schmerz, sondern vor Verliebtheit. Es war wie ein Sog auf einen Rand zu, und er wusste nicht, was sich darunter befand, ob es ein weicher oder ein harter Aufprall werden würde, er wusste nur, er musste sich fallen lassen.

Spätnachts, im Taxi zum Haus in Laurel Canyon, hörten sie im Radio, dass Robert Kennedy im Ambassador Hotel erschossen worden war, in einem anderen Stadtteil. Die Tatsache, dass selbst dieses Ereignis aus Bårds Sicht den Abend nicht ruinierte, sagt etwas aus über den Eindruck, den diese Frau, dieses *Wesen*, auf ihn gemacht hatte. Er verdrängte den Gedanken, dieses Attentat könnte ein schlechtes Omen sein, dass einfache Dinge schlicht zu schön sein könnten, um dauerhaft zu bestehen. »Help me«, sagte er frühmorgens zu Joan, während er sich fest an sie klammerte, »help me, I think I'm falling.«

Laut unseren Quellen, unter anderem der Little-Green-Chronik, die verständlicherweise eine besonders lange und detailreiche Passage über Bård Berger enthält, hielt die Beziehung zumindest bis Ende Juli. Für Bård war es, als hätte er den Heiligen Gral gefunden. Das waren Wochen, in denen er nicht daran dachte, selbst zu spielen, er wollte einfach nur Joans Gitarrenkoffer tragen, ihr nahe sein, ihrem Lachen, ihrem Skizzenblock, ihren Aquarellen, wollte dabei sein, wenn sie auf die wundersamsten Arten ihre Gitarre stimmte, wollte hören, wie sie ihr die sonderbarsten Akkorde und Harmonieübergänge entwand – ein Phänomen, dachte er, das mit der Zauberstimmung der Hardangerfiedel verwandt sein müsse, über die er einmal in einem merkwürdigen Roman von Sondre Buen gelesen hatte –, und wieder war es Roar, der ihm den Tipp zu diesem Buch gegeben hatte. Bård war sprachlos, er fühlte sich wie ein Lehrling, nicht wie ein Liebhaber. Die Nächte, die im Tal kühler waren als unten in der Stadt, verbrachten sie mit Reden; sie erklärte ihm, dass sie Lust habe, nach Europa zu reisen, und er schlug Griechenland vor, Kreta, das würde sie sicher inspirieren, das blaue Meer, der blaue Himmel, er erzählte von seinem Vetter Roar, der für die Arbeit an einem Roman auf den griechischen Inseln gewohnt hatte. Sie lachten. Der Körper schmerzte ihn, so sehr liebte er sie. Sie nahm ihn mit zu ihren Bekannten im Tal, zu Frank Zappas großem Haus unten an der Hauptstraße, meistens aber zu Mama Cass', wo die Leute mit Blumen in den Haaren herumsaßen und aussahen, als wären sie in einen Naturzustand zurückgekehrt, sie priesen die Liebe und den Frieden, redeten, rauchten Pot, kochten gemeinsam, sangen gemeinsam, gingen nackt in den Swimmingpool, in dem sie wie die Robben umeinander herumtrieben. Auch Bård spielte bei diesen Anlässen, saß auf Terrassen aus Redwood-Holz, spielte Songs aus dem Album *Blues for Broken Bones* und erntete anerkennenden Applaus von erfahrenen Musikern, die Leute nannten ihn Blue Norwegian, weil Joan ihn kurzerhand als Blue vorgestellt hatte, doch am besten verstand er sich mit Stephen Stills, dem virtuosesten Gitarristen, dem er je begegnet war, besser, und nicht zuletzt vielseitiger, als beispielsweise Eric Clapton; es überraschte ihn nicht, als ihm später zu Ohren kam, dass Stephen auch oft mit Jimi Hendrix gespielt hatte.

Abends, wenn Joan und er oben in der Lookout Mountain Avenue allein waren, unterhielten sie sich darüber, welche Lieder »heilige Melodien« waren, ein Thema, über dem die ganze Nacht vergehen konnte, besonders deshalb, weil Bård Songs wie »Strawberry Fields Forever« und »A Whiter Shade of Pale« vorschlug, während Joan »Like A Rolling Stone« und »God Only Knows« zu ihren Favoriten zählte –, und ergänzend möchten wir hinzufügen, dass beide ein Näschen gehabt haben mussten für langlebige Songs, da alle diese Lieder heute noch erhalten sind und von den besonders Interessierten im W20-Depot der Föderation angehört werden können.

Diese für Bård fast unwirkliche Idylle – nach Jasmin und Akazienblüten duftende Nächte, vermischt mit Weihrauch – währte bis zu dem Tag, an dem Stephen Stills und David Crosby, Letztgenannter in seinem flachen Borsalino-Zylinder, in das kleine grüne Haus auf der Anhöhe hereinschneiten. Stephen spielte gerade einen Song, den er kürzlich erst geschrieben hatte, »You Don't Have to Cry«, und David sang die zweite Stimme, als Mama Cass' sich mit einem Gast aus England zu ihnen gesellte. Es war Graham Nash, Frontmann der Band The Hollies. Stephen und David setzten ihr Spiel fort, und Graham Nash lauschte hingerissen. Bård wurde unruhig, weil er das Gefühl hatte, dass da etwas Zerstörerisches im Anzug war. Nash bat sie, die Nummer noch einmal zu spielen. Und dann noch einmal, und jetzt legte er seine helle Stimme über die der beiden anderen, so messerscharf, dass die gesamte Atmosphäre im Raum sich veränderte. Das war Alchemie, ein noch nie zuvor gehörter Sound. Drei Stimmen, die Gold erzeugten. Bård versuchte, sich dagegen zu sträuben, aber auch er musste es zugeben. Gleichzeitig beobachtete er, wie Mama Cass' von einem Blitz durchzuckt wurde. Auch Joan wirkte wie verzaubert.

Die singen unsere Beziehung kaputt, dachte Bård. Crosby, Stills und Nash. Die dichten, glockenklaren Gesangsharmonien standen plötzlich wie eine Mauer zwischen ihm und Joan. Er brauchte ihr nicht einmal ins Gesicht zu sehen, der Blick, den sie dem Engländer zuwarf, sagte alles. Sie war verloren. Über dem Laurel Canyon hing der blaueste Mond seit Menschengedenken.

Er verfiel in einen tiefen Liebeskummer, wechselte von Blau über Indigo zu Violett, weil er wusste, nie wieder, ganz gleich, wie lang er lebte, würde er einer aufregenderen Frau begegnen als Roberta Joan Anderson aus Saskatoon in Saskatchewan. Jetzt, erst jetzt, wurde er wirklich Blue Norwegian. Er wohnte noch einige Tage in ihrem Haus, doch die Magie war verschwunden, denn anstatt sich zu küssen, lagen sich nachts nur mehr herum und lauschten den Geräuschen der Eulen, sogar das Heulen eines Präriewolfs hörten sie, er zog aus und fand sein Bett bei anderen; er wohnte in der Magnolia Lane, in der Kirkwood Bowl, auch am Woodrow Wilson Drive östlich des Laurel Canyon kam er für ein Weilchen unter, ja, einige Nächte wohnte er sogar im Chateau Marmont. Am längsten blieb er am Grand View Drive bei John Mayall, sie nahmen ihre in London begonnene Freundschaft wieder auf und spielten sich durch alle bekannten und unbekannten Blues-Songs. Die blaue Stunde, so etwas gibt es nicht, dachte Bård. Alle Tages- und Nachtstunden sind blau.

Zu der Zeit nahm sein Spiel eine neue Dimension an. Und hier begegnen wir erneut dieser besonderen Eigenschaft, die – wenn nicht durch die Musik, dann durch Erzählungen – metagenetisch bis zu den frühesten Generationen der Long-Dynastie weitergewandert sein *könnte*: Bård Bergers Fähigkeit, sich so unsterblich zu verlieben, dass er in seinem Liebeskummer in einen Abgrund sank, in ein Blau, das er zugleich als eine gottgegebene Inspiration erlebte und bei der er Tentakel herausbildete, die ihm das Spielen von Tönen ermöglichten, die er andernfalls niemals erreicht hätte. Wenn er es nicht schon früher zur Gänze erkannt hatte, so erkannte er es jetzt: Er war mit dem einzigartigen Talent gesegnet, über verlorene Liebe in ein schreckliches Unglücklichsein zu verfallen, eine Veranlagung, die ihn in die Lage versetzte, der grundlegenden Melancholie des Lebens etwas Kreatives zu entreißen. Es war, als wäre er in eine Grube voller Kostbarkeiten gefallen, voller Töne, die ebenso blau waren wie der Aquamarin, der Amethyst, der Saphir, der Opal. Und die Menschen ließen sich faszinieren von dieser verzweifelten Trauer, die in einer beispiellosen musikalischen Intensität resultierte, denn das Einzige, das ihm in jenem Herbst 1968 in Los Angeles Trost zu spenden vermochte, war ein Jammern, das Tag und Nacht anhielt, besonders zusammen mit Stephen Stills, der endlich einen Ebenbürtigen gefunden zu haben meinte. Bård konnte sich eine Gibson Les Paul leihen, und das war das Instrument, mit dem er in den darauffolgenden Monaten kommunizierte. Sein Spiel sprach sich herum, und Blue Norwegian wurde von mehreren Gruppen angeheuert, die in L.A. Platten aufnahmen. In verschiedenen Coffeehouses trat er auch selbst auf, mit Band, und jetzt komponierte er auch wieder eigene Songs, »Cheekbones from Heaven«, »Green House in a Blue Tree«, er war noch nie so down gewesen, aber auch noch nie so inspiriert, durch seinen Liebeskummer gelangte er in einen blauen Rausch, in eine geradezu metaphysische Ekstase, die ihm darüber hinaus Zugang verschaffte zu einer unübertroffenen Schaffenskraft, aus der heraus er über zwanzig Demos aufnahm, mit der Unterstützung eines Technikers von Sunset Sound, der in seinem Haus in Laurel Canyon ein kleines Studio betrieb. Er wusste, er war im Begriff, Norwegen auf die internationale Landkarte der Musik zu setzen mit diesen Melodien, die, blauer noch als die ersehnte Blume der Romantiker, aufzeigen würden, dass norwegische Musiker nicht mehr nur Kopisten waren, sondern auch auf globaler Ebene einen wichtigen Beitrag zur Popmusik leisten konnten. Er lieh sich eine Martin-Gitarre von Stephen, und einige der besten Bassisten und Drummer der Westküste standen bei ihm Schlange. »Scheiße, Mann, wenn du spielst, sehe ich einen brennenden Eisblock vor mir«, sagte der Mann an den Studioreglern.

Gelegentliche Begegnungen mit Joan waren unvermeidlich, und jedes Mal, wenn sie durch den Raum schritt oder er sie spielen hörte, war es, als würde er in einen tiefen blauen Brunnen hinabgesenkt, und es war herrlich und schrecklich zugleich. Sein einziger Trost war die Gewissheit, dass sie seinen Liebeskummer sah, seine blaue Aura, die jammernden Töne aus seiner Gitarre hörte, und dass das Eindruck auf sie machen musste. Zur Weihnachtszeit kam der vermaledeite Engländer wieder nach L.A. zurück und zog in Joans Haus ein. Sie waren *das* neue Paar. Alle redeten über sie. Nur Bård nicht, The Blue Norwegian, der seine Gibson Les Paul sprechen ließ, mit Tönen so unverhüllt und rein, dass es kaum zu ertragen war, »Queen Elf of the Canyon«, »Murder Me With Kisses«.

Ja, sie sah ihn. Trotzdem konnte er nicht wissen, wie gut sie ihn sah, wie gut sie sich an ihn erinnerte, dass sie schon Songs über ihn geschrieben hatte, dass das Lied »For Free«, das auf dem Album *Ladies of the Canyon* erscheinen sollte, von ihm handelte, sie hatte lediglich die Gitarre des Straßenmusikers gegen eine Klarinette getauscht; wer sich in der Szene auskannte, kam nicht umhin zu vermuten, dass »Blue Boy« von derselben LP ebenfalls von ihm handelte und sich sogar hinter dem bahnbrechenden Album *Blue* – das mit nichts bis dahin Gehörtem zu vergleichen war und das zwei Jahre, nachdem sie einander zum letzten Mal gesehen hatten, herauskam – eine Erinnerung an Bård steckte und sogar der titelgebende Song ohne Zweifel ein Trostlied an Bård sei, »Hey Blue, here is a song for you«, einige der Lieder hatte sie in Griechenland geschrieben, ausgerechnet in dem Land, das Bård ihr als Reiseziel vorgeschlagen hatte.

Bård spielte mit dem Gedanken aufzubrechen, weiterzuziehen, aber etwas hielt ihn zurück. Das ganze nächste Jahr noch blieb er in Laurel Canyon. Er wollte in diesem Blau, in dieser melancholischen Hoffnungslosigkeit verbleiben, die sich so belebend auf seine Fähigkeiten auswirkte. Anfang Mai brachte Joan ihre prachtvollen *Clouds* heraus, und später in demselben Monat erschien das erste phänomenale Album von Crosby, Stills and Nash. Sogar Bård wurde das alles langsam zu viel, es fing an, unerträglich zu werden. Eines Tages musste Stephen regelrecht in sein Zimmer einbrechen, nachdem Bård geschlagene vierundzwanzig Stunden versucht hatte, sich mit Hilfe seiner Gitarre die Seele aus dem Leib zu reißen: »So, Alter, jetzt ist's genug, du bist schon so blau im Gesicht wie diese indischen Gottheiten.«

Er tröstete sich damit, dass Joan eines Tages, ziemlich sicher schon bald, auch Graham Nash verlassen würde. Genau wie alle anderen, wünschte sie sich, die Liebe zu finden, aber ihr Bedürfnis nach Unabhängigkeit war größer. Oder, wie sie eines Abends gegen Ende ihrer idyllischen Zeit in dem kleinen grünen Haus zu ihm gesagt hatte: »We love our lovin', but not like we love our freedom.«

Im Juni kam Stephen Stills zu ihm und erklärte, dass sie auf Tournee gingen, um ihre neue Platte zu promoten. Sie bräuchten einen zusätzlichen Gitarristen, jemanden, mit dem Stephen sich bei den Konzerten duellieren konnte. Ob Bård, ob Blue Norwegian, interessiert sei? Die meisten Songs kenne er ja.

Bård war nicht interessiert. Er wusste, Joan würde auf der Tournee dabei sein, die Konzerte eröffnen, und dann wäre alles eine blau glühende Hölle.

»Ich will mein Album fertigstellen«, sagte er.

»Norwegian Wood?«, lachte Stephen.

»So ungefähr«, sagte Bård.

»Nicht, dass dir das später einmal leidtut«, sagte Stephen. »Komm mit! Das könnte die Chance deines Lebens sein!«

»Ich werde aus eigener Kraft berühmt«, sagte Bård.

Außerdem spürte er, dass das Schicksal in seinen eigenen Händen lag, und in den darauffolgenden Wochen setzte er diese Hände auf alle erdenklichen Arten ein, um seinen Songs den letzten Feinschliff zu verpassen, er nahm den Gesang auf, fügte gefällige Details auf der Akustikgitarre hinzu, bevor er dem Ganzen am Ende mit einer Gibson Les Paul Leben einhauchte – Töne wie kleine, blaue Stichflammen. Ein paar der großen Plattenfirmen hatten bereits ihre Fühler ausgestreckt. Doch ungefähr zur selben Zeit, als Crosby, Stills and Nash – und ihr neues Mitglied, ein gewisser Neil Young – Mitte August in Chicago ihr erstes Konzert gaben, brannte das Haus des Sunset-Sound-Technikers in Laurel Canyon bis auf die Grundmauern nieder, mit allen Demos von Bård und dem Mastertape seines neuen Albums. »Es wäre nicht unvorstellbar, wenn deine glühende Musik diese ganze Herrlichkeit in Brand gesteckt hätte«, sagte der Tontechniker zu Bård, beinahe als Trost.

Am nächsten Tag verließ er die Stadt. Von diesem Moment an verschwinden alle Spuren von Blue Norwegian sozusagen ins Blaue. Bis auf weiteres, sollten wir vielleicht hinzufügen.

Die Geschichten fließen. Die Geschichten fließen voneinander fort und aufeinander zu. Nicht zufällig hat bei der Weiterentwicklung der klassischen literarischen Form *xiǎoshuō* sowie bei der eher erkenntnisorientierten *gùshi wén* der Einfluss gewisser geologischer Formen eine Rolle gespielt. Genau wie die Erde, befinden sich auch die großen Erzählungen in langsamer Veränderung, und besonders nach den erschütternden Erfahrungen in Zusammenhang mit Punkt Y war es natürlich, nach narrativen Parallelen in geologischen Prozessen zu suchen. So wurde zu zeigen versucht, wie Geschichten – und insbesondere Familiengeschichten – sich erheben und wieder einbrechen, sich verschieben und kollidieren, gespalten und wieder zusammengeschweißt werden. Auch auf der erzählerischen Ebene können Verwerfungen und Rissbildungen entstehen, auch Berichte können kräftig verformt und gefaltet werden. So, wie wir von Sedimentgestein sprechen, lässt sich auch von sedimentierten Geschichten sprechen etc. Alles das ist übrigens in Übereinstimmung zu sehen mit der bereits erwähnten Vorstellung der *jiāozhī de mìngyùn*, einem Verständnis für die Verflechtung von Schicksalen.

Die Platten der Erdkruste sind in Bewegung. Ein Deckgebirge kann mehrere Hundert Meilen verschoben werden. Auch das Geschlecht der Bohre sollte sich mit der Zeit zerstreuen. Da unser Arbeitsauftrag jedoch das 20. Jahrhundert umfasst, ist unsere fiktionalisierte Geschichte lediglich als ein Vorspiel der langen Bohreschen Wanderung zu betrachten. Nichtsdestotrotz können wir Ansätze erahnen. Nachdem wir bereits von dem musikalischen Nomaden Bård Berger erzählt haben, folgt nun der Bericht über seine Tante, eine Person, die den meisten Menschen in Norwegen nur als eine Stimme im Radio bekannt war.

I

Bevor Maud Evensen ihre Stimme fand, ging sie auf Reisen, und es war eine weite Reise. Ihr erster Beitrag zur Bohreschen »Wanderung nach Osten« führte sie indessen gen Süden, und zu Beginn der 1950er-Jahre finden wir sie am Äquator an Bord eines eigentümlichen Gefährts, flussabwärts segelnd in einem so mächtigen Gewässer, dass man fast glauben könnte, der Äquatorkreis habe sich in Form eines Bandes aus Wasser materialisiert.

Sie verstaut ihre Kamera und das Notizbuch, dessen Seiten von Feuchtigkeit und Hitze gewölbt sind. Sie starrt in die Dunkelheit zu den Lagerfeuern eines Dorfs, das an ihnen vorbeigleitet, als wäre nicht das Floß, sondern das Ufer in Bewegung, und denkt darüber nach, was sie hierhergeführt hat, auf eine Ansammlung von Holzstämmen im Herzen des afrikanischen Kontinents. Nun, sie hat einen Auftrag. Aber da ist noch mehr, etwas, das auf einer tieferen Ebene verborgen liegt, das weiß sie.

Sie isst eine Art Maisbrei aus einem tiefen Blechteller und nimmt ein paar Schlucke gekochtes Wasser. Hinter ihr liegt eine anstrengende Reise – noch anstrengender, weil sie eine Frau ist; durch Reden, durch Herumstreiten und -schimpfen hat sie es an Fahrkartenausgaben, Grenzposten und Zollstationen vorbeigeschafft, und der Eifer, die Entschlossenheit, mit der sie dabei vorging, hat ihr keine Zeit zum Nachdenken, zum

Angsthaben gelassen. Aber jetzt. Im Abenddunkel. Auf einem Floß, das langsam mit der Strömung dahintrieb. Jetzt kamen die Gedanken. An Bord des Frachtschiffs an der afrikanischen Küste entlang hatte sie nach Land Ausschau gehalten und geahnt, dass sie auf der Suche nach etwas war, nach irgendetwas Vergessenem oder Begrabenem, das zu finden sie eine weite Reise auf sich zu nehmen gewillt war. Eine Reise, ähnlich weit wie die von Stanley auf seiner Suche nach Livingstone. Und jetzt erst, da die Dunkelheit noch dichter wirkt und das Floß für die Nacht vertäut wird und sie zu den Glühwürmchen am Ufer blickt und einer Mauer aus tropischen Geräuschen lauscht – einzig das Froschquaken kommt ihr bekannt vor –, fällt ihr ein, was es ist, etwas, wonach sie schon lange gesucht hat: Harald. Diese ganze Sache mit Harald.

In gewisser Weise war sie auf diese Erkenntnis vorbereitet, denn schon in den ersten Tagen hatte das viele Grün um sie herum Erinnerungen an den Krokskogen in ihr wachgerufen. Natürlich war die Umgebung hier eine ganz andere, üppiger, dichter, heißer, wohlduftend, bisweilen auch übelriechend, trotzdem aber hatte diese Gegend etwas an sich, das sie in Gedanken zu dem Urwald auf dem Hang unter dem Oppkuven zurückführte. Mit dem Unterschied, dass das Grün hier irgendwie ein *lebendes* Grün war. Das Chlorophyll *leuchtete*. Es kam ihr vor, als ob die Pflanzen vibrierten, als könnte sie ihnen beim Wachsen zusehen. Bryophyta, dachte sie. Endlich bin ich auf den Moosplaneten Bryophyta gelangt. Wie mit verschleiertem Blick fand sie einen Schnipsel ihrer kindlichen Fantasie wieder. Ich befinde mich auf einem Moosfleck in der Nordmarka.

Sie macht sich für die Nacht fertig. Auch die hundert anderen Menschen auf dem Floß kriechen an ihre Schlafplätze. Sie ist als Journalistin hier. Vor dem Krieg hat sie überall Absagen bekommen, doch während der Okkupation hat sie die Gelegenheit genutzt und für die illegale Zeitung *Thermopylen* geschrieben, viel geschrieben, und jede Sekunde dabei genossen, weil sie wusste, dass dort ihr Platz war, hinter der Schreibmaschine, eine Zigarette im Mundwinkel, während sie das Hämmern der Tasten auf dem Papier hörte, ein Geräusch, das ihr das gute Gefühl gab, eine Spur zu hinterlassen. Besonders mit ihren vielgelesenen Artikeln über die Nordmarka, unterzeichnet mit Die Grüngekleidete, hat sie sich einen Ruf erworben. Sich einen Namen gemacht.

Von diesem Blickwinkel aus betrachtet hatte der Krieg sich für ihre Karriere als günstig erwiesen. Nach der Befreiung war sie bei einer der großen Osloer Zeitungen untergekommen. Trotzdem hatte sie gespürt, dass der Widerstand gegen weibliche Journalisten noch immer nicht nachgelassen hatte, und er wurde nicht geringer durch ihre Weigerung, jene Kolumnen zu schreiben, derer sich Frauen für gewöhnlich annahmen, »Hausfrauenseiten« über Gesundheit, Kochen, Gärtnern, Kinder, Mode, oder noch schlimmer: Society-News, einschließlich der endlosen Neuigkeiten aus dem Königshaus. Bereits zu dieser Zeit war Maud eine große Gegnerin der Monarchie – dieses undemokratischen Pfauennests –, hütete sich aber davor, das laut auszusprechen. Sie wollte schreiben wie die männlichen Journalisten, ohne dabei ein »Mann im Rock« zu sein, wäre am liebsten als Auslandskorrespondentin in einer der großen Städte tätig gewesen oder in der Welt herumgereist wie Lise Lindbæk oder die schwedische Journalistin Barbro Alving, genannt Bang, aber aus Rücksicht auf ihre Kinder war sie in Norwegen geblieben.

Nichtsdestotrotz konnte sie verreisen. Auch weite Reisen waren möglich, sofern sie nicht allzu viele Wochen in Anspruch nahmen. Maud wollte den Norwegerinnen und Norwegern zeigen, wie Menschen auf anderen Kontinenten lebten. Wollte Fotos schießen, Bilder liefern, die Gedanken in Gang setzten. Sie hatte Ideen und drang auf den Redakteur ein – ohne Erfolg. »Diese verdammten Krokodile sind überall«, sagte Rita Bohre, wobei es wirkte, als hätte sie ihr erstes Gespräch mit Maud bereits vergessen, oben in der Eiche im Garten, als sie ihr von den Umständen ihrer eigenen Reise erzählt hatte, dem Mr. Carlton-Faktor. Und endlich begegnete Maud ihrem eigenen Mr. Carlton, Per Bratland, dem Redakteur des Magazins *Aktuell*. Er nahm Kontakt zu ihr auf, nachdem Maud über die Vermittlung durch einen Bekannten, den Schriftsteller Sigurd Hoel, ein Interview mit William Faulkner hatte führen können, im Mai 1952, als der amerikanische Schriftsteller sich mit seiner schwedischen Freundin in einem Hotel am Holmenkollen eingefunden hatte. Ein sogenannter Scoop. Da hatte Bratland dann auch ihre Fotografien begutachtet. Unter anderem hatte sie ihm eine Serie von Bildern gezeigt, die sie schon seit Mai 1945 herumliegen hatte, Bilder aus den ersten Friedenstagen, nicht von dem Jubel, nicht von fahnenschwenkenden Menschen, sondern von Menschen, die mit ganz gewöhnlichen Tätigkeiten beschäftigt waren und in deren Gesichtern die strahlende, warme Freude geschrieben stand, jetzt wieder in einem freien Land zu leben. Auch am Tag der Rückkehr des Kronprinzen hatte sie die Menschen fotografieren wollen, doch da war Kaja krank geworden. Sigurd war allein hingegangen. Lange und ausführlich studierte der Redakteur ihre Bilder. »Gehen Sie auf Reisen«, sagte er, »wenn sie gut genug sind, drucke ich sie ab.«

Das war ihr Ziel: Den Menschen in Norwegen Einblicke in ein Land zu verschaffen, das sie kaum kannten. Sie suchte nicht das Elend, sie suchte den Alltag. Gesichter. Kleine Geschichten. Zugleich aber wusste sie, dass sie diese Reise angetreten hatte, um etwas anderem zu begegnen, etwas Verdrängtem.

Und jetzt weiß sie, was es ist. Es ist Nacht und sie liegt auf einer Bastmatte, umgeben von fremden Waldgeräuschen und einem leisen Stimmengewirr in einer ihr unbekannten Sprache. Es riecht nach Flusswasser, gefälltem Holz und dem Sack und Pack anderer Menschen. Sie blickt zu den Sternen empor, zu den Sternbildern, die sich, verglichen mit zu Hause, ein wenig verschoben haben, und vielleicht weil sich dadurch auch in ihrem Inneren Vorstellungen verschoben haben, wird etwas hervorgelockt, eine Erinnerung, die lange unter einem Deckel verschlossen war: Ich bin hier wegen Harald. Auch an ihre hitzigen Diskussionen über Joseph Conrads Roman *Herz der Finsternis* erinnert sie sich. Im Sommer 1939 saßen sie am Nibbitjern an einem Lagerfeuer, nur sie beide, während Sigurd drinnen schlief, beide mit einem funkelnden, mit Kräuterschnaps gefüllten Glas aus der Glasfabrik Hadeland, und verbrachten die ganze Nacht im Gespräch über diesen unerschöpflichen Roman. Sie hatten unterschiedliche Ansichten zu dem Buch, begannen um ein Haar zu streiten. Sie war der Meinung, eine solche Dunkelheit gebe es nicht, Menschen wie Kurtz, doch Sigurd war der gegenteiligen Ansicht, »du kennst die Männer nicht«, sagte er, plötzlich erinnert sie sich so deutlich an alles. Das ist der Grund, warum sie hier ist, auf einem gigantischen Bogen aus Wasser, mit Regenwald an allen Ecken und Enden. Oder wegen dem, was später passierte. Der Vergewaltigung. Im März 1940. Fast war es, denkt sie jetzt, als hätte Harald diese innere Dunkelheit manifestieren, es ihr beweisen wollen, indem er zu einem Kurtz wurde, zu jemandem, der gewaltsam in sie eindrang.

Sie hatte es erst gewusst, als sie an Land gegangen war. Selbstverständlich wollte sie hierher. In die belgische Kolonie Kongo. Kein weißer Fleck mehr auf der Landkarte, aber noch immer ein weißer Fleck im norwegischen Bewusstsein. Ihrem Bewusstsein. Ein Gebiet, viermal so groß wie Frankreich. Von Léopoldville aus hatte sie sich flussaufwärts begeben, eine überraschend angenehme Fahrt auf einem Schiff, das augenscheinlich hauptsächlich von Weißen in hohen Positionen in der Kolonieverwaltung genutzt wurde und in dem sie sogar eine eigene Kabine bekommen hatte. Während ihres bisherigen Aufenthalts war sie oftmals frustriert gewesen über die Beamten, doch als der Dschungel sich dann um das Boot herum zuschloss, entspannte sie sich zusehends. An der Reling stehend, hielt sie in der saunaartigen Hitze Ausschau. Bäume, Bäume, Bäume. Himmelhohe Bäume. Als gehörte die Erde eigentlich den Bäumen. Lebende Wesen, wie in den Tolkien-Büchern. Sie hatte dieselbe Empfindung wie im Wald zu Hause. Dass Bäume eine Wirkung auf sie ausübten, eine Bedeutung hatten in ihrem Leben. Dass Bäume wichtiger für sie waren als viele der Menschen, die ihr nahestanden. Wenn sie anlegten, ging sie an Land und lauschte den Vögeln, deren Laute ihr gänzlich unbekannt waren, studierte die Insekten – Schmetterlinge, die aussahen wie ausgezupfte Blüten – und Lehmhütten vor einer Wand verfilzter Vegetation. Die Menschen in den Dörfern verwandelten sich von Negern in Afrikaner, schließlich in Kongoleser. Sie schoss Fotos, machte sich Notizen, aber eine gute Idee, ein neuer Blickwinkel eröffnete sich ihr erst ein Stück oberhalb von Coquilhatville, als sie etwas entdeckte, von dem sie glaubte, es handle sich um eine Insel im Fluss oder um ein ganzes Dorf, das irgendwie auf dem Wasser schwamm. Sie hörte Geschrei und Gejohle, sah Rauch aus den Öfen zwischen kleinen, aus Zweigen und Tüchern gefertigten Hütten aufsteigen, deren Dächer aus Palmwedeln gefertigt waren, sie erblickte Ziegen und Hühner und kleine Schweine, umherlaufende Kinder. Es stellte sich als ein riesiges, aus dicken, zusammengehakten Rundhölzern gebildetes Floß heraus, das nach Léopoldville fahren und von dort weiter nach Europa befördert werden sollte. Der Floßbetrieb wurde von einem belgischen Unternehmen in Bumba organisiert, das auch den Kapitän auf dem kleinen Bugsierboot bezahlte, welches das Floß vor sich hertrieb. Die Leute aus der Umgebung nutzten die Gelegenheit und bezahlten ein paar Münzen für eine Fahrt in die Hauptstadt, wo sie ihre Waren verkauften, von Tieren und Säcken mit Maismehl bis hin zu Palmöl und Handwerksgegenständen; dadurch wurden zwei Fliegen mit einer Klappe geschlagen, denn auf diese Weise wurde nicht nur wertvolles Edelholz geflößt, sondern die Stämme wurden gleichzeitig zu einer Mischung aus Hausboot und Frachtschiff umfunktioniert.

Maud erkannte darin sofort eine goldene Möglichkeit und sprang mit ihrem Gepäck an Bord des Floßes. Eigentlich war ihr ursprünglicher Plan gewesen, so weit wie möglich flussaufwärts zu fahren, doch jetzt entschied sie sich anders, wollte lieber mit dem Floß flussabwärts weiterreisen. Sie ahnte, was für eine Geschichte dort im Keim bereitlag. Ein neuer Dreh an der alten Joseph-Conrad-Geschichte. Oder warum nicht: eine Kon-Tiki-Expedition der anderen Art.

Und jetzt, achtundvierzig Stunden später, liegt sie hier des Nachts auf einer Bastmatte, zusammen mit Hunderten Kongoleserinnen und Kongolesern, die ihr Glück in Léopoldville versuchen wollen. Den Blick zu den Sternen gewandt, in sich selbst. In ihre eigene Dunkelheit – und da tauchte die Erkenntnis auf, für die sie eine so lange Reise auf sich nehmen musste:

Es bestand die Möglichkeit, dass sie sich von Harald hatte vergewaltigen *lassen*. Womöglich war das mit ein Grund gewesen, weshalb sie in den Kongo gefahren war – um eine Art Exorzismus durchzuführen, sich den Gedanken auszutreiben, den sie so lange geleugnet hatte, und damit abzuschließen, es hinter sich zu lassen, indem sie einen Fluss abwärts segelte anstatt aufwärts. Ja, so war es wohl. Und sie kann praktisch spüren, wie es von ihr abfällt, sich auflöst. Denn sie hatte es immer gewusst, auch wenn sie es sich nicht eingestehen wollte: Sie hätte Harald leicht davon abhalten können an jenem Abend in der Hütte am Nibbitjern. Sie hatte es kommen sehen. Die Dunkelheit in seinen Augen. Und sogar in seinem größten Wahn hätte sie ihn noch aufhalten können. Sie war stark. Gestärkt vom Skilaufen, gestärkt durch das Lesen. So war es: Sie hatte zugelassen, dass er sie mit Gewalt nahm. Wie als Problemlösung, weil sie am Abend davor so leichtfertig mit Sigurd geschlafen hatte. Sie wollte das Schicksal bestimmen lassen, sehen, was dabei herauskam. Ob es ihr bei der Entscheidung helfen konnte.

Sie war sich so unsicher gewesen, dass sie eine Antwort erzwingen wollte. Eine Art Antwort.

Sie liegt auf dem Floß, spürt, wie es sich löst, verschwindet.

Muss man in seltenen Fällen 7.000 Kilometer weit reisen für einen Gedanken?

Beim Aufwachen unter dem Moskitonetz auf dem Floß am nächsten Morgen spürt sie ein neues Gewicht in sich, eine neue Entschlossenheit. Von den beiden Frauen, die ihr am nächsten sitzen, bekommt sie ein Stück gebackenen Maniok. Sie will dafür bezahlen, worauf die Frauen abwehrend die Hände heben. Nach dem Frühstück fühlt sie sich wieder geschärft, fokussiert. Die Fahrt geht weiter flussabwärts. Sie greift nach ihrer Kamera, beginnt zu fotografieren. Eine Frau, die ihre Ziegen mit reich beblätterten Zweigen füttert. Einen lächelnden Jungen, der vorn mit einer langen Stake die Wassertiefe auslotet. Frauen, die im Wasser zwischen den Rundhölzern Kleider waschen. Holzkanus, die aus den Dörfern herausschießen, an denen sie vorbeikommen, Männer, die Holzkohle, Bananen und für Maud unbekannte Früchte, Fische, Vögel und sogar gegrillte Affen verkaufen wollen. Eine Frau, die unter einem bunten, zum Schutz gegen die Sonne aufgespannten Tuch ihr Kind stillt. Einen alten Mann, der sich einen Eimer Flusswasser über den Kopf gießt. Maud macht Bilder von den kleinen Details, den schönen, geflochtenen Körben, den Frisuren der Kinder. Was sie interessiert, sind die Menschen, nicht die Landschaft. Es ist das Leben auf dem Floß, das ihre Neugier anstachelt, eine ganze kleine Gesellschaft auf der Fahrt den Fluss entlang. Der Kongo, ganz Afrika, gefangen auf einigen Quadratmetern Edelholz. »Alle sollten ihre eigene Arche haben«, hatte Rita einmal gesagt. Vielleicht ist auch das hier eine Arche, denkt Maud. Eine Art Rettungsfloß, welches das Herz der Finsternis immer weiter hinter sich lässt. Sie erkundigt sich nach den Namen der Menschen, macht sich Notizen über das, was sie tun, was sie denken, wohin sie wollen. Sie unterhält sich mit ihnen, bekommt Hilfe von einer Person, die des Französischen mächtig ist und für sie übersetzt, sie schreibt ihr Notizbuch bis zur letzten Seite voll. Sie ist voller Tatendrang. Sie hat eine Antwort gefunden.

Sie gab der Reportage den Titel »Aus dem Dunkel ins Licht«. Ohne es vorher gewusst zu haben, hatte sie, um Hoffnung zu finden, eine Reise tief ins Hoffnungslose angetreten, und jetzt wollte sie von einer Bewegung erzählen, die jener in Joseph Conrads Roman entgegengesetzt war, sie wollte ein Afrika zeigen, das am Erwachen war, ein Afrika, das nach Freiheit und besseren Lebensbedingungen strebte. Und was sie inmitten des kongolesischen Regenwaldes gefunden hatte, war nicht die Finsternis. Es waren Menschen. Menschen wie sie. Frauen. Sie sah, dass ihre besten Bilder allesamt Frauen zeigten. Nur eben unter anderen Lebensverhältnissen. Ärmeren. Aber geprägt von denselben grundlegenden Herausforderungen – sie schickte einen Gedanken an Rita, die neben ihrer Tätigkeit im Paläontologischen Museum an einem großen Werk über die *Femina erecta*, die aufgerichtete Frau, arbeitete. Mauds fertige Reportage handelte nicht so sehr von König Leopold II. und der haarsträubenden Tatsache, dass er sich eines so riesigen Gebiets als seiner Privatkolonie hatte bemächtigen können. Sie schrieb nicht von einem Belgien, das auf menschlichen Knochen gebaut war, nicht über die schrecklichen Verbrechen an Millionen von Kongolesen, die infolge der belgischen Gier nach Kautschuk gestorben waren. Sie schrieb über den neuen Kongo, einen Kongo im Aufbruch, sie gab die Gedanken einiger Menschen wieder, mit denen sie auf dem Holzfloß gesprochen hatte, die meisten davon Frauen, unerschütterliche Frauen. Es sei jetzt erlaubt, hatten sie berichtet, sich politisch zu organisieren. Man sei nur mehr einen Schritt weit von einem freien Kongo entfernt. Die Belgier könnten sie nicht länger in Ketten halten.

Die Reportage erregte Aufmerksamkeit in ganz Skandinavien. Ihre Wörter, ihre Bilder, regten Gespräche, Diskussionen an. Der Redakteur sprach ihr sein Lob aus. Bald jedoch merkte sie, dass ihre Unruhe trotzdem nicht verschwunden war, dass sie, trotz dieser Sache mit Harald, nicht gefunden hatte, wonach sie wirklich suchte.

Bevor Maud Evensen ihre Stimme fand, ging sie auf Reisen, und es war eine weite Reise. Sie glaubte, dies könne etwas mit ihrer Kindheit im Krokskogen zu tun haben, denn wenn sie bei ihren Wanderungen im Wald Spinnweben zwischen den Fichten durchbrach, war es ihr oft vorgekommen, als würde sie in eine andere Welt eintreten, und als Erwachsene überkam sie das Bedürfnis, die Sache richtig anzugehen, Teile der Erde zu besuchen, über die sie nichts wusste. Nach unserer Auffassung kann Maud Evensen gerade deshalb als eine wichtige Figur angesehen werden, weil ihre Geschichte zum Verständnis bestimmter Charaktereigenschaften beiträgt, die wir sehr deutlich auch bei einigen zentralen Gestalten der Long-Dynastie wiederfinden: Einen Anflug von Rastlosigkeit sowie den Drang, sich auf eine Suche zu begeben. Nach ihrer Afrikafahrt sollten dennoch einige Jahre vergehen, ehe Maud zu einer weiteren langen Reise aufbrach, denn obwohl ihre Kinder keinen Schaden an ihren gelegentlichen Streifzügen nahmen, wollte sie ihnen zuliebe nicht zu lange fortbleiben – so sehr Frau war sie immerhin –, doch schließlich war alles angerichtet, es waren Ferien und Kaja und Roar konnten bei ihren Großeltern in Jevnaker bleiben, und so landete Maud Mitte der 1950er-Jahre auf dem Flughafen Dum Dum in Kalkutta, und schon auf der Taxifahrt in die Stadt wurde ihr bewusst, dass sie jetzt eine neue Grenze durchbrochen hatte, denn bereits vor Kriegsausbruch hatte sie sich selbst das Versprechen gegeben, noch weiter nach Osten vorzudringen als Rita Bohre, oder gewissermaßen den Staffelstab zu übernehmen und jene Fahrt, jenen Kurs fortzusetzen, den Rita 1919 mit ihrer Reise nach Persien vorgegeben hatte, und deshalb war das Erste, was sie bei der Ankunft im Hotel tat, eine Postkarte nach Lysaker aufzugeben. »Auf den Spuren der *Femina erecta*. Maud.«

Diesmal hat sie sich schon im Voraus eine Idee zurechtgelegt. Mehrere Tage in Folge lässt sie sich morgens mit der Masse auf die imponierende Howrah Bridge hinaustreiben, die Fachwerkbrücke, die Kalkutta mit Howrah und dem Bahnhof verbindet und deren Mittelstreifen von einem chaotischen Strom aus Fahrzeugen okkupiert wird, während auf beiden Seiten Menschen entlanggehen, vorbei an den vor dem Geländer aufgereiht stehenden Straßenverkäufern. Was für ein Hexenkessel, denkt sie, als ihr Herz schließlich zur Ruhe kommt und die Ängstlichkeit der Verwunderung weicht. Mit ihrer kleinen Leica-Kamera stellt sie sich unter das Gitter aus Stahlträgern, so fasziniert von den Saris, dass sie zunächst nur die Tücher der vorbeigehenden Frauen einzufangen versucht. Nach und nach verschiebt sich ihre Aufmerksamkeit hin zu den übervollen Körben, die viele der Frauen auf dem Kopf balancieren, oder zu den schwellenden Jutesäcken auf ihren Rücken. Und dann erweitert sie ihren Blickwinkel hin zu den Rikschas, den Motorrädern, den Autos, den Bussen. Es ist, als blickte man in einen Fluss menschlichen Lebens, in einen Strom, der quer zu dem braunen Wasser verläuft, das unter ihnen dahinfließt, und vielleicht sind es all diese Gesichter, die Maud aufs Neue das Gefühl des Suchens vermitteln, eines Noch-immer-auf-der-Suche-Seins. Trotzdem werden noch einige Tage vergehen, bis sie erkennt, wonach sie so heroisch Ausschau hält, eine Erkenntnis von solcher Einfachheit, dass sie es schon vom ersten Moment an hätte begreifen müssen: Sie ist auf der Suche nach einem Mann, einem Partner.

Es war die letzte Juniwoche, feucht, mitunter mit heftigen Regengüssen, aber sie ließ sich von der Hitze und von der am

Körper klebenden Bluse nichts anhaben. Sie war zäh. Eine Fähigkeit, dachte sie, die sie den Skitouren ihrer Jugend zu verdanken hatte: Die Fähigkeit durchzuhalten, sich nicht brechen zu lassen. Die Nordmarka und Westbengalen waren zwei Seiten derselben Medaille. Auf der belebtesten Brücke der Welt stehend, von Schweiß durchnässt, mitten im Gewimmel der in beide Richtungen vorbeihastenden Menschen, erinnerte sie sich, von allen Dingen, ausgerechnet an den Wettbewerb, den sie ausgerichtet hatte, um herauszufinden, wer von Harald und Sigurd der bessere Skiläufer war, oder richtiger ausgedrückt: um herauszufinden, für wen sie sich entscheiden sollte. Sie wollte sehen, wer von den beiden der *zähere* war – wer mehr von jener Fähigkeit besaß, die sie selbst bei einem Menschen so hoch schätzte. Es war ein schöner Sonntag im Februar 1940, sie hatten die Turnhytta hinter sich gelassen und standen mit Blick nach Norden am Appelsinhaugen, und sie rief: »Wer als Erster bei der Hütte am Kikut ist!« Eine ganze Weile hatten sie mit ihr mithalten können, doch mit Erreichen des Bjørnsjøen merkte sie, wie beide Jungs schlappmachten, und sie kam allein bei der Hütte an. Und als sie dort auf dem Vorplatz stand, hoffte sie tief in ihrem Inneren, Harald werde als Erster ankommen, doch es war Sigurd, der mit Rotz unter der Nase und schrecklich außer Atem auftauchte, als ob er wirklich alles gegeben, sich völlig verausgabt hätte, um ihr zu zeigen, dass er der Bessere war. Harald, der gleich darauf, ohne erschöpft zu wirken, auf den Platz herunterglitt, tat es bloß mit einem Lächeln ab.

Hatte sie deshalb Sigurd seinen Willen gelassen an jenem Abend im März, obwohl sie sich eigentlich Harald bei sich gewünscht hatte?

Maud hatte eine Basis im Zentrum von Kalkutta gefunden, die jedoch nicht allzu weit von der Brücke entfernt lag: das kleine, traditionsreiche Fairlawn Hotel. Abends saß sie unter einem Deckenventilator in dem minzgrünen Vestibül mit einer Tasse Tee und einem Buch von Rabindranath Tagore, wie um sich in die richtige Stimmung zu versetzen. Ragnhild, die vor Kriegsausbruch auf einer Zugfahrt ein Tagore-Buch von Rita geschenkt bekommen hatte, hatte Maud von dem bengalischen Schriftsteller erzählt. Maud war so gefesselt von den Geschichten des Dichters, dass sie vergaß, aufzuschauen und die Menschen zu beobachten, die mit Zeitungen oder einem Gin Tonic in den anderen Lehnstühlen saßen. Aber sie wusste, dass sie ihr heimlich Blicke zuwarfen.

Am nächsten Tag auf der Brücke begann Maud damit, Leute anzuhalten, sie höflich zu fragen, ob sie sie fotografieren dürfe. Einen jungen Mann auf einem Fahrrad, den Gepäckträger voller Radiogeräte, einen Goldschmied mit seinen drei Kindern, eine Frau auf dem Weg zur Druckerei ihres Vaters, einen Schuhputzer, der zur Bahnstation auf der Howrah-Seite wollte. Maud gewöhnte sich an den Geruch von Diesel, Dreck und Gewürzen. An der Brückenbefestigung auf der Kalkutta-Seite fand sie einen Weg zu den Treppen, die ins Slumviertel hinunterführten, zum Blumenmarkt und zu der tempelähnlichen Anlage, in der Sadhus auf einem Bein standen, Menschen Wasser in glitzernde Messingkrüge füllten oder in den heiligen Fluss stiegen – der Hugli war ein Teil des Ganges – und kleine Jungen nach Geld tauchten, das die Leute in den Fluss warfen.

Nur um den Geräuschen zu lauschen, dem Orchester aus Motoren, Gesprächsfetzen auf Bengali, den Rufen der Straßenverkäufer, bleibt sie zwischendurch mitten auf der Brücke stehen und starrt in das braune Wasser hinunter. Und wieder, vielleicht aufgrund der weiten Reise, eines Losreißens, taucht eine halb verdrängte Erinnerung auf. Eine andere Brücke. Der

Wunsch, sich zu ertränken. Dass ich hier stehe, ist keine Selbstverständlichkeit, denkt sie demütig. Der Anblick des Flusses führt sie zurück in eine Frühsommernacht des Jahres 1940. Zu der Zeit hatte ihr Haralds Tod bereits seit zwei Monaten zugesetzt. Sie war nicht nur traurig gewesen, sondern in gleichem Maße wütend. Nachts hatte sie schlaflos im Bett gelegen und ihm Vorwürfe gemacht. Warum nur hatte er so verflucht patriotisch sein müssen? Was hatte er zu suchen gehabt bei dieser gottverlassenen Brücke in der Østfolder Pampa?

Es sollte noch schlimmer kommen. Sie stellte fest, dass sie schwanger war. Und sie wusste nicht, wer der Vater war. Sollte sie versuchen, sich das Kind wegmachen zu lassen? Das kam nicht infrage. Das arme Kleine. Noch dazu, wenn sein Vater der Mann war, der mit zwei deutschen Kugeln im Körper unter der Erde lag.

Es war Krieg, Norwegen war besetzt, sie hatte keine Arbeit, alles sah schwarz aus. Sie trug die Schuld an Haralds Tod. Dadurch, dass sie auf der Feier in Lysaker nicht mit ihm gesprochen hatte, hatte sie ihn gezwungen, in den Kampf zu ziehen. Sie wollte nicht mehr leben. Wollte sich das Leben nehmen. Das wäre das Beste. Für alle. Mehrere Tage hatte sie mit Nachdenken verbracht und angefangen, Pläne zu schmieden, sich vorzubereiten. Sie wohnte in der Norbygata im Bezirk Grønland, und eines Nachts Anfang Juli legte sie die kurze Strecke bis zur Hausmanns-Brücke zurück. Obwohl es regnete, war es verhältnismäßig hell. Sie blieb in der Mitte der Brücke stehen. Hier war es hoch genug. Und keine Menschen, jedenfalls nicht in der Nacht, nicht bei diesem strömenden Regen. Sie schaute zu den Booten, die beidseits der Brücke vertäut lagen, zu der von den Tropfen zerrissenen Wasseroberfläche. Sie hatte sich einen Rucksack umgeschnallt, denselben, mit dem sie ausgewählte Bücher und zerbrechliche Gläser zur Hütte im Krokskogen transportiert hatte. Jetzt war er stattdessen mit großen Steinen gefüllt, die sie, einen nach dem anderen, in den letzten Tagen gesammelt hatte. Die Riemen des Rucksacks waren mit einem reißfesten Seil vor ihrem Bauch zusammengebunden und so verknotet, dass ihr unter Wasser nicht ausreichend Zeit bliebe, den Knoten zu lösen. Falls sie es sich doch anders überlegen sollte.

Sie war gerade im Begriff, über das Geländer zu klettern, als ein Auto mit hoher Geschwindigkeit die Hausmanns gate herunterkam und auf die Brücke fuhr. Maud sprang zurück auf den Gehweg, versuchte den Eindruck zu erwecken, es sei alles in Ordnung, sie sei bloß für einen Spaziergang draußen unterwegs. Aber das Fahrzeug hielt an, und Maud erkannte es wieder, ein großer, schwarzer Chevrolet. Hinter dem Lenkrad saß eine Frau. Nicht viele Frauen fuhren zu jener Zeit Auto, aber Rita Bohre besaß schon lange den Führerschein, schon seit sie Mitglied im Neon-Kreis gewesen war und alles Moderne gepriesen hatte. Sie hielt den Motor an und trat hinaus in den Regen.

»Tu's nicht«, sagte sie nur, kam mit schnellen Schritten auf Maud zu und legte die Arme um sie.

Schon früh hatte Maud gedacht, dass Rita ein solcher Mensch war. Eine Retterin. Eine Person, die in entscheidenden Momenten in das Leben anderer eingriff. So wie bei der Feier direkt vor Kriegsausbruch, als Maud auf der kleinen Gartenmauer vor dem Abgrund balanciert war.

Und als Maud jetzt erneut vor einem Abgrund stand, bereit, sich hinunterfallen zu lassen, tauchte sie wieder auf. Später erzählte Rita, wie sie spätabends in den Garten hinausgegangen sei. Das tat sie oft. Auch sie mochte den milden Juniregen.

Auch sie war nicht über Haralds Tod hinweggekommen. Sie sei zu der Eiche hinübergegangen, habe sich an den Stamm gelehnt und zu der Plattform hinaufgesehen, die Harald als Kind hoch oben gebaut hatte. Ohne zu überlegen, sei sie hinaufgeklettert, habe sich zwischen die Äste gesetzt und nachgedacht und währenddessen dem Regen gelauscht, der auf Tausende weiche Blätter traf, und auch an Maud habe sie gedacht, mit der sie sich, genau hier in diesem Baum, vorigen Sommer unterhalten hatte. Ein paar Stunden vorher noch hatten sie am Telefon miteinander gesprochen, Rita hatte Mauds Vermieterin in Grønland angerufen. Und sie hatte gehört, dass Maud nicht sie selbst war, nur knappe Antworten gab, abwesend wirkte. Rita erzählte, sie habe eine Unruhe empfunden dort oben in der Eiche und sich daran erinnert, bei ihrer Verabschiedung auch etwas Ungewöhnliches, Zitterndes in Mauds Stimme vernommen zu haben. Rita wusste nicht, ob es Intuition war, doch auf einmal, als ob die Zweige Antennen wären, habe sie deutlich vor sich gesehen, dass Maud in Gefahr sei. Und dann sei sie vom Baum hinuntergestiegen und zu ihrem Chevrolet gerannt. »Noch nie ich bin so schnell in die Stadt gefahren«, sagte sie. »Gut, dass es Nacht ist, wenig Verkehr.«

Sie standen auf der Brücke und redeten. Rita sagte nichts, als Maud nach langem Herumnesteln schließlich den Knoten des Seils löste, mit dem sie die Riemen vor ihrem Bauch zusammengebunden hatte, den Rucksack auf den Gehweg fallen ließ und, immer noch weiterredend, einen Stein nach dem anderen herausnahm und über das Geländer ins Wasser fallen ließ, wo sie mit einem hörbaren Platschen verschwanden.

Maud fuhr mit Rita nach Lysaker, und in den nächsten Wochen wohnte sie in der Villa Bohre. Jeden Abend saßen sie lang beieinander und unterhielten sich in Ost und West, den beiden

Lehnsesseln vor dem Kamin, und langsam setzte sich etwas. Maud wusste nicht, wer von den beiden Brüdern der Vater war. Bis jetzt hatte sie immer gedacht, es müsse Harald sein, weil er es gewaltsam getan hatte, so brutal vorgegangen war. Doch dann, beim Spazieren zwischen den Stauden und Obstbäumen im Garten, beschloss sie, dass es Sigurds Kind war – nicht weil Sigurd am Leben und Harald tot war, sondern weil sie es sich so *wünschte*. Vielleicht wollte sie damit auch die Wahl rechtfertigen, die sie in der Nordmarka getroffen hatte. Sie hatte Sigrud nach Haralds Beisetzung besucht, und jetzt besuchte sie ihn erneut. Bei einem Spaziergang im Forgnerparken eröffnete sie es ihm: »Ich bin schwanger.«

Maud wendet sich vom Hugli-Fluss ab und kehrt an ihren fixen Platz bei einem der Brückenpfeiler zurück. Sie hebt die Kamera hoch, schießt Bilder von den Straßenverkäufern mit ihren Kräuterschalen und Obstkörben, den Keksen und Küchlein in Glaskrügen, fotografiert Männer beim Schieben von unnatürlich vollbeladenen Handkarren, fühlt sich fast hypnotisiert von so vielen, sich gleichzeitig in Bewegung befindenden Menschen, dem von so viel Leben erzeugten Gestank, und inmitten all dessen überkommt sie erneut das Gefühl eines Suchens, ein Gefühl, das sich beim Blick durch die Kameralinse, dem Beobachten von Gesichtern, noch verstärkt, und plötzlich kommt ihr ein Verdacht, ein Verdacht, der sich noch am selben Abend zur Gewissheit erhärten wird.

Sie beschloss, sich aus den über die Brücke wandernden oder an den Treppenabsätzen wohnenden Menschen einige herauszupflücken und ihre Reportage aus einer Reihe kleiner Porträts zu gestalten. Vor allem von Frauen. Sie war neugierig auf die Menschen, jetzt noch mehr als vor dem Krieg. Es musste etwas mit ihrer eigenen Erfahrung zu tun haben, der Erkenntnis, wie leicht man einen Menschen falsch einschätzte. Nach der Feier bei Rita, einige Tage vor dem 9. April, hatte sie draußen vor der Villa Bohre zu Sigurd gesagt: »Bitte. Zieh nicht in den Krieg.« Sie hatte ihn an den Schultern gerüttelt, ihn fast angeschrien, entsetzt über seine kriegsromantische Aggression während des Abendessens. Doch was geschieht? Ja, Sigurd bleibt zu Hause, während Harald zum rasenden Roland wird, Harald ist es, in dem die verfluchte Kriegerseele steckt. Sie hatte sich Vorwürfe gemacht. Warum hatte sie nicht Harald an der Treppe aufgehalten? Warum hatte sie nicht *ihn* an den Schultern gerüttelt?

Nach dem Krieg hatte sie paradoxerweise herausgefunden, wie gut sie sich darauf verstand, mit den Menschen zu reden, ein Individuum mittels Frage und Antwort zu beschreiben. Sie glaubte, ihre Lust, Interviews zu führen, müsse aus den vielen Erzählungen heraus entstanden sein, die Harald ihr serviert hatte, über die Szene im Theatercaféen und darüber, was so manchen Gästen über die Lippen kam. Nicht zuletzt »Berühmtheiten«.

Bald wurden diese Interviews in der Zeitung abgedruckt. Es schien, als hätte sie eine Gabe: Sie gewann das Vertrauen der Menschen, sie öffneten sich ihr. Allmählich wurden ihre Interviews »Porträts« genannt. Sie bekam viel Lob dafür, neue oder unbekannte Seiten an Menschen aufzudecken, von denen die meisten geglaubt hatten, alles über sie zu wissen. Etwa über den Eisschnellläufer Hjalmar Andersen, auch Hjallis genannt, den Schauspieler Alfred Maurstad oder den Architekten Arnstein Arneberg. Oder über Knut Haugland, einen der Helden der Schwerwasser-Sabotage-Aktion beim Wasserkraftwerk Vemork während des Krieges und Teilnehmer an der Kon-Tiki-Expedition. Eine ihrer fixen Fragen lautete: »Warum ist Ihr Leben so geworden, wie es ist?« Ein schönes Interview konnte sie mit dem kontroversen Pfarrer Konrad Steen führen, und auch mit dem Kunsthistoriker Max Qviller hatte sie Gelegenheit, sich zu unterhalten, kurz vor seinem Tod. Mit der Zeit porträtierte sie Berühmtheiten wie Jens Book-Jenssen, Alf Prøysen und Arne Arnado, Namen, die uns heute selbstverständlich nichts sagen, die jedoch in diesen Jahren in Norwegen in aller Munde waren. Wie etwa auch Erik Brofoss. Die Zeitungsleserschaft kannte ihn nur als Minister mit großem, teils verborgenem Einfluss, doch Maud konnte ihn dazu bewegen, von Kongsberg und der Leichtathletikkarriere seiner Jugend zu erzählen, von der Freude am 100-Meter-Lauf oder dem Glücksgefühl nach einem perfekten Weitsprung. Gänzlich unbekannte Seiten an dem Volkswirtschaftler. Maud führte ihre Interviews alle in der Maurischen Halle des Bristol, und es war, als ob der Name sie zu einer Verfremdung ihrer Objekte inspirierte, zu dem Versuch, sie von einem neuen Winkel aus zu betrachten – vielleicht auch inspiriert von Ritas Erzählungen über ihren »persischen Blick«. Ein paar der Interviews wurden sogar in Buchform unter dem Titel *Maurische Porträts* herausgegeben.

Es ist ein weiter Weg von der Maurischen Halle bis zur Howrah Bridge, denkt sie. Oder vielleicht auch nicht. Sie steht auf der Brücke und hält Ausschau. Wie in der Erwartung, etwas, eine Antwort, ein Gesicht, könne sich aus dem Gewimmel herauslösen. Sie steht in der Mitte der Brücke und weiß, es ist nicht der Fluss, der heilig ist. Das Heilige ist dieser Strom aus Menschen. Doch erst am Abend, als sie mit einem Gin Tonic, einer Messingschale mit Cashewnüssen und einer *Beedi* aus dem Zigarettenpäckchen, das sie auf einem Markt gekauft hat, in dem hellgrünen Vestibül sitzt, taucht der Gedanke von neuem auf, und das ist der Moment, in dem ihr alles klar wird: Was sie sucht, ist nicht einfach nur ein Mensch, sondern ein ganz besonderer Mensch, ein Mensch, mit dem sie ihr Leben teilen kann. Sie hebt den Blick zum Deckenventilator, der sich langsam dreht, wie der Propeller einer neuen Hoffnung. Trotzdem beschließt sie, dass ihr dies niemals über die Lippen kommen dürfe – die Möglichkeit, dass sie, unter dem Deckmantel des Journalistenberufs, bis nach Indien gereist ist, nur um einen Partner zu finden.

Mit neuem Interesse betrachtet sie die Männer im Raum. Ein paar von ihnen begegnen ihrem Blick, aber nichts geschieht.

Es sollten noch weitere zwei Jahre vergehen, ehe sie einer Person vom richtigen Kaliber gegenüberstand.

III

Bevor Maud Evensen ihre Stimme fand, ging sie auf Reisen, und es war eine weite Reise. Sie spürte, wie es sie gen Osten zog, und ihre dritte lange Reise führte sie nach China, nach Beijing, in eine Stadt, die den meisten Menschen der westlichen Welt zu der Zeit noch unzugänglich war und daher auch einen günstigen Ausgangspunkt für eine Fotoreportage bildete. Und um auf einen Mann zu treffen, dachte sie. Sie war inzwischen besessen von dem Gedanken: Wenn sie nur weit genug reiste, würde sie der Person begegnen, mit der sie den Rest ihres Lebens verbringen würde, und als sie 1956 in China landete, spürte sie, wie ihr Herz schneller schlug. Wärmer, es wird wärmer, dachte sie. Er ist hier.

Sie wusste noch nicht, worüber sie schreiben wollte, es war schon schwer genug, sich hier frei zu bewegen, obwohl sie ein halboffizieller Gast war. Die chinesischen Behörden waren ihr freundlich gesinnt. Norwegen hatte 1950 als eines der ersten

Länder die Volksrepublik China anerkannt, und 1954 war die norwegische Botschaft in Beijing eröffnet worden. Maud kam zu einem günstigen Zeitpunkt: Zwei Jahre später schon sollte der Vorsitzende Mao die unglückseligen politischen Richtlinien aufstellen, die in dem Großen Sprung nach vorn resultierten – jene Jahre, die in unseren Geschichtsbüchern unter der Bezeichnung Die Große Hungerkatastrophe geführt werden und in dem Standardwerk *Stalin, Hitler, Mao – die Chimäre des 20. Jahrhunderts* von Aimee Truong (Haiphong Y-1012) ausführlich behandelt werden.

Es war Frühherbst. Die Botschaft – oder die chinesischen Behörden, das hatte sie nie herausgefunden – hatte ihr einen Begleiter zur Seite gestellt, der auch als Dolmetscher fungierte und sie an verschiedene Ort der Stadt führte: Zu einem Park, damit sie das Phänomen Schattenboxen beobachten konnte, dutzende ältere Menschen, die sich langsam und fließend, lautlos und synchron, fast gespensterhaft in der Dämmerung bewegten; in die Verbotene Stadt, damit sie in den Genuss des Gleichgewichts der Proportionen, des Marmors und des roten Lacks, der goldfarbenen, sich gegen das Himmelsblau abzeichnenden Dächer kam; zum Himmelstempel, damit sie sich in dem runden Altar auf den mittleren Stein stellen konnte, auf jenen Punkt, der in China als das Zentrum der Welt galt; zum Sommerpalast, damit sie in dem Wandelgang entlang des Kunming-Sees spazieren und die idealisierte Landschaft bestaunen konnte; und die ganze Zeit schoss sie Fotos, massenhaft Fotos, planlos allerdings, wie sie bald merkte, wobei das Geräusch des Auslösers, ein Geräusch, das sie ansonsten genoss, irgendwie zu laut wirkte, als wolle die Kamera sie nach dem Sinn und Zweck dieses Bilderschießens fragen. Sie versuchte, mit einigen der Menschen ins Gespräch zu kommen, an die sie nahe genug herankam – mit einer Frau, die gerade die Straße fegte, einem alten Mann, der dem schönen Gesang seiner Drossel in ihrem Käfig zuhörte –, doch dem unermüdlichen Einsatz ihres Begleiters zum Trotz wurde nie etwas daraus.

Sie wohnte an der breiten Chang'an Avenue im Beijing Hotel, wo sie ein geräumiges Zimmer in dem neuen Teil bekommen hatte, der dem Platz des Himmlischen Friedens am nächsten lag, und abends, nachdem ihr Mandarinfisch oder die unzähligen Teile der Pekingente serviert worden waren, saß sie allein im Vestibül, irgendwie noch rastloser denn je, noch fieberhafter brütend über ihre erfolglose Suche, und begutachtete die Gesichter der rundum sitzenden, in Zeitungen vertieften Männer. Wenn einer von ihnen aufblickt, mich ansieht, werde ich hinübergehen und mich vorstellen, dachte sie.

Keiner von ihnen hob den Blick.

Eines Tages wurde sie zur Chinesischen Mauer gefahren, wo sie ganz für sich allein stand, Kilometer um Kilometer nur Mauer vor und hinter sich. Ein paar Minuten vorher hatte sie die Treppen zur eigentlichen Verteidigungsanlage bezwungen und war daraufhin den steilen Anstieg zum nächstgelegenen Turm hinaufgegangen. Dann war sie stehen geblieben, und nicht nur aus einer jähen Erschöpfung heraus, einem Verlust ihrer Zähigkeit, sondern weil sie das starke Gefühl überkam, auf der falschen Fährte zu sein. Der Chauffeur und ihr Begleiter standen unten beim Auto und rauchten. So weit ihr Auge reichte, erstreckte sich die Mauer wie ein sich windendes Steinband in beide Richtungen, von einem Bergrücken zum nächsten, ehe sie schließlich in einem diffusen Nebel verschwand. Ein Kongo-Fluss aus Steinblöcken, dachte sie. So stand sie, auf ein und demselben Fleck, einsam, bis sie das Gefühl hatte, dass die Mauer sie einzuschließen drohte. Oder etwas auszuschließen.

Sie beeilte sich zurück und bat darum, man möge sie ins Zentrum von Beijing fahren, sie musste etwas finden, das Leben in sich trug, und als ob ihr Begleiter geahnt hätte, wonach ihr der Sinn stand, ließ er sie in einem von Hutongs geprägten Viertel aussteigen – später fand sie heraus, dass es ein Ort nordöstlich des Jingshan-Parks gewesen sein musste –, und obwohl er gewiss Anweisung hatte, Maud überallhin zu folgen, zwinkerte er ihr zu und signalisierte ihr, sie solle ruhig allein gehen, er werde im Wagen warten.

Sie beginnt, in den Hutongs umherzustreifen, in diesen schmalen, mitunter nur aus einer engen Passage zwischen niederen Häusern bestehenden Gässchen. Weil sie darüber gelesen hat, weiß sie, dass sie manchmal nach Personen oder nach ihrer Form benannt wurden, Ringelschwanzgasse, oder nach Waren, Hutgasse. Es soll Tausende davon in Beijing geben. Zuerst ist sie enttäuscht. Die Gassen sind seltsam menschenleer, nur Fahrräder und alte Handkarren lehnen an den Wänden. Sie streift in der Gegend umher, schießt Fotos von den ziemlich gleichartigen grauen Mauern und Fassaden, als handle es sich bei den Hutongs lediglich um eine zum Labyrinth zusammengefaltete Chinesische Mauer. Da und dort begegnet sie Menschen, die sie mit merkwürdigen Blicken bedenken. Zu Anfang wirkt alles gleich, grauer Ziegelstein, graue Wände. Kohleofengeruch. Dann aber spürt sie, dass sie der Sache näherkommt, und ihr fallen immer mehr Details auf. Straßenschilder. Die verschiedenen Tore. Allerlei Sorten von Türknäufen. Kreidezeichnungen von Kindern. Aus Mauersteinen gebildete Ornamente. An einigen Stellen kann sie durch Tore sehen, vorbei an der »Geisterwand«, in die mit Habseligkeiten vollgeräumten Innenhöfe. Auf sie macht es den Eindruck, als bewege sie sich in etwas Komprimiertem, an einem Ort, an dem sich Chinas

Jahrtausende altes Geheimnis verbirgt, ein rätselhaftes Gemisch aus Offenheit und Verschlossenheit.

Dann passiert es. Kinder strömen auf die Straße hinaus und ziehen sie mit sich durch ein Tor, hinein in einen Innenhof. Auch der Innenhof, sieht sie, ist voller kleiner Gebäude, wie ein Labyrinth im Labyrinth oder wie die plötzliche Offenbarung, dass es sich bei der Stadt Beijing lediglich um ein missgebildetes Dorf handelt. Zwei Frauen nötigen sie, sich zu setzen, Maud hat ihren Dolmetscher nicht dabei, versteht aber alles, die Kinder schreiben chinesische Zeichen für sie auf, ihr wird Tee aufgetragen, bald auch etwas zu essen, Schüsseln mit Gerichten, von denen sie nicht weiß, was und woraus sie sind. Aber sie schmecken gut. Vorzüglich sogar. Sie schießt Fotos, sie lacht, sie spricht mit den Frauen und diese mit ihr, und sie versteht alles. Und nicht nur das, in diesem ihr unbekannten Land fühlt Maud eine Verwandtschaft mit diesen Frauen. Irgendeine Verbindung in Hinblick auf ihre Zähigkeit, die sie auch bei ihnen festzustellen meint. Ohne die Sprache zu verstehen, sich mit Gebärden und Lachen verständigend, fühlt sie sich diesen Frauen unbeschreiblich nah, eine andere, intensivere Form der Nähe als zu den Menschen in ihrer Heimat.

Es muss die Bemerkung erlaubt sein, dass wir Maud Evensen großen Dank schulden für ihre Hutongbilder, die zu den wenigen noch erhalten gebliebenen gehören und die uns zeigen, wie die Verhältnisse hierzulande ausgesehen haben, bevor diese traditionellen Gebäude abgerissen wurden. Ihre Reportage stellt ein Juwel in unseren Archiven dar. Die Fotografien sind in zwei Abschnitte gegliedert. Im ersten die Außenansicht der Hutongs: die schmalen, fast leeren Gassen, vereinzelte Menschen, an den grauen Mauern lehnende Gegenstände. Danach folgen Farbfotos der Innenhöfe: grüne Vegetation, Katzen,

Vögel in Käfigen, Fische in Aquarien, zum Trocknen aufgehängte Wäsche, gestapelte Melonen, Menschen bei der Essenszubereitung, spielende Kinder, Frauen, das Leben.

An ihrem letzten Abend blieb sie lange im Hotelrestaurant sitzen und nahm die Menschen um sich herum in Augenschein, doch der, nach dem sie suchte, befand sich nicht darunter, das wurde ihr schnell klar. Da waren Männer vieler Nationalitäten, die allein an ihren Tischen saßen, mit einer Zeitung oder einem Drink, Männer, denen der Kopf schwirrte von ihrem André Malraux, die sich jedoch kaum das Vestibül zu verlassen trauten. Wenn sie im Herbst im Wald unterwegs war, waren ihre Sinne mitunter so geschärft, dass sie die Stellen erschnuppern konnte, an denen es Pilze gab. Mit den Männern war das nicht so einfach. Im Bett auf ihrem Zimmer ertappte sie sich dabei, dass sie sich nach Hause zurücksehnte, nicht nach Oslo, sondern nach der Hütte im Kroksogen. Nachts träumte sie davon, wie sie auf der Felskuppe vor dem Nibbitjern an einem Lagerfeuer saß und den Arm um einen Menschen neben sich legte.

IV

»Um einen Mann zu finden, musste Maud Evensen ans Ende der Welt reisen«, schrieb Little Green.

Viele haben die Ansicht geltend gemacht, und wir sind geneigt, uns dieser Meinung anzuschließen, dass die Erzählung über Maud Evensen als eine der banalsten, zugleich aber auch – oder vielleicht gerade deshalb – als eine der erbaulichsten Geschichten betrachtet werden kann, die ein Mensch je zu hören bekommen mag: Die Geschichte des weiten Umwegs.

Bei der Heimreise von Beijing kam es erst am Flughafen Fornebu zu einigen Schwierigkeiten. Ihr Koffer fehlte. Auch nach langem Warten tauchte er nicht auf. Die Kamera und die Filme hatte sie zum Glück in der Handtasche. Schließlich ging sie zu einem der Schalter in der Halle, registrierte aber nebenbei, dass ein Mann sich hinter sie stellte. Nachdem Maud den Verlust ihres Gepäcks gemeldet und alle notwendigen Angaben gemacht hatte, drehte sie sich um und hörte ihn sagen: »Ein Trost zu wissen, dass man nicht der Einzige ist, dem etwas fehlt.« Er sagte es im Scherz, doch in seinen Augen lag eine Frage.

Maud blieb stehen und starrte ihn an, als wäre an völlig unerwarteter Stelle eine Schatzkiste ausgegraben worden.

Der Mann verbeugte sich und stellte sich vor: »Sverre Bjørnson, 1. Schreibsklave.« Was bedeutete, wie Maud später erfuhr, dass er Dozent am Philosophischen Institut der Universität Blindern war. Er kam, nach mehreren Zwischenstopps, aus Ushuaia. Das heißt, nachdem er davor die größte Insel von Tierra del Fuego, Feuerland, durchwandert hatte. »Mir ist eine gute Idee gekommen für etwas, über das ich schreiben könnte, aber unterwegs ist alles wieder verschwunden«, sagte er fast gequält. Jetzt wusste sie, wem sie gegenüberstand. Wegen des Vollbarts, einem Ergebnis seines Aufenthalts in der Einöde, hatte sie ihn nicht auf Anhieb erkannt, obwohl sie sein Gesicht auf der Rückseite von Büchern wie *Im Kanu auf den Nebenflüssen des Amazonas* oder *Unter Grizzlybaren im Yukon* gesehen hatte. Denn Sverre Bjørnson war nicht nur Philosoph, er war ein Philosoph mit großem Interesse für die Natur. »Darf ich Sie ersuchen zu warten, bis ich diese Formalitäten erledigt habe?«, fragte er. »Wir könnten uns ein Taxi in die Stadt teilen. Ich habe Ihre Reportage mit großem Interesse gelesen. Es gibt viel, das ich Sie gern fragen würde.«

Zwei Monate später waren sie ein Paar, und sie setzten nie wieder einen Fuß über Norwegens Landesgrenzen hinaus. Er stammte aus Grua und besaß eine Hütte in Mylla. »Wir sind zwanzig Kilometer voneinander entfernt aufgewachsen, aber um uns zu finden, mussten wir um die ganze Welt reisen«, sagte er bei seiner Hochzeitsrede.

Maud dachte es sich so, dass sie zwei parallele Geschichten waren, die sich dennoch, auf wundersame Weise, gekreuzt hatten. Aufgrund zweier vermisster Koffer.

Einige Jahre später brachten sie *Unbekannte Perlen der Nordmarka* heraus, ein Prachtwerk mit Bildern von ihr und Texten von ihnen beiden. In ihrer Basis in der Nordmarka kam Sverre Bjørnson auch jenen Gedanken auf die Spur, für die er bei seiner späteren Zusammenarbeit mit Arne Næss Verwendung finden sollte, bei der Entwicklung jener Denkrichtung, die als Ökosophie bezeichnet wurde und die sich mit der Zeit zu einem natürlichen und unverzichtbaren Teil jeder Beschäftigung mit sozialpolitischen Fragen herausgebildet hat, nicht zuletzt nach dem Punkt Y. Wir brauchen wohl kaum daran zu erinnern, wie essentiell das Bewusstsein für das ökologische Gleichgewicht für jedwede politische Überlegung in der Chinesischen Föderation ist.

Einmal, in der Hütte im Krokskogen, als sie beide mit einem kleinen funkelnden, mit altem Kräuterlikör gefüllten Glas beisammensaßen, sagte Sverre, halb im Scherz: »Es war deine Stimme, in die ich mich verliebt habe. Noch nie habe ich eine so anziehende, schöne Stimme gehört. Obwohl sie nur über einen verlorengegangenen Koffer berichtet hat.«

Sie tat es mit einem Lachen ab.

Aber es war schon etwas dran an der Sache, und es war Lorang Berger, der dafür sorgte, dass sie selbst es ebenfalls hörte.

Eines Abends, als Maud nach Tåsen kam, um Kaja abzuholen, die zu der Zeit ständig mit Laila zusammen war, blieb sie mit Lorang im Wohnzimmer sitzen und hörte sich mit ihm eine Radiosendung an. Viele haben sich über die mangelnde Fähigkeit Norwegens zur Herstellung von Verbrauchsgütern wie beispielsweise verkehrstauglichen Autos lustig gemacht, aber du lieber Himmel, was für gelungene Radiogeräte dieses Land nach dem Zweiten Weltkrieg hervorgezaubert hat – in jener Epoche fungierte das Radio wie ein Kamin, um den herum man sich versammelte. Weil Bård den alten Huldra-Schrank in den Keller getragen hatte, saßen Lorang und Maud an diesem Abend vor einem funkelnagelneuen Tandberg Sølvsuper und hörten sich Rolf Kirkvaag an, dessen Sendungen überaus beliebt waren in diesen Jahren. Da sagte Lorang: »Du wärst wie geschaffen fürs Radio, Maud. Du hast eine außerordentlich wohlklingende Stimme.« Sie protestierte, wurde fast ärgerlich. Sie sagte, er würde sie zum Narren halten, doch als er daraufhin ein Tonbandgerät holte, selbstverständlich von Tandberg – jenes Produkt, auf das Lorang am stolzesten war – und zum Spaß ihr restliches Gespräch auf Band aufnahm und sie es sich später anhörte, war sie baff, nicht weil sie, wie alle anderen, vom Hören der eigenen Stimme überrascht war, sondern weil sie hörte, dass sie tatsächlich besonders klang.

Trotzdem dachte sie nicht weiter darüber nach, bis sie schließlich für eines ihrer »Maurischen Porträts« den Rundfunkleiter Kaare Fostervoll interviewte. Er war es, der sie am Ende eines Interviews, in dem sie sich darüber unterhielten, wie planlos und zufällig eigentlich das Leben sei, unterbrach und sagte – als wolle er eben diesen Aspekt unter Beweis stellen –, sie solle versuchen, eine Radiosendung zu gestalten, die dem Gespräch ähnlich sei, das sie soeben geführt hätten. Ja, er bestand darauf.

Er würde sich um eine Probeaufnahme kümmern. Später gestand Fostervoll, er sei zwar durchaus hingerissen gewesen von Mauds wohlklingender Stimme, noch mehr beeindruckt aber habe ihn die Art und Weise, in der sie ihn, einen reservierten Mann, dazu gebracht habe, so offen zu sprechen.

So war die Sendung *Maud-Land* ins Leben gerufen worden, in der sie jeden Samstagnachmittag bekannte norwegische Persönlichkeiten porträtierte. Und obschon viele sich allein aufgrund ihrer Stimme in Maud Evensen verliebten – nicht einmal Rolf Kirkvaag bekam so viele verführerische Fanbriefe –, war es doch der Inhalt der Sendung, der die Zuhörer vor den Radiogeräten versammelte. Und es war Maud ein großes Anliegen, dass der Hauptanteil der von ihr eingeladenen Gäste Frauen waren. Laila Schou Nilsen, Ebba Haslund, Natascha Heintz. Sogar Ellen Gleditsch mit ihren achtzig Jahren konnte sie zu einem Interview überreden. Maud nahm ihre Zuhörerinnen und Zuhörer mit in ein weibliches Pantheon, das ein Gegenstück bilden sollte zu dem männlichen Universum, über das sie ohnehin so gut Bescheid wussten. Nic Waal, Inger Hagerup, Wenche Foss, Pauline Hall, Edith Carlmar, Åse Grude Skard. Im Studio stand eine Holzskulptur, die Maud auf dem Floß bei ihrer Fahrt auf dem Kongo-Fluss bekommen hatte, eine Frau mit zwei aufeinandersitzenden Köpfen, wie ein Symbol, dass die Frau mit einer Extraportion Weisheit ausgestattet sei.

Durch diese Radioporträts gelangte Maud zu echter Berühmtheit. »Ich glaube, die Menschen spüren, dass sie an ehrlichen Gesprächen teilhaben, an etwas, das nicht nur Unterhaltung ist, sondern auch etwas Erhebendes«, sagte sie eines Abends zu Sverre, als sie im Freien saßen und den Sternenhimmel über dem Krokskogen betrachteten. Denn Maud ließ ihre Gäste reden, ließ sie mitunter sogar um Worte ringen. Sie wusste, wo sie das gelernt hatte: in den zwei einander gegenüber stehenden Lehnsesseln vor dem Kamin in der Villa Bohre. Der eine safranfarben mit einem Tiger- und Elefantenmuster, der andere mit blauem Samt bezogen und einem Muster aus goldenen Schwertlilien. Ost und West. Soweit uns bekannt ist, wurde in der norwegischen Geschichtsschreibung von einem Phänomen gesprochen, das Lysaker-Kreis genannt wurde, doch der eigentliche Lysaker-Kreis waren zwei gegenüber voneinander aufgestellte Sessel, die einen Stromkreis zwischen zwei Menschen entstehen ließen. Diese Erfahrung brachte Maud mit ins Studio, und sie erzeugte ein Leuchten in den Köpfen der Zuhörenden.

Das Gespräch, die Sorte Gespräch, bei der durch die gegenseitige Inspiration der Gesprächspartner eine Verzweigung entsteht, steht in der Long-Dynastie seit je her hoch im Kurs. Wir wagen sogar zu behaupten, dass dies sich zu einem unserer erfolgreichsten kognitiven Werkzeuge entwickelt hat, in gleicher Weise wie Platons Dialoge im Griechenland der Antike. Was allerdings Maud Evensen angeht, können wir nicht ausschließen, dass sie mit ihren Sendungen auch die Erinnerung an Sigurd Bohre in Ehren halten wollte. Niemals nämlich vergaß sie, wie enthusiastisch er von den Gesprächen in Grini erzählt hatte und wie sehr er sich für diese neue Gesellschaft ereiferte, die sie nach dem Krieg zu erschaffen gedachten. »Ich vermisse die Gespräche mit ihm«, sagte sie einmal zu Rita, als sie mit einer Tasse Darjeeling in Ost und West saßen. »Jedes Mal, wenn ich ins Studio gehe, denke ich an Sigurd.«

DAS GROSSE ROTE

Nachdem wir bereits Bård Bergers besondere Empfindung für die Farbe Blau hervorgehoben haben, könnte es verlockend sein anzumerken, dass Roar Bohre eine vergleichbare Disposition für das Rote aufwies, aber ganz so einfach ist es nicht. Dennoch gibt es aus dem Geschlecht der Bohre in der Generation der in den 1940er-Jahren Geborenen nur wenige, über die wir mehr wissen als über Roar, den Sohn von Maud Evensen und Sigurd Bohre – die uns zur Verfügung stehenden Informationen haben sich als so umfassend herausgestellt, dass sich eine Kürzung seiner Geschichte als schwierig erwies –, was nicht zuletzt auf sein Werk *Das große Rote* zurückzuführen ist, das ihn zu einem Symbol machte für jenen ziemlich umfangreichen Teil der Bevölkerung, der als die Achtundsechziger bezeichnet wurde und der gegen Ende des 20. Jahrhunderts auffallend viele prestigeträchtige Machtpositionen bekleidete in einem Land, das nicht allzu viele derartige Positionen aufzuweisen hatte – dieselben Positionen übrigens, denen sie in ihren Jugendjahren nichts als Hohn und Spott entgegengebracht hatten. Nicht selten war das Konterfei Roar Bohres, aufgeblasen auf eine ganze Seite, in Zeitungen oder Illustrierten zu sehen, wobei in diesem allmählich berühmt gewordenen und bei der Bevölkerung durchaus beliebten Gesicht das auffallendste Kennzeichen eine gut sichtbare Narbe bildete, die sich schräg von der linken Augenbraue bis zur Stirnmitte zog, und es darf gesagt werden: Roar Bohre trug diese Narbe mit demselben Stolz zur Schau wie Piraten in früheren Zeiten die Schnittwunden, die sie von ihren Keilereien mit den etablierten Mächten davontrugen.

»Paris«, sagte Roar Bohre.

Das wurde zu einem Mantra. »Paris. Mai. 1968.«

Oft dachte Roar, er hätte ein Logbuch führen sollen über die vielen bewundernden Kommentare, die ihm dieses Stichwort im Laufe der Jahre einbrachte. Roar Bohre war nicht der einzige Norweger, der sich zur Zeit der Studentenrevolte im Mai 1968 in Paris aufhielt, aber kein anderer hatte einen unverkennbaren körperlichen Beweis dafür vorzuweisen, dass er tatsächlich an den Tumulten beteiligt gewesen war und sich infolge seiner revolutionären Glut eine Verwundung zugezogen hatte.

»Rue Saint-Jacques, hinter der Sorbonne.«

Roar jedenfalls bereitete es keine Schwierigkeiten, sich seine innere Aufregung zu vergegenwärtigen von jenem Maiabend in Paris, als er, von dem ungewöhnlichen Lärm auf der Straße angezogen, aus dem Bett stieg und das Rollo hochzog. Draußen wogten Jugendliche mit Steinen in den Händen vorbei, und unweit entfernt prallten sie auf die Schlagstöcke und Schilde der Polizei. Er war nie im Zweifel darüber, was er zu tun hatte.

Doch Roar Bohres Geschichte, oder der Teil seiner Geschichte, der unserer Meinung nach einen Ausblick auf die Vorherrschaft der Long-Dynastie in Hinblick auf den »guten Geschmack« liefert, nimmt ihren Anfang nicht hier, sondern mehrere Jahre davor, in Griechenland. Roar Bohre gehörte nicht zu den Menschen, die sich in heikle Situationen begeben oder Risiken eingehen, er betrachtete sich selbst als das Gegenteil eines Abenteurers – zuweilen kam ihm der Gedanke, dies sei eine Art Protest gegen die spektakulären Reisen seiner Mutter und das traurige Ende seines Vaters auf den Pflastersteinen eines Hinterhofs. Deshalb war er von sich selbst überrascht, als er Anfang der 60er-Jahre eine Griechenlandreise wagte. Sich ins Zentrum der Antike zu begeben, war jedoch verhältnismäßig sicher und sein Motiv für diese Reise so stark, dass es alle eventuellen Gefahren in den Schatten stellte. Roar Bohre wollte Schriftsteller werden.

Er wusste nicht, woher seine Schreiblust kam, wiewohl es durchaus auf die simple Tatsache zurückzuführen sein mochte, dass die Hütte im Krokskogen ein Regal mit einer erlesenen Auswahl an Büchern enthielt und er eine ältere Schwester hatte, Kaja, die ebenfalls gerne las und mit der er oft über Romane diskutierte. Oder aber es konnte mit seiner Kindheit im Stadtteil Fredensborg zu tun haben und mit der Nähe zu Hammersborg, wo sich der neoklassizistische Palast befand, in dem die Deichmansche Bibliothek untergebracht war. Nicht selten hatte er sich ein Buch ausgeliehen und sich auf den Friedhof Vår Frelsers Gravlund gesetzt, auf dem die Grabstätten der großen Dichter leicht dazu beitragen konnten, den diffusen und noch unausgereiften Ehrgeiz eines jungen Mannes anzustacheln.

Und hier sehen wir ihn nun, Roar Bohre, auf einer nach Lavendel duftenden Terrasse in Griechenland – ein Name, Griechenland, der genau wie die Namen und Grenzen aller anderen europäischen Länder heute verschwunden ist, ausradierte Zeichen und Striche auf der Landkarte von Westslawien. Fast aufs Geratewohl hatte er sich eine Insel in der Ägäis ausgesucht, wo er auf einem Hang außerhalb des Dorfes ein kleines Haus mietete, mit Aussicht auf eine Bucht und ein auf einem Hügelkamm in der Ferne gelegenes Kloster. Jeden Morgen setzte er sich an den schlichten Tisch auf der Terrasse, wo seine Finger schon von einer roten Olympia-Reiseschreibmaschine erwartet wurden, doch ganz gleich, wie lange er, beinahe flehentlich, auf das mythologische Meer hinunterblickte, verharrten seine Finger regungslos auf der Tatstatur. Das Einzige, was er nach zwei

Wochen zustande gebracht hatte, waren ein paar huldvolle Zeilen an das Licht – das Mittelmeerlicht, Ibsens Licht. Er war mit der vagen Idee abgereist, etwas über seinen Vater, Sigurd Bohre, zu schreiben, über die illegale Zeitschrift *Thermopylen*, über Grini und besonders über seinen Tod. Er glaubte, es würde ihm leichter fallen, aus der Entfernung darüber zu schreiben, dass die ganze Geschichte über Norwegen und den Krieg dadurch eine Verfremdung erfahren würde. Sofern sich das alles nicht ganz banal zu einem Roman über die Sehnsucht nach einem Vater gestaltete. Mit Ausblick auf Mandel- und Zitronenbäume, in einem Duft nach Jasmin und Passionsblumen wartete er auf die Inspiration, die seine Finger über die Tasten fliegen ließe wie die eines Wilhelm Kempff bei der Einleitung zu Beethovens *Pathétique-Sonate*.

Die Tage vergingen, doch egal, wieviel griechischen Salat, Tsatsiki, Lammfleisch und Honigjoghurt er sich zu Gemüte führte, wieviel taukalten Retsina er in sich hineinschüttete, egal, wie oft er zwischen Olivenhainen und Pinien, Ziegen und Eidechsen zu der höchsten Erhebung der Insel hinaufspazierte, um sich die Marmorruinen eines kleinen Tempels anzusehen, stets blieben die Seiten seines Notizbuchs gleich leer und die Papierbögen in der roten Schreibmaschine gleich weiß. Paradoxerweise schien es, als ob die perfekten, ja, beneidenswerten Dichterverhältnisse seine Fantasie auf null herunterschraubten; es war schlichtweg zu viel des Guten. Oder vielleicht dauert es ja einfach eine Zeit, weil ich mich weigere, Klischees zu bedienen, dachte er; und im Hinausstarren auf das klare und unwirklich blaue Meer, schwor er sich, niemals ein Adjektiv wie »azurblau« zu verwenden. Er versuchte es mit »ein Meer wie blaues Gelee«, ixte es aber sofort wieder aus.

Drei Monate bemühte er sich vergebens, der roten Schreibmaschine eine Geschichte zu entwinden, schickte zwischendurch handgeschriebene Briefe nach Hause, in denen er mit falscher Begeisterung über das Klima und die anregende Umgebung berichtete. Er begann, kreuz und quer durch die Gegend zu reisen, fuhr mit Booten zu anderen Inseln, weil er glaubte, dies könne eine Befreiung bewirken; auch Patmos, der Insel des Johannes, stattete er einen Besuch ab in der Hoffnung auf eine Offenbarung. Nichts geschah, der Olymp erging sich in Schweigen, und die Erkenntnis war nicht wegzudiskutieren: Er konnte vielleicht schreiben, aber er war kein Dichter. Jeder Hauch einer Idee verwandelte sich bei dem Versuch, sie in Worte zu kleiden, in etwas Graues, so, wie der Ouzo die Farbe wechselte, wenn er ihn mit Wasser verdünnte. Wie zum Trost blickte er auf das in die Maschine eingespannte Blatt Papier und zuckte zusammen: Schon im ersten Absatz blinzelte ihm das Wort »azurblau« entgegen – nicht nur ein-, sondern gleich zweimal.

Fast mit Erleichterung, und um wenigstens etwas von diesem Aufenthalt mitzunehmen, schrieb er einen langen, zweiteiligen Artikel für die Zeitung *Aftenposten*, in dem er seine Lieblingsinseln beschrieb, besonders die kleinen – Iraklia, Lipsi, Milos, Symi, Donousa und Kastelorizo –, wobei er den Sätzen gleichzeitig einen vorsichtigen Duft nach Myrte, Salbei und Rosmarin verlieh. Der Artikel wurde abgedruckt und von vielen gelesen. Das war das erste Mal, dass der Name Roar Bohre Aufmerksamkeit erregte. »Vielleicht ein neuer Axel Jensen«, wie von einigen gemunkelt wurde.

Wir wollen von Paris erzählen, doch vor Paris ereignete sich noch etwas anderes, etwas, das die Voraussetzungen dafür schuf: Der Kulturredakteur einer landesweit erscheinenden Zeitung, der Roars duftenden Artikel über die griechischen

Inseln gelesen hatte und sich nach Roars Interesse für Literatur erkundigte, fragte ihn, ob er Kritiker werden wolle. Ja, er wolle gern Kritiker werden, und es fiel Roar leicht, sich als solcher zu betätigen, er las einen Stapel Bücher aus dem Herbstprogramm und schrieb seine Ansichten dazu, und weil dem Redakteur gefiel, was er schrieb, bekam er noch mehr Bücher, er las sie und schrieb Rezensionen. Seine Kritik fiel stets angemessen mild oder streng aus – meistens mild –, eine wohlformulierte Buchbesprechung nach der anderen wurde abgedruckt, allerdings hatte es nicht den Anschein, als ob das, was er schrieb, seine Meinungen, große Beachtung fanden.

Dann, eines Tages, bekam er den neuen Roman eines sehr bekannten Schriftstellers auf den Tisch, und ehe er noch mit dem Buch fertig war, mit fortschreitender Lektüre, hatte er, und das in erstaunlich kurzer Zeit, einen phänomenal giftigen Verriss geschrieben. Später dachte Roar, dass dieser Schriftsteller ihm schon seit vielen Jahren ein Dorn im Auge gewesen sein musste, vielleicht wegen seiner albernen Hemdkragen, vielleicht wegen einer Äußerung, die er irgendwann einmal getätigt hatte, irgendein irrationaler Grund, denn es war, als hätten die meisten seiner Argumente schon lange bereitgelegen und er hätte sie bloß noch hinzukritzeln gebraucht – wie etwa den Einstiegssatz: »Wir leben in einer Zeit, da auf Motten Lobgesänge angestimmt werden, als wären sie prachtvolle Schmetterlinge.« Hinzu kam der Impuls aus einem Max-Qviller-Buch, in dem er kurz davor geblättert hatte, eine Sammlung von Kunstkritiken aus den Jahren 1920–1930, die Roar verblüfft hatten, denn Qviller artikulierte sich darin wie ein Gott, wie ein Teufel. So sollte ich schreiben, dachte Roar. Die Krallen ausfahren. Sie wahrhaftig in das Kunstwerk hineinschlagen, als handle es sich um eine Beute, die es zu erlegen gilt.

Auf die Reaktionen war er dennoch nicht vorbereitet. Seine Kritik an diesem bekannten, preisgekrönten Schriftsteller löste eine monatelange Debatte aus, und zwar eine von der cholerischen, zähneknirschenden Sorte, von der ein kleines Land wie Norwegen nur gelegentlich heimgesucht wird. Es war, als habe Roar mit seiner vergleichsweise kurz gehaltenen, aber mit einer gehässigen, Strindbergschen Glut verfassten Buchbesprechung etwas aufgebrochen, das sich schon lang aufgestaut haben musste, denn so gut wie alle, die Gelegenheit fanden, meldeten sich zu Wort, in der Studentenvereinigung wurde sogar eine hitzige Diskussionsveranstaltung über die gesamte Tradition abgehalten, in die dieser Schriftsteller einzuordnen war. Für einen Außenstehenden mochte es fast so aussehen, als sei dieser arme Dichter zum Opfer einer lang ersehnten, wenn auch diffusen, kollektiven Rache auserkoren worden. Beinahe konnte man den Eindruck gewinnen, als sei er zu einer zufälligen oder stellvertretenden Zielscheibe geworden. Als sei das Wutablassen wichtiger als das zur Diskussion stehende Buch.

Und das Allererstaunlichste: Roar Bohre war mit einem Schlag berühmt. Sein Name war in aller Munde. Dafür, dass er aus dem Roman eines bekannten Schriftstellers Hackfleisch gemacht hatte, bekam er mehr Aufmerksamkeit als je zuvor in seinem Leben. Obwohl er zu der Debatte schwieg, war ihm bewusst, wie beispiellos billig das war. Da hatte ein Autor drei Jahre lang hart gearbeitet, vermutlich auch Qualen gelitten. Und er hatte lediglich drei Stunden gebraucht, um das Ergebnis dieser Arbeit zu lesen, plus eine knappe Stunde für das Verfassen der Buchbesprechung. Ergebnis? Über ihn wurde mehr gesprochen als über den Schriftsteller! Er, der Begutachter, wurde wichtiger als das Werk! »Endlich ein Kritiker mit Stehvermögen«, wie ein renommierter Kollege schrieb.

Ich habe meinen Platz gefunden, dachte Roar Bohre.

Und er schrieb weiter. Er tauschte die rote Olympia gegen eine neue, schwere elektrische Schreibmaschine, die, wenn er die Tasten berührte, fast von allein schrieb. Er schrieb neue Buchkritiken über andere, weniger bekannte Schriftsteller, doch alle in einem ausgesprochen negativen Ton und mit Formulierungen gespickt, die an der Grenze zum Beleidigenden lagen. Das Phänomen wiederholte sich: Die Leute beglückwünschten ihn zu seiner spitzen Feder. Plötzlich war er ein *tonangebender* Kritiker. Er kaufte sich einen Rollkragenpullover, den er statt dem weißen Hemd und der Krawatte zu tragen begann. Er war viel in der Stadt unterwegs. Er traf junge Frauen, die auf ihn zukamen, sich auf seinen Schoß setzten und ihn am Höhepunkt des Abends nach Hause begleiteten, weil sie herausfinden wollten, wie es tatsächlich um sein Stehvermögen bestellt war.

Zur Feier seines Triumphs, seiner neu entdeckten Berufung – seiner Macht! – ging er eines Nachmittags in die Gaststätte Casino in der Stortingsgata, ein zu der Zeit beliebtes Kellerlokal, in dem auch die Künstler der Stadt verkehrten, und als Roar sein Glas Wein und sein Essen serviert bekam, gekochten Dorsch mit Kartoffeln und Karotten, hob er den Blick und entdeckte den armen, er dachte unmittelbar: »den armen«, Schriftsteller weiter hinten im Lokal – Ferdinand Alsvik, falls das von Bedeutung sein sollte. Der überaus bekannte, oder jedenfalls einstmals bekannte, Schriftsteller hatte ein Pils vor sich stehen, und an seiner Sitzhaltung war leicht ersehen, dass es sich nicht um das erste Glas des Tages handelte. Er zeigte keinerlei Anzeichen, Roar wiederzuerkennen, was nicht weiter verwunderlich war, zu diesem Zeitpunkt war Roar erst ein paar Mal in der Zeitung abgebildet worden und bewegte sich selten in der Literaturszene.

Er versuchte, die Gestalt zu ignorieren, konzentrierte sich auf seinen Dorsch und die Karotten, musste dann aber doch wieder den Blick heben, denn es war unmöglich zu leugnen, was er gesehen hatte: In dem Mann, der da ganz allein hinten im Lokal saß, war eine Saite gerissen. Mehr als das, der Mann wirkte kaputt. Ganz gleich, wie oft Roar sich vorsagte, dass es das gute Recht eines Kritikers sei, rücksichtslos ehrlich zu sein, ja, dass es seine verdammte *Pflicht* sei, rücksichtslos ehrlich zu sein, war es nicht von der Hand zu weisen: Er hatte Schaden angerichtet. Trotzdem. Sollte ein Schriftsteller nicht eine etwas dickere Haut haben? Offenbar nicht alle. Hier saß der Beweis, mit hängendem Kopf und gebrochenem Blick. Dort hinten im Lokal, mit der Hand das Halbliterglas umklammernd wie den berühmten Zweig am Rande des Abgrunds, saß, oder eher lungerte, ein Autor, dem in den letzten Wochen der Teppich unter den Füßen, ja, unter seinem gesamten Werk, weggezogen worden war. Der ist erledigt, dachte Roar. Ich habe ihm den Lebensfunken ausgelöscht.

Wieder: Er schlug sich solche Gedanken aus dem Kopf, aß wie besessen von dem Dorsch, den Kartoffeln, den Karotten auf seinem Teller und sagte sich, dass es schmeckte, aber ausnahmsweise tat es das nicht, sondern es schmeckte – das war das Wort – schal. Die euphorische Stimmung, das Triumphgefühl, das ihn in den Keller des Casino geführt hatte, war verflogen. Er hob den Blick, sah den bemitleidenswerten Schriftsteller dort sitzen und leer in die Luft starren, während er zum Zeichen, dass er noch ein Bier wünschte, einen Finger in die Höhe hielt, ein weiteres Bier, dachte Roar, das ihm dabei helfen sollte, die vernichtende Kritik seines jüngsten Romans, oder, in Wirklichkeit, seines gesamten Werks, oder, kurz gesagt: seines ganzen Lebens, zu vergessen.

Roar legte das Besteck zur Seite, konnte jedoch nicht einmal mehr nach dem Weinglas greifen, bevor er von einem Gefühl übermannt wurde, das zu identifizieren mehrere Sekunden dauerte: Scham. Die Moral schlug in ihm ein. Er hatte nicht gewusst, dass er Moralgefühl besaß, weshalb es auch wirklich einige Zeit dauerte, bis er das Phänomen als solches identifiziert hatte. Roar Bohre schämte sich für das, was er getan, oder richtiger: geschrieben hatte. Diese gequälte Seele mit dem leeren Bierglas vor sich hatte sich mit seinem Werk genauso lang abgekämpft, wie es gedauert hatte, die Titanic zu bauen: drei Jahre. Trotz eifriger Bemühungen, sein Recht, seine Berufung, sein Talent zum Perfiden vor sich selbst zu verteidigen – zusammen mit der Überzeugung, was für ein anspruchsloses Buch es doch sei – erkannte Roar, dass es falsch war. Auch wenn der Roman nicht zu den besten dieses Schriftstellers zählte, war es falsch. Was er getan hatte, grenzte an Bösartigkeit. Ja, Bösartigkeit. Egal, wie oft er es sich auch einzureden versuchte, egal, wie oft er das Mantra wiederholte, ein Kritiker müsse rücksichtslos sein, er konnte es nicht vor sich rechtfertigen. Er erinnerte sich an einen Abend, als er ein anderes Buch, ein gutes Buch, ohne Skrupel geopfert hatte, nur weil er darin auf eine nadelspitze und abstoßende Formulierung gestoßen war.

Gab es irgendeinen anderen Beruf, bei dem man Geld damit verdienen konnte, anderen Menschen zu schaden? Auftragskiller?

Ihm war längst der Appetit vergangen, als die leicht düstere, von Rauch erfüllte Kellerstube sich in sein Patmos verwandelte und er seine Offenbarung erlebte: Er war ein Klischee. Er war das eigentliche Urklischee der Literaturszene. Der gescheiterte Schriftsteller, der zum Kritiker wurde! Ein beschissener Parasit! Da saß er in seinem schwarzen Rollkragenpulli und war unter den Menschen dasselbe, was das Wort azurblau für das Mittelmeer war.

Diese Erkenntnis führte indessen nicht, wie man es vielleicht erwarten würde, dazu, dass er seine Arbeit als Kritiker aufgab. Denn er befand sich noch immer im Licht der Offenbarung, die Hand nach wie vor eingefroren vor dem Weinglas. Vielmehr rief die Erkenntnis eine neue Ambition hervor: Er beschloss, ein *bedeutender* Kritiker zu werden, ein Kritiker, dem für seine Visionen, seine Gedanken über Literatur Bekanntheit und Bewunderung zuteilwurde, nicht für seine negativen Buchbesprechungen und seine unbeherrschte Gehässigkeit. Allem voran wollte er ein Kritiker sein, der die neue Literatur in den Vordergrund rückte, insbesondere die Jungen, jene Autorinnen und Autoren, die unverdient im Schatten standen. Er wollte ein *radikaler* Kritiker werden, einer, der mit Feuereifer und einer ansteckenden Glut über die aktuellen Hauptströmungen schrieb. Endlich führte er doch noch das Weinglas zum Mund und nahm einen Schluck, ohne dabei auf den Geschmack zu achten. Er würde ein – er suchte nach dem Namen – er würde, Himmelherrgott nochmal, ein neuer Georg Brandes werden! Er würde Volksaufklärung betreiben. Würde die Leserinnen und Leser der Nation auf ein neues Niveau hieven. Ja, verdammt. Norwegen würde zur Speerspitze der europäischen Literatur werden.

Roar fand Trost in dem Gedanken, bezahlte die halb aufgegessene Mahlzeit und schlich hinaus, wobei er der Versuchung widerstand, die Rechnung des Schriftstellers zu übernehmen. Zu Hause schlug er in einem Buch nach und informierte sich über Georg Brandes. Ja, genau, er würde sein Leben dieser einen Sache widmen: Er würde Schriftsteller *inspirieren*. Sie bekannt machen. Ihr Gedankenvermittler werden. Und das auf neue, schöpferische Weise. Hatte Norwegen je einen originellen Literaturtheoretiker hervorgebracht? Einen Kritiker von internationalem Ruf? Er, Roar Bohre, würde der erste sein.

Das also war der Grund, weshalb er im Mai 1968 nach Paris reiste. Rita, seine Großmutter, unterstützte ihn dabei. Er hatte nie verstanden, wie ein Mensch ein ganzes Leben darauf verwenden konnte, Sand von unansehnlichen Urfischfossilien zu bürsten, aber was er verstand, war, dass seine Großmutter ein gewisses Renommee als Paläontologin genießen musste, auch im Ausland, denn es bereitete ihr keine Schwierigkeiten, ihm über einen ihrer französischen Kollegen einen billigen Platz zum Wohnen zu organisieren. Roars Wahl war auf Paris gefallen, weil sich Gerüchten zufolge dort auf der Kritikerfront etwas Bedeutendes ereignete, doch trotz seines Interesses, und trotz seiner Kenntnisse der französischen Sprache, erwiesen sich die ersten Monate seines Aufenthalts als Enttäuschung. In den literaturwissenschaftlichen Vorlesungen an der Universität gelang es ihm nicht, die terminologische Mauer der poststrukturalistischen Theorien zu durchdringen, ein pseudo-technisches Geschwurbel, das an den Sprachgebrauch alchimistischer Texte aus dem Mittelalter erinnerte, und die Interpretationen, zu denen er sich durchkämpfte, schienen auf Punkt und Komma jeder anderen zu gleichen, nur mit anderen, komplizierteren und imposanteren Begriffen.

Zum zweiten Mal in wenigen Jahren stand Roar erneut kurz davor, ein Projekt abzubrechen, und voller Zweifel trabte er durch die Straßen von Paris, getarnt als Tourist, der Museen besuchte und an den unzähligen Crêpe-Buden Pfannkuchen aß. In der Métro-Station Saint-Michel, in einer Art Fön, der den Geruch verbrannten Gummis vor sich herwehte, sah er einen jungen Mann stehen, der völlig vertieft ein Buch las, und da erkannte Roar, dass er sich eine zweite Chance geben müsse, nämlich indem er zum Ausgangspunkt zurückkehrte, zum Lesen, der Lust am Lesen, woraufhin er auf dem Absatz kehrtmachte und das kurze Wegstück zu Shakespeare & Company beinahe rannte, um sich eine Handvoll Romane zu kaufen, Bücher, die seiner Vermutung nach Qualität besaßen, und in den darauffolgenden Wochen saß er in den Cafés, den wundervollen Pariser Cafés, und las. Ihm schwante, dass er auf dem besten Weg war, in ein neues Klischee zu verfallen, schenkte diesen Gedanken aber keine Beachtung. Er las weiter, saß in bekannten und unbekannten Cafés in einem Duft nach Gauloises und Espresso, druckfrischen Zeitungen und frischgebackenen Croissants, und las. Schon seit längerem war er begeistert von Albert Camus, und Camus hatte er es auch hauptsächlich zu verdanken, dass er Französisch gelernt hatte – kurz vor seiner Abreise hatte er *Der Mensch in der Revolte* gelesen, über den Menschen als Revolutionär, weil der neue Mann seiner Großmutter, der Priester Konrad Steen, ihm das Buch geschenkt hatte, mit wärmsten Empfehlungen. Noch aus einem anderen Grund aber war seine Wahl auf Paris gefallen: Henry Miller. Auf der griechischen Insel hatte er zum Zeitvertreib, oder als Entschuldigung, um nicht schreiben zu müssen, *Der Koloß von Maroussi* gelesen, über Henry Millers Griechenlandreise direkt vor dem Krieg, und gleich anschließend hatte er noch *Wendekreis des Krebses* gelesen, einen Roman, der seine Sehnsucht nach einem Leben in Paris eigentlich erst ausgelöst hatte, und obwohl Roar aus diesem Buch die Stadtbeschreibungen am besten in Erinnerung geblieben waren, fing er allmählich an, dasselbe zu tun, was Henry Millers Ich-Erzähler in der französischen Hauptstadt tat: Er begab sich auf Frauenfang.

Schon als Roar zum ersten Mal mit einer Tüte Maroni in der Hand die Boulevards entlangspaziert war, hatte er es bemerkt: Die Frauen hier besaßen eine völlig andere Präsenz. »Sex pervades the air«, hatte Miller in einem Interview über Frankreich gesagt. »It's there all around you, like a fluid.« Ja, er ist wirklich zum Greifen, dachte Roar. Wie eine Aura von Austern, dachte er, während er im Café de la Rotonde wie in einer letzten krampfhaften Zuckung in Jacques Derridas eben erschienener *Grammatologie* zu lesen versuchte – das heißt, er las nicht, sondern das Buch fungierte eher wie die Zeitung in den B-Movies, hinter der sich Spione versteckten. Man brauchte gleichsam nur die Hand auszustrecken nach den vielen Frauen, die selbstbewusst, mit klackernden Absätzen und aufreizenden Waden einherschritten und ungeniert ihre Rundungen zur Schau stellten. Im Laufe eines einzigen Monats konnte Roar vier Liebesabenteuer verbuchen, alle intensiv, aber von kurzer Dauer. Dann, an einem der ersten Maitage, begegnete er Adèle, ausgerechnet in dem Metzgerladen, in dem er seine wöchentliche Dosis *jambon* zu kaufen pflegte. In einem kurzen, schwarzen Kleid und mit weißen Tennisschuhen stand sie in einem Laden, in dem es nach rohem Fleisch und Blut roch. Nach Sex.

Das war neu. Die Architekturstudentin Adèle. Eine Begierde, von der er nicht geglaubt hatte, dass sie in einem Menschen verborgen liegen könne, und die ein entsprechendes Verlangen in ihm selbst weckte. Roar geriet in einen Blutnebel, von dem er vermutete, er müsse jenem ähnlich sein, über den Soldaten aus dem Krieg berichteten. Ergebnis? Drei Wochen lang verließen sie so gut wie nicht das Bett. Adèle fuhr einen 2CV, doch was die Erotik anging, steckte ein V8-Motor in ihr. Hinter heruntergelassenen Rollläden lag er mit Adèle im Bett und vögelte so oft, wie es einem Menschen nur möglich war – so oft, dass selbst Henry Miller Beifall gespendet hätte. In einem der ekstatischsten Augenblicke tanzte ein beinahe lustiger Satz aus einem von Millers Romanen durch seine Erinnerung: »I know how to inflame a cunt.« Lustig, doch plötzlich wahr. Er traf Adèle am 2. Mai, und am Abend des 3. Mais wurde er in der Rue Saint-Jacques von Lärm unterbrochen, schielte aus dem Fenster und beobachtete die gewaltsamen Zusammenstöße zwischen Studierenden und der Bereitschaftspolizei, die damals losbrachen und fast den ganzen Monat andauerten, mit einem Höhepunkt am 10. Mai – mit Barrikaden in den Straßen wie bei irgendeiner beliebigen Revolution – und einem weiteren gegen Ende des Monats, als sich auch französische Arbeiter dem Aufstand anschlossen und die marschierenden Menschenmassen immer größer und größer wurden.

Wie gesagt, war Roar nie darüber im Zweifel, was er zu tun hatte: Ruhig ließ er die Rollläden herunter, wandte sich zu dem nackten Mädchen auf dem Bett um und sagte: »Das da draußen ist nicht wichtig. Aber du bist wichtig«, woraufhin er sich wieder auf sie stürzte, als wäre sie der Schlüssel zu einer Erkenntnis, die größer war als jede Revolution. Was insofern mit Adèles Ansicht zusammenstimmte, der Marquis de Sade habe einen Punkt getroffen mit seiner Behauptung, alle Erkenntnisse und Erfahrungen des Menschen ließen sich anhand 600 sexueller Passionen veranschaulichen. Während rundum in den Vierteln die Kämpfe tobten, balgten sich die beiden in einem leidenschaftlichen Liebesakt, mit allem, was ihre Körper hergaben, und am Ende dieses wahnwitzigen Rekordversuchs in körperlicher Liebe passiert es: Am Höhepunkt eines wilden Ritts, in einer Art rotem Nebel sinnlichen Glücks, knallte Roar auf den eisernen Bettgiebel und zog sich ein hässliches Cut an der Stirn zu, das heißt, er merkte es erst später in einer Pause, als sie sahen, dass das Bettzeug voller Blutflecken war. Er hätte die Wunde gewiss nähen lassen sollen, doch dazu war keine Zeit, sie hatten noch mehr Verlangen auf Lager, viel mehr, und er wollte nichts anderes, als in diesem Verlangen zu bleiben, in diesem Zimmer, in dem es stank wie in einem Fischrestaurant; kaum dass er Adèle ein paar Minuten Zeit ließ, so gut sie konnte die Wunde zu versorgen und ein Pflaster draufzukleben, bevor sie sich, ohne auch nur das Laken zu wechseln, wieder ineinander verkeilten.

Eines Tages machte es einfach Puff und es war vorbei. Auch die Tumulte draußen verebbten. Mit völlig durchwalktem Körper, schlotternden Knien und muskelverkaterten Beinen torkelte Roar auf die tränengasinfizierte Straße hinaus, und das Einzige, was er von den Krawallen in Paris mitbekam, war einer der letzten Märsche und die Rufe der Teilnehmer: »Adieu de Gaulle!«.

Es war also nur die halbe Wahrheit, dass Roar Bohre sich bei der Pariser Studentenrevolte im Zentrum der Ereignisse befand. Wenn er jedoch später danach gefragt wurde, brauchte er bloß auf seine Stirn zeigen und sagen: »Ein Heidenspektakel!«, und den Rest steuerte die Fantasie der Menschen bei, oder wie ein Kritiker es gesagt haben würde: ihre Kraft des Mitdichtens. Aufgrund seiner Narbe feierte Roar Bohre die gesamten 70er-Jahre hindurch schweigende Triumphe. Sich in Norwegen als Aktivist zu betätigen, blieb ihm erspart, hatte er doch seinen Beitrag bereits geleistet. Er war ein Veteran, ein Versehrter, ein Kriegsinvalide. Jedenfalls verlieh ihm sein Paris-Aufenthalt eine unanfechtbare Glaubwürdigkeit, es genügten ein paar Worte über das verfluchte Tränengas oder ein »Adieu de Gaulle!«, und die Leute sanken vor Ehrfurcht auf die Knie. »Roar Bohre brachte einen Hauch von Geschichte mit nach

Hause«, schrieb Little Green in ihrer Chronik. Viel weiter hätte ich es auch nicht gebracht, wenn ich ein Bruder von Che Guevara wäre, dachte Roar.

Als in Frankreich geschultem Kritiker war ihm in der norwegischen Literaturszene der 70er-Jahre hingegen wenig Erfolg beschieden. Bald hatte er auch den Glauben daran verloren, junge schriftstellerische Talente zu entdecken und neue Meilensteine für die Leserschaft zu setzen, die Tagesordnung der Diskussionen zu bestimmen, nichtsdestotrotz aber hatte er einiges aus den französischen Theorien aufgeschnappt und wollte versuchen, dieses Wissen auf die norwegische Literatur anzuwenden. Er schrieb ein paar lange Artikel, konnte sie aber in keiner Zeitschrift unterbringen. Danach änderte er die Taktik und verfasste stattdessen einen Themenbeitrag, in dem er zwei seiner französischen Lieblingsschriftsteller vorstellte – Raymond Roussel und Raymond Queneau – Raymond & Raymond, wie er sie insgeheim nannte –, der allerdings ebenfalls in keiner Weise Gehör fand. In der ersten Hälfte der 70er-Jahre bestand nicht gerade reges Interesse an einem Schriftsteller, der seinem Lesepublikum ein Afrika vorsetzte, das allein auf der Grundlage der Wortbeziehungen untereinander erdichtet war, oder einem, der 99 Mal denselben Absatz schrieb, jedes Mal in einem anderen Stil.

In den Buchkritiken, die Roar ablieferte, versuchte er gar nicht erst, sich als Wegbereiter zu betätigen, er schrieb wie früher, abzüglich des Negativen, aber auch das war inzwischen nicht mehr gern gesehen, denn nunmehr musste alles von einem politischen Blickwinkel aus betrachtet werden. Roar verweigerte sich diesem Ansatz, es war geradezu vulgär, als würde man neun von zehn Türen verschließen, die in die vielschichtige und unüberschaubare Welt der Literatur führten.

Weil er nach wie vor radikal sein wollte, und weil alle ihn als einen wahren Radikalen betrachteten, war er in seiner Frustration kurz auch in der ML-Szene aktiv, bei den Marxist-Leninisten, stieg jedoch schnurstracks wieder aus, nachdem er einmal bei einem Vortrag über Albert Camus' Abrechnung mit dem Kommunismus und seine äußerst kritischen Gedanken zu Stalin in *Der Mensch in der Revolte* nach Strich und Faden ausgescholten worden war. Für Roar war das wie die Begegnung mit einer Sekte, die in einer Parallelwelt lebte, und was die Sache keineswegs besser machte, war, dass diese Sekte sogar die Yan'an-Rede Mao Zedongs verteidigte und damit das Recht der Partei, zu bestimmen, was und wie Schriftsteller zu schreiben hätten. Tatsächlich redeten die MLer in einer Sprache, die Roar in ihrer von Phrasen geprägten Undurchdringbarkeit an die Zungenrede des französischen Dekonstruktivismus denken ließ. Wir können ihn verstehen, denn im Nachhinein wurden einige der in den 1970er-Jahren in Norwegen verfassten Kritiken und Buchbesprechungen als Anthologie herausgegeben, als Beispiel dafür, mit welcher Einseitigkeit und schwachsinnigen Engstirnigkeit es tatsächlich möglich war, über Literatur zu schreiben – eine völlige Verleugnung dessen, was das innerste Wesen des Romans ausmacht: etwas Facettenreiches und Komplexes, ja, sogar Anstößiges oder Inkorrektes auszudrücken. Oft handelte es sich dabei auch weniger um Buchkritiken als vielmehr um eine Hetze gegen andersdenkende Schriftsteller. Mehrere dieser MLer waren in Albanien gewesen und berichteten, als handelte es sich dabei um etwas Erstrebenswertes, in der Hauptstadt Tirana gebe es nur eine einzige Verkehrsampel. So verhielt es sich auch mit den Texten, die sie über Literatur schrieben, dachte Roar: eine auf Rot hängengebliebene Verkehrsampel.

Die meisten Menschen durchlaufen in ihrem Leben eine Phase, die man ihre Wüstenwanderung nennen kann, und eine solch unfruchtbare und beschwerliche Zeit waren für Roar Bohre die 1970er-Jahre. Dessen ungeachtet kam er zu Beginn dieser Phase mit der MLerin Helga Frydenlund zusammen, fast eher wegen ihres Feuereifers, so als hätte er gehofft, etwas von ihrem eisernen Willen und ihrer Radikalität könnte auf ihn abfärben. Gleichzeitig wollte er ihr helfen, weil sie arm war, fast wie eine Obdachlose lebte. Helga hatte sich mit ihrer Familie überworfen, sprach weder über sie noch mit ihnen. Auf ihr Sexleben hingegen übertrug sich nichts von ihrer flammenden Begeisterung, sie hätte Henry Millers Worte über das In-Brand-Stecken einer Möse nie nachvollziehen können, aber trotzdem heiratete er sie, weil er ihren felsenfesten Glauben, ihr Engagement, ihre Kompromisslosigkeit bewunderte. Es war, als wäre er in seiner Verzweiflung – oder aus einem unbewussten Drang heraus, Buße zu tun – einer Form von Masochismus erlegen, als gefiele es ihm, mit einer Frau zusammenzuleben, die ihm unaufhörlich Vorhaltungen machte, weil er nicht progressiv genug war. Gleich zwei Kinder gingen aus ihrer Verbindung hervor, zwei Jungen, und Roar gelang es nur mit knapper Not, die Familie von seinem Schreiben zu ernähren. Für seine heroischen Anstrengungen bekam er allerdings keinen Dank, sondern wurde stattdessen von Helga für seine literarischen Schwärmereien verhöhnt. »Du bist ein Träumer«, wiederholte sie ständig, »Literatur ist das Opium des Volkes.« Und nie wurde sie es müde, Maud Evensen, seine Mutter, für ihre missverstandene Sicht auf den Kampf für Emanzipation und ihr ödes Radiogeplapper zu kritisieren, ganz zu schweigen von Rita Bohre, seiner Großmutter, einem »Fossil aus einer fernen Vergangenheit!«.

Roar war ein geduldiger Mann und fand sich mit ihrem Gekeife ab. Wenn Helga bei ihren Versammlungen oder auf einem Lager war, kümmerte er sich um die Kinder, hörte brav zu, wenn sie wieder nach Hause kam und berichtete, dass die Kader an ihrer Ehe mit ihm, einem kleinbürgerlichen Nebelfürsten, Kritik geübt hätten. Nebenbei suchte er nach etwas anderem, das er tun konnte. »Mir ist eine Geschäftsidee gekommen«, sagte er eines Abends vorsichtig zu Helga. Ob sie nicht auch diesen schlechten Kaffee satthabe, den sie die ganze Zeit über tranken? Er erzählte ihr von Griechenland, von dem türkischen Kaffee, den sie dort servierten – ein belebender Schuss in den Körper –, von Paris mit seinem Espresso und dem herrlichen Café au lait. Wäre das nicht etwas für Norwegen? »Denk nur an das scheußliche Gesöff, das wir in der Mensa in Blindern immer bekommen haben«, sagte er. »Selbst in Sparta müssen sie was Besseres zu trinken bekommen haben!« Mutig breitete er ein Bild vor ihr aus, indem er sie bat, kleine Kaffeeläden an den Straßenecken der Stadt vor sich zu sehen, in denen man lose Kaffeebohnen zu kaufen bekam, wo man aber in erster Linie sitzen und Kaffee trinken und die Zeitung lesen könne. In seinem Schwall der Begeisterung erzählte er sogar von seinem verstorbenen Onkel Harald – eine wiederkehrende Figur in den Schilderungen seiner Mutter – und seiner Vision von einem Café namens Agora. »Man könnte den Klassenkampf dort diskutieren«, fügte er hinzu, weil seine Idee keinerlei Funken in ihren Augen entfachte.

Helga schlug seinen ganzen Traum mit einer einfachen Frage in den Wind: »Wer hat Zeit für so was? Die Leute arbeiten!«

»Die Zeiten ändern sich, die Leute könnten die Cafés als Büros nutzen …«

Sie starrte ihn nur ungläubig an, als lebte er in einer Parallelwelt.

Aber die Zeiten änderten sich, und am Übergang von den 70ern in die 80er, als Helga und Roar bereits seit mehreren Jahren getrennt lebten, da war es, als würde die rote Farbe von Eisen-Helga abblättern. Sie schloss Frieden mit ihrer Familie, unter anderem mit ihrem gelinde gesagt wohlhabenden Vater, der in Roars Augen einem x-beliebigen Roman entstiegen sein konnte, und fing ein neues Leben an. Roar tröstete sich damit, dass seine Jungs sich zumindest keine Sorgen mehr um Geld zu machen brauchten.

Was jetzt?

Gut möglich, dass Roar Bohres Zeit noch gekommen wäre, hätte er als Kritiker französischer Schule so lange durchgehalten, bis irgendwann in den 1980ern die literarischen Winde vom Kontinent schließlich auch Norwegen und die Universität Blindern erreichten, aber zu dieser Zeit hatte er bereits etwas anderes entdeckt. Ja, wir gestehen, wir haben eine Vorliebe für diese Geschichte. Der Euphorie im Fall Roar Bohre freien Lauf zu lassen, kann leicht geschehen, und wir bitten um Entschuldigung, sollte unser Bericht da oder dort ins Ironische, ja, frei heraus gesagt, ins Parodistische abdriften. Unsere Schwäche für Roar Bohres Geschichte erklärt sich begreiflicherweise daraus, dass sie in so hohen Maße die Anpassungsfähigkeit des Menschen zeigt, eine allesentscheidende Eigenschaft in der Zeit nach dem Punkt Y, insbesondere für jene Repräsentantinnen und Repräsentanten der Long-Dynastie, die bei der Errichtung der Chinesischen Föderation eine Rolle spielen sollten. Denn die Zufälle – wieso es nicht Verschiebungen nennen? – führten Roar nun zu einer neuen Karriere. Aus einer etwas großzügiger angelegten Perspektive könnten wir sagen, dass er bereits mit seiner Kaffeehausidee einer Sache auf die Spur gekommen war.

Wie zur Rückkehr an eine wichtige Wegkreuzung, wie um zu sehen, an welchem Punkt er möglicherweise die falsche Entscheidung getroffen hatte, begab Roar sich nach Paris, wo er an einem der ersten Abende in einem Restaurant in den alten, nach Blut stinkenden Les Halles landete, die zu seinem Bedauern abgerissen und durch ein neues Quartier ersetzt worden waren. Für gewöhnlich hatte er in dem Viertel immer Schweinepfoten gegessen, doch jetzt bestellte er Entrecôte – wie im Andenken an Adèle. Was ihn überraschte, war jedoch nicht das Fleisch, obwohl es auf eine Weise gegrillt war, von der er vergessen hatte, dass man Fleisch so grillen konnte – es war der Wein, der ihn dazu veranlasste, in schockartiger Verzückung die Augen zu verdrehen. Ohne nachzudenken, hatte er eine Flasche Bordeaux bestellt, und schon beim ersten Schluck spürte er, wie ein fast verloren geglaubtes Gefühl sich in seinem Körper ausbreitete: Genuss. Reine Freude. Ein Echo jener sinnlichen Begeisterung, in die Adèle ihn einst eingeführt hatte. Konnte ein Schluck Wein einen wirklich in einen Zustand dermaßen heller Ekstase versetzen? 1968 in Paris hatte er viel Wein getrunken, damals war ihm zum ersten Mal aufgefallen, wie gut Wein schmecken konnte. Nicht nur zum Essen, sondern *an sich*. Diese verschiedenen Geschmacksnuancen. Die Frauen, denen er begegnet war, hatten ungeachtet ihrer Klasse erstaunliche Weinkenntnisse vorzuweisen, über Bodenbeschaffenheit und Rebsorten. Zurück in Norwegen hatte er dennoch, ohne sich weiter darüber Gedanken zu machen, über zehn Jahre lang denselben Wein getrunken wie die meisten anderen, jedenfalls die meisten in den radikalen politischen Kreisen, nämlich den grundanständigen, aber wenig bemerkenswerten »polets rødvin« des staatlichen Weinmonopolhandels.

Abermals fühlte Roar sich nach Patmos versetzt, und im selben Moment erlebte er eine weitere Offenbarung, sofern es nicht schlichtweg ein Ruf war: Er würde die Norwegerinnen und Norweger zum Weintrinken erziehen. Womit nicht gemeint war, sie sollten mehr Wein trinken, Bier und Schnaps gegen Wein eintauschen, sondern *guten* Wein zu sich nehmen. Endlich!, dachte er. Endlich wartete eine wertvolle Aufgabe auf ihn. Er würde aus Kartoffelfressern Weinkenner machen. Die 70er-Jahre waren seine vierzig Jahre in der Wüste, und jetzt war er ins gelobte Land gekommen.

Trotz eines kurzen Aufflackerns von Berühmtheit in den 60ern war es also der Wein, der den Namen Roar Bohre in Norwegen bekannt machte, ein Name mit demselben respekteinflößenden Klang wie Hroar Dege – ein anderes gastronomisches Löwengebrüll im norwegischen Tann. Wieder zu Hause verlor er keine Zeit, sondern ließ sich von seiner Mutter, der Journalistin Maud Evensen, zu einer Zeitung vermitteln, die glücklicherweise gerade Ausschau hielt nach einer Person, die eine Weinkolumne schreiben konnte. Ein Versuch, wie es der leicht skeptische Herausgeber formulierte. Und weil Roar wie ein Pionier vor ungepflügtem Feld stand, konnte er getrost alle Negativität beiseitelassen und sich in seinen Texten als Vermittler von etwas Positivem und Reizvollem betätigen. Es ging ihm in erster Linie darum, Interesse für Wein zu wecken. Neugier. Begeisterung. Und sowohl die Zeit als auch der Zeitgeist waren auf seiner Seite. Anscheinend hatten die Menschen auf jemanden wie ihn gewartet, auf jemanden, der ihnen den Weg wies, denn seine Kolumne war überaus beliebt. Der Herausgeber nickte anerkennend. »Du hast freie Hand«, sagte er, »wir vergrößern deine Kolumne!« Und Roar schrieb, wobei er einen weiten Bogen machte um die gestelzte Sprache, der man unter sogenannten Weinverkostern ein paar Jahrzehnte später begegnen sollte, Beschreibungen, die nur so strotzen vor Behauptungen, in dem Wein stecke ein Hauch von diesem und jenem – Metaphern, die so ausgesucht waren, dass sie oftmals unfreiwillig ins Lächerliche umschlugen –, ganz zu schweigen von dem ganzen verbalen Gegurgel über Süße und Tannine, Länge und Gott weiß was, das rituelle Vokabular einer Weinkultur, die an eine versnobte Form von Voodoo erinnern konnte. Neben Anekdoten, die er einflocht, sowie einer ausreichenden Dosis Sachinformation, schrieb Roar stattdessen über den einzelnen Wein, als handle es sich um eine Geschichte, und vor allen Dingen schrieb er hemmungslos subjektiv, weil er wusste, dass es dabei buchstäblich um Geschmack ging und erstaunlich wenige Menschen denselben besaßen – er lachte über die vielen Blindverkostungen, bei denen selbst die Hohepriester unter den Weinexperten auf peinlichste Weise danebenlagen, genau wie Verlage die Manuskripte von Nobelpreisträgern ablehnten, wenn sie ein Pseudonym verwendeten. Roar schrieb leicht verständlich und mit Witz, er schrieb, was der Wein mit ihm machte, was für einen Jubel er in ihm auslöste, er erinnerte sich, was Henry Miller in einem seiner Bücher über eine Flasche Wein gesagt hatte: Er erweitert das Herz und die Gedanken. Genauso musste es gesagt werden. Ein guter Wein brachte das Herz zum Glühen.

Roar schrieb nie über einen Wein, dass er »elegant in der Nase« sei oder »ein herrliches Mundgefühl« auslöse, »eine feine Struktur« oder »einen raffinierten Abgang« habe, verwendete nie Vergleiche, wie sie bald inflationär gebraucht wurden, »ein Duft nach Stachelbeere und Tomatenstängel«, er widerstand sogar der Versuchung, erotische Metaphern heranzuziehen, sprach eher mit Begriffen aus der Lebensphilosophie, er schrieb nicht vom Nachgeschmack, sondern von der Nachbetrachtung; auch ein Grünschnabel sollte verstehen, was er schrieb, und Lust bekommen, etwas anderes auszuprobieren als die geringe Anzahl durchschnittlicher Weine, die seine Landsleute so lange in ihrem Repertoire gehabt hatten. Zudem war seine Kolumne nicht frei von literarischer Qualität. Schon in den 60er-Jahren hatte er angefangen, Wörter zu sammeln – drakonisch, Kauderwelsch, seraphisch, Letzkopf, sogar Kubooa, ersonnen von dem Ich-Erzähler in Hamsuns *Hunger* –, Wörter, von denen er sich ausgemalt hatte, dass er sie in seinen Erzählungen und Romanen verwenden würde. Sogar einige Archaismen hatte er auswendig gelernt, inspiriert von dem Schriftsteller und Sprachkonservierer Sondre Buen. Jetzt, in seinen Weinbesprechungen, fand er schließlich Verwendung dafür. Wörter mit einer ansprechenden Etymologie, weitab von Klischees wie »süßlich« und »samten« – dem »Azurblau« der Weinverkostung. Er wurde Stilist genannt, erlesener Wortkünstler. Fast wie als ein Gimmick ließ er sich zu Hause in seiner kleinen Dachwohnung ablichten, während er auf seiner alten Olympia-Reiseschreibmaschine drauflosklimperte. »Endlich bin ich doch noch Schriftsteller geworden«, dachte er bei sich, und von vielen wurde das auffallend schiefe Lächeln kommentiert, das um seinen Mund spielte.

Eins führte zum anderen. Roar veröffentlichte Bücher über Wein, und Anfang der 90er-Jahre kam dann *Das große Rote*, von vielen in Norwegen als die Weinbibel betrachtet, zumindest was Rotwein anging. Es ist keine Übertreibung, zu sagen, dass dieses Werk in mehr Haushalten landete als Maos kleines rotes Buch und dass es mit demselben Eifer auch von denjenigen gelesen wurde, die dazumal Maos Zitate gebüffelt hatten.

Ein Vorzeichen dafür hatte er bereits Mitte der 80er bekommen, als er, nachdem er schon eine Weile als Publizist in Sachen Wein tätig gewesen war, einen ehemaligen, glühenden AKPler auf der Straße getroffen hatte, einen Mann, der für seine gnadenlose Forderung bekannt war, alle Versammlungen müssten mit einer »Zusammenfassung und Selbstkritik« beschlossen werden, und der wie ein Inquisitor mit Parteimitgliedern ins Gericht ging, die in unverzeihlicher Art und Weise falsche Prioritäten gesetzt hatten, zum Beispiel durch den Kauf einer unnötig teuren Stereoanlage. Roar ging davon aus, sich von diesem Mann, einem wahren Puritaner, sogleich eine Rüge anhören zu müssen, doch stattdessen lobte der gefürchtete Kader seine aktuelle Kolumne und erzählte ihm, erst unlängst habe er einen von Roar empfohlenen Wein gekauft und auch bereits probiert, wofür er sich herzlich bedankte und Roar auf die Schulter klopfte. Als wären zehn Jahre seines Lebens, zehn Jahre taumelnden Wahnsinns, einfach vergessen. Auch die AKPler waren Weinkenner geworden.

Ebenfalls als erwähnenswert erachten wir, dass Roar sein Teil der Ehre, sofern Ehre das richtige Wort ist, für den fast unerklärlichen Aufschwung des Weinkonsums in Norwegen zukommt. Vergleicht man den Weinverbrauch aus dem Jahr 1960 mit jenem von 2010, sieht man einen Zuwachs von beachtlichen 1000 Prozent – wobei es kein Zufall sein dürfte, dass ein markanter Anstieg der Kurve ab jenem Jahr zu verzeichnen ist, in dem Roar Bohre seine Kolumne zu schreiben begann. Wir wollen uns an dieser Stelle nicht mit der Frage auseinandersetzen, ob diese Entwicklung mit der Ära des VW-Käfers in Zusammenhang zu setzen ist, verweisen jedoch auf Kim Hyesoks *Brot und Spiele in Norwegen während der Jahrhundertblase* (Osan Y-1031).

Dass es den Einwohnern Norwegens in naher Zukunft einen höheren kulturellen Status verleihen sollte, wenn sie sich auf Wein verstanden, anstatt sich mit Literatur auszukennen, war nicht im Sinne Roars. Ebenso wenig, dass bald mehr Weinbücher herausgegeben wurden als Lyriksammlungen. Auch hatte er nie darüber nachgedacht, aufgrund seiner Tätigkeit womöglich eine neue große Sekte ins Leben zu rufen, mit einer Sprache – einem Idiolekt voller Codes –, die in ihren schlimmsten Ausprägungen erneut an den poststrukturalistischen Mumpitz denken ließ. Für Roar, da wir ihn Ende der norwegischen 80er-Jahre verlassen, war der Vormarsch des Weins ein Zeichen von Zivilisation. Der Kultivierung eines ganzen Volkes. In Gedanken nannte er sich einen Georg Brandes der Weinkultur.

EIN GURU IN DER NORWEGISCHEN EINÖDE

Wir wissen nicht, wie Little Green an das folgende Manuskript, per Hand geschrieben von Ragnhild Bohre, der Tochter Albert Bohres, gekommen ist, doch es existiert als Anlage zu ihrer kurzen Chronik. Das Interessanteste an diesem Bericht ist für uns in diesem Zusammenhang das hohe Maß an Offenheit für andere Kulturen – eine Offenheit, die als Aspekt in Hinblick auf die Überlebensfähigkeit lang unterschätzt wurde. Dass diese Einstellung im Norwegen unserer ausgewählten Epoche selten war, wurde bereits von der Ōuzhōu-Gruppe aufgezeigt, und noch deutlicher wird dies zu Beginn der sogenannten Jahrhundertblase. Das Land hatte versucht, seine Grenzen zu schließen, doch anstatt die vermeintlichen Gewinne aus diesem Sich-Einkapseln einzustreichen, ging Norwegen einem unerfreulichen Schicksal entgegen.

I

Ich schreibe, weil ich sterben werde. In gewisser Weise ist es ein Privileg, zu wissen, dass man nur mehr wenige Wochen zu leben hat. Eine Chance, Bilanz zu ziehen, oder wie auch immer man es nennen soll. Ich werde einige meiner Erlebnisse aufschreiben, um zu sehen, ob ich eine Art Muster oder Sinn darin aufspüren kann. Oder vielleicht schreibe ich hauptsächlich für Hilde. Es gibt vieles, das ich ihr nie erzählt habe. [Der restliche Absatz ist unkenntlich gemacht.]

Meine Kräfte sind begrenzt. Ich werde mich auf das Wesentliche beschränken, auf das, was mir einfällt, wenn ich mir die Frage stelle, was das Wesentliche gewesen ist.

Ich habe einen Tiger über die Straße gehen sehen, direkt vor meinen Augen. Eine Fackel in der Dämmerung. Einmal hätte ich mich um ein Haar auf eine der giftigsten Schlangen der Welt gesetzt. Das habe ich überlebt, aber das Unsichtbare, das ich jetzt in mir trage, werde ich nicht überleben.

Wer ist die wichtigste Person in meinem Leben?

Einst, in einem fremden Land, wurde ich von einer unerwarteten Erkenntnis übermannt. In meiner Erinnerung ist es nur ein Augenblick, Sekunden, die sich ausdehnten und zu Geschichten wurden, an die sich immer neue Geschichten festhakten. Ich saß in der Türöffnung eines Bungalows an der Südwestküste des indischen Kontinents. Kokospalmen am Strand. Der Ozean. Der gewaltige Ozean dahinter, ohne Schären, ohne Korallenriffs. Ich schob den Rattanstuhl an die Türöffnung heran, um meinen ersten richtigen Monsunregen zu erleben. Ein Regen, der alles übertraf, was ich je für Regen gehalten hatte. Keine Tropfen, Wassermassen. Kein Rieseln, sondern ein ohrenbetäubender Lärm. Ein Regen, der einem Noah würdig gewesen wäre. Im selben Moment schoss es mir ein: Das Fantastische ist nicht, dass ich mich hier befinde, in einem indischen Dorf – das Fantastische ist der dahinterliegende Impuls.

Tante Rita.

Beim Betrachten des Monsunregens und der im Wind tanzenden Palmkronen versuchte ich, in Gedanken einer Kausalreihe zu folgen, und obwohl diese sich an irgendeinem Punkt auflöste, wurde mir bewusst, dass meine Tante in meinem Leben wichtiger gewesen ist als meine Mutter oder mein Vater. Kann das sein? Es kann. Schon in jungen Jahren hätte ich lieber in der verwahrlosten Villa in Lysaker wohnen wollen als daheim in Sandefjord, da half es auch nicht, dass wir ein Stubenmädchen, einen eigenen Chauffeur, ein Poolhaus und eine Luxusyacht hatten. Als Tante Rita dann nach ihrer Scheidung zurück nach Lysaker zog, begann ich, sie regelmäßig zu besuchen, ließ mich von meinem Vater in seinem Moby-Dick-weißen (seine Worte) Buick mitnehmen und bei ihr aussteigen, bevor er nach Oslo weiterfuhr. Sowie ich über die Schwelle trat, stieg mir der stimulierende Geruch der Villa Bohre in die Nase. Zu Hause roch es nach nichts, oder es roch gelt, nach Geld. [Durchgestrichen: nach Blut.] Dort aber duftete es nach, wie soll ich es nennen, Gedanken. Nach Gedanken, die sich an Gedanken geschärft hatten. An Gesprächen. Irgendetwas an der Atmosphäre brachte mich dazu, jedes Mal beim Betreten des Wohnzimmers eine aufrechtere Haltung einzunehmen.

Ich wünschte, in dieser Aura zu verbleiben, mit meiner Tante in Kunstbüchern zu blättern, Cousine Bjørg beim Klavierspielen zuzuhören, vor dem Kaminofen sitzend zu reden, auch mit Sigurd und Harald, meinen Vettern, oder den Picknickkorb zu packen und mit ihnen zum Kolsåstoppen zu gehen, zur Insel Bygdøy oder nach Tøyen in den Botanischen Garten oder ins Museum, wo Tante Rita uns all das ausgestorbene Leben auf Erden zeigte, das uns Menschen zur Demut anhalten sollte.

Als ich dort in der Türöffnung saß und den Anblick und das Geräusch des Monsunregens auf mich wirken ließ, hatte ich keine Zweifel: Der Grund, warum ich mich hier in Indien befand, war Tante Rita.

Ich habe wieder Fieber bekommen, bin zu nichts fähig, ich fühle mich müde, schlaff bis ins Mark. [Mehrere unleserliche Wörter.] Ich muss eine Pause einlegen.

Alles begann in Alvdal. Vier Jahre vor dem Krieg. Meine erste »lange« Reise. Ich war vierzehn und fuhr in Begleitung von Tanta Rita und Bjørg. Meine Vettern waren nicht dabei. Die Reise dauerte nur eine knappe Woche, aber es war dies eine Woche in meinem Leben, in der alles enthalten war, an der ich heute noch zehre. Ich habe zwar nie einen dieser ausländischen Luxuszüge bestiegen, mit Plüschbezügen und Speisewagen wie rollende Gourmetrestaurants, glaube aber nicht, dass irgendetwas gegen das Erlebnis ankommt, in einem gewöhnlichen Abteil in einem Zug nach Østerdalen zu sitzen, mit kurzen Aufenthalten in Bahnhöfen wie Løten oder Rena, Koppang oder Atna, Bahnsteige, die nach Ruß und Teer und Menschen rochen, ein Schaffner mit Pfeife und Fahne in der Tasche, der feierlich die dicken Fahrkarten lochte. Tante Rita hatte Thermoskanne und Lunchpaket dabei, Brote mit Eiern und Sardellen, Wurst und Käse. Ich konnte nicht genug davon bekommen, plaudernd und essend in dem Abteil zu sitzen, während vor dem Fenster Haltestellen und Landschaft abwechselnd vorbeizogen, alles begleitet von einem gleichmäßigen Rhythmus, dem Trommelschlag der Räder auf den Schienenstößen. Außer uns waren noch drei andere Leute im Abteil. Ein Zeitung lesender Mann, ein spielendes Kind, eine strickende Frau, die irgendwann einen Apfel herausholte, ihn mit einem blanken Taschenmesser in Stücke schnitt und an alle verteilte. Noch heute kann ich mich an den Duft dieses Apfels erinnern. Und dann die Spannung, wenn man aufs Klo ging, dort zu sitzen in dem Wissen, dass das, was gerade aus dir herausrinnt, über eine lange Strecke verteilt auf den Schwellen landet, es bringt dich zum Lachen, wenn der Waggon von einer Seite zur anderen schaukelt und du beinahe vom Sitz fällst. All das muss eine Freude am Reisen in mir hervorgerufen haben, ich habe die Erfahrung gemacht, dass selbst die Gedanken sich verändern, wenn man in Bewegung ist.

Vielleicht hat dazu auch beigetragen, dass ich im Zug Tagore gelesen habe, den Dichter, den die Inder *Gurudev* nennen, göttlicher Führer. Meine Tante hatte das Buch einmal zum Geburtstag bekommen, und jetzt schenkte sie es mir. Sie erzählte, Tagore sei 1926 in Oslo gewesen und habe damals sogar die Zeit gefunden, Vigelands Atelier einen Besuch abzustatten. Sie lachte, als sie das sagte, ich weiß nicht, warum. Ich war damals bereits ziemlich gut in Englisch, hauptsächlich auf Drängen meines Vaters, und ich erinnere mich noch, ohne große Schwierigkeiten eine Geschichte mit dem Titel »The Wife's Letter« gelesen zu haben – auf Bengali »Strir Patra«. Über eine Frau, die beschließt, nicht zu ihrem Mann zurückzukehren, sondern stattdessen auf Reisen zu gehen. Ich dachte, dass das ein mutiges Vorhaben war, und ich weiß noch, wie seltsam es war, genau diese Geschichte in einem Zug zu lesen, auf einer Reise. »Alles Gute zum Geburtstag«, stand mit Füllfederschrift auf der Titelseite des Buches. »Liebe Grüße, Konrad.«

Bjørg, drei Jahre älter als ich, saß meistens nur da und lächelte vor sich hin. Oder zeichnete. Oder sang. Sie sang immer beim Zeichnen, und jedes Mal veränderte sich dabei ihr Gesicht. Wurde offener. Oft sang sie auf Deutsch. [Eine Aufzählung, vielleicht Stichwörter für einen geplanten Absatz. Nur vier Wörter sind zu entziffern: »Feier«, »Max«, »Rassenhygiene«, »Skandal«.]

Wir stiegen am Bahnhof Barkald aus, direkt vor Alvdal. Dort trafen wir uns mit Mimi Johnson, einer Freundin von Tante Rita, die mit dem Auto gekommen war. Sie war zu Besuch in ihrem Heimatort, Tynset, nachdem sie davor auf dem weiter nördlich gelegenen Berg in der Hütte ihres Bruders gewesen war. Mimi Johnson war Geologin – Norwegens erste Frau mit einem Hochschulabschluss in diesem Forschungsfeld! Professor Brøggers Assistentin bei der Kartierung des Kristianiagebiets!, wie Tante Rita uns später erzählte. Das klang ruhmreich, obwohl ich nicht wusste, wer Professor Brøgger war. Mimi nahm uns mit auf den Berg, weil meine Tante den Jutulhogget sehen wollte, eine tiefe, enge, zwei Gebirgskämme durchschneidende Schlucht, ein seltenes geologisches Phänomen in Norwegen. Die zwei Erwachsenen unterhielten sich angeregt, wobei ich sie das Wort »Canyon« verwendeten hörte, woraufhin Tante Rita etwas in ihr Notizbuch kritzelte und mehrere Skizzen anfertigte. Sie ist sehr gut im Zeichnen. Noch besser als Bjørg. Sie kannte Mimi von der Universität. Doch jetzt wollte Mimi lieber Ärztin werden, hatte bereits zu studieren begonnen. Auf dem Weg hinunter und im Auto nach Alvdal, wo der Chauffeur uns vor der Pension aussteigen ließ, unterhielt ich mich mit ihr, und ich will die Augen nicht vor der Möglichkeit verschließen, dass Mimi Johnson die Lust in mir weckte, im Gesundheitswesen zu arbeiten. Kinderkrankenschwester zu werden.

Schon jetzt fand ich, dass der Ausflug ein Abenteuer war. Aber das wirkliche Abenteuer stand mir noch bevor.

»Wir werden einen großen Weisen treffen«, sagte Tante Rita am nächsten Morgen.

»Tagore?«, sagte ich im Scherz.

»Du bist clever«, sagte sie und lachte.

Wir spazierten zu einem Ort, der Ingridsæter hieß, einem großen Blockhaus in Tronsvangen, am Fuß der mächtigen Kuppel des Tronfjells. Wir kamen an Enten und Gänsen vorbei, an Hühnern und Tauben, zwei Pferden, einem freilaufenden Schwein und einem angebundenen Ziegenbock, bevor wir das Haupthaus erreichten, auf dessen Sonnenseite in einem selbstgezimmerten Stuhl, der so breit war, dass man mit gekreuzten Beinen darauf sitzen konnte, eine weiß gekleidete Gestalt thronte.

Ich erinnere mich noch, wie Bjørg und ich einander anblickten, uns aber nichts zu sagen trauten. Oder zu lachen.

Wie wir erfuhren, war der Mann, vor dem wir hier standen, ein Wanderheiliger, geboren an den Ufern des Ganges, ein Mann, der viel Zeit mit Yoga verbrachte, der aber auch in der British Library in London alte, auf Palmblättern geschriebene Sanskrittexte studiert hatte. Nun hatte er sich hier, am Fuß des Tronfjells, zur Ruhe gesetzt. Er hieß Swami Sri Ananda Acharya, oder Baral, wie die Leute in Alvdal ihn nannten. Angeblich ritt er hin und wieder auf seinem weißen Pferd, mit Turban und in orangefarbene Gewänder gekleidet, ins Dorf hinunter.

Obwohl wir nicht starren wollten, starrten wir den dunkelhäutigen Mann an. Es war, als begegnete man einem Tiger auf dem Nordpol.

Am Anfang sagte er nicht viel. Zwei englische Damen, die ebenfalls hier wohnten, servierten uns Tee mit Milch und viel Zucker.

Später berichtete Tante Rita, der Schriftsteller Arne Garborg habe ihre Neugier auf Baral geweckt. Nach dem rätselhaften Verschwinden ihres Vaters war das Alhambra an andere Leute vermietet worden, und Rita hatte nur alle heiligen Zeiten dort vorbeigeschaut. Eines Sommertags aber hatte sie Arne Garborg, der zur Zeit ihres Vaters häufig Gast im Antiquariat gewesen war, dort getroffen, und er hatte ihr erzählt, wie sehr er die Gespräche mit dem literaturkundigen Spanier vermisse. »Ein Bruder von Don Quijote, voller bizarrer Einfälle«, hatte er gesagt. »Er hat frischen Wind in unsere kleine Hauptstadt gebracht. Und ich gestehe mit Freuden, dass seine Schinken besser waren als die norwegischen.« Die Begegnung mit Garborg fand nur wenige Jahre vor dem Tod des Dichters statt, der damals gerade auf dem Sprung nach Østerdalen war, um an der Übersetzung eines indischen Epos zu arbeiten, zusammen mit einem gewissen Professor von einer Universität in Kalkutta, einem Sri Ananda, auch genannt Baral, der sich in Alvdal niedergelassen hatte, nicht weit von Garborgs Wohnstatt am Savalen-See entfernt. Dieses Wissen hatte Rita sich bewahrt, und oft hatte sie bei sich gedacht, irgendwann einmal müsse sie diesen Baral kennenlernen, einen »heiligen Mann«, der alles aufgegeben hatte, um notleidende Menschen zu erleuchten; der eine lange Reise angetreten hatte, weil ihm in einer Höhle die Offenbarung gekommen war, er solle nach Europa reisen, um dort die Botschaft von Freundschaft und Frieden zu verkünden.

Und so war er schließlich hier gelandet, ausgerechnet hier. Auf einer Almwiese in Østerdalen. Vielleicht hatten er oder seine Begleiterinnen den Ort wegen der Aussicht auf den pyramidenförmigen Storsølnkletten und Rondane gewählt, eine zusammengeschrumpfte Ausgabe des Himalaja, dachte ich, als ich von dem süßen Tee trank.

Rita und Baral fingen ein Gespräch an. Es hörte sich an, als würde Baral Englisch, Norwegisch und Bengalisch durcheinander sprechen, und wenn ich mich nicht irre, zitierte Rita ein persisches Sufi-Gedicht auf Englisch. Typisch Rita. Baral nickte jedenfalls, als würde er verstehen und ihr in jedem Wort beipflichten.

Während Baral und Rita sich mit den beiden englischen Damen über etwas unterhielten, das er Friedensuniversität nannte, spazierten Bjørg und ich in der Gegend herum. Die

Alm, fanden wir heraus, musste ein Altenheim für Tiere sein. In einer Box im Stall stießen wir sogar auf einen riesigen schwarzen Stier. Als wir zurückkamen, wirkte es, als hätte Baral gerade eine Art Vortrag beendet, gehalten in einem sehr merkwürdigen Englisch. Er sagte, dass er weder Hindu noch Buddhist sei noch sonst einer Glaubensrichtung angehöre, er befände sich jenseits solcher Vorstellungen, die Religionen seien lediglich der Ausgangspunkt einer Suche. Was es zu erkennen gelte, sei das eigene Selbst. Das Problem, sagte er, bestünde darin, dass das Universum so klein sei und die Seele so groß.

Was mich beeindruckte, war jedoch nicht, was Baral sagte, sondern allein, ihn dort sitzen zu sehen. Dieser Anblick hat sich mir für alle Zeit eingebrannt. Er, der weise Inder, saß dort wie ein tiefer Spalt in der norwegischen Landschaft. Ein Jutulhugg-Canyon ganz für sich allein.

Ich will es nicht mit Sicherheit sagen, aber es kann sein, dass ich mich an jenem Tag in Alvdal, dort auf der Senne, selbst gefunden habe. Ein größeres Selbst. Die ganze Szene war von einer Intensität, die mich nachhaltig beeinflusst hat. Die nach Teer riechenden Holzwände. Das Sommerlicht. Die Blumen, die Tiere, die Berge am Rand des Gesichtsfelds, und im Zentrum dieser Mann aus Indien, der etwas ausstrahlte, für das ich keine Begriffe hatte. Das hat mich tief bewegt, mir eine neue Sicht eingebracht, was alles möglich ist und was nicht.

Du kommst am Ganges zur Welt, und dann findest du dich am Fuße des Tronfjells wieder.

Ich kannte mich mit orientalischen Religionen nicht aus. Das Wenige, das ich über Indien wusste, hatte ich von Tagore. Trotzdem betrachtete ich Baral, wie er da wortkarg mit überkreuzten Beinen in dem riesigen Stuhl saß, fast wie ein Orakel. Wie eine Chance, einen wichtigen Schlüssel zu finden. Auch wenn mich meine Reise nur vom Osloer Ostbahnhof nach Al-vdal geführt hatte. Ein paar Sekunden sprach ich mit ihm unter vier Augen. Ich nahm meinen ganzen Mut zusammen und fragte ihn in meinem stotternden Englisch: »Haben Sie einen guten Rat für ein Mädchen wie mich?« Bald hätte ich hinzugefügt: Die Tochter eines Walfängers aus Sandefjord? Er sagte: »Reise nach Indien, dort wirst du die Antwort finden.« Es war, als wollte er, dass ich es genau anders herum machte. Oder als sollte ich eine Diagonale zu seiner Diagonalen bilden. Als hätte er gesehen, dass ich wohlhabend war, als wollte er sagen: Verkauf alles, was du besitzt, und gib es den Armen.

»Aber nimm dich vor den Fliegen in Acht«, sagte er.

Hilde hat bei mir vorbeigeschaut. Ich kann sehen, wie besorgt sie um mich ist. Oder sich darauf vorbereitet, ihre Mutter zu verlieren. Sie will sich wohl ein wenig um mich kümmern, und ich lasse es zu. Es tut mir gut. Aber ich weiß, auch ihr tut es gut. [Undeutlicher Satz, einzig die Worte »Arne« und »Testament« sind zu entziffern.]

Ich muss noch mehr über diesen langen Augenblick in einer Türöffnung an der Westküste des indischen Kontinents schreiben, darüber, wie die Erinnerungen an Tante Rita und diese frühe Reise in jeder kleinsten Einzelheit durch mich hindurchströmten, während ich den Monsunregen draußen beobachtete, den, der Anfang Juli kam und der von allen gefeiert wurde, indem sie mit einem breiten Lächeln im Regen herumliefen und auf Malayalam schrien und grölten. Auch Hilde. Die Hitze und der Staub der vergangenen Wochen waren vergessen, und danach, im Sonnenschein, leuchtete alles in einem Grün, wie ich es nie zuvor erlebt hatte, und bei den Gerüchen, die danach aufstiegen, dachte ich, dass ich nie richtig wahrgenommen hatte, wie die Natur riecht. Auch in Rondane nicht.

Denn die Reise war noch weitergegangen. Am nächsten Tag konnten wir uns eine Mitfahrgelegenheit hinauf durch Folldalen und dann in südliche Richtung zum Hof Straumbu organisieren. Von dort aus wanderten wir weiter westwärts, hinein ins Gebirge, und übernachteten in der Hütte Rondvassbu. Nach der Begegnung in Alvdal war ich noch immer in einer seltsamen Stimmung. Ergriffen. Beim Abendbrot sah Bjørg aus dem Fenster und zitierte Aasmund Olavsson Vinje: »Nun seh ich neuerlich solch Berg und Tal / die einst in früher Jugend ich gesehen«, doch in der Nacht träumte ich von Baral und davon, dass Rondane der Himalaja sei.

Aber das war noch nicht das Ende der Überraschungen. Die Reise ging weiter nach Südwesten bis runter zum Mysusæter, wo wir erneut eine von Ritas Bekannten trafen, eine Frau namens Kristine Bonnevie. Als wir zum Hofplatz kamen, saß sie im Freien und tippte auf einer Schreibmaschine, die auf einem kleinen Tisch an der Hüttenwand stand. Sie war Professorin für Zoologie, doch das wusste ich damals noch nicht. Und nicht nur das, sie war 1913 als erste Frau in Norwegen zur Professorin ernannt worden – »eine Unterstützung in all den Jahren«, sagte Tante Rita später. In dem Moment aber war es für uns wichtiger, dass wir ein Glas Ginger Beer bekamen und sie uns die Flussvertiefung zeigte, wo wir baden konnten. Und vor dem Essen durften wir ihr bei der Arbeit an einem neuen Fensterrahmen für ihre Almhütte helfen, die sie Snefugl nannte, Schneevogel. Erst später wurde das für mich zu einer wichtigen Erinnerung: Eine ältere Dame mit Brille und großem Hut, die an der Wand ihrer Almhütte sitzend an einem Lehrbuch schrieb und sich anschließend einen Hammer schnappte und wie ein erfahrener Tischler Nägel einschlug. Vater hätte mich am liebsten auf eine Sekretärinnen- oder Hausfrauenschule geschickt, aber jetzt wollte ich etwas anderes. Zuerst Mimi Johnson, dann Kristine Bonnevie. Die Macht des Beispiels. Diese gestandenen Frauen zeigten mir auch Tante Rita in einem neuen Licht, und ich begriff, dass sie Teil einer Generation von Pionierinnen war, von Frauen, die sich in die Bresche geworfen, Grenzpfähle versetzt hatten. [Halb durchgestrichene Sätze, bei denen nur einzelne Ausdrücke zu erkennen sind: »der radikale Neon-Kreis«, »ihre Beziehung zu Trygve Falch«, »ihre Artikel über Malerinnen«.]

Oft habe ich mir gedacht, dass meine Erlebnisse auf dieser Reise, angefangen bei dem Schaffner und der Frau, die den Apfel austeilte, bis hin zu Baral und Kristine Bonnevie, den Gesprächen, den visuellen Eindrücken – Rondanes weichen Bögen, die mir bei jeder Kopfdrehung entgegenblickten –, dass diese Erlebnisse für ein ganzes Leben reichten, dass ich, ganz gleich, wie lange ich lebte, mit dieser Reise nie fertig werden, sie nie aufbrauchen würde.

Kann eine einzige Woche dich mit allem versorgen, was du im Leben wissen musst?

Wir gingen hinunter nach Otta und nahmen die Dovrebane zurück. Während Rita sich draußen auf dem Gang mit dem Schaffner unterhielt, erzählte Bjørg mir von der Dovregubben, dieser gewaltigen Lokomotive, die gerade den Betrieb aufgenommen hatte und an deren Konstruktion ihr Vater, Otto Keller, beteiligt gewesen war. Sie wirkte enttäuscht darüber, mit einer anderen, kleineren Lokomotive vorliebnehmen zu müssen. »Ich vermisse Vater«, sagte sie, »obwohl ich weiß, wie sehr er Mutter verletzt hat.«

Auch wenn sie nur wenig sprach, war es offensichtlich, dass Bjørg die Zugreise genoss. Im Laufe der Jahre sollte sie viele ihrer Gedichte im Zug schreiben. Direkt nach Kriegsende konnte sie eine prächtige Märklin-Modelleisenbahn ergattern, ein Weihnachtsgeschenk für ihre Kinder – vielleicht, um ihnen damit etwas über ihren Großvater zu sagen –, aber weder Laila noch Bård machten sich etwas daraus. Sie hat den Eisenbahnsatz trotzdem aufgehoben. In Gaustad muss es ihr dann wieder eingefallen sein, denn sie hat Bård gebeten, ihr die Lokomotive zu bringen. Wenn ich sie besuche, steht das Stück oft auf dem Fensterbrett, während Bjørg nur dasitzt und aus dem Fenster sieht, als ob sie, angeregt durch die kleine Lokomotive, irgendwie in Bewegung wäre. Oder Kontakt mit ihrem Vater aufnehmen könnte.

Weiter unten im Tal kam Rita auf ihren deutschen Schwiegervater zu sprechen. »Ein toller Mann!«, sagte sie. »Der beste in der Familie. Hat die norwegischen Substantive mit großen Anfangsbuchstaben geschrieben.« Der Zug hatte in Tretten gehalten. »Schaut mal, dieses Bahnhofsgebäude hat er entworfen.« Rita deutete hinaus. »Unmöglich, sich vorzustellen, dass er einen so niederträchtigen Sohn bekommen konnte«, fügte sie hinzu, entschuldigte sich aber sofort für ihre Worte und schielte zu Bjørg. Ihr Schwiegervater hatte die Polytechnische Schule in Hannover absolviert und war in Norwegen Eisenbahnarchitekt geworden. Hatte Harald und Sigurd beigebracht, Bahnhöfe aus Schuhschachteln und Brücken aus Stahldraht zu basteln. Er hatte zunächst mit dem älteren, danach mit dem jüngeren Paul Due gearbeitet, und gegen Ende seiner Karriere auch mit Arnstein Arneberg. Besonders stolz sei er darauf gewesen, an der Gudbrandsdalbanen mitgearbeitet zu haben, von den Stationen Hamar bis Dombås.

»Es wirkt vielleicht merkwürdig«, sagte Rita, »aber er muss gewusst haben, dass er sterben wird. Jedenfalls hat er so etwas wie eine letzte Reise angetreten. Von Hamar weg hat er ein eigenes Abteil reserviert und von dort den Zug durch Gudbrandsdalen genommen, wo er an allen Bahnhofsgebäuden vorbeikam, an deren Planung er beteiligt war, als wollte er sich ein letztes Mal an ihnen erfreuen und ihnen gleichzeitig mit einem Nicken Lebwohl sagen.«

Der Zug setzte sich wieder in Bewegung.

»Am Bahnhof Dombås war er tot«, sagte Rita. »Das heißt, das war die Halstestelle, an der dem Schaffner auffiel, dass da irgendetwas nicht stimmte.«

»Wie traurig«, sagte ich.

»Ja, aber was für eine schöne Art zu sterben«, sagte Rita. »Auf einer Reise durch das eigene Lebenswerk.«

Jetzt bin ich bald an der Reihe. Mit Sterben. Ich sehe, dass es so kommen wird. Sehr mysteriös das alles. Die Symptome kommen nur schleichend, ohne klar erkennbare Ursache. Ich bin bei mehreren Ärzten gewesen, die herauszufinden versuchten, woher das Fieber kommt, warum ich so viel Gewicht verloren habe, warum ich unter Blutarmut leide, warum das Leben gewissermaßen aus mir heraussickert. Keiner kann eine Diagnose stellen. Es ist ein Gefühl, als stecke die Krankheit in meinem tiefsten Inneren. [Ein Satz ist durchgekritzelt.]

Ich denke über meinen Bruder nach, Sindre, und wie wenig ich über ihn weiß, wie wenig Zeit ich mit ihm verbracht habe, wie wenig ich von seinem Leben verstehe, von seinen Wertvorstellungen, seiner Weltsicht. Er hat Vaters Rat befolgt und die Handelshochschule absolviert, hat seinen Wolfspelz geerbt, sitzt jetzt hoch oben im Hydro-Gebäude, ich sehe ihn fast nie.

Ich glaube, am liebsten wäre er Skispringer geworden.

Mitte der 1950er-Jahre habe ich Hilde gepackt – sie war gerade sechs Jahre alt geworden – und bin als Krankenschwester nach Travancore-Cochin gereist. Ich weiß nicht, inwieweit das etwas mit Baral zu tun hatte. Das war ein paar Jahre nachdem das sogenannte Kerala-Projekt das Licht der Welt erblickt hatte, der erste unserer staatlich geförderten Versuche zur Unterstützung eines armen Landes. Nach unserem Østerdalenausflug hatte ich auch begonnen, mich für Ghandi zu interessieren – wahrscheinlich betrachtete ich die Entwicklungshilfe als eine Form des Friedensdienstes. [Die norwegische Entwicklungshilfe wurde von vielen N20-Analytikern kommentiert. Wir wollen hier lediglich daran erinnern, dass dieses Unternehmen, trotz des Solidaritätsgedankens und des humanitären Engagements aller Beteiligten, nie von Erfolg gekrönt war und bald als das diskutiert wurde, was es war: Der Einsatz norwegischer Beschäftigter zur indirekten Unterstützung der norwegischen Wirtschaft. Merkwürdigerweise wurde diese Aktivität noch lange fortgeführt, obwohl sämtliche Berichte den Großteil dieser Maßnahmen als grobe Fehlschläge einstuften. Das Abfassen von Berichten an sich gestaltete sich im Übrigen zu einer gewinnbringenden Industrie, »das fünfte Rad an dem Wagen namens ›Entwicklungshilfe‹«, wie ein Analytiker es formulierte.]

Der Gedanke hinter dem Kerala-Projekt war es, die Fischerei im Distrikt weiterzuentwickeln, die Fischer in den Dörfern beidseits der Einmündung zur Ashtamudi-Lagune dazu anzuhalten, neue Garnsorten und neue, motorbetriebene Boote zu verwenden. Es wurden eine Werkstatt zur Wartung der Boots-motoren sowie eine Eisfabrik mit einem Kühllager und einer Gefrieranlage errichtet.

Was den Ausgang dieses Projekts betrifft, gehen die Mei-nungen auseinander. Ich werde hier nichts darüber schreiben. (Mein Bruder nennt es eine pervertierte Form von Kolonialis-mus.)

Im Plan inbegriffen war auch die Vision einer Verbesserung der Hygienebedingungen, und an diesem Punkt kam ich ins Spiel. Ich arbeitete mit bei der Gründung eines kleinen Gesund-heitszentrums in dem nördlicher gelegenen Dorf, Neendekara, dessen Einwohnerschaft mehrheitlich aus Hindus bestand, und an einem weiteren im anderen Dorf, Sakthikulangara, in dem hauptsächlich Katholiken lebten. (Allein das Schreiben dieser Namen lässt Gerüche, Geschmäcker, Geräusche und Bilder in mir hervorströmen.) Unsere Tätigkeit bestand in der Behandlung von Tuberkulose und der Durchführung einfacher Präventionsmaßnahmen. Wir verabreichten Impfstoffe, gingen in die Hütten, um Ratschläge und Arzneien auszuteilen, be-sonders gegen Krätze und Würmer, Ruhr und Gelbsucht. Wir hatten ein Entbindungsheim mit Kreißsaal und acht Betten, in dem schon zu meiner Zeit mehr als die Hälfte der Frauen aus den beiden Dörfern ihre Kinder zur Welt brachten. Wir errich-teten Wohnstätten für Ärzte und Krankenschwestern, stellten Assistenten ein, auch eine junge indische Ärztin. Die Klinik bekam eine moderne Küche. Wir bauten Latrinen und sorgten für ausreichend sauberes Trinkwasser – ich weiß, dass Hilde, die alles mit ihren Kinderaugen betrachtete, sich besonders für Letzteres begeisterte.

Im Übrigen war es nicht die Alvdalreise allein, die in mir die Lust auslöste, nach Indien zu reisen. In dem Jahr vor meinem

Entschluss war ich auch bei Tante Ritas mutigem Aulavortrag. Ein mächtiger Impuls – für viele Frauen. Direkt vor dem Einpacken fand ich auch noch Zeit, Maud Evensens Reportage aus Kalkutta in der Wochenzeitschrift *Aktuell* zu lesen, »Eine Brücke aus Geschichten«. Auch das hat mich in meinem Entschluss bestärkt. Trotzdem bin ich mir nicht sicher, ob meine Motive wirklich so edel waren. Ich wollte Hilfe leisten, genauso sehr aber wollte ich etwas Neues kennenlernen. Etwas Fremdes.

Alvdal, die Zweite.

Über uns selbst wissen wir nur, was die Umstände uns wissen lassen.

In Kerala habe ich mehr über mich selbst erfahren.

II

Es geht mir immer schlechter. Arne ist völlig außer sich. Ich sehe ihn weinen, obwohl er es zu verbergen versucht. Ich bin Krankenschwester, ich sollte etwas tun können, aber ich bin genauso ratlos wie die Ärzte. Ich kenne einige von ihnen, ich mache ihnen keinen Vorwurf. Hilde sagt, ich sehe langsam aus wie eine Gefangene in einem Konzentrationslager. Einer der Ärzte hatte den Verdacht, es könnte Tuberkulose sein. Die Tests haben rasch ergeben, dass dies nicht der Fall ist. Ich wünschte, das wäre es, denn dann könnte ich gerettet werden.

Bei der Erinnerung an die Zugreise, an Tante Ritas Erzählung über ihren Schwiegervater, ist mir der Gedanke gekommen, ob ich vielleicht ebenfalls eine letzte Reise antreten, mich nach Alvdal zum Fuß des Tronfjells hinaufschleppen und mich auf die Almwiese dort setzen sollte. Im Sterben die Aussicht auf den Storsølnkletten und den Rondane-Nationalpark genießen und zurückdenken an den wundersamen, unerschöpflichen Tag, an dem ich Baral begegnet bin, einem waschechten indischen Yogi mitten in der norwegischen Einöde. [An den Rand gekritzelte Ziffern. Kontonummer? Telefonnummern?]

Es ist etwas aufgetaucht. Ein Strohhalm. Oder nein, ich weiß nicht. Es ist natürlich nur eine naive Vorstellung. Hilde hat von einem indischen Guru gehört, der sich direkt außerhalb der Stadt aufhalten soll. Sie besteht darauf, ihn aufzusuchen, ihn um Hilfe zu bitten.

Ich lächle. Aber ich kann nicht aufhören zu hoffen.

Hildes Vater? Habe ich überhaupt etwas über ihn zu sagen? Es ist schon seltsam. Ein Mensch, der so entscheidend in mein Leben eingegriffen hat, und trotzdem ist er nichts als ein Schatten in meiner Erinnerung.

Er war Banker, saß auch im Vorstand der Walfangreederei meines Vaters. Es herrschte viel Geselligkeit in Sandefjord, in diesen Kreisen, in denen man nach bestem Vermögen die Feudalgesellschaft nachzuahmen versuchte. Ausgelassene Feste, bei denen auch bekannte Persönlichkeiten erschienen. Der König. Tanz mit Orchester. Ich war 25, er fünfzehn Jahre älter, verheiratet. Aber er hatte etwas an sich. Charme. Ich weiß nicht. Er sagte, er sei unglücklich in seiner Ehe, dass er leide, dass es ein Wunder sei, dass er jemanden wie mich getroffen hätte, er sagte, dass er seine Frau verlassen werde, dass ich ihm alles bedeute. Dann wurde ich schwanger. Ich wollte ihn heiraten, aber er sagte, ich solle das Baby wegmachen lassen. Ob er sich denn nicht scheiden ließe? Ich müsse ihn missverstanden haben, sagte er.

Das war ein prägender Moment. Die Verwunderung. Die Entdeckung der Chamäleoneigenschaft bei einem Mann, zu sehen, wie er da vor mir stand und seinen Charakter änderte, sich von etwas Anziehendem in etwas Hässliches verwandelte.

Ich erinnere mich an etwas, das Tante Rita gesagt hat: Viel zu viele Männer gehören zur Gattung der wirbellosen Tiere.

Soviel dazu. Mein Vater äußerte sich nicht dazu, doch der Banker wurde aus dem Vorstand entlassen und zog in eine andere Stadt.

Mitunter suche ich an Hilde nach Spuren dieses Mannes, aber ich sehe keine.

Auch von mir sehe ich keine. Ich weiß, sie müssen da sein, aber ich erkenne sie nicht.

Was ist wichtig für mich gewesen – und für Hilde?

Mein Mann, Arne. Ich sage mir: »Sie hat Arnes Gene geerbt.«

Ich lernte ihn im Herbst 1958 kennen, wir waren gerade erst aus Indien zurückgekehrt. Das war auf der Geburtstagsfeier einer Freundin im Restaurant Olympen in Grønlandsleiret. »Du hast also einen griechischen Gott gefunden«, lachte Tante Rita. Als ich ihn dort sitzen sah, glaubte ich, er sei Künstler. »Das bin ich«, sagte er später, »ich bin der Picasso der Autoverkäufer.«

Vom Banker zum Autoverkäufer.

»Du musst nicht auch noch in Norwegen Entwicklungshilfe leisten«, sagte mein Bruder Sindre.

Vater rümpfte die Nase angesichts der Tatsache, dass Arne nicht wohlhabend war, merkwürdigerweise aber hatte er ihn bald akzeptiert. Etwas ist mit meinem Vater geschehen, während ich in Kerala war, ich habe ihn in einer Radiosendung darüber berichten hören, weiß aber nicht, ob er die ganze Wahrheit gesagt hat.

Wir zogen in Arnes Wohnung in der Danmarks gate in Våler-enga. Mit den Jahren habe ich ihn immer mehr geliebt, obwohl er ein stiller Mann war und – es muss erlaubt sein, das zu sagen – nicht allzu helle. Und auch eine Spur zu rundlich. Aber wie wäre ich zurechtgekommen ohne seine Güte, ohne sein *pytt-i-panne*, die Restepfanne, wenn ich erschöpft von der Arbeit heimkehrte, ohne seine Massagen, wenn mir die Glieder schmerzten, ohne seine unablässige Fürsorge? Vater und Sindre nannten ihn Arne Autoverkäufer. Sie hielten ihn vielleicht nicht gerade zum Narren, zogen ihn aber immer gern auf, wenn sie, was selten vorkam, bei uns zu Besuch waren, fragten ihn, warum jemand bei einem Autohändler arbeiten wolle, wo doch so wenige die Erlaubnis bekämen, ein Auto zu kaufen. Sie lachten, klopften ihm auf den Rücken. Und erst dieser Volkswagen, dieses lächerliche Gefährt! Konnte man das überhaupt als Auto bezeichnen?

Dann kam der Oktober 1960. Die Importbeschränkungen wurden aufgehoben, und alle, die wollten, konnten sich plötzlich ein Auto kaufen. In diesem Jahr war Volkswagen die bei weitem meistverkaufte Marke, Arne verkaufte doppelt so viele Autos wie von dem Hersteller, der als zweiter auf der Liste geführt wurde.

Auch mein Bild von ihm veränderte sich: Arne arbeitete bei Harald A. Møller in der Stortingsgata 30, in dem prächtigen Torstedgården an der Ecke, die zum Abelhaugen hinaufführt, wo Volkswagen in Neonbuchstaben senkrecht an der Art-Deco-Fassade herableuchtete. Ich wusste nicht so viel über seine Arbeit, er ging morgens außer Haus und kehrte spätnachmittags zurück. Vielleicht hatte er ein Auto verkauft, vielleicht auch nicht. Er war immer gleich fröhlich.

Eines Tages besuchten Hilde und ich ihn in den Geschäfts-räumlichkeiten in der Stortingsgata, und während wir warteten, sah ich, wie gut er im Umgang mit den Kunden war; es war, als ob er hier, gekleidet in einen weißen Mantel und mit einem Kugelschreiber in der Brusttasche – fast wie ein Wissenschaftler – zu einem anderen Menschen wurde. Höflich und kenntnisreich, zugleich aber forsch und verführerisch. Der Einstein der Autoverkäufer. Auch Hilde war anzusehen, wie stolz sie auf ihn war; sie hatte längst angefangen, ihn Papa zu nennen.

Ich schaue in den Spiegel. Was ich dort sehe, erinnert an eine Krebspatientin im letzten Stadium. Ich bin jetzt ins Krankenhaus gebracht worden, zu Spezialisten. Sie haben eine Ultraschalluntersuchung von meinem Bauch vorgenommen und eine Lebervergrößerung festgestellt. Mein Eindruck ist, dass sie das nur noch mehr verwirrt. Das Fieber geht nicht runter, und ich werde von einem Spezialisten für Infektionskrankheiten untersucht. Das scheint ein kluger Schachzug zu sein. Aber auch er weiß nicht weiter. Ich kann förmlich den Sand aus meinem Stundenglas rieseln hören. [Durchgestrichen: Lächerlich, dieser Guru, von dem Hilde erzählt.]

Ich denke an Mutter. [Zwei unleserliche Sätze.] Ich denke an Vater. Wie wenig ich über ihn weiß. Manchmal hat er auf einem Tisch aus lackiertem Walnussholz Patiencen gelegt, in einem Erker mit Aussicht über halb Sandefjord. »Wieso tust du das?«, fragte ich ihn einmal. »Damit die Zeit vergeht«, sagte er. Ich habe das umgekehrte Problem. Ich wünschte, die Zeit würde stillstehen. [Durchgestrichen: Ist Schreiben vielleicht genauso sinnlos wie Patiencen legen?]

Das Allerwichtigste: Hilde.
   Meine Tochter ist mir ein Rätsel. Schon früh wollte sie immer gern dabei sein, wenn Arne an seinem eigenen Wagen

herumbastelte, einem Volkswagen natürlich, einem Käfer. Es war, als ob sie seine Fähigkeiten geerbt hätte. Ihr liebster Besitz als Kind war keine Puppe, sondern ein Kugellager, sie nahm es überallhin mit, wiegte es in der Hand, studierte es, bewunderte es wie einen heiligen Gegenstand. Manchmal begleitete sie Arne in die VW-Werkstatt in der Konows gate. Sie sah gerne zu, wenn Motoren auseinandergenommen wurden, schraubte gern herum, und anstatt im Gymnasium, fing sie in der Berufsschule an. Nicht für Motoren allerdings. Im Eisen- und-Metall-Zweig. Hat einen Job bei Kværner Brug bekommen. Turbinenherstellung. Arbeitet in der Montagewerkstatt in der riesigen Maschinenhalle. Es gelingt mir nicht so recht, sie mir in dieser Umgebung vorzustellen, aber Hilde sagt, es läuft gut, sie ist der Gruppe »Frauen in Männerberufen« beigetreten. Sie muss ein eigenartiger Anblick sein. Noch immer mit rußschwarzen Augen. Schmächtig. Kurze Haare. Wie ein Model in Arbeitskluft. Eine Twiggy oder Cheryl Tieges im Overall.

Einmal habe ich sie über Turbinenräder als eine Art Mandala oder Schmuck reden hören, als ein Ausdruck von Zivilisation. Unmöglich, nicht von Ehrfurcht ergriffen zu sein, wenn man sich die Entwicklung des Menschen vom Feuersteinmesser bis zu diesen rotierenden Kraftwundern aus Stahl vorstellt, sagte sie.

Ich glaube, etwas ist in Kerala mit ihr passiert. Etwas Positives. Vielleicht hat sie dort die Muse geküsst. Als sie die Wasserleitungen bauten, stand sie die ganze Zeit daneben und sah zu. Kann ein Ort maßgebend dafür sein, welchen Kurs man einschlägt? Sie liebte den Monsunregen, nicht nur den im Juni, sondern auch den, der im Oktober über uns hereinbrach, begleitet von Blitz und Donner.

Wenn sie hier ist und nach mir sieht, unterhalten wir uns oft über Kerala. Über die Palmen. Das Wohnen direkt am gewaltigen Arabischen Meer. Das Lächeln der Menschen. Überall. Ein Lächeln, das extra weiß wirkte in Gesichtern mit so dunkler Haut. Wir reden über das Essen, Masala Dosa, die dünnen Pfannkuchen mit Gemüsefüllung, die wir zum Frühstück aßen, den gegrillten Fisch zum Abendessen, mit Chili, Koriander und ein wenig Kokosmilch. Die vielen Früchte. Ananas, Mangos, Papayas. »Vergiss nicht das Tamarindchutney«, sagte Hilde.

Wir sind viel herumgereist. Haben viel gesehen und viel erlebt. Die Hausboote in den Lagunen an der Küste. Die vielen kleinen Tempel. Die Prozessionen. Kathakali, das Tanzdrama, die bemalten Gesichter. Wir fuhren nach Varkala hinunter, dann rauf nach Cardamom Hills. Weil Hilde kurz vor der Abreise Thorbjørn Egner in einer Kindersendung gehört hatte, sagte sie im Scherz, wir würden in die Stadt Kardemomme fahren. Und dort, am äußersten Rand der Felder, wurden wirklich Kardamom, Pfeffer und Kaffee angebaut, wir sahen vor unserem Wagen einen Tiger über die Straße gehen, und es stimmt, was William Blake schreibt: eine Flammenpracht. Und in einem der Bungalows dort hätte ich mich um ein Haar auf eine giftige Schlange gesetzt. Es war Hildes Ausruf, der mich gerettet hat.

Vor etwas mehr als einem Jahr bin ich wieder nach Kerala gefahren. Ich wollte den Ort noch einmal sehen, wollte sehen, ob unsere Arbeit Früchte getragen hat. Der Besuch verunsicherte mich. Vielleicht wollten wir, wollte Norwegen zu viel? Einige wenige hatten es tatsächlich zu Wohlstand gebracht, andere hingegen waren noch ärmer geworden. Die Fischer, die kein eigenes Boot besaßen, beklagten sich darüber, dass sie jetzt weniger Fische fingen als früher.

Man sollte nie ins Paradies zurückkehren.

Aber die Klinik stand noch immer. Und sie wurde genutzt, auch wenn die Kantine außer Betrieb war. Ein Umbau in ein regionales Krankenhaus war im Gespräch, unter der Leitung des Gesundheitsministeriums. Ich dachte: Über alles andere lässt sich streiten, aber zumindest das darf als ein erfolgreicher Teil des Entwicklungshilfeprojekts betrachtet werden.

Trotzdem. Irgendwie ist da eine Kluft entstanden. Entwicklungshilfe? Mir kam der Verdacht, dieses Phänomen könnte womöglich in Zukunft als etwas höchst Fragwürdiges betrachtet werden. Angenommen, Norwegen fiele zurück in die Armut? Wie würden wir reagieren, wenn plötzlich, sagen wir, Chinesen daherkämen und uns erklärten, wie wir leben sollen?

Hilde ist sich sicher, dass meine Krankheit mit diesem letzten Indienbesuch zu tun haben muss, dass ich mich mit irgendetwas angesteckt habe. Ich verstehe es nicht, ich bin immer so vorsichtig gewesen. Aber ich weiß, es gibt heimtückische Krankheiten, die erst nach langer Zeit ausbrechen. Ich habe mich von einem neuen Arzt untersuchen lassen, der Erfahrung mit tropischen Infektionskrankheiten hat. Eines ist sicher: Es ist etwas Selteneres als Malaria. Ich habe den Eindruck, als würden sie aufs Geratewohl nach etwas suchen, wie nach der berühmten Nadel im Heuhaufen.

Ich bin kurz davor aufzugeben. Die Ärzte sind kurz davor aufzugeben.

Aber nicht Hilde. Eines Tages schleppte sie diesen Guru an. Ich döste gerade in einem Liegestuhl auf der Veranda vor unserem kleinen Haus in der Rodeløkken-Kleingartensiedlung. Arne hatte es seinerzeit gekauft. Er liebt dieses Häuschen, es würde einem Volkswagen gut anstehen, sagte er. Weil ich so geschwächt war, so abgemagert, wurde ich ins Krankenhaus Ullevål eingewiesen, aber Hilde hat mich hierherbringen lassen, so als wünschte sie, dass ich an einem schönen Ort sterben könne. Wenn nicht in Alvdal, dann hier.

Sofort, als dieser Guru hereinkam, dachte ich an Baral. Oder an einen Tiger. Denn er stand vor mir und brannte.

III

Es ist viel passiert, und plötzlich habe ich genügend Zeit, davon zu berichten. Und ich freue mich wirklich darauf, denn die Geschichte ist fast ein Wunder. (Schreibe ich dies vielleicht genauso sehr für die Enkelkinder, die ich nie haben werde?)

Es stellte sich heraus, dass der Guru gar kein solcher war. Der »Guru« hieß Prem Bhandari und kam aus Indien, aus dem nördlichen Teil von Uttar Pradesh – »das Indien, das uns das *Mahabharata*, den Taj Mahal und Nehru geschenkt hat«, wie er stolz verkündete –, allerdings war er ausgebildeter Elektroingenieur und aus drei ziemlich originellen Gründen nach Norwegen gekommen.

Mitte der 60er-Jahre hatte er einen Onkel besucht, der aus mir unbekannten Gründen in Quilon in Kerala gelandet war und dort einen Radioladen betrieb. Dieser Onkel erzählte Prem von einem äußerst sonderbaren Projekt, das einige Jahre in ein paar Küstendörfern weiter nördlich gelaufen war. Ein fernes Land, Norwegen, sei auf die Idee verfallen, Indien Hilfe zu leisten, und habe sich just diese Dörfer herausgepickt, um den Fischern dort unter die Arme zu greifen. Der Onkel hatte viel gelacht, sich auf die Oberschenkel geklopft über alles, was dabei schiefgegangen war. Aber Prem stieg in den Bus und fuhr dort hinauf, um sich dieses bizarre Phänomen mit eigenen Augen anzusehen, verwendete einen ganzen Tag darauf, durch die Gegend zu streifen und die motorisierten Fischerboote zu studieren, die Latrinen, die Wasserleitungsanlagen, hauptsächlich jedoch das Gesundheitszentrum. Im Gegensatz zu seinem Onkel war er fasziniert davon. In vielerlei Hinsicht sah er das Großartige daran, dass ein Volk einem anderen die Hand reichen wollte, auch wenn es nur ein klitzekleines Volk war, das seine Hand einer gigantischen Nation reichte, die eigentlich imstande sein sollte, sich selbst zu helfen.

Er lachte, aber nicht höhnisch, sondern vor Überraschung. In Wahrheit auch vor Bewunderung. Wie sah es dort aus, in Norwegen?

Das war der erste Grund.

Zurück in Quilon schleppte der Onkel ihn ins Hinterzimmer und zeigte ihm ein Geheimnis. Auf dem Arbeitstisch stand etwas, das der Onkel als ein Kleinod bezeichnete: Ein Tandberg-Tonbandgerät. Es hatte einem der norwegischen Ärzte in Kerala gehört, hatte aber den Geist aufgegeben. Vielleicht wegen des Klimas? Der Arzt hatte es in den Laden gebracht, und weil es dem Onkel nicht gelungen war, das Gerät zu reparieren, hatte der Arzt gesagt, er könne es behalten. Doch dann, nach großen Anstrengungen, hatte der Onkel es wieder zum Laufen gebracht. »Was für ein Produkt!«, sagte er. »Als ich es aufgemacht und herausgefunden habe, wie das System funktioniert, war ich wirklich beeindruckt.« Er führte Prem das Tonbandgerät vor, zeigte ihm das Zählwerk, die Geschwindigkeitswahltaste, den Schieberegler. Ein Band befand sich darin, Musik, bei der es sich um eine Aufnahme aus dem norwegischen Radio handeln musste, eine Sängerin mit einer leicht heiseren Stimme. Wie von einem anderen Planeten, dachte Prem. Mit einem Mikrofon, das ebenfalls dabei war, hatte der Onkel sein eigenes Pfeifen aufgenommen. »Hör mal, wie hervorragend die Wiedergabe ist!« Auch Prem lobte die Qualität. In Gedanken sah er sich selbst vor einer Produktionshalle in Norwegen.

Das war der zweite Grund.

Natürlich versuchte ich zu erraten, welche Sängerin das gewesen sein konnte, und nachdem ich Prem verschiedene Platten vorgespielt hatte, stellte sich heraus, dass es sich um unsere allseits beliebte Nora Brockstedt handelte.

*

Ein Film, den er 1971 in Dehli gesehen hatte, als er dort auf Jobsuche war, veranlasste Prem schließlich dazu, die Koffer zu packen. Der Film, *Grenzen der Liebe,* eine englisch-französisch-italienische Produktion aus demselben Jahr, lief in einem kleinen Kino, das bisweilen europäische Filme zeigte, und raubte Prem so sehr den Atem, dass er am nächsten Tag noch einmal hinging und tags darauf gleich noch einmal. Was ihn an dem Film in seinen Bann zog, war jedoch nicht die norwegische Schauspielerin mit ihrer außergewöhnlichen Ausstrahlung – sondern eine Szene, die in einer Parkanlage in Oslo, der Hauptstadt Norwegens, spielte, einem Park, der übervoll war mit Skulpturen und zugleich den Hintergrund bildete für eine ziemlich gewagte Liebesszene zwischen der norwegischen Schauspielerin und dem italienischen Mann in der zweiten Hauptrolle. Jetzt wusste Prem, dass er dieses wundersame Land sehen, dass er Himmel und Erde in Bewegung setzen musste, um sich dort einen Job zu suchen.

Er nahm das Schiff nach England und, nachdem er den Kanal überquert hatte, den Zug weiter nach Kopenhagen. Von dort aus fuhr er weiter mit der Fähre, und diese Entscheidung traf er ganz bewusst, denn eine andere ergreifende Szene in dem erwähnten Film, die eigentliche Eröffnungsszene, zeigte den männlichen Hauptdarsteller an Deck einer Fähre bei der Einfahrt nach Oslo, und man sieht, wie die Stadt und die dahinterliegenden, bewaldeten Bergrücken sich vor ihm ausbreiten. Nun stand Prem selbst auf der Fähre nach Norwegen, als diese langsam am Nessodtangen vorbeiglitt, und er wusste – er war sich sicher –, er würde niemals nach Indien zurückkehren, sondern hier leben, in dieser kleinen Stadt, die sich so wunderschön für ihn öffnete, ihm wie zum Empfang ihre grünen Hügelarme entgegenstreckte.

Ich glaube nicht, dass Prem wusste, *wie* klein diese Stadt war und wie wenige Menschen in diesem Land lebten, nicht bevor ich ihm Laila Berger vorstellte, die in dem Film die Hauptrolle spielte. Das war auf der Hochzeit. Prems Gesichtsausdruck wechselte zwischen Gaffen und Lachen, als ihm klar wurde, dass Laila eine gute Bekannte von uns war.

Das Erste, was Prem Bhandari unternahm, nachdem er sich in der Jugendherberge Haraldsheim eingerichtet hatte, war ein Besuch im Vigelandspark, und er wurde nicht enttäuscht, denn es war, als bewegte er sich durch ein riesiges, mit Bedeutung gefülltes Diagramm – jenen vergleichbar, mit denen er sich als Elektroingenieur befasste –, und weil er so damit beschäftigt war, vor jeder einzelnen Skulptur stehen zu bleiben, sie zu betrachten, jeden einzelnen Fußpfad zu gehen, Linien, Achsen und Kompositionen zu betrachten, vergaß er darüber völlig, den Baum zu suchen, auf dem die zwei Liebenden in *Grenzen der Liebe* saßen. Aber das spielt keine Rolle, dachte er spätabends, als er den Bogstadveien hinunterspazierte. Sie, oder der Film, hatte ihn in Bewegung versetzt, ihn hierher geführt in dieses mysteriöse Land.

Denn es *war* ein mysteriöses Land. Wo waren die Menschen? Das war das Erste, was ihm auffiel: Wie wenige Menschen auf den Straßen unterwegs waren, selbst zur geschäftigsten Tageszeit. Darüber hinaus war die Umgebung fast frei von Geräuschen. Und von Gerüchen. War er in eine Art Geruchsvakuum gekommen? Und die Straßen. Absolut sauber! Wo war der Kuhmist? Und wo die Götter? Zu Hause wimmelte es nur so von Gottheiten, Heerscharen, überall stolperte man über sie. Aber hier. Es war, als befände er sich an einem gottlosen Ort.

Was für ein wunderbares Land!, sagte er sich, wieder und wieder.

Ich denke, Oslo musste auf Prem genauso fremd und unverständlich gewirkt haben wie Kerala auf mich.

Prem hatte sich nie optimistischer gefühlt als am nächsten Tag, als er in Kjelsås aus der Straßenbahn stieg und sich Tandbergs Radiofabrik näherte [der Name dieser Firma findet in den N20-Quellen häufig Erwähnung und wird, in einem Land, das in erster Linie für seine Halbfabrikate bekannt war, als ein Phänomen von großer Seltenheit angeführt], denn der Anblick, der sich ihm bot, bestätigte seine Annahme, dass ein Arbeitsplatz dort fast zu schön wäre, um wahr zu sein, und ein Zusammenhang bestehen müsse zwischen dem schlanken Meisterwerk von einem Tonbandgerät, das er im Hinterzimmer seines Onkels studiert hatte, und dieser verblüffenden, durchdachten Anlage, bei der man von der Produktionshalle aus auf den See Maridalsvann hinausblicken und in der Mittagspause in einem Park mit Tierskulpturen und einem eigenen Musikpavillon sitzen konnte. Ist das eine Fabrik oder das Paradies?, dachte er.

Nachdem er festgestellt hatte, dass auch die Innenräume der Gebäude von diesem überirdischen Standard geprägt waren – angefangen von der Garderobe bis hin zu den Büroräumen –, schmerzte es Prem umso mehr, von dort weggehen zu müssen, ohne einen Job bekommen zu haben. Brauchten die wirklich keine topausgebildete Fachkraft aus einem Land, das 5.000 Jahre Zivilisation auf dem Buckel hatte?

Von dem Moment an gestalteten sich die Dinge schwieriger.

Prem ließ sich auf einer der Bänke draußen im Park nieder. Neben ihm saß ein Mann und aß. Prem wurde neugierig. Auf einem knisternden Papier lagen einige Brote mit Braunkäse. Sie kamen ins Gespräch. »Dasselbe Lunchpaket wie der Chef«, sagte der Mann auf Englisch und deutete mit dem Daumen auf das Gebäude hinter ihnen. »Zwei Brote mit Braunkäse.« Immerhin gab der Mann Prem ein paar freundliche Tipps mit auf den Weg, wie er sich möglicherweise vorübergehende Jobs und eine billige Wohnstätte beschaffen konnte.

Ich hatte mir immer gedacht, bei dem Mann müsse es sich um Lorang Berger, Bjørgs Vater, gehandelt haben. Und es stimmt, bei seiner kurzen Hochzeitsansprache hat er von der Begegnung erzählt.

Und so landete Prem als Tellerwäscher im Grand Hotel. Er hatte nichts gegen die Arbeit, obwohl sie nicht im Entferntesten mit seinem Traum zu tun hatte, neue elektronische Sensationen für die Radiofabrik Tandberg zu konstruieren. Ungeachtet dessen wusste er die Zeit gut zu nutzen, er mietete ein winziges, möbliertes Zimmer bei einer netten alten Lehrerin in Torshov und lernte Norwegisch, belegte so viele Kurse, wie er konnte, worin er auch von der pensionierten Lehrerin unterstützt wurde, und in überraschend kurzer Zeit, natürlich auch dank seiner Motivation, vermochte er die Sprache sowohl zu verstehen als auch, sie leidlich gut zu sprechen. »Im Grand Hotel gab es nicht viele Tellerwäscher, die Norwegisch, Englisch, Hindi und ein bisschen Garhwali beherrschten«, sagte er später.

Trotzdem spielte er immer öfter mit dem Gedanken aufzugeben, die Rückreise anzutreten, sich Arbeit zu suchen, eine Familie zu gründen und sich in Delhi oder einer anderen indischen Stadt niederzulassen und in der Daseinsroutine zu versinken, die uns alle erdrückt, *Samsāras* Kreislauf des Lebens. Aber er hielt durch. Unter anderem deshalb, weil er sich in das Stadtviertel Torshov verliebt hatte, »eine Stadtplanungsvision auf demselben Niveau wie die Radiofabrik Tandberg«. Obwohl ich nicht an *Karma* glaube, muss ich das Schicksal bestimmen lassen, dachte er, und vielleicht dachte er das auch an jenem Sommersamstag im Schlosspark – es bringt mich jedes Mal zum Lachen, wenn ich die Szene vor meinem geistigen Auge zu sehen versuche. Im Oslo der 1970er-Jahre hatte es gewiss etwas Exotisches, ihn im Schneidersitz an einem der Teiche des Schlossparks sitzen zu sehen, mit diesem Gesicht, das, sofern mir diese Ausdrucksweise erlaubt ist, fast eine Karikatur des Urindischen darstellte, zumal er an diesem Tag ganz weiße Kleidung trug, ein großes, locker sitzendes Hemd und eine weite Hose. Und weil er dort in einer für norwegische Begriffe ungewohnten Positur saß, wie bei der Meditation, war es vielleicht nicht verwunderlich, dass drei junge Frauen die Situation falsch auslegten und auf ihn zukamen – kann sein, dass sie etwas unvoreingenommener waren als sonst, nachdem sie davor auf der Terrasse des Kunstnernes Hus Wein getrunken hatten. »Verzeihung, aber sind Sie ein Guru?«, fragten sie.

Seine Antwort kam wie aus der Pistole geschossen: »Ja, bin ich.« Er blickte auf sein weißes Gewand hinunter und bereute schon, nicht einen Finger in Ketchup oder Asche getunkt und sich einen Fleck auf die Stirn getupft zu haben. Guru zu sein war immer eine Möglichkeit, jedenfalls war es besser, als im Grand Hotel Teller zu waschen.

»Woher kommen Sie?«, fragte eine der Frauen, offensichtlich beeindruckt, weil er ihnen auf Norwegisch antworten konnte.

»Meine Mutter kommt aus dem Himmel, mein Vater von der Erde, aber ich komme aus dem Universum«, sagte er, wobei er darauf achtete, die Hände auf den Knien ruhen zu lassen, während er mit den Fingern Figuren formte, die an Mudras erinnern mochten. Er war nicht umsonst in Haridwar aufgewachsen, einer der heiligen Städte Indiens am Fuße des Himalajas.

»Kann Meditieren helfen?« Die Frage kam von der ältesten der Frauen. Sie wirkte ernster, ihre Neugier aufrichtiger.

»Allein durch Meditation kann man zum innersten Kern aller Dinge vordringen«, sagte Prem in charmant gebrochenem Norwegisch und hielt den Blick fest auf sie gerichtet. »Reden hilft nicht. Wörter bedeuten nichts, sie fließen bloß wie ein nimmer endender Regen in einen Pappbecher, entgleiten uns und entschwinden ins Universum.« Er fürchtete schon, er wäre zu weit gegangen, doch die Frau blickte den im Schneidersitz auf dem grünen Rasen sitzenden Mann immer noch genauso andächtig und respektvoll an wie zuvor.

»Haben Sie den Sinn gefunden?«, fragte eine der anderen vorsichtig.

»Das habe ich, aber die Suche kann lang, lang, lang dauern. Und sie kann viele, viele Tränen kosten. Doch danach sieht man so klar, dass man ihn nicht mehr verliert.«

Ich erinnere mich an diese Sätze, weil Prem mir später gezeigt hat, woher er sie hatte. Ich kannte die Quelle von früher, da Hilde mir diese Beatles-LP unzählige Male vorgespielt hatte, bloß hatte ich nie auf die Texte gehört.

Da fällt mir ein, dass Prem schon früh mit dem Wort Guru konfrontiert worden war. In einem Büro der Radiofabrik Tandberg, als er einem leicht irritierten Personalchef gegenübersaß und, um seine Qualifikationen hervorzuheben und seine Einstellung verlockender zu gestalten, eifrig dafür plädierte, Tandberg solle mit der Herstellung von Computern beginnen. Macht sie klein. Baut eine Art persönlichen Computer. Für den Hausgebrauch. Wie euer Tonbandgerät. »Aber wir müssen uns beeilen, bevor andere uns zuvorkommen«, sagte er.

In dem Büro war auch noch eine weitere Person anwesend, so als hätte der Chef Verstärkung nötig im Umgang mit dieser ungewohnten Situation – was für ein Ding, ein Inder, der von Haridwar nach Oslo gereist war, um sich auf Jobsuche zu begeben –, und nun fingen beide Norweger zu lachen an. Sie versuchten, es zu unterdrücken, aber sie brachen in Gelächter aus, und es dauerte einige Zeit, bis sie sich wieder gefasst hatten und ihm beide Handflächen entgegenstreckten, wie um zu demonstrieren, dass er mit dieser Vorstellung von kleinen Computern den Vogel abschoss, ehrlich, sie lebten in der Wirklichkeit, nicht in einem Science-Fiction-Roman. Am Ende sagte der eine: »Glauben Sie, Sie sind ein Guru?«, worauf beide erneut in Gelächter ausbrachen.

Armer Prem, ich sehe ihn vor mir. Nichtsdestotrotz hatte die Sache auch einen positiven Effekt, denn als die Frauen im Schlosspark ihm ihre Fragen stellten, war er vorbereitet.

Die älteste von ihnen, die eifrigste, hatte eine Idee, und das nicht nur wegen des Weins, den sie getrunken hatte. Sie hieß Solveig Fjell und hatte sich davor schon ein wenig mit Meditation und Yoga beschäftigt. Kein böses Wort über sie, sagte Prem zu mir. Obgleich Solveigs spirituelle Suche schon beinahe etwas Beunruhigendes an sich hatte, war sie ein durch und durch herzensguter Mensch. Sie konnte Prem dazu überreden, mit ihr zu kommen, und gemeinsam riefen sie in ihrem großen Haus im Svartskogen eine Art Ashram ins Leben, auf einem weitläufigen Grundstück, das sich bezaubernd bis hinunter zum Bunnefjord erstreckte, nicht weit entfernt vom Anwesen des norwegischen Polarhelden Roald Amundsen. Solveig betrieb Kunsthandwerk, der obere Stock ihres Hauses war mit Webstühlen und bunten Kleidungsstücken, Halstüchern und Schals vollgeräumt. Ein Hauch von Lila, Solveigs Lieblingsfarbe, hing über der gesamten Webstube.

Prem durfte in einem der Nebengebäude wohnen, und bald gesellten sich auch andere Menschen dazu, die im Haus oder in den kleinen, ringsum auf dem Anwesen gelegenen Gebäuden wohnten, und im Garten, wo man auf dem Weg zu seinem inneren Südpol unter Obstbäumen saß, hielt Prem Stunden ab, regelrechte Vorlesungen, abwechselnd mit Yogaübungen, bei der die Teilnehmer sich in Stellungen begaben, die mit Sicherheit Roald Amundssens Neugier – nicht die polare, sondern die ethnologische – geweckt hätten. Und die Leute waren dankbar, viele kamen anschließend auf Prem zu und berichteten, sie hätten genau jene Erfahrung gemacht, von der er gesprochen habe. Von einer unbegrenzten, unsterblichen Liebe, die um sie herum erstrahlt sei, wie von Millionen Sonnen.

Und Prem vermochte ohne weiteres in diese Rolle zu schlüpfen, nicht nur, weil er in Haridwar aufgewachsen war, sozusagen im täglichen Umgang mit Gurus, sondern weil sein Vater, ein Arzt, sich sehr für Meditation und Yoga interessierte. Die wenigen Male, als Prem bei einer Sache in Zweifel geriet, unternahm er eine Exkursion nach Oslo, um sich die fehlenden Kenntnisse im Lesesaal der Deichmanschen Bibliothek anzueignen. Was für ein wunderbares Land, dachte er.

Prem Bhandari saß im Schneidersitz vor einer Gruppe aufmerksam Zuhörender, die sich allesamt auf einer ernsthaften Suche befanden, und erzählte aus der *Bhagavadgita* oder dem *Ramayana* oder sagte, was ihm sonst gerade in den Sinn kam: »Je höher du fliegst, desto tiefer reichst du.« Die Leute nickten. »Deine Innenseite ist außen, wenn deine Außenseite innen ist«, sagte er. Die Leute nickten. »Ich sehe euch an, und ich sehe die Liebe in euch schlummern, und eure Aufgabe ist es, sie zum Entfalten zu bringen«, sagte er. Die Leute nickten, und danach gingen sie alle ihrer Wege, um die in ihnen schlummernde Liebe zu entfalten.

Bei Sonnenuntergang gingen sie in einer Prozession hinunter zu dem »heiligen« Bunnefjord und ließen kleine, mit Kerzen und orangefarbenen Ringelblumen bestückte Flöße zu Wasser.

Ich habe die letzten Testergebnisse bekommen. Alles hat sich verändert. Bald werde ich wieder gesund sein. [Blumenzeichnungen am Rand.]

Für Prem waren dies glückliche Monate, und sie waren Lichtjahre entfernt von seiner Tätigkeit als Tellerwäscher im Grand Hotel. Gärten und Nebengebäude, in denen das Mantra »Jay Guru Deva Om« widerhallte, während der Duft von Tiger Balsam und Weihrauch und vegetarischem Essen sich in der gesamten Umgebung verbreitete. Solveig war eine versierte vegetarische Köchin, und obwohl Prem die begrenzte Auswahl an Gemüse in diesem Land katastrophal fand, konnte er ihr den einen oder anderen, ihr noch nicht bekannten Kniff beibringen. Nicht zuletzt in Sachen Gewürzmischungen wusste er besser Bescheid. Das war das Einzige, was er an Norwegen auszusetzen hatte: Das Essen schmeckte nach Mehl oder Plastik oder nach gar nichts. Wo waren die Gewürze? »Dein Garam Masala markiert eine neue Zeitrechnung in meiner Kochkunst«, schwärmte Solveig.

Prem schien es auffallend, dass der Ashram überwiegend von Frauen besucht wurde und diese ihn auffallend oft mit Blicken bedachten, die nicht allein eine Sehnsucht nach geistiger Führung verrieten.

Bei einer Privatstunde witterte Prem schließlich Unheil. Vor ihm saß Gro, die eben erst neu in den Svartskog-Ashram gekommen war, allerdings nach einem Aufenthalt in Indien. Nachdem Prem eine Weile über *Karma*, *Maya* und *Nirwana* gesprochen hatte, zeigte die Frau Anzeichen von Ungeduld, stand plötzlich auf auf und ließ alle Kleider fallen, das Geschlecht nur einen Meter von seiner Nase entfernt, einen Busch, üppig wie eine Afrofrisur. »Wollen Sie mich nicht um meine Vagina und meinen Anus herum einölen?«, fragte sie. Prem wurde nervös und musste sie fragen: »Warum das denn?« Irgendwie erstaunt blickte sie ihn an: »Um meine *Kundalini* zu stärken, die innere, geistige Kraft«, sagte sie.

Da begriff er, dass er aussteigen, den Guru-Habit ablegen musste, bevor es zu spät war.

Am nächsten Tag schneite Hilde zur Tür herein; von einer Freundin, die eher schwärmerisch veranlagt war, hatte sie von dem Svartskog-Ashram gehört. Hilde selbst betrieb keine fernöstliche Meditation, hegte aber, weil wir in Indien gelebt hatten, eine Neugier für Yoga, Gurus und den ganzen Firlefanz, womöglich auch aufgrund meiner Erzählungen über Baral. Sie war gewillt, alles auszuprobieren, um mir zu helfen, und bei einem waschechten Guru Rat einzuholen, konnte zumindest nicht schaden. Um ehrlich zu sein, glaube ich, dass sie Prem auf Anhieb durchschaute, aber trotzdem eine Hoffnung witterte: Der Mann, der da vor ihr stand, wirkte klug. Und er war immerhin Inder. Vielleicht würde er etwas sehen, das in Norwegen sonst niemand sah.

Prem ließ sich überreden und kam mit ihr in die Stadt, von Hilde geradezu an der Hand geführt bis auf die kleine Terrasse, wo ich in meinem Liegestuhl saß wie eine Figur aus Thomas Manns *Zauberberg*. Ich weiß noch, dass es ihm nicht gelang, mit seiner Verwunderung über die Kleingartensiedlung Rodeløkken hinterm Berg zu halten. Ich glaube, er hielt es zunächst für eine norwegische Version eines riesigen Ashrams. Er wandte sich in alle Richtungen und ließ die Idylle auf sich wirken – die Häuser, von denen einige wie kleine Puppenstübchen wirkten, die vielen Blumen und Ziersträucher, die Stangen, auf denen norwegische Fahnen flatterten. »Oh, ein Liliputnorwegen!«, rief er aus. »Was für ein wundervolles Land!«

Obwohl Prem ein junger Mann war, dachte ich, wie schon gesagt, bei seinem Anblick sogleich an Baral. Irgendetwas, ich weiß nicht, was, lag in seinem Blick, in seinen braunen Augen. Weisheit. Jedenfalls hatte es nichts mit Gurus zu tun, denn direkt vor unseren Augen verwandelte er sich von einem Guru in einen topausgebildeten Inder, der über medizinisches Wissen verfügte. Nicht so verwunderlich, wenn man bedenkt, dass sein Vater Arzt war. Nachdem er mit mir gesprochen hatte, nahm sein Gesicht einen entschlossenen Ausdruck an. »Sie müssen schnellstmöglich zurück ins Krankenhaus!«, sagte er.

War das ein glücklicher Zufall? Oder verbarg sich dahinter eine Kausalkette, die ich nicht sah – eine wertvolle Lektion –, als deren erstes Glied eine Almwiese unter dem Tronfjell fungierte? [Viele angefangene Sätze, alle fest durchgestrichen; einzig das letzte Wort ist zu entziffern: »diagonal«.]

Prem hatte die Symptome wiedererkannt. Er hatte Menschen gesehen, die an derselben Erkrankung litten wie ich, mit dem Unterschied, dass seine Landsleute in Indien eine dunklere Hautfärbung bekamen, weshalb sie die Krankheit *Kala-Azar* nannten, schwarzes Fieber auf Hindi. »Du leidest an etwas namens Leishmaniose«, sagte er zu mir, während wir auf die Ärzte warteten. »Die Krankheit wird von einem Parasiten verursacht, der durch den Stich der Sandfliege übertragen wird. Ich weiß, die sind selten in Kerala, aber sie kommen auch dort vor.«

Wochen später erst erinnerte ich mich daran, dass Baral etwas von Fliegen gesagt hatte.

Ich wurde zu einer kleinen Sensation im Krankenhaus Ullevål. Sie hatten dort noch nie einen Fall von Leishmaniose gehabt. Es wurden Blut- und Knochenmarksproben entnommen, und die Diagnose war korrekt, ein Parasit hatte sich in meinen inneren Organen eingenistet. Nach einmonatiger Behandlung mit Natriumstibogluconat (über die Nebenwirkungen möchte ich mich hier nicht verbreiten) war ich genesen.

Wen wundert es, dass ich warme Gefühle für Prem Bhandari hege? Ich habe ihm mein Leben zu verdanken.

Ich habe viel darüber nachgedacht. Bei aller Angst vor Tigern und Giftschlangen steckt die Gefahr in einem winzigen Insekt. Es genügt ein Schritt an der falschen Stelle.

*

August 1974. Nach langer Pause habe ich diese Blätter wieder hervorgeholt. Es ist an der Zeit, die Erzählung abzuschließen:

Prem wollte in Norwegen bleiben. Nie habe ich jemanden ein solches Loblied auf Norwegen anstimmen hören wie ihn. Prem kam aus einem Land, das vom Kastensystem geprägt war, und der Gleichheitsgrundsatz, dem er in unserer Gesellschaft begegnete, war für ihn kaum zu fassen. Das Sozialsystem ebenso wenig. Die Tatsache, dass es für fast alles Sozialleistungen gab. Wenn wir krank wurden, körperlich beeinträchtigt, arbeitslos. Dazu bekam man auch noch eine Rente. Kostenlose Krankenhausaufenthalte. Nicht zu glauben! »Gib mir eine norwegische Fahne!«, sagte er. »Kann ich in die Kleingartensiedlung ziehen?«

Kurz darauf bekam er übrigens einen Job bei IBM, in Vika-terrassen, und nach der internen Ausbildung landete er in der Datenabteilung, wo er bald zu einem führenden und vielgelobten Mitarbeiter wurde. Doch obwohl es eine ausgezeichnete Kantine gab, bereitete er sich sein Lunchpaket immer zu Hause vor, zwei Brote mit Braunkäse. »Gut«, sagte Direktor Gunnar Wille. »Sie werden es in diesem Land noch weit bringen.«

Er hatte noch einen weiteren Grund zu bleiben, denn außer mir hegte auch jemand anderes warme Gefühle für Prem

Bhandari. Hilde verliebte sich in ihn, und das nicht nur, weil er mich gerettet hat. Ich bin daraus nie schlau geworden. Das heißt, direkt vor der Hochzeit habe ich sie danach gefragt. »Ich heirate ihn, weil er ein durch und durch guter Mann ist«, sagte sie. »Und weil er musikalisch ist«, fügte sie kryptisch hinzu. »Er singt wie eine Drossel.«

Hilde war mir schon immer ein Rätsel.

Bei der Hochzeitsfeier spielten sie »My Sweet Lord«.

Aber ich sehe, dass sie es gut haben. Hilde erzählt mir, jeden Abend schmiegt er sich an sie und schnurrt wie eine Katze.

Ich hätte das nie vermutet, aber die Hochzeit des Kronprinzen 1968, die Bilder, die wir zusammen mit Laila und den anderen auf dem Fernsehbildschirm in Tåsen gesehen hatten, mussten großen Eindruck auf Hilde gemacht haben, denn irgendwie konnte sie es organisieren, dass auch sie und Prem in der Osloer Domkirche heiraten durften. Sie brachte sogar Arne dazu, ein Cabriolet zu mieten, das dem ähnlich sah, in dem Harald und Sonja gefahren waren, einen Lincoln Continental Convertible, das Modell von 1966.

Ja, es bestand eine Ähnlichkeit, abgesehen davon, dass sie in die entgegengesetzte Richtung fuhren, auf den Ostrand zu, nach Grønland und Vålerenga. Sie waren bereits in die Islands gate gezogen, direkt neben uns. Eine stattliche Hochzeit, kein Zweifel. Hilde in einem Kleid, zu dem ihr sogar Sonja gratuliert hätte, Prem mit einem schwarzen Nehru-Jackett und einem Lächeln, als wähnte er sich im Himmel.

Arne begnügte sich nicht damit, ein Auto zu mieten. Als Hochzeitsgeschenk bekamen sie einen VW-Bus. Ich habe keinen Schimmer, wo er das Geld dafür hernahm, sofern nicht Harald A. Møller persönlich ihm dabei unter die Arme gegriffen hatte. »Den sollt ihr ausfüllen«, sagte er nur. »Die neue Königs-familie.« Ich stieß ihn in die Seite, hielt ihn zum Schweigen an, obwohl ich hoffte, sein Wunsch würde in Erfüllung gehen.

Unlängst fiel mir ein altes Bild von Baral in die Hände, auf dem er auf seinem weißen Pferd Valkiri zu sehen ist. Plötzlich erinnerte ich mich an die zwei englischen Damen, mit denen er zusammengewohnt hatte, Miss Edwards und Miss Jewson. Bei unserem Besuch auf der Alm hatten sie kein Wort gesprochen. Warum habe ich nicht versucht, sie zum Reden zu bringen? Mit diesen beiden Frauen, schoss es mir jetzt ein, hätte ich mich unterhalten sollen.

Ich bin längst wieder zurück auf der Arbeit. In demselben Krankenhaus, in dem ich behandelt wurde. Ein Umstand, der mich meinen eigenen Arbeitsplatz aus einer anderen Perspek-tive betrachten, mich seine Bedeutung erkennen lässt. Manch-mal schaue ich bei den Ärzten vorbei, die sich auf tropische Krankheiten spezialisiert haben. Das mit den Parasiten fas-ziniert mich. Diese Lebensform. Sind Parasiten vielleicht er-folgreichere Wesen als der Mensch? Können auch Menschen Parasiten sein? Kann ein Land Parasit sein?

Es regnet. Es gießt wie aus Kübeln. Am Nachmittag werde ich Bjørg in Gaustad besuchen. Einfach mit ihr zusammen sein. Die Lokomotive auf dem Fensterbrett ansehen. Hinaus-sehen. Dem Regen zusehen. Noch einmal an Kerala und das alles denken.

Wir kehren zurück zu Rita Bohre, der wahrscheinlich wichtigsten Person unserer fiktionalisierten Geschichte über das Norwegen des 20. Jahrhunderts – und wir verbreiten diese Theorie nicht, weil wir, die wir dies zu Papier bringen, drei Frauen sind. Der folgende Bericht handelt von einem Sommerabend 1931 und gehört exakt an diese Stelle – vergleichbar, wie die geologisch beeinflusste Erzähltheorie uns gelehrt hat, einer älteren Felsschicht, die sich über erheblich jüngeres Gestein geschoben hat.

Beim Betreten des Zimmers war Rita noch in gehobener Stimmung und fühlte sich schlagfertig, doch jetzt, nur eine Stunde später, empfindet sie immer größeres Missfallen an der Situation. Was sie sieht, sind zehn redende Männer, lachende Männer, gestikulierende Männer und zwei Frauen, stillsitzend und ernst oder mit einem verstohlenen Lächeln, als wären sie in Gedanken mit ganz anderen Dingen beschäftigt. Warum waren sie so wenige Frauen? Unzählige Male schon hatte sie sich diese Frage gestellt. Vor bald zwanzig Jahren haben wir das Stimmrecht erhalten, denkt sie, und trotzdem sitzen wir hier, in den Redaktionsräumen einer Zeitschrift, einer radikalen obendrein, eine spärliche Anzahl verzagter Frauen mitten in einem Haufen redseliger, vor ichbezogenen Projekten überschäumender Männer. Rita wurde von Trygve Falch eingeladen. Es ist eine erweiterte Redaktionssitzung – eine Teambesprechung – für die Inhaltsplanung der nächsten Nummer. Auf Rita wirkt es eher wie ein Vorwand für eine Party.

»Rita, sei so nett, bring noch mehr Wein!« Trygve ruft es ihr von der anderen Seite des unordentlichen Tisches aus zu. Sie überhört es, gibt vor, die Zettel zu studieren, die sie vor sich liegen hat, die Blaupause eines Artikels, den sie für *Neon*, so der Name der Zeitschrift, geschrieben hat, einen Artikel, der von den Mitgliedern der Redaktion hätte gelesen werden sollen, nachdem sie ihn vor zwei Wochen bekommen hatten.

Das ist es, was diese Gruppe, der auch Rita angehört, sein will. Neon. Ein chemisches Element, ein Leuchtstoff.

Sie sitzen im obersten Stock eines neuen Bürogebäudes am Egertorget. Einige nennen es Wolkenkratzer, Trygve Falch nennt es einen »Tempel«. Das Haus wurde von dem Architekten Lars Backer, der leider, und das schon kurz nachdem er seine Tätigkeit aufgenommen hatte, verstorben war, für die Firma H. Horn & Co entworfen; sie befinden sich im Büro des Rechtsanwalts Morten Øhrnlund, der Verbindungen zu den Hauseigentümern pflegt und sich gern mit jungen, scharfsinnigen Menschen umgibt. Dem Neon-Kreis, wie sie genannt werden.

Rita sieht, dass Lydia Vang aufgestanden ist, um noch Wein zu holen, nachdem sie selbst der Aufforderung des Redakteurs nicht nachgekommen ist. Ärgerlich. Warum so unterwürfig? Warum sollte immer eine Frau sich als Bedienung betätigen? Ist ihr Name wirklich Lydia? Und braucht es wirklich ein *so* langes Mundstück an der Zigarette? Rita beobachtet, wie Trygve einen verstohlenen Blick auf ihren Hintern wirft, als sie ins Nebenzimmer verschwindet. Ein Stich. Schon seit längerem fühlt Rita eine Unruhe, nachdem sie mehrmals beobachtet hat, wie sie einander schelmisch zulächelten, hat es aber bis jetzt nicht über sich gebracht, der Sache nachzugehen, einem Problem, denkt sie, dem nachzugehen nicht wert ist in einer Gruppe, deren Trachten dem neuen Menschen gilt.

»Wäre es möglich, wenn du schon dabei bist, dass wir noch was zu essen auf den Tisch kriegen?«, poltert Stefan Klaussen, der Komponist, und deutet mit einer Armbewegung auf die Schüsseln, in denen sich inzwischen nur mehr Käserinden und Knackwurststummeln, eine einzelne Salamischeibe und ein paar Brotkanten befinden. Obwohl sie nicht zum Essen hierherkommen, hält Rechtsanwalt Øhrnlund trotzdem für gewöhnlich einige kalte Speisen in seinem Schrank bereit. Er gibt Bodil Friis ein Zeichen, die ohne Einspruch zu erheben noch etwas Brot, einen Teller Räucherschinken und ein dickes Stück Leberpastete aus der Küche holt.

Ärgerlich, denkt Rita, schiebt den Gedanken aber beiseite, denn sie ist gern hier. Sie glaubt daran. An die Wichtigkeit der Sache. Mitunter hielt sie die Zeitschrift einfach nur in den Händen, kuschelte regelrecht mit ihr. Der Name wie ein Reklameschild auf der Titelseite. Allein die formale Gestaltung war frech und modern, geprägt von einem neuen grafischen Denken. Sie ist stolz, einen Platz an diesem Tisch zu haben, Wein zu trinken und währenddessen von ganz oben aus dem Horngården, diesem grandiosen Beispiel einer künftigen Architektur, auf die Stadt hinauszublicken. Gleichzeitig beschäftigt sie die Frage, was die anderen von ihrem Artikel halten. In *Neon* vertreten zu sein, ist mit Prestige verbunden. Schon früher war ein kurzer Artikel von ihr abgedruckt worden, doch der hier ist länger, viel gründlicher, über eine Malerin, die sie entdeckt und von der in Norwegen noch kaum jemand gehört hat. Ja, sie ist froh, hier zu sitzen, sie brennt für die Sache, für eine Kunst, in der sich eine bislang unbekannte Art des Betrachtens ankündigt.

Sie sind im sechsten Stock des Gebäudes untergebracht. Die Fassade ist voll mit Leuchtreklame für verschiedene Firmen. Über ihren Fenstern steht »Norwegische«, darunter »Sprengstoffindustrie AG«. Sie sind Dynamit. Sie sprengen die Durchgänge in eine neue Zeit.

Sie genießt es, sogar das Gegröle, viele beneiden sie um ihre Mitgliedschaft im berüchtigten Neon-Kreis, einer Gruppe, die den Weg in eine andere Gesellschaft weisen wird. In eine gerechtere Gesellschaft. In ein freieres, echteres Leben. Es ist Juni, es ist Abend. Sie trinkt Wein, nimmt sich ein Stück Räucherschinken und Brot. Trotzdem spürt sie einen Anflug von schlechtem Gewissen. Nicht weil ihr Mitwirken an *Neon* womöglich ihrer eigentlichen Arbeit an der Universität in die Quere käme. Sie hat ihre Dissertation über die kieferlosen Urfische abgegeben, hat die Disputation zur Erlangung des Doktorgrades absolviert, eine Meisterleistung, bravo, alle waren zufrieden. Nein, was sie beunruhigt, ist der Gedanke an ihre Kinder, die Frage, ob sie zu Hause hätte bleiben sollen, doch sie bleibt hart, spielt ihre Sorge herunter, denn es fühlt sich absolut notwendig an, an dieser Sitzung teilzunehmen, sie kann gar nicht genug bekommen von den Gesprächen, dem Wortwechsel – ein schöner Ausdruck, ein Austausch von Wörtern –, davon, Teil von etwas Lebensnotwendigem zu sein, einer Szene, über die viel gesprochen wird. Bis jetzt hat sie diese Abende als etwas Unentbehrliches erlebt. Sich eine ganze Sommernacht lang mit Gleichgesinnten zu unterhalten, in das magische Licht vor den Fenstern hinauszusehen. Das alles macht etwas mit ihr, mit ihren Gedanken, der Meinungsaustausch, der Glaube, das alles möglich ist, auch die Schaffung einer anderen Zukunft für Frauen, für Künstlerinnen.

Trygve Falch spricht mit Enthusiasmus, sie lauscht dem Klang seiner Stimme mehr als seinen Worten. Trygve Falch, immer in Anzügen, Fracks, mit Hut, alles in einem modernen Schnitt. Ein vorauseilender Blitz. Andere Stimmen mischen sich hinzu, auch sie voller Begeisterung. Rita erinnert sich an den Besuch bei Steen & Strøm gleich nach der Eröffnung des neuen Warenhauses, wie ihnen der Atem stockte vor Bewunderung, als sie vor dem hohen, luftigen Zentralraum standen – »eine perfekte Stelle für Selbstmord«, hatte Trygve im Scherz gesagt –, wie sie mit einer Freude, die Rita noch aus ihrer Kindheit in Erinnerung hatte, mit der Rolltreppe hinauf- und hinunterfuhren und währenddessen auf die Einzelheiten der Inneneinrichtung zeigten oder nur den Menschen, der Geschäftigkeit zusahen; Trygve hatte ihr ein Paar Handschuhe gekauft, obwohl sie gar keine brauchte, sie kurzerhand an sich gerissen aus einem Zwang heraus, etwas in diesem Kaufhaus zu erstehen. Mehrere Mitglieder des Neon-Kreises waren 1929 bei der Weltausstellung in Barcelona gewesen und hatten mit weit aufgesperrten Augen über Mies van der Rohes Pavillon gesprochen, besonders über seine Sessel. Andere hatten im Jahr darauf die große Ausstellung in Stockholm besucht und waren mit einem missionarischen Eifer nach Hause zurückgekehrt. Eine neue Zeit. Ein neuer Stil. Eine neue Gesellschaft.

Eine neue Frau, denkt Rita. *Femina erecta*. Die freie Frau. Oder eine freiere Frau. Eine Frau, die in größerem Ausmaß entscheiden kann, was sie tun will.

Auch was die Liebe betraf.

Man konnte einen Geliebten haben.

Rita war keine von denen, die nach Barcelona oder Stockholm gefahren waren, aber sie war dabei gewesen, als sie mit Karnevalsmasken durch Homansbyen gewandert waren und die Bauwerke aus der Zeit vor der Jahrhundertwende belächelten, diese »architektonischen Dinosaurier«, wie Trygve Falch sie nannte. »Was für dich, Rita, wo du ja Paläontologin bist!«, sagten sie und knufften sie in die Seite. Nur wenig norwegische Architektur fand Gnade in ihren Augen. Aber etwas gab es. »Ich ziehe den Hut vor dem Såheim-Kraftwerk bei Rjukan«, sagte

Trygve. Bodil Friis, Psychologin und begeisterte Anhängerin der Psychoanalyse, die jedoch am meisten Anerkennung einheimste für ihr Interesse an schnellen Autos, hatte Rita von dem Ausflug zum Tyssedal-Wasserkraftwerk erzählt. »Es war wie der Besuch eines Heiligtums«, sagte sie. »Als ich die Spiegelung des Kraftwerks im Fjord gesehen habe, ist mir eine Fotografie vom Goldenen Tempel am Damm in Amritsar eingefallen.«

Und dann noch Lars Backer, natürlich. Für Rita hörte es sich an, als könnten Trygves Freunde Backers Artikel »Über unsere haltlose Architektur« auswendig. Pausenlos käuten sie Backers Ansichten wieder, seine Verhöhnung der »Geschäftshäuser in der Hallingdalsgotik« und seine Aussage, dass er es für wichtig halte, eine Architektur zu entwickeln, die in Kontakt stehe zu der Zeit, in der sie lebten. »Unseren Bauten fehlt der Geist unserer Zeit.« Ja! Weg mit dem ganzen Zeug außen drauf. Das Zweckdienliche musste die Form bestimmen, das Äußere und das Innere sollten eins werden. Applaus! Bei einem Architekturwettbewerb hatte Backer die Jurymitglieder attackiert, indem er gesagt hatte, bei Beurteilung von Bauwerken aus Glas, Eisen und Beton nütze es nichts, wenn man mit den Gefühlen und Erkenntnissen aus den letzten Winkeln Norwegens daherkomme. Nein! Verdammt nochmal, nein! Skål auf Backer!

Dennoch, trotz all der pompösen Worte, trotz dieser Männern, die mehr reden als handeln: Rita gefällt es. Sie will ihren Abend hier verbringen anstatt zu Hause, das gestattet sie sich, sie will an einem Tisch sitzen und über den Triumph der Technik und die Hoffnung auf eine neue Lebensweise diskutieren und dabei aus dem sechsten Stock des Horngården in die Sommernacht hinausblicken, wissend, dass oberhalb des Fensters in leuchtenden Buchstaben »Norwegische« und darunter »Sprengstoffindustrie AG« geschrieben steht.

Doch die Sache mit Lydia Vang nagt an ihr, irgendwas läuft da zwischen ihr und Trygve. Die Blicke. Sie kann Lydia gut leiden, hat ihre Gedichte gelesen, »Ode an den Beton« oder das hochgelobte »Time Square Oslo«, ein Gedicht aus dem Unterbewusstsein heraus, Gedankenfetzen einer Frau, die im ersten Stock des Horngården sitzt, im Ritz Tearoom, und das Leben auf dem Platz draußen beobachtet. Doch als Lydia Trygve jetzt Wein nachschenkt und ihm gleichzeitig ein kurzes Lächeln schenkt, sieht Rita einen Schatten, ein Knurren heimlicher Begierde über sein Gesicht huschen.

Sie achtet nicht weiter darauf und will gerade fragen, wer ihren Artikel gelesen habe, als Morten Øhrnlund sich eine Zigarette anzündet und in abfälligem Tonfall über Max Qviller, den Kunsthistoriker, zu reden beginnt, über den ätzenden Zeitungsartikel, den er neulich über *Neon* geschrieben habe und mit was für einer sarkastischen Dreistigkeit er über den Funktionalismus, »diese seelenlose Glätte«, hergezogen sei. Max Qviller war seit langem einer der schlimmsten Gegner von *Neon*, saß selbst in der Redaktion der konservativen Zeitschrift *Minerva*.

»Du pflegst Kontakt zu ihm, Rita?«

»Zuletzt in meiner Kindheit«, sagt sie schnell und fühlt sich einen Moment lang wie Petrus, als würde sie jemanden verleugnen, von dem sie eigentlich nicht abrücken sollte.

Etwas an der Atmosphäre im Raum – eine jähe Erkenntnis, wie sehr es diesen Männern an Geist fehlt?, der Anblick von Lydias viel zu langem Zigarettenmundstück? – ermüdet sie plötzlich. Die Luft ist dicht von Rauch erfüllt, der sie fast zu ersticken droht. Sie sollte zu Hause sein bei ihren drei Kleinen. Immer dieses nagende Gefühl, dass sie die Kinder vernachlässigt. Ihre Mutter passte auf sie auf. Und Dagny, selbstverständlich, die gesegnete Dagny, die jetzt fix bei ihnen im Haus war; ohne sie wäre Rita niemals zurechtgekommen, Dagny, die – das sagte Rita nicht laut: zum Glück – ihre Arbeit bei Mustad verloren hatte, kurz bevor Rita bei ihr angefragt hatte. Die Kinder vergötterten sie. Rita dachte an Bjørg, dieses schweigsame Kind, aus dem man unmöglich schlau werden konnte. An die Jungs und ihre endlosen Machtkämpfe. An Harald, der seinen Vater liebte und oft zu ihm in die Thune-Werkstätten fuhr, an Sigurd, der seinen Vater nicht sehen wollte. Sie sollte zu Hause bei den Kindern sein, sollte mehr backen, Kleider nähen, ihnen mehr vorsingen, ihnen Märchen vorlesen, noch mehr Märchen, Sagas oder, ja, warum nicht, persische Poesie.

Aber sie will kein schlechtes Gewissen haben, sie will ihren Sommerabend hier verbringen, hoch oben im Horngården, in Lars Backers Wolkenkratzer, sie weiß, dass sie nicht frei ist, und doch kämpft sie für jeden Zentimeter Freiheit, den sie kriegen kann, sie will nicht enden wie Agnes, ihre Mutter, die, »einem Wunder in Spanien« und ihren bewundernswerten Fähigkeiten zum Trotz, seit dem Tod ihres Mannes kaum mehr das Haus verließ, obwohl sie erst 46 war. Sie war zu Hause geblieben, hatte sich zusehends vom Leben entfernt, und jetzt saß sie nur mehr herum und spielte Klavier, heimlich, trank Sherry, heimlich, und verschanzte sich in ihrer eigenen Welt. Rita wollte raus, und ihre Mutter ermutigte sie dazu. Paradoxerweise. Bekam glänzende Augen und sagte: »Bleib so lang in der Stadt, wie du willst!« Sie wusste, dass Rita viele Talente besaß und ein Ventil brauchte, mehr wollte, als nur im Museum herumsitzen und fossile Funde aus Spitzbergen präparieren. Rita weiß das zu schätzen, denn sie begeistert sich für Kunst, war schon immer kunstbegeistert und hat bereits einen Artikel über Kunst in *Neon* veröffentlicht, ein Triumph; hat über Ragnhild Keyser und Charlotte Wankel geschrieben, zwei avantgardistische Malerinnen, Vorbilder für alle Frauen. Rita hatte ihre Gemälde auf der Ausstellung »Acht skandinavische Kubisten« im Kunstnerforbundet entdeckt. Sowohl Keyser als auch Wankel hatten in Paris studiert. Rita hatte mitbekommen, wie sehr diese formbewussten, kompromisslosen Frauen von der Presse durch die Mangel genommen wurden. Wie herablassend, bissig und unsachlich die Besprechungen waren. Von Männern geschrieben. Arroganten Männern.

Wann hatte sie angefangen, sich für Kunst zu interessieren?

Damals vielleicht, als sie bei Erik Werenskiold zu Hause gewesen war und ihn eine Katze hatte zeichnen sehen, die Katze, die im Obergeschoss des Ateliers auf dem Boden lag? Sie war fünf Jahre alt, und es war der reinste Zauber, den Stift in seiner Hand zu verfolgen und zuzusehen, wie aus den Strichen auf dem Papier eine quicklebendige Katze wurde. Danach hatte sie selbst mit noch größerem Eifer gezeichnet, hatte immer ein Skizzenbuch dabei, und auch heute war es noch so, dass sie lieber zeichnete als schrieb, wenn ihr ein Einfall kam oder sie etwas sah.

Oder war es das Osebergschiff, das ihr die Liebe zur Kunst in den Körper eingepflanzt hatte? Die Reise nach Vestfold? Der Tag, an dem sie mit ihrer Großmutter vor dem Schiff stand, das voller aufregender Schnitzereien aus der Erde emporstieg?

Überdies gab es hier eine Verbindung. Werenskiold hatte die Illustrationen zu Snorres Königssagas beigesteuert. Am Anfang hatte Rita die Sagas in erster Linie wegen der Bilder gelesen. Dasselbe galt für die Volksmärchen, sie konnte sich nicht sattsehen an Werenskiolds Trollen, die oftmals nicht größer waren als Menschen und deshalb noch unheimlicher wirkten als die Riesentrolle mit Fichten auf den Schultern.

Ritas Karikaturen ähnelten oft Trollen, sogar bei den Neon-Sitzungen kritzelte sie mitunter etwas in ihr Skizzenbuch, Zeichnungen der um den Tisch Sitzenden. Manchmal fragten sie, worüber sie lachte. Wenn jemand ihre Striche sah und darüber ärgerlich wurde, dachte Rita, dass diese Leute keinen Humor besaßen, sondern allesamt an derselben Schwäche litten: Selbstüberschätzung.

Sie sitzt im sechsten Stock des funkelnagelneuen Horngården-Wolkenkratzers, und unter Johlen wird der Beschluss gefasst, die ganze nächste Nummer dem Funktionalismus zu widmen. »Unsere Ansichten werden wie Neonschilder leuchten gegen diesen nationalen Hang zu dunklen Vorratshütten«, proklamiert Trygve Falch. Applaus. »Nieder mit Max Qviller!« Noch mehr Applaus. Gläserklirren. Jemand hat schon begonnen, etwas auf eine große, an einer der Zimmerwände hängenden Tafel zu schreiben, Stichworte werden hingefetzt, Namen von Personen, die sie um Beiträge bitten können, die Kreide knallt so fest gegen die Tafel, dass Splitter davonstieben. Es gibt bereits Ansätze zu einem Streit, Rita hat längst Uneinigkeit registriert, Neid, Spannungen, Rivalität – auch hier in diesem visionären Kreis wird ein Machtkampf darüber ausgetragen, wer Inhalt, Richtung, Programm bestimmen darf. Hohepriester, die über die Theologie uneins sind, denkt sie.

Rita gefällt diese Entwicklung nicht. Sie hätte gern ihren Artikel in der neuen Ausgabe. Über Kunst. Er würde gut hineinpassen, perfekt übereinstimmen mit dem, was *Neon* salonfähig zu machen wünscht: Neue Strömungen. Noch dazu über eine Frau. Es gibt viel zu wenige Artikel über Frauen. Frauen, die künstlerisch tätig waren, hatten schon immer Ritas Neugier geweckt. Harriet Backer, Anna Ancher, Berthe Morisot. Ja, und Camille Claudel, die vielversprechende Bildhauerin, die im Schatten ihres Lehrmeisters Auguste Rodin verschwand. Warum passierte das? Warum passiert das immer wieder?

Ritas aktueller Artikel handelt von der finnischen Malerin Helene Schjerfbeck, und an diesem Text hat sie besonders lange gearbeitet, viel geschrieben, viel überlegt, Streichungen vorgenommen, umgeschrieben, gegrübelt, alles in dem Versuch, etwas über Kunst zu sagen, das davor noch von keinem gesagt wurde. Über die Künstlerin, die durch ein intensives In-der-Zeit-Leben, durch ihren Blick, langsam eine neue Form findet. Durch Zufall hatte sie bei einem kurzen Aufenthalt in Göteborg in einer Ausstellung ein paar von Schjerfbecks Bildern gesehen und sich danach auf die Suche nach weiteren Werken der Malerin begeben, Reproduktionen in Katalogen und Zeitschriften studiert. Die Selbstporträts. Ein Gemälde fesselte sie besonders. Ein nacktes Zimmer mit einer schwarzen Tür, darunter ein Streifen Licht. Hypnotisierend. Ein Sprungbrett für die Vorstellungskraft. Diese Tür, der glühende Lichtstreifen. Der große, leere Raum davor. Ein Bild, das zu ihr spricht, das sie gerne besitzen würde. Gerne auch würde sie sich einmal mit Helene Schjerfbeck treffen, die angeblich allein in einer kleinen Stadt in Finnland lebt, an der Küste, würde sich gern ausgiebig mit ihr unterhalten, sie von dieser Tür, dem Lichtstreifen darunter erzählen hören. Beim Betrachten von Schjerfbecks Bildern ist es, als führe sie ein Gespräch mit einer Schwester, der Schwester, die sie nie hatte, sie hat zwei Brüder, von denen ihr jedoch keiner so viel bedeutet wie diese Künstlerin. Kann einem ein Gemälde mehr bedeuten als der eigene Bruder? Ja! Selbst ein einziges Gemälde kann mehr bedeuten, dein Leben stärker beeinflussen, als ein Bruder es vermag, denkt Rita. Diese Bilder haben sie mehr geprägt als irgendetwas von dem, was ihre Brüder je gesagt oder getan haben. Sie wäre gern nach Finnland gefahren, hat aber bislang nie Gelegenheit dazu gefunden. Sie ist geschieden, würde gerade jetzt nicht zu lange von zu Hause fortbleiben wollen. Die Kinder. Wieder dieses unangenehme Gefühl.

»Wer hat meinen Artikel gelesen?«, fragt sie, als es plötzlich einige Sekunden lang still geworden ist. Stefan Klaussen, der Komponist, schenkt sich noch Wein nach. Niemand antwortet. Doch, Trygve: »Er ist nicht wichtig genug, Rita. Schreib ihn um. Oder schreib was anderes. Am liebsten was anderes. Filme. Kannst du nicht über Filme schreiben? Wer ist neugierig auf eine unbekannte finnische Malerin – wie heißt sie nochmal, Scherfig?«

»Sie ist eine bedeutende Künstlerin«, kontert Rita.

Trygve wählt einen anderen Winkel: »Du schreibst nicht gut genug, dir fehlt der Heilige Geist.«

»Ich hätte geglaubt, du bist Atheist.« Sie war wütend. Wollte nicht wütend sein, aber sie war es. Sie zogen sie gelegentlich damit auf. Bezogen es darauf, dass sie zur Hälfte Spanierin war. »Eine feurige Señorita.«

»Ja, aber wenn es um das Geschriebene geht, glaube ich an den Heiligen Geist.« Er sagt es in freundlichen Worten, wie zu einem Kind, während er sich ein großes Stück Brot mit Leberpastete in den Mund schiebt.

Ein Unsinn sondergleichen. Sie muss sich auf die Lippen beißen. Ein gottloser Mann, der ihr mit dem Heiligen Geist kommt. Sieht er nicht, dass er sie *erniedrigt*? Ihr Gram wächst. Trotzdem will sie hierbleiben, nicht flüchten, will hier sitzen und ein Gegengewicht sein. Um eine Ausweitung der Gesichtspunkte kämpfen. Um jeden Zentimeter kämpfen.

Wie ist sie Teil von *Neon* geworden? Sie blickt hinunter in ihr Skizzenbuch, verbirgt ein Lächeln, oder eine Grimasse.

Man glaubt, man hat die Zügel in der Hand, eine eindeutige Richtung, doch wenn man zurückblickt, ist das Leben eine Zickzacklinie, in jedem Winkel ein Zufall. Sie ist zu *Neon* gekommen, weil ihr eine Straßenbahn davonfuhr. An einem regennassen Sommertag vor zwei Jahren hatte sie der Straßenbahn eine erhobene Faust hinterher geschickt, als diese sich in Bewegung setzte, kurz bevor sie die Haltestelle beim Hauptpostamt erreichte, doch als die nächste Straßenbahn kam und sie den Regenschirm zuklappte, plumpste sie auf einen Sitz neben Trygve Falch, und sie kamen ins Gespräch, es entstand eine unmittelbare Spannung zwischen ihnen, und noch bevor er am Solli plass ausstieg, hatten sie vereinbart, sich am Samstag bei einem Kaffee im Grand Café weiter zu unterhalten, und dann ging es Schlag auf Schlag. Norwegischer Sprengstoff.

Sie hat Trygve Falch wegen einer versäumten Straßenbahn kennengelernt. Es war Zufall, dass sie ein Paar wurden, dachte sie. Oder Pech, dachte sie später.

Ein Paar? Zu Beginn hatte sie ihn Liebhaber genannt. Obwohl sie geschieden war. Sie sahen sich nicht oft. Sie fühlte sich modern. Sie hatte einen Geliebten. Sie dachte nicht, dass sie seine Geliebte sei. Er war ihr Liebhaber.

Erst eine Weile später wurde ihr klar, wer er war. Jemand, der das Zentrum eines Kreises aus Intellektuellen und Künstlern bildete. Geradezu verehrt wurde. Er selbst aber verehrte Rita. Er war voller Enthusiasmus, schmeichelte ihr mit seltenen Wörtern, und im Schlafzimmer legte er eine Leidenschaft an den Tag, die neu für sie war. Sie war stolz darauf, nicht zuletzt auf die Orgasmen, die er durch sie erlebte, und ihr verschaffte es Freude, diesen angesehenen Mann auf oder unter sich beben zu spüren. Trygve Falch erlebte seine Höhepunkte in der Art eines epileptischen Anfalls. Das war sie nicht gewöhnt. Bei ihrem Ex-Mann war ihr eher der Gedanke an eine Lokomotive gekommen, die Dampf ablässt, bevor sie ganz zum Stillstand kommt. Vielleicht mochte sie Trygves krampfartige Zuckungen und sein Augenverdrehen deshalb so gern, weil sie so etwas bis dahin nicht für möglich gehalten hatte, weil sie sich stark fühlte, bedeutend.

Aber von dort aus ging es nicht weiter. Es endete dort. Schnell hatte sie erkannt, dass sie außerhalb des Bettes nicht dieselbe Wichtigkeit für ihn besaß, im besten Fall leierte er ein paar oberflächliche Komplimente herunter. Sie war auf ein Dasein als Muse reduziert, auf eine Person, die er gern beim Schreiben um sich hatte, wenn er sich seine schonungslosen Artikel ausdachte. Desgleichen schmückte er sich gern damit, dass sie die Tochter von Miguel de Ortega war, dem Gründer des Antiquariates Alhambra. Ihre eigentliche Aufgabe bestand darin, ihn zu erlösen.

Rita sitzt im obersten Stock des Horngården und hört Männern zu, die sich gegenseitig mit Behauptungen zu übertönen versuchen. Sie sieht zu Trygve Falch hinüber, und beim Gedanken an die Diskrepanz zwischen seinen unkontrollierten Spasmen im Bett und der autoritären Rede, die er soeben herunterbetet, erkennt sie, dass sie schon seit langem die Nase voll hat von dieser Beziehung. Allmählich wird das Zimmer immer dichter von Männergeruch erfüllt. Von männlichem Ego. Einer Art Schweißgeruch der Phrasendrescherei. Oder von Brunst, denkt Rita. Wie bei den Tieren. Sie verschließt die Ohren vor dem Lärm, vor Männern, die eigentlich nur herumsitzen und sich wichtigmachen, strotzend vor einem Selbstvertrauen, das nicht in Einklang steht mit ihren Fähigkeiten. Bald hatte sie herausgefunden, dass Trygve nicht der große Architekt war, der er zu sein glaubte. Das Einzige, was er zustande gebracht hatte, waren wirklichkeitsferne Skizzen, vergleichbar den Bauwerken der neuen Sowjets, die nie gebaut wurden, von denen Trygve jedoch an den Wänden seines Arbeitszimmers Zeichnungen hängen hatte, von Leonidovs Skizze des Lenin-Instituts oder des vierhundert Meter hohen Turms von Tatlin. Utopische Schreibtischarbeiten.

Sie war bei *Neon* geblieben, ja, schon bald eine der Eifrigsten geworden, weil sie darin eine Möglichkeit sah, einen Abdruck zu hinterlassen, nicht nur im Bewusstsein der anderen Mitglieder, sondern in der Gesellschaft, von der sie ein Teil waren. *Neon* wurde von vielen gelesen, auch von ihren Gegnern. Die Artikel lösten Debatten in den Zeitungen und anderen Foren aus. Rita genoss es, genoss es, sich inmitten all dessen zu befinden. Doch dann kamen die Zweifel, denn schon bald hatten sich für sie die negativen Seiten dieses Milieus herauskristallisiert: Es missfiel ihr nicht nur, dass sie mit dem Kommunismus liebäugelten, vor dem sie seit jeher Ekel empfand, weil er mit seiner Sprache, seinen Dogmen genauso sehr eine Religion darstellte wie die, von der er sich distanzierte – es missfiel ihr auch, dass sie da in ihrem Tempel, dem Horngården, herum-saßen und ihre eigene Verstandeskraft bewunderten. Mit der Zeit hegte Rita den Verdacht, dass ihre langen Räsonnements in keinem Zusammenhang standen zu dem Leben dort unten auf dem Egertorget. Dass sie trotz eines gewissen Durchbruchs, der ihnen gelungen war, ihre eigene Bedeutung überschätzten. Sie waren in erster Linie wichtig für sich selbst, heizten ei-nander an, verhätschelten sich gegenseitig. Schon aus Prinzip setzte Rita stets ein Fragezeichen hinter das Klaustrophobische, Schmierige und Inzestuöse solcher Kreise, in denen man ge-genseitig Bilder von sich malte oder Porträtbüsten anfertigte, wo Schriftsteller Schlüsselromane über ihre Zeit in ebendiesem

Kreis schrieben und man für verschiedene Zeitschriften Essays über einander verfasste, Feste für einander gab, sich gegenseitig feierte. Und wo man nicht zuletzt miteinander ins Bett stieg, quer über die jeweiligen Paarbeziehungen hinweg. Viel zu viele Frauen weckten Interesse lediglich als Verführerinnen, aspasia-artige Nymphen, die zwischen den Männern hin und her wanderten wie eine Beute, die sie untereinander teilten und über die sie ihre Meinungen austauschen wollten. Ein Schlangennest, dachte Rita.

Am allermeisten ärgerte sie, dass die Beiträge aus dem Neon-Kreis fast immer wie spöttische Angriffe gestaltet waren, so als könnten sie sich einzig und allein dadurch Gehör verschaffen, indem sie andere heruntermachten. Sie hassten die Tattergreise aus dem Lysaker-Kreis, wie sie sie nannten, ihre Häuser und ihre Gemälde, alles, wofür sie standen, diese hoffnungslos gestrige nationale Selbstbezogenheit. Aber gegen niemanden waren sie so herablassend wie gegen Gustav Vigeland. Sie machten sich über ihn lustig und verhöhnten ihn. Rita dachte sich ihren Teil dazu, dass nämlich Vigeland Tag und Nacht in seinem Atelier stand und arbeitete, während sie bloß hier herumsaßen und schwatzten.

Insgesamt 75.000 Menschen hatten im Juni des Vorjahres Gustav Vigelands Ausstellung besucht, und auch Rita war vor seinem neuen Atelier in Frogner Schlange gestanden, dem monumentalen Ziegelsteingebäude am Rand jenes Parks, in dem er seine Statuen ausstreuen wollte. In einem großen blauen Raum war eine Miniatur der neuen Brücke aufgestellt, auf deren Brüstung die Skizzen der Skulpturen platziert waren. An der Wand entlang standen außerdem noch viele fertige Gipsmodelle in voller Größe. Mitten in ihrer Verwunderung über die Lebensentfaltung, die sich in dem blauen Raum zutrug, zuckte Rita zusammen. Sie hatte sich selbst gesehen. Das heißt, eine siebzehn Jahre jüngere Ausgabe von sich. Die Skulptur stellte eine tanzende Frau dar, die ihre Haare mit den Händen ausgestreckt hält.

Sie war zunächst peinlich berührt, oder von einer Verlegenheit ergriffen, die sie fast zum Kehrtmachen bewogen hätte. Doch dann kam der Stolz. Das war ein Stück Kunst, das etwas über Freiheit ausdrückte, dachte sie. Eine starke junge Frau auf dem Weg in eine Freiheit, die vollkommen neue Möglichkeiten für Frauen bereithielt.

Trotzdem war sie sich nicht sicher, was sie von Vigelands Projekt halten sollte, von dieser gigantischen Anlage, die er plante, aber was sie wusste, war, dass er sie zehnmal mehr respektierte als diese Männer, die hier im Horngården-Wolkenkratzer um den Tisch herum saßen und Gift und Galle spuckten gegen seine Kunst, ohne auch nur einen Funken seiner enormen Arbeitskraft und seines Gestaltungswillens zu besitzen.

Jetzt ist es der Funktionalismus, der sie völlig vereinnahmt. Glas, Stahl und Stahlbeton. »Eine neue Zeit braucht neue Bauwerke«, sagt einer laut. »Eine Maschine, in der man wohnen kann«, erwidert Morten Øhrnlund fast schreiend. Zur Untermauerung seines Credos lässt er Le Corbusiers Buch *Ausblick auf eine Architektur* herumgehen, damit alle die Bilder von Booten, Flugzeugen, Autos begutachten können und so eine Idee davon bekommen, wie die Artikel der neuen Nummer illustriert werden sollten. »Wirf einen Blick auf den Delage ›Grand-Sport‹«, sagt er zu Bodil Friis. Stefan Klaussen unterbricht: »Ein Luftschiff! Ein Luftschiff muss mit rein! In fünfzig Jahren ist der Himmel voller Luftschiffe. Zug und Passagierschiffe sind passé!«

Rita ihrerseits hegte schon immer Zweifel gegen all dieses Schlanke und Reine, vermag ihre Gedanken nicht auf die gleiche Weise mit einem ideologischen Panzer auszustatten wie die grölenden Männer im Zimmer. Ihre Schwäche. Ihre Stärke. In dem Moment fällt ihr etwas ein, das sie über das alte Perserreich gelesen hat, über die Architektur in Susa, eine Mischung aus vielen Elementen, die beste im ganzen Reich. Trygve wohnte selbst in der Bygdøy allé, in einem Wohnhaus mit einem Treppenaufgang im Neurokokostil, ein Anblick, von dem sie wusste, dass er ihn genoss. In seinem Wohnzimmer hingen in schweren, goldenen Rahmen Gemälde aus einer anderen Zeit. »Erbe«, sagte er zur Entschuldigung. Aber war es denn nicht gerade das Zusammenspiel unterschiedlicher Stile, das dem Menschen behagte und ihn stimulierte?

Prinzipiell hatte sie nichts gegen den Gedanken, dass die Architektur, genau wie jede andere Kunst, sich weiterentwickeln musste. Es sollte nie das Ziel sein, seine Vorgänger zu kopieren. »Dasselbe machen wie früher, heißt einen Schritt zurückgehen«, sagte Tryve andauernd. »Make it new!« Ja, vielleicht, denkt Rita beim Blick auf die Tafel, die sich mit Schrift füllt, mit Ideen, Namen – aber muss man deshalb das Alte verbieten?

Warum sagt sie nichts? Warum hat Lydia nichts gesagt? Die hat nur mit ihrem langen Mundstück herumgespielt, als würde sie dirigieren. Auch Bodil mit ihren kunstvoll zur Seite gekämmten Haaren und den sorgfältig herabhängenden Wellen hat sich nicht dazu geäußert. Warum verwendete sie so viel Energie auf ihre Frisur und so wenig darauf, die Monologe der Männer zu stoppen? Der Zigarettenrauch bildet Figuren im Zimmer, aufsteigende Säulen, die bald die merkwürdigsten Formen annehmen. Ein Gitter, denkt Rita. Wieso protestiert sie nicht gegen diese rechtwinkligen Ansichten? Es ärgert sie, dass es ihr schon immer schwerfiel, sich mündlich auszudrücken, rasch die Wörter zu finden – ein Hemmschuh auch in ihrer akademischen Karriere. Zum Beispiel könnte sie etwas über Ornamente sagen, die für sie kein Verbrechen darstellten, wie es die Mitglieder des Neon-Kreises gern postulierten. Was war mit Gustav Klimt? Und nie würde sie ihren Besuch in Isfahan vergessen, die Scheich-Lotfollāh-Moschee mit ihrer unglaublich reichen Dekoration, das Dachgewölbe, das dem Wabenmuster eines Bienenstocks nachgebildet war. Im Antiquariat hatte Miguel ihr Bücher mit Bildern aus seinem Heimatland gezeigt, besonders aus Granada, von der Alhambra, nach der das Antiquariat benannt war. Dasselbe dort. Mosaike. Ornamente überall.

Im Gegensatz zu ihren älteren Brüdern, die mitunter beschämt wirkten über ihren spanischen Vater – »unseren europäischen Pilger«, wie Albert sagte –, war Rita oft in die Stadt hineingefahren zum Antiquariat in der Kirkegata. Sie war stolz, dass die Buchhandlung ihres Vaters direkt neben dem monumentalen Gebäude der Norges Bank lag. Konrad, schon damals ein Leser, war auch oft dort gewesen. Einmal, nach einer Geschichtsstunde, in der sie sich darüber beklagt hatte, wie wenig sie über das Perserreich lernten, hatte ihr Vater ihnen eine französische Ausgabe des Langgedichts *Die Konferenz der Vögel* von Fariduddin Attar gezeigt. Manche meinten, der Dichter sei Apotheker gewesen oder vielleicht Parfümhändler. »Setzt euch, dann will ich euch die Geschichte erzählen«, hatte ihr Vater in dem leicht gebrochenen Tonfall gesagt, den Rita liebte, und auf einen verschlissenen Diwan in der Mitte des großen Zimmers gedeutet, das mit Segelschiffen, alten Globussen und mystischen Messinggegenständen vollgeräumt war. Dort saßen sie, umgeben von den Büchermauern des Alhambra, beide mit einer Orange, und lauschten der ausführlichen Erzählung ihres Vaters über die Reise der Vögel. Rita fand Trost in diesen

Gedanken. Am selben Abend stand sie vor dem Spiegel und erkannte, dass alle Antworten in ihr selbst lagen.

Dank ihres Interesses für Geschichte machte sie eines Tages einen ausschlaggebenden Fund. Auf einem schattigen Regalbord stieß sie auf die zweite Ausgabe eines mehrbändigen Werks, das dreißig Jahre nach Napoleons Ägyptenfeldzug auf Französisch vorlag. Über hundert Wissenschaftler und Gelehrte hatten an der Expedition teilgenommen, und das Ergebnis ihrer Arbeit trug den Titel *Description de l'Égypte*, jedoch war es nicht der Text, der Ritas Aufmerksamkeit erregte, sondern die Bände, die die zahlreichen Illustrationen und Gravierungen der Künstler enthielten. Beim Durchblättern erfuhr Ritas Sicht auf die Kunst eine Korrektur: Sie erkannte, wie willkürlich die gewöhnliche Darstellung der Welt war. Später sollte sie immer wieder an diesen Tag im Antiquariat zurückdenken. Kann es sein, dass man, als Kind, von einer Seite in einem Buch hypnotisiert wird, von der Darstellung eines ägyptischen Reliefs, auf dem man Menschen gezeichnet sieht, sowohl von der Seite als auch von vorn, wobei die Bildfläche zugleich mit Details, Gegenständen, Zeichen und Schrift gefüllt ist – kann es wirklich sein, dass eine solche Buchseite deine Sicht auf die Kunst für allezeit verändert? Ja, dachte sie. Das kann es. Über diesen Büchern voller Illustrationen ägyptischer Kunst im Antiquariat ihres Vaters wurden Rita als Mädchen die Augen geöffnet für eine andere Sehweise – eine Art des Sehens, die sie in vielen der »modernen« Bilder wiederfand, die sie als Erwachsene entdeckte.

Nein, wahrhaftig, das Ornament war kein Verbrechen. Warum sagt sie das nicht laut? Warum protestiert sie nicht schreiend gegen diese billigen Schlagwörter an der Tafel? Zur gegenwärtigen Zeit erregte der Funktionalismus womöglich

Anstoß, aber ein Gefühl sagte ihr, dass diese Bauweise in fünf, zehn Jahren überall zu sehen sein würde, ja, vielleicht wäre der Funktionalismus dann selbst eine Diktatur, eine Forderung, dass so gebaut werden *musste*. Vom Kontroversen zur Mode, so war es immer. Warum sagte sie nichts dazu?

Die Männer reden und reden, wollen alle gleichzeitig zu Wort kommen, Speichel sammelt sich in ihren Mundwinkeln und die Fakten werden immer mehr aufgebauscht, Fäuste werden geballt und auf den Tisch geschlagen. In Ritas Fantasie verwandeln sich die Gestalten zu Phallen, zu erigierten Penissen. Zu einer Art Onanie. Einer Orgie der Selbstverherrlichung. Sie reiben sich an den Dogmen, die in dem von Tabakrauch erfüllten Zimmer durch die Luft schwirren. Sie verträgt dieses hitzige, hingespuckte Entweder-oder nicht. Den unverrückbaren Glauben, diese klaren Linien könnten den Menschen in etwas Besseres verwandeln. Rita gefallen die Gemälde von El Greco und Velázquez ebenso wie die von Matisse und anderen Modernisten. Warum konnte es kein Sowohl-als-auch geben?

Kannte irgendjemand an diesem Tisch einen einzigen persischen Dichter? War es nicht ein Zeichen von Zivilisation, wenn man, wie Mr. Carlton, etwas von Rumi oder Saadi zitieren konnte?

Und warum priesen sie bisweilen den reinsten Unsinn als großartige Kunst?

Plötzlich fallen ihr die Konzerte oder Happenings ein, die sie gelegentlich veranstalteten. Lausbubenstreiche, nichts weiter. Stefan Klaussens letzte Vorstellung etwa. Stefan war ein Komponist, der auch andere Kunstformen in seine Stücke einbaute, und er bekam dabei Unterstützung vom Neon-Kreis. Die *Wall Street*-Aufführung vergangenes Jahr in einem der kleinen Stadttheater hatte für Tumulte gesorgt. Neben den üblichen Instrumenten hatte das Orchester auch Lockpfeifen für Enten, Staubsauger, Schreibmaschinen und Registrierkassen eingesetzt. Morten Øhrnlund war die Aufgabe zugefallen, herumzugehen und an fünf, auf kleinen Tischen aufgestellten Radiogeräten Sender und Lautstärke zu wechseln, während Lydia Vang, auf einer Trittleiter stehend, Gedichte auf Russisch deklamierte, eine Sprache, die sie angeblich beherrschte. Mehrere Neon-Mitglieder tanzten mit Zylinderhüten und weißen Schals herum und warfen in regelmäßigen Abständen Kleingeld ins Publikum, während Stefan Klaussen durch schnelles Drehen des Grammophontellers eine Platte in unterschiedlichen Geschwindigkeiten abspielte und gleichzeitig dirigierte. Das Ganze wurde von Bodil Friis gefilmt.

Um nicht mitmachen zu müssen, hatte Rita ihre Schüchternheit vorgeschützt. Aber sie war ebenfalls im Saal gewesen, hatte es gesehen. Sie hatte es gesehen und gedacht, was für ein Kindergarten. Im besten Fall war es eine lustige Performance.

Da fehlte noch viel bis zu Bach.

Durch den Rauch hindurch hat sich ein Geruch von Kreide hinzugemischt. Sie schaut zur Tafel hin, sieht ein Inhaltsverzeichnis Form annehmen und ärgert sich, weil ihr Artikel hinausgedrängt, von der Redaktion als unwichtig abgestempelt wird. Eine Flasche Whisky ist auf dem Tisch aufgetaucht. Dazu ein Siphon, der Soda ejakuliert. Sie beobachtet, wie sich die Männer zueinander hinbeugen und sich verständig unterhalten, die Frauen hinausdrängen, Bodil und sie, obwohl sie neben ihnen sitzen. Rita findet es empörend, wie viel *Platz* diese Männer einnehmen. So war es seit ihrer frühesten Kindheit, wenn Jungen und Mädchen zusammen waren. Die Mädchen, sie, durfte selten reden, oder zu Ende reden. Desgleichen auf der Universität, männliche Professoren und Lehrer, die sich breit machten, als hätten Frauen eigentlich keinen Zugang. Aber warum hier? In einem Kreis, in dem von einer neuen Gesellschaft, einem neuen Menschenbild gesprochen wurde?

Ein Geruch nach Kreide. Ein Krokodilgeruch. Schon im Erdmittelalter, in der Trias, Jura, Kreidezeit, gab es Krokodile im Überfluss.

Gleichzeitig spürt sie, dass sich etwas ankündigt. Etwas, das zu all dem Kriechtierhaften passte. Trygve hat mittlerweile kräftig dem Alkohol zugesprochen und wirft Lydia immer eindeutigere Blicke zu. Unverhohlen einladende Blicke inzwischen. Lydia trägt ein blaues Samtkleid mit einfachen Goldstickereien und wallenden Ärmeln, wie eine der Frauen auf den Gemälden der Präraffaeliten. Trygve, *Neons* Frontfigur, ein glühender Vorkämpfer jeglichen Modernismus, verfällt etwas Ultraromantischem, denkt sie. Lydia hat in London gelebt, es gingen Gerüchte, sie sei die Geliebte eines englischen Magnaten gewesen, der Besitzinteressen an Harland and Wolff gezeigt hatte, der Werft, in der die Titanic gebaut worden war. Angeblich soll seine Ehe gescheitert sein, was große Auswirkungen nach sich gezogen hatte. Bei den Männern im Kreis kursierte Lydia deshalb unter dem Namen Eisberg. Sie war weniger bekannt für ihre Poesie als für ihr englisches Abenteuer. Typisch, denkt Rita, Frauen werden auf einen abfälligen Spitznamen reduziert. Ein ganzes Leben, und alles verkürzt auf ein sarkastisches Epitheton.

Lange Zeit hat Rita sie in Schutz genommen, auch aus Bewunderung für ihre Gedichte, doch an der Art und Weise, wie Lydia Trygves Blick erwidert, erkennt sie, dass die Loyalität nicht auf Gegenseitigkeit beruht.

Warum hat sie nicht aus ihren Fehlern gelernt? Umgeben von Grölen und Geklirre, denkt sie an ihren früheren Ehegatten.

Wie schön alles anfing. Bei einem Konzert. Einem richtigen Konzert, wohlgemerkt. Im August 1918 – mit anderen Worten zu einem Zeitpunkt, als viele schon darauf hofften, dass der sinnlose Krieg bald vorbei wäre.

Völlig durcheinander kam sie damals zu der Veranstaltung. In den Jahren nach Kriegsausbruch war sie zwischen Max und Konrad hin und her geschwankt. Sie war unschlüssig, sie waren oft zusammen, alle drei, und sie fühlte sich zu beiden hingezogen. Es stand gleichsam unentschieden zwischen ihnen. Und es waren eher ihre Mängel als ihre Vorzüge, von denen sie sich angezogen fühlte. Max' physische Schwäche, Konrads Sturheit. Schon als Kind war sie zwischen ihnen geschwankt. Einmal, bei einem Spiel, hatte sie die Augen geschlossen und, wie als Entscheidungshilfe, einen stumpfen Pfeil auf sie geschossen. Sie hatten ihr den Rücken zugekehrt, doch obwohl sie sehr nah beieinanderstanden, flog der Pfeil mitten zwischen ihnen hindurch. Wieso entscheidet man sich für das eine und nicht für das andere? Als sie sich schon fast für Konrad entschieden hatte, war auf dem Hukodden-Strand irgendetwas schiefgelaufen, sie hatte nie verstanden, was, vielleicht nur irgendwas mit dem Licht, und im nächsten Augenblick war sie die Freundin von Max. Es war eine kurze und unruhige Beziehung gewesen, doch als es vorbei war, hatte Konrad sich bereits zu weit entfernt, in jeder Hinsicht. Sie waren zwei Schwesterschiffe gewesen, und dann, im Laufe weniger Monate, fuhren sie jeder eine andere Route, beide auf der jeweils anderen Hälfte der Erdkugel.

Dank einiger visionärer Seelen wurde am Samstag, den 3. August 1918, in dem großen Saal der alten Freimaurerloge ein »Friedenskonzert« gegeben. Exakt vier Jahre waren vergangen, seit die Großmächte einander den Krieg erklärt hatten. Es sollten drei von Bachs Cembalokonzerten gespielt werden – die zwei Konzerte für drei und das eine für vier Cembalos. Die Streicher kamen aus Norwegen, die vier Solisten jedoch waren Skandinavier mit Vorfahren aus Deutschland, Frankreich, England beziehungsweise Österreich. Sie hatten sich vor Kriegsbeginn auf einem Konservatorium kennengelernt und waren in Kontakt geblieben.

Rita war in ihrem Geologiestudium bereits gut vorangekommen und saß in dem Saal zusammen mit ihrer Mutter, Agnes, die, da sie in der Hauptstadt viele Bekannte aus der Musikszene hatte, ausnahmsweise die Villa verlassen hatte. Beim Betrachten der vier seltenen Instrumente auf dem Podium schien es Rita, als sei dieses Konzert auch ein Protest, als sollten die vier Cembalos, die mit den geöffneten Deckeln vier Särgen glichen, die Botschaft von Wiederauferstehung verkünden. Denn es war unfassbar gewesen. Ein unschlagbares Beispiel für die Idiotie machthungriger Männer. Diese ganze Energie, die sie auf die Kriegskunst verwendeten, und keine Kräfte auf die Kunst des Friedens. Im Laufe weniger Wochen war eine moderne Zivilisation geradewegs in die Barbarei hinabgestürzt. Die Hochkultur war bloß eine dünne Oberfläche. Ein ganzer Kontinent in Munchs *Schrei* verwandelt. Rita hatte gelesen, allein bei dem Inferno an der Somme, zwei Jahre davor, sei eine Million junge Männer umgekommen, und obwohl eine solche Zahl für uns wie erfunden klingen mag, jetzt, da wir die matriarchalische Wertegesellschaft längst mit offenen Armen empfangen haben und Kriege solcher Art aus unserem kollektiven Gedächtnis nahezu ausradiert sind, beeilen wir uns hinzuzufügen, dass die Zahl korrekt ist und von allen unseren Quellen bestätigt wurde. Siehe Wang Chuanto: *Der Versuch der Menschheit, sich selbst auszulöschen, Teil 1: Vom Ersten Weltkrieg bis zum Siebzigjährigen Krieg* (Wuxi Y-998).

470

Rita dachte an Max, der den Gerüchten zufolge mit seinem Vater, dem Direktor, unter einer Decke steckte und sich durch Spekulationen in den letzten Jahren eine goldene Nase verdient haben soll. Eine zwielichtige Angelegenheit. Das reinste Schurkengewerbe. Sie verdrängte den Gedanken. Das Orchester begann zu spielen. Vergessen war das mit den Särgen. Diese Musik, diese vielen ineinander verflochtenen Stimmen, ließen sie an etwas Heilendes denken, für sie war es wie der Versuch, etwas in Stücke Zerschlagenes wieder zusammenzuweben. Eine Musik, so leicht, dass sie an Gaze dachte. Oder an Segeltücher. Plötzlich erschienen ihr die Cembalos wie Segelboote. Als würde man auf eine Segelfahrt mitgenommen, fast war es, wie wenn man selbst durch die Luft wehte. Alles versperrt Wirkende öffnete sich. Die Wände im Saal wurden nach außen versetzt oder verschwanden, und die an der Decke hängenden, funkelnden Kronleuchter bestätigten die Vorstellung eines Gleitflugs unter einem prächtigen Sternenhimmel. Sie hatte ihren Glauben an Gott längst verloren, doch diese Musik, Bachs Musik, hatte etwas an sich, das den Glauben ersetzte. Das ausreichend war.

Dem muss ich mich aussetzen, dachte sie. So oft wie möglich. Der JSB-Korrektion. Darin baden. Jeden Tag. Es wird nie wieder Krieg geben. Die Kunst wird es verhindern.

Nach dem Konzert begegnete sie Otto Keller. Sein Vater war Deutscher, und Otto war hier, weil seine Tante, die ebenfalls in Norwegen wohnte, an der Organisation des Konzerts beteiligt war. Er hatte geweint, sie sah es an seinen rot geränderten Augen. Warum verliebte sie sich in Otto Keller? Weil er über Bachs Musik Tränen vergoss? Er war Ingenieur. Entwarf Lokomotiven. Das gefiel ihr, ihr gefiel das Wort Ingenieur, ihr gefiel das Wort Lokomotive. Es roch nach Erfindungsgabe, nach

Kunst. Am Anfang betrachtete sie Otto nicht als Ingenieur, sondern als Künstler. Als ob das, was er tat, wichtig war, in den Alltag der Menschen eingriff. Sie hatte sich, glaubte sie, in seine Begeisterung für Lokomotiven verliebt, für Eisenbahnen, für die Vision, was die Eisenbahn mit einem Land machte, was sie eröffnete, welche neuen Möglichkeiten sie schaffte. Bei ihren Spaziergängen im Palégarten zeigte er zum Ostbahnhof, für den sein Vater kleine Nachbesserungen entworfen hatte, und hielt enthusiastische Vorträge über die Bedeutung der Eisenbahn für die Demokratie und die moderne Gesellschaft. Er ist ein Mann der Zukunft, dachte sie. Er ist voller Energie. Er ist ein Mann in Bewegung, einer, der vorankommen will. Otto. Eine Lokomotive, ein Rad auf beiden Seiten des Namens.

Sie hatte die Gefahr nicht erkannt. Die Möglichkeit, dass es sich bei ihm auch in der Liebe so verhalten könnte. Er hat mich verblendet, dachte sie später. Er hat mir den Atem genommen mit seiner mannhaften Selbstsicherheit. »Du gehörst zu mir«, sagte er und legte die Arme um sie, drückte sie so fest an sich, dass sie ein Wimmern von sich geben musste.

Ihre Mutter riet ihr von ihm ab. »Intuition«, sagte sie zu ihrer Tochter. Sie sah etwas, das Rita nicht sah. Aber Rita sei eben schon immer ein Trotzkopf gewesen. Darauf erwiderte Rita, sie, Agnes, sei genauso ein Trotzkopf gewesen.

Otto ließ sich nicht stoppen, führte sie so oft wie möglich aus, belagerte sie, erdrückte sie zwischen seinen Os. Er besaß ein Dreieck unwiderstehlicher Eigenschaften: Er konnte Lokomotiven zeichnen, er konnte singen – er konnte Schubert singen, dass man zu atmen vergaß –, und er konnte schwimmen. Letzteres ganz besonders. In jenem August hatten sie sich mehrmals im Seebad auf der Insel Bygdøy getroffen, und sie hatte gesehen, was für ein hervorragender Schwimmer er war.

Scheinbar widerstandslos war er durchs Wasser geglitten. Er konnte kraulen. Das konnte Konrad nicht, und Max konnte nicht einmal richtig schwimmen. Otto Keller war ein Torpedo auf der Wasseroberfläche. Sie hatte keine Ahnung gehabt, dass man so schnell und so lautlos schwimmen konnte. Der Mensch als Propeller.

Also heiratete sie Otto Keller, und sie wurde schwanger, sagte es ihm aber erst, als sie von ihrem »orientalischen Abenteuer«, wie er es nannte, zurückkehrte. Sie fanden ein Haus in der Halvdan Svartes gate, von wo aus er zu Fuß zu den Thune-Werkstätten gehen konnte, sie bekamen Kinder und alles lief bestens. Nur ein Vorfall stimmte sie nachdenklich: Seine Wut, nachdem sie sich die Haare kurz geschnitten hatte. Sooft sie ihn auch auf die vielen anderen Frauen hinwies, die sich zu der Zeit die Haare kurz schneiden ließen, es half nicht. Er stand vor ihr, und aus seinen Augen blitzte der Zorn. Es gibt viel, das ich nicht über ihn weiß, dachte sie.

Und dann: Durch Zufall entdeckte sie, dass er ein Verhältnis mit einer seiner Sekretärinnen hatte, einem gut aussehenden, aber uninteressanten Wesen. Wie war das möglich? Bei einem Mann, der Lokomotiven entwarf, der Schubert sang, dass es einen in die Knie zwang, und kraulte, dass sich das Wasser teilte?

Obwohl sie an der Diskussion teilnehmen sollte, versuchen sollte, Gehör für Helene Schjerfbeck zu finden, für eine schwarze Tür mit einem Streifen Licht darunter, ist Rita in Gedanken versunken. Sie denkt über das mit den Männern nach. Dieses Unbegreifliche. Aber sie hätte vorbereitet sein müssen. Sie hatte das schon bei Nansen gesehen, denkt sie, Nansen, der letztes Jahr am 17. Mai, dem Nationalfeiertag, in einem Staatsakt in der Aula der Universität beigesetzt worden war. Auch er war schwach geworden. Sie hatte sich lang geweigert, das

473

zu glauben bei ihrem Helden, bei jenem Mann, der sie einst dazu aufgefordert hatte, Grenzpfähle zu versetzen. Aber auch Nansen war untreu gewesen. Obwohl er mit der kessen Eva verheiratet war, hatte er ein Verhältnis mit ihrer Nachbarsfrau, Sigrun Munthe. Die Schwäche der Männer, denkt sie hoch dort oben im Horngården. Dieser Trieb. Konnten selbst moralisch aufrechte Männer sich dem nicht widersetzen?

Schon in jungen Jahren hatte sie, wenn sie nachdenken wollte, Spaziergänge unternommen, sich Strecken am Lysakerelven angelegt, in Lagåsen oder in Fornebulandet. *Solvitur ambulando.* Dort war sie entlang gegangen, wenn sie über einer Sache brütete, etwa über der Frage, ob sie sich für Konrad oder für Max entscheiden sollte. Jetzt, nach der Entdeckung von Ottos Affäre, spazierte sie im Frognerparken umher, im Schlosspark oder im Botanischen Garten. Es musste unter hohen Laubbäumen sein. Etwas an dem Anblick von Bäumen, an ihrer Gegenwart, half ihr beim Denken. Das Wissen um die Kraft der Vegetation, die Tatsache, dass sie älter waren als der Mensch, als Art, als Wesen, und dass es sie immer noch geben würde, wenn der Mensch von der Erdoberfläche verschwunden wäre. Eines Sonntags, als sie ihre Mutter draußen in Lysaker besuchte, schoss ihr die Idee ein, drüben bei Nansen zu klopfen. Glücklicherweise war er zu Hause. Ein gealterter Nansen. Sie fragte, ob sie sich eine Pistole leihen könne, sie wolle sie zeichnen, sagte sie. Er lachte, lieh ihr eine Pistole, allerdings ohne Patronen. Danach rief sie die Sekretärin an, Ottos Geliebte, um sie um ein Treffen zu bitten, und am selben Nachmittag saßen sie einander im Palmengarten des Grand Hotels gegenüber. Klavierspiel im Hintergrund. Die Sekretärin wirkte nervös, doch Rita blieb höflich, lud sie auf einen Tee ein. Als sie den Zucker fertig eingerührt und den Teelöffel auf der Tasse abgelegt hatten, nahm Rita die Pistole aus der Tasche und legte sie neben sich auf den Tisch, wie ein nützliches Werkzeug zur Konversation bei einer Tasse Tee. Mit gedämpfter Stimme teilte sie ihr mit, falls sie, die Sekretärin, ihre Eskapaden mit Otto nicht auf der Stelle beende, werde sie zuerst ihren eigenen Ehemann erschießen, danach sich selbst, und einen Brief über den Anlass dieser Tat hinterlassen. Sie steckte die Pistole zurück in die Tasche und stand auf. Sie sah, dass die Sekretärin kurz davor war, in Ohnmacht zu fallen. Auf dem Heimweg empfand sie Verachtung für sich selbst, für dieses Drama, und dachte, dass dieser Mann es nicht wert sei. Sie hatte angefangen, ihn den Eisernen Kanzler zu nennen. Ein Mann, der bei Bach weinte, ansonsten aber gefühllos war, ein Mann, der ihr ein Messer in den Leib stoßen könnte, ohne darüber eine Träne zu vergießen.

Über ein Jahr war es ruhig. Obwohl sie das Gefühl hatte, ihre gegenseitige Anziehungskraft sei nun endgültig verloren gegangen, versuchte sie, ihren alten Ton mit Otto wiederzufinden. Dann, zu Sommerbeginn, erfuhr Rita durch eine Bekannte bei der Firma Thune, dass Otto wieder eine Affäre hatte, diesmal mit der Ehefrau eines anderen Ingenieurs. Zuerst tobte Rita vor Wut, dann kam die Übelkeit, dann eine große Ruhe. Sie erkannte, dass der Mann einfach so war, ein Mann mit einem Rad auf beiden Seiten, ein Mann auf ewiger Jagd. Unverbesserlich.

»Rita Bohre war nicht nur in ihrer Forschung kompromisslos, sie war es auch in der Liebe«, schrieb Little Green.

In den nächsten Wochen ging sie noch öfter spazieren, in den Arbeitspausen, sie spazierte im Frognerparken, wenn die Kinder im Bett waren, sonntags auf Bygdøy. Otto schien nichts zu bemerken. Sang Schubert mit der kleinen Bjørg, zeichnete

Lokomotiven mit Sigurd und kraulte mit Harald. Ja, er konnte gut mit den Kindern, wiewohl auch sein Bemühen sich streng genommen nur auf das Nötigste beschränkte. Als das erste Kind unterwegs gewesen war, hatte sie ihm gesagt: »Du musst deinen Teil der Betreuung übernehmen. Ein Darwinfrosch sein.« Er hatte sie verständnislos angesehen. »Das ist eine Froschart, bei der das Männchen sich um die Neugeborenen kümmert und sie so lange im Maul trägt, bis sie groß genug sind, um selbst klarzukommen«, hatte sie erklärt. Otto hatte gelacht, als glaubte er, sie beliebe zu scherzen oder als handle es sich dabei um eine Forderung an Wesen von einem anderen Planeten.

Rita saß bei dem Ginkgo im Botanischen Garten und wusste nicht, was sie tun sollte. Sie dachte: Er geht fremd. Warum kann ich nicht ein Auge zudrücken? Um der Kinder willen? Andere schafften das. Sie schaffte es nicht. Sie betrachtete es wie etwas Lebensbedrohliches. Wie ein Gift. Es war nicht Eifersucht, sondern etwas anderes. Stolz. Und weil sie es als Verrat empfand.

Eines Abends konfrontierte sie ihn mit ihrem Wissen und fragte, was ihm abgehe.

Er stand vom Tisch auf und kam auf sie zu. Sie war erleichtert und glaubte, er würde sie umarmen, sie um Vergebung bitten, weinen, aber er schlug sie. Schlug sie fest ins Gesicht. So fest, dass sie vom Stuhl fiel.

Sie verspürte den Drang liegenzubleiben. Alles aufzugeben.

Ihre früheste Erinnerung kam ihr in den Sinn, obwohl alle behaupteten, es sei unmöglich, sich an Ereignisse aus seinem ersten Lebensjahr zu erinnern: Sie saß auf den Knien, fasste nach der Kante eines Stuhls und zog sich hoch. In den Stand. Ein triumphierendes Tosen in der Brust. Und das, noch bevor sie gehen konnte. Es war vielleicht nur ein Traum. Doch dasselbe dachte sie jetzt. Als ginge es um ihr Leben. Den Stuhl erreichen. Auf die Beine kommen. »Steh auf!« Der Ruf, den sie ihre ganze Kindheit hindurch vernommen hatte.

Neue Spaziergänge. Neue Nachdenkrunden unter hohen Laubbäumen. Ahorn, Ulme, Kastanie. Sie wusste, dass das in vielen Familien vorkam. Frauen wurden geschlagen. Frauen fanden sich damit ab. Besser geschlagen werden als die Familie zerstören. Rita stand unter den Riesenpappeln im Botanischen Garten und dachte nach. Aber da war auch noch etwas anderes: Pausenlos lag Otto ihr damit in den Ohren, sie solle ihre Stelle an der Universität kündigen, als Kuratorin des Paläontologischen Museums aufhören und zu Hause bleiben, Mutter sein. Plötzlich erkannte sie, wie gefährlich er war, dass er sie von all dem weglenken wollte, woran sie glaubte, was sie bewirken wollte. Sie erinnerte sich an das Diktum ihrer Mutter, eine Aufforderung aus den Romanen der Brontë-Schwestern: Ausbrechen! Ausbrechen aus dem Gefangenendasein. Rita hatte es gewagt, nach Persien zu reisen. Aber musste ein solches Wagnis nicht auch in der Ehe möglich sein, bei einem Mann mit einem fatalen Knacks, einem Mann, der sich aus dem weinenden Musikliebhaber in den Eisernen Kanzler verwandelte? Der Schubert sang, aber ein unmusikalisches Schwein war? Oder war es womöglich leichter, nach Persien zu reisen, als sich scheiden zu lassen?

Sie wollte nicht eingesperrt sein. Sie wollte ein Leben ohne Liebe nicht akzeptieren. Sie reichte die Scheidung ein. Das kam selten vor zu jener Zeit, aber sie boxte es durch. Was auch deshalb möglich war, weil sie, finanziell, nicht von Otto abhängig war. Sie war nicht so schlecht gestellt wie viele andere Frauen. Sie hatte einen eigenen Beruf. Das Haus in der Halvdan Svartes gate lief auf ihren Namen. Ihre Mutter hatte

Weitblick bewiesen und Rita, gegen ihren Willen, gezwungen, von einem Anwalt einen Ehevertrag aufsetzen zu lassen: »Deine Großmutter und ich haben uns nicht abgerackert und uns durch kluge Entscheidungen ein Vermögen angelegt, damit du in einem romantischen Rausch alles verpulverst.« Ihre Mutter war es auch, die darauf bestanden hatte, dass sie ihren Mädchennamen behielt, genau wie sie selbst.

Rita hegte keine Rachegelüste. Otto durfte das Haus auf dem Hang über dem Frognerelven mieten, und sie zog mit den Kindern zurück nach Lysaker. Was Rita nicht wusste, aber später erfuhr, war, dass Sigurd mitangesehen hatte, wie Otto sie schlug, deshalb hatte er sich nach der Scheidung von seinem Vater distanziert. Lange Zeit wollte Sigurd Lokomotivführer werden, jetzt wollte er etwas anderes werden.

Agnes gefiel es, dass Rita wieder nach Hause in die Villa Bohre zog, sich im Obergeschoss ein Arbeitszimmer einrichtete und ihre Arche dort aufstellte – zu der Zeit war es auch, als Rita die Idee zu einem mutigen Werk über die *Femina erecta* kam und sie eine Karteikarte nach der anderen mit Stichworten, Fragmenten, Skizzen vollschrieb, die sie nach einem spontan erdachten System in die vielen schmalen Mahagonischubladen legte. Rita ihrerseits stellte fest, wie sehr sie die Villa vermisst hatte, und legte einen halben Eid ab, sie nicht wieder zu verlassen, diesen Geruch nach Suppe und Sherry, der in den Wänden saß, oder genauer: den Geruch zweier starker Frauen, ihrer Großmutter und ihrer Mutter. An den ersten Abenden lief sie nur herum und sog diesen Geruch ein. Das Haus war wie ein altes Zigarrenkästchen, es gab seine Düfte nicht her. In ein paar der oberen Zimmer konnte sie noch immer Großmutters Parfüm riechen. Handcremes. Silber- und Messingputzmittel. Die Tüten mit Süßigkeiten, die überall herumgelegen hatten. Und unten in der Küche: Ein Duft nach Zitrusfrüchten, vermischt mit dem nie schwindenden Aroma aus der Kaffeemühle. Auch die Geräusche waren nicht verstummt, Großmutters Bleistiftspitzer, das Kratzen von Füllfederspitzen auf Papier aus dem Kontor im Wohnzimmer, und Mutters Klavierklänge aus der Zeit, bevor Vater verschwunden war.

Sie hatte geglaubt, sie würde Scham empfinden über die Scheidung, über die Sache mit Otto, doch die Tage im Haus waren im Gegenteil von Optimismus geprägt, von dem Gefühl, vor einer unerwarteten Möglichkeit, einer überraschenden neuen Wendung im Leben zu stehen.

Aber sie vermisste einen Mann.

Max Qviller war rasch zur Stelle. In diesen Jahren war sie ihm so gut wie nie in den akademischen Kreisen über den Weg gelaufen, aber jetzt schaute er, gleichsam zufällig, in der Villa in Lysaker vorbei, gab vor, er sei in der Nähe gewesen, habe seinem Elternhaus einen Besuch abgestattet und wolle nur hören, wie es ihr gehe. Kein Wort über die Scheidung. Er begegnete Agnes mit ausgesuchter Höflichkeit, und nach dem Kaffee saßen Rita und er im Garten an dem kleinen Tisch unter den Apfelbäumen.

Sie wusste, was er sich erhoffte, aber sie erteilte ihm eine Abfuhr. Er umwarb sie unverhohlen, sie fühlte sich geschmeichelt, gab aber nicht nach.

Beim Abschiednehmen lag in seiner Stimme keine Betrübnis, sondern ein Zittern vor Zorn. Diesen Ton sollte Rita in den kommenden Jahren noch öfter zu hören bekommen. Auf ausgeklügelte Weise begann er, ihr an der Universität Steine in den Weg zu legen. Seine Macht zu demonstrieren. Seine Tentakel reichten weit, sogar bis nach Tøyen, in die Korridore des dortigen Museums, und was *Neon* betraf, hegte sie den

Verdacht, dass seine Artikel über die Seelenlosigkeit des Funktionalismus in erster Linie den Versuch darstellten, durch seine Angriffe auf Trygve Falch Eindruck auf sie zu machen.

Im Übrigen war es etwas anderes, worüber Rita sich bei Max Qviller wunderte, oder vielleicht eher, was sie an ihm enttäuschte und was dazu führte, dass sie ihn weniger aufregend fand als früher. Nachdem er Mitte der 20er-Jahre eine Anstellung an der Universität bekommen hatte, veröffentlichte er ein Buch, das sie sowohl beeindruckte als auch bewegte. Er hatte die Erlaubnis bekommen, in den Magazinen des Louvre zu forschen, weil er an einem Werk über die 33 Skizzen schrieb, die Peder Balke für den französischen König angefertigt hatte und die dort aufbewahrt wurden. Ein unkonventionelles Buch. Ein radikales Buch, mit scharfsinnigen Betrachtungen über Kunst und außergewöhnlichen Ansichten über Norwegen. Doch was geschieht dann? Max wird langweilig, oder konservativ. Anstatt diese Arbeit fortzuführen, sich mit vergessenen oder versteckten Kunstwerken zu befassen, wandte er sich gegen Munch und attackierte ihn sowohl in Zeitungsartikeln als auch in seinen Vorlesungen. Es wirkte, als hätte er das als Lebensaufgabe für sich definiert: Munch anzuschwärzen. Munchs Schwächen als Maler aufzuzeigen. Auf das Bedenkliche an den Motiven seiner Bilder hinzuweisen.

Rita verstand das nicht. Männer, die mit den Jahren ihre Ideale verloren.

Max war einer der wenigen Menschen, die sie kannte, der ein offensichtliches Talent besaß, die Fähigkeit, originelle Ansichten zu formulieren. Und dann das?

Es ist spät, aber draußen vor den Fenstern des Horngården ist helle Nacht. Die Luft in Morten Øhrnlunds Büroräumen ist so dicht von Rauch und Körperausdünstungen erfüllt, dass Rita sich schwindlig zu fühlen beginnt. Die Tafel ist inzwischen übervoll mit Schrift. Rita erahnt die Konturen der neuen *Neon*-Ausgabe, und ihr Artikel ist nicht dabei. Sie wird nicht ernst genommen, trotz ihres akademischen Status. Auch Bodil Friis konnte ihre Vorschläge nicht durchsetzen. Sie, die Frauen, dienen ihnen lediglich als Schmuck. Sie sind bloß eine Nebensächlichkeit. Maskottchen. Im schlimmsten Fall Sexobjekte. Sie hasst es. Dieses verfluchte *Ungleichgewicht*. Hier zu sitzen und selbstzufriedenen Männern beim Herunterleiern tiefgründigen Unsinns zuzuhören. Sie steht auf, fühlt sich mit einem Mal unwohl. Schwindlig. In ihrem Artikel wollte Rita unter anderem die Bedeutung der Kunst aufzeigen, die Unverzichtbarkeit der Kunst für den Menschen. Kunst, schrieb Rita, sei eine Eigenschaft, die uns zu etwas mehr machte als nur zu Tieren. Kunst, schrieb sie, Bilder wie die von Helene Schjerfbeck, erweiterten unseren Horizont, veranlassten uns dazu, aus den uns hemmenden Denkmustern auszubrechen, schrieb sie, ließen uns erkennen, wie weit es der Mensch mit seiner Vorstellung, seiner Schöpferkraft bringen könne. Es gehe um eine Lebenserkenntnis, schrieb sie, um eine Art von Erkenntnis, die sowohl emotional wie auch rational sei, die nur die Kunst allein uns vermitteln könne und die auch im sozialen Zusammenhang entscheidend sei, weil sie uns zur Anteilnahme erziehe. Schrieb sie. Umsonst.

Die anderen sitzen noch immer und reden, leiser jetzt, die Flaschen sind leer, die Gläser sind leer, die Teller sind leer, die Aschenbecher voll, die Männer kleine Trolle. Trygve hat das Zimmer verlassen, um irgendetwas zu erledigen. Rita schüttelt das Schwindelgefühl von sich ab, die Enttäuschung, und trottet hinaus in den Korridor, sie will nach Hause, will den

Asaphus-Trilobiten in der Hand halten, die Perspektive zurückerobern, sie hat die Nase voll, sie weiß nicht, ob sie diesem Kreis noch länger angehören will.

Sie hört Geräusche, unverkennbare Geräusche. Sie geht zu einem kleinen Büro am Ende des Korridors, das am weitesten von Ausgang und Treppe entfernt liegt. Die Tür ist nicht richtig geschlossen. Obwohl es dunkel ist, strahlt das Nachtlicht hell genug durch das Fenster herein, um die Szene zu enthüllen, Lydia, die mit hochgezogenem Samtkleid bäuchlings auf einem Schreibtisch liegt, und hinter ihr Trygve, der zustößt und zustößt, rein und raus. Sein Gesicht, aufgeschwollen vor Geilheit oder wie ein Grinsen, als würde er die Zähne zeigen wie ein Tier, ist in dem Halbdunkel nicht wiederzuerkennen.

Was sie so verärgert, ist nicht die animalische Art, wie er sie nimmt, von hinten, nicht ihre lasterhaften Gesichtsausdrücke, obwohl sie große Lust hätte, die Tür aufzustoßen und hässliche Wörter zu schreien. Was sie mit Zorn erfüllt, ist die Gewissheit, dass er vom selben Schlag ist. Auch er, Trygve Falch, betrügt sie. Hintergeht sie. Zeigt ihr, dass die Worte, die er ihr zugeflüstert hat, nur leere Phrasen waren. Eine halbe Nacht lang haben sie hier zusammengesessen und über den modernen Menschen gesprochen, über eine Baukunst, die das Leben verbessern kann, und das Einzige, woran sie denken, ist, wie sie sich in eine Abstellkammer verkriechen, um sich dort zu paaren wie Steinzeitmenschen.

Wieder ein Hohepriester, der einen Tempel besudelt.

Und Lydia? Eine Frau, die den Preis dafür zahlt, ein weiteres Gedicht von sich abgedruckt zu sehen? Das Los der Frauen: ihren Hintern darbieten? Oder täuschte sie sich? Wurde Trygve womöglich verführt? Konnte nicht auch eine Frau auf der Jagd nach Sex sein?

Lautlos geht sie zurück, schleicht hinaus, geht langsam durch die Stadt. Anstatt wie geplant bei Trygve in der Bygdøy allé zu übernachten, spaziert sie den ganzen langen Weg hinaus nach Lysaker, wo sie sich in den Garten unter die große Eiche setzt, gerade noch rechtzeitig, um im Osten die Sonne aufgehen zu sehen.

Trotz des erbaulichen Anblicks wird sie von einem Gefühl übermannt, das sie in unregelmäßigen Abständen heimsucht: Das Gefühl, eine Verliererin zu sein. Ihr Beitrag für *Neon* ist ein Fiasko. Sie schreibt nicht gut genug, zumindest nicht in Trygves Augen. Sie ist unfähig, Männer an sich zu binden. Zu Hause, mit den Kindern, entspricht sie den Anforderungen nicht.

Ein paar Tage später entdeckte sie Trygve Falch an einem Tisch auf der Terrasse vor dem Restaurant Skansen, einem anderen von Lars Backers Bauwerken, ein auffallender Kontrast zu der alten Befestigungsanlage dahinter. Lange Zeit saß sie nur da und schaute ihn an, das elegante Sakko, die Sonnenbrille, und fragte sich, ob Lydia Vang womöglich ein Gedicht über seine epileptischen Orgasmen, sein irres Augenverdrehen und das kehlige Lallen verfassen würde. Vielleicht würde sie dafür Lob bekommen. Rita hoffte es. Dass dieser idiotische Vorfall zur Kunst erhoben würde. Dass diese Dummheit nicht umsonst war. Trygve fühlte sich unangenehm berührt, weil sie nur dasaß und ihn betrachtete, nichts sagte. Sein Zeigefinger folgte einer dunklen Äderung auf der Marmoroberfläche des Tisches, als berühre er die Haut einer blassen Frau, einer Frau, die abrupt, und für ihn nicht nachvollziehbar, erkaltet war. Er bereue es sehr, sagte er, eine Tirade aus Wörtern floss aus seinem Mund, ein Wortstrom, der sie fast zum Lachen brachte. Ja, dass er mit einer anderen Frau geschlafen hatte, musste man sich vielleicht nicht groß zu Herzen nehmen, das Problem war ihre Verachtung, diese Verachtung, die sie niemals würde von sich abschütteln können.

Er entschuldigte sich noch einmal, glaubte augenscheinlich, er könne sie ganz leicht durch Reden wieder zurückgewinnen – zurück in sein Bett, dachte sie, damit er zwischen ihnen hin und her wechseln, sich abwechselnd an Lydia und Rita festklammern konnte, wenn er hilflos dalag in seiner Ekstase und durchgeschüttelt wurde, als würde ihm jemand elektrische Stöße verpassen, dachte sie. Nein, natürlich, sagte sie, als ob sie beruhigt sei, und gleichzeitig lachte sie, das war ihr zu dumm. Das Lachen verunsicherte ihn. Er sagte nichts mehr, und sie saß nur da und blickte ihn an, mit ehrlicher Neugier, wissend, dass ihr ein leichtes Lächeln um den Mund spielte. Und es stimmte. Er war zum Lachen.

Ihm war klar, worauf das hinauslief, er fing zu weinen an, nahm die Sonnenbrille ab. Er weinte, brach regelrecht zusammen dort draußen auf dem Marmortisch vor Lars Beckers modernem Tempel. Trygve Falch, *Neons* Führerfigur, lag da wie ein kleines, flennendes Kind, ein verzogenes Kind, dachte sie; nichts war mehr übrig von den schwülstigen Worten, der Lobhudelei auf den Kommunismus, der Überzeugung, klare, einfache Bauwerke könnten den Menschen veredeln.

»Ich kann ohne dich nicht leben«, schluchzte er.

»Du kannst ja mit der Rolltreppe in den obersten Stock von Steen & Strøm hinauffahren«, sagte sie. »Dich hinunterstürzen in den Zentralraum. Tu es am Abend vor Weihnachten, da wird es am meisten Aufsehen erregen. Vielleicht landest du ja mitten in der Kosmetikabteilung zwischen den schönen Parfümfläschchen.«

Sie betrachtete ihn eingehend. So viele Monate, so viele Umarmungen, und alles war tot. Wohin verschwand all diese Liebe?

Sie war bereits aufgestanden, zum Gehen bereit. Sein verheultes Gesicht verwandelte sich. Wurde zu etwas Verzerrtem,

Dämonischem. Er saß am Tisch und überhäufte sie mit einem Schwall an Schimpfwörtern, und als sie davonging – in ihren Augen: stoisch – schleuderte er ihr eine letzte Salve hinterher: »Du bist eine kalte, aussätzige Scheißhure, Rita!«

Sie hatte einen Artikel verloren, und sie hatte einen Mann verloren.

Trotzdem, auf dem Weg die Karl Johans gate hinauf, empfand sie keine Enttäuschung. Sie fühlte sich aufgeladen. Bereit für die wirkliche Liebe.

Sie sollte über zwanzig Jahre darauf warten.

»Die Feier zum 45. Geburtstag von Sindre Bohre war nicht nur für ihn selbst ein besonderes Ereignis«, schrieb Little Green in ihrer Chronik, »sondern es war ein denkwürdiger Tag für Norwegen als Nation.«

Was das betrifft, können wir ihr nur beipflichten, und insofern passte es ja auch ganz gut, dass dieser Geburtstag am Ende eines Jahrzehnts gefeiert wurde, das auf die zur damaligen Zeit Lebenden besonders ereignisreich und umwälzend gewirkt haben muss; die Mondlandung im Sommer bildete buchstäblich den Höhepunkt eines Dezenniums, das den Menschen größere Ellbogenfreiheit verschaffte. Soweit wir dies beurteilen können, erlebten sogar grundsolide Norwegerinnen und Norweger eine Mentalitätsveränderung in dieser Phase. Aber nicht alle. Für Sindre Bohre, einen Mann, bekannt für seine grauen Anzüge und sein gleichermaßen graues Gemüt, war es besonders ärgerlich, dass die jungen Leute alle Sitten über Bord warfen, sich die Haare wachsen ließen und mit Klamotten herumliefen, die einen Vorgriff auf das schon hinter der nächsten Ecke lauernde Farbfernsehen darstellten. »Die Leute glauben wohl, wir hätten das ganze Jahr Karneval«, sagte er bei einer Diskussion in der Kantine.

Seltsam, dachten viele, dass ein so farbenfroher Mann wie der Schiffsreeder Albert Bohre einen Sohn bekommen konnte, der so jede Eigenart vermisste.

Aus einer Person wie Sindre Bohre ist nicht leicht klug zu werden – unsere Quellen weisen darum auch eine ungewohnt große Spannbreite auf hinsichtlich dieser Übergangsfigur in der Geschichte des Bohre-Geschlechts, ein Mann, der sozusagen mit dem Fuß an der Schwelle zu Norwegens Krösusepoche stand. Mag sein, dass ihn eine außergewöhnliche Melancholie auszeichnete, vielleicht eine ausgeprägte Ironie, vielleicht war er böse, vielleicht ein Engel, oder alles zugleich. Was nicht verhindert, dass neun von zehn Menschen die Farbe *Grau* als sein deutlichstes Merkmal anführen würden. Trotzdem: Wenige wussten, dass Sindre Bohre, hinter der grauen Fassade, einen rotglühenden Zorn in sich trug, der ihn bisweilen zu verzehren drohte, und dass er einmal jährlich etwas veranstaltete, das dem Versuch der Primärtherapie ähnlich war, sich seiner Aggression durch Schreien zu entledigen: Jedes Jahr am Vorweihnachtsabend legte er seinen Wolfspelz an und lud Familie und Freunde zum Schmaus.

Als Kind verfluchte Sindre den Umstand, so knapp vor Weihnachten geboren zu sein. Mit der Zeit gelang es ihm allerdings, dem Ganzen etwas Positives abzugewinnen: Er hätte trotz allem auch einen Tag später auf die Welt kommen können. Der 23. Dezember kam den meisten natürlich ungelegen, aber Sindre bestand darauf, dass das Fest genau an seinem Geburtstag stattfinden sollte. In den Jahren, als die Feier noch in der Hafrsfjordgata über die Bühne gegangen war, hatte er stets eine markige Rede gehalten, in der er erklärte, zumindest einmal im Jahr sollten Familie und Freunde in einem Reich geeint sein. Die Auserwählten hatten sich deshalb bereits daran gewöhnt, die Weihnachtsvorbereitungen einen Tag früher als andere zu erledigen; genaugenommen hatten sie gar nichts dagegen, denn nicht selten heizten Sindres zwanglose Geburtstagsfeiern auf unorthodoxe Weise die Weihnachtsstimmung an. Besonders der Handvoll loyaler Kollegen, die eine Einladung erhielt, gefiel es zu sehen, dass hinter Sindres grauer Weste eine lebhaftere, redseligere Person steckte, wiewohl ein solider Anteil der Ehre dem Schnaps gebührte. Die Herausforderung für die

Gäste bestand darin, am Weihnachtsmorgen nicht mit einem feststimmungsvernichtenden Kater aufzuwachen.

Monika, seine zweite Frau – sein einziger heroischer Versuch, jemanden zu lieben –, hatte die Tradition eingeführt, sich am Frognerseteren zu versammeln. Die Hütte dort hatte am Abend vor Weihnachten geschlossen, doch Monika, mit ihren Verbindungen und ihrem Charme, hatte es so einrichten können, dass Verwalter Samuelsen sie trotzdem die Kaminstube im Obergeschoss und einen kleinen Teil der Küche unten benutzen ließ; um die Verpflegung hatte sie sich zusammen mit ein paar Helferinnen gekümmert. Monika war Schwedin, und sie servierte »Janssons Versuchung« – in Streifen geschnittene Kartoffeln, filetierte Anchovis, gehackte Zwiebeln, Obers – und andere kleine, ausgewählte Gerichte des berühmten schwedischen Smörgåsbord. Aus irgendeinem sentimentalen Grund hielt Sindre auch noch an dieser Tradition fest, nachdem Monika von der Bildfläche verschwunden war, vielleicht weil er beides schätzte, sowohl das Essen wie auch das Lokal. Letzteres ganz besonders. Die drachenverzierte Blockhütte versetzte ihn tausend Jahre zurück, erinnerte ihn an seine Jugend, an seine Begeisterung für die Wikinger, für Norwegens einzige Glanzzeit. Es war, als feierte man seinen Geburtstag in einer alten Häuptlingsburg.

Ein passender Sitz für den Großen Bohre, dachte er.

Auch aus einem anderen Grund erwies sich der Ort als geeignet: Die Zusammenkunft wurde mit Skispringen eingeleitet. Man kam nicht in schönem Gewand, sondern mit geschulterten Skiern, in Sportkleidung. Knickerbockers und Anorak statt Anzug und Abendkleid. Und keiner brauchte Geschenke mitzubringen. »Alles, was ich mir wünsche, ist ein Sprung nach besten Fähigkeiten«, sagte er. »Oder am liebsten einen, der über eure Fähigkeiten *hinausgeht*!«

Sindre Bohre steht 469 Meter hoch über dem Meeresspiegel, mit gespreizten Beinen in einem Wolfspelzmantel, den er als Erbvorschuss von seinem Vater bekommen hat. Ein kleines bisschen Hilfe wird man sich wohl genehmigen dürfen, denkt er und lässt so viel Branntwein seinen Hals hinunterrinnen, dass er nach Luft schnappen muss. Eine behagliche Wärme strahlt in seinen Körper aus, während er den Verschluss zuschraubt und den Flachmann wieder im Pelz verschwinden lässt. Imposant steht er am Ende der sich den Holmenkollåsen hinaufschlingernden Gleise und sieht seine Gäste aus den lächerlichen Straßenbahnwaggons heraustaumeln, die aussehen wie Kopien irgendwelcher Ausstellungsstücke aus dem Heimatmuseum – es fehlte nur noch das Gras auf den Dächern. Man erwartete geradezu, dass sie von Pferden gezogen wurden. »Die Weihnachtsferien haben begonnen!«, grölte er den Ersten zu und bemühte sich, etwas zustande zu bringen, das einem Lächeln gleichkam. Mürrisch teilte er nach rechts und links Grüße aus und überhörte die Floskeln, mit denen bekundet wurde, es sei ihnen kein Glück mit dem Wetter beschert. Im Gegensatz zu anderen hatte er nichts gegen graues Wetter. Auch nicht gegen den berühmten Hollmenkollnebel, der so oft Sportereignisse vereitelte, indem er die Umgebung, einschließlich der weithin bekannten Aussicht, in eine triste und graue Atmosphäre einpackte. Sindre hatte sich am Holmenkollen stets heimisch gefühlt. Auch jetzt. An einem bewölkten Nachmittag bei kristallklarer Luft und sieben Minusgraden, die den Wolfspelz rechtfertigten. Letzte Woche hatte es viel geschneit. Perfekt, hatte er gedacht, als er vor einigen Stunden die Aufsprungbahn fertiggestampft und den Schanzentisch mit einer kleinen Extrasteigung versehen hatte. Hier würde es so einige köstlich auf die Schnauze klatschten.

»Willkommen, willkommen!«, rief er in die Runde und drückte Hände. Lachend strömten sie auf ihn zu. Familie, Kollegen, alte Freunde aus Sandefjord, die in Oslo wohnten, ein paar Leute aus seiner Studienzeit in Bergen. »Willkommen, Lorang. Ein kleines Opfermahl vor dem christlichen Fest brauchen wir doch, oder nicht?« Er lachte, weil er wusste, der solide Lorang Berger würde sich nicht provozieren lassen. »Willkommen, willkommen. Bjørg? Was für eine Überraschung!« Er biss sich auf die Zunge, um nicht irgendeinen Kommentar über Gaustad und das Irrenhaus abzugeben. »Tante Rita, du bist ja noch immer die blühende Jugend. Und mein Beileid, ich habe dich seit Konrads Tod noch nicht gesehen.«

Das meinte er wirklich so, Rita Bohre war einer der wenigen Menschen, mit denen er es aushielt. Sicher auch wegen des Lysakerbesuchs in seiner Kindheit. Er wusste, Rita war völlig am Boden gewesen, nachdem Konrad Steen, der Pfarrer, mit dem sie aus unerfindlichen Gründen die letzten fünfzehn Jahre zusammengelebt hatte, gestorben war. An einem Wespenstich. So geht es im Leben: Man fällt von einer hohen Leiter, liegt im Koma, und alle glauben, es sei aus und vorbei, doch man überlebt, entgegen aller Wahrscheinlichkeit. Dann, zehn Jahre später, sitzt man an einem schönen Sommerabend im Garten. Der Mensch hat den ersten Schritt auf den Mond getan und alles wirkt vielversprechend. Man hebt sein Glas und ruft Hipp, hipp, hurra, und dann ist man tot. Eine Wespe. Konrad war davor noch nie von einer Wespe gestochen worden. Niemand wusste von seiner gefährlichen Allergie. Sindre musste sich am Riemen reißen, um nicht mit einem unpassenden Witz herauszuplatzen.

Und seine Cousine Bjørg war gekommen. Dieses menschliche Espenlaub. War das ein gutes Zeichen? Sie gehörte in

Gaustad schon mehr oder weniger zum Inventar, befand sich aber angeblich in einer besseren Phase, vielleicht weil ihre Mutter sich jetzt im finsteren Tal befand und nicht beide gleichzeitig dort unten umherwandeln konnten?

»Laila, meine Liebe, welch Ehre!« Er umarmte Bjørgs und Lorangs Tochter vielleicht eine Spur zu gierig. Wenn sie schon sonst zu nichts zu gebrauchen war, wäre sie bei dieser kläglichen Versammlung immerhin schön anzuschauen. Hübsch, aber dumm wie Brot. Einmal Kabinenmädchen, immer Kabinenmädchen. »Laila, was habe ich gehört? Du hast eine neue Filmrolle bekommen? Fabelhaft! Wo hast du deinen musikseeligen Bruder gelassen? Hat er schon angefangen, seine Gitarre anzuzünden wie dieser Jimi Hendrix?«

Wie um Sauerstoff zu tanken, wendet Sindre sich in Richtung der Stadt, den Blick in ein graues Nichts gewandt. Gleichzeitig muss er lachen bei dem Gedanken an Bård, Bjørgs und Lorangs von allen guten Geistern verlassenen Sohn, der noch immer in den USA »on the road« war, ein Musiker, der gewiss von dem lebensfremden Traum erfüllt war, groß rauszukommen, Platten aufzunehmen und massenweise anspruchslose Frauen abzuschleppen. Abschaum. Chancenlos. Oh, diese degenerierte Sippe. Sindre gönnt seinen Gesichtsmuskeln eine Pause. Wie den Rest des Abends mit diesen Menschen aushalten? Verflixt und zugenäht, es knirschte noch immer gefährlich in seinen sozialen Scharnieren. Am besten noch ein bisschen nachölen. Er nahm einen weiteren Schluck aus dem Flachmann, ohne dass es ihm Erleichterung brachte. Er fror. Besonders untenrum. Stand da im Wolfspelzmantel, aber fror am Schwanz.

Bjørg und Laila, Mutter und Tochter, gingen Arm in Arm zum Gehweg, lachten und stupsten einander an. Voller Begierde starrte er Laila hinterher, spielte mit dem Gedanken, später am Abend einen Vorstoß zu wagen. Vielleicht aber auch nicht. Man war ja schließlich verwandt. Aber du meine Güte, das Fräulein war schon ein Anblick. Hübsch. Irgendwie ohne sich ihrer Schönheit bewusst zu sein. Neulich hatte ihn jemand überredet, sich den Film anzuschen, in dem sie aus nicht nachvollziehbaren Gründen eine kleine Rolle bekommen hatte, das Machwerk von irgendeinem kaum bekannten europäischen Hanswurst von Regisseur. Aber an die Szenen mit Laila erinnerte er sich. Die hatten etwas, sie hatte etwas, ihr Gesicht hatte etwas. Er hätte nicht genau sagen können, was. Und nun würde sie in einem weiteren Film mitspielen. Sie würde nie ein Star werden, die arme, aber er wünschte ihr viel Glück.

Ein befreundetes Paar kam mit Skiern und in entsetzlichen Anoraks auf ihn zu. Pflichtschuldig begleitete er sie auf dem Gehweg von der Haltstelle hinunter zum Frognerseteren, wobei er Laila nicht aus den Augen ließ, die Schneeflocken, die sich dekorativ auf ihr sexy unter der Angoramütze herauswallendes Haar legten. Übrigens war er über sich selbst erstaunt gewesen, als sie vor zehn Jahren von ihrem Amerikaschiff nach Hause zurückgekehrt war, darüber nämlich, dass sie ihm leidgetan hatte. Schwanger. Tolle Leistung. Und nun hatte man wahrhaftig einen Neger in der Familie. Jaja, nur zur Hälfte Neger. Aber Donnerwetter noch mal. Schon jetzt konnte man sehen, was für ein total verzogener Satansbraten Olav war. Blieb nur zu hoffen, dass er nicht als Mörder endete.

Er schüttelt den Gedanken ab und hält auf der Ebene vor dem Haupteingang inne, um den Anblick des stattlichen Blockhauses zu genießen, die Drachen auf dem Dach. Im selben Augenblick biegt ein lachhafter Volkswagen, ein winziger Käfer, auf den Platz ein. Hippies? Nein, das war natürlich Arne Autoverkäufer, mit Ragnhild und Hilde im Schlepptau. Jetzt galt es, ein freundliches Gesicht aufzusetzen, die Abscheu zu verbergen. Eine romantische Schwester und ein Taugenichts von Mann. Konnte man noch tiefer sinken? Autoverkäufer? Noch dazu deutsche Autos! Hitlerautos. Und wieso zum Teufel kam der Typ mit dem Wagen? Konnte dann ja nichts trinken. Sindre selbst hatte einen Volvo Amazon zu Hause in seiner Garage stehen. Da ritt man auf einer Kriegerin. Er schielte zu Hilde hinüber, die sich trotz vielversprechender Anlagen nichts Besseres zu tun gewusst hatte, als Fabrikarbeiterin zu werden, als lebte sie in einem Oskar-Braaten-Roman. Das war sie, die Bohre-Sippe, auf den Punkt gebracht: Gute Anlagen, die zum Fenster hinausgeworfen wurden.

Hilde lief auf ihn zu und strich ihm über den Wolfspelz. Als seine Nichte, damals noch ein kleines Mädchen, bei ihnen in Skarpsno zu Besuch gewesen war, hatte sie herumgequengelt, er solle den Pelz holen gehen, sie wolle Rotkäppchen und der böse Wolf spielen. Seine eigene Kindheitserinnerung diesbezüglich war sein Vater. Albert Bohre. Der echte Wolf. Sein Vater, in demselben Pelz, am Kai vor dem riesigen Walfangmutterschiff stehend. Ein Raubtier. Sindre sah die blutigen, stinkenden Schiffsdecks im Südlichen Eismeer vor sich. Die unbeschreibliche Metzelei. Jahr für Jahr. Ein Meer, in dem es bald keine Wale mehr geben würde.

Er lotste die Neuankömmlinge zur Ostseite des Gebäudes, ans Ende der halbmondförmigen Mauer, wo das Gelände schön steil abfiel, genau weit genug für eine Sprungschanze, von der aus man mit etwas Glück fünf bis sechs Meter weit schweben konnte. Zu allem Überfluss hatte er noch zwei Scheinwerfer besorgt. Einige waren schon am Springen, andere standen mit Pappbechern in den Händen daneben, um sich aufzuwärmen – wer gern einen Schuss in seinen Toddy wollte, konnte selbstverständlich einen bekommen. Ein paar Frauen in grellen Strickjacken versuchten, sich hineinzuschleichen, zitternd vor Kälte, wurden aber von Sindre aufgehalten. »Erst wird gesprungen, dann wird gegessen«, sagte er fröhlich, wenngleich es sich eher bissig anhörte. »Wer nicht wagt, der nicht gewinnt!«

»Wir haben bloß so große Lust bekommen, ein paar von den wunderbaren ›Kjöttbullar‹ zu verkosten«, quiekte eine der Frauen entschuldigend. »Es gibt sie doch dieses Jahr wieder, hoffentlich?« Ja, es waren immer ein paar Feiglinge dabei, die über Anchovis die Nase rümpften, also servierte man auch »Prinskorvar« und »Kjöttbullar«, frisch gekochte Kartoffeln und Lauch. Er scheuchte die dämlichen Weibsbilder rüber zum Hügel und genehmigte sich zum Trost hinter ihrem Rücken einen Hub aus dem Flachmann. Meine Kiefer werden diesen Abend niemals überleben, dachte er.

Zwei Fahnen markierten den Schanzentisch. Sein Vater, der Walmörder, hatte erzählt, Nansen schmücke die Sprungschanzen mit zwei norwegischen Flaggen, wenn er für die Kinder in Lysaker Skirennen veranstaltete. Man wollte ihm ja schließlich in nichts nachstehen. Sindre genoss das Schauspiel, den Anblick seiner Ski springenden Gäste. Viele lustige Stürze, viel Jubel und Gelächter. Doch dann ertappte er sich dabei, dass er weniger das Geschehen auf der Schanze im Blick behielt, sondern vor sich hin starrte in eine Luft, die an Nebel erinnerte, als wolle er seine Gedanken zu seiner großen Lebensfrage hinlenken: Wie machte man etwas aus einem grauen Leben? Sindre wusste genau, dass er an einem Gebrechen litt. Er war immerzu deprimiert, unzufrieden, matt. Grau. Und unter dieser Asche erwachte zuweilen ein infernalisches Feuer, ein Zorn, der gegen alles und jeden gerichtet war. Und es gab in seinem Leben keinen Punkt, der als Auslöser dafür herhalten konnte. Auch nicht der Palast seiner Kindheit, dieser ganze feudale Prunk und Protz. Er war desillusioniert *geboren*, war von Geburt an ein Anhänger Schopenhauers, ohne dessen Philosophie zu kennen. Dasselbe galt für seinen Zorn. Er war wütend geboren, voller Verachtung. Für Frauen, für die abscheuliche Ehe, für die unerträgliche Liebe. Für das inkompetente, närrische, talentbefreite Norwegen, das Geburtsland der Zwerge.

Leider konnte er die Schuld dafür nicht seinen Eltern in die Schuhe schieben. Ragnhild, seine Schwester, war der Beweis dafür, ein alberner Sonnenschein voll edler Absichten. Engagierte sich in der Branche der Weltverbesserer. Fuhr bis nach Indien, um selbstlose Taten zu vollbringen, und glaubte auch noch an den Nutzen davon. Woher nahm sie diesen unerklärlichen Optimismus? Zu dumm auch, dass er nicht auf die faule Ausrede zurückgreifen konnte, auf die so viele andere zurückgriffen: »Ich hatte keine Chance, mein Erbmaterial war zu schlecht!«

Warum hatte Ragnhild dieses helle Gemüt bekommen und er das dunkle? War er ein Findelkind?

Auf Ragnhilds Aufforderung hin hatte er eines Tages einen Psychotherapeuten aufgesucht. Ein Quacksalber, wie er im Buche stand. Nie hatte Sindre einen unbeholfeneren Versuch gehört zu erklären, welche Schraube er locker hatte. Der blanke Unsinn. Herrjemine! Da wäre er noch lieber zu einem Medizinmann gegangen, der nackt im Kreis um ihn herumtanzte. Sindre war voller schwarzer Fahnen, er war so geboren, er wusste nicht, wieso. Niemand konnte es erklären.

Nur eine Sache hob ihn ein klein wenig aus seinem grauen Dasein heraus. Wenn er etwas Wagemutiges tat. Das Schicksal herausforderte. Wie beim Skispringen. Die Sekunden, wenn er in der Luft war. Das Gefühl, von etwas loszukommen. Ein kurzer, gesegneter Augenblick der Freiheit. Des Lichts.

Im Sandefjord seiner Kindheit hatten sie auf dem Hang rund um den Mokollen Sprungschanzen gebaut, und als Knabe war er am Lystadkollen gesprungen, über zwanzig Meter unter der Flutlichtanlage, die kurz vor dem Krieg installiert worden war. Auch den Virikkollen hatte er ausprobiert und sowohl den neuen als auch den alten Hjertåsbakken. Sein Rekord, 46 Meter, stammte aus dem letzten, einem illegalen Springen gegen Kriegsende. Damals war er neunzehn Jahre alt gewesen, und er war seitdem auf keiner größeren Schanze mehr gesprungen. Trotzdem: Wie viele in diesem beschissenen, sicherheitsvernarrten Land waren annähernd fünfzig Meter weit durch die Luft geschwebt? Versucht es doch!, sagte er zu den Idioten, die fanden, fünfzig Meter hörten sich kurz an.

Diese außergewöhnlichen Erfahrungen hatten sich in ihm festgesetzt, waren ein nicht wegzudenkender Teil von ihm. Die Spannung im Körper beim Besteigen des Gerüsts, die breiten Skier auf den Schultern, das Gefühl, wenn er ganz oben stand und die Bindung überprüfte. Die Angst und die Euphorie bei der Anlauffahrt, der Absprung und dann die Flugphase – er sprang im Kongsbergstil –, wie enttäuschend kurz sie dauerte, zugleich aber auch lang, und am Ende der Aufsprung, der Triumph, der im Auslauf beim Abbremsen durch ihn hindurchjagte.

Sein Vater, der nie dabei gewesen war.

Sein Vater, der nicht verstand, welches Glück Sindre im Schweben empfand. Der nichts von einem Glück verstand, das man nicht für Geld kaufen konnte.

Albert Bohre hasste Schnee. Hasste den Skisprungsport. Alles, was mit Schnee zu tun hatte. Sindre dachte, dass in seinem Skispringen auch eine Auflehnung gegen seinen Vater lag.

Erst nachdem Sindre von zu Hause ausgezogen war, hatte sein Vater manchmal versucht, Interesse zu bekunden. So wie damals, als er, allerdings gemeinsam mit seiner Mutter, ihm und Berit – sein Vater hatte eine Schwäche für Berit Ruud, Sindres erste Frau – als Hochzeitsgeschenk eine großzügige Wohnung in der Hafrsfjordgata geschenkt hatte. »Passend für einen Wikinger«, hatte er zu Sindre gesagt und ihm auf die Schulter geklopft. »Ich habe mir auch etwas in der Harald Hårfagres gate angesehen, aber dieser Wohnsitz hier entspricht schon eher deinem Stand.«

Wenn er sich schon an sonst nichts erinnert, dann wenigstens daran, dass ich als kleiner Junge von der Wikingerzeit besessen war, dachte Sindre.

Die Gäste setzten das Springen fort. Arne Autoverkäufer war selbsternannter Rennleiter, rief Los! und maß die Weiten. Bjørg lag vorläufig in Führung. Vier Meter. Wer hätte das gedacht. Die Schwermütige flog am weitesten. Zwei Autos bogen auf den Parkplatz ein, gefolgt von einem Taxi. Mehrere Gäste stiegen aus und kamen in greller Sportbekleidung und mit den Skiern als Zugangskarte. »Hier soll irgendwo ein Skispringen stattfinden!«, erklang eine Frauenstimme.

»Maud? Dich habe ich nicht gesehen, seit du letztes Jahr gewonnen hast«, sagte Sindre. »Dieses Jahr wird es eine saftige Revanche geben. Ich habe Paraffinwachs unter den Skiern!« Er lachte, wie um zu verbergen, dass er es völlig ernst meinte. Scheißc, dieses Jahr würde er gewinnen.

Maud, die Frau des tragischen Sigurd. Wiederverheiratet mit irgendeinem lebensfremden Philosophen, der gut hierher nach Nebelheim passen würde. Sie musste fünfzig sein, war aber spritziger als alle anderen zusammen. Irgendetwas aber durfte trotzdem nicht ganz in Ordnung sein mit ihrem Urteilsvermögen: Sie hatte seinen Vater in ihre beliebte Radiosendung *Maud-Land* eingeladen und ihn dort reden lassen. Und sie hatte das Arschloch ungeschoren davonkommen lassen, nach der Sendung glaubten die Leute doch glatt, Albert Bohre sei ein sympathischer Mann. Die gefährliche Macht der Medien!

Auch ihre beiden Kinder waren mitgekommen. »Roar, Teufel noch eins, junger Mann! Willst du mit den Zahnstochern da springen? Mit den Dingern hast du nicht den Hauch einer Chance auf den Schanzenrekord!«

Was war das noch gleich, womit Roar seinen Lebensunterhalt verdiente? Ja, er schrieb. Schrieb über Romane in der Zeitung. Wie konnte man bloß sein Leben auf so etwas verwenden? Über etwas schreiben, das von Grund auf verlogen war? Wurde das dann nicht eine doppelte Lüge? Den Gerüchten zufolge soll er sogar in Paris studiert haben. Warum war er nicht dortgeblieben, warum ist er zurückgekehrt in dieses seelenlose Hinterland? Und Mauds Tochter, von der er sich schon wieder den Namen nicht gemerkt hatte. Doch, Katrine … Karin … Kaja! Bibliothekarin. Ein echter Kauz mit der schwarzen Brille. Eine waschechte Verliererin, das sah man schon aus mehreren Kilometern Entfernung.

Etwas anderes war da schon die Tochter von Jostein, einem Kollegen. 17 Jahre. Ein Leckerbissen der seltenen Art. Enge Jeans, die Sportstutzen lässig über die Hosenbeine gezogen. Man konnte die Muskeln erahnen, die Sprungkraft in den Waden. Die Gelenkigkeit eines 17-jährigen Mädchens! Aber es regte sich nichts dort unten, unter dem Wolfspelz. Tot.

Er fühlte sich mit einem Mal müde. Oder hungrig. Sah einen Teller mit Janssons Versuchung vor sich. Abermals entflogen seine Gedanken zu Monika. War er damals – fast gegen seinen Willen – glücklich gewesen, für einige Jahre? Er nimmt einen Schluck aus der Pulle. Das heißt, die eine ist leer und er muss die andere aufschrauben. Man war selbstverständlich mit

Extramunition ausgestattet, unter dem Wolfspelz war Platz für einen ganzen Barschrank. Er überlegt, sich eine Ausrede einfallen zu lassen, um kurz hineinzugehen und sich zu sammeln, bleibt aber stehen und starrt in die Dunkelheit. Miserable Sichtverhältnisse. Nicht einmal der Lichtschimmer der Stadt ist zu erahnen. Sindre verflucht dieses beschissene Grau, das in ihm haust, verflucht seine Eltern, die ihm einen Namen gaben, der »Funken sprühen« bedeutet. Es gab Tage, an denen er sich so eigenschaftslos fühlte, dass er in den Spiegel blicken und die Hände ans Gesicht führen musste zur Bestätigung, dass er auch wirklich Gesichtszüge besaß. Dass er existierte.

Einmal war Sindre bei seiner Tante, in der Villa Bohre, Konrad Steen begegnet, und in einem Moment der Schwäche hatte er sich dem Pfarrer anvertraut. »Du bist die Inkarnation Norwegens«, hatte dieser daraufhin gesagt. Und gelacht. Das war als Scherz gemeint. Aber es war die Wahrheit. Er war der typische Norweger. Ein Durchschnittsmensch in einem Durchschnittsland. Grundgebirgsgrau. Langweilig, unoriginell, ideenarm.

In Sandeford hatte er zwei beste Freunde gehabt, Truls und Finn, mit denen er oft zur Tønsberg Tønne ganz draußen auf der Insel Østerøya gewandert war. Besonders ein Nachmittag ist ihm in Erinnerung geblieben, als sie mit dem Rücken zu dem markanten Seezeichen saßen und auf das Meer hinausblickten. Damals hatten sie sich geschworen, etwas Aufsehenerregendes zu vollbringen, sie hatten es jeder auf andere Weise formuliert, aber genau das war es, was sie auszudrücken versuchten, während sie auf die graue Fläche hinausstarrten, sie würden verdammt nochmal Aufsehen erregen, aber gleichzeitig war ihnen allen klar, dass das niemals passieren würde, sie waren typische Norweger, talentlos, das war alles nur so dahingesagt, wie zur Selbstberauschung. Sindre hatte dabei ein inneres

Lächeln aufgesetzt, weil er wusste, keiner der beiden anderen würde es je zu irgendetwas bringen, sie waren, falls das überhaupt möglich war, noch grauer als er, nette Jungs, aber ohne jedes Talent für das Außergewöhnliche. Sindre hatte sich damit getröstet, dass er zumindest ein guter Skispringer war.

Sie hatten den Kontakt zueinander verloren, er hatte nicht erwartet, ihnen je wiederzubegegnen.

Dann, wenige Jahre später, stößt er wieder auf sie. In der Zeitung. Finn, konnte Sindre lesen, saß eines Tages in der Küche, und plötzlich hört er draußen vor dem Fenster einen mächtigen Knall. Er läuft in den Garten hinaus und sieht Rauch aus einem Loch im Rasen aufsteigen. Und dort, in dem Loch, liegt ein zirka ein Kilogramm schwerer Meteorit. Ein Bild. Im Großformat. Finn, der den Klumpen hochhält. Und es war wirklich ein Meteorit, man konnte ihn heute als einen von äußerst wenigen in Norwegen bekannten Meteoriten im Geologischen Museum besichtigen.

Finn hatte eine Geschichte, die er sein restliches Leben erzählen konnte.

Kurze Zeit später fiel ihm erneut ein Zeitungsartikel ins Auge, diesmal über Truls, der mit einem Freund zur Trabrennbahn Bjerke gegangen war; und vielleicht gerade deshalb, weil sein früherer Freund nichts über Pferde wusste, hatte sein V5-Wettschein einen Rekordgewinn abgeworfen. Großes Foto und ein breites Grinsen.

Nicht zu glauben. Sindre hatte beide Zeitungsseiten ausgeschnitten und an der Wand befestigt. Wie ein Memorandum. Oder um sich selbst zu quälen.

Das Spiel des Schicksals.

Nur der Zufall konnte einen Verlierer retten.

Oder Wagemut. Ein Sprung.

Was das betraf, war die Einladung zu seinem Geburtstags-schmaus allein schon ein Wagnis. Ein großes eigentlich. Für jemanden, der alle sozialen Aktivitäten hasste. Eine Art Sprung über die eigenen Fähigkeiten hinaus. Das reinste Skifliegen. Dieses Jahr ganz besonders. Wo seine Laune ohnehin schon den absoluten Tiefpunkt erreicht hatte. Mehrmals hatte er auf dem Weg hinauf zum Frognerseteren gedacht: Dieses Jahr werde ich alles torpedieren. Dieses Jahr werde ich einen so üb-len Sturz hinlegen, dass ich nie wieder aufstehe.

Sindre folgte Rita mit den Augen: »Spring, Tante, spring!«, rief er. Obwohl sie einfach nur über den Rand der Schanze hinunterrutschte, zeugte es immerhin von Sportlichkeit, mit über siebzig Jahren überhaupt noch mitzumachen. Mit diesen Beinen, die genauso zerbrechlich waren wie die Fossilien, für die sie ihr Leben weggeworfen hatte. Er dachte an seinen Vater. So anders. Wieder: Ein Bruder und eine Schwester. Und kein Schwein hätte geglaubt, sie könnten verwandt sein. Ohnehin wurmte es ihn, dass sein Vater es nicht zuwege gebracht hatte, sich die Villa Bohre unter den Nagel zu reißen. Ein gepflegtes Viertel immer noch. Das Haus hätte lediglich ein paar Opti-mierungen nötig, und die grottenhässliche Eiche, die die Ter-rassenaussicht zerstörte, müsste gefällt werden. In Gedanken verfluchte er die gruslige Bekehrung, die sein Vater durchge-macht hatte, seine plötzliche Redlichkeit nach Jahrzehnten der Massaker im Südlichen Eismeer. Warum hatte er nicht wie an-dere gewiefte Reeder einen Teil seines Vermögens im Ausland versteckt? Wozu diese lauwarme, verspätete Verantwortung für das kollektive Wohl und Weh?

Sindre ging hinüber zur Holzwand, um seine Skier zu ho-len, und konnte sich noch schnell heimlich ein paar Hübe von dem stärkenden Elixier einverleiben. Die Langeweile des

Daseins. Mit Ausnahme des Skispringens. Das er immer seltener praktizierte, bei immer kürzer ausfallenden Weiten. Als Erwachsener hatte er zum Glück Ersatz gefunden: Untreue. Sein Schwanz war sein neuer Sprungski geworden. Oder seine Art, das Schicksal herauszufordern. Er war dreimal verheiratet gewesen, aber nur zwischen den Beinen einer anderen Frau gelang es ihm, die Lebensunlust für einige Sekunden zu verdrängen. Es musste an der Spannung liegen. Am Risiko. Dieselbe herrliche Nervosität wie beim Hochsteigen zur Sprungschanze. Er beurteilte die Frauen nach ihren Hüften. Betrachtete sie als Schanzentisch. Sah regelrecht auf beiden Seiten einen Fichtenzweig stecken. Die kurzen, verstohlenen Ficks. Anlauf, Absprung, Flugphase – der Orgasmus ungefähr von derselben Dauer wie die Flugphase – und Aufsprung. Er war der Wirkola der Geschlechtlichkeit. Eine seiner Geliebten hatte ihn sogar Spermwal genannt.

»Nenn mich nicht so«, protestierte Sindre. »Das erinnert mich an meinen Vater.«

In seinen Augen war er der Große Bohrer.

Die trostlose Beziehung meiner Eltern muss der Grund dafür sein, weswegen ich heute so kaputt bin, sagte er sich mitunter. Kapitän Ahab und seine Gemahlin. Schon in seinem Elternhaus in Sandefjord war der Dunstschleier in ihn eingesickert. Da gab es fünfzig Nebelschattierungen. Klar, dass man dem Zusammenleben skeptisch gegenüberstand, wenn man jahraus, jahrein gezwungen war, dieses erbitterte Schweigen, diese beflissene Demonstration des Nichtliebens zu beobachten. Die Kunst des Einandereinsperrens. Ein Vater, der seine Frau den »Dreißigjährigen Krieg« nannte. Sindre hielt es für ausgemacht, dass der Unterleib seiner Mutter schon früh gleichermaßen hermetisch verriegelt war wie die Konservendosen, denen sie ihr Vermögen verdankte. Ja, Gott bewahre, er hatte die Ermüdung, den Verfall der elterlichen Ehe gesehen. Das Grau, auch dort.

Auf ihre älteren Tage musste seine Mutter Panik bekommen haben. Sie fing ein Kunstgeschichtestudium an. War häufiger in Oslo als in Sandefjord. Nach allem, was Sindre mitbekam, hatte sie auch ein kurzes Verhältnis mit Max Qviller gehabt, dem Professor, einige Jahre, bevor er sich so schändlich das Leben genommen hatte. Und nicht nur das, für diesen Aufschneider im Kulturbetrieb hatte sie doch allen Ernstes begonnen, eine Abneigung gegen Munch an den Tag zu legen – Munch, einer der wenigen aufsehenerregenden Menschen, die diesem monochromen Land ein wenig Farbe verliehen!

In Gedanken nannte Sindre sich den Houdini der Ehe. Deshalb hatte er auch ohne Zögern zwei weitere Ehen beendet. Auch die mit Monika. Kein Eheweib sollte ihn je einsperren. Er hatte einen Abflug gemacht. War mit jeder x-Beliebigen ins Bett gesprungen, wollte sehen, wie schnell er es schaffte. Mehr Sport als Sex.

Genau das, Springen.

Etwas zerreißen. Eine Schicht. Einen Spalt auftun im Grau.

Den Schwanz als Messer benutzen. Als Schwert. Wikinger sein.

Der Große Bohrer.

Das Beste an der ganzen Ehebruchsbetätigung war der Augenblick, wenn sein Körper sich veränderte. Wenn er vor einer Frau saß und spürte, wie die Schläfrigkeit, die Stumpfsinnigkeit, von denen sein Alltag sonst geprägt war, von ihm abfielen. Dafür lebte er. Die Sekunden, wenn das Blut zu strömen begann und ihm den Prügel aufstellte. Und nicht nur den – sein ganzes Ich. Futsch war alles Grau! Eigentlich gefiel es ihm, ein wenig brutal zu sein. Hart. Er wusste, das war hanebüchen, aber er hielt sich wahrhaftig für einen Wikinger. Das war das Einzige an Norwegen, worauf er stolz war: die Wikingerzeit. Eine Besessenheit, die er in seiner Jugend mit Sigurd, seinem armen Vetter, geteilt hatte. Vor dem Kamin in der Villa Bohre, auf weichen Perserteppichen liegend, hatten sie in den Sagas geblättert und sich gegenseitig angestachelt. Die Glanzzeit. Nicht dieser ganze Quatsch von wegen Kulturaustausch, Handel. Nein, Schwerter. Lindisfarne, das mittelalterliche Pearl Harbor. Angst und Schrecken verbreiten. Plündern und vergewaltigen.

Skål! Keiner sah ihn hier drüben bei der Holzwand. Er konnte sich auf den Boden sinken lassen und sich selbst feiern. Allein. Sich zu Tode saufen. Keinem würde auffallen, dass der Gastgeber verschwunden war. Wegen des Pelzes würden die Leute glauben, eine schmutzige Schneewehe hätte sich dort drüben bei den Skiern aufgehäuft.

Kopf hoch. Es gab Lichtblicke. Man war trotz allem mit einer Gabe gesegnet: Man war gut bestückt. Sindre lachte über die Schwachköpfe, die behaupteten, es käme nicht auf die Größe an. Selbstverständlich konnte man eine Frau auch mit dem kleinen Finger befriedigen, aber du liebe Güte, es war kein Schaden, wenn man ein hoch aufgerichtetes Organ besaß. Ganz gleich, was alle sagten, die Frauen ließen sich davon beeindrucken. Genauso wie die meisten sich von einem Hirsch mit einem besonders prächtigen Geweih beeindrucken ließen. So war es nun mal.

Als diese Frau ihn Spermwal nannte, war das keine Anspielung auf seine Ejakulation.

Das Gerücht verbreitete sich. Und er zog seinen Nutzen daraus. Wann immer es ihm in den Sinn kommen mochte, konnte er sich seinen blauen, mit den Knöpfen irgendeines vornehmen Klubs versehenen Blazer umwerfen und eine beliebige, standesgemäße Osloer Bar aufsuchen in dem Wissen, dass mindestens eine Frau dort anzutreffen wäre, die von ihm gehört hatte, ihn in Augenschein zu nehmen wünschte und sehen wollte, ob das, was eine Freundin ihr erzählt hatte, wirklich der Wahrheit entsprechen konnte.

In einem kleinen Kreis war er berühmt. Der Große Bohrer.

Schließlich ging er doch rüber zur Schanze. Gerade war Marcus mit Springen dran. Sein eigener Sohn. Von Berit. Nicht im Anorak, sondern in einer grünen Armeejacke. Das war die heutige Zeit. Diese ganze unglückselige Politik. Für Marcus hatte es mit dem Biafra-Konflikt begonnen. Ungläubig starrend hatte der Junge die Berichte auf dem Fernsehbildschirm verfolgt, die Nahaufnahmen ausgehungerter Kinder mit großen, fliegenüberstäten Augen und Wasserbäuchen. Wieso zur Hölle hatten sie diese abstoßenden Bilder gezeigt? Marcus war davon nachhaltig geschädigt worden und hatte begonnen, Fragen zu stellen, Fragen, auf die Sindre naturgemäß nicht antworten konnte. Und jetzt Vietnam, dieselbe Scheiße. Besonders ein Fall, der unlängst aufgedeckt worden war, ein Vorfall in La Mai. So Nai? My Lai, irgendwas in der Richtung, irgendein unbedeutendes Dorf am Arsch der Welt. Marcus' Jackenaufschlag war voll mit unverständlichen, schillernden Buttons. Er sah aus wie ein dekorierter General. Nein, Marcus war eine herbe Enttäuschung. Ein Sohn, der alles niederreißen wollte, was die Familie über Generationen aufgebaut hatte.

Und jetzt fiel er beim Skispringen auf die Schnauze. Nachdem er vielleicht zwei Meter gesprungen war. Was für eine Schande. »Pass bloß auf, dass dir nicht dein kleines rotes Mao-Buch aus der Brusttasche fällt!«, rief Sindre.

Außer ihm lachte keiner. Hilde, die kleine Fabrikarbeiterin, stürzte auf Marcus zu und fragte, ob er sich verletzt habe. Marcus stand auf, bürstete sich den Schnee von der Jacke und warf seinem Vater einen gehässigen Blick zu.

Nicht unerwartet lag Maud in Führung. Mist.

Dann kam er an die Reihe. Runter mit dem Pelz. Höchste Zeit, dem Publikum Einblick in die Feinheiten des Skispringens zu gewähren. Auch ein Sprung auf einer selbstgebauten Schanze konnte Kunst sein. Er hatte die alten Bonna-Bergskier mitgenommen. Verschafften ihm einen kleinen Vorteil. Das schöne Logo auf der Spitze. Ein Flugzeug. Oder ein stilisierter Vogel. Gleich wird hier geflogen.

»Bahn frei, ich komme!« Der berauschende Warnruf aus seiner Kindheit.

Anlauf in der Hocke. Die alte Spannung. Besser als Sex. Herrliches Tempo.

Jetzt. Nicht denken. Nicht abspringen. Eher anschieben. Oder sich vorwärtsziehen.

Viel zu kurz.

Scheiße. Irgendwas war da gewesen beim Gleiten. Eine Art Ohnmacht. Die Spritzigkeit war verschwunden. Plötzlich war er an etwas erinnert worden, das er schon den ganzen Abend zu verdrängen versuchte. Ein Problem, das alles überschattete. Im Schritt lokalisiert. Der Große Bohrer, reduziert auf ein Miniwürstchen.

Er nahm die Skier ab. Plötzlich fühlten sie sich viel zu schwer an. Die reinsten Holzplanken. Etwas weiter südlich in Europa hatte man begonnen, Skier aus Glasfaser herzustellen. Das war selbstverständlich die Zukunft, aber genauso selbstverständlich war es, dass die Norweger so lang wie irgend möglich die Augen davor verschließen würden, hinterwäldlerisch, wie sie waren.

Auf dem Weg hinauf, die Skier kess auf den Schultern, blieb er bei Ragnhild stehen und machte sich über ihre bevorstehende, neuerliche Indienreise lustig. Was für eine Idiotie, dachte er, diese missverstandene Entwicklungshilfe. Aber wahrscheinlich war es nur natürlich, dass Norwegen, in Ermangelung eigener innovativer Erfindungen, dazu übergehen musste, andere zu quälen mit drei albernen, selbstgerechten Projekten, die man auf diese armen Menschen losließ.

»Es wird nur ein kurzer Aufenthalt«, sagte sie, als verstünde sie nicht, weshalb er so schlecht gelaunt war. »Ich bin neugierig, wie es in Kerala jetzt so zugeht.«

Er stellte sich ein wenig abseits der anderen auf den Platz vor der Alm, starrte wieder hinein in das Scheißwetter, das die Stadt verbarg, das alles verbarg. Aah, dieses große Grau. Der Große Krumme. Das Nationalmonster. Er schwappte sich einen Schuss Branntwein in die Mundhöhle, spürte ihn langsam die Brust hinabgleiten und verschwinden, doch nicht einmal der Alkohol konnte eine stimulierende Wirkung hervorrufen, so undurchdringlich war seine Düsterkeit. Wie sollte man verhindern, ein graues Gemüt zu entwickeln, wenn man im traurigsten Land der Welt geboren war? Ein Land im Staubmantel. Er fror, zog den Wolfspelz am Hals enger und schritt auf die Schanze zu. Im Vorbeigehen möchten wir erwähnen, dass dieses Grau, das in dieser Geschichte so häufig Erwähnung findet, auch als ein Schlüsselwort dienen mag zum Verständnis der Stellung Norwegens in dem Jahrhundert von 1945 bis 2045, wenn auch, in diesem Fall, in einer anderen Auslegung, als etwas Nützliches. Denn als nationale Tarnfarbe erwies sich dieses Grau zugleich als überaus vorteilhaft, wie eine Hülle, unter der sich die gesamte Nation verkriechen konnte, wodurch der Weltgemeinschaft verborgen blieb, dass auch Norwegen sich an bedenklichen Tätigkeiten beteiligte, den reinsten Raubzügen nach globalen Ressourcen, für die dann jedoch andere, besser sichtbare Akteure die moralische Verantwortung übernehmen mussten. Das ganze Land lag sozusagen in einem unbewachten Schatten, einem gigantischen Stealth-Bomber vergleichbar, der nicht auf dem Radar aufschien.

Sindre konnte sich kaum mehr daran erinnern, aber auch er hatte als junger Mann hehre Ambitionen gehabt. Große Pläne. Er wollte einen Verein zur Förderung neuer Entwicklungen gründen. Damit endlich etwas mehr dabei herauskam als nur der Käsehobel. Sindre hatte davon geträumt, etwas Neues zu erfinden und damit Geld zu verdienen, eine neue Art Messinstrument, eine neue Art von Uhren, von Batterien, von Tinte, was auch immer. Aber das war ihm gründlich ausgetrieben worden von diesem gotterbärmlich ambitionslosen Land. Dieser geistig und intellektuell ruinierten Felskuppe, die sich Norwegen nannte. Vor Kriegsende hatte er einige Wochen damit verbracht, in einer Hütte aus Fichtenreisig im Wald herumzuliegen. Aber es war untersagt worden, etwas zu tun. Das musste der lahmarschigste Widerstandskampf in der Weltgeschichte gewesen sein. Er hatte an einem illegalen Skispringen teilgenommen. War *Ski gesprungen* gegen die Deutschen. Das war sein Verdienst im Krieg. Er wäre bereit gewesen, Widerstand zu leisten, hatte aber die Erlaubnis dazu nicht bekommen. Es hatte den Anschein, als ob die britische Führung oder irgendjemand in der Regierung nicht wünschte, dass all das zerstört würde, was die Deutschen aufgebaut hatten. Aber konnte ein Land, das nicht mehr Widerstand gegen seine Besatzer auf die Beine gestellt hatte, es zu irgendetwas bringen? Damals, in einer Hütte aus Fichtenreisig tief im Waldesinneren, hatte sein Unternehmungsgeist den ersten Dämpfer bekommen, so jedenfalls sah er das.

Und dann die erbärmliche Nachkriegszeit, als die graugekleideten Technokraten und Bürokraten das Ruder übernahmen. Ingenieure und Ökonomen. Die hatten nur eines im Sinn: den Gleichheitsgedanken. Wollten alles auf dasselbe Niveau herunterschrauben. Alle sollten bitte schön im selben Takt marschieren, dieselben Ziele verfolgen. Nicht zu hoch greifen. Das ganze Land wurde in Nebel gehüllt. Kein rot-weiß-blaues Norwegen, sondern eines in Grau, Grau und Grau. Wie zur Krönung dieses Werks wurde die Ausbreitung eines irrsinnigen öffentlichen Sektors zugelassen, der das alles zementierte. Ein gigantischer, geschützter Arbeitsplatz bar jeder Kreativität. Die Regulierung von Wasserfällen war auch schon das Einzige, was man zustande gebracht hatte. Eigentlich hatte man von den Deutschen die Vision abgekupfert, womit Norwegen zum Welthandel beitragen konnte: Industrielle Halbfabrikate. Alles war schon angerichtet. Man kam an den gedeckten Tisch. Aluminium. Ein Leichtmetall. Sofort wurde die Rolle in der Leichtgewichtsklasse akzeptiert.

Das war die Wahrheit: Norwegen fehlte es an Gewicht. Norwegen fehlte eine Erektion. Ein Ständer, in Dreiteufelsnamen. Eine Nation impotenter Minderleister.

Wie hier, dachte er und zwang sich, einen Funken Interesse zu zeigen für das Schauspiel, das sich ihm bot. Die Leute sprangen Ski. Landeten auf dem Hintern, stürzten wegen nichts und wieder nichts, zerrissen sich die Hosen und hatten noch ihren Spaß dabei. Er versuchte zu lachen, bekam es aber nicht hin. Nur ein anständiger Beinbruch konnte womöglich den Tag retten. Alles war himmelschreiend grau.

Es ist nicht auszuhalten. Wozu macht man seinen Abschluss an der Handelshochschule, wenn man hinterher feststellen muss, dass dieses verdammte Scheißland nichts hat, womit

man Handel treiben könnte. Sindre wollte in Norwegen herge-
stellte Produkte verkaufen. Er sah den Strom an neuen Waren,
von denen das Land überflutet wurde, Herde, Waschmaschi-
nen, Kühlschränke, Staubsauger, Fotoapparate, Autos, ja, vor
allem Autos. Er wollte Produkte herstellen, auf die man stolz
sein konnte. Am liebsten Konsumgüter. Die Welt nicht ihres
Gemeinguts berauben wie sein Vater, Tiere ausrotten, die fried-
lich auf der anderen Hälfte der Erdkugel umherschwammen.
Nein, sie selbst erzeugen, sozusagen von Grund auf. Hier. In
Norwegen. Durch Schöpfergeist, Erfindungsreichtum. Ein
neuer Telefonapparat. Ein neues Medikament. Eine neue Art
von Spielzeugen. Bauklötze. Ganz gleich was. Eine neue Art
Kugellager. Etwas, das von makelloser technischer Präzision
abhing. Etwas, das die Nabe einer neuen Zivilisation bilden
könnte.

Doch dann: Nur staatliche Riesenprojekte, wie zur Arbeits-
platzbeschaffung.

Es war sein Fluch, in einem unfruchtbaren Land geboren zu
sein. Einer Einöde, angereichert mit einigen wenigen Quadratmetern kultivierter Erde. *Unfruchtbar* war das richtige Wort.
Ein in jeder Hinsicht steriles Land. Hier konnten keine Ideen
aufkeimen.

Vielleicht hatte er auch deshalb bei Hydro angefangen, es
reizvoll gefunden, in einer Firma zu arbeiten, deren Ruf auf
dem Export von Kunstdünger aufbaute, die dazu beitragen
wollte, die Erde fruchtbarer zu machen.

Sofort wandte er sich einigen seiner Kollegen bei Hydro zu,
die ganz oben auf dem Hang standen, jeder eine Zigarette in
der Hand, er hörte ihr gedämpftes, besorgtes Gespräch über
die Firma, die, was die Umsätze betraf, gerade in einem Tief
steckte. »Das ändert sich wieder«, sagte Sindre. »Es ändert sich

immer«, sagte er, ohne es selbst zu glauben, aber er wollte es sich verbeten haben, bei seiner eigenen Geburtstagsfeier etwas von düsteren Aussichten zu hören, zumindest von anderen. »Die Probleme bei der Umstellung auf die neue Technologie sind bald vorbei. Und vergesst nicht Katar. Wir expandieren!«

Er lächelte, versuchte zu lächeln, und lief die Treppe hoch in die Küche, um seine Befehle auszugeben. Der Duft von Janssons Versuchung schlug ihm entgegen. Das Springen war bald vorbei und er gab Bescheid, dass sie anfangen sollten, die feuerfesten Platten in die Kaminstube hinaufzutragen, wo auch schon alles andere bereitstand.

Ja, er war bei den schwedischen Speisen geblieben. Bei der Erinnerung an Monika. Dieser Sommer mit Monika, der zu Herbst, Herbst, Herbst wurde, bis sie sich trennten. Durch sie hatte er außerdem – fast hätte er gesagt: leider – nähere Bekanntschaft mit Schweden gemacht. Durch Monika und ihre Familie waren ihm die Augen für das schwedische Wunder geöffnet worden, nicht zuletzt für die stolze Geschichte des Landes. Schwedens Jahre um 1600. Gustav Adolf. Die Schlacht bei Breitenfeld. Hatte Norwegen etwas Vergleichbares zuwege gebracht? Einen Kaiser besiegt? Und jetzt entsandte die schwedische Industrie einen Strom fabelhafter Waren in die Welt. Schweden hatte wirklich etwas zu verkaufen, von Staubsaugern angefangen bis hin zu Düsenjets. Düsenjets, Donnerwetter! Damit ließ sich wirklich und wahrhaftig auf den Tisch hauen! Darüber hinaus war er durch Monika mit den äußersten Kreisen der mächtigen Familie Wallenberg in Berührung gekommen. Warum gab es etwas Ähnliches nicht in Norwegen? Eine ehrbare Dynastie. Eine Aristokratie. Nicht umsonst hatte er seinem Sohn den Namen Marcus gegeben. Manchmal dachte er, dass er nur aus einem einzigen Grund mit Monika zusammengekommen war, nämlich aus dem Wunsch heraus, der Familie Wallenberg näherzukommen. Er bewunderte ihren Einfluss und ihre tintenfischartigen Arme, die in die unterschiedlichsten Sphären der Wirtschaft hineinreichten, auch in die norwegische.

Ohne Wallenberg kein Hydro!

Kein Wunder, dass Schweden, das modernste Land der Welt, mit Volldampf vorausfuhr. Norwegen dagegen war stehengeblieben, saß nur herum und nähte seine Bunad-Volkstrachten, eine Nation eigensinniger, engstirniger Bauern. Ja, denn das sind wir, tief in unserem Inneren – es kommt nicht von ungefähr, dass die Bauernpartei erst vor einigen Jahren ihren Namen in Zentrumspartei geändert hat. Zudem waren jetzt auch noch die Regelungen für alle nur erdenklichen Sozialleistungen unter Dach und Fach. Man war an allen Ecken und Enden abgesichert. Der Staat hatte sich nicht damit zufriedengegeben, den Menschen ein Auffangnetz zu nähen, man hatte ihre gesamten Körper darin eingesponnen. Wir werden das kränkste Land der Welt werden. Das faulste Land. Die Nation mit den meisten Urlaubstagen und den jüngsten Rentnern. Wer würde dieser Versuchung widerstehen können? Wer würde da noch Lust haben, die Initiative zu ergreifen? Man brauchte sich einfach nur hinzulegen, und der Rubel rollte ganz von allein. Verdammter beschissener Scheißdreck! Willkommen in Norwegen, dem Paradies der Scharlatane!

Zu seinem Glück hatte er zu Hydro gefunden, und zwar deshalb, weil er ein Wikinger war. Es war das Schiff im Firmenlogo, das seine Aufmerksamkeit erregt hatte. Kristian Birkeland und Sam Eyde, zwei wahre Wikinger. Kalksalpeter. Kunstdünger. Volldünger. Da konnte man es auch verkraften, dass ein Leichtmetall im Preis inbegriffen war. Sindre war stolz auf Hydro, trotz ihrer Zusammenarbeit mit den Deutschen während des Krieges. So oft wie möglich machte er sich auf zur Insel Herøya, weil er es genoss, dort herumzuschlendern, er genoss den Anblick der riesigen Prilltürme der Düngerfabrik und der schlanken, glänzenden Metalltürme der Ammoniakfabrik. Die ganze Anlage hatte etwas herrlich Science-Fiction-artiges, Zukunftsweisendes an sich. Wie ein fremder Planet direkt neben dem Fichtenwald.

Wie es schien, hatten die Gäste das Skispringen beendet, standen nur mehr plaudernd und lachend herum. Ganz offensichtlich nahmen sie die Herausforderung nicht ernst, und das ärgerte Sindre. Eine Bande unwürdiger Schlappschwänze. Maud lag weiterhin in Führung. Sie warf ihm einen fragenden Blick zu. »Gibt's schon was zu essen?«, rief Tante Rita.

Er winkte abwehrend. »Ich habe noch einen Versuch!«

Fünf Jahre war es her, dass Sindre Johan B. Holte gegenübergesessen hatte, der mächtigen und visionären Gestalt, die damals gerade zum Generaldirektorassistenten aufgestiegen war und bald selbst Generaldirektor von Hydro werden sollte. Er wollte Sindre in der Gruppe dabeihaben, die daran arbeitete, und zwar intensiv daran arbeitete, dass Hydro in der Erdölindustrie mitmischte. Das Petronord-Abkommen war, in Zusammenarbeit mit französischen Unternehmen, bereits im September 1963 unterzeichnet worden, und jetzt begann die Sache ernst zu werden. »Das ist die Zukunft, Sindre«, sagte Johan B. »Wir sind bereit, an der Erdölgewinnung teilzuhaben.«

Sie befanden sich im Büro des Direktors im siebten Stock des ziemlich neuen, prächtigen Firmengebäudes am unteren Ende der Bygdøy allé. Sindre zögerte mit der Antwort. Er dachte an seine leicht schrullige Tante Rita, die mehrmals behauptet hatte, und das, noch bevor mit der Suche begonnen worden war, dass es in der Nordsee Erdölvorkommen geben müsse, die irgendetwas dahergebrabbelt hatte von wegen Sedimentbecken und Funden von Kohlefragmenten entlang der Küste. Sie war zwar Geologin, Paläontologin, aber das war doch die Höhe. Sindre sah es als seine Pflicht an, Zweifel anzumelden, auch gegenüber Hydro. Er erinnerte Johan B. Holte daran, der Norwegische Geologische Dienst habe schon vor aller Herren Zeiten einen Brief an das Außenministerium geschrieben, in dem sie zu dem Schluss gekommen seien, man solle von der Möglichkeit absehen, am Kontinentalsockel entlang der norwegischen Küste Öl oder Gas zu finden. »Seien Sie vernünftig, Johan«, sagte Sindre. »Wir müssen uns an das halten, worauf wir uns verstehen, Dünger, Leichtmetall.«

Er verstand wirklich nicht, warum Hydro anfangen sollte, nach einem Öl zu suchen, das es nicht gab.

»Denken Sie darüber nach«, sagte Johan B. in einer Art und Weise, hinter der Sindre eine Drohung erahnte. Dass er nämlich mit einem Nein seine gesamte Karriere aufs Spiel setzte. Aber würde er nicht auch mit einem Ja seine Zukunft aufs Spiel setzen, indem er Teil eines peinlichen Fiaskos würde, des naiven Traums, Hydro könnte sich in der Erdölbranche etablieren?

Mehrere Abende saß Sindre in seinem Arbeitszimmer in der Hafrsfjordgata und zerbrach sich gründlich den Kopf. Sehr gründlich. Ohne den Zusammenhang zu erkennen, dachte er an seine Jugendfreunde Finn und Truls, an den Meteoriten in Finns Garten und Truls' Rekordgewinn auf der Trabrennbahn, und diese Erinnerung musste ihn dazu veranlasst haben, etwas höchst Ungewöhnliches zu tun, nämlich zu dem Schrank zu gehen, in dem die alten Spielsachen von Marcus lagen, und aus der Schachtel mit dem Leiterspiel den Würfel herauszuholen.

Zurück im Arbeitszimmer nahm er den Würfel und ließ ihn in der hohlen Hand kreisen. Und er ließ ihn lange kreisen. Er wollte Holts Angebot schlechte Gewinnchancen in Aussicht stellen und nur dann seine Zusage geben, dem Eifer des Direktors nachgeben, wenn der Würfel die 6 zeigte. Bei allen anderen Zahlen würde er auf seiner Position beharren. Oder kündigen, sich einen anderen Job suchen.

Der Würfel rollte fast bis zur Schreibtischkante, bevor er liegenblieb und die 6 zeigte.

Alea iacta est. Die Erinnerung an eine ferne Geschichtsstunde.

Tags darauf sprach er mit Johan B. Holte, und von dem Moment an saß er in der Arbeitsgruppe Erdöl, die sich auf die Suche nach erdölhöffigen Parzellen und deren Sicherung für Petronord konzentrierte, in Verbindung sowohl mit der ersten als auch mit der zweiten Konzessionsrunde.

Die Bohrungsergebnisse waren jedoch nicht erfreulich. Sindre in seinem grauen Mantel lachte innerlich, tat aber, was von ihm verlangt wurde, auch weil er sich zu Tode langweilte. Das Einzige, was bei dem Ölwahnsinn seine Zustimmung fand, war der Gedanke, dass das Land Norwegen – wie durch einen überrumpelnden Coup – seine Grenzen ausgedehnt und im Verborgenen eine enorme Gebietsvergrößerung vorgenommmen hatte. Etwas Wikingerartiges, wunderbar Dreistes und Habgieriges steckte hinter diesen Eroberungen, auch wenn die neuen Grenzen sich auf dem Meeresgrund befanden. Faktisch eine Landnahme im Stillen, direkt vor der Nase der außenstehenden Welt. Aber Öl? Tief im Inneren dachte er – oder *wusste* er –, dass die Wahrscheinlichkeit für Norwegen höher war, einen Mann auf dem Mars abzusetzen, als in der Nordsee auf Öl zu stoßen.

Dennoch brodelte in jenem Herbst die Gerüchteküche. Obwohl er seine Skepsis geflissentlich für sich behielt, fühlte Sindre sich in der Erdölgruppe ein wenig an die Seitenlinie gedrängt; er gehörte nicht mehr zu den Ersten, die wichtige Informationen erhielten. Aber auch er wusste von einer Explorationsinsel draußen in der Nordsee, die den Namen Ocean Viking trug. Ein modernes Wikingerschiff. Und jetzt war man angeblich auf etwas gestoßen. Öl. Vielleicht Öl. In der Kantine machte das Gerücht die Runde. Es hieß, die Leitung des Phillips-Konzerns sei vorigen Monat über einen Fund informiert worden. Aber es gab keine offizielle Bestätigung.

Öl! Genauso wahrscheinlich, wie von einem Meteoriten auf den Kopf getroffen zu werden!

Nein, Sindre glaubte in keinster Weise daran. Womöglich war man auf einen kleinen Spritzer gestoßen, nur um festzustellen, dass eine so geringe Menge nicht kommerziell abbauwürdig war, irgendwas in der Richtung. Sindre gab sich nicht mit diesen albernen Spekulationen ab, konzentrierte sich lieber auf seine eigenen Bohrungen, draußen in den städtischen Bars.

»Hey, wartet! So wartet doch alle noch!« Er hielt die Leute auf, die auf dem Weg nach drinnen waren. »Ich habe noch einen letzten Sprung!« Was für eine Schmach, sollte Maud wieder gewinnen. Er schnallte sich die Skier an und glitt auf den Rand des Abhangs zu. Streifte den Pelz ab. Höchste Zeit, diesen Taugenichtsen zu zeigen, wie es gemacht wurde. Saß man etwa nicht in der Leitung bei Hydro? Mit dem Wikingerschiff als Markenzeichen! Für einen guten Sprung brauchte es ein ganz besonderes Talent. Mut und Sprungkraft. Genau das, was den meisten Menschen in Norwegen fehlte. Er warf einen Blick nach Westen. Der Turm auf dem Holmenkollen war nicht auszumachen. »Einen fähigen Skiläufer bei seinen

Luftsprüngen zu sehen, ist einer der stolzesten Anblicke, den die Erdoberfläche zu bieten hat.« Nansens Worte. »Der Holmenkollen ist der Olymp des Winters.« Wieder Nansen. »Und der Schnee ist unser Marmor.« Sindres eigene Worte. Zu den Holmenkollentagen fuhr er immer hinauf, um sich das Skispringen anzusehen, und hatte in diesem letzten Jahrzehnt miterlebt, wie die norwegischen Krieger, alle mit Tor im Namen, den finnischen Stil in Perfektion demonstrierten, die Hände in einer Haltung, als wollten sie ertasten, ob das Geld noch in der Gesäßtasche steckte: Toralf, Torbjørn, Torgeir. Schön, auch ein Bjørn, ein Bär, war darunter. Wenn schon kein Kriegsgott, dann zumindest ein wildes Tier.

Trotzdem war sein Held ein anderer: Helmut Recknagel, der Ostdeutsche, der zweimal auf dem Kollen gewonnen hatte. Vermutlich weil Recknagel mit nach vorn ausgestreckten Armen sprang. Der Stil hatte etwas Wagemutiges und Bejahendes an sich, irgendwie eine Bereitschaft, das Leben zu umarmen oder sich der Zukunft entgegenzustrecken. Sindre hatte keine gute Erklärung dafür, es war einfach nur schön. Natürlich verriet er das nie irgendjemandem. Es blieb sein Geheimnis. Genauso, wie er auch nie laut über Hydros Zusammenarbeit mit den Deutschen während des Kriegs sprach.

So, jetzt hieß es, sich zusammenzureißen. Er testete die Skier, ließ sie vor und zurück gleiten. In Wirklichkeit war er der pater familias. Der Große Bohrer. Seine Eltern waren bereits vollständig verblüht. Und erst seine Schwester, eine bemitleidenswerte Schwärmerin, die glaubte, eine der ältesten Zivilisationen der Welt benötigte Hilfe von Norwegen. Die Nichte? War das die Möglichkeit, sich für die Bretter der Firma Kværner entscheiden anstatt für das Auditorium der Universität? Wie konnte alles so schnell dem Verfall erliegen?

Und dann war da noch Tante Rita, die ihr ganzes Leben geschäftig umhergerannt war, ohne es zu irgendetwas zu bringen. Seine zwei Vettern waren im Krieg gestorben, der eine als Held, der andere, weil er ein Trottel war. Als Gipfel des Ganzen hatte man noch Cousine Bjørg an der Backe, völlig durchgeknallt, dazu ihren Sohn, der sich selbst kurzuschließen versuchte, indem er seine Gitarre unter Strom setzte, sowie ihre Tochter, die davon träumte, ein Filmstar zu werden, aber nur kleine Rollen bekam, zum Totlachen das alles. Und die anderen hier? Maud mit ihrem Kuschelpalaver im Radio und ihren Kindern von Sigurd, denen jede Substanz fehlte, zwei Bücherwürmer, jedes auf seine Art. Und Marcus, seine eigene Brut? Konnte nicht einmal Langlaufen. Den konnte man nur weiter verhätscheln, ihm einen guten Job verschaffen und für ein doppeltes Sicherheitsnetz sorgen. Das Beste hoffen. Ich bin hier der Patriarch. Der letzte große Bohre.

»Aufgepasst!«, ruft er. Gab es etwas Schöneres? Ein Mensch bei dem Versuch, der Schwerkraft zu trotzen. Schwerelos zu sein. Er wird einen Sprung hinlegen wie Recknagel. Die Grenzen ausdehnen. Wenn auch nur auf sechs Meter. Maud besiegen. Das übersättigte und selbstverherrlichende Norwegen war stehengeblieben, aber nicht der Große Bohrer. An der Zeit, ihnen das zu zeigen. Auf einen flüssigen Abgang!

»Bahn frei!«

Da. Perfekt. Gute Weite. Er hatte es sogar geschafft, die Arme nach vorn zu strecken. Doch dann misslang der Aufsprung und er verlor das Gleichgewicht, oder, um es frei heraus zu sagen: Er knallte auf den Rüssel.

Keiner traute sich zu lachen. Oder doch, Marcus lachte. Er hörte es deutlich. Die anderen klatschten. Doch dann, ein Ruf: »Steh auf!« Tante Rita.

Er rappelte sich hoch. Arne Autoverkäufer verkündete die Weite. Scheiße. Nicht weit genug, um trotzdem zu gewinnen. Er schnallte sich die Skier ab, bürstete sich den Schnee von den Knien.

Kaja und Laila machten einen Paarsprung, wie um seine peinliche Vorstellung zu überspielen, klatschten schamlos auf den Hintern und blieben lachend im Schnee liegen. »Die Schanze ist hinüber, das Springen ist beendet!«, verkündete Arne.

Als Sindre sich den Hang hinaufschleppte, spürte er, dass er sich den Fuß verstaucht haben musste. Seine Laune sank von übel auf elend. Ein doppelter Schuss aus dem Flachmann. Er hatte Lust, sich sinnlos zu besaufen. Wild um sich zu schlagen. Jedem einzelnen seiner Gäste einen Todesstoß zu versetzen, ihnen zumindest aber ein wahres Wort für Weihnachten mit auf den Weg zu geben. Alles ging vor die Hunde, Norwegen ging vor die Hunde, dieses ganze innovationsarme, nach Fisch stinkende, perspektivenlose, trachtentragende, unerträglich reaktionäre Land war reif für die Krücken.

Und er? Das Grau war wieder in ihm eingezogen. Er war die Inkarnation von Norwegen. Ohne jede Besonderheit.

Er hinkte hinter Laila und Kaja ins Gebäude, wobei er Kaja Laila fragen hörte, ob sie einen Abstecher zum Kongsseteren machen wollten, um zu sehen, ob Kronprinz Harald dort sei. Sie knuffte ihre Cousine in die Seite: »Vielleicht belegt Sonja ja gerade Kleidernähen für Fortgeschrittene in der Schweiz?« Sie lachten. Wieder dieses laute Lachen, als ob sie sich wirklich amüsierten. Sie mussten einen Toddy mit zu viel Alkohol getrunken haben.

Er blieb auf der Treppe stehen. Das Wetter hatte sich gebessert. Von der Stadt her konnte er einen schwachen Schimmer ausmachen. Würde es trotz allem noch ein brauchbarer Abend werden? Ein paar Nachzügler schlüpften an ihm vorbei, zuletzt die 17-jährige Kollegentochter. Sie drehte sich zu ihm um und lächelte. Er erinnerte sich nicht an ihren Namen, weshalb er sie spontan für sich selbst die junge Hydro taufte. Unverschämt erwachsenes Parfüm. Lag in ihrem Lächeln nicht auch etwas Einladendes? Er spürte eine leichte Reaktion, als er sie beäugte. War doch noch nicht alles tot?

Denn das Problem war größer als ein verstauchter Fuß.

Seine eigentliche Existenzgrundlage war in Gefahr. Seine einzige Ablenkung. Den Daseinsekel dämpfen zu können, indem er sich eine Frau ins Bett holte. Es stimmte, er war in drei Ehen notorisch untreu gewesen, und auch danach hatte er seine Betätigung als Casanova fortgesetzt. Er konnte schlichtweg nicht genug Erotik bekommen. Einmal hatte er drei Geliebte gleichzeitig gehabt, plus Ehefrau, und keine hatte auch nur den leisesten Verdacht geschöpft. Er hatte sich gefühlt wie ein Jongleur, vier Frauen gleichzeitig durch die Luft gewirbelt, ein wenig da, ein wenig dort herumgebohrt.

Mit Überschreiten der Vierzig hatte seine Geilheit leider nachgelassen, komischerweise zeitgleich mit seinem Einstieg in die Erdölgruppe bei Hydro. Das Zusammensein mit einer Frau hatte begonnen, ihn an einen Besuch beim Chiropraktiker zu erinnern. Er spürte eine Art Körperschmerz, und die kurze Freude, die ihm der Höhepunkt verschaffte, glich dem kleinen Knacks, den er mitunter auf der Liege des Chiropraktikers spürte. Danach ging es ihm wieder zwei oder drei Tage lang gut, und die Jagd konnte weitergehen.

Doch plötzlich hatte alles ein Ende. Er hatte es vor einigen Monaten gemerkt, als er nach einer Tour durch die Stadt in die Hafrsfjordgata zurückgekehrt war. Bei sich hatte er eine attraktive Frau, eine Zahnärztin, nach der er sich lange die

Finger geleckt hatte. Alles lief nach Plan dank der Routine, die er über mehrere Jahre hinweg perfektioniert hatte, doch als sie dann miteinander ins Bett gestiegen waren, hatte er keinen hochgekriegt. Sie hatte ihn nach allen Regeln der Kunst, die sie allesamt beherrschte, liebkost, aber nichts war passiert. Sindre war Gipshärte gewohnt, begleitet von nahezu ängstlichen Ausrufen: Ooh, wie groß! Doch jetzt hing sein einstiger Stolz, sein zuverlässiges Organ, wie im Dämmerschlaf zwischen seinen Beinen. Ein erlegter Zwergwal.

Das war grausam. Sein Sicherheitsventil! Des Lebens magerer Trost.

Die Dürre war absolut! Er, der Houdini der Ehe, war trockengelegt, auf ewig in den Käfig verbannt. Und jetzt habe ich mir obendrein noch den Fuß verletzt, denkt Sindre im Hineinhinken, als er an den lächerlichen Elchgeweihlampen des Cafés vorbeikommt und die Treppe in Angriff nimmt. Er ist Norwegen auf Krücken.

Oben in der Kaminstube stand alles duftend bereit. Sindre hatte diesen Raum immer gemocht. Die rustikalen Holzwände, den riesigen Kaminofen, die schmiedeeisernen Kronleuchter, die Dekorationen an der Decke. Den Geruch nach Holzteer. Und dazu diese Aussicht! Hoch erhoben über der Stadt. Johan B. Holte hatte jeden Luxus bei Hydro kräftig gedrosselt, teure Autos und solche Dinge, aber er hatte Sindre erlaubt, die Franzosen zu einem Essen mit hierherzunehmen, und sie waren eindeutig beeindruckt gewesen. Nicht von den Speisen natürlich, sondern von dem Ausblick, von der Tatsache, dass es in einer Hauptstadt einen so besonderen, unwahrscheinlichen Ort gab.

»Wie gemütlich es hier ist«, hörte er Maud sagen. »Ich fühle mich immer wie in der Wochenendhütte.« Es wurde gelacht.

Sollten sie nur lachen. Bald saß der ganze selbstgefällige Haufen wieder zu Hause in seinen zugigen Fischerhütten.

Er bahnte sich einen Weg zwischen den Gästen hindurch und stellte sich in die Türöffnung der Glasveranda. Doch, das Wetter war jetzt zweifellos milder. Man sah die Lichter des Osloer Talkessels, erahnte die Konturen des Horizonts, von der Østmarka über die Nesodden-Halbinsel bis nach Hurumlandet. Sindre drehte sich um und klatschte in die Hände, hieß abermals alle willkommen und machte eine ironische Bemerkung über das Älterwerden, bevor er sagte, bitte sehr, das Essen ist aufgetragen, trinkt bis zum Umfallen.

Auf zwei Tischen an einer der Holzwände stand Janssons Versuchung bereit, daneben aber auch andere schwedische Spezialitäten, einschließlich eines kleinen »Sillbords«, Töpfe mit Hering in Zwiebel, Senf oder Tomate.

»Gibt es hier keinen Wein?«, fragte Roar.

»Nur Bier und Schnaps, mein Herzchen«, sagte Sindre in seinem besten Schwedisch. Es war ihm nicht begreiflich, warum es der saure Rotwein aus dem Weinmonopolhandel sein musste, bloß weil man »radikal« war und im Rollkragenpulli herumlief. »Und du musst den Hering mit Sherry kosten, Roar, oder den mit Apfel, Dille und Meerrettich, den hatte Monika am liebsten.«

Wozu jetzt Monika mit hineinziehen? Vermisste er sie? Einen Augenblick war es, als hörte er eines ihrer aufputschenden Trinklieder, die verstummt waren, nachdem sie sich aus ihrer Ehe verabschiedet hatte.

Er bediente sich vom Tablett mit Janssons Versuchung, krallte sich ein paar Knäckebrote mit würzigem Käse, verschloss die Augen vor den Miniwürsten, die ihn an das erinnerten, woran er nicht erinnert werden wollte. Er nahm sich im

Vorbeigehen zwei Stück Herrgårds-Käse und schlängelte sich im Seitwärtsschritt durchs Lokal, aß ein bisschen und teilte dabei nach links und rechts fiese Bemerkungen aus, begleitet von seinem falschen Lachen. Die jungen Leute standen in einer Gruppe und diskutierten über den Vietnamkrieg. Marcus war selbstverständlich ebenfalls mit von der Partie, mit vor Feuereifer rotem Gesicht, sofern er nicht einfach einen O.P. Andersson zu viel intus hatte. Wozu sich jetzt mit Politik quälen, es war doch Weihnachten? Wozu Vietnam diskutieren, wo Norwegen gerade im Begriff war, vor die Hunde zu gehen!

Es schien ihm, als ob es um ihn herum dunkler würde. Oder in ihm drin. Er wurde immer mutloser, er fürchtete allmählich die Vorstellung eines einsamen Weihnachtsabends in der Hafrsfjordgata. Er war bei Ragnhild und Arne Autoverkäufer eingeladen, doch das würde alles nur noch schlimmer machen. Dann schon lieber allein bleiben. Der letzte Wikinger.

Die junge Hydro, die 17-Jährige, flitzte an ihm vorbei, wieder auf neugierige, fast kecke Art lächelnd. Ihr Parfüm spannte sich wie ein Duftlasso um ihn herum. Spürte er eine klitzekleine Erhebung untenrum? Eine 17-Jährige! Vielleicht war es das, was es brauchte!

Er ging hinaus auf die überdachte Veranda, stellte sich an das Ende, wo keine Leute standen, und blickte schräg hinüber zum Voksenkollen, auf dem irgendwo hinter den Fichten das Anwesen seines Vaters lag. Auch das eine Art Alm. Vermutlich die unzugänglichste Bleibe in ganz Oslo, man brauchte beinahe ein Kettenfahrzeug, um im Winter dort raufzukommen. Typisch. In Norwegen versteckte man seinen Reichtum. Aus schlechtem Gewissen? »An klaren Tagen, das schwör ich dir, sehe ich bis runter nach Gausta«, sagte der Vater. Du solltest dir besser mit deiner Nichte die Pfote reichen und bei ihr in

Gaustad einziehen, dachte Sindre. Sein Vater nannte das Haus Bouvetinsel. Der Versuch einer Selbstironie, der ihm nicht gut zu Gesicht stand. Sindre sann darüber nach, ob sein Vater, Albert Bohre, der gegenüber des Kongsseteren, der Königsalm, hockte, die eigentliche Majestät sei. Was tat der anderes, als mit seinem dicken Füllhalter Schenkungen und Preisurkunden zu unterzeichnen und zwischendurch den Blick zu heben, um auf den Oslofjord hinauszublicken, der sich bis zum Südlichen Eismeer erstreckte? Ein Walschlächter, der noch nie Walsteak gegessen hat, sondern sich an Chateaubriand mit Sauce Béarnaise hielt. Und jetzt hatte er sich im Thorleif Haugs vei niedergelassen. Was für ein Paradox für jemanden, der Skisport und Schnee hasste. Der verfrorenste Mann der Welt mit der Anschrift eines Skikönigs. Und Mutter? Nachdem sein Vater in Melbourne das Licht gesehen hatte und nach Oslo gezogen war, hatte seine Mutter begonnen, in ganz Europa Gruppen-»Kunstreisen« zu unternehmen in die dreckigen alten Städte mit ihrer mottenzerfressenen Größe, wo alle von einem affektierten Fremdenführer mit Baskenmütze in der Gegend herumgeführt wurden und sich in Wein ertränken konnten.

Sindre ließ das Schnapsglas am Fuß kreisen. Er hatte beide seine Eltern eingeladen, aber sie fanden stets eine Ausrede, um nicht kommen zu müssen. Der Dreißigjährige Krieg forderte wohl seine Opfer. Oder vielleicht wurde es von einem Walfänger als entwürdigend erachtet, sich mit Anchovis zu begnügen. Ihm konnte es egal sein, denn sein Vater ließ keine Gelegenheit verstreichen, die Arbeit seines Sohnes in Hydros »Erdölluftschloss«, wie er es nannte, lächerlich zu machen.

»Fred. Olsen hat eines seiner Walfangschiffe zu einer Bohrinsel umgebaut«, wollte Sindre sich zur Wehr setzen.

»Es hat nicht den Anschein, als wäre er damit sonderlich erfolgreich gewesen«, entgegnete der Vater trocken. »Such dir etwas anderes, Sindre. Etwas, das seine Wurzeln in der Wirklichkeit hat.«

Etwas zum Abschlachten?, hätte Sindre beinahe gesagt.

Er kehrte zur Festgesellschaft zurück. Es herrschte Hochstimmung, keinem war aufgefallen, dass der Ehrengast verschwunden war. Er ließ den Blick durch den Raum schweifen. Was für eine einzigartig talentlose Bande. Einen Moment vergaß er seine Vorstellung des Frognerseteren als eine Häuptlingsburg aus der stolzen Wikingerzeit. Als er diese Menschen in ihrer ganz alltäglichen Sportbekleidung sah, vor einem Hintergrund aus Holzwänden, Kaminfeuer und schlichten Holztischen, stieg in seiner Erinnerung das Heimatmuseum auf. Die Szene, die er vor sich hatte, verwandelte sich in etwas Mittelalterliches, als sollte er daran erinnert werden, dass Norwegen sich volle Fahrt zurück befand, zurück in Armut und Finsternis. Eine neue vierhundertjährige Nacht. Keiner außer ihm erkannte das.

Plötzlich blickte er der 17-Jährigen direkt in die Augen. Die junge Hydro. Ein Körper, der vor Energie fast platzte. Doch, es regte sich definitiv etwas dort unten. Sollte er versuchen, sie ins »Kvisten«-Zimmer ganz am Ende des Flurs zu locken und die Tür hinter sich abzuschließen?

Scheiße, noch einen Skåne oder Läckö Slottsaquavit mehr und er würde einen Versuch starten, ihr im Dunkeln den Slip runterreißen. Ihr eine Behandlung mit dem Großen …

»Sindre Bohre?« Die Stimme gehörte einer der Küchenhilfen. »Sindre Bohre!« Er streckte die Hand in die Höhe, um anzuzeigen, wo er war. Als wäre er sogar noch im betrunkenen Zustand zu grau, um gesehen zu werden. »Telefon für Sie!«, sagte die Frau.

Er folgte ihr nach unten in einen Raum hinten in der Küche, nahm den Hörer ab. »Hei, Arnstein hier«, hörte er am anderen Ende. Arnstein? Es dauerte eine Zeit, bis er umgeschaltet hatte. Er hatte ein paar Mal mit Arnstein zu tun gehabt, nachdem dieser eine Anstellung im Erdöldezernat des Industrieministeriums bekommen hatte. Hatte er ihn nicht sogar eingeladen? Wollte er eine schlechte Ausrede herunterleiern? »Wieso um alles in der Welt rufen Sie am Abend vor Weihnachten an?«, sagte Sindre.

»Tut mir leid, dass ich nicht kommen konnte, aber ich fand, ich sollte bei Ihnen durchklingeln«, sagte Arnstein. »Es gibt Neuigkeiten.«

Witterte Sindre etwas? Er witterte nichts.

»Eben habe ich mit einem Freund von mir gesprochen«, fuhr der andere fort, »einem Erdölingenieur, der gerade sein Büro im Ministerium verlassen wollte, als das Telefon klingelte. Es war jemand von Phillips. Sie haben Frohe Weihnachten gewünscht und ihm mitgeteilt, sie hätten ein Ölfeld gefunden. Riesig. Ein Elefant!«

»Ja, und?« Sindre stellte die Frage nur, um Zeit zu gewinnen, sich zu sammeln, schaute sich nach einem Stuhl um. Er fühlte sich schwindlig.

»Es ist Block 2/4. Ihr von Hydro seid dort dabei!«

Sindre dachte nicht an Hydro. Er dachte an Norwegen.

»Herzlichen Glückwünsch zum Geburtstag«, hörte er am anderen Ende.

Sindre bedankte sich für die Auskunft, für die Glückwünsche, konnte das Gespräch irgendwie noch zu Ende bringen.

Man hatte Öl in Norwegen gefunden. Ein regelrechtes Schwimmbecken voll.

Nur der Zufall konnte einen Verlierer retten.

Sindre ging nicht nach oben in die Kaminstube. Vergessen war die 17-Jährige. Er rannte fast die Treppe runter, bei der Haustür hinaus, spürte nichts von den Schmerzen im Fuß. Er musste raus an die frische Luft. Verdammt, jetzt würde es Funken regnen! Jetzt würde es ein Höllenfeuerwerk geben! Plötzlich glitzerte Oslo wie eine Schatzkammer dort unten im Dunkeln.

Sie hatten Öl gefunden! Ha! Bei Gott, jetzt würden sie es machen wie Albert, diese heuchlerische Majestät. Das Öl aus dem Meer schöpfen wie er einst die Wale! Norwegens Untergang war vertagt! Es stand eine neue Glanzzeit bevor! Sie würden neue Wikingerschiffe bauen, draußen im Meer. Schwarze Segel. Schwarze Fahnen, Teufel noch mal!

Er konnte es nicht länger für sich behalten. »Alles Gute zum Geburtstag!« Er schrie, stand auf der Treppe vor der Hütte und kreischte: »Wir sind gerettet! Das kleine, elendigliche Norwegen ist gerettet! Diese ganze schlappe, unbegabte, fantasielose, mittelmäßige Nation ist geborgen! Es ist nicht zu glauben, aber wir sind gerettet! Völlig unverdient! Die wunderbarsten Zufälle haben uns erlöst! Meine Sippe ist gerettet!« Es ging fast völlig mit ihm durch. »Meine unfähigen Nachkommen bekommen noch eine Chance! Ha! Die Schweden haben vielleicht den Schraubenschlüssel erfunden, aber wir werden das neue Schießpulver erfinden! Die Bohrtürme werden unsere neuen Skisprungschanzen. Wir werden schweben. Diese ideenlosen Faulpelze können aufatmen! Truls, wir werden alle stinkreich, unverdientermaßen, genau wie du! Wir haben den Siegeswettschein ausgefüllt, ohne es zu wissen! Der Hauptgewinn gehört uns. Ha! Ein Wunder. Wir sind auf dem Mars gelandet! Wir können auf dem Wasser gehen!«

III

Eine ältere Frau an einem Strand, einen Schweif kleiner Mädchen hinter sich herziehend.

Fotografin: Little Green. Es ist anzunehmen, dass viele ins Stutzen gerieten, wenn sie ihr zum ersten Mal begegneten. Zumindest dann, wenn sie bis dahin lediglich ihren Kosenamen gehört hatten. Eine Person, die Little Green genannt wurde, und die durch und durch schwarz war.

Es soll hier eingeräumt werden, dass wir bei der Weiterverfolgung der Zweige und Wurzeln dieses Stammbaums – um nun einen alten Vergleich zu bedienen – über weniger Anhaltspunkte verfügen als sonst. Auch unserer routinierten Assistentengruppe ist es nicht gelungen, wesentliche Auskünfte zu Laila Bergers späterer Geschichte beizusteuern. Unsere Dokumentation stützt sich auf einige Fotografien, einen kleinen Stapel Zeitungsschlagzeilen, Kritiken zu einem Film, verstreute Zeugenaussagen und Textfragmente. Jedoch besteht die Stärke der fiktionalisierten Geschichte gerade darin, aus solchen isolierten Teilstücken ein zusammenhängendes Bild zu erschaffen.

Es ist einen Versuch wert.

Ich hätte mit dem Schiff fahren sollen, dachte sie, oder könnte sie gedacht haben, als der Kriechtierkopf des Flughafenschnellzugs sich am Tunnelausgang der U-Bahnstation Nationaltheatret zeigte, und gewiss wäre das auch noch möglich gewesen, aber wer hatte heutzutage noch Zeit für so etwas. Es musste das Flugzeug sein.

Laila Berger war die Einzige aus dem Geschlecht der Bohre, die Weltruf genoss. Lange Zeit bedurfte sie keines Nachnamens. Wie bei einer Monarchin genügte ihr Rufname, Laila of Norway, wie er auf der Titelseite eines internationalen Magazins prangte. Das heißt, in temperamentvolleren Kulturkreisen wurde von ihr gesprochen wie von einem kurzen Riff: La Laila.

Wir schreiben das Jahr 2008, April. Abwechselnd in einer Zeitung blätternd und auf die weiten, noch immer schneebedeckten Äcker von Romerike hinausschielend, registriert Laila Berger, dass sie nervöser ist als sonst vor einer Reise. Sie ist auf dem Weg zu etwas, weiß allerdings nicht, was dieses »Etwas« ist. Alles wirkt offener, beunruhigender und außerdem gefährlicher als sonst.

In der Abflughalle, als sie an der Buchhandlung vorbeikommt, bemerkt sie aus den Augenwinkeln, oder könnte aus den Augenwinkeln einige Männer bemerkt haben, die das Buch, das sie gerade in der Hand halten, völlig vergessen und ihr stattdessen mit schamloser Neugier Blicke zuwerfen. Sie ist daran gewöhnt. Inzwischen aber kommt es immer seltener vor. »Es ist ihr Mund, ihre trotzige Unterlippe«, hieß es an einer Stelle. »Die Magie liegt in ihren Augenbrauen«, hatte jemand anderes geschrieben. »In ihrem Gesicht steckt mehr Mystik als in einer russischen Ikone«, war in einem Filmmagazin zu lesen. Solche Albernheiten brachten sie stets zum Lachen, wiewohl sie nicht leugnen konnte, dass sie – sogar jetzt noch – große Wirkung auf Männer hatte. Besonders auf intellektuelle Männer. Buchgelehrte. Auf dem Höhepunkt ihrer Karriere hatte sie einen von ihnen geheiratet, einen profilierten Professor der Soziologie, eine weithin bekannte Persönlichkeit in Sachen Gesellschaftspolitik, und jedes Mal, wenn sie bei Premieren oder auf Festen zusammen abgelichtet wurden, vermeldeten die Bildunterschriften, mit kleinen Variationen, sie seien Norwegens Antwort auf Marylin Monroe und Arthur Miller. Bei Interviews wurde ihr immer die Frage gestellt, wie es sei, sich mit einem so herausragenden Denker am Esstisch zu unterhalten. Als ob sie ein einfältiger Mensch wäre. Ihre Ehe hatte genauso kurz gehalten wie bei ihrem amerikanischen Pendant, doch keinem war aufgefallen, dass nicht sie, sondern der Professor in ihrer Partnerschaft der Unterlegene, der zu kurz Gekommene war. Laila hatte erschreckend viele Intellektuelle männlichen Geschlechts kennengelernt, die ein erstaunlich primitives und unreifes Verhältnis zu Frauen pflegten. Sie war vielleicht nicht belesen, aber als einfältig erwiesen hatten sich stets diese Akademiker, nicht sie. Irgendein gewitztes Mädel sollte mal einen bissigen Essay über dieses Phänomen schreiben.

Als ihr Körper beim Beschleunigen des Flugzeugs nach hinten gedrückt wird und der Boden unter ihnen verschwindet, denkt sie, oder könnte sie gedacht haben, dass sie deshalb zum ersten Mal seit langem wieder eine Reise antritt, weil sie eine Mission hat, und dass die Entschlossenheit, die Erwartung, mit der sie in der British-Airways-Maschine Platz genommen hat, mit jener zu vergleichen ist, die sie empfand, als sie nach dem Vernehmen eines goldenen Trompetentons für ihre Reise nach New York an Bord der MS Bergensfjord gegangen war.

Kann ein Mensch auch noch mitten oder spät im Leben seine Richtung ändern?

Darüber hatte sie sich oft den Kopf zerbrochen, nach Beispielen gesucht, wenige gefunden. Bedauernswert wenige. Ihr eigener Sohn jedoch, Olav, war ein offensichtlicher Fall – Olav, das Produkt eben jener Bergensfjordreise, ein Junge, der, milde ausgedrückt, mit schlechten Chancen an die Startlinie getreten war. Nicht nur, dass er ohne Vater aufgewachsen war, hatte er obendrein die falsche Hautfarbe in einem von Bleichgesichtern bevölkerten Land. Um ihn zu beschützen, hatte sie ihm den

Namen eines Königs gegeben, doch das hatte die Sache nur noch schlimmer gemacht. Wenn Olav sagte, er heiße genau wie der König, wurden die anderen darüber fuchsteufelswild und verpassten ihm eine Extratracht Prügel. Für sie war er wie die Besatzungskinder nach dem Krieg, das Resultat einer großen, unerträglichen Sünde.

Sie wohnten in Tåsen, bei Lailas Vater, Lorang Berger, der sich so gut um den Jungen kümmerte, dass die Probleme erst gegen Ende der 70er-Jahre anfingen. Zu der Zeit war Olav, in einer Trotzreaktion gegen die neue Einwanderungswelle, der Norsk Front beigetreten, sprich, er war Teil einer rassistischen Szene geworden, die von nationalsozialistischem Gedankengut geprägt war, und groteskerweise hatten sie ihn akzeptiert, vielleicht als Alibi. »Seht, wir sind keine Rassisten, wir haben einen Neger in unseren Reihen.« Oder weil er einen Eifer und eine Gewaltbereitschaft an den Tag legte, die sogar einen hartgesottenen Neonazi verblüffen mussten. Es kursierten Gerüchte über Schlägereien mit Knüppeln, über Schusswaffen, sogar über selbstgebastelte Bomben. In ihrer Verzweiflung hatte Laila alle ihre Bekannten angesprochen und sie um Hilfe gebeten, und schließlich war es Rita, ihrer Großmutter, durch Gespräche in Lysaker – zwei Sessel gegenüber voneinander – gelungen, Olavs Kriegsromantik in eine gesündere Richtung zu lenken. Kurz und gut, sie konnte ihn überreden, den Wehrdienst abzuleisten – er hatte vorgehabt, das Militär zu verweigern – und später bei den UN-Streitkräften anzuwerben, die Anfang der 80er im Libanon im Einsatz waren. Laila hatte Angst, Angst, was ihm dort im Mittleren Osten geschehen könnte, erkannte aber gleichzeitig die Genialität, mit welcher Rita – die selbst einen ihrer Söhne bei einer Kriegshandlung verloren hatte – ihr Enkelkind gerettet hatte. Olav kehrte mit neuen Ideen, einer andersartigen Neugier nach Hause zurück, und nachdem er noch einige weitere Wochenenden mit Rita in der Villa Bohre in Lysaker verbracht hatte, wo sie ihm, dem Hörensagen nach, auch persische Dichtung vorgetragen haben soll, beschloss er, Religionsgeschichte zu studieren, mit besonderem Augenmerk auf den Islam, und so wurde er mit der Zeit zu einem herausragenden Experten auf diesem Gebiet. Man sah ihn häufig im Fernsehen, besonders nach den Terroranschlägen in New York 2001. Was für eine Verwandlung, dachte Laila. Natürlich kam es zu hitzigen Debatten. Er bekam Hassbriefe. Wütende Leserkommentare. Trotzdem. Ein Alptraum, der sich in ein Abenteuer verwandelt hatte. Olav lernte eine Religionshistorikerin kennen, deren Spezialgebiet die altnordische Mythologie war. Sie ließen sich auf dem Nordberg nieder und bekamen vier Knaben, und immer, wenn Laila ihre Namen aufsagte, glaubten die Leute, es handle sich um einen Scherz, Bjørn, Ulf, Elg und Ørn – Bär, Wolf, Elch und Adler –, ein ganzer kleiner Spähtrupp, und wirklich hielten die Jungs sich mehr im Wald direkt vor ihrer Wohnzimmertür auf als drinnen im Haus. Was für ein Wunder, dachte sie. Wenn das euer Großvater, Richard Ellison, sehen könnte.

Die ganze Geschichte klang wie eine Unmöglichkeit. Wie erfunden. Es war die Wahrheit.

Nach mehreren Warteschleifen über dem Flughafen Heathrow landet Laila für einen Zwischenstopp in London. Sie ist »in transit«. Der Ausdruck gefällt ihr. So hat sie gelebt. Im Übergang von einem Ort zum anderen. Sie sitzt in einer unpersönlichen, aber gemütlichen Lounge, oder könnte jedenfalls dort gesessen haben. Eine Tasse Tee. Ein wenig frische Luft. Und wieder bemerkt sie, wie sie von einzelnen Männern angestarrt wird, auch wenn diese kaum wissen können, wer sie ist.

Sie wird zurzeit selten wiedererkannt. Die ganzen 70er- und die Hälfte der 80er-Jahre hindurch wurde sie überall angehalten, überall fotografiert, überall um Autogramme gebeten.

Laila Berger ist auf dem Weg nach Indien. Sie wollte schon lange dorthin reisen, nicht zuletzt deshalb, weil Ragnhild, die Cousine ihrer Mutter, so verführerisch von diesem Land erzählt hatte. Das Ziel ihrer Reise ist jedoch nicht Kalkutta. Dem Beispiel Roald Amundsens folgend, hat sie Familie und Bekannte absichtlich mit einer Falschinformation in die Irre geführt und sie in dem Glauben gelassen, sie wolle an die Ostküste, während ihr eigentliches Ziel die Westküste ist. Ihr ist etwas zu Ohren gekommen, wovon sie nicht glauben kann, dass es wahr ist, aber wahrscheinlich ist es das, und nun will es sich mit eigenen Augen ansehen.

An Bord des Flugzeugs, in der Business Class, lehnt sie dankend alle Drinks ab und lässt zwei der vielen Mahlzeiten aus; wofür sie aber eine Schwäche hat, ist der breite, komfortable Sitz, die Beinfreiheit. Sie sieht sich das Filmangebot an, doch weil es sich dabei durchwegs um Dutzendware, um Blockbuster handelt, schiebt sie den Sitz zurück und träumt vor sich hin. Ja, sie hat sich verändert, denkt sie, oder beschließen wir, dass sie gedacht hat, und diese Veränderung fand auf ihrer zweiten New York-Reise mit der Bergensfjord statt, als sie nicht Kabinenmädchen war, sondern Passagierin. Im Nachhinein betrachtete Laila das Schiff als ein Stück isolierte Wirklichkeit, in der andere Kausalgesetze galten. Sowie das Schiff losgemacht wurde, konnte alles geschehen; die Begrenzungen, die sie an Land in einem abgesteckten Feld festgehalten hatten – Erbanlagen, Milieu, Erziehung –, waren aufgehoben. Sie hatte das schon auf der ersten Reise gespürt, als sie Mr. Ellison begegnet war, und auf dieser zweiten Reise sollte sie es noch deutlicher spüren. Auf der Rückreise damals wurde sie von einem Mann angesprochen, freundlich, höflich, und dieser Mann war Regisseur, ein italienischer Regisseur, der ihr eine Filmrolle anbot.

Sie war auf dem Promenadendeck spazieren gegangen. Er hatte sie gesehen. Und ihr Leben hatte sich für immer verändert.

Sogar vierzig Jahre später noch, 12.000 Meter hoch in der Luft, kann sie diese Sekunden in ihrer Erinnerung heraufbeschwören. Sie hatte es mit ihrem ganzen Leib gespürt. Das Gesehenwerden. Zwei Augen, die ihr folgten. Wie etwas Physisches, zwei Hände auf ihren Schultern, die sie herumdrehten, sie in eine neue Richtung anstießen.

In ihren ersten beiden Filmen bekam sie eine Nebenrolle, aber man wurde auf sie aufmerksam. Laila, ohne Bühnenerfahrung, war von keiner Schule geprägt, wie etwa dem amerikanischen Method Acting, sie war sie selbst, spielte, wie es ihr gerade einfiel. Später wurde in der internationalen Presse über ihre nonchalante *Eleganz* geschrieben. Und gemeint war nicht die Art, wie sie sich kleidete, oder ihr Auftreten, sondern es war eher ein Wort, auf das man in Ermangelung eines besseren zurückgriff. *Eleganz* wurde zu einem Etikett, das an ihr haften bleiben sollte. Andere fügten hinzu, in ihrem Spielen stecke eine gewisse Verlegenheit, ein Wunsch, nicht gesehen zu werden, und es kann durchaus sein, dass genau diese Eigenschaft die Leute in den Kinosälen dazu brachte, sich in ihren Sitzen aufzurichten, sobald Laila auf der Leinwand erschien.

Ihren Durchbruch erlebte sie mit *Die Grenzen der Liebe*, einem Bernardo-Chiesa-Film aus dem Jahr 1971, in dem sie ihre erste Hauptrolle bekommen hatte; da der Film die Zeit jedoch nicht überdauert hat und sich in unserem N20-Archiv mehrere, sich teils widersprechende Inhaltszusammenfassungen befinden, wollen wir uns hier an eine Rekonstruktion wagen: Die Geschichte beginnt mit der Einfahrt eines ausländischen Passagierschiffs nach Oslo. An Deck steht ein junger Mann, das Gesicht der sich vor ihm ausbreitenden Stadt zugewandt. Das Schiff fährt an einem kleinen Segelboot vorbei, auf dem wir zum ersten Mal Laila sehen, in der Rolle der Liv, »Leben«. Sie winkt den Passagieren zu, und wir erahnen die Freude und das Freiheitsgefühl in ihrem Gesicht. Liv befindet sich im letzten Abschnitt eines Betriebswirtschafsstudiums. Am nächsten Tag stößt sie durch Zufall auf den jungen Mann von dem Passagierschiff, als dieser gerade vor dem Gastgarten des Restaurants Pernille, direkt neben dem Nationaltheater, einen Stadtplan studiert. Sie fragt ihn, ob er Hilfe brauche. Er heißt Carlo und ist Italiener. Weil gerade Ferienzeit ist, bietet sie sich als Reiseführerin an und übernimmt sämtliche Kosten für Bustickets und Eintrittskarten für die Museen. Am Ende des Tages, in einer hellen, nordischen Sommernacht, landen sie im Vigelandspark, und nachdem sie zuvor bei den verschiedenen Skulpturen einige Worte gewechselt haben und uns längst klargeworden ist, dass sie sich zueinander hingezogen fühlen, kommt es hier zur berühmtesten Szene des Films. Vom Monolithen hat sie einen Umweg zurück genommen und entdeckt einen großen Baum, den sie mit Leichtigkeit bis zu den untersten, dicken Ästen hochklettert. (Die Leute vor der Kinoleinwand konnten nicht wissen, wie oft Laila als Kind geklettert war, besonders in der großen Eiche vor der Villa Bohre.) Sie sporntt Carlo an, ihr zu folgen, hangelt sich weiter hinauf, ziemlich weit, bis zu einer schönen Gabelung, einer Stelle, die perfekt zum Sitzen geeignet ist. Er zögert, lässt sich aber von ihr locken, klettert ihr hinterher, und dort, sie mit dem Rücken am Stamm lehnend, passiert es, sie küssen sich, ein leidenschaftlicher Kuss, und wir ahnen, dass es vielleicht zu etwas mehr kommt als nur zu einem Kuss, doch das ist unmöglich zu sagen, denn an diesem Punkt folgt ein Schnitt und das Bild weitet sich aus, es wird von einem Hubschrauber aus weitergefilmt, wir werden emporgehoben, sehen immer größere Abschnitte des Parks, steigen gleichzeitig immer höher hinauf und betrachten am Ende die ganze prächtige Anlage aus der Luft, diesen Lobgesang auf das Leben, mit dem Baum und den beiden Liebenden als gedachtem Mittelpunkt.

Das war die ikonische Szene des Films: Laila/Liv, in einer Astgabelung sitzend, umgeben von raschelndem Laub, in einem Sommerkleid – und in allen Quellen begegnen wir demselben Wort: hauchzart –, das ein Stück ihren Oberschenkel hochgerutscht ist, während sie Carlo mit dem Finger zu sich heranlockt, ihn in Versuchung führt, höher zu klettern. Dieser Szene übrigens hatte Oslo viel zu verdanken. In den darauffolgenden Jahren sah man ständig Touristen durch den Frognerparken wandeln auf der Suche nach diesem Baum, der in dem Film vorkam, auch weil man von dort aus Vigelands prachtvollen Springbrunnen, eine überschäumende Schüssel, aus einem überraschenden Winkel betrachten konnte.

Carlo muss am nächsten Tag abreisen, findet aber noch Gelegenheit, Liv nach Italien einzuladen. Sie nimmt das Angebot an, und in ihrer letzten Ferienwoche wird sie von Carlo in Venedig vom Flughafen abgeholt und – ein Echo der Anfangsszene – in einem schnittigen Mahagoniboot in die Stadt gefahren, die sich mit ihren bekannten und unbekannten Kanälen und Bauwerken vor ihr erstreckt. Es stellt sich heraus, fast hätten wir gesagt: selbstverständlich, dass er reich ist und gerade erst einen attraktiven Posten in der landesweiten Ladenkette seines Vaters übernommen hat. Der Familienwohnsitz gleicht einem Palast.

Liv ist beeindruckt, fühlt sich aber, wie sich sehr bald herausstellt, erstickt von dem italienischen Frauenbild, zumindest dem zur damaligen Zeit vorherrschenden, von Carlos Mutter, die mit Bestürzung reagiert, als sie erfährt, dass Liv Geschäftsfrau werden will und das auch zu bleiben gedenkt, nachdem sie eine Familie gegründet hat; der Platz der Frau sei in ihrem Zuhause, ihre Aufgabe die Betreuung der Kinder, erklärt Carlos Mutter, während sie ihn umarmt und ihm mütterliche Küsse verabreicht. Es folgt ein Szenenwechsel mit bezaubernden Außenaufnahmen, in denen eine verzweifelte Liv nachts durch Venedig wandelt, wir sehen bekannte Ausschnitte der Stadt in einem märchenhaften Licht, Liv verläuft sich in den engen Gassen im östlichen Teil von Cannaregio und gelangt schließlich hinaus zu der Lagune bei Fondamenta Nuove, von wo aus sie auf die düstere Friedhofsinsel San Michele blickt, zu den Mauern und den Zypressen dahinter.

Die nächste Szene spielt am Tag darauf und enthält einen leichten Anflug von Drama, als Liv ihre Beziehung mit Carlo beendet. Ein jäher Schnitt, und wir sehen Liv, mit frei im Wind flatternden Haaren, wieder in dem kleinen Segelboot im Oslofjord.

Besonders Feministinnen lobten den Schluss, bei dem die Frau ausnahmsweise einmal nicht dem Prinzen und dem Aschenputtelsyndrom erlag.

Irgendwo im Luftraum zwischen Europa und Asien kippt Laila Berger den bequemen Sitz in der Business Class ihres British-Airways-Fluges so weit wie möglich nach hinten, schließt die Augen und lächelt, oder könnte gelächelt haben über diese Erinnerungen, aber auch über den Gedanken an die vielen »Prinzen«, die sie im Laufe der Jahre mit einem höflichen Nein zurückgewiesen hatte, wobei diese Prinzen es nie so richtig fassen konnten, dass sie ein Angebot ablehnte, von dem sie glaubten, es sei unmöglich abzulehnen.

Aufgrund des großen Filmerfolgs wurde Laila in die zu der Zeit meistgesehene schwedische TV-Sendung *Hylands hörna* eingeladen, und als Antwort auf eine Frage erzählte Laila in dieser Sendung von ihrer Mutter Bjørg, von ihrer Freundin Esther, von ihrem Aufenthalt in Gaustad, aber auch von ihrer eigenen Kindheit und den Belästigungen durch gedankenlose Freundinnen. »Es ist schon irgendwie komisch«, erzählte sie mit einem schiefen Lächeln, »dass ich von denselben Klassenkameradinnen, die sich einst geweigert haben, in mein Poesiealbum zu schreiben, heute Briefe mit Autogrammwünschen bekomme.« Was bei den Hunderttausenden Zuseherinnen und Zusehern indessen den größten Eindruck hinterließ, war Lailas Bericht über Esthers Geigenkasten, den ihre Mutter ihr kurz vor ihrem Tod geschenkt hatte. Massenhaft Zettel, große und kleine Papierbögen, hatten sich darin befunden. Gedichte, die ihre Mutter in all den Jahren geschrieben hatte. Gemeinsam mit ihrem Vetter, dem Kritiker Roar Bohre, war sie das Material durchgegangen, und ihre Zusammenarbeit resultierte in der Gedichtesammlung *Die Reise zu Esther* – und vielleicht aufgrund von Lailas Fernsehauftritt in *Hylands hörna* herrschte in jenem Herbst große Nachfrage nach diesem Buch. Vielleicht aber lag es ebenso sehr daran, dass Laila auf eine Frage von Lennart Hyland hin erzählte, sie habe schon immer gern Lyrik gelesen, weil ihre Mutter ihr so oft Gedichte vorgetragen hatte – nicht zuletzt schwedische, wie sie hinzufügte. Hyland konnte es sich nicht verkneifen zu fragen, wenn auch leicht ängstlich, ob sie sich an irgendwelche erinnerte, woraufhin Laila aufstand – denn sie fand, sie müsse dabei stehen – und Karin Boyes »Jag vill möta …« aufsagte, und nicht nur Lennart

Hyland war beeindruckt und gerührt, ja, hatte tatsächlich Tränen in den Augen, als Laila, mit ruhiger Stimme, zum letzten Vers kam: »Frühling tagt in Winternächten / Mutterschoß- / Ich will ringen mit den Mächten / waffenlos.«

Laila Berger, bis dahin in Schweden nicht sonderlich bekannt, erreichte über Nacht ebenso große Berühmtheit wie Kronprinzessin Sonja. Das norwegische Fernsehpublikum war in erster Linie stolz – stolz, weil Norwegen eine Filmschauspielerin vorzuweisen hatte, die nicht nur auffallend schön war, sondern obendrein Gedichte von Karin Boye deklamieren konnte, aus dem Stegreif, live im schwedischen Fernsehen.

Weitere Filme folgten, französische, italienische, ein paar englische, keiner davon ein Kassenschlager, doch sie erregten allesamt Aufmerksamkeit, und viele einflussreiche Publizisten sahen und kommentierten diese Filme. Dabei waren es nicht ihre Kurven oder die engen – eventuell zu hauchzarten – Kleider, die Lailas Anziehungskraft ausmachten, sondern es hatte etwas mit Präsenz zu tun, mit einer Präsenz, in der sich die Luft auflud. Ein Gesicht als Aufmerksamkeitsmagnet. Auch in der Realität, bei gesellschaftlichen Anlässen, war sie eine dieser Frauen, die noch im Halbdunkel leuchten. Erneut wurde diese Mischung aus Verletzlichkeit und Stärke zum Thema gemacht, die beim männlichen Publikum einen Beschützerinstinkt auslöste, während Frauen darin eine Kraft sahen, die sie selbst gern besessen hätten.

Den Höhepunkt aber bildete ein Beitrag, der in einem Dokumentarfilm Verwendung fand, ein Clip, der außerdem in den Abendnachrichten und in einer Unzahl anderer Zusammenhänge gezeigt wurde. Auch dabei ging es um Stolz, um einen Nationalstolz an der Grenze zur Hybris. Wir erwähnen dies deshalb, weil es gewissermaßen eine Vorwegnahme, eine

Spiegelung jener Selbstzufriedenheit darstellt, die auf lange Sicht den Untergang Norwegens bedeuten sollte.

Ende der 70er-Jahre wurde das Passagierschiff SS France von der Norwegian Cruiseline gekauft und zum weltgrößten Kreuzfahrtschiff umgebaut, und dieser Sachverhalt, dass der maritime Stolz der französischen Nation an das kleine Norwegen verkauft worden war, löste bei vielen Einheimischen ein Gefühl aus, als hätten norwegische Reeder etwas zuwege gebracht, das dem Sieg einer neuen Schlacht bei Waterloo gleichkam, nämlich die arroganten Franzosen ein für alle Mal in die Schranken zu weisen. Was dem Chauvinismus jedoch eine völlig neue Dimension verlieh, waren die Fotografien und Aufnahmen vom Besuch der SS Norway in Norwegen, vornehmlich die aus dem Geirangerfjord im August 1984, und um dem Ganzen die Krone aufzusetzen, war einem cleveren PR-Menschen die Idee gekommen, Laila – La Laila – bei der Hafeneinfahrt ganz vorn auf dem Bug zu platzieren.

Für Laila war es eine einzige lange Triumphfahrt. Frühmorgens wurde sie in Hellesylt an Bord gebracht und bekam in der Kabine des Skippers Frühstück serviert, bevor sie an Deck ging, um sich die berühmten Wasserfälle Brautschleier und Die Sieben Schwestern anzusehen und dann, ganz draußen am Bug stehend, die Einfahrt in den Geiranger mitzuerleben, wo die Sonne gerade in dem Augenblick hervorbrach, als der tiefblaue Schiffsrumpf den letzten Streckenabschnitt erreichte. Tausende Menschen standen an Land, und den ganzen Ørneveien hinauf hatten sich Autoschlangen gebildet. Dieser berühmte Filmausschnitt wurde auf dieselbe Weise gedreht wie die Szene auf dem Baum im Frognerparken in *Die Grenzen der Liebe*: zuerst Laila aus der Nähe am Bug, dann hoch in die Luft und rundum im Kreis. Laila gehörte zu den Frauen, die in Hinblick auf ihr Äußeres – lassen

Sie uns hinzufügen: ausgehend von konventionellen Kriterien –
ihre Blütezeit in ihren Vierzigern erleben, und so wurden mit
diesen Bildern drei Fliegen mit einer Klappe geschlagen, indem
sie drei norwegische Trümpfe gleichzeitig einfingen: Laila, die SS
Norway und den Geirangerfjord. Talent, Schifffahrt und Natur.
Ein Bild, das die alten Bilder der Königsfamilie überflügelte und
über viele Jahre Wände und Hüttentüren zierte.

Laila hatte ihre Teilnahme an diesem Norway-Werbegag im
Gedenken an ihre Vergangenheit auf den Amerikaschiffen zu-
gesagt, speziell wegen der schönen Erinnerung an die Zurücker-
oberung der Bergensfjord nach der Hochzeit des Kronprinzen.
»Laila hat es vom Kabinenmädchen auf der MS Bergensfjord
zur Gallionsfigur auf der SS Norway gebracht«, stand in einer
der zahlreichen Zeitungsreportagen über die Tour durch den
Geirangerfjord. Im Übrigen war dies das Ereignis, das von einem vielgelesenen englischen Magazin zum Anlass genommen
wurde, sie auf der Titelseite zu bringen, zusammen mit den
Worten, die wie ein Epitheton für immer an ihr haften blieben:
»Laila of Norway.«

Zwei Jahre und zwei Filme später saß Laila Berger in der
Jury beim Filmfestival in Cannes, und dort, bei einem der zahlreichen Empfänge, überkam sie die jähe Erkenntnis, dass sie
aussteigen musste. Das Unbehagen hatte bereits lange in ihr
geschwelt, doch sozusagen erst auf dem roten Teppich wuchs
es zu etwas Unerträglichem an. Dieser ganze Klatsch. Männer,
die die Augenbrauen, Brüste und Hüften der Schauspielerin-
nen diskutierten – vor allem die Lippen von Béatrice Dalle waren zu der Zeit ein heißes Thema. Die vielen Blicke. Auch auf
ihr. Gesättigt. Falsch. Ohne Schärfe. Blicke, die sich mit der
Oberfläche zufriedengaben. Blicke ohne Aufladung, ohne die
Kraft, etwas in Bewegung zu versetzen.

Sie wusste selbstverständlich, dass sie in dieser Jury ein Alibi war und niemand sie als filmkundig betrachtete. Trotzdem. Ihre Erfahrungen in Cannes veranlassten sie dazu, alles einer Neubewertung zu unterziehen. Sie dachte an die Fotografien, die sie auf der SS Norway zeigten: Die Leute griffen nicht nach der Schere und schnitten diese Bilder aus, weil sie eine gute Schauspielerin war, sondern weil sie ein Stück norwegische Natur verkörperte – sie war lediglich Bugverzierung. Keine Künstlerin, sondern eine Touristenattraktion, genau wie die schöne Landschaft. Sie hätte sich – wie wir uns hinzuzufügen erlauben – mit dem Gedanken trösten können, dass selbiges auch für Norwegen selbst galt; denn ganz gleich, was die Menschen in Norwegen sich einreden mochten, war das Land in dieser Epoche weit bekannter für seine Natur als für sein Geistesleben. Vergleiche Lakambini Gourlay, Band 3, *Wiederentdeckung der Landschaftsperlen Westslawiens* (Cebu Y-1016).

Sie wollte raus. Oder die Bedingungen ändern. Sie wollte sich nicht damit begnügen, in Filmen mitzuspielen, sie wollte Filme *machen*, selbst Regie führen.

Wie Kaja. Man konnte es schaffen, konnte die Spur wechseln. Kaja war dafür ein Beispiel.

Weil der Veranstalter sich bereit erklärt hatte, Reise- und Aufenthaltskosten »für eine Begleitperson« zu übernehmen, hatte Laila ihre Cousine nach Cannes eingeladen. Laila dachte, Kaja würde eine solch unerwartete Pause zu schätzen wissen – die lebhafte Kaja, die sich in ihrer Jugend für Françoise Sagan und den Mythos der Riviera begeistert und gern ausgiebig gefeiert hatte. An einem Tag, als sie keine Verpflichtungen hatte, mietete Laila einen flachen Sportwagen und fuhr mit Kaja nach Antibes, flottes Tempo, Kopftuch, Sonnenbrille. Kaja lachte, scherzte, doch Laila konnte sehen, dass sie mit alldem fertig war, dass sie ein anderer Mensch geworden war.

Wieder: War das möglich? Dieselben Moleküle, gut durchgeschüttelt, und als Ergebnis kam eine andere Person heraus?

Ja, in Lailas Augen war Kaja eine andere geworden. Nicht nur an der Oberfläche, sondern in ihren Grundfesten. Dösend liegt Laila in einem Flugzeug, oder könnte gelegen haben, auf dem Weg nach Indien, und denkt an Kaja, ihre rätselhafte Cousine, an die Unmöglichkeit, die Wahl des zukünftigen Weges bei einem Menschen vorherzusehen, auch bei einem, den man zu kennen geglaubt hat.

Trotz der Freundschaft in ihrer Jugend missfielen Laila gewisse Seiten an Kaja. Etwa ihre Verehrung für alles Bildschöne. Ihre Suche nach dem Glamourösen, dem ausschweifenden Leben. Oder ihr zynischer Wille, fast alles zu tun, um an die Spitze der sogenannten besseren Gesellschaft zu gelangen. Wobei sie sich auch von Rückschlägen nicht aufhalten ließ, so wie damals nach dem Ball der Militärakademie, als sie sich lange gegrämt hatte, weil sie der Meinung war, ihr sei der Kronprinz und damit am Nationalfeiertag ein Platz auf dem Schlossaltan durch die Lappen gegangen. »Wenn ich schon nicht Königin von Norwegen werden kann, dann werde ich auf jeden Fall Schönheitskönigin«, sagte sie sich. »Teufel nochmal.«

Es war nämlich erst wenige Jahre her, seit das Wochenmagazin *Det Nye* damit begonnen hatte, ein von ihnen so genanntes Fräulein Norwegen zu küren, und die Siegerin dieses Wettbewerbs wurde dann an die exotischsten Orte geschickt, mit der Aussicht auf den Titel der Miss Universe. Nicht Königin von Norwegen, aber die Schönste im Universum – eine süße Rache, dachte Kaja. Sie ging zu ihrer Mutter, die sich, nachdem sie ihre Einwände vorgebracht hatte, dazu überreden ließ, einen Brief mit beigelegtem Foto von ihr einzuschicken, und einige Wochen später war Kaja eine der Glücklichen, denen per Telegramm – per Telegramm! – eine Einladung in die Räumlichkeiten von *Det Nye* im Sørkedalsveien zugeschickt wurde, und von dort wurde sie dann, zusammen mit zwei Dutzend anderen, nach Majorstuen zu Solberg Foto weitergelotst, wo Bilder von ihnen geschossen wurden, im Badeanzug. Im Anschluss daran gab es ein Interview, bei dem Kaja von einem Mann aus der Redaktion und einer beliebten Plattensängerin zu den merkwürdigsten Dingen befragt wurde, bevor sie ins Restaurant am Holmenkollen gefahren, dort verköstigt und mit Geschenken bedacht wurden, Kaja fühlte sich in ihrem Element, und noch mehr, als sie kurze Zeit später ihrer Mutter den sehnlichst erwarteten Brief zeigen konnte. »Jetzt bin ich im ›Finale‹«, sagte sie. »Ich bin eine von denen, die mit Bild und Text im Magazin präsentiert werden. Die Gewinnerin wird von den Lesern gekürt. Ich muss allen, die ich kenne, sagen, dass sie abstimmen sollen.«

Schon vor dem Tag, als die Fräulein-Ausgabe von *Det Nye*, in der alle Kandidatinnen im Badeanzug zu sehen waren, in den Kiosken auflag, war Kaja ins Nachdenken geraten, und sie war beinahe erleichtert, als sie erfuhr, dass sie nur Dritte geworden war – ihre Mutter hatte nicht abgestimmt, was sie ihr aber nie verriet. Die Hauptgründe für ihre Erleichterung waren zum einem das Interview im Sørkedalsveien, die schlüpfrige Art, wie der Mann aus der Redaktion sie angesehen hatte, zum anderen die gierigen Blicke in dem Restaurant am Holmenkollen. Ein Fotograf, der zu alt wirkte, um ein Teilnehmer der Veranstaltung zu sein, hatte sich bis zu ihr vorgekämpft, um ihr mitzuteilen, dass er glaube, sie werde gewinnen. »Man nennt dich ja schon jetzt ›Die Schöne von Korsvoll‹!«, sagte er. »Ich würde gern auf der Stelle ein paar Bilder von dir schießen, am liebsten möglichst leicht bekleidet.«

»Diese Blicke«, erklärte sie Laila später, »haben alles durchlöchert. Ich habe beschlossen, diese eitlen Träume hinter mir zu lassen.«

Trotzdem hätten die Wenigsten, die Kajas Jugendabenteuer mitverfolgt oder sie im Badeanzug gesehen hatten, eine zukünftige Bibliothekarin in ihr gesehen. Noch dazu mit Brille, wie es das Klischee verlangte. Ihre ganze Kindheit und Jugend hindurch hatte Kaja in der Überzeugung gelebt, ihr Vater sei Sigurd Bohre, doch nachdem ihre Mutter, Maud Evensen, in einem Gespräch zum ersten Mal etwas über eine Nacht im Krokskogen angedeutet hatte, wählte sie Harald als Vater für sich aus. Kann man sich seinen Vater aussuchen? Als Laila sie danach fragte, gab sie als Grund an, dass Harald ein Leser gewesen war. Kaja wusste, dass die Dinge nicht auf diese Weise zusammenhingen, aber in ihrer Fantasie malte sie es sich trotzdem gerne so aus. Sie selbst hatte ihr ganzes Leben gern gelesen, es war so natürlich wie Atmen.

So war Kaja, Korsvolls einstmalige Schönheit, also Bibliothekarin geworden, eine hoch geschätzte Cicerone für viele Lesehungrige in der Stadt. Und später verwandelte sie das Alhambra, das Antiquariat, in einen Lebensnerv der Hauptstadt – und das zu einer Zeit, als das Internet aufkam und die Buchhandelsketten der Reihe nach in Konkurs gingen.

Ja, Kaja war ein inspirierendes Beispiel. Nach Cannes lehnte Laila mit einem höflichen Nein das Angebot für die Hauptrolle in einem französischen Film ab – und das nicht nur, weil es eine zu leicht bekleidete Rolle gewesen wäre für eine reife Frau. Sie wollte sich auf der anderen Seite der Kamera versuchen, und hauptsächlich aufgrund der vielen positiven Reaktionen nach ihrem Auftritt in *Hylands hörna* konnte sie einen Bekannten dazu überreden, ein Manuskript zu schreiben, das lose auf der Geschichte ihrer Mutter, Bjørg Bohre, basierte, eine Geschichte über zwei Freundinnen, eine davon Jüdin, und die traumatisierenden Ereignisse während des Kriegs, über ein Aufeinandertreffen mit deutschen Soldaten auf Bygdøy, dem sie durch Singen entkamen, über die Gefangennahme der jüdischen Freundin, ihre Deportation ins Konzentrationslager und ihren Tod auf dem Gefangenenschiff Donau. Für den Film mit dem Titel *Sigrid und Sara* erdichtete Laila eine Fortsetzung, Sigrid bei einem Ausflug zum Sognsvann, wo sie auf einige Milorg-Männer stößt und diese beschuldigt, dass sie zu wenig täten, sich nur im Wald versteckten, während schutzlose Frauen gefangengenommen wurden, woraufhin sie von ihnen geschlagen, getreten, beinahe geschändet wird. Nachdem sie sich in die Stadt zurückgeschleppt hat, schenkt niemand ihr Glauben und sie wird »verrückt«. In der letzten Szene sieht man sie vor einem großen Fenster in Gaustad, auf einem Stuhl sitzend, den Körper hin und her schaukelnd.

Die Arbeit brauchte Zeit, die Finanzierung brauchte Zeit, die Aufnahmen brauchten Zeit, doch als das Ergebnis vorlag, empfand Laila eine neue Form der Zufriedenheit. Es war der Mühe wert gewesen.

Die Kritiker fanden das nicht. Auch das Publikum nicht. Besonders das Ende, diese »Verunstaltung des ehrenhaften Einsatzes der Milorg«, wie es eine Zeitung geschrieben hatte, rief Aversionen hervor. Zu allem Überfluss wurden auch noch zwei alte Widerstandskämpfer für einen Fernsehauftritt angeschleppt, bei dem sie den Film zu einer Verhöhnung heldenmutiger Männer erklärten, weswegen nicht einmal die Wenigen, die *Sigrid und Sara* in Gedanken als einen bedeutenden Film einstuften, auch nur den kleinsten Mucks von sich zu geben wagten. Diese alten Widerständler waren unberührbar, Wächter einer Wahrheit, die bereits 1945 vorgetragen und anerkannt worden war.

Obwohl der Film nicht gerade als ein Fiasko zu bezeichnen war, gehörte er doch zu der Sorte, die lediglich Kopfschütteln hervorrief, fast wie aus Enttäuschung, dass er so weit hinter den Erwartungen zurückblieb. Ein paar Kritiker äußerten sich zudem sarkastisch, und das schmerzte, tat mehr weh als das Gemobbtwerden an der Grundschule.

Laila erwacht von dem kurzen, dumpfen Stoß beim Absenken der Fahrwerke, ein Zeichen für die baldige Ankunft. Doch sie landet nicht in Kalkutta, wie zu Hause alle glauben, sondern in Ahmedabad. Abreise aus einer Schneelandschaft voll öder Felder, Ausstieg bei 35 Hitzegraden in ein Menschengewimmel sondergleichen. Trotzdem ist Ahmedabad nur ein kurzer Stopp, der Kurs südwärts gerichtet, sie hat alles im Voraus organisiert, auch den Land Cruiser mit eigenem Chauffeur, in dem sie jetzt sitzt – der Name gefällt ihr, Land Cruiser, oder könnte ihr gefallen haben, weil er sie an Schiffe, an das Meer erinnert – nur dass sie hier, besonders in der Nähe von Städten, durch ein Meer aus Menschen fährt. Sie ist auf dem Weg, nähert sich dem Ziel, ist sich aber noch immer nicht sicher. Um ein Ziel zu sein, denkt sie, ist es einfach zu schockierend.

Nach dem Misserfolg von *Sigrid und Sara* legte sie eine Denkpause ein. Wenn sie auch sonst nicht viel zustande brachte, eine kluge Sache tat sie immerhin: Ermuntert von Rita, ihrer Großmutter, kaufte sie ein kleines Haus, in dem sie die Standfotos und Plakate aufbewahrte, die sie von ihren Filmen aufgehoben hatte. Das Haus lag in Flaskebekk, direkt am Nesoddtangen, und sie hatte sich in das Haus verliebt, weil es am Steilhang zum Fjord lag und sie auf der Terrasse oder im Wohnzimmer sitzen und von dort aus die ständig vorbeigleitenden Schiffe beobachten konnte, sowohl die Linienschiffe nach Dänemark und Deutschland als auch die Kreuzfahrtschiffe, die im Sommer die Stadt besuchten. Oft saß sie in einem Liegestuhl im Wintergarten, manchmal mit einem Gin Tonic, als befände sie sich ebenfalls in einem Fahrzeug, das an den Schiffen draußen im Fjord vorbeikreuzte.

Die Filmrollen hatten sie nicht reich gemacht, und nach dem Hauskauf ging ihr bald das Geld aus. Durch einen Bekannten, der sich ihrer gewissermaßen erbarmte, bekam sie einen Job an der Tageskassa des Saga Kinos. Ihr fiel etwas ein, das Konrad Steen, der Pfarrer, einmal bei einer Feier über einen der großen deutschen Theologen erzählt hatte, der, halb dement, im Alter als Küster in der Kirche seiner Kindheit gelandet war. Vielleicht erlebte sie jetzt etwas Entsprechendes. Jedenfalls konnte sie das Saga, zusammen mit den beiden anderen Kinos des Viertels, Scala und Klingenberg, gut und gerne als die Kirche ihrer Kindheit bezeichnen. Sie und Kaja waren, so oft sie konnten, hierhergekommen.

Laila sah schon die Zeitungskommentare vor sich: »Hier endet Lailas Saga.«

Das Seltsame war, dass kaum jemand sie wiedererkannte. Nur einige wenige setzten ein vorsichtiges Lächeln auf, wenn sie von ihr bedient wurden. Laila erkannte, wie kurzlebig Berühmtheit war, wie schnell selbst ein ausgefallenes Gesicht wieder mit dem Hintergrund verschwamm.

Nach einigen Jahren bekam sie unerwartet eine neue Rolle angeboten. In einem sogenannten Schmalfilm. Ein Kunstfilm von einem jungen Regisseur. Bei einem kleinen, unabhängigen Filmstudio. Eine Rolle der ganz anderen Art. Laila nahm das Angebot an und spielte als 50-Jährige eine Schurkin, eine skrupellose Schurkin sogar, und das Publikum war überaus fasziniert davon, wie Laila, gealtert, ohne dabei jedoch etwas von ihrer Eleganz eingebüßt zu haben, dieser bösen Frau Leben einhauchte, und das auf eine Weise, die dem Bösen absurderweise eine Dimension von Schönheit verlieh. Nicht nur das: In dem Film operierte diese Schurkin verdeckt als Sängerin in einem Nachtclub, und dabei glänzte Laila ganz besonders, mit ihrer leicht heiseren Stimme, von der bis dahin niemand etwas geahnt hatte, von der Laila jedoch wusste, dass ihre Mutter sie ihr vererbt haben musste, die sich einst aus einem Kreis deutscher Soldaten freigesungen hatte.

Plötzlich war der Name Laila Berger wieder in aller Munde, man konnte Bilder von ihr sehen, kurze Interviews bei kleineren und größeren Filmfestivals auf der ganzen Welt lesen. »Lailas zweiter Frühling«, schrieben die Klatschblätter, die älteren Frauen sonst nicht allzu viel Platz widmeten, und es sollte sich zeigen, dass dieser Frühling immer länger andauerte. Plötzlich wurde sie ernster genommen. »A thinking star«, lautete der Titel des Interviews bei *Scanorama*. Obwohl sie weiterhin Schaffenspausen einlegte, wurde sie jetzt häufig wiedererkannt, und das an den merkwürdigsten Orten.

Laila lächelt, oder könnte gelächelt haben, in dem Land Cruiser auf dem Weg von Ahmedabad zur weiter südlich gelegenen Küste. Die Lüge über Kalkutta war übrigens keine reine Lüge gewesen. Tatsächlich war sie mit einem indischen Regisseur in Kontakt gewesen, der eine Hommage an Satyajit Ray drehen wollte, einen Film in der Tradition der *Apu-Trilogie*, jedoch basierend auf vier bis fünf von Tagores weniger bekannten Geschichten, eine Art indischer *Short Cuts*. Sogar die Howrah Bridge sollte darin vorkommen, die Brücke, die sie als kleines

Mädchen auf Bildern in einer Reportage von Maud Evensen für die Wochenzeitung *Aktuell* gesehen hatte. Sie hätte eine Art Erlöserfigur spielen sollen, die just in einem dieser Brückenköpfe lebte, wie Maud sie fotografiert hatte. Doch daraus war nichts geworden. Warum, hatte sie nie herausgefunden. Vielleicht aber war ja doch etwas daraus geworden, nur eben nicht mit ihr. Weil sie zu alt war. Oder als Schauspielerin nicht gut genug. Sie wusste, sie verfügte nur über ein begrenztes Talent. Sie hatte es erstaunlich weit damit gebracht.

Manchmal muss man ein Risiko eingehen, etwas völlig Unerwartetes tun. Als sie spätnachmittags endlich Alang erreichen, das Ziel ihrer Reise – oder das, was sie für das Ziel hält –, den Strand entlangfahren, sofern man das einen Strand nennen kann, eine der Zufahrtsstraßen hinunternehmen und anhalten, denkt Laila an Rita, ihre Großmutter, die einst die ganze Universitätsaula gemietet hatte, den optimalen Raum, um für ihre Sache zu sprechen. War das Lailas Art, es ihr gleichzutun? Sie steigt aus dem Land Cruiser und wird sofort von lachenden, grölenden Kindern umringt, die auf sie zeigen und sie anfassen wollen. Kein Betteln, nur Neugier. Laila erkennt, oder könnte erkannt haben, wie vollkommen fehlplatziert sie war in dieser Umgebung. Ein Gestank wie auf der Müllhalde, vermischt mit dem Geruch nach Meer. Als sie stehen bleibt und auf das Wasser hinausblickt, stockt ihr beinahe der Atem, denn es fällt ihr schwer zu erfassen, was sie vor sich sieht: Ein riesiges Schiff, Blue Lady, wie es angeblich jetzt genannt wird, an den Strand gezogen und vertäut, aber trotzdem, da das Wasser hier seicht ist, ein Stück weit entfernt.

Dort draußen lag sie, die SS Norway. Ein 315 Meter langes, einstiges Wunder. *Mein* Norwegen, denkt sie. *Mein* Schiff. Fast konnte sie Miles Davis' weiche, gedämpfte Trompete in der Luft erklingen hören.

Sie weiß nicht, was sie hier soll, hat es auch bei der Abreise von zu Hause nicht gewusst, sie wusste nur, dass sie fortmusste, und so hatte sie einen Vorwand gefunden, sich eine Lüge ausgedacht über eine Hommage an Satyajit Ray in Kalkutta. Die Wahrheit war, sie musste das Schiff sehen. Sehen, ob es stimmte. Sollte die Norway wirklich verschrottet werden? Sie hatte nie vorgehabt, sie zu retten, die Rolle der Heldin zu übernehmen in einer uralten Geschichte über die Errettung einer Jungfrau in Not. Doch als sie schließlich dort steht, vor einer Art Tor, umringt von schaulustigen Kindern, wie sie da steht in dem irren Lärm vor dem Wirrwarr von etwas Werkstattähnlichem und das mächtige Schiff so kläglich und übel zugerichtet auf dem Strand liegen sieht, denkt sie, ja, dass sie es retten wird, Alang ist ihr Troja, sie spürt einen jähen Zorn, genauso groß wie der, den Achilles empfunden haben musste, und das Erste, was sie tut, sie rennt durch das Tor und versucht, einige Arbeiter aufzuhalten, die gerade das Areal betreten, sie stößt Imperative auf Norwegisch und Englisch aus, fuchtelt mit den Armen, eher eine Kali als ein Achilles, das Ganze ist für die armen indischen Arbeiter sicher völlig unverständlich, nicht nur die Worte, sondern die Absicht dahinter, und natürlich ist es absolut nutzlos, so als stiege man in die Hölle hinab und glaubte, man könne das Feuer löschen, und als sich dann einer der Arbeiter, vermutlich nicht in böser Absicht, gezwungen sieht, sie zur Seite zu schieben, hat dies zur Folge, dass sie stolpert, auf einen Stahlträger stürzt und sich eine Schürfwunde an der Wange zuzieht, völlig ungefährlich, aber es blutet, und so wird sie dann einige Tage später auch abgebildet, nachdem sie jemanden dazu bewegen konnte, auf einem etwas weiter

554

abgelegenen Strandabschnitt einen kleinen Unterstand aufzustellen, eine als Sonnenschutz aufgespannte Plane, eine Art Aussichtsplattform: Wie eine Heldin, eine einstige Schönheit, zurückgelehnt und mit einem roten Striemen auf der Wange. Sie hatte versucht, um ihr Schiff zu kämpfen, war jedoch der Übermacht erlegen: Eine Verwundete, die vom Rand der Walstatt aus das Ende der Schlacht mitverfolgte.

Mehrere Schiffe liegen auf dem langen Strand, alle bei Hochwasser hochgezogen, aber Laila hat nur Augen für die SS Norway. Nicht zu glauben. Dieses prächtige Schiff, auf dessen Bug sie einst bei einer triumphierenden Fahrt in den berühmten Geirangerfjord gestanden hatte, lag dort erniedrigt, auf Grund, bereit zur Verschrottung. Das heißt, es hatte bereits begonnen, Kunstwerke, Möbel, Porzellan, Metallkräne, elektrische Kabel, Parabolantennen waren längst entfernt worden, Teile des Bugs waren verschwunden und der Rumpf hatte Risse.

Sie träumte sich zurück, rief sich Anblicke von ihrem ersten Schiff, der Bergensfjord, ins Gedächtnis, die unbeschreiblich stilvolle Einrichtung in den Salons, den Speisesälen, den Kabinen, ein schwimmendes Kunstwerk, allem voran aber das rege Treiben an Bord, und sie selbst ein Teil davon, ein kleiner Planet, ein Stück isolierte Wirklichkeit in einem blauen Element. Die Bergensfjord existierte nicht mehr. Und jetzt die Norway, wie hatte es so enden können? War das denn nicht ihre Geschichte? Die Geschichte aller? Im einen Moment Zierde der Ozeane, im nächsten ein Wrack, das auseinandergenommen wird.

Laila Berger sitzt am Strand. Sie weiß nicht, was sie hier will. Sie denkt, ahnt, oder könnte gedacht, geahnt haben, dass dies doch nicht ihr Ziel war, dass sich selbst hinter dem betrüblichen Anblick eines stolzen Schiffes, das gerade Stück für Stück auseinandergebaut wird, etwas anderes verbirgt, etwas

Entscheidendes sogar, ist sich aber nicht sicher. Vorerst will sie einfach an Ort und Stelle bleiben. Sich das Schauspiel mit eigenen Augen ansehen. Eine Hommage an sich selbst. Sie bezieht ein unscheinbares Hotel in Talaja, einer Kleinstadt in der Nähe, und lässt sich jeden Morgen von ihrem Chauffeur nach Alang fahren, zu der Aussichtsplattform mit Wänden aus gewebtem Bambus und einer Plane als Baldachin, ein Unterstand, für dessen Errichtung auf dem Strand sie ein paar Arbeiter hatte gewinnen können, auf dem Streifen zwischen den vielen kleinen Werkstätten und Dörfern. Eigentlich aber spaziert sie die meiste Zeit in der Gegend umher, ein Schmetterling in einem Ameisenhaufen mit ihren langen, flatternden Kleidern und dem riesigen Strohhut, und beobachtet das Heer von Männern mit Schneidbrennern, die Arbeiter und Maschinen beim Transport der unterschiedlichsten Teile und Materialien, wiedererkennbare und nicht wiedererkennbare, vom Schiff an den Strand, wo sie in den Werkstätten sortiert werden, diese langsame, aber effektive Demontagearbeit am ehemals weltgrößten Passagierschiff. Zwar ist sie auch in Oslo schon bei Altwarenhändlern gewesen, aber das hier ist eine ganze *Stadt* aus Altwarenhändlern, überall werden Dinge gesammelt, zusammengestückelt, bearbeitet, abtransportiert, hier geht nichts verloren. Allmählich wird sie auch mehr oder weniger in Ruhe gelassen, so als wäre sie bereits akzeptiert, als hätten die Menschen hier erkannt, dass sie in Trauer ist, sich aus irgendeinem Grund diesem verlorenen Schiff verwandt fühlt, gewissermaßen an einer lang andauernden Beerdigung teilnimmt.

Ganz in Ruhe wurde sie allerdings nie gelassen. Sie war wiedererkannt worden. Sogar hier. Wie, das verstand sie nicht. Von vielen Leuten, die an ihrem Aussichtsplatz vorbeikamen, hörte sie ständig dieselben Worte. Zuerst hatte sie geglaubt, was sie sagten, sei Dalai Lama, aber dann war ihr klargeworden, es war La Laila. Sie musste lächeln. Und als ob sie das inspiriert hätte, begann sie, Kisten mit Wasserflaschen, mit Obst einzukaufen und sie abends, wenn die Leute sich auf den Heimweg machten, an so viele wie möglich zu verteilen. Im Großen und Ganzen aber verbrachte sie die meiste Zeit auf ihrer Plattform. Es ist, als würde man sich einen Film ansehen, dachte sie. Einen langsamen Film über ein Norwegen, eine Epoche im Verschwinden.

Doch dann kamen die Presseleute. Die Fotografen. Die Fernsehteams. Und schuld daran waren nicht die Menschen hier in Indien, sondern Little Green.

Laila hatte nie verstanden, wie Little Green dieses ganze gackernde Spektakel aufziehen konnte, aber nachdem sie wie aus dem Nirgendwo aufgetaucht war, mit einer Unbeschwertheit, als hätte sie bloß die Straßenbahn von Briskeby zum Olaf Ryes plass genommen, ging alles ganz schnell. Little Green war eine dieser Repräsentantinnen einer neuen Zeit, in der man mit einem kleinen Bildschirm, einer kleinen Tastatur und durch die Vernetzung mit anderen, die ebenfalls immer ihre kleinen Bildschirme und Tastaturen dabeihatten, einen Sturm erzeugen konnte, der, im Laufe einiger Minuten die Aufmerksamkeit der halben Welt auf sich lenkte. Plötzlich wimmelte es nur so von Journalisten und Reportern, und obwohl es Little Green darum ging, die Aufmerksamkeit auf die Verwerflichkeit dieser Schiffsverschrottung zu richten, auf eine Unternehmung, bei der reiche Länder den ärmeren ihren Müll überantworteten, obwohl sie über die gefährliche Arbeit und die Verunreinigung der gesamten Alang-Region und die Tausenden Tonnen von Asbest und die große Menge anderer Giftstoffe berichten wollte, war es Laila, die wie ein Publikumsmagnet wirkte. Nicht die SS Norway, sondern Laila of Norway.

Aufgrund von Lailas Status als Celebrity fand indessen auch alles andere in der Reportage Erwähnung, wenn auch sozusagen im Kleingedruckten. Laila verhielt sich scheu, wie immer vor Kameras, obwohl sie im Laufe ihrer Karriere damit umzugehen gelernt hatte, so wie andere das Stottern zu bewältigen lernen. Jetzt aber trugen auch die aufdringlichen Medienleute zu ihrer Verlegenheit bei. »Lass dich von den dummen Fragen nicht durcheinanderbringen, Tante«, sagte Little Green. »Du leistest schon allein durch deine Anwesenheit großartige Arbeit.«

Da sitzt ein dunkelhäutiger Mensch neben dir und nennt dich Tante. Und das nicht als Kosename, sondern als wärst du wirklich eine Tante aus Fleisch und Blut. Laila konnte es gar nicht oft genug hören.

Es ist an der Zeit, die Geschichte von Little Green zu erzählen. Und Lailas Frage in Bezug auf ihr plötzliches Auftauchen im indischen Alang war auch dieselbe, die das Rätsel im Leben von Little Green ausmachte: Wo ist sie hergekommen?

Als Laila sich darüber Gedanken gemacht hatte, ob es möglich war, auch im späteren Verlauf seines Lebens die Richtung zu ändern, hätte sie eigentlich nur ihren eigenen Bruder als Beispiel heranziehen müssen, Bård Berger, vielen besser bekannt als Blue Norwegian – ein Mensch übrigens, den sie jetzt gern an ihrer Seite gehabt hätte, ein Musiker, der einen wimmernden Blues hätte spielen können vor diesem blauen Schiffsrumpf, der vor ihren Augen verschwand wie ein gigantischer Legobausatz, dessen Steine nach dem Auseinanderbauen wieder zurück in die Schachteln geräumt wurden. Laila hatte den Kontakt mit Bård stets aufrechterhalten, doch ab dem Sommer 1969 war er für sie verschwunden; das heißt, sie wusste, dass er noch lebte, denn jedes Jahr bekam sie eine Weihnachtskarte mit Motiven von verschiedenen Städten in Nordamerika, auch aus Mexico. Ende der 80er-Jahre jedoch tauchte Bård plötzlich in Oslo auf. Ihr beider Vater war gestorben, und Bård traf mit Laila eine Übereinkunft, damit sie sein Haus in Tåsen übernehmen konnte. Das für Laila Überraschendste war aber nicht, dass Bård aus irgendeinem Grund vom Tod des Vaters erfahren hatte, sondern seine zwölfjährige Tochter. Ein dunkelhäutiges Mädchen, das er immer nur Little Green nannte.

Bård hatte nie etwas darüber verlauten lassen, was er getrieben hatte, wo er gewesen war, mit welchen Bands er gespielt hatte, nachdem er Laurel Canyon verlassen hatte. Als er im Wintergarten seiner Schwester auf Nesodden saß und seine Geschichte erzählte, fing er bei dem Jahr an, als er nach England gegangen war und sich in London, dem musikalischen Eldorado seiner Kindheit, niedergelassen hatte, Anfang 1977.

Durch Zufall hatte er eine Wohnung in Lewisham gefunden, südlich der Themse, und einen Job in einem Gitarrenshop im Zentrum bekommen. Nach seinen, wie wir vermuten, turbulenten Jahren im Zickzackkurs quer durch den nordamerikanischen Kontinent, bestand Bårds einzige Ambition darin, ein ruhiges, normales Leben zu führen. Er spielte nach wie vor Gitarre, saß oft im Laden und testete Akustikgitarren, nicht zuletzt, um mit seinem herausragenden Saitenzupfen Kunden anzulocken, sie in dem Glauben zu lassen, es sei eine Leichtigkeit, so gut auf der Gitarre zu werden, »Blackbird« sozusagen rückwärts spielen zu können. Für den Ladenbesitzer stellte er eine Goldgrube dar und war bald als The Norwegian in Denmark Street bekannt. Aber eine Sache war gleich geblieben, seine außergewöhnlichste Eigenschaft hatte er sich bewahrt: die Fähigkeit, sich zu verlieben, sein Blau.

Eines Abends im April desselben Jahres schlenderte er in ein Pub in der Nachbarschaft, The Rose of Lee. Er hielt sich gern auf dem Laufenden, und The Rose of Lee war ein Ort, an dem man junge Musiker bei ihren ersten Auftritten hören konnte, und an jenem Abend war The KT Bush Band plakatiert. Bård kaufte sich ein Bier, fand einen Platz, als die Band gerade zu spielen anfing, und schon nach zwei Minuten musste er an eine B.B.-King-Nummer denken, von der er geglaubt hatte, er hätte sie vergessen: »When My Heart Beats Like a Hammer.«

Bård Berger hatte sich auf Anhieb in die Sängerin der Band verliebt.

Warum er sich so Hals über Kopf in sie verliebte, ist leicht nachzuvollziehen, denn in mancherlei Hinsicht mochte sie an Joni Mitchell erinnern, die Frau, die er nie vergessen hatte im Laufe seiner »drei Jahre in der Prärie«, wie er sein post-L.A.-Leben nannte, als er mit einem Gin Tonic im Haus seiner Schwester saß und große und kleine Boote draußen im Fjord vorbeigleiten sah. Zwar war diese junge Frau im langen schwarzen Kleid und mit einer Blume in ihrem dunklen Haar aufgetreten, doch genau wie Roberta Joan Anderson hatte sie eine ganz spezielle Art zu singen und außerdem diese undefinierbare Ausstrahlung, die er von den ersten Joni-Mitchel-Konzerten in Erinnerung hatte. Dieselbe Mischung aus Schüchternheit und Selbstbewusstsein.

In den nächsten Monaten hörte er sie nicht nur im Rose of Lee, sondern auch im Target in Greenford oder im Half Moon in Putney. Sie spielten in erster Linie Standardnummern, »Honky Tonk Woman«, »I Heard It Through the Gravpine«, »Come Together«, aber doch manchmal auch ausgefallenere Lieder, die sie, wie Bård vermutete, selbst geschrieben haben musste und bei denen sie ein transportables Klavier traktierte,

»The Saxophone Song«, »James and the Cold Gun.« Bård brauchte weder Bier noch Whisky zur Berauschung, so vernarrt, wie er sie anstarrte, ein Gesicht voller Mimik, ein Körper voller Tanz. Ein Augenblick für die Geschichtsbücher, dachte er und stellte sich vor, er allein sei es, der sie entdeckt habe, der erkannte, was für ein grandioses Potential sich hinter ihrem etwas unbeholfenen, theatralischen Auftreten und der trotz ihres hohen Registers noch nicht voll entwickelten Stimme verbarg. Eines Abends, zwischen den Sets, ging er auf die Bühne, räusperte sich und sprach sie an, er verfolge ehrliche Absichten, wolle helfen, er räusperte sich noch einmal, erzählte von seiner Arbeit in der Denmark Street und bot sich, wiewohl er andere Wörter dafür gebrauchte, als Ratgeber, Lehrmeister an, er könne ihr Dinge auf der Gitarre, am Klavier zeigen, ungewöhnliche Griffe, doch ihm wurde schnell klar, dass sie keine Hilfe von wem auch immer benötigte, sie hatte die volle Kontrolle, sie verfolgte ganz offensichtlich einen Plan, von dem Bård Berger, von dem selbst Blue Norwegian niemals ein Teil sein würde.

Bis über beide Ohren verliebt stand er da, sie aber zeigte keinerlei Anzeichen von Interesse. Noch dazu war er fünfzehn Jahre älter als sie. Trotzdem: Er verstand es nicht. Er war es gewöhnt, dass ihm die Mädchen zu Füßen lagen. Herrgott, das hier war Rock'n'Roll, das Universum der Bohemians, Jack-Daniel's in rauen Mengen, was bedeuteten da schon fünfzehn Jahre? Aber sie blickte noch nicht einmal in seine Richtung, er musste sich damit zufriedengeben, verliebt zu sein, ihr magisches Wesen aus der Ferne anzubeten, aber diesmal gelang es ihm nicht, einen Nutzen aus seiner tiefen, verzweifelten, hoffnungslosen Verliebtheit zu ziehen, es blieb bei dem blauen Raum, ohne inspirierenden Drive, ohne einen neuen, blauen

Rappel. Er war fast erleichtert. The thrill is gone, summte er innerlich und dachte an einen Bluessong, den unter anderem B.B. King, der Held seiner Jugend, eingespielt hatte.

Sie hieß Kate Bush, brachte im darauffolgenden Jahr ihr erstes Album heraus, *The Kick Inside*, und wurde sofort ein Star, vor allem dank der Single »Wuthering Heights«, die bereits im Februar die Hitparaden stürmte. Bård sah sie bei *Top of the Pops*, sah ihr Gesicht auf Autobussen, auf Anschlagstafeln, auf den Wänden der U-Bahnstationen. Bård erkannte, wie unrealistisch seine Liebe war, und tatsächlich gelang es ihm, sie auf ein kleines blaues Flämmchen zu reduzieren, auf eine Sparflamme sozusagen, die ihn nicht in den Wahnsinn trieb.

Was sich außerdem als hilfreich erwies, war, dass ihn zu der Zeit gerade eine andere Frau umwarb, eine häufige Besucherin im Gitarrenladen, Annabelle, mit der er dann auch zusammenkam. Er war gern zu Hause bei ihrer Familie. Ihre Mutter war Ungarin und stimmte, so oft sie die Gelegenheit dazu fand, sehnsüchtige Volkslieder an. Gemeinsam mit Annabelle fuhr er zwei Sommer hintereinander nach Ungarn, was seine Begeisterung für die Musiktradition dieses Landes noch verstärkte, er kaufte sich Platten und lernte die Akkorde von vielen der Lieder. Alles war, wie es sein sollte, sie waren nicht verheiratet, versuchten aber, Kinder zu bekommen, Bård ging auf die vierzig zu und dachte, es sei an der Zeit. Bis dahin hatte er sich damit getröstet, dass er sicherlich einige Kinder über ganz Amerika verstreut hatte. In seinen Vagabundenjahren hatte er haufenweise Mädchen getroffen, sogenannte Groupies, die ihm, oder seinem Gitarrenspiel, verfallen waren, und in seiner melancholischen Stimmung hatte er fast jedes Mal nachgegeben. »Wir nennen dich immer nur den Sämann«, hatte ihm ein Mitglied einer Band gestanden, mit der er ein halbes Jahr lang gespielt hatte. Bård hatte keinen Protest gegen den Namen eingelegt, ihm gefiel der Gedanke, dass aus seinem Fahrwasser heraus Babys entsprossen, durch die die Norwegamerikaner noch zahlreicher wurden, als sie es ohnehin schon waren. Tatsächlich lag darin ein Trost gegen den Gedanken an die Einsamkeit und das Blaugefühl. Jedes Mal, wenn er den Boden einer Jack-Daniel's-Flasche erreichte, dachte er an die vielen Frauen, in die er seinen Samen gesät hatte, vielleicht auch, weil er nie seine Laurel-Canyon-Geliebte und ihre Liedstrophe: »He would read to her / roll her in his arms / and give his seed to her« vergessen konnte. Das Geschlecht Bohre-Berger wird zahlreich sein auf diesem Kontinent, dachte er.

Es war sein Geheimnis. Der Sämann. Annabelle erzählte er natürlich nichts davon. Eines Tages bat sie ihn, sich untersuchen zu lassen. Er tat es, und dabei stellte sich heraus, dass er unfruchtbar war. Wahrscheinlich von Geburt an, sofern nicht eine frühe Geschlechtskrankheit schuld daran war. Die vielen Samenzellen, die er verstreut hatte, waren allesamt leblos gewesen.

Anfangs hatte es ihm schwer zu schaffen gemacht. Bestand der Sinn des Lebens nicht darin, Kinder zu bekommen? Aber er wusste, wie er sich Abhilfe schaffen konnte, er hatte Übung darin, vergrub sich wieder mit Hilfe seiner Gitarre in seinem Gemütskeller und fand einen kleinen Trost darin, dass, obwohl sein Meisterwerk – über das er als *The Lost Album* sprach – in Laurel Canyon von blauen Flammen verzehrt worden war, zumindest einige seiner alten Melodien und Riffs weiterexistierten. Er hatte mit so vielen Westküstenmusikern, die in den 70er-Jahren große Stars geworden waren, gejammt und ungehemmt seine Kunstgriffe und halbfertigen Lieder mit ihnen geteilt, dass er im Autoradio jederzeit etwas wiedererkennen konnte, das von ihm stammte. Niemand hatte ihm etwas geklaut, nicht bewusst, und es war nur legitim, dass es in sie eingesickert und später in ihren eigenen Songs, ihrem eigenen Spiel wieder hindurchgedrungen war; so funktionierte Musik. Na schön, wenn ich schon keine Kinder kriegen kann, dachte er, werden immerhin ein paar Brocken Musik von mir zurückbleiben. In gewisser Weise war er nach wie vor Sämann. Er hatte Riffs ausgesät, Melodien, blaue Harmonieübergänge, die weiterleben würden.

Ein Jahr später bekam Annabelle einen Job in einer anderen Stadt, und ihre Beziehung löste sich von selbst auf. Gut, dass der Saum nur geheftet war, nicht ordentlich vernäht, sagte sie und umarmte ihn. Bård war wieder solo, er und seine Gitarren und ein blaues, blaues Gefühl.

Doch dann kam Little Green.

Nach der Arbeit wanderte Bård oft noch in London umher. Eines Abends, als er ziellos durch das Viertel südlich von Hackney Central schlenderte, sah er starken Rauch in den immer noch hellen Himmel aufsteigen und hörte Sirenen. Er ging darauf zu und entdeckte ein brennendes Haus, ein ganzes brennendes Wohnhaus. Im Vordergrund war alles ein Chaos, Rettungssanitäter, die halbnackte Menschen versorgten, Feuerwehrleute, die zwischen dem Haus und den großen roten Autos hin- und herrannten, aber es sah nicht so aus, als könnten die Wasserstrahle die Heftigkeit der aus den Fenstern an den Wänden hochschlagenden Flammen auch nur im Mindesten abzuschwächen.

Und das Geräusch. Bård hatte nicht gewusst, was für laute Geräusche Flammen erzeugen konnten. Fasziniert lauschend blieb er inmitten der Katastrophe stehen. Hinter dem Knistern lag ein Rauschen, wie ein hohles Brüllen.

564

Aufgrund der Hitze und des Lichtscheins – mehr weiß als gelb –, die ihm in den Augen brannten, musste er einige Schritte zurücktreten. Ein Krachen, und in dem Gebäude stürzte etwas zusammen. *Falls noch jemand in dem Haus ist, sind sie jetzt verloren,* dachte Bård. Das Gebäudeinnere hatte sich in einen gigantischen Feuerkegel verwandelt.

Im benachbarten Wohnhaus passierte irgendetwas, es hörte sich an wie eine Explosion, und alle wandten sich um.

Aber nicht Bård, denn als dieser gerade den Kopf drehen wollte, sah er ein kleines Mädchen aus dem brennenden Gebäude kommen. Zumindest hatte es für Bård den Anschein, als käme sie durch die Eingangstür heraus. Oder aus dem Feuer. Er blickte sich um, aber niemand sonst bemerkte die Gestalt. Das kleine Mädchen schaute weder nach links noch nach rechts, ging direkt auf Bård zu und nahm seine Hand.

Er unterzog sie einer eingehenden Betrachtung. Zerlumpte Kleider. Ruß im Gesicht. Oder war das Dreck? Nein, ihre Haut *war* so. Dunkel. Sie schien unverletzt. Keine Brandwunden. Nur ein intensiver Rauchgeruch. Bård blickte sich um, wie nach Hilfe oder nach jemandem, der das Kind kannte. Er dachte zuerst, die Eltern des Mädchens müssten tot sein. Er sprach mit einem Polizisten, der ihm erklärte, wie er weiter vorgehen sollte.

Die beiden, das vielleicht fünfjährige Mädchen und Bård, hatten alles versucht. Sie waren in Krankenhäusern und auf Polizeiwachen gewesen. Niemand wusste etwas über das Mädchen. Hatte sie keine Verwandten? Zumindest nicht unter den Überlebenden. Waren sie bei der Feuersbrunst umgekommen? Nein, die Toten waren alle identifiziert worden, keiner davon konnte ein Elternteil oder Verwandter sein. Woher war sie dann gekommen? Hatte sie nicht in dem Haus gewohnt? Keiner hatte eine Antwort darauf, niemand wusste, wo sie zu Hause war. War sie aus irgendeinem Grund verlassen worden? Hatte sie auf der Straße gelebt und sich rein zufällig bei dem Brand im Innern des Gebäudes oder in dessen unmittelbarer Nähe aufgehalten?

»Ich habe nie eine Antwort darauf bekommen«, sagte Bård in Lailas Wintergarten in Nesodden. »Niemand wusste etwas. Und das Mädchen hat kein Wort gesagt. Sich aber geweigert, meine Hand loszulassen.« Bård starrte zu einem unten vorbeigleitenden Frachtschiff. »Es ist seltsam«, sagte er. »Manchmal habe ich mir gedacht, dass Hackney für mich dasselbe war wie die Bergensfjord für dich. Ein Ort, abgekoppelt von jedem Determinismus. Ein Ort für das Unerwartete.«

Bård erzählte, er habe ihr ganz spontan den Namen Joan gegeben. Er sei einfach dagewesen, und er hätte gepasst. Später benutzte er meistens den Kosenamen, den er für sie erfunden hatte, Little Green. Er wusste nicht, warum er sie so nannte, vielleicht weil sie bei ihrem ersten Zusammentreffen ein zerlumptes grünes Kleid angehabt hatte. Vielleicht weil ihre Haut schwarz, aber trotzdem grün war. Als ob sie vor Leben *strahlte*. Wie ein unverwüstlicher Keimling.

Als sie das erste Mal lächelte, wäre er fast aus den Socken gekippt. Das war in seiner Wohnung in Lewisham. Sie trat in das Zimmer, das bald ihres werden sollte, schaute ihn an und lächelte, während sie seine Hand noch fester drückte.

Ihre Züge ließen Bård vermuten, dass sie äthiopischer Abstammung war. Oder vielleicht somalischer, das war schwer zu sagen. Ihre Eltern jedenfalls mussten aus einer Gegend am Horn von Afrika stammen. Er entschied sich dafür, dass sie Äthiopierin war, sagte ihr das auch immer so.

Mehrmals hatte er versucht, etwas über ihre Vergangenheit herauszufinden, ohne Ergebnis, es blieb ein Mysterium.

Er adoptierte sie. Trotz vieler bürokratischer Hindernisse konnte aus dem einen oder anderen Grund – womöglich war das Wohlwollen, das ihm entgegengebracht wurde, seinen blauen Augen geschuldet – schließlich doch alles geregelt werden. Laila hatte nie herausgefunden, wie genau die Sache abgelaufen war, auch wir konnten es nicht, aber wir wollen nicht von der Möglichkeit absehen, dass Bård den für den Fall Zuständigen etwas auf der Gitarre vorgespielt hatte und diese Leute der Meinung waren, besser als in einem x-beliebigen Kinderheim würde es dem kleinen Mädchen bei einem Mann ergehen, der so Gitarre spielen konnte, der imstande war, diese alle Sperren durchdringenden Töne hervorzuzaubern, eine Möglichkeit, die nicht auszuschließen ist, denn es war dies eine Zeit, in der die Musik einen hohen Stellenwert besaß und die Menschen tief berührte. Vielleicht stammte sie aus Äthiopien, vielleicht aus Somalia, aber jetzt wurde sie Joan Berger, sie wurde Norwegerin, und sie war das genaue Gegenteil von ihm, nicht melancholisch, sondern hell. Sie war das Hellste, das er je gesehen hatte. Er dachte: Sie muss Dinge gesehen, Dinge erlebt haben, sie muss völlig kaputt sein. Sie muss stark traumatisiert sein. Sie hat keine Zukunftsaussichten. Ihr Leben wird von Antidepressiva geprägt sein, ein Leben am Rande des Selbstmords. Doch sie wuchs heran und wurde ein Licht mit dunkler Haut, ein harmonischer Mensch, ein strahlendes Wesen: »Ich werde nicht schlau aus dir, du bist wie Aljoscha oder Fürst Myshkin«, sagte Bård.

Du stehst einfach da, in Gedanken versunken, und dann geschieht ein Wunder, dachte er. Ein Kind kommt aus dem Feuer heraus, aus dem Blauen heraus, und dieses Kind geht auf dich zu und nimmt dich an der Hand.

Er blieb in seiner Wohnung in Lewisham, Little Green begann an einer Schule in der Nähe, und Bård passte besser auf sie auf als der gewissenhafteste Leibwächter. Am Anfang sprach sie noch nicht, doch bald kamen die Wörter, und das nicht, wie er vermutet hätte, in einer der somalischen oder äthiopischen Sprachen, sondern auf Englisch. Und Norwegisch. Er sprach ausschließlich Norwegisch mit ihr, überall sonst wurde Englisch gesprochen. Am Abend erzählte er ihr keine Märchen, sondern redete einfach drauflos, wie es ihm einfiel, wie mit einer ebenbürtigen Gesprächspartnerin, wobei sie meistens nach ein paar Minuten einschlief und er sich dabei ertappte, dass er noch sitzen blieb und mit sich selbst redete. Wie auch immer: Little Green entwickelte eine Bindung zu ihm wie eine Tochter; sie zeigte ihm, dass Goethe recht hatte: Man wählt sich seine Verwandtschaft selbst aus.

Bald zogen sie in eine größere Wohnung, in der es einen Kellerraum gab, in dem er so viel und so laut spielen konnte, wie er wollte. Er besaß ein Klavier, Gitarren, ein Schlagzeug, einen Bass, Congas, Flöten, er bekam die Instrumente billig oder umsonst. Oft saß, wenn er spielte, Little Green mit ihrem Vanilleduft neben ihm und hörte zu, beobachtete ihn beim Stimmen der Instrumente und beim Einstellen der verschiedenen Verstärker. Manchmal ging sie auch ohne ihn hinunter in den Musikraum. Als er eines Tages Gitarre spielte und dazu sang, legte sie sich den E-Bass auf den Schoß – sie reichte nicht richtig bis zum Griffbrett, wenn sie das Instrument im Stehen vor dem Bauch hielt –, und während er so spielt, summt, hört er auf einmal etwas Schweres dazustoßen, tiefe, singende Töne, die plötzlich seine Akkorde und Melodien untermalen. Er hebt den Blick und entdeckt Little Green, die übergangslos seine Musik ergänzt, und das auf eine Weise, die von einer außergewöhnlichen Begabung zeugt, so als hätte sie, wie eine Tochter, sein Gehör geerbt, seine Fähigkeit, mit dem Anschlagen einer Saite einen bis in die innersten Gemächer der Seele vordringenden Ton zu erzeugen. Während er sein Spielen, sein Singen fortsetzt, legt Little Green ihre tiefen Töne unter ihm aus. Es ist, denkt er, als hätte ich zum ersten Mal in meinem Leben ein Fundament bekommen.

Als sie zwölf Jahre alt war, zogen sie nach Norwegen, in das Haus in Tåsen.

Alle fragten, woher sie kam. »Tåsen, Norwegen«, gab sie zur Antwort. Komischerweise schienen sie das zu akzeptierten. Vielleicht weil sie Norwegisch wie eine Einheimische sprach. Oder weil sie dieses sprudelnde Leben in sich hatte, von dem alle, die mit ihr in Kontakt kamen, angesteckt wurden, ein Duft nach Vanille, der jedem bösen Gedanken den Wind aus den Segeln nahm.

Ihre gesamte Kindheit und Jugend hindurch hatte Bård Kinderlieder geschrieben. In dem Haus in Tåsen stand nach wie vor das alte Tandberg-Tonbandgerät, und genau wie in seinen Jugendjahren benutzte er es jetzt als Depot für die Lieder, die in ihm emporströmten. Außerdem wirkte es inspirierend. Wie bei einem alternden Schriftsteller, der über seine erste Reiseschreibmaschine stolpert, so stellte er es sich vor. Bård brachte eine CD heraus – er konnte sogar Laila dazu überreden, bei ein paar der Nummern zu singen –, und sie wurde ein Hit. Er schrieb Lieder für eine Serie, die im Kinderprogramm lief, die noch größere Hits wurden. Lieder, die den Menschen nicht mehr aus dem Kopf gingen. Sich verbreiteten. Ein Virus, sagten die Leute. Für seine hochgelobten Lieder wurde er sogar mit einem Preis ausgezeichnet. »Erznorwegisch«, sagten alle. »Sie klingen nach Vorratshütten und Fjorden«, hieß es. Was er niemandem verriet, war, dass die bekanntesten dieser Lieder auf ungarischen Melodien aufbauten. Viele waren in Moll gehalten, aber nicht blau. Es hieß, sie hätten eine spezielle Wärme an sich. Einen singenden Bass als Unterbau. Stellt man ein gelbes Licht in etwas Blaues, kommt etwas Grünes dabei heraus, dachte Bård.

Little Green besuchte die weiterführende Schule Berg, dieselbe Schule, auf die ihre »Tante« Laila gegangen war, und studierte später Literatur in Cambridge. Neben ihrer Tätigkeit als Bassgitarristin bei verschiedenen Bands, debütierte sie Anfang der 00er-Jahre als Sachbuchautorin mit einem Werk über Identität. Über die Dehnbarkeit unserer Identität. *Identity for Changing Worlds.*

Von ihr stammt auch die erste Skizze der Bohre-Saga. »Ich interessiere mich für meine Ahnen«, sagte sie. Über mehrere Jahre führte sie Gespräche, in erster Linie mit ihrer Tante, Laila Berger, aber auch mit Maud Evensen. Bohrte und fragte. Zuallererst, und bevor ihr eigentlich erst die Idee gekommen war, die Verzweigungen der Familie, von der sie ein Teil geworden war, zu untersuchen, hatte sie noch Gelegenheit, ihre »Urgroßmutter« Rita kennenzulernen. »Durch sie bin ich neugierig geworden«, sagte sie. »Von allen Personen, die ich in meinem Leben kennengelernt habe, war Rita Bohre die Aufsehenerregendste. Sie hat den Wunsch in mir geweckt, mehr über diese vielfältige Familie in Erfahrung zu bringen.« Und kryptisch fügte sie hinzu: »Um herauszufinden, woher ich eigentlich stamme.«

Little Green hatte schon früh zu bloggen begonnen, und in ihrem Blog ging es nicht um Kleidung, Essen oder Musik, sondern sie griff darin ohne Scheu ein Thema auf, das sie für ein alles entscheidendes hielt und von dem sie mit großer Freimütigkeit erwartete, dass es auch von vielen anderen für ein solches gehalten wurde; der Blog hieß *Reports from Ark Tellus* und kreiste um eine Frage, die sie als eine der großen Streitfragen der Gegenwart empfand: Welche Ketten drücken uns nieder, behindern die Entwicklung des Menschen? Welche Religion, mit ihrer dazugehörigen, gut ausgebauten Dogmatik, ist die größte, hemmendste unserer Zeit? Joan verfasste ein Manifest, in dem sie selbst die Antwort darauf gab, die in vereinfachter Form lautet: Der Glaube an das Wirtschaftswachstum als das allein Seligmachende. An das Konsumverlangen. Sie behauptete, wir lebten in einer postideologischen und damit einer postethischen Welt. Keiner würde mehr die Frage stellen, wie eine gute Gesellschaft beschaffen sein solle. »Konsumsklaven aller Länder, vereinigt euch«, schrieb sie. »Wir haben nichts zu verlieren außer den kommerziellen, tyrannischen Ketten.«

Eine Person wie Little Green zu beschreiben, birgt einige Schwierigkeiten, und selbst heute, da wir bei der Frage nach dem Menschen über andere, weniger begrenzte Theorien verfügen, erweist es sich als schwierig, ihr Wesen, ihre Fähigkeit des Strahlens einzufangen. Und diesen natürlichen Ernst, der jeden Spott verunmöglichte. Jedenfalls sollte sie sich zu einer schlagfertigen Diskutantin in gesellschaftspolitischen Fragen entwickeln, einer Gegenstimme, der zugehört wurde, und ihr Blog wurde von Gleichaltrigen auf der ganzen Welt gelesen.

Obwohl auch die großen Umweltschutzorganisationen sehr bald im indischen Alang eintrafen, war es in erster Linie Little Green und ihren *Reports from Ark Tellus*, ihrem Netzwerk zu verdanken, dass die Verschrottung der SS Norway zu einer sichtbaren Angelegenheit wurde. Und Laila trug ebenfalls ihren Teil dazu bei. Alle Journalisten wollten erfahren, was der in die Jahre gekommene Star dort zu suchen hatte. Wollten in der Vorgeschichte über die Bergensfjord graben, den Geirangerfjord und die Norway ausfindig zu machen, aber Laila sprach so wenig wie möglich und antwortete nur, sie sei aus persönlichen Gründen hier. Ihre Stärke bestand darin, eine Oberfläche zu sein. Zu Beginn ihrer Karriere hatte diese Tatsache sie nachdenklich gestimmt, sie traurig gemacht, aber sie hatte es bald zu akzeptieren gelernt. Hatte damit gespielt. Das musste sie auch hier in Alang tun. Etwas sein, auf das die Menschen ihre eigenen Bilder projizieren konnten. Dies war nicht nur der Schwanengesang der Norway, sondern auch ihr eigener, ihre letzte Rolle. Und das war sie, eine Oberfläche, eine von Falten gezeichnete, ältere, noch immer seltsam attraktive Frau vor dem Wrack des ehemals weltgrößten Passagierschiffs. Sie gab keine Interviews in Alang. Spazierte nur am Strand auf und ab vor dem blauen Rumpf, der an einen riesigen, gestrandeten Blauwal erinnern mochte, der gerade gefleдst wurde, schritt würdevoll, wie bei einer Trauerprozession, an dem Schiff vorbei in ihren hellen, luftigen, aufsehenerregenden Sommerkleidern und mit dem breitkrempigen Strohhut, womit sie gleichzeitig demonstrierte, dass eine Frau auch noch schön sein konnte, wenn sie eine Spur fülliger war, dicke Tränensäcke hatte und sich den siebzig näherte.

Wenn sie aber auch nichts sagte, so dachte sie sich doch ihren Teil. Womit sie sich besonders lange beschäftigte, war ein kleines Messingschild, ein Souvenir, das sie von einem der Arbeiter bekommen hatte. »SS Norway« stand darauf. Sie stellte sich einen ähnlichen Fund in Tausenden Jahren vor. Würde man glauben, Norwegen sei nichts weiter gewesen als ein großes Schiff? Und auf eine Weise stimmte das ja. In seinen unwahrscheinlichen Wohlstandstagen war das Land mit einem riesigen Kreuzfahrtschiff zu vergleichen, von dessen Deck aus man gemächlich das Elend der Welt und eine himmelschreiend ungerechte Güterverteilung betrachtete. Das hat jetzt ein Ende, dachte sie, oder beschließen wir, dass sie es dachte, während sie die Arbeiter beobachtete, die völlig ungeschützt in einer Wolke aus Asbest das gigantische Schiff auseinandernahmen. Sie wischte das Messingschild in einem Zipfel ihres Kleides ab und dachte, sie sollte es aufheben, es zu Hause herzeigen, als Warnung. Doch hier am

Strand entschied sie sich für das Schweigen, und weil sie nichts sagte, musste sie sich damit abfinden, über den abgedruckten Fotografien, die sie vor dem Wrack zeigten, Überschriften zu lesen, die gänzlich andere Assoziationen hervorriefen. »To the rescue of Norway«, schrieb eine Zeitung. »Die Schöne und das Biest«, lautete die Bildunterschrift in einer italienischen Illustrierten. »Das Ende des Ölzeitalters«, lautete die Schlagzeile eines linksorientierten Magazins. Das war ihr Beitrag, und es war ein spürbarer Beitrag, denn die Verschrottung der Norway schlug Wellen, wie sie sich die Vorkämpfer der Umweltschützer nie hätten erträumen lassen. Das Bild brannte sich in die Gehirne einer ganzen Generation junger Norwegerinnen und Norweger ein: Das gewaltige Schiff, der blaue Rumpf, auf einem Strand in einem fernen Land, zur Wiederverwertung in kleinen Teilen abtransportiert von einer Heerschar unbemittelter Arbeiter. Ein Bild, genauso fesselnd wie die unvergesslichen Illustrationen von Gullivers Reise nach Liliput.

Von unserem Standpunkt aus betrachtet, können wir uns nur wundern, dass außer Laila kaum jemand ein Vorzeichen darin erkannte. Denn es erübrigt sich wohl zu sagen, dass diese Begebenheit von der Nachwelt als eine symbolische Erzählung darüber betrachtet wurde, wie das Land Norwegen sich in Schrott verwandelte, und das viel früher, als die meisten vermutet hätten; die Erzählung über ein stolzes, reiches Land, das infolge seiner eigenen Blindheit seine letzten Tage auf der Müllhalde der Geschichte bestritt.

Nichtsdestotrotz bedarf es einer Selbstkorrektur – eine Selbstverständlichkeit eigentlich, da die Leitung der Nuówēi-Gruppe sich nur aus Frauen zusammensetzt. Denn bei dem Gedanken an diese beiden Individuen, Laila und Joan Berger, an einem Strand in Indien vor einer Reihe zu verschrottender Schiffe – bei dem Gedanken an das Engagement und das Bemühen dieser Frauen ist es, als müssten wir mit einer lang zementierten Meinung über Norwegen ins Gericht gehen, der zufolge das Land in diesen Jahrzehnten seine Kultur nicht seinem Reichtum entsprechend entwickelt hätte. Tatsächlich hat Norwegen auch auf kultureller Ebene einen wichtigen Beitrag geleistet. Begünstigt durch außergewöhnliche Umstände – in einem Land, in dem den Menschen ein so geschütztes, so exzeptionell sicheres Leben vergönnt war – konnte man die Entwicklung eines neuen Frauentypus beobachten, Frauen, die auf radikal neue Weise eine Verbesserung ihrer Lebensbedingungen und Möglichkeiten in Angriff nahmen. Demgemäß könnte man von diesem Land, das sich lange Zeit ausschließlich mit der Veredelung von Rohprodukten befasste, sagen, dass sein wichtigster Beitrag zur Weiterentwicklung der Welt in der Veredelung der menschlichen Mentalität bestand. In einer Veränderung, die den Menschen dorthin geführt hat, wo er jetzt steht.

Paradoxerweise hätten viele Zeitgenossen von Laila und Joan Berger die Essenz dieser Geschichte mit ziemlicher Sicherheit als zu sentimental, zu moralisch abgestempelt. Heute wissen wir jedoch, dass es in den stolzesten Momenten des Menschen genau darum ging: moralisches Rückgrat zu beweisen, Mitgefühl zu zeigen.

Die Wendepunkte in einem Leben können jederzeit und völlig unerwartet eintreten. Immer wieder wird eine Bergensfjord bereit liegen, um ihre Anker zu lichten. Laila wusste das, war aber trotzdem nicht darauf vorbereitet. Vielleicht aber hatte sie doch geahnt, dass diese Reise mehr sein würde als das Abschiednehmen von einem Schiff, sondern dass hinter dem Ziel noch ein anderes existierte, und jetzt fand sie es: Einige Quadratmeter Erde, ein Grundstück, auf dem man etwas errichten konnte. Eine Schule.

In diesen Wochen war ihr aufgefallen, wie groß die Armut der Menschen am Strand und in der Alanger Umgebung war verglichen mit dem restlichen Indien, und ihr waren die vielen Mädchen aufgefallen, die nicht zur Schule gingen. Immer waren es die kleinen Mädchen, die ihr nachgingen, ihre Hand nahmen, sie führen wollten, nicht die Jungen, und diese Mädchen bedachten sie mit einem Blick, als sähen sie in ihr eine Retterin. Intensive Blicke. Sie wurde gesehen. Abermals. Intensive Blicke, die ihr Schicksal beeinflussten.

Sie erinnerte sich, was ihr Bruder ihr über einen Augenblick im Londoner Bezirk Hackney berichtet hatte. Vor dem brennenden Gebäude. Der Sinn seines Lebens, hatte er gesagt, bestünde darin, genau dort, an dieser Stelle, gestanden zu haben, damit dieses Mädchen eine Hand hätte, nach der es greifen konnte. Diese Sekunde, dieses Gefühl, würde er niemals vergessen, die Wärme ihrer Hand, die Festigkeit, die Entschlossenheit des Griffs, ein Stromstoß, der durch seinen Arm hindurch gelaufen sei bis in die dunkelsten, blauen Räume seines Herzens.

Laila begann, oder könnte begonnen haben, Erkundigungen einzuholen, um dann sehr bald herauszufinden, dass es in der indischen Bevölkerung nach wie vor einen erstaunlich hohen Anteil an Analphabeten gab, und unter diesen wiederum mehr Frauen als Männer. Und das, obwohl das Recht auf freie Pflichtschulausbildung in der Verfassung festgeschrieben war. Unfassbar. Sie befand sich in einem Land, das auf eine mehrere Tausend Jahre alte Zivilisation zurückblicken konnte, und noch immer herrschte die Ansicht, Mädchen seien weniger wert als Jungen. Das war unfassbar. Wie wenig die Welt sich weiterentwickelt hatte.

Bei der Heimreise hatte sie deshalb nicht den Gedanken an ein Schiffswrack im Kopf, sondern die Idee, etwas aufzubauen.

Eine Mädchenschule. Sie fand ein Grundstück, bekam es von lokalen Behörden gratis zur Verfügung gestellt, eine Stelle zwischen dem Strand und Manar Village, ein Stück weit die Anang Road hinauf. Sie wollte Kaja als Ratgeberin mit dabeihaben und eine Stiftung ins Leben rufen, um Schulen für Mädchen zu bauen. Denn gab es, abgesehen davon, den Hunger der Menschen zu stillen, etwas Wichtigeres, als lesen und schreiben zu lernen? Nicht zuletzt für Mädchen in einem armen Land? Keine, absolut keine Investition könnte klüger sein, dachte Laila.

Lernen, sich gegenseitig in die Poesiealben zu schreiben.

Lernen, dass Wörter genauso schön und wertvoll waren wie Messingschilder von Schiffswracks.

Sie stand auf einem kleinen Flecken Erde in Indien und dachte, dass dies der Grund sei, weshalb sie auf der Welt war. Um hier zu stehen. Zwei kleine Mädchen an den Händen zu halten. Diese ganze Sache mit der SS Norway war lediglich eine merkwürdige, mühsame Etappe auf dem Weg dorthin.

Aber nicht für Little Green. Nach Lailas Abreise aus Alang blieb sie noch dort, um die Verschrottung der Norway zu »dokumentieren«. Jede Woche stellte sie Bilder von den immer größer werdenden Löchern im Schiffsrumpf, den bloßgelegten Innendecks auf ihren Blog, kurze Videoclips und Texte, die dieses absonderliche Drama beschrieben, ein kolossales Schiff, das komplett ausgeschlachtet wurde, zuletzt auch das Skelett, sogar der Kiel. Als würde man sich einen Film im Rücklauf ansehen. Später wurde daraus ein dreistündiger Dokumentarfilm. Mit vielen langsamen Passagen. Prophetisch. Die Demontage von Norwegens Glanzzeit. Des Öl-Norwegens. Auseinandergenommen von Menschen, die Tausende Kilometer entfernt lebten und vor denen man in Norwegen die Augen verschloss.

In vergangenen Zeiten hätte man mit folgendem Gedankengang operieren können: Wäre Rita Bohre nicht gewesen, hätte es Laila Berger nicht gegeben. Womöglich hätte ohne sie nicht einmal Little Green das Tageslicht erblickt. Heute – dank eines eher zirkulären Verständnismodells der familiären Wechselbeziehungen – denken wir anders über solche Kausalzusammenhänge, so dass es sich, wenn wir im nun Folgenden Rita Bohre knapp neunzig Jahre vor den Ereignissen an dem Strand in Alang begegnen, um dieselbe Geschichte handelt, nur aus einem anderen Blickwinkel erzählt.

Das Leben wird nie, wie man es erwartet.

Als Manuel de Ortega, der Vater von Rita Bohre, im August 1915 in Jotunheimen verschwand, gingen alle davon aus, dass er tot war – nur Rita weigerte sich, die Hoffnung aufzugeben. Genau ein Jahr später machte sie sich auf in die Berge. Sie wollte nach ihrem Vater suchen. Sie wollte herausfinden, ob sie wenigstens eine Spur von ihm entdecken konnte. Ihrer Mutter erzählte sie nichts davon. Das heißt, Agnes glaubte, Rita würde den Spätsommer bei einer Freundin verbringen, die sich auf der Alm ihrer Großeltern bei Grøvsteden in Vang aufhielt, oben in Valdres, doch schon am dritten Tag beschaffte Rita sich eine Mitfahrgelegenheit weiter nach Tyin. Alles in Absprache mit ihrer Freundin. »Du musst versprechen, es niemandem zu erzählen«, sagte Rita.

Es war Abend und fast dunkel, als sie in Eidsbugarden ankam, am Ufer eines grau glänzenden Sees, dem Bygdin, weshalb ihr erst am nächsten Vormittag, als sie auf dem Weg zur Wanderhütte Gjendebu am Høystakktjernet entlanggeht, die

Augen aufgehen für die Landschaft, die sich um sie herum aufwölbt, die Berge, einen kleinen Menschen auf Wanderung einrahmend, und sie erkennt die Wahrheit hinter den Worten ihres Vaters: Bei aller majestätischen Natur Norwegens muss das die majestätischste sein. Und die wildeste. Die Burg der Joten, der Riesen. Es ist das erste Mal, dass sie allein so weit gefahren ist, und das erste Mal, dass sie sich allein in derart unberührte Natur begibt, obwohl sie sich längst selbst das Versprechen gegeben hat, ein Naturmensch zu werden. Hauptsächlich wegen Fridtjof Nansen.

Nansen. Ein Wort, ein Begriff, ein eigener Kontinent. Lange Zeit wusste sie gar nichts von dieser einnehmenden Gestalt, und das, obwohl sie nur wenige Monate vor jenem Tag zur Welt gekommen war, als er nach drei Jahre währenden Strapazen in der unbekannten Arktis, buchstäblich ein gigantischer weißer Fleck auf der Karte, mit seinem Segelschiff in den Kristianiafjord eingefahren und wie ein siegreicher Wikingerkönig von einer jubelnden Volksmasse empfangen worden war. »Du bist in einem Jahr voller Hurrarufe und wehenden Fahnen geboren«, sagte ihre Mutter später. »Aus dir wird etwas Großes werden! Vielleicht wirst du Entdeckungsreisende!« Am Anfang hatte Rita genug damit zu tun, ihre eigene Welt zu entdecken, namentlich die vielen, mit ihrer Großmutter, den Eltern und den beiden älteren Brüdern bevölkerten Zimmer der Villa Bohre. Dazu den Garten, ein riesiges Land voller Dschungel und Wälder, Steppen und Savannen, das Stück für Stück erforscht werden wollte und unauslöschliche Erinnerungen in ihr hinterließ. Die ersten fünf Jahre ihres Lebens dauerten hundert Jahre oder eine Ewigkeit, und sie waren voller Sonnenschein und Regentropfen, Gräser und Blätter, Vogelgesang, Lachen, starker Hände, Tische mit Porzellantassen und Backwerk, der spätsommerlichen Überfülle an Äpfeln, Birnen, Sauerkirschen, roten Johannisbeeren. Sie erinnerte sich, wie sie auf den Schultern ihres Vaters Pflaumen von den Zweigen gepflückt hatte, wie ihr beim Essen der Saft am Kinn hinabfloss, sie hatte gegessen, bis sie nicht mehr konnte.

Obwohl sie in der Villa ihr eigenes Zimmer hatte, baute sie sich im Sommer immerzu neue, kunstvoll gefertigte kleine Zimmer oder Häuser im Garten. Von ihrer Großmutter hatte sie eine alte, weiße Spitzendecke bekommen, die sie so über den Gartentisch breitete, dass sie auf allen Seiten bis ganz auf den Boden reichte. Danach schnitt sie Fenster und eine Tür aus und verteilte auf der Wiese Polster und Kisten, die zu kleinen Kommoden wurden. Nachdem sie die Geschichte von Noah gehört hatte, stellte sie sich das Haus als eine Arche vor. Sie holte Decken, und in die Kisten legte sie Spielzeugtiere oder Zapfen und Steine, die ebenfalls Tiere darstellten, sogar eine zahme Hummel in eine offene Zündholzschachtel. Hier unter dem Tisch, dachte sie, wäre sie sicher, selbst wenn ein Sturm aufzog. Sie saß mit überkreuzten Beinen und trank Saft aus einer Flasche, verspeiste Kekse aus einer Dose, die sie von ihrer Großmutter bekommen hatte und die wie ein Bilderbuch wirkte, weil sie mit Szenen aus fremden Ländern dekoriert war – ein Geschenk von Großmutters »Geschäftsbeziehungen«. Oder sie lag auf dem Teppich und zeichnete, Ameisen und Käfer, Halme, Blumen. Sie hatte sich ihre eigene Welt unter dem Tisch geschaffen. Hier hatte sie alles. Bleistifte, Saft, Kekse, Frieden.

Aber dann gab es da noch ihre Brüder, die über sie lachten, sie piesackten. Besonders Albert, nur ein knappes Jahr älter als sie. Eines Tages hörte sie schleichende Schritte, die sich über den Rasen bewegten, und im nächsten Augenblick stieß Albert so kräftig den Tisch an, dass er umstürzte und Polster und Kisten und alles von ihr Aufgehängte mit auf den Boden riss.

»Warum hast du das getan?«, fragte sie.

»Bin gestolpert«, sagte er und trat grinsend gegen einen auf dem Boden liegenden Elefanten.

Sie ging auf ihn los, kochend vor Wut, doch er legte sie einfach auf den Boden, drückte ihr Gesicht so fest ins Gras, dass sie danach Erde im Mund hatte. Sie weinte, nicht vor Schmerz, sondern vor Zorn. Unschuldig vor sich hin pfeifend trabte Albert zum Haus zurück. Gleichzeitig hörte sie die Stimme ihrer Mutter: »Steh auf, Rita!« Das sagte sie jedes Mal, wenn Rita von ihren Brüdern schikaniert wurde. »Komm wieder auf die Beine, nicht liegen bleiben!«

Und wirklich wäre sie am liebsten liegen geblieben. Am Ende aber tat sie, wie ihre Mutter sie geheißen, wischte sich den Dreck aus dem Gesicht und richtete sich auf.

Was war das nur mit den Jungen, woher diese Brutalität? Henry und Albert hatten längst Großmutters Schneiderbüste ruiniert, nachdem sie sie als Gegner bei ihren Boxkämpfen verwendet hatten. Sie verstand es nicht. Sie versuchte zu begreifen, was Albert sich wohl dabei gedacht hatte, als er ihr Haus zerstörte, konnte sich aber keinen Reim darauf machen.

Sie wusste nicht, warum, aber an diesem Tag hatte sich etwas verschoben, sich verändert. Die Welt. Sie. Der Vorfall war nicht allzu ernst gewesen, hatte sie aber trotzdem verwandelt. Sie rannte ins Haus, hinauf in ihr Zimmer und packte eine kleine Tasche, die mit einem Schiff und den Worten »Gute Reise« bestickt war. Danach ging sie die Treppe wieder hinunter, wobei sie auf jeder Stufe so laut aufstampfte, dass Thea, ihre Großmutter, aus der Küche kam und sie mit einem schiefen Lächeln betrachtete. »War es Albert?«, fragte sie. »Brauchst du Verpflegung mit?« Rita ließ die Eingangstür hinter sich zukrachen und marschierte durchs Tor hinaus. Aus dem Garten, dachte sie.

Sie blieb erst wieder stehen, als sie vor der funkelnagelneuen Villa, oder eher dem kleinen Schloss, angekommen war, das die Leute Polhøiden nannten, Polhöhe. Sie hatte den Bau mitverfolgt, und eines Abends im April hatte sie zusammen mit ihren Brüdern in einiger Entfernung gestanden und die Gäste zur Einweihungsfeier auf den mit Fackeln geschmückten Vorplatz kommen sehen, ein tosender Maskenball. Rita wusste, dass der Künstler Erik Werenskiold die Wände des Speisezimmers mit Bildern bemalen sollte. Auch er wohnte in der Nachbarschaft. Zehn Jahre nachdem Jeremias Bohre das Potential dieser Gegend gewittert hatte und zusammen mit seiner Thea die Villa Bohre errichtet hatte, war der Höhenzug zwischen Fornebu gård und der Eisenbahnstation Lysaker, genannt Lagåsen, parzelliert und an Leute aus der Stadt, einschließlich einer Handvoll Künstler, verkauft worden.

Ein Mann kam auf sie zugeritten und hielt sein Pferd vor dem Stall an. Es war Nansen. »Kann ich hier wohnen?«, fragte Rita. Nansen lachte, musterte sie neugierig mit eisblauen Augen. »Nein, du musst schon zu Hause wohnen, aber du kannst mit reinkommen und mit Liv und Kåre spielen. Hast du Lust auf Haferbrei? Oder auf ein Glas Sauermilch?« Sie hatte die beiden älteren Kinder schon gesehen, aber erst jetzt, im Alter von sechs Jahren, begann sie, mit ihnen zu spielen, drinnen oder auf dem großen Rasen unten vorm Haus. Der Burg, wie Rita sagte. Es fehlte nur ein Wallgraben drumherum.

Fridtjof Nansen. Oder einfach Nansen. Wir haben allen Grund, uns etwas länger mit diesem Namen zu befassen. Denn im Gegensatz zu vielen anderen Namen, die in unserer Epoche als wichtig gelten und die – typisch für kleine Nationen – in den N20-Quellen in geradezu hagiographischen Formeln besprochen werden, können kaum Zweifel daran bestehen, welch große Bedeutung ebendiesem Namen zukam. Wie wir annehmen dürfen, wurde dieser Mann in der kurzen Glanzzeit dieser absonderlichen Nation als ein Gigant betrachtet, wobei wir die Möglichkeit nicht ausschließen wollen, dass seine Bedeutung sogar in dem uns zur Verfügung stehenden Material unterschätzt wird; diese Annahme erschließt sich uns unter anderem aus den Annalen anderer Nationen, in denen er gleichfalls respektvoll erwähnt wird. Nansen, das war Norwegen in nuce: Meer, Forschung, Natur und Friedensvermittlung.

Damals verbrachte Rita viel Zeit in Nansens Haus, und zusammen mit seinen eigenen Kindern sollte sie ihm ein Trost werden in jenen Jahren, in denen er die meiste Zeit niedergeschlagen in seinem Turmzimmer saß und sehnsüchtig zu all den geblähten Segeln im Kristianiafjord hinausstarrte. Denn diese Phase war die schwerste in Nansens Leben, umrahmt von wochenlangem, trostlosem Weinen. Im Dezember 1907 war seine Frau Eva gestorben und im März 1913 sein jüngster Sohn, Åsmund. In diesen Jahren wurde er von den meisten in seinem Turm in Ruhe gelassen, doch schon ein Jahr nach Evas Tod, und besonders dann, wenn sich die übrigen Hausbewohner anderswo aufhielten, packte die zwölfjährige Rita oft die Gelegenheit beim Schopf, um sich nach oben zu schleichen und an die Tür des gequälten Mannes zu klopfen. Und er öffnete ihr. Nicht nur das: Sein Gesicht hellte sich auf. Es mag in der Tat den Anschein haben, als hätte Fridtjof Nansen das Bedürfnis verspürt, wiederholt das Gespräch mit Rita Bohre zu suchen. Warum? Wir haben es bereits erwähnt, doch gibt es guten Grund, es hier zu wiederholen: Wir glauben, es könnte etwas mit Rita Bohres offensichtlichster Gabe zu tun haben, einer Gabe, derer sie sich im Übrigen selbst nicht bewusst war: Die Fähigkeit, den Menschen Lebensmut einzuflößen – diese Eigenschaft, *gūwū,* die von den frühen repräsentativen Mitgliedern der Long-Dynastie so hoch geschätzt wurde und die sich die gesamte Dunkelzeit hindurch als eine Fähigkeit von großer Wichtigkeit herausgestellt hat.

Wieso aber hatte sie es dann nicht geschafft, ihren Vater zum Daheimbleiben anzuhalten?

Jotunheimen. Rita spaziert in der Senke zwischen Geithøi und Rundtom, und sie genießt jeden Schritt. Sie ist immer gern gegangen, gewandert. Es hatte eine vorteilhafte Wirkung auf ihre Gedanken. Sie lösten sich, wurden in Regung versetzt. Auch jetzt, beim Wandern auf diesen Gebirgspfaden, spürte sie es wieder. Das Verschwinden ihres Vaters, sein Tod, waren wie ein Knacks in ihrem Rückgrat. Ein ganzes Jahr lang hatte sie getrauert, sich eingeschlossen. Der Aufbruch zu dieser Wanderung war eine Art Medizin, die etwas von ihr abfallen ließ. Mitunter musste sie innehalten, tief aus- und einatmen, sich strecken, wie um den letzten Rest all des Bedrückenden loszuwerden, das sie beinahe zum Krüppel gemacht hatte.

Auf dem Abschnitt zwischen Eidsbugarden und Gjendebu legte Rita ganz oben in Veslådalen eine lange Rast ein. Brote mit Wurst und Käse, eine Thermoskanne Tee. Das Teetrinken war ihr bereits zur Gewohnheit geworden. Hoch über ihr schwebte ein Vogel, bei dem es sich um einen Raufußbussard handeln musste. Sie setzte sich mit dem Gesicht in Richtung der südöstlichen Berggipfel und versuchte, sich die Tour vorzustellen, die ihr Vater ihr einmal, an ihrer Bettkante sitzend, beschrieben hatte, den etwas gefährlichen Abstieg vom Slettmarkkampen und weiter zum Slettmarkspiggen, zu dem Steinmännchen auf über 2100 Metern. Nichts für Menschen mit

Höhenangst. Aber nicht dorthin wollte sie, sondern setzte ihre Wanderung zur Gjendebu fort und übernachtete dort. Sie trug eine Hose, hatte sich einen Hosenanzug genäht, wie sie es von Thekla Resvoll gelernt hatte. Die Wirtsleute schauten sie etwas komisch an, was sie aber nicht kümmerte; stattdessen berichtete sie freimütig über die Beweggründe ihrer Wanderung, worauf sie zum Teil tröstende Worte zugesprochen bekam, zum Teil gute Ratschläge, welcher Route sie auf ihrer Tour weiter folgen sollte, und erst am nächsten Tag, unterwegs in südliche Richtung, den Bergrücken hinauf, der zum Nørdre Svartdalspiggen führte, fühlte sie, dass sie schon dabei war, ein größeres Wagnis einzugehen, eine Expedition anzutreten, die selbst Nansen zu einem Anheben der Augenbrauen veranlasst hätte.

Rita hatte ein anderes Bild von Fridtjof Nansen als die meisten anderen. Das heißt, auch sie hatte den Skiläufer und Polarforscher anfangs wie einen Nationalhelden betrachtet. »Ich will Abenteuer erleben, so wie Sie«, hatte sie bei einem der ersten Male gesagt, als er ihr oben in seinem Turm Fotografien durch das Stereoskop gezeigt hatte, die dadurch eine dritte Dimension bekamen – selbst die Bilder auf ihrer Keksdose nahmen sich im Vergleich dazu armselig aus. Außerdem war sie auch von Max und Konrad beeinflusst gewesen, die völlig verhext waren von Nansen, von seiner Grönlandfahrt und den heroischen Kampfeinlagen der Fram mit dem Polareis. Noch nicht einmal, als er sie von dem Wunderproviant Pemmikan – »Herrlich getrocknetes Fleisch und Beeren!« – hatte probieren lassen, das sie beide mit einem Igitt! ausspucken mussten, hatte das den Eifer geschmälert, mit dem sie auf halsbrecherische Expeditionen wie »Mit dem Schlitten zum Halden-Anleger« oder »Über das Eis auf dem Granfossdammen« aufbrachen. Auch Rita hatte Nansen lange wie den Wikingerhäuptling persönlich betrachtet und konnte leicht nachvollziehen, warum Erik Werenskiold ihn bei seinen Saga-Illustrationen als Modell für Olav Tryggvason herangezogen hatte.

Nansen schaute Rita streng in die Augen und sagte: »Junge Dame, ich bin kein Abenteurer, ich bin Wissenschaftler.« Und wie als Fortsetzung seiner Aussage erklärte er ihr, wie man den Taschensextanten benutzte, den sie gerade in der Hand hielt, und ließ sie durch ein Mikroskop schauen. »Man kann vielleicht nicht gerade das Flüstern des Blutes oder das Bitten der Knochenröhren untersuchen, aber man kann etwas über den Aufbau des Nervensystems herausfinden!« Dieser Moment, dachte Rita immer, als sie durch ein Mikroskop schauen durfte, um die Details eines Fliegenflügels zu betrachten, war ein Wendepunkt in ihrem Leben, und Nansen war es schließlich auch, der sie immerzu aufgefordert hatte, ein Studium zu beginnen, er war es, durch den sie zu der Einsicht gelangt war, dass Frauen und Männer Ebenbürtige waren. »Steck dir höhere Ziele, als Gouvernante … oder Büroangestellte zu werden«, sagte er. »Werde eine Frau der Wissenschaft. Das ist viel wichtiger, als Abenteuer zu erleben.« Er selbst verwendete in diesen schweren, verschlossenen Jahren, in denen die Zugbrücke seiner Burg hochgezogen blieb, seine Zeit auf die Forschung – saß schreibend in seinem Turm, schrieb und schrieb, um den Geheimnissen des Europäischen Nordmeers auf den Grund zu kommen. »Stell dir mal vor, Rita«, sagte er, »das Meer unter dem Polareis ist viel tiefer als angenommen, wir haben Tiefen von bis zu 4000 Metern gemessen.« Das Material, das er auf seiner Fram-Expedition gesammelt hatte, reichte für ein ganzes Leben. Er war Professor für Ozeanografie. Er hat den Skistock gegen den Füller und das Eis gegen weißes Papier getauscht, dachte Rita.

Wie um ihr dies auf denkwürdigere Art zu erläutern, fertigte er so etwas wie eine Schatzkarte an. Das war eines Samstags, als alle anderen Mitglieder der Nansen-Familie nach Bestum gefahren waren, um bei Tante Mally zu übernachten, wo auch die beiden berühmten Onkel Ernst und Ossian Sars wohnten, Männer, die Rita nur kurz kennengelernt hatte und von denen sie fand, sie sähen aus wie Zauberer aus einem Märchen. Er musste gewusst haben, dass sie bei ihm oben vorbeischauen würde, dachte Rita später, denn mit einem Lächeln, das man in diesen Jahren nicht oft bei ihm sah, stand er schon auf dem Rasen und erwartete sie.

»Ich habe eine Aufgabe für dich«, sagte er euphorisch. »Du hast doch gesagt, du willst Abenteurerin werden. Also hör zu: Im Schatten von Victoria, drei Uhr, liegt ein Schatz begraben.«

»Im Schatten von Victoria?«

»Im Schatten von Victoria«, wiederholte er herausfordernd.

»Ist das ein Schiff?«, fragte sie. Rita dachte an die Veslemøy, Nansens Schoner, der in der Svartebukta vor Anker lag.

Er antwortete nicht, stand nur da und wippte zufrieden auf den Zehen.

»Victoria Terrasse«, fiel Rita an. Das neue, prunkvolle Gebäude in Ruseløkka. »Wie spät haben wir es jetzt?«

Er fischte eine Taschenuhr aus der Westentasche. »Fünf vor drei«, sagte er. »Wir müssten schon auf Sleipnir reiten, wenn wir es rechtzeitig dorthin schaffen wollen.« Wieder das Lächeln. Ein Lächeln, das den melancholischen Zug fortwischte, der sonst sein Gesicht prägte.

»Königin Victoria?«, fiel Rita ein.

»Es wird wärmer«, lächelte Nansen und verschränkte die Hände hinter dem Rücken. »Könnte es etwas sein, das nach ihr benannt ist …?«, kam er ihr zu Hilfe.

Mehr brauchte Rita nicht zu hören. Sie lief rüber zu den Obstbäumen. Nansen hatte nicht so viele, wie es bei ihnen im Garten gab, aber ein paar besaß er doch. Klein noch. Und auch einen Pflaumenbaum. ›Königin Victoria‹, Ritas Lieblingssorte. Groß, gelbrot, aber noch unreif. An einer Stelle, wo der Schatten des Stammes wie der Zeiger einer Sonnenuhr auf den Rasen fiel, war etwas aufgegraben worden, teilweise getarnt durch viereckige Grassoden, die wie ein Deckel obenauf lagen. Rita hob sie an und begann, laut lachend, mit den Händen zu graben. Und da, ihre Nägel stießen auf Metall. Vorsichtig fegte sie die Erde zur Seite, erspähte einen Deckel, grub außen herum.

»Du wärst eine hervorragende Archäologin«, sagte Nansen und schob sich den Hut auf dem Kopf nach hinten, wodurch seine hohe Stirn besser zur Geltung kam. Rita dachte an den Tag, da sie als Achtjährige in der Nähe von Tønsberg das Osebergschiff aus dem Erdboden hatte emporsegeln sehen, ein Anblick, der sich in ihr eingebrannt hatte, die Männer, die eine Geschichte, die Geschichte selbst, ausgegraben hatten. Vorsichtig hob sie eine Dose aus dem Loch. Es war eine alte Teedose in prächtigen Farben und mit hübschen Verzierungen, sie musste aus dem Ausland stammen, ähnlich wie die Keksdose, die Großmutter ihr geschenkt hatte.

Sie schaffte es, den Deckel abzunehmen, und guckte hinein. Ein Stein. Ihre anfängliche Enttäuschung verflog sehr rasch. Sie mochte Steine, sie hatte ihre ganze Kindheit hindurch an den Stränden in Fornebulandet Steine gesammelt, die sie zuerst wie Kostbarkeiten in ihrer Arche, ihrem Haus im Garten, platziert hatte und die jetzt auf dem Regal in ihrem Zimmer lagen. Sie hatte sich immer vorgestellt, dass sie magisch wären, sprechen konnten, wie Konchylien, dass sie Geschichten enthielten.

Als sie ihn in die Hand nahm, erkannte sie, dass es gar kein Stein war. Es sah eher aus wie ein großes Insekt, ein Gliedertier. Ein Fossil, etwas, von dem sie bisher nur gehört hatte.

»Ein *Asaphasus expansus*.« Nansen war nichts als ein Umriss im Gegenlicht. Ein namengebender Gott. »Ein Trilobit aus dem Ordovizium.« Er wippte auf den Zehen. »Du musst 450 Millionen Jahre in der Zeit zurückgehen.«

»Gibt es die nicht mehr?« Rita fand, sie müsse das fragen.

»Alle Trilobiten sind am Ende des Perm-Zeitalters verschwunden, zusammen mit 80 Prozent allen Lebens«, sagte er, erfreut, mit seiner Ausführung fortfahren zu können. »Das ist mal eine Perspektive, was? Was du da in der Hand hältst, ist eine Versteinerung, in der sich eine riesige, nahezu unfassbare Geschichte verbirgt. Eine wertvolle Lektion.«

Rita konnte es spüren. Der Trilobit wirkte aufgeladen. Bebte vor Erzählungen. Nicht nur über die Vergangenheit. Auch über die Zukunft. Ihre Zukunft.

Nansen war tief in Gedanken versunken. »Vielleicht werden einst irgendwelche Wesen Teile von uns finden und sich dieselben Fragen stellen.«

Diese Bemerkung sollte Rita niemals vergessen.

Neben ihren Eltern war Nansen die wichtigste Person in Ritas Leben, besonders weil er ihr, mehr als alle anderen, die Wandlungsfähigkeit des Menschen vor Augen geführt hatte. Als Erwachsene bereute sie es, sich kein Sammelbuch mit Zeitungsausschnitten über ihn angelegt zu haben, in dem man ihn in den verschiedenen Ausprägungen sehen konnte: Nansen als Skiläufer, Entdecker, Naturforscher, Erzähler, Tanzbeinschwinger, Diplomat, Bridgespieler, Friedensaktivist, Nothilfeorganisator, Flüchtlingshelfer und, nicht zu vergessen, auch wenn Rita das nicht gefiel: als Schürzenjäger. Auf ihrer Plattform oben in der Eiche sitzend hatte Rita sich mitunter gefragt, ob Nansen in dieser Hinsicht eine Ausnahme darstellte. Oder besaßen alle Menschen, besaß auch sie diese Fähigkeit, mehrere zu sein?

Ihre Mutter jedenfalls schien zumindest ansatzweise mit diesem Talent ausgestattet zu sein, besonders wenn sie sich ans Klavier setzte und ein Heft mit, sagen wir, Stücken von Chopin aufschlug. Sie wurde gewissermaßen ein anderer Mensch, versank in der Musik und nahm eine andere Gestalt an. Rita konnte es deutlich sehen, sah es in ihrem ganzen Gesicht, was sie darüber ins Nachdenken brachte, ob ihre Mutter vielleicht nicht immer Lehrerin werden wollte, ob sie womöglich von einem Leben als Musikerin geträumt hatte.

Aber auch ihr Vater konnte offenbar einen Schalter umlegen und ein anderer werden. Er wirkte oft müde, wenn er abends im Wohnzimmer saß und die Zeitung las, doch wenn Rita als Kind zu ihm auf den Schoß kletterte, warf er die Zeitung zur Seite und legte eine körperliche Leidenschaft an den Tag wie sonst keiner in der Familie, drückte sie fest an sich und sprach dabei stets dieselben Worte: »Nichts ist wie ein kleines Mädchen…« Oft griff er sich eine Orange und begann, sie für sie abzuschälen, bevor er fortfuhr: »…das noch das ganze Leben vor sich hat.«

Ihr Vater ist es auch, der ihre Gedanken bestimmt, als sie den kaum sichtbaren, steil bergauf führenden Pfad zum nördlichsten der vier Svartdalspiggene erklimmt, einem der Gipfel, von dem sie ihren Vater so oft hat schwärmen hören. Er konnte gar nicht genug bekommen von Jotunheimen, ganz besonders von der Gegend um den Gjendesee. »Wegen Ibsen«, wie er sagte. Rita dachte immer, dass ihr Vater norwegischer war als jeder Norweger. Wenn er über die Schwelle eines Ladens für

Wanderausrüstung schritt, konnte sie beobachten, wie er vor Freude zitterte. Jedes Jahr Ende Juli oder Anfang August war er in die Berge gefahren. »Ich kann diese Wochen in Peer Gynts Reich nicht entbehren«, sagte er. »Es ist wie eine Schule in unerklärlichem Glück.«

Auch eine andere, direkt vor ihren Augen stattfindende Verwandlung hatte sie noch gut in Erinnerung. Als sie noch klein war und einmal mit ihm nach Kristiania in die Kirkegata fahren durfte, um ihn in das direkt beim Bankplassen und dem Restaurant Engebret gelegene Antiquariat zu begleiten, konnte sie sehen, wie ihr Vater beim Betreten des Ladens ein anderer Mensch wurde. Es war, als hätte sie ihn damals zum ersten Mal in seiner natürlichen Umgebung beobachtet. Drinnen wirkte er auf einmal aufgerichteter. Kunden kamen herein, und sie hörte, dass sogar seine Stimme anders klang, als er ihnen die sechs Bände von Edward Gibbon zeigte. Eine Stimme, die von einer Glut erfüllt war, voller Enthusiasmus. »Sehen Sie nur, Herr Rechtsanwalt Grinde, den schönen Einband.«

Für Rita hatte das Antiquariat immer ausgesehen wie eine Höhle, deshalb fand sie wohl auch, dass ihr Vater ein *aladdinartiges* Glück ausstrahlte. Das war ihr immer dann aufgefallen, wenn er sie auf den Schoß genommen und in einem spanischen Buch geblättert hatte, das zwischen Gegenständen aus Leder und Messing auf dem Schreibtisch lag. Er erzählte von seiner Heimatstadt Toledo und, nicht zuletzt, von Granada – »Schau, der Springbrunnen im Innern des Palasts, Rita« –, das er, weil es nicht weit vom Haus seiner Großeltern entfernt lag, in seiner Kindheit besucht hatte. Dort, in diesem Antiquariat, hatte Rita ihre ersten Reisen unternommen. Als sie später dann Isfahan erreichte, war es, als ob sie es wiedererkannte, als ob sie auf eine Weise heimgekehrt wäre.

An der Decke hingen Segelschiffe, Votivschiffe, die Miguel bei Konrads Vater gekauft hatte, und überall standen alte Holzglobusse herum. »Ich bin nicht umsonst Spanier«, sagte er, »ich bin Entdecker.« Für Rita war das ein Schlüssel zum Wesen ihres Vaters. Wenn sie ihn in ein Buch vertieft sitzen oder von diesen großen und kleinen Globussen umgeben im Antiquariat stehen sah, dachte sie immer: Er sammelt Welten.

Was sie jedoch ärgerte, war, dass alle Kunden Männer waren. Professor so und so, Oberarzt so und so. Ein Apotheker, ein Redakteur. Wo waren die Frauen?

Doch dann schritt eines Tages eine stattliche Gestalt durch die Tür herein, und ihr Vater, sofern das überhaupt möglich war, strahlte noch mehr auf als sonst. »Hanna Resvoll«, sagte sie. »Und Sie müssen die Tochter des Besitzers sein?« Rita nickte. Die Dame sprach ein »Guten Tag, Señor« in Richtung ihres Vaters, bevor sie langsam in dem staubigen Licht herumzugehen, oder eher: sich an den Regalen entlangzuschnuppern begann, sich die Bücher ansah. »Wissen Sie, was ich hier am liebsten mag?«, fragte sie, während sie hockend ein Buch aus dem untersten Fach nahm. »Die Stille. Wie am Gjendesee. Und den Zitrusduft.«

Norwegen, pflegte Miguel de Ortega gern zu sagen, leide nur an einem einzigen ernsthaften Mangel: Man brachte hier keine Orangenbäume zum Wachsen. Deshalb sorgte er stets dafür, eine Schüssel Orangen im Haus zu haben, und im Antiquariat.

Für Rita war klar ersichtlich, dass ihr Vater und diese Hanna Resvoll einander früher schon einmal begegnet sein mussten. In Jotunheimen. Oder in Gudbrandsdalen. In dem Gespräch, das sie quer durch den Laden führten, hörte sie Namen wie Tessavann, Våga, Fjellstation Kongsvoll. Sie teilten ganz offensichtlich dieselbe Leidenschaft: die Berge. »Sie haben uns noch immer keinen Besuch abgestattet, Herr Ortega«, sagte sie auf dem Weg nach draußen. »Nehmen Sie ihre Tochter mit. Bei uns gibt es den besten Tee der Welt.«

Eines Sonntags dann nahmen Rita und ihr Vater die Holmenkollbane hinauf zum Vettakollen, Ausstieg Skådalen. Hanna Resvoll wohnte direkt unterhalb, und ihr Vater erzählte Rita, der Wohnsitz habe einen lustigen Namen, Yoldia, nach dem lateinischen Wort für eine kleine Muschel. In einem Haus mit so einem Namen, dachte Rita, wohnt nicht einfach irgendwer. Auch Hannas Schwester Thekla war zu Besuch. Sie war es auch, die sie empfing und in die große Tüte mit den Orangen hineinschnupperte, die Ritas Vater mitgebracht hatte. Hannas Mann war auf dem Weg nach draußen, um mit ihrem kleinen Sohn spazieren zu gehen. In der Stube bekamen sie Darjeeling serviert, der regelmäßig mit der Post aus England kam. Thekla zufolge »der Champagner unter den Tees«. Die Resvoll-Schwestern waren es, die Rita das Teetrinken nahegebracht hatten. »Du brauchst nur guten Tee und Selbstvertrauen«, sagte Thekla. »Den Frauen fehlt es an Selbstvertrauen. Man schaue sich bloß Hedda Gabler an, eine starke Frau, aber kein Selbstvertrauen. Keine Frau mit Selbstvertrauen greift als letzten Ausweg zur Pistole.« Sie knallte ihre Tasse auf die dazugehörige Untertasse. »Dasselbe gilt für Anna Karenina«, fügte Hanna hinzu. Rita glaubte, sie redeten über Personen des wirklichen Lebens. Ihr Vater saß daneben und lachte in sich hinein.

Beide Schwestern waren Botanikerinnen. Thekla hatte eine Anstellung an der Universität, Hanna hoffte darauf, eine zu bekommen. Rita hätte nie geglaubt, dass das wahr sein könnte – obwohl Nansen die Möglichkeit angedeutet hatte. Frauen, die an der Universität tätig waren. Hanna hatte ihre Diplomarbeit in Botanik auf Französisch geschrieben! Rita durfte in einem ihrer Herbarien blättern, aber das wirklich Entscheidende waren für sie Hannas Reiseberichte. Sie war in Paris gewesen, war von Fürst Albert zur Eröffnung des neuen Ozeanografischen Museums in Monaco eingeladen worden, und davor hatte sie die Vegetation in der Finnmark studiert und – war das die Möglichkeit! – in einem Zelt auf Spitzbergen gewohnt, fast auf dem Nordpol. Allein! In Lodenrock und Militärstrümpfen war sie wochenlang dort oben umhergewandert, in der einen Hand ein Krag-Jørgensen-Gewehr, in der anderen die Botanisierbüchse. Sofern sie nicht gerade fotografiert hatte.

Für Rita, sechzehn Jahre alt, war das alles eine Offenbarung. Ein schwerer, versperrender Vorhang wurde zur Seite gerissen. Das war eine Frau vom Kaliber eines Nansen! Die Rita obendrein an den Trilobiten erinnerte, den sie von ihm bekommen hatte. Auch Hanna sammelte nämlich Fossilien, Pflanzenfossilien. Im Jahr davor war Nansen mit der Veslemøy, seinem Schoner, nach Spitzbergen gesegelt. Seine ältesten Kinder, Liv und Kåre, hatten mit ihm fahren dürfen, und nun bekam sie von Hanna die Bestätigung einer Behauptung von Liv, die Rita sich zu glauben geweigert hatte: In einer fernen Vergangenheit sei Spitzbergen, diese nackte Insel, von üppigen Wäldern überzogen gewesen. Vielleicht waren dort sogar Dinosaurier umhergestampft. Die Vorstellung machte Rita ganz wirr im Kopf, doch auf dem Weg hinunter in die Stadt, im Auto sitzend, erkannte sie, dass nicht die Vorstellung von Dinosauriern sie so durcheinanderbrachte, sondern der Gedanke an Hanna Resvoll. Eine Frau, die mit einem Gewehr in der Hand auf Spitzbergen herumgelaufen war und genauso ein spannendes Leben führte wie Nansen.

Weil Rita selbst keine Romane las, setzte sich Agnes manchmal mit ihrer Tochter an den Kamin, um ihr laut aus einem

Buch vorzulesen. Ihre Mutter nannte Jane Austen, George Eliot und die drei Brontë-Schwestern Die großen Fünf, und eines Abends wählte sie die Stelle aus dem zwölften Kapitel von *Jane Eyre* von Charlotte Brontë, wo sich Jane Gedanken darüber macht, dass einer Frau dieselben Möglichkeiten für ein ereignisreiches Leben offenstehen sollten wie einem Mann, dass sie nicht nur eingesperrt bleiben darf an einem Ort, von dem aus man nie weiter sah als bis zum Horizont. »Ich glaube, Hanna Resvoll muss diesen Roman gelesen haben«, hatte Rita vor sich hingemurmelt.

Sie schickt einen Gedanken an Hanna Resvoll, als der steile, steinige Rücken in Jotunheimen abflacht und sie am Ziel angelangt ist. Im Hinsetzen den Rucksack von den Schultern gleiten lassend, genießt sie die Aussicht vom nördlichsten der Svartdalspiggene, 2137 Meter über dem Meeresspiegel. Dann dreht sie sich um und begutachtet die nicht sonderlich große Steinmarkierung. Auf einmal ist sie sich nicht mehr so sicher, ob sie hier ist, um nach Spuren zu suchen. »Ich werde Vater aus Jotunheimen zurückholen«, hat sie, obwohl sie irgendwie wusste, dass ihr Vater wirklich »spurlos verschwunden« war, zu ihrer Freundin gesagt, als diese sie dazu überreden wollte, die Tour sausen zu lassen. Nichtsdestotrotz: Sie war sich sicher, in den Bergen etwas zu finden. Irgendetwas Wichtiges.

Warum war ihr Vater verschwunden?

Es musste einen anderen Grund geben als seine Sehnsucht nach Orangenbäumen.

Konnte man auch in Wirklichkeit von den Trollen in die Berge gelockt werden, nicht nur im Märchen?

Manche behaupteten, der Weltkrieg, dieser Ruf der Barbarei, habe ihn dazu veranlasst, zum Wandern nach Jotunheimen zu fahren. Sie meinten, er sei deprimiert gewesen. Sie meinten, sein Glaube an die Menschheit habe einen so schweren Knacks bekommen, dass er nicht mehr leben wollte.

Am Tag des Verschwindens von Miguel de Ortega, oder jedenfalls an dem Tag, von dem man glaubte, dass er verunglückt sei, herrschte Nebel in den Bergen, eine ungewohnt schlechte Sicht. Trotzdem wollte er weitergehen. Den Wirtsleuten der Gjendebu hatte er gesagt, er habe vor, zu den Svartdalspiggene zu wandern. Aber es konnte ja niemand wissen, dass er stattdessen ein anderes Ziel wählte. Rita jedenfalls glaubte, ihr Vater habe jenen Kompass mitgenommen, den er als Geschenk von Nansen bekommen hatte. »Wenn man den bei sich hat, kann man sich nicht verirren«, hatte ihr Vater zu Rita gesagt. Um diesen prächtigen Stanley-Taschenkompass hatte sie ihn immer beneidet, ihn oft in der Hand gewogen, an dem Messing gerieben oder den Deckel aufgeklappt, um die zitternde Nadel zu beobachten. Irgendetwas an dem Gegenstand, seine herrliche Schwere, das Glühen des Metalls, hatte sie glauben lassen, dieses Instrument müsse einem auch dabei helfen können, im eigenen Leben die Richtung zu finden.

Was Rita jedoch eigentlich beunruhigte, war die große Aufregung, in der ihr Vater damals von zu Hause aufgebrochen war. Sie hatte ihn mit Mutter reden hören. Laut reden. Sie hatte keine Wörter unterscheiden können, aber gehört, wie er ins Spanische wechselte, und das tat er nur, wenn er verzweifelt war. Ein Zeichen innerer Erregung.

Das Gesicht dem Wind zugewandt, scheint es ihr, als könne sie spüren, wie er vor einem Jahr hier gestanden hat, sie sieht ihn deutlich vor sich, im Tweed, mit Bergstiefeln und Wanderstock.

Was hat sie erwartet? Glaubte sie, seinen Kompass in dem Steinmännchen zu finden. Oder einen Brief, eine letzte

Nachricht? Glaubte sie, seine Brieftasche liege irgendwo hier versteckt, damit sie sie aufklappen und noch immer den bekannten Geruch inhalieren könnte, womöglich Fotos von seinen drei Kindern finden würde?

Aber keines von ihrer Mutter?

Wollte er Hanna Resvoll treffen? Rita war der Botanikerin in jenem Herbst begegnet und hatte rasch erkannt, dass nichts ferner lag als ein solcher Verdacht.

Wenn ihr Vater irgendwo abgestürzt wäre, hätte jemand ihn gefunden. Eher glaubte sie, dass er an einer Stelle lag, wo niemand ihn jemals entdecken würde.

Und wenn er, wie Peer Gynt, auf einem Renbock geradewegs in den Abgrund geritten ist?

Oder sich, wie Brand, in einem Gletscher, einer Eiskirche begraben hat lassen?

Sich langsam im Kreis drehend, betrachtet Rita die Berge wie Zeichen, die sie lesen kann. Sie hat nie geglaubt, ihn zu finden. Sie ist hierhergefahren, um sich an ihn zu erinnern, um diese Landschaft zu sehen, für die er, ein Spanier, eine solche Vorliebe entwickelt hatte. Sie wollte in der Gegend umherwandern, hatte genug Zeit. Sie hatte die Schule abgeschlossen und sich entschieden, sich bald zu immatrikulieren, wusste aber noch nicht, was sie machen würde. Sie wollte studieren. Aber was?

Einige Wochen, bevor er zu seiner jährlichen Tour nach Jotunheimen aufgebrochen war, hatte ihr Vater etwas aus dem Alhambra nach Lysaker verfrachtet, einen schweren Gegenstand, den er in ihrem Zimmer aufgestellt hatte. »Ein Geschenk«, hatte er gesagt, »da du ja jetzt die Schule abgeschlossen hast.« Er nannte es eine »Arche«. Ein hoher, schmaler Kabinettschrank aus Mahagoni, mit vielen kleinen Laden. Eine Art Archivschrank. »Befüll sie, womit du willst«, hatte er gesagt. »Aber es soll wichtig für dich sein. Stell es dir wie deine Arche vor, wie etwas, das dich retten kann, wenn die Flut kommt.«

Irgendetwas hatte dieses schmale Möbelstück an sich, das sie in Richtung eines Geschichtestudiums hinzog. In einigen der Schubladen lagen Haufen leerer Karteikarten, wie sie ihr Vater zur Übersicht über die im Alhambra befindlichen Bücher verwendete. Auch das passte. Anderen gegenüber hatte Rita oft erwähnt, sie wolle Historikerin werden, sie konnte sich gut vorstellen, wie sie ein Kärtchen nach dem anderen mit Informationen füllte zu Themen, über die sie schreiben wollte. Vielleicht über die Wikingerzeit. Als Jugendliche hatte sie ihren Nachbarn Halvdan Koht, den Historiker Koht, zu den Königssagas befragt – sie hatte ihn im Garten vor dem Haus angetroffen, das er Karistua getauft hatte und von Arnstein Arneberg entworfen worden war, und er hatte über den Eifer gelacht, den sie an den Tag legte –, und allein dadurch, dass er sie ernst nahm, wurde ihr Interesse noch weiter angeregt. Oder warum nicht etwas aus ihrer anhaltenden Neugier am alten Persien machen? Ja, lange hatte sie geglaubt, sie würde an der Universität in Kristiania Geschichte studieren, doch seit der Begegnung mit den Resvoll-Schwestern zeichnete sich langsam etwas ab.

Warum hatte Vater ihr diese Arche und haufenweise Karteikarten geschenkt? Wusste er, dass er keine Verwendung mehr dafür haben würde?

Am nächsten Tag, nach einer unruhigen Nacht, schlägt Rita Kurs nach Nordosten ein, von der Gjendebu zur Memurubu. Sie hat vor, zum Surtningssue hinaufzuwandern, weil ihr Vater ihr einmal erzählte, in einer anderen Kultur wäre dieser Berg heilig, ungefähr wie der Fuji in Japan. »Er ist leicht zu besteigen und bietet eine unschlagbare Aussicht«, sagte er. »Auf dem Gipfel wirst du spüren, dass er ein Teil des Erdkraftfelds ist.« Als sie aufwacht, herrscht jedoch trübes Wetter, und weil sie der Meinung ist, weit genug gewandert zu sein, beschließt sie, lieber den Rückweg zur Gjendebu anzutreten, und auf der Route dorthin, direkt bei dem großen Steinmännchen, wo der Steig von der Gjendebu und vom Bukkelægret heraufführt, trifft sie auf einen jungen Mann.

»Ist ein bisschen glitschig geworden«, sagte er, ohne erstaunt zu wirken, hier plötzlich auf einen anderen Menschen zu stoßen. Er deutete nach unten zu dem Punkt, wo der Steig den Steilhang zum Gjendesee hinunter verschwand.

»Ich habe sowieso vorgehabt, rundherum zu gehen«, sagte sie.

»Als wärst du dem Großen Krummen begegnet«, sagte er und lachte.

Und so kam es, dass sie ihren Proviant und die Thermoskannen auspackten und sich zusammen bei dem Steinmännchen hinsetzten. Er stellte sich vor: »Knut Berg.« Einfach und schön, dachte Rita. Er deutete zum Knutsholstinden: »Ich stelle mir immer vor, der Gipfel dort drüben wäre nach mir benannt. Er wurde eine Zeitlang als der höchste Berg Norwegens betrachtet.«

Ein Lachen lag in seinen Augen. Lebhafte Augen. Intelligent. Einfühlsam.

Sie nannte ihren Namen: »Rita de Ortega Bohre.« Das war das erste Mal, dass sie auch den Namen ihres Vaters dazusagte. Es hörte sich gut an. Erweiterte sie. Als ob sie plötzlich zwei Globusse wäre, nicht nur einer. Apfelsine und Apfel. Sie führten ein bisschen Smalltalk, sie sprach über ihre Pläne für den Herbst und erwähnte die Universität. »Was wirst du dir aussuchen in dem Wirrwarr aus Studienfächern?« Er fragte das wie nebenbei, aber sie hörte etwas Entscheidendes darin mitschwingen.

»Geschichte«, sagte sie, erwähnte aber nicht ihre Unschlüssigkeit. Auch nicht, dass sie lange Zeit ebenso große Lust gehabt hatte zu zeichnen, zu malen, Künstlerin zu werden. Oder Ärztin. Oder … Manchmal, obwohl sie sich nie trauen würde, das laut zu sagen, malte sie sich aus, Parlamentsabgeordnete zu werden. Bislang war nur eine einzige Frau ins Parlament eingezogen, und das als Stellvertreterin. Sie könnte dafür kämpfen, ins Parlament gewählt zu werden, eine Hanna Resvoll der Politik zu werden! In der Villa Bohre waren alle Türen mit verschiedenen Klinken versehen. Einer von Vaters Einfällen. Er hatte immer Klinken gesammelt, auch im Ausland. Besonders als Kind hatte Rita das spannend gefunden. Die vielen ungleich geformten Türgriffe aus unterschiedlichen Materialien, von Messing bis hin zu Ebenholz. Knäufe wie große Juwelen. In ihrer Vorstellung führten diese Türen in unterschiedliche Universen, in unterschiedliche Möglichkeiten. Verschiedene Schatzkammern.

»Kann man die Menschheitsgeschichte nicht auch anhand der Erdgeschichte studieren?«, fragte er und bot ihr ein Stück Freia-Milchschokolade an. »Es gibt nichts Spannenderes.« Knut Berg war »Bergkandidat«, sprich, er war Geologe, und nun begann er eifrig und in aller Ausführlichkeit über die Formationen in Jotunheimen zu erzählen, von einer noch ziemlich jungen, von einem Schweden in Umlauf gebrachten Theorie, der zufolge das Gebirge sozusagen von Westen hierherbefördert worden sei, eine Decke über dem Grundgebirge. Rita hörte Knut Berg über Perioden der Erdgeschichte mit den Namen Silur und Devon sprechen, über große Schollen der Erdkruste, die aller Wahrscheinlichkeit nach vor hunderten Millionen Jahren kollidiert waren und sich unter- und übereinander geschoben hatten, über kilometerdicke Scheiben, gigantische

Gebirgsschollen, die vermutlich mehrere Hundert Kilometer nach Osten verschoben worden waren. »Die Decke, die wir jetzt um uns herum sehen, lag einst zweihundert, vielleicht dreihundert Kilometer weiter westlich«, sagte Knut.

Rita saß ganz still auf einem Stein, verwirrt, doch auf seltsame Weise bestätigte sich jetzt ein Gefühl, das sie schon lange begleitet hatte: Alles fließt. Das stimmte. Sie hatte in der Schule davon gehört. Nichts steht fest. Und jetzt war es, als sähe sie es ganz deutlich: Die Welt, das Leben, das Wissen faltete sich, entfaltete sich. Alles ist in Bewegung, dachte sie. Alles verändert sich. Ich verändere mich. Ich sitze Knut Berg gegenüber und verändere mich.

»Das Studienfach Geschichte bietet dir eine Perspektive von fünftausend Jahren«, sagte er. »In der Geologie reden wir von Millionen von Jahren. Ein Geologe kann die Ereignisse früherer Zeiten ablesen. Die Erde ist ein riesiges Buch aus Stein.«

Sie besah sich die kleinen runden Steine, die vor ihnen lagen. Auf einmal funkelten sie wie fruchtbare Eier. Voller Geschichten. Genau wie in ihrer Kindheit.

Sie war von Knut Berg hingerissen. Mit geradem Rücken und festem Blick saß er neben ihr und erzählte von Baltazar Mathias Keilhau und seinem Schüler Theodor Kjerulf. Rita hatte nicht viel Erfahrung mit Jungs, mit Männern. Nur mit Konrad. Eine Episode, die zwei Jahre zurücklag.

Eine ganze Weile, nachdem Albert ihr selbstgebautes Häuschen im Garten verwüstet hatte, baute sie sich hoch oben in der Eiche eine kleine Plattform. Albert war eigentlich ein Hasenfuß. Nicht nur, dass er Schnee hasste, litt er zudem an Höhenangst und ließ sie deshalb dort oben in Frieden. Es wurde ein Zufluchtsort. Nansen hatte seinen Turm. Vielleicht hatten alle Männer ihren Turm. Rita hatte einen Baum.

Ihre Mutter allerdings empfand das als Ärgernis, besonders wenn Rita zu spät zum Essen kam: »Da hat der Mensch Jahrtausende gebraucht, um von den Bäumen herunterzusteigen«, sagte sie, »und du willst wieder hinaufklettern.« Auch als sie älter wurde, hielt sie sich häufig dort oben auf. Für sie war die Eiche wie ein Nachdenkbaum. Wie als Kind unter dem Gartentisch, saß sie jetzt auf dem Baum und zeichnete, fertigte Skizzen an. Oder lag einfach nur da und blickte hinauf in das Flechtwerk aus Zweigen im Vordergrund des Himmels. Manchmal war auch Konrad mit dabei. Konrad mit den in alle Richtungen abstehenden Haaren, Konrad mit diesen Augen, die ein wenig weiter auseinanderzuliegen schienen als normal. Er sieht ein bisschen aus wie ein Stereoskop, dachte sie, womöglich reicht sein Blick tiefer als bei anderen. Konrad saß gern auf der Plattform und las, das sei der schönste Leseplatz auf der Welt, sagte er. Sie hatte schon immer das Gefühl gehabt, dass das Antiquariat ihres Vaters auf Konrad größere Anziehungskraft ausübte als auf sie. Während sie immer schnell ein historisches Buch für sich fand oder in Werken über El Greco oder Velázquez blätterte und hoffte, sie würden bald in Halvorsens Conditori weitergehen, schnüffelte er stets ausgiebig in den Regalen mit den literarischen Werken, oft ermuntert von Miguel: »Hier, was für dich, Konrad. Ein wenig beachteter Däne namens Jens Baggesen. Sein ausgefallener Reisebericht *Labyrinth*.«

Sie hatte sich stets zu Konrad hingezogen gefühlt, ihn zugleich aber immer auch als Freund betrachtet. Irgendwie bestand eine Art unlösbares Band zwischen ihnen. Sie konnte es sich nicht erklären. Er und sie. Sie und er. Womöglich hing es auch ein wenig damit zusammen, dass sie beide als Kinder *schüchtern* gewesen waren. Was sie außerdem an ihm faszinierte, war seine unvergleichliche Fertigkeit im Holzschnitzen. Sie sah ihm gern zu, wenn er mit Messer und Beitel arbeitete. Sie hatte sich immer vorgestellt, er würde Künstler werden, Bildhauer.

Max? Er hatte etwas an sich, das sie nicht greifen konnte. Manchmal dachte sie, Max fehle es an Rückgrat. Sie erinnerte sich an etwas, das Nansen einmal im Turm zu ihr gesagt hatte: »Vertrau nie einem Mann. Wir sind effektiv, aber einfach gestrickt. Wir sind das schwache Geschlecht.« Es war, als träfe diese Aussage ein wenig zu gut auf Max zu. Jedenfalls ließ sie sich nicht von seinem Reichtum beeindrucken, von seinem Vater Nicolai Qviller, dem Direktor mit der Lorgnette und der großsprecherischen Art, der ihn mit einem der ersten Automobile des Viertels abholen kam und immer noch einen Moment auf der Treppe stehen blieb, um Agnes, ihrer Mutter, irgendeinen Ratschlag zu erteilen.

Ziemlich genau zwei Jahre, bevor sie bei dem großen Steinmännchen oberhalb des Bukkelægret saß, passierte etwas zwischen Konrad und ihr. Etwas verschob sich, kam ins Rollen. Sie saßen im Baum, auf der Plattform hoch oben. Er las. Sie zeichnete. Sie zeichnete einen Fantasiebaum mit den Blättern verschiedener Laubbäume – Birke, Eberesche, Linde, Eiche, Ahorn. Zwischen ihnen stand eine weiße Schüssel mit Sauerkirschen. Es war ein warmer Augustnachmittag, und aus dem Garten stiegen intensive Gerüche auf. Dann legte er das Buch weg und sie ihren Zeichenblock. Sie dachte: Wir haben es gleichzeitig getan. Sie sahen sich an. Sein Blick wirkte verschleiert. Sie saßen inmitten des Blätterwerks, vor allen verborgen. Vögel und Insekten bildeten einen Geräuschkreis um sie herum. Sie rückte näher an ihn heran, spürte, wie sich ihr der Hals zuschnürte. Ohne etwas zu sagen, zog sie ihm die Jacke aus und knöpfte sein Hemd auf, nicht wissend, woher sie den Mut dazu nahm. Das heißt, sie dachte nicht nach, tat es einfach. Zog ihm das Hemd aus, streifte ihm das Unterleibchen ab, sah seinen nackten, kräftigen, sehnigen Oberkörper. Sie empfand großen Genuss dabei, eine Kleidungsschicht nach der anderen von ihm abzulösen, nahm sich ausreichend Zeit dafür, befühlte seine Haut mit den Fingern, bewegte ihre Hand darauf hin und her.

Etwas an ihm veränderte sich abrupt, seine Atmung veränderte sich, sein Blick wurde dunkler. Er rückte ganz dicht an sie heran, stieß die Schüssel mit den Sauerkirschen um, wollte sie küssen, war ihren Lippen auch schon ganz nah, aber sie wich zurück, verstand nicht, warum sie nicht einfach still sitzen blieb und es geschehen ließ, sondern zurückwich, ohne nachzudenken, und ehe sie es merkte, kippte sie nach hinten über die Plattform, verlor das Gleichgewicht und fiel, hielt dabei aber die Arme ausgestreckt und spreizte die Beine, hörte das Knacken dünner Zweige, konnte sich festhalten, verlor den Halt wieder, konnte dadurch aber immerhin die Fallgeschwindigkeit verringern, denn sie fiel trotzdem bis ganz auf den Boden, landete auf einem dünnen Zweig, der sich in ihre Schulter hineinbohrte und der, als sie sich aufsetzte und ihn herauszog, eine blutende Wunde hinterließ. Sie tastete sich ab. Sie war heil geblieben. Nur das, eine Wunde auf der Schulter, eine Narbe, wie ein Zeichen, dass das Geschehene Spuren an ihr hinterlassen hatte. Vielleicht hatte sie deshalb immer ein wenig Angst vor solchen Gefühlen, und auch vor Konrad, vielleicht hatten sie es deshalb so lange hinausgezögert, waren nicht zusammengekommen, sondern hatten auch noch die letzte Chance vertan, draußen am Huk-Strand.

Jetzt aber war sie gefesselt von Knut Berg. Der weiter musste, nach Hause wollte, vorbei an der Memurubu und an Gjendesheim und von dort weiter runter nach Otta. Und wenn sie ihn seiner Kleidung entledigte, Schicht für Schicht?

Sie trennten sich.

Am nächsten Morgen ereignete sich etwas Merkwürdiges. Anstatt wie geplant von der Gjendebu nach Eidsbugarden zu wandern, um von dort zu ihrer Freundin nach Grøvstølen zu fahren, ging sie aus einem unverständlichen Impuls heraus denselben Weg zurück, den sie tags zuvor gekommen war. Irgendeine Kraft zog sie dorthin. Sie nahm den Pfad hinein ins Storådalen, drehte dann bergauf nach Osten ab und erreichte den Bergrücken nördlich des Gjendesees. Sie ging und dachte nach, dachte über das mit der Geologie nach, über eine Kompassnadel, die immer mehr in Richtung Geologie zeigte. Aber warum sich mit Geologie zufriedengeben? Als Paläontologin bekäme sie in einem Aufwasch auch gleich den Menschen, alles Leben mitgeliefert.

Darauf vorbereitet war sie ja bereits. Sie hatte stets gut auf die hübsche Teedose aufgepasst, die sie von Nansen bekommen hatte, die Dose, in der sich der Trilobit befand. Sie bewahrte ihn zu Hause in ihrem Zimmer auf und schaute ihn sich oft an, hielt ihn in der Hand, dachte an ihn, stellte dieselbe Frage wie Nansen: Was, wenn die Überreste des Menschen dereinst so betrachtet würden, wie sie jetzt dieses Fossil eines Trilobiten betrachtete?

Vielleicht würde man sogar denken: Was für ein simples Geschöpf.

»Wo haben Sie den gefunden?«, hatte sie Nansen damals unter dem Baum mit den unreifen Victoria-Pflaumen gefragt. »Bist du bereit für eine Expedition?«, hatte er gefragt, »dann geh heim und frag, ob du mitdarfst«, und so kam es, dass sie an jenem windstillen Samstag im Kajak zu der Insel Bygdøy hinauspaddelten – Nansen hatte Rita beigebracht, besser zu paddeln als die meisten anderen. Sie stiegen beim Huk-Strand an Land, beide mit schicken Strohhüten, und als er ihr den Einschnitt zeigte, aus dem der Trilobit stammte, entdeckte sie, dass es dort noch mehr Fossilien gab. Das war ihre erste Begegnung mit der Geologie. Oder der Paläontologie.

»Du kannst gleich jetzt als Paläontologin anfangen«, sagte Nansen.

»Dafür bin ich wohl noch nicht alt genug«, lachte Rita.

»Selbstverständlich bist du alt genug«, sagte er, »setz dich hierhin.« Und während sie so dasaßen, deutete Nansen zu der Insel Malmøya, auf der es ebenfalls viele Fossilien gab, und erzählte ihr von Mary Anning. Als Mary in Ritas Alter gewesen sei, zwölf, habe sie bei Lyme Regis in Dorset, England, das Fossil eines riesigen Meerestieres gefunden. Einen mehrere Meter langen Fischsaurier.

»Wann war das?«, fragte Rita.

»Vor fast hundert Jahren.«

Nach dieser Geschichte war Rita völlig aus dem Häuschen, nicht zuletzt aufgrund der Empörung, die sie empfand, als Nansen hinzufügte, dass Mary Anning als Erwachsene die Mitgliedschaft bei der Geological Society verweigert worden war. Der Grund: Sie war eine Frau.

Und es hatte noch weitere Zeichen gegeben, kleine Anstöße: Beide Resvoll-Schwestern waren mit einem Geologen verheiratet. Bei ihrem Besuch am Vettakollen war ständig das Wort Geologie gefallen. Eines späten Nachmittags, als Rita im Alhambra ihrem Vater dabei half, die neuangeschafften Bücher in seine Kartothek aufzunehmen, stand auf einmal Hanna Resvoll in der Tür: »Verzeihung, Señor, aber ich muss mir Rita für ein paar Stunden ausleihen.« Woraufhin sie nach Tøyen aufbrachen, weil Hanna ihr die großen Museen dort zeigen wollte. Wie Rita es interpretierte, wollte Hanna auf sie einwirken, ihr etwas eingeben. Weil sie ein Talent in mir sieht?, dachte sie. Zuerst hielt Hanna ihr vor dem neueröffneten Botanischen Museum einen kurzen Vortrag, bevor sie Rita bis ganz nach oben in den Botanischen Garten führte, wo sie die beiden gewaltigen Steinbauten bewunderten, die alles enthielten, was man zu der Zeit über Zoologie, Geologie und Paläontologie wusste. »Ein größeres Wunder als Stabkirchen und das Königsschloss«, sagte Hanna. »Der Nidarosdom unserer Zeit.« Hanna deutete zu dem noch nicht ganz fertiggestellten Mineralogisch-Geologischen Museum. »Es wurden mehrere Dinosaurierskelette angekauft«, sagte sie. »Stell dir vor, was für Möglichkeiten es in Tøyen jetzt gibt. An ein und demselben Tag kann man von der Gebirgsflora bis hin zu sibirischen Mammuts alles studieren!«

Ja, sie war vorbereitet auf die Begegnung in Jotunheimen; die Fragen, die Knut Berg ihr stellte, lagen seit langem in ihr bereit.

Sie ist in die falsche Richtung gegangen. Entgegen der geplanten. Sie setzt sich neben das Steinmännchen oberhalb des Bukkelægret. Sie muss Klarheit erlangen in dieser Sache mit Knut Berg. War das nur eine kurze, zufällige Begegnung oder sollte mehr daraus werden?

Sie packt ihre Sachen aus, skizziert das Panorama nach Süden hin, die scharfen Felszacken am anderen Seeufer, wechselt zum Aquarellkasten, drei Farben, ein winziger Wasserbehälter, trägt schon ein wenig Blau auf.

Sie wusste, dass da etwas war. Die Schwere im Herzen, als sie ihm gegenübergestanden hatte.

Und da kam er. Da kam Knut Berg den Steig von der Memurubu herauf. Auch er war nicht nach Hause gefahren, auch er ging zurück. Sie spürte einen Schauder, wie sie ihn nie zuvor erlebt hatte.

Beim Steinmännchen angekommen, sah er sich ihre Skizzen an. »Dir fehlt eine Farbe«, sagte er. Sie hob den Blick. »Diese.« Er beugte sich zu ihr hinunter und küsste sie.

Ein Schauder folgte dem nächsten. Eine Zündung im Körper, von den Lippen bis zu den Fußsohlen.

Du suchst nach einem Vater und findest einen Geliebten.

Eilig packte sie ihr Zeug zusammen. »Komm«, sagte sie, als wünschte sie eine größere Aussicht für das, von dem sie ahnte, dass es gleich geschehen würde. Sie nahmen den Weg ins Storådalen, hielten aber schon beim ersten Höhenzug an und traten auf den Felsvorsprung hinaus. Sie legten ihre Schlafsäcke ins Heidekraut, setzten sich schweigend und ließen den Anblick des weit unterhalb liegenden Gjendesees auf sich wirken. »Ich dachte: Bist du immer noch da, dann wird es etwas mit uns«, sagte sie, legte sich hin und ließ es geschehen. Sie gab sich hin. Wollte sich hingeben. Der Schlafsack wie ein Kokon. Sie wollte verwandelt werden.

Fast ein bisschen traurig, dachte sie mehrmals im Laufe der nächsten Stunden, wenn sie kurz aufblickte und der Landschaft gewahr wurde, in der sie lagen. Nichts, was sie je später erleben würde, könnte gegen das hier ankommen, das wusste sie jetzt schon.

Es hielt einige Monate. Knut erzählte ihr vom Kristianiagebiet und von Professor Waldemar Brøgger, zeigte ihr Gebirgsarten, die man anderswo kaum zu sehen bekam. Sie, ihrerseits, nahm ihn mit in die Universitätsaula, um ihm die Wandgemälde von Munch zu zeigen, die erst kürzlich dort montiert worden waren. »Was für ein Traum es sein muss, hier sprechen zu dürfen«, sagte sie, als sie sich von dem mit »Geschichte«

betitelten Gemälde abwandten und in Munchs *Sonne* über der Bühne hineinstarrten. Und gleichzeitig dachte sie, dass es sicher nicht leicht sei, sich als Frau Zugang zu diesem Podium zu verschaffen.

Er schenkte ihr ein Buch. Charles Darwin, *Über die Entstehung der Arten*. Es war, als ob etwas an seinen rechten Platz gerückt wurde. Henry, ihr ältester Bruder, war begeistert von Darwin und hatte schon lange die verschiedensten Käfer-, Schmetterlings- und Muschelarten gesammelt. Vor einigen Monaten dann war er zu einer Reise nach Edinburgh aufgebrochen, um, vielleicht für eine Zeitung, über Darwin zu schreiben, doch weil das Leben nie so spielt, wie man es erwartet, war er schließlich in Amerika gelandet. Nansen wiederum hatte *Über die Entstehung der Arten* auf seine Fram-Expedition mitgenommen. Rita hatte das Exemplar in seinem Regal stehen sehen und vorsichtig ihre Fingern darüber streichen lassen, wie in dem Bewusstsein, dass es sich um ein Buch mit gefährlichem Inhalt handelte. »Darwin war ein Prometheus«, sagte Nansen, »er hat den Göttern das Feuer gestohlen.« Nansen erzählte Rita, Darwin habe auf seiner langen Weltumseglung hoch oben in den Bergen von Chile, 4000 Meter über dem Meeresspiegel, fossile Muscheln und Schalentiere gefunden. Ergo müsse das Andengebirge mit der Zeit aus den Tiefen des Meeres emporgedrückt worden sein.

Bei dem Gedanken wurde Rita schwindlig. Hohe Berge, die einst Meeresgrund gewesen waren. Alles war in Bewegung.

Nach ihrer Wanderung in Jotunheimen hatte sie nach wie vor Zweifel, und sie begann, Geschichte zu studieren, las jedoch nur halbherzig in den Büchern. Anfang Herbst desselben Jahres, als ihre Verliebtheit in Knut Berg ab- und jene in Darwin zunahm, saß sie auf der Plattform in der Eiche, neben sich eine weiße Schüssel mit Apfelstücken, und las *Über die*

Entstehung der Arten. Konrad hatte recht gehabt, hier zu lesen war perfekt, erst recht Darwin. Um sie herum standen Zweige in alle Richtungen, und das Licht rieselte durch ein Blätterwerk, das langsam vom Grünen ins Gelbe überwechselte. Ab und zu krabbelte ein Insekt über die Buchseiten. Wenn sie aufblickte, registrierte sie, dass es um sie herum von Leben nur so wimmelte, dass die Eiche Heimstatt einer Menge unterschiedlicher Kriechtiere sein musste. Auch in ihrem Bewusstsein wimmelte es. Sie wusste, dass das Buch, das sie gerade las, bestimmend wäre für ihre Zukunft. Eine Arche, gebaut aus Wörtern. Über eine Urform des Lebens, die sich verzweigte und zu einer Flut von Arten wurde. Und es stimmte nicht ganz, was Nansen gesagt hatte: Darwin hat den Göttern nicht das Feuer gestohlen, er hat ihnen die Macht genommen und sie den Menschen gegeben.

Eine Gedankenlawine. Als Sie einmal einen menschlichen Fötus im Glas gesehen hatte, einen sehr kleinen Embryo, hatte sie die Eingebung gehabt, dass wir eine Stammmutter haben könnten, die sehr weit in der Zeit zurückliegt. Einen Fisch. War das der Moment, in dem ihre Jagd nach dem Urfisch begonnen hatte?

Du liest ein Buch in einem Baum und weißt nicht, welche Folgen das nach sich ziehen wird. Dass du dich aufgrund dieses Buches Jahrzehnt um Jahrzehnt mit Devonfischen befassen wirst.

Im Alter behauptete Rita, sie hätte in ihrem Leben nur zwei bahnbrechende Erkenntnisse erlangt: Die erste, als sie sich selbst das Alphabet beigebracht hatte, die zweite bei der Lektüre von Charles Darwin.

Wie viel ein Mensch mit nur einem Wort ausrichten konnte! Darwin hatte sie gelehrt, *weiter* zu denken, im doppelten

Wortsinn. Nie mit dem Denken aufzuhören. Aber gleichzeitig auch nicht zu vergessen, alles von oben herab, aus einer größeren Perspektive zu sehen. Sie war nur ein winziger Zweig an einem unfassbar großen Baum. Alles würde weiterwachsen, sich verändern. Auch die Gedanken des Menschen.

Ende September hatte sie die letzte Seite des Buches gelesen, und während sie von den ersten reifen Victoria-Pflaumen kostete, den besten Pflaumen der Welt, fasste sie einen Entschluss. Denn die größte Inspiration hatte sie in dem Kapitel gefunden, in dem Darwin über Charles Lyell und die Geologie geschrieben hatte. Ja, das wollte sie studieren. Sie wollte werden wie Nansen, wollte Grenzpfähle versetzen. Im Beruf, in der Liebe, bei allem.

Trotz dieser Gewissheit quälte sie doch auch ein schmerzliches Empfinden. Ja zu sagen zur Geologie, zur Paläontologie, war keine leichte Entscheidung. Zum ersten Mal erkannte sie, dass es im Leben viele Momente geben würde, in denen sie sich gegen etwas entscheiden musste, das sie ebenso gut werden konnte. Ganze Leben, die sie ebenfalls würde gelebt haben können.

STAAT ÖL

In ihrem Haufen an Zetteln hat Little Green lediglich notiert
»2006: Fragmente der Chronik von Marcus Bohre« – Marcus
Bohre war der Sohn von Sindre Bohre und Berit Ruud, und wir
betrachten ihn als Kronzeugen in der Geschichte des Geschlechts.
Little Green muss es gewesen sein, die den Inhalt der folgenden
Tonbänder verschriftlicht und, wie wir vermuten, vorsichtig redi-
giert hat, unter anderem durch Einfügen von Absätzen. Überdies
besteht Anlass zu der Annahme, dass der Inhalt der Bänder –
besonders der ersten – englisch gewesen sein könnte und sie diese
Passagen übersetzt hat. Erst gegen Ende der Transkription ist zu
erahnen, wie Marcus Bohre zu einem Ankerpunkt, einer wichti-
gen Voraussetzung für die Entwicklung der Long-Dynastie hatte
werden können.

Von Tonband 1:

Ich weiß nicht, was ich damit soll […] Ok, hab sowieso nichts
anderes zu tun. Eins-zwo, eins-zwo. […] He, ihr, die ihr das
hört: Ihr habt euch den falschen Mann gekrallt! Ich bin aus
Norwegen, ich bin Norweger … nicht so ein blutsaugender
Franzmann oder Amerikaner! Ich bin Norweger, verflucht
nochmal! Aus dem friedliebenden Norwegen! Noch nie was
vom Oslo-Abkommen gehört? Wir sind in fast der Hälfte aller Wespennester auf der Welt als Vermittler aufgetreten! […]
Ihr da draußen: Wir stehen auf derselben Seite. Ich bin hier,
um zu helfen. Ich bin Angestellter bei Statoil, nicht bei Shell
oder goddamn BP oder sonst einem Aasgeier-Konzern. Wir
sind nicht als Räuber gekommen. Wir wollen die gerechte

Güterverteilung, wir wollen, dass der Gewinn auch beim kleinen Mann ankommt. Bitte, irgendwer, holt mich hier raus!

[Minutenlange Pause. Dann, mit leiserer Stimme:] Scheiße. Scheiße, scheiße, scheiße! Das ist doch echt zu dumm. […] Ok, ruhig [Murmeln] ok, ok. Kein Grund zur Sorge. Ich werde nicht lang hier drinsitzen. Ich bin bald wieder frei. Das ist ein Riesenmissverständnis. Sie glauben, ich sei Engländer. Herrgott, die glauben, ich bin ein … Imperialist. Ein Kolonialherr aus vergangenen Zeiten. [Murmeln. Lange Pause.]

Hei, falls jemand sich dieses verfluchte Band anhört: Lasst mich mit jemandem reden. Eurem Anführer. Eurem Kommandanten. Ihr müsst mir sagen, was ihr mit mir vorhabt. Und wieso ihr mir ausgerechnet meine Armbanduhr abgenommen habt. Was wollt ihr mit einer zerkratzten Omega Seamaster von 1967? Die kann echt nicht viel wert sein, aber für mich ist sie unersetzlich, ein Konfirmationsgeschenk von meiner Tante Ragnhild, einem der wenigen aufrichtigen Menschen, die ich kenne. Banditen! […] Kommt und holt euch dieses verkackte Diktiergerät ab. Das ist doch idiotisch. Ich schalte den Scheiß jetzt ab.

Von Tonband 2:

Was sollt der Mist? Ich brauche einen Computer! Wieso kriege ich wieder diese Idiotenmaschine? […] Wenn jemand sich das vorige Band angehört hätte, säße ich jetzt nicht schon die fünfte trostlose Woche in diesem Loch. Unfassbar. […] Schickt ihr das Band nach Hause? Wieso könnt ihr mir keine Auskunft geben? […] Ok, ok, ok. Schadet ja nicht, sich vorzustellen, dass das Band nach Norwegen geschickt wird. […] Hallo, ihr da zu Hause, hier ist Marcus. Hallo, liebe Ellen. Liebe [Räuspern]

Ellen. Das Wichtigste zuerst: Ich bin unversehrt. Es geht mir den Umständen entsprechend gut, um diese Floskel zu bedienen. […] Ich weiß nicht, wo ich anfangen soll, aber lasst mich zumindest erzählen, wie ich in diesem Schlamassel gelandet bin. Eigentlich war ich bei der Landung nur wenig um meine Sicherheit besorgt, nach den ganzen Horrorgeschichten, die ich über den Murtala Muhammed International Airport gehört habe. Bis vor wenigen Jahren noch wurde man ja schon direkt hier am Flughafen oder auf dem Weg zum Hotel ausgeraubt. Aber alles lief glatt.

Auch sonst lief alles glatt – bloß die Hitze war anfangs eine Qual, fast vierzig Grad und eine Luftfeuchtigkeit wie in der Hölle; als würde man pausenlos mit dem Gesicht gegen ein nasses, glühheißes Handtuch rennen. […] Ich gehe mal davon aus, ihr wisst, warum ich hier bin. Kennt man ja, die Geschichte. Nachdem ich den Film *Pulp Fiction* gesehen hatte, wollte ich mir immer eine Visitenkarte machen lassen, auf der steht: »Marcus Bohre«, und darunter: »Fixer, Cleaner, Problem solver« [Lachen]. Aber das ist es im Grunde, was ich tue, ich löse Probleme. Zum Beispiel sollte ich rausfinden, warum es in den Blocks 128 und 129 so erbärmlich lahm mit der Ölförderung voranging. […] Ich wohnte in einer hübschen, klimatisierten Wohnung im Statoil-Gebäude in der Bourdillon Road, auf Ikoyi, wo es absolut sicher ist. Der Job war reine Routine, auch wenn es eine Herausforderung ist, die Richtlinien von Statoil durchzusetzen in einem Land, das von einer derartigen Bestechungskultur durchdrungen ist. Ich gebe zu: Die Korruption hat hier ein Niveau erreicht, wie ich es vorher noch nicht erlebt habe. [Undeutliches Murmeln.] Trotzdem: Ich sah mir die verschiedenen Prozeduren an, um rauszufinden, ob die Richtlinien eingehalten wurden, die geltenden

Steuerauflagen, ich bin die Kooperationsverträge durchgegangen, die Signaturboni, hatte ein Meeting mit den Mitgliedern der Alakija-Familie, ich habe mit den nigerianischen Behörden gesprochen, habe mehr über die Schwierigkeiten des Agbami-Tiefseefeldes erfahren und nochmal einen Blick auf die seismischen Daten geworfen, auch in den Blocks 315 und 324. Ich hatte bereits begonnen, die Eindrücke und Informationen zu koordinieren, um eine Gesamtbeurteilung des Nigeria-Projekts abgeben zu können. Wie schon gesagt: Alles lief nach Plan. Genau wie immer. Nach dem letzten Meeting war ich so gut drauf, dass ich mich im Firmenwagen auf dem Weg nach Ikoyi in das gut bewachte Statoilgebäude über das irre Verkehrschaos zu amüsieren begann, diesen Bienenschwarm aus gelben Bussen und Kleinbussen und Autos und Motorrädern und Fußgängern, und irgendwie wurde mir da erst wieder bewusst, dass ich mich in einer Stadt mit drei Millionen Einwohnern befand; es schien, als würde jedes Mal ein kleiner Markt hervorsprießen, sobald ein Verkehrsstau nur lange genug dauerte, bettelnde kleine Jungen klebten sich wie große Geckos an die Autos. Ich hatte genug Zeit und kümmerte mich nicht mehr um die Kakophonie aus Autohupen oder um die Hitze, bei der sich mir die Haare an den Scheitel klebten: Am Ende der Fahrt wartete ein eingezäunter Bereich mit Schwimmbecken, frei von aufdringlichen Straßenverkäufern und räudigen Straßenkötern. […] Ich weiß nicht, warum ich das alles erzähle, aber das Reden tut gut. Ich habe sehr lang nicht mehr laut gesprochen.

Was soll ich sagen … Vielleicht bin ich übermütig geworden. Vielleicht ist die norwegische Hybris an allem schuld. Für die wir so selten bestraft werden. Ich fragte ein paar der Angestellten, ob sie am Abend in die Stadt fahren wollten, um

Highlife-Musik zu hören, einen anständigen Afrobeat. Scheiße, wir waren hier doch im Heimatland von Rex Lawson und Fela Kutis! Wie sieht's aus, Victoria Island bei Nacht! Das hier ist Lagos, einst das Venedig Westafrikas genannt, goddammit! Die anderen glotzten mich nur komisch an, die trauten sich kaum ins nächste Chinarestaurant. Aber an einem Nachmittag, als ich frei hatte, ließ ich mich vom Chauffeur zum Balogun-Markt fahren, in diese labyrinthischen, schweißmüffelnden Gassen rings um die namensgebende Straße, weil ich mich, ja, ausgerechnet, nach einer *Agbada* mit Stickereien umsehen wollte, einer Tracht, die ich einfach nur so haben wollte, vielleicht für ein Kostümfest daheim. Mich brachte der Gedanke zum Lachen, was für eine Aufregung das gäbe, wenn ich die auf einer von Ellens Tourismusveranstaltungen anziehen würde … Oder, Ellen? [Räuspern.] Jedenfalls, weil ich keine fand, die mir gefallen hätte, fuhren wir weiter zum Nationalmuseum in der Awolowo Road, wo ich mir die Bronzeexponate und Terrakotten und die mottenzerfressenen Masken ansah, bevor ich die zweihundert Meter zum – wie heißt er – Tafawa Balewa Square hinaufspazierte, einem riesigen, viereckigen Platz, der von Wänden eingerahmt ist, die mit sich aufbäumenden Pferden verziert sind. Total irre! Hier befindet sich das Denkmal für die Toten aus zwei Weltkriegen und dem Biafra-Konflikt – das von Biafra hat mich besonders interessiert, und ich glaube, ich war nachdenklicher als sonst, als ich zu der Gasse zurückzockelte, wo ich mit dem Chauffeur vereinbart hatte, dass er mich auflesen sollte. Außerdem hatte ich Hunger, vielleicht im Gedanken an Biafra, also kaufte ich mir geröstete Nüsse bei einer jungen Frau, die eine runde Schüssel mit kleinen Säckchen auf dem Kopf balancierte und die, wie viele andere Frauen hier, einen Duft nach Kokos verströmte, er muss von irgendeiner

Creme stammen. Kann sein, dass ich deshalb ein wenig un-aufmerksam war und den Lieferwagen nicht kommen sah, der einen irren Zahn draufhatte und plötzlich direkt neben mir anhielt. […] Trotzdem, wenn ich darüber nachdenke … Als ich dem Mädchen hundert Naira hinstreckte, viel mehr, als sie verlangte, da war es, als hätte ich ein Vorzeichen dafür bekommen, dass mir einer der unerbittlichen Wendepunkte des Lebens bevorstand. Aus den Augenwinkeln sah ich einen Straßenverkäufer mit einem Emailletablett voller Batterien, Zigaretten und Vorhängeschlössern, eine kuriose Mischung – war das mit den Vorhängeschlössern vielleicht ein Zeichen …? Aber dann: Als ich die ersten Schritte von dem Mädchen weg-trat, wirkte der Boden irgendwie elektrisch. Ja, ich *wusste*, es würde etwas passieren, und in der nächsten Sekunde wurde ich von starken Armen gepackt und in das Auto gezerrt, so grob, dass mir das Säckchen mit den Nüssen aus der Hand fiel. Sie mussten mich bereits auf dem Markt herausgesiebt haben, mir gefolgt sein, nur auf eine Gelegenheit gewartet haben. Alles ging so schnell, dass ich keine Zeit hatte, Angst zu haben oder um Hilfe zu rufen. Das Auto raste davon. Ich weiß nicht, ob es überhaupt irgendwem aufgefallen ist.

Komisch. Ich wusste, dass draußen im Delta schon Leute entführt und irgendwo in den Mangroven versteckt gehalten worden waren – aber der Gedanke, an einer Straßenkreuzung in der Großstadt, mitten am fucking helllichten Tag, direkt bei einem Denkmal für die Biafra-Tragödie, gekidnappt zu wer-den, hat mich nicht mal gestreift. Während das alles vor sich ging, dachte ich noch, was für ein Sakrileg das war: Diese Lüm-mel entehrten ihre eigene Geschichte.

Und warum sich einen unschuldigen Norweger herauspflü-cken?

Als ich wieder zu mir kam, lag ich in dieser Zelle. Wobei, eigentlich ist es keine Zelle, eher ein großes, rechteckiges Zimmer. Beton. Auch an der Decke. Ein nackter Raum. Nur ein Bett mit Matratze, ein Stuhl und ein Tisch. Auf der einen Seite ragt eine Trennwand halb in den Raum, dahinter gibt es ein Waschbecken, eine Dusche und eine Toilette. Keine Fenster. Unmöglich zu wissen, ob ich mich in einem Keller befinde oder auf dem Stock. Ich lausche, lausche nach Stimmen, nach anderen Gefangenen oder einem Streit unter den Entführern, nach irgendeinem Zeichen, dass die Verhandlungen in Gang sind, aber es wirkt, als wäre ich der Einzige in dem ganzen Gebäude. Falls es denn ein Gebäude ist. Ich lausche angestrengt nach Geräuschen. Grillen, Hundegebell, Hähne, Vögel, Autos. Nichts. Nicht einmal Regen – ich habe die gewaltigen tropischen Regengüsse immer gemocht. Aber hier, kein Tropfen. Es ist nicht mal besonders warm in dem Zimmer. Ich könnte genauso gut … auf dem Mond sein. Das ist das Schlimmste, hier zu sitzen wie in einem Vakuum. Auch keine Gerüche, deutlich unterscheidbare Gerüche. Nur ein schwacher Dunst nach etwas, das ich nicht einordnen kann. Mitunter überkommt mich ein Anflug von Panik. Was haben die mit mir vor? Was geht dort draußen vor sich?

Klar habe ich Angst. […] Oft liege ich herum und stelle mir vor, wie ich verhört, gefoltert, hingerichtet werde. Ich denke: Gut, dass ich keine Kinder habe. Ehrlich, der Gedanke an Folter bringt mich zum Zittern. In einen kahlen Raum geschleppt zu werden mit Leuchtstoffröhren an der Decke. Ich habe mir Gedanken darüber gemacht, wie es mir dabei ergehen würde. Elektroschocks, Waterboarding, Schläge auf die Fußsohlen … Aber was wollen die? Was könnte ich wissen, das für sie interessant ist? Wollen sie Informationen über das Statoil-Gebäude aus mir rausquetschen, damit sie sich Zugang zu diesem Prachtwerk verschaffen können und es in die Luft sprengen? Ich habe des Öfteren vom Cousin meines Vaters gehört, Sigurd Bohre, der in Grini gefoltert wurde. Sollte ich der Zweite aus der Familie sein, der einer solchen Tortur ausgesetzt wird? Und ausgerechnet hier? Im gottverlassenen Afrika? Das wäre so absurd, dass das Wort absurd dafür nicht ausreicht.

Aber es passiert nichts. Fast sehne ich mich schon danach, verhört zu werden. Mit etwas konfrontiert zu werden. Egal womit. [Lange Pause.]

Macht euch keine Sorgen um mich. Wird schon gut ausgehen. In einigen Tagen, einigen Wochen, liege ich wieder mit Kopfhörern und Mozarts *Requiem* in den Ohren zu Hause in der Badewanne. Ich liebe dich, Ellen.

Von Tonband 3:

Lasst mich frei, ich habe genug Strafe bekommen! Hört ihr? Lasst mich frei, verfluchte Scheiße, verfluchte beschissene Scheiße. Ich bin unschuldig. Ich bin einer der wenigen, die *Things Fall Apart* von Chinua Achebe gelesen haben! Sicher habt ihr selbst es nicht mal gelesen. Ich kann sogar ein paar Sprichwörter auf Yoruba. Und hört euch das an: Murtala Ramat Mohammed, Shehu Shagari, Muhammadu Buhari, Ibrahim Babangida, Sani Abacha, Olusegun Obasanjo. Hört ihr nicht, dass ich ein Freund bin? Kann ich mit jemandem reden?

Es ist eine Schande. Keine Ahnung, ob diese dämlichen Bänder nach Norwegen geschickt werden. […] Wenn ihr zu Hause das hört: Nein, man hat mich noch nicht gefoltert, aber diese Ungewissheit ist genauso sehr Qual. Mir gehen tausend Gedanken und Fragen durch den Kopf. Eine Zentrifuge sich ständig

618

wiederholender Sorgen. Zwei Monate, und es passiert ein Dreck. Kein Schwanz redet mit mir. Das Einzige, was ich sehe, ist ein Mann von zwei Metern. Ich nenne ihn nur den Riesen. Er ist es, der sich hier um alles kümmert. Der mir an einem der ersten Tage Zahnbürste und Zahnpasta, Seife, Handtücher, ein Shampoo und einen batteriebetriebenen Rasierapparat gebracht hat. Der jeden Tag mit Essen kommt, zwischendurch das Bettzeug wechselt, saubere Sachen bringt. Gleich als Erstes hat er mir durch Gebärden zu verstehen gegeben, dass er weder sprechen noch hören kann. [Laut:] He! Könnt ihr nicht wen anderes schicken als diesen Zombie? […] Wieso kriege ich einmal im Monat dieses veraltete Diktafon, und immer nur kurz? Werden die Bänder nach Hause geschickt, damit sie erfahren, dass ich am Leben bin? […] He, ihr da bei Statoil oder im Außenministerium, oder Ellen oder wer auch immer: Rettet mich, zum Henker! Tut irgendwas! Bezahlt das Lösegeld! Verliert um Gottes Willen keine Zeit!

Was soll ich sagen? […] Ich kann genauso gut weitererzählen in der Hoffnung, dass sich das zu Hause doch irgendwer anhört. […] Ja, ich bin am Leben. Am Anfang bekam ich zwar wenig zu essen, nur Bananen und Erdnüsse. Wasser. Aber dann haben sie mir nach und nach abwechslungsreichere Kost gegeben. Gebratenen Reis mit Paprika und Karotten. Eine Mango als »Dessert«. Tee, ab und zu Kaffee.

Ich versuche, in Form zu bleiben. Um ehrlich zu sein, ich habe nie trainiert. Jetzt tue ich es jeden Tag, nachdem ich davor zweihundertmal im Zimmer hin und her gegangen bin. Einfache Übungen auf dem Fußboden, Kniebeugen, Liegestütze, Schnurspringen mit einem imaginären Seil. Es sieht bestimmt lächerlich aus, falls jemand mich sieht, aber wenn ich schon sonst nichts damit erreiche, dann vergeht wenigstens die Zeit dabei.

Ich habe noch immer keine Theorien darüber, weshalb ich hier sitze. Wer zur Hölle steckt hinter dieser Entführung? Zuerst glaubte ich, es müsse eine Art Guerilla sein, dass sie Geld wollen, aber jetzt bin ich mir nicht mehr sicher. Steckt vielleicht die Al-Qaida dahinter? Kann ich mir irgendwie nicht vorstellen. […] Unglaublich frustrierend außerdem, nicht zu wissen, wo ich bin. Noch immer keine Geräusche oder entlarvenden Gerüche – Paraffin, Abgase. Bin ich noch immer in Lagos? Der Riese jedenfalls ist ein Schwarzer, aber von der Hitze spüre ich nichts. Wäre ich noch in Nigeria, müsste es hier doch eine Art Lüftungsanlage geben. Geräuschlos. Könnte ich in ein anderes Land geflogen worden sein? Ich weiß nicht, wie lange ich bewusstlos war. Was, wenn ich in Oslo bin? Habe ich irgendwelche persönlichen Feinde, gibt es wen, der mich fertigmachen will? […] Irgendwann kam mir eine seltsame Idee, und das Schlimmste ist, ich habe lange geglaubt, es könnte was dran sein: Dass es keine Terroristen waren, keine Nigerianer, sondern dass mein Vater, Sindre Bohre, dahintersteckt, obwohl er im Irrenhaus sitzt – er ist übrigens stocktaub, weshalb ich keine Angst zu haben brauche, dass er das hören wird. Würde mich nicht wundern, wenn er noch einen letzten Streich ausgeheckt hätte, sich weigerte abzukratzen, bevor er mich noch ein letztes Mal zum Narren gehalten hat. […] Scheiße, das macht mich noch verrückt! Ein Fenster! Ein Königreich für ein Fenster!

Ich sage einfach, was mir einfällt, es tut gut, zu reden – sogar in einen leeren Raum hinein. […] Bei meiner Ankunft in Nigeria hatte ich das merkwürdige Gefühl einer Verbindung, einer Erfüllung, so als könnte ich einen Bogen in meinem Leben erahnen. Denn es besteht kein Zweifel: Die eindringlichste Fernseherinnerung meiner Kindheit war nicht die Mondlandung, sondern die Bilder des Biafra-Konflikts. Sie mussten sich meiner ganzen Generation an die Netzhaut geheftet haben. Die ausgehungerten Kinder mit den fetten Fliegen um den Mund und den überirdisch großen Augen, den durch Proteinmangel kugelförmigen Bäuchen, den jämmerlich leeren Schüsseln in den Händen. Wesen von einem unbekannten Planeten namens Schlechtes Gewissen. Diese Bilder, das wusste ich, würde ich nie wieder loswerden, sie hatten sich genauso dauerhaft in mein Gehirn eingeritzt wie die Zeichen, die wir im Werkunterricht dem Schlagholz mit dem Brandeisen verpassten – ja, wenn ich abends nach den Fernsehsendungen ins Bett ging, schien es mir fast, als ob es verbrannt roch. Das war ein Meilenstein. Und ich reagierte darauf nicht mit Tränen, sondern ich wurde fuchsteufelswild, und dieser Zorn lieferte den Nährboden für meine politisch aktiven Jahre. Trotzdem hätte ich nie geglaubt, irgendwann einmal in dieses Land zu kommen und sogar hier zu arbeiten. Wichtiger noch: Damals war mir nicht klar, dass der Völkermord an den Igbo etwas mit dem Erdöl zu tun hatte. Dass das Erdöl, die Ölgier, diesem Konflikt zugrunde lag, genau wie so vielen anderen Konflikten und Kriegen der letzten hundert Jahre. Ein neuer Staat, der auch die reichen Ölquellen im Delta und draußen vor der Küste miteinschloss, war für Nigeria inakzeptabel. Und jetzt sitze ich hier, ein Norweger mit Öl an den Fingern – oder eher, bis rauf zu den Achselhöhlen –, ein Norweger, dem die Kriege um das Erdöl jahrzehntelang gigantische Vorteile eingebracht hatten. Je mehr Gewehrschüsse, desto höher die Aktienkurse. In vielerlei Hinsicht ist es absolut logisch, dass ich endlich zur Rechenschaft gezogen werde. […] Aber jetzt plappere ich nur mehr wirres Zeug. Oder sollte es Gott sein, der sich jetzt auf einmal meldet? [Trockenes Lachen.] Es muss die Gefangenschaft sein, diese unerträgliche Einsamkeit.

Übrigens, wo ich schon dabei bin: Es war ein anderer Krieg, der mein Interesse für Erdöl geweckt hat. Ich spiele auf den Jom-Kippur-Krieg und das darauffolgende Ölembargo an. Ein Aha-Erlebnis. Der Ölpreis innerhalb kurzer Zeit um das Vierfache gestiegen. Leere Straßen. Sogar seine skivernarrte Majestät musste die Straßenbahn nehmen. Das brachte mich ins Nachdenken über die Bedeutung des Erdöls für unsere gegenwärtige motorisierte Gesellschaft. Warum nicht auf einen Job in der ziemlich jungen norwegischen Erdölbranche hinarbeiten? Geologie studieren? Ich wurde neugierig, obwohl damals keiner wusste, *wie* entscheidend das Erdöl auch für die norwegische Wirtschaft sein würde. […] Wenn ich darüber nachdenke, war da noch ein anderer wichtiger Faktor mit im Spiel: Ein paar Monate vor dem Oktoberkrieg habe ich mit Rita Bohre, meiner Großtante, gesprochen. Es war Roar, der meinte, ich solle seine Großmutter aufsuchen, sie besäße in den meisten Fällen einen klaren Blick. Nie werde ich den Spätsommertag in Lysaker vergessen, als sie in dem Stuhl unter der riesigen Eiche saß, wie ein Mönch. Oder ein Indianerhäuptling, obwohl sie kurze, graue Haare hatte. Sie war in Rente, nicht mehr an der Universität, doch es gab wenige, die mehr über Geologie und Paläontologie wussten als sie, und bei diesem Gespräch damals riet sie mir, das Studium anzufangen und mich dann auf Erdölgeologie zu spezialisieren. »Das ist die Zukunft«, sagte sie mit einem listigen Augenzwinkern. »Setz dich für die Sache ein. Auf die Art kannst du auch einen Beitrag leisten, die Produktion in die von dir gewünschte Richtung lenken – besonders wenn du nicht die Ansichten deines Vaters teilst.« […] Und so bin ich also Geologe geworden. Das heißt, ich bin jetzt alles auf einmal: Geologe, Jurist, Ökonom, Ingenieur, Geograf, Politologe, Diplomat, ich bin der Fixer, aber wenn ich jetzt darüber nachdenke, bin ich mir nicht mehr so sicher, ob ich bei Statoil in Forus gelandet wäre, wenn ich an dem Tag nicht mit Großtante Rita gesprochen hätte. […] Verrückt, nicht wahr?

Oder aber die Würfel waren von vornherein schon so gefallen, dass ich, der in der Hafrsfjordgata in Oslo aufgewachsen ist, irgendwann einmal in der Kong Haralds gate in Stavanger landen musste, den Hafrsfjord sozusagen direkt vor der Haustür und nur einen kurzen Spaziergang entfernt von den drei in dem Berg steckenden Riesenschwertern, dem Denkmal für die Schlacht, die Norwegen sozusagen in einem Reich einte. Oder sollte das vielleicht bedeuten, dass Schwerter inzwischen veraltete Waffen waren – dass tief unter der Erde eine weit wirkungsvollere Waffe begraben lag: das Öl? […]

He, wartet! Nehmt mir das jetzt nicht gleich wieder weg! Ich werde gerade erst richtig warm.

Von Tonband 4:

Endlich wieder jemand zum Reden. Als wenn dieses doofe Metalldings mein einziger Freund wäre, mir die Illusion verschaffte, ich hätte ein Publikum. […] Selbst wenn ihr das sein solltet, ihr Scheiß-Kidnapper, die sich das anhören, ist es mir völlig schnuppe, wenn ich hier verrate, dass ich viel Zeit darauf verwende, meine Flucht auszuhecken. Die genialsten Pläne nehmen in meinem Kopf Form an, kommen mir dann aber auf einmal total lächerlich vor, wenn der Riese – ist er womöglich sogar über zwei Meter groß? – ins Zimmer hereinkommt und mir freundlich zulächelt. Wie ihr sicher wisst, habe ich nach drei Monaten doch einen Versuch gestartet und bin zu der Stahltür hinübergerannt, die immer angelehnt steht, während er im Zimmer ist. Ich habe nie ernsthaft geglaubt, mir könnte die Flucht gelingen, ich wollte bloß sehen, was da draußen ist, aber er hielt mich mit dem kleinen Finger seiner linken Hand auf, bevor ich auch nur zwei Schritte weit kam. Wahrscheinlich habt ihr ihn für diesen Job ausgesucht, damit ich kapiere, dass es keine Fluchtmöglichkeit gibt.

Weil ich nicht weiß, wer sich das anhört, muss ich mir einen Zuhörer erschaffen. Ich beschließe, dass es Ellen ist. [Mit belegter Stimme:] Das ergibt am meisten Sinn, Ellen, wenn ich mir vorstelle, dass du es bist. [Schnäuzgeräusche.]

Was soll ich sagen? Ein bisschen mehr über das Essen vielleicht. Es ist wenig abwechslungsreich, aber ich kann nicht klagen. Manchmal serviert mir der Riese auch Fisch mit Maniok – jedenfalls glaube ich, dass es das ist – oder Hähnchen und Chips oder Pfeffersuppe und sogar Suya – einer der Angestellten bei Statoil hat mich mit diesem Gericht bekannt gemacht –, Fleisch, das vor dem Grillen mit einer speziellen Gewürzmischung eingerieben wird. Falls ich mich nicht irgendwo in Oslo befinde und sie das ganze Theater nur aufziehen, um mich glauben zu lassen, ich wäre in Nigeria.

Was ich mache? Achtundneunzig Prozent der Zeit jagen meine Gedanken in alle Richtungen, wie in einem Wachtraum. Zwischendurch aber versuche ich, mich zu konzentrieren, irgendein Thema zu finden, über das ich nachdenken kann. Meine Kindheit. Unerschöpflich. Nicht weil sie so bedeutsam wäre, sondern weil es dort so viele Details gibt. Nicht wahr? Details, die zu immer neuen Details führen. Es scheint, als hätten die ersten zehn Jahre fast mein gesamtes Gedächtnis eingenommen. […] Ich erstelle im Kopf Listen über alles Mögliche. Freunde. Denkt jemand von ihnen jetzt an mich? Arbeiten sie Tag und Nacht daran, das von den Entführern geforderte Lösegeld zusammenzukratzen? Suchen sie nach mir?

Sucht irgendwer verzweifelt nach mir? […] Ich glaube nicht. Wahrscheinlich nur du. Ich weiß, du musst völlig außer dir sein vor Verzweiflung, bestimmt konntest du noch schlechter schlafen als ich in den letzten Monaten.

Egal in welche Richtung ich zu denken beginne, lande ich dort, Ellen, bei dir. Manchmal glaube ich, es ist die Erinnerung an deine Hände, an deine Finger, die mir über den Rücken streichen, die mich vor dem Verrücktwerden bewahrt. Dein Lächeln, deine warme Stimme, die … […] Du wärst schockiert, wenn du wüsstest, wie oft ich auf dem Bett gesessen und daran gedacht habe, wie wir uns kennengelernt haben, wie alles angefangen hat. Weißt du's noch? Lass es mich erzählen, das macht es ein bisschen leichter. […] Natürlich war es ein Zufall, dass ich ausgerechnet an diesem einen Samstag dem Kunstmuseum Stavanger einen Besuch abgestattet habe, aber können sich die Zufälle nicht auch manchmal auf unsere Seite schlagen? Warum sonst hätte ich bald darauf in den Saal mit den Lars-Hertervig-Gemälden weitergehen sollen? Dort nämlich standst du. [Räuspern.] Wir waren allein und kamen vor dem Bild *Rullestadjuvet*, dessen Glut und dunkle Tiefe mich gefesselt hat, ins Gespräch. »Gibt es den Ort wirklich?«, fragte ich. Das war es doch, was ich dich gefragt habe? Herrgott, wie schlecht es doch um meine Kenntnisse der norwegischen Geografie bestellt ist. Deine Antwort war ein Nicken. Und ich: »Wo liegt das?« Und du hast gelacht und gesagt, du könntest mit mir dorthin fahren. Einfach so, ohne Drumherum: »Ich fahr dich dorthin.« Und am nächsten Tag hast du mich mit deinem Jeep abgeholt – das gefiel mir, ein Jeep, als würden wir in die Wildnis aufbrechen, auf Safari gehen –, und wenn ich mich richtig erinnere, denn da war ich schon so verknallt, dass ich nicht alles mitbekam, machten wir zuerst einen Abstecher nach Tysvær, wo du über den Sund zu der Insel Borgøy hinzeigtest, auf der Hertervig geboren ist, bevor wir nach Norden weiterfuhren, den Åkrafjorden entlang in die Rullestadjuvet hinein, wo wir dann anhielten und ein Stück weit die Bergwand hochkletterten, und von dort direkt hinein in die Ehe, könnte man wohl sagen. Wir sind auf dieser Autofahrt zusammengekommen, so einfach ist das, und im Jahr darauf haben wir geheiratet. […] Ellen. Dir zu begegnen. Was für ein göttliches Glück. Bestes Stavanger-Geschlecht, Kongsgård und Sølvberget, deine Mutter Lehrerin an der Kathedralschule, dein Vater mit einem Sitz in der Administration des Kulturhauses. Sie hatten mich schnell akzeptiert. Glaube ich jedenfalls. Dank meiner Großmutter, der Tochter einer Konservengigantin, gehörte ich ja fast zum Stavanger-Adel. Oder, wenn man sich den Weg weiterdenkt von Ölsardinen zu Erdöl, repräsentierte ich den *neuen* Adel. […] Wenn ich zurückblicke, war es, als hättest du mich im selben Takt erweitert, in dem du meine Kenntnisse über Norwegen erweitert hast, denn obwohl dein Arbeitsbereich der Tourismus in der Region Stavanger war und du beeindruckende Vorträge darüber halten konntest, vom Preikestolen angefangen bis hin zum alten Friedhof von Varhaug, hast du mich doch am liebsten auf lange Ausflüge in andere Teile des Landes mitgenommen. »Wenn wir schon in der Kong Haralds gate wohnen, müssen wir auch das norwegische Reich einen«, hast du im Scherz gesagt. Gott, was für eine Zeit. Wir fuhren nach Fjærland, nach Rorøs – inklusive einer Tour nach Ratvolden, zum Hof von Johan Falkberget –, auf die Lofoteninsel Værøy, in den Dividalen-Nationalpark, du hast mich dazu gebracht, dass ich genauso stolz auf mein Land war wie du. Du hast wirklich dafür gebrannt, hast behauptet, die Natur sei die größte Quelle des Reichtums, du hast es echt

626

verstanden, den ausländischen Besuchern die Augen zu öffnen für Norwegens Pracht, du warst so eifrig bei der Sache, dass du keine Kinder wolltest, obwohl du sieben Jahre jünger bist als ich. […] Ich gebe zu, das hat mich ein bisschen gekränkt. Mein Vater betrachtete uns mit Missbilligung. »Ich wusste es die ganze Zeit, keine Nachkommen von einem Schwächling. Unser Geschlecht stirbt aus. Vielleicht besser so.« So ging es die ganze Zeit. Was für ein Arschloch. […] Ellen. Versteh mich nicht falsch. Du bist es, die mich am Leben hält. Ich glaube, um deinetwillen könnte ich sogar Folter ertragen. […] Manchmal fallen mir einzelne Episoden ein … Wörter, die du mir eines Sonntagmorgens ins Ohr geflüstert hast … Komisch. Ich denke, dass ich stark bin, alles aushalten kann, dass ich Kugeln, Kanonenkugeln mit den Zähnen abfangen könnte, Felsblöcke an mir abprallen würden … Aber die kleinste Erinnerung an dich, der Gedanke an deine Hand auf meinem Nacken, bringt mich innerlich zum Einknicken. Es gibt nichts Unerträglicheres, ich muss es einfach verdrängen. […] Ellen? Ellen? Bist du da?

Von Tonband 5:

Ja, ja, ja, ja. Dann drücke ich eben wieder den Aufnahmeknopf. Ich hab's jetzt kapiert. Das ist bloß ein Trick, um mich am Leben zu halten. […] Schön. Hab nichts dagegen, ich erzähle gern weiter für Ellen, eine eingebildete Zuhörerin. Oder ich erzähle mir selbst etwas. Ist das womöglich der Grundzustand des Menschen? In einer Ecke sitzen und sich selbst etwas erzählen? […] Übrigens, so allein bin ich gar nicht, es gibt hier noch andere Lebewesen. Eine kleine Spinne. Kakerlaken – ich sehe sie, obwohl sie immer gleich davonflitzen, wenn ich aufs

Klo gehe. Eine Ameisenpatrouille – kaum fällt mir ein Krümel auf den Boden, sind sie zur Stelle. Einen Gecko – er kommt jeden Abend, direkt bevor sie das Licht ausmachen, demnach muss ich mich nach wie vor in einem Land befinden, in dem es warm ist. Keine Ratten oder Mäuse. Keine Schlangen, zum Glück. […] Oft sitze ich nur da und studiere diese Krabbeltiere. Ich weiß nicht … Durch sie erkenne ich meine eigene Bedeutungslosigkeit. Unsere Gleichwertigkeit als Wesen oder wie soll ich sagen … Vielleicht, denke ich mir, könnte ich ja von ihnen lernen, mir Tricks von ihnen abschauen, ihre beeindruckende Überlebensfähigkeit, die sie in 300 Millionen Jahren auf Erden entwickelt haben … Wenn etwas von meinem Geologiestudium in mir hängengeblieben ist, dann der Blick für die großen, richtungsweisenden Linien. […] Ich erinnere mich an einen Mann, den wir als Kinder immer gehänselt haben, einen Saufbruder am Valkyrieplass. Wir nannten ihn Herr Kakerlake, weil er immer im schwarzen Mantel herumlief. Wenn ich etwas bereue, dann unter anderem das … Es gibt eine Menge Dinge, die ich bereue.

Falls sie mich hinrichten sollten und mir eine Henkersmahlzeit anbieten, werde ich um ein Brot mit Braunkäse bitten. Es kommt vor, dass ich eine regelrechte Gier verspüre nach dieser norwegischen kulinarischen Eigenheit. Nach Cousine Hildes selbstgebackenem Brot mit G35-Braunkäse. Begleitet von Prems Begeisterung, ihres indischen Mannes: »G35 ist ein eigenes chemisches Element in Norwegen, eingebacken in die Glücksformel!«

Noch immer denke ich die meiste Zeit an dich, Ellen. Aber in den letzten Wochen habe ich mich gezwungen, mein Repertoire zu erweitern, wenn du verstehst, und auch an andere Leute zu denken, die ich kenne … oder gekannt habe. Ich habe mich mit jedem Einzelnen beschäftigt und herauszufinden versucht, wer von ihnen wichtig für mich war. Meine Großeltern Albert und Constance? Kaum. Zwei Menschen, die nicht miteinander sprachen, in einem riesigen Haus oben am Voksenkollen. Stimmt es, dass Großvater seine Frau den »Dreißigjährigen Krieg« nannte? In meiner politisch aktiven Zeit habe ich keinem gegenüber meine Verwandtschaft mit dem Reederdämon, dem »Walausrotter« Albert Bohre erwähnt. […] Mein Vater. Sindre. Ja, du hast ihn kennengelernt. Vater, dessen Karriere zu Ende ging, weil er von Hydro wegging und stattdessen im Öl- und Industrieministerium zu arbeiten anfing, um ein Teil jener Bürokratie zu werden, über die er davor immer so abfällig gesprochen hat. Aber es war völlig logisch, dass er irgendwann seinem innersten Wesen nachgeben und das Handtuch werfen musste. Mit seinen grauen Anzügen glitt er dann auch reibungslos hinein in dieses kolossale Grauland namens öffentlicher Sektor – diesen wahnwitzigen Ausgabeposten im Staatsbudget –, in dem über ein Drittel aller Erwerbsfähigen beschäftigt ist. »Ein geschützter Arbeitsplatz für die Talentlosen«, wie Vater mit einem ironischen Grinsen sagte. »Wir verfolgen nur ein Ziel: die höchstmögliche Rente.« Auf einer seiner absurden Geburtstagsfeiern behauptete Tante Ragnhild einmal, Norwegen sei ein Parasit. »Bin absolut deiner Meinung«, sagte Vater. »Und ich bin ein Parasit auf dem Parasiten.« […] Aber er fühlte sich wohl als Staatsbeamter, tatsächlich schien es, als wäre er durch den Umgang mit so viel langweiligem Grau selbst weniger grau geworden oder hätte einen anderen Grauton angenommen. Übrigens war er einer von denen, die sich für einen staatlichen Pensionsfonds stark machten, er schätzte die Sicherheit mehr als die Erfindungsgabe – lieber das Geld auf den Banken lagern als in etwas Gestalterisches investieren, etwas, das uns weiterbringen kann, sobald das mit dem Öl vorbei ist […] Trotzdem, es ist schon auffallend, wie wenig ich mir über ihn Gedanken gemacht habe. Wenn ich mir einzelne Episoden ins Gedächtnis rufe, bin ich mir nicht sicher, ob er mir überhaupt etwas bedeutet hat. Kann man neunzehn Jahre lang mit einem Erwachsenen zusammenleben, ohne von diesem geprägt zu werden? Ich glaube, ja. Ich glaube, ja, Ellen. [Anderer Tonfall:] Mir ist, als hätte ich ein Geräusch gehört. Stimmen. Wird sich endlich jemand die Bänder anhören? Ihr habt sicher kein Interesse, euch das anzuhören, aber darauf scheiße ich, ihr verdammten Idioten, ihr verfluchten Schurken, ich hoffe, die US-Marines kommen und schneiden euch die Kehlen durch. […] Norwegische Rettungseinheiten wären wahrscheinlich schon am Zoll aufgehalten worden. [Trockenes Lachen.]

Werde ich verrückt? Einmal, als ich am Klo saß, habe ich jemanden zu einer Kakerlake sprechen hören. »Herr Kakerlake, hören Sie …« Es war meine eigene Stimme. Ich habe ihr eine lange Geschichte über mein Leben erzählt, aber da hatte ich leider das Diktiergerät nicht hier.

Schade, dass du nie meine Mutter kennenlernen wirst, Ellen. Sie war speziell. Obwohl ich nur spärliche Erinnerungen an sie habe, sind die deutlicher als alle Erinnerungen an meinen Vater. Sie war Künstlerin, wie du sicher noch weißt. Hat abstrakte Bilder gemalt. Schwarz, grau, braun, weiß. Aber mit der Natur als Ausgangsmotiv. Ich erinnere mich noch, wie sie einmal im Park einen Block herausholte und einen Baum zeichnete, ziemlich naturgetreu. Und wie sie dann umblätterte und denselben Baum auf einem neuen Blatt irgendwie nur auf Striche reduzierte, ein Geflecht, dessen Felder sie in verschiedenen Stärken mit dem Bleistift schattierte. Am liebsten hat sie Berge gemalt, Rundhöckerfelsen, auf großen Leinwänden, die ausschließlich einfarbig gehalten waren. Die Malerei soll dann auch zu ihrem Tod geführt haben, angeblich hatte sie eine starke Erkältung, ist aber trotzdem rausgegangen, um auf Hvasser eine Skizze von einer Felswand zu zeichnen, stand da in der kalten Herbstluft, einer steifen Brise, und fing sich eine schwere Lungenentzündung ein. Sie war schwächlich, hat nichts ausgehalten, sagte Vater mit einer Grimasse. Es gab Komplikationen, an denen sie dann gestorben ist. Ich war erst fünf. Aber ihre Liebkosungen stecken mir noch immer im Körper. Unauslöschlich […] Auch an viele Kinderreime erinnere ich mich noch, die sie mir im Bett vorgelesen hat, besonders die von Inger Hagerup und André Bjerke. Sie hat André Bjerke gekannt. […]

Es ist mir ein Rätsel, Ellen: Wieso hat mein Vater Berit Ruud aus Kongsberg geheiratet? Ihm zufolge haben sie einander beim Holmenkollenspringen kennengelernt, auf der Tribüne. Er, der schon beinah fanatisch war, wenn es ums Skispringen ging, ließ sich von ihrer Verwandtschaft mit der Familie Ruud blenden und von der bloßen Tatsache, dass sie sich überhaupt für Skispringen interessierte. Danach ging alles ganz schnell, einen Monat später schon waren sie verheiratet. Zu spät erkannte mein Vater, was für einen Fehler er da begangen hatte, denn er hatte keine Sportlerin geehelicht, sondern eine Künstlerin. Sie war nicht auf dem Holmenkollen gewesen, um sich das Skispringen anzuschen, sondern um zu zeichnen. Im nächsten Jahr saß er wieder neben ihr auf der Tribüne und sah, wie sie mit einigen Strichen das Springen selbst zu etwas Abstraktem gestaltete, zu etwas für ihn absolut nicht Wiedererkennbarem, trotz ihrer Behauptung, in dem, was sie gezeichnet habe, würde sich die eigentliche Essenz des Schwebens ausdrücken. »Ihre Skisprungschanze war die Staffelei«, sagte Vater mit trauriger Mine. […] Übrigens hatte ich lange Zeit ein schlechtes

Verhältnis zur Natur. Ich habe sie irgendwie als falsch empfunden, vielleicht wegen meiner Mutter. Vielleicht aber war meine Skepsis ja auch auf meinen Vater zurückzuführen, auf sein ewiges Drängen, an die frische Luft zu gehen. Erst mit dir, Ellen, hat sich das alles geändert. […] Aber das eigentliche Rätsel: Wie konnte meine Mutter sich in meinen Vater verlieben? Was hat sie in diesem verschlossenen, unzufriedenen, chronisch klagenden, misanthropischen Mann gesehen? Der, zumindest zu ihrer Zeit, an jedem seiner Geburtstage, wie um irgendetwas zu beweisen, den Wolfspelz seines Vaters anlegte, um mit der Familie den Frogneseteren zu verwüstn? Oder hat sie Abstufungen in seinem Grau und seiner Unzufriedenheit gesehen, die sonst keiner gesehen hat? Einen faszinierenden Strich? Eine Art abstrakt begehrenswerte Qualität? […] Könnte ich mich so sehr in meinem Vater getäuscht haben?

Auch an viele andere, die ich seit Ewigkeiten nicht mehr gesehen habe, habe ich jetzt wieder gedacht. Gunvor vom Nachbarhaus, das Zimmer, in dem wir als Kinder gespielt haben … Espen aus meiner Studienzeit … Synnøve … Du lieber Gott, Synnøve … Terje Vallestad aus dem Café Sting, die legendären Partys in seinem Haus … Harald Norvik, unsere Gespräche auf den Flugreisen, als er Chef des Statoil-Konzerns war […] Typisch, jetzt will der Riese das Diktiergerät zurückhaben. Aus der Spaß.

Von Tonband 6:

Danke. Passt gut, das Aufnahmegerät jetzt zu kriegen, denn in letzter Zeit habe ich an einen anderen Freund gedacht. Das hört sich sicherlich dumm an, Ellen, aber wenn ich nicht schlafen kann, singe ich vor mich hin und versuche, mir so viele

Kinderlieder, Volkslieder, Kirchenlieder, Schlager wie möglich in Erinnerung zu rufen – Kampflieder sogar. In dem Zusammenhang habe ich mehr über Roar nachgedacht. Roar Bohre. Den Sohn von Maud Evensen. Zu seiner Zeit ein gefürchteter Kritiker. Es gibt viel, was du nicht über mich weißt, Ellen. Ich hab ihn wohl mal erwähnt, dir aber nie richtig von dieser Kameradschaft erzählt. Das werde ich jetzt tun, und ausnahmsweise will ich versuchen, eine Geschichte daraus zu formen – ich gestehe es gern: Ich habe geprobt, habe sie schon der Kakerlake erzählt.

In den 1970er-Jahren war ich viel mit Roar zusammen – das war lange vor seiner aufsehenerregenden Transformation vom bissigen Kritiker zum allseits beliebten Weinspezialisten. Trotz unseres Altersunterschieds wurden wir Freunde, und es wirkte, als wollte er mich beschützen. Als er sah, dass ich kurz davor stand, immer tiefer in die SUF hineinzuschlittern, oder in die AKP, wie der neue Name der Partei jetzt lautete, schleppte er mich an irgendeinen gottverlassenen Ort in der Nordmarka, zur Hütte seiner Mutter am Nibbitjern, jedenfalls glaube ich, dass der See so hieß, und am Ende der Sommerferien verbrachten wir dort eine ganze Woche zusammen, gingen baden, pflückten Beeren, kochten, lasen, und jeden Abend setzten wir uns zum Reden auf den kleinen Felsen am Wasser ans Lagerfeuer. Erst hinterher habe ich erkannt, was er damit erreicht hat: Er hat mich dekodiert. Mich behandelt wie jemanden, der von einer Sekte indoktriniert wurde, als wäre ich Mitglied bei einem lebensgefährlichen Kult, ohne mir dessen bewusst zu sein. Er sprach in der Wir-Form, weil er selbst ebenfalls, wenn auch eher am Rande, mit der Partei zu tun hatte. »Wir stecken in einer Blase«, sagte er mehrmals. Oder, vielleicht weil wir uns in einer Gegend mit Namen Krokskog befanden: »Siehst

du nicht, dass wir im Begriff sind, uns auf uns selbst zu ver-
krümmen. Wir müssen uns aufrichten, aber echt!« Eines Morgens am Frühstückstisch brachte er sein Hauptargument vor:
»Können wir bei einer Bewegung mitmachen, die schlechte
Literatur in den Himmel hebt?« Wir lachten, dass der Kaffee
überschwappte, nickten, als wäre das eine Frage, bei der sich
dieses ganze kommunistische ML-Phänomen in Luft auflösen
musste, wie eine Unmöglichkeit.

Ich habe ihn bewundert, habe alles gelesen, was er in der Zeitung geschrieben hat. Einmal nahm er mich mit zu sich nach
Hause, und noch mehr als Eisen-Helga, seine militante junge
Ehefrau, sind mir die Bücherregale im Gedächtnis geblieben:
grobe, auf Ziegeln aufliegende Holzbretter. Mir gefiel, was das
ausdrückte: Verschwende dein Geld nicht für teure Regale, was
zählt, sind die Bücher. Wir waren beide Vielleser, verschlangen
heimlich die guten Romane, blätterten zwischendurch aber
immer auch in den schlechten sozialrealistischen Büchern, damit wir etwas zu lachen hatten, wenn die Leute darüber diskutierten und sie ungehemmt priesen. Ja, Roar hatte recht. Es war
eine Sekte, und wir waren zwei Häretiker.

An etwas, das Roar erzählt hat, habe ich jetzt besonders
denken müssen, Ellen. Ich habe die Geschichte in einer stillen
Nacht am Lagerfeuer gehört, während der Nibbitjern sich in
einen schwarzen Spiegel verwandelte. Roar erzählte das alles
wie einen Witz, aber jetzt verstehe ich, was für eine wichtige
Lektion es war; hier in der Zelle erkenne ich, wie sehr diese Geschichte sich in mein Gehirn eingebrannt haben muss. […] Ich
darf jetzt den Faden nicht verlieren. […] Roar war zwanzig, als
er zu schreiben beschloss, und wie viele andere glaubte er, ein
Dichter müsse ein wildes, dramatisches Leben führen, um Stoff
für seine Romane zu finden. »Schreib deine Lebensgeschichte«,

heißt es ja. Zu der Zeit hatte er zwei Lieblingsschriftsteller, und beide bestätigten den Mythos: Ernest Hemingway und André Malraux – deshalb übrigens war Roar so beneidenswert gut in Französisch, wegen Malraux. Tief in sich drin hatte er darum auch seine Zweifel, ob die Schriftstellerei das Richtige für ihn sei. Seine Mutter, Maud Evensen, war auf einem Floß den Kongo flussabwärts gesegelt, und sein Vater, Sigurd Bohre, war in Grini inhaftiert gewesen. Das alles hatte in Roar eine Abneigung gegen alles Dramatische ausgelöst. Er wollte ein ruhiges Leben führen. Deshalb war er glücklich, eine alternative Schriftstellerstrategie gefunden zu haben, bei einem Dichter, der seinen eigenen mutigen Weg ging, ohne sich dabei einer Gefahr auszusetzen. Dieser Schriftsteller hieß Sondre Buen, und er schrieb aus dem Innersten Norwegens heraus, sozusagen von der Wiege an. Buen hatte keinen großen Leserkreis, aber Roar war, ohne es sich erklären zu können, tief ergriffen von seinen Erzählungen – genau deshalb möglicherweise, weil sie so weit von allem Alltäglichen entfernt waren, so weit von allem. »Ich will ein Außenseiter sein«, dachte Roar, »ich will sein wie Sondre Buen.«

Niemand wusste genau, welche Person sich hinter diesem Namen verbarg. Aus den Bruchstücken, die Roar aufgeschnappt hatte, konnte er sich nur zusammenreimen, dass Buen lange Zeit in Setesdal gelebt hatte, wo auch diese sonderbaren, zwischen Erzählung, Mythos und Märchen oszillierenden Geschichten entstanden waren, die nicht selten eine Tendenz zu etwas Dunklem aufwiesen. Wassergeister und betörende Geigenmusik, Nöcken und unerklärliche Fälle von Ertrinken, Huldras und halsbrecherische Verliebtheit, Meisterhandwerker und Zwergen – alles das fand Platz in diesen Geschichten, die zwar durchaus modern wirkten, aber trotzdem eine Verfremdung erfuhren, weil Buen in einem klangvollen, archaischen Neunorwegisch schrieb, so dass Roar nicht alle Wörter verstand oder sie nachschlagen musste. *Skjyrpegras, lukkeflús, glufse-heid.* Was sagst du dazu, Ellen? [Kurzes Lachen.]

Wo war ich? Roar hat gierig die wenigen Interviews gelesen, die Buen allesamt auf seinem kleinen Hof in Setesdal gegeben hat. Und wenn er sich gerade nicht dort aufhielt, dann war er, dem Hörensagen nach, an seinem »geheimen Ort, im Herzen von Norwegen«, wo er sich Inspiration holte und diese Erscheinungen heraufbeschwor, die in seinen makellosen Erzählungen resultierten.

Vielleicht, dachte Roar, geht es also in erster Linie darum, im eigenen Land einen ganz besonderen Ort zu finden. Nicht im Kongo oder in China. Oder in einem Gefangenenlager.

Roar beschloss, dem scheuen Dichter einen Besuch abzustatten, und ich glaube, Ellen, diese Geschichte wird dich interessieren, bei deiner Leidenschaft für den Norwegentourismus. In einem nicht sonderlich zuverlässigen Auto nahm Roar schließlich den weiten Weg über Dalen nach Rygnestad auf sich und von dort ein kleines Stück weiter, an Otra vorbei zu dem Dorf, in dem Sondre Buen sich angeblich aufhielt, und nach einiger Anstrengung fand er dann auch wirklich die »Dichterstube«, ein grobes, einfaches Holzhaus auf der Talseite, aber es war niemand zu Hause. Wie er von den »Einheimischen« erfuhr, stammte Sondre Buen nicht aus dem Ort, sondern war vor einigen Jahrzehnten einfach so aufgetaucht. Die Leute wussten nicht viel über ihn, nur dass der »Exzentriker Buen« im Sommer immer eine Weile in der Hütte wohnte, aber jetzt, im Juni, gerade nicht.

Da er nun schon einmal hier war, lief Roar ein Weilchen in Setesdal herum und bewunderte die Aussicht, saugte die Atmosphäre ein, den »Bragi-Funken«, der gewiss an diesem Ort zu finden sein musste. Hier saß er also, Sondre Buen, und erdichtete seine dunklen, betörenden Märchen, grub sich hinein in die norwegische, oder eigentlich: die altnordische Volksseele.

Aber wo war denn nun dieser »geheime Ort«, an dem er sich vermutlich gerade aufhielt? Wo war das »Herz von Norwegen«? Saß er vielleicht in einer Holzfällerhütte in einem kleinen Tal in Telemark, irgendwo zwischen Seljord und Morgedal?

Roar gab sich nicht so leicht geschlagen. Wieder in Oslo, erkundigte er sich bei Buens Verlag, aber auch dort wussten sie nicht viel mehr, alle Briefe wurden an ein Postfach in Setesdal geschickt. Was sie ihm aber sagen konnten, war, dass Buen gelegentlich in der Kaffistova in Bondeheimen gesehen wurde. Sie nannten ihm den Namen eines Bekannten. Diesem stattete Roar einen Besuch ab, und er war klug genug, nicht allein zu kommen, sondern mit einer Tasche voller Rotwein aus dem Weinmonopolhandel, und das wirkte, denn im weiteren Verlauf des Abends gab dieser Freund etwas preis, über das er versprochen hatte, Stillschweigen zu bewahren: Sondre Buen wohnte nicht in Setesdal. »Wo dann?«, fragte Roar. »Mitten im Osloer Stadtzentrum«, antwortete der Freund und trank den letzten Tropfen Rotwein direkt aus der Flasche. »Das ist die Adresse.« Roar sah sich den Zettel an. »Karl Johans gate.« Das war das »Herz von Norwegen«? [Lachen.] Siehst du es vor deinem geistigen Auge, Ellen?

Zuerst war Roar seltsam enttäuscht, aber die Enttäuschung verschwand im selben Moment, als ihm in einem Wohnhaus unweit des Egertorget die Tür zu einer Dachgeschosswohnung, von Buens Freund Adlerfels genannt, geöffnet wurde. Denn hier, direkt in der Hauptstraße des Landes, trat er in ein Zimmer, das genauso gut in einem Haus bei Otra in Setesdal hätte liegen können. Wenn man auf einen Blick aus dem Fenster verzichtete, fand man sich außerdem in eine andere Zeit zurückversetzt. Die Stube erweckte den Eindruck, als wäre sie im Blockhausstil errichtet, und sie war voller alter Bauernhausmöbel, Wandbehänge und Schüsseln mit Rosenmalerei. Als säße man in einer seiner Erzählungen, dachte Roar. Doch als Sondre Buen schließlich den Mund aufmachte, sprach er kein altertümliches Neunorwegisch, sondern er redete genau wie Roar, er war im Stadtteil Bislett geboren und aufgewachsen.

Roar hörte zu, versuchte, höflich zu bleiben. Am Ende aber konnte er sich nicht zurückhalten. »Sie leben ja in einer Scheinwelt!«, sagte er zu dem Dichter.

Sondre Buen blickte ihn verwundert an: »Natürlich. Aber das tun Sie auch, nur sehen Sie es nicht.«

Entmutigt und mit einem signierten Exemplar von *Irrlihot ubari Guldperg* unterm Arm torkelte Roar die Treppe hinunter. Aber es sollte nicht lange dauern, bis dieses Erlebnis Früchte trug. Man musste also kein dramatisches Leben führen, musste noch nicht einmal alles selbst erlebt haben, worüber man schrieb. Die Lüge war das wichtigste Werkzeug des Dichters. Es genügte, die eigene Fähigkeit zum Lügen zu entfesseln. Roar packte seinen Koffer und fuhr nach Griechenland. Jetzt würde er alle anderen norwegischen Schriftsteller alt aussehen lassen! [Ein Auflachen.] Was meinst du, Ellen? War das gut erzählt?

Als ich die Geschichte am Nibbitjern hörte, habe ich bloß gelacht. Erst jetzt erkenne ich, wieviel sie auch über Norwegen aussagt. Denn ist Norwegen nicht immer noch so ein Zimmer, voller Bauernhausmöbel an einer belebten, modernen Geschäftsstraße? In sich selbst eingekapselt. Man braucht nur in ein Land wie Nigeria zu reisen, in einem siedenden Lagos herumzulaufen, um zu erkennen, dass ganz Norwegen eine

Scheinwelt ist. Die AKP ist verschwunden, aber wir leben nach wie vor in einer Blase. Entschuldige, wenn ich das sage. […]

Roar, ja. […] Trotzdem: Wenn ich entscheiden müsste, wer der wichtigste Mensch in meinem Leben war – abgesehen von dir, Ellen –, bin ich mir nicht mehr sicher. Fast möchte ich sagen: das Meer. Das meine ich wirklich so. Ich habe endlich herausgefunden, wonach es hier riecht. Salzwasser. Meer. Es erinnert mich an die Hütte auf Hvasser, an die vielen Male, die ich dort auf den Wasserfelsen saß und die hereinrollenden Wellen betrachtete. Schon als ich noch klein war, hat das ein großes Wohlbefinden in mir ausgelöst. Irgendetwas an diesen Klippenformationen hat dann auch die Neugier an der Geologie in mir geweckt. Der Larvikit, die Kritzungen, die Moränen und Kieselsteine – das alles hat mich schon sehr früh in Staunen versetzt. Großtante Rita hat bloß einen Drang ausgelöst, der schon lange in mir geschlummert haben musste […] Vielleicht war das Wichtigste in meinem Leben kein Mensch, sondern das Meer. Warum nicht? Es fühlt sich an, als hätte ich mit dem Meer gesprochen. Als hätte es mir Geschichten erzählt. Ja, verdammt. So ist es. […] Ich muss noch immer in Nigeria sein. Vielleicht im Delta. Nicht weit von der Küste entfernt.

Von Tonband 7:

Herrgott, ein halbes Jahr. Ich zähle die Tage, indem ich jeden Morgen nach dem Aufwachen einen hinzufüge. Eine neue Zeitrechnung. 180 Tage n. E. – nach der Entführung. Hat Norwegen mich vergessen? […] Aber es ist etwas passiert. Gestern habe ich eine Stimme gehört. Der Riese hat mir das Essen gebracht – *Jollofreis* –, und als die Tür einen Spaltbreit offen stand, konnte ich deutlich die Worte hören: »Hey, you, cockroach!« Das hat mich darüber ins Nachdenken gebracht, ob ihr Gefangenenwärter mich Kakerlake nennt. Ob ich für euch ein verabscheuenswürdiges Wesen bin. Ein Schädling, der das Licht scheut. Jemand Verhasstes. Aber warum solltet ihr mich hassen? Sind wir Norweger lichtscheue Wesen?

Wieso rede ich mit euch? Wird sich ja sowieso keiner anhören. Ich rede gegen eine Wand. Nein, ich rede mit dir, Ellen, daran muss ich mich festklammern. […] Entschuldige, Ellen, obwohl … manchmal sehe ich dich nur undeutlich. [Anderer Tonfall:] Ich habe mir ein neues Spiel ausgedacht, um den Wahnsinn eine Armlänge auf Abstand zu halten, und der Auslöser dafür war eine Erinnerung an meine Mutter, meine Künstlerinnenmutter. In ihrem letzten Lebensjahr haben wir oft zusammen in einem ihrer Lieblingsbücher geblättert, einem Katalog mit den zahlreichen Abbildungen des heiligen Bergs Fuji von dem japanischen Künstler Hokusai. Die Drucke zeigten den Berg zu allen Jahreszeiten, bei unterschiedlichem Wetter und aus völlig verschiedenen Blickwinkeln. Manchmal mussten wir den Berg sogar erst suchen. »Hilf mir, den Fuji zu finden«, sagte Mutter. Ich konnte gar nicht genug davon kriegen, neben ihr zu sitzen und mit dem Finger auf die Bilder zu zeigen. Der Berg konnte auf der anderen Seite von einem Wald, einem Pass oder einem Fluss sein. Oder aber er lag fast versteckt hinter einem Dach, einem Wasserrad oder zwischen den Latten eines Hauses, das gerade gebaut wurde, dann wieder entdeckten wir seine schöne Kegelform unter einer Brücke oder durch ein Fenster, eine offene Tonne, durch die Segel eines Boots, durch ein Torii-Tor. Fantastisch. Mutters Wärme und unsere Jagd nach dem Fuji. [Ein Schlag. Etwas Geworfenes?]

In letzter Zeit habe ich mich von dieser Erinnerung inspirieren lassen. Ich versuche, aus verschiedenen Blickwinkeln über mein Leben nachzudenken, mich zu fragen, ob ich auf alternative Arten davon erzählen kann. Ich habe an die Frauen gedacht, mit denen ich zusammen war. Allein das Erstellen einer Liste im Kopf war eine Herausforderung, ich habe zu meiner Schande bemerkt, dass ich einen Namen vergessen habe; am Ende nannte ich sie nur Die-aus-der-Suttung-Szene, und das, obwohl sie so gut küssen konnte. Es ist schrecklich, ich schäme mich. […] Ich hoffe, du verstehst das, und wirst nicht eifersüchtig, Ellen, es ist ja schon so lange her. Ich habe mich also gefragt, wie diese Frauen mich beschreiben würden. Mette würde sagen, dass ich ein guter Tänzer bin … glaube ich jedenfalls. Torunn würde sagen, ich bin ein Aretha-Franklin-Fan, weil ich ihr Anfang der 70er, in einer Phase, in der sie sich andauernd das elende Gegröle von irgendwelchen gehypten, politischen Girlbands anhörte, die LP *Young, Gifted and Black* geschenkt habe. Ich erinnere mich noch, wie ich sagte: »*Das* ist Feminismus, hör dir das an.« Daraufhin hat sie mir den Laufpass gegeben. [Trockenes Lachen.] Und wie würden meine Kindheitsfreunde mich beschreiben? Meine Klassenkameraden? Meine Nachbarn? Arbeitskollegen? Ich stelle mir eine oder einen von ihnen vor und dichte mir die entsprechende Version von Marcus Bohre zusammen. Die verschiedenen, sich möglicherweise widersprechenden Identitäten. Ich habe Wochen damit verbracht, mir diesen kleinen Spaß zu gönnen, soweit es möglich ist, in einem Kerker Spaß zu haben, aber immerhin hat es mich beschäftigt, so dass ich die Verzweiflung in Schach halten konnte. […] Ich sollte das sicherlich nicht erzählen, für den Fall, dass die Entführer sich die Aufnahmen doch anhören … [Zögern] … vielleicht als kleines Unterhaltungsprogramm […] Tut ihr das? Sitzt ihr um einem Tisch herum und lacht? […] Scheiße. Scheiße, Scheiße, Scheiße. […] Lasst mich frei! Ihr erreicht nichts damit, dass ihr mich hier festhaltet! Keiner schert sich um mich, keiner wird auch nur den kleinsten Scheißdreck bezahlen für einen armseligen Hund wie mich. Bitte, weg mit dem Teufelszeug. Ich bin fertig.

Von Tonband 8:

Funktioniert das Ding nicht? Doch, da … Das rote Licht ist fast wie der Anblick eines alten Freundes geworden. [Ungeduldig.] Liebe Ellen, ich konnte es kaum erwarten, wieder mit dir zu reden, denn mir ist ein seltsamer Gedanke gekommen, sofern es nicht eher eine Zwangsvorstellung ist. Du weißt, ich zerbreche mit ständig den Kopf darüber, warum ich in diesem kargen Zimmer gefangen gehalten werde, und jetzt habe ich eine mögliche Antwort gefunden, obwohl es nicht stimmen kann: Geschieht das alles, um mir zu zeigen, wie verwöhnt ich bin? […] Gibt es vielleicht eine Organisation zur Bestrafung überheblicher Menschen? Vielleicht gehen sie ja nach dem Zufallsprinzip vor und picken sich hin und wieder einfach jemanden heraus – jemanden wie mich? Wenn dem so ist, war das Experiment erfolgreich. Wenn ich, sagen wir, eine Orange esse, dann begreife ich jetzt zum ersten Mal, was für ein Wunder es ist, eine Orange essen, sie abzuschälen, zu zerteilen, jede Perle des Fruchtfleischs zu genießen. […] Oder wollen sie mich lehren, wie armselig die Existenz ohne andere Menschen ist? […] Ich vermisse es, jemanden reden zu hören. Aber kein böses Wort über den Riesen. Ich habe erkannt, wie wichtig er für mich ist, ihm gebührt ein Großteil der Ehre, dass ich noch nicht den Verstand verloren habe. Allein seine enorme Gestalt zu sehen, sein Gesicht, ist eine Erlösung … Es stimmt nicht, was Shakespeare geschrieben hat, dass man in einer Nussschale eingesperrt sein kann und sich trotzdem fühlen wie der König von unermesslichem Gebiete.

Das Schlimmste – genauso schlimm wie die Verzweiflung – ist die Eintönigkeit. Ich langweile mich, Ellen. Die Tage laufen alle gleich ab, mit ihren festen Bestandteilen, wie eine Art Takt: Licht an, Frühstück, Abendessen, Licht aus. Es sind die reinsten Festtage, wenn der Riese irgendwas tut, das die Monotonie unterbricht, Kloputzen, den Boden fegen, das Bett reparieren, mir zeigen, wie man Kolanüsse aufbricht. Ich habe ihm mit Zeichen zu verstehen gegeben, dass ich Papier und Bleistift wünsche. Kriege ich nicht. Ich habe nach Büchern gefragt. Auch die bekomme ich nicht.

Jetzt, da ich hier sitze und mein Leben aus verschiedenen Winkeln betrachte, sehe ich auch, was ich alles hätte tun können, aber nicht getan habe. Ich glaube, ich hätte Architekt werden können. Oder Elektriker, und zwar ein guter. Ich erinnere mich an ein Gedicht, »The Road Not Taken« – der Schriftsteller fällt mir gerade nicht ein. […] Ich habe über das mit dem Öl nachgedacht. Ok, das ist verrückt. Das Thema wird nicht ausgegraben. Zumindest vorläufig nicht. Ich will kein Moralist sein. Aber ich wollte selbst aussteigen. Sollte ich das meinen Gefängniswärtern sagen? Ist es vielleicht das, was sie hören wollen? Kannst du ihnen das verklickern, Ellen? Sag ihnen, ich wollte bei Statoil aufhören, dass ich mir was anderes suchen werde.

Aber ich will dir gegenüber ehrlich sein: Ich habe Statoil geliebt. Überhaupt die Erdölgewinnung. Wörter wie »Petroleum«, Ausdrücke wie »fossile Brennstoffe«. Schon während des Studiums habe ich die gigantischen Bohrtürme bewundert, die Tatsache, dass Norwegen dabei war, eine so unübertroffene Technologie und ein solches Fachwissen auf einem neuen Sektor zu entwickeln. Als ich sah, wie diese Mastodonten ins Meer hinausgeschleppt wurden, habe ich gedacht: Das sind die Kathedralen unserer Zeit, möglich gemacht von einer Heerschar an Handwerkern. Als ich Direktor wurde, ließ ich mir fürs Büro ein Modell von einem Bohrturm besorgen. […] Im Nachhinein: War das nicht doch eher ein Piratenschiff, verwandt mit dem Modell von Francis Drakes Segelschiff, das Großvater in den Räumlichkeiten der Walfangreederei ausgestellt haben soll?

Ja, ich habe die Zeit bei Statoil wirklich genossen, obwohl ich dort für meine fundierte Ausbildung als Geologe kaum Verwendung fand. Bald wechselte ich dann in die internationale Abteilung. Ich war einer von denen, die Statoil zu einem multinationalen Konzern gemacht haben. Dessen Fühler in viele Länder reichen. Ich arbeite im Stat Oil, im Staat Öl. Einem Staat, der sich auf der ganzen Welt ausgebreitet hat. Unser neues Wikingerreich.

Doch, ich war gern dabei, aber ich werde trotzdem aufhören, das verspreche ich. Ich kündige! Erklär ihnen das! […] Worüber ich mir außerdem Gedanken gemacht habe: Dass wir noch eine größere Ressource haben als das Erdöl: die norwegische Natur. Im Tagtraum sehe ich Orte vor mir, an denen ich gewesen bin, auch mit dir, Ellen. Ich habe, mit einigen Vorbehalten, die vier Großen gekürt: Die Kragerø-Schären, Hardanger, Rondane und die Lofoten. Sag diesen Gangstern, ich werde sie dorthin führen, solange sie mich nur freilassen. Ich schwöre, das wird das Leben dieser verfluchten Schurken verändern.

Von Tonband 9:

Gott sei Dank. Endlich was zu tun. Und in der Zwischenzeit war Heilig Abend. Und das ohne deine Lammrippchen, Ellen. Ohne Aquavit. Ohne … Kann man sich ein öderes

Weihnachten vorstellen? […] Aber ich lebe. Alle Finger und Zehen noch dran. […] Jetzt sollst du hören, was ich in letzter Zeit so getrieben habe: Ich erzähle mir selbst Romane nach. Das ist ein Ding, was! Hauptsächlich die, die ich meiner Jugend gelesen habe. Ich glaube, das habe ich dir noch nicht erzählt: Einer meiner Lieblingsromane ist *David Copperfield* von Dickens – die AKPler hätten mir samt und sonders die Leviten gelesen, wenn sie das gewusst hätten –, und genau wie David Copperfield stieß ich in einer unfruchtbaren Phase meiner Jungend auf ein kleines Kämmerchen mit Büchern, obwohl, in meinem Fall waren es bloß ein paar Kisten in einer Abstellkammer. Meine Mutter hat sie von Großmutter geerbt und sie einfach weggeräumt; sie hatte genug mit ihrer Lyrik. Aber für mich war es, als hätte ich kurz vor dem Verhungern in einer Eiswüste ein verstecktes Proviantlager gefunden. Es hat mich durch diese Zeit gerettet, und es hat mich zu einem Leser gemacht. Vater hat mich immer aufgezogen, wenn er mich mit einem Buch im Lehnsessel vorfand, und gesagt, ich soll Tennis spielen, Skifahren, Skispringen, Langlaufen, irgendwas, nur nicht herumsitzen und lesen. Hab mich nicht drum gekümmert. Es war, als hätte ich gewusst, dass es darum ging, diese Bücher zu verzehren und sie wie einen Vorrat im Körper zu speichern. […]

Sicher erinnere ich mich deshalb so gut daran. Oder weil es Klassiker waren. Bekannte Werke aus dem 19. Jahrhundert und der ersten Hälfte des 20. *Madame Bovary*. Kann man *Madame Bovary* nacherzählen, den vielleicht besten Roman, der je geschrieben wurde? Ich gehe folgendermaßen vor: Ich tue, als säße mir eine nigerianische Frau gegenüber – ich habe es mit einem jungen Mann probiert, aber dann klappt es nicht so gut –, und denke mir weiter, dass diese junge Frau, zum Beispiel eine Erdnussverkäuferin, noch nie ein Buch gelesen hat, noch nie in einer Bibliothek war, und dann erzähle ich alles, woran ich mich aus *Madame Bovary* erinnere, möglichst in der richtigen Reihenfolge, ich lege Pausen ein und denke nach, korrigiere mich, erzähle manches noch einmal, und ich spüre, wie sehr mir das hilft und wie sehr auch meine imaginäre Zuhörerin sich davon mitreißen lässt, was für eine fabelhafte Geschichte *Madame Bovary* ist, eine Geschichte, die einen nicht unberührt lässt, noch nicht einmal in dieser abgestumpften und schlecht erzählten Version. Diese Beschäftigung gibt mir Kraft. Es ist, als würden diese Bruchstücke bekannter Romane mich am Leben halten und verhindern, dass ich vor Ärger die Wände hochgehe. Ich weiß nicht, warum. […] Gute Bücher. […] Eines Tages, wenn du am wenigsten damit rechnest, retten sie dich.

[Lange Pause.] Ich habe ein neues Beurteilungskriterium gefunden, das sich alle Literaturinteressierten hinter die Ohren schreiben sollten: Welche Erzählung, welcher Roman spendet am meisten Trost? Ja, Trost. Hoffnung. Ist das nicht das höchste Qualitätssiegel: Welche Geschichte wird dich in einem hoffnungslosen Kerkerloch am Leben halten? Mir sind viele Bücher durch den Kopf gegangen, die ich lange für gut gehalten habe – norwegische und internationale –, und nach eingehender Untersuchung, oder aus diesem Betonkäfig heraus betrachtet, sind die meisten davon unbrauchbar. […]

[Minutenlange Pause.] Entschuldige, ich werde melancholisch. […] Ich weiß, das ist Zeitverschwendung, aber ich habe gerade vor mich hingeträumt und an *Die Liebe in Zeiten der Cholera* gedacht […] Ich hoffe inständig, dass sie die Bänder zu uns nach Hause schicken. Sie wirklich dir schicken, Ellen. Du sollst wissen, es ist der Gedanke an dich, der meinen Lebensfunken nicht erlöschen lässt.

Von Tonband 10:

Ellen, liebe Ellen, da bin ich wieder. […] Ooh, meine Liebste, du *ahnst* ja nicht … [Lange Pause.] Es steht nicht ganz so gut um mich, ich bin dabei, den Mut zu verlieren. Ich weiß nicht, ob das der Grund ist, aber ich habe angefangen, lange, verzweifelte Selbstgespräche im Kopf zu führen. Manche davon waren richtig gut, fast schade, dass ich sie nicht aufgeschrieben habe. Drehe ich bald durch?

Gestern habe ich wieder diese Stimme von draußen gehört. Nur einen kurzen Ausruf: »You're a bloody Norwegian!« Da stieg erneut die Wut in mir hoch. Sie wissen, dass ich aus Norwegen bin. Aber das verschafft mir keinen Vorteil.

Plötzlich erkenne ich, woran mich das erinnert, Ellen. In dieses Ding, in dieses feinmaschige Gitter vor dem Mikrofon hineinzusprechen, ist wie beichten. Ein Sündenbekenntnis. Ich bin noch nie zur Beichte gegangen, aber ich glaube, es hätte mir gefallen. […] Vor allem, wenn ich gewusst hätte, wie wenig Zeit mir noch bleibt.

Ich habe ständig über Nigeria nachgedacht, auch ausgehend von dem, was ich gesehen habe. Was für ein Potential. 140 Millionen Einwohner. Menschen voller Unternehmungsgeist. Nigeria hätte das Japan Afrikas werden können. Warum haben sie es nicht weiter gebracht? Der Grund dafür können nicht nur schlechte Führungskräfte sein, Korruption, Vetternwirtschaft, Streitigkeiten zwischen ethnischen Gruppen und das alles. Der Kolonialismus. Ob du's glaubst oder nicht, aber ich bin draufgekommen, dass auch ich, mein kleines Ich, Teil des Problems ist. Dass ich auf irgendeine Art schuld sein muss. […] Vater, ich habe gesündigt … [Angestrengtes Lachen.]

Bin ich schuld? Kann ein einzelnes Wesen schuldig gesprochen werden für die Taten eines Millionenkollektivs? […] Ist Norwegen schuld? Ich habe mir einige Gedanken über den vierten Akt in *Peer Gynt*, dem norwegischen Nationalepos, gemacht. Besonders über die erste Szene, in der Peer in Nordafrika mit seinem Reichtum prahlt, des »Glücks Zufall« preist und gleichzeitig die Botschaft des Du-selbst-Seins verkündet. Schlag es nach, falls du's vergessen hast, es ist fast nicht zu glauben: Peer, der Sklaven, Götzenbilder und Waffen verfrachtet hat und sich nicht damit zufriedengeben will, ein Reeder-Krösus zu sein, sondern kraft seines Goldes Kaiser der ganzen Welt werden will. Nur um dann als Kaiser der Selbstheit im Tollhaus zu enden. In meinen Augen ist dieser vierte Akt eine Prophezeiung, Ellen, er zeichnet ein erschreckend korrektes Bild des heutigen Norwegen.

Ja, ich wiederhole es gern. Ich war blind. Als Bürger in dem reichen, annähernd problembefreiten Norwegen habe ich es geschafft, inmitten einer von Internet und Globalisierung geprägten Welt ein Leben in der Isolation zu führen. Das sage ich nicht aus Niedergeschlagenheit, sondern ich *meine* es so. Ich habe mir eine eigene Sphäre geschaffen, solide wie Beton. Ich bin keinen Deut besser als Sondre Buen. Oder die AKP (MLer), bei denen ich dank Roar so schnell wieder ausgestiegen bin. Zu Tausenden, die wir im besten Land der Welt lebten, waren wir trotzdem besessen von »bewaffneter Revolution.« Wenn das etwas zeigt, dann ein Talent zur Illusion, zum Moralismus, zur Ignoranz, das seinesgleichen sucht. In hundert Jahren wird vielleicht jemand ein Buch über das Phänomen AKP schreiben und darin, in übertragener Bedeutung, einen Schlüssel zum Verständnis unserer Gegenwart finden, über ein Norwegen, in dem die Menschen, völlig frei von Bildung und

Selbsterkenntnis, in ihrem eigenen geschützten Kokon lebten. Ich habe die AKP verlassen, habe aber nicht gesehen, dass ich einer neuen, viel größeren AKP beigetreten bin und das Phänomen sich auf anderer Ebene wiederholte. Auch hier könnte man auf ein Akronym zurückgreifen, auf eine Art kleinstes gemeinsames Vielfaches aus LO und DNA und NHO und DNB, nämlich NÖA: Norwegische Ölabhängigkeit. Das ist nicht nur irgendein Stuss, den ich daherrede, Ellen, sondern ich meine es so. Denn genau wie in der Glanzzeit der AKP geht es wieder einmal darum, ein Gedankengebäude zu errichten, eine moralische Verteidigung aufzubauen, eine eigene Sprache zu entwickeln, ein Geschwafel über CO_2-Abscheidung und -Speicherung, ein eigener Jargon, unanfechtbar für die Beteiligten, aber aus der Entfernung betrachtet, aus einem kakerlakenverseuchten Bunker auf einem ausgebeuteten Kontinent, der reinste Wahnsinn. […] Ja, ich gebe es zu. Ich war blind. Ich habe in einer Scheinwelt gelebt und mein halbes Leben damit verbracht, diese Tatsache zu verdrängen. In den letzten dreißig Jahren habe ich, haben wir, ganz Norwegen, in einer Ölblase gelebt. […] Verzeih, dass ich mich habe mitreißen lassen, Ellen.

Du musst dein Leben ändern. Rilkes Imperativ. Er hat recht. Zumindest so viel hat mich der Aufenthalt hier gelehrt. […] Ich habe nachgedacht, und ich habe herausgefunden, was ich nach meiner Kündigung bei Statoil tun werde. Das heißt, sofern ich jemals hier rauskomme. Mich hat schon immer die Ökologie begeistert, die Ökosophie. Und noch mehr, nachdem ich das Buch *Wasser, Wind, Sonne* gelesen habe, ein Ergebnis der Løvlia-Seminare in den 70ern und 80ern, geschrieben von Sverre Bjørnson, dem Lebensgefährten von Roars Mutter, Maud Evensen. Zum Beispiel wusste ich schon lange, obwohl ich die Augen davor verschlossen habe, dass hier im Niger-Delta die Rohrleitungen leck sind und das Öl die Flüsse und Wasserquellen verunreinigt, die Fische sterben und die Ackerkrume vergiftet wird. […] Was ich also machen will: Die Antwort lag die ganze Zeit direkt vor meiner Nase, nicht nur wie ein leichter Geruch in dem Zimmer hier, sondern schon seit meiner Kindheit: Mutters Buch über Hokusai und die sechsunddreißig Ansichten des Fuji. Auf dem berühmtesten Holzschnitt sieht man den heiligen Berg durch die Krümmung einer großen, schaumgesäumten Welle, mit Fischerbooten im Wellental. Spätestens aber, als ich die Uhr von Tante Ragnhild geschenkt bekommen habe, hätte ich es wissen müssen. Ich werde ein Seamaster. Werde den Wellen Energie abzwacken. Bei allen Messungen der Innovationsfähigkeit der Länder liegt Norwegen unter dem Durchschnitt. Es muss etwas getan werden, und ich will einen Beitrag leisten.

Ich habe Tausende Gedanken dazu, über die du bald mehr erfahren wirst, wenn ich nach Hause komme. Das verspreche ich. […] Ellen, meine Solveig, meine Rettung.

Von Tonband 11:

[Dieses Band ist leer.]

Von Tonband 12:

Hallo? […] Sorry, Ellen. [Halbminütige Pause.] Hatte einen schlechten Tag, nachdem ich letztes Mal das Diktiergerät bekommen hatte. Zu deprimiert zum Reden. Ich bitte dich um Entschuldigung, du musst besorgt gewesen sein […] Ich fühle mich immer matter. Sogar die Vorstellungskraft – so fiebrig die ersten Monate – scheint auf Sparflamme zu laufen. Unlängst habe ich versucht, mir so viele Lotto-Werbespots wie möglich in Erinnerung zu rufen. Auch zur Aufmunterung, weil die immer recht witzig waren. Aber mir sind kaum welche eingefallen. […] Entspricht unser Lotto dem Brot und Spiele der Römerzeit?

[…]

Ich werde langsam paranoid. Gibt es in dem Zimmer kleine oder versteckte Öffnungen? Kommen vielleicht Leute hierher, ganze Schulklassen, um mich durch ein Guckloch zu beobachten, von dem ich nichts weiß? Bin ich in einer Art Zoo? […] Kaiser der Selbstheit im Tollhaus. […] Ich gebe zu, ich bin total down. Sitze nur da mit dem Kopf zwischen den Händen. Wie viele Tage sind vergangen? Ich habe mich verzählt. Manchmal liege ich nur herum und wiederhole die Reihenfolge von Nigerias letzten Staatspräsidenten, die ich mir vor der Reise hierher eingeprägt habe, Murtala Ramat Mohamed, Shehu Shagari, Muhammadu Buhari, Ibrahim Babangida, Sani Abacha, Olusegun Obasanjo, wie ein Kinderreim, der reinste Nonsens. […] Ein Höhepunkt ist es, wenn der Riese beim Nägelschneiden meine kleine weiße Hand in seiner großen schwarzen hält. Ein noch größeres Vergnügen, wenn er mir, was bisher zweimal der Fall war, die Haare schneidet, allein das Berührtwerden von einem anderen Menschen. Dann sitze ich nur da und hoffe, dass es noch länger dauert. Wie zur Belohnung zitiere ich alle Kinderreime von Inger Hagerup und André Bjerke, die ich noch kenne, die Bücher, aus denen Mutter mir vorgelesen hat, »Wasser strömte Nacht und Tag«, sage ich, »bis die Arche Noah lag / auf dem Berge Ararat.« Ich bemühe mich, einen ordentlichen Rhythmus hinzubekommen, »Der Luchs in seinem Loche kauert, leis und listig, lauscht und lauert.« Und er lächelt, der Riese, als wüsste er, dass ich ihm damit etwas Gutes will, auch wenn er nicht verstehen kann, was ich sage.

Herr Kakerlake in seinem knöchellangen Mantel. Mittlerweile empfinde ich fast eine Verbundenheit mit diesen lichtempfindlichen Insekten, die bei meinen abendlichen Klogängen im Halbdunkel davonflitzen. Kakerlaken. Ich spiele mit dem Wort, drehe und wende es im Mund, ein Wort, das irgendwie nur aus Lauten besteht. Wäre ich ein Hindu, würde ich glauben, dass ich als Kakerlake wiedergeboren werde. Oder in meinem vorigen Leben eine war. Vielleicht *bin* ich ja eine, nur sehe ich es selbst nicht. Ich habe mich verwandelt, wie Gregor Samsa in der Erzählung von Franz Kafka.

Nicht den Verstand verlieren. Nicht den Verstand verlieren.

Ich bin in der Rullestadtjuvet, zusammen mit Lars Hertewig.

Murtala Ramat Mohammed, Shehu Shagari, Muhammadu Buhari, Ibrahim Babangida, Sani Abacha, Olusegun Obasanjo. […]

Ja, ich gebe es zu. Ich weine. Ich weine über meine eigene Erbärmlichkeit.

Nun foltert mich doch endlich, verflucht noch mal! Klebt mir Elektroden auf und jagt mir elektrischen Strom durch den Körper! Tausend Volt! Damit endlich was passiert!

Ein letztes Band (anderes Modell):

Ich habe in einer Lade ein altes Diktafon gefunden, fast eine Antiquität. Es muss vom Anfang der 1990er-Jahre stammen, als ich noch so verbissen war in meinem Job, dass ich auf den langen Autofahrten vor einem Meeting immer meine Argumente memoriert habe [Lachen]. Mir gefällt der Gedanke, meine Geschichte auf demselben Medium zum Abschluss zu bringen wie in Nigeria. Auch deshalb, weil ich beschlossen habe, diese Bänder zu verschenken.

Ich will mich kurz fassen: Ich war vier Jahre, fast fünfzehnhundert Tage, in Gefangenschaft. Nach dem ersten Jahr war Schluss mit dem Diktiergerät, den kurzen monatlichen Sitzungen. […] Vier Jahre. Nicht zu fassen. […] Über zwei Jahre sind inzwischen vergangen seit meiner Freilassung, oder wie auch immer ich das nennen soll. Eines Tages kam der Riese herein, zusammen mit einem Mann, der mich aufforderte, mich aufs Bett zu legen. Sie verpassten mir eine Spritze, und danach setzt meine Erinnerung erst wieder ein, als ich auf der Rückbank eines Autos aufwachte, und es bestand kein Zweifel, ich war wieder mitten in Lagos – falls ich nicht ohnehin die ganze Zeit über dort gewesen war –, das Auto stand an genau derselben Stelle, an der ich entführt wurde. Es war nur ein Mann im Auto, und als er sah, dass ich bereit war, öffnete er die Tür und begleitete mich ein Stück weit bis zu einem Platz, wo ich mich auf eine leere Plastiktonne setzen durfte. Er verlor kein einziges Wort. Ich war noch immer groggy. Doch bald schon fielen mir die lauten Geräusche und die intensiven Gerüche auf, ein wahres Chaos nach der mehrjährigen Stille im Betonzimmer. Als ich den Blick hob, waren der Mann und das Auto verschwunden. Ich stellte fest, dass meine alte Omega Seamaster um mein Handgelenk gebunden war, und sie zeigte dieselbe Uhrzeit wie bei meiner Entführung. Als Nächstes entdeckte ich das Mädchen, das ein Tablett mit Erdnüssen auf dem Kopf balancierte, und ich hätte schwören können, es war dasselbe wie damals, nur älter, und dahinter sah ich wieder den Straßenverkäufer mit seinen Batterien, Vorhängeschlössern und Zigaretten.

Ich verwendete den Tag darauf, mich zum Statoil-Gebäude zu schleppen. Anschließend wurde die Botschaft eingeschaltet und so weiter und so fort. Ich habe ihnen nur das Allernö- tigste erzählt, ich wollte nach Hause, ich war ungeduldig, und als ich endlich in Norwegen landete, war es mir unmöglich, nicht in das Klischee zu verfallen: Ich habe den Boden in der Ankunftshalle in Gardermoen geküsst. Hab ich wirklich ge- tan. Eigentlich sollten alle, wenn sie wieder nach Norwegen zurückkommen, den Boden küssen.

Die Interviewanfragen für Fernsehen und Zeitungen, die in der Zeit danach der Reihe nach eintrudelten, habe ich allesamt abgelehnt. Die großen Buchverlage habe ich ebenfalls abge- wiesen. Nicht vermeiden ließ sich allerdings, dass ich einige Schlagzeilen aus den Revolverblättern zu sehen bekam. Alle bis ins Unkenntliche verzerrt. Denn mein Fall war keine erbau- liche Überlebensgeschichte, kein Beispiel für »heldenmutiges Durchhaltevermögen«. Das Einzige, was man mir bei meiner Freilassung mitgegeben hat, war eine kleine Schachtel mit den zwölf kleinen Tonbändern aus dem ersten Jahr. Ich weiß nicht, wieso. Vielleicht, damit ich sie mir anhöre, damit ich höre, was ich so von mir gegeben habe, was ich gedacht habe, als ich zur Strafe in der Ecke stehen musste.

Allerdings haben weder Ellen noch sonst wer in Norwegen die Bänder gehört. Während ich weg war, gab es eine Finanz- krise, und Amerika hatte einen Schwarzen als Präsidenten be- kommen, aber mir brauchte niemand zu erzählen, dass das Leben unberechenbar ist. Alle, auch Ellen, glaubten, ich sei tot. Und nicht nur das: Ellen hat noch einmal geheiratet. Hat sich in irgend so einen ausländischen Finanzheini verliebt. Solveig hat ihren Peer vergessen. Jedenfalls hat sie weniger an mich ge- dacht, als ich mir in meiner Naivität eingebildet habe. Ich habe nie erfahren, ob der Mann geschäftlich hier war oder als Tou- rist. Ich habe ihr deswegen nie einen Vorwurf gemacht. Einmal nahm sie Kontakt mit mir auf, und ich konnte hören, dass sie traurig war, sie weinte sogar. Ich musste sie trösten, ihr erklären, das sei schon in Ordnung. Nach dem ersten Schock habe ich es sofort akzeptiert. Ohne Groll. Die Tatsache, dass Ellen einen anderen Mann hatte, war für mich irgendwie eine Lappalie in Relation dazu, am Leben zu sein, wieder atmen, sehen, hören, mich im Freien aufhalten zu können. Um die Wahrheit zu sagen, ich bin ihr ewig dankbar, der Gedanke an sie hat mich in den schwersten Stunden aufrechtgehalten. Ellen hat mich gerettet, mehr konnte ich nicht verlangen. »Du hast meinen Segen«, sagte ich, irgendwas in der Richtung. Im Nachhinein werfe ich ihr nur eines vor: Wie konnte sie bloß einen Luxemburger heiraten? Nicht genug damit, musste sie auch noch dorthin ziehen. Unverständlich! Was hat Luxemburg zu bieten? Ein Flecken Land, so groß wie Vestfold. Ein paar Bergrücken und mittelalterliche Burgen! Der Rest Banken. Dazu eine nostalgische Erinnerung an Radio Lux. […] Oder ist dieses Land ohnehin nicht viel anders als das, was Norwegen geworden ist, ohne dass wir es sehen: eine riesige Bank?

Was ist sonst noch geschehen? Einmal abgesehen von meinem täglichen Glück, in der kühlen norwegischen Luft spazieren zu können? Kommt irgendetwas an den ersten Atemzug an einem klaren norwegischen Herbsttag heran? Ich habe Komplimente für mein gutes Aussehen bekommen. Es erstaunte die Leute wohl, dass ich, der immer leicht übergewichtig war, schlank und ergraut und mit kurzgeschorenen Haaren vor ihnen stand. »Du siehst so ›heroisch‹ aus«, sagte in der Arbeit eine Frau zu mir, die mich davor nie eines Blickes gewürdigt hatte. Als wären die Menschen irgendwie enttäuscht, werde ich noch immer von allen gefragt, ob ich von Alpträumen verfolgt werde oder an einer posttraumatischen Belastungsstörung leide, dabei macht mir viel eher die enorme Freude zu schaffen, wieder zurück in Norwegen zu sein – fast könnte ich darüber das Lehrgeld vergessen, das ich bezahlt habe.

Was noch …? Ja, zuerst wohnte ich noch in der Hauptstadt. Während ich mit den Kakerlaken Umgang gepflegt habe, ist die Internationale Abteilung, oder DPI, wie sie seit der Fusion von Statoil und der Erdöl-Sparte von Norsk Hydro genannt wird, nach Vækerø in Oslo umgezogen. Aber ich habe aufgehört. Ein knappes Jahr noch habe ich weitergearbeitet, war also nicht mehr dabei, als die Abteilung noch einmal übersiedelte, jetzt in das neue, augenfällige Gebäude in Fornebu, nicht weit von der Villa Bohre in Lysaker entfernt, wo Ritas Enkel Bård Berger mit seiner Tochter Joan und ihrer Familie lebt. Nachdem ich – fast wie Versuchsballons – ein paar Kolumnen über die NÖA, die Norwegische Ölabhängigkeit, veröffentlicht hatte, die keinerlei Gehör fanden, habe ich meine Gedanken in einem Buch mit dem Titel *Die norwegische Schuld* zusammengefasst. In Norwegen selbst erregte es keine große Aufmerksamkeit, aber das Buch wurde übersetzt, und im Ausland wurden meine Anschauungen durchaus mit Neugier aufgenommen. Ein Freund am Institut für Friedensforschung hat mir neulich erzählt, »Norwegian Guilt« sei zu einem Begriff geworden, zu einem Ausdruck, der in vielen Zusammenhängen verwendet werde, und vor einer Woche erst hat jemand mir einen Link geschickt zu einem Vortrag über »Kollektive Schuld«, gehalten auf einer katholischen Konferenz in Genf über die gegenwärtigen Probleme der Sozialethik, in dem mehrere Zitate aus *The Norwegian Guilt* vorkamen.

Aber das Wichtigste: Während meiner Gefangenschaft in Lagos überkam mich das Bedürfnis, ein Unternehmen zu gründen, und das habe ich auch getan – Seamaster Energy

Corporation. Es fühlt sich an, als hätte ich eine neue, unerwartete Chance bekommen, ein wertvolles Freispiel, das ich jetzt, um Gottes willen, nicht vergeuden darf. Als Statoil mich zum Weitermachen bewegen wollte, hielt ich an meinem Beschluss aus der Gefangenschaft fest: Ich wollte meine ganze Kraft den alternativen Energiequellen widmen. Ich denke es mir so: Norwegen hat bei seiner Wohlstandsentwicklung mit der Energiegewinnung aus Süßwasser begonnen, jetzt sollten sie dasselbe mit Salzwasser tun. Die Aussichten stehen gut. Ich bin letztes Jahr nach Beijing gezogen, und schon zu Jahresbeginn haben wir eine Kooperationsvereinbarung mit mehreren chinesischen Unternehmen getroffen, die an der Entwicklung von Wellenkraftwerken forschen. Nicht nur das: Ich hätte nie geglaubt, dass ich, ein Mann von bald sechzig Jahren, eine neue Familie gründen würde, aber ich habe eine 38-jährige Chilenin geheiratet, die nächstes Jahr ein Kind erwartet. […] Was noch? […] Das muss genügen. Ich werde auch dieses letzte Band in die kleine Schachtel legen. Ich habe mir überlegt, sie Joan Berger zu geben, oder Little Green, wie sie genannt wird. Hab gehört, sie arbeitet an einer Art Familienchronik. Sie wird erkennen, dass meine Geschichte kein Ausnahmefall ist. In meinen Augen ist es die Geschichte der ganzen Nation. Im Guten wie im Schlechten.

Ingri Bohre hatte nie davon geträumt, eine bekannte Persönlichkeit zu werden oder eine bedeutende Position in der Gesellschaft einzunehmen – oder, müssen wir hinzufügen, Stammmutter zu werden für eine auf einem fernen Kontinent lebende Dynastie. Andererseits hatte sie aber auch nie gedacht, dass sie als halbe Inderin schlechtere Erfolgsaussichten hätte. Eher im Gegenteil.

Ingri Bohre besaß eine besondere Empfindung für Räume, und es mag darum nicht überraschen, dass in ihrem Bericht drei Räume eine wichtige Rolle spielen, einem Bericht, der zugleich eine Vorwegnahme einer der am häufigsten erwähnten Eigenheiten der Long-Dynastie darstellt: den Hang zum Aufruhr.

Einer dieser Räume war eine Vorratshütte, die sie zuerst nur aus dem Augenwinkel sah, als sie das auf der Kuppe des Holmenkollåsen gelegene Anwesen betrat. Sie musste sich geradezu einen Weg freibahnen durch das auf dem Rasen versammelte Menschengewimmel. Auch spielende Kinder liefen zwischen den Wirtschaftsgebäuden, Sträuchern und Baumgruppen herum. Weil alle, an denen sie vorbeikam, sie begrüßen wollten, wurde sie unzählige Male aufgehalten, bevor sie den Felsvorsprung erreichte, von dem aus sie auf den Stadtkern und den Fjord hinaus-, oder eher: hinunterblickte. Es war schon seltsam, dass man sich hier in der Hauptstadt befand und trotzdem das Gefühl hatte, eine Aussicht zu genießen, die bis zum Gaustatoppen reichte, bis nach Dänemark oder noch weiter. Es war der 17. Mai in Norwegen, Nationalfeiertag, und ihre Brüder luden zum Fest. Sie hatten es bereits zur Tradition gemacht, so viele Leute wie möglich an diesem Tag zu versammeln, wobei das Gelage allmählich auch immer mehr Prominente angelockt hatte, einschließlich der sogenannten Celebrities, die ziemlich sicher mit einem Gefühl hier herumliefen, bei einer der erfolgreichsten Familien Norwegens zu gastieren, und paradoxerweise fasste Ingri ausgerechnet auf dieser Feier, im Jahr 2012, einen Entschluss, der für noch mehr Wirbel sorgen sollte »in dieser nicht ganz gewöhnlichen Familie aus Vålerenga«, wie es die Klatschblätter zu formulieren beliebten.

Sie war daran gewöhnt, die Aufmerksamkeit auf sich zu ziehen. An die vielen diskreten Blicke, wo auch immer sie sich bewegte. Sie trug ein einfaches, helles Kleid und eine Jacke, die sie lang nicht mehr getragen hatte. Flache Schuhe, geeignet für den Rasen. Der Ministerpräsident hatte immer wieder Andeutungen fallen lassen, wie gut ihr doch eine Bunad stünde – als ob er der Meinung sei, sie würde ein schönes Werbeplakat abgeben –, doch da verlief ihre Grenze. Diese Nationaltrachten waren ein Zeichen von Geschichtslosigkeit. Eine konstruierte Festtracht. Nein, dann schon lieber ein elfenbeinfarbener Blazer mit verschnörkelten Stickereien, die im Licht ihre Form veränderten. Sie ertappte sich bei einem Lächeln. Von einem Modemagazin war sie als »die Mette-Marit der Migranten« bezeichnet worden. Das reinste Gewäsch. Trotzdem schmeichelhaft. »Hei, Schwester«, sagte Jawa, der gerade mit einem Karton Hamburgerbrötchen unter dem Arm an ihr vorbeiging, und gab ihr einen leichten Klaps auf die Schulter, »in dieser buntgemischten Versammlung finden sich bestimmt ein paar Heiratswillige.« Sie lachte hinter seinem Rücken. Aber es stimmte. Das Einzige, was ihr fehlte, war ein Mann.

Albert Bohre, der Walfänger, hatte das Anwesen im Thorleif Haugs vei auf dem Gipfel des Holmenkollen seiner Tochter

Ragnhild vermacht, ein schwerer Schlag für ihren Bruder, den ehemaligen Skispringer Sindre, aber Testament blieb Testament, und Sindre hatte den rechtmäßigen Anteil seines Erbes bekommen, das heißt, den Teil, der nach Alberts großzügig in alle Richtungen verteilten Schenkungen von dem Vermögen noch übrig geblieben war. Ragnhild jedoch hatte den Besitz schnurstracks ihrem einzigen Kind, Hilde, überschrieben, weil sie selbst in Vålerenga bleiben wollte, aber auch Hilde hatte nicht auf den Holmenkollen ziehen wollen und das Haus weitervermietet, bis Mo, Jawa und Ingri es übernehmen konnten, nur dass Ingri das nicht wollte, sie wollte ihren eigenen Raum haben, weshalb ihre Brüder, gut betucht, wie sie da bereits waren, sie ausgezahlt hatten. Mo und Jawa hatten die vier Vorratshütten behalten, die Albert in einem nationalromantischen Rappel hier hatte aufstellen lassen und die dem Grundstück einen Hauch von Heimatmuseum und Mittelalter verliehen. Ansonsten dominierte das Haupthaus, in einem Stil, der irgendwie einen Vorgriff auf die Linien der hypermodernen Bauwerke der Architektin Zaha Hadid darzustellen schien. Ingri musste dabei an ein Raumschiff denken, das zwischen kleinen Heiligtümern im Blockhausstil gelandet war. Das Totschlagargument aber war dennoch die Aussicht. »Kein Zweifel, wer hier oben der König ist«, wie Albert immer gesagt hatte, wenn er breitbeinig am Ende des Rasens stehend zum Kongsseteren und auf die halbe Stadt hinuntergeblickt hatte, fast fünfhundert Meter unter sich.

Ingri setzte ihre Runde fort, begrüßte Filmregisseure und Schauspieler, Verlagsleute und Schriftsteller, Politiker und Akademiker, Journalisten und Wirtschaftsbonzen. Sie schüttelte Hände, winkte. Hatte sie sich nicht genau so ein albernes Winken zugelegt wie die Königlichen, seitlich? Wie schön, dich zu sehen. Nein, wirklich, hallo! Lange her. Ausgestreckte Hände überall. Guten Tag, und Gratulation zu der tollen Ausstellung in Berlin. Trotz ihrer erst kurzen Karriere hatte sie mit dem Großteil der hier Anwesenden, allesamt bekannte und mächtige Leute, schon mehrmals das eine oder andere Wort gewechselt. Es stand hoch im Kurs, in die Residenz der Brüder Bohre geladen zu werden und nach dem Kinderumzug und dem Anblick der vielen sonnenglitzernden Sølje-Broschen unten in der City hier oben vorfahren zu dürfen. Luft holen und Jacke ablegen. Einen Moment dachte Ingri an die Engländer, die nach Shimla gereist waren, wenn die Hitze in Neu-Delhi zu aufdringlich wurde. Der Reihe nach lächelte sie höflich einem Werbeguru, einem Rockstar, einen Skandalfotografen zu. Hier eine Bombe zünden, und Norwegen wäre viel von seinem kulturellen Ballast los. Ein Braindrain sondergleichen.

Sie hörte ein Vroooom. Ein roter, flacher Sportwagen – sie sah lediglich, dass es ein italienischer sein musste – schlitterte unten durch das breite Tor herein. Ein Fußballer, dachte sie. Einer dieser Nationalspieler mit mehr Testosteron als Technik. Oder einer von diesen stinkreichen Investoren, von denen ihre Brüder umworben wurden. Aber sie wurde überrascht, als sie den Mann erkannte, der sich aus dem Fahrersitz herausschälte. Gard Enstad, ein Jugendfreund. Und ihr erster fester Freund.

Sie war Ministerin. Zurzeit die jüngste des Landes. Eigentlich wollte sie ursprünglich Ozeanforscherin oder Meeresbiologin werden, wollte in Nansens Fußstapfen treten, aber direkt nach dem Studium schon hatte die Politik ihre ganze Zeit beansprucht. Davor war sie eine bekannte Bloggerin gewesen. Sie hatte früh angefangen, hatte sich von der etwas älteren Joan Berger inspirieren lassen und war schon bald auf diesem neuen Feld federführend geworden. Ihr bissiger, feministischer, politischer Blog hatte ihr die ersten Bilder in der Zeitung eingebracht, die ersten Zeitschriftenreportagen, und sie bis zum Beraterjob in der ehemaligen Regierung geführt.

Ihre Mutter hatte ihre Meinung dazu nicht allzu offen geäußert, doch Prem Bhandari, ihr Vater, war derjenige gewesen, der am lautesten Bravo gerufen hatte, als Ingri nach der Wahl 2009 als neue Ministerin mit einem Armvoll Blumen auf den Schlossplatz hinausgetreten war, was auf Außenstehende gewiss komisch gewirkt haben musste, weil der Einzige, der vor Begeisterung auf und ab hüpfend die norwegische Fahne schwenkte, ein Mann aus Uttar Pradesh war. »Was für ein wunderbares Land!«, rief er.

Ingri hatte ihren Job gut gemacht, alle Erwartungen übertroffen. Sogar der Ministerpräsident war überrascht.

Aber ein Schnitzer war ihr unterlaufen. Sofern man es einen Schnitzer nennen konnte. Als ziemlich frisch gebackene Ministerin war sie als Gast bei der beliebten Talkshow *Skavlan* eingeladen. Und dies nun ist der zweite wichtige Raum in dieser Erzählung. Ein Fernsehstudio, ein verhältnismäßig kleiner Raum, der jedoch mithilfe der Technik nahezu grenzenlos wurde, der Raum aller, ein Puppenhaus zur Zerstreuung in den Wohnzimmern des Fernsehpublikums. Als eine Frau mit einem außergewöhnlichen räumlichen Empfinden, hatte Ingri schon früh das Besondere an diesen TV-Studios erkannt, sie hatte viele davon kennengelernt und fühlte sich trotzdem jedes Mal fehl am Platz, wenn sie in dem ekelhaft grellen Licht saß und von todernsten Aufnahmeleitern herumkommandiert wurde, als dürfe man hautnah eine Operation miterleben und müsse seinem Gott dafür danken, dieser Erfahrung teilhaftig zu werden. Diese Studioeinrichtungen hatten etwas von Grund auf Künstliches an sich: das Publikum wie auf der

Hühnerstange, die einsamen Stühle in der Mitte und grobe, pappähnliche Kulissen ringsum. Etwas Abstraktes, Kaltes, Skelettartiges, das jedoch dank der Lichtführung auf die Zusehenden wie ein gemütlicher, warmer Raum wirkte. Ingri empfand es wie einen großangelegten Betrug. Dazu kam die aufgehetzte, nervöse Stimmung, weil alle wussten, wie viel auf dem Spiel stand. Selbst einem so erfahrenen Showmaster wie Skavlan war es beinahe unmöglich, seine Gäste dazu zu bringen, offen zu sprechen und sich natürlich zu geben.

In dieser Sendung nun, mehr oder weniger live im Fernsehen, antwortete Ingri in einem unüberlegten Moment in aller Ehrlichkeit auf eine Frage, die sie völlig auf dem falschen Fuß erwischt hatte. Davor war sie bereits mit ein paar persönlichen Fragen über Religion konfrontiert worden, die sie jedoch, da sie nicht nur im Hinduismus, der Religion ihres Vaters, gut bewandert war, sondern auch im Islam, allesamt gekonnt pariert hatte. Sie war bei mehreren Vorträgen von Olav Berger gewesen, und es hatte sie erheitert, als sie herausgefunden hatte, dass sie beide, ein halber Afroamerikaner und eine halbe Inderin, beide durch und durch norwegisch nichtsdestoweniger, entfernt miteinander verwandt waren; ihre Großmütter, Bjørg und Ragnhild, waren Cousinen. Sie war nicht die einzige Prominente bei Skavlan, aber trotzdem waren alle Lichter auf sie gerichtet, auf sie waren alle am neugierigsten, sie war der Scoop des Abends, Ingri Bohre, die junge Ministerin aus Vålerenga, mit ihrem indischen IBM-Vater und einem Wüstling von Walfangreeder als Großvater. Und auch wenn sie nie das Gefühl loswurde, sich in einem unwirklichen Raum zu befinden, fast wie im Cyberspace, war es Ingri ausnahmsweise gelungen, locker zu bleiben. Sie hatte gelernt, mit dem Druck umzugehen, vor Kameras aufzutreten und aus dem Stegreif Fragen zu beantworten. Sie trug einen Blazer, den sie sich neu gekauft hatte, fühlte sich wohl darin, ein elfenbeinfarbener Blazer mit verschnörkelten Stickereien, die bei jeder Armbewegung hervortraten, und bis dahin war alles gut gelaufen.

Skavlan stellte eine neue Frage: »Wenn Sie sich die Regierungspolitik ansehen, gibt es da etwas, womit Sie nicht einverstanden sind?«

»Mit dem Kauf dieser Kampfflugzeuge«, antwortete sie spontan. Es war zwar die vorhergehende Regierung gewesen, die diese Gesetzesvorlage eingebracht hatte, doch erst dadurch, dass sie es laut aussprach, wurde ihr bewusst, wie lange sie sich schon darüber geärgert hatte. Sie spürte plötzlich, wie ihr Gesicht heiß wurde, als ob ihr Make-Up, zusammen mit der Extraschminke fürs Fernsehen, gerade dabei war, an ihrem Gesicht herabzufließen.

Skavlan fiel fast sein Journalistenblock aus der Hand vor Überraschung oder vielleicht vor Freude über diese unerwartete Äußerung, die noch dazu einiges an Brisanz besaß. Er sammelte sich rasch wieder und wollte wissen, ob sie denn statt der amerikanischen Flugzeuge lieber die schwedischen gewählt hätte. Was insofern eine brillante Frage war, weil seine Talkshow auch auf den schwedischen Bildschirmen lief und die Schweden äußerst empört reagiert hatten, weil Norwegen sich nicht für den JAS 39 Gripen, sondern für die F-35 entschieden hatte.

»Ich hätte gar keine genommen«, sagte sie.

Jetzt konnte Skavlan nur mehr lächeln vor Verblüffung, wissend, dass die Kamera auf sie gerichtet war.

»Ich bin der Meinung, die Streitkräfte wären besser damit bedient, wenn sie das Geld, diese zig-Millionen, anderweitig nutzen würden. Zur Finanzierung dieser sündteuren Flugzeuge, eigentlich bloß schwebende Computer, die bei zu lautem Räuspern im Cockpit ein Kurzschluss kriegen, müssen alle sonstigen Ausgaben gekürzt werden. Ich denke, wir sollten eher in Richtung Guerillakriegsführung denken, kleine, schnelle, mobile Einheiten, geeignet für unsere Natur, sowie leicht transportierbare Marschflugkörper. Wir sollten unsere Lehren aus dem Zweiten Weltkrieg ziehen, aus allem, was Norwegen im Vorfeld verabsäumt hat, als die Deutschen einmarschierten.«

In den Sekunden, die es brauchte, bis Skavlan sich wieder gefangen hatte – sie sah, wie sich sein Lächeln in einen Ausdruck verwandelte, in dem sich bereits eine neue, bohrende Frage ankündigte –, dachte sie daran, wie ihr politisches Engagement geboren worden war.

Trotz der unvermeidlichen Berührung mit Mobbing, hatte Ingri eine sorglose, nichtsahnende Kindheit verlebt, doch dann war sie mit einem Schlag ein Teenager geworden und hatte begonnen, sich umzusehen, auch in Hinblick darauf, was außerhalb Norwegens vor sich ging. Sie hatte, schlicht und einfach, zu denken begonnen. Oder nicht zu denken, sondern zu *grübeln*. Die Folge davon war, dass sie als 14-Jährige krank wurde. Ihre Eltern dachten, sie leide an einer Essstörung, aber das war es nicht. Niemand konnte eine Diagnose stellen. Die Ärzte waren ratlos. Die Psychologen kamen nicht weiter. Aber es war nicht zu bestreiten: Ingri litt an einer realen Krankheit. Und sie allein kannte die Ursache: Sie war vermutlich die erste Norwegerin, die aus schlechtem Gewissen heraus krank geworden war. Als sie später die Geschichte von Buddha, von Siddhartha, hörte, erkannte sie sich darin wieder. Sie hatte ein völlig behütetes Leben geführt, gerade als Norwegerin. Doch dann war ein Schleier brutal zur Seite gerissen worden und sie hatte unverhofft Einblick in das Elend der Welt bekommen.

Angefangen bei den Tausenden Kindern, die jeden Tag starben, weil sie nicht genug zu essen bekamen, bis hin zu der immer dünner werdenden Ozonschicht. Und weiter: Sie erkannte Norwegens unleugbare Mitschuld in all diesen Dingen. Die Erkenntnis ging ihr so nahe, dass sie sich körperlich schlecht fühlte. Konnte das eine Form von Stigmatisierung sein? Hatte sie sich so stark in das Leid anderer hineingelebt, dass sie selbst davon angesteckt worden war? Sie erzählte niemand etwas davon, weil sie wusste, niemand würde es verstehen; wahrscheinlich würden sie ohnehin nur um den heißen Brei herumreden und ihr dabei über den Kopf streichen. Sie hörte schon den Refrain: »So ist die Welt eben. Wir können nichts dagegen tun.«

Das Positive an der Sache, wie Ingri es sah, waren die immer häufigeren Besuche ihrer Mutter, Ragnhild Bohre, die sich zu ihr ans Bett setzte, um sich mit ihr zu unterhalten. Nicht über die Krankheit, sondern über alles Mögliche. Woran Ingri sich am besten erinnerte, waren die Geschichten aus ihrer eigenen Jugend, über ihr Heranwachsen in Sandefjord oder die Reise mit Tante Rita und Bjørg nach Alvdal und Rondane. Die Begegnung mit Baral. Stell dir vor, ein echter Brahmane am Fuß des Tronfjells! Außerdem hatte sie ein Buch mitgebracht, *Ein Zimmer für sich allein* von Virginia Woolf. Im Scherz sagte sie, dass auch Arne, der Autoverkäufer, die Schriftstellerin gemocht habe, weil ihre Initialen VW seien. Ingri las das Buch, und auch wenn sie vielleicht nicht alles verstand – wie etwa die These, eine Frau müsse auch finanziell unabhängig sein –, konnte sie ihre Eltern dazu überreden, eine Zwischenwand im Kinderzimmer aufzuziehen, was ihr, obwohl das Stockbett ihrer Brüder sich physisch nicht weiter weg befand, endlich das Gefühl gab, ihren eigenen Raum zu haben. Tatsächlich war es, als hätte diese dünne Grenze, fast nur eine Haut, eine geistige

Veränderung in ihr bewirkt: In ihrem eigenen Raum konnte sie leichter atmen, denken.

Im selben Frühling kam per Post ein Briefumschlag von Rita Bohre. Darin lag eine altertümliche, zusammengefaltete Karteikarte, wie etwas, das Ingri in ihrem Innersten archivieren sollte: »Ich hoffe, du wirst bald gesund«, stand darauf in zierlicher Schnörkelschrift. »Die Welt braucht ein Mädchen wie dich.« Zuerst hatte sie nur geweint, doch dann, im Laufe einiger Tage, hatte dieser Satz, trotz seiner Banalität, sie dazu gebracht, die Zähne zusammenzubeißen und sich aufzurichten. Ritas kurze, handgeschriebene Nachricht hatte aus irgendeinem Grund besser gewirkt als jede Medizin.

Im Übrigen hatte Rita schon davor großen Respekt bei ihr genossen. Prem, ihr Vater, hatte seiner Tochter einmal erzählt, *rita* sei ein zentraler Begriff des Hinduismus. *Rita* war Sanskrit und bedeutete »Wahrheit« oder »Ordnung«. »*Rita* ist die große Weltordnung«, erklärte er andächtig, und Ingri hatte den Eindruck, dass er nicht über indische Philosophie sprach, sondern über die alte Dame in Lysaker.

Ingri war der Sozialistischen Jugendorganisation SU beigetreten, fand aber, das sei nicht genug, und trat auch der norwegischen Jugendschutzorganisation Natur og Ungdom bei. Sie wollte einen Beitrag leisten, sie wollte verstehen, sie wollte etwas tun. Ragnhild erzählte ihr, wie Rita in den 50- und 60er-Jahren gegen das atomare Wettrüsten auf die Barrikaden gegangen war, über ihre spätere Begeisterung für den Club of Rome und dessen norwegische Variante: Die von Erik Dammann ins Leben gerufene Bewegung. Jetzt weiß ich, nach wem ich geraten bin, sagte sich Ingri. So dachte sie wirklich. Dass sie nach Rita geraten war. Mehr als nach ihrem Urgroßvater Albert.

Sie hatte sich immer gern in dem Versammlungsraum der Gamle Oslo SU aufgehalten, und am besten im Gedächtnis geblieben war ihr die eingerahmte Titelseite einer älteren Ausgabe der Wochenzeitung *Ny Tid*: Über die ganze Seite war ein F-16-Kampfflugzeug abgebildet, und darunter stand der Text: »Hier fliegen 52 Kindergärten.« Das hatte Eindruck in ihr hinterlassen und Gedanken über die wirtschaftlichen Prioritäten in der Gesellschaft in Gang gesetzt: Es ging darum, die richtigen Entscheidungen zu treffen. Sie war nicht naiv, sie wusste um die Notwendigkeit der Landesverteidigung, aber trotzdem. Konnte dieses Geld nicht auf sinnvollere Weise genutzt werden?

Auf einer Hüttentour durch die Østmarka hatte ein zartgliedriges, wortkarges Mädchen ihr einmal von einem Phänomen namens Pflugscharbewegung berichtet. Im Jahr davor hatte in Schweden eine Friedensaktion stattgefunden, bei der ein junger Mann und eine junge Frau – beide hatten in ihrer Klasse das beste Abschlusszeugnis – in die Saab-Anlage eingedrungen waren, wo sie Weizensamen ausgestreut und danach die Bombenaufhängevorrichtungen eines JAS-Kampffliegers mit dem Hammer bearbeitet hatten. Beide waren verhaftet worden. Im ersten Moment hatte Ingri nur gedacht, dass sowieso alles hoffnungslos, wirkungslos war, doch der Gedanke an das Mädchen, dieses patente Mädchen, das mit einem Hammer auf ein Jagdflugzeug einschlug, hatte sie nicht mehr losgelassen.

Im Studio richtete Ingri sich in dem schwarzen Lounge Chair auf und kam Skavlan zuvor: »Das Jagdgeschwader eines kleinen Landes ist zu verwundbar. Das haben alle Kriege in der Vergangenheit gezeigt. Kaum etwas ist mit einem Überraschungsangriff leichter außer Gefecht zu setzen als die gegnerischen Kampfflugzeuge. Denken wir nur daran, wie Israel in der

Anfangsphase des Sechstagekrieges die ägyptischen Luftstreit-kräfte fast völlig zerstört hat.«

Skavlan zeigte sich allmählich beeindruckt. Die beiden anderen Gäste saßen nur sprachlos daneben, so als begriffen sie, dass sie lediglich Statisten waren in einem Schauspiel, über das noch viel gesprochen werden würde.

»Was beispielsweise den Flugplatz Ørland außerhalb von Trondheim angeht«, sagte Ingri, »bräuchten sich nur zwei Mädels auf ihre Räder schwingen und von der parallel zur Rollbahn verlaufenden Landstraße aus Granaten über den Zaun werfen, um die Flieger am Starten zu hindern. Oder ein Mädchen im Hängegleiter, das bei günstigem Wind vom Osplikammen oder vom Tønsfjellet losstartet.« Sie sagte bewusst »Mädchen«, weil Frauen in Sachen Kriegsführung von Männern immer unterschätzten wurden. Ingri war in diesen Gegenden von Norwegen gewesen, und als sie einmal auf dem Weg zur Insel Storfosna beim Flugplatz Ørland vorbeigekommen war, hatte sie an die Pflugscharbewegung gedacht und ein unerschütterliches, mutiges Mädchen mit einem Hammer vor sich gesehen.

»Wenn die Rollfelder zerstört sind, helfen auch Kampf-flugzeuge um mehrere Milliarden nichts mehr«, schloss sie. Zwar hielten Rollfelder mehr aus als Granaten, das wusste auch Ingri, aber bevor sie noch dazu kam, darüber nachzudenken, hatte sie es schon gesagt.

»Woher wissen Sie so viel über Kampfflugzeuge und Krieg?«, fragte Skavlan, darum bemüht, ein Lächeln zu unterdrücken, aber es lag in der Luft: für eine Frau. Frauen kannten sich in solchen Dingen nicht aus. Ingri verlor sich einen Moment lang, fühlte sich wie hypnotisiert von den schlichten, geschnitzten Zickzackkulissen um sie herum, die aufgrund der Beleuchtung beim Publikum fast den Eindruck erwecken mussten, als würden sie brennen, Skavlan und seine Gäste in einer Manege umgeben von Feuer.

»Sie vergessen, dass ich zwei Brüder habe«, entgegnete Ingri. »Zwei Brüder, die mir alles gezeigt haben, was sich in Sachen Computerspiele in den letzten zwanzig Jahren getan hat. Und ich sollte hinzufügen: Die heute als Gamedesigner die bekannte Firma Kailash führen, ein norwegisches Flaggschiff, was Software-Produkte angeht. Wenn man etwas von Videospielen lernt, dann den Gebrauch der Fantasie. Ein paar Gänse können einen Abfangjäger auf den Boden holen. Ein Mädchen im Hängegleiter reicht aus, um die kompletten Luftstreitkräfte außer Gefecht zu setzen!«

Das musste Krach geben. Politisch. Von der eigenen Partei setzte es eine Rüge, die sich gewaschen hatte, und die Opposition geriet in Harnisch angesichts einer Ministerin, die sich ins Fernsehen setzte und in einer Unterhaltungssendung mit einem Millionenpublikum in Norwegen und Schweden ein solches Gebrabbel von sich gab. In den Zeitungen wurde sie Hängegleiter-Ministerin genannt, doch Ingri Bohre ritt den Sturm ab, vollzog eine geziemende Wandlung und war, falls das überhaupt möglich war, danach noch populärer, besonders bei den Jungen. Trotz ihres Ausrutschers war sie der Trumpf ihrer Partei. »Sogar wenn du strauchelst, tust du das so gefällig, dass dir alle vergeben«, sagte der Ministerpräsident mit einem schiefen, zweideutigen Lächeln.

Nichtsdestoweniger löste der Vorfall eine Unruhe in ihr aus. Obwohl sie diese Unruhe geschickt zu verbergen wusste, und obwohl ihre Zweifel immer größer wurden, war sie seit mehreren Jahre eine gute Ministerin, doch bei dieser 17. Mai-Feier am Voksenkollen, umgeben von so vielen berühmten Personen, die sich gegenseitig spiegelten und sie erkennen ließen, wie eitel sie selbst geworden war, meldeten sich die Zweifel erneut. Heute redeten die jungen Radikalen vom Problem der Konsummentalität, die alles überschattete, aber war der Narzissmus denn nicht mindestens genauso bedrohlich? Was war aus den Idealen geworden, die sie in ihrer Zeit bei der Sozialistischen Jugend und bei Natur og Ungdom gepriesen hatte? Mit ihren knapp dreißig Jahren hatte sie bereits alles begraben, woran sie geglaubt hatte. Sie fühlte sich schwindlig, spürte einen unbestimmten Schmerz im Zwerchfell.

»He, Schwester, steh nicht so miesepetrig hier rum.« Es war Mo, der ihr ein Glas voller grüner Blätter reichte und sie zu einer Gruppe junger Leute führte, die alle bei Kailash angestellt sein mussten, sie erkannte es an ihren hungrigen Augen, an ihrem Eifer, ein Blick, den sie im täglichen Umgang mit Politikern und Bürokraten selten sah. Das waren Menschen, die mit ihren blitzschnell über die Tastatur tanzenden Fingern Welten hervorzaubern konnten. Ihr Bruder zog sie weiter zu einer der Vorratshütten. Andere Leute folgten ihnen, so als erwarteten sie sich eine Führung wie im Heimatmuseum.

Mo öffnete die Tür. »Wir haben uns hier draußen ein kleines Sommerbüro eingerichtet. Eine ›Denkstube‹. Hin und wieder kann sich ein Ortswechsel als fruchtbar erweisen. In diesen Holzwänden herrscht ein anderer Vibe als drin in der Villa.« Auch Jawa war jetzt dazugestoßen. Beide Brüder hatten Familie, wohnten aber gemeinsam im Haupthaus, vier Erwachsene und fünf Kinder. »Wo wir doch als Hippies aufgewachsen sind«, scherzten sie.

Jemand fing an, Fragen zu stellen, und deutete auf eine große Tafel voller Schrift und Illustrationen und Pfeile, die hinter den Rechnern aufgestellt war. Voller Euphorie berichteten die

Brüder von der Idee und der Struktur eines Spiels, das sich gerade in Entwicklung befand; sie steuerten jetzt mit voller Fahrt den Markt der Mobile Games an.

Ingri lachte innerlich bei dem Anblick: eine alte, norwegische Vorratshütte voll mit Elektronik. Das neue Norwegen. Als sie Mo und Jawa beim Plausch mit den Gästen beobachtete, wollte es ihr irgendwie nicht in den Kopf, dass es gerade mal zwei Jahrzehnte her war, dass sie kleine Lausbuben gewesen waren und sie auf hundert verschiedene Arten geärgert hatten. Würde man einige der Gäste hier fragen, würden sie sagen, ihre Brüder repräsentierten innerhalb der virtuellen Architektur dasselbe Wunder wie das, wofür das Architekturbüro Snøhetta in der Wirklichkeit stand. Der Name der Firma, Kailash, nach dem Berg in Tibet, der für vier Religionen als der heiligste gilt und deshalb noch unbestiegen ist, war deshalb womöglich auch als eine Art Echo des Namens Snøhetta zu verstehen. Im selben Sinne nannten sie das Anwesen auf dem Voksenkollen Rishikesh, nach einem von Vishnus tausend Namen, der Meister der Sinne bedeutete, und genau das war es auch, was sie wollten, sie wollten Spiele entwerfen, die alle Sinne ansprachen. Die Brüder verwendeten den Namen halb zum Spaß, halb zur Huldigung ihres Vaters, der in Haridwar aufgewachsen war, unweit des bekannten Yoga-Zentrums in Rishikesh am Fuß des Himalayas. Für die Angestellten, die häufig hier oben ein- und ausgingen, passte der Name jedenfalls gut. Das Anwesen am Voksenkollen war ein Ort, an dem sie sich Inspiration holten.

Ingri fühlte sich nach wie vor schwindlig, nahm einen Schluck von ihrem Mojito und stellte das Glas ab. Ihre Schulterblätter sagten ihr, dass jemand sie mit eindringlichem Blick anstarrte. Sie drehte sich um und entdeckte Gard Enstad bei einer der Vorratshütten, der so tat, als würde er eine Nachricht auf seinem Handy lesen. Aufgrund seiner Haltung, seiner Kleidung, stach er unter den anderen heraus. Sie kannten einander aus Natur og Ungdom. Ingri wurde noch unruhiger. Ihre Schläfen pochten, sie musste sich ein wenig ausruhen. Sie ging durch die Terrasse ins Haupthaus, fand den Weg in Jawas Arbeitszimmer und legte sich auf das Sofa dort, hörte noch immer das Surren aus dem Garten, die leise Musik, und starrte an die weiße Decke. In dem Zimmer hing ein leichter Geruch nach Weihrauch. Was jetzt?, dachte sie. Ich kann nicht so weitermachen. Ein Rücktritt jedoch könnte womöglich der Regierung schaden, die Leute würden anfangen, Mutmaßungen anzustellen. »Du hast ein Talent dafür, Wellen zu schlagen«, hatte der Ministerpräsident gesagt. Und das war nicht als Lob gemeint. Immer diese verfluchte Rücksichtnahme.

Ihr Blick glitt an den Bücherregalen im Arbeitszimmer ihres Bruders entlang, Sachbücher und Literatur durcheinandergemischt. Dann entdeckte sie etwas und stand auf. Jawa hatte ein altes Fotoalbum zwischen die Bücher gesteckt, eine Seltenheit heutzutage, da alle ihre Bilder lieber auf den verschiedensten Geräten abspeicherten. Sie nimmt das Album heraus, setzt sich wieder aufs Sofa und beginnt zu blättern. Sie wohnten in der Islands gate in Vålerenga. Direkt neben der Schule und nur eine kurze Wegstrecke von ihrer Großmutter in der Danmarks gate entfernt. »Eine Minute von Island nach Dänemark!«, grölten die Jungs. Ingri lässt den Blick über die Bilder gleiten, bis sie bei einem angekommen ist, das die Hütte Mariholtet in der Østmarka zeigt. Prems Lieblingsbeschäftigung in Norwegen war es, in der Marka wandern zu gehen. Es wollte ihrem Vater nicht in den Kopf, dass man einfach so, völlig gefahrlos, in den dichtesten Wald gehen konnte, hier gab es weder Tiger noch Kobras.

Was für ein wunderbares Land! Weil er seinen beiden Söhnen die Freuden der Freiluftaktivitäten nahebringen wollte, hatte er schon früh angefangen, sie auf seine Wanderungen mitzuschleppen, aber es war hoffnungslos, sie schnitten sich pausenlos in die Finger, verbrannten sich am Feuer, ließen die Würstchen verkohlen, bekamen Ameisenbesuch in ihren Schlafsäcken, purzelten ins Moor und wollten nur mehr nach Hause. Später hatte er stattdessen Ingri mitgenommen, und sie hatte sich auf Anhieb an den Wald angepasst, sich vom ersten Moment an wohlgefühlt und Prem oft auf seinen langen Expeditionen »in den norwegischen Dschungel«, wie er es nannte, begleitet; sie konnte gar nicht genug davon bekommen, beim Halsjøen an einem Lagerfeuer zu sitzen und »Hey, Bungalow Bill« zu singen, dass es über das Wasser schallte. Alles das, »Bungalow Bill« eingeschlossen, sollte ihr später bei Natur og Ungdom von Nutzen sein.

Ingri blättert weiter zu einer Reihe von Bildern eines Familienbesuchs in Indien, gefolgt von Bildern eines weniger exotischen Besuchs bei Rita Bohre in Lysaker. Alle drei Kinder, und besonders Ingri, waren neugierig auf diese wunderliche, *mächtige* alte Dame, die Pa-lä-on-to-lo-gin war, ein Wort, das ihre Mutter ihnen erst erklären musste. Für die Jungs sah sie aus wie ein Mönch, wie eine Kung-Fu-Meisterin mit ihren kurzen grauen Haaren und der trotz ihrer neunzig Jahre lebhaften Art. Rita erzählte ihnen vom Osebergschiff und den persischen Königen und zeigte ihnen Bücher, in denen Fossilien abgebildet waren, die sonderbarsten Formen und Wesen, allesamt ausgestorben. Ihre Brüder saßen mit großen Augen daneben und sogen alles auf, so als wüssten sie, dass sie eines Tages irgendetwas davon würden verwenden können.

Sie durften draußen spielen, und alle drei fühlten sie sich von der gigantischen Eiche angezogen, einem eigenen Planeten inmitten des wild wuchernden Gartens. Mo und Jawa waren alt genug, um bis zu den Plattformen hinaufzuklettern, die auf verschiedenen Ebenen zwischen den Ästen befestigt waren, und später war Ingri sich sicher, dass die Vorliebe ihrer Brüder für gewisse Strukturen in ihren Spielen auf dieses Erlebnis zurückzuführen war. Zu der Zeit beherrschten sie die ersten Rechner, den ZX Spectrum und den Commodore, bereits bis in die Fingerspitzen. Unterstützt wurden sie darin von ihrem Vater, der ihnen alles kaufte, worauf sie mit dem Finger zeigten. Prem arbeitete in den neuen, schicken IBM-Räumlichkeiten in Mastemyr, einem »Soria-Moria-Schloss im Wald«, wie er sagte, und wäre Tandberg damals nicht schon in Konkurs gewesen, wäre er höchstwahrscheinlich hinaus nach Kjelsås gefahren, um einem gewissen Personalchef den Personal Computer auf den Tisch zu knallen, den IBM Anfang der 80er-Jahre auf den Markt gebracht hatte. Ingri blättert die Albumseiten durch bis zu den etwas späteren Bildern, die ihr Vater von Mo und Jawa geschossen hatte, als sie gerade mit einer Gruppe von Freunden, viele davon Migrantenkinder aus dem Viertel, Pakistanis, Vietnamesen, Chilenen, mitten in einem ihrer Rollenspiel steckten, einmal als eine Art Ritter verkleidet im Ekebergskogen, dann wieder als Mönche im Mittelalterpark oder als Zombies am Friedhof Østre Gravlund – Letzteres, weil alle sich noch an Michael Jacksons »Thriller«-Video erinnerten. Es war der perfekte Ort zum Aufwachsen, mit dem epischen Firmengelände von Kværner in Lodalen, den Zügen, nicht zuletzt den Güterzügen, die die ganze Zeit vorbeirasten, dem unheimlichen Botsfengsel, dem ehemaligen Gefängnis, und dem Eishockeymekka Jordal Amfi.

Hier waren die Bilder zu Ende. Wie viele Alben hörte es auf, als die Kinder im Alter zwischen fünfzehn und sechzehn waren.

Von da an nur mehr weiße Blätter. Ingri gefiel das. Als Kind war sie mitunter wegen ihres nicht ganz typisch norwegischen Aussehens gehänselt worden, und immer hatte sie Trost in dem einen Alf-Prøysen-Lied gefunden, dem über Farbstifte und weiße Blätter. Sie fand, auch mit den Fotoalben verhielt es sich ein bisschen so. Es war, als wollten sie ihr zeigen, dass der Weg nach der Kindheit und Jugend nicht vorgegeben war, sondern eine Unmenge an Möglichkeiten bot. Oft dachte sie an ihre Mutter, die bei Kværner zu arbeiten begonnen hatte – und das, *bevor* Frauen sich aus politischen Motiven dort bewarben – und einen Elektroingenieur aus Haridwar geheiratet hatte. Wer hätte das gedacht? Sogar in Vålerenga musste das für Aufsehen sorgen. Ihre Mutter hatte Ingri immer dazu ermutigt, den Erwartungen zu trotzen. »Du wirst nicht werden wie ich«, sagte sie. »Es heißt, der Apfel fällt nicht weit vom Stamm, aber denk lieber an die Bäume, deren Samen vom Wind davongetragen werden, die mit den geflügelten Auswüchsen auf den Früchten, die Birkensamen, die weit davongeweht werden, oder an die Ulme mit ihren herrlichen Früchten, die wie kleine Boote geformt sind. Und vergiss nicht das Allerschönste: Die Propeller des Ahorns, kleine Hubschrauber als Samentransporter.« Dasselbe hätte sie auch zu ihren Brüdern sagen können. Ingri jedenfalls hätte zu der Zeit nie vermutet, dass Mo und Jawa bald ihren großen Exodus in die virtuelle Welt antreten würden, eine Reise, die sie zu millionenfach verkauften Spielen führen sollte, von *Raiders of the Lost Empire* bis hin zu *Saving Civilization*.

Die Spiele hatten sie den ganzen Weg parallel zum Schulbesuch begleitet. Allem voran *Zelda* von Nintendo. Auch Ingri hatte gespielt, erinnerte sich noch an die Aufregung, an die wunden Daumen am Abend. *The Legend of Zelda: A Link to the Past* war für ihre Brüder zum eigentlichen Wendepunkt geworden. Jeden Tag nach der Schule hatten Mo und Jawa gespielt. Ingri hatte noch den Anblick der Brüder vor Augen, wie sie nachts ins Wohnzimmer hinaufschlichen, um dort heimlich weiterzuzocken, ohne Ton, weil sie nicht weitergekommen waren und deshalb nicht einschlafen konnten. Schimpfend hatte ihre Mutter auf den Tisch gehauen und gemeint, sie würden ihre Zeit verschwenden. Aber es war keine Zeitverschwendung. Es ist nicht leicht zu sagen, wann ein Mensch den Grundstein für seine unvergleichlichen Leistungen legt, bei Mo und Jawa allerdings können wir den Zeitraum ziemlich genau bestimmen, und zwar musste es im Alter von fünfzehn Jahren gewesen sein. *Zelda* hatte ihnen gezeigt, wie tief ein Mensch in ein Spiel eintauchen konnte, *Zelda* hatte ihnen gezeigt, wie facettenreich ein Spiel sein konnte, und *Zelda* war es, das ihnen vor Augen geführt hatte, dass ein gutes Spiel mit einem Kunstwerk höchster Güte verwandt war. In ihrem pausenlosen Ringen mit *Zelda* hatten sie allem voran ihre Liebe zu fantasievollen Gebäuden und Landschaften herausgebildet: Paläste voller Irrgänge, Fallen und Geheimräume, Grotten, Sümpfe, Wüsten, Eiswelten. »*Zelda* war unser Universum«, sagte Jawa in einem seiner zahlreichen späteren Interviews – und wir fügen hinzu, die *Zelda*-Reihe ist einer von vier Spieletiteln, die in unserem W20-Depot gespeichert sind. Wie von späteren Studien bestätigt wurde, enthielten diese Spiele in Ansätzen alles das, was im nächsten Jahrhundert, dem der Bildschirmspiele, von bösen Zungen auch das Jahrhundert der Bildschirmhypnose genannt, bis zur Vollkommenheit hin weiterentwickelt wurde.

Sie begannen, Geld zu verdienen, und einer der wichtigsten Aspekte bei der Ausweitung ihres Gewerbes bestand darin, eine Reihe fähiger junger Frauen, allesamt auch begabte Gamerinnen, als Designerinnen an sich zu binden. Sie fanden Büroräumlichkeiten in den alten Thune-Werkstätten in Skøyen, verpassten der stillgelegten Halle ein Upgrade, stellten Jukeboxen und Tischfußballtische auf und montierten Basketballkörbe. Sie hatten das stolze Gebäude bald liebgewonnen, ein perfektes Hauptquartier für die Entwicklung einer Software, die die Welt in Staunen versetzen sollte. »Wir werden eine neue Lokomotive für die norwegische Wirtschaft«, scherzten sie, ohne etwas über Otto Keller zu wissen, den Ehemann von Rita Bohre, der einst an derselben Stelle gesessen und wirkliche Lokomotiven entworfen hatte.

Wieso erzählen wir das alles in Ingris Geschichte? Um dem Bild, oder dem Mythos, auf den Grund zu kommen, der so lange das Feld beherrschte bei den wenigen, die über die Geschichte dieses unscheinbaren Landes um das Jahr 2000 geschrieben haben – dies gilt nicht zuletzt für die einseitige Darstellung von Norwegen als Ölnation durch die Ōuzhōu-Gruppe. Der beispiellose Erfolg dieses kleinen Landes gründete sich nämlich nicht allein auf das Erdöl. Mo und Jawa Bohre können als Repräsentanten gelten innerhalb der Gaming- und Softwareindustrie, die mit Siebenmeilenstiefeln voranschritt und als eine der wichtigsten Ursachen dafür anzusehen ist, weshalb das Land seinen Wohlstand auch im 21. Jahrhundert noch aufrechterhielt. Viel Lobendes ist über das Operngebäude in Bjørvika gesagt worden, doch mit ebenso rühmenden Worten sollte über die Firma Opera Software geschrieben werden, die am Beginn dieses letzten norwegischen Exportwunders stand. Mo und Jawa hatten großen Anteil daran, dass Norwegen für einen kurzen Zeitraum nahe daran war, den Gamingsektor auf der ganzen Welt zu beherrschen. Für Ingri unterstrich diese Tatsache die Wichtigkeit von Räumen. Denn der Beitrag ihrer Brüder bestand darin, die Tür zu einem neuen Raum geöffnet zu haben. Stand in der zweiten Hälfte des 20. Jahrhunderts noch die Erforschung äußerer Räume, der nahen Planeten, im Mittelpunkt, hatten nun die Entdeckungsreisen im virtuellen Raum das Ruder übernommen.

Ingri stand wieder draußen auf dem Rasen, hatte innerhalb weniger Minuten einen Modedesigner begrüßt, einem Jazzpianisten ihre Anerkennung ausgesprochen und zwischen zwei Kulturredakteuren vermittelt. Als würde hier irgendwie eine Art Jagd veranstaltet, schlichen inzwischen auch etliche Presseleute mit Fernsehkameras auf den Schultern herum, dicht gefolgt von einem Reporter mit Mikrofon. Noch nicht einmal auf einem unschuldigen Nationalfeiertagsfest konnte sie den Kameras entkommen!, ärgerte sich Ingri und scheuchte die aufdringlichen Papparazzi fort, indem sie ihnen mit einem Zeichen zu verstehen gab, dass sie diesen Ort als einen geschützten Bereich betrachtete. Ein Mann kam auf sie zu und begrüßte sie allzu untertänig, allzu respektvoll. Gleichzeitig gelang es ihm nicht, einen Blick auf ihren Körper zu verbergen. Sie tat, als hätte sie es nicht bemerkt. Es hieß, sie sei fotogen, doch eigentlich meinten sie sexy. Sie hatte Angebote von mehreren Männermagazinen bekommen. Nicht für Nacktfotos, aber für solche, auf denen sie etwas leichter bekleidet zu sehen wäre. Herrgott, was glaubten die?

Nach einer Kindheit als hässliches Entlein – dank ihrer Eltern hatte sie sich nie einen Kopf darüber gemacht –, hatte sie sich nach der Pubertätsmetamorphose als Schönheit entpuppt, und sie hatte schnell erkannt, wie wenig es brauchte, um von Männern als Sexobjekt betrachtet zu werden. In ihrer Zeit bei Natur og Ungdom hatte sie einmal ein Musikvideo gedreht. Text und Melodie hatte sie selbst geschrieben, während ihre Brüder einen einfachen Begleitrhythmus komponiert hatten. Sie hatte sich einfach vor die Kamera hingestellt und ein Protestlied gegen Umweltverschmutzung vorgetragen und währenddessen mit Schlüsselwörtern beschriebene Zettel auf den Boden geworfen, genau wie Bob Dylan in dem Video zu »Subterranean Homesick Blues«. Das Video wurde bei mehreren Jugendsendungen im Fernsehen gezeigt, und viele Leute störten sich an ihrem zu kurzen Rock. Am meisten aber erstaunte sie, dass viele Männer sich sehr ungebührlich von der braunen Bärenmütze mit den kleinen Ohren angeturnt fühlten, so eine Mütze, mit der sie als Kind oft herumgelaufen war, und auch mit Liedschatten und Mascara hatte sie nicht gespart. Viele gestanden ganz offen, wie unglaublich aufreizend sie sie fanden, es war, als hätte die Hälfte der norwegischen Männer sich als pädophil entlarvt. Das hatte sie erschreckt. Wie leicht es war, Eindruck zu machen, und wie eine unschuldige Bärenmütze zusammen mit ein wenig Kajal eine wichtige Botschaft überschatten konnte. Das Video hatte noch immer bedenklich viele Klicks auf YouTube.

Trotzdem. Damals war sie mutig gewesen. Radikal. Sie hatten Folder verteilt, auf denen stand, Norwegen müsse mit seiner Parasitenmentalität abrechnen. Ingri war für die Illustrationen zuständig gewesen und hatte gezeigt, dass die Bohrtürme draußen im Meer wie blutsaugende Insekten aussahen oder wie ein Virus, das sich in den globalen Körper hineinbohrte. »Dürfen wir wie selbstverständlich draußen vor der Küste unseren Saugrüssel 290 Kilometer tief in die Erde stecken, in eine Erdkruste, die der ganzen Welt gehört?«, lautete die Frage im Text. Ja, damals hatte sie sich getraut, Fragen zu stellen.

Sie war immer noch benommen. Sollte das schlechte Gewissen sie erneut in die Knie zwingen? Oder war das Schwindelgefühl auf die Höhe, auf die weite Aussicht zurückzuführen? Sie blickte angestrengt zum Horizont, auf den Fjord hinaus.

So klar. So blau. Schwer vorstellbar, dass die Ozonschicht in Gefahr sein sollte. Dass es einen Klimawandel gab. Doch was sie quälte, war genau das. Wie wenig getan wurde. Eigentlich gar nichts. Diese ganze Problematik war so komplex, scheinbar so unlösbar, dass es ihr nicht gelang, sie zu erfassen – obwohl auch sie sich natürlich schon die richtigen Antworten antrainiert hatte. Nichts als Gerede. Die Argumentation ruhte auf einem unheimlich porösen Fundament.

Zusätzlich zu alldem fühlte sie sich viel zu herausgeputzt. Viele der Gäste mussten vor Betreten dieser Bühne ihre warmen Bunad-Trachten und die steifen Anzügen abgeworfen und sich umgezogen haben, sofern sie nicht von vornherein auf die Gebräuche gepfiffen und informelle Kleidung, flatternde Gewänder bevorzugt hatten. Beim Blick über den Rasen kam ihr der Gedanke an eine ausgelassene Botschaftsparty in einem fremden Land, an der Menschen aller Nationen teilnahmen. Die meisten aber waren Norwegerinnen und Norweger. Auch die mit anderer Hautfarbe. Das neue Norwegen. Ein Norwegen, das zur ganzen Welt geworden war. Shimla, New Delhi, Oslo. Auf dem Anwesen wimmelte es nur so von Leben. Von Diskussionen, von Gelächter, von Menschen, die aßen, tranken, einander umarmten oder barfüßig im Gras tanzten. Zumindest gab es jetzt keinen Zweifel mehr, dass Gard Enstad sie entdeckt hatte. Und den Augenkontakt mit ihr suchte.

Sie zog sich nach hinten zurück, grüßte nach links und nach rechts, schenkte einem Bankdirektor ein Nicken, rief einem Moderator des Norwegischen Rundfunks ein Hallo zu, winkte dem Chef des Aschehoug-Konzerns und blieb erst am höchsten Punkt des Grundstücks wieder stehen. Sie ließ den Anblick auf sich wirken, das Hauptquartier ihrer Brüder, der viele Platz, auf dem sie sich austoben konnten. So weit weg von der

Islands gate. Trotzdem, es war noch nicht lange her, da befand sie, oder befanden sie, alle drei, sich in ihrem Lieblingsraum, in einer Welt, die in vielerlei Hinsicht unendlich viel größer war und eine viel umfassendere Aussicht bot als das Anwesen auf dem Gipfel des Holmenkollåsen. Vielleicht waren es die hippieartigen Gewänder, die diese Erinnerung in ihr auslösten: der VW-Bus ihrer Eltern.

Das ist der dritte Raum. Oder korrekter: der erste.

Arne, Ragnhilds VW-Gatte, hatte Hilde und Prem Anfang der 70er-Jahre zur Hochzeit einen dieser Busse geschenkt. Auf den uns erhaltenen Bildern dieses VW-Transporters sehen wir, dass es sich dabei um ein besonderes Fahrzeug gehandelt haben musste, fast eine viereckige Schachtel auf Rädern – in Dänemark soll er »rugbrødet«, Roggenbrot, genannt worden sein – mit großer, geteilter Frontscheibe und Seitenleisten, die in Form eines Pfeils zwischen den Scheinwerfern zu einer Art entgegenkommendem Lächeln zusammenliefen. Die Ausführung, die Prem und Hilde bekommen hatten, war rundum mit Fenstern versehen und so geräumig, dass laut Arne die halbe Wohnung darin Platz hatte. Und das Fahrzeug wurde häufig genutzt. Zuerst von Hilde und Prem allein, dann von der ganzen Familie. Im Übrigen war es Prem, der sich die Namen der Kinder ausgedacht hatte, zumindest die der beiden ältesten, die dieselben Vornamen bekommen hatten wie Ghandi und Nehru, Mohandas und Jawaharlal, aber alle hatten sie bald mit Mo und Jawa abgekürzt. Als ihre kleine Schwester zur Welt kam, wollte Prem sie Indira nennen, nach Nehrus Tochter. Doch da hatte Hilde einen Strich gezogen; Indira Gandhi war keine Frau, nach der man seine Tochter benennen wollte. Und so war es also Ingri geworden, fertig und aus. Und alle sollten den Nachnahmen ihrer Mutter bekommen.

Jeden Sommer fuhren sie mit ihrem VW-Bus quer durch das Land, Hippies, ohne Hippies zu sein, sie liebten das einfache Leben, Camping, Musik, vegetarisches Essen, einschließlich Braunkäse – »G35 ist der norwegische Zaubertrank«, wie Prem mit Verweis auf Asterix sagte –, es gab wenige Familien, die mehr Orte in Norwegen besucht hatten als die Familie Bohre-Bhandari; in Interviews gaben Mo und Jawa an, ihre Spieleland-schaften seien von den Ferienreisen ihrer Kindheit inspiriert: von dem grünen Jæren mit seinen Steinmauern, Seen und Krüppelkiefern, von der Femundsmarka, den schmalen Fjorden in Vestlandet und den Schneegipfeln in den Lyngsalpen.

Der kleine Bus war komplett weiß, ihre Eltern wollten nicht die übliche zweifarbige Lackierung. »Wenn es Krieg gibt, ma-len wir einfach ein rotes Kreuz außen drauf und sind aus dem Schneider«, sagte Jawa.

»Oder wir fahren irgendwohin, wo es Schnee gibt, und werden unsichtbar«, sagte Mo.

»Oder wir verteilen Farbstifte an die Soldaten und sie dürfen ihn nach Herzenslust bemalen«, sagte Ingri.

Am meisten beeinflusst jedoch waren die Jungs, und ebenso Ingri, von der Musik, die ihre Eltern fast kontinuierlich auf diesen langen Fahrten abspielten, nur eine einzige Kassette, und das Merkwürdige war, niemandem aus der Familie wurde sie je lästig: *The Beatles* oder *The White Album,* wie es von allen genannt wurde. Die perfekte Musik in einem weißen Minibus. Sie konnten alle Lieder auswendig und grölten mit. »I look at the world and I notice it's turning / While my guitar gently weeps«, und auch zu den Klängen der Sologitarre jaulten sie natürlich mit.

Die Liebe zu dieser Musik hatte eine Vorgeschichte. Wie die meisten aus ihrer Generation hatte Hilde, die Mutter der

Kinder, als Jugendliche viel Beatles gehört, und aus Gründen, die nur das Herz kennt, war sie von der Ende 1968 erschienen Doppel-LP mit der weißen Plastikhülle, dem Collage-Poster mit den Songtexten und den vier verstreuten Porträts der Bandmitglieder im Innern besonders angetan, genauso wie von der Platte selbst mit dem neuen, grünen Apple-Logo mitten auf dem Label – als wäre die Musik eine Frucht der Erkenntnis, in die man seine Zähne hineinschlagen sollte –, und nachdem sie Prem zufällig in dem »Ashram« im Svartskogen kennengelernt und ihn zu ihrer todkranken Mutter mitgenommen hatte, waren es die Gespräche über das *Weiße Album*, die sie schließlich zusammenführten. »Wir wären nie ein Liebespaar geworden, hätten wir beide nicht eine so leidenschaftliche Begeisterung für diese Musik empfunden«, sagte Hilde eines Abends, als sie beide mit ihrer Mutter und Arne in der Kleingartenhütte zusammensaßen, und wie zum Beweis sangen sie alle Strophen von »Blackbird«, zweistimmig. Dass sie sich ineinander verliebt hatten, war ihnen erst klargeworden, als sie darüber diskutiert hatten, ob die Prudence in »Dear Prudence« die Schwester von Mia Farrow oder jemand ganz anderes sei. Sie hatten einfach gemerkt, dass sie, ein Inder und eine Norwegerin, eine gemeinsame Sprache hatten.

Begreiflicherweise hegte Prem noch innigere Gefühle für diese Musik. Stolzer noch als auf die Geschichte Indiens im Allgemeinen war er darauf, dass die Beatles Anfang 1968 in Rishikesh, unweit seiner Geburtsstadt, zu Gast gewesen waren. Er war wie besessen von dem Doppelalbum, das sie in demselben Jahr eingespielt hatten und das viele der vierzig Songs enthielt, die sie dort komponiert hatten. Schon bevor er nach Norwegen gekommen war, hatte er sich das Album Hunderte Male angehört, und diese Texte waren es – und durchaus nicht seine Kenntnisse über Maharishi Mahesh Yogi –, die ihn durch seine Zeit als selbsternannter Guru im Svartskogen gerettet hatten. »Ich habe nur die Strophen ein bisschen umgestellt«, sagte er. »Ich habe in meine Glaszwiebel geschaut und ihr Weisheit entnommen. ›Je tiefer du kommst, desto höher fliegst du‹, sagte ich und runzelte nachdenklich die Stirn, und kein Mensch hat kapiert, woher ich das hatte, nämlich aus dem Lied ›Everybody's Got Something to Hide Except Me and My Monkey‹!«

Vielleicht war das der wichtigste Erziehungsbeitrag ihrer Eltern, dachte Ingri: Dass sie ihren Kindern so oft das *Weiße Album* vorgespielt hatten. Lieder, die verschiedene Welten enthielten, verschiedene Geschichten, eine ganze Märchensammlung. Später sagten ihre Brüder einmal, das *Weiße Album* sei ihr *Mahabharata*, und tatsächlich ist dieses Album so bunt und vielseitig, so voller Möglichkeiten und Erzählungen, dass wir diesen Vergleich nachvollziehen können. Und auch, weshalb sie Ringos Ausruf am Ende von »Helter Skelter« – »I got blisters on my fingers!« – als Kampfruf verwendeten, wenn sie gerade am eifrigsten damit zugange waren, die von ihnen designten Spiele zu testen.

Ingri stand auf einem fast übernatürlich grünen Rasen auf dem Voksenkollen und merkte, dass sie zu summen begonnen hatte. Erst nach einer Weile fiel ihr auf, welche Melodie es war, »Bungalow Bill«, vielleicht ausgelöst durch die Kinderstimmen, die von der Terrasse zu ihr herüberdrangen. Und wieder das nagende Gefühl, der Gedanke an die Diskrepanz zwischen ihren Jugendjahren und dem, was sie aus ihrem Leben gemacht hatte, wofür sie jetzt stand. Die Diskrepanz zwischen einem klappernden, von George Harrisons beißendem »Savoy Truffle« erfüllten VW-Bus und dem schwarzen, bequemen Wagen mit

Privatchauffeur, der stets auf sie wartete, vielleicht sogar, um sie irgendwohin zu fahren, wo sie Pralinen bekam, oder in ein Restaurant, in dem ihr Trüffel serviert wurden. Trotzdem. Sie hatte einen Unterschied ausgemacht. Wellen geschlagen. Daran musste sie sich festhalten. Sie war beliebt, eine wichtige Stimme, nicht zuletzt in den Monaten nach dem 22. Juli des Vorjahres. Sie hatte Tränen fließen lassen. Ganz natürlich. Nichts konnte eine Politikerin übertrumpfen, die bei einer Livesendung im Fernsehen weinte, die zeigen konnte, dass Politik nicht nur das Gehirn berührt, sondern auch das Herz. Eines der Geschenke zu ihrem dreißigsten Geburtstag war der Kugelschreiber, den Gro Harlem Brundtland 1974, kurz nach ihrer Ernennung zur Ministerin, während eines hitzigen Beitrags zu der Parlamentsdebatte über selbstbestimmte Abtreibung auf das Rednerpult geknallt hatte. Ein Staffelstab. Trotzdem. Was hatte Ingri bewirkt? Besaß sie als Ministerin irgendeine Art von Macht? Die richtige Politik ließ sich schlicht nicht verkaufen. Es war, als hätte sie hier oben plötzlich eine unerwartete – und unerwünschte – Offenbarung erlebt, als könnte sie sich selbst und ihr Tun von einer größeren Perspektive aus betrachten. Fast hatte sie das Gefühl, als stieße sie mit dem Scheitel gegen eine Glaskuppel, die über die Stadt, über das ganze Land gestülpt lag. Sie entdeckte einen Hammer, den jemand auf der Schwelle einer der Vorratshütten liegen gelassen hatte. Sie verspürte das Bedürfnis, ihn hoch in die Luft zu werfen, um herauszufinden, ob er irgendwo dagegenstieß, etwas zerbrach.

Sie nickte einem Staranwalt zu, zeigte einem Choreografen ein »Daumen-hoch« und machte sich auf nach unten, um dem Dunst eines großen Grills zu entgehen. Ihre Brüder nannten die vier Vorratshütten John, Paul, George und Ringo. »Wir verwenden sie als Denkwürfel«, hatte Jawa einmal bei einer

Führung auf dem Gelände erklärt. Sie dienten ihnen als eine Art Zeitkapsel zur Fantasieanregung.

Sie stieg die Stufen hinauf, trat über den Hammer in den halbdunklen Raum. Ein Gebäude aus einer Zeit, als die Menschen noch in ärmlichen Verhältnissen lebten. Als Nahrung Reichtum bedeutete. Um Ratten und Mäuse fernzuhalten, wurden die Vorräte in einiger Entfernung zum Erdboden gelagert. Einfach und praktisch. Jetzt war der Raum leer, mit Ausnahme eines Tischs, einer auf zwei Holzböcken aufgelegten Platte. Ihre Brüder mussten hier drin irgendetwas geplant haben, sie wäre beinahe über eine auf dem Boden stehende Werkzeugkiste gestolpert. Sie stand allein in dem nackten, dunklen Raum. Lichtstreifen zwischen den Holzstämmen. Sie empfand eine wunderbare Ruhe, versank in einen meditativen Zustand, als befände sie sich wirklich in Rishikesh, bereit für eine tiefgreifende Erkenntnis.

Durch einen Spalt beobachtete sie die Gäste. Viele davon kannte sie. Viele aber auch nicht. Drüben hinterm Grill standen ein paar Leute in eine kleinen Gruppe zusammen, in der ein Frisbee gekonnt hin und her geworfen wurde. Plötzlich wurde Ingri bewusst, dass viele von ihnen, obwohl sie in legeren Klamotten herumliefen und wie Maorikrieger tätowiert waren, keine durchschnittlichen jungen Leute waren, sondern Investoren, Banker, Repräsentanten des Maklerimperiums – Jungspunde, die mit fiktivem Geld zauberten. Himmelherrgott, das hier war die Osloer Börse beim Picknick! Was für eine Entwicklung. Was für eine Kluft zwischen dem dunklen Raum und der Szene dort draußen. Von der Dorfgemeinschaft zur Großstadt in wenigen Generationen. Vom Grießbrei zu Aktien. Das neue Norwegen.

Der Traum von einem Leben im Überfluss auf dem Gipfel der Welt. Vor allen verborgen.

Ingri starrt durch den Spalt zwischen zwei Holzstämmen, wie um eine Verfremdung dieses Anblicks zu erzeugen, und auf einmal schießt es ihr in den Sinn, was für eine einzigartige Möglichkeit hier verpasst wurde, verspielt wurde, die Gelegenheit, eine Rolle in der Geschichte zu spielen. Welche Spuren hat das märchenhaft begünstigte Norwegen hinterlassen? Wir haben Grund, an dieser Stelle innezuhalten, denn wir, die wir das Endergebnis kennen, können ihr darauf Antwort geben: Norwegens historische Chance war kurz – solche Phasen sind stets kürzer, als man glaubt –, und sie blieb ungenutzt. Über Jahrzehnte führte das Land sämtliche Listen an, in denen Reichtum, Glück und Lebensstandard gemessen wurden, aber das war auch schon alles. In Norwegen wurde nichts von nachhaltiger Bedeutung geschaffen, es reichte lediglich zu einem Eintrag in einer Statistik, die wir heute nachlesen können und die uns in Staunen versetzt. Ein bisher ungelöstes Rätsel: Warum hat dieses Land, dessen Bürger ein Leben im Überfluss führten, nichts Herausragendes zustande gebracht? Warum haben sie ihren Reichtum einzig und allein darauf verwendet, glücklich zu sein? Paradoxerweise illustrieren Ingris eigene Brüder einen Teil des Problems, denn ihr phänomenaler Erfolg hatte eine Kehrseite: Durch die fesselnden Bildschirmspiele, die doch nichts anderes als eine Ablenkungsübung waren, wurde die Verblendung, von der Norwegen in den letzten Jahrzehnten seiner wirtschaftlichen Glanzzeit geprägt war, noch zusätzlich verstärkt. Das Bedürfnis nach Unterhaltung hatte eine Vorrangstellung eingenommen. Viel zu viele Norwegerinnen und Norweger, Führungskräfte eingeschlossen, ließen sich mit Freuden von der auf ihren Schultern lastenden moralischen Verantwortung ablenken. Die einzigartige Gelegenheit lag einem ganzen Volk direkt vor der Nase. Niemand ergriff sie.

In Anbetracht der zu jener Zeit in dem Land herrschenden verschwenderischen Verhältnisse, mutet es schier unfassbar an, dass man nur hundert Jahre später in Norwegen den am schnellsten sinkenden Wohlstand in der Weltgeschichte beobachten konnte. Viele Bürgerinnen und Bürger hegten eine falsche Hoffnung auf langlebiges Glück, indem sie darauf hofften, der Erdölfond, oder der Staatliche Pensionsfond – diese gewaltige, mit Geld vollgestopfte Vorratshütte – werde sich in Zeiten der Rezession als ein Puffer oder ein Schutz erweisen. Man lobte sich einer Klugheit wie Josef, man sparte in den sieben fetten Jahren, um gut durch die sieben mageren zu kommen. Oder die siebenhundert. Als dann der wirtschaftliche Rückgang eintrat, inklusive eines Finanzcrashs ungeahnter Dimensionen, war der Erdölfond nichts weiter als wertloses Papier. Ehe man sich's versah, befand sich das Land auf direktem Weg in die Dunkelzeit. Erneut herrschten barbarische Zustände. Und schließlich flossen alle negativen Tendenzen zusammen und kulminierten im Punkt Y. Wir verweisen auf das vierbändige Werk *Der norwegische Schiffbruch, ein Beispiel für mangelnden Weitblick*, redigiert von dem Ökonomen Prima Madasari (Surubaya Y-1029). Wir erlauben uns, ein Zitat daraus einzufügen: »Wer immer sich heute mit Norwegen-Studien befasst, wird sich höchst verwundert zeigen müssen über dieses kleine Land, das um das Jahr 1000, in der sogenannten Wikingerzeit, jäh aus dem Schlamm der Geschichte emporschoss, und ein weiteres Mal Ende des 19. Jahrhunderts, in einer Zeit, die man als kulturelle Hochblüte des Landes bezeichnen könnte, nur um danach erneut im Schlamm zu versinken, ohne sich je wieder auf irgendeinem Gebiet hervorgetan zu haben. Ab dem Jahr 2000, auf dem Höhepunkt seines Reichtums, bot sich dem Land für einige Jahrzehnte eine goldene Gelegenheit, doch aus reiner Gier und aufgrund fehlender Vorstellungskraft – und als Konsequenz aus Letzterem: aus selbst gewählter Isolation – wurde die Chance vertan.«

Nachdenklich stand Ingri in der Vorratshütte. Was, wenn ich rebelliere?, dachte sie. Mich nackt ausziehe, langsam über den Rasen bis zu dem eleganten, schwarzen Ministerwagen hinübergehe und mich so hineinsetze?

Neustarten. Ein leeres Blatt.

Wenig sinnvoll. Sie sah die Schlagzeilen vor sich. Die Kommentare im Netz.

Sie hörte ein Geräusch. Eine Ratte? Jemand betrat den Raum. Sie brauchte sich nicht umzudrehen, es war Gard Enstad; durch die dünne, diskrete Schicht eines geschäftsmännischen Eau de Cologne erkannte sie sogar seinen Geruch wieder.

Natur og Ungdom war lange her. Er hatte sich in ihre indischen oder zur Hälfte indischen Züge verliebt. Sie dagegen war ihm aus einem einfachen Grund verfallen: Er konnte Gitarre spielen, und eines Abends, als sie allein gewesen waren, hatte er »I Will« für sie gesungen. Zu der Zeit galt Alanis Morissette mit ihrem Album *Jagged Little Pill* für Ingri als das Höchste, doch das alles fiel in sich zusammen, als sie Gard auf der Akustikgitarre spielen und »I Will« singen hörte, wobei er vermutlich nicht ahnen konnte, welche Verbindung sie zu diesem *White-Album*-Song hatte und dass er damit für weiche Knie bei ihr sorgte.

Sie drehte sich um. Nie hätte sie gedacht, dieser Jugendliche, den sie einst kannte, könne sich in jenen Mann verwandeln, den sie jetzt vor sich sah. Ein ungepflegter Junge in Fjellräven-Klamotten, der zu einem gestriegelten, adretten Finanzhai geworden war.

Andererseits: Lief es nicht bei allen so? Hatte sie selbst nicht genau die gleiche Verwandlung durchgemacht?

690

Sie machte eine Bemerkung über sein Auto. Ob das denn nicht die Luft sehr stark verpeste? Brauchte es unter zwei Liter pro Kilometer? Ob er denn seine Predigten über eine autofreie Stadt vergessen habe?

Wer sei als Jugendlicher kein Idealist gewesen?, konterte er. Die Zeiten änderten sich. Aber ja, wäre er Umweltminister, könnte er klarerweise nicht mit so einem Wagen durch die Gegend gondeln.

Mit 18 hatte sich Gard, vermittelt durch Arne, einen alten Volkswagen besorgt. Oft hatten sich viel zu viele Leute in das kleine Auto hineingezwängt: »Ganz Norwegen in einem Käfer«, hatte Gard gegrölt. Jetzt fuhr er einen roten italienischen Sportwagen. Und weil der VW-Käfer in Norwegen unter der Bezeichnung »boble«, Blase, bekannt war, könnte man sagen, es habe tatsächlich ganz Norwegen in einer Blase Platz genommen.

»Spielst du noch Gitarre?«, fragte sie.

»Die habe ich an den Nagel gehängt. Ich spiele mit … betreibe eine Headhunting-Firma.«

»Ah, ein Kannibale.«

»Hab gerade ein interessante Kundschaft«, sagte er. »Sie sind auf der Jagd nach einem CCO. Sie verdreifachen dein Gehalt.«

»Ich verdiene gut.«

»Sie bieten dir das Dreifache.«

Sie schaute durch den Spalt nach draußen, die schlanken Kiefernstämme im Sonnenlicht glichen goldenen Säulen mit Ornamenten. Diese Person, die da hinter ihr im Schatten stand, dachte sie, war der Teufel. Der sie in Versuchung führte. Sie könnte die ganze Welt haben, sofern sie nur etwas so Unbedeutendes wie ihre Seele verkaufte.

»Was machen die?«

»Meeresindustrie. Öl und Gas.« Er zögerte eine winzige Sekunde. Dann: »Landesverteidigung.«

»Du meinst Waffen?«, sagte sie rasch.

»Und wenn schon?«

»Happiness is a warm gun. Geht es um die Kongsberggruppe?«

»Darf ich nicht sagen.«

Sie entfernte sich geistig. Betrachtete die Szene von außen. Sich und ihn. Sie dachte an die Reise, die sie beide, zwei hässliche kleine Entlein, unternommen hatten. Zwei Außenseiter. Zwei hässliche Entlein, die zwei hässliche Schwäne geworden waren. Zwei Außenseiter, die sich verkauft hatten. Nur sahen sie es selbst nicht.

»Ich bin auf diese F-35-Flieger nicht gut zu sprechen«, sagte sie. »Dazu gehören auch die Raketen, die von der Kongsberggruppe geliefert werden sollen.«

Ihr fiel etwas ein. Vergangenes Jahr im Juni war sie zu einem Albumrelease bei dem Musiker Bård Berger eingeladen gewesen, der jetzt mit seiner Tochter Joan, oder Little Green, in der Villa Bohre in Lysaker wohnte. Wenige wussten von seiner Zeit als Blue Norwegian, hierzulande war er als ein neuer Alf Prøysen bekannt. Bei der Gelegenheit jedenfalls hatte Little Green Ingri von einem neuen Buch erzählt, an dem sie gerade schrieb: *Femina erecta*. »Ist nicht mein eigenes Werk«, hatte sie kryptisch gesagt. »Ich poliere bloß ein Erbstück auf.«

Auf diesem Fest damals, auf dem Rasen unter der großen Eiche, war sie auf Karl und Frederik Bohre gestoßen, die Söhne von Bårds Vetter Roar. Sie nannten sich immer nur Sonnen-Entrepreneure, »Enkelkinder von Osvald Alving«, wie sie sagten, und als Ingri sich zu der Gruppe vor ihnen gesellte, sprachen sie gerade voller Begeisterung von ihren Aktien bei der Kongsberggruppe, die sie im Mai verkauft hatten, was ihnen so und so viele Millionen an Gewinn eingebracht habe. Sie lachten. Schauten zur Sonne hinauf und lachten. Weil ihnen klar war, dass viele nicht verstanden, wovon sie da redeten, erklärten sie ihnen wie Kleinkindern, die Aktien, die sie im Frühling 1995 um rund 7 Kronen das Stück gekauft hatten, besäßen jetzt Mai 2011 einen Verkaufswert von ungefähr 164 Kronen. Fantastisch, oder? Ein Hoch auf Norwegen!

Ingri wurde neugierig und erkundigte sich nach den Ursachen für diesen märchenhaften Anstieg, worauf sie etwas von Betätigungen zur See und »Marktverhältnissen« murmelten. Richtig euphorisch aber wurden sie erst, als sie von fernbedienbaren Waffenstationen und nicht zuletzt von den Aufträgen für die F-35-Jagdflugzeuge zu schwadronieren begannen.

Da waren sie wieder. Die Kampfflugzeuge.

Gard stand hinter ihr in der Vorratshütte und redete. Sie hörte nur den Schluss seines Gedankengangs: »Du wärst dort von großem Nutzen, Ingri. Das ist ein Konzern, der seine gesellschaftliche Verantwortung sehr ernst nimmt. Deshalb haben sie ja auch dich auf dem Radar.«

Sie lehnte dankend ab. Sie fühle sich geschmeichelt, aber nein, danke. Im selben Augenblick aber, als ob es eigentlich das wäre, wonach er sie gefragt hatte, traf sie eine andere Entscheidung: Sie beschloss, als Ministerin zurückzutreten. Sie hatte bereits viel gesehen und erlebt, viel gelesen, viel gehört, sich aber irgendwie nicht getraut, ihre Erkenntnisse aus den verschiedensten Bereichen zusammenzufügen, weil sie wusste, dies würde eine schicksalsschwangere Schlussfolgerung nach sich ziehen: Sie musste aussteigen. Das Erdöl, dieses ganze verflixte Erdöl, einer der Hauptgründe für Norwegens fast peinlichen Reichtum, zerstörte jeden Gedanken an Umweltschutz – und das, obwohl ihre Partei behauptete, dass »norwegisches Erdöl der beste Umweltschutz« sei, ein Schulbeispiel für Orwells »Neusprech«. Niemand dachte an die Zukunft. Sie *hatte* ihre Seele bereits verkauft. Viel zu lange schon hatte sie das Laufmädchen für Statoil gespielt. Sie musste etwas anderes tun. Weiße Blätter. Die Scheinwerfer und Fernsehkameras zwangen sie dazu, den Kopf in den Sand zu stecken, davon musste sie sich verabschieden. Aussteigen aus der Politik, aus diesem unaufhörlichen Stimmenfangen, bei dem alles auf Umfragewerte reduziert wurde. Auf Popularitätsmessungen. Punktebewertungen. Sie musste aussteigen. Auch wenn sie wusste, dass das ein beispielloses Spektakel auslösen würde. Auch wenn sie auf das so oft benutzte Mantra »aus persönlichen Gründen« zurückgreifen musste.

Sie wandte sich um und starrte wieder durch den Spalt zwischen den Holzstämmen. Etwas an der Dunkelheit hier drin lenkte ihre Gedanken auf die Bösartigkeit. Sie hatte bereits mit Hass im Internet zu tun gehabt, männlichem Hass, mit diesen giftigen, schlüpfrigen, ungemein konservativen Kommentaren im Netz. Noch ein Grund, diesen Raum hinter sich zu lassen.

Sich seinen eigenen Raum schaffen.

Gard war nicht gegangen, er stand noch immer hinter ihr. »Macht steht dir«, sagte er. »Macht ist sexy.« Er kam näher, sie spürte seinen Atem im Nacken, als er seine Hände auf ihre Brüste legte. Sie ließ es zu. Als eine seiner Hände sich weiter nach unten bewegte, drehte sie sich um, stemmte ihm ihr Knie in den Schritt und trat ruhig hinaus, während er gekrümmt dastand und stöhnte, aber nicht so laut, dass jemand es hören konnte.

Einmal, im Garten in Lysaker, in einem tanzenden Lichtmuster unter der prächtigen Eiche, hatte sich Ingri mit Rita

Bohre unterhalten. Ingri war damals fünfzehn Jahre alt und Rita nahe daran, zu sterben. Ingri hatte über ein Gefühl von Unfreiheit geklagt. »Du wirst nie frei sein«, hatte Rita darauf entgegnet. »Du solltest dir besser eine andere Frage stellen: Warum lassen Frauen sich von den Entscheidungen der Männer steuern, auf allen Ebenen, von der Paarbeziehung bis hin zur Weltpolitik?«

Ingri schritt über den Rasen, winkte dem Nationaltheaterdirektor zu, sagte Hei zu einem Professor für Sozialanthropologie, schüttelte Hände auf ihrem Weg zum Haus und hinein ins Wohnzimmer, wo sie Mo oder Jawas iPod im Player fand. Es lief irgendein gedämpfter Techno-Jazz, der ihr nicht einmal aufgefallen war. Sie wusste, irgendwo musste das *White Album* gespeichert sein, was auch stimmte. Sie dockte den iPod an und ging gerade in dem Moment nach draußen, als »Revolution« über die Anlage tönte. Und zwar laut. So laut, dass alle sich zur Terrasse umwandten.

Erst jetzt fiel ihr der Hammer in ihrer Hand auf, sie musste ihn beim Verlassen der Hütte von der Schwelle aufgehoben hatte. Sie ging hinüber zu dem roten Ferrari, ja, denn natürlich war es ein Ferrari, der steigende Hengst, und schlug, wiewohl nicht sonderlich fest, mit dem Hammer gegen eines der Auspuffrohre. Warf den Hammer weg. Sie glaubte nicht, etwas allzu Kostbares kaputtgemacht zu haben.

Ihr Chauffeur machte sich bereit und stieg aus, um ihr die Tür aufzuhalten, aber sie ging an ihm vorbei, griff sich eines der unversperrten, in der Einfahrt stehenden Fahrräder und schwang sich hinauf, schwang sich hinauf in einer Weise, die eine Erinnerung an die Straßen in Vålerenga in ihrem Körper aufsteigen ließ, das Glücksgefühl der ersten Radtouren auf einem weinroten DBS, das Gefühl einer neuen Freiheit, als ob sie wüsste, dass ihr Radius sich radikal ausgedehnt hatte, neue Gegenden der Welt auf sie warteten.

Ein Album mit nur weißen Blättern. Neue Farbstifte.

Sie hörte einen der Sicherheitsbeamten protestieren, ignorierte ihn aber. Was sollte er tun, sie erschießen? Schon war sie auf dem Weg durchs Tor, in voller Fahrt, beinahe jubelnd, zuerst geradeaus, dann den schmalen Thorleif Haugs vei bergab, hinein in den Voksenkollveien, den eigentlichen Holmenkollenveien hinunter. Sie brauchte nicht zu treten, segelte einfach dahin, die Hängegleiter-Ministerin, vorbei am Stolz der Nation, der gewaltigen Hollmenkollen-Anlage, weiter bergab, bergab, den schwarzen Wagen jetzt auf den Fersen, sie lachte, die mussten das jetzt einfach hinnehmen, denn was konnte ihr schon geschehen, einer Rad fahrenden Ministerin, Ex-Ministerin, sie war unverwundbar, sie würde sich eine andere Beschäftigung suchen, und während sie, den Wind in den Haaren und durch die dünne Kleidung spürend, bergab auf die Stadt zusauste, dachte sie über erneuerbare Energie nach und darüber, dass man sich mehr dafür engagieren musste, mehr, als es gegenwärtig getan wurde, besonders für Wellenkraftwerke. Unsere lange Küste. Kraftwerke bis weit ins Meer hinaus, bis dorthin, wo jetzt die Bohrtürme standen. Warum sollte das keine gute Idee sein? Die Meeresforschung gehörte zum Stolz der norwegischen Tradition. Nansen. Wellenkraftwerke als Ablösung der Bohrinseln. Eine neue, innovative Technologie. Der Export der Zukunft. Bald würde die größte Nachfrage nach Energiequellen herrschen.

Wellen erzeugen. Etwas aus Wellen erzeugen.

Schon jetzt, während sie in die Stadt hinunterbrauste, den elfenbeinfarbenen Blazer wie einen Superheldinnenmantel hinter sich, wusste sie, dass sie sich auf diesem Feld betätigen würde, aber nicht, dass sie bald in dem von Marcus Bohre, dem Cousin ihrer Mutter, nach einem höchst unfreiwilligen Exil in Afrika gegründeten Start-up-Unternehmen arbeiten würde. Auch wusste sie nichts von dem großen chinesischen Kooperationspartner, den die Firma gerade an Land gezogen hatte und der sich an den chinesischen Bemühungen für den Ausbau des Umweltschutzes beteiligte. Der wichtigste Kampf wurde derzeit in China ausgefochten, das hatte Marcus begriffen, und es konnte nichts Besseres geben, als im bevölkerungsreichsten Land der Welt tätig zu sein.

Was Ingri ebenfalls nicht wissen konnte, war, dass sie dort, in Beijing, ihrem zukünftigen Ehemann begegnen sollte, einem Naturforscher, einem chinesischen Nansen, einem Mann, der eines Abends im Beihai-Park »Blackbird« a capella für sie singen würde. Ebenso wenig wusste sie, dass sie sich in China niederlassen und dort Kinder bekommen würde, wie ein Samen, der weit, weit vom Wind davongetragen wurde.

»Es scheint, als würde alles zu Ingri Bohre hinführen«, schrieb Little Green in ihrer kurzen Familienchronik, doch unserer Meinung nach handelt es sich dabei um eine falsche Schlussfolgerung. Das Ganze beruhte auf Zufälligkeiten, oder *mìngyùn*, denn genauso gut hätte jemand anderes einen neuen Zweig des Bohre-Geschlechts in China hervorbringen können. Als wäre aus einer Eiche plötzlich ein Bambuszweig ausgetrieben.

DIE UNSICHTBARE HAND

Kann man sinnvollerweise von einem »Früher« und einem »Später« in einer Familiengeschichte sprechen? Hebt man einen blattlosen Baum mitsamt dem Wurzelwerk hoch und dreht ihn einmal herum, sieht man bald keinen Unterschied mehr zwischen Zweigen und Wurzeln. Wären die Autoren der ältesten *xiǎoshuō*-Tradition noch über den Gebrauch der »umgekehrten Kausalität« ins Stutzen geraten, wird es heute kaum jemanden überraschen, dass wir gerade an dieser Stelle – und an keiner anderen könnte es erzählt werden – unsere Version der Umstände des Todes von Agnes Bohre schildern. Es sollte nicht nötig sein, daran zu erinnern, aber nichtsdestotrotz möchten wir in diesem Zusammenhang auf den Begriff *jiāozhī de mìngyùn* hinweisen: Sowohl bei großen wie auch bei kleinen Familien sind die Schicksale ineinander verwoben, auch wenn diese zeitlich weit auseinanderliegen.

Rita kannte den exakten Todeszeitpunkt ihrer Mutter nicht; eines Abends im Juni 1936, als sie an ihre Tür klopfte und sie zum Essen rufen wollte – »Freu dich, Mutter! Das erste Mal Makrelen dieses Jahr!« –, aber keine Antwort erhielt, öffnete sie die Tür und fand ihre Mutter zusammengesunken auf dem Schreibtisch vor dem Fenster, das auf den Fjord hinausging. Ihre Mutter saß abends gern dort und blätterte in alten Papieren, doch jetzt war sie tot, mit einem Lächeln in den Mundwinkeln und der Nase in einer Tasse Tee, oder genauer, einer Teetasse, die mit Portwein gefüllt war.

Agnes hatte den Kellerraum, in dem sie ihre Sherry- und Portweinflaschen lagerte, ihren »Tunnel zur iberischen Halbinsel« genannt.

Zu der Zeit war es übrigens in Spanien zu Unruhen gekommen, knapp einen Monat später sollte der Bürgerkrieg ausbrechen, aber Rita hatte nie ernsthaft geglaubt, es könne hier ein Zusammenhang bestehen. Ihre Mutter hatte das Geschehen in den Zeitungen nicht mehr mitverfolgt.

Rita rief nach Dagny, und mit vereinten Kräften gelang es ihnen, ihre Mutter ins Bett zu legen, bevor Rita den Doktor rief. Es war dies eine reine Formalität, Agnes Bohre hatte ihre letzte Teetasse Portwein getrunken. Rita rief die Kinder vom Tisch, damit sie Agnes ein letztes Mal sehen konnten. »Lebwohl, Großmutter«, sagte Bjørg mit einer eigenartigen Ruhe. Harald, der Jüngste, hielt die Hand seiner Großmutter und biss sich auf die Lippe. »Keine Märchen mehr über wilde Ochsen«, brachte Sigurd noch heraus, bevor er zu weinen anfing.

Danach waren sie beide allein. Mutter und Tochter. Rita setzte sich auf einen Stuhl neben dem Bettgiebel. Der Duft gebratener Makrelen war bis hier herauf zu riechen. Zu dumm, dachte sie, Makrelen mit Gurkensalat war ihre Leibspeise. Auf der anderen Bettseite stand ein japanischer Wandschirm, den Thea, Agnes' Mutter, zu einer Zeit gekauft hatte, da alle Wohlhabenden japanische Gegenstände gesammelt hatten. Das war eines der wenigen Dinge, die Agnes bei der Übernahme des Hauses behalten hatte, ihn und ein japanisches Lackkästchen. Rita studierte das Gesicht ihrer Mutter, betrachtete es eingehend, als hätte sie das nie richtig getan, solange sie noch am Leben war, und im Laufe dieser Zeit, einer Stunde vielleicht, beobachtete sie, wie sich ihre Gesichtszüge langsam veränderten, so als würde sie auf dem Weg ins Totenreich eine Maske nach der anderen abwerfen. Und je länger Rita diese verschiedenen Gesichter, von denen ihr manche völlig fremd waren, kommen und gehen sah, desto deutlicher wurde ihr bewusst, wie wenig sie über ihre Mutter wusste.

Zum Begräbnis in der Gamle Haslum kirke kamen weniger Leute als erwartet. Ihr älterer Bruder Henry, wohnhaft in den USA, war nicht gekommen. Albert war völlig abwesend, den Kopf sicher voller Wale und Harpunen. Für den Sarg – aus Eiche –, der in die Erde gesenkt wurde, bekam Agnes eine Jakobsmuschel aus Santiago de Compostela, ein Heft mit einer Auswahl von François Couperins Cembalostücken sowie eine Flasche Sherry. Vor dem Schließen des Deckels betrachtete Rita noch ein letztes Mal das Gesicht ihrer Mutter, ihre Hände, und weil plötzlich die Knöchel so stark hervortraten, kam Rita der Gedanke an ein Fossil, an etwas, das nach einer Deutung verlangte, Knochen, die zusammengesetzt werden mussten, und womöglich kam ihr da bereits die Idee zu einem Abendessen.

Zu der anschließenden, bescheidenen Begräbnisfeier kamen noch weniger Gäste. Rita, die gehofft hatte, etwas mehr über ihre Mutter zu erfahren, wurde nicht schlauer aus den höflichen, verlegen genuschelten Worten. Fast bereute sie es, keine altmodische Totenwache gehalten zu haben, mit Stühlen rings um den Sarg, und wie um den Schaden wiedergutzumachen, lud sie, in der Hoffnung, doch der einen oder anderen Sache auf die Spur zu kommen, einige Wochen später vier der engsten Freundinnen ihrer Mutter in die Villa nach Lysaker ein. Es gab vieles, das sie nie über Agnes erfahren würde, aber über eine Sache wollte sie gern mehr herausfinden. Seit vielen Jahren schon schleppte sie eine quälende Ungewissheit mit sich herum.

Sie saßen in der Küche. Passend, wie Rita fand, ein angenehmer Raum, unter anderem wegen der Keramikfliesen, die ihr Vater, Miguel de Ortega, aus seiner Heimat mitgebracht hatte. Der Fußboden war mit zweierlei Arten einfarbiger Fliesen verlegt, wohingegen die Wände von solchen mit einfachen Ornamenten bedeckt war, die jedoch in der Summe ein dekoratives

Ganzes ergaben – ein »maurisches Muster«, wie Rita es in Gedanken nannte. Das, zusammen mit dem nie schwindenden Duft der Orangen, die zu ihres Vaters Lebzeiten immer in einer Schüssel auf der Arbeitsplatte gestanden hatten, war der Grund dafür, dass sie ihren Kindern oft auf ihre ganz eigene Weise Bescheid gegeben hatte, wenn sie zum Kochen in die Küche verschwand: »Ich bin in den andalusischen Ebenen zu finden.«

Schon nach dem ersten Glas Sherry war Rita klar, dass die Wahrheit sich nicht so einfach würde herausfinden lassen, wie sie geglaubt hatte.

»Sie war eine der wenigen Frauen, die ich kenne, die die Liebe erfahren haben«, sagte Alette Haug.

»Ich würde eher sagen, sie konnte sich nie entscheiden«, sagte Oline Stigen. »In einem Moment der Schwäche hat sie mir gestanden, wahrscheinlich hätte sich ihr Leben einfacher gestaltet, wenn sie sich als junge Frau für einen der Banker-Prinzen entschieden hätte, die ihr Vater ihr vorgestellt hatte.«

»Entschuldigt bitte, aber ihr seid beide auf dem falschen Dampfer«, sagte Klara Jonsen, »Agnes' eigentlicher Wunsch war es, Nonne zu werden.«

»Jetzt übertreibst du aber ein bisschen«, erwiderte Erette Lyng. »Ihr Unglück war, dass sie nach Manuels Verschwinden niemanden zum Zusammenleben gefunden hat. Dabei hätte sie jeden haben können. Sogar Nansen war ja völlig vernarrt in sie.«

Während Rita alles Nötige aus Schränken und Speisekammer holte, begannen die Gäste durcheinanderzureden: »… eine aufsehenerregende Schönheit …« »… aber viel zu exzentrisch …« »… wisst ihr noch, ihre Haare …« »… von den Verehrern wurde sie heimlich Orakel genannt …« »… das reinste Kunstwerk, wenn sie sie aufgesteckt hatte …« »… schrecklich emanzipiert …« »… sie konnte in den Eingeweiden lesen …« »…

hat nicht Vigeland behauptet, sie sei Norwegens Antwort auf Rodins Skulpturen …«»… einmal hat Agnes gesagt, sie würde gern in der Universitätsaula sterben, beim 2. Satz von Chopins Klavierkonzert in e-Moll …«»… nur dass es ihre eigenen Eingeweide waren, die diese Männer ihr darboten …«»… mit der Nase in einer Tasse Portwein zu sterben, ist ja nicht gerade …« Gelächter. Niemand fand es unangebracht, zu lachen. Agnes hatte viel gelacht. Hatte andere zum Lachen gebracht.

Alle hatten Aufgaben bekommen – Dagny war selbstverständlich auch mit von der Partie. Sie wollten eine Mahlzeit zubereiten, eines von Agnes' Lieblingsgerichten. Es duftete bereits ganz außergewöhnlich.

»Hört mal«, sagte Rita, die sich selbst die langweiligste Arbeit ausgesucht hatte, Kartoffelschälen. »Ihr wisst, wieso ich euch hergebeten habe. Können wir nicht am Anfang beginnen? Aus dem, was Mutter mir erzählt hat, habe ich nie ganz heraushören können, wie Großmutter und Großvater einander kennengelernt haben.«

»Oh ja, die Geschichte habe ich mehr als einmal zu hören bekommen«, sagte Klara Jonsen, die mit Agnes sozusagen ihr ganzes Leben befreundet gewesen war, schon seit ihrer gemeinsamen Zeit in Kristiania, obwohl sie nach ihrer Heirat nach Åsgårdstrand gezogen war, wo sie lange Zeit eine Kurzwarenhandlung geführt hatte. Während sie die großen, saftigen Tomaten klein schnitt, erzählte sie, Jeremias und Thea hätten einander auf dem Festungsplatz kennengelernt, an einem Frühwintertag 1856. Jeremias sei in Begleitung eines Mannes gewesen, eines Bekannten von Theas Freundin, mit der sie Arm in Arm ging, und sie seien ins Gespräch gekommen. Thea sei zu Besuch in der Hauptstadt gewesen und habe nichts dagegen gehabt, ihr neues Ausgehkostüm herzuzeigen, einschließlich einer Pelzmütze, auf die sie besonders stolz war. Später habe sie gestanden, dass sie beeindruckt war von Jeremias' Spazierstock mit eingelegtem Elfenbein und einem Griff in Elefantenform und von seiner selbstsicheren Miene. Bald hätten sie herausgefunden, dass sie beide aus Vestfold stammten, Thea war die älteste Tochter auf einem großen Hof, besaß aber kein Odalsrecht, worüber sie ihren Unmut zu äußern gewagt habe.

Sie können das Erbrecht von mir haben, habe Jeremias daraufhin gesagt.

Diesen Worten war sie verfallen, erzählte Thea später.

Zumindest von den Bildern her konnte Rita leicht nachvollziehen, warum ihre Großmutter sich zu Jeremias Bohre hingezogen fühlte. Sie erkannte in seinen Gesichtszügen eine Ähnlichkeit mit dem Dichter Alexander Kielland, obwohl ihr Großvater einige Jahre älter war. Und genau wie Kielland hatte er gern ausgefallene Kopfbedeckungen getragen – Tropenhelme, einen Fes, Kalotten – und war in orientalischen Morgenmänteln umherstolziert. Rita hätte ihn gern einmal getroffen.

»Was für ein Irrglaube!«, rief Oline Stigen, Agnes' erste Freundin in Lysaker. »Ich weiß, wie es war: Bei einem Besuch in der Stadt haben Thea und eine Freundin sich in der Gegend am Ruseløkkbakken verirrt, die damals Røverstatene genannt wurde, ihr wisst schon, die Barbareskenstaaten, mit der Algier-, Tunis- und der Tripolisstraße – dort, wo heute die Victoria Terrasse liegt.« Oline stand neben Klara und schnitt den spanischen Paprika in Streifen. Zur Beschaffung der eher ausgefallenen Zutaten hatte Rita wie immer dem Oluf Lorentzen Kolonialwarenladen einen Besuch abstatten müssen. Klara ließ die Tomaten liegen, wie um zu demonstrieren, dass sie auf die Fortsetzung wartete. »Sie hatten Angst, sie könnten von ein paar finsteren Kerlen belästigt werden, als plötzlich Jeremias auftauchte«, sagte Oline, »vielleicht weil er mit dem Gedanken spielte, hier Immobilien zu kaufen. Jedenfalls hat er sie sicher aus den dunklen Ecken herausgelotst, den Spazierstock wie ein Schwert erhoben, und so haben sie sich kennengelernt.«

»Höchst sonderbar, denn ich habe gehört, sie hätten sich im Christiania Theater getroffen«, sagte Erette Lyng, eine von Agnes' Kolleginnen an der Schule. Alette Haug, die ebenfalls Lehrerin war, nickte entschieden. »Im Theater wurden *Die Kronprätendenten* gespielt, und Ibsen persönlich war der Regisseur«, sagte Erette. »Sie sind auf der Treppe ins Gespräch gekommen, auf dem Weg hinaus, als Jeremias zufällig etwas mithörte, das Thea zu ihrer Freundin sagte, etwas über Herzog Skules Selbstzweifel.« Erette legte eine Kunstpause ein, so als wäre sie gerade selbst vom Theater inspiriert worden. »Er hat ihre Aufmerksamkeit mit den Worten erlangt: ›Eine Schönheit wie Sie sollte wahrlich keine Probleme mit dem Selbstvertrauen haben.‹«

Rita hielt den Kartoffelschäler in der Luft und lachte innerlich über die vielen unterschiedlichen Antworten. Zumindest wusste sie, dass ihre Großeltern in Kristiania geheiratet und sich dort niedergelassen hatten, dann aber, als Agnes zehn Jahre alt war, nach Lysaker gezogen waren, weil sie beide auf dem Land und, wie sie sagten, ein bisschen näher an Vestfold wohnen wollten. Das Grundstück hatten sie gefunden, nachdem Jeremias seinen Freund Dr. Rustad in dessen neuer, von dem Architekten Schirmer entworfenen Villa am Sollerudstranda besucht hatte. Er war auf Anhieb angetan von dem Ort, Ljosakr, ein helles Getreidefeld, ihm gefiel der Anblick der Betriebe, Mühlen und Fabriken, die unten am Fluss in Reih und Glied nebeneinanderstanden; sie befanden sich außerhalb der Stadt, dank der Eisenbahnhaltestelle und der Landungsbrücke für die Dampfschiffe aber doch nahe genug. Wonach er suchte, fand er allerdings auf dem Hügel auf der anderen Seite des Flusses und der Bucht, und dort kaufte er dann ein großes Grundstück, noch bevor alle anderen auf den Plan traten. »Diese Gegend wird einmal Gold wert sein«, hatte er zu Thea gesagt und den Spazierstock mit dem Elefantengriff in die Erde gepflanzt, als hätte er neues Land entdeckt, das er jetzt in Besitz nahm.

»Wieso gerade dieses Grundstück?«, fragte Klara und deutete mit dem Messer aus dem Fenster. Vor ihr lag ein schöner Haufen schimmernder Tomatenscheiben. Klara Jonsen war diejenige der älteren Damen, die am hübschesten angezogen war. Sie ist immerhin Besitzerin einer Manufaktur, dachte Rita. Klara verfolgte immer sehr genau, was sich in Sachen Mode tat, außerdem wusste sie, wie man sich zur jeweiligen Zeit schminken musste und wie dünn die Augenbrauen sein sollten. »Man braucht sich nur Marlene Dietrich anzusehen«, sagte sie.

»Weil Großvater so begeistert war von der Eiche«, sagte Rita. »Das hat Mutter mir erzählt. Sie war zehn und durfte mit hierherauf kommen. Während Thea die Sonnenverhältnisse und die Abschüssigkeit des Geländes begutachtete, stand er breitbeinig vor der Eiche und konnte sich sozusagen nicht daran sattsehen. ›Stell dir vor, das ist der Baum, aus dem die Wikingerschiffe gebaut waren‹, sagte er. Als Großmutter sie fällen lassen wollte, verlegte er stattdessen das Haus weiter nach hinten auf das Grundstück. ›Dieser Baum, liebe Thea, ist ein Segen, er wird wichtiger für uns sein als das Haus selbst.‹« Rita hielt inne, weil ihr etwas einfiel. Sie lächelte, bevor sie fortfuhr: »Wenn wir als Kinder auf dem Baum gespielt haben – Konrad, Max und ich –, haben wir uns immer vorgestellt, wir würden auf einem Wikingerschiff spielen.«

»Wirklich seltsam«, sagte Oline Stigen. »Aber wie konntet ihr es euch leisten, so ein Haus zu bauen?« Oline und Agnes waren erst zu der Zeit Freundinnen geworden, als beide Kinder bekommen hatten. »Ich muss gestehen, dass ich immer ein bisschen neidisch war auf die Bohre-Residenz. Die Villa war vielleicht nicht so prunkvoll wie Nansens Polhøgda, aber sie hatte einen Hauch von … Europa.« Sie lachte. Rita hatte Oline immer ein wenig affektiert gefunden mit ihren Perlenketten und Armbändern. Aber sie arbeitete nach wie vor, leitete eines der Pflegeheime in der Hauptstadt. Vermutlich trug sie dort nicht so viel Schmuck.

Rita erzählte von Jeremias Bohre. Obwohl ihr Großvater vor ihrer Geburt gestorben war, dachte sie oft, dass sie mehr über ihn wusste als über ihre Großmutter. Jeremias Bohre hatte sich selbst Die unsichtbare Hand genannt. Er hatte als Banker gearbeitet und mit der Zeit ein solides Vermögen angehäuft. Ein von der Seefahrt gemästetes Kapital. Er hatte sich gern damit aufgeplustert, er und seine Geschäftsfreunde und Gleichgesinnten seien genauso wichtig gewesen wie jene Fürsten des Geisteslebens, die von sich behaupteten, die Nation aufgebaut zu haben. Wäre es nicht gelungen, ein Finanzwesen in Norwegen auf die Beine zu stellen, wäre das Land, so schnell hätte man nicht schauen können, wieder in der Barbarei versunken. Was nützte es, die Industrialisierung voranzutreiben, Fabriken zu errichten, wenn man keine Institutionen hatte, die solche Projekte finanzierten? Jeremias war ein temperamentvoller Herr. Thea war stets besorgt, wenn er gegen die »verdammte Kulturelite« wetterte, die die Bedeutung der Banken nicht verstand. »Achte auf dein Herz«, sagte sie.

Für Jeremias wurde die Villa auch zu einem Symbol dafür, dass Norwegen nun die Armut hinter sich gelassen hatte.

»Bald können wir uns in Sachen Wohlstand mit jeder anderen Nation messen«, hatte er an einem Frühsommertag gesagt, als er und Thea in dem nach Flieder duftenden Garten gestanden hatten, die Villa im Rücken und den Blick hinunter zum Bootshaus und einem hübschen Segelboot gewandt: »In hundert Jahren wird es ganz Norwegen so gehen«, hatte er gesagt. Thea hatte gelacht über einen Mann mit einer so lebhaften Fantasie.

»Aber gestattet mir … er ist jung gestorben, oder nicht?«, fragte Alette Haug, die Lehrerin. »Darüber hat sie nicht gern gesprochen«, sagte Erette Lyng, die andere Lehrerin. Weil sie dieselbe Art Brille trugen, sahen sie fast aus wie Schwestern. Oder vielleicht hatten sie bloß so lange zusammengearbeitet, dass sie einander zu ähneln begannen. Rita fragte sich, ob Erette weinte, ob der Gedanke an Agnes zu viel für sie war. Dann begriff sie. »Ich glaube, das ist genug Zwiebel«, sagte Erette und zeigte auf das Brett, auf dem in ansehnlichen Scheiben mehrere Zwiebeln lagen.

Ja, Großvater war zu früh gestorben. Auch davon erzählte Rita, während sie die letzten Kartoffeln in Angriff nahm. Es war ein schöner Augusttag, knapp eine Woche, bevor Jeremias Bohre, der Finanzfürst und Bankier, fünfzig geworden wäre. Er wusste, er befand sich am Zenit seiner Karriere, und nun stand er in einem leuchtenden orientalischen Morgenmantel und mit einem Fes auf dem Kopf wie ein Sultan auf der Terrasse, bereit, die breiten Treppenstufen hinabzuschreiten, die ihn in den fruchtbaren Garten hinunterführten. Er hatte den Anblick auf sich wirken lassen. Die Eiche, den Baum, den er von allen am meisten liebte; die Eiche, bei der er abends oft barhäuptig stand und in den Sternenhimmel emporblickte. Ein paar Tage davor hatte er zu Thea gesagt, mit ihren Wurzeln und Verzweigungen würde die Eiche ein perfektes Emblem für eine Sparkasse abgeben.

Thea kam aus dem Wohnzimmer auf die Terrasse. »Ich bin der glücklichste Mann der Welt«, sagte er. »Was ich jetzt tun werde, ich werde ein Buch über meine Erfahrungen im Finanzwesen schreiben und dabei auch Gedanken über die Verwandtschaft zwischen der Ökonomie und der Moralphilosophie einflechten. Ich will, meine liebe Gemahlin, die Früchte meines Lebens ernten.« Liebevoll blickte er zu den Bäumen, auf denen die Äpfel zum Pflücken bereit hingen. Dann ging er langsam die breite Treppe hinunter, trat einige Schritte auf den übernatürlich grünen Rasen und fiel tot um.

»Das Herz«, sagte der Arzt anschließend. »Das Herz kann ein verflixt unzuverlässiges Wesen sein.« Thea war stets besorgt gewesen um das Herz ihres temperamentvollen Mannes. Und dann war er ganz ohne Wut gestorben. »Er ist vor Glück gestorben«, sagte Thea.

»Die unsichtbare Hand hat ihn berührt«, sagte einer seiner Bankfreunde.

Agnes war achtzehn Jahr alt, als ihr Vater starb, und sie war gebrochen.

»Gestattet mir, dass ich das sage, aber genau das war der Grund, warum sie nach Spanien gefahren ist«, sagte Alette. Leicht zittrig griff sie nach ihrem Glas. »Skål auf Agnes! Ich vermisse sie.« Sie erhob das Glas nicht vor den anderen, sondern in Richtung einer hohen Vase mit blauen Akeleien, die leuchtend auf dem Fensterbrett stand. Akeleien waren Agnes' Lieblingsblumen gewesen.

Mit Hilfe der alten Kontakte ihrer Mutter hatte Rita Klippfisch besorgt. Der Fisch hatte achtundvierzig Stunden im Wasser gelegen, und nachdem Dagny bereits Haut und Gräten entfernt hatte, wurde Alette die Ehre zuteil, ihn in passende Stücke zu schneiden. »Das habe ich bisher erst einmal gemacht«, sagte sie, »und zwar hier, in dieser Küche, wir haben dieses Gericht zubereitet, um Miguel, deinem Vater, eine Freude zu machen.«

»Nur dass Vater nie so begeistert war von Bacalao«, sagte Rita. »Zu salzig. Er konnte den Fisch nie genug wässern. Außerdem hat es ihn immer zum Lachen gebracht, dass wir glaubten, das wäre ein fixes Rezept. In seinem Heimatland war das nicht ein einziges Gericht, sondern sie haben Bacalao oder etwas, das dem ähnlich ist, auf hundert verschiedene Art zubereitet.«

»Aber mal ehrlich, deine Mutter hat immerhin versucht, ihm eine Freude zu machen«, sagte Alette, ein wenig beleidigt angesichts dieser Spitzfindigkeit.

»Er hat ihn aus Höflichkeit ihr gegenüber gegessen«, sagte Rita.

Erette wollte zum Thema zurückkehren: »Auch mir hat Agnes erzählt, der plötzliche Tod deines Vaters sei der Grund für ihre Spanienreise gewesen«, sagte sie wie zur Bestätigung dessen, was Alette gesagt hatte. Die beiden hatten ihr gesamtes Erwachsenenleben an der Ragna-Nielsens-Schule gearbeitet, an der auch Agnes viele Jahre unterrichtet hatte. Beide waren unverheiratet und ein bisschen zurückhaltend in Sachen Kleidung, was nicht hieß, dass sie aussahen wie zwei alte Jungfern, sie sahen jünger aus, als sie waren, so als hätten die vielen Jahre, die sie zusammen mit jungen Menschen verbracht hatten, sie fit gehalten. »Deine Mutter hat erzählt, sie hätte den Glauben an alles verloren«, fuhr Erette, zu Rita gewandt, fort, »sie wusste nicht, wie es mit ihrem Leben weitergehen sollte.« Rita begrüßte die Wendung, die das Gespräch genommen hatte, denn das war es, worüber sie mehr zu erfahren hoffte, ein

Auftakt zu der Geschichte über ihre Eltern. »Durch Zufall erfuhr sie dann von einem berühmten Pilgerweg nach Santiago de Compostela in Spanien«, sagte Erette. »Ein Pfarrer, den sie einmal getroffen hat, hatte das erwähnt. Franz von Assisi und die Heilige Birgitta sollen diesen Weg gegangen sein. Das hat sie neugierig gemacht, und sie beschloss, Pilgerin zu werden.«

Aha, der Mr. Carlton-Faktor, dachte Rita, während sie die Kartoffeln in dünne Scheiben schnitt. Er wirkt überall und im Leben aller.

»Entschuldigt mal, aber Agnes wollte einfach nur raus, einfach nur weg«, fuhr ihre Kindheitsfreundin Klara Jonsen dazwischen und strich sich über eine ihrer dünnen Augenbrauen. »Das mit der Pilgerreise war bloß ein netter Vorwand. Schon als sie noch klein war, wollte sie immer Landstreicherin werden. Oder Vagabundin, wie sie sagte. Ja, lacht nicht! Bevor Agnes hierhergezogen ist, haben wir viele solcher Gestalten in Kristiania gesehen. Wir sahen sie auf den Straßen oder bei den Poststationen, und manchmal hat Agnes sich zu ihnen gesetzt, um sich ihre Geschichten anzuhören. Als Erwachsene ist sie immer aufgeblüht in einem Zugabteil oder auf dem Deck eines Schiffs. Woran sie sich unter anderem am besten erinnerte von ihrer ›Pilgerreise‹, waren die vielen Geschichten, die sie unterwegs gehört hatte. ›Davon habe ich jahrelang gezehrt, es war wie in den *Canterbury Tales*‹, sagte sie zu mir. Deshalb hat sie die beiden Lehnsessel im Wohnzimmer gekauft«, sagte Klara. »Sie wünschte sich, diese Gespräche könnten eine Fortsetzung erfahren.«

»Ja, solange sie selbst bestimmen konnte, worüber gesprochen wurde«, warf Oline ein. »Nicht umsonst hat sie ihren eigenen Sessel die Kommandozentrale genannt, den mit dem safranfarbenem Stoff und dem Tiger- und Elefantenmuster.«

»Jetzt den spanischen Pfeffer«, sagte Rita. »Und die Tomaten«, sagte sie zu Klara. Alle reichten der Reihe nach ihre Zutaten an Dagny weiter, die alles schichtweise in einem großen, auf dem Herd stehenden Topf arrangierte und noch Öl, Butter und Wasser hinzugab. Die Kartoffelscheiben, die Rita geschnitten hatte, legte sie obenauf. »Du hättest eine gute Fliesenlegerin werden können«, sagte Rita liebevoll zu Dagny. »Haben alle genug Sherry? Skål auf Mutter!«

Eine kurze Pause nachdenklichen Schmatzens entstand. Rita fiel auf, dass alle älteren Damen ihre Haare zu einem Kranz um den Kopf herum geflochten hatten, als hätten sie sich im Voraus abgesprochen, Agnes zu Ehren mit dieser Frisur zu kommen, die ihr Haar ebenfalls stets so getragen hatte, vor allem in der Schule. Überhaupt hatte Agnes gern geflochten, hatte Rita oft Zöpfe geflochten. Vielleicht mögen alle Frauen das Flechten, dachte Rita. Vielleicht ist das einer unserer Vorzüge, ein Schlüssel zu unserer Stärke.

Die Lysaker-Freundin Oline nahm den Faden wieder auf: »Seid ihr euch sicher, dass sie nicht einfach in eine wärmere Gegend fahren wollte, irgendwohin, wo es mehr Sonne gab – und dann hat sie sich in alles andere verstrickt, ganz unvorhergesehen? Agnes liebte ja die Sonne, saß oft im Garten, das Gesicht zum Himmel gewandt wie eine Sonnenanbeterin.«

»Gestattet mir, dass ich protestiere«, sagte die eine Lehrerin, »aber ich könnte schwören, an dieser Pilgeridee war etwas dran.« Die andere Lehrerin nickte. »Agnes hat mir erzählt, damals hätte ihr schon seit längerer Zeit ein unbestimmbarer Schmerz im Arm zu schaffen gemacht«, sagte Alette. »Es war sogar schlimmer geworden«, bestätigte Erette. »Sie befürchtete, sie könnte gelähmt werden. Ich glaube, eigentlich ist sie deshalb gefahren, weil sie sich Heilung erhoffte. Ein Wunder.«

»Ja, und in Santiago de Compostela ist dann auch eines geschehen.«

Weil Rita, die allmählich Verwirrung empfand angesichts dieser unterschiedlichen Versionen, mit dem Rücken zu den anderen stand, hörte sie nicht, wer was sagte.

»Wie hat sie Miguel eigentlich kennengelernt?« Das war die einzige Frage, die Dagny an diesem Abend stellte. Ansonsten stand oder saß sie nur herum und weinte, schniefte. Rita dachte, dass Dagny ihre Mutter mehr geliebt hatte als sie selbst.

»Eine sonderbare Geschichte«, sagte Oline und legte eine Hand auf Ritas Arm. Sie hatte die Angewohnheit, ihre Gesprächspartner mit der Hand zu berühren, so als glaubte sie, die Worte bekämen dadurch mehr Gewicht. »Es war ein glücklicher Zufall, dass sie Miguel in der Kathedrale von Santiago de Copostela über den Weg lief, als sie endlich am Ende des Weges angelangt war. Sie blieb vor einer der vielen Skulpturen in Pórtico da Gloria stehen, ergriffen von einer Art Ehrfurcht oder Schwindelgefühl.« Wie die meisten in Lagåsen war Oline mit einem Interesse für Kunst infiziert, das weit über dem Durchschnitt lag. »Agnes war sehr angetan von dieser Skulptur. War das Jakob? Sie hat ihren ganzen Mut zusammengenommen und einen vorbeikommenden Mann gefragt. Das war Miguel, und wie sie ihm in die Augen sah, hätte sie beinahe wieder das Gleichgewicht verloren. Sie hat mir erzählt, sie wären fast nebeneinander auf die Knie gesunken vor dieser Skulptur.«

»Schier unmöglich! Ich habe etwas ganz anderes gehört«, rief Klara geradezu ärgerlich. »Unweit von Azura, einen Tagesmarsch oder zwei von Santiago de Compostela entfernt, entdeckte Agnes eine kleine, einsam auf einem Hügel liegende Kirche. Sie hatte Lust, sie sich genauer anzusehen, verließ den

Pilgerweg und kletterte über den Zaun auf eine Wiese. Da kam ein Ochse auf sie zugerannt, und obwohl sie nicht dieselbe Erfahrung mit Tieren hatte wie ihre Mutter, begriff sie sofort, dass er wild war. Ja, lacht nicht! Ein Riesenstier, viel größer als alle, die sie hier zu Hause gesehen hatte. Er senkte den Kopf und scharrte mit den Füßen am Boden, bevor er auf sie losging. Agnes hielt Ausschau nach einem Baum, aber es waren keine Bäume in der Nähe. Im nächsten Moment hüpft ein Mann über den Zaun bei der Kirche, läuft auf die Wiese und lenkt den Stier ab, durch Rufen und indem er seine Jacke als eine Art Stierkämpfertuch benutzt. ›Er hat mich gerettet‹, sagte Agnes. ›Kein Wunder, dass ich mich in ihn verliebt habe. Er hat mir zuerst die kleine Kirche gezeigt, und draußen hat er mich dann geküsst. Weiter als bis dorthin bin ich nie gekommen.‹«

»Liebe Klara, das ist geflunkert«, sagte Rita. »Ich kann mich erinnern, wie sie Sigurd und Harald abends dieselbe Geschichte erzählte, und diese Gutenachtgeschichten waren allesamt erfunden.« Klara fühlte sich davon ein wenig gekränkt, und Rita strich ihr über den Rücken, wobei sie einen Hauch des leicht barocken, leicht animalischen Parfüms wahrnahm, das sie stets mit Klara verband und das ihre Mutter ebenfalls manchmal benutzt hatte.

Der Bacalao war fertig, und Dagny ließ ihn noch auf leichter Flamme ein wenig köcheln. Sie nahm die Sherryflasche und ging damit herum, sie hatte Anweisung erhalten, darauf zu achten, dass die Gläser nie leer wurden – an diesem Abend sollten Zungen gelockert werden. Und vielleicht war der Sherry ja auch der Grund, weshalb Rita die Küche plötzlich in einem neuen Licht sah. Wie schön sie war. Nur das Kupfer an den Wänden und auf den Schränken müsste geputzt werden. Eine Küche, die einem Restaurant würdig war. Der große Herd. Der viele Platz auf den Arbeitsbänken. Messer, die ein Vermögen wert waren. Aus Theas Zeit. Selten benutzt von Agnes. Selten von Rita. Vielleicht sollte ich mich öfter hier aufhalten, dachte sie. Dann schob sie den Gedanken beiseite. Sie verweigerte sich das schlechte Gewissen. Der Platz der Frau war *nicht* in der Küche.

»Gestattet mir …«, sagte Alette und wartete, bis sie die Aufmerksamkeit aller auf sich gelenkt hatte. »Zumindest stimmt es, dass Agnes die Kathedrale nie betreten hat.« Erette nickte. »Aber nach dem, was sie uns im Lehrerzimmer erzählt hat, ist ihr wirklich ein Wunder widerfahren. Kurz vor Santiago de Compostela lief sie einem alten weinenden Mütterchen über den Weg, dem ihr Karren mit Brennholz in den Graben gestürzt war. Agnes ging sofort hin, um der Frau, die eindeutig Schwierigkeiten mit dem Bücken hatte, zu helfen. Sie stellte den Karren wieder auf, suchte das Holz zusammen und legte alles wieder an seinen Platz zurück. Die Alte stand die ganze Zeit daneben und überhäufte sie mit Segenswünschen. Agnes verstand nicht alles, hatte aber unterwegs ein bisschen Spanisch gelernt. Am Ende, kurz bevor die Alte wieder in die entgegengesetzte Richtung davonschlurfte, sagte sie zu Anges, sie solle, wenn sie in die Stadt kam, nicht zur Kathedrale gehen, sondern zu einem Markt direkt bei der Universität. Dort gebe es einen Springbrunnen, und wenn sie eine Handvoll Wasser daraus trinke, würde ihr Leben eine neue Wendung nehmen. ›Diese alte Frau hatte irgendetwas Besonderes an sich‹, sagte Agnes. ›Es war‹, sagte sie, ›als wäre ich von einer Kraft berührt worden.‹ Als Agnes dann in die Stadt kam, tat sie, was die Frau ihr gesagt hatte, sie ging zu dem Markt und trank aus dem Springbrunnen, und als sie sich umdreht, steht Miguel vor ihr. Breites Lächeln. Und die Frage, ob sie sich verlaufen habe. Sicher war ihm klar, dass sie eine Pilgerin war und eigentlich zur Kathedrale wollte. ›Es war, als hätte der Boden unter mir nachgegeben‹, sagte Agnes. ›Ich habe mit einem Schlag erkannt, dass ich ihn heiraten werde. Und das wäre nie geschehen, wenn ich dem alten Mütterchen nicht geholfen hätte.‹«

»Ob ich das glaube, weiß ich jetzt auch nicht so recht«, sagte Rita und bemühte sich, nicht zu lachen.

»Ja, gut, aber es ist eine nette Geschichte«, sagten die beiden Lehrerinnen im Chor, ein Blitzen in sämtlichen vier Brillengläsern, und Erette fügte hinzu: »Nachdem sie ein bisschen miteinander geredet hatten, sagte er: ›Soll ich Sie zur Kathedrale begleiten?‹ Aber Agnes antwortete: ›Ich bin schon am Ziel angelangt.‹«

»Das glaubst du doch selbst nicht, oder?«, fragte Rita.

»Höchst sonderbar, aber warum nicht?«, sagte Erette. »Alle haben so einen Tag, so eine Geschichte. Oft findet man etwas anderes als das, wonach man sucht.«

Rita dachte an sich selbst. An einen Tag in Jotunheimen. An einen Schlafsack, einen Kokon, eine Aussicht auf eine Bergwelt, die einem den Atem hätte rauben können, wäre man nicht gerade wegen etwas anderem außer Atem gewesen. Konnte man auch Geschichten erben, insofern nämlich, als man sie, in Variationen, wiedererlebte?

Aus den Bruchstücken, die sie von ihrem Vater aufgeschnappt hatte, hatte sie sich ihre eigene Version zusammengesetzt. Wie sie es verstand, war ihr Vater in der Pilgerstadt gewesen, um im Colegio de Fonseca, der berühmten, in einem ehemaligen Kloster untergebrachten Bibliothek, nach etwas zu suchen. Er hatte in einem kleinen Hotel gewohnt, und dort an der Rezeption stieß er eines Tages auf Agnes. Er musste lachen, als sie ihm offenbarte, dass sie aus Norwegen sei. »Wie außergewöhnlich!«, rief er. »Es ist den Wikingern ja nie gelungen, Spanien einzunehmen, obwohl sie sowohl im Norden als auch im Süden die Küsten verwüsteten. Jetzt haben sie also Sie geschickt.« Das Einzige, was Miguel sonst mit Norwegen verband, war Klippfisch. Und, natürlich, Enrique Ibsen. Denn sein Fachgebiet war die Literatur. Er hatte sogar *Brand* und *Peer Gynt* in deutscher Übersetzung gelesen.

Von den versteckten Hinweisen, die sie von ihrer Mutter bekommen hatte, war ihr die Äußerung über ein medizinisches Wunder am besten in Erinnerung geblieben. Denn Agnes hatte schnell erkannt, dass ihre Begegnung mit Miguel de Ortega größer war als alles andere, und als sie, »viel zu früh«, wie sie gestand, die Hände erhoben hatte, um sie um seinen Nacken zu legen, war der Schmerz in ihrem Arm verschwunden. Ein Wunder der Liebe. Das Erste, was sie bei der Heimkehr zu ihrer Mutter gesagt hatte, war: »Ich bin geheilt.«

Auf diese Erzählung von Rita reagierten Alette und Erette mit einer Mischung aus Neugier und Neid: »Gestattet mir, dass ich das frage«, sagte Alette, »aber wie konnte sie sich in einen Wildfremden verlieben, und das so plötzlich?«

»Er war ja ein Leser, und ich glaube, sie war schlicht und einfach hingerissen von diesem Spanier, der Ibsen kannte«, sagte Rita.

»Er war ein begabter Geschichtenerzähler«, konterte Klara.

»Ein Lügenbold!«, rief Oline.

»Was ist eigentlich aus den hübschen Ringen geworden, ihr wisst schon, die sie von Miguel bekommen hat?«, wollte Alette plötzlich wissen. »Dem mit dem Aquamarin und dem mit dem blauen Achat, tief wie das Meer«, ergänzte Erette.

»Gestattet mir«, sagte Klara, »die hat sie nicht von Miguel bekommen, sondern von ihrem Vater.«

»Was für ein Irrglaube!«, rief Oline wütend. »Ein Bewunderer, dessen Namen sie nicht verraten wollte, hat sie ihr geschenkt.«

»Na, na, fangt jetzt nicht an zu streiten«, sagte Rita.

»Was ist falsch an einem kleinen Streit?«, fragte Oline. »Agnes hat gern gestritten.«

»Wie auch immer, ich habe Bjørg die Ringe geschenkt«, erklärte Rita. »Sie hat eine Vorliebe für alles Blaue.«

Während appetitanregende Düfte sich vom Herd zu verbreiten begannen und Rita allen zuprostete und sie dazu anregte, ihre Sherrygläser zu leeren, lenkte sie das Gespräch erneut auf Agnes' lebensentscheidende Reise. Diesen Mann, das hatte ihre Mutter vom ersten Moment an gewusst, würde sie heiraten, und weil sie ohnehin Wärme und Sonnenschein liebte, bot sie ihm an, mit ihm in Spanien zu leben. Doch Miguel de Ortega war kein typischer Südländer, er zog die Kälte vor und verlangte, in ihr Land zu ziehen. »Ich bin ein Kolumbus«, sagte er. »Aber ich will nach Norden segeln, ich will Norwegen entdecken.« Er war ein Mensch, der generell offen war für Veränderungen und über eine bemerkenswerte Anpassungsfähigkeit verfügte. Er selbst war der Meinung, das käme davon, weil in seinen Adern arabisches und jüdisches Blut fließe, da er aus Toledo stammte, wo diese beiden Kulturen über viele Hundert Jahre miteinander verbunden gewesen waren. Nachdem er nach Norwegen gezogen war, hatte er in überraschend kurzer Zeit die Sprache gelernt, und was das Schreiben betraf, war er völlig vernarrt in die drei letzten Buchstaben des Alphabets: ø, eine Insel mit einem Weg mittendurch, æ, zwei einander umarmende Zeichen, å, ein Planet mit seinem eigenen Mond – Agnes hatte ihren Schülern im Unterricht oft diese kleinen Buchstabengeschichten erzählt. Die wichtigste Voraussetzung jedoch, um in dem neuen Land Akzeptanz zu finden, war das Skifahren, und diese Kunst beherrschte Miguel bereits von früher. Eine Kunst, die er sich bei den häufigen Besuchen bei seinen Großeltern in dem Dorf Monachil, eine knappe Meile von Granada entfernt, am Fuße der Sierra Nevada angeeignet hatte. »Er war norwegischer als jeder Norweger«, sagte Rita.

»Abgesehen von dem abartigen Akzent«, setzte Oline mit einem lauten Lachen hinzu.

Komisch, dachte Rita. Das einzig Spanische, das er mitgenommen hat, war ein Schwert aus Toledo-Stahl, das sich über Jahrhunderte im Familienbesitz befand und das er über dem Kamin aufgehängt hatte, und die Keramikfliesen, mit denen Bad und Küche verlegt sind. »Hauptsächlich als Erinnerung an meine Kindheit«, wie er in Hinblick auf Letzteres sagte. »Großvater war ein geschickter Fliesenleger. Ich habe ihm oft zugesehen, und mir ist nie langweilig geworden, zu sehen, dass man, obwohl jede einzelne Fliese dasselbe einfache Ornament hatte, ein unendliches Muster bilden konnte. Darin steckt eine Lektion, meine liebe Tochter.«

Dieses Lächeln. Seine warmen Hände auf ihrem Kopf. Und das Mantra: »Nichts ist wie ein kleines Mädchen, das noch sein ganzes Leben vor sich hat.«

»Leider hat Miguel keinen Job an der Universität bekommen«, sagte Rita, zu den anderen gewandt. »Natürlich hätte er sich erhofft, eine Stelle zu bekommen, wo er für sein umfassendes Wissen über europäische Literatur Verwendung fände und für seinen etwas anderen Blickwinkel auf Enrique Ibsen. Aber wie ihr wisst, hat er sich zu helfen gewusst, er hat ein Antiquariat gegründet: das Alhambra. Thea hat ihn dabei finanziell unterstützt, ohne dass Agnes davon wusste. Agnes ihrerseits war verblüfft von Miguels Anpassungsfähigkeit. Er war angenehm überrascht über die norwegische Küche. Das Einzige, was er vermisste, war Gazpacho, die kalte Gemüsesuppe. Und natürlich die spanischen Schinken. Er konnte sich nie an den norwegischen Räucherschinken gewöhnen. ›Salz ist gut‹, sagte er, ›aber in Maßen‹. Hätte man ihn gezwungen, etwas Schlechtes über Norwegen zu sagen, hätte er angedeutet, das Land sei zu salzig, zu trocken, zu wenig saftig.«

»Glaubt man dem Gerede, hat er spanischen Schinken importiert«, bemerkte Klara vorsichtig.

»Ja, aber nur für den Eigengebrauch«, sagte Rita. Sie erzählte, ihr Vater habe sich mit einem Händler zusammengetan, der Verbindungen zu den Schiffen nach Spanien pflegte, weshalb er immer entweder Serrano oder Pata negra auf Lager gehabt hatte. In seinem kleinen Büro ganz hinten im Alhambra habe er oft Aquavit und dazu Jamón Iberico serviert, »eine perfekte Kombination unserer beiden Länder«, wie er zu seinen Schriftstellerfreunden gesagt habe.

Auf diese Bemerkung hin stand Dagny auf, um Sherry nachzuschenken. Die Gläser wurden jetzt schneller leer. Sie konnte nicht aufhören zu schniefen und musste sich ständig ein kleines Taschentuch an die Augen führen.

»Aber sagt mir«, meldete sich Rita, vornehmlich in Richtung Alette und Erette gewandt, als wäre ihr plötzlich wieder eingefallen, was sie mit diesem Abend eigentlich bezweckte. »Wie war Mutter eigentlich als Lehrerin?« Rita wollte die Frage stellen, die an ihr nagte, musste sich dem Thema jedoch vorsichtig annähern.

»Wenn ihr mich fragt, lag ihre Stärke im Erzählen, dafür war sie bekannt«, sagte Alette. »Und sie war insofern eine gute Lehrerin, als sie niemals im Zorn den Zeigestock zerbrochen oder den Schlüsselbund durch die Gegend geworfen hat«, fügte Erette hinzu. Beide lachten darüber, wobei offensichtlich war, dass es ihnen selbst nicht immer gelungen war, sich zu beherrschen.

Oline fuhr mit der Behauptung dazwischen, Agnes wäre gern etwas anderes als Lehrerin geworden. Wie um die anderen zu der Antwort hinzuführen, fingerte sie an einem ihrer Armbänder herum. »Sie hat davon geträumt, Goldschmiedin zu werden, eine nie zuvor gesehene Art von Schmuck herzustellen.«

Rita weigerte sich, das zu glauben. Oder konnte das sein? Voll Stolz hatte Agnes ihr immer den Schmuck in ihrem Kästchen gezeigt. Zu jedem davon gab es eine besondere Geschichte. Nicht zuletzt zu ihren beiden Lieblingsringen, dem mit dem Aquamarin und dem mit dem blauen Achat, tief wie das Meer.

»Mir hat sie einmal etwas gelinde gesagt Abartiges erzählt«, sagte Oline. »Dass sie am allerliebsten Pilotin geworden wäre.«

Das wird ja immer absurder, dachte Rita. Aber Oline hatte sich öfter mit Agnes unterhalten als Rita selbst.

»Höchst sonderbar, ich habe geglaubt, sie wollte Pianistin werden, auf der ganzen Welt Konzerte geben«, sagte Erette. »Manchmal hat sie in der Schule etwas für uns gespielt. Überaus reizend.« Alette nickte.

»Entschuldigt bitte, aber reden wir hier von derselben Person?«, fragte Klara. »Wisst ihr nicht, dass sie davon fantasiert hat, Pfarrerin zu werden? Ja, lacht nicht! Agnes war tiefreligiös. Der frühe Tod ihres Vaters hat ebenfalls zu ihrem Wunsch beigetragen, in das Dickicht der Theologie einzudringen. Frauen waren von diesem Beruf ausgeschlossen, das hat sie rasend gemacht. Es war kein Scherz, was ich vorhin gesagt habe: Sie wollte Nonne werden, aber in erster Linie deshalb, um die Kirche, diesen düsteren, erzkonservativen Männerverein aufzumischen.«

»Ist das wahr?«, fragte Rita. Das hätte sie von ihrer Mutter niemals gedacht. Aber auf eine Weise stimmte es mit ihrer Pilgerreise zusammen.

Sie grübelte, nippte von ihrem Sherry und vergaß die anderen für eine Weile. So weit sie wusste, hatte Thea, ihre Großmutter, Agnes immer dazu angestachelt, etwas Besonderes aus sich zu machen. Thea selbst hatte dagegen immer ein wenig verbittert gewirkt. Durch sie hatte Agnes die Tragödie der Frauen zu verstehen gelernt. Rita hatte von ihrer Großmutter oft Äußerungen gehört wie, dass »wir nicht unserer Begabung entsprechend erzogen werden«, dass »wir davon abgehalten werden, in unseren Traumberufen tätig zu werden«. Derlei Aussagen waren womöglich in Zusammenhang zu sehen mit der Verärgerung, die sie empfand, weil ihr, als Frau, das Odalsrecht verwehrt geblieben war.

Thea hatte mehrmals Aasta Hansteen und Gina Krog getroffen und sich mit ihnen unterhalten, und schon früh hatte Agnes von Mary Wollstonecraft und Harriet Taylor in England gehört. Rita erinnerte sich, wie ihre Mutter diese Lektion an sie weitergegeben, sie ihr eingetrichtert hatte: Die Entfaltungs- und Wahlmöglichkeiten der Frauen waren stark begrenzt. Und das durften sie nicht akzeptieren. Niemals! Vielleicht war das ja der eigentliche Grund für ihrer Spanienreise. Dass Ritas Mutter ihr 1919 die Reise nach Osten nicht verweigert hatte, wie es die meisten anderen Mütter getan hätten, war sicher auf die Erinnerung an ihre eigene Reise zurückzuführen, an die Freude, eine Grenze überschritten zu haben. Was für ein Triumph, den hochgezogenen Augenbrauen und dem ganzen Gerede zu trotzen!

Ja, kein Zweifel, Agnes hatte die Frauenfrage mit der Muttermilch aufgesogen, wobei es für sie keine Frage war, sondern eine Selbstverständlichkeit, und das war es ihr ganzes Leben geblieben. Nachdem Frauen in Norwegen endlich das volle Stimmrecht erhalten hatten, hatte sie bei einer Diskussion im Lehrerzimmer einem männlichen Kollegen für seine herablassende Äußerung, Frauen seien zum Wählen ungeeignet, eine Ohrfeige verpasst. »Die Zeiten sind vorbei, in denen ihr uns die Zunge abschneidet, um uns zum Schweigen zu bringen«, hatte sie gefaucht. Ja, denn ungeachtet dessen, was die anderen sagten, war sie Lehrerin geworden. Thea, ihre Mutter, hatte Agnes dazu angehalten, die Ausbildung zu absolvieren, das Asker-Seminar zu besuchen und Lehrerin an der Ragna-Nielsen-Schule in der Nordahl Bruns gate zu werden, in der auch das Musikkonservatorium lag und wo die Töne, die im Sommer aus den offenen Fenstern herausdrangen, sie womöglich ständig an eine andere Berufsmöglichkeit erinnerten.

Rita ging zum Topf hinüber, warf einen Blick hinein und sah den Bacalao schon leicht köcheln. Sie legte den Deckel wieder drauf und drehte den Kessel. Als Kind hatte sie einmal den Bacalao umgerührt, worauf es von ihrer Mutter eine Schelte gesetzt hatte, dass das Kupfer in der Küche beschlug.

Sie hörte, dass Alette und Erette die anderen mit Anekdoten aus der Ragna-Nielsen-Schule unterhielten, hörte sie über Agnes' Unterrichtsmethoden redeten, wie sie das Vertrauen ihrer Schüler gewonnen und sie, auch unter vier Augen, dazu gebracht habe, ihr ihre Geheimnisse zu erzählen. Während alle durcheinanderzuschwatzen begannen und ihre Beiträge zu der Geschichte über Agnes' Wirken als Lehrerin lieferten, begleitet von Gelächter und kurzen Freudenschluchzern, dachte Rita, was für eine kluge Frau ihre Mutter doch gewesen war, viel klüger als sie, nur konnte sie ihre Weisheit eigentlich nie zum Einsatz bringen, nicht einmal im Lehrerberuf. Einmal, als Rita im Teenageralter war, erzählte sie ihr an der Bettkante von Hypatia, der Philosophin aus Alexandria, und von Émile du Châtelet, Voltaires Freundin. Nicht sie, sondern ihre Mutter hätte an der Universität sein sollen.

Oline schlug vor, sie sollten ein wenig frische Luft schnappen gehen, und Rita folgte ihren Gästen hinaus auf die Terrasse. Es war ein warmer Sommernachmittag, weshalb sie sich nichts überzuziehen brauchten. Auf dem Weg zurück hinein, um Dagny zu helfen, blieb sie in der Tür stehen und lauschte den Gesprächsfetzen, die sich hinter ihr zusammenflochten. »Ihr Lieblingsbuch in der Bibel war Ezechiel …« »Wie abergläubisch sie war, sie hatte eine Sterbensangst vor schwarzen Katzen, die über die Straße liefen …« »… konnte alle Werke von Beethoven mitsamt den Opuszahlen nennen …« »Wie abartig, hat irgendeine von euch auch nur daran gedacht, Ezechiel zu lesen …?« »… ihr wisst ja, Salz über die Schulter streuen …« »… auch die komplette Reihenfolge der norwegischen Könige …« »… war der Meinung, Gott sei eine Frau…« »…besaß Erstausgaben von Jane Austen…« »mehr weibliche Komponisten als Agathe Backer-Grøndahl…« »…hat *Jane Eyre* zwölfmal gelesen…« »…erinnert ihr euch noch an ihren pomadisierten Verehrer von Gunerius Pettersens Magasin …?« »… konnte lange Passagen auswendig …« »… achte auf dein Herz, wir gehen eine Runde in den Garten …« Letzteres kam von Klara.

Rita riss sich los, ging zu Dagny in die Küche, umarmte sie und sagte, sie solle aufhören zu weinen. Sie räumten Messer, Schneidbretter und Abfälle weg und deckten den Küchentisch. Um zu entspannen, setzte sie sich für einige Minuten ins Esszimmer und blickte aus dem Fenster hinaus zu den vier älteren Damen, die lachend, plaudernd und gestikulierend im Garten zwischen den Bäumen umherstolzierten. Beim Anblick der vier achtbaren

Gestalten spürte sie etwas in sich anschwellen. Liebe? Stolz? Ein großes Zusammengehörigkeitsgefühl? Oline zeigte reihum zu den Nachbargrundstücken. Sie gingen ohne Kopfbedeckung, und obwohl ihr grauweißes Haar zu zierlichen Kränzen geflochten war, musste Rita an Wollgräser denken. Alle hatten ihre Gläser mitgenommen, und sie sah die Sonne in ihnen funkeln, wenn sie auf das Kristall traf. Rita beobachtete diese gestandenen Frauen, die einige Ziele erreicht hatten, die für ihre Mütter noch undenkbar gewesen wären. Es ging voran. Trotz allem.

Als sie eine halbe Stunde später wieder in der Küche versammelt waren, hörte Rita eine Stimme, die plötzlich wieder auf ihre Großmutter zu sprechen kam. »Was hat Thea eigentlich nach Jeremias' Tod so getrieben?«

»Wahrscheinlich war sie einfach ›Hausfrau‹«, sagte Oline, die zu der Zeit noch nicht nach Lysaker gezogen war.

»Entschuldigt, aber sie war viel mehr als das«, erwiderte Klara, die in diesen Jahren oft den Weg von Kristiania hinaus zur Villa Bohre auf sich genommen hatte. Sie legte ihren eleganten Blazer ab, unter dem eine geschmackvolle Bluse zum Vorschein kam. »Thea hat, ohne dass jemand davon wusste, die Geschäfte ihres Mannes weitergeführt. Sie war ein kluger Kopf. Sie wäre eine genauso gute Bankerin gewesen wie Jeremias Bohre höchstpersönlich. Zudem wurde sie von ihrem Mann ausgebildet, damit sie ihm helfen konnte. Als 1881 die Wertpapierbörse in die Gänge kam, hat sie von Anfang an die Kursentwicklungen sehr genau mitverfolgt. Ja, lacht nicht! Erinnert ihr euch noch an die ersten Wunder auf vier Rädern?« Alle drei Frauen nickten, wie über eine freudige Erinnerung. »Kurz vor der Jahrhundertwende, als Thea und Agnes uns einmal in Kristiania besuchten, konnte Thea mit eigenen Augen sehen, was sie bis dahin nur vom Hörensagen gekannt hatte – ein Automobil. Schous

Brauerei hatte einen Lastwagen von Daimler angekauft. Später hat Thea mir erzählt, im Zug auf dem Weg zurück hätte sie darüber nachgedacht, dass es bald mehr, unglaublich viel mehr solcher Fahrzeuge geben werde und große Nachfrage nach gewissen Rohstoffen bestehen würde. Nach Reifen beispielsweise. In den darauffolgenden Wochen hat sie Aktien bei einer belgischen Gummiproduktionsfirma gekauft. Wenige Jahre später ist der Preis für Kautschuk gewaltig gestiegen.«

»Ist das wahr?«, fragte Rita.

»Das ist es absolut«, sagte Klara. Nach genauerem Nachdenken erinnerte sich Rita, wie Thea und ihre Mutter aus der Villa gestürmt waren, um das erste Auto in Lysaker zu bewundern, mit dem Max' Vater, stolz wie ein Admiral mit neuem Flaggschiff, angefahren kam, um seinen Sohn abzuholen.

Klara fuhr fort und erzählte, Thea hätte Agnes seinerzeit eine grundlegende Einführung in die Ökonomie zuteilwerden lassen, die Lehren an sie weitergegeben, die sie selbst von Jeremias vermittelt bekommen hatte. Sie habe Agnes Anweisungen zur Verwaltung des Vermögens erteilt, das sie geerbt hatte, und den Kontakt zu dem Rechtsanwalt hergestellt, der auch sie betreute. Agnes durfte keinesfalls das väterliche Vermögen verprassen, nachdem Thea auf so geschickte Weise eine Wertsteigerung desselben erreicht hatte.

»Wir sparen nicht mit dem Sherry«, sagte Rita. »Haben alle noch?« Aufgrund dessen, was Klara erzählte, konnte Rita verstehen, warum ihre Mutter ihr bei der Heirat mit Otto Keller eingebläut hatte, auf einer Gütertrennung zu bestehen, und insgeheim dankte sie ihr dafür.

Wann Thea Klara denn das alles erzählt habe?, erkundigte sich Oline neugierig und verdrehte ihre Perlenkette wie einen Rosenkranz.

Klara erinnerte sie daran, dass Thea in dem Jahr nach der Unionsauflösung nach Åsgårdsstrand gezogen sei. Damals habe sie, Klara, sich bereits dort niedergelassen gehabt und die Manufaktur betrieben. Sie hätten sich oft getroffen.

Rita hatte noch deutlich die Zeit in Erinnerung, in der ihre Großmutter die Villa Bohre regiert hatte und daran, wie Agnes, nachdem Thea nach Åsgårdsstrand umgezogen war und ihrer Tochter das Haus überlassen hatte, den Dschungel an Einrichtungsgegenständen aussortierte. »Hier könnten wir das iberische Schwert gebrauchen«, hatte ihre Mutter zu Rita gesagt, als sie in der Tür zum Wohnzimmer standen, in dem es aussah wie in einem tropischen Gewächshaus. Raus mit den ganzen Podesten, Blumen, Pflanzen und Palmen. Auch aller Krimskrams verschwand sowie die Mehrzahl der über- und untereinander hängenden Gemälde. Wertloses Zeug, hatte Agnes gemeint.

»So«, sagte sie, als sie fertig waren, »jetzt kann man hier wieder atmen.«

Zu der Zeit war es auch, als Miguel die Keramikfliesen aus seinem Heimatland auspackte und die beeindruckenden Mosaike in Küche und Bad verlegte.

»Jetzt wollen wir essen«, sagte Rita und gab Dagny, die am Herd stand, ein Zeichen.

Sie war froh, keine weiteren Fragen über ihre Großmutter und Åsgårdsstrand beantworten zu müssen. Thea war mit einer Kindheitsfreundin zusammengezogen, nämlich mit Klaras Mutter, die ebenfalls Witwe war. Beide stammten von Höfen in Vestfold. »Zwei einsame Seelen sind besser als eine«, hatte Thea gesagt. »Außerdem vermisse ich die Landschaft meiner Kindheit.«

Ihre Großmutter hatte noch immer viel Zeit auf ihre Geschäfte verwendet, und das Glück stand ihr bei, denn vor allem der Wert der Gummiaktien war immer weiter gestiegen. »Gelobt sei das Automobil!«, hatte sie zu ihrer Freundin, Klaras Mutter, gesagt.

Eigentlich hatte Rita die Geschichte über den Tod ihrer Großmutter gehörig satt, weil sie allzu sehr mit Moral aufgeladen war. Die unsichtbare Hand, wieder einmal. Doch selbstverständlich lag darin eine Ironie: Eines Tages im Juni, im Jahr des Erdbebens in San Francisco, überquerte sie die Straße und wurde überfahren. Das Auto rollte einen flachen Hügel herunter, und aufgrund der Gummireifen hatte sie das Herannahen des Fahrzeugs nicht gehört. Es war einer der ersten Verkehrsunfälle des Landes. Auf der Straße liegend, die Reifen anstarrend, blieb ihr noch Zeit zum Nachdenken, und bevor sie im Krankenhaus starb, sagte sie zu Agnes, dies müsse die Strafe sein für ihre Beteiligung an der belgischen Kautschukgewinnung im Kongo. »Ich hätte in die norwegischen Wälder investieren sollen, in Fichte und Kiefer.«

Sie hatten sich an den Tisch gesetzt, den Topf in der Mitte. Alle bedienten sich, während Dagny die Gläser auffüllte. Wasser in die großen, Sherry in die kleinen. In den ersten Minuten des Essens herrschte Schweigen. Dann murmelte Oline, Bacalao und Sherry sei wie eine Ehe zwischen Norwegen und Spanien, und Rita packte die Gelegenheit beim Schopf, um das Gespräch auf die Frage zu lenken, die ihr schon den ganzen Abend auf der Zunge brannte. Vor der sie aber auch zurückschreckte.

Das Verschwinden ihres Vaters in Jotunheimen. Das zwanzig Jahre anhaltende Schweigen ihrer Mutter.

Erst als Erwachsene hatte Rita begonnen, sich über die Ehe ihrer Eltern Gedanken zu machen. Vielleicht, wenn sie genauer darüber nachdachte, war ihre Mutter doch nicht immer so zufrieden gewesen. Es war bestimmt nicht leicht gewesen, mit einem Mann aus Spanien zurückzukehren, nicht einmal mit einem so anpassungsfähigen wie Miguel de Ortega. Rita hatte oft gesehen, wie Agnes in einem der beiden Ohrensesseln Zuflucht suchte, als wäre er eine Art Sicherheitsventil, ein Ort, wo sie Dampf ablassen konnte. Ständig waren Leute zu Besuch, und als Rita später darüber nachdachte, wurde ihr bewusst, dass es womöglich öfter Männer gewesen waren als Frauen, die sich zum Reden, zum Erzählen in einen der Sessel gesetzt hatten. Das war die Phase im Leben ihrer Mutter – und, was das betraf, auch ihres Vaters –, über die sie am wenigsten im Bild war.

»War es nicht höchst sonderbar, dass Miguel auf Teufel komm raus jedes Mal in diese verflixte Gebirgswelt verschwinden musste?« Es war, als hätte Erette Lyng Ritas Gedanken gelesen.

»Gestattet mir die Bemerkung: Er war mehr in Enrique verliebt als in Agnes.« Alette griff das Thema auf. »Er war wie verhext von Ibsens Gebirgstouren, von seinen Wanderungen nach Hardanger und der nach Lom, durch Våga und über Sognefjellet.« Alette unterrichtete Norwegisch und kannte sich in der Literaturgeschichte aus. »Miguel wollte einen Kommentar schreiben zu den Passagen in *Brand* und *Peer Gynt*, in denen es um die Berge geht, und auch zu dem Gedicht ›Auf den Höhen‹, er wollte sie als Schlüssel zum Verständnis von Ibsens Werk heranziehen. Gleichzeitig hat er auch noch an einem anderen Buch gearbeitet. Als ich einmal im Alhambra vorbeigeschaut habe – ja, er war schon ein kesser Mann, der die Menschen angezogen hat –, hat er mir verraten, dass das Buch den Titel *Eine Odyssee in Gynts Reich* bekommen sollte und auch die Erzählung über Jo Gjende enthalten würde, außerdem Beschreibungen der Wanderrouten zu 24 Gipfeln in Jotunheimen, genauso viele, wie es Gesänge in der *Odyssee* gibt.

Er war der Meinung, Norwegen müsse mehr aus seiner Natur machen, den Tourismus stärker ausbauen und mit der Nationalliteratur in Zusammenhang bringen.«

»Schier unmöglich!«, protestierte Klara. »Das Buch sollte 24 Porträts von in Kristiania lebenden Ausländern enthalten, womit er zeigen wollte, von welchem Wert sie waren, was eine Kreuzung der Kulturen bewirken konnte. Ja, lacht nicht! In der Hauptstadt wimmelte es ja nur so von Menschen aus anderen Ländern, von italienischen Stuckateuren, deutschen Vergoldern, dänischen Mühlenverwaltern und polnischen Metallgießern.

»Jedenfalls hätte er sich mehr für Agnes interessieren sollen«, sagte Oline in fast aggressivem Tonfall. »Er hätte sehen müssen, dass sie gelangweilt war.«

Rita merkte, dass sie der Sache näherkamen. »Gelangweilt?«, wiederholte sie vorsichtig.

»Ja, Miguel saß abends oft noch im Alhambra «, sagte Oline, »und bewirtete Autoren und andere Stammgäste mit Jamón Iberico und Aquavit, Leute, die sein literarisches Wissen zu schätzen wussten und sein Talent, interessante Bücher zu beschaffen. Oft sind sie danach noch ins Engebret Café weitergezogen. Ab und zu hat er auch im Alhambra übernachtet. Ich glaube nicht, dass er von den Männern wusste, die Agnes in der Villa ihre Aufwartung machten.«

»Höchst sonderbar«, sagte Erette. »Du meinst Nansen?« Verständiges Lächeln.

»Was für ein Irrglaube!«, sagte Oline, und für Rita war es, als kündete das Klirren ihrer Armbänder Unheil an. »Zu der Zeit war Nansen mehr als genug mit Frau Munthe beschäftigt. Nein, es war Nicolai Qviller, der Direktor …«

»Der Vater von Max!« Es kam fast wie ein Aufschrei von Rita. »Ist das wahr?«

»Das ist es absolut«, sagte Oline und legte Rita die Hand auf den Arm. »Es schadet niemandem, wenn ich das jetzt verrate. Nach Theas Tod hat er Agnes bei der Buchführung geholfen und sie bei der Geldanlage beraten. Nachdem der Weltkrieg ausgebrochen war, wollte er Agnes sogar zum Kauf und Verkauf von Schiffsaktien überreden. Dieser Versuchung konnte sie widerstehen, der anderen nicht.«

»Das war immer ihre große Schwäche«, warf Klara ein. »Entschuldigt, aber sie war stets eine Spur zu freisinnig oder wie ich sagen soll … zu wenig standhaft.«

Rita konnte es nicht glauben. Oder doch, möglich wäre es. Sie hatte oft Max' Wagen draußen vorm Haus stehen sehen. Wenn Miguel auf seinen Bergtouren war, hatte sie ihn ständig in einem der Ohrensessel sitzen sehen, immer mit frisch pomadisiertem Schnurrbart, sich aber nie Gedanken darüber gemacht, wissend, dass ihre Mutter Unterstützung in Geschäftsfragen von ihm annahm und auch Miguel bezüglich der Betriebsführung des Alhambra Rat von Max Qviller einholte. Zu jener Zeit hatte Rita mehr als genug mit sich selbst zu tun, sie war auf dem Gymnasium, saß oft bei ihren Hausaufgaben oder war mit Konrad zusammen. Oder mit Max.

»Aber was ist passiert?«, fragte Alette, das Besteck wie Antennen hochhaltend. »Ja, was ist geschehen?«, fragte Erette. Ganz offensichtlich kam das auch für die Lehrerkolleginnen überraschend.

»Miguel hat es herausgefunden«, sagte Oline, die Aufmerksamkeit genießend. »Es war an einem der Tage, an denen er normalerweise bis spätabends im Alhambra war. Er kam früh nach Hause, und beim Aussteigen aus dem Zug sah er ein ihm bekanntes Auto vorbeifahren. In dem auch Agnes saß. Miguel war scharfsinnig. Er ist schnell dahintergekommen. Wie sich zeigte, hatte Nicolai Qviller ein Zimmer im Hotel Anne Kure, oben am Holmenkollen.

»Ist das wahr?« Das war inzwischen zu einem Refrain geworden.

»Das ist es.«

Das Herz kann ein verdammt unzuverlässiges Wesen sein. Er hatte recht, der Arzt, der Thea zu trösten versucht hatte, nachdem Jeremias tot umgefallen war.

Wie Oline berichtete, hatte Miguel nach der Enthüllung des Ehebruchs seine Richtung im Leben verloren. Sie sagte das irgendwie streng, weil sie das Drama hautnah miterlebt hatte. Deshalb sei er in den Bergen verschwunden, meinte sie. Kein Kompass hätte ihn retten können.

Rita wollte wissen, wann das passiert sei. Sie ertappte sich dabei, wie sie die Akeleien anstarrte, fast unnatürlich blau leuchtend auf dem Fensterbrett, als ob Agnes anwesend wäre, zuhörte.

Oline erinnerte sich gut daran. Das war Anfang August 1915. Alles stimmte.

»Mmm, war das köstlich«, sagte Alette. »Dieser spanische Pfeffer hat wirklich was los«, sagte Erette.

Rita versank in eigene Gedanken. Zwar schockierte es sie, was Oline ihnen mitgeteilt hatte, doch sie erkannte sofort, dass das nicht alles erklärte. Keine Rede von einem fehlenden Puzzleteil. Ganz gleich, wieviel sie über ihre Mutter erfahren würde, es würden ihr immer eine ganze Menge Teile fehlen. Und was war mit ihrem Vater? Sie wurde ärgerlich, wie sie so dasaß. Nichts von dem Gehörten erklärte sein Tun, sein Wandern in Norwegens ödester Wildnis ebenso wenig wie sein Verschwinden. War das nicht wie eine Flucht gewesen? Warum hatte er sich nicht das Schwert aus Toledo-Stahl geschnappt, war zu Max' Vater nach Hause gefahren und hatte ihm den Kopf abgeschlagen?

Oder einen anderen Körperteil? Konnte es etwas mit dem Lebensüberdruss zu tun haben, den sie hin und wieder an ihm beobachtet hatte? Hatte sie deshalb schon früh eine Skepsis gegenüber der Literatur entwickelt, wegen ihres Vaters, der so bedenklich realitätsfern war und gewissermaßen erst auftaute, wenn er über die Schwelle zu seinem dunklen Antiquariat trat, wo Segelschiffe unter der Decke schwebten und Globusse in den Ecken glommen? Hatte sie womöglich immer schon gewusst, dass er sich, anstatt zu kämpfen, anstatt die Lösung eines Problems anzugehen, das durchaus nicht unlösbar war, in Peer Gynts Reich, in die Welt des Selbstbetrugs geflüchtet hatte?

War ihr Vater ein Mensch, der sich verweigert hatte, der immer ausgewichen war? Und steckte diese Neigung auch in ihr? Sie hoffte es nicht. Sie glaubte nicht an Vererbung. Nicht auf diese Weise.

Als Rita wieder in die Gegenwart zurückkehrte und statt dem Sherryglas das Wasserglas anhob, bemerkte sie, dass die anderen sich über Anges weiterunterhielten.

»Jedenfalls hat sie noch ein Jahr in der Schule weitergearbeitet«, sagte Erette. »Ja, aber dann hat sie aufgehört«, sagte Alette. »Sie sagte, sie hätte den Funken verloren«, sagte Erette. »Was für ein Verlust für uns, für die Schule«, sagte Alette. »Was für eine Talentverschwendung«, sagte Erette. »Wir wussten ja nichts davon«, sagte Alette. »Wir glaubten, es wäre alles wegen des Unfalls, weil Miguel in Jotunheimen ums Leben gekommen war«, sagte Erette.

Alette nahm die Brille ab, um sie zu putzen. Sofort tat Erette es ihr nach.

»Nach Miguels Verschwinden hat sie den Klavierdeckel zugeklappt«, sagte Oline. »Wie den Deckel eines Sargs. ›Keine Musik mehr in meinem Leben‹, sagte sie.«

Ganz so einfach war es vielleicht nicht, dachte Rita. Sie hatte ihre Mutter häufig – und mit unverkennbarer Lust – spielen gehört, wenn sie früher nach Hause gekommen war und Agnes sich allein im Haus glaubte. Oft ein Stück, das Rita ebenfalls gern mochte und das gut zu ihrer Mutter passte, »Les barricades mystérieuses« von François Coupernin. »Wie nett, Mama, ich hab dich spielen hören«, hatte Rita einmal gesagt. »Mich?«, erwiderte ihre Mutter schnell. »Nein, das muss die unsichtbare Hand gewesen sein.«

Aber es stimmte. Rita erinnerte sich, wie antriebslos ihre Mutter plötzlich gewirkt hatte. Der kleine Springbrunnen im Garten hatte verfallen ausgesehen und eines Sommers kein Wasser mehr gesprüht. Und das, obwohl Miguel ihn so gerngehabt hatte. »Das ist der Maurer in mir«, wie er zu sagen pflegte. »Die Araber, die Wüstenbewohner, lieben das Geräusch von Wasser.« Schließlich war er weggeschafft worden. Auch die Standuhr im Wohnzimmer hatte Agnes nicht mehr aufgezogen. Doch was war der Grund, warum war sie »stehengeblieben«? War das nur der Liebeskummer oder hatte es auch etwas mit Reue zu tun?

Während Dagny dafür sorgte, dass alle noch von dem Bacalao bekamen – und keine von ihnen lehnte ab –, dachte Rita an ihre Mutter, die auch nach Jeremias' Tod nicht aufgehört hatte, Männer zu treffen. Das war schon ein wenig sonderbar. Nach dem Verschwinden ihres Vaters konnte Rita weiterhin ein regelmäßiges Kommen und Gehen beobachten: Ältere Männer, auch verheiratete, die in einem der Ohrensessel, dem aus blauer Seide und mit goldenem Schwertlilienmuster, Platz nahmen, um ein Glas Portwein und ein lauschendes Ohr zu genießen. Es war fast schon bedenklich, wie oft in den darauffolgenden Jahren mehr oder weniger alle berühmten Männer aus Lysaker in der Villa vorbeigekommen waren, um Agnes den Hof zu machen. Aber für Rita war klar ersichtlich: Ihre Mutter fühlte sich nicht mehr wohl bei der Sache.

»Auf ihre alten Tage wurde Agnes zu einer erwachsenen Ausgabe von Hedda Gabler«, sagte Oline, die Agnes zu der Zeit oft gesehen hatte, auch aus Sorge um ihre Freundin. »Eine bäurisch-aristokratische Schönheit im Leerlauf zwischen rivalisierenden Künstlern. Mit spitzer Zunge. Provokant. Immer wieder habe ich gehört, wie sie mit diesen Verehrern geflirtet und sie dazu angestachelt hat, etwas zu tun, das ihre Fähigkeiten überstieg. Sie war eine gelangweilte Frau. Sie hat sich selbst eine reiche Landstreicherin mit Fußfesseln genannt.«

»Apropos«, warf Klara ein, »sie konnte gut mit Geld umgehen. Zum Beispiel hat sie sehr bald die blutigen belgischen Aktien ihrer Mutter abgestoßen und den Gewinn stattdessen in englischen Gummi investiert. Sie aber rechtzeitig verkauft, bevor sie im Fahrwasser des Weltkriegs versanken. Entschuldigt, aber ist das nicht ein bisschen beeindruckend? Eine Frau mit einem Gespür für die Konjunktur?«

»Gestattet mir zu sagen, dass da auch eine ganze Menge erlesener Portwein mit im Spiel war«, sagte Alette. »Oder Sherry. Getarnt in Teetassen.«

»Im Gedenken an die Iberische Halbinsel«, murmelte Erette. »Höchst sonderbar.«

In der Zeit nach Ritas Scheidung von Otto Keller, nachdem sie mit den Kindern wieder nach Lysaker gezogen war, hatte Agnes im Großen und Ganzen ein zurückgezogenes Leben in ihrem Zimmer geführt. Mehrmals hatte sich Rita Sorgen gemacht über den Alkoholkonsum ihrer Mutter. Man konnte es ihr an der Nasenspitze ansehen, wie sehr sie den ersten täglichen Schluck genoss. Als Rita eines Tages ihrer Besorgnis Luft machte und andeutete, sie solle weniger trinken, hatte ihre

Mutter eine Antwort parat: »Man kann in diesem kalten Land nie genug wärmenden Süßwein zu sich nehmen.«

»Vielleicht hat sie sich am Ende doch ihren Traum erfüllt, Nonne zu werden«, sagte Klara. »Ein einfaches, monotones Leben.«

»Eine Portwein trinkende Nonne«, lächelte Oline.

»Sie war immer so nett«, sagte Dagny, die in einem fort weinte. »Sie hat mir immer mehr Lohn ausbezahlt, als ich bekommen sollte.« Obwohl bereits einige Flaschen aufgebraucht waren und Rita sich nicht sicher war, ob die Damen wirklich noch mehr nötig hatten – man konnte schon jetzt das eigene Wort nicht mehr verstehen –, trippelte Dagny noch ein weiteres Mal mit dem Sherry um den Tisch.

»Miguel war ein Bücherwurm, nichts für eine so leidenschaftliche Frau wie Agnes …« »Geht es nur mir so, oder war der Fisch ein bisschen zu wässrig? Er hätte vielleicht eine Spur mehr Salz vertragen…« »Stellt euch vor, auf dem Weg vom Bahnhof ist mir Halvdan Koht über den Weg gelaufen, und wie höflich er sich verbeugt hat …« »Bei einem meiner Besuche vor dem Krieg hat Agnes eine von Chopins Nocturnes gespielt, dass mir die Tränen kamen …« »Aber du hast Miguel nie im Alhambra gesehen, er wirkte sehr viel, wie ist noch gleich das Wort, feuriger in dieser Umgebung…« »Noch eine Brise Pfeffer eigentlich auch …« »… frage mich, was jetzt aus Munthes Haus wird, das war ja das schönste von allen …« »… als Agnes in einem ihrer letzten Lebensjahre einmal Eva Nansen begleitete …« »… ich glaube, ich habe es Miguel zu verdanken, dass ich mich im Sommer zum ersten Mal über den Bessegen getraut habe …« »… Weißbrot ist ja schön und gut, aber ich ziehe Flachbrot vor …« »… gehört, Nicolai Qviller soll geschieden und ins Hotel Anne Kure gezogen sein …« »…der Beitrag von Agnes auf dem Frauenkongress 1902, als sie zur Errichtung eines Monuments für Camilla Collett aufriefen …«

Ausgerechnet jetzt stieg in Rita einen Moment lang die Erinnerung an den Tag auf, als ihre Mutter gestorben war. Sie hatte neben dem Bett gesessen und versucht, diese plötzliche Regungslosigkeit zu begreifen. Und dann war dieselbe Frage aufgetaucht, die sie sich auch als Paläontologin immer gestellt hatte, wenn sie vor einem Fossil saß: Was war da, als dieses Geschöpf noch am Leben war, das jetzt nicht mehr da ist? Scheinbar unversehrt hatte ihre Mutter im Bett gelegen. Aber etwas war verschwunden. Das, was man Geist nannte?

Dieses »noch mehr«. Nie bekam sie das zu fassen. Was war es? Was ist es, das uns zu Menschen macht?

Unsere Unruhe? Unsere Sehnsucht, dass da noch mehr sein müsse?

Rita ist in ihrer eigenen Welt versunken. Schließlich ist es Dagny, die sie vorsichtig an der Schulter berührt. Dagny, dieser gesegnete Mensch.

Die Bacalao-Teller wurden auf die Arbeitsplatte gestellt, das Dessert kam an den Tisch, aber für Rita hatte die Mahlzeit keine weiteren Überraschungen zu bieten.

Zwei Tage später räumte sie das Zimmer ihrer Mutter auf, auch den Schreibtisch, an dem sie die ganzen Jahre hindurch gesessen und Papiere unterzeichnet hatte, mit einer Unterschrift, die immer prächtiger geworden war, am Ende nur mehr ein schönes Ornament. Vielleicht hatte das ja etwas mit Miguels Erzählungen über die Mauren zu tun und ihrem daraus entstandenen Interesse für islamische Kalligrafie. Rita blieb kurz am Schreibtisch sitzen, inhalierte den leichten Duft nach Portwein und Kampfer, der im Zimmer hing, und öffnete dann das japanische Lackkästchen, das Agnes von Theas Dingen aufgehoben hatte. Zwei Gegenstände befanden sich darin: ein Zettel und ein Stanley-Taschenkompass aus Messing. Sie wog den schönen Kompass in der Hand und betrachtete die Nadel, die leicht zitterte, als wäre sie lebendig. Auf dem Zettel stand keine Nachricht, wie Rita es erwartet hätte, sondern es war das abgerissene Stück einer Landkarte, das einen Zipfel von Spaniens nordwestlicher Ecke zeigte, mit Santiago de Compostela in der Mitte.

Er muss es vor seiner Abreise in Mutters Zimmer gelegt haben, dachte Rita. Für sie war das eine Bestätigung dafür, was sie sich schon lange gedacht hatte: Ihr Vater war absichtlich ohne Kompass in die Berge gegangen, hinein ins Nebelheim.

Warum hatte Mutter ihr das nicht erzählt? Sie hatte gewusst, dass Rita krank war vor Sorge. Auch die Lüge über den Besuch bei ihrer Freundin in Grøvstølen hatte sie durchschaut, sie hatte gewusst, dass Rita losgefahren war, um sich auf die Suche zu begeben.

Die mysteriösen Barrikaden.

Rita stand im Zimmer ihrer Mutter und blickte hinaus in den Garten. Jahraus, jahrein habe ich hier mit Menschen zusammengelebt, und ich weiß fast nichts über sie.

Es mag so aussehen, als wären in der Zeit nach 2000 auffallend viele junge Menschen – und das nicht nur in Norwegen – von dem Wunsch getrieben gewesen, sich unter eifrigstem Ellbogeneinsatz auf eine Bühne zu drängen, nur um sich dort um den vorteilhaftesten Platz im Rampenlicht weiterzubalgen. Die Zwillinge Karl und Frederik Bohre stellten in dieser Hinsicht eine Ausnahme dar, sie begnügten sich mit der Arbeit hinter den Kulissen. In der Chronik von Little Green findet sich dazu folgender Leitfaden: »Zwei Ereignisse sind als herausragend anzusehen im Leben der beiden Brüder: Ihre *Gespenster*-Inszenierung und ein Besuch in dem von ihnen erbauten Villenviertel an der spanischen Costa Blanca. Beides wäre undenkbar, hätten sie nicht als Kinder das Nationaltheater besucht.«

Die meisten wird es nicht überraschen, wenn wir an dieser Stelle verraten, dass wir lange Zeit unsere Zweifel hatten bezüglich der Authentizität dieses Stoffs. Konnte es sich um einen Mythos handeln? Ausführliche Studien haben jedoch gezeigt, dass es sich bei Karl und Frederik um reale Figuren handelt. Wir wollen deshalb nicht verhehlen, welch besondere Freude es uns bereitete, das spärliche Quellenmaterial in fiktionalisierte Geschichte umzuwandeln, und auch wenn wir da und dort der Versuchung einer Karikatur, ja, einer Übertreibung erlegen sein mögen, wagen wir zu behaupten, dass unsere Darstellung den tatsächlichen Umständen sehr nahe kommt.

Der Vater der Zwillingsbrüder war Roar Bohre, der »Weinkenner der Nation«, wie er in einem Interview für eine Wochenzeitschrift genannt wurde. Ihre Mutter hieß Helga Frydenlund und war die Tochter eines der ersten Milliardäre in Norwegen. Nichtsdestotrotz war es Helga – Eisen-Helga – gelungen, Mann und Kinder hinters Licht zu führen und sich über längere Zeit als arme, unbescholtene Proletarierin auszugeben. »Du hättest Schauspielerin werden sollen, Mutter«, sagten die Zwillinge, nachdem die Wahrheit herausgekommen war, weniger als Anklage, sondern vielmehr vor Bewunderung. Im Übrigen war es ihre Mutter, die ihnen ihre Namen gegeben hatte, nach Marx und Engels. Roar nannte sie insgeheim immer nur Das Kommunistische Manifest.

Mitunter hört man von berühmten Bühnenkünstlern, sie seien auf dem Theater groß geworden, hätten als Kinder im Schminkraum oder im Kostümfundus gespielt und solcherlei Dinge, wodurch sie eine lebenslange Liebe zur Bühne entwickelt hätten. Auf eine Weise traf das auch auf Karl und Frederik Bohre zu, die in dem Milieu der Norwegischen Kommunistischen Arbeiterpartei AKP aufgewachsen waren und so oft unter dem Wohnzimmertisch auf dem karierten, straßenartig gemusterten Teppich mit ihren kleinen Autos gespielt hatten, während ihre Mutter, und anfangs auch ihr Vater, politische Treffen abhielten, bei denen ganz anders gesprochen wurde als sonst, mit affektierten Stimmen, in Sätzen, die sich für Karl und Frederik anhörten wie Peitschenschläge in der Luft, dass sie die Auffassung, die Welt sei eine Bühne, sozusagen mit der Muttermilch aufgesogen hatten.

Das Größte für sie waren jedoch die Sommerlager, das heißt, die wenigen, bei denen auch Kindern die Teilnahme erlaubt war und deren Programmplakate zum Teil wie eine seltsame Variante eines Cowboy-und-Indianer-Spiels wirkten. Da waren nicht nur die Volleyballturniere und Tanzspiele, die Zelte, Flaggen und Wandzeitungen, sondern allem voran die magische Wirkung der Decknamen, die sie die ganze Zeit über verwendeten, wenn sie als Geir oder Lars in der Gegend herumliefen und so taten, als würden sie überwacht und müssten Schmiere stehen, sich die Kennzeichen verdächtiger Autos notieren und in Deckung gehen oder sich im Gebüsch verstecken, sobald ein verdächtiges »Spionageflugzeug« herannahte. Und wie herrlich es war, unverständliche Schlagwörter zu rufen oder mit schillernden Mao-Buttons am Jackenaufschlag zum Essenszelt zu marschieren und dabei Lieder zu grölen, von denen sie nicht das Geringste verstanden. Sie freuten sich, lachten sich beinahe schief, wenn sie allein waren. »Hei, Lars!«, »Halt's Maul, Geir!«

Die Scheidung ihrer Eltern fand in etwa zur selben Zeit statt, als Helga sich von der mystischen »Kampagne X« der AKP mitreißen ließ, einer Kampagne, aufgrund derer sie sich einer Selbstproletarisierung unterzog – ein Wort, von dem die Brüder glaubten, es bedeute, ihre Mutter würde sich selbst befruchten. Im einen Moment war sie noch Studentin, im nächsten arbeitete sie in der Kantine der Akers Mekaniske Verksted, die in den 70er-Jahren noch Nylands Verksted hieß und ein Teil der Akergruppe war – sie hatte noch Gelegenheit gehabt zu sehen, wie sich draußen vor den Fenstern die riesigen Bohrtürme vom Typ H-3 erhoben, bevor die Werft aufgelassen wurde. Auch das bestärkte Karl und Frederik in der Meinung, ihre Mutter müsse Schauspielerin sein und gewissermaßen eine mehrere Jahre andauernde Rolle angenommen haben.

Möglich, dass es sich dabei um eine Abweichung nach rechts handelte, doch als die Jungs acht Jahre alt wurden, nahm ihre Mutter sie zum ersten Mal mit ins Theater, und da gleich ins Nationaltheater, um sich mit ihnen eine Aufführung von Thorbjørn Egners berühmtem Kinderbuch *Die Räuber von Kardemomme* anzusehen. Es ist nur eine Vermutung, aber es *könnte* sein, dass Helga Frydenlund in dem Stück etwas sah, das sie in ideologischer Hinsicht interessant fand, nämlich die Möglichkeit, dass auch Kriminelle gute Staatsbürger werden konnten, oder weil in dem Stück eine Gesellschaft dargestellt wurde, in der alle taten, worauf sie Lust hatten, in der ein Friseur ebenso gut Klarinettist werden und Tobias trotz seines hohen Alters noch einer Arbeit nachgehen konnte. Selbst eine Methode wie die fiktionalisierte Geschichte vermag die Motive einer von Grund auf so fantastischen Figur wie Helga Frydenlund nicht aufzudecken, und es ist darum nicht auszuschließen, dass Helga in der Welt von Thorbjørn Egner ein blasses Ebenbild jener klassenlosen Gesellschaft erblickte, von der Karl Marx und Friedrich Engels in »Die Deutsche Ideologie« träumten, einer Gesellschaft, in der sich niemand auf ein begrenztes Betätigungsfeld beschränken musste und in der es deshalb möglich wäre, heute dies zu tun und morgen jenes, »morgens zu jagen, nachmittags zu fischen, abends Viehzucht zu treiben, nach dem Essen zu kritisieren, ohne je ein Jäger, Fischer oder Hirt oder kritischer Kritiker zu werden«.

Karl und Frederik jedenfalls bereitete dieser Theaterbesuch ein Vergnügen, das zu beschreiben ihnen nie richtig gelang. Mit offen stehendem Mund saßen sie an der Kante des mit rotem Plüsch bezogenen Klappstuhls und sogen alles auf, was sie sahen, nicht zuletzt die Drehbühne, eine sich drehende Welt, die ihnen immer neue Räume zeigte, gebadet in einem wundervollen Licht: Sie fuhren Straßenbahn, sie befanden sich am Fuß von Tobias' Turm und gleich darauf im Räuberhaus. Und dann *regnete* es plötzlich auf der Bühne! Obwohl sie vielleicht nicht gerade Bravo! riefen, so klatschten sie doch spontan vor Begeisterung in die Hände.

Von da an wollten Karl und Frederik in der Stadt Kardemomme leben.

Im Laufe einiger Monate hatten sie ihr Zimmer in der kleinen Wohnung in der St. Olavs gate in ein Miniatur-Kardemomme verwandelt, mit der Bäckerei, dem Wurstmacherladen, mit Straßenbahnschienen und Turm und allem Drum und Dran. Als hätten die Wandzeitungen in den Sommerlagern sie dazu inspiriert, hatten sie die Tapete mit Papierrollen abgedeckt, auf denen sie das Stadttor und die Konturen mehrerer Häuser gezeichnet hatten, und aus dicker Pappe, die sie sich ebenfalls beschafft hatten, schnitten sie noch weitere Kulissen aus. Sobald sie von der Schule in der Møllergate nach Hause kamen, oft gemeinsam mit Freunden, wechselten sie zu Hut und Mantel und dachten sich zu der alten Egner-Geschichte zusätzlich noch ihre eigenen aus. Alle wollten Räuber sein, keiner Tante Sofie.

Im ersten Jahr tolerierte Helga Frydenlund dieses enthusiastische Theater-Spiel, doch dann fing es allmählich an, ihr auf die Nerven zu gehen, möglicherweise auch deshalb, weil sie den Kantinenjob in Nylands Verksted satthatte und sich ein wenig in den Lesesaal der Sozialwissenschaftlichen Fakultät in Blindern zurücksehnte. Ihr Ärger wuchs, als beide Jungen darauf bestanden, in der Schulkapelle Klarinette zu spielen und, sehr zum Schmerz ihrer Mutter, damit begannen, dieses ziemlich anspruchsvolle Instrument in ihrem Zimmer zu malträtieren, und ihr Unmut wurde nicht geringer, als Karl und Frederik nicht einmal mehr zum Abendessen normale Kleidung anzogen, sondern mit riesigen Hüten oder falschen Bärten oder in einem ihrer alten Kleidungsstücke, von denen sie gar nicht mehr wusste, dass sie sie besaß, bei Tisch erschienen. In Sachen Appetit und Wurstkonsum jedenfalls schlugen sie nach Jonatan und forderten außerdem Extraportionen Milchschokolade, die sie an den Löwen verfüttern wollten – tatsächlich legten beide in dieser

Zeit einige Kilos zu. Ordnungsliebend, wie sie war, missfiel es Helga obendrein sehr, dass die Jungs sich anscheinend das Schluderhaus der Räuber zum Vorbild nahmen und sie nicht selten Socken oder Hosen vermisste. Sie fand es nicht die Spur komisch, wenn sie auf die Frage, wo Frederiks Hemd sei, als Antwort bekam: »Alles das war gestern Abend doch noch da!«

Als sie eines Tages nicht zum Abendessen erschienen, war Schluss mit lustig. Nachdem sie bereits vier- oder fünfmal nach ihnen gerufen, aber immer nur Räuberliedstrophen als Antwort bekommen hatte, begab sie sich im Eiltempo hinauf in ihr Zimmer, oder, je nachdem, wie man es betrachtete, in die Stadt Kardemomme, und flippte regelrecht aus. Nachdem sie beiden eine saftige Ohrfeige verpasst hatte – die einzige übrigens, die sie als Kinder bekamen –, riss sie das Wandpapier herunter, zertrat Pappkulissen, demolierte die Löwenhöhle und schleuderte das alte Kuscheltier, das sie von Tante Kaja bekommen hatten, zur Tür hinaus. Unfreiwillig demonstrierte ihre Mutter damit jene zerknirschte Wut, die so charakteristisch war für viele Frauen der kommunistischen ML-Szene. Noch viele Jahre sollten sich die Brüder daran erinnern, wie ihre Mutter mitten in dem immer chaotischer aussehenden Zimmer auf und ab hüpfte und dabei schrie: »Wacht auf! Das ist nur eine lebensferne Idylle!« Sie rang nach Worten, doch dann: »Seht aus dem Fenster, so ist die Welt nicht!«

Karl und Frederik wagten nichts anderes zu tun, als sich jeder eine Mülltüte zu schnappen. Ihre Glanzzeit als Räuber, das sahen sie ein, war vorbei. Eine Woche lang mussten sie aufräumen und sich um den Abwasch kümmern, ihre Schreibtische in Ordnung bringen, ihre Kleidung fein säuberlich aufhängen und beim Bettenmachen das Laken strammziehen wie ein Trommelfell. Sie sollten schön brav lernen, dass Fleiß und harte Arbeit einen im Leben voranbrachten, nicht dieser anarchistische, schlaraffenhafte Thorbjørn-Egner-Schwachsinn.

Dieser Vorfall zog zwei unerwartete Folgen nach sich, und was die erste betraf, hatten die beiden nie wirklich herausgefunden, ob ihre Mutter ihren Zornesausbruch, ihre virtuose Sofie-Interpretation bereute, oder ob das die Belohnung dafür war, weil sie sich zusammengerissen, ihr Zimmer wieder bewohnbar gemacht und Schulbücher und Lineale fein säuberlich auf dem Schreibtisch sortiert hatten. Wie dem auch sei: Eines Samstags verschwand ihre Mutter auf den Dachboden und kam mit zwei riesigen Pappschachteln wieder herunter, in denen sie all die Legospielsachen verstaut hatte, die ihr Vater, also der Großvater der Jungs, ihnen viele Jahre hindurch zu Geburtstagen und zu Weihnachten geschickt hatte. Es war wie ein Kompromiss: Lego, mit dem die Jungs Teile ihres Zimmers in eine Modelstadt mit Rathaus, Polizeiwachen, Feuerwehrhäusern, Hotels und Villen verwandelten, kam der Wirklichkeit trotz allem näher. Das erlaubte sie ihnen.

Das Zweite, was auf den Wutanfall folgte, war noch bemerkenswerter: Als ihre Mutter »Wacht auf!« gerufen hatte, schien sie dabei gleichzeitig aus ihrer eigenen Erweckung erwacht zu sein, und in erstaunlich kurzer Zeit verabschiedete sie sich von der politischen Bewegung, von der sie fast zehn Jahre ein Teil gewesen war. »Ich erkannte plötzlich, dass das, was ich für Aufklärung gehalten habe, die reinste Trottelei war«, gestand sie Roar, dem Vater der Jungen, in einem Moment der Schwäche.

Zeit für eine neue Rolle.

Helga Frydenlund nahm ihr Studium wieder auf, und nicht nur das: Jetzt spielte sie die zurückgekehrte Tochter und trat eine Art Canossagang an, hinauf in den Måltrostveien, unweit des Bogstad-Golfplatzes, auf dem sie ihre Kindheit verbracht

744

hatte, und schloss Frieden mit ihrem Vater; nach ihrem Studienabschluss stieg sie dann sogar in seiner Firma ein. Wie sich zeigte, war es ein erstaunlich kurzer Weg von der »bewaffneten Revolution« mit einer Codesprache voller Akronyme hin zur Bewaffnung mit Golfschlägern und Ausdrücken wie Putt und Eagle – das heißt, sie nahm lediglich eine sportliche Aktivität wieder auf, die sie schon als Jugendliche gern ausgeübt hatte. Für Karl und Frederik bedeutete das eine weitere Bühnendrehung, sie konnten sich kaum festhalten, so schnell ging es. Es war wie die Geschichte vom Aschenputtel. An dem einen Tag lebten sie mit ihrer an allen Ecken und Enden sparenden Mutter in einer engen Wohnung in der St. Olavs gate, und als sie am nächsten Morgen aufwachten, stellten sie fest, dass sie stinkreich waren. Ihre Großmutter mütterlicherseits hatten sie leider nie kennengelernt, doch plötzlich durfte ihr Großvater, Mikkel Frydenlund, zu Besuch kommen. Ihre andere Großmutter, Maud Evensen, wurde gnadenhalber akzeptiert, doch obwohl sie im Leben der Zwillinge eine Rolle spielte, war sie – für zwei Jungen, die auf einer Bühne großgeworden waren – gewissermaßen zu normal, um mit ihrem Großvater konkurrieren zu können. Mikkel Frydenlund war, wie bereits erwähnt, nicht irgendjemand, sondern spielte eine Hauptrolle in dem Schauspiel mit dem Titel »Norwegens reichste Personen.«

Mikkel Frydenlund stammte von einem Bauernhof in Bø in Telemark und begann seine Karriere in der Hauptstadt mit dem Verkauf zweier Hardangerfideln. Seine Aktivität bei der Milorg konnte übrigens niemandem verborgen bleiben, denn obwohl der Krieg längst vorbei war, lief er immer noch mit denselben Klamotten herum – weil er, wie manche behaupteten, die Immobilienbranche als Kriegszone betrachtete. Zu allen Anlässen und Feierlichkeiten erschien er in Anorak und Knickerbocker und mit der gleichen Zipfelmütze, wie sie auch die Skispringer als Krone getragen hatten, als Norwegen die Schanze regierte. Als wäre das nicht schon genug, hatte er von einem Streit auf der Golfanlage in Bogstad, die er fast als seinen persönlichen Laufstall betrachtete, ein augenfälliges Andenken zurückbehalten: Einmal, als sein Gegner gerade beim Abschlag war, versuchte er in seinem Zorn, den Ball vom Tee zu entfernen, und wurde vom Schläger getroffen. Nach einem nicht gerade erfolgreichen ästhetischen Eingriff mussten viele Leute zweimal hinsehen, um sich zu vergewissern, dass er nicht mit einer künstlichen Nase ausgestattet war. Irgendwem war dazu einmal der Vergleich mit Tycho Brahe eingefallen, der bei einem Duell Teile seines Riechorgans verloren hatte und danach mit einer falschen Nase aus Edelmetall herumgelaufen war. Immerhin symbolisierte dies Mikkel Frydenlunds einzigartigen Riecher für Immobilien und Geldanlagen.

Ob hier ein Zusammenhang mit dem neuen Status Norwegens als Erdölland vorliegt, ist schwer zu beurteilen, jedoch besuchte Mikkel Frydenlund in diesen Jahren mehrere Arabische Golfstaaten, und dort konnte er überall dasselbe Phänomen beobachten: Die beliebteste Freizeitbeschäftigung war der Besuch von Einkaufszentren. Diese Ansammlungen von Geschäftsräumen von der Größe einer Kleinstadt sahen buchstäblich aus wie Zentren des Lebens. Shopping. Auf dieser Reise hatte Mikkel Frydenlund seine Vision empfangen: Norwegen mit so vielen und so kolossalen Warenhäusern wie möglich zuzupflastern. Wenn eine Nation dazu angetan war, immer mehr zu kaufen, dann doch wohl das erdölverstopfte Norwegen. Es kam nicht von ungefähr, dass er seinen Enkelkindern über einen langen Zeitraum hinweg Lego geschenkt hatte: »Bauen,

Jungs, immer weiterbauen, darum geht es«, sagte er, als er sie endlich sehen durfte, während Karl und Frederik, trotz der Ermahnungen ihrer Mutter, nur dastanden und seine Nase anstarrten und dachten, schon wieder einem neuen Schauspieler gegenüberzustehen.

Viele Jahre lang lebten die beiden Brüder ein ziemlich normales Leben ohne größere Szenenwechsel, und niemanden, auch ihre Mutter nicht, überraschte es, dass sie an der weiterführenden Schule mehr Zeit dem Schultheater widmeten als ihren Hausaufgaben. Den Gipfel erreichte das Ganze im letzten Jahr, in dem sie sowohl als Regisseure wie auch als Schauspieler in Ibsenes *Gespenster* wirkten. Karl spielte den teuflischen Engstrand und Frederik den morphiumsüchtigen Osvald. Auch Bühnenbild und Lichtführung waren auf ihrem Mist gewachsen. Die Kritiken allerdings waren vernichtend, in der einzigen Zeitung, in der eine Besprechung erschien, wurde die Vorstellung als eine lächerliche Übertreibung verrissen – »Frau Alving klingt wie Tante Sofie« –, und in der Schülerzeitung schrieb Mette Winge aus der Parallelklasse, eine graue Maus, die bis dahin niemand bemerkt hatte, die später jedoch am Meteorologischen Institut Karriere machen sollte, dies sei die peinlichste Vorstellung gewesen, die sie je gesehen habe, vor allem von Karl und Frederik, die jedes schauspielerische Talent vermissen ließen. »Wenn Frederik in der Schlussszene um die Sonne bittet, möchte man fast nach der Pistole greifen, damit das Gejammer endlich ein Ende hat.«

Es kamen immer weniger Besucher, und am letzten Abend spielten sie vor fast leeren Reihen. In der Woche darauf blieben die Brüder der Schule fern.

Nichtsdestotrotz: Sie liebten das Theater. Und wie hätte es anders sein können bei diesen Eltern, die Karls und Frederiks

Faszination für die Neigung des Menschen, sein eigenes Leben in Szene zu setzen, die ganze Zeit unterstützt hatten. Nach der Scheidung zog ihr Vater in eine kleine Dachgeschosswohnung in Majorstuen, die bis auf Bücher, Weinflaschen und eine Gitarre ziemlich leer war. Mitten im Raum stand ein alter Holzofen, dessen Rohr gerade in die Höhe ragte. Für Karl und Frederik fühlte es sich an, als wäre ihr Vater plötzlich zum Künstler geworden. Zu allem Überfluss verfügte die Wohnung über große Oberlichtfenster und eine Aussicht über die Dächer, die sie glauben ließ, sie wären in Paris. Es war, dachten sie, als stiege man direkt in den ersten Akt von *La Bohème* ein, man erwartete quasi, jemand würde hereinkommen und eine Arie singen. »Der Name wird euch vielleicht nichts sagen«, erklärte Roar, »aber die Idee für diese Wohnung kam mir nach einem Besuch bei dem Setesdaler Dichter Sondre Buen.«

Ihre Mutter dagegen verabschiedete sich von ihrem Prinzip, Bücher auf groben, auf Ziegelsteinen liegenden Holzbrettern zu stapeln und kaufte sich stattdessen zierliche Palisanderregale für ihre imposante Wohnung in Aker Brygge, unweit der Werftskantine, in der sie noch vor einem knappen Jahr als selbsternannte Proletarierin umhergeschwirrt war. Für Karl und Frederik bestätigte der rasche Wechsel von der Schiffswerft in das moderne Hafenviertel Aker Brygge in aller Deutlichkeit, dass die Welt eine riesige Drehbühne war, eine Plattform, bei der es darum ging, immer neue Kulissen zu bauen; sogar ihre Mutter lieferte dafür einen Beweis, denn obwohl die Wohnung tipp topp eingerichtet war, in einem modernen Stil, fand sich doch noch der eine oder andere kubanische Einschlag, wie beispielsweise ein völlig deplatzierter Perlenvorhang in grellen Farben in der Türöffnung zwischen Wohnzimmer und Küche. Es war ihr nie ganz gelungen, ihre

Vergangenheit als Eisen-Helga hinter sich zu lassen, und nachdem sie aus ihrer marxistischen Hypnose erwacht war, wollte sie den Übergang in ein politisch eher säkulares Dasein weicher gestalten, indem sie nach Kuba flog, in ein Land, das in ihrer AKP-Zeit tabu gewesen war, weil es sich mit dem Hauptfeind, der Sowjetunion, verbündet hatte. Ohne den Kopf einziehen zu müssen in der Befürchtung, eines unverzeihlichen Revisionismus bezichtigt zu werden, konnte Helga nun in den Sommerferien in die Karibik fliegen, und einige Souvenirs, die sie von dort mitgebracht hatte, durften später die neue Wohnung schmücken. »Wir sind in der Spanne zwischen Paris und Havanna aufgewachsen«, sagten die Brüder, die sie einmal auf einer ihrer Kubareisen begleiten durften. Für sie war Havanna wie der Besuch eines alten Theaters, dessen Kulissen noch standen, ausgeblichene Gebäude in Hellgrün und Rosa, gewürzt mit wuchtigen amerikanischen Autos aus einer vergangenen Epoche.

All das verstärkte ihre Liebe zum Theater noch zusätzlich, und mochten sie auch als Schauspieler ungeeignet sein, so würden sie eben irgendeine andere Tätigkeit in diesem vielfältigen Universum für sich finden. Unterstützung bekamen sie von unerwarteter Seite. Oder vielleicht war es ja auch vollkommen logisch, dass sie von Rita Bohre kam, ihrer geistig überaus regen Urgroßmutter, die dereinst, wie eine Schauspielerin, die Aula einer Universität in ihren Bann gezogen hatte. Über ihren Bekanntenkreis organisierte sie ihnen eine Art Samstagsjob am Nationaltheater, und im Herbst nach dem Abitur arbeiteten sie dort bereits mehrere Abende die Woche. Wenn sie nach ihrer Beschäftigung gefragt wurden, antworteten sie: »Ich arbeite in den Kulissen.« Auch später war das stets ihre Antwort. Sie konnten sich keine bessere Berufsbezeichnung vorstellen.

Nach zweijähriger Ausbildung in London konnten sie nichtsdestoweniger »Lichtdesign und Szenografie« auf ihre Visitenkarten schreiben, und nachdem sie davor bereits an einigen experimentellen Inszenierungen mitgearbeitet hatten, standen sie nun vor ihrer Gesellenprüfung: Gemeinsam mit einem der vielversprechendsten Regisseure des Landes sollten sie die *Gespenster* von Henrik Ibsen inszenieren.

Die Brüder freuten sich darauf. Sie wussten, gerade dieses Stück würde ihnen die hervorragende Gelegenheit bieten, etwas Unerwartetes mit dem Licht anzustellen. Aber was? Wie?

Karl und Frederik steckten fest. Es war Februar 1994, und die Premiere war für April angesetzt.

Noch ein weiteres Großereignis fand im Februar 1994 in Norwegen statt: In Lillehammer wurden die 17. Olympischen Winterspiele ausgetragen. Karl und Frederik waren als Zuschauer dort, sie waren von ihrem Großvater eingeladen worden und saßen zusammen mit Mikkel Frydenlund und einem Mann in dickem Wolfspelz, von dem sich herausstellte, dass er Sindre Bohre hieß und obendrein der Cousin ihres Großvaters väterlicherseits war, bei mehreren Wettbewerben auf der VIP-Tribüne. Die Brüder stießen einander in die Seite, brauchten ihre Gedanken erst gar nicht laut auszusprechen, denn es war, als sähen sie zwei alternde Schauspieler in ihren eindrucksvollen Kostümen, den Großvater in seinem Milorg-Anzug und den Erdölbürokraten Sindre Bohre in seinem ausgedienten Raubtiermantel.

Apropos Familie: Während der Spiele wurden sie zu einem Bankett geladen, auf dem ihr Vater, Roar Bohre, mit der ehrenvollen Aufgabe betraut wurde, die Weinauswahl zu treffen, wie um den ausländischen Gästen zu verstehen zu geben, dass sie nicht in ein Land von Kartoffelfressern, sondern von Weinkennern gekommen waren, und es erfüllte sie mit Stolz, als Juan

Antonio Samaranch, der Präsident des Internationalen Olympischen Komitees, nachdem er das erste Glas fast ausgetrunken hatte, jene lobenden Worte sprach, die später ständig zitiert werden sollten: »The best wine ever!« Das Amüsanteste aber war für sie die Begegnung mit dem wohl euphorischsten »norwegischen« Zuschauer während der gesamten Olympiade, einem Mann, der felsenfest behauptete, ein entfernter Verwandter zu sein, nämlich Prem Bhandari, der sich bei IBM freigenommen hatte und im brandneuem Olympia-Outfit angetanzt war, mit Pulli, Jacke, Rucksack und einer mit Buttons übersäten Mütze, und das Wichtigste: mit einer Schafsglocke um den Hals – eine dieser Glocken, von denen während der Dauer der Spiele nicht weniger als 100.000 Stück verkauft wurden. Sie mussten lachen über diesen dunkelhäutigen Mann, den diese Veranstaltung so stolz machte, dass er die nächsten zwanzig Jahre jeden Winter mit dieser Jacke herumlief und der jetzt eine Handvoll Schnee in die Hand nahm und in die Luft warf: »Was für ein wunderbares Land!«

Die kommenden Wochen schienen wie eine Bestätigung dieser Behauptung, denn das Land zeigte sich von seiner besten Seite, sogar das Wetter war überirdisch. Das kleine Norwegen belegte mit zehn Goldmedaillen den zweiten Platz, und Gro Harlem Brundtlands berühmte Schlagworte aus einer ihrer Neujahrsansprachen wurden bis ins Unendliche wiederholt: »Es ist typisch norwegisch, gut zu sein!« Die Filmikone Laila Berger, die ihren leicht ermatteten Glanz auf die Veranstaltung warf, formulierte es auf andere Weise: »Andy Warhol hat von den 15 Minutes of Fame gesprochen, aber du liebes bisschen, Norwegen bekommt sogar ganze 15 Tage!«

Während der Rest der norwegischen Bevölkerung wie besessen war von den sportlichen Leistungen ihrer Landsleute und in den Augen der Kritiker als Olympiasieger in Selbstverherr-lichung gelten konnte, fühlten sich die Zwillinge wie die Zu-schauer einer Theatervorstellung von epischen Ausmaßen. Nicht zuletzt an jenem Tag, als sie bei achtzehn Grad minus unter ei-nem unwirklich blauen Himmel in einem Meer aus norwegi-schen Fahnen standen und zusahen, wie Thomas Alsgaard beim 30-Kilometer-Langlauf dem Ziel entgegensprintete. Alle wuss-ten, Alsgaard würde Gold holen, vor Dæhlie, der Silber gewann, und alle feuerten ihn an, indem sie wie verrückt ihre Glocken bimmeln ließen. »Scheiße, das hätte Goebbels sehen sollen!«, rief Karl. »So manipuliert man die Massen«, grölte Frederik zurück. »Als stünde man in der größten Schafsherde der Welt!«

Sie waren glücklich. Sie konnten sich entspannen. Sie wuss-ten, was sie am Nationaltheater tun würden.

Der erlösende Gedanke war ihnen bereits zwei Tage davor während der Eröffnungszeremonie bei den Lysgårdsbakkene gekommen, und zwar nicht wegen eines Himmels voller glit-zernder Schneekristalle oder aufgrund der spektakulären Show, sondern weil sie von der Idee fasziniert waren, das Olympische Feuer mit einem Skisprung in die Arena zu bringen. Sindre Bohre, der neben ihnen stand und aussah wie ein Wolf auf zwei Beinen, fuhr vor Erregung aus dem Sitz hoch. »Steckt alles in Brand!«, stöhnte der alte Skispringer. »Wir sind unbesiegbar.« Karl und Frederik mussten ihm in jeder Hinsicht beipflichten, denn es war unvergesslich, und für die beiden Brüder bestand kein Zweifel, dass sie ihren, wie sie es nannten, »kopernikani-schen Augenblick« in dem Moment erlebten, als der Springer sich in der Flugphase befand und mit der Fackel in der Hand durch die Luft segelte, es war wie ein Funke, der eine Erkennt-nis entfachte: Sie wussten, wie sie mit der *Gespenster*-Schluss-szene für Furore sorgen würden.

Womöglich aber lag es auch an der Sonne, die so beständig schien während dieser zwei Olympia-Wochen in Lillehammer, denn die Lösung bestand darin, nach Osvalds berühmter Forderung: »Mutter, gib mir die Sonne«, eine riesige Sonne erstrahlen zu lassen.

Für dieses Kunststück montierten sie an der hinteren Bühnenwand einen großen, speziellen Scheinwerfer – entsprechend dem Sonnenaufgang, wie er im Stück angeführt ist –, der beim Einschalten zuerst nur schwach strahlte. Dann erhob sich Frau Alving und drehte Osvalds Lehnstuhl herum, so dass er mit dem Rücken zum Saal saß und nur seine Silhouette zu sehen war.

Doch dann, nach Osvalds letztem, gelalltem »Die Sonne, die Sonne«, wurde das Licht langsam heller, was zunächst noch als angenehm empfunden wurde, wie eine Bestätigung dafür, dass die Sonne die Mutter aller Energie war. Die Leute berichteten oder bezeugten geradezu, sie hätten das Gefühl gehabt, von einer Kraft erfüllt worden zu sein. Ins Licht hineingezogen zu werden. Doch am Schluss wurde die Sonne so stark, dass das Publikum völlig geblendet war. Und zugleich konnte man erahnen, wie Osvald aufstand und auf das Licht zustapfte, in die Sonne hineinging und in ihr verschwand – realisiert durch eine Luke im Bühnenboden, was jedoch niemand sehen konnte.

Dann plötzlich erloschen die Sonne und alles Licht im Saal. Schweigendes Dunkel. Eine ganze Minute lang. Wie um das Publikum dem bestmöglichen Schrecken auszusetzen: Dem Erlöschen der Sonne.

Es wurde eine Sensation. »Die Meister des Lichts« lautete eine Schlagzeile. »Das sollten wir auf unsere Visitenkarten drucken lassen, lieber Bruder«, sagte Karl. In einer anderen Kritik war von einer genialen Neuinterpretation des Mythos von Ikarus die Rede, und Jahrzehnte später wurde von einem Vorgriff auf das

Bewusstsein für die Klimakrise geschrieben. Oder aber von einer Warnung vor dem hypnotischen Narzissmus, der über die ganze Nation hereinbrechen sollte. Die Menschen strömten ins Theater. »Ich war von neuen Gedanken erfüllt«, war ein immer wiederkehrender Ausspruch. Alle wollten die Sonne erleben, alle wollten in diesen tranceähnlichen Zustand tiefer Kontemplation versetzt werden. Auch Besucher aus dem Ausland. In diesem Jahr geschah das Wunder, dass das Nationaltheater seine touristenfeindlichen Prinzipien über den Haufen warf und den ganzen Sommer über geöffnet hatte. Es wurde erzählt, die Touristen seien lieber ins Theater gegangen, um sich dieses Stück anzusehen, als den ganzen weiten Weg bis zum Polarkreis auf sich zu nehmen, um die Mitternachtssonne zu erleben. Eine ganze Generation lang wurde noch über das magische Licht im letzten Akt der *Gespenster* am Osloer Nationaltheater gesprochen.

Während ihre Eltern längst aufgehört hatten, über Politik zu reden, begann für Karl und Frederik nun eine Phase des gesellschaftspolitischen Engagements. Wofür sie sich ganz besonders ereiferten, war die EU-Frage, und in ihren Augen gab es keinen Zweifel: Norwegen musste in die EU. Norwegen musste ein Teil von Europa werden, nicht nur geografisch, sondern auch geistig. Vielleicht hatte es sie erschreckt, wovon sie in Lillehammer Zeugen geworden waren, dieser Chauvinismus und der Glaube an die eigene Vortrefflichkeit. Und so beschlossen sie, auch hierbei hinter den Kulissen zu arbeiten und ihren Teil dazu beizutragen, damit die Menschen im Herbst mit Ja stimmten, sie mieteten sich einen Raum und riefen etwas ins Leben, das sie Das Europäische Theater nannten. Das Stück, das sie inszenierten, war *Bernarda Albas Haus* von Frederico García Lorca und sollte als Warnung dienen, das Bild eines versperrten Landes. Das Stück lief im Spätsommer und Frühherbst. Es war schlecht besucht, und die wenigen Kritiken, die sie bekamen, fielen eher verhalten aus.

Auch die Nation reagierte verhalten. Bei der Volksabstimmung am 28. November zeigte sich, dass das norwegische Volk auch diesmal der Europäischen Union nicht beitreten wollte, und das, obwohl die Landesmutter Gro und ihr junger, talentierter Redenschreiber Jonas Gahr Støre alle rhetorischen Geschütze aufgefahren hatten, um ein positives Abstimmungsergebnis zu erzielen. Eine kurze Anmerkung an dieser Stelle: Es kommt nicht von ungefähr, dass einige N20-Forscher eher das Jahr 1994 als das Jahr 1969 als den Beginn der sogenannten Jahrundertblase betrachten, insofern nämlich, als die Mehrheit der Bevölkerung, offenen Auges, Nein zur EU sagte. Ohne sich dessen bewusst zu sein, verschwanden die Norwegerinnen und Norweger in der Illusion, dank der ihren zur Verfügung stehenden Ressourcen könnten sie ein von der Welt abgesondertes Dasein führen. Die Sonne würde nie untergehen über den glücklichen Einwohnern des Landes. Wie bereits erwähnt, sollte diese Einstellung nicht nur andauern, sondern sich im 21. Jahrhundert sogar noch verstärken. Aus einer größeren Perspektive betrachtet, kann Norwegens Beharrlichkeit in Hinblick auf das eigene Außenseitertum im Grunde als die Vorankündigung eines Syndroms angesehen werden, das später auch andere Länder befallen und schließlich dem ganzen Kontinent das Genick brechen sollte. Das Ergebnis ist uns bekannt: Nach dem Siebzigjährigen Krieg und der Dunkelzeit lag alles in Trümmern. Die verstreuten Reste können wir heute in der großen Einöde studieren, die als Forum Europeum bezeichnet wird. Siehe Wani Manja: *Norwegen, ein modernes Preußen. Der Glaube an das Tausendjährige Reich und aufgelöste Staaten* (Sungai Petani Y-1021).

Nach der Abstimmung, die sich für die beiden Brüder als große Enttäuschung herausstellte, brachten sie halbherzig eine Inszenierung von Luigi Pirandellos *Heinrich IV* auf die Bühne, wie um auszudrücken, dass die norwegische Bevölkerung in einer Mittelalterfantasie lebte und es von nun an nur mehr eine Möglichkeit gab: die Maskerade mitzumachen, den Verrückten zu spielen, obwohl man normal war. Weil es dem Stück jedoch an Originalität, an Inspiration fehlte, kamen noch weniger Zuschauer als zu ihrer Lorca-Aufführung, die Kritiken waren nicht einmal vernichtend, sondern blieben ganz aus, und Das Europäische Theater musste Konkurs anmelden.

Es folgten einige vergeudete Jahre, in denen Karl und Frederik ins Blaue hineinlebten, vereinzelte Aufträge annahmen und nicht wussten, was sie wollten. In dieser Phase kam ihnen ihr Großvater zu Hilfe, oder wie immer man es nennen soll, indem er sie in sein verwickeltes Imperium hineinlockte, und fast ohne es zu merken, waren sie seine Lakaien geworden und eigneten sich immer neue Widerwärtigkeiten und mehr oder weniger zweifelhafte Tricks der Immobilienbranche an. Sogar die Mittagspause mit zwei Braunkäse-Broten schauten sie sich von ihm ab, auch wenn Mikkel Frydenlund sich zwischendurch ein »leckeres Weißbrot mit Sirup« gönnte, wie er sagte. Überall im Land standen sie hinter ihrem Großvater, der hinter einem Bürgermeister oder einer Bürgermeisterin stand, wenn diese ein Band durchschnitten, um ein neues Shoppingcenter für eröffnet zu erklären, riesige Kolosse, die eine wenig bemerkenswerte Architektur aufzuweisen hatten, aber anscheinend ein ungestilltes Bedürfnis befriedigten bei den Menschen in der Umgebung, und die obendrein einen immensen Gewinn abwarfen. Mitunter ertappten sich Karl und Frederik bei dem Gedanken an die Jahre, in denen sie ihr Kinderzimmer mit immer mehr Lego-Bauwerken gefüllt hatten – sie hielten es für durchaus vorstellbar, dass ihr Großvater schon seit ihrer Kindheit einen gerissenen Plan verfolgte.

Trotzdem gelang es ihnen nicht, sich von ihrem Traum loszusagen. Sie wollten die Menschen in Norwegen zu etwas mehr als nur Konsumenten machen, sie wollten sie zu Europäern machen.

Sie verfügten über die besten Voraussetzungen dafür, denn theoretisch hätten sie das Unternehmer-Gen in sich haben müssen. Dabei dachten sie nicht nur an ihren Vater und daran, was er alles für die Weinkultur getan hatte – und, was das betraf, auch für den Konsum desselben –, sondern ebenso sehr an ihre Mutter. Denn nachdem Helga Frydenlund eingesehen hatte, dass es zu spät war, ihren Kindheitstraum von einer Karriere als Profigolferin wiederaufzunehmen, hatte sie, wie bereits erwähnt, in der Firma ihres Vaters zu arbeiten begonnen, und nach einigen Jahren war ihr die Idee gekommen, das Immobilienimperium durch den Einstieg in die Kaffeebranche zu erweitern. Selbstverständlich konnte das auch mit dem Duft zu tun gehabt haben, der von ihrem Nachbarn in Aker Brygge, Joh. Johannsons Kaffeerösterei auf dem Filipskaia, ständig ihr herüberwehte, doch die Wahrheit war, und diese Information wollte sie ihren Jungs nicht vorenthalten, dass sie die Idee ihrem Vater, Roar Bohre, zu verdanken hatte. Nach ihren asketischen Jahren als Eisen-Helga nämlich hatte sie angefangen, sich für die Espressotradition der Mittelmeerländer zu begeistern, unter anderem deshalb, weil sie auch in ihren kubanischen Auszeiten in den Genuss dieses Geschmacks gekommen war. Helga, die davor nur Hohn übriggehabt hatte für Roars Vorstellung von kleinen Kaffeelokalen an vielbesuchten Plätzen der Stadt, erkannte, dass die Zeit reif war. Sie lieh sich

Geld von ihrem Vater, und fünf Jahre später hatte sie bereits mehrere Kaffeelokale an Häuserecken im Osloer Stadtzentrum eröffnet. Die Kette hieß Kaffeehjørnet, »Kaffee-Eck«, und das Geschäft lief über alle Erwartungen gut. In ihrer harten Zeit hatte sie Roars Idee mit dem Argument abgetan, die Menschen hätten weder das Geld noch die Zeit, den ganzen Tag im Café zu sitzen, doch erstaunlicherweise war in nur wenigen Jahren irgendeine Veränderung eingetreten, denn anscheinend wollten die Leute inzwischen nichts anderes mehr tun, als den ganzen Tag im Café zu sitzen und mit Freuden vierzig Kronen für eine Tasse Kaffee zu bezahlen, während sie Zeitungen lasen oder allein an einem Tisch saßen und sich dabei trotzdem sozial vorkamen.

Als die Brüder ihr einmal ein Lob dafür aussprachen und meinten, sie trage dazu bei, die norwegische Bevölkerung kosmopolitischer zu machen, antwortete sie mit leiser Stimme, wie in einer Erinnerung an ihre Zeit als Eisen-Helga: »Ich frage mich, ob ich nicht eher dazu beitrage, dass Norwegen sich zu einer Nation von Faulpelzen entwickelt. Als wäre das Schlagwort ›Vollbeschäftigung‹ durch ›Volle Kaffeehäuser‹ ersetzt worden.«

»Wir müssen darauf bauen, dass auch wir diesen Unternehmergeist in uns haben«, sagte Karl. »Aber was sollen wir tun?«, fragte Frederik. »Wie soll unser eigener Beitrag aussehen? Wie können wir aus Norwegern Europäer machen?«

Die Idee kam ihnen eines Tages, als sie auf der Terrasse vor Mikkel Frydenlunds Wochenendhaus in Sørlandet, direkt an der Blindleia, in ihren Sonnenstühlen lagen. Das war im Juli, sie hatten Sommerferien, und sie waren allein – ihre Mutter und der Großvater hatten die Schären gegen eine Runde auf dem Rasen des Kristiansander Golfclubs getauscht. Es war ein eher kalter Sommer gewesen mit viel Regen, doch jetzt herrschte strahlender Sonnenschein, und am Nachmittag konnten Karl und Frederik einem interessanten Schauspiel beiwohnen: Menschen, die sich, als wollten sie so viel Wärme wie möglich speichern, wie Kriechtiere an die Schärenfelsen klammerten, auf denen sie schon seit dem Vormittag ausgestreckt herumlagen. Karl murmelte etwas über Norwegen und seine verkappten Sonnenanbeter, und Frederik pflichtete ihm bei: »Echnaton, der ägyptische Herrscher, der alle anderen Götterfritzen ausradiert und die Sonne als einzig wahren Gott angebetet hat, hätte jedenfalls gut hierher gepasst.«

Sie hatten begonnen, sich gegenseitig eine Orange zuzuwerfen, hin und her, so als glaubten sie, dies könne ihnen dabei helfen, durch Assoziation auf neue Ideen zu kommen, ungefähr wie bei dem Spiel »Ich packe meinen Koffer«. »Erinnerst du dich noch an Osvald?«, fragte Karl. »Gib mir die Sonne«, lachte Frederik. »Viele glauben ja, dass er nach Morphium fragt«, sagte Karl. »Die Wörter Sonne und Opium sind austauschbar, das weiß doch jeder«, sagte Karl. Sie warfen die Orange hin und her wie eine heiße Kartoffel, und womöglich erinnerten sie sich daran, wie rasend ihre Mutter geworden war, als sie die beiden als Kinder beim Verspeisen einer Jaffa-Orange aus dem verhassten Israel erwischt hatte. »Weißt du noch, die Olympischen Spiele in Lillehammer? Ist die Sonne nicht immer noch das, was die Leute hier am liebsten wollen, das Opium der Norweger?«, fragte Frederik. Sie warfen die Orange hin und her, schneller jetzt, als kämen sie der Sache immer näher. »Schau dir doch nur dieses Land an mit seinen ganzen Neureichen«, sagte Karl und zeigte auf ein großes Luxusboot, auf dem zwei Teenager wie ausgelöstes Schlachtvieh an Deck lagen, »was würden die kaufen, was wäre das attraktivste Produkt?«

Frederik brauchte nicht zu überlegen: »Sonne!« Und Karl fuhr fort: »Was, wenn wir sie an einen Ort locken könnten, an dem es Sonne gibt, wo ihnen aber auch die Augen geöffnet würden für eine andere Kultur, einen anderen Teil der Weltgeschichte?« Natürlich wäre es naheliegend anzunehmen, die Orange hätte sie auf die Idee gebracht, denn als sie gerade zwischen ihnen durch die Luft schwebte, sagten beide gleichzeitig: »Spanien!«

Sie wussten selbstverständlich, dass das häufigste Reiseziel der aus Norwegen abgehenden Charterflüge Spanien war, doch das Konzept, das ihnen vorschwebte, war ein ganz anderes.

Um aber eine lange Geschichte, einschließlich einer Reihe Herausforderungen praktischer Natur, abzukürzen: Sie erzählten Mikkel Frydenlund von ihrer Idee. Nicht unerwähnt blieb auch ihr Ururgroßvater, Miguel de Ortega, der aus Spanien stammte. »Wir haben den perfekten Background, um das zu schaffen!« Wie um seinen Instinkt zu Rate zu ziehen, fasste der Großvater sich einige Sekunden an seine auffallende Nase, ehe er ihnen schließlich seine Zusage erteilte, sowohl in finanzieller Hinsicht als auch durch seine unschätzbare Erfahrung. Und so fuhren die Brüder nach Spanien, genauer: an die Costa Blanca in der Provinz Alicante, und begaben sich auf die Suche nach einem verschlafenen, von Orangenhainen umgebenen Dorf unweit der Kleinstadt Altea. Auf dem Marktplatz stehend und um sich blickend, hatten beide dieselbe Assoziation, und sie spürten, wie es sie in den Fingern juckte: Wie leicht man mit weißen Steinen und roten Dachsteinen eine Lego-Version dieses Ortes hätte bauen können!

Karl und Frederik kauften Häuser, die über das ganze Dorf verstreut lagen, sowie mehrere Grundstücke etwas weiter außerhalb, auf denen sie einige neue Villen bauten. Was sie nämlich gerade nicht wollten, war die Entstehung eines Ghettos, einer norwegischen Enklave. Und wie bereits angedeutet, verfolgten sie einen visionären Hintergedanken: Die norwegische Bevölkerung hatte Nein zu Europa gesagt, aber Karl und Frederik hatten sich geschworen, sie dazu zu bringen, Ja zu Spanien zu sagen. Sie würden sie in Europäer verwandeln, ohne dass sie es merkten! Wer aus Norwegen in diesem Dorf landete, sollte langsam integriert werden und in der Bevölkerung, der Kultur einer anderen Nation aufgehen. In der Sonne würde der Troll platzen! Sie sahen die Creme de la Creme des norwegischen Volkes als Kunden vor sich, die Neugierigen, Abenteuerlustigen, Freiheitssuchenden, jene, die, in übertragener Bedeutung, nach Sonne gierten. Sie sahen vor sich, wie alle, die sich hier ein Haus kauften, nach Granada, Cordoba und Valencia fahren würden, um die erstaunliche Landschaft einzusaugen, sich Wissen über den maurischen Einfluss auf unsere Kunst, unser Denken anzueignen. Wenn Europa nicht nach Norwegen kam, mussten sie Norwegen eben nach Europa bringen. Die Brüder betrachteten sich als Aufklärer, als Lichtbringer, sie wollten ihre Landsleute aus der Dunkelheit, aus der Halle des Bergkönigs in die Welt hinausjagen.

Sie stellten nur eine kleine Kampagne auf die Beine, »Wir geben Dir die Sonne«, für die sie sogar einen Athleten der Olympiade in Lillehammer als Werbeträger gewinnen konnten. Das genügte. In Rekordzeit war alles verkauft. Wer wollte sich schon mit einem Kleingartenhäuschen zufriedengeben, wenn man eine Kolonialvilla bekommen konnte?

Parallel arbeiteten Karl und Frederik weiter in der Firma ihres Großvaters, genau wie ihre Mutter. Fast gegen ihren Willen waren sie in die Geschäfte hineingezogen worden, doch mit der Zeit nahmen sie die Arbeit immer weniger ernst, betrachteten sie vielmehr als ein Spiel, denn sie hatten sehr bald erkannt, woran ihre Tätigkeit sie erinnerte: an das ›Millionær‹ ihrer Kindheit, Damms norwegische Variante des Brettspiels Monopoly – der einzige Unterschied bestand darin, dass die Felder bei ›Millionær‹ kreisförmig angeordnet waren, ein Umstand, der auf die beiden Brüder besonders einladend wirkte, führte er sie doch in Gedanken zurück ins Nationaltheater mit seiner verführerischen Drehbühne. Für sie war es mit einer ganz außergewöhnlichen Freude verbunden gewesen, Millionær zu spielen und ab und zu auch Monopoly, weil es den Geschmack einer verbotenen Frucht hatte: Es gab wenige Spiele, gegen die ihre Mutter noch größere Verachtung hegte. Sie hätten anständig eins auf die Mütze bekommen, wären sie auf frischer Tat bei diesem kapitalistischen Unfug ertappt worden, während sie gerade eifrig dabei waren, Straßen, Häuser und Hotels zu kaufen. Jetzt aber konnten diese zwei jungen Männer, angestellt in demselben Unternehmenskonglomerat wie ihre Mutter, sich hineinstürzen in dieses Spiel, das ihnen oft wie die reinste Fiktion vorkam, auch wenn sie diesmal mit echtem Geld spielten und echte Häuser und Hotels erwarben – sogar einen langen Abschnitt der Karl Johans gate kauften sie, in echt. Nichtsdestoweniger begleitete sie die ganze Zeit ein Gefühl, als flohen sie vor der Wirklichkeit. Sie kauften und verkauften Immobilien, handelten mit Wertpapieren, investierten in Ost und West, und als sie eines Tages aufsahen, waren sie reich, ohne recht zu wissen, wie das vonstattengegangen war. »Versuch dein Glück« – und jedes Mal der Hauptgewinn. Sie konnten auch das nicht ganz ernst nehmen, betrachteten es beinahe noch immer als Spielgeld – ein Gedanke, der, sofern uns diese Anmerkung erlaubt ist, gar nicht so verkehrt war.

Karl und Frederik heirateten beinahe gleichzeitig und bekamen fast gleichzeitig Kinder, doch das soll lediglich eine

Randbemerkung sein in dieser Geschichte. Was aber dazugehört, ist ihre Rückkehr in das spanische Dorf, in das sie sowohl ihr Geld als auch ihre Visionen investiert hatten, und wieder einmal mussten wir uns fragen, ob es sich bei der Geschichte um eine wahre Begebenheit handelte. Nun, die Geschichte *ist* wahr, weshalb wir sie auch als eine der vergnüglichsten betrachten, und mit gutem Grund fügen wir hinzu: Da sie die Zeit bis zum heutigen Tag überdauert hat, müssen wohl auch die ersten Generationen der Long-Dynastie etwas Vergnügliches, zumindest aber etwas Beeindruckendes darin erkannt haben. Nehmen wir diesen Bericht genauer unter die Lupe, können wir den Grund dafür erahnen. Bekanntermaßen war der schicksalsträchtige Punkt Y ein Resultat nachteiliger Tendenzen auf vielen Ebenen, angefangen von Klimaverschlechterung, Überbevölkerung und resistenten Bakterien bis hin zu sinkender Spermienqualität, doch was die Nachwelt am meisten in Staunen versetzte, war die verblüffende Tatsache, dass niemand die Möglichkeit in Betracht zog, die Probleme, von denen man glaubte, sie ließen sich alle einzeln beheben, könnten letztlich zu einem katastrophalen Zusammenbruch führen. Die tieferliegende Ursache für den Eintritt von Punkt Y war demnach, mit anderen Worten, die *Fantasielosigkeit*, von der Long-Dynastie *mángmù* genannt. Die Geschichte von Karl und Frederik Bohre kann somit als das genaue Gegenteil betrachtet werden, nämlich als eine Lektion in *Fantasiekraft*, eine Eigenschaft, die bei den frühesten Zuhörerinnen und Zuhörern irgendein Bedürfnis gestillt haben musste.

Im November 2010 reisten Karl und Frederik zusammen mit ihrem Großvater nach Spanien. Doch obwohl sie auf ihrem Weg in die Provinz Alicante mit Freuden feststellten, dass sie den stinköden Osloer Nebel hier durch ein Wetter ersetzt sahen, das an einen schönen norwegischen Sommer erinnerte, war es trotzdem kein erfreuliches Wiedersehen. Das Dorf, früher ein Beispiel für eine belebte spanische Ortsgemeinschaft, hatte sich in eine durch und durch norwegische, merkwürdig stille, fast ausgestorbene Wohngegend verwandelt. Die norwegischen Auswanderer hatten alles, absolut alles aufgekauft, auch die wenigen spanischen Läden. Nur ein paar Cafés und Restaurants wurden weiterhin von Einheimischen betrieben. Aber es gab einen norwegischen Friseur, einen norwegischen Schumacher, die Bäckerei war in norwegischen Händen, der Metzger stammte aus Gjøvik und es gab sogar einen norwegischen »Kolonialwarenhändler«, der schmerzlich vermisste Esswaren verkaufte – ihr Großvater hatte sofort Makrelen in Tomatensoße, Kaviar von Mills, Milchschokolade von Freia und Ifa-Drops eingekauft. Auf dem Marktplatz gab es einen Buchladen, der fast ausschließlich Norwegen-Krimis verkaufte.

In einer kleinen Stadt nicht weit entfernt wurden eine norwegische Schule und ein norwegischer Kindergarten betrieben.

Ihr Großvater hatte die Reise vorgeschlagen, nachdem er erfahren hatte, dass er das Haus eines seiner pensionierten Unternehmerfreunde mieten durfte, und schon am Tag nach ihrer Ankunft standen Karl und Frederik am Stadttor und warfen ungläubige Blicke durch die Gegend. Irgendetwas an den Blumentöpfen und der Art, wie sie aufgehängt waren, etwas an den schönen, schmiedeeisernen Geländern, den Gesimsen, den spanischen Dachsteinen, den Dachrinnen, den handbeschriebenen Türschildern aus Keramik – woran erinnerte sie das alles? Dazu die Palme. Der kleine Springbrunnen mitten am Hauptplatz. »Jetzt haben wir alles so schön hergerichtet, wie es nur geht«, hörten sie eine Frau sagen, die an ihnen vorüberkam. Die Brüder blickten einander an, als wollten sie sich gegenseitig vergewissern, dass sie sich nicht verhört hatten.

»Siehst du, was wir geschaffen haben?«, fragte Karl.

»Die Stadt Kardemomme«, antwortete Frederik, und in seiner Stimme lag eher Verzweiflung als Stolz. »Wir haben uns etwas vorgemacht, Bruder. Wir haben in der Unwirklichkeit gelebt. Das hier ist die Wirklichkeit. Mutter lag falsch, als sie damals unser Zimmer verwüstete.« Er deutete auf das idyllische Dorf, das sie umgab und das Thorbjørn Egners Zeichnungen zum Verwechseln ähnlich sah.

Am Abend saßen sie mit ihrem Großvater auf der Terrasse, die Gläser mit »herbero«, dem regionalen Branntwein, gefüllt – im letzten Moment noch widerstand Mikkel der Versuchung, im Vorbeigehen eine Flasche Line Aquavit in dem norwegischen Kolonialwarenladen einzukaufen. »Skål, Jungs«, sagte er lachend, »dieses Gebräu erinnert mich an etwas, was wir im Wald getrunken haben, als wir herumlagen und Aktionen planten, aus denen nie etwas wurde.« Das Dorf um sie herum lag in einem Dunst aus Ruhe und Sanftmut. In einem der Nachbarhäuser übte ein Kind ein paar Pianostücke. Sie versuchten, das Gesehene zu verdauen, die Gespräche, die sie mit freundlichen, fröhlichen Leuten geführt hatten und die das Dorf als einen Zufluchtsort auf der Welt priesen. Nicht wenige von ihnen waren in Norwegen Migrationsgegner gewesen, verschlossen jetzt aber die Augen davor, oder sahen schlicht und einfach nicht, dass sie selbst als Einwanderer in einem anderen Land lebten.

Die Brüder brachten kaum ein Wort heraus, so verdattert waren sie, es gelang ihnen nicht einmal, Enttäuschung darüber zu empfinden, dass diese Menschen keine Europäer geworden waren, sondern stattdessen ein Miniatur-Norwegen erschaffen hatten, norwegischer als Norwegen selbst. Wenn hier jemand integriert wurde, dann die wenigen Spanier, die in den Gaststätten arbeiteten: Sie wurden immer norwegischer. Als der

Großvater eine neue Runde »herbero« einschenkte, sagte Karl, an seinen Bruder gewandt: »Nur eines fehlt hier noch.« Frederik wusste sofort, worauf Karl anspielte: »Ja, wir müssen die Autos verschwinden lassen und eine Straßenbahn herschaffen.«

Sie lagen halb in den Lehnstühlen, das Gesicht der im Westen untergehenden Sonne zugewandt. Der Großvater war in bester Laune, und das lag nicht allein am Schnaps. »Was meinst du, Großvater«, fragte Karl. »Wo sitzt es sich besser? Hier oder auf der Terrasse deines Sommerhauses in Sørlandet?«

Mikkel Frydenlund erhob das Glas: »Das hier ist auch ein ›Land im Süden‹«, sagte er auflachend. »Die neue Blindleia. Ich werde 88 Jahre alt, und auch für einen Unternehmer ist es irgendwann Zeit, in Rente zu gehen. Ich habe beschlossen hierherzuziehen, ich war heute ein bisschen unterwegs und habe mir ein Grundstück angesehen, ein Stück weiter die Anhöhe hinauf. Dort gibt es ein paar prächtige Golfplätze. Ihr wisst ja, Golf ist der neue Volkssport. Der Golfschläger hat die Skistöcke verdrängt.« Er lachte. Ohne Ironie oder Spott. Er lachte vor Freude über die Aussicht, das ganze Jahr über Golf spielen zu können. Neben ihm stand ein Teller, zwei Brote mit Braunkäse, dasselbe, was er seine ganze berufliche Laufbahn hindurch in seiner Mittagspause gegessen hatte. Den Käse hatte er aus dem Laden, in dem norwegische Lebensmittel verkauft wurden. Mikkel Frydenlund hätte nicht glücklicher sein können.

»Willst du nicht deine Mütze abnehmen, Opa? Schwitzt du denn gar nicht?«

»So viel, wie ich im Krieg gefroren habe, werde ich mich nie wieder aufwärmen«, antwortete er. Die Jungs begriffen, dass sie ihn besser nicht weiter damit behelligen sollten. Immerhin hatte er die Schaftstiefel nicht mitgenommen, mit denen er sonst oft umherstakste.

In den Jahren, in denen Karl und Frederik »das Handwerk gelernt« hatten, wie ihr Großvater sagte, und gleichzeitig immer weiter aufgestiegen waren in dem tintenfischarmigen Immobilienimperium, hatte sich Mikkel Frydenlund an vielen Bauprojekten in Spanien beteiligt. Langsam erkannten die Brüder ihren Irrtum: Die Norweger wollten keine Sonne, sie wollten Reichtum. Sie brauchten sich, zu ihrer eigenen Schande, bloß selbst anzusehen. Sie waren genauso sehr vom Zeitgeist geprägt wie alle anderen. Fast ohne sich Gedanken darüber gemacht zu haben, verfügten sie plötzlich über eine ansehnliche Menge an Aktien bei norwegischen Schwerpunktunternehmen, Statoil, Hydro, Yara, der Kongsberggruppe, DnB NOR – zusätzlich hatten sie 2008 und 2009, unmittelbar nach der Finanzkrise, auf Anraten ihres Großvaters im Ausland günstig Immobilien erworben.

Auf lange Sicht aber gelang es ihnen nicht, ihren Galgenhumor aufrechtzuerhalten. Besonders Frederiks Gemütsverfassung wurde sichtlich gedrückter. »Geh rein und iss ein Weißbrot mit Sirup«, sagte der Großvater, »das hebt die Laune.« Frederik reagierte nicht, sondern starrte hinüber zu einem der Nachbarhäuser und ließ das Bild auf sich wirken, das sich ihm bot. Es war Abend, aber immer noch heiß, und eine Frau lag in einem Liegestuhl am Swimmingpool. Auf dem Tisch neben ihr stand cinc Flasche Solo Limonade, auf den Terrassenfliesen lag die Boulevardzeitung VG, und in den Händen hielt sie einen Norwegen-Krimi, den Frederik sogar aus der Entfernung am Umschlag erkannte.

Wir wollen in dieser Geschichte nicht allzu viele negative Worte über dieses Phänomen verlieren, über die vielen Menschen, die im Winter aus Norwegen gen Süden zogen oder beschlossen, das ganze Jahr über dort zu leben – in unseren

Augen liegt der Wert dieser Geschichte für die Nachwelt wie gesagt in der Veranschaulichung einer der herausragendsten Eigenschaften der Zwillingsbrüder Karl und Frederik Bohre, ein willkommenes Heilmittel gegen Fantasielosigkeit. Jedoch hat die Ōuzhōu-Gruppe nicht wenig Energie darauf verwendet, jene Laxheit und Antriebslosigkeit aufzuspüren, die in den norwegischen Kolonien in Spanien bereits im Ansatz zu erahnen gewesen seien und die als eine der Hauptursachen für den Untergang dieses Landes im hohen Norden betrachtet werden könnten. Will man der Version der Ōuzhōu-Gruppe Glauben schenken, offenbart sich in diesen Ansiedlungen das grundlegende Lebensgefühl der norwegischen Bevölkerung zu Beginn des 21. Jahrhunderts: Langeweile. Infolgedessen seien immer mehr gesellschaftliche Ressourcen auf den reinen Zeitvertreib verwendet oder vielmehr verschwendet worden. Desgleichen scheint die Gruppe damit andeuten zu wollen, auch frühe Zweige der Long-Dynastie seien von diesen Charakterzügen geprägt gewesen. Diese Annahme können wir nicht teilen. Zum einen verschwanden diese Zweige der Dynastie sehr bald wieder von der Bildfläche – sofern sie denn je existierten –, zum anderen lassen diese sich nicht anhand konkreter Geschichten nachweisen. Selbstverständlich wollen wir nicht bestreiten, dass an den norwegischen Spanienauswanderern bedenkliche Seiten zu finden waren, jedoch ziehen wir diesbezüglich eine positive Betrachtungsweise vor: Diese Gruppe von Menschen repräsentierte einen Willen zur Emigration, und obwohl sie nach Süden auswanderten, wäre es doch möglich, darin eine Vorwegnahme der späteren und viel nachhaltigeren Ostsiedlung zu sehen.

Mikkel hatte in einer norwegischen Zeitung zu blättern begonnen und brach in ein jähes, begeistertes Lachen aus: »Jungs, jetzt fängt es an! Hört mal her, das ist fast nicht zu glauben, aber mir soll's nur recht sein.« Er hielt die Zeitung vor ihnen in die Höhe und zeigte ihnen die Spalten, in denen berichtet wurde, dass der Erdölfonds sich in die Londoner Regent Street eingekauft habe und Norwegen jetzt 25 Prozent dieser berühmten Straße besitze. Eine große Fotografie zeigte mehrere prachtvolle Fassaden.

Der Großvater war in glänzender Stimmung, fuhr sich mit dem Finger an die Nase, als hätte er die Fährte der Zukunft aufgenommen. »Das zeigt uns, welchen Weg wir einschlagen müssen«, sagte er. »Ein Land, vollgestopft mit Geld.« Er nahm einen großen Schluck aus seinem Glas, ohne eine Miene zu verziehen, lehnte sich zurück und blinzelte. »Ich habe einen Plan, den ich noch keinem verraten habe, den ich aber jetzt mit euch – meinen Erben – teilen will.« In seinem Gesicht bildeten sich Falten, aus denen die Brüder nichts herauslesen konnten, die man vielleicht jedoch verschwörerisch nennen konnte. »Schon als kleiner Junge hat es mich geärgert, dass Norwegen Anfang der 30er-Jahre seine Chance verspielt hat, sich Ostgrönland zu sichern. Sie haben die falsche Strategie gewählt. Mein Plan baut auf einer ganz anderen, viel diskreteren Taktik auf, einer Art verstecktem Imperialismus, entschuldigt das Wort.« Er schielte zu ihnen hinüber, wie um zu sehen, ob sie es schon erraten hatten.

Sie hatten es nicht. Mit echter Neugier starrten sie ihren Großvater an.

»Anstatt die Welt zu erobern, kaufen wir sie«, sagte Mikkel Frydenlund wie nebenher und hielt das Glas gegen die Sonne, wie um darin nach Spuren der Gewächse zu suchen, nach denen das Gebräu schmeckte. »Während der Rest der Welt sich mit irgendwelchen Wirtschaftskrisen herumschlägt, wird Norwegen, fast hätte ich gesagt: heimlich, so viele ausländische

Immobilien kaufen wie möglich. Im großen Stil. Zusammen mit wichtiger Infrastruktur.« Er lächelte und lehnte sich im Stuhl zurück.

»Dem Ausdruck ›heimlich‹, Großvater, zollen wir unseren Beifall«, sagte Karl. »Wir hatten schon immer ein Gespür für die Arbeit hinter den Kulissen«, sagte Frederik.

»Genau«, sagte Mikkel, »und dank der vielen anderen, noch viel größeren Halsabschneider wird niemand etwas bemerken. Ich habe die Zeile über Karius und Baktus immer gemocht, in der es heißt: ›Sie waren so winzig klein, dass man sie nur durch ein starkes Vergrößerungsglas sehen konnte.‹« Er lachte. Mikkel Frydenlund lachte viel an diesem Abend. Er fühlte, dass er vor der Krönung seines Lebenswerkes stand.

Karl und Frederik starrten in die Luft, starrten zu den weißen Hausmauern und den roten Dächern. Die Frau am Swimmingpool im Nachbargarten hatte den Krimi aus der Hand gelegt, die Sonnenbrille abgenommen und die Augen, das Gesicht der untergehenden Sonne zugewandt, einer gigantischen, glühenden Kupfermünze.

Der Großvater dagegen hatte sich aufgesetzt. Irgendwie sah er jetzt jünger aus. Es wirkte, als hätte er ein Lebenselixier zu sich genommen: »Warum bei der phänomenalen Unterwassererweiterung Norwegens aufhören?«, fragte er. »Lasst uns weitermachen. Lasst uns ein verstecktes Norwegen schaffen, das sich von Norden nach Süden erstreckt, ungefähr den Nullmeridian entlang und ein bisschen östlich und westlich davon. Seht ihr es vor euch?« Er begann, hoch in der Luft mit Daumen und Zeigefinger ein langes, schmales Rechteck zu zeichnen, das schließlich bis ganz auf den Boden reichte. »Von Spitzbergen bis zum Königin-Maud-Land, unserem gigantischen Tortenstück ganz im Süden«, sagte er. »Hier in der Provinz Alicante haben wir jetzt einen Brückenpfeiler gebaut, eine kleine Kolonie. Von hier aus müssen wir einfach weiterdenken.« Er schenkte den Brüdern noch Kräuterschnaps ein, als hätte er erkannt, dass ihre Vorstellungskraft bei dieser geistigen Kraftanstrengung Unterstützung nötig hatte. »York in England ist ja schon fast komplett norwegisch«, fuhr er fort. »Die Normandie müssen wir ebenfalls in Betracht ziehen. Und dann haben wir noch die Bouvetinsel, die perfekt in unseren Sektor passt, auf drei Grad östlicher Länge. Aber wir brauchen auch etwas zwischen dem Südlichen Eismeer und Spanien. Wie wäre es mit Ghana? Wir könnten dort etwas Land aufkaufen, eine Gegend mit schönen Stränden und einem Flughafen, der die Charterflüge bewältigen kann.«

»Einen Bordellbetrieb vielleicht?« Es war Frederik, der sich nicht zurückhalten konnte. »Tischler Engstrand würde sicher gern ein Seemannsasyl dort bauen.«

Der Großvater hörte nicht zu, so vereinnahmt war er von seiner Vision, dem großen Plan einer Emigration nach Süden, ein Gedanke, der der norwegischen Gebietserweiterung unter Wasser in den 1960-Jahren entsprach. Es war, als könne er es innerlich vor sich sehen: ein ganzer Meridian voller Norwegerinnen und Norweger. Ein Norwegen vom einen Pol zum anderen.

»Du liebe Güte«, sagte Karl, »das ist es, natürlich.« Er blickte hinüber zu seinem Bruder, der sich zurückgelehnt hatte und in die untergehende Sonne starrte. »Wir haben von Grund auf falsch gedacht, Bruder. Über unsere Landsleute, die Europäer werden sollen. Großvater hat recht. Warum nicht die Welt in ein Norwegen verwandeln?«

»Tolstoi«, murmelte Frederik mit geschlossenen Augen.

Karl verstand sofort, worauf sein Bruder anspielte. Auf eine Erzählung mit dem Titel »Wieviel Erde braucht der Mensch?«

Ihr Vater hatte sie ihnen vorgelesen, als sie noch klein waren, zu der Zeit, als er sich viel mit Literatur beschäftigt hatte, wie als natürliche Fortsetzung zu dem wunderbaren Märchen der Brüder Grimm über den Fischer und seine Frau, und nie hatten sie Tolstois Geschichte vergessen über den Mann, dem so viel Land versprochen wurde, wie er zu Fuß umrunden kann, und der in dem Bemühen, sich ein so großes Gebiet wie möglich anzueignen, vor Erschöpfung stirbt. Eine Lektion über Gier, hatte ihr Vater beim Zuklappen des Buches gesagt.

Mikkel Frydenlund schien nichts mit dem Namen Tolstoi zu verbinden, und so nahm er den Faden wieder auf und sprach von seinem Umzug hierher. »Ich will mir ein Haus mit einem kleinen Turm bauen. Erkennt ihr die Ähnlichkeit?« Er zeigte ihnen eine Serviette mit einer Skizze, die er früher an diesem Tag in einem Café angefertigt haben musste.

Die Brüder dachten sich ihren Teil dazu, erwähnten aber nicht, dass die Zeichnung wie eine Huldigung an den Tobias aus der Stadt Kardemomme wirkte. Würde der Großvater sich auch noch einen Bart wachsen lassen und sich ein Fernglas zulegen? Jedoch hatte Mikkel Frydenlund durchaus nicht die Figur aus Thorbjørn Egners Kinderbuch im Sinn: »Fridtjof Nansens Haus in Lysaker. Im Kleinformat. Ich will die Villa sogar Polhøgda nennen. Zum Kuckuck. Hier wird ja der neue Pol Norwegens liegen!«

»Wir beide könnten uns doch auch ein Haus hier bauen«, sagte Karl.

»Ja, aber das müsste dann draußen vorm Dorf liegen«, sagte Frederik. »Irgendwer muss ja auch die Räuber sein.«

Als wäre das ein Signal, stimmten sie das Räuberlied an: »Wir müssen, weil wir Räuber sind, auf allen vieren krauchen.« War das nicht Norwegens neue Nationalhymne? Sie erhoben sich vor lauter Freude bei diesem Lied, das eine so eingängige Melodie hatte und bei dem sie sich an jedes Wort erinnerten, obwohl es viele Jahre her war, seit sie es das letzte Mal gesungen hatten. Auch der Großvater stand auf und begann, sich im Takt mit Karl und Frederik schleichend auf der Terrasse im Kreis zu bewegen. Obgleich er ein anderes Verhältnis zum Theater hatte, wusste er, dass es drei Räuber sein mussten.

Nach ein paar Runden gab Mikkel auf, schob es auf das Alter. Verwirrt, aber zufrieden stolperte er zum Schlafzimmer: »Der Letzte macht das Licht aus«, rief er.

*

Auch wir, drei Frauen, werden uns jetzt, wenn auch nicht auf allen vieren, aus unserem Bericht verabschieden, und nicht ohne Wehmut stellen wir fest, dass wir vor dem Abschluss dieser Geschichte stehen, der Geschichte über das Geschlecht der Bohre und die ersten Individuen von ausschlaggebendem Format, die zu Beginn des 21. Jahrhunderts emigrierten und zusammen mit ihren Erzählungen eine so wichtige metagenetische Voraussetzung für ihre Nachkommen in der Long-Dynastie bilden. Es war uns eine Freude zu erfahren, dass die Arbeit der Nuówēi-Gruppe Neugier geweckt hat und viele der bedeutendsten Mitglieder der Long-Dynastie unsere Darstellung bereits in Bestellung gegeben haben. Es sind dies Personen, die in der Chinesischen Föderation in zentrale Positionen gewählt wurden, und da es sich, so viel wir wissen, bei diesen mehrheitlich um Frauen handelt, erlauben wir uns, ihnen diese Arbeit zu widmen.

Nur eine einzige Geschichte fehlt noch, und nichts könnte natürlicher sein, als dass sie von Rita Bohre handelt.

DIE KUNST, NIEMALS ZU STERBEN

Da saß sie nun in dem alten Sessel, neben dem Stamm der Eiche, in dem Sessel, den ihre Söhne einst Pfauenthron nannten, mit Elefanten und Tigern, die nicht mehr erkennbar waren, so als hätten sich die Tiere in den zerschlissenen, safrangelben Stoff hineingeflüchtet; weil es Mai war und Hochdruckwetter herrschte und der Sessel es vertrug, nachts draußen zu stehen, hatte Bård, dieser gute Mensch, die alte Schabracke auf ihre Bitte hin in den Garten hinausgetragen. Warum aber sorgte sie sich gerade jetzt um den Zustand des Sessels, wo sie doch bald sterben würde, sie wusste es einfach, etwas war auf dem Weg, langsam, still, etwas, das sie nur leicht an der Schulter berühren würde, und dann wäre es vorbei, so wie bei der armen Bjørg, die vor ihrem gewohnten Fenster in Gaustad gesessen und eine Zigarette aus ihrem Päckchen Blue Master gezogen hatte, und beim Betätigen des Feuerzeugs war ihr Leben erloschen – eine Krankenschwester war zufällig Zeugin der Szene geworden.

Rita schüttelte leicht den Kopf, als wolle sie sagen: Ich weigere mich. Jetzt noch nicht.

All diese Jahre. So wenig bewirkt. So wenige Antworten.

Der Gedanke hatte sie gequält – zumindest seit Joan, von anderen Little Green genannt, immer öfter zu ihr auf Besuch gekommen war, und jetzt im Mai ging sie einfach um die Villa herum, direkt hinein in den wild wachsenden Garten, eine große, schlanke, dunkelhäutige 18-Jährige, und ließ sich neben ihr nieder, wie ein Lehrling vor ihrer Meisterin im Dschungel, dachte Rita und lächelte bei dem Vergleich. »Mach dir nichts vor«, sagte sie halblaut. »Deine Tage sind gezählt, deshalb kommt Joan hierher. Sie will bloß die Gelegenheit nützen, um ihrer Urgroßmutter so viele Fragen wie möglich zu stellen.«

Urgroßmutter? Konnte sie sich die Urgroßmutter eines Mädchens nennen, das von einem anderen Kontinent stammte?

Sie konnte, sie war Joans Urgroßmutter, wollte es sein, und die kleine Joan glich Bård sowohl in den Gesichtszügen als auch in ihren Gebärden.

Für gewöhnlich saß sie in dem alten Lehnsessel, den Rücken zum Stamm gewandt, während Joan mit einem kleinen Spiralblock, fragend und Notizen machend, in dem saftigen, frühsommergrünen Gras lag, im Schneidersitz saß, in der Gegend herumwuselte oder ihr vom Birnenbaum her Fragen zurief, oder sie kletterte auf die Eiche, saß auf einer der Plattformen in dem Geflecht aus Grün, ließ die Beine über den Rand baumeln und stellte von dort oben herab ihre Fragen.

»Stimmt es, Uroma, dass ein kleiner Gletscher auf Spitzbergen nach dir benannt ist?«, fragte sie beispielsweise.

»Nein, leider«, musste Rita darauf antworten, »du denkst dabei an Natascha, eine jüngere Kollegin von mir.«

Manchmal betrachtete Rita Joan wie eine exotische Schlingpflanze voller Lebenskraft, die sich um einen alten Baum wand, der innen morsch wurde.

Ob es stimmte, dass sie nach der Okkupationszeit mit einem ihrer Studenten zusammen gewesen sei?

Bedauerlicherweise sei das nicht wahr, lachte Rita. Durch die vielen Schichten aus Insektensummen und Vogelgesang hindurch konnte sie Joans Stimme gerade noch hören.

»Erzähl mir mehr über deinen älteren Bruder Henry.«

Und Rita erzählte von ihm, oder von dem, was ihr von ihm in Erinnerung geblieben war. Es war schon seltsam, er war ihr großer Bruder, aber sie hatte ihn seit 1916 nicht mehr gesehen, nur dann und wann ein wortkarger Briefwechsel, sie wollte 1978 nach Brooklyn reisen, um ihn zu besuchen, doch dann war das alles mit Olav passiert, sie musste sich um ein schiffbrüchig gewordenes Kind kümmern, das mit selbstgebastelten Bomben spielte, und bald darauf lag Henry unter der Erde, mit einer Strophe von Marianne Moore auf dem Grabstein.

Und Albert … ein anderer Friedhof … dieses kolossale, unergründliche Ego, das Tausenden Menschen Beschäftigung geboten hatte … alles reduziert auf einige Handvoll Asche in einer Urne unter der Erde … ein rätselhafter, in den Granit gehackter Speer …

Joan hatte viele Fragen, doch obwohl Rita nur selten darauf antworten konnte, versuchte sie es trotzdem, und oft wurden daraus eher kurze Erzählungen mit kleinen Seitenästen, Geschichten, die vielleicht gar nichts mit der Frage zu tun hatten, die Joan aber nichtsdestoweniger eifrig notierte – und es schien, als stellten diese Erzählungen sie eher zufrieden als die präzisen Antworten –, und Rita fand Gefallen daran, mit dem Rücken zum Stamm unter dem dichten Laubwerk zu sitzen, während eine Erzählung schon die nächste gebar, die ihrerseits wieder eine Erinnerung an eine ganz andere Episode hervorrief und so weiter; sie hätte nicht sagen können, woher die Sätze kamen, womöglich aber lag es einfach an der Flut stimulierender Düfte im Garten, an den aus den Laubbäumen hervorschießenden Blättern, denn bei keinem anderen Baum öffneten sich die Knospen so üppig wie bei der Eiche, besonders im Mai, wenn die Blätter mitunter richtiggehend hervorsprühten, eine Traubenform bildeten, und der riesige Baum plötzlich übervoll war mit grünen Sträußen.

Und dann die Frage, die ihr noch tagelang im Kopf herumspuken sollte: »Wenn du ein einziges Erlebnis aus deinem Leben herausgreifen müsstest, welches wäre das?«

Sie führt die Teetasse zum Mund, Geruch und Geschmack gleichermaßen genießend, und hält die Augen auf den kleinen Tisch neben dem Lehnsessel gerichtet … Theas hübsche Kanne und eine glitzernde Metalldose von einem englischen Warenhaus, gefüllt mit Haferkeksen mit Honig … Ich habe alles hier, was ich brauche … ausgerüstet wie für eine lange Gedankenexpedition … Oh, was für ein herrlicher Maitag … einer, wie er in Gedichten besungen wird … warm … hoher Himmel … im Garten alles frisch aufgeblüht … die Herzblumen … Gott, die Herzblumen … wie bezaubernd … die vielen anderen Stauden, die wundersamerweise Jahr für Jahr auftauchen, obwohl ich sie fast vergessen habe … die Apfelbäume … Gott, die Apfelbäume … wieder in überirdischem Weiß … frisches Obst in Vorbereitung … und die Rhododendronbüsche … plötzlich geschmückt in tropischem Violett … Ich sehe noch immer scharf … seltsam scharf … erkenne die Segelboote im Fjord … Oh, die Kajaks … wie gut ich mich an sie erinnere … die ersten mit weiß gestrichenen Segeln … das letzte aus Kunststoff … oder Glasfaser … würde gern eine Runde paddeln … mach dich nicht lächerlich … mit deinen verdorrten Ärmchen … ich würde es nicht mal schaffen, zur Sitzschale hinunterzubalancieren …

Das Alter. Sie blickt hinunter auf ihre Hände. Da halfen auch keine Cremes mehr. Nichts half.

Die heißen Junitage 1914. Vor dem Krieg. Diesem unübertroffenen Beispiel männlichen Zerstörungsdrangs … Allein im Fjord … Wie ich im Kajak über das Wasser geschossen bin … welche Kräfte damals in mir wohnten … Welcher Optimismus … Welche Hoffnung …

Und jetzt. Das Resümee. War sie enttäuscht?

Sie war es nicht. Vielleicht verwundert. Aber nicht enttäuscht.

»Du kannst ja darüber nachdenken«, sagte Joan. »Ich muss jetzt los. Bis bald.«

Lange saß sie unter der Krone der Eiche und beschäftigte sich mit dieser Frage. In Duftwellen von Blumen, Bäumen, Erde, Gras. Mehrere Tage. In ihrem Sessel sitzend wie die Zuschauerin einer Erinnerungskavalkade. Dachte an das aus der Erde emporsegelnde Osebergschiff. Dachte an die weiße Schüssel mit Sauerkirschen, die umgestürzt war, als Konrad sie küssen wollte. Dachte an den Moment bei den Säulen in Persepolis. Dachte nicht eigentlich, sondern schloss die Augen in einem Gedankenstrom. Welches Ereignis sollte sie auswählen? Wenn sie sich für eines entscheiden sollte, dann für eines, das gewissermaßen alles rechtfertigte ... einen ganzen Lebensverlauf ...

Sie hat längst die neunzig überschritten. Nähert sich den hundert. »Du wirst nicht lange leben«, sagte ihre Mutter einmal im Zorn zu ihr, »du musst dich zusammenreißen, das Leben leben, solange du kannst.« Nachdem ihre Mutter fertig geschimpft hatte, machte sie Rita darauf aufmerksam, dass alle ihre Großeltern früh gestorben waren, sowohl die in Spanien als auch die in Norwegen – und Agnes selbst ist ja nun auch nicht besonders alt geworden, denkt Rita –, doch sie glaubte nicht an Vererbung, nicht auf diese Weise, sie hatte das Jahr 2000 als geheimes Ziel für sich auserkoren, so dass sie drei Jahrhunderte erleben konnte, das wäre doch was, einen weiten, weiten Bogen verkörpern, aber sie weiß, sie fühlt, dass das nicht geschehen wird, und vielleicht war das auch nicht weiter schlimm, sie hatte das außerordentliche Glück, dass ihr lange Krankenhausaufenthalte erspart geblieben waren, dass sie ihrem Umfeld nicht zur Last fiel, kein Dekubitus, kein schlechter Körpergeruch, keine Ausscheidungen im Bett, es genügte schon alles andere, die Atemnot, der Muskelschwund, die herabhängende Haut, die Blasenschwäche … aber die wunderbare Vorstellungskraft, diese knatternde Maschinerie unter der Schädeldecke, war noch intakt, der Kopf klarer denn je – als würde alles noch ausstehende Leben ins Gehirn hochgepumpt, denkt sie und ertappt sich bei einem schiefen Lächeln.

An einem Haferkeks kauend, denkt sie an ihren Vater und seine liebevolle Art, Orangen zu schälen, wenn er in der mit maurischen Fliesen verlegten Küche saß … sie denkt an Konrads schönes Pfeifsignal, wenn er abends unten am Tor stand … an Maud, wenn sie unten am Nibbitjern eine schwarze Kaffeekanne auf das Lagerfeuer stellte …

Fluch und Segen des Alters: Jeden Tag das ganze Leben noch einmal erleben zu können.

Sie blickte hinunter auf die beiden Armbanduhren, die sie jeden Abend aufzog, eine an jedem Handgelenk. Sie weigerte sich, zu werden wie ihre Mutter, die nach Miguels Verschwinden stehengeblieben war. Sie wollte weitermachen. Doch jetzt hatte eine der Uhren den Geist aufgegeben. Es nützte nichts, sie wieder aufzuziehen. Die andere lief noch. Wie eine Ankündigung. Als ob sie auf geborgte Zeit lebte.

Natürlich war das der Grund, weshalb die jüngeren Familienmitglieder jetzt häufiger auftauchten als früher. Olav – einst auf die schiefe Bahn geraten, inzwischen wieder auf der richtigen Spur, deklamierte persische Gedichte, dass sie sich vorkam wie am Hofe von Schah Abbas. Bård meldete sich oft, Kaja ebenfalls. Bisweilen kam Laila vorbei, zwischen ihren vielen Reisen. Und Maud, natürlich. Sogar Roar, der immer eine Flasche erlesensten Weins mitbrachte. Und sie alle setzten sich auf ein Schwätzchen zu ihr und stellten ihr Fragen, so als glaubten sie, sie verfüge über ein Wissen, das bald verschwunden wäre.

Idioten, dachte sie, während sie sich in dem grünen Licht unter der Eiche zurücklehnte. Aber sie schätzte es über die Maßen. Fürsorge, verkleidet in Wissbegier.

Ragnhild kam ständig zu Besuch. Sogar Hilde. Die jüngste Besucherin war Ingri, 15 Jahre alt, Ragnhilds Enkelin, ein Mädchen, das bis oben hin angefüllt war mit Neugier und zu dem Rita eine besondere Nähe empfand, als hätte ihr Einfluss, ihr Erbe, einen diagonalen Verlauf im Stammbaum genommen.

»Danke für die Karte, die du mir geschrieben hast, als ich krank war«, sagte Ingri. »Und für den Trilobiten, den du mir später geschickt hast.«

»Wir alle brauchen einen Erdungspunkt«, erklärte Rita. »Betrachte ihn als eine Inspiration. Einen 450 Millionen Jahre alten Schulterklopfer.«

»Ich habe etwas für dich gezeichnet«, sagte Ingri. Rita betrachtete die Skizze. Ein Baum, und auf den Zweigen Blätter vieler verschiedener Laubbäume – Ahorn, Birke, Linde, Eiche.

Mitunter überkam Rita das Gefühl, mehrere zu sein, nicht nur ein Individuum, sondern ein Kollektiv, ja, sie konnte fast spüren, dass sie andere *war*, dass sie zum Beispiel auch Ingri *war* und deshalb weiterexistieren würde, auch nachdem sie verschwunden wäre.

Wenn du eine einzige Episode herausgreifen müsstest …

Und wenn es etwas ganz Banales wäre … So wie damals, als sie zusammen mit ihren drei Kindern auf einer Sommerwiese Blumenkränze geflochten hatte …

Sie sitzt in einem verschlissenen Lehnstuhl und lauscht den Insekten, deren Geräusche klingen wie Striche in der Luft, lauscht den Vögeln, und es ist, denkt sie, als würden sie einen immerwährenden Kanon anstimmen, und wie gut es tut, hier zu sitzen, inmitten eines großen Ornaments aus Licht und Schatten, denkt sie und lehnt vorsichtig den Kopf zurück, hinaufblickend zu den Schicht um Schicht knorriger werdenden Ästen, die in den letzten Tagen gleichsam ein langsames, grünes Feuerwerk veranstaltet haben, und kein Baum bietet einen so starken Eindruck lebendigen Grüns wie eine Eiche im Mai, denkt sie, aber sie ist alt, auch die Eiche hat das Sterben begonnen, nur dass sie dafür Hunderte Jahre brauchen wird, denkt sie, und wie beneidenswert es doch sei, noch so viel Zeit zu haben am Ende, ein Tod in adagio, denkt sie, wie im dritten Satz von Bruckners 9. Sinfonie, der letzten, die er vollendete, »langsam, feierlich«.

Auch zwei Schubladen haben einen Platz auf dem Gartentisch neben dem Sessel bekommen. Aus der Arche. Dem stattlichen Mahagonimöbelstück, das sie von ihrem Vater bekommen und das davor in ihrem Arbeitszimmer im ersten Stock gestanden hat, das Bård, dieser gute Mensch, jetzt aber ins Wohnzimmer hinuntergetragen hat. »Da kannst du dich draufsetzen, Großmutter, falls eine Flutwelle kommt.« Auch aus seinem Lachen hörte man heraus, wie durch und durch musikalisch er war. Die Bedeutung dieses schmalen Schränkchens aber würde er nie verstehen. Ein Kabinettschrank, ungefähr gleich hoch wie sie selbst, mit neunundzwanzig flachen Schubladen, in denen sie die Notizen eines halben Lebens aufbewahrte, Notizen zu ihrem geplanten Lebenswerk, *Femina erecta*.

Sie nippt an ihrem Tee. Schließt die Augen. Darjeeling. First Flush. Ohne hinzusehen, durchwühlt sie mit einer Hand die am nächsten liegende Lade, zieht ein Blatt Papier heraus, als handle es sich um ein Mannakorn, so eine Karte mit Bibelversen, die sie als Kind manchmal bei Freundinnen gesehen hat, deren Eltern Christen waren. »Das Monster, gegen das alle

Frauen kämpfen, das sie aber nie deutlich zu Gesicht bekommen, weil es sich hinter einer Reihe unterschiedlicher Masken verbirgt, ist das Patriarchat. Deshalb gibt es keine einfache Lösung, um diesen vielköpfigen Widersacher zu bezwingen.« Geschrieben mit Bleistift. Fast unleserlich. Sie fischt eine neue Karte heraus. »Noch mehr über die Zoologin Emily Arnesen herausfinden, die erste Biologin, die (1903) den Doktorgrad erlangte. Warum wurde so wenig über sie geschrieben?« Wieder Bleistiftschrift, halb unleserliche Wörter. Sie würde gern lachen, doch das Lachen bleibt ihr im Hals stecken. Stattdessen stößt sie ein Seufzen aus. Vor Mutlosigkeit. Vor Ärger. Vor Wut darüber, dass sie nicht mehr gemacht hat aus diesen zusammenhanglosen Zetteln, aus diesen Sätzen, die sie Jahr für Jahr in diese Laden hineingelegt hat in der Absicht, sich eines Tages hinzusetzen und ein System hineinzubringen, sie zusammenzuschreiben, einfach drauflos zuschreiben über die aufgerichtete Frau, eine Lobeshymne auf den unentdeckten Menschen, auf das dem Menschen innewohnende Potential, aus der weiblichen Perspektive betrachtet.

Scheiße, ruft etwas in ihr. Nicht fluchen, denkt sie. Scheiße, ruft es erneut.

Die letzten Tage hat sie damit verbracht, unter dem vor Laubaustrieb förmlich knisternden Baum zu sitzen und die vielen Laden durchzusehen, Zettel durchzublättern, Ausschnitte und zusammenhanglose Sätze im Kopf hin- und herzuwälzen, wie um eine Art ganzheitliche Idee heraufzubeschwören, und sich zwischendurch ausgemalt, wie sie, als alternde Heldin eines gewaltigen Epos, zu einer letzten strapaziösen Reise aufbrechen würde, auf der sie endlich irgendein Muster finden könnte, erzwingen könnte, ein Muster, das sich auch für viele andere als hilfreich erweisen würde, eine Antwort, die sie den Jungen hinterlassen könnte, aber diese elende Arche war anscheinend ein Schiff mit wasserdichten Schotten, denn es wollte ihr einfach nicht gelingen, zwischen den Inhalten der verschiedenen Laden eine Verbindung herzustellen, genau wie auch sonst in meinem Leben, dachte sie, ich habe keinen schönen, zusammenhängenden Bogen hinbekommen, keinen Plan verfolgt, keine klare Linie, mein Leben ist nichts als eine Summe von Abschweifungen, dachte sie.

Besonders eingehend betrachtete sie die Karteikarten, die sie aus dem Alhambra übernommen hatte, dem Antiquariat ihres Vaters, und auf diesen leicht steifen Karten fand sie dann auch ihre wichtigsten Notizen, die frühesten, ehrlichsten, die mit Bleistiftschrift, doch obwohl sie mehrmals versucht hatte, ein räumliches Prinzip zu finden, indem sie sie hintereinander auflegte wie eine Patience, war sie auch damit nicht weitergekommen, die Patience ging nicht auf.

Alles holterdiepolter.

Es überraschte sie, wie viele Skizzen die Laden enthielten, was wohl damit zu tun haben musste, dass sie schon früh von Charles Darwins Notizbüchern fasziniert gewesen war und sich selbst ebenfalls solche besorgt hatte, und schon von Beginn an hatte sie lieber darin gezeichnet als geschrieben, hatte viele der Zeichnungen ausgerissen und sie als eine Art Illustrationen archiviert, auch um sich an Dinge zu erinnern, Gedanken einzufangen, die sie in Worten nicht auszudrücken wusste, oft stand darunter nur ein Stichwort, das sie an den Gedanken erinnern sollte, der diese Striche geboren hatte, doch nicht einmal diese Hinweise halfen ihr zu verstehen, warum sie ausgerechnet das gezeichnet hatte, mehrere kunstvolle Skizzen der Eiche beispielsweise, unter der sie gerade saß, aus verschiedenen Himmelsrichtungen, wie um zu demonstrieren, welche unterschiedlichen Formen der Baum annehmen konnte, und da, plötzlich, zuckte sie zusammen, denn auf einer davon hatte sie einen mit dem Rücken an dem Stamm lehnenden Menschen gezeichnet – eine Prophezeiung, dachte sie. Oder als bilde die Zeit einen Kreis.

Sie genoss diese warmen Tage, an denen sie morgens mit einer Teekanne und einer Keksdose, prächtig wie ein Schmuckkästchen, in den Garten hinausschlenderte bis zu der Eiche, wo sie bereits von ihrem Sessel und einer weiteren Wunderlade erwartet wurde. Eines Tages betrachtete sie ausgiebig die Skizze einer Skulptur, die sie in Vigelands Atelier gezeichnet haben musste, Striche, die sie bis ins Jahr 1913 zurückführten und sie sogleich zum Schmunzeln brachten, als sie entdeckte, dass es sich um ihre Karikaturen der Neon-Kreis-Mitglieder handelte. Und dann war da noch das halbfertige Aquarell des Steinmännchens am Gipfel des Bukkelægret. So ging es die ganze Zeit ... ein fortwährendes Schlingern in unerwartete Richtungen. Denn wer hätte vor meiner Tour nach Jotunheimen gedacht, dass ich mich zu Knut Berg in den Schlafsack legen würde, sagt sie zu sich selbst ... mit Aussicht auf den grünen Spiegel des Gjendesees und auf die halbe Welt. Und dass ich mich für Geologie entscheiden würde. Oder für Paläontologie. Beinahe zum Lachen, das alles ... Dass ich schließlich bei der Paläontologie gelandet bin, denkt sie, habe ich einzig und allein Johan Aschehoug Kiær zu verdanken ... Kiær, ja ... ein schräger Vogel ... erster Professor dieser Fachrichtung in Norwegen... Was für ein Leuchtturm in der Erinnerung ... als frische Studentin des Nebenfachs »Geologie und Mineralogie« ... an der Expedition in den Tyrifjord teilnehmen zu dürfen, um die Fossilien zu begutachten, die Kiær am Rustadtangen in den Gesteinsschichten aus dem Silur und dem Devon gefunden hatte ...

Einzigartig … die reinste Goldgrube … Und der Nachmittag, als wir auf Kiærs Landsitz Benterud bei Sundvolden mit belegten Broten bewirtet wurden … Und dann das Entscheidende … Oder war es entscheidend …? Ja, das war es … Kiær, der mich vor der Heimreise zur Seite nahm … »Ich will Ihnen etwas zeigen« … Hat er etwas Besonderes in mir gesehen …? Wusste er, dass ich nach wie vor Zweifel hatte bei der Wahl meines Studienfachs …? Oh, wie gut ich mich daran erinnere … Wie das Licht, honiggolden, durch das Fenster auf den Tisch fiel, auf dem er ein Fossil auspackte … eines, das er noch nicht nach Kristiania mitgenommen hatte, weil die gesamte paläontologische Sammlung gerade aus dem Universitätsgebäude im Stadtzentrum in den neuen Palast nach Tøyen übersiedelt wurde … »Ein *Aceraspis robustus*« … Seine andächtige Stimme: »Ein Urfisch aus dem Silur« … Er hielt ihn hoch … und der Fisch war völlig unversehrt, absolut lebensecht, als könne er jederzeit aus dem Sandstein herauszappeln… Habe ich nicht einmal zu Konrad gesagt, dieses Erlebnis käme für mich einer religiösen Erfahrung am nächsten …? Dass ich dabei an etwas Ägyptisches denken musste … Ein Relief … Das war kein Stein, das war Geschichte, Kunst… »Nur dank der Fossilien wissen wir etwas über frühere Lebensformen«, sagte Kiær … Irgendetwas in der Richtung … »Sie sind die wichtigsten Beweise für den Evolutionsprozess« … Irgend so etwas… Ich stand nur da und nickte, verzaubert … und der Anblick wurde bestimmend für mich … Dieser 400 Millionen Jahre alte Fisch, der da wie eingefroren im Stein lag, hatte etwas unerklärlich Anziehendes an sich … Und so beschloss ich, mit »Paläontologie und historischer Geologie« weiterzumachen, ich wollte Paläontologin werden, mein Leben den Agnatha, den kieferlosen Urfischen, widmen, wollte versuchen, Licht auf diese frühesten Wirbeltiere zu werfen, den Anfangspunkt jenes Zweigs finden, dem einst auch der Mensch angehören sollte…

Das wichtigste Ereignis? Vielleicht.

Sie sitzt unter einer *Quercus robur* – ein Name, der nach Kraft und Härte klingt – und führt die Teetasse zum Mund. Und dann? Was geschah dann?, fragt sie sich, als ob die Erinnerung sie plötzlich im Stich ließe und sie erst von Spinnweben bedeckte Türen in einem versteckten Winkel ihres Gedächtnisses öffnen müsse. Ja, natürlich … Professor Kiær… der mein Lehrer wurde… Oft saßen wir in seinem stattlichen, mit Paneelen aus Douglaskiefer ausgekleideten Eckbüro im ersten Stock des Geologischen Museums und diskutierten … Er hat mich durch die Diplomarbeit geführt, mir ein Stipendium verschafft … bei der Doktorarbeit aber bekam ich wahrlich auch sehr viel Unterstützung von dem großartigen Erik Stensiö aus Schweden … das muss gesagt werden … Stensiö, ja, was für ein Mann.

Und dann? Was noch…?, fragt sie, als könne das Reden, das Erzählen in Gedanken ihr dabei helfen, sich in den Erinnerungen zurechtzufinden … Tøyen, natürlich … Der Alltag in der herrlichen Anlage in Tøyen … ein Büro im zweiten Stock des Backsteingebäudes, das Hanna Resvoll mir einst so stolz gezeigt hatte … Komisch… Und dann bin ich Kuratorin geworden … Habe in der Sammlung geforscht … Durchaus nicht schlecht … Und durchaus nicht ohne den Widerstand gewisser Männer … Noch mehr? Ja, ich habe Studenten herumgeführt… habe sie im Gebäude herumgeführt, weil das ein wesentlicher Teil des Unterrichts war, das Geologische Museum war wie ein dreidimensionales Lehrbuch, das galt auch für die Studiensammlungen in den Vitrinen im zweiten Stock und für die Katalogschränke, in denen alles stratigrafisch geordnet war, Hunderttausende Nummern… Eine gigantische Arche … ja, genau … dazu die Vorführungen in den Labors … und die Exkursionen… die Exkursionen waren immer wie eine kurze Auszeit, auch die nach Huk, an den Strand meiner Jugend, als ob das Leben aus Wiederholungen bestünde und es wieder einmal um eine Verliebtheit ginge … Sonderbar … Sonderbar … Was noch?, fragt sie sich… Ja, ich habe mich um die Öffentlichkeitsarbeit bemüht … Ausstellungen beispielsweise … habe Schulen besucht und eine vereinfachte Version der »Entwicklung des tierischen Lebens« an die Tafel gezeichnet … und obwohl den Schülern eher meine Zeichenfertigkeiten den Atem raubten als die dadurch illustrierten Erkenntnisse, fühlte es sich trotzdem sinnvoll an … Übrigens … ich weiß noch, wie Bjørg, Sigurd und Harald in den Museumssälen herumrannten und ich sie ermahnen musste, damit sie sich leiser verhielten … Merkwürdig, daran zu denken … diese Schlingel … aufgewachsen in der Spanne zwischen Dinosauriern und Lokomotiven …

Erschrocken, fast beschämt umherblickend, stellt sie fest, dass sie sich das alles selbst erzählt hat, und schüttelt den Kopf über dieses Geplappere, ohne allerdings die ihr durch den Kopf schwirrenden Erinnerungsbrocken loszuwerden, diese Neigung, sie zu größeren Bögen zusammenzusetzen, damit wenigstens *etwas* einen Zusammenhang bekommt, sie lehnt sich im Sessel zurück, versucht, unter einer in die Jahre gekommenen Eiche vor der Villa Bohre auszuruhen und spürt, was für ein Wohlbefinden sie überkommt in diesem Licht, das, bevor es unten bei ihr ankommt, vom Blattwerk gefiltert wird und zuweilen die Farbe wechselte, wie sie über die Jahre beobachtet hat, grün, blau, violett, gelb, rosa, je nach den Lichtverhältnissen – wie die Kathedralenfassaden bei Monet, denkt sie, was insofern ja auch ganz gut passt, denn für sie gibt es keinen Zweifel, diese Eiche ist die Kathedrale in meinem Leben, denkt sie, ich weiß noch, wie ich mir schon als Kind sagte, auf einem Astkreuz zwischen Myriaden rundlappiger Blätter zu sitzen, das ist, als säße man in einer Kirche.

Aber was habe ich eigentlich bewirkt … in Hinblick auf die Visionen, die ich als junge Frau hatte, fragt sie sich, den Blick auf die fantasieanregende Keksdose mit den Verzierungen gerichtet, auf ihre Zeichnungen … Diese Träume von Geschichte … von einem bahnbrechenden Werk über das alte Persien … einer Neuinterpretation der Behistun-Inschrift … Oder Kunst … über Frauen schreiben, die von den Kunsthistorikern vernachlässigt wurden … alles aus einem neuen Blickwinkel … den ganzen Schwachsinn von wegen männlicher Überlegenheit niederreißen … Und was tue ich: Widme den Großteil meines Lebens einem Fisch …! Ach, was war ich verliebt wegen Kiær … verliebt in das Devon … eine geologische Periode … Wie umschwärmt diese doch war in den 1920er-Jahren … Und damit auch Spitzbergen.

Ein Lichtflackern. War das womöglich der eine Augenblick, in dem sich ihr ganzes Leben konzentrierte?

Denn sie wollte nach Spitzbergen, das hatte sie von dem Moment an gewusst, als sie Hanna Resvoll in der Hütte am Vettakollen von ihrem grimmigen Aufenthalt auf Spitzbergen hatte erzählen hören. Mag sein, dass Rita zunächst davon träumte, fossile Meeressaurier zu finden, doch nachdem Kiær sie unter seine Fittiche genommen hatte, war sie mehr als zufrieden damit, sich auf die Jagd nach einem Fisch zu begeben. »Das Einzige, womit ich mich auskenne, sind Devonfische, und selbst über die weiß ich wenig«, sagte sie als Zusammenfassung ihrer Karriere zu Konrad. Aber Spitzbergen!, jubelt es in ihr, dort in ihrer Kathedrale, unter ihrer geliebten Eiche. Man stelle sich vor, ganze fünfmal bin ich auf Expedition nach Spitzbergen gefahren … und später noch zwei weitere Besuche in dem Inselreich … Aber nichts konnte sich mit den ersten Expeditionen messen, denkt sie … Wie könnte man so etwas auch je vergessen … die Devonablagerungen im Raudfjorden, nordwestlich der Hauptinsel … Ein Eldorado … überhaupt dort zu sein, war schon ein Abenteuer … Im Zeltlager … ausgestattet mit Trockensuppen und Konserven … ich habe bestimmt mehr Fischfrikadellen mit brauner Soße gegessen, als der Gesundheit zuträglich sind … ha ha ha … Aber du lieber Gott, Spitzbergen … Ich kann mich ohne Probleme und mit allen Sinnen an jede Einzelheit dieser ersten Wanderungen die Hügel hinauf erinnern, ausgerüstet mit Hammer, Meißel, Lupe … und Gewehr … die Spannung bei der Suche nach Fossilien, die durch die Witterung in den Gesteinsfeldern hervorgetreten waren … und wie ich die Funde zur späteren Aufwertung in kleinen Haufen sortierte … oder wie wir das vielversprechendste Material in Zeitungspapier einwickelten und in Kisten verstauten, damit wir es zu Hause präparieren konnten … Ooh, wie ich es geliebt habe … Dieses intensive Suchen … in einer Stille, wie ich sie nirgendwo sonst erlebt habe … der Himmel höher als an jedem anderen Ort, den ich je besucht habe … wie mir das Herz hüpfte, als ich den hufeisenförmigen Kopf eines *Cephalaspiden* halb versteckt in einem Stein erahnte … Und nie habe ich es als unnütz erachtet, denkt sie, oder murmelt sie eher vor sich hin … Ich empfand es als wichtig, als einen großen Durchbruch, an dem ich beteiligt war … denn zusammen mit Schweden leistete Norwegen plötzlich einen bedeutenden wissenschaftlichen Beitrag … Die Glanzzeit der »skandinavischen Schule« … Ich war wie besessen davon, so viele Fragmente der frühen Kieferlosen wie möglich zu finden … mehr herauszufinden über diese Geschöpfe und ihren Platz in der Entwicklungsgeschichte … Und das Ergebnis dieser ersten Expeditionen mündete faktisch in einem Doktortitel, einer Abhandlung über eine neue, von mir selbst entdeckte und nach mir benannte Art, *Cephalaspis bohrei*.

Das war alles. »Gar nicht übel«, sagt sie laut.

Sie zuckte zusammen. Wandte den Kopf um. Niemand hörte zu. Abgesehen von den Insekten, den Vögeln, den kleinen Tieren, dem ganzen wimmelnden Leben im Garten.

Sicher, in jungen Jahren hätte sie vielleicht noch anders darüber gedacht. Damals, beim Übertreten der Schwelle zur Universität, hatte sie, genauso wie viele andere auch, davon geträumt, irgendwann eine mutige, bahnbrechende Idee zu präsentieren. Etwas, das die Aufmerksamkeit der ganzen Welt auf sich ziehen würde. Etwas, das Grenzpfähle versetzte und eine Neujustierung sämtlicher Wissenschaftszweige erforderlich machte. Und dann hatte sie nichts anderes getan, als breitbeinig auf Spitzbergen herumzustehen und einen kleinen Urfisch freizuhacken, freizubürsten. Aber war das denn keine würdige Aufgabe gewesen? Hatte sie nicht auch dadurch, trotz allem, einen wertvollen Beitrag geleistet zu dem gesammelten Wissen, das die Menschheit voranbrachte? Einen kleinen Baustein gefunden zur Erkenntnis über uns selbst? Immerhin handelte es sich dabei um die ältesten Wirbeltiere. Ihre Forschung war zugleich die Untersuchung eines winzigen Glieds jener Entwicklung, die vom Menschen handelte.

Was war die Verbindung zwischen *Cephalaspis bohrei* und der *Femina erecta*?

Das Rückgrat.

Der Bogen in ihrem Leben. Der Bogen vom Urfisch zur Frau.

Also ja, daran musste sie festhalten. Kein Grund zur Verzweiflung. Sie war eine fähige Paläontologin. Obwohl sie nie Professorin geworden war. Die obersten Sprossen der Karriereleiter wurden von Männern bewacht. Männern wie Max. Krokodilen. Immer noch Kriechtiere mit riesigen, gierigen Schlünden und gepanzerter Seele. Jetzt, unter der Eiche sitzend, den Rücken an den Stamm gelehnt und den Blick auf den Fjord gerichtet, erkannte sie deutlich, welcher Unterdrückung sie ihr ganzes Leben ausgesetzt war, einer so fundamentalen Unterdrückung, dass sie sie kaum wahrgenommen hatte, und mehr noch: ihr und den anderen Akademikerinnen hatten die Werkzeuge gefehlt, um dieser Unterdrückung entgegenzuwirken. Es gelang ihr noch nicht einmal, sie zu beschreiben.

Wieder dieser Stich. Die Gewissheit, zu wenig erreicht zu haben. Fast sechzig Arbeitsjahre. Schöne Tage. Heitere Tage. Voller Gedankenkraft. Trotzdem. So wenig, trostlos wenig. War das nicht eine Schande? Eine Handvoll Artikel, die kaum jemand gelesen hatte. Eine endlose Reihe von Vorlesungen, Seminaren, Vorträgen, Konferenzen, an die sich niemand mehr erinnerte. Ein paar Versuche, leichter zugängliche Texte zu schreiben. Über Darwin. Über die Paläontologie. Texte, die ebenfalls nicht das große Aufsehen erregten. Sie hatte ihre ganze Hoffnung in dieses Buch gesetzt, *Femina erecta*. Erfahrungen aus einem Leben, aus denen im Idealfall eine Abrechnung mit der Gleichgültigkeit, der Passivität hätte werden können. Der Beginn einer Widerstandsbewegung. Sie wollte jungen Frauen die Wichtigkeit des Aufbegehrens beibringen. Der Empörung. Der Wut. Sie dazu ermutigen, Widerstand zu leisten. Ein Buch, genauso wichtig für Frauen wie *Ein Zimmer für sich allein*.

Daraus war nie etwas geworden. Immer hatte sie es hinausgeschoben oder sich mit anderen Dingen befasst. Hatte ihre

Enkel und Urenkel im Museum herumgeführt, sie aus der Dinosaurierhalle weggelockt, ihnen die Devonfische aus Spitzbergen vorgeführt und sie danach mit in den Keller genommen, um ihnen den *Cephalaspis bohrei* zu zeigen, der zusammen mit Kiærs Fischen und einer Menge anderer Originale in der Typensammlung aufbewahrt wurde, wie in einem Banktresor. Sie war als Mensch unzusammenhängend gewesen, wahrscheinlich hatte sie es deshalb genossen, ihren Kindern die großen, richtungsweisenden Linien aufzuzeigen.

Oh, dieses Licht. Sonnenlicht auf grünen Blättern. Sie konnte es gar nicht lange genug ansehen. War das nicht, worum es im Leben ging? Sich dem Licht aussetzen? Sie starrte hinauf zu den untersten Ästen, die wie ein Baldachin über ihr hingen. Diese wunderbaren Eichenblätter. Hatten sie nicht etwas Matisseartiges an sich? Sahen sie nicht ein bisschen wie Elchgeweihe aus?

Sie trinkt von ihrem Tee. Er ist kalt, aber trotzdem gut. Darjeeling. Es genügte schon, von dem Namen zu kosten. Sie durchwühlt die Laden, greift sich einen zufälligen Fang heraus. Ausschnitte aus Zeitungen, Zeitschriften und Illustrierten, Schnipsel von Stadtplänen, Fotografien, sogar ein Umschlag mit alten Röntgenbildern leichter Verletzungen, als wolle sie sich selbst daran erinnern, wie ihre Überreste aussehen werden. »Und hier haben wir vermutlich den Unterarmknochen eines Hominiden namens *Homo sapiens* ...« Eingehend betrachtet sie ein Klassenfoto, 26 verblasste Mädchengesichter der Lysaker-Schule. Ein Gymnasiumzeugnis. War sie wirklich so gut gewesen? Und was ist das? Die Noten eines alten Schlagers. Himmel. All diese Dinge, Kleiderbügel für die Erinnerung. Sie kramt weiter, findet einen Umschlag, der mit »Reise nach Uppsala« beschriftet ist, findet Tagebücher aus den ersten

Jahren, als sie sich noch die Mühe gemacht hatte, Tagebuch zu führen, Speisekarten, sogar Rechnungen, was hatten die hier zu suchen, und dazwischen: Kapitelanfänge, nie mehr als zwei, drei Seiten, und alle völlig verschieden, als wollten sie ihr die unendlich vielen, möglichen Blickwinkel aufzeigen.

Vor ein paar Stunden hat sie lange vor der Arche im Wohnzimmer gestanden, während die dünnen Gardinen, wie schlaffe Segel herabhingen, und das bei geöffneter Terrassentür, und als sie mit der Hand über das glatte Mahagoni strich, dachte sie, dass dieser mit einer unvollendeten Arbeit, mit unzusammenhängenden Zetteln gefüllte Sarkophag auch symbolisch für ihre größte Schwäche stand: Das Fehlen einer Ideologie, eines Systems, das Fehlen eines oder mehrerer dieser übergeordneten Schlüssel, die zu finden – oder zu erfinden – Männern immer so gut gelang.

Sie hatte immer das Gespräch bevorzugt, was sicher auch der Grund war, weshalb so viele Menschen im Laufe der Jahre den Weg hier heraus zur Villa Bohre gefunden und, besonders im Sommer, in dem üppigen Garten neben ihr Platz genommen hatten – ältere und jüngere Studenten, Kollegen, Familienmitglieder, Freunde, und alle bekamen Tee serviert in durchsichtigen Tassen, die noch aus Theas Zeit stammten, dazu Kekse aus ausländischen Dosen mit märchenhaft goldenen, mitternachtsblauen oder rubinroten Mustern, die zumindest ihren Kindern für den Rest ihres Lebens in Erinnerung bleiben würden, und ebenso die Kekse selbst, schottische Butterkekse oder die mit Zitronen-, Ingwer- oder Kokosgeschmack oder dunkler Schokolade. Meistens hatte Rita nur zugehört, doch wenn sie schließlich etwas sagte, dann nahmen die Menschen es sich zu Herzen, als ob der Baum ihr Autorität verlieh, Weisheit – als wäre die Eiche ein echter Bodhibaum, dachte sie.

»Stimmt es, dass du denselben Traum geträumt hast wie deine Mutter, als sie ein Kind war, ohne dass sie dir davon erzählt hat?«, fragte Little Green einmal.

»Ja, das stimmt«, antwortete Rita. »Davon, eine Orange zu schälen und dann zwischen zwei Spalten einen kleinen Zettel mit unverständlichen Zeichen zu finden.«

»Was wolltest du werden, als du klein warst?«, fragte Kaja einmal.

»Ich wollte Krankenschwester werden, auf alle aufpassen«, sagte Rita. Sie lachte, musste dabei aber daran denken, wie unvorhersehbar das Leben doch war. Das mit dem Aufpassen jedenfalls war ihr nicht geglückt. Nicht bei ihrem Vater. Nicht bei Harald, nicht bei Sigurd. Auch bei Bjørg nicht, ihrem armen kleinen Mädchen. Nicht einmal bei Konrad. Trotz ihres grenzenlosen Egoismus war es ihr kaum gelungen, auf sich selbst aufzupassen.

»Stimmt es, dass du einmal einem Restaurantmusiker tausend Kronen bezahlt hast, damit er zu spielen aufhört?«, fragte Roar einmal, als er auch seine Söhne Karl und Frederik mitgenommen hatte.

»Das war nicht ich, das war Albert, mein Bruder«, sagte sie.

Doch dann Little Greens Frage: »Wenn du einen Augenblick aus deinem Leben herausgreifen müsstest, Urgroßmutter – welchen würdest du auswählen?«

Sie schenkt sich noch Tee ein, eine halbe Tasse. Oh-oh-oh, der Ellbogen. Schmerzen, die ganze Zeit. Im Rücken, in den Knien, in der Hüfte. Sie nippt von ihrem Tee, während die andere Hand gleichsam von selbst in der Schublade herumgräbt und mit einem Bündel von Büroklammern fixierter Zettel wieder hervorkommt, die sie verwundert anblickt, als könne sie nicht glauben, jemals etwas Zusammenhängendes geschrieben zu haben, aber das hat sie, mehrmals sogar, auch größere Arbeiten, Artikel für obskure Zeitschriften, auf die höchstens eine Handvoll Menschen einen Blick geworfen hatte, was sie im besten Fall zu einer Fußnote in dem Buch eines anderen machte, aber das, was auf diesen Blättern geschrieben stand, die sie jetzt in der Hand hielt, das hatte Gehör gefunden, und zwar bei sehr vielen. Bei Hunderten sommerlich gekleideten Frauen.

Das war es. Die Aula. Natürlich. Auf dem Podium in der Universitätsaula zu stehen, war das Wichtigste, was sie in ihrem ganzen Leben getan hatte.

Ein Flashback zu diesem Abend … Ein einziger Abend, der ihr für Wochen Stoff zum Nachdenken bot … Das allein reichte schon aus … Allein dort zu stehen … Ihre eigenen Worte hören im schönsten aller Säle in ganz Norwegen … Umgeben von Munchs Gemälden … Die Gesichter zu sehen, alle in ihre Richtung gewandt, Gesichter, die erleuchtet wirkten, nicht nur von Munchs Sonne, sondern von ihren Worten … Sie sitzt mit dem Rücken zur Eiche, folgt mit den Augen einer Biene, und noch immer fühlt sie beim Gedanken an die Aula eine Wärme in sich. Stolz. Ja! Das konnte sich sehen lassen. Den Mut aufbringen, einen Festsaal zu mieten, weil man etwas Wichtiges auf dem Herzen hat. Etwas riskieren. Endlich. Zum Sprung ansetzen. Etwas riskieren. Sagen, was man zu sagen hat, laut, öffentlich, ein für alle Mal.

Ein leichter Wind versetzt das Lichtmuster auf dem Boden in Bewegung, und sie schließt die Augen, lauscht dem Rauschen des Windes durch die Baumkrone, schnuppert in die Luft und nimmt den Geruch des Baumes mit seinem ganzen Leben in sich auf, Tausende Arten, eine eigene Galaxie, und sie vernimmt ein bekanntes Geräusch, ein lautes, spitzes Geräusch, hebt den Blick und entdeckt den Vogel zwischen den Zweigen, ein Anblick, der sie fröhlich stimmt, fast gerührt eigentlich: Auch dieses Jahr wohnt wieder ein Grünspecht in dem Loch.

In derselben Sekunde, in der sie die Hand nach der Keksdose ausstreckt: ein Schrecken, der sie durchzuckt. Max. Ihm verdankte sie es. Sie wäre wohl kaum je hinter das Rednerpult der berühmten Universitätsaula getreten, hätte Max nicht die einige Monate vorher eröffnete Ausstellung attackiert. Ja, *ihre* Ausstellung. Im Geologischen Museum. Es war ihr Vorschlag, etwas auf die Beine zu stellen, um die Aufmerksamkeit des Publikums einzufangen, sie war es, die die Idee dazu hatte, die alles Praktische regelte, und die Ausstellung war ein Erfolg, die Menschen pilgerten wahrhaftig nach Tøyen, um »Vom Affen zum Menschen« zu sehen, aber natürlich musste Max mit seinen bekannten ironischen Sticheleien später in der Zeitung darüber schreiben, alles kritisieren und eine Warnung aussprechen vor diesem »wissenschaftlichen Humbug«, bei dem man ein bisschen in der Erde herumbuddelte und irgendwelches Zeug ausgrub, von dem man anschließend behauptete, es handle sich um die Vorfahren des Menschen, was doch nichts anderes sei als ein Versuch, auf Schleichwegen darwinistisches Gedankengut einzuführen, eine Theorie, die den Menschen als Krone der Schöpfung verneine und deren Anhänger sich weigerten zu akzeptieren, dass die Geschichte ein Ziel hatte und alles zu einer höher entwickelten Zivilisation führen werde, weil dem Menschen etwas gegeben sei, was den Tieren fehle: Geist.

Und hinter alldem: ein Lächerlichmachen ihrer wissenschaftlichen Leistung, ihres »Puzzlespielens mit Knochen«, denn obwohl er es nie direkt so formuliert hatte, ahnte sie dennoch – weil es sich um dieselben rhetorischen Bocksprünge handelte, mit denen er auch versucht hatte, ihr bei ihrer akademischen Karriere Knüppel zwischen die Beine zu werfen – eine Skepsis gegenüber ihrem Geschlecht, ihrem Frausein, der ganze Artikel war in einem Ton gehalten, in dem sie seine spöttischen Kritiken über künstlerisch tätige Frauen wiedererkannte.

Das gab sie gern zu, wie sie so dasaß und in das über die Zettel auf ihrem Schoß tanzende Sonnenlicht hineinstarrte: Sie hätte ihn umbringen sollen, dachte sie, ihn ertrinken lassen, damals im Kajak draußen im Fjord.

Eigentlich hatte sie schon beschlossen gehabt, die Sache auf sich beruhen zu lassen, genauso, wie sie andere Kleinigkeiten hatte auf sich beruhen lassen; hatte weiterhin ihre täglichen kleinen Runden im Botanischen Garten gedreht, der Hainbuche zugenickt, die hohe Esche bewundert, sich vor dem Urzeitbaum verneigt, war an der Türkischen Hasel vorbeigegangen und dann vor dem Ginko stehen geblieben, um nachzudenken. Und hatte sich anders entschieden. Sie wollte kämpfen, sie wollte eine Gegenrede schreiben, sie wollte eine Perspektive deutlich machen, die bei der Präsentation im Geologischen Museum womöglich nicht deutlich genug herausgekommen war.

Ja – und wie zum Beifall raschelte es über ihr in den Blättern – dieses Erlebnis musste sie auswählen. Ein Leben, konzentriert in einem einzigen Punkt.

Denn sie hatte es gewagt, an einem schönen Juniabend 1945 hatte sie auf dem Podium vor Munchs Sonne gestanden und über die unfassbar lange Zeitspanne gesprochen von der Entstehung der Erde bis zu dem Moment, da unsere fernen Vorfahren sich aufgerichtet hatten und auf zwei Beinen zu gehen begannen, sie hatte erklärt, und zwar, wie sie glaubte, mit echter Einfühlsamkeit, dass das, was wir nicht zu fassen vermochten, die *Zeit* sei, diese Millionen von Jahren, die der

Evolution die Gelegenheit gegeben hätten voranzuschreiten, alles Leben zu verändern; sie hatte über die Hominiden gesprochen, und das stets, wie sie glaubte, in leicht verständlicher Weise, hatte sich zuerst die *Australopithecinen* vorgenommen, auch Vormenschen genannt, bevor sie zur nächsten Etappe überging, einer neuen Art, die *Homo erectus* genannt wurde – diese Bezeichnung, die sie ihr ganzes Leben als Schutzschild, als ein Qualitätsmerkmal betrachtet hatte –, hatte auch die *Neanderthaler* angeschnitten und das Ganze mit einigen Worten über den *Homo sapiens* abgerundet, und vielleicht waren einige Leute im Publikum schockiert gewesen über ihre Andeutung, es werde wohl kaum an diesem Punkt enden, sondern es könnten neue Menschenarten entstehen – nicht zuletzt dann, wenn wir weiterhin das betrieben, womit wir bereits weit vorangeschritten seien: unsere Selbstausrottung, die Auslöschung des *Homo sapiens*.

Was für ein Triumph. Der Saal zum Bersten voll, mit Stehplätzen rund tausend Menschen. Und trotzdem wäre fast nichts daraus geworden. Denn in den Tagen, bevor der Vortrag stattfinden sollte, kamen die Gewissensbisse und zwangen sie aufs Sofa, und das ärgerte sie, weil sie nicht glaubte, dass ein Mann plötzlich in Selbstzweifel geraten wäre, und sie verfluchte dieses typisch Weibliche, diese lähmende Unsicherheit, die ihr fast den Boden unter den Füßen wegzog und die Lust in ihr weckte, alles abzublasen, doch sie verdrängte den Gedanken und richtete sich auf, denn das war das Letzte, was sie Max gönnen wollte, dass er sie dazu brachte, sich selbst zu unterschätzen.

Und so trat sie also auf das Podium der Universitätsaula, obwohl ihre Nervosität sich der Übelkeit näherte, trotz einer Unruhe, die sogar die Frage beinhaltete, ob sie womöglich unpassend gekleidet sei, eine schlechte Figur abgeben würde, was freilich pure Eitelkeit war, wie sie sich selbst vorsagte, unwürdig, reiß dich zusammen, sagte sie sich, und nach ein paar Sekunden gelang es ihr dann auch, die Angst zu begraben, die Zwangsgedanken, so dass sie beide Hände ruhig auf das Rednerpult legen und sich aufrichten konnte, lächeln konnte, während sie den Blick auf die Tausenden Menschen richtete und der Versammlung einen guten Abend wünschte und gleichzeitig entdeckte, dass die große Mehrheit Frauen waren, auch junge Frauen, von denen fast alle leichte Sommerkleider in vielen verschiedenen Mustern trugen, und plötzlich fühlte sie sich unglaublich stolz, plötzlich unglaublich stimuliert mit Munchs bunter Sonne im Rücken, und es war ihr, als ob alles in diesem einen Augenblick zusammenstrahlte, alles das, was mit dem Ausgraben von Nansens Dose mit dem Trilobiten darin begonnen und sie auf verschlungenen Pfaden bis hierher, hinter dieses Rednerpult geführt hatte, vor diese vielen Menschen, all diese wissbegierigen Frauen.

Gut gelaunt durch diese Erinnerung sitzt sie unter der großen Eiche, und wie zur Feier nimmt sie einen großen Bissen Haferkeks mit Honig und denkt noch einmal zurück an dieses Ereignis, daran, dass sie um Einfachheit bemüht war, dogmatische Aussagen vermied, weil sie wusste, vieles von dem, was sie sagte, würde bereits in wenigen Jahren als veraltetes Wissen gelten, vielleicht sogar als der reinste Unsinn betrachtet werden, weil auch die Kenntnisse über den Menschen sich weiterentwickelten, genau wie alles andere, und jetzt, unter dem wuchtigen Laubbaum vor der Villa Bohre, fällt ihr ein, dass zu der Zeit ihres Aulavortrags noch nicht einmal eine Bezeichnung wie *Homo habilis* in Verwendung war, ein Begriff, der auf einen Fund von Louis Leakey in der Olduvai-Schlucht in Tansania zurückging und eine Art bezeichnete, die vor dem *Homo erectus* gelebt hatte; dass Mitte der 1950-Jahre niemand darauf getippt hätte, dass in Äthiopien das Fossil eines frühen Hominiden gefunden werden würde, das später den Namen Lucy bekommen sollte, und so würde es immer weitergehen, auch in Zukunft, neue Funde, neue Interpretationen, neue Streitigkeiten über die Entwicklung des Menschen, und es versetzt ihr vor Wehmut einen Stich, weil sie das nicht mehr erleben wird.

Trotzdem: Was für einen Überblick sie doch besaß an diesem warmen Juniabend 1945! War das der Moment größter Klarheit in ihrem Leben? War es nicht, als stünde man auf einer Klippe, zehn Meter über einer Lagune, und könnte beim Blick hinunter jede einzelne Muschel erkennen?

Und sie führte Dias vor während ihrer Rede, wobei sie darauf achtete, den Schirm an einer Stelle zu platzieren, von der aus er keinen Schatten auf Munchs Sonne warf, deren Glühen zusätzlich dadurch verstärkt wurde, dass der Hausmeister zu Beginn des Vortrags das Licht im Saal gedimmt hatte, und sie zeigte Porträts und Bilder von Charles Darwin, von Raymond Dart und dem Schädelfossil eines *Australopithecus africanus* und von der Kalkgrotte, in der es gefunden worden war, nahe Johannesburg in Südafrika, danach ein Porträt von Eugène Dubois und Bilder des Tals bei Trinil, von Davidson Black und der Grotte bei dem Dorf Zhoukoudian, unweit von Beijing, wo er Fossilien derselben »Menschenaffen«-Art gefunden hatte, und dazwischen bekam das Publikum Teile der verschiedenen Hominiden zu sehen, Zähne, eine Schädelkalotte, einen Oberschenkelknochen und andere Skelettteile, und gegen Ende, nach den Dias von Neandertalern und den Höhlen außerhalb von Düsseldorf, noch einige über die Kunst, die der *Homo sapiens* im Laufe der Geschichte hervorgebracht hat, Bilder von weiblich geformten Figuren, hergestellt vor 30.000 Jahren, in Stein gemeißelt oder aus Mammutknochen, Bilder von Wänden ägyptischer Grabkammern, griechischer Statuen, der Chinesischen Mauer und von Kathedralen, und zum Abschluss ein Bild der Atombombe, von dem gewaltigen, in den Himmel emporwachsenden Pilz, ein Bild, das sie nicht zufällig ausgewählt hatte, denn sowohl die USA als auch die Sowjetunion hatten zu der Zeit gerade ihre Wasserstoffbomben getestet, und ganz am Ende stellte sie noch die Frage, ob wir womöglich die letzten Menschen seien: »Sollten wir es so weit gebracht haben in unserer Zivilisation, nur um uns selbst, unsere ganze Art umzubringen?«

Sie erinnert sich nicht an alles, was sie damals sagte, und ihr fehlt die Kraft dazu, in das Manuskript hineinzulesen, diese leicht vergilbten, von einer noch erstaunlich glänzenden Büroklammer zusammengehaltenen Zettel durchzublättern, doch an eine Sache erinnert sie sich, denn nachdem Max so viele feierliche Tiraden losgelassen hatte über Sinn und Zweck der Menschheitsentwicklung, wollte sie demgegenüber zur Demut, zur Besinnung mahnen – erinnern wir uns, es ist noch nicht lange her, seit die ganze Welt sich im Krieg befand –, denn wenn der Mensch als Art überleben wolle, dann müsse er seinen Platz in der großen Kontinuität erkennen und die Welt in einer weiter gefassten Perspektive sehen als der des Menschen. »Ich erinnere daran, dass die frühen Arten des Homo bereits ausgestorben sind«, hatte sie gesagt.

Sie sitzt im Garten, in den Elefanten- und Tigerschatten des alten Lehnsessels, und es gelingt ihr nicht, die Erinnerung loszulassen, denn plötzlich erkennt sie, wie kostbar diese Sekunden waren. Sind. Ein langes Leben, kondensiert in einer einzigen Begebenheit. Der mutigste Moment ihres Lebens. Plötzlich fällt ihr wieder ein, dass es während ihres Vortrags einen Moment gab, eine kurze Pause zwischen zwei Sätzen, in der sie ein Rauschen vernahm, ein Rauschen, in dem alles enthalten war, was sich früher in diesem ehrwürdigen Saal ereignet hatte, und sie sah eine Reihe berühmter Männer vor ihrem geistigen Auge, bewundernswerte und zweifelhafte bunt durcheinandergemischt, denn im Juni 1920 hatte Albert Einstein an dieser Stelle gestanden, und 1940, nur wenige Tage vor dem Einmarsch der Deutschen, war Wilhelm Furtwängler als Dirigent hier aufgetreten, wie in einem Versuch, die norwegischen Herzen dafür empfänglich zu machen, die Deutschen als Helden zu begrüßen, und jetzt stand *sie* hier, Rita Bohre, und in der kurzen Pause zum Luftholen nach einem Punkt wurde sie jäh aus sich selbst herausgehoben, so dass sie die ganze Szene gleichsam von den Bankreihen aus betrachtete, und mit überwältigender Klarheit erkannte sie, wie bedeutungslos diese Sache mit Max war, denn das einzig Wichtige war, dass sie auf diesem Podium stand, vor tausend Menschen, um über etwas zu sprechen, über das sie schon seit langem sprechen wollte, und vielleicht war das, was sich an diesem Sommerabend eigentlich ereignete, eine Manifestation der Gleichwertigkeit der Frauen – auf allen Bildtafeln über die Hominiden hatte sie Frauen gezeichnet, keine Männer –, und inmitten all dessen erkannte sie auch einige Gesichter in den vordersten Reihen, Gesichter, die förmlich strahlten, als wollten sie Rita mitteilen, dass ihr Wagnis etwas bedeutete, auch für sie.

Im Nachhinein betrachtet, war das die ermutigendste Erinnerung an diesen Abend: Die vielen Frauen, die gekommen waren, auch junge Frauen in leichten Sommerkleidern, und die jetzt Beifall klatschten, laut Beifall klatschten, als sie ihren Vortrag mit einer kurzen Verbeugung beendete. War das nicht wichtiger als alles, was sie gesagt hatte, als alles, was sie nicht zu sagen vermocht hatte? Denn sie sah das jetzt deutlicher, mit dem Rücken an eine uralte Eiche gelehnt, nach weiteren vierzig Jahren vergeblichen Kämpfens gegen Atomwaffen, Umweltverschmutzung, Finanzwesen: Hinter all den unterdrückenden und beschränkenden Systemen verbarg sich das hinderlichste, unzerstörbarste von allen: das Patriarchat. Kurz gesagt: Männliche Werte, die alles bestimmten. Das hatte sie als Jugendliche mit Bleistift auf eine Karteikarte geschrieben. Erst jetzt verstand sie, wie richtig das war, und im besten Fall war es ihr an diesem Abend in der Aula gelungen, einige der Anwesenden zu inspirieren. Frauen. Vielleicht hatte sie zwei, vielleicht acht, vielleicht fünfzig Frauen mit ihrem Vortrag zum Andersdenken bewogen, und vielleicht hatten sie es weitererzählt, ihren Kindern, ihren Enkelkindern, so dass diese Geschichte sich weiter verzweigen konnte, denkt sie in dem gesprenkelten Licht unter den Zweigen einer von Bærums stolzesten Eichen.

Ja. Das war der Moment. Ein Leben wert.

Oh, all diese Spuren, diese zusammenhanglosen Erinnerungen. Je länger sie die Schubladen der Arche durchforstete, desto eindeutiger erkannte sie, wie viele Leben in einem einzigen verpackt waren. Allein schon die spärlichen Tagebuchfragmente riefen ihr kleine Ideen ins Gedächtnis, kleine Gedanken, kleine Träume, die sie vergessen hatte. Leben, andere Leben, die zu entfalten sie keine Gelegenheit gehabt hatte.

Trotzdem. Was für ein Leben. Was für ein fantastisches Leben.

Auch ohne Antworten. Auch ohne die Gewissheit über irgendeinen Zweck.

Oder war das zu wenig? Schändlich zu wenig? Wieder wurde sie unsicher. Hätte sie mit einem Rammbock vorgehen sollen, um noch mehr Türen männlicher Bastionen einzuschlagen?

Aber sie hat es wahrhaftig versucht. Wie zum Trost nimmt sie einen Bissen von dem Haferkeks mit Honig. Ein ganzes Leben lang hat sie gegen die männliche Fantasielosigkeit angekämpft. Gegen ihre Umtriebigkeit. Einmal aber hatte sie die Gelegenheit, fällt ihr jetzt ein, nachdem ihre Finger wie von selbst in der Lade herumgewühlt und eine Postkarte gefunden haben, adressiert an Agnes, ihre Mutter – wie ist sie dort gelandet? –, von ihr selbst, Rita, aus Teheran verschickt, sie strengt das Gedächtnis an, ja, einmal hätte sie eine echte Chance gehabt, Spuren zu hinterlassen, mehr zu sein als nur eine Fußnote bei der Erforschung des Urfisches, eine Chance, die sich als Folge ihres ersten Jungendabenteuers ergab, auf ihrer Reise in den Iran, wo sie nicht nur einen neuen Blickwinkel auf die Geschichte und die Kunst fand, sondern wo auch ihr Interesse für eine Sparte der Geologie geweckt wurde, die in den bergwerksdominierten norwegischen Fachkreisen selten Beachtung fand: Erdöl. Denn Mr. Carlton, ihr englischer Begleiter, war Ingenieur und sein Auftraggeber die Anglo-Persian Oil Company, und nachdem sie die Ruinen von Persepolis besichtigt hatten, fuhren sie in Begleitung von Männern aus dem Volk der Bachtiaren weiter zu einem der größten Ölfelder im südlichen Persien, wobei Mr. Carlton reichlich Gelegenheit fand, ihr von den Erdölfunden Anfang des Jahrhunderts zu erzählen, und alles das brachte sie darüber ins Nachdenken, ob auch auf norwegischem Territorium Öl zu finden sein könnte und ob sie diese auf der Geologie aufbauenden Überlegungen irgendjemandem mitteilen sollte, eine Frage, die ihr auch in den Jahren, in denen sie ihre Urfische präparierte, stets im Hinterkopf herumschwirrte.

Und endlich, Mitte der 1950er-Jahre, direkt bevor sie Konrad wiedergetroffen hatte, gerannen diese losen Überlegungen schließlich und sie machte sich auf in das Büro des Norwegischen Geologischen Dienstes, wo sie einem Abteilungsleiter in grauem Anzug ihre Gründe dafür darlegte, weshalb man in der Nordsee mit der Suche nach Erdöl beginnen sollte, bevor irgendwelche Leute aus dem Ausland daherspaziert kämen und ihnen die Reichtümer direkt vor der Nase wegschnappten, genauso, wie die Belgier es im Kongo mit dem Kautschuk und die Briten mit dem Erdöl in Persien getan hätten; obwohl sie sah, dass der Abteilungsleiter ein Lächeln zurückhalten musste, erklärte sie ihm geduldig, sie als Geologin, als Paläontologin, verfolge die Sache schon seit langem, und mit ruhiger Stimme berichtete sie weiter, dass sie von kleineren Erdöl- und Erdgasfunden in Sedimentbecken in den Ländern rund um die Nordsee gelesen habe: in England, Deutschland, den Niederlanden – »Erst unlängst wurde in Groningen mit Probebohrungen begonnen«, sagte sie –, und auch wenn bis dato wenig über die in der Nordsee herrschenden geologischen Verhältnisse bekannt sei, dürfe man es nicht als unwahrscheinlich erachten, dass es auf dem Kontinentalsockel Sedimentgestein gebe und die an Land befindlichen Sedimentbecken unter der Nordsee weiterliefen. Alles das hatte sie gesagt, und im Grunde hätte man nur eins und eins zusammenzuzählen brauchen.

»Interessant«, sagte der Mann, während er irgendwelche Papiere ordnete. Aber es hatte ihn nicht interessiert. »Ich werde es weiterleiten«, sagte er. Aber das tat er nicht. Sie hörte keinen Pieps mehr davon.

Warum hat sie nicht insistiert, nach all ihren Erfahrungen? Warum hat sie es nicht aufgeschrieben, einen Bericht abgeschickt, so dass man später hätte sehen können, dass sie, eine Paläontologin, eine Frau, über genügend Wissen und Vorstellungskraft verfügte, um auf diese Möglichkeit hinzuweisen?

Erst als gegen Ende des Jahrhunderts tatsächlich große Mengen Erdgas in Groningen gefunden wurden, wachten auch die norwegischen Behörden auf.

Die fehlende Vorstellungskraft der Männer. Ihre Fantasielosigkeit. Wollte sie nicht auch darauf in ihrem Aula-Vortrag eingehen?

Sie hätte wissen müssen, dass Max mit seiner widerspenstigen Fliege, dem glatten, bibelschwarzen Haar und den spitzen Ohren im Saal sitzen würde, denn schon wenige Tage später stand ein neuer, hitziger und perfider Beitrag in der Zeitung, wobei er diesmal, nachdem er sich über ihren unbeholfenen Vortragsstil lustig gemacht hatte, das Gewicht auf die Ethik legte, und seine Schlussfolgerung lautete, es sei unmöglich, sich vorzustellen, dass der Mensch mit seiner aufrichtigen Moral von einem Tier abstamme.

Den Stamm der Eiche im Rücken, lauscht sie der Arbeit der Hummeln im Staudenbeet. Sie denkt an Max – an Max Qviller, ihren Spielkameraden aus Kindertagen – und daran, was sie tun oder nicht hätte tun sollen und ob das, was sie getan hat, richtig oder falsch war, aber geschehen war geschehen, für Reue war es zu spät, denn nachdem sie seinen Artikel in der Zeitung gelesen hatte, war sie vor Zorn so vernebelt, dass sie alle Bedenken über Bord warf und beschloss zu tun, was sie längst hätte tun sollen, ihn entblößen, eine Gegendarstellung schreiben, über eine Moral schreiben, die eben nicht aufrichtig war, kurz und gut, sie wollte von seinem Kriegsverrat berichten.

Wie hatte es kommen können, dass Max Qviller, von dem viele wussten, dass er ein Mitläufer gewesen war, nach dem Krieg sofort wieder in Gnaden aufgenommen wurde? War es, weil sich seine Taten in einem Gerichtssaal nicht beweisen ließen? Oder weil er einer Elite angehörte und man eine Elite benötige? Und die begeisterten Artikel über Entartete Kunst, die er 1937 nach der Münchner Ausstellung geschrieben hatte, waren die bereits vergessen?

Sie war Paläontologin. Sie griff auf ihre Erfahrung zurück. Sie begann zu graben. In seiner Vergangenheit, in den Kriegsereignissen. Sie wollte entlarvendes Wissen freihacken. Und weil sie am richtigen Ort suchte, fand sie es auch. Den Beweis, dass Max Qviller Esther Becker, Bjørgs Freundin, denunziert hatte. Es stand in einer Akte im Polizeiarchiv. Obwohl Bjørg erzählt hatte, Max sei in der Nähe des Wohnhauses gesehen worden, in dem Esther sich versteckt hielt, hatte Rita es eigentlich nie geglaubt. Bis jetzt. Hier stand es. Schwarz auf weiß. Sein voller Name. Der Tipp war von ihm gekommen. In einer Zeit, in der eine solche Handlung als ein Dienst an der Gesellschaft betrachtet wurde, nicht als ein Verbrechen.

Ja, sie erinnert sich, sie vergisst den Tee, vergisst die Kekse, vergisst den Duft der Traubenkirschen, vergisst das durch die Zweige sickernde Licht, denn sie erinnert sich viel zu gut daran, das ist eines der wenige Dinge, die sie auswendig zitieren kann, ihren Gegenbeitrag, in dem sie anfangs noch recht allgemein über die ewige und unnötige Feindschaft zwischen den Human- und den Geisteswissenschaften geschrieben hat, über die Moral und das Fehlen derselben, und übereinstimmend mit dem, was sie zum Abschluss ihres Aula-Vortrags gesagt hatte – über die Gefahr für den Menschen als Art – schrieb sie danach über die Judenausrottung. »Denn nach diesem grausamsten aller Völkermorde«, schrieb sie, »nach einem so bestialischen Versuch, die eigene Art auszurotten, lässt sich der Gedanke nur schwer vermeiden, dass der Menschheit eines Tages Erfolg beschert sein wird und die Menschen selbst die Ursache für ihr Verschwinden von der Erde sein werden.« Sie schrieb, Max hätte recht daran getan, sich auf die Suche nach dem menschlichen Geist zu begeben, denn das Naheliegendste in unserer Zeit, da die Sonne jederzeit im Schatten einer Atomwolke verschwinden könne, wäre zu sagen, dass der Mensch schlicht und einfach an Geistesschwäche litt.

Und danach, denn niemand konnte sie jetzt noch stoppen – sie ließ sich treiben von einem Zorn, wie sie ihn nie zuvor empfunden hatte –, schrieb sie, dass es wohl erlaubt sein müsse zu fragen, wie es um Max Qvillers eigenen Geist, seine eigene Ethik, sein eigenes verstecktes Denunziantentum bestellt sei und ob er womöglich die Schuld dafür trage, dass Esther Becker, eine talentierte jüdische Geigerin, in der Gaskammer gestorben sei, eine Frage, die sich übrigens zweifelsfrei beantworten lasse, man brauche bloß das Polizeiarchiv aufzusuchen und an der einen oder anderen Stelle nachzuschlagen.

Punkt.

Sie war nicht auf Rache aus. Sie wünschte nur, dass die Wahrheit ans Licht kam. Aber ja, sie musste zugeben, ein wenig Genugtuung, ein wenig Schadenfreude hatte sie doch empfunden, als sie ihre gnadenlosen Sätze in der Zeitung abgedruckt sah.

Die Armlehnen des alten, zerschlissenen Pfauenthrons fest umklammernd, wie um das Gedächtnis zum Innehalten zu bewegen, merkt sie, dass die Erinnerungen sich nicht aufhalten lassen, denn nur wenige Tage später wurde die Siegesfreude von Bestürzung abgelöst. Sie saß in der Villa Bohre in ihrem kleinen Arbeitszimmer und schnitt gerade Zeitungskommentare über ihren Aulavortrag aus, als das Telefon klingelte. Die Nachricht brachte sie zum Weinen. Ja, sie musste es zugeben, sie hatte geweint, als sie erfuhr, dass Max Selbstmord begangen hatte. Diese Möglichkeit hatte sie nicht vor sich gesehen. Wer wollte da noch von Vorstellungskraft reden?

Trotz allem ein sympathischer Charakterzug, dachte sie zuerst, oder zwang sie sich, zu denken. Eine Art Einsicht in seine Schuld, dachte sie. Doch dann weinte sie wieder. Wieso weinte sie über diesen Mann, der ihr so viel Schmerz zugefügt hatte? Verbarg sich auch dahinter eine weibliche Eigenschaft, dieses verfluchte Mitgefühl? Die Fähigkeit zu erkennen, wie hohl selbst ein Begriff wie »Wahrheit« war?

Sie spürt eine Trockenheit im Hals, als befände sie sich in der Taklamakan-Wüste, die Max einst, als sie noch Kinder waren, an den Strand am Rolfstangen verlegt hatte, aber noch bevor sie die Hand nach der Teekanne ausgestreckt hat, fällt ihr ein, was sie erst später erfuhr, nämlich dass Max sich über dem rechten Auge in den Kopf geschossen hatte. Genau wie Werther in Goethes Roman. Deutschlandaffin bis zuletzt. Verdammter Idiot. Hatte sogar einen blauen Frack mit gelber Weste getragen. Armer Max, immer dieser Hang zur Dramatik. Und wo hatte er die Weste herbekommen? Woher die Pistole? Das hatte sie überrascht. Dass das in ihm steckte, hätte sie nicht gedacht. Wirklich nicht.

Das Schlimmste aber geschah am Tag danach. Ein Brief. Das musste eine seiner letzten Handlungen gewesen sein, den Brief aufzugeben. Einige wenige Zeilen. Er liebe sie, schrieb er, er habe sie immer geliebt, schrieb er, er bedauere alles, schrieb er. Liebe Grüße, Maximilian.

Sie hätte es nicht tun sollen. Ihn verraten. Verraten, dass er ein Verräter war.

Teufel nochmal. Der Teufel soll ihn holen. Warum hatte er nicht mit ihr reden können? Was war das bloß mit den Männern? Was half es, mit solchen Fähigkeiten ausgestattet zu sein wie Max, wenn man gleichzeitig so ruchlos war?

Sie blickt zu den wunderschönen Obstblüten hin … Was würde ich doch dafür geben, auch dieses Jahr wieder reife

Åkerø-Äpfel pflücken zu können, denkt sie … den Saft der Victoria-Pflaumen in der Mundhöhle zu spüren … Und wie wird die Volksabstimmung zum EU-Beitritt im Herbst ausgehen? … obwohl, das ist unschwer zu erraten … selbstverständlich wird es wieder ein Nein werden … niemand erinnert sich mehr an den Leitgedanken: den Frieden in Europa sichern … wer ein Kind im Krieg verloren hat, vergisst diese Idee nicht so leicht … aber jetzt ist ganz Norwegen in die Sorgenfreistraße gezogen … die Menschen in diesem Land, gesegnet mit einem unvergleichlichen Glück, wollen ungestört in ihrer Enklave leben … die Tore zu ihrem Glücksland zumauern …

Sie schenkt sich noch Tee ein, den letzten, schon kalt gewordenen Rest. Nimmt einen Keks, legt ihn aber wieder zurück. Fast hundert Jahre ist sie jetzt alt. Ein Wunder. Der Körper zwar welk, aber der Geist unverschämt klar. Trotzdem: Sie hat jeden Stein umgedreht, gesucht und gesucht, aber nichts gefunden, woran sie hätte glauben können, keinen Sinn, hat schon früh alles Alte hinter sich gelassen, die Religion, die patriarchalischen Werte, das Wachstum, die Erektion, den Krieg, die *Krokodilmentalität*, aber keinen Ersatz gefunden, nichts Haltbares, sie hat es gesucht, aber nicht gefunden.

Der Mensch ist ein Tier. Ja, gut. Aber hatte Max denn nicht recht gehabt? War der Mensch nicht auch mehr? Einmal, in den 1930-Jahren, hatte sie ein Etikett an eine der Schubladen der Arche geheftet: »Noch mehr.« Das, was den Menschen zu noch etwas mehr machte als zu einem Tier. Der heilige Gral. Noch immer lag in der Lade einsam und verlassen ein einzelner Zettel. Das Programm des Cembalokonzerts von 1918 im großen Saal der alten Freimaurerloge. Buchstaben und Zahlen, die für etwas Unaussprechliches standen: BWV 1063, 1064, 1065.

Ja, das JSB-Korrektiv. Loge – konnte das Wort im Norwegischen nicht auch Flamme bedeuten?

Sie hob den Kopf und ließ den Anblick des Gartens auf sich wirken, starrend, als wollte sie versuchen, die vielen trostreichen Abstufungen von Grün zu absorbieren. Und wenn das Leben auf einen Gedanken hinauslief? Auf einen einzigen Gedanken? Und wenn man diesen Gedanken hatte, darin verblieb, in ihm versank, ihn dachte, hätte man seine Lebensaufgabe auf Erden erfüllt, und vielleicht war es sogar so, dass die Summe dieser Gedanken, die allesamt individuell waren und oftmals wortlos, für andere gar sinnlos, die Erde am Schweben hielten?

»Schluss mit den Spinnereien«, sagt sie sich und denkt stattdessen an die Ladenreihe der Arche. An alles, was ihr in den letzten Tagen zwischen den Fingern hindurchgeronnen ist. Atlasausschnitte von Orten, an denen sie gewesen ist. Visitenkarten ausländischer Kollegen, alles Männer, Goldschrift auf steifem Karton. Diplome. Urkunden. Hat sie in der Schule wirklich ein Skirennen gewonnen? Auf die Rückseiten von Briefumschlägen gekritzelte Sätze, sogar auf ein Zugticket nach Alvdal. Plötzlich fand sie eine Theaterkarte für die *Gespenster* – anscheinend eine Schulaufführung. Ein Kinoticket für einen Film mit dem Titel *Grenzen der Liebe*. Dinge, die von ihren Kindern stammten: Bjørgs erstes Gedicht, handgeschrieben, unbeholfen, aber ein Gedicht. Eine Zeichnung von Sigurd, eine Anschauungstafel über den Verlauf einer berühmten Schlacht. Eine Karte, die Harald ihr aus Wien geschickt hatte, ein Lobgesang auf die dortigen Kaffeehäuser. Sie weinte. Wieso hat sie das dort aufbewahrt? Was hatte das mit ihrer Arbeit zu tun? Sie fand einen Schlüssel, einen ungewöhnlichen Schlüssel, sah ihn sich an, erinnerte sich nicht, was er auf- oder zusperrte. In einer Lade: eine Löwenkralle! Eine Schachfigur, ein etwas speziell geformter Springer.

Männer als Jäger, Frauen als Sammler.

Als Ingri die Arche zum ersten Mal gesehen hatte, war sie neugierig mit den Fingern über das Mahagoni gestrichen. »Heutzutage nennen wir das eine Festplatte«, hatte sie gesagt.

Und da, in einer der Schubladen, die sie mit in den Garten genommen hatte: ein dünnes Buch, *Der Tod Ahasvers* von Pär Lagerkvist, der Roman, aus dem sie Konrad vorgelesen hatte, als er im Koma gelegen hatte. Was machte der da? Sie blätterte darin und stellte fest, dass sie sich nicht an den Inhalt erinnerte.

Und das Erzählen? Gehörte die menschliche Fähigkeit des Erzählens in die Kategorie »Noch mehr«? Wenn sie darüber nachdachte, war es eigentlich das, womit sie sich – wenn auch nicht bewusst – die letzten Jahrzehnte beschäftigt hatte. Sie hatte Geschichten erzählt bekommen und selbst Geschichten erzählt, Fragmente von Geschichten, allen, die vis-à-vis von ihr in dem zweiten Lehnsessel Platz genommen hatten. Oder vor ihr im Garten standen, umgeben von Gesumme und Gezwitscher. Sie war zu einer Urgroßmutter geworden, die unter einer Eiche saß und erzählte.

Und dann war da die Sache mit Kaja – Kaja, die flache Sportwagen fährt und Champagner zum Frühstück trinkt. Und was geschieht? Sie wird Bibliothekarin. Aus heiterem Himmel absolvierte Kaja die Ausbildung zur Bibliothekarin und wurde zu einer gefragten Beraterin in Sachen Literatur, bevor sie, Anfang der 1980er-Jahre, das Alhambra in der Kirkegata übernahm. Rita selbst hatte es so arrangiert. Obwohl sie sich die ganzen Jahre über für das Überleben des Alhambra eingesetzt, sich um die Pachtverträge gekümmert und dafür gesorgt hatte, dass das Inventar nicht verkam, die alten, an der Decke hängenden Globusse und Segelschiffe, war es stetig bergab gegangen. Jedes Mal, wenn sie beim Spazierengehen im Alhambra vorbeigeschaut hatte, war es irgendwie mehr mit Staub gefüllt als mit Kundschaft, und das, obwohl die Sexarbeiterinnen des Viertels im Winter immer zum Aufwärmen in den Laden kamen. Mehrmals war sie kurz davor gewesen, das Antiquariat dichtzumachen oder zu verkaufen, dieses Denkmal für ihren Vater, Miguel de Ortega, einen Ausländer, der, vielleicht in dem Versuch, in die norwegische Volksseele vorzudringen, in Jotunheimen verschwunden war.

Doch mit Kaja, einem alleinstehenden Arbeitstier – »Single ist die neue Familie«, wie sie im Scherz sagte – erfuhr das Alhambra eine vollständige Revitalisierung. Das Messing wurde poliert und das Holz gebohnert, und ein Teil der Räume wurde zu einer kleinen Buchhandlung namens »Die Schmalspur« umgestaltet, in der schwer erhältliche Titel verkauft wurden. In diesen Jahren wurde übrigens das gesamte Viertel modernisiert, und das Alhambra bekam das neue, rekordsubventionierte Gebäude der Norges Bank als Nachbarn. »Etwas Passenderes könnte es gar nicht geben«, sagte Kaja zu Rita. »Jetzt können alle sehen, welchen Wert unser Etablissement für die Nation hat.«

Rita lächelt mit Lagerkvists Roman in den Händen, denn erst unlängst wurde das Alhambra beträchtlich erweitert. Der Immobilienhai Mikkel Frydenlund, der nach den Olympischen Spielen in Lillehammer von einer Reihe idealistischer Einfälle geritten wurde, hatte Kaja zwei Etagen des benachbarten Gebäudes geschenkt, so dass sie einen alten Traum verwirklichen konnte: Ein »Ministerium für gute Geschichten«, ein Unternehmen oder Laboratorium zur Leseförderung junger Menschen. Sich selbst nannte sie Erzählministerin. Im Obergeschoss sollte es Kursräume geben, in denen die Schüler das Schreiben aller Arten von Geschichten erlernen konnten, von Hörspielen und Songtexten bis hin zu Erzählungen oder

Artikel für die Schülerzeitung. Bei ihrem letzten Besuch hatte Kaja Rita beim gemeinsamen Teetrinken erzählt, dass sie dort im Obergeschoss ein Café mit dem Namen Agora eröffnen wolle, im Gedenken an ihren Vater, Harald Bohre. »Harald?«, fragte Rita. »Ja, Harald«, sagte Kaja. Marmortische. Zeitungen. Silbertabletts mit einer Tasse Kaffee und einem Glas Wasser. Gleich nebenan sei eine Boutique mit dem Namen »Fantasiezubehör« geplant, in der es Produkte zur Anregung der Lese- und Schreiblust zu kaufen geben werde. Voller Enthusiasmus legte Kaja ihre Ideen für Produktnamen dar, die allesamt aus den großen Werken der norwegischen Literatur entnommen waren: Es würde Knöpfe vom Knopfgießer und Dosen mit dem Großen Krummen darauf zu kaufen geben, Grüngekleideten-Schals und das Messer des Dovregreises. Und wie fände Rita eine Spieldose mit dem Bitten der Knochenröhre oder eine Landkarte vom unbewussten Seelenleben, einen Bleistiftstumpf und ein Ylajali-Notizbuch?

Es freute Rita, dass das Antiquariat und die Buchhandlung inzwischen zu einer Institution geworden waren und in Oslo in etwa dieselbe Funktion übernommen hatten wie das Shakespeare & Company in Paris. Entgegen aller Erfolgsaussichten – oder infolge der Vorstellungskraft – war der Ort zu einem Touristenziel, zu einem der Gravitationspunkte der Stadt geworden.

In ihrem Sessel thronend, den pyramidenförmigen Baum im Rücken, verspürt Rita das jähe Bedürfnis, sich näher an den Stamm zu setzen, und unter großer Anstrengung gelingt es ihr aufzustehen – ein letztes Mal, fährt es ihr in den Sinn – und zwei schwere Schritte nach hinten zu treten, bevor sie stolpert und fast zu Boden fällt und nach dem kleinen Tisch greift, der jedoch wacklig ist und umkippt, so dass Teekanne und Tasse und alles darauf Befindliche im Gras landen, sie muss vorsichtiger sein, murmelt sie vor sich hin und denkt an ihren Oberschenkelhals, den Schrecken aller alten Menschen, aber sie hat jetzt keine Angst mehr und blickt zu dem umgestürzten Tisch hin, der plötzlich so einladend wirkt aus dem neuen Blickwinkel und die Lust in ihr weckt, sich, wie als Kind, ein kleines Haus darunter zu bauen, das Service und die schillernde Keksdose zu holen, und sie lächelt über diese kräftigen Bilder in ihrem Kopf, denn auf einmal kehrt alles zurück, was seltsam ist, wo doch erst so unglaublich wenig Zeit vergangen ist, seit sie hier mit den Farbstiften im Holzfederpennal und dem Block unter dem Tisch gelegen und Ameisen und Käfer, Grashalme und Blumen gezeichnet hat, und was für ein Glück, denkt sie, dass Kanne und Tasse nicht zerbrochen sind, Ingri wird das Service bekommen, während sie selbst ihre letzte Tasse Darjeeling getrunken hat, und sie hantelt sich hinüber zum Stamm, wo sie ein hübsches Plätzchen zwischen den Wurzeln findet und spürt, außer Atem nach der ganzen Anstrengung, wie sie von ihnen gestützt wird, und sie lacht inmitten der heruntergefallenen Schubladen, deren gesamter Inhalt um sie herum auf dem Boden verstreut liegt, doch das ist inzwischen auch schon egal, denkt sie und lehnt den Rücken gegen den Stamm, tastet mit der Hand hinter sich, lässt ihre Finger über die Rinde gleiten und denkt, dass sie an eine Art Haut erinnert   eine Fläche voller Erinnerungen.

»Noch mehr?« Mehr als Konrad? War die Liebe denn nicht »noch mehr?«

Ja. Konrad, denkt sie … Die 14 Jahre, die wir noch miteinander bekommen haben … Unfassbar und unvorhergesehen … Nach der Sache mit Harald und Sigurd war ich lange Zeit wie erstarrt … und er hat mich wieder beweglich gemacht … Der erste Kuss … wirklich wie aus dem Märchen … der Gedanke bringt mich zum Lachen … aber es stimmt, denkt sie … ich wurde zum Leben erweckt … wiedergeboren, das ist das Wort … ein Neuanfang … Ein Wunder … das Leben mit ihm … der Alltag mit ihm … in Tøyen oder in Lysaker … die Frühstücke … die Reisen … Und zusammen mit Konrad habe ich auch endlich Toledo besucht, Vaters Heimatstadt … Man stelle sich vor … da standen wir in der Kathedrale vor den El Greco-Gemälden, die Vater mir beschrieben hatte … und als wir dort in der Stadt herumwanderten… auf der Granithöhe oder am Fluss Tajo entlang, da dachte ich, dass ich es ebenfalls in mir habe … eine römische, jüdische, christliche, maurische Wurzel … kein Wunder, dass ich mich so weit erstrecke … in alle Richtungen streue … wie die Blätter an den Zweigen über mir, denkt sie, mit dem Rücken am Stamm lehnend … Sogar nach Finnland konnten wir noch reisen … nach Åbo und Helsinki … ich wollte die Gemälde von Helene Schjerfbeck sehen, die dort in den Museen ausgestellt waren … und eines davon wollte ich Konrad unbedingt zeigen, das unbeschreibliche Bild eines nackten Zimmers mit einer schwarzen Tür … Licht in dem Spalt unter der Tür … wie eine Botschaft, dass da noch mehr sein muss … da war es wieder, »noch mehr« … »Schau«, sagte ich zu Konrad, »ist das nicht fabelhaft?« … »Ist das nicht einfach lebensstiftend?« … Ich erinnere mich noch an die Unterhaltung von damals … wie ich ihm von dem idiotischen Streit zwischen den Männern des Neon-Kreises erzählte … den Krokodilen … von meinen Artikeln, die sie hinausgedrängt hatten … Er hat nur gelacht … mich gedrückt … Konrad … Was ich an Konrad am liebsten mochte? … Ich weiß nicht, was ich an Konrad am liebsten mochte … Er hat einen Raum in mir aufgeschlossen … einen hellen Raum, von dem ich nichts wusste … Oft sagte er, dass er das Unvorhersehbare an mir schätzte … als wollte er mich dazu ermutigen, weiterzusuchen …

Es war herrlich, so zu sitzen, angelehnt an den Stamm und die Wurzeln, und an Konrad zu denken. Der nicht mehr gläubig war. Wieder musste sie lachen. Eigentlich aber war sie nicht überrascht gewesen, als er es ihr schließlich erzählte hatte: »Ich bin schon seit Jahrzehnten nicht mehr gläubig«, hatte er gesagt, als ob es ihm Vergnügen bereitete, endlich damit herauszurücken. Doch er war in der Kirche gebraucht worden, konnte den meisten Dogmen von innen heraus entgegenarbeiten – wie etwa der monströsen Höllen-Doktrin. Außerdem hatte er mit den Jahren die Unabkömmlichkeit der Religion akzeptiert. Zu viel Wirklichkeit war für die Menschen nicht zu ertragen. Alle brauchten einen Mythos. »Die Illusion der Religion enthält Wahrheiten, die auf andere Weise nicht zu vermitteln sind«, hatte er gesagt und die ganze Zeit dabei gelächelt, weil er sah, dass sie keineswegs seiner Meinung war, sich aber gleichzeitig Mühe gab, ihn zu verstehen.

Konrad. Sie lässt den Blick wandern, entdeckt das Beet mit den Herzblumen, schließt die Augen und lehnt sich an den Baumstamm. Wann immer es ihr einfallen mochte, könnte sie, und das absolut naturgetreu, das feine Muster seiner Ohrmuschel zeichnen. Das war unmöglich zu vergessen. Und es gefiel ihr, dass er ein Leser war. Denn wenn er an etwas geglaubt hat, dann an die Literatur. Sie teilten gewissermaßen dieselbe Weltsicht. Sie glaubten beide an die Kunst. An die JSB-Korrektion. Daran, dass es, trotz allem – sie zögert, findet dann aber die Worte – noch mehr gab. Ob man es nun Transzendenz nannte oder sonst wie. Über die Jahre hatte Rita Bilder von vier Künstlerinnen erworben, die sie bewunderte. Von Ragnhild Keyser, Charlotte Wankel, Ruth Krefting und Joronn Sitje. Sie hingen im Wohnzimmer, machten den Raum unendlich viel größer. Manchmal war sie beim Nachhausekommen, nachdem sie wieder einmal von den Krokodilen auf der Universität herumkommandiert worden war, lange vor diesen Gemälden stehen geblieben und hatte gespürt, wie ihr Lebensmut wieder zurückkehrte. Und wenn sie früher schon nicht an die Kraft der Kunst geglaubt hatte, dann hatte sie spätestens, nachdem Konrad von der Leiter gefallen war und im Koma gelegen hatte, den Beweis dafür bekommen. Es war die Literatur, die ihn zurückgebracht hatte. Olav Duun, Pär Lagerkvist.

Wieder haben ihre Finger sich selbstständig gemacht und fummeln in der Wiese herum wie auf der Suche nach einem vierblättrigen Kleeblatt und finden etwas neben einer der Laden, finden einen Brief, den Konrad ihr zum siebzigsten Geburtstag geschrieben hat, sie muss ihn vergessen haben, oder verdrängt haben, dass er existierte, denn sie betrachtet ihn, als sähe sie ihn zum ersten Mal, liest ihn und erkennt, dass sie ihn vermutlich nur ein einziges Mal gelesen hat, um ihn gleich darauf in ihrer Arche zu verstauen, wie etwas Kostbares, das sie in ihrem Werk über die aufgerichtete Frau, den unfertigen Menschen, würde verwenden können, sie weiß es nicht mehr, liest aber trotzdem den Brief, der auf diese merkwürdige Art geschrieben ist, mit Konrads eigenwilligen, geradezu kindlichen Buchstaben, der »Engelsschrift«, wie er sie selbst nannte, und, typisch für ihn, mit Korrekturen, sogar an den Rand geschriebenen Sätzen, mit anderer Füllfeder und Pfeilen zu den Stellen, wo sie hingehörten, und er schreibt darin, was für ein Glück es gewesen sei, sie wiedergetroffen zu haben, welche Wirkung es auf ihn gehabt habe, nach so vielen Jahren ihr Gesicht wieder zu sehen, dass es ihm unmöglich sei, dieses Gefühl zu beschreiben, dass all die Wörter, die ihm auf der Kanzel so leicht zufielen, verschwunden seien. Er schreibt über diese späte Liebe als etwas so Umwälzendes, dass es nur natürlich gewesen sei, dass auch er fallen musste, physisch, buchstäblich fallen, von der Leiter.

Und dann, sie sperrt die Augen auf, erinnert sich nicht, das schon einmal gelesen zu haben, doch das musste sie, sie musste es schon einmal gelesen haben, denn er schreibt darüber, wie es war, im Koma zu liegen, und dass er glaubte, sich an etwas zu erinnern, etwas gesehen zu haben, wenngleich die Ärzte stets Vorbehalte anmeldeten gegen solche »Erinnerungen«, aber Konrad schreibt, er habe das Gefühl gehabt, auf dem Grund eines Schwimmbeckens zu liegen, dass er einfach nur dort gelegen habe, aber trotzdem die Oberfläche hätte sehen können, das Licht, das Schimmern eines Lichts wie Wellen, und dass er dort hinauf wollte, sich aber nicht bewegen, nicht schwimmen konnte, und er sieht Gestalten an der Oberfläche schwimmen oder vorbeigleiten, doch obwohl sie sogar zu ihm hinuntersehen, zu ihm hinuntersprechen, ist das Einzige, was er hört, sein eigener Atem, als wäre er ein Taucher, der in die Sauerstoffmaske hineinatmete, aber trotzdem war es ein gutes Gefühl, im Koma zu liegen, weil er ohnehin immer mit Schlafproblemen zu kämpfen gehabt habe, und jetzt schlief er, schlief und war gleichzeitig wach, ein erstrebenswerter Zustand, voller Wonne, voller Erinnerungsbrocken, die wie Haltestellen auf einer langen Reise an ihm vorbeiflitzten, zwischendurch aber konnte er auch bei einer Erinnerung anhalten, sich in ihr aufhalten, und vielleicht weil er Rita nahe bei sich, an seinem Bett erahnte, erlebte er die Sekunden am Huk-Strand noch einmal, diese Sekunden in dem Sommer, als sie 18 Jahre alt waren, als sich alles anders hätte entwickeln können, hätte er nur seine Arme gehoben und sie umarmt, *sie umfasst*, und dann sieht er es, sieht es sich tun und sieht, wie alles sich wendet, sieht sich selbst ein ganz anderes

Leben leben, sich selbst als Arzt, wohnhaft in der Villa Bohre, als Vater mehrerer Kinder, und dann sieht er noch mehr, doch weil ihm inzwischen die Kraft ausgegangen ist, lässt er sich wieder hinabsinken, lässt alle Erinnerungen los, wird aber trotzdem immer weiter emporgehoben, auf die Wasseroberfläche zu, denn er ahnt, dass sie, die ihn liebt, dort neben dem Bett sitzt, und er hört sie lesen, und das ist der Moment, in dem Rita zum Schluss des Briefes kommt, der wie folgt lautet: »Es gibt keinen Zweifel, Rita. Du warst das Leben in meinem Leben. Als ich dir im Botanischen Garten wiederbegegnet bin, dein Gesicht gesehen habe, wusste ich, dass du die ganze Zeit da warst. Und als ich tot war, als ich Tag für Tag in der Tiefe einer Art wohltuenden, ersehnten Schlafs lag, waren es nicht die Worte, es war nicht die Literatur, die mich zum Loslassen, zum Nach-oben-Schwimmen bewegten, sondern du, der Gedanke an dich. An noch mehr Tage mit dir. Nicht Shakespeare oder Duun oder Lagerkvist oder irgendetwas davon, nur du, deine Stimme, du warst stärker als jede Literatur auf der Welt. Die Sehnsucht, deine Arme zu spüren, deine Umarmung.«

Sie hatte es gewusst, aber immer vergessen. Sie war Akademikerin und verlor es so leicht aus den Augen. Erfassen allein half nicht, es ging genauso sehr um das Umfassen, das Umarmen.

Sie zittert, legt den Brief zurück, nicht ins Gras, sondern sie gibt sich Mühe, ihn zu der Lade hinaufzubefördern, er verdient es, dort aufbewahrt zu werden. Genug. Ihre Hand kommt zur Ruhe, die Finger haben das Suchen beendet. Sie lehnt sich zurück und denkt, wie gern sie diesen Anblick von außen betrachten würde, sich selbst dicht an dem Stamm, als sei sie kein Mensch, sondern nur ein Auswuchs, ein Teil der Wurzeln.

Abermals schließt sie die Augen zur Hälfte, hört das Singen der Vögel und das Rauschen der Blätter über sich. Sie beschließt ihre Gedanken an *Femina erecta*, an ein Buch, aus dem nie etwas geworden ist. Lieber erinnert sie sich daran, was für eine Freude es ihr bereitete, dass so viele junge Leute sie aufgesucht, an ihre Tür geklopft haben, neugierig und wissbegierig. War das nicht ein Sinn, so gut wie jeder andere? Dass etwas, was man sagte oder tat, eine breite Wirkung nach sich zog, wie ein Tropfen auf einer Wasseroberfläche?

Was würde von ihr zurückbleiben …? Alles Irdische war geregelt … ihr ganzer Besitz war verteilt, nach bestem Wissen und Gewissen … die Villa ging an Bård … das Alhambra an Kaja … die anderen bekamen das Geld und die Aktien … dank Mutter und Großmutter besaß sie nach wie vor ein hübsches Vermögen.

Was blieb …? Der Nachruhm … als wollte man an die altnordische Weisheit glauben … Immerhin war Haralds Name in einen Gedenkstein vor Askim gemeißelt … Was war mit ihr …? Da lebst du über neunzig Jahre … Dann stirbst du … und von einem ganzen Leben bleibt nur ein Satz zurück … ein Wort … nichts …

Wenn sie schon sonst nichts erreicht hatte, so immerhin, dass die Arche vor der Flut des Vergessens bewahrt wurde. Little Green würde den Kabinettschrank mit all seinen zusammenhanglosen Zetteln bekommen. Ein Leben, verstaut in zwanzig und noch was kleinen Schubladen. War das vielleicht Sinn genug? Etwas zu haben, das man weiterreichen konnte, Brocken von Erkenntnis?

Übrigens: Es gibt einen Fisch, der nach ihr benannt wurde, *Cephalaspis bohrei*.

»Nicht schlecht«, sagt sie laut, obwohl es sich anhört wie ein Flüstern.

Sie versucht, vom Boden aufzustehen, sinkt aber wieder zurück an den Stamm der Eiche.

Der offensichtlichste Lebenszweck: Aufrecht stehen. Auch in schweren Zeiten. Durch alle Niederlagen und Enttäuschungen hindurch.

Sie bleibt sitzen und hört dem Singen der Vögel zu. Wie wunderbar und unbeschreiblich ergreifend war doch der Vogelgesang. Sie war wie geschaffen dafür, hier zu sitzen, zwischen den vielen prächtigen Bäumen, den Pflanzen, und dem Gesang der verschiedenen Vögel zu lauschen. Dem Wind. Den Duft von Erde und Blumen in sich aufzusaugen. Und die ganze Zeit: Sonnenlicht auf grünen Blättern. Ein Anblick, der ihr, ihrem Körper, nie langweilig wird. Da schießt es ihr in den Sinn: Sie ist lediglich ein Teil der Natur. So einfach ist das. Ein Teil der Natur sein. Sein. Das ist genug. Den Rücken fest gegen den Stamm gedrückt, versucht sie beinahe, ein Teil von ihm zu werden.

Sie fühlt, dass sie auf dem Weg fort ist, hinein in etwas Dunkles, Unbekanntes, doch sie will hier bleiben, im Licht, unter all diesem Chlorophyll. Sie will nichts anderes, als hier sitzen, mit dem Rücken am Eichenstamm, und hinausblicken, auf den glitzernden Fjord hinausblicken, über ihr Leben hinausblicken, will den Segelbooten und größeren Booten mit den Augen folgen, nach Erinnerungen, Ereignissen stöbern, an sie denken, neue Seiten an ihnen entdecken, und da ist Nansen, der ihr das Mikroskop zeigt, und da ist Trygve Falch, der spastisch über ihr zittert, und da ist Baral auf der friedlichen Almwiese in Alvald, den Blick nach Rondane gewandt, und Sigurd, der ihr eine illegale Zeitung zeigt, und da, Laila, die vom obersten Deck der Bergensfjord herunterwinkt, und Hunderte Frauen in leichten Sommerkleidern in verschiedenen Mustern, und alles vermischt sich und alles ist gleichzeitig und alles ist sie. Wie gern würde sie für immer hier sitzen bleiben. Zwischen den Wurzeln. Sie war ein Mensch ohne Bedeutung, fast ohne Bedeutung, und doch genügte nur eine Handvoll ihrer Erinnerungen, um Hunderte Jahre an sie zu denken. Selbst ihre vielen gleichartigen, wenig ereignisreichen Tage kamen ihr vor wie etwas Verworrenes, Überwältigendes, so wie damals, als sie ihrem Vater zugesehen hatte, wie er aus gleich aussehenden Keramikfliesen, indem er sie auf einer ganzen Wand verteilt auslegte, ein unendliches, wunderschönes Muster gebildet hatte. Nein, ich darf auf keinen Fall jetzt schon stehen bleiben, denkt sie, zumindest nicht endgültig, ich muss ihnen Bescheid sagen, dass sie meinen Sarg stehend in die Erde hinabsenken sollen, und sie will die eine, noch funktionierende Armbanduhr aufziehen, doch in dem Moment, als sie Daumen und Zeigefinger an der kleinen Schraube ansetzt, entdeckt sie eine Gestalt, die um die Villa herumgegangen sein muss und jetzt über den Rasen, durch den Garten, auf sie zukommt, zwischen Apfel- und Pflaumenbäumen hindurch, eine Person, die ihr zuwinkt, die sie jetzt aber nicht mehr so scharf sieht, als würde die Sehkraft sie verlassen, sich langsam in Nebel verwandeln, und sie denkt, es ist ihr Vater, der endlich aus Jotunheimen zurückgekehrt ist, um Abschied zu nehmen – »Nichts ist wie ein kleines Mädchen, das noch das ganze Leben vor sich hat« –, aber er ist es nicht, und obwohl bereits alles undeutlich geworden ist, erkennt sie die Gestalt, die leichten Schritts über den Rasen auf sie zukommt, mit einer unverkennbaren Haltung, so gerade, so gelenkig, fast tanzend. Ein Mädchen. Eine junge Frau. Es ist Joan, es ist Little Green, das bin ich, Rita, denkt sie, das bin ich selbst, sie ist ein Teil von mir. Rita hatte immer gewusst, dass es nicht mit dem Tod endet, sondern mit Hoffnung.

Eine weiße Mauer mit einer schwarzen Tür. Unter der Tür ein glühender Lichtstreifen.

Dann wird die Tür geöffnet.

JAN KJÆRSTAD
ICH BIN DIE WALKER BRÜDER

ROMAN

Übersetzt von Bernhard Strobel

Oslo, 1984: Odd Marius Walaker ist ein ganz normaler Teenager. Er schwärmt für ein Mädchen, das ihn nicht beachtet. Er will die Ehe seiner Eltern retten und den kleinen Bruder seines besten Freundes finden, der eines Abends als vermisst gemeldet wird. Mit der flotten Nachbarsfrau verbindet ihn eine erotische Beziehung und in einem Magazin beantwortet er die Liebesbriefe anderer Leute. Er spekuliert über die Identität der Person, welche die Stadt mit Buch-Bomben terrorisiert. Vorstellungskraft ist die Voraussetzung für Verständnis, so sagte sein Geschichtslehrer, das Alte Griechenland genannt, und Odd Marius beginnt, seine Gedanken aufzuschreiben – Gedanken, die nicht die eines normalen 15-Jährigen sind …

Kraft seiner Imagination sprengt er die Grenzen des Mentalen und Physischen. Fortan spricht er von sich selbst im Plural, er ist die Walker Brüder. Mit geschärftem Blick, ausgerüstet mit W-Potenz durchwandert er die Stadt und stellt den Menschen, die er trifft, immer die gleiche Frage.

Viele Jahre später: Staatsminister Walaker sitzt nackt auf dem Dach des Parlamentsgebäudes. Er besinnt sich auf die Erkenntnisse und Fähigkeiten, die er als Jugendlicher hatte und erkennt, dass dies der einzige Weg ist, das Land aus der schwersten Krise seiner Geschichte zu führen.

Gebunden mit Schutzumschlag und Lesebändchen, 656 Seiten
ISBN: 978-3-902711-11-3
ISBN E-Book: 978-3-903061-19-4

JAN KJÆRSTAD
DER KÖNIG VON EUROPA

ROMAN

Übersetzt von Alexander Riha

00.00.00.

Alf I. Veber entschließt sich, das neue Jahrtausend abgeschieden in den Bergen zu begrüßen. Ein Nullpunkt, und ein Höhepunkt: Als er nur knapp einen Schneesturm überlebt, will er sein Leben neu ausrichten. Er reist nach London, um seine große Liebe wiederzufinden, muss aber erkennen, dass seine Hoffnungen falsch waren. Er kehrt der Zivilisation den Rücken und taucht in den urbanen Dschungel ein, getrieben vom Wunsch, das große Muster im Chaos aufzudecken, er beginnt durch die Abenteuer seiner Vergangenheit zu verstehen, warum er an diesem Ort und zu dieser Zeit angekommen ist. Hier in Europa: einem kulturellen Schmelztiegel. Auf Europa: einem von vielen Jupitermonden. Im Untergrund findet er eine neue Liebe – doch um die Queen of Jupiter zu erobern, muss er selbst ein König ohne Land werden.

Der König von Europa ist ein Kompendium der postmodernen Zeit, ein Roman über verbrannte Brücken und neue Möglichkeiten. Über die entscheidenden Begegnungen, die einen immer weiterführen – die fesselnde Geschichte, der andere Mensch oder die unvergessliche Reise. Jan Kjærstad beschreibt eine Hauptfigur, die verzweifelt versucht, die Prozesse zu beeinflussen.

Gebunden mit Schutzumschlag und Lesebändchen, 688 Seiten
ISBN: 978-3-902711-49-6
ISBN E-Book: 978-3-903061-42-2

JAN KJÆRSTAD
DAS NORMAN-AREAL

ROMAN

Übersetzt von Bernhard Strobel

John Richard Norman wächst in Oslos schönster Straße auf: an dem einem Ende befindet sich eine Schokoladenfabrik, am anderen die Segeltuchfabrik »Christiana«, jene Fabrik, die dazumal das Schiff der norwegischen Polarexpedition, die Fram, mit den Segeln ausstattete. In diesem Spannungsfeld, zwischen Süßigkeiten und Entdeckungsreisen, wächst John Richard heran und entwickelt sich zum Inbegriff des qualifizierten, leidenschaftlichen Lesers. Mehr noch: Die Wörter lesen und leben sind für ihn gleichbedeutend. Entgegen der Warnung seiner Mutter, dass es nicht gut sei, wenn man sich zu sehr in die Bücher, in die Fiktion vertieft, verschlingt er Bücher wie andere Schokolade. Dass er letztendlich ein herausragender Verlagslektor bei einem renommierten Verlag wird, dessen Autoren fast immer erfolgreich sind, verdankt er einer Gabe: Er weiß immer, wann ein Buch Schokolade ist und wann ein Segel.

Als seine Lesefähigkeit unerwartet schwindet – und nicht nur das, denn plötzlich befällt ihn eine schwere Übelkeit wenn er ein Manuskript zu lesen beginnt –, sucht John Richard Zuflucht in einem Haus auf einer wenig bevölkerten Insel auf einer Landspitze am Meer. Dort taucht eine fremde Frau auf, in die er sich auf den ersten Blick verliebt, und die große Literatur wird von der großen Liebe in den Schatten gestellt. Oder doch nicht?

Gebunden mit Schutzumschlag und Lesebändchen, 456 Seiten
ISBN: 978-3-902711-65-6
ISBN E-Book: 978-3-903061-54-5

JAN KJÆRSTAD

BERGE

ROMAN

Übersetzt von Bernhard Strobel

An einem Augusttag 2008 werden der Abgeordnete der
Arbeiterpartei, Arve Storefjeld, und vier weitere Mitglieder seiner Familie tot in einer Hütte am Blankvann-See aufgefunden.
Allen fünf Opfern wurden die Kehlen durchgeschnitten. Ganz
Norwegen steht still. Alle glauben, Terroristen würden hinter der
Gräueltat stecken. Auch die übrige Welt blickt in der Zeit danach auf das Land im Norden. Das, wovon niemand geglaubt
hätte, dass es im idyllischen Norwegen geschehen könnte –
jetzt ist es geschehen.

Erzählt wird die Geschichte aus drei unterschiedlichen
Blickwinkeln. Die Journalistin Ine Wang hat sich lange Zeit wie
auf dem Abstellgleis gefühlt, doch die Morde an der Familie
Storefjeld ändern alles. Amtsrichter Peter Malm zieht ein anony-
mes Leben vor, mit Spaziergängen durch die Stadt und ruhigen
Stunden in der Bar des Grand Hotel. Aufgrund dieser schrecklichen Untat sieht er sich gezwungen, ins Licht der Öffentlichkeit
zu treten.

Zuletzt kommt Nicolai Berge zu Wort. Er war lange in einer
Beziehung mit Gry, der Tochter Arve Storefjelds. Es kam zur
Trennung. Jetzt ist sie tot, und Berge wird von Ine Wang um ein
Interview gebeten. Eine Journalistin, ein Richter, ein ehemaliger
Geliebter – alle mit ihrer Geschichte.

Gebunden mit Schutzumschlag und Lesebändchen, 504 Seiten
ISBN: 978-3-902711-84-7
ISBN E-Book: 978-3-903061-71-2

www.septime-verlag.at